»Ein einziger Hexentrank..., ein faszinierend vielstimmiges Poem ist dieser Roman...«, schrieb Dieter Borchmeyer in der ›Frankfurter Allgemeinen Zeitung‹.

›Melodien‹ erzählt von der wirkungsmächtigen Kraft eines alten Menschheitstraums, der in der Schöpfung einer absoluten Musik, die imstande wäre, die Harmonie der Sphären abzubilden, seine Erfüllung fände. In einem weitaufgefächerten zeitlichen Panorama, das von der Hochrenaissance bis in die Gegenwart reicht, entfaltet Helmut Kraussers Roman die Geschichte eines Mythos, der mit Castiglio, einem »angehenden Magier, Alchemisten und Wegbereiter einer neuen Zeit« seinen Anfang nimmt. Nur zum Schein beschäftigt sich Castiglio am Hof in Mirandola mit der alten Alchemistenkunst der Goldherstellung; ihn interessiert ein weitaus anspruchsvolleres musikalisches Experiment: er arbeitet an einer Übersetzung der Vox Dei ins menschliche Notensystem und wird 26 »Tropoi« erschaffen, deren mythisches Urbild die Gesänge des Orpheus sind.

Wie diese Melodien und mit ihnen die Legende um Castiglio und seinen jungen Gehilfen Andrea im Lauf der Geschichte verlorengehen, in Fragmenten wieder auftauchen und den atemberaubenden Gang der Ereignisse – quer durch die Jahrhunderte – bestimmen, davon erzählt Kraussers Roman in einem virtuosen Verwirrspiel von Fiktion und Geschichte. Die Melodien wandern im verborgenen von Hand zu Hand. Die Komponisten Gesualdo, Palestrina und Allegri haben Kenntnis von ihnen. Papst Urban VIII. läßt nach ihnen suchen, und ihr vorerst letzter Hüter ist der Kastrat und Frauenhasser Pasqualini, einer der berühmtesten Sänger der Sixtinischen Kapelle, der die Melodien als Geheimwissen betrachtet und einen Geheimorden im Namen des Orpheus gründet, für dessen Reinkarnation er sich hält.

Die Macht des Mythos reicht bis in die Gegenwart. Zwei Wissenschaftler – der schwedische Mythosoph Professor Krantz und die französische Psychohistorikerin Nicole Dufrès – konkurrieren mit allen Mitteln um das Auffinden der historischen Wahrheit. Zwischen ihre Fronten gerät der junge Photograph Alban Täubner. Erst widerwillig, dann zunehmend angezogen, taucht er ein in den Strudel mythischen Denkens und muß erleben, wie die Grenzen zwischen Vergangenheit und Gegenwart zunehmend verschwimmen. Wahn, Vision und Wirklichkeit mischen sich in einem furiosen Alptraum.

Helmut Krausser, 1964 geboren, lebt in München und Berlin. Für ›Melodien‹ erhielt er 1993 den Tukan-Preis der Stadt München. Im Fischer Taschenbuch Verlag: ›Die Zerstörung der europäischen Städte‹ (Bd. 12362).

Helmut Krausser
Melodien
oder
Nachträge
zum quecksilbernen Zeitalter
Roman

Fischer Taschenbuch Verlag

Mitarbeit: Beatrice Renauer

4. Auflage: Mai 1999

Veröffentlicht im Fischer Taschenbuch Verlag GmbH,
Frankfurt am Main, Mai 1994

Lizenzausgabe mit freundlicher Genehmigung
der Südwest Verlag GmbH & Co. KG München
© Paul List Verlag 1993
Druck und Bindung: Clausen & Bosse, Leck
Printed in Germany
ISBN 3-596-12180-9

INHALT

Prolog 9

Teil eins
DIE TAT

Erstes Buch
Propositions 13
Zweites Buch
Genesis 149
Drittes Buch
Tropoi 271

Teil zwei
DAS WORT

Viertes Buch
Nahrung 405
Fünftes Buch
Mors Suprema 553
Sechstes Buch
Renaissance 675
Epilog 837
Anmerkungen 841

Zugeeignet
Peter Greenaway und Michael Nyman
für
The Cook, the Thief, his Wife & her Lover
und
Prospero's Books

PROLOG

Ich träumte von einem großen Kastanienpark, in Septemberlicht getaucht, voll wildem Gras und gekiesten Pfaden. Dort sah ich, zwischen zwei hohen alten Bäumen, ein Glashaus, dessen Fenster halbblind und staubig leuchteten. In diesem Haus standen, Stockbetten ähnlich, Särge, acht oder zwölf, ich weiß nicht mehr, aufgereiht in zwei Etagen. Und sonst befand sich nichts darin.

Die Särge waren schwarz und glänzten, trotz des Spinngewebs, das sie überzog. Jeder von ihnen besaß ein braungetöntes Sichtfenster, durch welches man mumifizierte Schädel erkennen konnte, ledrige Masken des Todes. Ich erinnere mich an Frauen mit dünnen Resten Haars und an Männer mit eingesognen Wangen, den Mund wie zum Schrei geöffnet. Die idyllisch-düstere Mischung aus Glas, Laub, Licht und Spinngeweb traf mich warm und schrecklich zugleich. Das Dach des Glashauses war von Kastanienblättern übersät und in der Nähe plätscherte ein Springbrunnen azur bemalter Schale. Es war nicht stiller an diesem Ort als in anderen Teilen des Parks; auch Singvögel waren da, und auf der Wiese spielten Kinder.

Ich ging dreimal um das Glashaus. Keinerlei Inschrift fand ich, weder an der Pforte noch im Gras.

Natürlich fragte ich die Parkwächter.

Aber sie wußten nichts.

Ich fragte auch den Springbrunnen und die Kinder und selbst den alten Kuckuck oben: Die wußten auch nichts.

Traumerzählung des Patienten 30 10 58, 12. Sitzung, 3/3/89, Dr. Steinmann.

Teil eins
DIE TAT

Erstes Buch
PROPOSITIONS
oder
Kuppelbauten für die Sumpfregion

Der Hoffnung nimm drei Unzen voll,
des Glaubens drei und sechs der Liebe.
Der Buße zwei – und gut gemischt!
Und stell's ans Feuer des Gebets.
Drei Stunden soll's am Feuer stehen,
dazu ein wenig Leid noch, Trübsal,
Zerknirschung, Demut, soviel nötig.
Nicht lange dauert's – und es wird
die Weisheit Gottes daraus werden...

Lied der Piagnoni, 1496

I
1988, August

Danach traf das Gros der Touristen ein. Ihre Kinder wurden mit klebrigen Orangeaden gestillt. Auch die Melonenhändler machten gute Geschäfte. Seit Wochen hatte es nicht geregnet. Busse manövrierten mühsam durch die Altstadt, quälten sich steile Steigungen hinauf. Jede Straße war mit der Fahne ihres Viertels geschmückt, und Kleinlaster fuhren Tonnen von Sand auf die Piazza del Campo.

Der Palio, Wettkampf der Stadtbezirke, stand kurz bevor; Karten für die Tribünen waren längst ausverkauft. Wer es von den Umwohnenden nötig hatte, bot gegen 200 000 Lire Klappstühle auf seinem Balkon an. Der Palio, ein Reiterturnier in historischen Kostümen, interessierte Täubner wenig. Er würde ein paar hübsche Postkarten abfotografieren.

Vor dem Dom errichteten Arbeiter ein Holzpodest und verlegten Scheinwerferkabel. In gut dreizehn Stunden sollte Cecilia G. einen Liederabend geben. Hauptsächlich deshalb war Täubner nach Siena gekommen.

Der Mittag erreichte die Stadt. Rolläden rasselten. Vor dem Fischgeschäft lud ein Junge noch Eisblöcke ab, wurde beschimpft, weil er sich verspätet hatte. Der Parkplatzwächter beendete sein Kreuzworträtsel. Appetitliche Gerüche füllten die Straßen, diese engen, schiefen, alten Straßen, deren Kopfsteinpflaster so abgelaufen glatt war, daß es der großen Zehe des Michelangelomoses in Rom glich – flachgeküßt von jährlich Hunderttausenden.

Täubner saß auf der Terrasse des Café Manora und schrieb den wöchentlichen Brief an seine Geliebte. Gegen Ende der zwölften Seite beschlich ihn das Gefühl, die Zeilen könnten langweilen oder larmoyant wirken. Er gab sich Mühe, eine Schlußpointe zu finden.

Täubner bewegte sich sehr wenig, und wenn doch, dann mit akzentuierter Gemächlichkeit, die an Zeitlupe grenzte. Er hätte den Mittag nicht zu fürchten gehabt, hätten seine Drüsen nicht stark zum Schwitzen geneigt.

Täubner floh in die Kühle der Kirche San Vincente, nicht weit vom Dom entfernt, Frühbarock und beinahe touristenfrei. Er setzte sich ins Halbdunkel der vordersten Seitenkapelle und starrte ins vieldutzendfache Kerzenfeuer. Manche der Flammen pulsierten Raupen gleich, die ihren Körper Segment für Segment aus dem Kokon winden. Andere wiegten sich in Trance, weigerten sich stolz, hielten an sich fest, standen kraftvoll und gespannt – bis sie doch zu zittern begannen und ein graublaues Rauchfädchen aus ihnen quoll.

Das kringelte sich, verströmte in Schleierfetzen; die Flamme verlor ihre Seele und zuckte, wurde klein, beruhigte und sammelte sich wieder.

Das Feuer besaß unendlich viele Seelen.

Täubner lehnte sich auf der Bank zurück. Die Theorie seines Frisörs, einst würde alle Materie in Licht verwandelt, schien ihm mit einem Mal recht einleuchtend. Normalerweise war er Todeskämpfern abgeneigt, die Jenseitshoffnungen auf den Energieerhaltungssatz gründen.

Im Feuer entstanden vergessene Bilder, Bilder seiner Geliebten als junges Mädchen ... Täubner sah sich spöttisch in der Kirche um.

Steingewordener Trotz. Kino der Endlichkeitsverweigerung. Der Brief konnte nicht gut sein – er hatte ihm Mühe bereitet. Während Täubner ihn zerriß, verwandelten sich die Bilder, wurden starr und kalt, voll widerwärtiger Personen. Täubner konstatierte, wie leicht er sich an diese gewöhnt hatte.

Er war ein milder, dickhäutiger Mensch geworden, der es kaum mehr nötig fand, für irgend etwas Ernst aufzubringen. Anstelle des Fluchens und Würgens war ein Achselzucken getreten, jede Feindschaft durch Arrangements verwässert; als ob man Gegnern nach dem Spiel im Kabinengang auf die Schulter klopft und wünscht, sie möchten auch morgen eine Mannschaft zusammenbringen, sonst kann es kein Spiel geben, keine Niederlage, keinen Sieg. Täubner dachte darüber nach, wie zuvorkommend das Hirn gebaut ist, wie es sich mit ein wenig Suggestion viele Siege gönnen kann und kaum eine Schlappe für entscheidend halten muß.

Er hatte den Brief inzwischen in vierundsechzig Schnipsel zerfetzt, die er zu Boden fallen ließ.

II
1497

Castiglio schlang einen schäbigen, beinah enthaarten Fuchspelz um die Ohren und versuchte den Schläfenschmerz mit immer neuem Falerner zu dämpfen. In den zu sauer ausgefallenen Wein war Honig gemischt.

Staub auf dem Pult, darin Figuren: ein Kreis, ein Quadrat. Darüber hingen in Eintracht die Spinnen Silvana und Julia, vielbeinige Schönheiten. Castiglio wußte nicht, ob es Weibchen waren. Was soll's?

Draußen wehte erregtes Geschrei durch die Gassen, von gespenstischer Hysterie: Florenz feierte das Karnevalsfinale; alles rannte, um Rausch und Taumel zu finden, Kitzel, Lallen, Enthobenheit – so oder so...

Castiglio hatte seine Stube seit einer Woche nicht verlassen. Selbst der Gang zur Latrine war ihm überflüssig erschienen; er hatte die Blechschüssel aus dem Fenster gehalten, seine Notdurft in den Arno geschüttet. Am Geruch, den die Schüssel verströmte, störte er sich wenig, von der Straße stank es herber. Die extra zum Zweck des Müllverzehrs gezüchteten, San Antonio, ihrem Schutzheiligen, geweihten Schweine, waren hier letztmalig vor drei Wochen vorübergezogen. Florenz besaß inzwischen vierzehn freilaufende Müllschweine, deren offiziell behördlicher Auftrag es war, das Pflaster sauberzufressen, doch die falsche Seite des Flusses besuchten die verzogenen Tiere selten. Verständlich; hier gab es keine Leckerbissen, war Abfall echt und verbraucht, ließen die Menschen nur Allerletztes übrig, das man keiner alten Sau hätte zumuten mögen. Was soll's? Noch war Februar. Bevor die Hitze nicht kam, bevor der Florentiner Kessel nicht zu glühen begann, stellte das kein Problem dar.

Ernste Sorgen bereitete Castiglio der pochende Eiterherd über dem Eckzahn, den er jede halbe Stunde mit gemahlenem Ingwer betupfte.

Castiglios Schrift wurde zittrig. Müdigkeit hatte die Hände, noch nicht aber den Kopf erreicht. Nur langsam fraß sie sich an ihm empor. Unwillig verschob er die Abschrift der *Clavicula Salomonis* und begann mit seinen Hausspinnen zu plaudern. Silvana hörte andächtig zu, Julia verkroch sich hinter einen Balken. Er hatte ihnen erlaubt, bei ihm zu überwintern; zum Entgelt sollten sie große Netze bauen von ergreifender Architektur, Wohlgestalt und Ordnung – Analogien des Makrokosmos, Abbilder der Gestirne und Kristallsphären.

Doch Julia war faul und Silvana verrückt. Silvanas Netzen fehlte jede statische Harmonie; waren auf der einen Seite zu eng, auf der andern zu weit und fielen oft in sich zusammen, halt- und kraftlos. Möglicherweise stand ein kosmischer Brand bevor – der so oft prophezeite wie verschobene Untergang –, und Silvana, die mantische Spinne, ahnte ihn voraus?

Auf dem zerkratzten Pult, gezeichnet von Flecken umgekippter Kerzen, lag ein dreiseitiges, handgeschriebenes Pamphlet, signiert von Gabrielle Da Salò, einem Bologneser Arzt und Sterndeuter. Man munkelte, er opfere der Sonne als Quell allen Lebens und höchstem Wesen. Das Pamphlet enthielt unglaubliche Behauptungen:

Christus sei nicht Sohn Gottes gewesen, sondern Mensch aus gewöhnlicher Empfängnis. Mit seiner Arglist habe er die Welt ins Verderben gestürzt; zum Tod sei er wegen ganz ordinärer Verbrechen verurteilt worden. Auch werde sich seine Religion in Kürze auflösen. Die ihm zugeschriebenen Wunder seien nicht aus göttlicher Kraft, sondern durch den Einfluß der Himmelskörper geschehen.

Castiglio schüttelte belustigt den Kopf; konnte dennoch nicht umhin, den Mut dieses Da Salò zu bewundern. Anbei lag ein Brief Umberto Nursios, eines ehemaligen Studienkollegen Castiglios. Er schrieb, es gehe ihm nicht übel in Bologna. Zwar besitze Fürst Bentivoglio die ihm nachgesagte grausame Ader, doch sei er ebenso kunstsinnig wie wissenschaftsfreundlich und Bologna trotz politischer Tyrannis ein Zufluchtsort für viele Gelehrte.

Zur Zeit schließt man allerorts Wetten ab, ob Bentivoglios Protektion ausreichen wird, Da Salò vor dem Inquisitor zu retten, der ihn in den nächsten Wochen befragen will. Verspricht spannend zu werden, ich habe mein Geld auf Da Salò gesetzt, bei eins zu zwölf.

Es folgten studentische Anekdoten und Fragen nach gemeinsamen Bekannten von der Akademie; der Brief schloß mit der Bitte:

Vernichte dieses Schreiben, sowie Du es gelesen hast; sei um Himmels willen vorsichtig; gehst viel zu leichtfertig mit Dir um. Mir bleibt nach wie vor unverständlich, wie man Florenz noch ertragen kann, das jetzt schon im dritten Jahr vom übelsten Dominikanerauswuchs regiert wird. Zwar sagst Du, das Treiben außerhalb Deiner vier Wände (sind's denn noch vier?) bekümmere Dich nicht mehr, aber ich fürchte, Du verkennst die Gefahr, die über Dir schwebt. Ich hörte von der Hinrichtung der Astrologen und war entsetzt genug. Mein nachträgliches, ehrliches Beileid. Ich frage Dich, warum Du eine Stadt nicht verlassen willst, in der die Werke Alberti Magni und Petrarcae verbrannt werden? Sei vorsichtig, wenn Du mir Antwort gibst. Kaufleute berichten, Savonarola habe einen Ring aus Meldern um die Mauern unsrer Stadt gezogen, wovon Du in Deiner – verzeih, ich finde kein anderes Wort – Blindheit vielleicht noch nichts bemerkt haben wirst. Enden will ich mit einer Hoffnung: Das Gerücht geht, Papst Alexander habe sich endlich entschlossen, gegen den falschen Propheten vorzugehen. Vielleicht ist der Tag nicht fern, da wir uns wiedersehn.
Sol tibi luceat,

Umberto

Castiglio legte das Schreiben, das er bereits zum dritten Mal gelesen hatte, zur Seite und horchte auf die Müdigkeit, die, bei den Schultern angelangt, langsam die Halspartie erwanderte. Es blieb noch Zeit, eine Antwort zu skizzieren.

Lieber Umberto; mir ist, als bebten leise Trommeln im Äther, rührten uralten Staub zu Dunstgebilden auf, zu formschwachen

Geistern, die schärfere Konturen begehren. Wie berauscht steigert die Zeit ihre Tempi, rennt nackt und neu, zu allem bereit, in unerforschtes Land. Den Bios prägt dann Eroberung; alles Sinnen ist Gebären, alle Gebärde Zweifel; nichts bleibt, wie es war. Jahre kommen, die im Fieber glühn, müd ihrer Kalendarien, der Stagnation, müde vorgefertigter Gesetze. Verschleiert im Dampf, stolzieren Ahnungen einher, von Kennzeichen beladen. Das sind Rammböcke, stoßen sacht zuerst, dann wuchtiger; Mauern brechen, Erde kreißt und leitet Geburtswehen ein. Dann muß man bereitstehn. Die Gegenwart ist eine Kerbe, da kann man hineinhaun oder drüberstolpern...

Plötzlich wurde das Stimmgewirr auf der Gasse heller, durchdringender. Selbst durch den Fuchspelz waren die Knaben von weitem zu hören.

Castiglio gehorchte dem Rat des Freundes und hielt das Pamphlet in die Kerzenflamme, die nur aus Nachlässigkeit noch brannte. Es ging auf den Mittag zu. Ein paar Ascheflocken tanzten im Zimmer. Silvana zuckte vor einem Funken zurück.

Es stimmte schon: Der Glanz der Stadt war erstickt in Angst und Bespitzelung, ihre Blüte zugenäht mit groben Stichen, die Hochburg der Zeit geschleift unter dem theokratischen Regime eines wildgewordenen Eiferers, eines ungebildeten, wenngleich redegewandten Bauernschädels.

Mehr und mehr war Florenz versklavt worden. Was Castiglio an der Stadt noch liebte, befand sich innerhalb dieser vier (ja vier) Wände. Das wollte er nicht preisgeben, niemals.

Die Knabenstimmen näherten sich. In die hohen Tonlagen war dumpfes Pochen gemischt. Castiglio wußte, was es bedeutete, und nahm den Fuchspelz ab. Savonarola hatte eine Hundertschaft Knaben organisiert, die immer häufiger in die Häuser eindrang und Nahrung für neue Talami sammelte. Einige waren verprügelt worden – danach hatte man ihnen als Beschützer ihre Väter zugesellt, welche, mit Knüppeln bewaffnet, auf der Straße warteten. In letzter Zeit war dies nicht mehr nötig gewesen, das Kinderheer hatte große Autorität erlangt.

Castiglio krallte seine Finger um den hölzernen Becher, trank und verfolgte haßerfüllt den regelmäßigen Takt, in dem die Häuser seiner Gasse an die Reihe kamen.

Ein armes Viertel, jenseits des Arno. Schmutz, Tagediebe, Verschuldung, Domizil der Studenten minderer Herkunft, jüdischer Kleinhändler, Flußfischer und unreiner Berufe; Totengräber, Schausteller und Billighuren. Hier gab's nicht viel zu sammeln.

Castiglio riß im richtigen Moment die Tür auf. Der Junge, die Hand zum Klopfen erhoben, erschrak vor der hohen, dürren Gestalt, den tiefen Augenrändern, dem verklebten schwarzen Haar, den schmalen, weißgepreßten Lippen.

Castiglio war vierundzwanzig Jahre alt. Man hätte ihn eher auf das Doppelte geschätzt.

»Und?«

Der Junge, schwankend vor Bedeutungsschwere, verhaspelte sich, stammelte, verschluckte die Wörter.

»Hä?«

Der höchstens Elfjährige faßte sich schließlich und ratterte Auswendiggelerntes herunter.

»Bürger! Heute werden auf dem Signorenplatz eitle Dinge und Werke dem Feuer überbracht. Gebt heraus, was davon in Eurem Besitz sein mag!«

Castiglio lächelte und nickte. Das ging nun schon zwei Jahre so.

»Was ist denn diesmal gefragt?«

Der blonde Junge besann sich und leierte die Liste ab, die er sich im Morgengrauen exakt hatte einprägen müssen.

»Zunächst Larven, falsche Bärte, Spiegel, Schleier und alle Arten von Haartouren, Toilettegeräte der Damen, Brennscheren, Parfüm, Maskenkleider –«

Raffiniert, dafür den letzten Karnevalstag zu wählen, dachte Castiglio.

»– ferner Lauten, Gamben, Harfen, Tricktracks, Schachbretter, Spielkarten, Liederbücher, Zauberzettel, Manuskripte, in denen sich Miniaturen finden, prunkvolle Pergamentdrucke und von den Werken der Poetae: der Pulci, der Arlotto, Boccaccio, Ferri, Naso, Plautus und Ariphantones!«

»Aristophanes«, verbesserte Castiglio.

»Ja. Des weiteren jedwede Gemälde weiblicher Schönheit, vor allem solche mit nackten Brüsten, es sei denn, es säße ein Jesuskind darauf; und Porträts, die man zur Ergötzung und Verewigung fertigen ließ. Dies alles soll im Beisein der Signorie auf einer großen Pyramide brennen!«

Der Knabe holte tief Luft. Castiglio verneigte sich und gab mit einer devoten Handbewegung den Weg ins Innere der Hütte frei, die nur an den zwei zum Fluß gerichteten Seiten aus Stein gebaut war.

»Von alldem besitz' ich nichts.«

Zögernd trat der Junge über die Schwelle und sah sich um. Ein dunkles, niedriges, spinnverwebtes Zimmer, rußgeschwärzt und karg ausgestattet. Über den beiden aus halben Faßdauben geschreinerten Stühlen hingen abgetragene Kleider voll Flickwerk. Der Vorhang über dem Bettgestell war an vielen Stellen gerissen, die Kerzen auf dem Pult bestanden aus billigstem Talg. Vor die Fenster waren roh gegerbte Häute gespannt.

Kotgeruch. Der feuchte Bretterboden trug grüngraue Schimmelspuren. Leere Nischen gähnten aus den Mauern. Der Junge deutete auf das gute Dutzend Bücher und lederne Schriftrollen, die im steinernen Eck auf einem Schemel postiert waren.

»Was ist *damit*?«

Castiglio beugte sich zu ihm hinab. Sein Tonfall wurde höflich, verlor jeden überheblichen Klang.

»Geh hin, unterzieh sie deiner Prüfung! Wirst sehn, keins gehört zu den von dir erwähnten. Die Rollen enthalten medizinische Schriften, welche man noch nicht in der neuen Art gedruckt hat. Die Bücher sind Leihgaben der Akademie, wonach du den Doktor Salvini befragen kannst.«

Der Junge beherrschte von den Buchstaben nur den einen, mit dem sein Name begann, dennoch trat er näher und tat, als mustere er die Buchdeckel genau.

Castiglio hätte ihm am liebsten kräftig in den Hintern getreten, doch wäre das halbem Selbstmord gleichgekommen.

Von der offenen und freundlichen Art des Hausherrn angetan, murmelte der Knabe ein kurzes »Gut!«, genoß noch einen Moment seinen machtvollen Rundblick und rannte weiter.

Hinter ihm verriegelte Castiglio, trank einen letzten Becher und fühlte sich endlich müde genug.

Im Bett meditierte er noch über das Kindsein. All diese Knaben: begeisterte Spitzel und Denunzianten, mußten nicht einmal bezahlt werden, leisteten detektivische Feinarbeit, zwangen ihre Eltern, nach Savonarolas Regeln zu leben, tauchten unvermutet auf, in jeder Taverne, in jedem Keller, schlüpften durch jedes Loch und waren dabei unverletzlich. Allein dieses Abenteuerspiels wegen liebten sie Savonarola, nur deshalb liefen sie morgens noch vor ihren Müttern zur Messe zum Singen und Beten, keinem mußten Prügel angedroht werden, bereitwillig unterwarfen sie sich dem Prediger, empfingen seinen Segen samt seinen Direktiven. Und sie konnten grausam sein, die Biester, sehr grausam. Erst neulich, in der Via Martegli, hatten fünf von ihnen einen alten Mann, der sie beschimpfte, mit ihren Miniaturdolchen erstochen. Kinder sind zu Unglaublichem fähig.

Castiglio dachte sich weit zurück in der Zeit. Er selbst war damals mitgelaufen, da war er fünf gewesen, ja, im Mai 1478...

Der Messer Jacopo De Pazzi wurde in Santa Croce aus- und an der Mauer von Florenz eingegraben, zwischen der Porta alla Croce und der Porta Giustizi, innen. Ein paar der größeren Jungs hatten auf einmal geschrien: »Das ist noch nicht genug für den, der hat überhaupt kein Grab verdient!« Die Kinder buddelten ihn ein zweites Mal aus, er hatte noch ein Stück Galgenstrick um den Hals, an dem zerrten sie ihn durch die ganze Stadt, das war ein Spaß! Und an seinem ehemaligen Haus schlangen sie den Strick durch den Türklopfer, zogen den Toten hinauf und riefen: »Klopf an!« und trieben mit der Leiche noch andere Späße, und Castiglio war jeweils hinterhergelaufen und hatte sich gewundert, warum sie sich vor Jacopo nicht ekelten – der war ja schon drei Wochen tot und stank entsetzlich!

Am Abend dann, als sie nicht mehr wußten, was sie mit ihm anfangen sollten, warfen sie ihn von der Rubacontebrücke in den Arno und sangen Spottlieder: »Messer Jacopo giù per Arno ne va«, und die Leiche trieb die Nacht über obenauf. Am nächsten

Morgen zogen ihn die Kinder wieder aus dem Wasser, hängten ihn an eine Weide und schlugen ihn mit Stöcken. Das war unten, in der Gegend von Brozzi; Castiglio hatte nicht mehr zusehen dürfen, es war ihm vom Vater verboten worden. Die übrigen Erwachsenen waren nicht eingeschritten, staunend füllten sie alle Brücken, um Messer Jacopo drunter durchtreiben zu sehn. Es heißt, in Pisa schwamm er immer noch oben.

Castiglio wälzte sich unruhig hin und her im klammen Bett, betupfte den eitrigen Eckzahn, stöhnte auf, dachte: Was immer man gegen Savonarola sagen mag – sein Kinderheer, das ist eine geniale Idee. Man muß drauf hoffen, daß Kinder ebenso wandelbar wie grausam sind. Gute Nacht, Silvana, Julia...

Endlich schlief er ein.

III

Gegen acht Uhr abends bekam Castiglio Besuch vom Doktor Salvini, der an der Akademie Studenten in die Geheimnisse avicennesischen Aderlasses einweihte. Castiglio öffnete für ihn den letzten Krug anbietbaren Weines und gab den Inhalt des Da Salò-Pamphletes wieder. Der Doktor winkte ab.

»Ein Trottel ist das! Diagnostiziert selbst die Kadaver seiner Patienten aus den Sternen! Du warst nicht auf dem Signorenplatz?«

»Nein.«

»Sah imposant aus! Kaum zu glauben, daß sich bei uns noch soviel Eitelkeit fand. Unsre Stadt muß einmal sehr aufgedonnert gewesen sein, wie ein Pfau oder ein Bischof... Stell dir vor, die Pyramide war vierzig Fuß hoch! Jetzt gehn sogar die Scheiterhaufen mit der Mode... keine zierlichen Talami mehr, neinnein, jetzt mimt man das Purgatorio in ägyptischem Gewand!«

»Ich kann Menschen in der Vielzahl nicht mehr ertragen.«

»Jaja!« rief der fette Salvini, der zu seinem ehemaligen Schüler einen buffoesken Kontrast bot und bei der Studentenschaft nur »das Nashorn« hieß. »Die armen Gemälde, nicht nur die klassischen, die Lucrezia, Kleopatra, Faustina, nein, auch unsre Lieblinge – die Bencina, Lena Morella, Maria de Lenci! O Gott! Mir hat das Herz geblutet. Nebst einem anderen Muskel. Ein venezianischer Kaufmann wollte zwanzigtausend Goldtaler für den Inhalt der Pyramide geben! Zwanzigtausend! Die einzige Antwort war, daß man ihn auf die Schnelle porträtierte und das Bild zu den übrigen stellen ließ! Und der Schleimer Botticelli war sich nicht zu blöde, seine eigenen Gemälde heranzuschleppen. Eins nach dem andern! Das war furchtbar... Seine ›Frühlingsnymphe‹! Du erinnerst dich? Die mit den Riesenbrüsten! Ich hätt' das Bild damals kaufen sollen, verdammt – und verstecken!«

Salvini schnappte sich seinen Becher, kippte den Wein wie Wasser. Danach legte er einige kleinere Münzen auf das Pult.

»Soll keiner sagen, ich sauf' dir was weg!«
»Danke.«
»Das Ganze war gut inszeniert! Gesang, Trompeten, Glockengeläut, und die Heuler groß in Form. Nachher zog man nach San Marco und tanzte eine dreifach konzentrische Runde.«
»Nein!«
»Doch! Zuinnerst die Mönche, abwechselnd mit Engelsknaben, in der Mitte junge Geistliche und Laien, zuäußerst Greise, Bürger und Priester. Letztere trugen Olivenzweige auf dem Kopf.«
»Ist nicht wahr!«
»Doch! Hier stinkt's!«
Salvini schnüffelte, dann beugte er sich über das Pult und suchte die Pergamente durch.
»Wie weit bist du mit den *Clavicula*?«
»Fast fertig.«
»Und?«
»Ich vermute, meine Vorgänger haben viel Unsinn hineingemischt.«
»So sind sie! Jeder gibt seine Weisheit dazu. Je ungefragter, desto bereitwilliger. Der letzte Afterdenker hat noch was zu verbessern. Muß ich dir erzählen! Neulich entdeck' ich doch eine Anmerkung in einem meiner Galenus-Kommentare! Zugegeben, die angegebene Blutmenge mag geringfügig zu hoch gewesen sein, aber der Student besaß die Frechheit, nach eigenem Gutdünken eine neue Quantität zu postulieren!«
Castiglio, dem noch Schlaf in den Augen stand, nahm ein Stück Röstbrot aus der Schale über dem Ofen, legte es dann wieder zurück.
»Kannst du dir bitte mal meinen Zahn ansehn?«
»Ich bin kein Bader!«
»Bitte!«
»Schau in den Spiegel!«
»Gibt's in Florenz noch Spiegel?«
»Hast ja recht. Laß sehn!«
Castiglio beugte sich vor und sperrte den Mund auf.
»Das sieht schrecklich aus! Der muß gezogen werden!«
»Wirklich?«

»Du mußt dir eine trockene Spargelwurzel auf den Zahn binden, die wird ihn dir schmerzlos herausziehen.«

»Glaubst du?«

»Kannst auch der Empfehlung des Aristoteles folgen und dir einen Karneol um den Hals hängen gegen den Schmerz.«

»Hmmm ... Ich könnte auch dem Rezept der alten Weiber folgen, dreimal Anasageus sagen, den Zahn mit einem Nagel berühren und diesen neben einem Taufstein in den Boden stecken.«

»Klar! Du kannst dir auch den kleinen Finger abhacken und den Stumpf in eine Flamme halten. Wirst sehn, der Schmerz im Zahn verschwindet prompt!«

Nun erst aß Castiglio das Röstbrot. Resignierend schnippte er mit dem Finger.

»Ich geh' zum Bader. Was soll's? Das ist brutal, aber schnell.«

»Genau. Hauptsache, du kommst mal wieder unter Leute!« scherzte Salvini.

»Schon diese Redensart: *unter* die Leute kommen – wie unter Kutschenräder! Drückt aus, wie ich's empfinde. Ich würde lieber *über* die Leute kommen, wirklich, wie ein Gewitter, wie eine Krankheit von mir aus...«

Salvini verzog die Mundwinkel, kratzte sich ungeniert an einer intimen Stelle.

»Lebst ärger als ein Hund!« stellte er fest und warf weitere Solidi auf das Pult. »Willst nicht in die medizinische Fakultät zurückkehren? Als mein Assistent? Kriegst drei Florin im Monat!«

Castiglio lächelte schwach und schüttelte den Kopf.

Salvini bemerkte, daß sein ehemaliger Lieblingsstudent bei jedem Besuch entrückter wirkte, weltfremder, daß es bei manchen Themen sogar aussah, als keime Verachtung auf dieser schmalen, linealgraden Nase; Verachtung, die dem akademischen Apparat galt, den Professoren und also auch ihm... Eine Kluft war zwischen ihnen aufgebrochen, nachdem Castiglio die Akademie verlassen hatte. Salvini konnte nichts dagegen tun. Mit seinen Bemühungen verbreiterte er den Abgrund nur.

»Dein Metier wird immer unsicherer, im wahrsten Sinne. Wer weiß, was geschieht? Ich sag' dir, du brauchst eine Fassade!«

»Magier haben zu lang im geheimen gearbeitet.«

»In Rom sollen Entwürfe bereitliegen, selbst die Magia naturalis in ihren Freiheiten zu beschneiden ...«

»Ach was! Solang wir einen Papst haben, der selbst theurgische Praktiken betreibt und fünfzig Kurtisanen nackt vor sich tanzen läßt ...«

»Was, wenn er stirbt?«

»Was soll sein? Es bricht eine große Zeit an, Salvini. Ich weiß nicht genau, ob Da Salò recht hat, was Christus betrifft, aber das Papsttum ist am Ende. Wer *das* nicht erkennt, den kann man doch nicht mehr ernst nehmen!«

Salvini schenkte sich einen neuen Becher ein. »Du bist jung! Hättest ein wirklich guter Arzt werden können, Castiglio.«

Im Tonfall dieses Satzes schwang alle beleidigende Arroganz des dreißig Jahre Älteren mit, dennoch beherrschte sich Castiglio in seiner Replik.

»Kann sein, daß du die neue Zeit nicht mehr erleben wirst, Salvini.«

»Die vor uns liegende Zeit scheint immer neu! Sobald wir sie erreichen, ist sie alt und abgetragen und stinkt.«

Castiglio wollte sich auf das defätistische Gehabe Salvinis nicht einlassen. Nichts war ihm widerlicher als Menschen, die im Leben wenig erreicht haben, aber dauernd über das Leben per se resümieren müssen; aus eigenem Versagen allgemeine Folgerungen ziehen, mit dreister Selbstverständlichkeit.

»Möglich. Bei der Gelegenheit – kannst du mir das Buch des Abammon über die ägyptischen Mysterien besorgen? Es soll jetzt eine lateinische Übersetzung kursieren.«

Salvini wiegte schmunzelnd den runden Kopf.

IV

Täubner dachte, eine Woche noch, dann würde er seine Geliebte wiedersehn. Und danach?

Sie würde vermutlich beginnen, Affären zu haben. Der Hund des Nachbarn würde eingeschläfert werden. Diese und andere Dinge würden geschehen, oft mehrere auf einmal. Er würde dreißig werden und kein Twen mehr sein, und vielleicht würde er spaßeshalber die junge Supermarktaushilfe bezirzen.

Nicht weit von der Seitenkapelle stand ein gläserner Sarkophag, aber der war schon besetzt.

Ein toter Seliger ruhte darin; einzige Sensation, die jene Kirche zu bieten hatte. Nur aufgrund dieser Leiche verirrten sich manchmal Touristen hierher. Die Legende behauptete, ein Wunder habe den Körper über fünf Jahrhunderte unversehrt erhalten. Das Licht an dieser Stelle war dürftig und bereits Grund genug für Skepsis. Der Tote in seinem purpurnen Kardinalsgewand sah arg nach Wachsfigur aus. Dieses Gesicht schien zu glatt und beliebig, um jemals gelebt zu haben. Künstlich wirkten auch die braunen, seidig glänzenden Haare, die unter der Mitra hervorspähten, und vor allem die ineinandergefalteten graugelben Hände, von denen man wohl schwerlich einen Fingerabdruck nehmen konnte.

Täubner sah sich um. Er war allein. Die Reisegruppen aßen zu Mittag, die Gläubigen hielten Siesta.

Er versuchte den Schließmechanismus des Sarkophags zu entdecken, wollte der mutmaßlichen Wachsattrappe ein Streichholz zwischen die Daumen klemmen und so klären, ob der Selige sich als Kerze eignete.

Täubner fand ein Schloß auf der Unterseite, steckte die Spitze seines Schweizermessers hinein und stocherte eine Weile ohne Erfolg. Er schwitzte stark, teils aufgrund seiner verkrümmten Haltung, teils der Verbotenheit der Tat wegen. Als Täubner Schritte hörte, zog er das Messer zurück und blieb auf dem Boden kauern.

Es war ein Priester, dessen Absätze in Richtung Hauptaltar klackten. Vor dem Kruzifix bekreuzigte er sich schlampig. Täubner hatte sich so zwischen Gebetbank und Säule plaziert, daß er wie aus einem Schlitz heraus beobachten konnte, ohne entdeckt zu werden.

Der Altar war von einem überladen verzierten Gitter umzäunt, goldgelackt, von Putti und Erzrosen überquellend. Links dahinter lag ein Raum, in dem metergroße, bis zu dreihundert Jahre alte Weihkerzen und Votivtafeln umliegender Gemeinden aufbewahrt wurden. Es gab dort auch eine bemerkenswerte Säule, in deren Stein man furchterregende Fratzen gebannt hatte, gescheiterte Existenzen der himmlischen Wehrmacht, Bestien mit lang heraushängenden Zungen und behörnten Schädeln, geweiteten Augen und klagenden Mäulern. Der Priester begab sich in diesen Raum, und Täubner stand auf, fragte sich, warum er eigentlich am Boden geblieben war. Wovor hatte er sich gescheut?

Wäre der Priester denn zu ihm gelaufen und hätte ihn nach dem Grund seines Versteckspiels gefragt? Bestimmt nicht. Wenn doch, wäre es Täubner freigestanden, frech die Wahrheit zu sagen – daß er nämlich einen Heiligen anzünden wollte. In Kirchenkreisen ist das ja nichts Unübliches.

Er sah auf seine Uhr und ging auf die zelthaft plastischen Strahlen des Tageslichts zu.

Eine amerikanische Familie diskutierte, ob sie für den Eintritt auch züchtig genug angezogen war. Die Mädels trugen Shorts über fetten Beinen, und Täubner beschloß, noch etwas zu arbeiten.

Seit sechs Wochen reiste er schon kreuz und quer durch Oberitalien, um für einen alternativen Reiseführer (Schwerpunkt: Kultur und Gastronomie abseits der Touristenrouten) Fotos zu schießen. Guter Job. Die Spesen stimmten. Seine Geliebte war froh gewesen, daß wieder mal von seiner Seite Geld in die Kasse floß.

Ein Abstecher nach Urbino, ein Happen Perugia, dann würde er wieder bei *ihr* liegen, dem letzten Tragpfeiler seiner Weltanschauung. Er hatte Angst.

V
1498

Es dauerte noch ein Jahr und drei Monate. Der Eiterherd war irgendwann verschwunden, was mit einem intensiven Studium des Abammon zusammenhängen mochte oder nicht, in jedem Fall durfte die plötzliche Genesung des Eckzahns wundersam genannt werden.

Wieder füllten helle Stimmen die Luft. Diesmal aber wurde nicht an die Pforten geschlagen. Die Knaben rannten singend und schreiend über das nunmehr schweinisch saubergeleckte Pflaster.

Castiglio trat zur Tür hinaus und packte einen am Kragen.

»Was ist los? Was wird heute verbrannt?«

»Savonarola, Herr!«

»Warte!«

Er holte einen Ballen getrockneter Feigen und reichte sie dem Jungen wortlos. Solcherlei Herolde sollte man keinesfalls unbelohnt ziehen lassen.

Grölend und jauchzend stürmten die Menschen über Straßen und Brücken, sie tanzten in bemerkenswerten Verrenkungen, umarmten einander wahllos, warfen die Beine hoch, klatschten frohlockend in die Hände, so als hätten sie die »heilige Herrschaft« des Dominikaners niemals unterstützt. Aus dem wiedereröffneten Hurenhaus am Ende der Via Manfredi tönte Gamben- und Flötenspiel. Ein ausgelassenes Volksfest begann, schraubte sich zu hemmungslosen Ekstasen hoch, kreischend, barbrüstig, geil hechelnd, blutlüstern, Strudel aus Eros und Tod.

Castiglio lehnte zitternd an der Hüttenwand, seine Knie schlackerten, heftig raufte er sich die Haare, um wach zu werden; er streckte die Arme zur morgendlichen Maisonne, seine Lungen spannten sich und wollten schreien, danken – für die tiefe Gerechtigkeit über den Dingen.

Na also... flüsterte er leise; na also!

Das Zahnfleisch war gesund, Savonarola abgehakt und Da Salò mit einer bloßen Reueerklärung davongekommen. Neue Zeit! Die Rammböcke hatten geübt. Ein Loch in der Mauer. Morgengrauen. Erstes Licht.

Castiglio, der sonst Wert darauf legte, stoisch und bedächtig zu wirken, sank mitten auf der Gasse in die Knie, fing an zu schluchzen, heulte haltlos.

Und niemand kam. Niemand stellte Fragen. Niemand hob ihn auf. Die Massen drängten zum Signorenplatz, um die Hinrichtung zu verfolgen. Damit alle gleich viel sehen konnten, sollte Savonarola in 40 Fuß Höhe gehängt und verbrannt werden.

Castiglio beruhigte sich langsam, blickte auf und betrachtete die an ihm Vorüberstolpernden. Ihre Freude schien ebenso echt oder unecht wie die Jahre zuvor, als man Bedeutenderes verfeuert hatte. Flirrendes, bösartiges Gewühl. Die gleiche Freude, nur ihre Dekoration variierte. Dachte man Tanz, Musik und Betrunkene, obszöne Umarmungen und aus Verstecken hervorgekramte Festkleider weg, alles, was verboten gewesen war, blieben nur Gesichter. An den Gesichtern war kein Unterschied festzustellen.

Er haßte jedes von ihnen aus tiefstem Herzen.

Zeit, fortzugehen.

Schon am nächsten Morgen packte Castiglio seine Habseligkeiten zusammen. Von Salvini hatte er zwei Goldflorine geschenkt bekommen und mehrere in den Wind gesprochene Ratschläge. Von den schweren Folianten nahm er nur den einen mit, dessen Inhalt er nicht auswendig kannte.

Am nördlichen Stadttor warf er sein Beil hoch in die Luft und folgte der Richtung, die ihm die Schneide wies. Es war mehr Tollerei als ernstzunehmende Axiomantie, aber es gab ihm ein Gefühl der Sicherheit.

So begann Castiglio, Bastardsohn eines hingerichteten Astrologen, angehender Magier, Alchemist und Wegbereiter der neuen Zeit, seine Wanderschaft, die er um drei Jahre hatte verschieben müssen.

VI

Cecilia G. war bestens disponiert. Keinen Moment des knapp zweistündigen Konzerts wurde sich Täubner des ungepolsterten Holzklappstuhls bewußt. Er genoß seinen Platz Mitte der dritten Reihe.

Gleitfilmbeschichtete Nacht, von 1000-Watt-Gloriolen aufgemotzt, grün, orange, ocker. Sein Blick schweifte über Insektenschwärme, die im Lichtfall der Scheinwerfer taumelten. Fledermäuse flatterten durch das reichhaltige Buffet, schnappten zu und verkrochen sich wieder in einer der Domnischen. Um zehn Uhr abends betrug die Temperatur noch 26 Grad, bei klarem Himmel. Eine Nacht wie Wein aus Bari, durchtränkt von romantischen Arien. Die Scheinwerfer dichteten dem Dom etwas Gemütliches, Weich-Zärtliches an – ausgerechnet diesem Bauwerk, dessen Inneres Täubner bei jedem Besuch Furcht eingeflößt hatte. Schuld daran trugen die vierhundert steinernen Papstköpfe, die von der Decke des Mittelschiffs starrten; gierige Dämonen, auf Beute lauernd.

Die G. wurde frenetisch gefeiert. Dacapochöre. Täubner erwog, noch essen zu gehn, blätterte im Geiste die Karte des Restaurants Massini durch, entdeckte dann keinerlei Hunger in sich, nur Freßsucht. Wo er doch bald kein Twen mehr war, wollte er fortan strenger auf seine Linie achten. Er ging zum Hotel zurück.

Vom Nachtportier ließ er sich aus der Glasvitrine je eine Flasche Aqua gassata und Orvieto bringen, setzte sich auf den Balkon und suchte den Schwan im Himmel. Nackt bis auf die Unterhose, saß er schweißverklebt auf dem Plastikstuhl, rauchte und schnippte die Kippen drei Stockwerke tief in den Hinterhof. Das Licht seines Zimmers hatte er gelöscht, um vor den Fliegen Ruhe zu haben. Die gaben nichts darauf und setzten, vom Schweißgeruch geleitet, scharenweise zum Angriff an. Täubner ging sich das dritte Mal an diesem Tag duschen. Als er eben die Kabine betreten wollte, klopfte es an die Tür.

»Si?«

»Professore, una lettera!«

Warum nannte ihn der Nachtportier plötzlich Professor? Und wer in aller Welt schrieb ihm hierher einen Brief? Da Täubner nackt war, öffnete er die Tür nur einen Spalt, nahm den Brief, und in der Angst, seiner Geliebten könnte vielleicht etwas zugestoßen sein, öffnete er den Umschlag, noch bevor er den Lichtschalter betätigte. Dann stellte er beruhigt fest, es mußte sich um eine Verwechslung handeln. Der rosafarbene Umschlag trug keine Marke, war also persönlich abgegeben worden, adressiert an einen Professor Krantz, Hotel I Petrucci, Siena. Der senile Nachtportier mußte die Zimmernummern verwechselt haben.

Absender war ein gewisser Nicolo (Nicola?) Burleschetta. Der Brief enthielt zwei Dias und eine kurze Notiz:

Lieber Professor, ich hoffe, dies wird Ihnen ein angenehmer Geburtstagsgruß sein. Ich wünsche Ihnen alles Gute für die Zukunft.
(kraklige Unterschrift)

Neugierig warf Täubner einen Blick auf die Dias, in der schwachen Hoffnung auf etwas Pornographie zur Nacht.

Enttäuschend. Beide enthielten eine grobschlächtige Zeichnung aus Kästchen, in die Zahlen geschrieben waren. Er konnte damit absolut nichts anfangen. Er hatte auch keine Lust mehr, sich noch einmal anzuziehen. Der Irrtum konnte ebenso morgen revidiert werden.

Nach einer lauwarmen Dusche ging er auf den Balkon zurück, trank, rauchte und fand den Schwan diesmal auf Anhieb, was er als gutes Omen nahm.

VII
1510

23. Juni

Freund!

Die ostfranzösische Stadt Dôle, zwischen Rhein und Rhône gelegen, vor weniger als vierzig Jahren völlig zerstört und wieder aufgebaut, betrat ich kurz vor sechs Uhr am Johannistag, nahm Quartier in der Herberge Zum roten Löwen, und bevor ich den Weg zur Universität einschlug, machte ich, sicut meus est mos, einen Spaziergang durch die Hauptstraßen. Ich fand die Stadt, die von nahezu achttausend Menschen bevölkert ist, sehr reinlich, bieder und ohne Protz gebaut. Die Architektur wirkte ganz einheitlich, einem einzigen breiten Entwurf entsprungen. Doch will ich Dich, lieber Umberto, nicht durch Schilderungen quälen, die Du in jedem Reisebericht ausführlicher und objektiver findest, sondern will gleich von meinem denkwürdigen Zusammentreffen mit zwei großen Männern dieser Zeit berichten.

Es war nämlich so, daß ich von den Vorlesungen des Agrippa gehört hatte und demselbigen nachgereist bin, um mich selbst zu überzeugen, inwieweit der erst vierundzwanzig Jahre alte Gelehrte seine schon immense Bekanntheit verdient. Man weiß zu genau, wieviel mutige Schwachköpfe unterwegs sind und ihre Frechheit in klingende Münze verwandeln; wobei sie mehr meinen Zielen schaden als dem bürgerlichen Geldbeutel.

Die Universitätsaula war gestopft voll. Wer auch in Dôle Rang und Namen besaß, hatte einen Sessel reserviert, und ich mußte froh sein, dem Vortrag stehend beiwohnen zu dürfen. Cornelius Agrippa betrat den Saal unter großem, aber nicht übermäßigem Applaus. Er ist ein gutgenährter Mann mit wulstigem Gesicht, starken Schultern, kurzem Körper und breiter Nase. Eine wenig augenfällige Erscheinung, das kannst Du mir glauben. Allerdings ruhten die Augen weniger auf ihm, denn neben Agrippa trottete – sicher ungewöhnlich in solcher Räumlichkeit – ein Setter, schwarz und schlank. Nie habe ich einen folgsameren Hund gesehn. Es schien, als wäre das Tier der fleischgewordene Schatten Agrippas, so exakt reagierte es auf jede kleine Bewegung seines Herrn. Dieses Dressurstück machte Eindruck, und die Hundekundigen im Publikum meinten später, hier müsse Zauberei vorliegen. Agrippa begann nun in leichtem, von vielen Witzigkeiten gewürztem Stil, über den Kabbalisten Reuchlin und dessen De verbo mirifico zu reden – als säße er mit guten Freunden zu Tisch und plaudere Geheimnisse der Kochkunst aus. Auch war die Stimmung einer Universität unangemessen. Agrippa hatte veranlaßt, daß die Herren sich während des Vortrags Wein zur Stärkung bringen lassen konnten, was gut ankam unter den Würdenträgern.

Ich sah mich etwas enttäuscht über den Inhalt seiner Rede – sie war sehr allgemein gehalten, klar für ein Laienpublikum konzipiert, wollte eher Interesse für den Gegenstand wecken, als Neues drüber transportieren. Du, Umberto, hast an der Kabbala ja nie viel Freude gehabt oder gezeigt. Es wird Dir wenig nützen, wenn ich hier beginne, Fragwürdigkeiten, die sich aus der Simplifikation der Materie ergaben, aufzuzählen. Viel unterhaltsamer war auch der zweite Teil des Abends, in dem Agrippa über seine Ableitungen der Reuchlinischen Gematrie, einem neuen Gebiet der Numerologie, berichtete. Falls Du davon nichts weißt, will ich Dir sagen, daß bei dieser Disziplin jedem Buchstaben eine Zahl von 1–8 zugeordnet wird. Jeder Name, jedes Wort kann in seinen Zahlenwerten addiert werden. Vom Ergebnis nimmt man die Quersumme, so lange, bis sie einstellig ist. Von den Zahlen 1–9, die man so erhält, trägt jede einen anderen Charakter, meist janusköpfig in Negativ- und Positivaspekt geteilt.

Agrippa erläuterte an einigen Beispielen die möglichen Verwendungsweisen. Ich halte das Ganze für einen vergnüglichen Spaß, nicht mehr. Doch kommt die Gematrie in Mode; viele Menschen hier vergleichen nun die Summen der Wörter und stellen den Zahlenwert von Namen in Prüfung. Angeblich sollen schon Hochzeiten abgesagt worden sein, weil der Name der Braut den gleichen Wert ergab wie das Wort Hure oder Verschwenderin.

Falls Du Dir selbst einmal Muße für dieses Thema erlauben willst, so lege ich Dir das von Agrippa verwendete System bei, das auf dem hebräischen Alphabet beruht:
1: A, I, J, Q, Y
2: B, K, R
3: C, G, L, S
4: D, M, T
5: E, H, N
6: U, V, W, X
7: O, Z
8: F, P
Dein Name, Umberto Nursio, ergibt die Summe 54, davon die Quersumme ist 9, nun schätz dich glücklich: Die 9 ist die königliche Zahl, die der Musen; sie verheißt Ideenreichtum und schöpferische Kraft. Mir selbst ist die 8 verliehen, welche Glück und Erfolg verspricht, Zuverlässigkeit, Standhaftigkeit und Ausdauer. Im negativen Aspekt droht mir Starrsinnigkeit, welche den Erfolg leicht in Mißerfolg umschlagen lassen kann. Ich finde uns beide treffend charakterisiert, trotzdem – genug davon und weiter:

Nach dem Vortrag wurde Agrippa in feierlicher Form die Doktorwürde der Theologie verliehen, was ihn rührte. Seine Dankworte zeugten von ehrlicher Freude. Er hatte nun einige Verpflichtungen. Viele wollten Genaueres von ihm erfahren oder stellten dumme Fragen, oft nur um von sich behaupten zu können, mit ihm »diskutiert« zu haben. Eklige Meute. Ich hielt dies Schauspiel kaum aus, näherte mich dennoch, schob einige beiseite, nannte meinen Namen. Agrippa ließ sich herab und versprach, mich noch vor Mitternacht in meiner Herberge aufzusuchen. Solch unprätentiöse Art erstaunte mich. Wir hatten zuvor zwei-, dreimal korrespondiert, in ganz floskelhafter Form. Ich hatte ihm einige meiner Ansichten unterbreitet, er hatte gedankt und Glück gewünscht.

Ich ging in die Herberge zurück und aß gut zu Abend. Auf mein Zimmer ließ ich einen kleinen runden Tisch, Wein und leichtes Konfekt bringen.

Es dauerte aber bis nach Mitternacht, als Agrippa endlich eintraf: als ich schon nicht mehr daran geglaubt und alles Konfekt selbst gegessen hatte.

Zu meiner Verwunderung brachte er noch jemanden mit, einen Abt von etwa fünfzig Jahren, der dicke Ringe an den Fingern, viele Ketten um den Hals trug und einen stumpfsinnigen Eindruck machte, wie man ihn so nur bei trächtigen Kühen und pyknischen Dorftrotteln findet. Ich beschwere mich leise bei Agrippa – unsere Zusammenkunft sollte doch persönlich sein! Wie konnte ich in der Gegenwart eines Abts frei reden, fragen und Auskunft geben?

Agrippa lächelte und sprach laut: »Es verhält sich dergestalt, daß ebenso dringend wie Ihr mich, ich diesen Herrn kennenlernen wollte und unsre Pläne keine andere Konstellation zuließen, als hier bei Euch zusammenzutreffen. Überdies bin ich sicher, erfahrt Ihr erst den Namen Eures ungebetenen Gastes, werdet Ihr mir verzeihen. Ihr seht vor euch: den Doktor und Abt des Klosters Würzburg, Johannes Trithemius!«

Jessas.

Bei diesen Worten wurde mir flau ums Herz, wie Du Dir vorstellen kannst; ich stand, verlegen und beschämt, da wie ein nasser Zwerg. Allein, Trithemius – theologischer Berater des Kaisers Maximilian, Verfasser von fast hundert theologischen, philosophischen, medizinischen, mathematischen und magischen Schriften, Übersetzer Homers, Kenner der Sprachen, ehemaliger Abt des berühmten Klosters Sponheim – brach in schallendes Gelächter aus und gab mir die Hand. Wir setzten uns zu Tisch. Mit meinen siebenunddreißig Lebensjahren schlotterten mir die Knie wie einem Bengel vor der ersten Beichte...

Es war nun an der Zeit, Komplimente zu tauschen.

Agrippa wurde ein Lob für die interessante Vorlesung erteilt und zur Doktorwürde gratuliert. Prosit! Ich sagte Trithemius, daß ich viele seiner Werke mit Aufmerksamkeit und Vergnügen gelesen hätte, zuletzt die Laudes et utilitates studii et lectionis scripturae sacrae, *in welchen er nützliche Hinweise gibt, die Heilige Schrift anders, besser und tiefer zu lesen, vor allem die Apokalypse, die viel Magisches enthält. Es stellte sich übrigens gleich heraus, was Trithemius an den Brustketten, in Glas gefaßt, trug: Es waren Reliquien! Besonders auf ein Fingerglied der heiligen Hildegardt war er stolz und gab an, es habe in manchen dunklen Nächten geleuchtet. Nun ja.*

Mir ein Kompliment zu machen fiel ihnen schwer, da meine einzige Schrift, die Ars detestationis, *bisher ihren Weg in beider Hand nicht gefunden hat. Kurz referierte ich meinen Werdegang – wie ich nach Savonarolas Tod nach Bologna kam und als Hauslehrer die Mittel verdiente, ein eigenes Laboratorium einzurichten. Über die alchemistischen Versuche schwieg ich, da mir Trithemius' Position hierzu nicht bekannt war. Genauer befragt wurde ich zu dem Unglück unseres Freundes Lucas Gauricus; es hat sich in ganz Europa herumgesprochen, daß der Prophet vom Fürsten Bentivoglio der Folter des fünfmaligen Strappado unterzogen wurde, nur weil er dem Bentivoglio geweissagt hatte, er werde seine Herrschaft verlieren.*

Nun, Lucas hat es ja grad so eben überstanden und durfte miterleben, wie Papst Leo den Bentivoglio verjagte. Prosit! Trotzdem wurde das Schicksal des Lucas, der seine Arme kaum noch gebrauchen kann, mit tiefer Bestürzung aufgenommen, und auch mich – der ich als Gauricusverehrer die Stadt verlassen mußte – bemitleidete man anständig, was mir – ich gesteh's – in der Seele wohl tat. Der Wein trank sich gut, und schon mußte ich den Wirt um eine zweite Bestellung angehen.

(Bei der Gelegenheit – es ist unpassend an dieser Stelle, aber Du mußt mir noch etwas Geld vorstrecken. Geht das?)

In brennender Neugier fragte ich den Trithemius über die Gerüchte aus, die seine vier bisher nicht erschienenen Bücher der »Steganographie« betreffen. Er gab an, in diesen Büchern werde dargelegt, wie man eine Nachricht verdachtslos so mutieren kann, daß kein Mensch deren Inhalt errät – falls er nicht den Schlüssel dazu besitzt. Eine einfache und ebenso geniale Idee.

Nach bestimmten Prinzipien ersetzt man den eigentlichen Buchstaben durch einen anderen, oder man vertauscht die Reihenfolge – oder schiebt Buchstaben ein – oder setzt statt ihrer ganze Wörter. Es gibt viele Wege, geeignete Schemata zu erarbeiten. Besonders fesselnd waren seine Ausführungen zum dritten Buch, *welches in der Kunst unterweist, sich Luftgeister zur gedanklichen Nachrichtenübermittlung gefügig zu machen. Trithemius betonte, er habe hierin viel von dem griechischen Philosophen Menastor gelernt – den kenne ich nicht.*

Es handle sich hierbei ausschließlich um natürliche Magie, ohne jedes Teufelswerk, doch sei er in falschen Verdacht geraten, weil er gegenüber dem Neider und Idioten Bovillus von seinen reinen Absichten gesprochen habe, ohne Prinzip und Clavis offenzulegen. Dieser Bovillus, ein Pestkerl, habe nun im voraus die »Steganographie« als goëtisches Zauberbuch verketzert, weshalb Trithemius es vorzieht, das Werk noch nicht erscheinen zu lassen.

»Vielleicht wird es erst in hundert Jahren gedruckt! Einerlei!« meinte er seelenruhig, und ich stimmte ihm zu – denn wo Idee und Prinzip geboren sind, ist die Mechanik der Prozedur nicht schwer zu ergänzen. Hat man erst den Inhalt, ist der Rest nur noch Formsache.

»In dieser unsicheren Zeit«, meinte er, »heißt es Geduld üben und warten. Nichts schadet der Wissenschaft mehr, als sich in weltliches Getümmel zu mischen. Wenn die Grenzen der Länder sich beinah täglich verschieben, liegt in der Geheimschreibekunst zuviel politischer Zündstoff.«

Ich wollte etwas einwerfen, suchte aber zu lange nach Worten; schon hatte sich das nächste Thema ergeben.

Trithemius ließ sich zu seinem Triumph über Wigandus aus, der in der Streitfrage, ob die Madonna unbefleckt empfangen wurde wie ihr Sohn, das Nein vertreten hatte, wie es die Dominikaner im Gegensatz zu den Minoriten tun.

Zur Schmähung der Dominikaner erzählte er eine Anekdote, von einem jungen Schneidergesellen namens Jesser. Der habe, von religiöser Inbrunst erfüllt, um Aufnahme als Laienbruder ins Dominikanerkloster zu Bern ersucht. Dies wurde ihm gewährt, und im folgenden suchte man über ihn, den Gutgläubigen, die dominikanische Haltung im Marienstreit zu beweisen. Das ging so: Prior, Subprior, Lektor und Prokurator des Klosters verkleideten sich abwechselnd als heilige Barbara, auch als Madonna höchstselbig, erschienen ihm in seiner Zelle, verkündeten, daß die Minoriten unrecht hätten; die Mutter Jesu sei auf normalem Wege empfangen worden und von der Erbsünde nicht befreit. Auch betäubten sie den Ärmsten, dem man wohl alles hätte vormachen können. Zum Schluß stigmatisierten sie ihn sogar, durchbohrten ihm Hände und Füße.

Doch der Schwindel flog auf und es gab einen Prozeß; Jesser wurde verbannt, die vier Betrüger hingerichtet. Das geschah vor zwei Jahren und fügte dem Dominikanerorden schweren Schaden zu. Süffisant schilderte Trithemius, wie Wigandus, durch den Schiedsspruch des Udalricus Kreitwys und des Tomus von Scotia, wegen seiner Dreistigkeit Verzeihung erbitten mußte. Jetzt werden die Franziskaner den Marienstreit wohl gewinnen, und ich bekam noch größeren Respekt vor der Macht, die hinter diesem Manne steht, den nun nicht nur die Universitäten von Köln, Paris und Tübingen, die Minoriten und Karmeliter, sondern auch die größten Teile des Klerus hier und in Deutschland unterstützen.

Vollends bescheiden wurde ich, als es um die acht Fragen ging, die der Kaiser ihm zu theologischen Dingen gestellt hatte, deren mündliche Beantwortung er zur Zeit schriftlich fixiert. Trithemius gab ein kurzes Referat darüber ab, wie er die erste Frage – warum Gott von den Sterblichen lieber geglaubt als gewußt werden wollte – behandelt hatte. Hierbei verwendete er zwei Zitate: eins des Empedokles, das besagt, Gott sei eine Kugel, deren Zentrum überall, deren Umfang aber nirgends liege, und eins des Cusanus, über das wir in Disput kamen. Cusanus sagt nämlich, Gott sei eine gerade Linie, welche einen Kreis beschreibt. Tja. Meiner bescheidenen Meinung nach ist eine Gerade eben durch ihre Unendlichkeit als eine solche definiert.

Trithemius aber sprach, eine Linie, die weder Anfang noch Ende habe, müsse einen Kreis machen, wiewohl sie nicht als Kurve, sondern als Gerade zu denken wäre.

Nun, Umberto, ich drang hierin nicht weiter und bitte Dich, mir deine Meinung als Mathematiker zu schreiben. (Apropos – ich bräuchte ca. 30 Gulden – geht das?)

Agrippa, der sich bis dahin recht still verhalten hatte, wollte nun das Terrain nicht ganz uns Älteren überlassen. Wirklich – ich hatte *ihn völlig vergessen und auch alle Fragen, die ich ihm stellen wollte. Solche Kraft hatte der Redeschwall des Abtes gehabt.*

Agrippa lockerte die Stimmung weiter auf, indem er abenteuerliche Geschichten aus seinen zwei Dutzend Lebensjahren erzählte. Das meine ich nicht ironisch. Agrippa ist tatsächlich der Abenteurer und Glücksritter, der ebenso Legenden wie Verleumdung anzieht. Man sagt ihm Betrug, Unzucht, Falschmünzerei nach. Ob daran Wahres ist, vermag ich nicht zu sagen, in jedem Fall besitzt er, was man dazu braucht: Charme und Redegabe.

Er war im Dienst des unglücklichen Fürsten Gerona gestanden, den seine Bauern vertrieben haben. Mit Agrippas Plan wurde das schwarze Fort zurückerobert, was ihn in der Gegend sehr unbeliebt machte. Es kam zu neuen Aufständen, Gerona wurde getötet, und Agrippa gelang die Flucht nur unter großer Gefahr, als Lepröser verkleidet. Man sagt auch, Kaiser Maximillian habe ihn als Spion in Paris verwendet, wozu sich Agrippa nicht äußern wollte.

Ich denke, wenn er erst die Behinderungen, die ihm seine Jugend auferlegt, abgestreift hat, kann Großes aus ihm werden: Er ist umfassend gebildet, scheut kein Risiko, hat Witz und Stil.

Bald sprach er über sein soeben beendetes Werk: De occulta philosophia, *welches alles geheime Wissen der Jahrhunderte sammle; fügte allerdings hinzu, es im Moment – bis auf ein paar Exemplare für Freunde – nicht herausgeben zu wollen. Er habe vor, sich irgendwo niederzulassen, vielleicht in England, um ungestört arbeiten zu können und von der Plage der Engstirnigen nicht belangt zu werden. Ich rief, die Welt hungere nach Büchern wie dem seinen, aber Trithemius fiel mir ins Wort und gab Agrippa recht – es sei nicht der günstigste Zeitpunkt, sich so zu exponieren.*

Wie Du vielleicht gehört hast, hat Trithemius – im Auftrag irgendeines Markgrafen – Codices von »schwarzmagischen«, »schädlichen« und »verdächtigen« Büchern aufgestellt, den Antipalus maleficorum. *Ich war vom Wein so mutig geworden, ihn daraufhin anzusprechen, und scheute auch nicht, zuzugeben, fast alle gelesen zu haben: den Hermes, die* Clavicula, *den Ganello, das* Elucidarium Necromantiae, *den Arnoldus von Villanova ... Trithemius' Reaktion erstaunte mich.*

Er griff mich nicht an, im Gegenteil, er verteidigte sich, und das erfindungsreich. Er sagte, es sei doch grade das Verdächtige, was die Menschen anziehe, kein Buch könne sich einen besseren Herold wünschen. Er stellte auch klar, eindeutig den Rat des Albertus Magnus wiederholt zu haben – daß diese Bücher nämlich nicht vernichtet werden dürften, sondern unter Verschluß in Klöstern, Kathedralen oder Gymnasien gehalten werden müßten, in der Absicht, gefährliche Teufelsmeister mit ihren eigenen Waffen zu schlagen. Bei genannten Orten handle es sich ja nicht um Hindernisse, die euphorische Gebildete zurückhalten könnten. Auch werde so die Gefahr gebannt, daß Unwürdige die Schriften zu üblen Zielen verwenden.

O nein! Mit allem Respekt widersprach ich; erstickte fast im Geschling meiner gedrechselten, nach allen Seiten hin abschwächenden Sätze.

Ich sagte ungefähr, das neue Zeitalter sei da, jetzt müsse anders vorgegangen werden, mutig und offensiv. Diese Bücher sollten eine breitere Öffentlichkeit erreichen, um das Neuartige der Zeit zu manifestieren!

Trithemius sah mich an wie einen Irren und zitierte in fast mitleidigem Ton den Albertus – daß man »der Menschen entsagen und verschwiegen sein« müsse.

Auch Agrippa verteidigte die Hermetik, aber ich hege den Verdacht, er tat das nur, um den Abt auf seine Seite zu ziehen.

Weil sich obiger Satz des Albertus auf die Alchemisten bezog, kamen wir auf jene zu sprechen. Trithemius verurteilte sie sehr pauschal: Sie versuchten, die Körper und Stoffe in Teile zu zerlegen und neu zusammenzufügen, wüßten also nicht um das Universelle und kennten die Wurzel der Naturkraft kaum. Was soll man dazu sagen? Das hab' ich nicht verstanden.

Welches Universelle wird denn verletzt, wenn man Stoffe in Teile zerlegt? Es kam zu keiner Klärung. Trithemius schwadronierte wie ein Prediger, der Hunger hat. Als nächstes verurteilte er die Astrologie, und zwar zahmer, als ich es tue.

Ich hielt eine scharfe Brandrede wider das Sternenlesen, und beide fragten verwundert, warum ich denn dann den Lucas Gauricus verehren würde.

»Lucas hat nur zum Schein die Sterne benützt! In Wahrheit hatte er Visionen, die er aufgrund von Beschwörungen erhielt!« Ich biß mir auf die Lippe. Es war sehr leichtfertig, soviel über Lucas zu offenbaren, der sich zur Zeit ja auch noch in Frankreich aufhält.

»Habt Ihr nicht erwähnt, Euer eigener Vater sei Astrologe gewesen?« fragte Agrippa.

Ich antwortete, ja, er habe mit dem Tod dafür büßen müssen, ohne daß sein Opfer sehr sinnvoll gewesen sei.

Sie fragten weiter, warum ich mich nur Castiglio nenne, warum ich keinen zweiten Namen trüge? Ich sagte, vielleicht verleihe man mir einmal ein Attribut, aber das müsse man sich verdienen.

Sehr undiplomatisch war das – wo beide meiner Gäste sich ihre Namen selbst erwählt hatten! (Trithemius heißt eigentlich »von Heidenberg«.) Agrippa tat leicht säuerlich. Trithemius schien darüber zu sinnen, was er sich noch Wohlklingendes anhängen könne. Wir drei – das ist interessant – wurden übrigens im Abstand von je zwölf Jahren geboren. (Der Abt gab an, im achtundvierzigsten Jahr zu stehn.) Zurück zum Thema, dem Sternenlesen.

Trithemius redete über das Fatum, dem Schuld zuzuweisen Lüge sei – der Wille des Menschen ist frei und allein Grund seiner Sünden. Agrippa wollte die Astrologie nicht so heruntergeputzt haben und erlaubte sich einige Zitate passender Autoritäten, etwa des Marsilio Ficino; daß die Sterne keine Gewalt über den Willen, aber über den Körper besitzen. Er hatte dann doch nicht den Mut, sich einem Argumentenaustausch zu stellen, und daran tat er gut. Trithemius ist ein wandelnder Karteikasten und zitiert jeden in Grund und Boden.

Agrippa lenkte das Gespräch geschickt zu seinem liebsten Steckenpferd: der Macht des Willens über den Körper. Er sprach, daß Phantasie und Imagination die Leidenschaften der Seele regierten. Der physische Körper werde durch Annahmen und Einbildung merklichen Wandlungen unterzogen. Keineswegs dürfe man unterschätzen, wie stark das Fleisch durch Geisteslaunen beeinflußt werde. Zum Beispiel sei ein Liebespaar durch starke Zuneigung befähigt, die Krankheiten des jeweils anderen zu spüren. Durch glaubhaft vorgetragene Diagnose könne der Arzt einen Ge-

sunden krank machen. Namentlich Kindern könne jedes Gebrechen wie Blindheit, Taubheit, Lähmung et cetera eingeredet werden...

Trithemius meinte, das klänge arg nach den Methoden der Unholdinnen, welchen er ein gnadenloser Feind ist. Er will sie alle verbrannt sehen und lobt das Gedenken Papst Innozenz'.

Agrippa behauptete erschrocken, man hätte ihn mißverstanden, man könne jemandem natürlich auch Tugenden einreden und damit die gefährlichen inneren Triebe zügeln... Er fuchtelte wie ein Pferdehändler und gab sich eine Viertelstunde lang Mühe, die Bedenken des Abtes zu zerstreuen.

Trithemius besitzt nämlich ein sehr undurchsichtiges Verhältnis zur Magie. Im Gegensatz zu seiner vorherigen Meinung (über die verbotenen Bücher) zog er plötzlich eine scharfe Grenze zwischen natürlicher und Schwarzmagie, Schweiß trat ihm auf die Stirn, er war wohl schon etwas betrunken. An den antiklerikalen Reden, die Agrippa fortlaufend hielt, hatte er sich nicht gestört, auch sonst war mein bisheriger Eindruck der eines milden, liberalen Geistes gewesen. Nun schien es, als habe er sich vielleicht zu weit vorgewagt; ich glaubte sogar, Angst in seiner Stimme zu hören. Trithemius ist ja bekannt dafür, etwas in seinen Schriften schon zu widerrufen, wenn auch nur der päpstliche Kammerdiener die Stirn runzelt. Und doch hat er Kaiser Maximilian den Geist seiner verstorbenen Gemahlin herbeibeschworen!

Um einen neuen Konsens zu erreichen, redete ich endlich über meine Ars detestationis, *die »Kunst der Verwünschung«, das paßte gut zum Thema Agrippas.*

»In der Gegend, aus welcher ich stamme, wird auf Flüche viel gegeben. Wenn einer verflucht wird, nimmt er sich das sehr zu Herzen, besonders wenn der Fluch hart und kraftvoll gesagt wird, in der Wucht der Worte tief dringt. Ganz folgerichtig begannen einige Gelehrte den Wortlaut solcher Flüche, die meist Verderbnis, Impotenz oder ewige Verdammnis wünschen, zu sammeln. Gewisse Poeten, gewandt in Metrik und Vokabular, geben sich inzwischen sogar her, Verwünschungen auf Bestellung zu verfassen. Ich interessierte mich dafür und stellte ein Buch zusammen, das über hundert derartiger Racheverse enthält, wobei ich die Kon-

gruenzen untersuchte, die sich aus Wortgewalt, Metrik und praktischen Resultaten ergaben. Ich bot Ratschlag, das Wesen der Verwünschung zu verstehen und auf diese Weise Opfern die Angst zu nehmen. Andererseits – zugegeben – legte ich damit dem Fluchenden eine Waffe in die Hand, doch glaub' ich nicht, daß mir das jemand als Hexerei oder Maleficium auslegen wird. Im Gegensatz zu den altrömischen Fluchtafeln, die heimlich beim Haus des Opfers vergraben wurden, handelt es sich hier ja nur um ein gesteigertes rhetorisches Mittel!«

Trithemius reagierte begeistert und schien sich wieder völlig in der Gewalt zu haben. Er gab auch zu, daß Aberglaube manchmal nütze, wo ärztliche Kunst versage. Allerdings – hierzu klopfte er auf den Tisch – könnten dämonische Krankheiten zwar nur durch Exorzismen, natürliche Krankheiten aber nur durch natürliche Mittel geheilt werden.

Hierin gaben wir ihm beide recht, der Konsens war erreicht, wir tranken darauf.

Trithemius wollte meine Schrift kaufen, ich trug jedoch kein Exemplar bei mir. Er, Mitglied der Heidelberger Societas Literaria, kennt einige Leute, die sich an ähnlichen Dingen – magischer Linguistik, Auffinden der Ursprache et cetera – versuchen, und will mir Verbindungen schaffen. Ist das nicht fabelhaft?

Es war währenddessen halb fünf Uhr morgens geworden, und erste Dämmerung stand blau im Fenster. Wir warn alle berauscht, und Trithemius empfahl sich, versicherte uns seiner Freundschaft, seines Wohlwollens, seiner Fürsorge. Dann schwankte er die Treppe hinunter, wo er mit einer Dienstmagd zusammenstieß. Die muß was Freches gesagt haben, denn man hörte ihn plärren: »Weib, aus dem Weg! Ich bin Trithemius! Ich sag' dem Kaiser alles, was recht ist, jawoll! Hau ab in die Latrine und scheiß ein Dutzend Stachelschweine!«

Agrippa und ich sahen dem Abt lachend nach, wie er über das Pflaster torkelte und die Reliquiengläser auf seiner Brust gegeneinanderklimperten; ein wenig heilige Hildegardt, ein bißchen heilige Anna und andere Fragmente christlicher Heroen.

»*Was eine seltsame Figur!*« *kommentierte Agrippa.* »*Seine finanziellen Mittel verdankt er übrigens einem Universalrezept. Wußtet Ihr das?*«
»*Nein.*«
»*Es schärft die Augen, stärkt den Magen, frischt das Gedächtnis auf, verzehrt gefahrlos die schlechten Körpersäfte, vertreibt Herzklopfen, reinigt das Gehirn und schützt zu starke Beleibtheit vor Apoplexie!*«
»*Wirklich wahr?*«
»*Ja, vor allem donnerstags von neun bis elf!*«
Wir waren schon so besoffen, daß uns das Gelächter Tränen in die Augen trieb.
»*Ein feiger Opportunist ist er, ein Speichellecker!*« *schimpfte Agrippa, dessen Latein jetzt stark petronische Züge annahm.*
»*Wollt Ihr wissen, Castiglio, was er mir auf dem Weg hierher erzählt hat? Er plant ein sechsbändiges Werk über Marienwunder! Kaum zu glauben. Mit jedem zweiten Wort sprach er von Vorsicht, Umsicht, Rücksicht! Er riet mir allen Ernstes, die heilige Anna als Schutzpatronin zu erwählen, sie erscheine ihm oft im Traum und sei ihm sehr zugetan!*«
Dann parodierte er den Abt, indem er den Bauch vorstreckte, mit den Augen rollte und weinerlich quäkte: »*Ich hab' Sponheim zu 'ner Akademie gemacht; die Gelehrten strömten zum Kloster wie zum Orakel Apollos. Dann haben mich die blöden Mönche verjagt, meine gesamte Bibliothek in Schutt und Asche gelegt, Sauerei, ich meldete alles der lieben Anna, damit sie die Schufte bestrafe, und ich bat den Papst um Absolution etwaiger Sünden, man kann ja nie wissen!*«
Lieber Umberto – was war aus diesem würdigen Zusammentreffen geworden? Agrippa krümmte sich vor Lachen über eigene Witze und trank mit solcher Gier, daß ihm Wein über die Brust lief.

Ich hielt inne in meiner Heiterkeit. Mir war unheimlich geworden, weiß nicht warum. Ein Frösteln bohrte sich durch die Knochen, das weder von Müdigkeit noch Kälte herrührte. Und plötzlich – ich schwöre, daß ich die Wahrheit sage – hatte ich eine Vision, von wenigen Sekunden Dauer: ein breites Gemälde voll Menschen und Häusern, mit einem Hügel, auf dem ein Scheiterhaufen errichtet war. Ich sah den Delinquenten, sein Gesicht blieb undeutlich, doch war's bestimmt niemand, den ich kannte. Ein Dominikaner warf die Fackel, und das Reisig flackerte lichterloh und der Hügel begann zu stöhnen unter der Hitze, und aus dem Stöhnen der Erde, des Grases und der Bäume wurde ein Gesang, den ich so klar vernahm, als brüllte ihn Agrippa mir ins Ohr. Schwerter blitzten. Waffenklirren mischte sich in den Gesang. Dann verschwand die Vision, so plötzlich, wie sie gekommen war. Ich fiel aufs Bett vor Schreck und zog die Knie an die Brust.

Agrippa beugte sich vor auf seinem Stuhl und fragte, was mir fehle. Ich schwieg und trank mit zitternder Hand einen Becher Wein.

Wahrscheinlich ist es einfach nur so gewesen, daß mein Sinn durch die große Fülle dieses Tages überladen war und sich in einem Trugbild Befreiung schaffen mußte. Ich suchte mich gleich zu beschwichtigen, riß mich zusammen und redete mit Agrippa über Dinge, die im Beisein Trithemii nicht schicklich gewesen wären.

Bald ging's mir wieder gut.

Agrippa ist beseelt wie ich von der Suche nach dem Stein der Weisen, dem Lebenselixier und der großen Wundarznei, doch verwendet er darauf nur den geringeren Teil seiner Zeit, da ihm geistige mehr als praktische Arbeit liegt, und ihm ebenso wie mir zu diffizilen Experimenten Räumlichkeit und Ruhe fehlen. Er versprach, mir aus England zu schreiben. Vielleicht könne man zusammenarbeiten...

Ich erzählte ihm auch von Dir, überhaupt vom Bologneser Kreis, von Da Salò, vom Cocle, von Ferri, von Lucas und den anderen. Agrippa würde sich freuen, mit Dir über Mathematik und Zahlenmagie zu korrespondieren. Was sagst du dazu?

Die Sonne ging auf, streckte, segnenden Händen gleich, ihre Strahlen in die Stube, und wir beschlossen unsre Freundschaft, umarmten uns und tranken auf die Herrlichkeit des Morgengrauens, in seinem stählernen Glanz, seiner schneidenden Helle. Ein großartiger Moment! Wir schworen, die Fesseln der Welt zu sprengen, das marode Rom zu zerschlagen, den geheimen, unterdrückten Künsten Freiheit zu verschaffen und Erde wie Menschen ein neues Gepräge zu geben.

Ich weiß, ich weiß genau, was Du dazu sagst, Umberto, ich kenne Deine Argumente und seh' Deine Züge vor mir, wenn Du diese Zeilen liest. Aber selbst wenn es nur Torheit war, die uns zu solchen Schwüren trieb – dieser eine Moment hat mir zehn vergeudete Jahre aufgewogen. Was soviel Gewicht hat, kann unmöglich Torheit sein.

Du sagst, Umberto, es gäbe auf der Welt zweierlei Art von Menschen, die einander nie verstehen würden, da Gott für die einen das Licht der Sonne, für die anderen, wenigeren, das Licht des Mondes geschaffen habe.

Aber es gibt auch die Stunde, wo beide sich begegnen, ansehn und grüßen. Diese Stunde soll unser Jahrhundert sein! Das magische Jahrhundert.

Sol tibi luceat mihique luna.
In Freundschaft,
Castiglio

VIII

Täubner glaubte, der Schädel würde ihm schmelzen. Die Stiche juckten, sein Italienisch war dürftig, und der Tagesportier sprach kein Wort Deutsch.

»Lettera! Per il professore Krantz!«

»Krantz? Krantz partita, understand? Gone away.«

»Ma...«

»Gone away! Sis morning!«

Täubner schnaubte. Wie sollte er dem Portier erklären, daß dieser zerrissene Umschlag ein Brief an Krantz war, den sein Nachtkollege falsch zugestellt hatte?

»Per favore... äh... the address of the professore.«

»Address?«

»Si. Questa lettera! Errore! Verdammt, ich werd' ihm den Brief selber nachsenden, capito?«

»Si, Si, address... un momento...« Der Portier schlug das Buch auf und las nach. »Ecco! Krantz... Camera centododici.«

Hundertzwölf. Täubner war auf hunderteinundzwanzig quartiert. Deshalb.

»No, no... the address! La città! Come se dice? Indirizzo! Where does Krantz live?«

Endlich verstand der Portier und deutete auf eine Stelle in dem Buch: Stoccolma, Svezia. Keine Straße dabei. Machte nichts. So viele Professoren namens Krantz würde es in Stockholm nicht geben. Das war rauszukriegen. Täubner nahm sich einen der Umschläge des Hotels, steckte den aufgerissenen Brief samt Dias hinein und verstaute ihn in der Innentasche seiner Lederjacke.

IX

Österreichische Grenze, Nacht, »Salad days« von den Young Marble Giants im Walkman, ein zersplitterndes Konterfei im Regen. Zugfenster, Spiegelbilder und andere dreckige Lügen. Griff nach dem Perlmuttkamm. Alle Zeitungen gelesen. Mitreisende ekelerregend. Kein Pils aus der Zugbar mehr, Täubner wollte in Form sein. Noch eine Stunde. Nervosität und Langeweile.

Im letzten Telefonat vor der Heimfahrt hatte die Geliebte sehr sachlich geklungen, abgehackt, ihre Stimme hatte einem Belegtzeichen geähnelt.

Ablenkungsversuche. Versuche, mit den nackten Fingern Geduldsspiele zu erfinden.

Täubner nahm alles, was er an Papier bei sich trug. Auch der Brief an Krantz war darunter. Er zog die Dias heraus und betrachtete sie ein zweites Mal im Notlicht. Die Kästchen und Zahlen waren auf an den Rändern zerfranstes Papier gezeichnet. Bütten? Pergament? Oben links ein winziger Klecks. Tusche. Vielleicht auch schwarze Tinte. Oder sonstwas. Zahlen von eins bis sechs, scheinbar systemlos verstreut.

Es konnte sich um einen Bebauungsplan handeln. Eine Flurbereinigungsurkunde? Vielleicht eine Modellbauskizze. Oder was Physikalisches?

Er legte Dias und Brief auf die Ablage, neben die drei leeren Pilsenerdosen. Mieses Bier. Vor zwölf Stunden hatte er noch, in freudiger Erwartung, eine Flasche Sassicaio gekauft. Nach dem Telefonat war sie nichts mehr wert gewesen, hatte wie billiger Chianti geschmeckt.

Täubners Kopf sank auf die Brust. Er nickte ein, sein Schnarchen störte das Geschwätz der Mitreisenden, aber sie ließen ihn in Ruhe.

Ein Traum. Die über alles in der Welt Geliebte, nackt in einem gläsernen Schlauchboot, auf dem ruhigen Wasser eines Weihers und am Ufer eine Tafel: *Ein Wunder erhielt ihre Schönheit über fünf Jahrhunderte unversehrt.* Fliegende Schwertfische schleudern sich hoch, treffen das Schlauchboot, stoßen hinein; es säuft ab.

Als er erwachte, war das Abteil leer. Der Zug stand. München. Sofort hellwach, griff er sein Gepäck und rannte durch den Gang, stolperte auf den Bahnsteig, und da war *sie*, sah sich um, wirkte ärgerlich. Er stürmte auf *sie* zu. *Sie* nahm ihn in die Arme und feixte, ließ sich von ihm hochheben, küssen.

Wortlos gingen die beiden zum Auto.

Während der Fahrt durch die City sagte *sie*: »Nicht während der Fahrt!«

Er nahm seine Kamera, schraubte den Blitz auf und knipste *sie* im Profil. Reifen quietschten. Der Wagen hielt auf der Standspur.

»Bist du VERRÜCKT? Du hast mich erschreckt!«

»Was?«

»Der Blitz! Tu das NIE WIEDER!«

Täubner murmelte eine Entschuldigung, die Fahrt ging weiter.

Er dachte an verschiedene Dinge. Er bekam auch das Gefühl, irgendwas im Zug vergessen zu haben. Daß es Brief und Dias waren, fiel ihm erst in der Pasinger Tiefgarage ein.

Na und? dachte er sich. Muß ich's Krantz nicht mehr schicken, macht zehn Minuten mehr Freizeit...

X
1528

Drei Jahre lag die Schlacht von Pavia zurück, und noch immer wagten die Bauern nicht jene Felder zu bestellen, auf denen der Tod am verschwenderischsten getafelt hatte. Castiglio liebte es, durch derlei Äcker zu stapfen; wenn klebrige Erde sich an die Stiefel krallt – Totenhände, die umsonst nach Licht greifen, abrutschen, haltlos zurück in den Schlamm sinken.

Fette Mücken eroberten das getaute Land. Castiglios Stiefel schmatzten; Pfützenwasser drang durch die Risse im Leder, ein Absatz drohte sich zu lösen, Lehmklumpen zerrten daran. So weit war es also gekommen.

Spaziergänge auf Schlachtfeldern, mühsame Rekonstruktion verschollener Lebenslust, qualvolle Erinnerung an Rausch, Flamme, Schwur.

Fünfundfünfzig Jahre Leben, von miserablem Schuhwerk getragen. Mist. Er war ein alter Mann geworden. Obwohl er sich gesund und kräftig fühlte, würde die Weltentwicklung bald auf sein Mitwirken verzichten. Zweifelsohne. Der Empirik des Verfalls würde er keine Ausnahme entgegensetzen, keinen Trotz bieten können. Schade. Wo es grad spannend war wie nie.

Höchstens der baldige Fund des Lebenselixiers bildete geringe Hoffnung. Viele arbeiteten daran.

Castiglio stampfte auf; zwei balzende Vipern krochen in ihr Erdloch, erschreckt von der Erschütterung. Castiglio marschierte weiter. Der Absatz blieb. Mist!

Müssen die Wehen einer neuen Zeit grundsätzlich Chaos heißen und Agonie? Kann niemand Modell und Plan erstellen? Gestaltet sich Zukunft selbst? Ist Chaos eine Gottheit? Da das Chaos Götter schuf, muß dem so sein: eine rohe Gottheit, jugendlich sprunghaft, kindlich grausam, eine launische Gottheit, die sich dauernd neu erfindet, jede Minute ihre Kleider wechselt und keine menschliche Dienerschaft duldet.

Vielleicht ist es so. Vielleicht anders. Castiglio sagte sich – wie immer, wenn ihn die Ohnmacht zu sehr lähmte –, daß man viel zuwenig wisse, um Angst haben zu müssen. Eine perfide Logik, wie er zugab, aber so barmherzig...

Dieses Schlachtfeld: Wer hatte hier gekämpft? Der erste Franz und der siebte Clemens verloren gegen den fünften Karl.

Wer hatte hier gekämpft?

Wie viele andere Schlachten wurde auch die von Pavia eine entscheidende genannt.

Morgen würde hier vielleicht der sechste Karl gegen den zweiten Franz antreten, und der achte Clemens – würde irgendeiner Seite beistehn. Viel blauer Natternkopf wuchs in der Gegend, ein stachliges Gewächs, auf das man achtgeben mußte. Der Acker war bunt von Gewandfetzen. Geschützlafetten lagen herum, Musketenkolben, bestickte Wimpel, Armbrustbolzen, zerbrochene Spieße. Ein Stiefelabsatz. (Mist! Ausgerechnet jetzt, wo ich kaum Geld hab'! Neue Latschen vier Dukaten. Mindestens!)

Auch Knochen gab es zu sehn. Zwar hatte man die Körper der Gefallenen in Massengräbern zusammengetragen, abgerissene Gliedmaßen waren aber meist liegengeblieben.

Wer hatte hier gekämpft?

Dieses Schlachtfeld: Zuerst fielen Fledderer darüber her. Danach sammelten Schmiede das Metall, um es zu neuen Waffen zu schmelzen. In den Nächten bedienten sich Nekromanten, Hexen und Schwindler, besorgten Material für schwarze Experimente, boshaften Zauber oder unheiligen Devotionalienhandel. Irgendwann hatte ein Zisterzienserkloster dreißig Holzkreuze gespendet. Sie staken schräg in der Erde, suchten den Boden zu versöhnen, seine Fruchtbarkeit zu erhalten und Seuchen zu bannen. Zuletzt kamen Stille und Vergessen. Beiden gefiel es hier anscheinend so gut, daß sie für immer bleiben wollten.

Es war ein heißer Frühlingstag nach langem Regen, das Brachland dampfte, kleine Nebelbänke schlangen sich um Eichen- und Pappelgruppen.

Castiglio konnte die Gegenwart von Geistern spüren. Wenige Handbreit über dem Lehm, in Mäntel aus Dunst gehüllt, schwebten sie zwischen den Kreuzen – wie die Bücher behaupten, rotäugig, schaummäulig, beißenden, minzeähnlichen Geruch verbreitend.

Castiglio litt unter einem Schnupfen und konnte nichts riechen, aber in diesem seltenen Vormittagslicht, einer vollkommen ausgewogenen Mischung der vier Elemente, war gut zu sehen, wie die Flügel der Geister die Luft erzittern ließen. Kein Dämon hatte jene Seelen hinab-, kein Engel sie hinaufgeführt. Möglicherweise hatte man ihrer vergessen, oder sie waren Opfer eines Kompetenzstreites geworden.

Ein paar Kreuze lagen umgestürzt, dort bebte das Licht besonders. An solchen Stellen wurden die Füße sofort kalt und der Atem schwer.

Ein einziges Mal, nach heftigen Beschwörungen, hatte Castiglio Geister leibhaftig gesehen – kurz, undeutlich. Es waren drei gewesen, in eine Zimmerecke gekauert. Sie hatten gelacht und mit dem Finger auf ihn gezeigt, dann verschwanden sie, hinterließen nichts außer drei Schleimtropfen. Fledermausähnliche Flügel hatten sie geschwungen, ihre Köpfe warn klein und schrumplig gewesen gleich alten Äpfeln, ihre Leiber hatten teils an Raupen, teils an Säuglinge erinnert. Jene Manifestation dauerte nicht länger als zwei Sekunden. Andere Dämonologen, denen mehr Glück beschieden war, schrieben ganze Lexika über Aussehn und Auftreten der Zwischenreichwesen, exakte Porträts aller Gattungen. Castiglio war nur ein Wimpernschlag vergönnt gewesen, der ihn keines Details versicherte.

Er hatte mit seinen elf Jahrfünften eigentlich nicht recht begriffen, wofür die höheren Mächte seine Anwesenheit auf dem Erdkreis benötigten.

Die Stiefel säuberte er in einem Bach, ging dann zur Stadt zurück. Verkohlte Gehöfte säumten den Weg. Aus irgendeinem Grund hatte man in eine Ulme zwei kaiserliche Soldaten gehängt, beide barfüßig, leider. Kolkraben fraßen an Hälsen, Backen und Schenkeln. Leere Augen starrten blöde nach allen Seiten, zerfressene

Köpfe pendelten langsam, und die Schwingen der Vögel legten sich wie tröstende Arme um sie.

Matt ruhte das Land, eine große Gleichgültigkeit schwebte über den glitzernden Kalksteinbrocken, Schwärme brauner und gelber Schmetterlinge hockten darauf, reglos, sämtlich in die gleiche Richtung gewandt, Nordnordost. Was mochte das bedeuten? Castiglio fand keine Antwort. Er hielt nach Wölfen Ausschau. Auch bei hellem Tag plagte ihn Lykophobie. Locker umspannten seine Finger das Beil am Gürtel. Je näher die Stadt kam, um so zahlreicher standen schiefe Kapellchen am Weg, aus unbehauenem Stein geschichtet. Die Madonnenfiguren waren grobgeschnitzt, beinah gesichtslos und schwach bemalt; wäßrige Farben, die schnell verblaßten. In keiner der Kapellen fand Castiglio Bittgaben.

Pavia, südlich Mailands gelegen, die alte Universitätsstadt und ehemals Heim der Visconti, trug schlimme Kriegsnarben. Bautrupps besserten Mauerwerk und Türme aus. Selbst die San Pietro in Ciel d'Oro, deren Hochaltar das Grab des Augustinus enthält, mußte an einigen Stellen restauriert werden.

Viehkarren manövrierten vorsichtig über das zerlöcherte Pflaster, Staus entstanden, viel Geschrei in mehreren Sprachen; Pavia war ein Knotenpunkt internationaler Handelswege. Castiglio betrat den Backsteinbau seiner Herberge, die über dem Wirtsraum nur ein provisorisches Strohdach besaß, von Seilen zusammengehalten. Der Wirt, danach befragt, gab an, alle überlebenden Zimmerleute seien noch auf Monate verpflichtet, zuerst die Schäden an Kirchen und Wällen zu bearbeiten.

Der Magier ließ sich eine billige Mahlzeit bringen.

»Woher kommt Ihr?« wollte der Wirt wissen.

»Von überallher. Meist aus dem Süden.«

»Stimmt's, daß Rom geplündert wurde?«

»Stimmt. Lutheranische Söldner haben Clemens verhöhnt.«

»O weh!« Der Wirt schlug ein Kreuz und murmelte etwas Unverständliches.

Castiglio mußte grinsen. Mochte Clemens auch ein Schweinehund sein, für die Hinterwäldler blieb er der Papst, und wenn an die Engelsburg gepißt wurde, brachte das ihr verschwommenes

Weltbild ärger durcheinander als Behauptungen, die Erde wär'
eine Kugel und würde sich um die Sonne drehen.

Die Kneipe litt an Zwielicht keinen Mangel, ein breites Repertoire
mißtrauenswürdiger Figuren saß zu Tisch. Landstreicher, Deserteure, verwilderte Minoriten, Handelsreisende, Würfelkünstler
und ein Sergeant aus Savoyen, von dem niemand wußte, was er
hier wollte. Zu diesen Gästen gesellte sich nun ein kleiner, stämmiger Mann mit Ziegenbart und Trinkernase. Er trug eine rote
Samtkappe und einen Mantel mit hohem Kragen. Seine beiden Ledertaschen stellte er wuchtig ab und setzte sich in den dunkelsten
Winkel.

Castiglio musterte ihn aufmerksam. Der Mann sah weg. Castiglio stand auf, nahm seine Karaffe mit und plazierte sich ihm
gegenüber.

»Was soll das?«

»Ich bitt' Euch, von meinem Wein zu nehmen.«

Der Mann zog die Mundwinkel herab, gönnte dem Magier keine Antwort und schlug mit der Faust auf den Tisch, um schneller
bedient zu werden.

»Ihr könnt mein Angebot akzeptieren«, insistierte Castiglio und
schob dem Mann einen Becher zu. »Ich kenne Euch ja!«

»So?«

»Ist achtzehn Jahre her, daß wir uns trafen. Ich schrieb Euch
nachher manchen Brief, von denen Ihr keinen beantwortet habt.«

Der Mann reckte erstaunt sein Kinn vor. »Wart Ihr ein Gläubiger?«

»Nein... Es war in Dôle, am Johannistag. Wir haben damals zusammen getrunken und viel besprochen. An diesem Abend hat
man Euch die Doktorwürde verliehen. Erinnert Ihr Euch jetzt?«

»Castiglio? Ganz neblig... jaa, ich erinnere mich... Wir waren
mit Tritheim zusammen und schrecklich besoffen!«

Sie gaben einander die Hand. Heinrich Cornelius Agrippa von
Nettesheim blieb dabei viel reservierter als Castiglio, der sich freute wie ein Kind, ausgerechnet in dieser Spelunke einen gelehrten
Menschen zu treffen, mit dem er eine unvergeßliche Nacht erlebt
hatte.

»Ja... Trithemius... Hat sich einen sanften Tod erkauft. Mit der einen Hälfte seines Werks hat er die andere widerrufen...«, knurrte Agrippa, ohne in irgendeiner Weise sentimental zu werden. »Ihr seht nicht gut aus, Castiglio. Solltet Euch mal neu ausstaffieren! Habt Ihr kein Glück gehabt? Na, geht mich nichts an. Was macht Luc Gauric?«

Er verwendete die französische Form des Namens.

»Lucas lebt in Paris am Hof, soviel ich weiß. Und selbst?«

Agrippa lehnte sich zurück; schien eine Weile zu überlegen, ob er ein längeres Gespräch beginnen sollte. Dann hob er die Brauen, seufzte mit geschlossenen Lippen und fing an, Lateinisch zu sprechen, nachdem er zuvor eine Mischung aus Italienisch und Provenzalisch gebraucht hatte, samt starkem deutschem Akzent. Erst nach einigen Sätzen begriff Castiglio, daß ihm eine Rede gehalten wurde, daß Zwischenfragen nicht erlaubt waren.

»Wo ich auch Ruhe suchte, um mich bescheiden in Arbeit zu vertiefen, wurde ich fortgetrieben – stets ohne eigenes Zutun verwickelt in Intrigen, vom Klerus geschmäht, von Pfaffen gequält, vom Bürger mißverstanden. Wo man mich geduldet hat, mußte ich Zeit verschwenden, undankbare Fürsten um längst fälliges Gehalt anzugehen. So war's in Dôle, so war's in Savoyen, wo ich als Leibarzt der Königinmutter fungierte. Es war so in Österreich, es war so in Metz, wo ich mich als Advokat niederließ und den Fehler beging, eine fälschlich beklagte Frau vor der Inquisition zu retten. In Lyon setzte man mich sogar fest, ohne Einkommen, verbot mir die Stadt zu verlassen wie einem Vieh! Meine erste Frau starb an einer Fehlgeburt, die zweite an der Pest zu Antwerpen. Die dritte, die ich am meisten liebte, verließ mich, als ich finanziell ruiniert war. Nur mit viel Mühe entging ich Verfolgung, Kerker und Mordanschlägen, besaß keine Mittel, mich gegen falsche Anschuldigungen zur Wehr zu setzen, muß die Pasquille ohnmächtig erdulden, die wider meine Person Europa überfluten.

Vieles, das ich schuf, blieb Fragment aufgrund der Wirren; wenig, das ich mir vornahm, wurde vollendet. Mein Lebenslauf ist ein Gethsemane und Golgatha gewesen; wenn ich die Hand zur Versöhnung reichte, wurde drauf gespuckt und getreten. Wie ein

Huhn Federn, trag' ich ein Kleid aus Lug und Verleumdung; um mich gewebt von Narren, Neidern, Verblendeten. Viele, die sich Freunde nannten, fielen schneller von mir ab als Herbstlaub im Sturm. Enttäuschung überall! Das kann einen Mann verbittern, weiß Gott!

Erst in den letzten Monaten scheint Fortuna ihrer Grausamkeit müde. Kaiser Karl, mein großer Gönner, hat mich zu seinem Hofhistoriographen ernannt, was leidliches Auskommen bietet und vor ärgster Gefahr behütet. Nun ist mir dran gelegen, die Beziehung zur gelehrten Welt zu verbessern, mein zerschlagenes Ansehn zu renovieren. Nur deshalb unternehm' ich diese Rundreise, auf der ich an dreißig Orten okkultes Wissen anbiete gegen geringe Entlohnung. Wie alte Metzen die Röcke höher heben müssen, Kundschaft zu finden, muß ich Verschlossenstes preisgeben...«

Und so weiter. Agrippas vor Selbstmitleid triefender Vortrag ging Castiglio gewaltig auf die Nerven, doch ließ er sich nichts anmerken. Wo Agrippa vor wenigen Minuten noch großkotzig, überlegen und abfällig geklungen hatte, war sein Tonfall ganz ins Geduckte und Weinerliche abgeglitten. Castiglio vermutete, dieses Lamento sei nicht zum ersten Mal gesungen worden, so elegisch, eingeübt und geschliffen wirkte es.

Die übrigen Gäste beäugten Agrippa mißtrauisch. Sie waren nicht gewohnt, an diesem Ort flüssigem Latein zu lauschen. In ihren Gesichtern war Feindschaft zu lesen. Für Agrippa war es in jedem Fall besser, inkognito zu bleiben. Geschichten kursierten, oft hätten sich Goldmünzen, mit denen er die Wirte bezahlte, später in schwarze Muscheln verwandelt.

Castiglio versuchte sein Gegenüber aufzumuntern, in ihm das zu wecken, was sein Bild in der Erinnerung vergoldet hatte.

»Euer Schicksal rührt mich tief. Die Art, wie man Euch behandelt hat, wird ein dauerhafter Schandfleck der Zeitenwende sein. Aber einmal abgesehn von allen Sauereien, die irdisches Dasein eben mit sich bringt – seid Ihr nicht zufrieden mit dem Fortgang der Dinge? Froh, dies alles erleben zu dürfen?«

»Was meint Ihr? Drückt Euch genauer aus!«

»Nun, ist das Zerbersten überkommener Ordnung kein erregendes Schauspiel? Voll unvorhersehbarer Wendungen? Wer zum Beispiel hätte gedacht, daß ausgerechnet ein deutsches Augustinermönchlein Roms Ende einläutet? Ist das nicht wirklich komisch?«

Agrippa gab vorerst keine Antwort, nahm die Kappe vom Kopf und machte sich über den Braten her, den der Wirt auftrug.

»Ich sag' Euch was, Castiglio: Das Kranke wächst oft an dem, der es ins Grab bringen will. Wie wollt Ihr deuten, was geschieht? Vielleicht erweist sich der Doktor Martinus noch als *Retter* der Kirche – er zwingt sie ja zu Umkehr und Reinigung. Die Menschen brauchen oft nur den Gegner des ›Einen‹, um wieder stärker dem ›Einen‹ verhaftet zu sein. Welches Ding ist interessant, das keinen Widerpart besitzt? Würde mich nicht wundern, wenn Doktor Martinus heimlich vom Papst bezahlt werden würde... Aber nehmen wir an, das Pontifikat geht tatsächlich unter! Was bedeutet das? Ein Kleid wird gewechselt, ein neuer Name vergeben. Fünf Sakramente weniger. Ikonoklasten verlangweilen die Gotteshäuser. Der Zölibat wird aufgehoben. Um Himmels willen! Die armen Kinder, die aus solchen Ehen entstehn! Ich sag' Euch noch was: Kurfürst Friedrich, ohne dessen Gunst der Wittenberger längst Asche wäre, besitzt mehr als zwanzigtausend Reliquien, somit Ablaß für zwei Millionen Jahre. Sagt das nicht alles? Nein? Bleibt zu erwähnen, daß die Türken rüsten, um gegen Wien zu ziehen. Wer weiß, ob nicht bald über Pavia der Halbmond prangt? Vielleicht wär's nicht mal das Schlechteste. Es kann viel geschehen, ja, aber sich ändern? Das ist ein Unterschied! Ihr seht nur, was Ihr wollt, Castiglio.«

»Heißt das, Ihr habt Euren Glauben verloren?«

»Welchen meint Ihr? Den an die Frauen? An Gott? An die Jahreszeiten? Ich kann noch anderes anbieten...«

»Ich meine den Glauben an die Zeitenwende und den Triumph des Geistes!« stieß Castiglio heftig hervor und hielt sich an der Tischkante fest, um mit den Händen nicht würdelos in der Luft zu wedeln.

Agrippa unterbrach seine Mahlzeit nicht, rieb mit dem Brot das Bratenfett aus seinem Teller. »Ich hab' soviel geglaubt... Was blieb mir übrig? Ich wußte ja wenig. Das Wissen ist zuerst ein Stein, mit dem man werfen kann – zuletzt ein Fels, der einen begräbt. Versteht Ihr? Wir wachsen nicht im selben Maße mit.«

»Aber wenn auch verschiedene Deutung möglich ist – was spricht dagegen, an die optimalste zu glauben? Dieser Glaube ist doch die einzige Kraftquelle, die den Zukunftskampf weiter ermöglicht!«

»Sicher! Da stimm' ich zu. Nur – all die teleologischen Prinzipienreiter, die Architektur des Einstmals, all die Steinelieferanten des Babelturms – ach, das ekelt mich an! Zukunft läßt sich ohnehin nicht verhindern! Da sie unendlich ist, wird eines Tages alles gut sein. Und am Tag darauf? Wenn der Kampf nur Niederlagen bringt – und zweifelt Ihr, daß die Begrenztheit des Menschen ihn immer zur Niederlage verurteilt? –, verliert sich der Spaß, Illusion zerreißt, nicht mehr zu flicken, nackt steht man in der Kälte. Was nützt es, das Jauchzen der Kindheit zu memorieren? Ab einem gewissen Alter wird Enthusiasmus zur Nostalgie; später sogar zur Peinlichkeit.«

Diese Worte des zwölf Jahre Jüngeren erschütterten Castiglio mehr, als sie ihn beleidigten. Sie trafen ihn im Innersten und verwandelten sich dort, von der gedankeneigenen Maschinerie katalysiert, in Zorn.

Was Agrippa da von sich gab – »nihil scire felicissima vita« –, erregte Castiglios tiefsten Abscheu, attackierte frontal seine angestaubte Lebensauffassung, gab ihr so, statt sie zu zerstören, neuen Auftrieb. Im Keime hatte er oft schon ähnlich gedacht, was er nun nicht wahrhaben wollte. All jene Keime starben ab.

Er traute seinen Ohren kaum, als Agrippa, schmatzend, immer härter über die Wissenschaften urteilte und die Gier nach Erkenntnis eine Seuche nannte, die den Menschen nur ins Unglück stürzt.

»Glaubt Ihr vom Leben so sehr betrogen worden zu sein, daß Ihr das Recht habt, in der Art zu reden?«

»Ich hab' das Recht zu reden, wie ich will!«

»In der Wüste! Wenn niemand zuhört!«

»Moralist!«

»Ihr macht Euer persönliches Schicksal zum Gradmesser!«

»Und wenn?« Agrippa lehnte sich herausfordernd zurück.
»Begreift doch!« flüsterte Castiglio. »Gerade unter Berücksichtigung des Unrechts, das man Euch zugefügt hat, wird Euer Handeln exemplarisch, steigert Euren doktrinären Wert für unsre Sache ins Gigantische!«
Agrippa war verblüfft. Dann grinste er.
»Mal angenommen, wir hätten noch eine gemeinsame Sache... trotzdem würde ich nicht gern sinnlos leiden. Das Martyrium war eine Propagandataktik der Frühkirche; ist heute, wo bald jeder Trottel verbrannt werden kann, kaum zeitgemäß. Würde viel zu wenig Aufsehen erregen.«
»Kein Martyrium, Agrippa! Da geb' ich Euch recht, das ist was für diejenigen, die mehr aus ihrem Tod als aus ihrem Leben machen können. Trotz! Trotz ist Eure schärfste Waffe!«
»Ich führe keinen Kampf mehr.«
»Aber Ihr seid ein Held! Tausenden seid Ihr bekannt! Die hören auf Euch, geben Eurem Wort Gewicht!«
»Na und?«
»Wenn Ihr Euch jetzt vermeintlicher Fehler zeiht, in aller Öffentlichkeit, geht alles kaputt! Ihr raubt denen, die kämpfen wollen, Hoffnung!«
»Ich befreie sie von einer falschen Hoffnung, oder nicht?«
»Nein!«
Castiglio wurde lauter, seine Ellbogen krachten auf den Tisch, die Weinkaraffe wackelte. Was sollte er jetzt sagen? Er hatte das Gefühl, was er jetzt sagte, sei wichtig.
»Seid Ihr Euch sicher? Ganz sicher? So, daß kein Zweifel bestehen kann? Seid Ihr schon ein Gott geworden? Nein? Seht die Kämpfenden: Sie allein scheinen mir glücklich. Ihr nennt das Glück Lüge? Wollt es ihnen entreißen? Seid Ihr sicher? Womit wollt Ihr dieses verlorene Glück jemals aufwiegen? Nehmt mein Beispiel: Ich habe selbst nie Ruhe gehabt, auch bin ich nie vermögend gewesen, hab' oft Hunger leiden müssen. Nach meiner Vertreibung aus Bologna ließ ich mich in Siena nieder, wo die Petrucci regierten. Pandolfo war ein humoriger Mensch. Kann man so sagen! Oft machte er sich den Spaß, vom Monte Amiata Felsblöcke ins Tal zu stürzen und darauf zu wetten, welches Haus

sie treffen! Weitere seiner Amüsements waren, mir Unterstützung zu gewähren, sie über Nacht wieder zu entziehen, mich öffentlich peitschen zu lassen und meine Bücher an fahrende Händler zu veräußern. Ich floh nach Perugia, zu den Baglioni, deren Oberhaupt Gianpaolo mir freundlich zugetan war. Prompt wurde er nach Rom zu Verhandlungen geladen und vom Papst enthauptet! Wieder schutzlos... Bei den Gonzagas in Mantua, die wegen ihrer gesicherten Verhältnisse bekannt sind, hoffte ich mein Ithaka gefunden zu haben – kaum hatte ich mich eingerichtet, erging ein Dekret gegen alle Alchemisten! So seht Ihr mich heute verstaubt, arm, mein Brot verdien' ich als Schreiber von Briefen. Briefe, in denen nichts steht, was mich kümmert, Briefe von öden Fremden an belanglose Fremde; ich bin ohne Ergebnisse, Achtung, Reichtum, Ruhm – *trotzdem*! Trotzdem bin ich dankbar, erlebt zu haben, was ich erleben durfte: die Geburt großer Bilder und Ideen, das Leben weniger großer, gütiger Menschen, die sich noch abplagen wollen für den Rest ihrer Spezies... und ich sah sogar den Tod manch mörderischen Irrsinns!«

Castiglio hatte sich hineingesteigert und war am Ende aufgestanden, um seine (ebenfalls schon öfter verwendeten) Sätze dem kauenden Agrippa von oben herab ins Gesicht zu schreien. In der Kneipe war es still geworden. Aufmerksam wurden beide vom Rest der Klientel beobachtet. Man hatte hier noch nie lateinisches Gebrüll gehört, war dementsprechend fasziniert. Der Sergeant aus Savoyen prostete Castiglio zu und rief: »Amen!«, und nacheinander riefen auch alle anderen »Amen!«, sogar die jungen Minoritenkonventualen, die keinen sehr frommen Eindruck machten und entgegen ihrer Ordensregel Fleisch aßen. Castiglio senkte die Lautstärke.

»Es ist eine große Zeit, verflucht noch mal, das lass' ich mir nicht nehmen!«

Agrippa schmunzelte ruhig.

»Hmm. Was Ihr da vorhin vom Glück gesagt habt... Kennt Ihr die Anekdote vom Pharao und seinem Idioten?«

»Nein.«

»Ein ägyptischer Pharao rief einmal seinen Hofidioten zu sich: Ihm gefalle die Blässe der Pyramiden nicht mehr. Er gab dem Idioten ein Stück Kreide in die Hand und befahl, dieselben rot anzumalen. Der Idiot nahm die Kreide, wetzte zur nächstgelegenen Pyramide und begann seine Arbeit in einem der unteren Winkel. Der Pharao und seine Minister betrachteten dieses Schauspiel von einem Sandhügel aus, hatten vorgehabt, sich prächtig zu unterhalten. Seltsamerweise war keinem der hohen Herren nach Lachen zumut. Sie sahen einander bedrückt an und wurden schwermütig; erkannten, daß kein irdisches Glück jemals mit dem zu vergleichen sein würde, welches der Idiot grade beim Bemalen der Pyramide empfand. Da schwenkte der Pharao seinen Stab, und der Idiot wurde getötet.«

»Und? Wollt *Ihr* den Pharao spielen?«

»Nein... Ich möchte bloß nicht der Idiot sein.«

Es entstand eine kurze Pause. Der Wirt brachte Agrippa die Suppe; *nach* dem Hauptgang, wie in der Gegend üblich. Das vergoldete Bild jener durchtrunkenen Johannisnacht, das Idol, das Genie, der Verbündete – wurde zur schlürfenden Fratze.

»Wann, wann endlich werdet Ihr die *Occulta philosophia* in Druck gehen lassen? Wann? Werdet Ihr es überhaupt je tun?«

»Bald! Sehr bald.«

»Wirklich?«

»Ja, allein schon um die fehlerhaften Raubkopien, die überall zirkulieren, auszumerzen. Doch vorher will ich eine andere Schrift publizieren, um die es mir eigentlich geht.«

»Was für eine Schrift?«

»Ich hab' sie vorläufig *De incertitudine et vanitate omnium scientiarum* betitelt.«

»Eine Renegatenschrift also!« rief Castiglio aufgebracht. »Und Ihr habt über Trithemius gespottet!«

Agrippa säuberte sich die Finger am restlichen Brot und winkte ab.

»Trithemius handelte aus Angst. Man mag mir viel vorwerfen, aber Angst habe ich nie gehabt. Mir ist es sehr ernst mit dem, was ich sage. Zwar lese ich noch über Okkultismus, doch das ändert nichts an meinem Fazit.«

Und er erklärte etwas weitschweifig und zeigefingrig, nur mystische Kontemplation, Theologie und das Studium der Heiligen Schrift lohne sich unter allem menschlichen Streben.

»Das ist schockierend!«

»Kinder greinen, wenn man ihnen Spielzeug wegnimmt.«

»Ich verstehe nicht, wozu Ihr in dem Fall noch plant, die *Occulta* rauszubringen?«

»Sehr einfach: Sie wird mich berühmter machen und mein Angedenken lebendig halten.«

»Wozu?« fragte Castiglio verdutzt. Ihm kam alles sehr unlogisch vor, aber noch hoffte er, der ganze Dialog würde sich als Jux herausstellen, als Ironie erasmischen Stils.

»Nun, meine ›Renegatenschrift‹, wie Ihr sie nennt, enthält, was ich – meiner Zeit vorstehend – nach langem Wägen für Wahrheit erachte, sofern Wahrheit möglich ist. Leider wird sich für diese Wahrheit momentan niemand interessieren. Wenige werden vorerst überhaupt die Kraft aufbringen, ihre Lektüre zu ertragen.«

»Das glaub' ich gern!«

»Also muß ich bemüht sein – und nennt dies meinen letzten Kampf, wenn Ihr wollt –, ihre Existenz zu sichern. Ich weiß, daß die *Occulta* weite Kreise ziehen wird. Nur deshalb wird die *Incertitudine* überleben – zur Komplettierung meines gesammelten Werks. Eines Tages wird ihr dann der gebührende Rang zuteil.«

»Raffiniert.«

»Nicht wahr?«

»Aber warum veröffentlicht Ihr die *Incertitudine* zuerst?«

»Möglich, daß mich die *Occulta* den Kopf kostet.«

»Karl schützt Euch doch!«

»Heutzutage ist nicht mal kaiserlicher Schutz viel wert.«

Castiglio war benommen, konnte keinen klaren Gedanken fassen. Die Widersprüchlichkeiten in Agrippas Ausführungen hätte ein emotional Unbeteiligter leicht aufdecken können. Wie konnte Agrippa glauben, die *Incertitudine* würde einst höher bewertet werden, wenn er vorher leugnete, daß die Dinge sich jemals ändern würden?

Castiglio entdeckte weder diese noch andere Ösen. Alles in ihm wehrte sich gegen Agrippa, doch gleich einem überrumpelten Heer entflohen ihm die Worte, sein Protest fand keine angemessene Sprache. Er stand auf, strich sich durchs perlweiße Haar, und zum ersten Mal stotterte er während eines Disputs.

»Ihr seid ein Betrüger!«

»Warum?«

»Ihr belügt die Menschen! So oder so!«

»Mir scheint, man muß die Menschen zuerst belügen, bevor man mit der Wahrheit hausieren darf. Lastet das den Menschen an, nicht mir! Ihr liebt sie noch. Ich nicht mehr. Nicht diese Menschen. Nicht jetzt.«

»Aber ... das magische Jahrhundert!«

»Ist vorbei. Fiel ziemlich kurz aus, was?«

»Nein! Nein! Nein!« Castiglio, der alte, hohlwangige Mann, den niemand je in solch völliger Unbeherrschtheit erblickt hatte, hämmerte an die Wand, stieß einen Teller vom Tisch und versprühte Speichel, als er schrie: »Verflucht sollt Ihr sein, Agripppa! Verflucht!«

»Daran gewöhnt man sich.«

»Was Eure Finger nunmehr auch berühren,
soll sich gegen Euch wenden gleich Brenngift –
Adern zerfressen und Sinne zerstören,
und erbringen Euch nichts, nur Verzweiflung!«

Das war eine der brutalsten Formeln aus der *Kunst der Verwünschung*. Noch immer wußten die Zuseher nicht, worum es da ging, aber sie diskutierten eifrig erste Vermutungen.

XI
1988, September

»Es prickelt einfach nicht mehr!«

»Klar, wenn's nicht mehr prickelt...«

»Eben!« bekräftigte die über alles in der Welt Geliebte und machte eine entschuldigende Handbewegung zu ihrer orangehaarigen Freundin hin. Das Café war gesteckt voll, und die Kellner kassierten sofort ab, aus Angst, die Übersicht zu verlieren.

»Er kann sich einfach nicht streiten. Er kann mir nicht einmal laut etwas vorwerfen! Ich meine, er hat seine gewisse Art, etwas anzudeuten ... Komm' ich gestern nach Haus, was seh' ich? Die ganze Südwand unsres Schlafzimmers ist mit Fotografien meiner Brüste beklebt! Nippel, wo man hinsieht, alle in Farbe, sah aus wie die Zitzenbatterie eines Alien! Ich frag' ihn, was das soll, er antwortete, na ja, wenn ich meine Abende so oft ohne ihn verbringe, behilft er sich eben damit.«

»Das ist beleidigend!« rief die orangehaarige Freundin. »Entwürdigend! Darfst du dir auf keinen Fall bieten lassen!«

Die über alles in der Welt Geliebte winkte mit der Hand; beide Frauen steckten über der Tischplatte ihre Köpfe zusammen.

»Weißt du – ich geil' mich dauernd an Phantasien auf, er würde mich mal packen und anbrüllen und schlagen!«

»Himmel, red nicht so 'n Scheiß!« flüsterte die Freundin zurück. »Auf so was reagier' ich empfindlich!«

Ein Zeitungshändler machte die Runde, bot die *Süddeutsche* an. Momentelang wurde das Gespräch unterbrochen.

»Schlaft ihr noch miteinander?«

»Ja.«

»Wie oft?«

»So zweimal die Woche.«

»Das muß aufhören! Wie oft bist du fremdgegangen?«

»Trau' ich mich gar nicht zu sagen.«

»*Nie?*«
»Doch. Einmal. Das war's aber auch schon.«
»Du Ärmste...«
»Ach, darum geht's jetzt wirklich nicht!«
Die über alles in der Welt Geliebte setzte einen sorgenvollen Blick auf.
»Ich hab' manchmal Angst, daß Alban sich umbringt.«
»Pah! Arschlöcher bringen sich um. Ist er ein Arschloch?«
»Nein, ist er nicht! Er ist wirklich ganz okay!«
Vom Farcehaften ihres Dialogs überrundet, mußten beide lachen.
»Warum willst du ihn dann verlassen?«
»Es prickelt halt nicht mehr...«
»Na also, der Fall liegt klar, warum machst du dir Gedanken? Von Zeit zu Zeit *muß* gewechselt werden...«
»Alban ist so ein Sarkast«, erklärte die über alles in der Welt Geliebte, »aber in Sachen Liebe ist er unglaublich antik. Er glaubt an die wahre, ewige, nie endende.«
»Jeminee...«
»Zuerst dacht' ich, purer Dickkopf gegen den Zeitgeist, aber jetzt denk' ich, er nimmt das sehr ernst.«
»Merkst du nicht«, zischte die Freundin, »daß er dich immer zu irgendwas hochstilisiert hat? Weißt du eigentlich genau, *was* er in dir sieht? Wahrscheinlich liebt er irgend'n Bild von dir, nach dem er dich formen will. Er oktroyiert dir was auf!«
»Kann schon sein, weiß nicht. Wenn ich ihn verlasse, muß ich jedenfalls ernsthaft *verschwinden*. Ich könnt's nicht ertragen, lang mit ihm drüber zu reden.«
»Kannst zu mir ziehn. Das Angebot steht.«
»Ja, danke. Mir ist hundeelend.«
»Hast Schuldgefühle?«
»Und wie! Ich kann ihm doch fast nichts vorwerfen!«
»Merkst du nicht, wie raffiniert er ist? Das Schwein injiziert dir Schuldgefühle und Gewissensbisse, und du fällst drauf rein!«
Die über alles in der Welt Geliebte schüttelte den Kopf und steckte sich eine Zigarette an.
»Mach ihn nicht so schlecht. Ich leb' nicht fünf Jahre mit 'nem schlechten Mann zusammen. Soll ich dir was sagen? Er hat 'ne

Pistole, die liegt oben aufm Schrank, die hat er irgendwann mit zwanzig gekauft, für den Fall, daß er's mal nicht mehr aushält. Ich weiß es nicht genau, aber wenn er mir mal gedroht hätte, daß er nicht sich, sondern mich erschießen wird, falls ich gehe ... ich glaub', ich würde jetzt bleiben.«

»Jeminee! Ist ja entsetzlich! Was hat er bloß aus dir gemacht?«

XII
1529

Mirandola war eine kleine, stark befestigte Stadt, im Zentrum des Dreiecks Mantua – Ferrara – Modena gelegen. Ihr oktagonaler Verteidigungswall umschloß knapp 3000 Einwohner, die seit mehr als zweihundert Jahren von der Familie Pico regiert wurden, spezieller seit 1499 von Gianfrancesco, dem Neffen des bekannten Philosophen Giovanni. Das Kastell der Pico machte gegenüber denen der mantuanischen und ferraresischen Nachbarn einen eher bescheidenen Eindruck, dennoch hatte die Stadt alle Bedrohungen der letzten Jahrzehnte leidlich überstanden, zumindest die äußeren. Die schwindende Macht der Pico lag in ihrem Erbfolgestreit begründet, dessen komplexe Verwicklungen Castiglio nicht nachvollziehen konnte und die ihn vorerst auch kaum interessierten. Ob nun der alte Gianfrancesco der rechtmäßige Herrscher war oder dessen im Exil lebender einundzwanzigjähriger Neffe Galeotto, scherte ihn wenig. Mirandola bildete eine Chance – und Castiglio wußte, daß er nicht mehr viele Chancen bekommen würde.

Den Kamaldulensermönch Pietro hatte er sich gezielt als ersten ins neue Domizil geladen. Pietro war der greise Beichtvater Gianfrancescos, Person direkt an der Quelle also – ein steifer, schmächtiger Mensch mit hohlen Wangen und blattriger Haut. Seine Mimik benahm sich dem Alter widersprechend hektisch – ständig zuckten Backenmuskeln, hob sich die hakige Nase, leckte die Zunge über blutarme Lippen. Nicht unkontrolliert: Pietro kommentierte damit jede Nuance des Gesprächs, wie um dessen Inhalt einem Taubstummen wiederzugeben. Ansonsten saß er starr gleich einem zu Porträtierenden auf dem Stuhl, beugte sich niemals vor, Schultern angehoben, Hände im Schoß.

Die kamaldulensische Art des Einsiedlerlebens war vom Mönch schon in der Jugend aufgegeben worden, nachdem er sich eingestanden hatte, zum Städter geboren zu sein. Sein hervorstechendstes Charaktermerkmal war Neugier; er zeigte übersteigertes Interesse an Castiglios Vita, stellte Detailfragen nach Orten und Personen und wollte auch über magische Dinge einiges wissen. In der Art eines konfusen Dilettanten streifte er die Oberfläche Hunderter Themen und war mit komplizierten Antworten leicht einzuschüchtern.

Castiglio bot ihm Einführungen in die Gebiete der theoretischen Alchemie, der Kabbala, der orthodoxen Präkognitionsdeutung und der euklidischen Geometrie an; selbstverständlich nur unverketzertes Terrain, das einen Geistlichen nicht in Konflikte stürzen konnte.

Der Kamaldulenser gab sich als Spezialist der Geschichte frühchristlicher Mission aus, legte sonst aber immense Bildungslücken bloß. Es fiel leicht, ihm Versprechen zu entlocken, er möge Castiglio über die Intrigenstruktur des Hauses Pico auf dem laufenden halten, über das Geflecht inluzider Machenschaften und schwankender Einflußsphären. Pietro gab auch gleich nützliche Hinweise betreffs des Fürsten.

»Vermeidet, vor Gianfrancesco über seinen großen Onkel zu sprechen, das hat er nicht gern. Auch wenn das Alter die Ambitionen langsam dämpft, litt er doch sein Leben lang unter dem Schatten Giovannis und geht jedem Vergleich aus dem Weg. Er gilt als gebildet, fromm und schwach; ich sage Euch, man unterschätzt ihn! Seit dreißig Jahren hält er sich bereits auf dem Thron, das schafft kein Schwacher in dieser gefährlichen Zeit. Belesen ist er meiner Meinung nach in zu vielen Dingen. Ihr versteht? Sein großer Onkel hat es fertiggebracht, mit vierundzwanzig alle Bücher der Welt gelesen zu haben, das will Gianfrancesco auch, aber... wie soll ich sagen? Mehr diagonal. Seid vorsichtig! Wenn man ihn bloßstellt, trägt er's einem Monate nach. Merkt Euch, daß er Ehrlichkeit schätzt, beziehungsweise was am ehesten nach Ehrlichkeit klingt. Schmeichelei sei ihm zuwider, behauptet er bei jeder Gelegenheit – laßt Euch davon nicht täuschen, er fordert im Grund nur, man solle ihm origineller schmeicheln als andern. Er haßt die Politik, auch wenn er das Gefühl der Macht nicht missen möchte. Von Natur aus ist er grüblerisch und milde, aber die Sorge um Mirandola läßt manchmal despotische Züge aufflackern. Er will auf jeden Fall vermeiden, der letzte der Conte dei Pico zu sein. Noch etwas –« die näselnde Stimme Pietros senkte sich –, »trotz seiner einundsechzig Jahre und seines frömmlerischen Rufs ist er den Weibern ausdauernd zugetan; besser, Ihr enthaltet Euch asketophiler Moralismen ... Unter uns: Sein Heiligenschein hat was Scheinheiliges... aber insgesamt gesehn ist er ein Segen für die Stadt.«

Castiglio horchte auf und fragte, welche der Damen seine momentane Favoritin wäre.

»Damen? Ach was ... Seine Lieblingsmetze nennt er Candida, frecher Name für so ein Geschöpf. Erst hat er sie im Palazzo wohnen lassen, jetzt nicht mehr, weil er Spottlust fürchtet, oder sollte man sagen: Lustspott?«

Pietro wartete auf ein beifälliges Lächeln für das Wortspiel; als es kam, leckte er sich entrüstet über die Lippen, und ausnahmsweise hob er beide Nasenflügel gleichzeitig.

»Sie ist grad eben neunzehn Jahre alt! So was schickt sich nicht. Manchmal denk' ich, die Zahl seiner Lebensjahre zieht er von denen seiner Geliebten ab, damit die Summe wieder stimmt. Immer jünger sucht er sich aus, und hat dabei eine so treue Frau, die fest zu ihm steht, mehr als er verdient, wirklich...«

Der Mönch seufzte gedehnt und nahm eine Birne aus dem ihm angebotenen Fruchtkorb.

»Pico gibt sich nach allen Seiten offen, in der Gewohnheit Unsicherer, die von überall her Hilfe erwarten und Bestätigung. Glaubt deshalb nie, ihn mit Eurer Disziplin allein in Anspruch nehmen zu können, er ist launisch und verliert schnell die Lust an Projekten. Jetzt will er in Mirandola sogar eine Druckerei einrichten lassen, von Giraldi, und seine eigenen Werke drucken. Na, mal sehn. Drängt Euch nicht auf! Verhaltet Euch gegenüber Konkurrenten tolerant! Mächtige Männer am Hof sind der Humanist Da Pezza und Bemboni, Picos Astrologe. Da Pezza verfaßt die Piconische Familiengloria, sehr breit und schwülstig, ein Petrarca-Epigone, aber er trifft den Geschmack. Da Pezza wird Euer Feind sein, wie er grundsätzlich allen Alchemisten Feind war, die hier ihr Glück versuchten. Auch Bemboni wird gegen Euch sprechen – vergeßt nie, sein Vorsprung vor Euch ist gewaltig. Durch seine Horoskope hat er Mirandola mehrmals vor Unheil bewahrt. Er wird jedem schaden wollen, der seine Position schwächen könnte.«

Castiglio prägte sich alles gut ein.

»Und die anderen?«

»Der Rest der Cortegiani braucht Euch nicht zu kümmern, die haben Suff, Jagd und Weiber im Kopf, werden sich kaum in Eure Belange mischen.«

»Habt Dank für diese Offenheit! Ihr seid sehr freimütig in Euren Ansichten.«

»Bemboni ist ein Schwein, das ist der ganze Grund! Da Pezza ist auch ein Schwein, ich kann die beiden nicht ausstehn, man sollte einen Koben um sie bauen, unchristliche Menschen, Ihr lernt sie früh genug kennen, bestimmt!«

Der Magier neigte das Haupt und bekräftigte nebenbei sein Angebot, dem Mönch jede gewünschte Einsicht in hermetische Weisheit zu verschaffen. Pfaffen wie Pietro waren Castiglio schon einige begegnet – im Alter von spiritueller Unzufriedenheit befallen und zu gewissen Risiken bereit. Castiglio war selig wie jemand, der unverhofft vom Totenbett springt, dem die Fäden noch einmal in die Hand gegeben werden. In den verregnet-nebligen Lebensherbst war goldene Transparenz gedrungen; Castiglios Plan sah vor, zuletzt doch erste Früchte der Arbeit blühn zu sehen, vielleicht sogar ernten zu dürfen. Dafür hatte er alles auf eine Karte gesetzt. Vergangene Mißschläge schienen nunmehr nützlich, ja notwendig gewesen zu sein.

»Sagt, könnt Ihr Levitation betreiben?« fragte Pietro.

»Ich habe das nie im besonderen studiert, kann Euch aber Titel nennen, die sich eingehend damit befassen.«

»Beschwört Ihr auch Verstorbene?«

Das klang nach einer Fangfrage. Ein Rest Mißtrauen meldete sich in Castiglio.

»Ich? Nekromantie? Wozu sollte ich das tun?«

»Na, um aus jenseitiger Schau Exakteres zu erfahren.«

»Es ist mir genügend hinterlassen worden, glaubt mir, um die Autoritäten in ihrem Frieden nicht belästigen zu müssen. Zudem:

Was die im Leben nicht offenbart haben, werden sie im Tod erst recht nicht gern hergeben, nehme ich an.«

Die Augen des Kamaldulensers zwinkerten auffordernd. »Ihr lehnt Nekro- wie Nigromantie gänzlich ab?«

Castiglio überlegte nur eine Zehntelsekunde. »Vollkommen. Meine Kunst ist weiß wie Eure Kutte.«

Die Kinnmuskeln Pietros entkrampften sich deutlich. »Diese Haltung, offen gesagt, beruhigt mich! Erspart mir ein Apage Satanas.«

Der Mönch stand auf und sprach freundliche Abschiedsworte. Castiglio saß ein kleiner Schreck in der Brust. Er wußte nicht, inwieweit Pietros letzter Satz ernst gemeint gewesen war. Hatte hier etwa ein listiges Aushorchen stattgefunden?

Der Mönch humpelte durch die abendliche Gasse davon, Schilder knarrten. Fingerdicke Schlüssel klapperten. Der warme Stein konservierte Küchengerüche, Katzen lagen ausgebreitet im Staub, sogen letztes Licht ein, und die Nacht kam weich und schwerelos über die sammetfetten Schatten der Stadt, in einem sanften Tiefblau, als würde der Dämmerstrahl durch einen Azuritkristall gelenkt. Der Magier trat hinaus und besah sein neuerworbenes, starkgebautes kleines Haus, nicht weit vom Kastell und dessen spärlicher Laternenherde entfernt. In die Kammer des pyramidenförmigen Dachstuhls paßte nicht mehr als ein Bett und eine Waschschüssel. Im Erdgeschoß des bulligen Kalksteinbaus standen bislang nur ein Eichentisch und zwei feingedrechselte Lehnstühle mit Bastsitzfläche. Hauswurz und Efeu wucherten. Von den Innenwänden hatte man alle Sigilla verschwinden lassen, deutlich sah man Spuren frischer Tünche. Erinnerungen an vorherige Bewohner waren gelöscht. Eines der kleinen, niedrigen Fenster reflektierte Castiglios Abbild: ein kleiner, leicht gebeugter, bartloser Mann mit verschränkten Armen, dessen Mund sich noch nicht traut, Zufriedenheit wiederzugeben, der an das plötzliche Glück nicht recht zu glauben vermag, der in vorsorglicher Skepsis mit den Fingerspitzen melancholische Rhythmen auf den Ellenbogen spielt. Castiglio freute sich darauf, die Räume, vor allem die beiden im Keller, einzurichten, sie auszustaffieren und auch in Dekor und Zierat dem Plan gemäß zu gestalten. Der schmale, ummauerte Garten, dessen Zentrum ein unfruchtbarer Pflaumenbaum war, würde Herbarium werden. Der winzige Balkon des Dachgeschosses, kaum zwei Fuß tief, konnte immerhin verwendet werden, um durch gefüllte Nachttöpfe Insekten abzulenken.

Plan schien nachträglich ein zu hochtrabender Begriff – dürres Hoffen war's gewesen, letztes Bollwerk gegen den Titanen Zweifel, die Medusa Furcht, den Racheengel Bitterkeit.

All dieses neue Glück eines Daches verdankte er – einem simplen Betrug.

Wenn er genau nachdachte, hatten ihn nur drei Schlüsselerlebnisse geprägt. Das erste war die Hinrichtung des Vaters gewesen, jenes Mannes, der ihn nie legitimiert, aber gut für seine Erziehung gesorgt hatte, der ihm immer grau, fremd, unnahbar erschienen war, dessen Tod er ohne übermäßige Gefühlswallung betrachten konnte. Die beiden anderen waren die Begegnungen mit Agrippa gewesen.

Bei der Erinnerung an jenen vorjährigen Nachmittag in Pavia befielen Castiglio erneut Wut und Schmerz, aber auch leiser Stolz über die eigene Fähigkeit, selbst im ärgsten Schwachsinn der Widersacher noch das Quentchen Erlernenswertes zu finden.

»*Lastet das den Menschen an, nicht mir!*« hatte Agrippa gegrunzt.

Dieser Satz verschob in der Folgezeit Castiglios Moralität um einige Nuancen, sprengte die Fesseln der falsch definierten Integrität, die ihn so lang behindert hatte.

Ja, wie man in der Erziehung eines Kindes oft zu Täuschungen greifen muß, um dem Kind vorab eine schwerverständliche Wahrheit begrifflich machen zu können, mußte man im Fall des Conte Pico Ergebnisse vorwegnehmen, die man zu seinem Vorteil erst noch zu erreichen hoffte. Die Weltseele ist krämerisch, ein durchschaubares Tauschgeschäft interessiert sie meist mehr als Prospekte königlicher Gewinnspannen. Natürlich will nicht der kleinste Bauer auf Erden nur ein Tauschgeschäft betreiben. Zwar wird's im Ende doch so genannt, falls keine Seite sich zu arg übertölpeln ließ, der Prospekt unterdes ist beidseitig Teil des Tauschguts geworden. Von diesem immateriellen Zusatzgewicht auf den Waagenhälften war Castiglio ausgegangen, und als er dann auch noch erkannte, daß Scharlatanerie eine Wissenschaft sein kann, in deren Lehrsätzen viel Sinn und Wert liegt – solange durch sie Seriosität erst möglich wird –, wußte der Magier, wie er weiter vorgehen wollte.

Zum Gegenstand des Betrugs hatte er das Goldschmelzen ausgewählt – gerade weil diese Sache schon so abgeschmackt schien. Inzwischen konnte man in jeder größeren Stadt Dutzende Rezepte erwerben, die verrieten, wie man aus unedlen Metallen Gold zaubern, beziehungsweise wo man den Stein der Weisen suchen und wie ihn erkennen könne. Meistens handelte es sich um die Herstellung von »aurum nostrum«, auch »aurum sophisticum« genannt, ein durch Kochen von Kupfervitriollösung mit Quecksilber gewonnenes, dann abgepreßtes Kupferamalgam, dessen goldgelbe Farbe dem Gewünschten nahekam. Das erregte kein Aufsehen mehr, weniger jedenfalls als die Traktate, mit deren Hilfe man trotz unmäßiger Völlerei angeblich schlank zu bleiben verstand. Die Ära der Alchemie stand im Zenit ihrer Hybris.

Aurelio Augurelli, der Papst Leo sein Lehrgedicht vom Goldmachen gewidmet hatte, erhielt zum Dank eine reichverzierte, aber leere Börse. Omen des Untergangs. Die Alchemisten hatten mit dem Versprechen der Metallmutation Möglichkeiten erschlichen und lukrative Dekaden gehabt. Nun nahm man ihnen diese Möglichkeiten wieder ab und schickte sie zum Teufel – »soviel Gold könnt' nicht mehr erschaffen werden, wie Geld verloren ward«, lautete das gängige Bonmot. Die hohe Kunst war fast zugrunde gerichtet, ihre besten Vertreter, als »ingenia curiosa« belächelt, wanderten zunehmend nach Norden aus – nach Deutschland, England, Frankreich. In den italienischen Staaten war die Goldschmelzerei keine maßgebliche Instanz mehr; nur wenige Herrscher erhofften davon noch etwas. Auch wagten nicht mehr viele Praktiker Proben an den Höfen – für Taschenspieler und Erfolglose zeigte man dort wenig Verständnis. Es zirkulierte aber viel Literatur, oft anonym, und mehr und mehr wurde die Suche nach der roten Tinktur ein Theoretikum, eine »disputatio quasi philosophica«, von hohem ästhetisch-metaphysischem Reiz für jene Kreaturen, die es sich leisten konnten, ihr

Dasein in abgeschotteten Parallelwelten einzurichten. Castiglio indes hatte mit Vergnügen den geheimen *Liber ludorum et imaginum* gelesen, die Bibel der Illusionskunst, die jahrhundertelang nur von Gauklervater zu Gauklersohn gewandert war, inzwischen aber eher als Satire auf die Leichtgläubigkeit verstanden wurde, denn der Verfasser hatte viel bissigen Witz in seine Sätze gelegt.

Während dieser Lektüre, die unter anderem das Geheimnis preisgab, wie man das Geheimnis der Metallpermutation günstig vortäuschen könne, hatte eine Idee den alten Mann durchzuckt, grade als er hoffnungslos und hungrig in eine angefrorene Wintersonne sah und der pavianische Herbergswirt ihm Schuldsummen addierte...

Es gab tatsächlich das Metall, aus dem man Gold machen konnte, ganz klar, sicher, selbstverständlich, aber nur eines, ein einziges!

Im übrigen stand Castiglio der Alchemie zwar noch nahe, doch allein was die Suche nach dem großen Elixier betraf. In ihrer weltlichsten Abteilung – der Goldschmelze – schien ihm wenig heiliger Sinn und also äußerst geringe Erfolgsaussicht zu liegen. Ein Parergon, sonst nichts. Gold war im Gegensatz zum Schwefel, Salz oder Quecksilber kein vielseitiges Element – schönfarben und rar, doch chymisch unbedeutend, Allegorie flachen, glanzgeblendeten Denkens.

Diese Meinung erleichterte ihm den Schwindel – wenn es überhaupt einer war. Scholastisch ließe sich ernsthaft drüber streiten.

Umberto, der treue Bologneser Freund, hatte ihm einen allerletzten Kredit gewährt. Castiglio kaufte ein neues Gewand, allerlei mystifizierende Paraphernalien – Weihrauch, stinkende Kerzen aus Wolfstalg, Horus- und Isisstatuetten, Pulver, die Glut im Kessel grün leuchten machten – und eine Audienz bei Gianfrancesco Pico, von welchem gesagt wurde, er hänge noch immer diesen Dingen nach, wenn auch bestimmt nicht mehr lange. Mirandola war von 1483 bis 1499 exkommunizierte Stadt gewesen; während dieser Jahre hatte keine Messe und kein geweihtes Begräbnis stattfinden dürfen. Damals hatte sich die Stadt zu einem Schmelztopf alchemistischer Abenteurer und Gelehrter entwickelt, aus jener Zeit waren Relikte liberalerer Denkart geblieben.

Gianfranceso wurde eine große Bibliothek und folglich große Belesenheit attestiert, das machte das Unternehmen zum intellektuellen Wagnis und reizte den Magier um so mehr. Er fand schnell heraus, daß der Ruf des »uomo letteratissimo« wieder einmal einen Büchersammler ereilt hatte, dessen eigene Schriften hauptsächlich von Zitaten lebten; einen, der mehr das Gedächtnis als den Geist gebrauchte.

Castiglio war eine unverbindliche Probe seines Könnens gewährt worden, der Rest war relativ einfach gewesen. Er hatte ein Stück Zink genommen, daumengroß, und es herumgezeigt. Auch durften die Gerätschaften allesamt genau untersucht werden. Mit viel Kolbenblubbern, herbräisch-arabischem Gestammel, kolorierten Rauchschwaden, unter Zuhilfenahme großer Gefäße und Kessel begann er die Arbeit, zu der er sich vom Fürsten gnädigst die Asche dreier lebendig verbrannter Junglämmer samt einer Trage kostbaren Ebenholzes erbeten hatte, mit dem das magische Feuer geschürt werden mußte. Die Lämmerasche war eine sensationelle Forderung; Gianfrancesco, der selbst an einem dreibändigen Werk über das Goldschmelzen arbeitete, hatte noch nie von ähnlichem Auxiliar gehört.

Die Prozedur durfte aus nächster Nähe verfolgt werden, was andere Scharlatane verweigert hatten. Das ließ die Spannung im Publikum enorm steigen. Beinah zwei Stunden dauerte das Ableiern der undeutbaren Pseudoformeln, bis Castiglio die Materia prima ankündigte.

Pico fragte verwirrt, wo Solution und Coagulation geblieben seien, die beiden alchemistischen Grundsatzverfahren. Castiglio antwortete, daß Liquefactio und Fixatio allein geistige Verfahren wären, die sich nirgends als im Kopf des Schmelzers abspielten. Was er als Materia prima präsentierte, war ein winziger Klumpen grüngefärbter Steinkohle; mit dem wurde ein brodelnder Sud angereichert, ein mit Salpetersäure versetztes Salmiakbad, das allen Zuschauern den Atem nahm. Am Ende der ermüdenden und ungesunden Zeremonie tauchte der Magier das daumengroße

Goldstück in jenes stinkende Menstruum, das es von seiner millimeterdünnen Zinkschicht befreite.

Fürst Pico nebst seinen hustenden Dignitäten konnte das Wunder zweifelsfrei erleben. Das Zink war zu Gold transmutiert, leuchtendem Gold, von grüner und roter Glut bestrahlt im halbverdunkelten Ostsaal des Palazzo. Die Fenster wurden geöffnet, Luft und Licht hereingelassen, der Salmiakdampf verzog sich und machte den bestialischen Parfümen der Hofleute Platz. Das Gold wanderte von Hand zu Hand. Zweifellos echt, die richtige Farbe, Schwere und Weiche. Pico war tief beeindruckt; er war ein sehr theoretischer Typ, der über vieles gelesen, aber selten etwas selbst ausprobiert hatte. Er begann zu beben bei der Ahnung der Möglichkeiten, die dieses Wunder seinem Kleinstreich auftat, und forderte Castiglio auf, die Wandlung bald in massiverem Stil zu wiederholen.

Hier nun folgte der eigentlich bemerkenswerte Teil des Betrugs (so es einer war).

Castiglio hielt an den aufgeregt-sprachlosen Hofadel eine exakt vorformulierte Rede: »Mein Fürst – zuerst das: Ihr stellet fest, daß ich kein Gauner bin wie andere. Ihr durftet das Secretum permutationis schauen und saht – es ist möglich und vollbracht. Gern komm' ich Eurem Wunsch nach und aureoliere allen Zink Mirandolas, Concordias und Quarantolis. Doch bitte ich vorher etwas zu bedenken: Für die hier vorliegende Menge des begehrten Elements benötigte ich eine Trage wertvollen Ebenholzes und drei Lämmer, ausschließlich zur Wandlung genutzt – beides Asche jetzt. Für eine größere Menge würde sich das Quantum der Hilfsmittel entsprechend erhöhen. Nun – falls Ihr mit den derzeitigen Marktpreisen für Jungvieh und Importholz nicht vertraut seid: Der Wert hier verwendeter Auxiliarien beträgt etwa das Eineinhalbfache der erzeugten Goldmenge. Das wäre sicher ein fragwürdiges Geschäft.«

Perplex über diese Rechnung, faßten sich Pico und Berater an die Stirn, schlimm aus dem wirbelnden Rausch gerissen. Phantasmagorien von Reichtum und Macht zerplatzten. Schließlich fragte jemand: »Wenn dem so ist, wozu diente die Vorführung? Uns hinterher zu verspotten?«

»Aber nein! Um zu demonstrieren, daß meine Methode funktioniert! Die Frage der Rentabilität ist eine andere. Warum habt Ihr alle eigentlich nicht gefragt, wieso ich mit meinem Wissen zu Euch komme, statt für mich selbst eifrig Schätze zu horten?«

Der Fürst nickte. Das war eins der Argumente, die der Astrologe Bemboni oft gegen die Alchemisten vorgebracht hatte.

Castiglios Erklärung klang einleuchtend: »Mein Plan ist, die Methode so weit zu verbessern, daß sie bald rentabel werden kann. Denn davon bin ich überzeugt – wo das Prinzip entdeckt wurde, kann sich experimentell immer eine Optimierung der Praktiken finden lassen. Ich biete Euch an, mit aller Energie an der Verfeinerung zu arbeiten, so lange, bis sich Aufwand und Ertrag in ein vernünftiges Verhältnis gependelt haben – womit man dann leicht alle Investitionen zu lächerlichen Summen degradiert!«

Der Fürst war gefangen. Die fatale Phantastik der Goldschmelze schrumpfte während Castiglios Vortrag zu einem neuen, reellen und voraussichtlich prosperierenden Berufszweig.

Pico entließ seine Cortegiani durch Handzeichen und winkte den Magier näher.

»Sagt, welche Lächerlichkeit einer Summe habt Ihr Euch vorgestellt?«

»Wenn Ihr mir die Blöcke haut, bau' ich Euch den Tempel.«

»Was soll das Geschwätz? Bisher hattet Ihr das auch nicht nötig! Frei raus! Wieviel?«

»Je... ich brauch' eine gute Werkstatt, viele Materialien... na ja, ich dachte an, vorerst... dreitausend Dukaten...«

Pico erhob sich von seinem cäsarischen, lederbenieteten Sichelstuhl.

»Mirandola hat kein Geld! Wir wissen nicht einmal, wie wir Giraldi bezahlen sollen. Uns bleibt kein Spielraum. Was bedeutet: Tausend müssen fürs erste Jahr genügen. Ist Euch das zu wenig, schert Euch fort und ersetzt uns unsere Ausgaben! Andernfalls bieten wir Euch Unterkunft, Lebensmittel, einen Gehilfen und freien Einblick in unsere Bibliothek. Nehmt Ihr an?«

Castiglio, der tanzen hätte wollen, unterdrückte jede Regung seiner Glückseligkeit und nahm nach pointiertem Zögern an.

Die erste Nacht in seinem neuen Haus gehörte zu den erhebendsten seines Lebens. Fast so zufriedenstellend wie damals die ersten Nächte in Siena und Perugia! mahnte die Skepsis. Ruhe! herrschte der Plan sie an, und die Skepsis rollte sich im Hintergrund zusammen und schlief ein.

XIII

Am nächsten Morgen, dem letzten Augusttag, brachte Pietro einen Jüngling von zirka siebzehn Jahren vorbei, mit kantigem, gebräuntem Gesicht, struppig dunkelblonden Haaren und derben, an Arbeit gewöhnten Händen. Die Farben seines Gewandes waren ausgewaschen, die Strumpfhose von Flicken übersät, das ehemals weiße Hemd bräunlich getönt, an den Füßen trug er Holzpantoffeln. Erstaunlicherweise besaß sein Ledergürtel eine silberne Schnalle, in die ein Wappen eingearbeitet war – zwei Adler und zwei Löwen um einen Schild aus Karos.

Der Mönch zog Castiglio beiseite.

»Das wird Euer Gehilfe sein. Ein im Geiste simpler Bursche, bei Bauern aufgewachsen, mit dem habt Ihr bestimmt keine Schwierigkeiten. Pico läßt ihm jedes Jahr zum Geburtstag etwas Geld zukommen... Ihr versteht, was ich meine?«

»Er ist...«

»Genau. Einer seiner Hurensöhne. Aber darauf kann er sich wenig einbilden, hier laufen Scharen seiner Sorte rum.«

Der Mönch klopfte Castiglio beim Gehen auf die Schulter, was in der Gestik dieses steifen Menschen gravierende Bedeutung besaß; Signal zu einem neuen Stadium der Vertraulichkeit.

Der Bursche lehnte unbeholfen an der Tür, ein Bündel im Arm, den Blick schräg auf die Bodenplatten geheftet. Der Oberkörper schaukelte langsam hin und her.

Ein Fürstenfehlschuß! Der Magier knurrte beleidigt. Man hatte ihm einen verwilderten Bankert geschickt! Und einen Trottel dazu! Na schön. Was soll's...

Castiglio pflanzte sich vor ihm auf.

»He! Steh grade! Wie heißt du?«

»Andrea, Herr.«

»Das ist alles?«

»Ich versteh' nicht...«

»Du weißt, wer dein Vater ist?«

»Ich weiß es schon, nur...« Der Bursche wirkte sehr verlegen, er rieb sich die Nase, und seine Augen hingen an der Tür, als zerrte jemand auf der Straße mit einem Strick an ihnen. Der Magier setzte ein bemühtes Lächeln auf und beendete die peinliche Situation.

»Ich bin Castiglio. Nichts weiter.« Er reichte ihm die Hand, die der Bursche hastig ergriff, ohne den mißglückten Fraternisierungsversuch zu begreifen.

Sein Gesicht war nicht sehr schön. Die gebrochene Nase saß breit und verpickelt über der ausgeprägten Kieferpartie, und die dicken Lippen waren ganz verkrustet, weil er dauernd darauf herumbiß.

»Du trägst einen teuren Gürtel, Andrea.«

»Ja, da ist das Wappen von Mirandola drauf. Der Fürst hat mir den geschenkt.«

»Siehst du ihn oft, deinen... Fürsten?«

»Nein, fast nie. Aber die Gürtel schenkt er, damit... damit...«

»Ihr euch ein bißchen vom Volk unterscheidet? Du und deine Geschwisterbande?«

»Ja.«

»Sehr nett von ihm.«

»Ja! Er ist gut, der Fürst.«

»Setz dich! Kannst eine Birne haben, wenn du willst.«

Andrea, dessen linkisch-schüchternes Auftreten seinem kräftigen Körper etwas Plumpes verlieh, nahm Platz in einem der hohen Lehnstühle. Mit leicht verändertem Habitus hätte er einen Athleten darstellen können.

»Du wirst dein Lager hier in diesem Raum aufschlagen und fürs Feuer sorgen. Kannst du kochen?«

»Ich? Nein.«

»Dann wird kalt gegessen. Du erledigst die Einkäufe. Das Geld hierfür holst du jede Woche vom Haushofmeister Carafa, der weiß Bescheid. Ich will immer frisches Brot haben, hörst du? Gemüse, Milch, Obst. Nur roten Wein. Vom Fleisch bevorzugt Wild. Keinen Fisch!«

»Es gibt hier wenig Fisch, Herr, nur aus der Seccia, der ist teuer, und die im Wassergraben gedeihen nicht.«

»Um so praktischer. Traust du dir zu, Lämmer zu schlachten?«
»Schon.«
»Werden wir des öfteren tun müssen. Verstehst du mit einer Waffe umzugehen? Mit einem Schwert?«
»Gewiß, ich besitz' aber keins.«
»Du wirst eins erstehen. Ich will nicht, daß du einschläfst ohne Schwert neben dir. Bist du bereit, das Haus gegen Eindringlinge zu verteidigen?«

Dem Burschen fiel die Kinnlade herab. »Auch gegen mehrere?«
»Ja, sicher.«
»Auch gegen fünf oder sechs?«
»Auch dann!«
»Ich weiß nicht, Herr...«

Castiglio fixierte ihn scharf und schmunzelte.
»Scheint, du hast mehr Grips im Kopf, als du einen glauben machst. Kannst du lesen?«
»Nein.« Dieses Nein seufzte er in wehleidigem Ton und senkte den Kopf beinah bis zur Tischplatte, als ob er sich dafür schämte.

Castiglio grinste kurz, fragte dann knapp und sachlich: »Möchtest du's lernen?«
»O ja, Herr!«
»Macht keine Umstände. Wird allerdings Zeit brauchen.«
»Gewiß, gewiß.«
»Bis dahin wirst du dir ein paar Dinge im Kopf merken müssen.«
»Ja.«
»Wir werden jetzt nämlich eine Liste erstellen von allem, was wir brauchen.« Etwas träumerisch fügte er hinzu: »Von den eitlen Dingen und Werken...«
»Wie?«
»Nichts. Ich dachte an etwas... lang Vergangenes. Aus einem anderen Jahrhundert...«

Wieder sah er das Bild jenes Knaben vor sich, der seine Florentiner Stube untersucht hatte. Auch dessen Haar war blond gewesen; selten genug, um eine Assoziation auszulösen. Dieser Bengel mußte inzwischen auf die Fünfzig zugehn. Hätte Castiglio interessiert, was aus dem geworden war. Nichts Besonderes wahrscheinlich. Ein Schuhmacher. Ein Färber. Ein Henker. Irgendwas. Umberto vertrat ja vehement die These, ein Schuhmacher schaffe an der Welt ebensoviel wie ein Philosoph. Bücher hätten nur eine andere Haltbarkeit als Schuhe. Wenn man in relativen Zeiträumen denke, sei beides ein Wegwerfprodukt. Aber Aristoteles? Proklos? Seneca? Laërtius? Würde man das jemals wegwerfen? Nein, sicher gab es einen Grad von Tradition, der Sterblichkeit überwand. Ewigkeit wird niemandem aufgrund von ein paar Stiefeln verliehen. Allerdings hatte der Phrasendrescher Seneca Ewigkeitswert erlangt und sogar der stillose Laërtius, mangels besserer Überlieferer. Was zeigt, daß Qualität nicht unbedingt Kriterium für Ewigkeit sein muß, daß das Vergessen jeden treffen kann, den großen Philosophen ebenso wie den kleinen Schuhmacher, zugegeben mit unterschiedlicher Wahrscheinlichkeit. Ewigkeit ist Glückssache! Vielleicht meinte Umberto das damit? Was hatte er Castiglio immer erzählt: Ein Paar guter Schuhe könnten dem Philosophen einen schmerzfreien Spaziergang verschaffen, und deshalb... Blabla! Schuhe sind nur Schuhe, werden zerschlissen, wen interessierten spitzfindige Zweckentfremdungen, Umberto? Umberto würde antworten, ein Wurm könne den Lauf der Welt verändern, stell dir vor, würde er sagen: Ein großer Denker denkt unter dem Birnbaum über große Dinge nach, während oben in den Ästen der Wurm so an einer Birne nagt, daß sie auf die Denkerstirn plumpst, und der wichtige Mann verbreitet fortan lauter Blödsinn, aber die Welt glaubt ihm... Nein! würde Castiglio sagen, pure Sophisterei, Beschwichtigungsmoral für zum Vergessen Verdammte, der Gedanke hinter den Jahrhunderten besteht nicht aus Fabeln von der Maus und dem Löwen, der Schuhmacher ist weg, seine Schuhe sind weg, und sogar der Philosoph ist weg, aber das Buch, das ist noch da und wirkt weiter, selbst wenn Blödsinn drinsteht, manchmal in die Ewigkeit hinein, diese Chance besteht, und kein großer Denker legt sich unter einen Birnbaum, an dem reife Früchte hängen, das wär' ja bescheuert! Der Löwe frißt die Maus und basta. Oder? Umberto würde sagen: Der Löwe war das einsamste Tier geworden, ohne Feinde, verdammt, seine Kinder zu fressen, um nicht an sich selbst zu ersticken. Nun ist es der Mensch – aus der

Kette der Wesen gestoßen, haßt er sich selbst und tötet sich, und du, Castiglio, bastelst an Zeltplänen, an Kuppelbauten für die Sumpfregion, wagst die Schuhmacher zu verlachen und Agrippa zu verfluchen und wirfst den Stein?

Umberto war wirklich eine Nervensäge. Innerhalb kürzester Zeit konnte er einem das Hirn vergällen, jede Begeisterung verwässern, ohne sagen zu können, wem damit gedient sein sollte. Einsamkeit? Totschlag? Kannibalen? Wenn schon? Was soll's? Jetzt, im neuen Domizil, fiel es wieder leicht, dem mörderischsten Todeskampf noch Amüsement, Spannung und Witz abzugewinnen. Hic Hades, hic Olympos, wie der Dichter Ferri schrieb. Ferris Werk wurde von Savonarola verbrannt. Tja, das ist Pech.

»Herr!«
»Was?«
»Ihr wart in Gedanken.«
»Ist das ein seuchengefährdeter Ort? Mußtest du mich da rausholen?«
»Entschuldigt.«
Die Scham in Andreas Antlitz, die Scham, die ihn die Lippen schürzen und seine Finger zittern ließ, war bar jeglicher Schauspielkunst. Castiglio, gefesselt von soviel Maskenlosigkeit, musterte den Burschen noch einige Momente; ohne das Bewußtsein, ihn damit zu quälen.

»Gut, wir wollten eine Liste machen. Was werden wir brauchen?«
»Ich weiß nicht.«
»Junge, das war eine rhetorische Frage!«
Eingeschüchtert schwieg Andrea. Man hatte ihm erzählt, er würde Lehrling bei einem Metallurgen werden, er hatte nicht gewußt, was das ist, und dann hatten Kinder es über die Straßen geschrien: Ein Alchemist, ein neuer Alchemist! Und Andrea hatte Angst bekommen und die ganze Nacht nicht schlafen können; die Freude über das Verlassen des Bauernhofs war dahin gewesen.
Castiglio hielt den Moment für günstig, sein Herz zu gewinnen.
»Hör mal, Andrea – eine rhetorische Frage – das ist, wenn man etwas fragt, aber eigentlich keine Antwort erwartet, verstehst du?«

»Man tut nur so, als ob man fragt?«
»Genau.«
»Wozu tut man das?«

Castiglio bemerkte erfreut, daß die Neugier des Jungen offensichtlich fähig war, seine Schüchternheit zu überwinden. Sehr gut. Diese Eigenschaft mußte er sich zunutze machen, wenn Andrea als Gehilfe etwas taugen sollte.

»Meist ist es eine Konzentrationsübung oder ein Zeitgewinn, damit man die Antwort um so präziser formulieren kann. Oft ist es ein Satz, den man in Frageform stellt, weil man ihn als Aussage nicht oder noch nicht wagt. Das kennst du bestimmt: Jemand ruft: ›Bin ich denn verrückt?‹, wo ihm etwas verrückt scheint, er aber nicht sich selbst, sondern die Umstände schuldig sprechen will. Oder jemand sagt: ›Ist Derundder vielleicht ein Verräter?‹, weil er Denundden noch nicht offen beschuldigen will, aber es notwendig erachtet, gegen Denundden einen allgemeinen Verdacht zu erzeugen. Klar?«

Andrea nickte und sah den Magier dankbar an. Er hatte Castiglio soeben ein Viertel seines Herzens geschenkt. Vielleicht waren Alchemisten gar keine so entsetzlichen Menschen, wie die alten Weiber immer behaupteten? Hätte denn sonst Pietro, der Mönch, ihn hierhergebracht?

»Also, wir brauchen, und präg's dir gut ein: Ein Gros guter, geruchsfreier Kerzen, beste Sorte, anderthalb Ellen lang und zwei Daumen breit. Dazu ein paar passende Ständer, hölzerne genügen, nur ein siebenarmiger Leuchter muß aus Metall sein. Vom Waffenschmied drei Messer unterschiedlicher Größe, so, so und so lang, alle scharf geschliffen. Probier die Klingen am Schleifstein aus, laß dich nicht übers Ohr hauen! Ich will keine Kerben in den Schneiden sehn! Und besorg ein Kurzschwert für dich!«
»Ja.«
»Beim Kesselschmied gibst du zwei große und drei kleinere Kessel in Auftrag. Je einer muß aus reinem Kupfer sein, bei den andern tut's was Billigeres. Ich brauch' auch drei Pfannen und sechs Tiegel sowie zehn Dreiständer. Vom Schreiner holst du zwei Dutzend Holzdosen, aber achte darauf, daß sie dicht abschließen.

Kauf eine Truhe von der Breite des halben Tisches hier und starke Regale, fünf Stück. Vom Gerber holst du drei Eichhörnchenleder und läßt jedes hundertmal von Nadeln durchstechen. Achte darauf, daß die Felle vollständig enthaart sind – aber nicht weggebrannt, sondern weggehobelt. Kannst du dir das merken?«

»Weggebrannt, sondern weggehobelt.«

Der Bursche hatte den Kopf gesenkt und bog zu jedem aufgezählten Gegenstand einen seiner Finger gerade.

»Feuer verklebt die Hautschichten, die Nadellöcher zieht es wieder zusammen, das Leder wird zu undurchlässig. Gebranntes Leder kann man höchstens für sehr feine Filterungen brauchen, verstehst du?«

»Was sind Filterungen, Herr?«

»Ist jetzt nicht wichtig. Paß auf: Ich brauche einen Zirkel, Pergament, Kreide, Wachstafeln, Federkiele, Siegelwachs und Feuerstein. Beim Uhrenmacher kaufst du eine kleine Sand- und eine große Wasseruhr. Die eine soll den Ablauf von etwa zehn Minuten, die andre den einer Stunde anzeigen. Kapiert?«

»Ja. Kleine Sand zehn Minuten, große Wasser eine Stunde.«

»Danach gehst du zu einem Maurer und bittest ihn zu mir! Wir müssen die Öfen umbauen lassen.«

Castiglio war nicht sicher, ob die beiden Kamine des Hauses in einen Athanor oder ein Reverberatorium verwandelt werden konnten, aber wenigstens letzteres mußte zu machen sein. Er hatte sich so oft mit Halbheiten behelfen müssen. Wenn er nur an Perugia zurückdachte, wo er chemische Prozesse, die wochenlange Wärmezufuhr verlangten, in einem Teil der Palastküche verrichten mußte, und immer wieder fand er Essensreste in die Töpfe gestreut, aus denen das Opus magnum erwachsen sollte...

»Gut. Beim Glaser holst du sechs flache Schalen, sechs Halbliterflaschen, zwei bauchige Kolbengläser und zwei gebogene Röhren. Beim Apotheker – ah, nein, vergiß das, das übernehm' ich selbst. Setz alles auf Kredit im Namen Castiglios, Hofalchemist Mirandolas.«

Andrea stutzte.

»Soll ich das sagen?«

»Was?«

»Den Alchemisten. Die sind hier nicht beliebt.«
»So? Sind sie nicht?«
»Mhmhm. Die Leute sagen, Alchemisten bringen Spuk und Seuchen in die Stadt, wenn ihnen was aus dem Labor entflieht, und sie rauben die Kinder und schänden die Friedhöfe und ziehn Gottes Zorn auf sich.«
»Ach? Andrea, du bist jetzt Gehilfe eines Alchemisten, ist dir das bewußt?«
»Ja, Herr.«
»Nenn mich nicht dauernd Herr!«
»Ja.«
»Nenn mich Meister!«
»Ja.«
»Schämst du dich deines Meisters?«
»O nein, Herr!«
»Also lauf und besorg alles, wie ich's dir aufgetragen hab'. Halt! Weißt du, wo der Lautenschnitzer sitzt?«
»Der ist nicht weit von hier, gleich hinter den Kolonnaden, an der Piazza Grande.«
»Gut. Und davon –« er gab ihm eine Kupfermünze –, »kauf dir, was du willst.«
»Danke Herr... Meister!«
Er rannte zur Tür hinaus.

Castiglio war gespannt, wieviel Andrea richtig bringen würde und wieviel man umtauschen müßte. Es war als Probe seiner Fähigkeiten gedacht. Auch selbst hatte er jetzt viel zu tun. Zuerst zum Apotheker und Bader, Bestellungen aufgeben. Dann zum Farbenrührer. Zum Weinhändler. Und vor allem eine gute Laute kaufen – er hatte so lange keine besessen. Das Spiel auf der Knickhalslaute war das Beste, was er von Umberto je gelernt hatte.

Einigen Cortegiani sollte man Besuche machen. Vielleicht sogar der Hure Candida? Nein, dafür war es viel zu früh, erst mußten bessere Informationen her. Castiglio haßte es, Kontinente zu entdecken, über die er nicht genau Bescheid wußte. Für Nichtmagier mag das ein Paradoxon darstellen. Was soll's?

XIV

Der Programmleiter des Verlagshauses Mammot, ein dreitagebärtiger Designbrillenträger mit dem festgefrorenen Grinsen eines Kosmetikvertreters, streckte die Beine so weit unterm Schreibtisch durch, daß seine Mokassins versehentlich Täubners Stiefeletten berührten.
»Hoppla... Also, Täubner, ich MEIne, Sie haben eigentlich KEInen Grund, verBITTert zu sein...«
Er redete in der Art narzißtischer Politiker, die ihren Worten durch Überbetonung mancher Silben einen Anstrich von Unangreifbarkeit geben wollen.
»Dieses BILDmaterial kommt für uns NICHT in Frage. Wir wollten einen REIseführer über alternative KulTUR und GastronoMIE machen, das heißt noch LANGe nicht, daß Sie dafür HYperalternative FoltograFIERstile verwenden können. AneineAuszahlungderzweitenHonorarhälfteistnichtzudenken. IMMerhin brauchen Sie Ihren VORschuß nicht zuRÜCKerstatten und Ihre SPEsen haben wir AUCH ersetzt. Unter DIEsen Umständen können Sie doch ganz zuFRIEden sein...«
Täubner, unrasiert, angetrunken, gelangweilt, tippte Zigarettenasche auf den Teppich. Er war einer, dem niemand mehr was anhaben konnte, ein Mann mit dem Mut des Verlassenen, der Unempfindlichkeit des Weltverlorenen. Er stand langsam auf, trat einen halben Schritt vor, beugte sich über den Schreibtisch, fixierte kurz den in die Tiefe seines Sessels zurückweichenden Mann, drehte sich dann um und schlurfte wortlos auf den Flur hinaus.

Im Lift hielt er die alte Walther 7,5 an seine Stirn und drückte ab. Klack. Nichts. Keine Patrone drin. So hatte er es in Erinnerung gehabt. Aber er hätte sich durchaus täuschen können. Das war so lange her...
Er schmiß die Pistole in den nächsten Abfallbehälter und ging nach Hause.

XV

Der Astrologe Eugenio Bemboni suchte gradlinige Konfrontation ohne Geplänkel, was ihn in Castiglios Augen beinah sympathisch machte – trotz seines anwidernden Äußeren.

Bemboni bestand aus Halswülsten, Zahnlücken und Stirnfalten. Das Pulsieren seines feinverästelten Kapillarsystems machte Bembonis blasse, fast gläserne Haut zu einem Schauspiel.

»Hattet verdammtes Glück, daß ich bei Eurem Schwindel nicht dabeigewesen bin, wär' Euch schnell dahintergekommen, Freundchen, dürft Ihr mir glauben! Mich legt keiner so leicht rein!«

Castiglio beherrschte sich. Auf offener Straße, unter vielen Zeugen, wollte er sich nicht auf Wortgefechte einlassen. Bemboni trat ihm breitbeinig in den Weg, die Hände streitlustig ausgestreckt. Als der Magier einen Umweg zu nehmen beschloß, hielt ihn Bemboni am Arm fest und geiferte, daß die Marktfrauen ihre helle Freude hatten.

»Sapperlott, Lump, bleib stehn! Glaubt Ihr, Pico das Geld aus der Tasche ziehn und leis in der Nacht abhaun zu können? Ne, ich werd' dafür sorgen, daß mit Geschmeiß Eurer Sorte endlich aufgeräumt wird! Ein für allemal Schluß muß sein mit euch BRUNNENVERGIFTERN! Euch Halsabschneidern unterm Deckmantel geheimer SCHLITZOHRIGKEIT; euch Prellern muß man die Leviten lesen, euch Tempelhändlern übelsten ABERGLAUBENS! Ihr steht der Wissenschaft nicht mehr lang im Weg, das schwör' ich!«

Castiglio sah ein, daß er Bemboni nicht schweigend übergehen konnte.

»Muß ich Euch wandelnden Spucknapf daran erinnern, was Giovanni Pico, der hier um die Ecke geboren wurde und dessen Geist Euch im Traum verfolgen soll, über die Astrologen geschrieben hat?«

»Geht mich nichts an!« wiegelte Bemboni ab.

»Von vieren ihrer Voraussagen erweisen sich drei als falsch; im Sternglauben liegt die Wurzel aller Unsittlichkeit, und eine größere Förderung für das Böse kann es gar nicht geben, als wenn der Himmel selbst als dessen Urheber genannt wird!«

»Pah!« schrie Bemboni. »Gefasel! Das ist vierzig Jahre her! Er wußte nicht, was wir heut wissen!«

»Sein Glück!«

»Muß ich mich von einem fahrenden Dilettanten beleidigen lassen? CACASANGUE! Ihr redet mit einem Doktor der Akademie von Pisa! Mir wurde schon die große Professur zu Florenz angeboten! Und wer seid Ihr?«

»Jedenfalls einer, der den akademischen Mühlstein lang nicht mehr mit sich schleppt.«

»Akademischer Mühlstein? Ach, habt Ihr den geklaut? Ist er Euch auf der Flucht zu schwer geworden?«

»Genau. Zu viele Eurer Sorte hockten da drauf.«

»KANAILLE! Ich sag's Euch mit den Worten Trithemii, der für mich eine viel bedeutendere Autorität als Giovanni darstellt: ›Die Alchemie macht Reiche zu Bettlern, Philosophen zu Schwätzern und Betrogene zu Betrügern! Eine abgewrackte Putana, die jedem Umarmung verspricht und niemandem gewährt!‹«

Castiglio machte sich gewaltsam los.

»Zufällig hat Trithemius aber auch die Astrologie in Grund und Boden verdammt!«

»Quatsch, dazu wurde er vom Klerus angehalten, das war nicht seine wahre Meinung!«

»Werden wir jemals wissen, was seine wahre Meinung zu irgend etwas war, wenn Ihr ihm solch plumpe Motive unterstellt?«

Bemboni kochte.

»Er hat die Astrologie *zweimal* verteidigt und nur *einmal* verurteilt! Das zeigt deutlich seine Gesinnung! Einsperrn muß man Euch! Macht Platz für die Wissenschaft! *Sehen,* nicht träumen! *Bauen,* nicht popeln!«

Aus den rotgeschwollenen Stirnkratern plätscherten ihm Schweißbäche über die Wangen, immer neue Sprünge durchpflügten die Glashaut. Castiglio setzte ein überlegenes Lächeln auf.

»In unseren Gesprächen hat Trithemius mehrmals wild gegen Sterndeuter gelästert – ohne etwa drauf Rücksicht zu nehmen, daß mein eigener Vater einer war. Und auch ohne äußeren Zwang, da wir immer sehr vertraulich debattierten.«

Bemboni ließ fassungslos die Zunge raushängen. Soviel Chuzpe hatte er nicht erwartet.

»Wollt Ihr mir vielleicht weismachen, Trithemius hätte sich mit so was wie Euch abgegeben?«

Castiglio setzte noch einen drauf: »*Er* ist immerhin zu *mir* gekommen, nicht umgekehrt.«

Bemboni begann zu japsen, war dunkelrot angelaufen.

»So eine Anmaßung! Freche Lüge! Hundsfott!«

An dieser Stelle wurde die Auseinandersetzung, die mitten auf dem Donnerstagsmarkt der Piazza Grande stattfand, jäh unterbrochen von der Nachricht, daß das Türkenheer vor Wien geschlagen worden sei. Dichte Menschentrauben umringten den heilverkündenden Reiter. Dankgesänge formten sich. Possenreißer erkletterten Balkone und Balustraden, schlugen Schellen und Tamburine. Man stopfte dem Reiter Geschenke in die Satteltaschen: Würste, Gurken, Brotlaibe; das Abendland war noch einmal gerettet. Castiglio nutzte den Freudentaumel, um in sein Haus zu verschwinden.

Das Erdgeschoß wirkte bereits um vieles wohnlicher. Auf dem Tisch stand ein leichtes Mittagessen bereit, die Wände waren mit Zitaten griechischer und lateinischer Autoren beschriftet – Heraklit, Euhemeros, Tibull, Ovid – und durch eine gemalte Kette aus blauen und roten Rauten farblich aufgewertet.

Andrea hatte seine Probe überraschend gut bestanden, die Einkäufe nahzu vollständig erledigt. Castiglio hätte sich keinen besseren Famulus wünschen können: Andrea zeigte sich eifrig, gewissenhaft, pünktlich und bescheiden – Attribute eines idealen Laufburschen. Im Garten blökten sechs Lämmer, erste Lieferung des Haushofmeisters Carafa. Sie würden bald geschlachtet werden müssen. Castiglio war unruhig deswegen. Konnte man mit diesen Tieren Sinnvolleres anfangen, ohne sich verdächtig zu machen?

Nichts. Ihr Tod war unabdingbarer Teil der Tarnung. Eine lästige Sache, die den Magier beschäftigte, deren Lösung er nach langem Für und Wider auf später verschob.

»Andrea, zuerst hast du mich an einen Knaben erinnert, den ich einmal gekannt habe – der muß inzwischen alt sein, trotzdem, ich meine dauernd, dein Gesicht schon irgendwo gesehen zu haben.«

»Wo, Meister?«

»Weiß nicht. Vielleicht besaß jemand, der meinen Weg kreuzte, ebenso grobgeschnitzte Backen oder die nämlich zerschlagene Nase. Ich komm' nur nicht drauf, wer es war. Laß dich nicht stören! Iß, greif zu!«

Nach der Mahlzeit stiegen beide in den Keller hinab, um Regale anzubringen und das Reverberatorium mit Ebenholz und Reisig zu füllen. Welche Verschwendung... Castiglio mischte zum Zweck einer ersten Ätherpurifikation Schalen voll Aloe, Sandel, Krokus, Storax und Myrrhe, schwenkte den Rauch dieser Mixtur in alle Ecken des Hauses, schwer, streng, betäubend.

»Hast du etwas über die Hure rausbekommen?«

»O ja!« antwortete Andrea seelenruhig.

»Na und? Rede!«

»Ihre Nachbarn sagen, sie verbringt jede dritte Nacht im Palazzo, aber an den andern Tagen empfängt sie Kundschaft zu Hause, und nicht nur Edelleute, sie macht's auch mit Bürgern.«

»Ach? Ein Sammelbecken? Ist Pico so knausrig?«

»Das hab' ich nicht gefragt.«

»Schon gut.«

Alle Tiegel, Tassen, Pfannen, Gläser, Dosen und Kessel standen jetzt auf dem vorgesehenen Platz, nur einige Spezialgeräte fehlten noch. Castiglio betrachtete zufrieden das Ergebnis. Schließlich änderte er aber doch noch ein paarmal die Anordnung unter Gesichtspunkten der Handlichkeit.

»Heut' nacht beginne ich mit der ersten magischen Operation.«

»Darf ich dabeisein?«

»Wenn du den Eid leistest...«

Andrea leistete den Eid – nichts von dem, was er hören und sehen würde, an Dritte weiterzugeben, nicht einmal unter Androhung von Folter und Tod, andernfalls ihm Hören und Sehen verginge, der Blitz ihn erschlüge und seine Seele im Zwischenreich keine Ruhe fände.

»Meister, werdet Ihr heut wieder auf der Laute spielen?«

»Wenn Zeit bleibt.«

»Ihr spielt gut!«

»Das einzige Vergnügen, das ich mir ab und zu gegönnt habe. Aber ich bin sehr aus der Übung.«

»Ich fand es schön.«

»Na ja. Du mußt jetzt in den Garten und die Lämmer abstechen. Wir müssen sie noch verbrennen.«

»Jawohl.«

Andrea nahm ein Seil, um die Tiere zusammenzubinden, und ein scharfes Kurzmesser, mit dem er ihre Kehlen durchtrennen wollte.

Der Magier blieb im Keller, um nichts davon zu sehn, und blätterte in den Büchern, die er aus der Palastbibliothek entliehen hatte. Eine herbe Enttäuschung. Gianfrancescos Geschmack war ziemlich konventionell, das meiste hätte man in jedem besseren Kloster finden können; die magische Abteilung war spärlich bestückt, und erhoffte Raritäten waren nicht vorhanden. Nur zwei seltene mathematische Werke weckten Castiglios Interesse. Beide behandelten magische Quadrate, besonders das Jupiterquadrat und dessen versteckter Zusammenhänge. Es dauerte mehr als eine Stunde, bis er, in diese Lektüre vertieft, sich über Andreas Ausbleiben wunderte und in den Garten ging.

Andrea saß mit gespreizten Beinen unter dem Pflaumenbaum; das Messer stak neben ihm in der Erde. Er hielt die Handflächen auf die Ohren gepreßt und wippte mit dem Oberkörper vor und zurück, wobei er etwas murmelte, das nach aufgeschnappten Messetextfetzen klang. Seine Augen standen weit offen, die Sonne strahlte frontal hinein, lockte Tränen hervor, und sie ließ auch das Gras violett und schwarz glänzen. Eines der Lämmer lag in einer riesigen Blutlache; um den Mund trug es einen Ausdruck, als ob es höhnisch lachen wollte. Fliegenschwärme suhlten sich in der Kehlwunde des toten Tiers. Die anderen fünf drängten sich in der dem Pflaumenbaum fernsten Mauerecke eng aneinander, ihr Blöken glich dem Wimmern heiserer Säuglinge. Da alle durch das Seil gebunden waren, wurde das tote Lamm im Gras hin- und hergeschleift, und die Schlieren des Blutes verwischten sich zu immer neuen Figuren auf Fell und Gras.

Castiglio atmete durch den Mund, um sich den schweren, süßklebrigen Geruch zu ersparen. Die Augen gen Himmel gerichtet, stieß er Andrea mit der Stiefelspitze an.

»Was ist? Kannst du's nicht?«

»Nein. Eins ja! Nicht so viele.«

»Geh an die Arbeit!«

»Ich will nicht! Auf dem Hof hatten wir nie Lämmer. Ich kann's nicht tun. Die schauen mich so an!«

Andrea schüttelte heftig den Kopf, hielt mit gekreuzten Armen seine Schultern fest umklammert.

Castiglio wollte ihn nicht weiter zwingen, um das frische Zutrauen nicht leichtfertig zu riskieren. Es schien effektiver, ihm dieses Versagen schweigend vorzuwerfen – um so mehr würde er sich anstrengen, die Scharte bei künftigen Gelegenheiten auszuwetzen.

Castiglio lief auf den Markt und holte einen Fleischer, den er durch die Gartenpforte schob und schnelles Geld verdienen ließ.

»Mein Gehilfe ist ein Hasenfuß, kammannixmachn, und ich selbst darf meine Hände nicht mit Blut benetzen, versteht Ihr?« sagte er so laut, daß Andrea es hören mußte.

»Klar versteh' ich das. Ist keine schöne Sache. Beim hundertsten Mal geht's einem noch an die Nieren!« erwiderte der Fleischer, um seine Entlohnung in die Höhe zu treiben. Das Ganze ging ruckzuck, der Garten verwandelte sich in einen Blutsee. Castiglio zeigte sich großzügig. Die Angelegenheit würde schnell die Runde machen, der Magier wollte im einfachen Volk einen guten Eindruck hinterlassen.

Andrea hatte sich ins Haus verzogen, kam erst beim dritten Zuruf heraus, die Augen verquollen, den Kopf tief gesenkt.

Das halbe Dutzend Tiere wurde an den Hufen in den Baum gehängt, um auszubluten. Danach trugen Meister und Gehilfe die Kadaver, in Linnen verschnürt, zum Reverberatorium. Der Ofen faßte nur jeweils zwei; es begann grauenhaft zu stinken. Die Purifikationszeremonie war für die Katz gewesen.

Castiglio beschloß, sofort bei Hof eine Innovation zu fordern, derzufolge man ihm gefälligst fertig zubereitete Asche senden solle, um keine kostbare Arbeitszeit zu verschwenden.

»Andrea, geht's dir wieder besser?«

»Ja, Meister. Es tut mir sehr leid.«
»Ich verzeihe dir. Du bist kein Hasenfuß, ich habe gedankenlos geredet. Hat überhaupt nichts mit Feigheit zu tun, wenn man keine Lämmer töten will. Im Gegenteil, es ist eine natürliche Demut vor dem Leben.«
Andrea blickte dankbar auf und schob drei Viertel seines Herzens nach. Jetzt gehörte er Castiglio mit Haut und Haar. Der Magier legte ihm väterlich eine Hand auf die Schulter, während sie darauf warteten, daß der Gestank sich verflüchtigte.
»Natürlich ist es sehr ungerecht gegenüber Rindern und Schweinen, sich so aufzuregen – nur weil Lämmer ein bißchen unschuldiger dreinschauen können.«
»Das ist schon wahr. Aber sie jammerten wie... wie Kinder.«
»Jaja... Als ich in Siena war, wurde dem Condottiere Petrucci ein Geschenk gemacht, ein prächtiger Papagei, dem der Absender, ein Herrscher aus der Nachbarschaft, beigebracht hatte, ›Dreckskerl‹ zu sagen. Der Condottiere war völlig außer sich und erwürgte das Tier, und alle waren traurig deswegen. Seltsam, nicht? Nur weil es ›Drrräckskärrl!‹ krähen konnte.«

Gegen sieben Uhr reinigten sie das Reverberatorium von den Knochenresten. Castiglio wiederholte die Räucherung. Sandel, Storax und Myrrhe gaben dem Haus einen feierlich-giftigen, mysteriösen Duft. Bei untergehender Sonne spielte Castiglio im Garten auf seiner Laute, um sich zu sammeln und abzulenken. Vieles improvisierte er; die Fingerkuppen wanderten vorsichtig und haltsuchend von Bund zu Bund. Andrea lauschte gespannt, auf den Händen sitzend. Das Entsetzen des Nachmittags schien er völlig vergessen zu haben – wo es sich doch hier, in diesem Gras ereignet hatte und der Rasen noch feucht blinkte vom Wasser, mit dem das geronnene Blut in die Erde gespült worden war.
Andrea unternahm mehrmals den Versuch, das Spiel durch Summen zu begleiten: Seine tiefe, voluminöse Stimme klang in Castiglios Ohren, als würde der Bauch der Erde leise rumoren und ihre Lufthülle vibrieren machen, als würde sich Abend in Atem verwandeln, die Nacht in geblähten Segeln über das Land ziehen, als würden zeitvergessen die Schwingen eines erzenen Adlers sich

senken – und was der poetischen Bilder mehr sind. So hörten beide einander zu.

Kurz bevor es dunkel wurde, übte Castiglio eine Frottola des Bartolomeo Trombocino in Lautenintavolierung. Ein hübsches Stück, das er auf einer Reise durch Mantua aufgeschnappt hatte. Es machte grad seinen Weg durch Italien. Unzählige Texte wurden drauf gedichtet, wohl wegen des sehr einprägsamen, sehnsüchtigen Kopfmotivs.

»Wunderbar!« rief Andrea. »Könnt Ihr das bitte noch einmal spielen?«

»Genug für heut! Ich seh' kaum mehr etwas. Wir haben auch noch einiges vorzubereiten. Heute nacht will ich die Geister des Felsens evozieren, aus dessen Stein unser Haus gebaut wurde, auf daß es uns hier gutgehe. Auch unsere persönlichen Schutzgeister will ich beschwören; das ist eine noch kompliziertere Sache.«

Andrea staunte.

»Besitz' denn auch ich einen Schutzgeist?«

»Na sicher! Jeder Mensch.«

»Aber wenn er mein Schutzgeist ist und über mich wacht, wozu muß er dann noch beschworen werden?«

Der Magier suchte nach einer Antwort und gab sich Mühe, ernst zu bleiben: »Sagen wir's mal so: Auch einen Schutzgeist kann, wie jeden faulen Diener, eine gewisse Lässigkeit befallen. Es tut manchmal gut, ihn stärker in die Pflicht zu nehmen.«

»Die Geister sind weniger eifrig, als sie es vermöchten?«

»Genau. Die meisten führen sich auf wie am Narrentag, spielen den Herrn und tanzen dir auf der Nase rum, und wenn man sie nicht eindringlich mahnt, gähnen sie nur laut.«

»Also deshalb gibt es so viele Unglücksfälle?«

»Äh, jaja...«

»So was!«

Andrea war ehrlich empört.

XVI
1988, Oktober

Täubner hatte für drei Wochen im voraus eingekauft und hockte, Beine übereinandergeschlagen, auf dem Bett, das Telefon vor sich.

Um acht Uhr abends tat es ihm endlich den Gefallen und klingelte.

»Täubner.«

»Hallo? Hier ist Professor Krantz. Ich ruf' aus Siena an. Man hat mir gesagt...«

»Sie besetzen meine Leitung!« grunzte Täubner und legte auf.

Zehn Minuten später klingelte es erneut.

»Noch mal Krantz hier. Der Pförtner vom Hotel I Petrucci hat mir Ihre Adresse gegeben. Er sagt, Sie hätten einen Brief...«

»Lecken Sie mich am Arsch.«

Klick.

Der Professor war hartnäckig und versuchte es zum dritten.

»Hören Sie, da waren Dias drin, behauptet der Pförtner. Das kann sehr wichtig sein für mich!«

»Nix mehr ist wichtig, Professor, lassen Sie mich in Ruhe. Ich habe den Brief nicht mehr.«

»Sagen Sie mir wenigstens, was auf den Dias drauf war!«

»Irgend 'n Gekrakel. Kästchen und Zahlen. Hab's verloren, sorry, aus und vorbei.«

»Was? Kästchen und Zahlen? Um Gottes willen. Hallo! Hallo? Hallo?«

Aber Täubner hatte schon wieder aufgelegt und starrte dumpf auf den Westgipfel der Tittenwand.

XVII

Der zweite der beiden Kellerräume, allein magischen Operationen vorbehalten, war dementsprechend spärlich eingerichtet. Vom siebenarmigen Leuchter erhellt, standen außer einigen Dosen Rauchwerk keine Möbel darin. Es hätte sich sonst aufgrund Platzmangels manche zeremonielle Vorschrift nicht einhalten lassen. Die Flächenmaße des gesamten Unterbaus betrugen nur 15 mal 20 Ellen.

Im Scheitelpunkt des Gewölbes prangte ein Warnspruch aus bulligen schwarzen Lettern:

EBENSO DROHET AUS VERMENGUNG BALD DER SCHWARZE STURM.
ES HÜTE SICH, WER SCHATTEN NEUE KÖRPER GIBT.
MÄCHTIG DRINGEN, DIE DU RIEFEST, INS LICHT ZURÜCK,
WO DIE SCHWACHE SCHRANKE DEINES WILLENS BRICHT!

Castiglio hatte es einem Traktat des Silvo entnommen und zur Selbstmahnung an die Decke geschrieben – fast angeberisch, wo ihm doch nie mehr als ein schwarzes Lüftchen gelungen war.

»Was du auch erleben wirst, präg dir ein: Im Kreis, und *nur* im Kreis, bist du sicher! Solang du ihn nicht verläßt – und sie werden alles versuchen, dich dazu zu bringen –, kann dir absolut nichts geschehn.«

»Wer sind *sie,* Meister?«

»Dessen kann man nie ganz sicher sein. Sie werden furchtbare Gestalt annehmen, um dich zu erschrecken, sie werden viel Getös machen, Illusionen schaffen und dich auch beleidigen. Aber selbst wenn du glaubst, eine Herde wilder Stiere stürme auf dich zu, beweg dich nicht aus dem Kreis!«

»Ja.«

»Sie sind sehr tückisch. Bevor man sie nicht in die Gewalt bekommt, versuchen sie alles, einen zu narren. Kann sogar sein, sie spiegeln dir vor, meiner habhaft zu werden, damit du mir zu Hilfe eilst!«

»Oh, oh! Solche Hinterlist besitzen sie?«

»Ja. Wenn dir zu bang ist, halt dich an meinem Knie fest. Aber wirf mich nicht um dabei!«

Und in ein reines weißes Kleid gehüllt, sprach der Magier: »Es ist Adarael der Herbst, die Engel des Herbstes heißen Tarquam und Guabarel, das Hauptzeichen des Herbstes aber Torquaret. Es lauten die Namen der Sonne, der Erde und des Mondes im Herbst: Rabianara, Abragini und Matasignais!«

Nach dem Ritual, wie es Petrus d'Abano im *Heptameron* offenbart hatte, zeichnete der Magier nun, in der ersten, Beron genannten Nachtstunde, den Zauberkreis. Um dem aufgeregten Andrea die Unruhe etwas zu vertreiben, erklärte Castiglio ausführlich, daß die Kreise nicht immer auf dieselbe Art gemacht würden, sondern je nach Ort, Zeit, Tag und Stunde Abänderungen erfahren mußten. Da sie das sicherste Verwahrungsmittel gegen Beschädigung seitens der Geister seien, komme ihrer exakten Ausführung enorme Bedeutung zu. Er zog mit Kreide drei konzentrische Ringe, der äußerste von neun Fuß Durchmesser, die anderen im Abstand jeweils einer Handbreit.

In den mittleren Ring schrieb er den Namen der Stunde (Beron), danach den Namen des Engels, welcher dieser Stunde vorsteht (mittwochs ist das Michael), dann das Siegel dieses Engels, dann den Namen des Engels, welcher dem Tage der Verrichtung vorsteht (Raphael), dann den Namen der gegenwärtigen Jahreszeit (Adarael) und die bereits erwähnten Herbstnamen von Sonne, Mond und Erde. In den äußeren Ring schrieb Castiglio die Namen der Luftgeister, welche am Mittwoch herrschen, des Königs und seiner Diener (Mediat, Suquinos und Sallales). Auf der Außenseite des Kreises brachte er Fünfecke nach den vier Weltgegenden an. In den inneren Ring trug er vier göttliche Namen ein (Eloy, Agla, Tetragrammaton, Adonai), durch griechische Kreuze getrennt.

Zuletzt schrieb er noch in den mittleren Ring gen Osten Alpha, gen Westen Omega und teilte den Kreis durch ein Kreuz. Das

Rauchwerk des Mittwochs war Mastix. Zur Konsekration sprengte Castiglio Weihwasser.

Den Mittwoch hatte er für die Operation gewählt, weil an diesem Tag die Luftgeister unter Westsüdwestwind stehen: Sie verschaffen dann alle Arten Metalle, enthüllen Vergangenes, Gegenwärtiges und Zukünftiges, versöhnen die Richter, verleihen Sieg im Kampf, stellen untergegangene Wissenschaften wieder her, lehren die Mischung der Elemente und die Verwandlung des einen ins andere, bringen Krankheit oder Gesundheit, erhöhen die Armen und erniedrigen die Reichen und vermögen noch vieles andere. (Während zum Beispiel die Geister des Donnerstags für die Gewinnung von Frauengunst zuständig wären und die des Samstags, Haß oder Zwietracht zu säen.)

Nach einem sehr heiligen Gebet, zur inneren Kräftigung und Weihe gesprochen (Lamed. Rogum, Ragia, Ragium, Ragiomal, Agalad, Eradioch, Anchovionos, Jochen, saza ya, manichel, mamacuo, lephoa Bozaco, Cogemal, Salayel, ytsunanu, azaroch, beyestar, amak), begann die eigentliche Incantatio.

»Wir, erschaffen nach dem Ebenbilde Gottes, ausgerüstet mit der Macht Gottes und durch seinen Willen entstanden durch den allmächtigen und wunderbaren Namen Gottes EL, bei dem heiligen Gott Ischros, Practetus und bei den drei heiligen Namen AGLA, ON, Tetragrammaton und bei den anderen Namen des allmächtigen, lebendigen und wahren Gottes beschwöre ich euch, die ihr durch eigene Schuld aus dem Himmel in die Hölle gestürzt seid.

Wir befehlen euch durch den, welcher sprach – und es geschah; dem alle Kreatur gehorcht; und wir beschwören euch bei dem unbekannten gläsernen Meere, das vor dem Angesicht Gottes ist; bei den vier heiligen Tieren, die vor dem Thron der Herrlichkeit Gottes einherschreiten – daß ihr vor diesem Kreise erscheint, um unsern Willen zu tun in allem, wie es uns gefällt; bei dem Stuhle Baldachiä, bei dem Namen Primeumaton, den Moses nannte, und Dathan, Korah und Abiram wurden von der Tiefe des Abgrunds verschlungen! In der Kraft dieses Namens verfluchen wir euch, entziehen euch jedes Amt und jede Freude bis in die Tiefe des

Abgrunds und verweisen euch bis zum Tage des Gerichts in den Schwefelpfuhl, wenn ihr nicht sogleich hier vor diesem Kreis erscheint, um unser Begehren zu erfüllen. Kommt bei den Namen Adonai, Zebaoth, Amioram; kommt, es gebietet euch Adonai Sadai, dessen Macht keine Kreatur entfliehen kann. Erscheinet freundlich vor diesem Kreis, sonst harren eurer schwere Strafen im ewigen Feuer!«

Andrea, dem übel geworden war vor Angst und Mastixdunst, saß, die Knie ans Kinn gezogen, zu Füßen Castiglios und wagte kaum zu schauen. Ihm wurde schwindlig in Gliedern, Augen und Ohren; am liebsten hätte er laut geschrien, um die vielen schweren Klänge im Bauch loszuwerden, er wollte aber den Meister auf keinen Fall stören.

»Adonai, erbarme dich meiner, erweise an mir, deinem unwürdigen Sohne, heute den Arm deiner Macht gegen die widerspenstigen Geister, damit ich in der Betrachtung deiner göttlichen Werke mit aller Weisheit erleuchtet werde. Ich bitte dich flehentlich, daß auf dein Gebot die Geister, die ich rufe, kommen und mir wahre Antworten geben mögen über das, was ich sie fragen werde; daß sie niemand schaden, niemand schrecken, weder mich noch meinen Genossen, noch irgendwen verletzen, sondern mir in allem gehorsam seien.

Bei dem unaussprechlichen Namen Tetragrammaton JHVH, in welchem die ganze Welt erschaffen ist, vor dem die Elemente beben, das Meer zurückweicht, das Feuer erlischt und alles im Himmel, auf Erden und in der Hölle erschrickt und niedersinkt, rufe ich euch im Namen der höchsten Majestät und befehle, daß ihr alsbald und ohne Aufschub von allen Teilen der Welt herbeikommt und mir über alles, was ich euch frage, eine vernünftige Auskunft gebt, daß ihr friedfertig, freundlich und sichtbar erscheinet und uns offenbart, was wir wünschen!«

Andrea, der es fast nicht mehr ertragen konnte, still zu sein, der an allen Gliedern schlotterte, den ein schwerer Magenkrampf plagte, wälzte sich, auf dem Rücken liegend, in Embryohaltung. Auf der

Haut fror ihn, aber sein Blut glaubte er brodeln und kochen zu fühlen, und der Dampf trat ihm klebrig aus Augen, Ohrmuscheln und Nasenlöchern. Er biß in einen Kleiderzipfel seines Meisters, um außer dem gepreßten Stöhnen, das er nicht verhindern konnte, keinen Laut entweichen zu lassen.

Castiglio bemerkte davon nichts. In atemberaubendem Tempo setzte er seine Anrufung fort; die Silben aus seiner ledertrockenen Kehle klangen rauh, abgehackt und zornig. Beide Arme streckte er hoch, und seine Finger griffen in die Luft gleich einem, der am Steilfels in einen Vorsprung gekrallt hängt, verzweifelt bemüht, sich nach oben zu stemmen.

»Ich beschwöre euch, ihr heiligen Engel, im Namen des starken, furchtbaren, gebenedeiten Ja, Adonai, Eloim, Sadai, Sadai, Sadai, Eie, Eie, Eie, Asamie, Asarie, im Namen Adonai, des Gottes Israels...«

Andrea, noch immer ins Beinkleid des Meisters verbissen, wimmerte vor Entsetzen Gebete durch die Nase. Die Schmerzen wurden so stark, daß er glaubte, seine Därme wären Schlangen geworden, die seinen Leib leerfraßen und die Rippen mit Säuregift zersetzten.

»...welcher die grossen Himmelslichter erschaffen hat, die Tag und Nacht unterscheiden, im Namen der Engel, die im zweiten Heer vor dem mächtigen Tetra dienen, im Namen des Sterns, welcher Merkur heisst...«

Castiglios Stimme wurde heiser, und er konnte das Ende der Formel nur noch krächzend von sich geben.

»...im Namen des Siegel Gottes, des Allmächtigen, bei allen vorgedachten Namen und bei dem heiligen Namen, der geschrieben war an der Stirne Aarons, des Priesters des Höchsten...«

Hör auf, dachte Andrea, hör auf und reize sie nicht, hör auf, bitte bitte...

»...bei den Namen der Tiere des Thrones, die sechs Flügel haben, beschwöre ich dich, großer Engel Raphael, der du dem vierten Tage vorgesetzt bist, daß du mein Begehren erfüllst, meines Schutzgeistes Namen zu nennen, daß ich ihn herbeizwinge!«

Andrea wälzte sich in Spasmen, kam dabei dem innersten Kreidering nah und drohte Zeichen zu verwischen. Auch konnte er jetzt nicht mehr anders, als jämmerlich zu schreien, rollte konvulsiv von Seite zu Seite, Schaum trat ihm aus dem Mund, heftig schlug er mit den Handflächen auf den Boden. Schließlich erbrach er in mehreren Schwällen. Im gleichen Moment glaubte Castiglio ein deutliches Geräusch zu vernehmen, dessen Ursprung direkt über seiner Stirn zu liegen schien und das in allen Ecken des Raums nachhallte. Es hörte sich an wie ein Furz.

Castiglio, bitter enttäuscht, brach das Ritual ab. Schnell murmelte er noch eine rituelle Dankcoda an Adonai, zur Sicherheit, und verließ den Kreis. Fast augenblicklich beruhigte sich Andrea, fiel zurück und streckte, tief atmend, alle viere von sich. Widerwillig half Castiglio ihm hoch.

»Geht's wieder?«

»Ich glaube«, murmelte Andrea, der sich einen Schneidezahn abgebrochen hatte und das fehlende Stück zu suchen begann.

»Dann wisch das da« – angeekelt deutete Castiglio auf die Lache –, »gefälligst auf! Es entweiht den Ort...«

Der Magier schlug sich vor Zorn die Fäuste gegen die Schläfen.

»Ich weiß nicht, woran es gelegen hat! Was hat diesmal nicht gestimmt? Vielleicht bin ich nicht rein genug gewesen, hab' noch Lammblut unterm Fingernagel? Siehst du was? Nein? Vielleicht hätt' ich heute fasten sollen, aber das ist doch wohl bloß Aberglaube! Möglicherweise hat Petrus d'Abano etwas falsch notiert, irgendeinen Stundenengel vertauscht – nein, Bartolo Cocle hat mir doch von seinen Erfolgen berichtet, und Cocle log gewiß nicht. Der Fehler muß bei mir liegen...«

»Aber Meister...«, stammelte Andrea, während er mit einem Lappen über den Boden kroch, »sie warn doch alle da!«

»Was?«

»Sie sind doch alle gekommen!«

»Wer?«

»Sie haben getanzt und Fratzen geschnitten. Ich konnte ihren Anblick nicht aushalten und schloß fest die Augen. Doch wenn ihre Stimmen so nah tönten, daß ich meinte, sie hätten den Kreis überwunden – spitzte ich und sah sie wüten.«

»Was behauptest du da?« Der Magier ging in die Hocke und

sah seinem Gehilfen in die Augen. »Du willst sie gesehen haben? Du? Wagst du mir das zu erzählen?«

Andrea, völlig überrascht vom heftigen Ausbruch seines Herrn, schwieg und verdoppelte seine Wischfrequenz.

»Na los! Beschreib, was du gesehen hast!«

»Sie sind aus den Wänden getreten. Einige kamen auf schwarzen Pferden mit rotglühenden Augen, andere hatten Flügel und kreisten über uns. Einige trugen Hörner auf der Stirn und andere Hahnenköpfe. Es waren welche in gleißender Rüstung und andere in leuchtendem Gewand. Manche der Fratzen waren schrecklich – große Mäuler voll riesiger Zähne, und lange Klauen hatten sie und schuppige Haut oder auch dichtes Fell, und manchen schossen Blitze aus den Augen...«

»Halt!« rief Castiglio. »Hör auf! Was du da beschreibst, möcht' ich wirklich nicht gerufen haben. Wie heißt euer Pfaffe?«

»Pfaffe?«

»Na der, bei dem du und deine Bauern die Messe hören!«

»Das ist der Fra Giuliano von der San Francesco.«

»Aha. Ich wette, der besitzt viele Holzschnitte, die er herumgehen läßt, nicht wahr?«

»Das stimmt.«

»Holzschnitte, die euch zeigen, wie die Hexen mit dem Teufel buhlen und sich verwandeln und übers Land reiten.«

»Ja.«

»Exakt diese Bilder hast du eben aufgezählt, nichts anderes. Alles Geschöpfe deiner Angst, keines davon wirklich.«

»Aber ich sah sie doch so deutlich.«

»Glaub' ich dir! Wahrscheinlich hast du sie sogar gerochen und ihren Flügelschlag im Nacken gespürt?«

»Ja! Sie warfen sich gegen den Kreis und prallten zurück und lachten und drohten!«

»Soso?«

»Ja, und einer hat sogar den Rock gehoben und seinen Arsch vor Euch entblößt!«

»Ach? Das ist allerdings eine Frechheit!« Langsam fand Castiglio zu seinem Humor zurück und strich Andrea eine nasse Strähne aus der Stirn.

»Das fand ich auch!« plapperte Andrea fort. »Er ist über Euch geschwebt mit seinem nackten, haarigen Hinterteil. Und dann –«
»Was dann?«
»Hat er einen gewaltigen Wind abgelassen.«

Daher kommt es, daß viele, die sich auf derartige Künste legen, sich trotz der schauerlichsten Beschwörungen vergebliche Mühe geben, um die Geister vor einen Kreis, zu einem Spiegel oder sonst in einen Behälter zu rufen; denn entweder ist Gottes Wille dagegen, oder es verachtet der Teufel den vorwitzigen Menschen, der ihm den Huldigungseid noch nicht geschworen hat.

> Johannes Trithemius; aus der Beantwortung
> der sechsten Frage des Kaisers Maximilian
> (1511)

XVIII

Das Telefon war zum Altar geworden. Altar der verlorenen Madonna, weinroter Altar, zu dem Täubner um Zeichen betete. Und Zeichen trafen ein, wenn auch nicht die gewünschten. Ein alter Freund wollte Täubner plump trösten, riet ihm, das Ganze schnell zu vergessen. Täubner pfiff auf den gutgemeinten Rat, schmiß Fäkalien in die Leitung und vergaß die alte Freundschaft in unglaublichem Tempo. Später kamen andere Zeichen, profaner als alle zuvor. Barbarische Wesen mißbrauchten den Altar, um dümmliche Fragen zu stellen und entnervende Geschäfte aufzuziehen. Eine Agentur aus Augsburg rief an – ob er Interesse habe, Fotoserien über indonesische Currygerichte zu machen, für den vierten Band fernöstlicher Kochkunst?

Täubner besaß noch mehr als 300 Mark und behauptete, krank zu sein.

Gegen zwei klingelte es wieder. Er meldete sich.

Klick. Aufgelegt.

Sofort begann er zu schwitzen. War *sie* das gewesen? Hatte *sie* einen Anlauf unternommen, doch noch mit ihm zu sprechen? Mußte es nicht so sein? Gerade heute?

Nein.

Nur vierzig Minuten nach dem Überprüfungsanruf verschaffte sich ein älterer Herr ziemlich rabiat Eintritt in die Pasinger Neubauwohnung, indem er einen Fuß in den Türspalt stellte und Täubner mit dem Handrücken gegen die Brust schlug.

»Ich komm' direkt vom Flughafen! Hab' die erste Maschine genommen, hat 'ne halbe Million Lire gekostet, deshalb hören Sie mir jetzt zu!«

Täubner gab nach und hörte zu. Das hielt ihn ja nicht davon ab, in der Hauptsache weiter auf dem Bett zu sitzen und heilige Zeichen des Telefons zu erwarten.

Krantz blieb stehen, obwohl es einen Sessel gab.

Der Zweimetermann war ein Offizierstyp, Anfang Siebzig, silbergraues Haar, zackiges Auftreten, kantig, energisch, von schroffer Gestik. Wenn er nicht redete, kaute er auf seinem Wangenfleisch. In seinen wasserblauen Augen lag Verachtung – die sich später als leichte Kurzsichtigkeit entpuppte. Er wirkte sehr korrekt. Grauer Anzug, blaßblaues Hemd, Minifliege, spitze, schwarze Schnürschuhe. Wie ein Reisender sah er nicht aus, alles an ihm schien frisch gebügelt, gebürstet und poliert. Am Handgelenk schwenkte ein Herrentäschchen; das jeweilige Spielbein tippte schnelle, synkopische Rhythmen auf den Parkettboden. Er war Täubner vom ersten Moment an unsympathisch.

»Wieso wollten Sie nicht mit mir sprechen?«

»War nicht in Stimmung...«

»Ach: Sind Sie irre? Ein Freak oder was?«

Krantz' näselnder, skandinavischer Akzent nahm der harten, konsonantischen Stimme einiges ihrer hämmernden Gepreßtheit.

»Nur ein Irrer legt dreimal auf, wenn man ihn aus einem anderen Land anruft!«

»Ich warte auf einen *bestimmten* Anruf...«, rechtfertigte sich Täubner schwach.

»Von Ihrer Frau?«

»Wie kommen Sie...«

»Ach – ist doch immer dasselbe! Ist sie das?« Er deutete auf die Tittenwand.

»Teilweise.«

»Also...« Krantz faltete die von Altersflecken gesprenkelten Hände vor dem Kirk-Douglas-Kinn zum Zelt zusammen. »Was stand in diesem Brief?«

»Woher wissen Sie überhaupt...«

»Ich steig' seit zwanzig Jahren im I Petrucci ab! Der alte Nachtpförtner entschuldigte sich für seinen Irrtum und fragte mich, ob ich den Brief doch noch erhalten hätte. Ja, welchen Brief? Sein Kollege erzählte mir, daß Sie ihn mir nachsenden wollten, was Sie offensichtlich nicht getan haben! Ihre Adresse stand im Gästebuch.«

Täubner nahm die Whiskeyflasche und bot Krantz vom Tullamore Dew an.

»Ich hab' Ihnen doch gesagt, daß ich den Brief nicht mehr besitze; hab' ihn im Zugabteil verloren. Vielleicht liegt er im Bahnhofsfundbüro...«

»Gut, angenommen, das stimmt: Was stand drin?«

»Es war ein Geburtstagsgruß. Auf rosa Papier.«

»Rosa Papier? Von wem?«

»Weiß nicht mehr. Irgendein komischer Name.«

Täubner gab den ungefähren, wenig sagenden Wortlaut des Schreibens wieder. Krantz schnippte mit Daumen und Ringfinger.

»Haben Sie Stift und Schmierblock?«

Täubner reichte ihm beides.

»Bitte – zeichnen Sie möglichst genau, was auf den Dias war!«

Täubner tat ihm auch diesen Gefallen und kritzelte mit dem Kugelschreiber hin, was ihm noch grob in der Erinnerung schwamm:

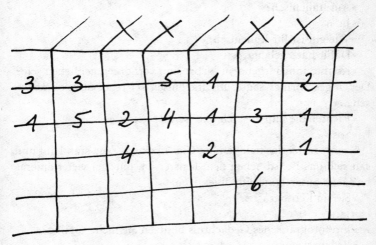

Krantz warf einen langen Blick darauf und setzte sich in den Ledersessel.

»Die Zahlen – haben Sie die ganz willkürlich gesetzt?«

»Klar. Ich weiß nur noch, daß keine über sechs hinausging.«

Krantz stierte minutenlang auf die Zeichnung, sah zur Decke hoch, schüttelte den Kopf, summte mißmutig und rieb die Schuhspitzen aneinander.

»Und? Bringt Ihnen das was?«

Krantz antwortete mit einem abwesenden Blick und dem Griff zum Whiskeyglas.

»Ich versteh' das nicht! Ich weiß nicht, was dahintersteckt.«

»Ging mir genauso.«

»Neinnein... ich meine, ich weiß schon, was das hier darstellt, aber ich kann mir nicht erklären, wer mir's geschickt haben soll und warum...? Täubner! Bitte – war irgendein Text auf den Dias?«

»Nee.«

»Können Sie den Wortlaut des Briefs noch mal wiederholen? So wörtlich wie möglich?«

»Lieber Herr Professor ... Ich hoffe, Sie haben einen angenehmen Geburtstag ... oder so ... Alles Gute für die Zukunft ... Das war alles.«

»Auf Italienisch?«

»Ja.«

»Wie gut ist Ihr Italienisch?«

»Dafür hat's gelangt.«

»Könnte Ihnen irgendein Nebensinn verborgen geblieben sein? Der Tagespförtner sagte, Ihr Italienisch sei recht ärmlich gewesen...«

»Richten Sie ihm aus, ich hab' seither geübt.«

»Soso...«

Krantz trank das halbgefüllte Glas in einem Zug, stand auf und sah sich das Board neben dem Fenster an, mit den vier Kameras und dem guten Dutzend Objektiven.

»Sie sind Fotograf?«

»Ja.«

»Ein fotografisches Gedächtnis besitzen Sie nicht zufällig?«

»Bedaure.«

Krantz wanderte zwei Kreise, dann schlug er sich mit der Handtasche auf den Oberschenkel und rief: »Verdammt! Der Absender! Sie müssen sich erinnern!«

Sein Finger deutete auf Täubners Stirn, und der so Angedeutete war kurz davor, den alten Schweden rauszuschmeißen.

»Mann, ziemlich langer Name, italienisch. Irgendwie komisch...«

»Wie – komisch?«
»Weiß nicht mehr.«
»Frau oder Mann?«
»Weiß nicht mehr...«
»Daran *müssen* Sie sich doch erinnern können!«
»Ich glaub', es war ein Mann.«

Krantz überlegte, wie es auf der Welt wohl ohne Schwachköpfe wie diesen Täubner aussähe. Aber er nahm sich zusammen.

»Und die Handschrift? Wie war die?«
»Keine Ahnung... Was geht mich fremde Post an? Ich hab' den Brief nicht aus Neugier aufgemacht. War 'n Versehen, ich dachte, er käm' von meiner Frau – Freundin mein' ich...«
»Ich muß es wissen! Ich nämlich bin schon neugierig! Wir können es mit Hypnose versuchen! Einverstanden?«

Täubner, der eben dem Besuch ein Ende machen wollte, wurde von dieser Frage so überrascht, daß er sein Vorhaben vergaß, die leere Flasche zu den anderen leeren Flaschen in die Sperrholzkiste legte und sich zweimal durch die fettigen Haare fuhr. Die Situation irritierte ihn. Das Engagement, das dieser silbergraue alte Habicht für den Brief an den Tag legte, wurde ihm langsam unheimlich – obwohl der Typ augenscheinlich nur ein spleeniger, penibler Kauz war, mit zuviel Taschengeld bewaffnet.

»Hypnose? Ham Sie 'n Vogel? Was soll das Ganze? Was sind Sie eigentlich für 'n Professor? Können Sie mir bitte mal irgendwas erklären?«

Krantz entkam ein kurzes, verzweifeltes Lachen, zwischen Hohn und Defätismus.

»Ihnen das erklären? Das alles? Hahmm...«
»Dann eben nicht, dann scheren Sie sich raus! Hopp!«
»Neinnein... Ich erklär's Ihnen gern! Haben Sie Zeit?«
»Massig«, antwortete Täubner, der nun doch neugierig wurde, welche Sorte Story der Greis ablassen würde.
»Es ist eine lange Geschichte! Sie zwingt mich, weiter auszuholen. Erst muß ich mich mal komplett vorstellen: Krantz, Jan-Hendrik, Ethnologe – aber das hat weniger mit dem zu tun, was ich seit zwanzig Jahren mache. Ich lebe auch schon lang nicht mehr in Stockholm, pendle durch Italien, besitze drei Apartments,

je eins in Rom, Neapel und Bologna. Zuerst dachte ich, Sie hätten den Brief vielleicht an eine alte Adresse von mir gesandt, eigentlich wollte ich nur fragen, an welche. Erst als Sie sagten: ›Kästchen und Zahlen‹ und daß Sie den Brief verloren hätten, da konnte ich nicht anders, als sofort herzukommen. Dieser Brief könnte möglicherweise mein Lebenswerk betreffen...«

Bla, blabla, blablabla..., dachte Täubner.

»Zuerst muß ich erklären, was ich mache. Das ist nicht so einfach! Ich bin, seit ich meine Stockholmer Professur niedergelegt habe, als Privatgelehrter unterwegs, in einer wissenschaftlichen Disziplin, die akademisch noch nicht recht organisiert ist. Ich bin Mythosoph.«

»Was bitte?«

»Mythosoph! So nenne ich das. Mythenforscher, aber keiner der Theoretiker, die von der Philosophie her kommen! Mythologe geht nicht; dann müßte das Fach Mythologie heißen, und dieser Begriff ist bereits besetzt.«

»Logisch.«

»Ich beschäftige mich mit Mythen – untersuche deren Struktur, Wurzeln, Genese, Wirkungsweisen, Mutationen, Projektionen, Artifikationen, Gegenwartsspuren, den Gehalt ihres Devianzpotentials, den reziproken Niederschlag in zwangsassimilierte Verhaltensschemata, ihren soziologischen Flexibilitätsfaktor, ihre normative Moraljudikatur und so weiter...«

»Hä?«

Krantz machte eine wegwerfende Handbewegung und glich seine beabsichtigt überdrehte Sprache Täubners vermutetem Niveau an.

»Schwer zu sagen... Was ist ein Mythos? Woher kommt er? Wie entsteht er? Wodurch hält er sich? Wo geht er hin? Inwieweit prägt er uns? Inwieweit prägen wir ihn? Wie viele Verwandlungen macht er durch? Wie viele Versionen standen zwischen Odysseus und Asterix... oder so...«

»Aha.«

»Ich frage, welche Mythen die meiste Kunst beanspruchten und inwieweit Kunst dieselben transformiert hat; ich frage, welche Mythen sich wodurch behaupten und welche den Zeitmoden zum Opfer fallen. Ich untersuche das Wechselverhältnis zwischen Mythos und Kunst, untersuche, zu welchem Zweck die Mythen von wem, wann, wo und unter welchen Umständen benutzt wurden, zeige ihre Gegenwart im Alltagsverhalten auf, zähle ihre vielen kleinen Abarten und Subformen, interessiere mich für bewußte Umdeutungsversuche... Ich geb' Ihnen ein Beispiel: Vor fünfzehn Jahren hatte ich viel in Deutschland zu tun, daher meine leidlichen Sprachkenntnisse. Ich behandelte damals die Frage, inwieweit Hitler im Nibelungenlied vorgezeichnet ist, und versuchte herauszufinden, ob Wagners völlige Neugestaltung dieses Mythos ins Schopenhauersche ein bewußter Versuch war, das Fatale jenes Nationalepos durch Umdeutung zu zerstören.«

»Und?«

»War's. Ist ihm aber leider nicht gelungen. Die Nazis haben ihre Politik eben *nicht* aus Wagneropern entnommen, verfielen der ›Magie von Etzels Saal‹ – so würde Ernst Jünger es ausdrücken. Können Sie alles nachlesen in meinem Buch: *Der mythische Begriff der Nation*. Aber das war nur *ein* Beispiel und ein sehr komplexes dazu, das rührt ja schon an die große Frage, welche Macht Kunst besitzt...«

»Ah? Besitzt sie welche?«

»In gewissem Sinne. Der Mythos hat die Macht! Die Kunst ist nur Spielart und Verstofflichung desselben und der Künstler bloß ein Postbote, mit der beschränkten Gewalt eines Postboten. Sicher kann er ein Briefchen unterschlagen oder selbst welche schreiben, euer Hölderlin hat dazu einiges zu sagen gehabt, aber... na, lassen wir das! Eine andere meiner Veröffentlichungen behandelt mythische Gestalten und ihren Abklatsch im Starkult. Die schnellklebenden Abziehbilder der epischen Archetypen. Aufgrund welcher Bedingungen werden sie geformt? Nehmen wir James Dean – wär' er damals nicht krepiert, er wäre heute von Marlon Brando oder Paul Newman kaum zu unterscheiden! Oder Marylin! Ohne Schlaftabletten gälte sie heute als eins der fünfhundert Hollywood-Busenwunder, nicht viel mehr...«

»Aber sie war doch 'ne prima Schauspielerin!« protestierte Täubner.

»Klar; das ist nicht die Frage. Eine gewisse Qualität gehört unabdingbar zur Mythologisierung, ebenso wie Tragik, Geheimnis,

Tod und etliche andere Topoi. Die Frage ist vielmehr, inwieweit solche Figuren gebraucht werden. Würden nicht hin und wieder Unglücke von selbst passieren, mit den dazugehörigen Begleitfaktoren – vielleicht würde man nachhelfen... Lesen Sie zum Beispiel bei Lloyd de Mause über das Reagan-Attentat! Ganz Amerika hungerte nach dem Anschlag; als er endlich kam, war man befriedigt! Tss... Natürlich sind Dean und Monroe viel zu jung, um Mythen genannt zu werden. Ich nenne das *homunculi*, geschaffen von weitaus älteren Idolen, die zu Bildnern wurden. Nur saisonbedingte Sonderausgaben einer seit Jahrtausenden erscheinenden Zeitung; Moden, wenn Sie so wollen; Designerartikel, Vorführmodelle. Die meisten Homunculi sterben im Reaganzglas; machen's alle nicht lang. Der aufgeblähteste Homunculus ist im zwanzigsten Jahrhundert Hitler – gefährlich nah dran, dem Reagenzglas zu entsteigen, verstehen Sie?«

»Vollkommen«, nickte Täubner.

»Daran sind natürlich die Linken schuld!« rief Krantz erregt.

»Sicher...«

»Sie haben alles dafür getan, wirklich wahr! Der DIAMAT kommt dem mythosophischen Logos eben nicht bei!«

»Eben.«

»Läßt sich nur hoffen, daß Hitler wenigstens in den musealen Teil der Galerie wandert ... zu Attila, Dschingis Khan, Napoleon...«

»Jaja.«

»Im Gegensatz dazu entziehen sich die großen Archetypen jeder Historik. Sie heißen Prometheus, Orpheus, Iason, Medea, Helena, Odysseus, um nur ein paar griechische zu nennen. Hin und wieder kommt die Zeit, die einen neuen Archetypus braucht und dann meist gleich mehrere Konstrukte auf den Markt wirft, salopp gesagt. Jesus war so einer. Mithras hatte Konstruktionsfehler und wurde aus dem Verkehr gezogen. Merlin war einer. Faust. Ihre Abziehbilder? Gandhi, Crowley, Einstein.«

»Einstein und Faust?« unterbrach Täubner belustigt.

»Aber sicher! Unser Urteil über Einstein leitet sich massiv aus der Erfahrung des Fauststoffes ab. Probieren Sie bei Gelegenheit die Parallelen durch! Mephisto und Atombombe! Blocksberg und

Weltkrieg! Begnadigung und Zungenblecken! Fällt Ihnen schwer? Probieren Sie's mal mit Orpheus und Caruso! Ajax und Hemingway! Prometheus und Nietzsche von mir aus, dem mythosophischen Urvater...«

»Aber, äh, ist doch klar, daß diese ganzen, äh, Archetypen Modelle und Projektionen der verschiedenen Charaktere sind...«

»Sicher! Doch ebenso sucht sich umgekehrt der einzelne die mythischen Paradigmata aus, die ihm gefallen und unterwirft sich ihnen. Und die Kunst ist die Werbeagentur jener Paradigmata! Eine komplizierte, wechselseitige Angelegenheit!«

Wirres Zeug, dachte Täubner. Gequirlte Kacke.

»Im übrigen sind wir jetzt viel zu sehr in die Ursprünge abgedriftet, wenn man mal so sagen darf. Zwischen Archetypus und Abziehbild liegt ein weites Feld verschiedenster Stadien, und die großen Gesetze reproduzieren sich in den kleineren Systemen nur bedingt. Die Mythosophie hat viele Gesichter. Das geht stark in die Psychoanalyse, Soziologie, Philologie, Semiotik, in die Kommunikationswissenschaft überhaupt, in die Religionswissenschaft, Geschichte, in die Analyse der Geschichtsschreibung et cetera. Eine geradezu pansophische Disziplin! Ihre Kernfrage ist letztlich, warum und in welcher Weise der Mensch dem Idol und innerhalb des Idols dessen Geheimnis nachhängt. Verstehen Sie?«

»Nein.«

»Na gut. Ist vielleicht auch zu vermessen, im Kurzdurchlauf einen komplizierten Überbau mit einfachen Worten darzulegen...«

»Kommen Sie doch mal zur Sache!« stöhnte Täubner und räkelte sich im Bett, nach der bequemsten Lage suchend.

»Schön, ich versuch's: Ich habe da ein Spezialgebiet, ein Steckenpferd – meine eigene Entdeckung, will ich behaupten! Es handelt sich um einen gewissen kleineren Mythos, recht überschaubar, ohne viel Seitenzweige, der keine zweihundert Jahre alt wurde, den dann einer der größeren Archai schluckte – obwohl einer mit dem anderen wenig zu tun hatte. Ein gestorbener Mythos, dabei relativ originell – können Sie sich das vorstellen? Ein kompletter Lebenslauf!«

Täubner schnaufte tief durch.

»Unvorstellbar.«

Krantz fixierte ihn mißtrauisch.

»Ich seh' schon, Sie kapieren nicht. Also – die meisten mythischen Ströme entspringen irgendwo aus dunkler Quelle, schwellen an zu breiten Flüssen, fließen schlammbeladen in ein Delta nicht nachvollziehbarer Versionen, Mutationen, Vernetzungen, Parodien, Antimetabolen. Nun haben wir den seltenen Fall eines komprimierten, autarken, idiopathischen Mythos vor uns, mit ziemlich exakter Biographie, exemplarisch in seiner Entwicklung!«

»Toll. Und wozu ist das gut?«

»Na ja... ich glaube, die Nähe des Menschen zum Mythos variiert periodisch. Sieht so aus, als wäre der Materialismus bald endgültig ausgereizt – macht er noch jemandem Spaß? Egal; die Kehrtwende kommt, oder ist bereits da. Eine Remythologisierung der Welt steht bevor, und ungeachtet, was man davon hält, schadet es jedenfalls nicht, die Mechanik dieser Prozesse verstehen zu lernen.«

»Logisch.«

»Natürlich ist Remythologisierung schon falsch. Unsre Zeit ist sowieso keineswegs die materialistischste in der Geschichte.«

»Schweifen Sie nicht wieder ab!«

Krantz schnippte noch mal mit Daumen und Ringfinger und erhob sich aus dem Sessel.

»Kommen Sie, wir gehn irgendwo essen, und ich erzähl' Ihnen alles!«

Täubner zeigte auf das Telefon. »Ich muß hierbleiben.«

»Wie lang warten Sie denn schon auf den Anruf?«

»Drei Wochen.«

»Du liebe Zeit! Würden Sie mir zuliebe vielleicht das Restrisiko eingehn und Pizzas bestellen? Auf meine Rechnung! Ich hab' riesigen Hunger...«

Zögernd nickte Täubner sein Einverständnis und wählte die Nummer des Call-a-Pizza-Service.

Monate später behauptete die über alles in der Welt Geliebte, sie habe an diesem Tag gegen drei Uhr Täubner zum dreißigsten Geburtstag gratulieren wollen und sei von dem Belegtzeichen entmutigt worden. Es war dies aber keineswegs ein tragischer Slapstick, sondern einzig eine freche Lüge.

Als die Sardellenpizzas eintrafen, bezahlte Krantz den Boten und verlangte Messer und Gabel. Täubner nannte ihm die zuständige Küchenschublade, und Krantz keuchte beim Suchen ein lautes »Igitt« – wegen der vielen ungespülten Teller und Töpfe. Täubner holte den kleinen Holztisch vom Balkon, an dem aßen sie.

»Bißchen trocken, was?«

»Ja.«

»Die ganze Legende – in meiner Terminologie unterteile ich nämlich Mythen dem Umfang entsprechend in Archai, Großmythen, Sagen, Legenden, Famae und Anekdoten – beginnt so um das Jahr 1500, eine Zeit, die der unsrigen mitteleuropäischen in vielem ähnelt, nur ein wenig langsamer in ihren Riten vielleicht, aber sonst – neulich hab' ich einen interessanten Essay gelesen, einen Vergleich Zwinglis und Calvins mit Marx und Lenin...«

»Sie schweifen schon wieder ab!«

»Na gut, es war jedenfalls eine schreckliche, monströse Zeit, die einige Schwärmer aufgrund Michelangelos und Bramantes golden nennen. Die hatten ihre Alchemisten, wir unsre Genforscher, die ihre Hofdichter, wir unsre Popstars, die ihre Astrologen, wir unsre Astrologen...«

»Mein Gott, hat das wirklich was mit diesen Dias zu tun?«

»Junger Mann, ein bißchen Zeit müssen Sie mir schon lassen! Sie haben natürlich nie von Umberto Nursio gehört?«

»Ne. Nicht natürlich. Nicht mal künstlich.«

»Kann ich mir denken. Das war ein Mediziner und Mathematiker in Bologna. Ein Wirrkopf, der allerdings ein paar Theorien entwickelte, die für damals recht bemerkenswert klingen. Natürlich läßt sich das in jeder genügend großen Portion Unsinn finden. Einige seiner Schriften haben sich mehr aus Zufall im Archiv der Uni Bologna erhalten. In einer behauptet er, sinngemäß, der Mensch wäre das feindlose Tier am Ende der Nahrungskette und müßte sein natürliches Aggressionspotential nun gegen sich selbst richten. Er nannte das ›Seid fruchtbar und mehret euch‹, das ›Macht euch die Erde untertan‹, einen satanischen Aufruf zur Weltzerstörung! Verblüffend, nicht? Umberto Nursio war eine Figur aus dem Dunstkreis des Gabrielle Da Salò, eines Bologneser Arztes und Christenfeinds, der einer Art Sonnenkult nachhing. Bei diesem Da Salò verkehrten auch der Cocle und Lucas Gauricus...«

»Hä?«

»Seltsame Typen. Wahrsager, Propheten, Umstürzler. Immerhin deshalb nicht ganz uninteressant, weil Gauricus nach Paris einige Ideen Da Salòs mitnahm und in geheimen Zellen kultivierte. Der Versuch, während der Französischen Revolution einen Sonnenkult einzuführen, ist vielleicht nicht zuletzt auf diesem Mist gewachsen. Na, egal – zurück zu Umberto Nursio. Wichtig ist er mir deshalb geworden, weil sich in seinen Briefwechseln und Tagebüchern, auch in verschiedenen Marginalien und Paralipomena, Hinweise finden auf einen anderen Wirrkopf, dessen Gestalt und Werden uns sonst völlig unbekannt wäre. So aber lassen sich wenigstens ein paar ›propositions‹ machen...«

»Vorschläge«, warf Täubner dazwischen, in der Meinung, dem Schweden falle das deutsche Wort nicht ein.

»Ah – Proposition ist ein wundervoll knetbarer Term in der spekulativen Archäologie der Mythosophen. Es heißt sowohl Vorschlag wie auch Antrag, Behauptung, Frage – und sogar Lehrsatz! Wo war ich? Ach ja – lassen sich also ein paar Propositions machen zu Herkunft und Vita eines gewissen *Castiglio,* der zwischen 1470 und '75 geboren sein muß. Hören Sie mir zu?«

XIX

Castiglio; Diarium temporis mirandolensis, Tomus I, vom 14. 11. 1529

Der scharfzahnige Wind greift meine Knochen an, wühlt bis ins Mark, bläst Eis hinein. In den Gassen steht das Pfützwasser fußtief, Abfälle treiben ohne Zwischenhalt von einem Stadttor zum andern. Seit Tagen dieselben bleigrauen Wolken, haben sich pumpend festgesetzt. Unterspülte Rebstöcke säumen die Weinfelder, entwurzelt, schlaff, traurig. Der Orkan der letzten Nacht hat fast alle Pappeln der Nordallee geknickt, die Straße nach Mantua ist unpassierbar geworden. Der Regen hält an, die Temperatur würde besser zu einem strengen Januar passen. En gros erfindet man Sintflutwitze. Ich schwöre, mit diesem Unheil nichts zu tun zu haben, aber auch wirklich überhaupt nichts!
    Leider.

Andrea lernt lesen, stellt sich geschickter als erwartet. IO SONO ANDREA – sein erster, gekrakelter Satz, eine bedeutende Tat. Mit nur acht Zeichen hielt er seine Existenz fest. Als Lehrvorlage wählte ich die Verse des Ovid, die die Wand zum Garten hin zieren:
    Leistet ihr Hilfe, so gehn, wenn ich will, in den staunenden Ufern Flüsse zurück zum Quell, so empört sich die stehende Meeresflut, und die Empörte steht durch Bezauberung; Wolken vertreib' ich. Wolken auch führ' ich heran, verjag' und rufe die Winde ...
    Angesichts des Wetters wird mir diese Strophe gefährlich.

Andrea kann bereits einzelne Wörter identifizieren, andere im Sinn erraten. Die Wand hebt an zu ihm zu sprechen, stotternd noch. Gezielt habe ich ihm zuerst die häufigsten Lettern erklärt; N, E, S, R, A – brauchte dann nur I, O. und D hinzuzufügen, ihm die große Basis zu ermöglichen: IO SON' ANDREA. Er ist jetzt sehr erpicht darauf, spazierenzugehn und nach jeder Art Inschrift Ausschau zu halten, um diese, wenn auch fragmentarisch, in Laute zu verwandeln. Er rührt mich in seinem Eifer. Eine Welt beginnt, ihm zu erzählen, artikuliert sich, stellt Fragen, gibt Antworten. Wenn ihm erst der volle Schatz des Alphabets und dessen Formeln zugänglich sind, wird diese Welt – fürchte ich – quer durcheinanderschrein.

Sein Selbstwertgefühl schwillt an. Ha! Stolz nennt er sich einen beginnenden Magier. Aufgeregt fliegen seine Augen durch die neue, beschriftete Umgebung; als wär' er blind gewesen, durch ein Wunder geheilt.

Mir selbst wurde das Lesen schon im Alter von sieben Jahren beigebracht; damals nahm ich nicht viel von diesem Zauber wahr. Indem ich jetzt Andrea zusehe und zuhöre, begreife ich rückwärts vieles. Er flüstert mir verschwörerisch zu, daß – ich muß lachen –, wenn man Obacht gebe, überall Zauberzeichen zu entdecken seien – auf Schildern, Haustüren, Grabsteinen, an Gebäuden und Säulen, Gefäßen und Möbeln, Wappen und Sätteln, selbst auf der Klinge seines Schwertes!

Jaja, antworte ich spaßhaft – am häufigsten kämen sie in Büchern vor, weshalb von denen ganz außerordentliche Zauberkraft ausgehe.

Er kapiert meinen Witz nicht als solchen und gesteht, daß, wenn ich außer Haus bin, er oft vorsichtig einen der Lederfolianten öffnet und den Blick in Strudel und Gemenge sinken läßt, bis ihm alles vor den Augen flimmert. Seine Neugier, scheint mir, wächst mit jedem neugelernten Buchstaben um ein Vielfaches. Ich beginne ihn fast gern zu haben. Er ist sehr anhänglich. Manchmal begegne ich seinen Fragereien nicht mit der nötigen pädagogischen Sorgfalt; muß mich besser beherrschen!

Zum Beispiel wollte er wissen, was dies für Zauberzeichen seien, in denen er nichts erkennen könne.

Griechische, antwortete ich, und er fragte weiter, ob die ebenso mächtig wirkten wie die lateinischen.

Ich sagte, daß ich das nicht wüßte, daß hierüber selbst die Gelehrten stritten.

»Dein Großonkel«, fuhr ich fort, »der Philosoph Giovanni Pico, behauptete sogar, für magische Zwecke wäre nur das Hebräische geeignet.« Soweit gut.

Als er aber folgerichtig fragte, was Hebräisch sei, winkte ich faul und unwillig ab. Auch gestern benahm ich mich schrecklich verkehrt.

Er bat mich, ihm das Lautenspiel beizubringen, und ich knurrte, er hätte zu grobe Hände, Finger wie ein Bauer.

Als ich dann sah, wie die Stirn des Burschen sich hob, das Kinn herabsank und die Wangen sich höhlten, ergriff mich Mitleid. Ich fügte hinzu, es dennoch probieren zu wollen. Grad so eben war mein Fehler damit gutgemacht.

Machte einen Besuch bei Candida, der Hure.

Hübsches Persönchen; edle Gestalt, trägt Feuer in den Augen, auf den ersten Blick sinnlich, geschmeidig, kapriziös – ist aber naiv und wenig durchtrieben. Sie bot mir Kuchen an, richtete Kissen her, wußte anscheinend, wer ich war, und behandelte mich zuvorkommend. Ich gestattete der Putana keine Probe ihrer Kunst; gab zu verstehn, daß mein Besuch nicht ihrem Körper, sondern respektvollst ihrer Beziehung zum Hofe galt. Das freute sie, ihre Stimme verlor sofort jede Anzüglichkeit. Schöne Stimme – kehlig, von tief drunten, in fast tenoraler Lage, üppig und voll im Klang; Port, aus einem tönernen Geschänk plätschernd. Es gefiel ihr, als Dame behandelt zu werden, sie mischte auch gleich ein paar unbeholfene Floskeln höherer Stände in ihre Redensart; oft mußte ich lächeln deswegen.

Seit zwanzig Jahren pflege ich keinen Frauenumgang, was kaum ein Priester ehrlich von sich behaupten dürfte. Bei Gelegenheit muß ich das doch wieder mal ausprobieren. Wir kamen bald auf unseren gemeinsamen Brotgeber zu sprechen, Gianfrancesco Pico. Candida gestand, daß er sie schon seit einer Woche nicht mehr zu sich gerufen habe – nachdem es beim letzten Stelldichein zu einem Eklat gekommen war, den sie nicht näher beschreiben wollte.

Ich machte ihr ein, zwei Präsente, nichts Besonderes. Sie bedankte sich mit schmatzenden Küssen, die ich als recht angenehm empfand. Auch nach Rezepturen für Liebestränke fragte sie mich aus, und ob ich etwas über die Strega wüßte, die in Picos Gefängnis sitzt. Ich gab wahrheitsgemäß an, keinen Schimmer von der Person zu haben. Was die Philtren betraf, nannte ich Candida ein waghalsiges Rezept aus altindischer Quelle – eine Mixtur aus Safran, Vanille, Pfeffer, Monatsblut und Schafmilch.

Es ist offensichtlich so, daß jene Hexe, die Pico gefangennahm, mit ihr sehr vertraut war und nun nicht mehr zur Disposition steht. Vielleicht breitete Candida sich deshalb so einladend vor mir aus: Sie erwartet magischen Beistand von mir... Kann sie haben.

Die Gunstgewerblerin trägt blendend schwarzes Glanzhaar, wohl mit Kohle behandelt. Wir plauderten über Schönheitsideale und lachten über die Vielzahl Frauenzimmer, die sich den ganzen Tag in die Sonne stellen, damit ihr Haar gebleicht wird und das ersehnte Blond erreicht. Es war ein sehr artiges Gespräch. Candida wurde von meiner Seite voller Anstand zuteil – das öffnete ihr Hurenherz. Kindisch bestand sie darauf, mir Liebesdienste zu erweisen, und sei's nur mit den Händen; ich lehnte taktvoll ab, ohne ihre Berufsehre zu beleidigen. Es fiel schwer, sehr sogar; ihre virtuosen Finger entwickelten verführerische Beredsamkeit, drunten schreckte das Tier aus seinem Schlaf und warf den Kopf, Geschlechtlichkeit witternd, hin und her. Mühsamst hielt ich Disziplin – wenigstens bei diesem ersten Besuch mußte es sein. Sie soll mich auf keinen Fall in einen Topf zum Gros ihrer Freier werfen. Dem Tier sang ich eine Berceuse und streichelte es in seinen Schlaf zurück.

Diarium des Pietro, Tomus CXXXVII, vom Findanustag (15. 11.) 1529

Vom Fürsten gebeten, stattete ich heute Castiglio, dem Alchemisten, einen Besuch ab. Nachdem ich die Wandverse las, besonders die des Ovidius Naso, fragte ich Castiglio, ob das üble Wetter etwa auf sein Geheiß entstanden sei. Der Scherz geriet mir denkbar schlecht.

Viel wahrscheinlicher wäre auch, daß die garstige Anomalie der Natur von der Strega herrührt, deren Exekution deshalb auf morgen vorverlegt wurde. Man muß den Schaden in Grenzen halten.

Ich gab dem Alchemisten vertrauliche Kunde über die Schwäche Gianfrancescos, die diesen seit Wochen belastet – Impotentia coeundi, wie sie bei über Sechzigjährigen nicht ungewöhnlich sein mag, bei Pico aber sehr plötzlich kam, nach Jahrzehnten nahezu satyrener Lendenkraft. Hat auch dort die Hexe ihre Hand im Spiel? Möglich.

Castiglio gab mir ein Mittel aus dem Buch der dritten Kleopatra preis: Der Fürst solle den ganzen Leib von Sesamöl bestreichen lassen. Tief und lang eingerieben müsse es werden. Sehr interessant. Castiglio trug mir auf, ich solle dem Fürsten nachdrücklich bestellen, daß dieses Mittel unfehlbar sei und allen, die an gleicher Schwäche litten, geholfen habe. Ob das stimme? fragte ich keck. Zu meiner Überraschung antwortete der Alchemist, er wüßte es nicht genau, aber die Behauptung der Unfehlbarkeit stärke das Vertrauen in das Mittel, und wo ein Kranker auf einen Rat vertraue, da helfe dieser auch, sekundär welcher Art er beschaffen sei. Die Wirkung liegt also halb im Sesamöl, halb in der Laudatio des Rezepts begründet. Sehr interessant. Die Stunden bei Castiglio verlaufen überaus fesselnd und kurzweilig. Er weiß so viel und gewährt tiefe Inspizien in die Natur der Dinge.

Diesmal zeigte er mir ein Zahlenquadrat, Jupiterquadrat genannt, das mir zuerst gar nichts bedeutete. Dann weihte er mich ein, demonstrierte innere Verbindungen, mathematische Schönheit und göttlichen Beziehungsreichtum. Er klärte mich auf, die hermetischsten Sprüche des Moschopulos entschlüsselt zu haben, welche ungefähr so lauten: *Das Jupiterquadrat ist die Welt, von einem Wanderer des Alls beschrieben. Der Mund Gottes spricht dort zu den Kreaturen, Satans Vulva schnappt nach ihnen. Die Welt ist nur eine Kontraktion des Alls und wird verebben.*

Ich war sehr erregt von solch hoher Sophia: Castiglio zeigte, daß – wenn man die Zahlen 1 bis 4, 5 bis 8, 9 bis 12 und 13 bis 16 verbindet, je zwei einander symmetrische Figuren entstehen, nämlich

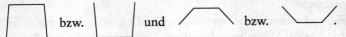

Legt man diese Figuren zusammen, gemäß ihrem Platz:

und streicht die überstehenden Äste, welche die Aura der kosmischen Ballung symbolisieren, bleibt als Kernstück:

worin man nun leicht einen Mund, oder gedreht, auch eine Vulva erkennt.

Der Weg des Wanderers durchs All, die unendliche (kurvenlose, wie C. ausdrücklich betonte) Gerade, sei aber in einer Diagonale zu denken, die man zwischen 1 und 16 ziehen müsse:

Die Welt wäre demnach nur ein Interludium, ein Turnierplatz guter und böser, gebender und nehmender Kraft, auf dem eines das andre befehde in gigantischen Machtproben. Die 16 entstehe aus der 1 durch vierfache Verdoppelung, also erlebe die Welt vier Phasen und drei Zeitenwenden, von denen die dritte sich wahrscheinlich 1498 ereignet habe... 1, 7, 10 und 16 geben (im Betrag) die relative Dauer der Phasen an.

Im Zentrum des Quadrats liegt die Null, zwischen Gedanke und Körper. Hält man die Null (entspricht Betrag 8,5) für die Geburt Christi – dann ergeben sich für den Abstand 1 auf der Diagonale fast genau 999 Jahre. Daraus lasse sich folgern, daß die Erde anno 8491 v. Chr. erschaffen worden sei und 7492 untergehen werde.

Nach Castiglios Auffassung ist der Satan also (die weibliche?) Hälfte Gottes, mit ihm aus dem Chaos entstiegen, um die Menschen versuchend zu wägen. Das klingt mir nach manichäischen Theorien! Apage... Vielleicht ist Satan der geschlechtlich gewordene Engel? Je... Ich war fasziniert von der magischen Geometrie und ihrer Regelmäßigkeit hinter scheinbar wild verstreuten Zahlen. Sehr ergreifend!

Ja, sagte Castiglio: Gott ist das Maß und die Ordnung und die Regel. Die Liebe zur Mathematik ist die Liebe zu Gott, den wir als chaotischen Willkürherrscher weder zu denken wünschten noch duldeten. Deshalb werde der Teufel auch mit verzerrter Fratze gezeichnet, dürfe keinem Goldenen Schnitt entsprechen. Jedes Rechenwerk sei im eigentlichen Sinne Gottesdienst. Wo wir nicht verstünden, nennten wir die Pfade des Höchsten verschlungen. Damit sei natürlich eine neue, größere geometrische Figur gemeint, von der wir nur Ausschnitte zu sehen vermöchten, die zufällig schienen, im Gesamtplan der Figur aber logisch, ausgewogen und symmetrisch verliefen. Und wenn diese Figur sich wieder verwirre, müsse eben eine neue, noch riesigere Figur her. Er prophezeite, daß man bald Namen für neun- und mehrstelligere Zahlen erfinden werde, fügte hinzu, die Zahl sei der eigentliche Fetisch unsrer Religion, die Trittleiter zum großen Altar.

Hier wurde meine Fassungskraft gesprengt, die Unsicherheit zu groß. Schnell verabschiedete ich mich.

War es erlaubt, was wir redeten?

War es nur weise – oder tief häretisch?

Wovor habe ich Angst? Ist Schönheit von der Art des Jupiterquadrats denn nicht göttlicher Herkunft? Und was es offenbart – muß das nicht göttliche Weisheit sein? Mir kam ein damokleischer Gedanke: Könnte es passieren, daß göttliche Weisheit je ketzerisch genannt wird?

Nein. Die Ecclesia catholica irrt sich nicht – sonst wäre im Endpunkt teuflisch denkbar, daß Gott von ihr als Ketzer beklagt wird! Das würde Gott nie zulassen. (Es sei denn, er hätte, wie einst die Katharer behaupteten, Satan die weltliche Macht übertragen.) Nein! Aufhören! Tace, Pietro!

Abends Unterhaltung mit Erzschwein Bemboni. Er schwärzt Castiglio an, wo es nur geht. Ich hasse den Sterndeuter so sehr, daß ich schon deshalb dem Alchemisten jedmögliche Unterstützung gewähre.

Habe drei Ave Maria Buße gebetet, wegen malefiziöser Gedanken, die sich um eine Züchtigung Bembonis drehten.

Ich kam von der Hexe, die nach mir verlangte, um willig neue Boshaftigkeit zu beichten, unglaublichen Ausmaßes. Das Weib freut sich bereits aufs Brennen. Ich nannte den Preis, den es kostet, sich am Pfahl erdrosseln zu lassen. Sie schrie neinnein, sie wolle brennen: Bei der Last ihrer Sünden sei das notwendig, um noch die Verzeihung des Herrn zu erhoffen. Ich sagte ihr, es sei wiederum gottlos, so zielgerichtet zu denken – ansonsten könnte man gradhinaus behaupten, durch das Erdrosseln würden vermögende Delinquenten um einen Teil göttlicher Gnade gebracht. Das sah sie schließlich ein.

Allerdings besitzt sie kein Geld, also bleibt es beim Brennen.

Bemboni begehrte die Schauerbrüterin auszufragen über die Temperatur des Dämonenspermas, nannte wissenschaftliche Motive. Ich verwehrte ihm den Zutritt zum Kerker und verwies auf die Erklärung des heiligen Augustinus zum 1. Buch Mosis, worin er zweifelt, daß die Hexen mit dem Teufel sich fleischlich so vermischen, daß daraus Nachkommenschaft entsteht.

Bemboni wurde borstig; nannte diese Ansicht antiquiert und spekulativ, ebenso das Gutachten des *Conciliator,* welcher (in der 25. Abteilung) bezeugt, daß der Samen der Dämonen nicht im geringsten fruchtbar ist. Bemboni gab zwar vor, den heiligen Augustinus und den *Conciliator* hoch zu schätzen – aber über sie stelle er in hac re den Marcus Cherroneus, der Zweifel hebe und beweise, daß die Dämonen Geschlechtsteile hätten und daß deren Samen fruchtbar sei, welchen sie auch voll geiler Geschlechtslust jenen häßlichen Schandtieren eingössen. Zu genau dieser Meinung sei inzwischen ja auch Georg Pictorius aus Villingen gekommen, kaiserlicher Arzt und Hexengutachter, der in seinem *Entscheid ob die Unholdinnen zum Feuertod zu verurteilen seien* ebenjene Argumentation benutzt. Im übrigen, meinte Bemboni arrogant, interessiere ihn die Fertilität des Dämonenspermas überhaupt nicht, sondern allein die Frage, ob es eisigkalt oder glühendheiß sei oder menschliche Normaltemperatur besitze – hierzu gäbe es unterschiedliche Auffassungen des Institoris, des Pictorius und des Thomas von Aquin.

Nun, ich weiß ja, was mir die Hexe anvertraute, aber das Beichtgeheimnis hindert mich, es niederzuschreiben. Statt dessen sagte ich Bemboni auf den Kopf zu, daß er sich nur erhitzen wolle, daß ihn die Kopulationsgepflogenheiten der Unholdinnen, zumal der Reuigen, überhaupt nichts angingen und daß er sich hurtig aus dem Kerker scheren solle.

Er wurde rot und zitterte wütend, machte aber auf dem Absatz kehrt – obwohl über den Eintritt ins Verlies formell nicht ich oder er, sondern der Kerkermeister Gambetti entscheidet, sofern kein Fürstenbefehl vorliegt.

Das tat mir elendiglich gut, den Astrologen geärgert zu haben, ganz recht; ich erlege mir noch drei Ave Maria und zwei Paternoster auf.

Castiglio; Diarium temporis mirandolensis, Tomus I, vom 18. 11. 29

Neuer Regen. Die Bettler schrein und ersaufen, die Stümpfe der Krüppel faulen im Schlamm. Lehmgelb gluckst das und brodelt. Mein Keller steht unter Wasser.
Wunderbar.
Ich hab' alles so satt, satt, SATT!

Besuch bei Candida. Schenkte ihr einen ganzen Dukaten und hörte von der Wiedererstarkung des Fürsten. Sie war sehr glücklich, ausgelassen, geneigt. Ich erlaubte ihr mündliche Betätigung.

Sie horchte mich aus, was man in Sachen Empfängnisverhinderung tun könne; gestand auf Gegenfrage, daß jene Strega, die vorgestern unter großer Rauchentwicklung verfeuert wurde, mehrmals an ihr Abtreibungen vorgenommen hat.

Ha! Bigotte Bande!

Pico schwängert zuerst – und dann, wenn... nein, ich tu' ihm unrecht: Freilich wußte er nichts von diesem Zusammenhang. Auch war's in Mirandola die erste Hexendamnatio seit elf (sic!) Jahren. Wir sind hier glücklicherweise nicht in Deutschland.

Candidas Kunstfertigkeit – fabelhaft! Fühlte mich wie zwanzig – wenn man das ganze Hirn voll Sperma hat, das Gift dauernd absaugen muß und keine Zeit bleibt, klar zu denken.

Kramte zwecks Befruchtungsvermeidung die Lehrbücher durch. Avicenna sagt: Elefantenkot, mit Pferdemilch vermischt, in Hirschleder eingemacht und an den Nabel eines Frauenzimmers gehängt, bewirkt, daß dasselbe nicht empfängt. Bei den Indern ist es üblich, den Elefantenkot, mit Honig vermischt, direkt in die Mutterscheide einzuführen. Schön und gut, doch dürfte es momentan schwierig werden, in unsern Breiten Elefanten aufzutreiben, wurde doch jener aus dem Tierpark von Bologna während der Hungersnot gegessen.

Im Galenus lese ich das nämliche Rezept, nur ist hier statt Elefantenkot Bilsenkraut angegeben. Sehr praktisch. Galenus teilt weiter mit, daß eine Frau, die einen Frosch nimmt und ihm dreimal ins offene Maul spuckt, befristet, und zwar ein Jahr lang, nicht empfängt. Aha. Bin skeptisch. Was soll ich Candida sagen? Besser nichts. Ich hegte schon damals kein Vertrauen mehr in die Medizin, gab nicht grundlos mein Studium auf. Könnte gut sein, daß die Hexen in diesen Dingen mehr wissen als die Ärzte.

Lernte endlich auch Da Pezza kennen. Man stelle sich vor: Mirandola ist ihm zu eben gewesen, da hat er sich einen künstlichen Hügel aufschütten lassen – die einzige Erhebung weit und breit, draußen, vor der Porta San Antonio, ein Stück weit außerhalb der Mauern. Auf dem künstlichen Hügel hockt er in einer riesigen Villa altrömischen Stils, die er als schwer erarbeitet bezeichnet. Ihm ist klar, daß die Villa im Fall eines Krieges schutzlos sein wird, aber nie würde er in einem Haus unter andern Häusern leben, o nein! Was ein Laffe! Grün und blau gekleidet, mit brokatbeschlagenem Kragen; in die weiten Ärmel hat er goldfarbene Lorbeerkränze sticken lassen. Dem Gesicht nach geht er auf die Fünfzig zu, aber seine Locken trägt er jünglingshaft aufgedonnert. Der Leibdiener schleppt Tintenfaß und Feder hinterher, damit kein blöder Einfall dem Vergessen anheimfällt. Ein Schnösel ist er, arroganter Popanz, effeminierter, blasierter Poeta möchtegernlaureatus, den die eigenen eklektischen Verslein in Ekstase versetzen... Sein Parfüm riecht orientalisch, er trägt Schnallenschuhe und ein Leibband aus Damast, und sein Barett ist von feinstem königsblauem Atlas.

Ich machte nicht viel Worte nach diesem ersten Eindruck, sagte ihm, all seine Werke gelesen zu haben (was ich, da ich noch lebe, nicht habe), und wartete nur darauf, daß er nach meinem Urteil verlangte.

Was er prompt tat. Ruhmsüchtige wollen selbst vom Geringgeachteten Bestätigung hören.

Ich nannte alles »In-den-Hintern-Schreiben«, Verdrehung, Langeweile, Schmeichelei, konventionellen Protz ohne Tiefe, voll krasser handwerklicher Schwächen, die sich nicht einmal bei Geldarbeit gehörten. Deutlich fehle das Moment originärer Inspiration, emphatischer Konsequenz, der Wille zu letzten Dingen. Auch sei zuviel wörtlich aus Dante, Barberino, Petrarca und anderen entlehnt.

Da wurde er gewaltig wütend. Das sollte man gesehen haben! Sein weichlich-mildes Gehabe blätterte ab. Verletzt im Aberglauben an die eigene Immortalitas, hetzte er zwei scharfe Doggen auf mich! Einen der Hunde mußte ich mit dem Beil verletzen, bevor mir die Flucht in einen nah gelegenen Wald gelang.

Wieder ist eine Front eröffnet.

Ah! Mirandola! Elende Provinz! Kabinett aus Dörrschädeln! Fatuität, wo ich geh'! Pappkameraden! Bemboni hält Reden wider mich auf dem Marktplatz. Carafa prüft jetzt persönlich meine Spesenabrechnungen – als würde man mit mir zu großzügig verfahren! Die Geheimpolizei beschnüffelt mein Haus – die verdächtigen mich, in Diensten Galeotto Picos zu stehn. Gianfrancesco hat große Angst vor seinem im Exil lebenden Neffen. Galeotto! Hab' ich nie gehört, den Namen, bis ich hierherkam.

Falsches Zeitalter, in dem ich geboren bin. Zu früh! Viel zu früh. Salvini damals hatte schon recht: Die Zeit ist alt und abgetragen und stinkt. Denkt man die Zeit beidseitig unendlich, heißt die Gegenwart immer Mittelalter.

Habe mir mit Pietro einen grausamen Scherz erlaubt, zum Totlachen – hab' über das Jupiterquadrat fabuliert, angeblich Moschopulos zitierend. Hihihi... ooh... Den himmlischsten Nonsens hab ich ihm deduziert, vom Mund Gottes und Satans Vulva. Nicht zu fassen. Bleich wie sein Gewand nahm Pietro alles, wirklich alles für barste Münze, sabberte und schlotterte, hehe, unglaublich, was man den Leuten alles erzählen darf... Cunnilingus maximus! Großmäuligkeit und Schamlippen! Oh, ich bin ein Scheusal, gewiß, daß ich den alten Kuttenträger in solche Erkenntnisqualen stürze. Was soll bloß werden?

Zukunftssorgen peinigen mich mehr mit jedem Tag, dabei bin ich noch keine drei Monate in der Stadt. Daß der Keller unter Wasser steht, kommt zupaß. Einige vielversprechende Versuchsanordnungen wurden dadurch vernichtet – werde ich jammern. Zeit gewinnen!

Zeit wofür?

Machte einen kaptromantischen Versuch mit Andrea, um in die Zukunft zu schauen. Kam nichts raus dabei. Die Kaptromantie funktioniert wahrscheinlich nur mit vollends unschuldigen Knaben – solchen, die sich noch nicht selbst berühren.

Was soll ich tun? Besäße ich eine Leiter, um den verschlossenen Himmel aufzusprengen mit puren Fäusten... Die Geister schwänzeln neckisch um mich rum und wiehern vor Lachen, so sieht es aus... Ich Hampelmann!

Was soll ich tun? Es gäbe noch Schranken zu durchschreiten. Aus der Truhe drunten keckern lockend die schwarzen Bücher, versprechen, das Blaue vom Himmel zu fegen mit eineinhalb Formeln. Bin ich bekloppt? Will man einen Blutpakt aus mir kitzeln? Ohne mich. Denen geb ich nicht den kleinen Finger, ich denk' nicht dran, jetzt erst recht nicht!

Aber wofür habe ich gelebt?
Wofür?

Diarium des Pietro, Tomus CXXXVII, vom Mechthildistag (19. 11.) 1529

Heute brachte ich dem Alchemisten einen warmen Dankesgruß Gianfrancescos – das Sesamöl hat formidable Wirkung gezeigt. Irgendwie sah Castiglio aus, als wüßte er's bereits. Er scheint stark von sich überzeugt. Seine Rezeptur hat ihm bei Pico einen wichtigen Bonus verschafft, wichtig gerade jetzt, wo Mirandolas wirtschaftliche Situation sich zunehmend verschlechtert.

Er gab sich äußerst gleichmütig, als ich von den Tiraden Bembonis, Carafas und Da Pezzas erzählte – keine Spur einer Beunruhigung fand ich in seiner Miene. Pico hat Da Pezza wegen des Vorfalls mit den Doggen schwer gescholten. Dennoch überhäufte Da Pezza den abwesenden Castiglio mit Unrat, erlaubte sich freche Worte, wurde vom Fürsten daraufhin des Saals verwiesen. Diese Runde hat der Alchemist für sich entschieden.

Ich nannte ihm eine weitere Möglichkeit, sich Picos Wohlwollen zu erobern – wenn er nämlich der schlimmen Gürtelrose entgegentritt, die den Herrscher plagt; gegen die bisher kein Medicus etwas auszurichten verstand. Castiglio versprach, sich darüber sofort Gedanken zu machen. Da der Regen seinen Keller überschwemmt habe, sei er, was das Goldschmelzen betrifft, sowieso zur Untätigkeit verdammt.

Er strahlt große Würde aus. Jede, selbst die kleinste seiner Bewegungen hat etwas Machtvolles, Ästhetisches, voll Sprezzatura; schon wie er die Augenbrauen hebt – ganz langsam, da liegt nichts Zuckendes, nichts Überraschtes drin. Und erst die Gestik seiner Hände: offene, ebene Handflächen; er beschreibt damit immer Kreisfiguren, niemals heftig, es sei denn, um einen starken Akzent auf etwas zu setzen.

Bei diesem Besuch fragte ich den Meister nach verschiedenen geheimnisvollen Punkten in der Apokalypse, an denen ich seit langem grüble. Besonders interessierte mich, welcher der hundert Deutungen er in Bezug auf die Zahl 666 nachhing.

Seine Erklärung war verblüffend einfach, wenn sie stimmt, müßten die Bemühungen der Weisen unter einem Berg von Gelächter begraben werden.

Er sagte, daß der Verfasser der Apokalypse, ob es der Apostel Johannes oder wer immer war, ein lyrischer Kopf gewesen sei, der massenhaft mit schwierigen Metaphern gearbeitet habe. Nun war die Apokalypse aber vor allem eine antirömische Schrift, voll Haß gegen die Besetzer. Die 666 ist ein Symbol dessen, was die römischen Soldaten nach Judaea mitbrachten: Laster, Spiel und Ausschweifung. Warum? Sehr einfach, sagte er: Die Söldner, die ums Gewand des Gekreuzigten würfelten, taten das mit drei Cubi. Den höchsten Wert, der dabei entstehen kann, die dreimalige Sechs, nannte man »Venus«. Der Verfasser der Apokalypse konnte also mit diesen drei Zahlen sowohl die heidnische Unzuchtsgöttin, als auch die Sünde des Glücksspiels allegorisieren und nebenbei auch noch den »höchsten Wert« der Besatzungsmacht persiflieren. Soll man das glauben?

Daß man den höchsten Wurf Venus nannte, stimmt – das schlug ich nach. Es muß zu simpel sein. Ach!

Während des ganzen Besuchs übte der Gehilfe auf der Laute, was meine Ohren brutalst malträtierte.

XX

Krantz gönnte sich einen dritten Whiskey – zur Verdauung, wie er behauptete. In Wahrheit trampelte Täubner, der demonstrativ im Fernsehprogramm blätterte, auf seinen Nerven herum.

»Also – dieser Castiglio wuchs in Florenz auf. Möglicherweise war der Vater ein geflohener und konvertierter spanischer Jude, mit Sicherheit war er einer der Astrologen, die Savonarola zum Opfer fielen. Castiglio wurde es daraufhin zu ungemütlich. Es existieren keine Hinweise, daß er jemals später nach Florenz zurückkehrte. Als wahrscheinlich gilt, daß er ein paar Semester an der neuplatonischen Akademie studiert hat, Medizin oder so was ähnliches. Ansonsten fehlen uns Angaben zur Erziehung. Vermutlich machte er nach der Sitte damaliger Freidenker eine Tour durch die italienischen Kleinstaaten. Nachweisbar sind Aufenthalte in Siena und Perugia. Laut Umberto soll er Kontakt zu Agrippa von Nettesheim gehabt haben – will nichts heißen, hat damals jeder behauptet. Castiglio ist eine zwielichte Figur gewesen, ich bin mir über ihn heute noch nicht im klaren. Vielleicht hatte er sich in Florenz eines Verbrechens schuldig gemacht – welchen Grund gäbe es sonst, sich nie mehr in seine Geburtsstadt zu wagen? War er ein Scharlatan? Schwer zu sagen. Aus Siena und Perugia scheint er jedesmal recht überstürzt abgereist zu sein; in Mantua liest man seinen Namen auf einer Fahndungsliste zu ergreifender Alchemisten und Betrüger. In einem der Tagebücher des Trithemius von 1510 findet sich ein kurzer Satz über einen ›Canaglio‹, den er in einer Kneipe in Dôle getroffen habe, einen lästigen Schwätzer, der sich mit Flüchen befasse, der ihn daran hinderte, ausführlich mit Agrippa zu disputieren. Dieser ›Canaglio‹ – oder Kanaille; vielleicht eine absichtliche Verballhornung? – könnte unser Mann sein. Umberto Nursio erwähnt eine Schrift namens *Kunst der Verwünschung* zweimal in Randbemerkungen. Damit wäre dann auch der Kontakt zu Agrippa hergestellt. Aber das ist letztlich unfruchtbar...«

»Dann bestäuben Sie doch endlich mal!« raunzte Täubner und legte sich ein zweites Kissen unter den Nacken.

»Schön, also... um 1530 muß Castiglio nach Mirandola, das liegt bei Modena, gekommen sein. Dort herrschte ein verschrobener alter Condottiere, Nachfahre des Giovanni Pico. Kennen Sie nicht? Na, auch egal. In Mirandola arbeitet Castiglio als Hofalchemist, das geht aus Gehaltsabrechnungen hervor, und als Famulus bekommt er einen Halbwüchsigen namens Andrea zugeteilt. Damit beginnt die eigentliche Frühphase des Mythos...«

»*Womit?*«

»Moment – bin ja schon dabei!«

»Stört Sie's, wenn ich die Glotze einschalte?«

XXI

Die Wolken hatten sich endlich entleert. Innerhalb zweier Tage lernte Andrea fünf neue Buchstaben. Castiglio verbrachte viele Stunden damit, auf der Laute zu üben, summend, in sich gekrümmt. Zwischendurch brachte er seinem Gehilfen erste Akkorde bei; auch wie man Saiten stimmt und Noten liest. Andrea erkundigte sich, warum eigentlich gewisse Melodien das Herz inniger zu regen vermöchten als andere.

Castiglio fiel keine befriedigende Antwort ein; er dachte kurz darüber nach – bis er an Candidas Tür klopfte, um eine halbe Nacht bei ihr zu verbringen. Mittels eines Intensivkursus wurden seine Kenntnisse der zeremoniellen Geschlechtsmagie aufgefrischt. Die vielen unscheinbaren Berührungsrituale, Abfolge von Hautkontakt und Flüssigkeitsmischung, Praxis gegenseitigen Aufschaukelns, Präliminarien und Opfergang...

Candidas Körper war mit Signata einer Erospriesterin reich gesegnet, erlaubte dem gelehrigen Castiglio rasch Eintritt in andere Sphären, höhere Emanation. Er war überrascht. Solcherlei Erweckungszustände hatte er beim Verkehr nie gehabt.

Das Mädchen zeigte zum siebenunddreißig Jahre Älteren eine Art töchterlicher Zuneigung. Castiglio förderte dies, indem er sie sanft und großzügig behandelte, in amourösen Ansprüchen maßhielt und viel Farbiges aus der weiten Welt erzählte, vom Meer und von Schiffen; von reichen Städten, in denen es mehr als zwanzig Badehäuser gab; von gekrönten Häuptern, die jede Hose nur einmal trugen; von Domen, die 130 Fuß hoch waren, von Duftmixturen morgenländischer Kaufleute in Venedig, vom Prunk römischer Prozessionen, von den Bergen Piemonts und Savoyens, vom Spiel der Sonne über Florenz... und Gespenstergeschichten! Viele Gespenstergeschichten, in die er sich Rollen hineinschrieb. Er berichtete von seinem Schwertkampf gegen den Schwarzmagier Agrippa, vom Aufeinanderprallen der goëtischen und theurgischen Zaubersprüche, von Gewittern aus blauen und purpurnen Blitzen und geflügelten Rössern im Himmel...

Candida hatte dergleichen nicht zu bieten. Sie schilderte das zunehmende Leiden Gianfrancesco Picos – viele harte Bläschen, rot und eitrig, im Wirbelbereich und an den Hüften, vor denen ihr immer größere Abscheu entstünde. Ob jene Symptome vielleicht Teil der »Morbo gallico« wären? Castiglio beruhigte sie; der Morbus gallicus äußere sich anders, wäre in dieser Gegend bislang selten gesichtet worden...

Er war sich über sein Vorgehen noch unschlüssig. Eine Gürtelrose kann bei fortgeschrittenem Alter tödlich verlaufen. Ihm war klar, was geschehen würde, falls er sich erfolglos in die Territorien der Leibärzte mischte. Andererseits sagte man Gürtelrosen nach, daß sie oftmals, nach mehreren Wochen, verschwinden, wie sie gekommen sind. Ebenso war zu bedenken, daß, wenn Pico starb – ob mit oder ohne Castiglios Einmischung – in jedem Fall ein schweres Leben bevorstand.

Unter diesen Aspekten traf der Magier seine Entscheidung und sprach am nächsten Tag im Palazzo vor.

Palast war das treffende Wort, wenn man nur Umfang, nicht aber Einrichtung des groben, wehrhaften Kastellbaus im Auge hatte, der im eigentlichen aus einem dreistöckigen Wohnturm bestand, mit verbreitertem Obergeschoß und balkengestützter, von Zinnen umkränzter Ausguckfläche. Da blieb kein Platz für Eleganz. Anschließende Gebäude dienten praktischen Zwecken, waren in kleine Räume aufgeteilt, für Repräsentation hatte der Bauherr wenig vorgesehen. Das finstere Erdgeschoß des Turms glich eher einer Grotte als einem Empfangssaal. Jede Art von Wandschmuck, Täfelung, Teppichen oder Galerien fehlte. Kaum ein Mosaik fand sich zwischen den Ziegeln; neben die Spitzbogenfenster waren Schießscharten gehauen. Selbst an Kandelabern war gespart worden. Geheizt wurden nur die beiden oberen Stockwerke; »fürstliche« Ausstattung konnte allerhöchstens dem in einen Balkon mündenden Ostsaal attestiert werden, wo Pico Audienzen abhielt, vor dessen Tür bürgerliche Bittsteller warteten und Höflinge eine Art Boccia mit verkleinerten Kugeln spielten. Castiglio wurde sofort eingelassen.

Man sah dem greisen Herrscher die Schmerzen an, obwohl er fest auf dem Cäsarensessel thronte, in einem einfachen schwarzen Umhang. Nur der breite goldene Gürtel samt Goldkette machte seine Stellung deutlich.

Eines der Ölporträts an der Wand zeigte Gianfrancesco als jugendlichen, wohlgestalten Mann, doch Castiglio wäre nie darauf gekommen, jenes Bild mit seinem Gegenüber zu verbinden.

In Picos Miene war schwer zu lesen. Seine Backen verrieten nichts, waren durch einen schmutzgrauen Bart getarnt. Auch die von Krusten übersäte Nase und die schläfrig braunen Augen gaben wenig Information. Castiglio hatte die Schriften des Cocle zur Physiognomik fleißig studiert und oft großen Vorteil draus gezogen. Er hatte gelernt, Gesichter wie Bücher zu erforschen, anhand von Proportionen und Kennzeichen Charaktere zu bestimmen. Bei Pico war es beinah unmöglich, Gedanken zu erraten; in dem faltigen, gedunsenen Palimpsest eines Gesichts waren diffizile Regungen nicht mehr zu orten. Verbliebene Haare klebten strähnig auf der Stirn, Tränensäcke wölbten sich unter den Augenhöhlen, die Oberlippe war durch ständiges Schnutenziehen verformt. Die für die Charakterisierung einer Person so wichtigen Schläfenadern wurden durch fächerartige Falten vor Einblicken geschützt.

Vielleicht wußte Pico selbst nicht mehr, wer er einst gewesen war und was er sich damals vorgenommen hatte.

Befragt nach dem Vorwärtskommen des Projekts, erwähnte der Magier sachlich die Überflutung seines Kellers und daraus enstehende Behinderungen.

Pico hob bedauernd die Hände; bedankte sich noch einmal für das Sesamöl.

»Zur Zeit haben wir von Eurem Mittel leider minderen Genuß. Ein Gebrechen zwingt uns, das Liebesleben auf ganz passive Saturierung zu beschränken.«

»Ojoj!«

»Und wir fürchten, unser Leiden könne sich weiter ausbreiten...«

»Oj! Eben deshalb bin ich hier. Um Euch Hilfe zu beschaffen!«

»Ach ja? Das ist gut! Wie wollt Ihr's fertigbringen? Durch Zauberei?«

Castiglio schwenkte den Zeigefinger.

»Nein, ich vertrete die Ansicht Trithemii, wonach natürliche Krankheit nur durch natürliche Behandlung geheilt werden kann.«

»Ach ja? Woher wollt Ihr wissen, ob unsre Krankheit natürlicher Art ist?«

Gianfrancesco entkam ein gequältes Stöhnen, er rieb sich die Seite. Der Schlitz seines Samtumhangs öffnete sich; Castiglio erhaschte einen Blick auf des Fürsten klapprige, blasenbefallene Nacktheit.

»Nun, die Hexenasche wurde in den Wind gestreut; ich halte es für sehr unwahrscheinlich, daß ihr Zauber drüber hinaus wirken könnte. Ein Indiz dafür darf sein, daß die Regenfälle bald nach ihrem Brand schwächer wurden und jetzt ganz zu Ende kamen!«

Eine nicht ernstgemeinte Argumentation war das, denn selbstverständlich reichte, in der Überzeugung fortschrittlicher Okkultisten, die Macht der Hexen zur längerfristigen Regenerzeugung bei weitem nicht aus – höchstens zu kurzen Hagelschauern, und das schien schon suspekt.

»Na gut, Castiglio, die Strega ist weg, aber Ihr wißt wahrscheinlich, daß wir einen Brudersohn haben, Galeotto, der mich einen Thronräuber nennt, der nichts unversucht lassen würde...«

»Sicher, aber das wäre Eurer Geheimpolizei doch aufgefallen. Selbst um mich bemüht sie sich noch fürsorglich...«

»Die Observation haben wir gestern abbrechen lassen. War eine reine Vorsichtsmaßnahme. Müßt Ihr verstehn!«

»Natürlich!« verstand Castiglio erfreut.

Er informierte den Fürsten, in jungen Jahren Medizin studiert zu haben, bei Salvini in Florenz – deshalb hätten ihn Entwicklungen auf diesem Gebiet fortlaufend interessiert. Ihm sei ein Arzt bekannt, der immense Erfolge bei der Behandlung von Hautleiden zu verzeichnen habe.

Pico kniff das linke Auge zu.

»Meint Ihr vielleicht diesen Trithemius-Schüler, von dem man jetzt spricht? Gegen den die Doctores so heftig lästern? Diesen... diesen...«

»Von Hohenheim?«

»Ja.«

»Nein. Die Berichte über den kommen zu widersprüchlich, um darein Vertrauen zu setzen. Nein, ich meine einen Wundarzt in Brescia, der mir seit Jahrzehnten als gewissenhaft und forschungsmutig bekannt ist. Ich könnte die Reise in weniger als zehn Tagen erledigen. Momentan steht meine Werkstatt eh still. Die Kellerwände müssen trocknen, verschiedene Materialien neu gemischt werden...«

Ohne weitere Fragen stellte Gianfrancesco eine vierspännige Kutsche zur Verfügung und gab die Erlaubnis zur Abreise.

»Wir hoffen sehr, bis zum 24. Februar wieder gesund zu sein. Ihr wißt, was an diesem Tag geschieht?«

»Nein.«

»Karl und Clemens versöhnen sich. Karl wird die Kaiserkrone aufgesetzt, in der San Petronio von Bologna. Wir sind dazu eingeladen.«

»24. Februar – ist das nicht der Jahrestag der Schlacht von Pavia?«

»Genau. Eine Demütigung des Papstes...«

Pico hatte fürs Papsttum nicht allzuviel übrig, aber immerhin stand er noch nicht so offen zu den Reformierten, wie es seine Nachbarn aus Ferrara, die d'Este, taten. Käme sein Neffe Galeotto an die Macht, würde Mirandola bestimmt lutheranisch werden. Galeottos Bestrebungen, aus dem Exil zurückzukehren, gründeten sich stark auf reformatorische Umtriebe. Gianfrancesco hielt es derweil für klug, zwischen den Stühlen zu sitzen und ein paar Lutheraner in der Stadt zu dulden.

Sie redeten noch eine Weile über Magisches und Alchemistisches. Zufällig kamen sie auch auf das *Heptameron* des Petrus d'Abano zu sprechen, nach dessen Ritualen und Formeln Castiglio so oft vergebens die Elementargeister beschworen hatte. Gianfrancesco meinte, Petrus d'Abano sei zu sehr vom *Picatrix* beeinflußt gewesen und habe viel Fehlerhaftes daraus übernommen. Der Fürst zeigte sich auch bewandert in augurischen Verfahren und wollte wissen, ob Castiglio das Beil, das er immer bei sich trug, zur Axiomantie verwende. Der Magier nannte das meiste an der Mantik Kinderei, darüber gerieten sie ins Fachsimpeln, bis Pico plötzlich und ganz übergangslos meinte, daß Castiglio sich wegen des Vorfalls bei Da Pezza nicht grämen müsse. Er habe dem Humanisten einen scharfen Verweis erteilt, was Castiglio als Satisfaktion betrachten dürfe.

Der antwortete, er hätte die Doggen längst vergessen. Ein kindliches Gemüt habe Da Pezza zu dieser Unbeherrschheit verleitet, die wohl kaum so böse gemeint gewesen sei.

Pico nickte. »Er ist ein guter Dichter, also ein Kind.«

»Gewiß.«

»Ihr stimmt uns zu? Angeblich habt Ihr ihm gegenüber seine Fähigkeiten völlig anders beurteilt.«

»Ähem...«

»Sehr abwertend, wie wir hörten.«

»Das ist schon wahr. Aber ich hatte mich getäuscht. Er ist in der Tat ein guter Dichter. Er schreibt ja für Euch – und da *Euch* sein Werk begeistert, hat er seine Sache hervorragend gemacht.«

»Was heißt das?«

»Nun – ähem, bestimmt betrachtet man ein Werk, in dem man selbst eine der Hauptpersonen ist, aus ganz andern Blickwinkeln, als Unbeteiligte es tun... Ich will mich da besser raushalten; meine Urteilskraft zu literarischen Fragen ist beschränkt...«

Pico stand auf, trat vom Podest und ging zum Balkon, hielt sich dabei die Hüften und humpelte.

»Er schreibt sein Epos nicht für uns, Castiglio. Er schreibt es für die Nachwelt.«

Der Magier runzelte gespielt die Stirn. Das Gespräch nahm endlich den erwünschten Verlauf.

»Ja, dann... in Anbetracht natürlich, daß die Nachwelt zum Großteil aus Unbeteiligten besteht...«

»Was dann?«

»Möchte ich doch anmerken wollen, daß – mir ganz persönlich – die Größe seines Werks der Größe Eurer Person und Eurer Familie nicht gewachsen scheint...«

Pico öffnete ein Fenster, dessen Butzenscheiben abwechselnd gelb und blau getönt waren. Er atmete tief durch, trommelte mit zwei Fingern auf den Sims und drehte sich dann um.

»Freut uns, daß Ihr keinen Hehl aus Eurer Ansicht macht. Wir mögen es nicht, wenn man etwas vor uns zurückhält.«

»Nein... das hab' ich gar nicht vor... Ein Da Pezza scheint mir nur nicht Grund genug, um durch eine Fehde mit *ihm* meine Arbeit für *Euch* zu verzögern. Sicher, kurz ärgerte mich, daß er – der sich ja gut für seine Dichtung entlohnen läßt – in offensichtlichem Müßiggang passende Stellen anderer Autoren verwendet. Aber es gehört nicht zu meinen Aufgaben, dagegen vorzugehen.«

Pico stutzte.

»Er plagiiert?«

»Hier und da... gewiß... wo das Thema zu schwierig wird, ihn überfordert... Das ist irgendwie verständlich.«

Pico kam näher.

»Könnt Ihr das untermauern? Stellen nennen?«

Castiglio konnte; verblüffend exakt. Den halben Nachmittag verbrachten der Fürst und sein Alchemist in der Bibliothek.

Früh am nächsten Morgen brach Castiglio Richtung Brescia auf.

Zweites Buch
GENESIS
oder
Die Aura des Atoms

*Dort aber, zwischen den Bäumen,
steht der Engel.*

                              Ferri

I

Castiglio; Diarium temporis mirandolensis, Tomus II, vom 23. 11. 1529

[...] denn um Mantua wollt' ich einen Bogen machen. Abseits der Großstraßen war es sehr schlammig, die Kutsche kam kaum voran. Selbst dem Mittag widerstand der Nebel, in feuchter Traurigkeit versank die Landschaft. Wenigstens sind für dieses Jahr alle Fliegen tot.

Ungeachtet des Dunstes verfliegt meine Schwermut. Jede Umdrehung der Räder schraubt mein Befinden ein Grad aufwärts. Die Aussicht, Balla wiederzusehen, stimmt sentimental.

Ich unternehme diese Reise nicht uneigennützig, nein – das wäre zu demütigend. Um halbverfaulten Kleinpotentaten den Eiter aus dem Leib zu kurieren – dazu hätt' ich genausogut in Florenz bleiben und an der Akademie behaglich blödeln können, weiß Gott! Aber gut, was soll's? Wenn sich's ergibt, besorg' ich Pico die Arznei. Bringt mich nicht um; höchstens ihn.

Dachte viel über Gianfrancesco nach, glaub' ihn nun besser zu verstehn. Während seine Nachbarn, die Gonzaga und d'Este, in Glanz und Reichtum schwelgen, verkommt Mirandola, verstrickt in Geschwisterfehden und Erbfolgehändel, zu politischer Bedeutungslosigkeit. Mit Philosophen in der Familie geht's schnell den Bach runter, bei Marc Aurel war's nicht anders... Pico sucht abgelegene Pfade, seine Nachbarn in irgendeiner Weise zu übertrumpfen. Eine Malerschule kann er sich nicht leisten, auch keine bedeutenden Architekten. In der Druckerei, die Giraldi einrichtet, ist bis jetzt noch nichts erschienen, wer weiß, ob daraus je was wird? Nur für drittklassige Dichter langt das Budget, für tollwütige Astrologen – und für einen bescheidenen Alchemisten wie mich, der wenig Ansprüche stellt. Ich verstand – es ist gar nicht das Gold, das Pico lockt. Entstünde an seinem kleinen, verkümmerten Hof etwas *Einzigartiges,* ganz egal was...

24. 11.

Die venezianischen Zöllner machten keine Schwierigkeiten. Nach kurzer Überprüfung ließen sie meine Kutsche passieren, ohne Wegegeld zu erheben. Neue Orte, Dörfer, Käffer. Bozzola, Canetto, Asola... kaum besiedeltes Land, Buschwald, so weit man sieht. Abends Halt in Montichiari.

Picos Lieblingsbuch ist der *Lancelot,* wie sowieso die adlige Bagage Ritterepen verschlingt. So denken und so leben sie... antiquierte Gemüter. Soll ich überhaupt nach Mirandola zurück? Ich könnte nach Deutschland gehn oder sonstwohin. Hoffentlich macht Andrea nicht zuviel Mist in meinem Haus. Ah – ich sage *mein* Haus... es bedeutet mir was! Ich hätte die Laute mitnehmen sollen.

Denke noch über die Frage Andreas nach, warum gewisse Melodien die Herzen inniger zu rühren vermöchten. Interessant.

Die zwölf Noten kommen einer Art Alphabet gleich. Ihre Zusammenhänge müßten leichter zu durchschauen sein, als es bei den 25 Schriftzeichen der Fall ist.

Warum geben manche Tonfolgen Sinn, andre nicht? Und warum klingen unter den sinnvollen einige groß, andere banal? Interessant, fürwahr. Man müßte Zeit haben, sich damit eingehend zu befassen. Die magischen Linguisten können immer noch nicht überzeugend darlegen, warum eigentlich die einen Wörter in der Dichtung größere Beachtung und Verwendung finden als die anderen. Und die arbeiten schon Jahrhunderte dran.

26. 11.

Gestern, am dritten Tag tauchte die Stadt Brescia auf. Ich quartierte mich scheinhalber in der Herberge Ai tre fonti ein, wo ich den Kutscher, einen bärbeißigen alten Soldaten, zurückließ. Mir ist in Brescia kein Wundarzt bekannt, schon gar keiner, der übermäßig erfolgreich wäre. Noch spät am Abend lieh ich mir vom Pferdehändler zwei kräftige Tiere und ritt vor Anbruch des Morgens los, nachdem ich des Händlers Stillschweigen erkauft hatte.

Ich ritt den Lago d'Isea entlang, ins Val Camonica hinein, jenes Tal der Bergamasker Alpen, das zwischen Brescia und Bergamo liegt.

Es war einst das östlichste der Täler gewesen, in denen die Waldenser Zuflucht fanden. Aus dem Val Camonica hatten sie sich dann aber – sagt man – vor etwa hundert Jahren zurückgezogen. Sie hinterließen ein religiöses Vakuum, durch welches das Tal berüchtigt wurde – als Brutstätte von Hexen und Teufelsanbetern.

Von der Nordspitze des Sees, wo ihn der Fluß Oglio nährt, waren es noch fünfzehn Meilen, bis ich am späten Nachmittag Breno erreichte, die erste und größte jener düsteren Siedlungen des Camonica, über denen ein unheimlicher Hauch schwebt, schwere, klamme Stimmung. Die Luft besitzt dort eine ganz eigene, bläuliche Farbnuance. In jedem Bergmassiv vermutet man steingewordene Titanen. Trostlose Starre. Schafherden auf dürren Almwiesen. Klapprige Gehöfte. Lautlosigkeit. Daß Menschen hier leben können! Zwischen blankem Elend und lauernder Erhabenheit des Nichts. In dieser Gegend gibt es keinen Gott, keine neue Zeit, keine Musik. Schatten tiefer Wolken gleiten über den Fels, doch nicht einmal der Wind bekommt hier Lust zu pfeifen. Weit oben, bei den Schneefeldern, sah ich Adler kreisen.

Papst Leo hatte gegen die Camonicer vorgehen wollen, erreichte aber bloß, daß siebzig verbrannt wurden. Danach mußte er sich von der venezianischen Signorie sagen lassen, damit sei's gut, die Menschen im Camonica seien nur beschränkt und stur, bräuchten eher gute Priester als Inquisitoren. Daß Venedig seit jeher mit dem Papst auf gespanntem Fuß steht, rettete dem Tal seine Eigenheit.

Breno ist ein Hundertseelendorf. Ich würde wetten, die Zahl der Seelen gibt die der Einwohner nicht annähernd wieder. Als ich endlich Menschen zu Gesicht bekam, warn es gegerbte Bauern – stumpfe Stirnen, tranig, gebeugt und ausgezehrt; sahen nicht sehr teuflisch aus, dennoch: Für mein feinnerviges Gemüt war die Gegenwart der Finsternis deutlich fühlbar.

Ich fragte nach dem Haus der Balla. Ein Trottel guckte mich blöde an und lud umständlich seine Steige Brennholz vom Rücken, bevor er mir die Richtung wies, zum nördlichen Ende der Siedlung, etwas oberhalb der Hüttenreihen. Dort stand ein flaches, steinernes Haus, dessen Dach zum Hang hin geschrägt war, keine fünfzig Fuß unter der mächtigen, bedrohlich aufragenden Felswand. Die Fensterläden waren alle verrammelt. Neben der Tür hing ein kupfernes Medaillon; stellte zwei geringelte Schlangen dar, Äpfel fressend.

Vor der Tür, auf einer Holzbank, saß Balla und stampfte den Stößel, saß, den Kopf im Nacken, im Dämmerlicht.

Kalt war's; die Temperatur lag knapp überm Wassergefrierpunkt.

Es dauerte eine Weile, bis Balla mich erkannte. (Damals trug ich Bart.)

Sie begrüßte mich freundlich lachend, noch immer eine hübsche Frau, geschmeidig, schlank in den Hüften geblieben, der Busen fest, die sonnenbraune Haut faltenlos, wenn auch streng geworden, ohne die einstige Weichheit. Ihr Haar war zum langen Zopf geflochten. Ihre feingliedrigen Finger hatten sich Grazie bewahrt. Die Nägel waren rot bemalt, was recht gefährlich wirkte – als klebe Blut daran. Sie macht aus ihrem unholden Dasein kein Geheimnis. »Hier soll ein Nest von Teufelspriestern sein?« rief ich. »Das dacht' ich mir anders!« Sie meinte verschmitzt, es gebe schon welche, vor allem weiter im Norden – in Edolo. Das Camonica erstreckt sich nämlich über 40 Meilen, und ich war grad erst im Zentrum angelangt.

Balla, herrliche Frau! Alles fiel mir wieder ein.

Wie dumm ich mich damals benahm, vor zwanzig Jahren, als ich sie heftiger begehrte als die Weisheit des Weltalls, als ich ihr zu Füßen fiel, als ich ihr mein Leben anbot.

Sie hatte für mein Leben keine Verwendung gehabt.

Unerhört war ich am Boden liegengeblieben.

Balla hatte mich behandelt wie erwachsene Damen brennende Jünglinge, an denen ihnen nichts gelegen ist, die sie höchstens amüsieren. Hatte mich in die Schranken gewiesen – behutsam, sanft, wie man einen Buben tröstet. Das, obwohl sie zehn Jahre jünger ist als ich!

Oh, ich hab' damals zuhauf versucht, ihr Liebestränke auf den Tisch zu schmuggeln – schlug alles fehl, listig umging sie jede Falle (besaß Informationen von Unten).

Damals hatte ich sogar beschlossen, nie mehr die Dienste von Buhlerinnen zu nutzen; nicht mal mit mir selbst wollt' ich's je wieder treiben, so unglücklich bin ich gewesen, so verliebt... Schluß mit alldem – für zwei Dekaden!

Als ich dann bei Candida lag, vor einer Woche, stieg's wieder hoch; die Erinnerung, das Tier, Balla... Und jetzt? Sechsundvierzig Jahre ist sie alt. Aber... Respekt!

Sie trug ein weinrotes, langes, fast feierliches Kleid mit spitzem Ausschnitt und gestärkten Schulterteilen. Mein Blick hing an ihrem schöngebliebenen Anlitz: der spitzen, geschwungenen Nase, frech und anmutig zugleich. Den schlauen kleinen Augen, dunkelbraun, von langen Wimpern behütet. Den hohen Backenknochen, den hellen, schmalen Lippen, dem Grübchen am Kinn, das so reizend zuckt...

SIE war der Grund meiner Reise gewesen! Nur sie...

Ich hab's vor mir zu verheimlichen gesucht. Selbst wenn sie nicht das geringste Talent besäße, Medizin zu brauen, ich wäre jetzt hier, bestimmt! Vielleicht will ich nur meine Jugend beschwören – kann sein. Wenn dem so ist, hat endlich eine Beschwörung Erfolg.

Ich gab an – und wie!

»Solltest mich in Brescia gesehen haben! Wie ich Einzug hielt, in eigener, vierspänniger Kutsche samt Lenker! Hab' inzwischen ein unterkellertes Haus, jawohl, und einen Fürstensohn als Schüler!«

Puh!

Sie gratulierte herzlich und fragte, warum ich gekommen sei. Ich trug ihr meinen Wunsch nach einer Heilsalbe für Pico vor. Sie tat erstaunt, daß ich – ein Magier – etwas von ihr – der Hexe – wolle. Klang nicht ohne Häme, aber bitte; ich gewährte ihr das.

Sie sagte, es kämen jetzt viele Leute zu ihr, mit eigenartigsten Wünschen; es scheine, als stehe Abgeschiedenheit der Rufverbreitung nicht entgegen.

Ja, wenn man im Camonica wohnt...

Die Waldenser haben sich von hier zurückgezogen, weil ihnen das Tal noch zu leicht zugänglich dünkte, weil sie hier nicht, wie es 1488 im Val d'Angronge geschah, das gegen sie ziehende Kreuzheer mit Felshagel zurückwerfen konnten. Zur Zeit knüpfen die Waldenser schützenden Kontakt zu den Reformierten. Vielleicht werden sie einmal wiederkehren.

»Ach, Balla«, seufzte ich, »warum hast du mich damals nicht erhört?«

»Ich war die Braut eines andern...«

»Jetzt ist er längst tot, dein Mann...«

»Ich meinte nicht meinen Mann«, grinste sie.

Wie sehr hab' ich mich damals erniedrigt vor ihr! Oh, ich bebte ihr zu, die Nägel blutgefüllt, die Augen voll Begierde...

Eines Abends hatte sie mich satt gehabt und mir erlaubt, ihren Busen zu küssen, falls ich daraufhin die Stadt verlasse. Ach, gekränkt verließ ich die Stadt – es war Bergamo – und hab' nicht mal ihren Busen geküßt, ich Narr! Vielleicht wär' alles anders gekommen, wenn ich... müßig. Vorbei, vorbei wie der Hauptteil des Lebens.

Später verließ auch Balla die Stadt; Freunde unterrichteten mich, sie sei ganz Teufelsbraut geworden und habe in Breno ein Haus bauen lassen, vom Geld, das der Gatte, ein gefallener Offizier, ihr vermachte. Sie hat sich dem Leben verweigert, ist in die Wildnis gezogen – wo sie als schöne, begüterte Witwe jeden Luxus hätte haben können! Bemerkenswert.

Sie bot mir ein Nachtlager an, was ich gern akzeptierte. Eine bäuerliche Dienerin richtete einen Strohhaufen her und zwei wollene Decken, in der engen Speisekammer, die von den beiden Hauptträumen nur durch einen Vorhang getrennt ist. Mir war das genug. Ich hatte mich ja quasi selbst eingeladen; sie konnte mich schlecht draußen stehenlassen. Zum Nachtmahl gab's Erbsbrei und Lammkutteln – mir Hungrigem hätte alles geschmeckt.

Balla ließ sich Picos Krankheit exakt beschreiben. Dauernd schwelgte ich in Erinnerungen, sie ging aber nicht ein darauf; meinte, sie brauche Stunden, um die verlangte Salbe zu mischen, und müsse es in absoluter Ruhe tun. Folgsam zog ich mich in die Kammer zurück und begann dieses Tagebuch zu füllen.

Ich will der Nacht noch einen Satz
Abpressen vor dem Entgleiten.
Morgen, wenn unendlich Mögliches
Die Wahl einer einzigen Wirklichkeit trifft,
Will ich frech die Zeit verleugnen, in der
Schwebe halten Heutiges, Gestriges, Gewesenes
In ungeheurer Schönheit. Denn ich weiß:
Alles, was war, ist vergangen für immer,
Und nicht der Vater der Worte selbst
Könnt' es je angemessen erzählen.

(Ferri)

Postscriptum:

Eben kommt Balla noch einmal und wünscht mir guten Schlaf, gibt mir einen Becher herbsäuerlichen Weins zu trinken und streicht mir auf die Stirn eine Flüssigkeit, die nach Johanniskraut riecht. Sie behauptet, man könne damit üble Träume vermeiden und die Erholung verdoppeln. Ach, ich lass' sie machen! Und wenn es pures Gift wäre, ich würd' es ihr erlauben, um der kurzen Berührung ihres Fingers willen, um der sekundenlangen Zärtlichkeit. Ich bin sehr müde. Es war ein so jugendlicher Tag, voll vergessener Gefühle. Es war eine Auferstehung.

28. 11.

Bin zurück in Brescia.

Der Kutscher, der über meine Abwesenheit kein Wort verlor, spannt an; ich lese die letzten Sätze dieses Heftes noch mal... Bleierne Schiffe segeln in den Adern, Pestwind treibt sie aufs Herz zu. Soll ich weiterschreiben? Ich muß, auch wenn die Schrift ausbricht unter dem Schwung der Räder.

Später in dieser vermaledeiten Nacht, weiß nicht, wann, erwachte ich, frierend, legte die verrutschten Wolldecken zurecht. Hörte Stimmen dabei, leise, frauliche. Rutschte hin zum Vorhang und lugte durch den Spalt.

Schwindlig war mir gleich einem Beschwipsten, und je wacher ich wurde, desto lauter klang alles in meinem Kopf, viel lauter als gewöhnlich.

Da, in der Mitte des Raums, sah ich Balla, die Teufelspriesterin, und zwei Mädchen neben ihr, jung, aber nicht hübsch, in armselige Säcke gekleidet. Alle drei bereiteten sich auf eine Prozedur vor und beteten unergründliches Zeug – mochte rückwärts gesprochenes Latein sein, wie alle Unternehmungen Teil einer parodierten, pervertierten Messe schienen.

Ich war nicht ängstlich, nein, eher interessiert. Meine Eifersucht hatte der Tatsache wenig Raum im Denken gegeben, dennoch – mir war immer bewußt, daß Balla dem Tier aus dem Abgrund versprochen ist.

Falls jene Flüssigkeit, die sie mir aufgestrichen hatte, dem Zweck diente, meinen Schlaf zu vertiefen, hatte sie versagt – ich war ganz frisch im Kopf und ohne Schläfrigkeit. Aber in der Brust und im Magen, da wühlte was – ein Fieber, ein Zerren, ein Würgegriff? Kann's schwer beschreiben; pulsierende Hitze ging davon aus, und Dampf stieg bis zur Schädeldecke auf. Es war, als schwebte ich ein Stück über dem Boden und hätte doch eiserne Ketten zu tragen, die mich hinabzogen. Auch glaubte ich manchmal zu schielen und klopfte an die Schläfen, es zu vertreiben.

Die Novizinnen, unter barbarischem Alpengrunzen, hingen sich ans Kleid ihrer Herrin und baten um etwas, zeigten ihre Brüste und schlugen jammernd drauf ein.

Balla murmelte Sprüche und hob fünf Finger, drei an der rechten, zwei an der linken Hand. Mußte ein gewichtiges Signal sein, denn die beiden Mädchen, vielleicht zwanzig Jahre alt, warfen sich nieder und rutschten in die Ecken des Raumes zurück. In einem Steintopf hatte man eine schleimige Masse mit Kohleglut bedeckt, so daß stinkender Qualm draus hervorkroch – schwülstiger, dicker Geruch, halb sauer, halb süß. Die Novizinnen blieben bekleidet, Balla zog sich nackt aus.

Ich sah sie zum ersten Mal in völliger Blöße. Das war erregend; obwohl ich mich körperlich dermaßen unwohl fühlte, begann mein Blut zu pochen. Dann rief Balla etwas, in kehlig sich überschlagendem Bergdialekt, nicht zu verstehn – und ein Wesen trat ins Haus – ein Hüne mit schwarzer Bocksmaske und dichter Behaarung auf der Brust. Der Hüne trug krumme Stiefel mit Absätzen, die ihn noch um einen halben Fuß erhöhten. Er stieß beinah an der Decke an!

Balla begrüßte ihn unterwürfig – aber wo blieb der obligatorische Kuß auf den Podex? Ehrbezeichnung der Satansverlobten, das einzige, was ich über jene Rituale wußte.

Dem Hünen stand ein riesiger Phallus vor, aus einem Rindsknochen geschnitzt, fest mit Gurten an den Leib gebunden. Vorn am Gelenk des Knochens, der Eichel sozusagen, schwappte durch ein Löchlein weiße Flüssigkeit, spritzte in dünnen Schwällen. Die Novizinnen krochen um jenes Ding herum und konnten sich nicht sattsehen. Von Balla beiseite gestoßen, stellten sie sich im Handstand an die Wand. Ihr Gewand fiel herab und legte ihr Geschlecht bloß. Das glitzerte naß. Der behaarte Lackel steckte schwarz gefärbte Kerzen dahinein und entzündete sie. Aparte Beleuchtung entstand. Nicht lange, und die Novizinnen wimmerten leise, als das Wachs nämlich begann, an den Kerzen hinunterzurieseln. Ein lustvolles Wimmern!

Balla, würdelos, offenen Haars, gierig die Zunge gebleckt, sich selbst an den Brüsten streichelnd, kauerte in hieratischer Haltung, in Hündinnenstellung, auf allen vieren und bot sich dem Hünen an. Mühelos drang der Riesenphallus bei ihr ein. Die Novizinnen rieben, trotz ihrer unbequemen Lage, die Hintern an der Mauer, um sich den Kerzen weiter zu öffnen; hielten den Handstand nicht lang durch; brachen zusammen. Sobald sie die Finger frei hatten, ergriffen sie die Kerzen und besorgten sich's heftig. Mein Gott, war mir schlecht... Das Haus wankte, zuckte, schüttelte sich, Staub quoll aus den Ritzen, seltsame Irrlichter kreisten durch den Raum, die wurden größer, nahmen tierische Formen und Fratzen an. Grünviolett, in den Farben der Traube, pulsierten die Fenster. Mehrmals schien sich unter mir der Boden aufzutun, glaubte ich in eine tiefe Leere zu blicken und hielt mich kindisch am Vorhang fest.

Vor mir begann ein Stochern und Schinden, eine Hupferei voll geilem Stammeln; jeder Vorstoß von Schlachtgebrüll begleitet. Schockierend! Balla, die Frau, die mir einst als Anmut selbst erschienen war, wackelte viehisch mit dem Arsch, bot sich dar und kreischte in schamloser Lust. Barbarei! Den monströsen Marterpfahl innert, kroch sie auf Knien über die Bohlen.

Die Novizinnen unterdes versengten sich bei ihrem Kerzenspiel die Finger und stöhnten, im wahrsten Sinne, um so erhitzter. Satan – jenen sollte der Hüne wohl darstellen – rammte den blendendweißen Knochen zur Gänze in die Frau, die ich so sehr geliebt hatte. Jeder Stoß schmatzte feucht im Fleisch; fettes Rülpsen brach aus Ballas weiter Lasterhöhle, und der Satan warf seine Klauen aus, riß ihre Haut an Rücken und Hintern mit Nägeln auf. Balla kommentierte es mit tiefem Gurren. Satan hatte schon viel seines »Samens« verschüttet, für hundert neue Teufelchen hätte das gereicht, der Boden schwamm, und Balla – schnüffelnd wie eine Trüffelsau – leckte die kleinen Pfützen auf. Weh, dacht' ich, das ist die Frau, der du dein Leben weihen wolltest? Unappetitlich...

Das wenig heilige Pärchen bewegte sich im Kreis durch den Raum; kam also auch bei mir am Vorhang vorbei. In meinem unbändigen Forschungsdrang – den Schock und Übelkeit nicht hindern konnten – tippte ich heimlich was vom Teufelssamen auf und roch daran. Roch wie kalte Milch. Ich kostete ein bißchen. Ja, kalte Milch! Das war's.

Nun, bestimmt war der Pharlin nur ein verkleideter Bauernbursch, dem seine Bestallung sicher Spaß bereitete. Aber da blieben die kreisenden Lichter, die inzwischen deutliche Formen angenommen hatten, manche rot, andre grün, alle Arten von Nachtgetier fand ich – Fledermäuse, Eulen, Falter, Ratten. Wenn ich länger als wenige Sekunden hinsah, tränten mir die Augen – die Visionen bestanden aus gleißenden Lichtspuren, und es tat weh, sie anzuschaun.

Jetzt, nach einer halben Stunde Stoßerei – oder dauerte es länger? Ich weiß nicht – schien der Hüne all seinen Saft vergossen zu haben. Anscheinend befriedigt, entzog sich Balla seinem Instrument und rollte ausgebreitet herum, nachbebend. Satan warf das künstliche Utensil fort und zog aus seinem Lendenschurz ein viel kleineres, natürliches, das er wild bearbeitete. Der Boden wurde neu besprengt. Dann rannte der Hüne, von Balla mit einem gar nicht devoten, ja unwilligen Wink bedacht, davon – durch die Tür, wie es wirklich kaum dem Teufelsbrauch entspricht.

Als ich meine ehemals Verklärte, einst sehr Geliebte so sah – schlimm *durchgefickt*, wie man bei uns Florentinern sagt –, verlor ich den letzten Respekt vor ihr, letzte Funken meiner Liebe starben ab. Mir war weiterhin kotzübel – erstaunlich, daß mein Glied unbeugsam starr blieb. Also zog auch ich mich nicht zurück und sah dem Geschehen weiter zu. Die Novizinnen leckten einander, hint' und vorn, ließen Kerzenwachs auf die Brustwarzen tropfen, nahmen sich den hohlen Knochen des Belials, spreizten ihre triefenden Scheiden mit zwei Fingern...

Sicher werden sie einst gute Priesterinnen abgeben.

Balla, naßgeschwitzte Äbtissin, erhob sich, gebot ihren Schülerinnen Einhalt, was diese mit Wehklagen aufnahmen. Nun warf ich mich schleunigst auf mein Lager zurück. Mir bebte etwas stark zwischen den Beinen – befriedete es mit einem einzigen Handstreich. Kopfschmerz und Übelkeit blieben. Noch schaukelte der Grund leise nach, noch schwebten die Hüllen merkwürdiger Tiere mannigfaltig im Raum. Ich zog die Decke über. Alles Trugbilder! Halluzinationen! Muß von der Flüssigkeit gekommen sein, die Balla mir vorm Schlafengehn auf die Stirn gestrichen hatte. Tollkirsche und Bilsenkraut! Irgend so etwas. Meine Schläfen glühten und fühlten sich bei Berührung doch kalt an. Zwischen den Ohren schlugen Pauker fortissimo. Nur Halluzination, gewiß! Wie sollte es Balla, der Dilettantin, gelingen, Geister zu evozieren, wo es mir verwehrt gewesen war? Immerhin – nettes kleines Gift, das einen solche Dinge sehen macht.

Müßig zu sagen, daß ich die ganze Nacht kein Auge schloß.

Morgens kam Balla zu mir, stupste mich, kniete neben meinem Lager. Ich tat, als sei ich eben aus seligem Schlaf erwacht. Sie tätschelte meine Schulter.

»Weißt du jetzt, warum ich dich nie erhört habe?«

Ich schluckte.

»Du weißt, daß ich zusah?«

»Ja. Ich wollte es sogar!«

Sie hätte mich in diesem Moment töten können, keine Verteidigung wär' mir eingefallen. Heißt es doch, daß keiner je solchem Ritual zusehen durfte, der nicht des Teufels Diener war. Ich erwartete Schlimmstes. Ballas Hand wurde mir widerlich, ich stieß sie von mir und rief ein magisches Gebet, in panischem Aufbegehren. Es endete mit der bekannten Formel: »Mir gehört meine Seele noch!«, und alles, was sie drauf sagte, war: »Bist du sicher?«

Ich schöpfte Hoffnung, lebendig dem Camonica zu entkommen. Wirklich hätte ich keinen Grund zur Sorge gehabt. Balla begleitete mich bis zum Rand des Dorfes Breno, wo sie mir eine Salbe gab, die ich dem Fürsten dreimal zu verabreichen hätte. Auf dem Pferd, wieder Herr der Lage, nahm ich kein Blatt vor den Mund und rief: »Verkommenes Luder, wir hätten wunderbare Romanzen haben können! Aber nun ekelt mich vor dir, und ich will nicht einmal, daß du mich noch berührst!«

Sie hieß mich in Frieden ziehn und sprach, ich könne immer wiederkommen, falls ich Hilfe brauche.

Ohne mich umzusehn, ritt ich nach Brescia zurück.

II

Im Kinderprogramm der ARD kam die »Sendung mit der Maus«. Diesmal gab's was über Sternbilder, und das interessierte Täubner, denn er sah gern in den Himmel, und der Beteigeuze war sein Liebling. Krantz hörte er nur noch mit einem Ohr zu. Der ließ sich davon scheinbar nicht stören und redete, ganz im Stil eines Professors im Audimax, den es einen Dreck schert, ob die Studenten ihm folgen.

»Mit Frühphase des Mythos – Sie haben recht, ich drückte mich mißverständlich aus – meine ich die ›conditions‹, die hier geradezu zwangsläufig eine volksetymologische Ursprungslegende nach sich zogen. Aber soweit sind wir noch nicht. Conditions – Bedingungen, Voraussetzungen, fördernde Umstände – sind jede Menge vorhanden. Zum Beispiel die Leitfigur: Ihre Faszination muß sich aus einem charakterlichen Zwiespalt ergeben, aus einer hellen und dunklen Seite, beziehungsweise einem Nebeneinander von Fassade und Dahinter. Die gängigste Kombination – Intelligenz und Bösartigkeit – läßt sich hier kaum anwenden, dennoch ist ein Zwiespalt gegeben, denn der Mythosoph muß Castiglio und Andrea vorläufig als *eine* Figur behandeln. Technisch gesehen funktionieren sie so, wachsen in ihrer Wirkung zusammen, ein siamesisches Protagonistenpärchen – ähnlich Bonnie und Clyde, oder besser: Don Giovanni und Leporello. Erst viel später, als die Legende schon weit gediehen ist, spaltet Andrea sich ab und übernimmt eine eigenständige Rolle. Bis dahin stellen Sie sich die beiden als einen vor...«

»Ich stell' mir überhaupt nix vor«, knurrte Täubner.

»Wie Sie wollen. Also der eine ist alt, abgeklärt, raffiniert und skrupellos – der andere tapsig, treuherzig, naiv, simplizisch. Wunderbarer Zwiespalt, läßt sich besser gar nicht denken. Aber eine weitere, unabdingbare Condition ist die Qualität der Leitfigur. Sie *muß* etwas draufhaben – und wenn's ihr nur angedichtet ist. Trotz

aller Negativa muß man ihr *etwas* zugute halten können, klar?
Formale Conditions sind Legion: Spannungsgeladene sozialpoliti-
sche Bindungsnetze; verschiedenartige, materielle wie spirituelle
Abhängigkeitsverhältnisse; Tragik, Gewalttätigkeit, dunkle Punkte, Geheimnisse und zwischen diesem Konsortium eine neue, relativ originelle Idee, die aber
                      Die Sendung mit der Maus war aus.
verbreitungsgünstig in einem Satz erläutert werden
                      Täubner nahm sich eine Zigarette.
kann. Idealer ist der Acker nicht zu düngen. Und auch
                      Es wäre schön, dachte er, wenn der
die signativen Kleinigkeiten stimmen!«
                      kommende Winter wieder so mild werden
würde wie der vorangegangene. Er trat zum Fenster und betrachtete die gegenüberliegende Cafeteria. Ihm schien es, als würde dort
ein Film gedreht. Nur die Kameras fehlten, aber sonst: Eisbecher,
Sektgläser, Mopeds, junge Mädchen, Verehrer ... Täubner hatte
keine Lust mehr, mit Filmen belästigt zu werden, in denen sich
irgendein Blödian irgendeine Blödianin sucht und mit ihr in blöde
Katastrophen steuert; untermalt von maunzenden Saxophonen;
blöde Melancholie aus blau bemalten Hamburgerbuden.
»Es gibt manche Homunculi, deren Public progress lebt von
einer einzigen signativen Kleinigkeit. Einstein zum Beispiel! Gäbe
es nicht das Foto, auf dem er die Zunge bleckt,
                      All die blöde Jeansjackenleidenschaft,
er wäre heute dem Durchschnittsmenschen nicht populärer
                      blöde Szenenkneipenorgiastik, blöder
als Born oder Heisenberg. In der Werbesprache würde man
                      Haarlackhedonismus, Körpergeilheit und
das als ›Logo‹ bezeichnen!«
                      Seitensprungmentalität. Diese ganze längst
tiefbürgerlich gewordene Befriedigungstaktik. Täubner konnte
den Anblick nicht mehr ertragen. Balzshows, Baggereien, Fixpro-
dukte, Fastfuckpuppen, drei Jahre haltbar. Lifestyle, Rollenspiele,
Imponiergesülze, Kommunikationsdesign. Lauter smarte Typen.
Viele kleine bunte Smarties. Emotionale Dreijahrespläne. Nimmt
sich, was sie braucht. Blöde Filme, die von etwas handeln, von

dem sie glauben, daß es Liebe wäre. Idiotisch. Bring sie alle um. Nimmt sich, was sie braucht, bring sie alle um. Hamburgerbuden, Saxophone, reduzierte Kulisse, Schwarzweißfilm, breitgekörnt. Täubner wollte sich nicht länger verarschen lassen.

»Mann, was ist auf den Dias?«

Krantz blickte ihn einen Moment prüfend an, leicht enttäuscht. Er hatte sich so gewünscht, die gesamte Geschichte wieder mal erzählen zu können, von Anfang an.

»Ist das alles, was Sie interessiert?«
»Im Moment, ja.«
»Nun, es ist Notenschrift! Was sonst?«

Kurze Pause.

»Okay, Proff! Machen Sie weiter...«

III

Während der Rückreise von Brescia kam Castiglio dem Wahnsinn auf Armlänge nah. Trübselig warf er sich in der Kutsche von Bank zu Bank, streckte die Hand aus, griff nach Unsichtbarem, es zu würgen, es an der Wand zu zerschmettern, aus dem Fenster zu schleudern. Nicht nur war der Magier soweit, vor Agrippa in die Knie zu gehn und wegen der Verfluchung Abbitte zu leisten, auch stand er kurz davor, sein Metier endgültig aufzugeben. Er spielte sogar mit Selbstmordgedanken. Schwerelos trieben die Bausteine des castiglionischen Weltbildes fort, verweigerten jedes Gefüge. Alles Menschsein schien ihm vielfarbige, Sehkraft vorgaukelnde Blindheit; drückende Ohnmacht, der man kindischen Hokuspokus entgegensetzt. Täuschungen, Enttäuschungen. Labyrinthisches Ritual; Selbstbefriedigung gequälter Seelen, die ihr elend enges Schauen zu deuten versuchen.

Welcher Unterschied, fragte er sich, lag eigentlich zwischen Balla und ihm? Balla konnte handfeste Resultate vorweisen, konnte wenigstens ihre primitiven Bedürfnisse saturieren! Eine Flüssigkeit hatte Castiglio mehr sehen lassen als alle Formeln des Petrus d'Abano. Täuschung – ja; aber zieht der Mensch nicht jede Täuschung dem Nichts vor? Das Streben nach dem hohen Grad, dem anderen Reich, jenseitigem Licht – war es nicht alberner Vorgriff? Wie sich das Kind die zu große Rüstung des Vaters anzieht und durch die lachende Verwandtschaft klappert?

Castiglio überlegte, ob seine magischen Mißerfolge vielleicht einzig darin begründet lagen, daß er niemals bequem einer Täuschung Tribut gezollt hatte – bis auf die eine: dem Glauben, die Welt hätte sich für ihn ein neues Kleid angezogen; hätte, grad rechtzeitig ihm zu Gefallen, ihre Richtung gewechselt.

Nein.

Die Kreisbahn war nie verlassen worden. Große Onanie, dieses Leben! Man sollte dagegen aufbegehren! Fanale setzen! Sich demütigenden Circuli entziehen, freiwillig das Schattenreich betreten! Dann würde Klarheit folgen, oder ... Nichts. Ist für den Toten nicht eins so erlösend wie's andere? Der Magier war versucht, bei am Weg liegenden Gehöften um einen Strick zu bitten. Dann mochten ihn die Krähen fressen, seine Überbleibsel in die Wälder kacken; vielleicht würde aus solchem Dünger ein Weißdornbusch wachsen, kräftig knospen und einen Merlin fangen. Sei's drum!

Nach langem Hin und Her entschied Castiglio, dem Knochenmann doch nicht vorzugreifen.

Was immer dem Tod folgen würde – es war vermutlich von längerer Dauer. Dagegen waren die paar Jahre, die er in jetziger Gestalt noch zu erwarten hatte, belanglos. Das konnte ruhig ausgesessen werden. Und sei's nur als Strafe für bisherige Dummheit...

Vielleicht sollte er sich mit Picos Geldern ein wenig dessen gönnen, was man irdischen Genuß nannte?

Versäumt würde damit nichts mehr werden, schaden konnte es kaum. Genau; er würde üppig essen, mit dem Alkohol nicht maßhalten, Pietro erschrecken, viel Zeit der Knickhalslaute widmen und Candida regelmäßige Nebenverdienste beschaffen. Dürfte bestimmt narkotisierend wirken, Bitternis dämpfen und ihm die stumpfe Seligkeit der Tiere schenken.

So – anstatt sich aufzuknüpfen, besoff er sich, rang sich mit Willenskraft und Wein defätistische Gelassenheit ab, pfiff ländliche Weisen und klopfte mit dem Handgelenk den Takt dazu.

Als platt-hedonistischer Genußmensch aber war Castiglio ein noch größerer Versager. Jeder Vorstoß, die Lebensart zu ändern, war von vornherein zu tragischem Scheitern verurteilt. Keine zwei Karaffen hielt er durch, ohne in neue Gedankengänge zu kriechen; kein halbes Hühnchen konnte er vertilgen, ohne sich von neuen Spekulationen irritieren zu lassen. Sogar mitten im Masturbationsakt schweiften seine Hirnströme weit ab, wanderten über Felder, Nebel und Wolken hinauf zu allen Göttern, die ihn verlassen hatten.

Wenn er dann wieder zu sich kam, bemerkte er das schlappe Glied in seiner Faust und schob es kopfschüttelnd in die Hose zurück. Entschloß er sich zu einem Verdauungsschläfchen, plagten ihn prompt bohrende Fragen. Eine bohrte besonders tief. Es war jene Andreas – nach der melodischen Rührungskraft.

Castiglio war einmal die Geschichte von den irischen Harfenisten erzählt worden, die dreimal sieben Jahre üben müssen, bevor sie die Meisterweihe erlangen können. Dazu spielen sie dreimal vor Publikum. Das erste Mal sollen sie die Zuhörer zum Weinen bringen, das zweite Mal zum Jauchzen, das dritte Mal zum Einschlafen. Gelingt ihnen nur eine der drei Anforderungen nicht, können sie erst nach weiteren einundzwanzig Jahren erneut zur Prüfung zugelassen werden.

Umberto hatte das behauptet, als er über die außerordentlichen Kräfte sprach, die auf der Insel Irland walten.

Castiglio verband neue und alte Haltung zur Welt, indem er laut Lieblingsmelodien vor sich hin grölte – Ohrwürmer aus über fünfzig Jahren – und sie miteinander verglich.

Manche zeigten Kongruenzen, andere mieden jedes Schema. Schnelle und langsame waren darunter, ernste und heitere, pompöse und zierliche. Einige kamen mit stampfendem Bordun daher, andere trippelten wie auf Zehenspitzen und wanden sich girlandig um den Grundton. Wieder andere bestanden nur aus wenigen, langhallenden Akkorden oder prägnanten Rhythmen.

Zwölf Halbtöne umfaßte die Skala – heilige Zahl, von der sich viel ableiten ließ. Er probierte ein paar mathematische Ansätze, vertrieb sich damit den letzten Tag der Fahrt.

Bestimmt war ein Ton mit einem Buchstaben zu vergleichen, Akkorde mit Worten und Melodien mit Sätzen.

Musik war Sprache. Göttliche Sprache, über alle Grenzen hinweg verständlich. Grammatik und Rhetorik dieser Sprache – woher kamen die? Wer stellte sie auf? Welchen Regeln müssen Noten gehorchen, um als Melodie gelten zu dürfen?

Oft hatte er auf der Laute geklimpert; plötzlich war eine Tonfolge erklungen, die um Repetition bat. Weshalb? Kannte jemand diese Regeln?

Die Komponisten – verfahren sie nicht so, daß sie klimpern und trällern und auf die Eingebung des Zufalls warten?

Wenn man die Regeln, denen die göttliche Sprache gehorcht, entdecken könnte, wär's dann nicht möglich, planhaft Melodien zu bauen, von denen tiefster Seelenzauber ausginge? Göttliche Rede? Oder doch nur Onanie?

Der Magier schwankte, wußte nicht, inwieweit er sich auf jene Thematik einlassen sollte. War's nicht gesünder, laut zu krakeelen und neue Karaffen anzugehn?

Im kalten Dunst des ersten Dezembertags formten sich Schanzen und Wälle Mirandolas; das Kastell, die Brücke über den Wassergraben bei der Porta Sant' Antonia, ein Stück links davon der künstliche Hügel und Da Pezzas Villa. Krähenschwärme suchten die leeren Haferfelder ab. Von der Kutsche aufgeschreckt, sammelten sie sich im Eichenwäldchen, das hinter der Villa lag.

Ah! Da Pezza! Affenkopf! Wie konnten die Götter so einen dulden? Ihm auch noch jene Behausung verschaffen? Schreiende Ungerechtigkeit! Affenschande! Himmel!

Castiglio schimpfte sich, vom Wein angefeuert, in Rage, brüllte alle ihm bekannten Schimpfwörter und noch ein paar frisch erfundene.

»RATTE! KUCKUCKSEI! LAFFE! KRÖTENWARZE! DUMMSCHWÄTZER! POPANZ! VERRECKEN SOLLSTE! ODELBRÜTER! SPEISCHÜSSEL! ZUR HÖLLE! PAPIERSCHÄNDER! SCHEISSE SOLLT IHR FRESSEN! DU UND DEINE DOGGEN! KREPIERT AUF DER STELLE! SAUBANDE! AUSWURF! DRECKSSCHMIERER! KUNSTKETZER! BRACHHIRN! ABSCHREIBER! TINTENKLECKSER! SCHANDMAUL! SCHLEIMLOCKE!«

Castiglio hörte erst zu lästern auf, als die Kutsche die Sant' Antoniabrücke passiert hatte. Resignierend ließ er die Stirn aufs Fensterbrett sinken, rieb sie am Holz, bis sie brannte. Tiefpunkt.

Kehre.

Andrea lief dem Vierspänner entgegen, half beim Entladen des Gepäcks und begrüßte seinen Meister mit der Nachricht, Da Pezza sei tot.

Der kraß ernüchterte Magier war vom lückenhaften Rapport seines Schülers verwirrt, aber keine fünf Minuten später erschien Pietro in der Haustür und berichtete umfassender.

»Pico hat ihn im Zorn erstechen lassen! Und den Anstoß dazu habt Ihr gegeben!«

»Ich?«

»Ihr habt ihn doch des Diebstahls von Wendungen überführt!«

»*Deshalb*...?«

»Nein! Pico zitierte ihn zu sich und hielt ihm den Beweis vor Augen. Da Pezza wurde drauf nicht bescheiden, nur überaus zornig, schäumte wie ein Toller, wünschte Euch in effigie alles Schlechte und verließ den Saal. Ohne Rechtfertigung – noch schlimmer – ohne Verbeugung!«

»Und deshalb...?«

»Nein! Deshalb noch nicht. Pico war grimmig, aber unternahm nichts. Und Da Pezza setzte seinem Treiben die Krone auf: In der Nacht hatte er ein langes Gedicht verfaßt, das trug er Gianfrancesco anderntags vor. Er verspottete darin alle Arten von Alchemisten und Zauberern – ganz witzig eigentlich... muß man zugeben.«

»Ach? Deshalb?«

»Neeein... Aber Da Pezza machte sich nicht nur über Alchemisten lustig, sondern auch über verkalkte Fürsten, die solche Kreaturen noch ernähren. Das konnte Pico nicht ertragen. Er riß da Pezza die Seiten aus der Hand und schmiß sie in den Kamin.«

»Und dann...«

»Noch immer nicht! Da Pezza lachte bloß und rezitierte die Verse auswendig! So was von Unverfrorenheit hab' ich noch nicht erlebt! Man kann Pico keinen Vorwurf machen. Er unternahm einen letzten Versuch, die Sache gütlich ausgehn zu lassen; forderte den Humanisten auf, sich zu entschuldigen und von dem Gedicht zu distanzieren. Ihr glaubt nicht, was dann geschah! Der freche Hund warf sich in Positur und hielt eine Rede, wild gestikulierend, sprach ungefähr, daß nicht den Fürsten der Ruhm gehöre; daß die Namen der Dichter die ihrer Auftraggeber bei weitem überdauern, sollten sie diesen noch so viele Heldengesänge widmen. Er – Da Pezza – habe es nicht nötig, sich zu erniedrigen wegen ein paar Zufälligkeiten. Sein Angedenken würde noch strahlen, wenn alles hier versammelte Mittelmaß zu Staub zerfallen und vergessen wäre. Kam noch ärger! In Wahrheit, behauptete Da Pezza, sei *er* der Fürst dieser Stadt; man solle sich vor ihm niederwerfen und ihm huldigen und erkennen, welcher Genius in diese Masse von Banausen und Schwachköpfen hineingeboren ward! Rede eines Lebensmüden; mit jedem Wort schwätzte er sich dem Ende näher. Pico versuchte ihn niederzubrüllen, Da Pezza brüllte zurück, verlor jedes Maß, überwand die letzten Schranken des Anstands – und das als überführter Plagiator! Unglaublich! Er beleidigte seinen Mäzen, als habe er 'nen Stallburschen vor sich! Pico schrie dem Hauptmann der Leibwache zu, er solle dem Schwein das Schwert in den Leib stoßen, was ohne Zögern geschah.«

»Na endlich, ich dachte schon ...«

»Es gab keinen andern Ausweg, wenn Pico sein Gesicht wahren wollte. Es gab auch im ganzen Saal keinen Widerspruch. Nur eine seltsame Stille entstand, zwischen Betroffenheit und Aufschnaufen. Da Pezza hatte Freunde – Bemboni und Carafa –, die knieten neben dem Leichnam und seufzten, aber nicht einmal die wollten gegen Pico Vorwürfe erheben. Pico selbst sah aus, als bereute er den Befehl bereits und beabsichtigte, um den Tollgewordenen zu klagen. Nichts da! Er ließ den Toten auf die Straße werfen, wo ihn eine Nacht lang die Hunde bepissen durften. Und das ist noch nicht das Ende! Hört Ihr dieses Geräusch?«

Pietro deutete in Richtung der Chiesa San Francesco. Von dort war allerdings etwas zu hören. Ein dumpfes Schlagen, regelmäßiges Bumpern, metallisch, doch ohne Hall.

»Was ist das?«

»Kommt mit, seht selbst!« rief Pietro und ging voran, in seiner steifen, kurzschrittigen Pinguinart. Andrea folgte hintdrein, nachdem er die Haustür versperrt hatte. Während des Wegs von circa einer Sechstelmeile dachte Castiglio, daß er Da Pezzas Ruhmsucht offenbar erheblich unterschätzt hatte. Was sonst kann jemanden zu solchem Martyrium verleiten? Onanie, das alles ... Aber verständlich. Der Schmierfink war wohl derart bloßgelegt in seiner Unfähigkeit, daß er sich wenigstens ein aufsehenerregendes Ende bereiten wollte. Da Pezza hatte gut kalkuliert, was er tat. Und Pico war ihm auf den Leim gegangen! Er hätte den Mistkerl nächtens und ohne Zeugen erstechen, ihn schnell begraben und verbreiten lassen sollen, er sei an einer unspektakulären Krankheit gestorben.

Statt dessen hatte er ihm eine biographische Kerze angesteckt. Wie konnte Pico so dumm sein?

Sie liefen über die Piazza Grande und bogen in die Winkelgassen ab. Kalter Wind kehrte die Blätter des Jahres zusammen. Nieselregen drohte in Schnee überzugehen. Kaminrauch rang mit Nebel. Neben der San Francesco wurde ein neuer Campanile errichtet, nachdem der alte umgestürzt war. Für diesen Campanile hatte man Glocken in Auftrag gegeben. Die größte davon war mißglückt und gesprungen, doch hing sie noch an ihrem Probegerüst und in ihr, an den Füßen befestigt, Da Pezza, als Klöppel dienend.

Zwei Soldaten standen oben auf der Bretterfläche, zogen das Seil, abwechselnd, gleichmäßig.

Der Magier kaute mißbilligend an seinem Daumennagel. Blöderes konnte Gianfrancesco wirklich nicht einfallen, als die Leiche an eine große Glocke zu hängen. Bumm. Bamm. Bumm. Grausige, stumpf-klatschende Töne. Fast zehn Minuten blieb Castiglio und hörte sich das entsetzliche Geräusch an. Musik des Jenseits.

Etwa eine Sekund stand zwischen dem Ton, den Da Pezzas Stirn, und dem, den sein Hinterkopf ergab. Eine simple, obgleich eindringliche Melodie.

Castiglio schloß die Augen und horchte, mischte in der Imagination Violinen und Trommeln dazu. Eine aufsteigende Sekund nur, doch von mächtiger Wirkung; alle Gewalt des Todes schien darin akustisch aufzusteigen, eisern, knirschend, tief.

Pietro unterbrach die Meditation.

»Ihr trauert? Müßte man Euch doch eigentlich beglückwünschen – ist ein wichtiger Kontrahent hinter Euch gelassen...«

Castiglio entgegnete – was keine Lüge war –, daß er ein solches Ende dem Dichter nicht gewünscht habe.

Die herabhängenden Arme Da Pezzas hielten, an starre Finger gebunden, eine Tafel: ICH BIN EIN UNDANKBAR DIEB GEWESEN.

»Wenn Pico nicht so krank wäre«, mutmaßte Pietro, »hätte er ihn vielleicht nur verbannt. Apropos! Habt Ihr in Brescia was ausrichten können?«

Der Magier erinnerte sich des Salbentöpfchens in seiner Manteltasche und nickte.

»Das Leiden hat sich nicht gebessert?«

Pietro verneinte. Der Fürst könne kaum mehr aufstehn, liege unbekleidet im Bett und winsle vor Schmerz.

Sofort löste sich Castiglio aus dem Pulk der Schaulustigen und schlug den Weg zum Palast ein. Andrea trottete hinterher, vom Anblick Da Pezzas wankend. Castiglio gab ihm Geld – er solle sich eine eigene, billige Laute kaufen. Im Nu fröhlich, rannte Andrea zum Instrumentenhändler.

Castiglio war wieder der alte. Die Götter hatten ihm einen Gunstbeweis geschenkt. Mehr war gar nicht nötig gewesen, ihm am gewohnten Lebenswandel neue Lust zu schaffen.

Gianfrancescos Krankenlager hatte man ins zweite Stockwerk eines der beiden Kastenbauten verlegt. Neben dem Bett standen Leibwächter. Giovanna, die Gattin, saß, mit Stickereien beschäftigt, am Fenster; eine rundliche, gutmütig-duldsame Frau in Gianfrancescos Alter, die ihm elf Kinder geboren hatte.

Der Fürst sah mitleiderregend aus. Seine Hautfarbe war eine Mischung aus Grau und Gelb. Bleifarbene Schatten stritten mit Dezemberlicht, das in seinem Schweiß kalt reflektierte.

»Ah! Unser Retter! Die Doctores werden wir einsperren lassen! Was habt Ihr mitgebracht?«

Castiglio gab an, wie die Salbe auf die befallenen Hautpartien aufgetragen werden mußte, was von zwei jugendlichen Dienstmägden sofort erledigt wurde.

Pico redete währenddessen voll Häme über seinen ehemaligen Poeta. »So geht's denen, die uns benutzen und betrügen! Ihr habt uns die Augen geöffnet, die Schleier vom Saukerl gerissen, wir danken Euch! Ah! Diese Ausgeburt! Hat sich immer gewünscht, daß einst bei seinem Tod die Glocken länger läuten. Hat uns manchmal zum Weinen gebracht, wenn er über sein unabänderliches Sterben phantasierte, diese Ratte! Sagt, von wem habt Ihr die Salbe?«

Der Magier antwortete, von einem Arzt namens Ballo, der im geheimen und nur für Hochgestellte arbeite und immense Erfolgsquoten verzeichne.

»Sollte diese Salbe helfen, wir schwören Euch, daß Ihr einen großen Wunsch frei habt!«

»Mein größter Wunsch ist Eure baldige Genesung.«

Auch das war nicht gelogen. Entweder würde die Gürtelrose verschwinden oder Pico sterben. Im zweiten Fall würde die Zukunft eher katzengolden aussehn.

Castiglio verscheuchte jene Gedanken und ging nach Hause, um Laute zu spielen. Er zupfte sehr langsam, ließ jede Saite ausschwingen.

Bei den alten Griechen hatte das Wort »Katastrophe« doppelte Bedeutung; die des Unheils und Zusammenbruchs – und den musikalischen Terminus des Stillstands einer Leiersaite, nachdem sie vibriert hat.

Andrea meldete, der Keller sei getrocknet und das Reverberatorium wieder in Gang gesetzt; auch seien beim Glaser Galeae und Ambices bestellt. Doch blieben diese alchemistischen Destilliergefäße lange liegen; wurden schließlich nur bezahlt und abgeholt, um den Schein zu wahren.

Nach drei Tagen trat eine erste Besserung der Gürtelrose ein, nach fünf Tagen bereits deutlich. Binnen eineinhalb Wochen war Pico soweit, daß er sich von Candida wieder bedienen lassen konnte.

Castiglio hatte auf breiter Front gesiegt.

In Ansätzen wußte er sogar schon, wofür.

Sein Gehirn brütete an einem neuen, gewaltigen Plan.

IV

Mitte Dezember hatte Andrea alle Buchstaben beisammen; nichts Geschriebenes war mehr vor ihm sicher. Castiglio hatte die hochtrabenden Verse Ovids durch einen sarkastischen Spruch Ferris ersetzt:

> DIE BLINDWÜTIGEN NÄMLICH SIND SEHR GERECHT. WER NICHT SIEHT, WOHIN ER TRITT, BEFINDET SICH IN EINER ART MORALISCHEN GLEICHGEWICHTS: SIND ES UNSCHULDIGE? IST ES EIN ABGRUND?

»Was bedeutet das, Meister?«
»Hab' keine Zeit, entschuldige!«

Andrea bekam mit, daß eine große Operation anstand; verständnisvoll verschob er die meisten Fragen auf später. Seine Fortschritte, was Lesen und Schreiben anging, waren erstaunlich. In der Geschwindigkeit lang Geübter verschlang er Reiseberichte und Novellensammlungen. Hätte er nicht jedes ihm unbekannte Wort hinterfragt, er wäre mit einem Buch pro Tag kaum ausgelastet gewesen.

Der beeindruckte Magier zeigte ihm gegenüber immer ehrlichere Freundschaftlichkeit; mit ein wenig mehr Zeit hätte er sich um Andreas Wißbegierde nach Kräften gekümmert.

Kurz vor Weihnachten machte Bemboni, der Astrologe, einen äußerst überraschenden Besuch.

Er nahm dabei alle Beleidigungen zurück, schrieb sie Unkenntnis und einseitigem Erfahrungsschatz zu. Nicht nur bat er um Verzeihung, er bot Castiglio sogar dauerhaften Frieden an! Alle Ränke sollten getilgt, alle Vorurteile beseitigt werden. Bemboni schlug friedliche Koexistenz vor, und der perplexe Magier ergriff die dargebotene Hand.

Es schien, als sei er durch den Tod Da Pezzas in den innersten Kreis der Höflinge gerückt – wo Waffenstillstand herrschte und gegenseitige Duldung. Tatsächlich wirkte Castiglios Stellung so gefestigt, daß seine Gegner reihenweise beschlossen, Anfeindungen vorerst zu unterlassen. Hätten sie im mindesten geahnt, welches Vabanquespiel der Magier beabsichtigte, sie hätten ihm tonnenweise Steine in den Weg gerollt.

So aber waren die Voraussetzungen günstig. Castiglio arbeitete eifrig an Details, führte lange Selbstgespräche, legte Argumente zurecht, suchte nach anführbaren Fallbeispielen.

Währenddessen wurde unverändert einmal pro Woche Lammasche geliefert, die Andrea jeweils unter dem Pflaumenbaum begrub.

Castiglio stattete Bemboni alsbald einen Gegenbesuch ab und bat um eine Gefälligkeit. Bemboni solle im Horoskop Gianfrancescos nachsehn und einen Tag nennen, da diesem guten Gewissens die Inangriffnahme eines umfassenden Projekts geraten werden könne.

Bemboni stutzte und stellte Fragen, erhielt aber nur verschämtes Lächeln zur Antwort. Da dem Magier so frisch nach Friedensschluß der Gefallen schwer zu verweigern war, nannte er ihm den vierten Januar.

»Ihr werdet diesen Tag Pico also als besonders günstig für neue Projekte bezeichnen?«

»Ja...«

»Im voraus oder nur auf Anfrage?«

»Ich stelle Gianfrancesco einen genauen Monatskalender zusammen. Aber wollt Ihr mir nicht verraten, worum es geht?«

»Nichts weiter ... Ich gedenke ihn um eine kleine Gehaltserhöhung anzugehn ... für die Anschaffung neuen Geräts ...«

»Ah, verstehe.«

»Meine Werkstatt auf Vordermann bringen ...«

»Hmhm! Verstehe.«

»Ich wär' Euch sehr dankbar, wenn Ihr Pico gegenüber *ausdrücklich* erwähntet, die Konstellation der Sterne stehe für Neuartiges hervorragend ...«

»So? Hmhmmm...«
»Als Gegenleistung kann ich Euch anbieten, über die Astrologie kein schlechtes Wort mehr fallen zu lassen...«
Bemboni grinste.
»Lieber wäre mir, Ihr würdet Euer Urteil *ausdrücklich* revidieren...«
Der Handel war perfekt.

Am Hof von Mirandola herrschte Weihnachtsstimmung. Gianfrancesco einigte sich mit seinem Schwager und Haushofmeister Carafa in Bezug auf die Lutheraner, die immer stärker in die Stadt drängten. Es wurde eine Zahl von dreihundert festgelegt, die nicht überschritten werden durfte; und auch nur denen sollte Schutz gewährt werden, die durch ein ehrliches Handwerk dem Gemeinwohl förderlich waren.

Pietro ließ sich vom Magier allerhand Wissenswertes über die Smaragdtafeln des Hermes Trismegistos sagen; ungeheuerliche Dinge, schwer zu verdauen.

Andrea übte selig auf der Billiglaute und fing an, auswendiggelernte Gedichtchen zu vertonen. Seine schöne, tiefe Singstimme tröstete über instrumentale Unfertigkeit hinweg.

Das Wetter war der Jahreszeit entsprechend; die Geheimpolizei wußte nichts neues von Galeotto; es gab keinen einzigen Halsgerichtsprozeß, und Mirandolas Finanzen besserten sich durch erfolgreiche Pferdezucht.

Mitten in diese Idylle platzte an Neujahr Candida. Verzweifelt bat sie den Magier – der ihrer ganz vergessen hatte – um Hilfe: Sie sei schwanger geworden. Castiglio, der sich mit solchen Problemen im Augenblick nicht belasten mochte, meinte, sie solle das Kind ruhig austragen und sich nicht der Gefahr inkompetenter Abtreibung aussetzen. Sorgen um ihr Einkommen brauche sie ja nicht zu haben – ihre geschickten Lippen und ihr reizendes Hintertürchen würden sie schon nicht verhungern lassen.

Candida war von diesem Ratschlag etwas enttäuscht. Sie hatte fest darauf vertraut, der große Zauberer könne durch bloßes Hersagen einer Formel ihren Bauch leeren und die lästige Frucht zum Teufel oder sonstwohin schicken, mit freundlichen Grüßen.

Castiglio bedauerte. Seine Kunst sei streng weiß, habe mit Malefizien nichts zu tun.

Grummelnd ergab sich Candida in ihr Mutterschicksal. Da es im Bereich der Möglichkeiten lag, daß Castiglio der Vater war, bat sie ihn um Übernahme der Patenschaft – was er zusagte, um seine Ruhe zu haben.

Nachdem sie unter Dankbezeugungen gegangen war, räusperte sich Andrea und fragte leise, wieviel es eigentlich koste, sich mit so einer einzulassen. Castiglio lachte, gab ihm die nötigen Münzen und schickte ihn zu ihr. Mit freundlichen Grüßen.

V
1530

Der Dichter Ferri meinte in einem seiner Gedichte, das Leben bestehe zu gleichen Dritteln aus Schicksal, Zufall und Mutwillen. Eine recht optimistische, selbstbewußte Schätzung; doch Castiglio neigte sogar dazu, den Anteil des Mutwillens noch höher anzusetzen.

Am vierten Januar, nachdem er seine Hausaufgaben gründlich genug erledigt glaubte, sprach Castiglio beim Fürsten vor. Ihm wurde eine private Audienz unter vier Augen gewährt, ein überwältigender Vertrauensbeweis.

Den Hauptteil seiner Rede, soweit möglich, hatte der Magier vorformuliert und mehrmals vor dem Spiegel auf Klang und Wirkung geprüft. Er begann zögerlich, schleppend, mit belegter Stimme, voll Kummer und Demut. Seine schwarzgeränderten Augen und die unrasierten Wangen erhöhten den schwermütigen Eindruck, während Pico diesmal sauber und gepflegt im Sonntagsstaat auftrat und ausnehmend guter Laune war (wozu er nach seiner Genesung auch allen Grund hatte).

Von der Bitte des Alchemisten um ehrenvolle Entlassung wurde er total überrascht.

»Ich gebe zu, versagt zu haben, keinen Schritt weitergekommen zu sein; konnte das Verfahren bisher nicht verbessern und zweifle sehr, es je zu können; sehe keinen Weg, der Erfolg verspräche. Zur Entschuldigung wäre anzuführen, daß hier vielleicht nicht nur ich, sondern vielmehr die Alchemie als Ganzes an ihre Grenzen stieß. Schon Jeremias nannte das Gold den Dreck der Hölle, und Pantheus unterschied weise die Alchemie von der Archimie – der seelenlosen Jagd nach Gold. Um Euer geopfertes Geld tut es mir leid, ich zittere vor Eurem berechtigten Zorn, aber ich denke, es ist besser, jetzt ehrlich zuzugeben, woran Ihr mit mir seid, als schlechten Gewissens neue Zahlungen und Aufschübe zu erbitten. Als ich in Eure Dienste trat, soviel sei sicher, war ich fest überzeugt gewesen, meine Versprechen halten zu können, war voller Glaube und Willen; falls Ihr es erlaubt, werde ich die tausend Dukaten zurückzuzahlen versuchen...«

Das war nun reichlich theatralisch. Selbst für verarmte Fürsten bedeuteten 1000 Dukaten kein allzu großes Vermögen. Schon durch den Wegfall des Finanzpostens Da Pezza war diese Summe leicht wettgemacht.

»Redet keinen Unsinn, Castiglio! Wir sind Euch in mehrerer Hinsicht zu Dank verpflichtet – und wir wissen das. Zwar ist Eure Ehrlichkeit bewundernswert, aber wir bieten Euch an – selbst auf die Gefahr eines Mißerfolgs hin –, die Experimente fortzuführen. Fühlt Euch frei von jedem Druck!«

Zu Hause vor dem Spiegel hatte Castiglio an dieser Stelle immer ein erleichtertes Seufzen von sich gegeben, doch jetzt, in realiter, ließ er es bleiben. Er wehrte dankend ab; sei alles umsonst – die Suche nach Gold münde zwangsläufig in Verzweiflung; er habe nicht vor, weitere Jahre seines Lebens drauf zu verschwenden. Vielmehr wolle er sich auf seine wahre Berufung besinnen und die bleibende Zeit bestmöglich nutzen, denn – er zitierte Ferri – *Oben auf dem Fels – sitzt der bärtige Mann und winkt*. Pico fragte neugierig, worin er denn seine »Berufung« sehe? Castiglio trat ein Stück näher.

Schnee hing am Fenster, der halbhoch getäfelte Raum war in fahles, mattkaltes Licht getaucht, das Personen wie Dingen den Charakter eines vom Alter gedunkelten Holzschnitts verlieh.

»Magie ist, grobgesprochen, die Lehre von Machterlangung. Deshalb ist sie so vielfältig, weil es unzählige Methoden gibt, Macht auszuüben. Die primitivste und vergänglichste ist die des Goldes, die feinsinnigste und dauerhafteste die der Philosophie und des Glaubens. Ebenso sind alle schönen Künste nichts als Formen der Magie, wobei der Künstler oft mehr intuitiv arbeitet statt Prinzipien gehorchend; weshalb man viele Künstler – ohne sie schmähen zu wollen – als Dilettanten bezeichnen muß. Zwar haben die meisten Gattungen, wie die Literatur, die Bildhauerei, die Architektur, inzwischen einen theoretischen Rahmen erstellt und sich in ihre Gründe vertieft, aber *eine* Kunst hinkt allen weit hinterher, bildet ein kaum beackertes Feld verborgener Schätze. Ich meine die Musik, die in Wahrheit die göttliche Sprache ist, deren Gesetzmäßigkeiten wir aber wenig verstanden haben, in der wir uns nur bruchstückhaft und stotternd zu verständigen wissen.«

Pico lächelte. »Uns wurde allerdings zugetragen, daß Ihr Euch viel mit der Laute beschäftigt. Wenn Ihr Euch statt dessen etwas mehr ums Gold gekümmert hättet ... vielleicht sähe Eure Bilanz jetzt positiver aus?«

»Es war keine Muße!« protestierte Castiglio und öffnete weit die Augen, in seherischer Pose. »Mein Lautenspiel war immer Versuch, in die Geheimnisse der Musik einzudringen, denn ich bin überzeugt, hier liegt vieles an irdischer Macht bereit. Ich hoffte sogar, Euch mit ersten musikalischen Erkenntnissen in Bezug auf die gescheiterte Goldschmelze zu versöhnen. Leider ließ fehlende Zeit es nicht zu.«

Pico hob bedauernd die Hände, in beinah veralbernder Art. »Welche Macht, glaubt Ihr, könnte Musik besitzen?«

Castiglio trat noch einen Schritt näher, war nur noch einen halben Meter vom Sessel des Herrschers entfernt. Während der letzten Minuten hatte sich seine leicht geduckte Haltung in eine hochaufgerichtete verwandelt. Die Stimme gedämpft, den Kopf leicht schräg gelegt, sprach er mit übertriebener Artikulation, begutachtete jedes Wort im Mund dreimal, bevor er es von den Lippen stieß.

»Selbst jetzt, in der verwachsenen Hand der Dilettanten, besitzt sie einige Macht. Hat noch nie eine Melodie Eure Stimmung verändert? Euch heiter, nachdenklich oder feierlich gestimmt?«

»Schon, schon, sicher – aber unter *Macht* verstehn wir doch einen weit größeren Zwang.«

»Eben! Die Dilettanten! In jahrzehntelangem Klimpern finden sie ab und an eine hübsche Tonfolge, schlingen ein paar Variationen drum und lausige Begleitung... Nein, Ihr habt völlig recht, die üben wirklich nicht viel Macht aus; wenn, dann zufällig und von begrenztem Ausmaß. Andererseits sind die Mauern Jerichos unter den Trompeten der Israeliten gefallen! Denken wir dabei: Oh, müssen die groß gewesen sein, die Trompeten? Nein – allein die Melodie, die sie spielten, muß die Kraft gehabt haben, Stein zum

Einsturz zu bringen. Ich weiß, daß es Musik gibt, die magisch genannt werden darf! Ich glaube daran, daß jedes Intervall, je nach Dauer, Instrumentation und rhythmischem Beiwerk, eine Botschaft enthält, die in der Menschenseele Bestimmtes auslöst. Wie viele Worte zusammengesetzte Lautmalereien sind, sind Melodien kombinierte Intervalle, eine Reihe von Bedeutungen. Folglich ließe sich durch tiefe Untersuchung eine Art Alphabet erstellen, eine Gesetzestafel musikalischer Gefühlsweckung! Mir schwebt nichts anderes vor als die erste vollständige Übersetzung der Vox Dei. Darauf will ich mich fortan konzentrieren.«

Pico stocherte mit einer Gabel nach in Honig eingelegten Kirschen und spuckte die Kerne auf einen Teller. Castiglio zögerte entmutigt, aber Pico bat ihn fortzufahren, das Thema interessiere ihn.

»Mit dem erlangten Wissen wäre es doch möglich«, sprach der Magier und bemühte sich, die Pausen seiner Rede mit dem Klappern der Kirschkerne zu koordinieren, »zielgerichtet Melodien zu erzeugen, die geradezu hypnotische Macht ausüben. Und daß dies schon geschehen ist, wird verbürgt durch mancherlei Berichte...«

Er erwähnte die Geschichte von den irischen Harfenisten. Pico stellte das Glas beiseite.

»Sagt – wie seid Ihr darauf gekommen?«

»Ich habe mich eines Tages gefragt, warum die Troubadoure alle Lauten trugen statt zum Beispiel Zithern, Gamben oder Violen; fragte mich, warum in der Kirche die Orgel herrscht und auf dem Schlachtfeld Trommeln und Hörner. Warum spielen die Hirten des Abends auf der Flöte? Bloß, weil sie sich kein anderes Instrument leisten können? Das wäre zu billig! Warum existieren zu allen Situationen passende Klangfarben – auch dort, wo der Natur nichts abgelauscht werden kann? Sie werden offenbar von einer tieferen Schicht des Verstandes gewählt. Ich studierte die überlieferten heidnischen Kultrituale, in denen Musik oft eine dominantere Rolle besaß als die Formeln der Priester. Ich fragte mich, warum fünf Töne, in einer gewissen Reihenfolge gespielt, die Empfindung einer schönen Melodie hervorrufen, während, wenn man sie rückwärts spielt, nur der Eindruck von Beliebigkeit und Chaos entsteht – ganz als wären die Töne Buchstaben. Die magischen Linguisten behaupten ja, jedem Buchstaben komme abstrakte Bedeutung zu, A der Schmerz, B die Furcht, et cetera, deshalb ergäben manche Kombinationen sinnreife Wörter, andere nicht. Warum soll es bei den Tönen anders sein? Nicht umsonst zieht der Papst die talentierten Komponisten nach Rom; es geht ihm darum, herauszufinden, welche Musik Gott am vortrefflichsten verherrlicht und im Zuhörer den Glauben stärkt. Diesem Ziel nähern sich die intuitiven Tonkünstler schneckengleich durch mühseligste Auslese – von jedem bleibt nur Allerbestes, das die Nachfolger dann zu übertrumpfen haben. Es ist ein Meer vergebens geopferten Schweißes, mit höchstens einem Tropfen Erfolg darin. Zumal man Musik als Sprache Gottes gar nicht begreift, sondern sie nur zur Unterstützung des Liturgietextes gebraucht, in völliger Verkennung der Prioritäten! Ist doch Sprache nur Verständigungssystem eines Volkes, die Musik dagegen grenzenlos, selbst Tiere verstehen sie, sie durchweht das Universum, ist Klang gewordener Welt-Atem... Kennt Ihr das Märchen vom Rattenfänger, der mit seinem Flötenspiel einer Stadt die Kinder stahl? Ist es wirklich nur ein Märchen? Ich suchte nach Beispielen in der Literatur, aus denen zu ersehen ist, daß einzelnen vorab die Geheimnisse der Tonmagie gegeben wurden. Allen voran natürlich dem Orpheus, der meines Erachtens ein sehr großer Magier war, erst in zweiter Linie Sänger. Die alten Griechen nannten diejenigen, die von Musik nichts verstanden, Ignoranten – egal welche Fähigkeiten sie sonst besaßen. So kam der Philosoph Themistokles eines Abends in arge Verlegenheit, als sich auf einem Bankett herausstellte, daß er kein einziges Instrument zu spielen imstande war. Auch Cornelius Agrippa sagt: *Groß ist die Gewalt der Musik. Sie sänftigt das Gemüt, erhebt die Seele, feuert die Krieger zum Kampfe an, ermuntert bei der Arbeit, tröstet in Mühseligkeiten, richtet die Gefallenen und Verzweifelnden wieder auf und stärkt die Wanderer. Die Araber behaupten, den belasteten Kamelen verleihe der Gesang ihrer Führer Kraft. Durch Musik können auch verschiedene körperliche und geistige Krankheiten geheilt oder herbeigeführt werden, wie Demokrit und Theophrast melden. So lesen wir von Terpandros und dem Methymnäer Arion, daß die Lesbier und Ionier in ihren Krankheiten von ihnen geheilt worden seien. Auch Ismeias, der Thebaner, heilte sehr viele von den schwer-*

sten Krankheiten Geplagte durch Musik. Außerdem haben Orpheus, Amphion, David, Pythagoras, Empedokles, Asklepiades und Timotheus durch Gesang und Spiel viel Wunderbares bewirkt, indem sie bald durch ihre gewöhnlichen Weisen die erschlafften Gemüter erweckten, bald durch ernstere Töne der Üppigkeit, der Wut und dem Zorne Einhalt geboten. So besänftigte David den rasenden Saul mit seinem Saitenspiel; so brachte Pythagoras einen ausschweifenden Jüngling von seiner Zügellosigkeit zurück; so versetzte Timotheus den König Alexander nach Belieben in Wut und besänftigte ihn wieder. Saxo Grammaticus erzählt in seiner Dänischen Geschichte von einem Musiker, der sich rühmte, durch sein Spiel die Menschen in eine solche Raserei versetzen zu können, daß keiner der Zuhörer sich davon frei zu halten vermöge. Als ihm nun von Seiten des Königs befohlen wurde, den Beweis hiefür zu liefern, begann er durch verschiedenartige Melodien auf die Gemüter zu wirken, indem er zuerst durch eine ungewöhnlich ernste Weise die Zuhörer mit Traurigkeit und Schauder erfüllte; dann durch lebendigere Töne, vom Ernst in Heiterkeit übergehend, dieselben in eine fröhliche Stimmung versetzte und sie sogar zu mutwilligen Bewegungen und Gebärden verleitete; zuletzt aber nahm er ihnen durch immer heftigere Melodien die Besinnung in einem solchen Grade, daß sich ihre Aufgeregtheit bis zur Tollheit und Raserei steigerte. Wir lesen auch, daß in Apulien die von einer Tarantel Gestochenen erstarren und leblos daliegen, bis sie eine gewisse Melodie hören, nach deren Takt sie sogleich zu tanzen beginnen, was ihre Heilung herbeiführt, und sogar noch lange nachher werden sie augenblicklich zum Tanze hingerissen, sobald sie die gleichen Töne hören. Nach Gellius sollen die heftigsten Hüftschmerzen durch Flötentöne gelindert werden können; derselbe Autor erzählt, daß dadurch auch Vipernbisse geheilt werden.«

Pico wollte an dieser Stelle wissen, wie Castiglio in seiner Forschung vorgehen wolle; wie dem Geheimnis der Töne auf die Spur zu kommen sei. Der Magier zitierte hierzu weitere passende Sätze aus seiner Raubkopie der *Occulta Philosophia*:

»*Chalcidius sagt, daß die Stimme vermittelst des Hauches aus dem Innersten der Brust und des Herzens hervortrete und sich un-*

ter Beihilfe der Zunge und der übrigen Sprachorgane zu artikulierten Lauten, den Elementen der Rede, gestalte, wodurch die geheimsten Gedanken der Seele sich zu offenbaren vermögen. Lactanz dagegen meint, die Ursache der Stimme sei ein noch sehr unaufgeklärter Gegenstand, man wisse nicht, wie sie entstehe oder was sie überhaupt sei. Alle Musik beruht indes auf Ton, Stimme und Gehör. Der Ton kann ohne Luft nicht hörbar werden. So notwendig jedoch die Luft zum Hören ist, so ist sie doch an und für sich nicht hörbar und kann auch sonst von keinem Sinne vernommen werden, außer zufälliger Weise, indem sie nicht anders gesehen, als gefärbt – nicht anders gehört, als tönend – nicht anders gerochen, als nach etwas riechend – nicht anders geschmeckt, als nach etwas schmeckend, und endlich nicht anders gefühlt werden kann, außer als kalt oder warm, und so fort. Obgleich also der Ton ohne die Luft nicht entsteht, so ist doch der Ton nicht von der Natur der Luft und die Luft nicht von der Natur des Tones, sondern es ist die Luft der Körper unsres sensitiven Lebensgeistes; sie hat daher nichts mit einem anderen sinnlichen Gegenstande gemein, sondern ist von einfacherer und höherer Natur. Das Empfindungsvermögen muß zuerst die mit ihm in Berührung kommende Luft beleben, und in dieser belebten Luft vermag es dann die verschiedenen Gegenstände wahrzunehmen...«

Pico, erdrückt von soviel ätherischer Logik, hing gebannt an den Lippen des Magiers und atmete in einer viel langsameren, bewußteren Art als gewöhnlich. Nachdem Castiglio über die Herkunft der Töne gesprochen hatte, löste er seinen Teil des Kontrakts mit Bemboni ein und brachte die Gestirne ins Spiel.

»Zuvörderst muß man wissen, daß von den sieben Planeten Saturn, Mars und Mond mehr die Stimmen als die Harmonie unter sich haben, und zwar gehören dem Saturn die traurigen, dumpfen, ernsten, langsamen Stimmen und die gleichsam zum Mittelpunkt zurückgedrängten Töne an; dem Mars die rauhen, scharfen, drohenden, raschen und zornigen; dem Monde die in der Mitte stehenden. Dem Jupiter, der Sonne, der Venus und dem Merkur aber kommen die Melodien zu, und zwar dem Jupiter die ernsten, anhaltenden, gespannten, lieblichen, heiteren und angenehmen: der Sonne die feierlichen, reinen und einschmeichelnden; der Venus *die üppigen, wollüstigen, weichen, schmachtenden und gedehnten; dem Merkur die sanfteren, vermischten und bei einem gewissen Ernst zugleich heiteren und angenehmen. Die Alten begnügten sich mit dem Tetrachord, der viersaitigen Leier, als die Zahl der vier Elemente enthaltend. Hermes soll nach dem Zeugnis des Nikomachos der Erfinder desselben sein; mit der Baßsaite sollte die Erde, mit der D-Saite das Wasser, mit der G-Saite das Feuer und mit der A-Saite die Luft angedeutet werden. Als später Terpandros von Lesbos die siebensaitige Leier erfand, richtete er sich dabei nach der Zahl der Planeten. Die, welche der Zahl der Elemente gefolgt sind, stellen nach diesen und den vier Temperamenten auch vier Musikgattungen auf, nämlich die dorische Musik für das Wasser und das phlegmatische Temperament, die phrygische für das Feuer und das cholerische Temperament, die lydische für die Luft und das sanguinische Temperament, die mixolydische endlich für die Erde und das melancholische Temperament. Die andern aber, welche die Zahl der Himmelskörper und ihre Eigenschaften berücksichtigen, teilen die dorische Weise der Sonne, die phrygische dem Mars, die lydische dem Jupiter, die mixolydische dem Saturn, die hypophrygische dem Merkur, die hypolydische der Venus, die hypodorische dem Mond und die hypomixolydische dem Sternenhimmel zu.«*

»Aha. Aber welche Erkenntnis gewinnt Ihr daraus?«

»*Einige leiten die Harmonie der Himmelskörper aus ihrer gegenseitigen Entfernung ab. So beträgt die Entfernung des Mondes von der Erde hundertsechsundzwanzigtausend italienische Stadien, was gerade dem Intervall eines Ganztons entspricht; vom Mond bis zum Merkur ist die Entfernung nur halb so groß, was somit einen halben Ton ergibt, einen weiteren halben Ton bildet die Entfernung der Venus zum Merkur. Die dreiundeinhalbmal so große Entfernung von der Venus bis zur Sonne bildet die Quinte, die zweiundeinhalbmal so große Entfernung der Sonne vom Monde die Quarte...«*

»Aber das wissen wir doch alles...«

»*Die Gelehrten kommen jedenfalls zu dem Schluß, daß durch dieses Wechselverhältnis der Bewegungen die lieblichste Harmonie entsteht. Kein Gesang, keine Töne musikalischer Instrumente seien daher zur Erregung der Leidenschaften und zur Hervorbringung magischer Eindrücke so vielvermögend wie die, denen Zahlen, Maße und Verhältnisse gleich den himmlischen zugrunde liegen.«*

»Soso. Ihr glaubt noch den ganzen Ptolemäus?«

»Kaum. Deshalb ist damit ja auch noch nichts an konkretem Baumaterial erarbeitet. Ich habe vor, zuerst in den musikalischen Mikrokosmos einzudringen, und die Zauberkraft in den kleinsten Bausteinen zu suchen: den Intervallen. Geht man von 12 Tönen aus, ergeben sich 11 aufsteigende Intervalle, von der Sekund zur Sept, und 11 absteigende, insgesamt 22 also, genauso viele wie das hebräische Alphabet Buchstaben hat. Kabbalistische Ansätze könnten nicht schaden. Das meiste wird aber in praktischer Arbeit bestehn, da papierne Theorie der Luft ganz wesensfremd ist.«

Pico, der sich nicht anmerken lassen wollte, wie hingerissen er von dem neuen Vorhaben war, fragte, ob diese »praktische Arbeit« mit großen Kosten verbunden sein würde?

Castiglio meinte nein, man bräuchte einen ruhigen, großen, schallverträglichen Raum, einige Instrumente und Zeit, sowie Gelegenheiten, dem unterschiedlichen Charakter der Töne und Intervalle auf die Spur zu kommen, was soviel heiße, wie überall lauschen zu dürfen, wo sich dieser Charakter in der menschlichen Natur offenbare.

Pico, dem an diesem Tag von Bemboni die günstige Konstellation in Bezug auf neue Projekte verkündet worden war, erklärte dem Magier gutmütig, um sich den Wunsch nach jenem immensen Werk zu erfüllen, habe er es nicht nötig, die Stadt zu wechseln.

Und weil Da Pezza keine Erben hinterlassen habe, auf die man Rücksicht nehmen müsse, stehe dessen großes Haus leer und ruhig oben auf dem künstlichen Hügel...

Na also.

VI

Bemboni war außer sich. Mit zehn Fingern umkrallte er die Herzgegend, beugte massierend einem Schlagfluß vor. Er war mißbraucht worden, genasführt, hintergangen, zum Narren gehalten. Was noch schwerer wog: Er konnte gegen dieses Melodienprojekt direkt nichts ins Feld führen, wollte er nicht sein eigenes Horoskop Lügen strafen!

Die herrliche Da Pezza-Villa – sie gehörte nun einem verschlagenen Betrüger. »O du elendes Schwein!« schrie Bemboni laut, und seine Frau verbarg sich; dachte, es gelte ihr.

Bemboni erwog Für und Wider eines Mordkomplotts, schwelgte brünstig in Blutphantasien, verwarf die Idee dann wegen des zu hohen Risikos. Er sah ein, daß in den nächsten Monaten so gut wie nichts zu unternehmen war. Es mußte abgewartet werden, bis Castiglio sich eine Blöße gab. Der Astrologe übte Selbstbeherrschung, mehrere Stunden lang. Dann spazierte er zur Da Pezza-Villa, um ihrem neuen Besitzer zu gratulieren.

»Was Feines habt Ihr da ausgeklügelt! Hättet doch ruhig sagen können, worum es ging! Wäre der letzte, der es jemandem übelnähme, eine Fragwürdigkeit wie die Goldschmelze aufzugeben...«

Castiglio zwinkerte hintergründig und führte seinen Gast durch die prächtige, im antiken Stil erbaute Villa. Bemboni kannte sie gut. Da Pezza war sein engster Freund gewesen. Hier hatten sie oft gesoffen, gehurt und gesungen, und alles hatte seine Ordnung gehabt.

Aus dem ehemaligen Festsaal, Schauplatz unzähliger Tanzgelage und Abendgesellschaften, waren sämtliche Möbel entfernt und die Fenster zugemauert worden. Der quadratische Saal, dessen Deckenhöhe knapp elf Fuß betrug, sollte Castiglios »Klangraum« werden.

Wirklich war die Akustik nicht übel, wie der Magier durch das Fallenlassen einer Münze demonstrierte.

»Ich überlege gerade ... wenn man einem Ton absolut keine Möglichkeit gäbe, zu entschlüpfen und sich zu verstreuen: Wäre dann nicht ein abgeschlossener Raum nach dem Zupfen einer Saite von immerwährendem Klang erfüllt?«

»Keine Ahnung«, antwortete Bemboni, »dazu müßte man einen Kasten aus Eisen gießen, nehm' ich an.«

»Wär' interessant, was?«

Bemboni war nicht sicher, wie er die aufgeschlossene Art des Magiers interpretieren sollte. Dauernd lächelte der; seine Schritte federten, tänzelten beinah über die Marmormosaiken. Es hatte etwas Sarkastisches.

Dickflockiger Schnee fiel auf den stillgelegten Springbrunnen des Atriums. Castiglio, in einem neu erworbenen, schwarzen Ledermantel, fing einzelne Kristalle mit der Fingerkuppe, ließ sie schmelzen, betupfte seine Stirn, versuchte die Tropfen auf der Nase zu balancieren...

»Ihr seid glücklich, was? Na ja, habt allen Grund dazu. Jetzt besitzt Ihr dieses großzügige Haus, einen Reitstall mit sechs Arabern drin, einen wunderbaren Garten – wartet den Frühling ab, Ihr werdet staunen... Ihr macht Euch! Respekt! Hätte nicht gedacht, daß man's mit Alchemie so weit bringen kann.«

Ganz konnte Bemboni seinen Neid nicht unterdrücken. Castiglio winkte ab.

»Für mich selbst wär' ich mit 'ner Felshöhle zufrieden, glaubt mir! Ich brauche keinen Garten. Und was soll ich mit sechs Pferden? Kann mich nicht drum kümmern, hab' Da Pezzas Domestiken alle weggeschickt, will hier – bis auf Andrea – allein sein. Habt Ihr nicht Lust, die Pferde zu kaufen?«

»Im halben Dutzend? Kann ich nie bezahlen...«

»Gut, dann behalt' ich zwei; nehmt die andern vier, nennt irgendeinen Preis und damit gut!«

Der Astrologe nannte irgendeinen Preis. Es war keine seriöse Offerte, es war eine Frechheit. Doch Castiglio sagte: »Einverstanden. Wollt Ihr sie gleich mitnehmen?«

Es schien ihm wirklich überhaupt nicht um Geld zu gehen. Bemboni gestand sich ein, des Magiers Gefährlichkeit weit unterschätzt zu haben, und forderte sich auf, den Feind künftig besser zu analysieren.

Während des Rundgangs bemerkte er mit Schrecken, wie das geschmackvoll eingerichtete Achtzimmerhaus unter dem neuen Besitzer gelitten hatte. Blaß und kahl war es geworden. Castiglio hatte alle Luxusgegenstände in eine Bedienstetenkammer schichten lassen – Vasen, Gemälde, Intarsienkommoden, Wandteppiche, Zierwaffen, Vogelkäfige, perlmuttene Toilettegeräte...

»Alles eitler Krempel, geht bloß im Weg um!«

»Sicher, sicher...«

Bemboni kaufte auch davon einiges zum Sonderpreis.

Andrea kümmerten äußere Veränderungen wenig.

Körbeweise lernte er Liebesoden auswendig. Wie beim ersten Beischlaf Siebzehnjähriger üblich, hatte er sich in seine Initiationsdame – Candida – verguckt, schrieb ihr schwelgerische Briefe in Druckbuchstaben und versuchte sogar, eigene Verse zu reimen.

Anfangs amüsierte das den Magier, und er gab ihm oft Geld und Gelegenheit, den Schwarm auszuleben, der – bei Siebzehnjährigen unüblich – jeweils in sinnliche Erfüllung mündete.

Als Castiglio dann auffiel, daß Andrea durch die Hurenbesuche viel an Elan und Ergebenheit verlor, erteilte er ihm drei Wochen Hausarrest.

Candida war froh drum. Sie hatte die absurden Heiratsanträge schweigend übergangen und sogar tapfer den Knittelversen gelauscht, ohne in heftiges Gelächter auszubrechen. Sie war des Mitleids müde. Obwohl Andrea nett war und Candida gerne einen Schatz gehabt hätte, wußte sie – im Gegensatz zu ihm – doch sehr genau um die banal fleischlichen Motive seiner Schwärmerei.

Der Eingesperrte schrie und heulte, wurde achtzehn, übte wie ein Besessener auf der schlichten Billiglaute und vergaß drüber sein Liebesleid erstaunlich schnell. Castiglio engagierte einen Gesangslehrer, der Andreas kräftigen Bariton ausbildete. Singen, Spielen, Schreiben und Lesen, nebst obligaten häuslichen Pflichten, beschäftigten den Famulus so sehr, daß Candida bald kein Thema mehr war.

Nach und nach trafen die bestellten Instrumente ein, wurden vor dem Klangraum in breite Regale plaziert. Es handelte sich um viele Arten von Flöten, Hörnern, Posaunen, Zinken, Trompeten; dutzenderlei Schlagwerk, dazu Gamben, Bratschen, Violinen ... Modernes und schnell Lieferbares. Castiglio hatte aber auch ein paar nicht mehr in Mode stehende Lautenarten geordert sowie fremdartige oder halbvergessene, die aus Zeichnungen rekonstruiert werden mußten.

Derweil wurde im Zentrum des Klangraums ein Orgelpositiv installiert. Der Klangraum war ein finsterer Ort, kein Tageslicht drang da hinein, ein einziger Kandelaber brannte. Castiglio glaubte, zuviel Kerzen verbräuchten zuviel Luft – die dünnere Atmosphäre könnte den Klang verfälschen...

Im Frühling erblühte der Garten in paradiesischer Pracht. Obwohl sich jetzt niemand mehr um das bunt wuchernde Wachstum kümmerte, Regelmäßigkeit und Ordnung in die Willkür brachte, war der Garten mit seiner Vielfalt der Farben, den seltenen Pflanzen und der üppigen Rosenzucht eine Attraktion.

Andrea saß gern dort, übte, las und sah den Wolken zu. Sein Meister besaß kein Auge für – wie er es nannte – botanischen Firlefanz. Bis Mitte April beschäftigten ihn theoretische Studien; was hieß, Exzerpte literarischer Quellen zu sammeln und zu vergleichen.

Er legte eine dicke Kartei an, beginnend mit den lächerlichen Ansichten Platons zur Musik, mit der harmonischen Lehre des Aristoteles und dessen Schülers Aristoxenos. Auch belletristische Werke klapperte er nach Hinweisen ab. So konnte der Text eines Karteiblattes beispielsweise lauten: »MIT GEWICHTIGEREM PLECTRUM habe ich von den Giganten gesungen...« – Ovid, *Metamorphosen*, Gesang des Orpheus, Vorrede.

Meist jedoch handelte es sich um trockenste Musiktheorie, durch die sich der Magier quälen mußte: Euklid, Erathostenes, Didymos von Alexandria, Plutarch, Martianus Capella, das phantastische Zahlensymboliksystem des Nikomachos von Gerosa... Es war eine entsetzlich öde Arbeit. Oft verstand Castiglio auch nach mehrmaliger Lektüre nicht, wovon die Rede war. Trotzdem zwang er sich dazu, alles Verfügbare zu lesen; was es in Mirandola nicht gab, ließ er aus der ferraresischen Leihbibliothek kommen. Nur Iamblichos, der das Konzept der Annäherung durch Musik an

Geister oder niedere Gottheiten am weitesten entwickelt hatte, war in keinem einzigen Exemplar aufzutreiben. Castiglio studierte auch die wenigen erhaltenen Fragmente hellenistischer Musik. Das Seikilos-Epitaph – acht Takte nur, die man einem Komponisten des 1. Jahrhunderts auf den Grabstein gemeißelt hatte – jagte dem Magier Schauer über den Rücken, so tief und schön war es, allem Gegenwärtigen unvergleichlich. Der einzige überlieferte Chor aus dem *Orest* des Euripides wurde ihm gar ein Denkmal der alten, ins Exil verbannten Götter selbst; Musik, vom Fluidum des Heiligen umkränzt.

Elf Stunden pro Tag widmete Castiglio der Quellenauswertung, danach arbeitete er zwei Stunden an seinem ersten Ansatz – dem pseudokabbalistischen.

Das Intervall A–B nannte er Aleph, A–H wurde Baith genannt, A–C' Gimel, A–Cis' Daleth und so weiter. Prim und Oktave blieben namenlos, da er sie nicht als echte Tonsprünge anerkannte. Nach dem A–Gis', das Caph hieß, ging es absteigend mit A'–Gis' gleich Lamed weiter, bis zum A'–B gleich Tar. Damit ließen sich haufenweise Experimente vollführen. Man konnte die verschiedenen Namen Gottes in Tonfolgen umschreiben, umgekehrt konnte man auch berühmte Tonfolgen sakraler und profaner Art in Wörter übersetzen.

Erstaunliches beziehungsweise melodisch Umwerfendes fand sich dabei allerdings nicht.

Castiglio dachte viel über sogenannte Konsonanzen und Dissonanzen nach und über das massive Regelwerk, das die Menschen der Tonkunst gleich einem Keuschheitsgürtel angelegt hatten, im Namen suspekter, käfigartiger Harmoniebegriffe. Je unzureichender man die Dinge versteht, desto radikaler beschneidet man sie durch Gesetzestafeln. Dieser Spruch traf nach Castiglios Meinung auch auf die Vox Dei zu. Hatten die Ohren der verschiedenen Zeitalter nicht ein jeweils sehr unterschiedliches Empfinden für harmonische Zusammenklänge gezeigt?

Er vertrat die Prämisse, daß jedes der 22 Intervalle gleichberechtigt gelten sollte und Quarte und Quinte nicht »reiner« genannt werden durften als Sept oder Sext – nur weil es dem Gehörgang der Welt grade so paßte.

Aleph bis Tar spielte er tausendmal vor sich her, langsam und schnell, laut und leise, auf mehreren Instrumententypen, soweit er sie beherrschte.

Zu jedem Intervall schrieb er Deutungen und Assoziationen nieder und selbst die Gesichte, die sich nach stundenlangem Zupfen zweier Töne einstellten.

Zum Beispiel dünkte ihm die Quinte A–D' (Hay) als:

Aufbruch. Verkündigung. Sonnenaufgang. Griff zu den Waffen, Jupiter befiehlt den Blitz in seine Hand, Wolken fliegen schnell. Stolz, Macht, Kraft. Kühle Verachtung, schneidende Helle.

Oder die Terz A–C' (Gimel):

Abenddämmerung. Wiegender, langsamer Tanz, ohne Lüsternheit. Bereitschaft für Träume. Gute Müdigkeit, Brise im wiegenden Korn. Langsam, barfuß geht eine Frau über warme Erde und erinnert sich. Dunkler Wein wird maßvoll getrunken. Leichte, nicht unangenehme Melancholie...

Fast müßig zu erwähnen, daß er auch Verbindungen herzustellen suchte zwischen den 22 Tonspannen und den 22 Trumpfkarten des Tarot.

Der April, sonnig und blütenreich, war ein glücklicher Monat. Wenn auch nichts sich so einfach herleiten ließ wie erwartet, sich die meisten Ansätze als Spielerei und Kunstgriff erwiesen, war es doch Spiel im besten Sinne – kindlich, intensiv, erfüllend. Castiglio lud sich die städtischen Musici ein und fragte sie nach ihren Erfahrungen aus. Scheinbar selbstverständliche harmonische Sachverhalte mußten sie ihm dezidiert erläutern. Viele zwang er zur Erkenntnis, daß sie kaum genau wußten, warum sie ihren Beruf so und nicht anders ausübten.

Erschöpft trat Castiglio in den Garten, spielte auf der Laute und ließ Andrea dazu singen.

Die Kartei war abgeschlossen. Das Wesentliche enthielt sie nicht, aber jede Menge Anmerkungen dazu. Es schien an der Zeit für Feldforschung.

Castiglio stand auf für ihn ungewohnten Fundamenten längerfristiger Zufriedenheit. Er sah in seinem Diarium nach. Tatsächlich. Die letzte Depression lag Monate zurück.

Mit einem Ausdruck von Unbehaglichkeit konstatierte er die Helle. Zwischen Rosenhecken und Pfirsichbäumchen spazierend, eng an der geweißelten Hauswand entlang, suchte er sich im Ungewohnten zurechtzufinden.

Nie hatte ihm Stein so heimelig warm gerochen.

Der Garten strotzte vor Kraft, in berückend buntem Chaos. Klebrig schimmernde Knospen drohten zu platzen. Jede Ritze nutzten Gräser zum Wagnis des Wachstums, lichthechelnd, verwegen. Farbprahlerei aus Blütenblättern, Ritornelle aus Glanz und Stolz, Strudel zahl- und namenloser Blumen, von Seefahrern verschleppte Exotica des Orients; alles lebte, schamlos leuchtend, wuchernd, unbekümmert, streute Duft, zeugte Nachwuchs, warf tollkühn Pollen um sich. An jeden Halt geklammert, stieß das aufwärts, komme, was mag...

Liederliches Pack! Gedankenloses Grünzeug! Unerträgliche Gleichgültigkeit! Abstoßend. Wie apathisch sich das fortpflanzte, ohne nur einen Moment an sich zu zweifeln... Castiglio begann den Garten zu meiden.

Seit er sich zum ersten Mal – das war lange her – alt gefühlt hatte, war sein Lieblingspoem eins des Ferri gewesen, des verbotenen Dichters, den der Brand seiner Werke in den Wahnsinn getrieben hatte, der, als er einsah, nicht mehr klar denken zu können, von der Brücke sprang, in Bologna, vor fündundzwanzig Jahren.

Womöglich war Castiglio der letzte, der jene Zeilen noch wußte, die er jetzt wieder rezitierte, jedes Wort wie den sanften Hieb einer Geißel kostend.

Singvögel über Wüsten aus Staub.
Die Zeit scheint einer Gnade gleich;
in Milch getaucht, verlor sie jede Bitterkeit.
Karawane der Erinnerung. Schatten versprengten Glückes
schreiten ihr heute voran. Der Tag
hat mich bedacht in seinem Testament.

Dort aber, zwischen den Bäumen,
steht der Engel.

*Ich, ein Abendländer, mit Untergang im Hintergrund,
kann all die Furcht niemals vergessen.
Wenn es Nacht wird und die Felsen erkalten,
wächst Mißtrauen um mich her.
Gnadenfrist! Streng abgezählt.*

*Oben auf dem Fels –
sitzt der bärtige Mann und winkt.*

VII

Täubner nahm jene flüchtigen Skizzen zur Hand, die er aus der Erinnerung gezeichnet hatte.

»Sie meinen, hier stehn magische Melodien drauf?«

Krantz stöhnte mißmutig.

»Nein, da steht Scheiße drauf. Stimmen Sie doch endlich der Hypnose zu!«

»Glauben Sie im Ernst, ich hätte diese vielen Zahlen noch alle im Unterbewußtsein?«

»Kaum. Mit dem Namen des Absenders wär' mir schon gedient.«

»Vorher müssen Sie mir aber erzählen, wie die ganze Sache ausgegangen ist!«

»Die ›ganze Sache‹ geht jetzt erst los! Die Genese des Mythos beginnt praktisch gleichzeitig mit der Arbeit an den Melodien, denn die eigenartige Anstellung Castiglios zog sofort jede Menge Gerede nach sich. Das hatte seinen Grund aber sinnigerweise gar nicht in Castiglio oder dem Thema seiner Arbeit – die Verbindung von Magie und Musik war *so* originell auch wieder nicht. Nein, Auslöser für die Aufmerksamkeit, die man Mirandola plötzlich schenkte, war das pittoreske Ableben Da Pezzas.

Viele Berichterstatter hatten die Tatsachen schon insofern verdreht, als daß sie behaupteten, der Dichter wäre in der Glocke zu Tode geläutet worden! Und sogar auf Kirchenboden! Sakrileg! Die Fraktion seiner oberitalienischen Dichterkollegen schrie unisono auf, war sich einig, hier sei ein schlimmes Verbrechen gegen die Kunst begangen worden. Sie würdigten Da Pezza als Märtyrer, widmeten ihm Elegien und Grabreden, was um so leichter fiel, da kaum jemand außerhalb Mirandolas die Ergüsse jenes Menschen kannte. Seine Verse müssen im übrigen wirklich rein gar nichts getaugt haben, sonst hätte sich – nach soviel Sensationshasche und mythischer Condition – mehr als sein Name erhalten. Künstler, die gewaltsam sterben, deren Hinterlassenschaft ist ja normalerweise kaum kleinzukriegen. Egal.

Castiglio kam der Gerüchteküche grade recht, um die Sache Da Pezza noch ein wenig auszuschmücken.

Ein zwielichtiger Magier, der jetzt in der Villa ebenjenes Mannes hauste, den er durch seine Intrigen in den Tod getrieben hatte – das war starker Stoff! Daß Castiglio an magischer Musik arbeitete, war eher Nebensache, wurde aber zur Kenntnis genommen. Von hier ab werden auch die Quellen häufiger, und wir wissen relativ genau, was im Jahr 1530 alles geschehen ist.«

Täubner schoß in die Höhe und griff hastig nach dem Telefon. Wieder falscher Alarm. Hagen war dran und fragte, ob er auf ein Bier vorbeikommen dürfe.

»Nee, ich hab' Besuch.«

»'ne Frau?«

»Nee...«

»Dann macht's doch nichts...«

»Ich hab' wirklich keine Zeit, Hagen, sorry!«

Täubner legte auf, ohne sich mit Hagen, »dem Schnorrer«, auf eine Diskussion einzulassen.

»Also...«, sprach der Professor, »das Jahr 1530...«

»'tschuldigung, wenn ich unterbreche, aber können Sie mir mal verraten, wieso das hier« – er deutete auf die Skizzen –, »Notenschrift sein soll? Ich meine – wie funktioniert das?«

»Es ist eine Lautenkurzintavolierung in vereinfachter Vihuelaart. Die Laute besaß in dem Fall sechs Saiten. Wenn hier im ersten Kasten eins und drei auf dem vierten und fünften Strich stehen, heißt das, der Spieler muß auf der vierten Saite den ersten und auf der fünften Seite den dritten Bund greifen, klar?«

»Klar.«

»Also, im Jahr 1530...«

»Woher wissen Sie, daß das Scheiße ist, was ich gezeichnet hab'?«

»Besitzen Sie ein Klavier?«

»'nen Casio.«

Krantz schaltete das japanische Billigstmodell an und spielte Täubner vor, was dieser per Zufall komponiert hatte.

»Klingt jazzig...«

»O je. Verstehn Sie ein bißchen was von Musik?«

»Ich mag Arien.«

»Ja? Darauf hätt' ich bei Ihnen nicht getippt.«

»Ich hab' mir die Gasdia angehört in Siena.«

»Ach? Ich war auch auf dem Konzert«, grinste Krantz. »Sie haben also was mit Oper am Hut?«

»Geht so.«

»In dem Fall betrifft Sie die Geschichte mehr, als Sie vielleicht denken.«

»Dann hatte dieser Castiglio Erfolg?«

»Um ehrlich zu sein, ich weiß es nicht genau. Viel spricht dafür.«

»Sie wissen es nicht genau?«

»Ja, das kann man so und so sehn. Ist etwas verzwickt, das Ganze.«

»Scheint 'ne schwierige Geburt zu werden.«

»Übrigens will ich Ihrer Anregung mit dem Bahnhofsfundbüro nachgehen! Haben Sie eine Ahnung, wann das schließt?«

»Ne.«

»Außerdem muß ich mir noch ein Zimmer nehmen für heute nacht. Wie wär's – wir treffen uns, sagen wir in drei Stunden, in einem Lokal, und dort erzähl' ich den Rest?«

»Vor Mitternacht kann ich hier nicht weg«, murmelte Täubner.

»Wieso?«

»Na ja, wenn sie bis Mitternacht nicht anruft, wird sie's wohl gar nicht mehr tun. Heut' ist nämlich mein dreißigster Geburtstag – und das weiß sie ganz genau...«

»Ach? Gratuliere!«

»Danke, danke...«

Die beiden verabredeten sich um halb ein Uhr morgens in einem Nachtlokal am Hauptbahnhof.

»Halt! Bevor Sie gehen, Krantz – können Sie mir mal so 'ne Melodie vorspielen?«

»Gäbe bestimmt nichts, was ich lieber täte.«

»Heißt das, Sie haben überhaupt nichts in der Hand?«

Krantz schwenkte vieldeutig den Arm und verabschiedete sich.

Täubner saß noch eine Weile still auf dem Bett. Der komische alte Kauz hatte es tatsächlich geschafft, ihn eine Zeitlang abzulenken. Das hatte gutgetan. Täubner beschloß, die Verabredung einzuhalten. Bis dahin versuchte er ein paar Stunden zu schlafen und sich an den Namen des Absenders zu erinnern...

War ein merkwürdiger Name, irgendwie lustig. Er suchte nach Umschreibungen für lustig. Spaßig. Erheiternd. Buffoesk. Grotesk. Amüsant. Komödiantisch. Scherzhaft. Lächerlich. Witzig. Possenhaft. Was gab es noch? Schließlich kam er auf burlesk.

BURLESCHETTA!

Das war's! Und der Vorname war Nicolo ... oder Nicola – da war er nicht sicher, das war undeutlich geschrieben gewesen. Die Hypnose würde ihm erspart bleiben, ob Nicolo, ob Nicola, ob Nicolo, ob Nicolaaa, trallalalalaaaCUT! Ein paar Sekunden lang hatte Täubner sich gut gefühlt.

Trall lall lall. Tristesse.

Mal sehen.

Wenn die Geschichte des Proffs erbaulich war, würde er ihm den Namen geben.

Wenn nicht, sollte der sich sonstwohin scheren; mit seinem Steckenpferd den Straßengraben hinabhoppeln ... der verzogene Fratz! Bestimmt ein Internatskind; kennt Sorgen nur als Tourist, mußte nie Billigwein trinken, garantiert nicht!

Eigentlich beneidete Täubner den Mythosophen. In seinem Alter noch so viel zu tun zu haben ... Mit was sich die Leute nicht alles beschäftigen ... Es ist eine Frechheit, beinah eine Frechheit, dachte Täubner und schlief drüber ein.

Krantz schnaufte tief auf, als er aus Täubners Wohnung trat.

Wozu mach' ich das alles? überlegte er.

Ein albernes kleines Statistlein muß ich darum bitten, ihm die Geschichte der Castigliomelodien erzählen zu dürfen – nur damit er eine Information ausspuckt, an die er ganz zufällig geraten ist! Es ist eine Frechheit, wirklich!

Wie solche Leute es aushalten können, ihr sinnentleertes, vollgedröhntes, ungebildetes Leben zu führen, mit Sex und Whiskey und Fernsehn und andern Tranquilizern ... soviel Wichte überall ...

die das Heilige nicht erkennen, selbst wenn es sich eine 1000-Watt-Aureole umschnallt und nackt, alle Stigmata herauskehrend, auf der Verkehrsinsel tanzt!

Zum Verrücktwerden!

Auf dem Bahnhofsfundbüro wußte man nichts über einen Brief oder Dias.

Der Professor quartierte sich im Hotel Eden-Wolff ein, nahm ein Bad und machte gymnastische Übungen, sah dabei auf den Bahnhofsvorplatz hinaus und dachte: Wie konnte es bloß zu alldem kommen?

Soviel Menschen.

Soviel Abfall.

VIII

Anfang Mai traf ein langer Brief Umbertos aus Bologna ein:

Lieber Freund, wirklich eine große Arbeit, die du Dir vorgenommen hast. Sehr bedauerlich, daß Du deshalb nicht die Zeit findest, mich zu besuchen – wo ich nur eine Tagesreise weit von Dir entfernt wohne.

Deinen Fürsten habe ich bei der Kaiserkrönung in der San Petronio gesehn. Er wirkte recht unscheinbar in der illustren Gesellschaft, aber gesund genug, daß Du Dich seiner Gunst noch ein paar Jahre erfreuen dürftest. Übrigens darf ich Dir sagen, daß Du berühmt zu werden beginnst. Die neueste Version – was die Gerüchte über Deine Person betrifft – lautet, du hättest Da Pezza behext, und er hätte sich nur deshalb dem Pico gegenüber so ungehörig benommen. Klingt tragisch und entspricht komplett dem gängigen Novellenstil. Da siehst Du es wieder: die Kunst formt die Geschichte(n).

[...]

Zu Deiner Frage, ob ich Dir Näheres über die irischen Harfenisten sagen könnte, ganz ehrlich: nein. All das geschah vor vierhundert und mehr Jahren; meines Wissens gibt es keine Aufzeichnungen der suantrai, gentrai und goltrai. Ich weiß ebenfalls nicht, ob sich eine Forschungsreise dorthin lohnen würde. Irland ist auch nicht mehr das...

Zu dem, was Du über Aristoxenos schriebst: Exakt meßbare enharmonische Mikrotöne waren für ihn eine rein theoretische Angelegenheit, während Aristoteles die Möglichkeit einer Messung bezweifelte und das Großmaul Platon (im Staat, 531) sich sogar über professionelle Musiker lustig machte, die glaubten, Dritteltöne voneinander unterscheiden zu können. Aristoxenos glättete immerhin einen schwerwiegenden Fehler im System des Pythagoras – den nämlich, daß sechs durch die Schwingungszahlenpro-

portion 8:9 errechnete Ganztöne etwas mehr als eine Oktave betragen. Das beseitigte Aristoxenos dadurch, daß er einen Ton definierte als die Differenz zwischen der Quinte und der Quarte: Die Quarte besteht aus zweieinhalb Tönen, die Quinte folglich aus dreieinhalb Tönen, und so wurde die Oktave in zwölf gleiche Halbtöne teilbar. Das machte den Weg frei für ein System von »Tonoi« oder Doppeloktav-Skalen: Zwei disjunkte Tetrachorde, durch konjunkte Tetrachorde darüber und darunter erweitert und einen sozusagen zusätzlichen Ton, Proslambanomenos genannt.

[...]

Mich hat diese Thematik allerdings immer mehr von der mathematischen Seite her interessiert, deshalb ist mein Wissen hierzu sehr begrenzt.

Danke für das Geld! Zum ersten Mal seit 1505 hast Du keine Schulden mehr bei mir. Daß es dazu noch kommen würde... Wenn Du und meine Gicht es erlauben, werde ich Dich im Sommer besuchen. Dann kannst Du mir ja Deine neue Wohnstatt (und Deine Kompositionen) zeigen.

Auf bald, Umberto

Ja, dir werd' ich's zeigen, in deiner blasierten, gönnerhaften Akademikerart! dachte Castiglio, dann erschrak er. Weshalb urteilte er so gehässig über den alten Freund? Nur weil dessen Brief nicht die erhofften Informationen enthielt? Weil zwischen den Zeilen leise Skepsis mitschwang?

»Andrea!«

»Ja, Meister?«

»Glaubst du an unsre Sache? Hältst du sie für möglich?«

Andrea strich achselzuckend über seinen Kinnflaum.

»Ich denk', wenn man weiße Lämmer in schwarze Asche verwandeln kann, ist alles möglich.«

»Warst du beim Lautenschnitzer? Ist die Kithara endlich fertig?«

»Läßt ausrichten, noch diese Woche schafft er's. Aber er weiß nicht, mit welchen Därmen er sie bespannen soll.«

»Von der Ziege; hab' ich laut und deutlich gesagt!«

»Ja, aber er läßt fragen, ob sie nicht besser von neugeborenen Kindern stammen sollten?«

»Was?«

»Ich nehm' an, er hat's als Witz gemeint«, murmelte Andrea.

Wollte man mit jenem »Witz« die Haltung der Bevölkerung zu Castiglio charakterisieren, käme man ihr recht nahe: eine Mischung aus Respekt, Furcht und Spott.

Castiglio arbeitete am liebsten nachts, wenn es relativ still war und der Lärm der Stadt nicht mehr zum Hügel drang. In diesen Nächten steigerte sich der Magier immer emphatischer in seine Aufgabe. Melomania tremens. Er glaubte schwebende Luftwirbel voll Klang um sich, schlürfte den Atem tief ein und horchte. Melodiengeschling, verquirlt, gedrängt, brodelte in seiner Lunge. Beim Ausschnaufen ging das meiste verloren. Nur manchmal blieben ein paar Fetzen und stiegen zum Gehirn hoch, wo er sie fangen und auf Papier bannen konnte.

Castiglio benutzte sich selbst als Destilliergerät der Luft, besser gesagt des spirituellen Äthers, den er zuvor mit Schwingungen verschiedenster Machart angefüllt hatte. Dieses sehr physische Verfahren brachte erste Ergebnisse, schien ihm aber insgesamt zu trügerisch und verschwommen, es weiterzuentwickeln. Die Idee dahinter war klar: daß die Urmusik und ihre Melodien nämlich schon beziehungsweise *noch* existierten und nicht erfunden, sondern nur hörbar gemacht werden mußten. Die Urmusik war während der Jahrtausende versunken in einem Geräuschbrei, überfrachtet von gekünstelten Tonfiguren der Musikanten, verschüttet unter babylonischem Klangkauderwelsch. Der Mensch hatte die Urmusik vergessen, von der alles ausging, von der alles abhing.

Castiglio verstopfte seine Nase, nahm nur Wasser und geschmackloses Brot zu sich und trug über beiden Augen schwarze Klappen. Auf diese Weise wollte er alle Sinnesorgane – bis auf die Ohren – der Arbeit entheben und seinem Gehör größere Empfänglichkeit verleihen. Er war überzeugt, die Melodien der Erde fluteten um ihn her und man müßte nur das richtige Feingefühl entwickeln, sie vernehmen zu können.

Er stellte sich dem Wind entgegen, horchte auf ihn und fing sich einen Katarrh ein.

Er lauschte auch auf die Sonne und auf den Mond, doch selbst in der Mitte der Nacht waren die Geräusche der Fauna störend. Man konnte nicht alle Heuschrecken töten – auch wenn jeder Froschteich der Umgebung zugeschüttet wurde.

Es gab Leute – Vogelkundler –, die hatten die Gesänge der einzelnen Arten erforscht und sie auf Notenpapier gebracht. Castiglio ließ sich davon etwas bringen und analysierte es, fand jedoch nichts Besonderes darin. Wie er schon immer vermutet hatte: völlig überschätzt, die Nachtigall... Der anfänglich faszinierende Gedanke, Vögel könnten durch ihr luftiges Dasein das Lied der Erde hören und es mit ihrem Gezwitschere den Menschen übersetzen, zerbarst zu Scherben.

Anders als bei den Melodien funktionierten mathematische und arithmomantische Versuche bei den Rhythmen sehr gut.

Nun, Rhythmen sind eben nur Begleitmaterial, mehr was fürs derbe Volk; enthalten wenig Geheimnisse.

Obgleich Platon damals zugab, daß er nicht in der Lage sei, anzugeben, welche Rhythmusart eine bestimmte Lebensäußerung nachahmt und welche eine andere. Na schön, Platon...

(Diarium vom 6. 5. 1530)

Castiglio erhielt viele Briefe ihm unbekannter Menschen. Oft handelte es sich um Schmähungen wegen des Casus Da Pezza, aber auch um Ratschläge, das Melodienwerk betreffend. Da waren Drogenrezepte darunter, oder Väter priesen die zauberhaften Stimmen ihrer Töchter an, oder man bot Zauberharfen, -geigen, -flöten und sonstiges Betrugsgerät zum Verkauf.

Mitte Mai verfeinerte Castiglio seine These von der Urmusik der Erde: Er glaubte sie nunmehr im Menschen selbst, tief in dessen Seele verborgen, und überlegte, wie es möglich wäre, sie herauszukitzeln. In sein Arbeitsprotokoll schrieb er am 12. 5. 1530:

[...] *Extreme Situationen suchen, da sie (die Urmusik) sich dann im Leib verselbständigt, allen Ballast abwirft und rein hervortritt durch Weglenkung aller Sinne, ja* ALLER *Sinne. Vielleicht habe ich Musik zu sehr mit dem Gehör verbunden – die Urmusik muß sich nicht unbedingt als akustisches Phänomen niederschlagen; zudem gibt's taubgewordene Komponisten, die munter weiterschreiben, mit dem, was man »inneres Ohr« nennt. Bislang hat die Anatomie jenes Organ nicht lokalisieren können...*

Extreme Situationen: Habe mir von Pico einen Generalpaß ausstellen lassen, kann damit überall in der Stadt ungehindert herumspazieren, im Rang eines Polizeioffiziers. Keine Tür ist vor mir sicher. Habe den Kerkermeister angewiesen, mir Nachricht zu geben, wenn wieder eine Folterung im Gange ist. Heute war auch Candida hier, bat um Geld, in zwei Monaten stünde ihre Niederkunft bevor. Sie hat Angst, es nicht zu überleben. Ich beruhigte sie und erzählte die staunenswerte Geschichte, die sich im Württembergischen Ow zugetragen haben soll, wo einem schwangeren Weib nach einem Ochsentritt die Frucht aus dem Leib gefallen sei, ein zufällig anwesender Arzt aber ihren Bauch aufgeschnitten und das gewaschene Kind wieder hinein gelegt habe, wonach es einen Monat später zu einer normalen Geburt gekommen sei und es Weib wie Kind gutgehe.

Nach alldem, schloß ich, könne das Kinderkriegen so schwer nicht sein; Candida solle sich keine Sorgen machen und sich in den nächsten Wochen sehr rein halten, denn jede Geburt ist, vor allem andern, eine magische Operation.

Sie erzählte, Pico fände keinen Reiz mehr an ihr und vergnüge sich mit blassen, betulichen Hofdamen.

Ich gab ihr Geld, sogar mehr, als sie verlangte. Unter einer Bedingung: Ich wollte bei der Geburt dabeisein.

Erst lehnte sie entsetzt ab, wendete sich fort, verbarg das Antlitz und fragte, für was ich sie hielte.

Es brauchte einige Überredungskunst, wobei ich als Argument gebrauchte, sicher schade es nicht, wenn ein Magier bei ihr wäre in der Stunde schlimmster Wehen. Auch diene alles einem wissenschaftlichen Zweck und könne der Menschheit viel Nützliches entdecken.

Schließlich erhöhte ich noch einmal das Geldgeschenk; nur damit kann man Huren immer überzeugen.

Die Landschaft ist in Espensamen eingehüllt wie in Netze gigantischer Spinnen. Morgen will ich ein paar Meilen vor die Stadt wandern und die Ödbauern um ihre ältesten Gesänge bitten. Vielleicht finden sich darin Rudimente dessen, was ich suche.

Schon melden sich neue Selbstzweifel an, stehn vor der Tür und brüllen um Einlaß.

Vielleicht gibt es keine Urmusik, und ich verfolge den gänzlich falschen Weg? Vielleicht geht es mir bald wie Kaiser Friedrich, der wissen wollte, ob die Neugeborenen, wenn man sie ohne Ansprache läßt, zuerst Griechisch oder Hebräisch stammeln – worauf zur Verwunderung des Kaisers alle Kindlein starben, ohne ein sinnvolles Wort von sich gegeben zu haben. Die Frage, welche die Ursprache des Menschen ist, hat sich seither erledigt.

Nachdem ich mich nun eingehend mit Klangfarben beschäftigte, mit der Architektur des Echos, mit Tonlänge und -stärke, kann ich über diese Pfeiler noch keine Brücke schlagen.

Ich las, daß bei den Indern die Priester oft stundenlang eine einzige, lang durchgehaltene Note singen und sich so in die nötige Trance für Gesichte versetzen. Kommt es möglicherweise auf die richtige Tonhöhe an?

Am besten ist wohl, sich nicht festzulegen und keinen Weg so weit zu beschreiten, daß man nicht auf andere überwechseln kann. Obwohl seit dem Tage der Eingebung die Zeit galoppiert wie ein Wildpferd, will ich mit größter Sorgfalt arbeiten. Es gibt so viel zu entdecken!

IX

Arbeitsprotokoll des Castiglio Tropator, vom 4. Juni 1530

Heute Folterung. Kerkermeister Gambetti kam höchstpersönlich vorbei, mich davon zu unterrichten, begleitete Andrea und mich auch ins Gefängnis, hieß uns in seinem unterirdischen Reich willkommen. Unheimlich, wie er das sagte...
Für Sekunden glaubte ich an eine grausame Falle und erwartete, selbst auf die Bank geschnallt zu werden.
Gambetti ist ein höflicher Mensch mit tadellosen Manieren. Aufgrund seines Berufs wirkt jede Galanterie an ihm sarkastisch; ist aber nie so gemeint. Ich bat ihn, mir eins der Verliese zu zeigen.
Kühl war's dort und feucht, es stank nach Urin und fauligem Stroh. Zusammengekehrte Haarbüschel zierten den Zellenboden, auch Mauskadaver, hartgetrockneter brauner Gallert und ausgefranste Bastseile. Als ich länger hinstarrte, wurde Gambetti das Verlotterte seines Hoheitsbereichs sichtbar peinlich.
Das Gefängnis besteht aus Parterre und zwei Untergeschossen des Torre della Porta San Martino. Die Feuchtigkeit des Wassergrabens dringt durch das Mauerwerk, läßt Schwämme jeder Kaltfarbe wuchern. Geflüstertes bekam unter diesen durchtränkten Gewölben einen furchterregenden Klang; die starke Resonanz, der lange Hall – das zerströmte und bebte nicht, floß bauchig und schwer, geballt und zäh... Extra für uns war die Zwingkammer mit Blumensträußen verziert worden! Ganz entzückend. Auf den Schemeln neben dem Schreibpult hatte man eigens Kissen hergerichtet!
Nett...
Wir sahen wenig Torturwerkzeug. Ein paar Zangen und Lederriemen, sonst nichts – außer der Streckbank natürlich. Ich bat Gambetti, die beiden Trommelwinden nicht benutzen zu lassen. In ihren Proportionen deformierte Körper könnten verfälschte Töne

absondern. Signor Kerkermeister, leicht bucklig und kurzgewachsen, voll aufgesetzter Eleganz im Benehmen, zeigte Verständnis. Wir tranken zwei Gläser Weißen zusammen. Andrea spielte neugelernte Lautenstücke, machte nervositätsbedingt Fehler. Ich sorgte mich wegen seiner sensiblen Konstitution, doch verhielt er sich während des Kommenden lobenswert ruhig und gespannt, vom Ernst unsrer Aufgabe gestärkt. Das hat mir viel Freude bereitet.

Gambetti fragte, ob er mir nun den Delinquenten vorstellen dürfe? Wirklich; er behandelte mich wie seinen höchsten Vorgesetzten bei einer Inspektion. Ich gab mir Mühe, ebenfalls höflich zu sein, denn wer weiß...?

Zwei Knechte brachten einen Mann von über dreißig Jahren herein, vollbärtig, mager, braungebrannt. Schwielige Hände verrieten den Bauern. Er schwieg und sah nicht sehr beeindruckt, geschweige denn panisch aus. Die Knechte schmissen ihn wie einen Sack auf die Bank und banden ihn fest.

Leise fragte ich, wessen er beklagt sei.

Gambetti antwortete, der Mensch stünde in Verdacht, seine Frau umgebracht und ihre Leiche verscharrt zu haben. Dagegen behauptete der Delinquent, sie sei mit fahrenden Gauklern fortgezogen.

»Wie werdet Ihr vorgehen?« flüsterte ich. Der weißgewandete Kerkermeister antwortete diesmal sehr laut, so daß jeder, auch der Bauer, es hören konnte. Das war wahrscheinlich die erste, mildeste Tortur.

»Bei diesem Anfangsverfahren werden nur reparable Schäden zugefügt. Ihm sollen die Nägel des linken Fußes ausgerissen werden. Danach gibt's eine Pause, dann kommt der rechte Fuß an die Reihe...«

Die Pause sei wichtig, erklärte mir Gambetti später; man müsse der Angst Gelegenheit geben, sich in Ruhe zu entfalten. Geschwätziger als Schmerzen mache die Erwartung derselben.

Ich beobachtete den Bauern während dieser unerfreulichen Aussichten; er zeigte keine Reaktion.

Ob er davon bewußtlos werden könne, fragte ich. Gambetti meinte, kaum. Das hätte ja wenig Sinn. Bei eventuell erforderlicher hochnotpeinlicher Befragung ließe sich das allerdings nicht ausschließen.

Er gab den Knechten ein Zeichen. Sie ergriffen ihre Zangen. Wir rückten unsere Schemel zurecht. Andrea, mit der Laute, saß rechts vom Kopf des Bauern, ich links davon, mit Papier und Feder. Die Prozedur begann. Ich sah nicht hin; ging mich nichts an. Ich erwartete das Konzert der Schmerzen, kein blutiges Spectaculum.

Der Mann war zäh. Beim ersten Nagel kam ihm noch kein Laut aus. Erst beim zweiten konnte er die Schreie nicht mehr zurückhalten. Sofort bestimmte Andrea die Tonhöhe der Schreiintervalle, und ich schrieb sie in Tabellen.

Der Hall machte exakte Notationen schwierig. Es standen aber noch drei Da Capos aus; wir bekamen die Sache einigermaßen in den Griff.

»Wo hast du dein totes Weib versteckt?« rief Gambetti nach der fünften Zehe. »Rede!«

»Fort! Sie ist fort! Kann man mehr als die Schande gestehn? Ich hab' sie nicht ermordet! Ich wünschte, ich hätt's!«

Gambetti seufzte, schritt einmal durch den ganzen Raum, sah mir interessiert über die Schulter, lächelte, machte noch einen Rundgang, roch an einem Blumenstrauß, kündigte das baldige Pausenende an, wartete zwei Minuten, gab den Knechten dann das Signal, den anderen Fuß in Angriff zu nehmen.

Diesmal modulierte der Mann stark in seinen Schreien; wir mußten sehr Obacht geben, daß uns keine Fehler unterliefen. Meist brüllte er Quarten, wechselnd mit Septen und Nonen, vom f oder vom e aus. Sein Spitzenton schien das eingestrichene C zu sein. Je mehr Zehennägel ihm verlorengingen, desto größer wurden die Intervallschwankungen. Schließlich schrie er in einem durch, das reinste Wolfsheulen, schwer zu notieren, aber wir konnten schlecht um Wiederholung bitten. Nach acht Nägeln winkte ich, mit freundlicher Duldung Gambettis, die Knechte ein Stück weg und bat den Mann, uns etwas vorzusingen; etwas, das ihm spontan in den Sinn käme.

Er hatte keine Lust. Er röchelte bloß.

»Sing! Und du behältst die beiden letzten Nägel!« rief ich, mit einem zwinkernden Seitenblick zum gnädig lächelnden Gambetti.

Da summte der Mann ein albernes Kinderlied.

»Nein... Nichts, das wir kennen! Nichts, das *du* kennst! Erfinde was! Extemporiere!«

»Aaah... Aaaaah...«, machte er. Er schien mir jetzt nicht mehr unter dem notwendigen Extremschmerz zu stehen, deshalb ließ ich die neunte Zehe einschieben.

Danach sang er. Und wie! So gut wir konnten, notierten wir mit – bis sein Vortrag in ein schluchzendes, sich überschlagendes Wimmern überging und nichts Melodiöses mehr enthielt.

Da der Bauer sich letztlich kooperativ gezeigt hatte, bat ich Gambetti drum, ihm den einen Zehennagel zu lassen. Der Kerkermeister bedauerte; er habe Vorschriften. Es war keine schöne Szene. Gambetti fragte den Mann erneut nach dem Versteck der Leiche. Der Mann brüllte, er sei's nicht gewesen, immer wieder, er war's nicht, er war's nicht...

Gambetti räusperte sich, wandte sich zu mir und sagte laut:

»Nun werden wir zu härteren Mitteln greifen müssen! Wir werden ihm mit Glüheisen die Haut an Unter- und Oberschenkeln sowie an den Hoden verbrennen!«

Andrea hatte nasse Augen und schlotterte. Mir war auch ganz anders.

»Hast du gehört, was dich erwartet?« fragte Gambetti, sehr sachlich.

»Ich war's nicht!« schrie der Bauer.

»Ja, dann... kannst du gehen. Besser gesagt, dich tragen lassen.«

Die Knechte banden den Bauern los, luden ihn sich auf und gingen mit ihm ab. Wir waren verblüfft.

Gambetti schwenkte bedauernd die Hände.

»Meine Herren, tut mir leid, mehr darf ich nicht bieten. Die Beweislast in diesem Fall war gering und reichte nur bis zur *Androhung* der hochnotpeinlichen Folter. Danach mußte ich den Burschen laufenlassen.«

Ich sagte, das sei schon in Ordnung, er habe auf mich auch einen recht unschuldigen Eindruck gemacht.

»Wahrscheinlich habt Ihr recht! Aber die Tortur muß eben sein! Könnte sonst ja jeder seine Frau erwürgen und im Sumpf versenken. Wer sollte das nachweisen?«

»Na gut, aber wird sich nicht bald herumsprechen, daß man, wenn man seine Frau partout loswerden will, mit zehn Nägeln davonkommt?«

Der Kerkermeister nickte traurig.

Ja, das sei ein Problem. Wie wolle die Justiz jeweils den Mittelweg finden zwischen notwendiger Härte und dem »in dubio pro reo«? Das Maß der Tortur zu bestimmen sei ein höchst subtiles Unternehmen – im übrigen Sache der Richter, nicht seine.

Er fragte, ob mich das Gehörte zufriedengestellt hätte. Ich bejahte, fügte aber die Frage bei, ob bei Hochnotsprozeduren die Qualität der Schreie sich ändere.

Er verneinte. Seiner Erfahrung nach sei die Grenze der Schreikraft früh erreicht; sonst bekäme man aus dem Mund des Delinquenten vielleicht die Musik der Hölle zu hören und ihrer Insassen. Welcher Lebende würde das ertragen können?

Wir verabschiedeten uns und taumelten hinaus, in die grelle Sonne des Nachmittags. Mir war schwindlig, und auch Andrea rang um Gleichgewicht. Gesamt gesehn, hatte er sich tapfer gehalten; ich tätschelte ihn anerkennend. Nach der ekelhaften Kerkerluft kam mir die Schwüle des Tages wie eine erfrischende Bergbrise vor.

Andrea fragte, ob wir noch einmal dahinein müßten.

Ich bin mir unschlüssig. Der »Gesang« zwischen neuntem und zehntem Nagel muß in Ruhe ausgewertet werden – ohne all die schweren Sinneseindrücke – den Wein, den Geruch, das Blut, die Hektik ...

Auf der Via Borghetto traf ich Pietro, der in letzter Zeit mit seinen Besuchen in beunruhigender Weise gegeizt hat. Ohne Umschweife sprach ich ihn drauf an.

Der alte Pfaffe wich zuerst aus, nannte körperliche Beschwerden, sagte nicht Hü und nicht Hott.

Dann brachte er doch seine Bedenken vor. Ob es nicht ein Sakrileg sei, die Vox Dei übersetzen zu wollen? Wenn Gotttes Sprache Musik sei – und nicht Griechisch, Latein oder Hebräisch –, werde das schon seinen Grund haben.

Ich erinnerte ihn daran, welch wichtigen Schritt sein kamaldulensischer Ordensbruder Guido d'Arezzo im Jahr 1030 getan hat, als er das Notenliniensystem erfand. Ein halbes Jahrtausend später sollte es doch wieder mal Zeit für einen neuen Schritt sein.

Er behauptete, das ließe sich keineswegs vergleichen. Ich versuchte zu bagatellisieren. Allein, daß Gott mir die Idee zu diesem Unternehmen eingegeben habe, zeige doch, daß er damit einverstanden sei. Falls aber der Teufel mich besetzt halte, würde Gott sicher sein Veto einlegen und das Unternehmen scheitern lassen. Wozu also die Aufregung?

Mit solchen Sprüchen konnten Pietros Bedenken freilich nicht zerstreut werden. Ich hab's versaut.

Dabei wäre er mir nützlich gewesen; dachte von ihm zu erfahren, welche Tonhöhe im Durchschnitt der letzte Hauch eines Sterbenden wählt. Er als Priester und Beichtvater müsse das am besten wissen. Er antwortete, das sei doch ganz unterschiedlich, je nach Größe und Figur des Sterbenden und ob Tenor oder Baß. Ich erklärte, man müsse den Ton dieses letzten Hauchs nur in Relation zur Sprechstimme des Betreffenden setzen.

Grübelnd und kopfschüttelnd, verweigerte er mir in diesem Punkt die Zusammenarbeit, ließ mich auch mehr oder minder abschiedslos auf der Straße stehn, stapfte grübelnd und kopfschüttelnd in sein Haus.

Meine Sorglosigkeit verflog. Darf Pietro als Stütze nicht verlieren. Wer weiß, wie lange die Melodiensuche dauern wird? Habe bis jetzt dreihundert Volkslieder aus älterer Zeit gesammelt. Wird einen Monat kosten, die gründlich durchzusehn. Etwas fiel mir an ihnen auf: Sämtlich gebrauchen sie das Prinzip einer dauernden Wiederholung des Leitthemas. Mir wurde klar, daß eine magische Melodie, so mir ihre Schaffung gelänge, ja aus nichts anderem als einer Tonreihe bestünde, vordergründig sich nicht von Haufen anderer Tonreihen unterschiede. Das Tiefgreifende der magischen Melodie wird demnach erst nach oftmaliger Repetition auftreten. Bestimmt hat schon irgendwann einmal jemand aus purem Zufall das gespielt, was ich mir vorgenommen habe; hat es nicht in seiner Kraft erkannt und achtlos übergangen. So muß es sein.

Ich muß noch viel wachsamer hören, muß meine Ohren schärfen, meine Konzentration verdreifachen. Die Menschen sind abgestumpft und unter ihnen auch ich. Presbyakutische Welt! Wir brauchen den Refrain! Man muß uns die Urmusik einprügeln! Wir sind taub wie die Fische!

Gott hat schon lang nichts mehr von sich hören lassen.

Arbeitsprotokoll vom 8. Juni 1530

Mir fiel ein, daß in den Alpen eine besondere Art der Kommunikation über weite Entfernungen existiert. Die Leute dort haben eine Art Kurzsprache entwickelt, mit der sie sich von Berg zu Berg verständigen können. Handelt sich dabei um gesungene Triller, die je nach Höhe und Länge gewisse Bedeutung besitzen. Wäre interessant, mehr darüber zu erfahren. Aber wie?

Gestern machten wir ein Experiment. Wir baten ein frischverlobtes Bauernpärchen in die Villa, eines, das einander ernstlich gern hat. Wir hießen sie in den Klangraum gehn und sich an gegenüberliegenden Wänden niedersetzen. Wir gaben ihnen Geld – nur dafür, daß sie fünf Stunden so sitzenblieben.

Wenn sie einander etwas zu sagen hätten, sollten sie es singen. Falls ihnen nur ein gesprochenes Wort auskäme, drohten wir den Restbetrag einzubehalten. Es war viel Geld für die jungen Leute. Zwei Stunden lang schwiegen sie schüchtern, dann erst begann ihr Plappern im vokalen Gewand. Wir hielten uns hinter der angelehnten Tür verborgen und schrieben alles mit, so gut es ging.

Es ist für Verliebte sicher eine Qual, fünf Stunden im gleichen Raum zu hocken und sich nicht nah kommen zu dürfen. Aber die Qual der Liebenden ist tonal nicht eingrenzbar. Sie sangen verwirrt und planlos und alles mögliche, nahmen zur harmonischen Grundlage ihrer Schwüre und Kosereien Liturgiefetzen ebenso wie Tanzmusik und Zigeunerweisen. Ein schmachtendes Dehnen der Silben war zu erkennen, leichte Exaltiertheit und eine Bevorzugung der Aufwärtsintervalle. Es war aber keineswegs so, daß dieses gezierte Duett große Ähnlichkeit mit Troubadoursliedern aufwies oder hervorstechende Merkmale draus abgeleitet werden konnten. *Das* typische Intervall der Liebe, *die* herausragende, Liebe explizierende Melodiefigur, *die* amouröse Tonart ... scheint's nicht zu geben.

Theoretisches der Troubadoure und Minnesänger ist uns nicht überliefert, fürchte ich.

Welche Tongebilde kommen Männern und Frauen wohl im Augenblick geschlechtlicher Lustvollendung in den Sinn? Weiß nicht, wie sich das untersuchen ließe. Überlege noch.

Arbeitsprotokoll vom 10. Juni 1530

Es gibt in Mirandola drei Kategorien geduldeter Bettler: Solche, die durch Verlust eines oder mehrerer Gliedmaßen erwerbsunfähig wurden, solche, die an einer Geisteskrankheit leiden, und die Blinden.

Es ist nicht ganz einzusehen, warum Taube oder Stumme zu niederer Arbeit gezwungen werden, während man Blinden die Bettlerei zugesteht. Aber die Welt hat eben schon immer der Schau mehr Gewicht verliehen als der Sprache oder dem Hörvermögen.

Gestern abend ging ich spazieren auf der Piazza Grande und redete mit einigen dieser Blinden. Viele von ihnen besitzen tatsächlich ein erstaunliches Gehör, viele lieben Musik, und einige können sogar Instrumente spielen. Zwei besaßen Flöten, die bat ich um Ständchen.

Seltsamerweise hatte keiner von beiden je ein Stück selbst komponiert, das enttäuschte mich. Ich bat sie darum, ein Liebeslied und eine Trauerweise zu verfassen, sie sollten dazu tief in sich hineinhorchen und mir bloß nicht mit gehabten Schemata kommen. Sie nickten eifrig und versprachen, ihre Phantasie aufs äußerste anzustrengen.

Heute mittag ging ich zur Piazza zurück.

Von den beiden Bettlern fand ich keine Spur. Stunden suchte ich nach ihnen, ohne Erfolg. Wundert mich sehr, denn ich hatte den Ärmsten doch Gratifikationen versprochen. Merkwürdig. Haben sie Angst vor mir bekommen? Ich versteh' das nicht.

Wenigstens ist für Candida eine Hebamme gefunden, die den Anschein erweckt, ihr Maul halten zu können.

Die Geburt ist für Mitte Juli zu erwarten und soll in meinem Hause stattfinden. Das Getratsche im Volk hör' ich jetzt schon:

Die Metze, wird es heißen, gebärt dem Magier ein Kind, einen Hadesbalg, düsteres Ungeziefer, vielleicht gar den Antichristen persönlich!

Dieses blökende Gesindel, das die Nacht zur schwarzen Schlafbinde herabwürdigt, diese Kolonie von Freßmotten; man darf sich nicht drum kümmern, sonst wird man gleich melancholisch.

Inzwischen sind ein Dutzend schöner Melodien erdacht, aber sind sie auch mehr als nur schön?

Andrea und ich können sie an uns selbst nicht testen, wissen zu genau, wie sie entstanden, sind resistent dagegen. Für eine Erprobungsphase ist's noch zu früh.

Andrea hat beschlossen, ein eigenes Tagebuch zu führen. Das ungeheure Ding, genannt Zeit, von uns Menschen zu füllen versucht, wo es sich doch über uns entleert, mit großem Druck in jeder Sekunde...

Ich redete es ihm aus.

Wenn die Sonne untergeht, lehn' ich an den Obstbäumen des Gartens und frage mich, warum alles erst jetzt, so spät, geschehen muß, und suche den Schatten Gottes am Horizont. Habe grausige Visionen, meine Arbeit könnte Fragment bleiben, und ich könnte Agrippa nichts beweisen, nichts, nichts, NICHTS!

Ich wollte, ich hätte als Jüngling nur eine kleine, aber die richtige Vision gehabt und ein Leben lang Zeit, daran zu feilen.

Umberto schrieb mir einmal, daß der, welcher der Welt unbedingt etwas hinterlassen wolle, nicht vernünftiger denke als der Hund, der mit Pisse sein Revier markiert und glaubt, dieses Stückchen Land sei SEIN BESITZ!

Niederschmetternder Satz.

Aber womit läßt sich das Erdenleben besser rechtfertigen als mit erschaffener Schönheit?

Und die Schönheit des Menschen heißt Macht.

X

1

Sechs Tage vor der errechneten Geburt siedelte Candida in die Villa über, bezog das dem Klangraum entfernteste Zimmer. Castiglio Tropator herrschte sie an, still im Bett liegen zu bleiben und die Ruhe des Hauses nicht sinnlos zu stören. Zweimal am Tag brachte Andrea ihr zu essen. Sie bat um Zuneigung, um Aufmerksamkeit, hieß ihn ans Bett setzen, nahm seine Hand, legte sie sich auf die Stirn.

»Ich habe schlimme Ahnungen«, flüsterte das Mädchen. »Streichelst du mich? Das Haus ist so leer. Erzählst du mir was? Sprich zu mir!«

Andrea erzählte die Abenteuer nach, die er in Büchern gelesen hatte, aber streicheln wollte er die Schwangere nicht; er empfand Unbehagen in ihrer Gegenwart.

»Sag, warum hat Castiglio keine Diener außer dir?«
»Ich bin nicht sein Diener! Sag das nie wieder!«
»Warum ist das Haus so leer? Es ist auch schmutzig. Habt ihr etwas zu verbergen?«
»Wir haben zu tun! Wir sind Magier.«
»Ja. Mußt du schon gehn? Bleib doch noch!«

Nachts stand Candida oft auf und ging zum Fenster. Halbmond leuchtete in türkisem Hof, zwischen Horden zerrissener Wolken, Wolken wie Stücke grauen Katzenfells.

Aus dem Klangraum drang leise Musik. In ihrer Angst sah sie durch den Himmel ein Tier schleichen, mit blutiger Beute im Maul. Dann strichen ihre Finger Kreise um den nackten Bauch, zeigten ihn der Nacht, weihten seinen Inhalt allen zuständigen Göttern und Mächten – und sie betete, stundenlang. Bei Tag schlief sie, wälzte sich in furchtbaren Träumen und schweißnassen Laken. Bei

Abenddämmerung, wenn die Häuser Mirandolas zu schwarzen Konturen verkamen und manchmal lauer Wind vorbeistrich, voll des Duftes, den die Hitze Gräsern und Steinen entrissen hatte, schleppte sie sich wieder zum Fenster und stöhnte Gebete.

Warum strafte Castiglio sie mit solch unverhohlener Geringachtung? Warum trat er nur grad einmal in zwei Tagen in ihr Zimmer und verließ es nach wenigen, belanglosen Sätzen?

»Er ist sehr beschäftigt«, tröstete Andrea, »steht in heftigem Kontakt zur Luft; wir haben wichtige Experimente vor, und auch ich kann nicht bleiben, er braucht mich dazu.«

»Ich bin so allein!« hauchte Candida. »Bitte ihn doch, er soll kommen, nur für eine Stunde!«

Candidas Bauch wirkte auf Andrea wie eine finstere Bedrohung, als platzte jeden Moment ein verborgener Drache draus hervor und spränge ihn an. Nie kam ihm der Gedanke, daß genausogut er wie irgendein anderer von Candidas Freiern der Vater dieses Fötus sein konnte – dafür dachte er sich zu jung. Aber er phantasierte sich mehrmals in jenen gewölbten Leib hinein, malte sich aus, wie es war, zu warten und zu wachsen, wollte sich erinnern... einen Fetzen Erinnerung wiedergewinnen. Innerung. Mutter. Von innen. Schwarz.

Er rannte hinüber in den Klangraum. Castiglio, über die Orgel gebeugt, wirkte sehr müde; schlief pro Tag nicht mehr als vier Stunden. Rings um ihn lag ein Berg von Manuskripten, Büchern, Kleininstrumenten und Notenpapier. Er hatte beide Ellenbogen auf die Tastatur gestützt, schwenkte mit den Handflächen seinen Kopf zu gewagten, flatternden Tontrauben, die ächzend und schräg verebbten, wenn er den Fuß vom Pedal nahm. Er hatte immer gelebt im Bewußtsein des unbekannten Feindes, der im Dunkel lauert; der, sobald nicht jede seiner Möglichkeiten vom Geiste durchgespielt und so (Vorhergesehenes langweilt ihn) entkräftet wird, erbarmungslos zustößt. Der unbekannte Feind, dessen kaltes Zähneblecken, dessen sardonische Grimassen... Zusammenzucken.

»Du! Du sollst mich nicht erschrecken! Warst du wieder bei der Hure?«

»Ja. Sie bat um Euer Kommen. Sie sagt, sie sei so allein.«

»Eine Schwangere ist nie allein! Kümmer dich lieber um deine Aufgaben! Was ist das hier für ein Saustall! Was treibst du den ganzen Tag? Keine der Lauten ist richtig gestimmt! Alles voll Staub und Dreck!«

Der Magier bekam einen Wutanfall, schnappte sich Andrea, zog ihn an den Ohren durchs Zimmer und machte ihn für das langsame Vorwärtskommen verantwortlich.

»Weißt du, was hier geschieht? Ist es dir nur im geringsten Maße bewußt? Du hast jetzt genug Bücher gelesen! Deine Nachlässigkeit ist unerträglich! Soll ich dich zurück auf dein Gehöft schicken, du blöder Bankert?«

Er gab seinem Famulus zwei Ohrfeigen. Andrea fiel mehr vor Schreck zu Boden. Zehntelsekunden lang überlegte er, daß er den Meister mit einem einzigen Faustschlag niederstrecken könnte; danach begann er sich zu schämen über einen so undankbaren, niederträchtigen Gedanken.

Seine Hörigkeit wuchs proportional zu dem Gefühl, für das große Werk benötigt zu werden. Meist achtete Castiglio darauf, ihm dieses Gefühl reichlich zu geben; weniger in der Absicht, Andrea noch stärker an sich zu binden, als jemanden um sich zu haben, der unverbraucht Zuversicht ausstrahlte, der Gewagtestes selbstverständlich nahm, der kein Korsett aus Enttäuschungen um die Schläfen gepreßt trug.

Am nächsten Tag putzte Andrea das gesamte Anwesen. Waschen, Stall ausmisten, Boden wischen, Möbel entstauben – es erschien ihm inzwischen als niedere Arbeit, demütigend, verachtenswert. Nur dem Meister zuliebe redete er sich ein, daß auch das zum großen Projekt gehörte. Als er Candida zu essen brachte, wechselte er keine drei Sätze mit ihr, um das Fortschreiten des großen Projekts ja nicht über Gebühr zu behindern.

Candida, die von solch hehren Motiven nichts wußte, hielt sich für noch verachteter als zuvor, verdoppelte ihre Gebete, ließ sich in der Nacht vom Fensterbrett herab, wankte zu den zugemauerten Fenstern des Klangraums und legte ihr Ohr an die Mauern bis zum Morgen.

Im Verlangen nach Zuneigung streichelte sie Rosenblätter und redete mit Bäumen. Selbst die Berührung eines zusammengerollten Igels bot ihr Zärtlichkeit. Zweimal war sie nah daran, zu fliehen. Zweimal verwarf sie es.

2

Pünktlich am 15. Juli, vormittags um neun, setzten die Wehen ein. Andrea lief nach der Hebamme.

Castiglio schleppte Flöten, Lauten, ein Kornett und ein Krummhorn in Candidas Zimmer, tat überaus freundlich, drückte die sich Wälzende sanft auf flachgelegene Kissen zurück, hielt ihre Hand und murmelte aufmunternden Unsinn. Candida war glücklich, sie griff fest nach Castiglios Hand und fragte immer wieder, ob er jetzt bei ihr bleibe? Natürlich... Selbstverständlich...

Die Hebamme schmierte sich die Finger mit Fett ein. Nach einer ersten Abtastung grunzte sie, es könne Unwegsamkeiten geben.

Andrea wurde bei dem Anblick übel. Es bedurfte einer scharfen Rüge, ihn zurück an die Arbeit zu zwingen. Castiglio bat Candida, wo immer es ihr der Schmerz ermögliche, zu singen; und Candida, die meinte, hierbei handle es sich um ein magisches Rezept, das ihre rasenden Schmerzen lindern könne, sang in wilden Tonsprüngen, gepreßt, kurzatmig, dauernd von grellem Brüllen und Ohnmächten unterbrochen. Aus der bleichen Säule des Halses trat die Schlagader vor, naß klebten die Strähnen ihres schwarzgefärbten Haars im Nacken, Kohlepartikel lösten sich im Schweiß, bildeten feine Rußgewebe auf Candidas Haut. Wie von Sporen befallener Marmor wirkte ihr Körper, fahl und kalt.

Weil Andrea es nicht fertigbrachte, die Laute richtig zu halten, riß der Tropator sie ihm aus der Hand und versuchte doppelte Arbeit zu leisten – Bestimmung der Töne und deren Notation. Andrea schlug seine Stirn dreimal gegen die Wand, fühlte sich danach wieder einsatzbereit.

Man hatte vergessen, das Fenster rechtzeitig zu schließen. Dutzende von Schmeißfliegen kreisten im Zimmer, vom Blutgeruch gelockt. Das ärgerte Castiglio, wegen des enervierenden Summens, maßlos.

Als der Kopf des Kindes sich zeigte, griff der Magier zum Kornett. Er war gespannt auf den ersten Schrei des Neugeborenen, hatte mit sich gewettet, es würde, im Fall eines Sohnes, ein A sein.

Es war ein Sohn.

Er kam nach sieben Stunden zur Welt, unter monströsen Qualen, schweigsam und obendrein tot.

Castiglio zerschmetterte das Kornett an der Wand. Candida hatte viel Blut verloren. Ihr Kopf klappte zur Seite, sie fiel in tiefes Koma und bewegte keinen Muskel. Die Hebamme, eine schwartige alte Frau mit Oberlippenbart, gab es auf, die Fliegen verscheuchen zu wollen.

»Ihr solltet einen Priester holen! Sie stirbt auch.«

Sekundenlange Stille. Höhnisch, grausam, triumphierend. Andrea rannte los, um Pietro zu suchen. Während er durch Mirandola irrte, verblutete Candida ungehindert.

Castiglio versuchte sich daran zu erinnern, welchen Hauch sie als letzten von sich gegeben hatte.

Pietro traf erst nach zwei Stunden ein, um sechs Uhr abends. Er spendete der Toten großzügig die letzte Ölung und dem totgeborenen Kind eine Nottaufe.

»Welchen Namen soll ich ihm geben?«
»Er ist doch tot!«
»Habt Ihr einen, oder soll ich einen wählen?«
»Nennt ihn von mir aus Cornelius!«

3

Später saßen die beiden im Garten, auf einer Steinbank. Andrea weilte unten in der Stadt, um einen Leichenkarren zu organisieren. Die Hebamme hatte sich schon vor Stunden verdrückt.

»Habt Ihr Schuld an diesen Toten?«
»Wo denkt Ihr hin? Wir haben nur zugesehn.«

»Und ihren letzten Hauch notiert, nehm' ich an?«

»Ja.«

Sie saßen eine Weile schweigend, tranken Wein aus kleinen kupfernen Bechern.

Kein Zweifel, dachte Castiglio, ich muß der Vater gewesen sein, jaja. Das war bestimmt mein Sohn, das sieht mir ähnlich, die Totgeburt, bestimmt...

Und die Sonne sank rot in die Haferfelder. Vögel zwitscherten. Der Stechginster roch. Die vielen, vielen Rosen. Außenstehende hätten eine idyllische Szene vermutet, voll Ruhe und Frieden.

Schließlich begann Pietro leise zu sprechen.

»Ihr seid mir unheimlich, Castiglio, sehr unheimlich. Ich habe lange Zeit meines Lebens den Fehler begangen, was ich nicht verstand, für unheimlich zu halten, kann sein. Aber jetzt, jetzt drängt mich ein starker Instinkt von Euch fort, Ihr habt es schon bemerkt. Ich weiß nicht, was Ihr tut und will es so genau auch nicht mehr wissen. Ihr dürft das nicht mit Verachtung verwechseln, ich bitt' Euch darum!«

Statt einer Antwort lehnte sich Castiglio zurück und streckte seine Kehle dem letzten Licht entgegen.

»Heißt nicht, daß ich Euer Feind sein werde, versteht Ihr?«

Der Tropator nickte. Er suchte nach einem Engel zwischen den Bäumen. Er hatte Lust, zu sterben.

»Habt Ihr denn schon Melodien gefunden?«

»Ich hab' sie wieder vernichtet. Sie waren nur schön. Vielleicht weniger als das.«

»Ich soll Euch im Namen Picos fragen, wie das Unternehmen steht.«

»Sagt ihm...« Castiglio brach ab, stand auf, ging um die Bank und ließ sich schlaff ins Gras fallen, zupfte ein paar Halme aus, zerrieb sie zwischen Daumen und Zeigefinger. »Hoffnungsvoll. Wollt Ihr mehr wissen?«

»Gern.«

»Soso.« Der Tropator blies die Grasfasern vom Handrücken. »Inzwischen glaube ich, die ideale Länge einer Melodie muß acht Takte betragen. Nicht zu lang und nicht zu kurz.«

»Aha.«

»Erst nach zwölfmaliger Wiederholung entfaltet sie ihre volle Wirkung.«
»Ach?«

Eine Pause entstand, die Pietro mit dem Füllen der Becher überbrückte. Er wartete auf weitere Angaben, aber da kam nichts.
»Ist das alles?«
»Ich bin müde...«, seufzte Castiglio und legte den Kopf auf die Schulter, wie um zu dösen.

Pietro raffte die Kutte und setzte sich, ganz und gar nicht seinem Habitus gemäß, neben den Magier ins Gras.
»Ich soll Euch vom Fürsten etwas ausrichten.«
»Was?«
»Ob Ihr nicht Lust auf eine Probe habt?«
»Probe?«
»Ob man nicht vorrangig an einer Liebesmelodie arbeiten könne?«

Erstaunt richtete Castiglio sich auf.
»An einer *Liebes*melodie?«
»Ja. Er hat sich nämlich verliebt.«
»Verliebt? In wen?«
»Oje... in eine unmögliche Person, wie es seinem Geschmack entspricht.«
»Eine neue Hure?«
»Im Gegenteil...«
»Eine Nonne?«
»Nein. Ein schlichtes Bauernmädchen.«
»Na und? Wozu ist er Fürst?«
»Sagt sich leicht... Sie gibt sich äußerst renitent. Will von Geschenken nichts wissen, ist lammfromm, bricht bei seinen Werbungen in Tränen aus...«
»Warum nimmt er sie nicht einfach?«
»Ist eine Laune. Er will sie nicht mit Gewalt besitzen. Benimmt sich wie ein Jüngling, findet daran Gefallen.«
»Verstehe.«
»Es ist eine sehr heikle Angelegenheit...«
»Hmm.«

»Kurz gesagt, er möchte von Euch wissen, ob Ihr fähig wärt, bis zum September eine Melodie zu erzeugen, die in dem Bauerntrampel Liebe weckt. Oder wenigstens Ähnliches.«

Castiglio riß neue Halme aus, zerrieb sie in der Faust.

»Sagt ehrlich: Muß ich?«

»Nein. Ihr dürft den Auftrag sicher ablehnen, wenn Euch die Zeit nicht reif scheint. Aber Ihr müßt selbst wissen, wie das wirken würde. Im übrigen rat' ich Euch, öfter die Stadt zu betreten und bei passender Gelegenheit ein paar Almosen zu verteilen...«

»Hmm?«

»Ich bekomme täglich mit, welche Gerüchte um Euch und diesen Hügel entstehen. Keine gutwilligen. Und jetzt, nach der Sache mit der Metze und ihrer Totgeburt...«

Castiglio fing an, auf den Nägeln zu kauen.

Am liebsten hätte er laut geschluchzt, doch hielt er das mit seiner Person für unvereinbar.

Schließlich gab er Pietro ein »Gut. Ich probier's!« auf den Weg und schlief auf der Stelle ein, im warmen Gras voll Käfer und Heuschrecken.

XI

Arbeitsprotokoll des Castiglio Tropator, vom 30. Juli 1530

Umberto war hier. Es machte keinen Spaß. Er trieft vor Überheblichkeit, zieht alles hinunter, ist spöttischer denn je. Dauernd mußte er zweiflerische Fragen stellen, beispielsweise, warum ich meine Skala mit dem A begänne? Als ob irgendwas näherläge! Schließlich hat auch Boethius, Ratgeber des Kaisers Theoderich, für die tiefste Note das A verwendet. Umberto mußte gleich loswerden, daß bei den Griechen Alpha den *höchsten* Ton bezeichnete – als wär' mir das nicht bekannt! Nichts ärgert mich mehr als irgendwo Aufgeschnapptes, das bei erster Gelegenheit an den Mann gebracht werden muß. Umberto wollte schon immer alles besser wissen, der gichtige Kerl. Sicher weiß er viel – aber wird einer wie er der Welt je Vergnügen bereiten? Er nimmt nur und schenkt nicht.

Wir stritten über den Fortschrittsglauben verschiedener Denkschulen – genau wie wir's vor dreißig Jahren taten. Wir redeten auch über Momente magischer Musik im Christentum, so über die Legende vom Papst Gregor, dem der heilige Geist die nach ihm benannten Gesänge eingegeben haben soll. Umberto verwies auf die oftmalige eklektische Vermischung der Orpheus- und Jesusmythen, welche das frühe Christentum betrieb. Jene Gesänge, die der Apostel Petrus zur Urgemeinde nach Rom brachte, könnten durchaus orphische Elemente enthalten haben.

Na schön! Was soll's! Ich will dahingehend nicht mehr wühlen. Die Weisheit des Altertums wird eh viel zu hoch eingeschätzt. Man denke daran, daß Isidor von Sevilla im sechsten Jahrhundert problemlos postulierte, Töne würden zwanghaft vergessen, da sie nicht aufgezeichnet werden könnten! Umberto widersprach natürlich; seiner Meinung nach ist das Wissen der Menschheit immer gleich groß; für alles neu Dazugelernte müsse ihr etwas entfallen, denn der Kopfumfang wüchse nicht wie die Zahl der Jahrhunderte. Blöde Argumentation! Muß ja nicht jeder Kopf alles wissen; sind ja viele Köpfe und werden immer mehr...

Er mußte wieder das letzte Wort haben: »Auch damals waren Köpfe genug vorhanden, auch darfst du Spezialisierung nicht mit Fortschritt verwechseln; und ob das neue Falsche weniger falsch ist als das alte Falsche, wird sich erst noch zeigen!«

Wie dem auch sei – was soll ein forschender Geist mit Umbertos Thesen anfangen? Wenn man sich nicht tottrinken will... Ich gab mich äußerst langweilig und wortkarg und war froh, als er nach zwei Tagen die Heimreise antrat. Er hält mich wahrscheinlich für verkalkt, für einen Ingenius curiosus, aber er wird sich noch umschauen!

Arbeitsprotokoll vom 1. August 1530

Die Arbeit geht relativ gut voran. Im Herbst will ich meine Tontrauben keltern und Wein daraus gären lassen. Die Protomelodien machen von Tag zu Tag Fortschritte.

Ich habe Picos (uneheliches) Schlafzimmer besichtigt und auf akustische Bedingungen hin untersucht. Einige dämpfende Stoffe wurden von den Wänden entfernt, Gobelins, Vorhänge et cetera.

Noch einen Monat. Die Probe ist auf den ersten September festgesetzt. Ich benahm mich großspurig und versicherte Pico, die Melodie werde bis zu jenem Datum fertig sein. Er ist sehr gespannt.

Solang er seine keusche Bauernmaid nicht haben kann, delektiert er sich anderswo. Ganz wie die alten Ritter, mit ihrer Liebe für die Eine, Reine, Hehre! Der brachten sie züchtige Minne entgegen. Ha! Den Rest der Weiber haben sie flachgelegt – und nicht zu knapp!

Legte mich wieder hinaus ins Gras. In einer Nacht wie dieser klingt der Himmel blechern, wenn man an ihn klopft.

Habe zwei bedeutende Lautenisten engagiert, Antonio Rota und Giovanni Da Crema. Hat ein Heidengeld gekostet. Aber schließlich müssen die Ärmsten auch über Stunden die gleiche

Tonfolge spielen, und jedesmal exakt. Die Verdopplung des Instruments schien mir notwendig wegen der zu erwartenden widrigen Windrichtung. Die beiden Maestri haben sich zu dem Auftrag spontan bereit erklärt – scheint, sie sind sehr neugierig, was ich ihnen vorsetzen werde.

Bis jetzt sind 18 Prototypen erdacht, sehr verschiedener Wirkung:

Tropos, welcher
1. In einem Menschen Liebe weckt
2. Eines Mächtigen Mitleid erwirkt
3. Zu kühnen Taten reizt
4. Glückliche Erinnerung hervorruft
5. Furcht verscheucht
6. Einem stolzen Herzen Vergänglichkeit eingibt
7. Ausdauer und Trotz stärkt
8. Ein bedeutendes Werk einweiht
9. Wunden schneller heilen läßt
10. Gottergebung erleichtert
11. Triumphe vergrößert
12. Sündige zur Reue treibt
13. Die Größe Gottes verherrlicht
14. Plagedämonen vertreibt
15. Um einen Bedeutenden angemessen trauert
16. Die Sinne verwirrt und Furcht schafft
17. Den Hunger mindert
18. Eine Leibesfrucht gedeihen läßt.

Beinah jede Woche kommt etwas Neues hinzu. Viel hängt von feinsten Einzelheiten ab; oft genügen winzige Tempoverschiebungen, aus der Vox Dei banalen Dreck zu machen.

Habe mein Ohr an die Erde gelegt und aufgesperrt und grub mich tief hinunter (wo es warm wird, sagt man). Gleich einer Baumwurzel drang ich in den Planeten. Am Morgen kam dichter, ungewöhnlich feuchter Nebel auf. Es war, als saugte sich die Welt mit viel Speichel in ihren Mund zurück. Und aus dem Hügel quoll Gesang, endlich... aber es war meine eigene Stimme! Sie flehte um Erbarmen und rief: Hätt' ich nur eine Seele zuviel gehabt, ich hätt' sie als Teppich vor mich gelegt und mit Füßen getreten, hätte den Frierenden damit gewärmt. Ich erinnerte mich an die Vision jener Nacht in Dôle, vor zwanzig Jahren, und o Gott... plötzlich wußte ich... Nein, nicht niederschreiben, man soll es nicht beschreien! Ich sah den Messern Ohren wachsen, sah sie blind, nach Gehör durch die Nacht wanken, gerecht in ihrem Mord; und da waren viel Unschuldige und kein Abgrund.

Warum Andrea?

XII

Täubner verspätete sich um mehr als eine halbe Stunde. Krantz konnte sich in der schummrigen Kaschemme ausgiebig unwohl fühlen. Er orderte einen Campari-Orange an der Bar und verzog sich in ein Plüscheck, las nacheinander mitgebrachte deutsche, amerikanische und italienische Zeitungen. Der staubgelbe Schirm der Tischlampe ließ wenig Licht durch.

Täubner sah sehr abgespannt und tranig drein, als er das Lokal endlich betrat. Krantz erriet auf den ersten Blick, daß die über alles in der Welt Geliebte sich zu keinem Geburtstagsgruß hatte durchringen können.

»Tag, Proff! Was gefunden?«
»Gefunden?«
»Auf dem Fundbüro...«
»Nein. Was trinken Sie? Geht auf mich!«
»Hört man gern.«

Täubner legte seinen Mantel ab, bestellte Exportbier und machte eine aufmunternde Handbewegung.

»Schießen Sie los!«
»Wir waren beim Jahr 1530...«
»Genau. Darf ruhig ein bisserl mehr sein.«

»Castiglio Tropator, wie er sich jetzt nannte, ging also auf die Suche nach magischen Melodien. Wie er das angestellt hat, ist nicht ganz klar. Es existieren da ein paar greuliche, nicht nachprüfbare Geschichten aus dritter und vierter Hand; sollte man nicht zu ernst nehmen. Die Haushaltsberichte Mirandolas belegen zwar, daß ihm relativ hohe Summen zur Verfügung gestellt wurden, auch stand er im Rang eines Polizeioffiziers und dürfte reichlich Experimentierfreiheit genossen haben – aber deshalb muß man ihn noch nicht gleich für eine Art KZ-Wissenschaftler halten. In Bezug auf Musik war er übrigens ein Dilettant – wenigstens behauptet das Umberto Nursio.«

Täubner klopfte auf den Tisch.

»Ähem, Proff, ich unterbreche ungern; aber warum können Sie nicht 'n bißchen das Gas reinhaun und Tacheles reden? Gibt's magische Musik oder nicht?«

»Natürlich. Es gibt haufenweise zauberhafte Melodien! Jeder, der nicht völlig taub ist, weiß das! Und diese Melodien wirken sehr kräftig! Bloß wird das nicht gebührend wahrgenommen, kann ja nicht gemessen werden. Das nicht Meßbare existiert nicht. So ist das doch! Ich persönlich zweifle keinen Moment, daß ein Mozart, Beethoven, Wagner die Welt dauerhafter beeinflußt hat als ein Lenin, Robespierre oder Gandhi. Das sind Popfiguren, begrenzt haltbar und...«

»*Proff!* Wir reden doch nicht über Beethoven! Ich will wissen, ob Castiglio solche Melodien geglückt sind; nichts anderes!«

Der Schwede kratzte sich im Nacken.

»Schauen Sie – es ist so: Damals – und auch in der Folgezeit – sind einige Seltsamkeiten passiert. Aber für alles ließe sich, mit ein wenig skeptizistischem Willen, auch eine rationale Erklärung finden. Wenn Sie fragen, ob wir wissen, wie Castiglios Melodien genau ausgesehen haben – nein, das wissen wir nicht! Ist logisch, sonst gäb's jetzt keinen Mythos, oder?«

»Stimmt.«

»Ehrlich gesagt, interessieren mich die Melodien überhaupt nicht, sondern nur, was sie auslösten. Falls *Ihnen* das, wie ich annehme, weitgehend egal ist, dann lassen Sie uns jetzt einfach die Hypnose machen; ist 'ne Sache von zehn Minuten und Schwamm drüber!«

Täubner steckte sich eine Zigarette an, behielt sie im Mundwinkel und setzte ein leidendes Gesicht auf.

»Wenn ich's mir recht überlege, Proff, hab' ich jede Menge Zeit. Soll ich Ihnen 'n Bier mitbestellen?«

»Ja. Kann ich fortfahren?«

»Können Sie. Moment, ich geh' nur mal grade pinkeln, dann kommt 1520!«

Täubner stapfte aufs Klo. Es machte ihm Spaß, den alten Mann zu triezen. Auf dem Rückweg beobachtete er den Mythosophen heimlich durch die Mäntel des Garderobenständers. Krantz raufte sich langsam kreisend die Haare und murmelte etwas vor sich hin. Täubner grinste und spazierte beschwingt an den Tisch zurück.

»Okay, Proff! 1540! Da ist Musike drin! Lassen Sie's knallen!«

»Schön. Im Sommer 1530 beauftragt Gianfrancesco Pico – klingt jetzt etwas balladesk, ist aber wahr – den Castiglio, eine Liebesmelodie zu erarbeiten, eine Liebe weckende beziehungsweise steigernde Tonfolge. Wäre im Moment genau das richtige für Sie, was?«

Krantz konnte sich diese Gemeinheit nicht verkneifen. Täubner reagierte mit einem festen, engschlitzigen Blick.

»Entschuldigung... Äh – über das, was im September jenes Jahres geschehen ist, wurden von den Dichtern gleich mehrere Schelmennovellen verfaßt. Eine davon ist sogar erhalten; sie schlingt einen viertelwegs glaubhaften Mantel um die uns zur Verfügung stehenden Fakten, und ich sehe keinen Grund, sie nicht wenigstens als Proposition gelten zu lassen.«

»Ist das nicht unwissenschaftlich?«

»Was soll man machen? Die Mythosophie divergiert von der Geschichtsforschung ja maßgeblich darin, daß sie *jede* Textsorte als ernstzunehmendes Dokument werten darf. Auch hier gilt, was ich schon erwähnt habe: Es ist gar nicht so interessant, was genau wirklich *passiert* ist, sondern welche Version sich davon *verbreitet* hat.«

»Vorhin haben Sie noch gesagt, da wären ein paar greuliche Geschichten, die müßte man nicht zu ernst nehmen.«

»Vorhin ging es nicht um mythosophische Praxis, sondern um ein möglichst objektives Charakterbild Castiglios. Sapperlot, wollen Sie mich korrigieren? Oder was?«

»Schon gut, schon gut...«

»Also! Es ist eine anonyme Schrift; sicher weil der Stoff noch zu aktuell war. Sie überlebte als Manuskript in der ferraresischen Leihbibliothek, wurde lange als Juvenilie oder Spurium Grazzinis gehandelt, wegen verschiedener übereinstimmender Stilmerkmale. Grazzini war ein Dichter und Apotheker in Florenz...«

»Muß ich mir den Typ merken?«

»Nein, können Sie schnell vergessen, hat damit überhaupt

nichts zu tun. Ich trage diese Novelle jetzt nicht bei mir, kann sie aber ungefähr aus dem Gedächtnis wiedergeben, wenn Sie erlauben. Ist recht amüsant und enthält viele signative Klischees, gerade was die Personenzeichnung betrifft. Glauben Sie mir, wenn Sie wie ich alle Novellen des 16. Jahrhunderts gelesen hätten, in denen Magier, Alchemisten und Scharlatane vorkommen, Sie würden meinen, die hätten alle gleich ausgesehn, Sie würden sogar meinen, es hätte sich immer um denselben gehandelt! Das *Klischee* ist der kleinste und banalste Abdruck des Mythos, aber es formt auch reziprok. Nicht jeder Zauberer entspricht dem Zaubererklischee, aber oft wird jemand Zauberer, weil er zufällig dem Klischee entspricht.«

»Bild' ich mir das nur ein, oder schweifen Sie jetzt wieder ab?«

»Ertappt... Bitte vielmals um Vergebung! Also, die Novelle geht so los...«

XIII

An jenem ersten Septemberabend standen Antonio Rota und Giovanni Maria Da Crema, beide ungefähr im Alter Castiglios, stramm wie Lehrbuben unter einem der mirandolensischen Palastbalkone. Seit neun Uhr, seit fast zwei Stunden, zupften sie stur jene ominösen acht Takte, zu denen sich der Tropator letztlich entschlossen hatte. Castiglio dirigierte die beiden berühmten Meister flüsternd und gestikulierend, forderte Passion, wenn Ermüdung eintrat, regulierte die Tempi und zischte bösartig, wenn einer der Musici in die vorgegebene Melodie auch nur einen Ziertriller mischte.

Mit weit ausladenden Armbewegungen überwachte er die Synchronizität der Instrumente. Wenn eines sich zu verstimmen begann, reichte er die Reservelaute.

Derlei Wechsel mußten in rasender Geschwindigkeit vonstatten gehn; Castiglio fürchtete jede Pause, schrak beim kleinsten Nebengeräusch zusammen und schäumte innerlich vor Wut, weil vergessen worden war, den ringsum verstreuten Kies wegschaufeln zu lassen.

So knirschten des öfteren Schritte vorbei, Schritte hochgestellter Höflinge, die von der weiträumigen Absperrung nicht betroffen waren. Manche von denen blieben stehen, hörten eine Weile zu und schmissen den Lautenisten Geld vor die Füße, als handle sich's um Straßenmusikanten.

»Schönschön – könnt ihr auch noch was anderes?«

Es war Aufgabe Andreas, diesen Störenfrieden leise zu erklären, was vorging. Mancher der Höflinge kommentierte es mit einem dreisten Lachen.

An jenem historischen Abend hatte Castiglio Mirandolas Nachtwächtern das Stundenrufen, den Hunden das Bellen und den Bürgern das Streiten verboten. Wenigstens die Hunde gehorchten.

Jedem der Lautenisten wurde pro halbe Stunde eine Erholungspause von zwei Minuten zugestanden. Währenddessen mußte sein Kollege in äußerstem Forte spielen. Andrea hielt als Erfrischungen Wein, Wasser und Weichobst bereit – Pfirsiche, Pflaumen, Aprikosen –, solches eben, dessen Verzehr wenig Geräusch verursacht.
Die Lautenisten ließen sich alles gefallen.

Erstens waren beide gutmütige Menschen, einfacher Herkunft und gewöhnt an die Exzentrik der Welt, zweitens bekamen sie für ihren Auftritt je dreihundert Dukaten plus Reisespesen. Selbst für Koryphäen war das eine stolze Bezahlung. Antonio Rota hatte deshalb auch am Nachmittag Andrea bereitwillig eine Gratislektion erteilt.

Über das Lautenspieltalent des Famulus äußerte Rota hinterher Bedenken, seinen Bariton aber lobte er sehr und riet dringend, die Gesangsstunden zu verdoppeln: Aus ihm könne ein großer Sänger werden.

Andrea zeigte in jener Nacht nicht ein Zehntel von Castiglios Nervosität. Felsenfest glaubte er an die Melodie seines Meisters, gönnte keinem Zweifel Platz. Statt dessen erging er sich in Überlegungen, ob der Beruf eines Sängers interessant sein könnte. Nein, dachte er, jetzt bin ich schon Magier, damit kann man zufrieden sein.

Es war eine windstille Nacht, warm und weich und dabei klar; eine, die Lust machte, durchtanzt zu werden; eine, in der man angstlos über dunkle Hügel läuft und jeden Baum wie einen guten Freund umarmen möchte.

Vom meteorologischen Standpunkt aus war diese Nacht für die Liebe sehr geeignet. Alle fanden das. Nur jenes renitente Mädchen, dem der gesamte Aufwand galt, schien anderer Ansicht.

Kurz vor Mitternacht hörte man ihr spitzes Schreien, danach betrat sie den Balkon, erkletterte das Geländer und tat einen mutigen Dreimetersprung in den Kies, rollte sich ab, schnellte hoch und rannte davon.

Castiglios Herz stand still. Die Musici unterbrachen ihr Spiel und glotzten dem Mädchen hinterher. Einer der um die Palastgebäude postierten Soldaten versuchte die Fliehende zu packen, aber sie war zu flink und entkam in die Gassen. Andrea wunderte sich einfach nur. Dann bemerkte er, daß sein Meister nicht mehr atmete, und sprang ihm zur Seite.

»Was ist mit Euch?«

»Nichts ... nichts«, stöhnte Castiglio und setzte seine Atmung wieder in Gang. Die Musici schwiegen betroffen, argwöhnten bereits, ihr Sold könnte gekürzt werden.

Pico erschien auf dem Balkon, im wollenen Morgenmantel, beugte sich über die Balustrade und fixierte das stumme Quartett.

»Hat keiner der Herren es für nötig befunden, sie aufzuhalten?«

Niemand gab Antwort.

»So eine Scheiße ...«, raunzte Pico, ging in sein Schlafzimmer zurück und traf zwei Minuten später unter dem Balkon ein, ohne sich umgezogen zu haben.

»Wollen nicht dran denken, wieviel Witze sich nach dieser Episode an uns heften werden! Wir hoffen, man behandelt den Eklat mit Diskretion?«

Das war an die Adresse Rotas und Cremas gerichtet. Beide verbeugten sich.

»Nun, Castiglio? Was habt Ihr uns zu sagen?«

Der Magier zuckte hilflos, suchte umsonst nach Antwort. Pico griff zur Weinkaraffe. Er wirkte nicht so verärgert, wie man hätte annehmen dürfen. In seiner verfinsterten Miene waren selbstironische Nuancen zu entdecken.

»Mehr als zwei Stunden haben wir uns Zeit gelassen, unser Kopf ist schon blöd geworden vom Gedudel, haben geplaudert, gezirpt, Geschenke gemacht, Pralinés gegessen – und dann? Kaum fassen wir ihr zwischen die Beine, was passiert? Sie stürzt sich vom Balkon! Könntet Ihr bitte erklären, wie sich das mit Eurer Theorie verträgt?«

Castiglios Adern schwollen an, seine Kinnlade zitterte, die Beine schlackerten. Noch wehrte er sich schwach gegen das Eingeständnis neuerlichen Versagens.

»Ich weiß nicht... muß drüber nachdenken ...«

»Ach? *Nach*denken? Ein bißchen *Vor*denken hätte uns mehr behagt!«

Castiglio fiel auf die Knie und bat um Verzeihung. Der Fürst zog ihn am Mantel nach oben.

»Schon gut! Jetzt sind wir eben quitt. Im übrigen warn wir scharf wie Catullus bei Ipsitilla. Nur bei dem Mädchen stellte sich absolut keine Besserung ein. Sie schien die Melodie nicht mal zu bemerken!«

»Eine hübsche Melodie!« wagte Rota einzuwerfen.

»Ja, sehr hübsch, obwohl sie durch drei Tonarten geht«, stimmte Da Crema zu.

»Soso... Haben demnach hier Anwesende einander ihr Herz geschenkt? Müßte doch der Fall sein?«

»Nein«, stotterte Castiglio, »Andrea und ich sind gegen die Musik resistent, weil wir sie ausgedacht haben. Und die Lautenisten sind durch ihre lange Berufsausübung immun. Immun und abgestumpft und roh...«

»Was behauptet Ihr da?« fragte Da Crema.

»Jawohl!« zischte Castiglio, durch den Pardon schon gefestigter. »Euch kann niemals mehr Musik im Innersten berühren! Allein, daß ihr dauernd probiert habt, Variationen in die Tonfolge zu mogeln, und Verzierungen...«

»He! Sollen wir jetzt für Euch den Sündenbock spielen?«

Rota zupfte die Erkennungstakte des Volksliedes »vom Sündenbock« und lachte dazu. Castiglio schnaubte.

»Tatsache ist, Ihr habt mit Widerwillen gespielt! Schien Euch doch zu simpel, meine Melodie, Eurem Können nicht angemessen, wolltet doch dauernd das Tempo forcieren, wolltet um die Wette musizieren!«

»Selbst wenn wir das gewollt hätten... es wär' von Euch verhindert worden! Rudertet die Arme wie ein wildgewordener Affe – als wärn wir 'ne Herde Kamele!«

»Ruhe!« rief Pico dazwischen. »Streit dient jetzt niemandem mehr!«

»Vielleicht hat sie bloß ihre Unpäßlichkeit gehabt?« murmelte Andrea. Pico würdigte seinen Bankertsohn eines kurzen Seitenblicks und runzelte die Stirn.

Daß Andrea es wagte, in dieser Runde erwachsener Männer mitzureden, war grobe Anmaßung. Ein Moment peinlicher Stille entstand.

Castiglio gab im Innern auf, den Lautenisten etwas anlasten zu wollen, mochte sich nicht selbst betrügen. *Er* und *seine* Melodie waren schuld am Mißerfolg, niemand sonst. Zum ersten Mal zog er die Möglichkeit in Betracht, als totaler Nichtsnutz ins Grab zu steigen.

»Konnte man oben auch wirklich alles gut hören?« fragte er geduckt und verzweifelt.

»Aber ja! Daran lag's nicht.«

»Habt Ihr dem Mädchen vielleicht Schmerz zugefügt, der die Wirkung der Musik minderte?«

»Castiglio! Sucht den Fehler bitte nicht bei uns! Wir haben das Mädchen in ritterlichster Weise behandelt, haben kaum dreimal ihren Busen gestreift! Sie kam in unser Gemach – schön wie die Sünde –, wollte den Mantel nicht ablegen, setzte sich auf ein Polster, preßte die Beine zusammen und sagte: ›Gehorchen will ich, soweit es Untertanenpflicht fordert!‹ Und so blieb sie hocken, wie zugeschraubt ... Ganz reizend! Vielleicht ist sie eine Heilige, wer weiß?«

»Und wenn sie«, murmelte Andrea, »gar keine Jungfrau mehr ist und nur Schande verbergen will?«

»Halt dein Maul!« rief Castiglio streng. Pico kniff mißbilligend die Brauen zusammen.

»Habt Eurem Schüler nicht viel Anstand beigebracht ...«

Zu Andreas Glück wurde die Aufmerksamkeit der Versammelten von zwei Männern in Anspruch genommen, die sich der Runde schwankend näherten.

Es waren der Astrologe Bemboni und Picos Haushofmeister und Schwager Carafa. Beide waren alkoholisiert und schienen vom ungünstigen Verlauf des Experiments schon gehört zu haben.

»Hab' ich Euch nicht gewarnt«, wandte sich Bemboni zu seinem Brotherrn, »daß die Sterne für Liebeshändel keineswegs optimal stehen? Aber Ihr schenkt mir ja nicht mehr viel Beachtung ...«

»Tut uns nachträglich leid, Eugenio. Werden künftig deinen Worten wieder gebührendes Gewicht beimessen.«

»Gut! Ist eben doch der Himmel die Vox Dei und die Sterne seine Silben!«

»Vergiß nicht«, erinnerte Pico, »daß du selbst mir damals zu neuen Projekten rietest!«

»Ach ja...«, grummelte Bemboni. »Bleibt zu deuten, was die Sterne damit meinten...«

»Jedenfalls scheint es« – der Fürst wendete sich zum Tropator –, »daß gewisse neuartige Ideen in der Praxis jämmerlich versagen!«

Castiglio kämpfte mit einem Schwächeanfall. Ihm war schwarz vor Augen, in die unteren Ränder des Blickfelds mischten sich rote Schlieren und fraßen den Sichtkreis. Seine Hüften stachen, er glaubte auf dünnen Stelzen zu stehen, umkippen zu müssen, er strauchelte und wünschte ein Erdloch herbei, ein unendlich tiefes Erdloch, in das er sich stürzen könnte, auf daß er nimmer gesehen wäre.

»Ich bitt' Euch... flehe Euch an... gebt mir eine neue Gelegenheit! Ich werde den Fehler finden... ganz bestimmt! Bloß ein albernes Detail, höchstwahrscheinlich, ganz bestimmt, ich bin sicher...«

Castiglio erkannte um sich her nur schwach konturierte Schatten, fühlte sich durchbohrt von vorwurfsvollen, spöttischen, enttäuschten und schadenfrohen Blicken, und wenn in genau diesem Moment der große Weltenbrand ausgebrochen wäre, er hätte ihn herzlich begrüßt und die Menschheit ad acta gelegt, zu den ungelösten Fällen.

Schließlich nickte einer der Schatten.

»Selbstverständlich bekommt Ihr eine zweite Probe! Wir haben doch kein Vermögen in den Wind geschossen, um die Sache jetzt achselzuckend abzublasen!«

»Danke...«, hauchte der Tropator und griff nach Andreas Schulter, um sich abzustützen. Er erwischte aber nicht Andrea, sondern Giovanni Da Crema. Der entzog sich seiner Hand, und der Tropator kippte in den Kies.

Pico zeigte sich sehr menschlich, half dem Magier hoch und lud die ganze Runde in den Keller des Wohnturms. Dort wurde bis zum frühen Morgen gespeist und gezecht und eine lange Diskussion unter Männern, über das »Weib an sich«, geführt.

Bald unternahm es der Fürst sogar, Castiglio zu trösten und dessen zerschlagenes Selbstbewußtsein aufzumuntern. Auch Andrea war mit bei Tisch. Er hatte seinem leiblichen Vater noch nie so lange gegenübergesessen. Carafa plädierte dafür, den Etat des Magiers zu kürzen, hielt sich sonst aber mit Gehässigkeiten zurück. Gegen fünf verabschiedete er sich als erster, Bemboni folgte ihm gleich darauf.

In einem der schwachbeleuchteten Gänge des Kastells standen die beiden Freunde noch eine Weile zusammen, schwer betrunken und belustigt.

Carafa, jüngerer Bruder der Fürstengattin Giovanna und Fürsprecher der lutherischen Fraktion, war ein bulliger Mittvierziger, stiernackig, groß. Er trug immer viel Leder und einen buschigen Schnauzbart. Seine Augenbrauen waren zusammengewachsen, weshalb viele ihm aus dem Weg gingen.

»Haben wir zwei uns umsonst Sorgen gemacht!« rülpste er und stampfte, Gleichgewicht suchend, auf. Bemboni gurgelte zustimmend.

»Ja, aber ganz erledigt ist er noch nicht. Was, wenn er beim zweiten Mal Erfolg hat?«

»Glaubst du das ernsthaft?«

Eine Wache kam ihnen entgegen, erkannte die hohen Herren, salutierte und setzte ihren Kontrollgang fort.

»Pssst...«, machte Carafa.

»Pssst...«, wiederholte Bemboni, dann hielten sich die beiden kichernd an der Mauer fest.

»Beim zweiten Mal leisten wir uns einen Spaß!« schlug Carafa vor.

»Sehr gut!«

»Jetzt ist er geschwächt, da haken wir nach!«

»Sehr, sehr gut! Ein Spaß!«

Bemboni rieb sich die Hände. Das untätige Warten war vorbei. Endlich konnte der Magier direkt angegangen, mußten nicht mehr halbbefriedigende Umwege über Bettler und Hebammen eingeschlagen werden.

XIV

»An einem kleinen Grafenhof der Emilia, dessen Herrscher ein kauziger alter Herr war, lebte einst ein Zauberer namens Zoroaster.

Das war ein Mann so zwischen sechsunddreißig und vierzig Jahren, groß und gut gewachsen, von olivfarbener Haut, mit düsterem Antlitz und stechendem Blick und einem langen, schwarzen, zerzausten Bart, der fast bis auf die Brust ging, sehr seltsam und phantastisch. Er hatte Alchemie getrieben, er hatte sich mit dem Unsinn der Zauberkünste beschäftigt und tat es noch, er besaß Siegel, Schriftzeichen, Talismane, Amulette, Glasglocken, Destilliergläser und Öfchen verschiedener Art, um Kräuter, Erden, Metalle, Steine und Holz zu destillieren, Pergament aus der Haut ungeborner Tiere, Luchsaugen, Geifer eines tollen Hundes, Gräten von Adlerrochen, Totenknochen, Galgenstricke, Dolche und Degen, die Menschen getötet hatten, den Schlüssel und das Messer Salomonis, Kräuter und Samen, die zu verschiedenen Mondzeiten und Sternstellungen gepflückt waren, und tausend andere Fabeln und Geschichten, um den Dummen Angst zu machen.

Er oblag der Astrologie, der Physiognomik, der Handlesekunst und hundert andern Possen, er glaubte sehr an die Hexen, aber vor allem war er hinter den Geistern her. Und bei alledem hatte er niemals etwas sehen oder tun können, was über die Ordnung der Natur hinausgegangen wäre, obwohl er tausend Blödsinn und Geschichten darüber erzählte und sich bemühte, sie die Leute glauben zu machen.

Er hatte weder Vater noch Mutter und war ziemlich wohlhabend, und es behagte ihm, die meiste Zeit allein zu Hause zu sein, da vor Furcht weder Magd noch Diener bei ihm bleiben wollten, was ihn innerlich außerordentlich erfreute; er hatte wenig Umgang, ging aus, wie es der Zufall ergab, mit verworrenem Bart, ohne sich zu kämmen, immer schmutzig und schmierig, und wurde so vom Volke für einen großen Philosophen und Nekromanten gehalten.

Nichtsdestoweniger war Zoroaster sehr schlau.«

Krantz nippte an seinem Bier und feixte. »Exemplarischer geht's wirklich nicht mehr! Darf ich Sie daran erinnern, Täubner, daß Castiglio im Jahr 1530 mindestens fünfundfünfzig Jahre alt gewesen sein muß und sein Haar bestimmt nicht mehr schwarz war? Aber das Schlohweiß darf damals eben nur der Weise beanspruchen, nicht der Schwarzmagier. Auch wissen wir, daß Castiglio keineswegs wohlhabend war, wozu hätte er sonst laufend Umberto Nursio anpumpen müssen? Und dem Dichter klingt ›Castiglio‹ – der Kastilier – wahrscheinlich zu harmlos, er fährt zur Namensgebung einen gewaltigen alten Persergott auf! Des weiteren wird alles an Mummenschanz herbeigeholt, was der Phantasie zum Thema einfallen konnte: Totenknochen, Galgenstricke, Luchsaugen... Das ist für einen seriösen Magier – und für den hielt sich Castiglio bestimmt – eine herbe Verunglimpfung. Alles wird in einen Topf geschmissen, Blödsinn genannt und die Beschäftigung damit unergiebig. Doch dann folgt jählings der Satz: ›Nichtsdestoweniger war Zoroaster sehr schlau‹, was nach all dem Vorhergehenden höchst dissonant wirkt.«

»Sie wollen auf jene Qualität hinaus, die der Protagonist aufweisen muß?«

»Bravo! Sie ist sogar so wichtig, daß der Dichter hier Ungereimtheiten in Kauf nimmt. Bezeichnend ist ferner der Topos der Vater- und Mutterlosigkeit. Wir nehmen an, daß Castiglio ohne Mutter aufwuchs und daß sein Vater hingerichtet wurde, als er zwanzig war. Diese Angabe könnte also zufällig stimmen. Das Fehlen sozial bindender Verwandtschaft fördert das Image vom wilden, abgekapselten Einzelgänger; bis heute ist in der Literatur kein Magier aufgetaucht, der auch nur ein altes Mütterchen gehabt hätte. Höchstens mal 'ne schöne Tochter...«

»Okay – erzählen Sie doch mal die Novelle weiter!«

Der Schwede räusperte sich.

»Zoroaster hatte im Grafen jahrelang die Hoffnung geschürt, er vermöge aus Blei oder andern unedlen Metallen Gold zu machen und damit die Schatzkammern des verarmten Hauses aufzufüllen, was ihm trotz aller Versuche nicht gelingen mochte. Zoroaster lebte lange bequem durch den Umstand, daß der Graf weniger am Gold als an Weiberröcken hing, in zügelloser Wollust lebte und eine Gefahr für jede unbewachte Frau bildete, obwohl er bereits an die Siebzig war. Dennoch kam eines Tages der Zeitpunkt, an dem Zoroaster einsehen mußte, seinen Grafen mit der Illusion der Goldschmelze nicht länger hinhalten zu können, und er nutzte in raffinierter Weise die Umstände – den, daß sein Herr ein Satyr war, und den, daß sich einem Greis die Frauenherzen äußerst widerspenstig öffnen – dazu, sein Metier zu wechseln.

In der Absicht, durch eine neue Aufgabe weitere unbeschwerte Jahre am Hof zu verbringen, redete er dem Grafen ein, man könne mit verschiedenen geheimnisvollen Verfahren eine Zauberweise komponieren, die, wenn sie der begehrten Person vorgespielt würde, in ihr grenzenloses Verlangen entfache.

Der Graf gewährte Zoroaster daraufhin große Summen, und Zoroaster lebte vergnügt in den Tag hinein und vertrieb sich die Zeit mit mystischen Quacksalbereien. Als sechs Monate vergangen waren, geschah es, daß der Graf ihn zu sich zitierte und um Konkretes bat. Nämlich hatte sich der alte Lüstling verliebt, in ein scheues, schönes Bauernmädchen, dem er bei der Fasanenjagd begegnet war. Dieses Mädchen floh vor ihm, kniete am Altar der Madonna, und als der Graf sie bestürmte, schrie sie auf vor Entsetzen.

Nun hätte den Wüstling sicherlich niemand daran hindern können, die Maid gewaltsam in sein Schlafzimmer schleppen zu lassen, dies aber vermied der Graf aus Eitelkeit, war drauf erpicht, ihre Zuneigung ohne Machtzwang zu gewinnen. Gerade die Unbestechlichkeit des Mädchens, die weder Schmeicheleien, Geschenke oder Drohungen beugen konnte, gerade ihre Frömmigkeit und Reinheit reizten seine Sinne, mehr noch als ihr makelloser Körper. So kam es, daß er dem Zoroaster befahl, an einem bestimmten Abend im Herbst unter dem Balkon des gräflichen Schlafgemachs Posten zu beziehen und durch eine Liebesweise die Gunst der Maid zu wecken.

Zoroaster erschrak und gab sich in den verbleibenden Wochen viel Mühe, bezirzende Lieder zu finden, wie sie junge Liebehaber ihren Mädchen als Ständchen darbringen. Er bestellte zwei berühmte Lautenisten, große Meister ihres Fachs, denen präsentierte er seine Komposition und bat, sie möchten sie unter dem Balkon so süß als möglich spielen.

An besagtem Abend ließ der Graf das wehrlose Mädchen vom Feld weg zu sich bringen, hieß sie Platz nehmen auf einem Sessel und gab ein Zeichen, daß das Spiel beginnen sollte. Alsdann schlich er brünstig um die Maid, streichelte ihr Haar und flüsterte ihr allerhand schwülstige Schmachtereien ins Ohr.

Die beiden berühmten Lautenisten gaben sich Mühe und zupften abwechselnd die plumpe, von Zoroaster komponierte Liebesweise. Weil sie aber so primitiv war und Meistern ihres Faches nicht angemessen, knüpfte bald der eine, bald der andre Verzierungen hinein, und binnen einer halben Stunde improvisierten sie um die Wette, jeder versuchte den andern an die Wand zu spielen und ihre Finger tanzten auf dem Griffbrett und flochten die schwierigsten Lieder, so meisterlich und flink, daß das Gehör Mühe hatte zu folgen. Ihren Auftrag vergaßen sie dabei. Die Maid bleib unbeugsam und bewahrte ihre Keuschheit. Zoroaster aber wurde aus der Stadt gejagt. So fügte Gott, daß die Eitelkeit der konkurrierenden Meister die Eitelkeit des geilen Greises zunichte machte.«

»Das ist die absolut erbärmlichste Geschichte, die ich jemals gehört habe«, sagte Täubner trocken.

»Stimmt. Zugegeben, ich hab' sie im Schlußteil etwas gekürzt, aber sie ist literarisch wirklich völlig wertlos. Deshalb hat sie auch überlebt – weil niemand sie je aus der Bibliothek entliehen hat.«

»Vor allem weiß man am Schluß nicht, ob Zoroasters Melodie ohne die Eitelkeit der Meister nicht doch gewirkt hätte.«

»Eben. Was um so trauriger ist, da man aus dem Stoff ja was hätte machen können!«

»Ich weiß nicht ... klingt alles so ... nach Burgfräuleingroschenheft ...«

»Soll ich Ihnen was sagen? Die Realität *ist* mitunter kitschig! Aufgrund dessen nimmt der Ästhetizismus unserer Deutungsmodi oft sogar Faktenverfälschung in Kauf!«

»Ach?«

»Ja. Nun zu den Tatsachen! Wir wissen, daß es besagte Herbstnacht gegeben haben muß. Warum? Weil wir eher Bescheid wissen über eine ausdrücklich so genannte *zweite* Nacht. Denn Zoroaster alias Castiglio wurde nicht davongejagt; Pico gab ihm eine neue Chance!«

Der bullige Körper eines Kellners beugte sich drohend über den Tisch; Finger, dick wie Weißwürste, schnappten die leeren Gläser.

»Noch mal dasselbe?« frage er unfreundlich.

»Nein, im Moment nichts, danke«, antwortete Krantz.

»Hee – wir sind hier keine Aufwärmstation!«

»Wie reden Sie denn mit mir?«

»Komm mir nicht so!« schnauzte der Kellner.

»Sie Flegel! Ich bestelle, wann es mir paßt, ist das klar?«

»Nee. Sie bestellen, wenn's Glas leer ist, oder Sie machen 'nen Abgang!«

»Verschwinden Sie, Sie hirnloser Fleischberg!«

»Das langt!«

Der Kellner packte den alten Mann am Kragen und schleifte ihn quer durchs Lokal, bis zur Tür. Dort angekommen, hielt er ihn mit einer Hand fest, zog mit der andern den Bestellblock aus der Tasche und sagte kalt gelassen: »Campari und Export – macht 15,20, alter Mann!«

»Holen Sie die Polizei! Auf der Stelle! Ich lass' mir das nicht gefallen!«

Täubner, der still auf seinem Platz sitzengeblieben war, hätte vor Lachen platzen mögen, aber er hielt den Moment für gekommen, einzugreifen, drückte dem Kellner drei Zehner in die Hand und schob Krantz zur Tür hinaus.

»He, was soll das? Ich lass' mir so was nicht gefallen!«

»Vergessen Sie's!«

»Ich bin im Recht!«

»Sind Sie nicht. Sie haben ihn beleidigt, da hat er das Recht, Sie rauszuschmeißen!«

»Aber er hat...«

»Vergessen Sie's, Proff! Gibt nicht viele Nachtlokale hier. Wenn man sich's mit einem verdirbt, ist das Angebot halbiert. Kommen Sie, Sie schulden mir 15,20 und 'ne bessere Story!«

»Aber...«

Täubner entfernte sich winkend und latschte breitbeinig die bunte Schillerstraße hinab.

Krantz blieb stehen, schwankte, wutschnaubend, zwischen Bartür und Täubner, entschied sich dann, hinterherzulaufen, hatte ja noch kiloweise Legende loszuwerden, und es war schon zwei Uhr vorbei.

XV

Der zweite Versuch war auf Neujahr gesetzt; vier Monate blieben Castiglio Zeit. Wer erwartet hätte, daß der Magier noch aufwendiger und experimenteller vorgehen würde, wäre befremdet gewesen.

Man sah ihn jetzt oft ganz passiv an einer Säule des Atriums lehnen, reglos vor sich hin starrend. Manchmal lächelte er. Das war alles. Sein Arbeitsprotokoll brach am 14. September ab, mit dem siebenmal wiederholten Wort EXTEREBRO.

Obwohl Castiglio keine Stunde länger schlief als vorher, ging der Herbst beinah tatenlos vorüber. Noch als der erste Schnee fiel, saß er im Innenhof der Villa und suchte das Licht des Mondes und der Sonne aufzufangen, schwieg in inniger Kontemplation, versuchte Glas zu werden und keinen Strahl des Winterlichtes abzustoßen. Bei dichter Wolkendecke zog er manchmal die alte Knickhalslaute hervor, hielt sie an die Brust wie ein Kind. Seine schmalen weißen Hände, deren Härchen längst alle abgebissen waren, umspannten verkrampft den Lautenhals, quetschten die Saiten aufs Griffbrett, bis sie entglitten und klirrend gegen den Steg schnalzten. Klangexplosion. Vibrierender Corpus. Verhallende Schwingung. Stille.

Während der Meditationen hatte er sich ein gleichmäßiges Kopfkratzen angewöhnt. Oft passierte es, daß seine Nägel die Haut des Schädeldachs durchschnitten; dann rührten die Fingerkuppen genießerisch im Feucht-Warmen, Klebrig-Angenehmen, bis ihm das Blut über die Stirn rann.

Es liegt etwas Überirdisches in der Selbstverstümmlung: der Zeit zuvorkommen, dem Tod nur die Pflicht lassen, nicht die Kür; seinen Triumph schmälern, ihn zum Diener degradieren, zum niederen Diener, der nach dem Fest den Abfall fortschafft...

Wenn da aber nie ein Fest gewesen ist? Was dann?

Mahlzeiten forderten seinen Ekel heraus. Alle Segnungen der Erde dünkten ihm nur Vorform des Kotes. Die Bauch-Maschine. Die Darm-Latrine. Magenschlauch, der große Gleichmacher. Braune Klumpen. Äußerst widerwillig gehorchte er dem seltenen Zwang des Hungers.

Andrea fragte sich sorgenvoll, wie sie so die Neujahrsprobe jemals bestehen sollten. Er schlug dem sinnenden Meister vor, die Lauten durch Gesangsstimmen zu ersetzen, da diese viel tönender, tragender und eindringlicher wären als gezupfte Saiten. Castiglio rieb die Schultern am kalten Säulenstein, dachte darüber nach und sagte nein.

Er schätzte den Gesang als Kunst gering.

Eine Laute, so und so gebaut, so und so besaitet und gestimmt, liefere etwas jederzeit Reproduzierbares. Die vielen unergründlichen Schichten im Klang einer Stimme dagegen könne man niemals der Nachwelt erhalten, sie stürben mit den Sängern, von denen keiner dem andern nur entfernt gleiche. Stimmen würden immer unbewahrt bleiben. Was aber nicht von Ewigkeit sei, könne auch nicht groß sein. Und was man nicht exakt notieren könne, habe keine Ewigkeit in Aussicht.

Trotz seiner Phobie vor Wölfen trieb es ihn nachts manchmal in nah gelegene Wälder, dort debattierte er mit Nymphen, Faunen, Dryaden, Sumpfgeistern und ähnlichem Getier. Diese Kreaturen waren allesamt nicht sehr eloquent. Andrea staunte über das Gebaren seines Meisters. Aber wenn er es näher bedachte: Mit wem sollte man nachts im Wald schon reden – wenn nicht mit Baumseelen und Irrlichtern?

Hoch oben, abgegrenzt und sternennah... Wie ein ägyptischer König, der seine erwählte Königin in leeren Hallen verklärt, in der eigens für sie gebauten Nilstadt, die kein Sterblicher betreten darf, will er nicht von der Nacht zermalmt werden – so hatte sich Castiglio einst sein Leben erträumt; mit Säulen, Fackeln und Tempeln und gewaltiger Schönheit.

Andrea ging den Magier oft suchen, wenn er ihn morgens nicht im Haus antraf. Der Eichenwald war nicht sehr dicht und relativ überschaubar; auch blieb der Schnee vorerst wäßrig und konnte niemanden verbergen. Den steifgefrorenen Verwirrten trug er dann nach Hause, gab ihm Brühe zu trinken, massierte ihn und bereitete heiße Umschläge. Castiglio erholte sich von den eisigen Eskapaden jeweils schnell, dank seiner bewundernswerten Zähigkeit.

Übrigens war er nicht verrückt geworden im populären Sinn des Wortes. Er drang nur – durchaus kontrolliert – in eine tiefer gelegene Weltschale ein und erlangte in ihr etwas vom Geheimnis der Heiterkeit wieder.

»Meister«, fragte ihn einmal Andrea, »warum benützt Ihr nicht einstweilen Eure Magie, um die Keusche gefügig zu machen? Ihr besitzt doch Bücher genug über Liebeszauber...«
»Den Fürsten betrügen? Gern! Mich betrügen? Nein. Wenn ich sie nur durch Beschwörungen zwingen könnte, dann sollte Pico sie lieber gleich festschnallen lassen, da wäre nicht viel Unterschied.«
»Aber würde sie durch die Melodie nicht *auch* gezwungen?«
»Wenn du so willst, ist alles Zwang. Wenn jemand seiner Geliebten gute, schmeichelnde Briefe schreibt, *bezwingt* er sie damit nicht? Ja, aber die Menschen haben eine flatternde Grenze zwischen Zwang und Zwang gezogen. Das eine nennen sie Gewalt, das andere Betörung...«
Der Magier hatte selbst schon an eine Verwendung herkömmlicher Philtrenpraktiken gedacht, um sich des Zeitdrucks zu entledigen; doch nun, nach diesem Gespräch, schloß er das endgültig aus.

Die ihm gestellte Aufgabe war klar und groß; sollte er sie nicht bewältigen, würde er der Welt eben nichts hinterlassen, würde in den Erdschoß zurückkehren wie ein nackter Regenwurm.

Und wenn? So was kommt vor.

Die praktische Arbeit an den Tonfolgen nahm Castiglio erst am 10. Dezember wieder auf. Er verwarf alles Bisherige, nannte es grobschlächtig und unzulänglich.

Die Liebesmelodie – um sie ging es fast ausschließlich – wurde differenziert nach Geschlecht, Physiognomie und Charakter der zu betörenden Person. Sie hieß jetzt nicht mehr schlicht »Wie man eines Menschen Liebe erweckt«, sondern »Wie man eines unerfahrenen jungen Mädchens Verlangen hebt«. Castiglio war klargeworden, daß die unterschiedlichen Gemüter der Rezipienten verschiedenartig auf die jeweiligen Tonsprünge reagieren. Ein gutgenährter Sanguiniker wird eine Sexte anders deuten als ein schwachkonstituierter Melancholiker.

Er betrieb auch komplizierte mathematische Berechnungen, in denen er den Leib eines Hörers als Resonanzkörper betrachtete. Zum Beispiel entwarf er die Theorie, daß Personen mit einem Schädelumfang von 50 Fingerbreiten den Ton a empfinden wie Personen von 45 Fingerbreiten Schädelumfang den Ton heses. Das mag kleinlich und unwichtig scheinen, aber für jemanden, der nach *dem Fehler* sucht, wächst es ins Gigantische.

Mitte Dezember beschloß Castiglio, das Magenhafte seines Leibes demütig zu akzeptieren. Von da an aß er regelmäßiger, bekam wieder Farbe ins Gesicht. Dennoch: In den Nächten, die regelmäßig in schmerzende, ekstatische Wahngebilde mündeten, schwitzte er sich wieder dünn.

Eifrig suchte er das eigentliche Wesen der Liebe zu bestimmen, es in seine Ingredienzen zu zerlegen, richtig zu proportionieren und entsprechende Tonfiguren zu finden. Die Liste wurde lang; »Liebe« bestand für ihn, unter anderem, aus: Einsamkeitsfurcht, Bestätigungssuche, Trosttausch, Begattungslust, Vervollkommnungssucht, Unterwerfungskitzel, Fortpflanzungstrieb, Weltflucht sowie einem Nachholen verschiedener Bedürfnisse, die man bei Eltern, Freunden oder spirituellen Autoritäten nicht befriedigt gefunden hatte. Ein wüstes, suspektes Ding, diese Liebe! Um sich den Auftrag zu erleichtern, beschränkte er das Gesuchte kurzerhand auf die Geilheit und ihr verwandte Aspekte.

Das Mädchen muß ja nicht gleich bereit sein, für Pico ihr Leben zu opfern – wie es im Tierreich der männliche Sinn der Liebe ist; Aufgabe des Ego, um das trächtige Weibchen zu schützen. Weshalb auch die Männer echte Liebe zum Weibe empfinden können, das Weib dagegen nur zum Kinde.

(Arbeitsprotokoll Nummer zwei, vom 19. Dezember)

Am Weihnachtsabend, eine Woche vor der Probe, benahm sich Castiglio äußerst seltsam.

Andrea hatte aus der Stadt einen gespickten Rehbraten besorgt und in der Küche der Villa aufgewärmt; auch war der Tisch weiß gedeckt, das Haus von vielen Kerzen erleuchtet und gemütlich beheizt. Andrea gab sich Mühe, den Meister mit Geschichten zu zerstreuen; er las ihm gerade aus dem *Decamerone* vor, als Castiglio plötzlich die Gabel senkte und laut zu deklamieren begann.

»Wo die Heiterkeit fehlt, ist keine Größe zu finden! Das Gran Spott, mit dem der Mensch seine Werke würzen muß, um deren Vermessenheit zu dämpfen, ist der goldene Glanz, den Holz erreichen kann, wenn genug Sonne es bestrahlt. Die Heiterkeit ist von der Transparenz eines brüchig gewordenen Herbstblattes, das sich nicht mehr festhält, wenn der Wind kommt; das sich fallen läßt und seinen Flug genießt!«

»Ja, Meister. Wollt Ihr mehr Sauce?«

»Das Licht – als ich jung war, sah ich es, da war es selbstverständlich, ich sah's und bemerkte es nicht. Täglich griff ich danach, so nebenbei, wie der Knecht am Morgen Kohle in den Ofen füllt. Damals leuchtete meine Haut hell, und die Worte segelten auf gläsernen Flügeln – zur Sonne hin und von ihr her; ich lernte Da Salò kennen, der verehrte sie wie eine Göttin, dann wurde Gauricus gefoltert und dann... verjagte ich die Heiterkeit, ging ans ERNSTE WERK! Bald nannte ich das Licht selbst nur Schein, hielt die Hitze für Fieber, mißtraute allem und bezweifelte jedes, absorbierte nichts mehr, reflektierte nur, war ein gieriges Kuckuckskind...«

Castiglio hatte die Spitzen seiner Gabel so fest in den Tisch gebohrt, daß sie steckenblieb, als er aufstand.

»Jaaaa! Fragen, Zweifel, neue Fragen, mit wenig Antworten die Neugier notdürftig stillen! Unschuldige Dummheit durch schuldige ersetzen! Ich muß mich schuldig machen, sonst kann ich nicht erlöst werden! Ich will schuldig werden und erlöst, das ist so gut wie unschuldig sein, nur spannender...«

Andrea verstand nicht und machte sich Sorgen ob des irren Blicks, den der Tropator in den Augen trug.

»Soll ich Euch Kräutersuppe kochen?«

»Tölpel! Kannst ja gar nicht kochen! Laß dir was erklären: Das Menschsein, nicht aber den Menschen zu lieben, ist ein Unterschied, fein und schneidend! Heißt, in uns das Beste zu verehren – unser Unheilvolles. Unheilvoll bin ich, dennoch schön! *So* muß es heißen! Nigra sum, sed formosa! Vielleicht werden sich die Magier einmal als Künstler oder Wissenschaftler tarnen müssen. Das Wissen-Wollen, der Drang zu schaffen, entspringt immer einem Haß am Dasein, am Vorhandenen, das ist – da die Erde göttlich schön und wohlgeordnet war – der Mensch! Begreifst du?«

»Nein. Ihr habt es sicher schon gemerkt: Ich bin dumm.«

»Allein deshalb hat der Mensch die Macht auf Erden!«

»Weil ich dumm bin?«

»Weil er verflucht ist! Das einzige Tier, das sich selbst zu hassen vermag. Nur daraus entsteht alles: Städte, Dome, Bücher, Bilder, Philosophen. Es entsteht aus Hass!«

Castiglio tänzelte vor dem Kamin hin und her, in einem wollüstig-obszönen Tanz. Er war bis aufs Skelett abgemagert, und seine Haut hatte schauerliche Flecken bekommen.

»Man mag sagen, was man will!« flötete er mit Kopfstimme. »Aber dieser riesige, unerschöpfliche Haß ist sicher das Beste in uns. Ansonsten sind wir eine recht mittelmäßige Spezies!«

»Meister!«

»Jaja! Wußtest du, daß Sokrates im Kerker eine Stimme hörte, die zu ihm sagte: ›Mach Musik!‹ Und er antwortete: ›Ich hab' der Kunst doch mit meiner Philosophie genügend gedient‹, und die Stimme sagte: ›War alles fürn Arsch, mach Musik!‹, und Sokrates begann fieberhaft zu komponieren. Wußtest du das?«

»Nein, ich ...«

»Das Tote in uns schreit nach Erlebnis; Geschriebenes will erlesen sein; die Musik will nur erhört werden, ja, DIE MUSIK WILL ERHÖRT WERDEN! Andrea, siehst Du das? Welch Paradoxon! Die Götter – sie beten!«

»Meister!«

Andrea sprang zu spät vom Tisch auf, um Castiglio beizustehn. Der rannte hinaus in die Kälte, zu den flachen Schneeinseln beim Laubwald, klammerte sich an den nächstbesten Baum und umarmte ihn. Andrea stolperte hinterher, rief seinen Lehrer zum ersten Mal beim Namen, fand ihn nicht auf Anhieb und ging zurück zum Haus, eine Fackel holen. Castiglio lehnte an einer kahlen Eiche, stand barfuß im gefrorenen Morast, rieb sich Moos auf die Stirn und vergewaltigte den Baum, riß sich Hautfetzen ab bei der rauhen Begattung.

»Lachen lernen! Lachen lernen!«

Es kam zu keinem Erguß.

Er schwankte, der beleidigte Baum stellte ihm eine Wurzel, schon stürzte er, Gesicht voran, in eine Schlammpfütze, knirschte mit den Zähnen, verhöhnte das Universum und dessen Gottheiten.

»Euterpe, bist 'ne blöde Sau, das sag' ich dir! Kümmert sich ja sonst keiner um dich!«

Aus der Ferne erklangen Suchrufe Andreas. Castiglio lief tiefer in den Wald. Das Dunkel scheute vor ihm. Wo aber das Dunkel sich zurückzog, war kein Licht, da war nur Nichts, das weder grau war noch schwarz, weder kalt noch warm, nicht fest, nicht flüssig, nicht farblos, nicht gläsern. Nichts war es, und es schien sich in der Gegenwart des Tropators wohl zu fühlen.

»Komm, ich will dich!« brüllte er lüstern hechelnd ins aufgeschreckte Dunkel, und das Dunkel floh und überließ alles dem Nichts. Eine schmale Quelle mäanderte am Nichts entlang, glitzerte kalt im blaugeäderten Mond, gurgelte hell, wanderte von irgendwoher nach irgendwohin.

»He, Wasser!« rief Castiglio übermütig, »Was tust du da?«

»Fließen«, antwortete das Wasser.

»Warum tust du das? Geht doch immer bergab!«

Das Wasser gluckste amüsiert und gab keine Auskunft.

»Stupides Wasser!« höhnte Castiglio. »Bist bloß zu feige...«

Da sprach das Wasser: »Komm und trink von mir!«

Aber jetzt wollte der Magier nicht mehr.

Er fror nicht. Er spürte das aufziehende Gewitter als Sanftmut des Schmelzwinds, in Atemstöße zerstückelt, jeder ein tröstend warmer Hauch, fallender Honig.

»Wer bin ich? Woher komme ich?« fragte Castiglio in die Nacht, der Wald rumorte und raschelte, und ein junger Elf, der das Gewimmer nicht mehr ertragen konnte, rief aus einem Felsspalt: »Du bist Castiglio aus Florenz! Wie oft willst du das noch vergessen?«

»Ja, aber wozu bin ich hier? Warum will mir nichts gelingen? Warum zerrinnt mir alles in den Händen?«

Das Dunkel brodelte und prustete. Mehrere Elfen versuchten ihrem Kollegen, da Weihnachten war, den Mund zuzuhalten.

»Weil du ein dummes Arschloch bist!« brüllte der vorwitzige Waldgeist.

Castiglio wanderte weiter, zu den faulig leuchtenden Bäumen am Fuße des Hügels, zerschnitt sich die Sohlen, Schneeregen wehte ihn an, und dort, inmitten der Eichengruppen, war es und wartete.

Sein Leben stand vor ihm, handlich auf Mannsgröße geschrumpft, Extrakt aus siebenundfünfzig Jahren, kaum gekürzt. Sein Leben stand da, bereit, in weißes Linnen gepackt und verschickt zu werden, in einer Schutzhülle aus Bretterholz.

Zwischen den Eichen, zwischen den Särgen, steht es und wartet. Und das Echo hallt geifernd: Weil du ein Arschloch bist! Ein Arschloch bist!

Trotzig boxt sich der Magier auf die Brust.

»Nein! Ohne Melodie geh' ich nicht!«

»Hört euch den an!« schallt's aus dem Wald.

»Da könnt ihr euch auf den Kopf stellen! Ich geh' nicht ohne Melodie!«

Plötzlich, von Mitleid ergriffen, auf tritt die Muse Euterpe, von links, halbnackt.

Plötzlich ist alles voller Licht und großartiger Musik mit Pauken und Trompeten und einigem Tam-Tam. Die Göttin verscheucht alle Geister und legt Castiglio einen Finger an die Stirn. Fabelhaft. Castiglio ist begeistert. Er grinst. Die Göttin setzt sich auf ihn, entblößt ihre Brüste. Hat man so was schon gesehen! Die Geister, schmollend, zerren an ihrem Kleid wie eifersüchtige Kinder. Die Göttin befiehlt ihnen Stille. Wie erlösend! Das tut gut. Der Magier saugt und schmatzt, satt wendet er sich zur Seite und schläft ein. Die Göttin seufzt und erhebt sich in die Luft.

Dort kommt Andrea, mit der Fackel. Wieder einmal muß er den Magier heimschleppen.

»Wollt Ihr Euch denn umbringen?« schimpft er.
»Nein«, grölt Castiglio, »ohne Melodie geh' ich hier nicht weg!«

Der Junge legt das blaugefrorene Skelett aufs Bett, wirft fünf Decken drüber und wacht daneben.
Castiglio scheint gute Träume zu haben.
»Jetzt wird's gelingen...«, murmelt er dauernd.

Während der ganzen Nacht steht unten, zwischen den Eichen, Castiglios Leben und wartet darauf, abgeholt zu werden. Als Castiglio bis zum Mittag nicht gekommen ist, trollt es sich achselzuckend.

»Jetzt wird's gelingen...«
»Sicher, Meister...«
»Du hättest dabeisein sollen! Ich hab' das Nichts gesehn. Bring mir das Heft! Was hältst du davon: *Was ist das Nichts? Die Aura des Atoms. Die Hülle des Partikels; Hefe, die den Weltteig bläht. Ohne das Nichts wäre das Etwas verflucht schwer und winzig. Wie findest du das?«*
»Ja, Meister.«

XVI
1531

Diarium des Pietro, Tomus CL, vom 2. Januar

Nun sind sie fort.

Mir braust der Kopf; die Welt ist eine umgestülpte Narrenkappe, über meine Augen gezogen.

Alles ging so schnell. Ich muß mich sammeln.

Fünf Uhr morgens, die Türen fest verriegelt, die Ohren weit aufgesperrt nach jeder Richtung.

Wenn endlich Morgenhelle hineinführe und den Schatten Gesichter aufzwänge! Wenn ihnen der Schild der Nacht entzogen würde, die Namenlosigkeit, in der sie meine Pferde mordeten!

Jetzt scheint alles ruhig. Aus dem Dachfenster beobachte ich den Palast. Kein Lärm, kein Aufruhr.

Acht Stunden ist's her, da begann der Alchemist die zweite Probe. Wieder mußte das Mädchen von Soldaten vorgeführt werden. Sie hatte gedroht, sich umzubringen, war daher gefesselt. Die Kutsche, in der man sie zum Kastell brachte, war schwarz verhangen; dennoch wußten um ihren Inhalt viele Bürger, standen am Straßenrand und beweinten das Mädchen in aller Offenheit. Woher wußten diese Leute vom Transport? Wer hatte sie informiert?

Man verfrachtete das Mädchen in Picos Schlafzimmer, und die Farce nahm ihren Lauf. Vor dem Fenster war ein Gitter angebracht worden, jedes Entkommen ausgeschlossen.

Bis zuletzt hatte ich versucht, Pico von dem Unternehmen abzubringen, umsonst. Er hatte sich derartige Entflammtheit eingeredet, daß er unverhohlen drohte, mich meines Beichtvaterpostens zu entheben, falls ich nicht Ruhe gäbe. Ich betete für das Mädchen und ihre reine, standhafte Seele und um Erleuchtung meines lasterhaften Fürsten.

Castiglio plazierte sich unter dem Balkon, mitsamt seinem Schüler und etlichen Requisiten. Diesmal wollte er selbst musizieren und sein Schicksal nicht, wie im September, in die Hände anderer legen. Obwohl es bitterkalt war, schien er kaum zu frösteln und initiierte sein gottloses Konzert, stand dabei nicht still, sondern wippte und tänzelte, und manchmal drehte er sich sogar. Satanas tanzte mit ihm, gewiß!

Ich hockte am andern Ende der Palastfassade, in zwei dicke Mäntel gehüllt, unter einem Giebelvorsprung. Unbemerkt vom Alchemisten, stillte ich meine maßlose Neugier, verzeih's, mein Gott...

Seltsame Klänge bekam ich zu hören.

Die »Melodie«, zu der Castiglio ansetzte, war keine solche. Planloses Auf und Ab – weite Sprünge, die keinerlei Sinn ergaben. »Musik«, wie ungeübte Kinder sie erzeugen würden oder vom Irrsinn Gezeichnete. Falsch, unzusammenhängend, krassen Temposchwankungen unterworfen. Das schuf große Unruhe in mir.

Zwar zupfte er die arabeske Folge jeweils gleich, doch auch beim zwölften Mal erkannte ich keine Schönheit darin, nur einen Wust von aneinandergereihten Terzen, Septen, undefinierbaren Akkorden und andern Scheußlichkeiten, immer unaufgelöst und schräg verebbend, jedwede Harmonie verweigernd, kaum zu ertragen. Es bereitete mir Gänsehaut und Schmerzen, doch war ich auf Kommendes zu gespannt, um meinen Platz zu verlassen. Ich weiß nicht, worauf ich wartete. Jetzt, im nachhinein, frage ich mich, weshalb ich überhaupt etwas erwartete.

Neben dem Alchemisten stimmte der Bankert Reservelauten, um sie gegebenenfalls zu überreichen. Bei der Kälte und dem klammen Wind verzog sich das Holz schnell; oft klang die grausige Katzenmusik noch falscher; was ich nicht für möglich gehalten hätte.

Zwiespältig wurde mein Denken.

Eine lächerliche heidnische Posse, dachte ich einerseits. Dann erinnerte ich mich des überragenden Wissens des Alchemisten und weigerte mich zu glauben, ein gewandter, gebildeter Mann könne sich ohne einen tieferen Sinn dergestalt benehmen. Sicher war eine ernstgemeinte, gefährliche Blasphemie im Gange; vielleicht von entzündeten Nerven erdacht, aber in schlimmem Vorsatz.

Der Wind wurde stärker, andauernd sah Castiglio nach oben, befürchtete wohl Schneefall. Der Bánkert versuchte, die beiden großen Kerzenhalter vor Zugluft zu schützen; plötzlich ritten zwei Männer über die Piazza Grande, trugen weiße Karnevalsmasken, und ihre Sättel waren wappenlos, aber ich erkannte sie sofort an der Statur: Bemboni und Carafa, auf Hengsten, die vormals Da Pezza gehörten. Beide trugen in der rechten Hand Eimer, beide johlten heiser und schütteten dem Alchemisten literweise Wasser über. Danach gaben sie ihren Pferden die Sporen, galoppierten fort, nah an mir vorbei.

Hätte ich die Reiter nicht gleich erkannt, sie wären mir vielleicht als himmlische Gestalten erschienen, gekommen, die bedrohte Ehre des Mädchens zu retten. So aber bot sich mir eine bizarre, mitleidheischende Szene.

Der tropfnasse Alchemist machte keinen Moment Pause und spielte tapfer weiter. Er sagte nicht einmal etwas dazu, blieb ganz stumm. Als die feuchtgewordene Laute immer entsetzlichere Töne von sich gab, stampfte er auf und stieß Andrea mit dem Fuß, er solle fleißig die Reservelauten weiterstimmen. Der ebenfalls komplett durchnäßte Famulus zitterte so sehr, daß er wenig zustande brachte. Eine Kerze nach der anderen verlosch.

Und wenn sein Ansinnen auch zu verurteilen war – *das* hatte Castiglio nicht verdient.

Um seine Würde sollte es gleich noch schlimmer kommen. Schon kehrten die Reiter zurück, trugen in ihren Eimern diesmal Odel herbei – das roch bis zu mir. Castiglio unterbrach sein Spiel, griff zum Beil und warf es Bemboni in die Schulter. Der schrie gellend auf. Carafa wendete sein Pferd, schien nahe dran, den Alchemisten in Stücke zu hauen. Aber Bemboni ritt weg, machte keinen schwerverletzten Eindruck, das Beil hat ihn wohl nur mit einer Ecke getroffen. Carafa, allein gelassen, folgte ihm in die Gärten, wo sie im Dunkel der Bäume verschwanden.

Castiglio rief nach Soldaten zu seinem Schutz, aber die Wachen taten, als hörten sie nichts; sind sämtlich dem Carafa hörig, alles heimliche Lutheraner, mußten in die Aktion eingeweiht gewesen sein.

Es mutet unfaßlich an, aber Castiglio gab noch nicht auf.

Durchweicht und stinkend, griff er zur Laute und begann erneut zu zupfen, während der Bankert längst auf die Knie gegangen war und heulte ob soviel Gemeinheit.

Dies alles war ein Affront nicht nur gegen Castiglio – auch gegen Gianfrancesco selbst. Ich witterte Umsturz und rannte in die Wachstube, rüttelte treue Leibmannschaften auf. Gemeinsam liefen wir, Castiglio vor neuen Attacken zu schützen.

Aus dem Schlafzimmer Gianfrancescos hörten wir böse Flüche und ein gänzlich andersartiges Konzert der Lust: Stöhnen und Geschrei. Wie jedermann erraten konnte, war mein brünstiger alter Fürst grade dabei, das Mädchen mit Hilfe der Diener zu entehren. Ein zerlumpter alter Bauer rannte auf den Palast zu, brüllte nach seiner Tochter. Zwei Offiziere der Wachmannschaft hielten ihn fest und drückten ihn zu Boden. Auf der Piazza Grande sammelten sich derweil erste Bürger, schrien – vorerst noch verhalten – nach Rache, waren kurz davor, dem Bauern zu Hilfe zu eilen.

Castiglio sah mich mit großen Augen an, sein Antlitz war voller Kotspritzer, sein nasser Mantel steifgefroren, und alle Lauten waren ruiniert, auch der teure Kitharanachbau. Da lachte der Alchemist irre auf, rauh und heulend, das war erschreckend.

»Komm, Andrea!« stieß er hervor. »Hier wollen wir nicht bleiben!«

Das war alles. Keine Klagen, keine Vorwürfe, nicht einmal ein Ausdruck des Ekels. War nicht ohne Würde. Trotzdem konnten sich die Soldaten blöde Witze nicht verkneifen.

Gemessenen Schrittes ging Castiglio auf die Porta San Antonio zu, in Richtung seiner Villa.

Ich gab meinem Herzen einen Ruck, lief hinterher und meldete mit vorgehaltener Hand, die Reiter wären Bemboni und Carafa gewesen – die würden es nächstens bestimmt auf sein Leben abgesehen haben.

Wer weiß, welche Fallen in der Villa schon gestellt waren? Ich lud die beiden zu mir. Durch einen Hinterhof gelangten wir – hoffentlich – ungesehn zu meinem Haus, wo ich gleich selbst, ohne die Magd zu wecken, einen Zuber bereitstellte.

Castiglio fragte, welchen Grund Bemboni und Carafa gehabt hätten, ihm so was anzutun. Was der Sinn des Ganzen sei?

Ich wußte es nicht. Vielleicht bloß die Lust an grausamen Scherzen... Hoffentlich bloß das. Ich habe Carafa schon lange verdächtigt, mit Galeotto zu konspirieren; vielleicht will er ihm durch das entstandene Chaos den Weg ebnen?

Castiglio eröffnete mir, sein Entschluß stehe fest: Er wolle Mirandola noch in dieser Nacht verlassen, könne unter diesen Umständen keine Stunde länger bleiben, dürfe sein großes Projekt nicht gefährden. Picos Schutz sei offenkundig nichts mehr wert.

Er sprach mir aus der Seele.

Ich nannte ein Benediktinerkloster, wohin er fliehen könne. Kurz überlegte ich sogar, ihn dorthin zu begleiten.

Weil es Castiglio an Barem mangelte, riet ich ihm, er sollte dem Abt der Abbazia die Reitpferde als Entgelt überlassen. Nun standen die Rosse des Alchemisten aber im Stall seiner Villa und es schien zu gefährlich, sie zum jetzigen Zeitpunkt zu holen.

Da hab' ich ihm im Tausch die beiden meinigen gegeben; keine so edlen Tiere, stimmt; aber es geschah aus der Notlage heraus, nicht aus Bereicherungsgedanken, mein Herrgott, ich schwör's!

Währenddessen entstand viel Lärm auf den Straßen, und ich hörte, daß Gianfrancesco überall in der Stadt nach Castiglio fahnden ließ. Das fanatisierte Volk strömte in Massen an meinen Fenstern vorbei, Pulks bildeten sich, Rufe nach Galgen und Rad. Die erregte Masse bewegte sich in Richtung der Porta San Antonio, den kleinen Hügel hinauf, zur ehemaligen Da Pezza-Villa. Eine wogende Leiberflut wälzte rachebrüllend vorüber, ein Fackelzug, dem Mord auf die Stirn geschrieben stand. Der Haß auf den Alchemisten ist glühend groß gewesen, die halbe Bevölkerung beteiligte sich am Sturm.

Das war Castiglios Glück! So konnte er unbehelligt durch die Porta San Michele entkommen. Andrea bestand darauf, ihn zu begleiten. Ich gab beiden weiße Kutten zur Tarnung, Proviant und ein Schreiben an Stefano, Abt der Pomposa, wo sie sicher sein dürften.

Der Abschied fiel kurz aus. Ich wollte nicht freundschaftlich tun. Habe nur meiner Christenpflicht gehorcht, außerdem ist

Bemboni sicher ein größeres Monstrum, als Castiglio es je werden könnte.

Als der Alchemist und sein Schüler das Tor passiert hatten, wechselte ich den Weg, durchquerte die Stadt, stieg den Hügel hinauf. Dort oben machte sich der Mob widerliche Späße. Die Villa wurde vollends geplündert, Bücher und Instrumente verbrannt. Ich gebot Einhalt, damit meinen Pferden nichts geschähe. Zu spät. Sie waren schon abgestochen, wie alle Singvögel der Voliere. Die Kadaver der Hengste wurden gerade von Bettlern zerteilt – edle Araber als Mahlzeit fortgetragen!

Die anwesende Soldateska gab sich Mühe, wenigstens den Prachtbau selbst vor den Übergriffen des Pöbels zu schützen, der laut lutherische Parolen rief. Wie sich herausstellte, hatten die Soldaten Castiglio nur vor den Fürsten zitieren sollen, nichts weiter! Es existierte nicht der geringste Haftbefehl! Übles Mißverständnis!

Die Bändigung des Plebs fiel nicht leicht; die grobe Kälte schürte Lust auf ein wärmendes Flammenmeer. Blutrünstig, innerste Natur zuäußerst gekehrt, übersprangen diese Wilden die Hürde ihrer Scham, bissen ihre Maulkörbe durch, hausten wie Piraten in schrankenloser Willkür.

Der Volkszorn war nicht zuletzt wegen des Bauernmädchens entfacht worden; weil man aber gegen Gianfrancesco selbst nicht aufzubegehren wagte, traf es den Alchemisten, vielmehr dessen Besitztum.

Ich kann nicht umhin zu vermuten, diesem Aufruhr wäre geschickt nachgeholfen worden. Droht Umsturz? Holen die verfluchten Lutheraner Galeotto aus dem Exil?

Ich sitze hier und warte auf die Morgenhelle. Im Palast scheint alles ruhig.

Es muß Strafgerichte geben! Die Pferde müssen mir ersetzt werden!

Nein, es geht nicht, ich kann doch meine Verwicklung in Castiglios Flucht nicht zugeben...

Zum Weinen!

Der Alchemist kann letztlich zufrieden sein. Wenn er scharf reitet, erreicht er die Abbazia in zwei Tagen. Hätte schlimmer für ihn enden können. Wer vom schwarzen Wein kostet, über den die Gottesfinger gekreuzt sind, singen die Alten, und wahr ist es, und ich bin gar nicht mehr sicher, ob ich ihm hätte helfen dürfen, dem Teufelsjünger.

Bin ich morgen noch am Leben und höre die Beichte meines fürstlichen Konfitenten, voll Schweinerei und Sünde?

Immer noch lockt die Versuchung, das Bündel zu packen und Castiglio nachzufolgen, den Rest meiner Tage in der Pomposa zu beschließen. Was hält mich hier? Verzeih, mein Herrgott, wenn es nur Neugier ist.

Ich bete für das geschändete Mädchen, bete für die Seelen Picos, Castiglios und sogar – höre, Herr! – für die Bembonis.

XVII

»Proff, wir haben die Wahl: Striplokal oder Prolokneipe?«
»Wo kann man ungestörter reden?«
»Keine Ahnung. Kommt auf die Stripperinnen an, schätz' ich.«
Sie entschieden sich fürs Striplokal und bestellten zusammen eine Flasche Sekt, auf Rechnung des Professors.

Das Etablissement war nicht sehr voll; meist biederes Publikum, das einen Hauch Verruchtheit schnuppern wollte. Die Wände waren verspiegelt; wenn man sich umsah, konnte man sein Konterfei an mehreren Stellen des Raumes wiederentdecken. An der Bar saßen Animierdamen und boten für 120 Mark sinnliches Geplauder an, Schampus inbegriffen. Dem, der noch ein bißchen drauflegte, wurde kurz an die Eier gefaßt. Mehr gab's hier nicht zu erleben; war ein seriöses Lokal.

Auf der Bühne tanzte eine Schwarze mit Schmerbauch und Hüftgelenksleiden; sie trug kiloschwere Ringe im Ohr; als wäre sie eben von der Galeere gestiegen und wartete darauf, neu angekettet zu werden. Ihre Haare waren im Stil der Sechziger zur Pyramide hochtoupiert. Sie warf Kleidungsstücke ins Publikum. Wer eins auffing, durfte kurz dran riechen; schon stakste ein Gefrackter zwischen den Tischen durch und sammelte die Klamotten wieder ein.

Krantz sah sich den Strip interessiert an. Er mochte schwarze Haut, und sein letzter Besuch im Rotlichtviertel war 1942 gewesen.

Täubner begnügte sich mit gelegentlichen Blicken. Sein Schönheitsideal bestand in graziler Blässe; er konnte dem Schauspiel nichts abgewinnen.

Finale. Der Slip fiel. Es gab ein wüstes, unfrisiertes Haarbüschel zu sehen. Die Schwarze drehte sich zweimal um die eigene Achse, brach sich einen Pfennigabsatz ab und humpelte unter magerem Beifall hinter den mit Sternen beklebten Vorhang.

Krantz faltete die Hände und wandte sich, leicht angesäuselt, seinem Gasthörer zu.

»Castiglio hat also auch die zweite Probe vermasselt! Es ist ein Sendschreiben des Kamaldulensers Pietro erhalten, an den jungen Abt der Pomposa, das ist ein gewaltiges Benediktinerkloster an der Adriaküste, bei Codigoro, oberhalb Ravenna. Aparterweise ist es genau dasjenige Kloster, in dem fünfhundert Jahre zuvor Guido d'Arezzo lebte.«

»Wer?«

»Der Erfinder der Notenschrift! Ut re mi fa so la und so...«

»Ach ja?«

»In dem Sendschreiben heißt es, seinen Überbringern sei böses Unrecht geschehen, weshalb sie hätten fliehen müssen: Ihr Leben sei in Gefahr; wo sie doch treue Diener ihres Fürsten gewesen seien. Sie kämen in Kutten, Stefano – so hieß der junge Abt – solle ihnen deswegen nicht böse sein. Die Notlage habe jene Verkleidung erfordert, um aufgebrachtes Volk zu täuschen.«

»Was ist passiert?«

»Läßt sich doch aus dem Sendschreiben klar rauslesen: Die Probe war ein zweites Mal mißlungen und Gianfrancesco Pico, stinksauer, ließ die beiden ächten und von der Bürgerschaft jagen. Damals war das Lynchen erfolgloser Alchemisten ein – im wahrsten Sinne des Wortes – *Volks*sport, eine der wenigen Festivitäten, die man sich dann und wann leistete. Sie dürfen nie vergessen, daß zum Beispiel die Hexenbulle *In summis desiderantis* keineswegs der Beginn der Hexenverfolgungen war. Es wurde nur versucht, die überhandgenommene Selbstjustiz in geordnete Bahnen zu lenken, unter kirchlicher Ägide. Unkontrollierte Massenaufläufe sind schließlich sehr dynamisch und für Institutionen jeder Art ein gewaltiges Gefahrenpotential. Durch die Strukturierung der Hexenverfolgung ging alles bald sehr viel gesitteter zu. Den dadurch verlorengegangenen Kitzel mußte man natürlich durch quantitative Dimensionen ausgleichen.«

Täubner hob die Hand zum Einspruch.

»Das ist ja was ganz Neues! Wollen Sie vielleicht die Kirche entschuldigen?«

»Wenn ich das schon höre! *Die* Kirche! Geht's noch pauschaler? Immer ist die Kirche an allem schuld gewesen... Gut, dann bin ich auch pauschal und behaupte: Was *das* Volk nicht will, das gibt es auch nicht! Man kann *dem* Volk vielleicht kurzfristig etwas aufzwingen – aber keine vierhundert Jahre Scheiterhaufen! Man muß die Scheußlichkeiten des menschlichen Denkens nicht immer auf hybrid gewordene Organisationen schieben! Wenn es eine Schuld gibt, liegt sie viel tiefer, suchen Sie sie im Christentum, nicht in irgendeinem seiner Symptome!«

»Christentum?«

»Selbstverständlich! In jeder monotheistischen, diesseitsfeindlichen Religion! Für die Schrecken der Inquisition ist Jesus verantwortlich, kein anderer! Jeden einzelnen der Million Verbrannter hat *er* auf dem Gewissen! Ein Religionsstifter muß die Fanatisierung seiner Adepten gefälligst einkalkulieren können! Von einem Sohn Gottes darf ich das doch wohl erwarten!«

»Pssst...«

»Wenn man endlich begriffe, daß es völlig egal ist, ob man seine Feinde nun liebt oder haßt, Befehl ist Befehl, und aufdringlich ist es in jedem Fall... Eine Respektlosigkeit!«

Krantz war ziemlich laut geworden, und auf der Bühne war eine neue Tänzerin erschienen, die dem krakeelenden Schweden grinsend ihre Brüste entgegenschlenkerte. Der Barkeeper drehte den Discostampf lauter.

»Na schön, Proff! Sie sind schon wieder vom Thema abgekommen!«

»Diesmal haben *Sie* es drauf angelegt!«

»Mea culpa, richtig. Machen wir mit Castiglio weiter!«

Krantz bestellte eine zweite Flasche Sekt, trotz wahnwitziger Preise. Leicht angebittert schraubte er seine Polemik gegen die Nazarenersekte zurück. (Er war ein glühender Verehrer Gabrielle Da Salòs, des Bologneser Christenfeinds, und hätte sich gern noch einmal ausführlicher über diesen bemerkenswerten, weithin unbekannten Menschen verbreitet. Mißmutig fügte er sich in die Chronologie.)

»Castiglio und Andrea verschwinden von der Bildfläche. Das Haus Da Pezzas, in dem sie wohnten, steht leer. En masse nehmen die fahrenden Volkssänger die Vorfälle als Stoff für ihre Moritaten. In den nächsten Jahren wird die Da Pezza-Villa von vielen Abenteurern wie ein Touristikum besucht – ein schauerumwitterter Ort, von dem man sich einen Wust phantastischer Greuelgeschichten erzählt, mit immer neuen Einzelheiten. Mythische Homunculi entstehen dabei zwei: erstens Castiglio, zweitens das Mädchen.«

»Welches Mädchen?«

»Das, in das sich Pico verliebt hatte!«

»Ach ja.«

»Sie merken selbst: Sie ist nicht interessant genug, um mythisch ausgebaut zu werden. Viel zu blaß. Keusche, energische Jungfrauen hatte man etliche auf Lager. Und ob Pico sie gekriegt hat oder nicht – wen kümmert's? Castiglio wird von der zeitgenössischen Legendenmaschine vorerst negativ behandelt, als faustische Figur, aber ohne menschlichen Zug, skrupellos und teufelsbesessen. Die Ereignisse des Januars 1531 haben sein Image radikal verändert. War er eben noch der listige Sonderling und harmlose Schmarotzer, ist er jetzt ein satanisches Monster mit streichholzlangen Fingernägeln. Und das, obwohl er mit seinen Melodien durchgefallen war! Was lernen wir daraus? Daß das Versagen des Protagonisten keineswegs Grund genug ist, Faszinationskraft einzubüßen, solange die Idee noch wirkt. Im Gegenteil: Manchen Helden steht das Scheitern viel besser als der Sieg. Wer beispielsweise der ganzen Welt den Krieg erklärt, für dessen Idee ist es nicht so wichtig, ob dieser Krieg in der Praxis verloren oder gewonnen wird. Es klingt kühn – aber ich möchte behaupten, daß – mythosophisch gesehn – der Zweite Weltkrieg noch im Gange ist!«

»Echt?« Täubner duckte sich unter den Tisch.

»Der nächste Wiedergänger hitlerscher Sorte steht schon in den Startlöchern, da wett' ich drauf, natürlich nicht hier, im fetten Europa – vielleicht bei den Arabern...«

»Das ist wirklich ergreifend, was man aus Castiglio alles lernen kann, Donnerwetter, Proff!«

Täubner hob sein Glas und stieß mit Krantz auf die kommenden Wiedergänger an.

»Wie sie kommen und gehen, Prost!«

»Uff...«

Der Schwede wirkte etwas benebelt, hatte die Augen zusammengekniffen und kämpfte mit einem Rülpser. Ruckartig übte er

Selbstdisziplin, schwang sich in aufrechte Position, schüttelte die Symptome des Alkohols aus seiner Mimik und tarnte Kurzsichtigkeit mit weit aufgerissenen Augen, von denen Täubner meinte, sie gälten der Tänzerin.

»Wissen Sie was, Proff?«

»Hmmm?«

»Ich glaub', Sie wissen nix!«

»Wie bitte?«

»Im Grunde wissen Sie überhaupt nix von dem, was damals passiert ist. Sie reimen sich was zusammen, erfinden 'ne neue Wissenschaft drumrum und basteln, bis...«

»Ich verbitte mir das!«

»Wenn Sie mehr als 'ne Handvoll Fakten haben, warum gleiten Sie dauernd davon ab und reden abstraktes Zeug über Jesus und die Welt? Das steht mir bis hier! Ich mag keine Leute, die mir anhand irgendwelcher Mittelaltertypen die Welt erklären wollen.«

»Renaissance«, verbesserte Krantz.

»Schön, Renaissance! Sagen Sie mir doch lieber mal: Haben die was getaugt, die Melodien, oder war das kompletter Nonsens?«

»Täubner, ich verstehe Sie! Wirklich! Aber Sie müssen begreifen, wir stehen am Anfang einer langen Geschichte...«

»Ham die was getaugt oder nicht?«

»So ist das heute: Alles muß auf Spielfilmlänge gekürzt werden, damit sich ja keiner überanstrengt!«

»Also kompletter Nonsens?«

»Die Melodien? In ihrer damaligen Fassung? Tja ... Weiß ich nicht.«

»Sag' ich doch – Sie wissen nix!«

»Doch! Ich weiß was! Nämlich, daß die Melodien langsam *begannen*, etwas zu taugen.«

»Hä?«

»Dank ihrer Mythifikation! Ist doch klar! Anfangs war Castiglio ein Schwindler, und nichts, was er hervorbrachte, mußte ernst genommen werden. Aber durch seine Dämonisierung wurden die – niemandem bekannten – Melodien aufgewertet. Man war plötzlich *begierig* auf magische Musik und bereit, beim leisesten C-Dur-Akkord zusammenzuschrecken. Die Idee löste verschüttete Sehnsüchte aus! Alles eine Frage der Suggestibilität des Probanden. Gurdieff, ein Magier des zwanzigsten Jahrhunderts, hat das mehrmals demonstriert, wenn er auf Gesellschaften Klavier spielte und jemandem ankündigte, er werde bei einem bestimmten hohen Ton die Besinnung verlieren. Der hohe Ton kam, und der Betreffende sackte weg. Es gibt östliche Hypnosemethoden, die rein mit musikalischen Mitteln arbeiten...«

»Schon kapiert.«

»Mo-ment!« fuhr Krantz fort. »Ich habe nicht bestätigt, daß Castiglios Melodien kompletter Nonsens waren, die er nur gut an den Mann gebracht hat. Sicher hat die Legendenbildung ihre Wirkung erhöht, aber ich bin mir auch sicher, sie müssen, aus tonpsychologischer Sicht, etwas Besonderes gewesen sein.«

»Hat sich keine einzige erhalten?«

»Nur in mutierten Fassungen. Noch besteht allerdings die Möglichkeit, Originale zu finden. Es gibt ein paar schwache Chancen. Ich hab's noch nicht aufgegeben.«

»Haben Sie vorhin nicht gesagt, die Melodien selbst interessieren Sie überhaupt nicht?«

»Ach, was man alles so sagt! Mit dem Auffinden der Melodien wäre der Mythos endgültig abgeschlossen! Das wär' schon was! Ich könnte ein dickes Buch beenden...«

Krantz orderte eine dritte Flasche. Der Kellner machte darauf aufmerksam, daß in zwanzig Minuten Sperrstunde sei. Krantz war das egal. Er kippte ein Glas Sekt nach dem andern und bekam einen verträumten Blick.

»Ich könnte mein Buch beenden und dem Leser zum Schluß präsentieren, wovon vorher tausend Seiten lang die Rede ist, das wär' schon was...«

»Prost!«

»Jaja...«

»Was ist eigentlich aus dem Mädel geworden?«

»Aus der prüden Ziege?«

»Prüde Ziege?«

»Damals muß eine schon verdammt irr gewesen sein, wenn sie sich von einem Potentaten nicht aus der täglichen Kacke ziehen ließ! Mit so was hab' ich kein Mitleid! Nie!«

»Und? Was hat Pico mit ihr gemacht?«

»Angeblich hat er sie vergewaltigt, und sie hat sich danach umgebracht – klingt sehr literarisch – wer weiß? Vielleicht hat er sie einfach rumgekriegt... Im Oktober 1533 wurde Gianfrancesco Pico jedenfalls ermordet, von seinem Neffen Galeotto – ein Husarenstück bei Nacht und Nebel; mit vierzig, jawohl, vierzig Räubern überwand Galeotto die Zinnen, erstach seinen Onkel und legte dessen Bibliothek in Brand; natürlich! Die Realität ist Kitsch! Man kann's nicht oft genug sagen... Egal. Da der Mädchenschänder Gianfrancesco selbst gewaltsam starb, war das Mädchen quasi gesühnt – und ihre mythische Karriere jäh unterbrochen. Klar, oder?«

Täubner nickte. Er hatte langsam begonnen, die seltsamen Gedankengänge der Mythosophie zu verinnerlichen, konnte sie nachvollziehen, wenn er sie auch nicht akzeptierte.

Drittes Buch
TROPOI
oder
Krieg der Klänge und des Schweigens

*Zerrt ihr mich mit euren Reden und Gegenreden
nicht zu Tod? Ich will nicht mehr hören:
Das ist wahr und das ist Lüge.
Was die Wahrheit ist,
das bringt kein Mensch heraus...*

                        Hofmannsthal, *Elektra*

I

Ein Hauch beengender, brustabklemmender Unendlichkeit schwebte über der Ebene.

Die schneebegrabene, nebelgepolsterte Landschaft ohne Konturen, ohne Grenzen, ohne Oben und Unten – sie tat sich drohend auf.

Das Empfinden, alle Umgebung sei ein einziges, weiß bemaltes NICHTS, ein Bild einer Leinwand auf dem Bild einer Leinwand, stülpte sich bleiern über Castiglios Sinne.

Diese Winterebene, in blaugerändertem Weiß evaneszierend, wurde zum allesverschlingenden Maul der Nulltönigkeit, eines schlürfenden Vakuums, das jeden Hall eines Geräusches sofort kappte und absorbierte. Kaum Bewegung war zu erkennen in den kahlen Espen, in den seichten, mattschwarzen Flußläufen, in den erstarrten, Stein gewordenen Rübenfeldern. Das Licht schleppte sich kühl und entkräftet durch statische Wolken, unwandelbar scheinende Öde. Jeder Gedanke zerfloß den Fliehenden zu Brei, ungeeignet, daraus Worte zu formen.

Als sie an dem Dörfchen Codigoro vorüberritten, konnten sie wenigstens gelbgrauen Kaminrauch betrachten, sein Kräuseln und Verlorengehn; und wo ein Teich gefroren war, schlitterten vermummte Kinder. Da war auch ein Falke im Rüttelflug und ein Schneehase in der Böschung. Der Falke stieß hinab und riß ihn.

Dann rannten Kinder herbei, stahlen dem Falken die Beute, bewarfen ihn mit Steinen. Nach kurzem Gerangel brachte das stärkste Kind den Kadaver des Hasen johlend nach Hause.

Hinter Codigoro war alles wieder leer und weiß, dunstig und trostlos, ohne Leben, ohne Schauspiel.

Leere, angegilbte Seiten eines Buches, in dem erschöpfend vom NICHTS die Rede war.

Alles ruhte und wartete; gliederstarr, eisgeborgen.

Dennoch war der Winter für jenen Landstrich zur angenehmsten Jahreszeit geworden. Während der feucht-schwülen Sommer brodelte die Luft von todbringenden Insekten; dichte Schwärme, die Wehrloses wie eine zweite Haut umhüllten. Den Sümpfen entstieg die Malaria, suchte Hunderte Opfer, saugte ihnen alle Säfte aus dem Leib, und nur das Eis zwang sie in den Sumpf zurück. Die Kälte des Winters bedeutete eine Schonfrist für die Überlebenden des Sommers.

An einigen Stellen bemühten sich Zwangsarbeiter, die Sümpfe trockenzulegen und sogar dem Meer Land abzutrotzen. Das Meer jedoch wehrte sich mit Überflutungen, und der Sumpf sandte für jeden verlorenen Quadratmeter eine neue Heerschar fettgrüner Giftmücken aus.

Castiglio roch Salz. Er suchte am Horizont nach Küstenfelsen, verfolgte den Flug zweier Möwen und fragte sich, wo wohl die Sonne stehen mochte.

Der Atem der Pferde tänzelte in schlanken Schwaden, verlor sich pirouettendrehend im weißen Nichts. Die Falben schnaubten unwillig, schüttelten ihre Mähne, blieben manchmal verweigernd stehen. Andrea, der die Handflächen an den wärmenden Hals seines Wallachs gepreßt hatte, drohte vor Müdigkeit einzunicken und aus dem Sattel zu rutschen. Nur drei kurze Nachtstunden hatten sie geruht, in der Ruine einer aufgegebenen Kapelle, hatten wenig Feuerholz gefunden.

Die Gegend litt an verlassenen Kapellen und Eremitagen keinen Mangel. Die meisten der kleinen und kleineren Siedlungen waren gegen die Malaria auf verlorenem Posten gestanden, hatten nicht genug Nachkommen zeugen können, zahlenmäßig zu bestehen.

Kaum 30 Meilen westlich dieses Seuchenkessels lag eine der reichsten und glanzvollsten Städte Europas, das vornehme Ferrara, prächtiges Sinnbild menschlicher Kultur. Andrea hatte gefragt, warum man nicht dort bleiben könne, warum man unbedingt in die Wildnis des Podeltas ziehen müsse? Er hatte zur Antwort bekommen, Städte würden der Vollendung großer Werke zu viele Fallen stellen. Außerdem wären sie in Ferrara nicht sicher, die d'Este würden sie wahrscheinlich ausliefern.

Castiglio war der Städte endgültig überdrüssig. Nie mehr wollte er sich in diese Labyrinthe von Würgeschlingen und Abhängigkeit begeben.

Er war sicher, dem Geheimnis der Urmusik dicht auf der Spur zu sein. Wozu brauchte er noch Städte?

Deren Geld hatte er benutzt, deren Bücher gelesen, deren Möglichkeiten ausgeschöpft. Nun kam die letzte, heiligste Phase des Werks. Nun war nichts mehr nötig außer Ungestörtheit, Abgeschiedenheit und Stille.

Stille gab es hier in rauhen Mengen. Es war so still, daß die Luft nach jedem gesprochenen Wort schnappte wie ein ausgehungerter Köter nach Brotstückchen. Der Schlund der Stille, Zähne gefletscht, schwebte neben den Pferden her, gierte danach, dem Redner Silben von der Zunge zu fressen, bevor sie den Angesprochenen erreichten.

Castiglio fütterte die Stille von Zeit zu Zeit mit Wortbrocken wie »Bald!«, »Keine Sorge!« und »Dort!«

Dort, über den Bodennebeln, tauchte die rot-sandfarbene Fassade der Pomposa auf. Plötzlich bekam die Öde einen Sinn – als Kulisse unterwarf sie sich dem erhabenen Bau.

Zuerst der 50 Meter hohe, von einem Kegel gekrönte Backsteincampanile ravennatischer Bauweise, riesige Vertikale über endlos flachem Land. Der Turm sah wuchtig aus, stolz, ungeheuerlich – dennoch nicht plump. Das kam, weil die Zahl seiner Fenster nach oben hin zunahm; ein vieläugiges Geschöpf, wachsam und konzentriert. Die Reiter fühlten sich von seinem Blick erfaßt; der Turm beobachtete und durchdrang sie und ließ sie nicht mehr los, blähte sich mächtig vor ihnen auf und hinterfragte die Gründe ihres Kommens. Er thronte da wie der Grenzpfeiler eines unbekannten Reiches, warnend und prüfend.

Neben diesem Turm wirkten die Kirche und ihre dreibogige Vorhalle fast niedrig und schlicht; dabei war die Kirche eine über acht Jahrhunderte lang stetig erweiterte Basilika ravennatisch-byzantinischen Stils, deren Proportionen nach Breite strebten, im Mittelschiff aber auch beeindruckend an Höhe gewannen.

Der Basilika lückenlos in einem rechten Winkel angefügt waren blaßrot- und ockergeziegelte Hauptgebäude, bildeten eine kompakte, hufeisenförmige Anlage.

Etwas abseits, nah bei der Mauer, stand die einstöckige, sechzehn Arkaden zählende Gerichtshalle, in der der Abt lange Zeit sowohl sakrale wie zivile Rechtsprechung innegehabt hatte. Lose verstreut lagen Werkstätten, Knechtshäuser und Getreidespeicher.

Die Abbazia Pomposa war eins der bedeutendsten Klerikalbauwerke Italiens, von ihrer einst sehr realen Macht aber weit entfernt. Im sechsten Jahrhundert gegründet, auf der Basis gesunden Klimas und vortrefflicher agrarischer Bedingungen, expandierte die Niederlassung zu einem Zentrum christlicher Kultur; ihre wirtschaftliche Kraft vergrößerte sich durch Nachlässe und Schenkungen, bis sie über neunundvierzig Kirchen und fünf Tochterklöster herrschte; direkt nur dem Papst unterstellt, von den Kaisern mit jedweden Privilegien versorgt.

Dann, im Jahr 1152, die Katastrophe: Der Dammbruch des Po bei Ficarolo, der die Hauptflußarme Richtung Norden verschob. In einem langsamen, kontinuierlichen Prozeß änderte sich die Geographie des Deltagebietes, Pomposas Lagunen versumpften, der lange Kampf gegen die Malaria begann. 1320 war die Zahl der Mönche vorübergehend auf zehn gesunken, nachdem vormals über hundert hier gelebt hatten.

Als Castiglio den Turm erblickte, wußte er, daß die Menschen zuletzt siegen würden. Sie würden die Sümpfe austrocknen und das Land weit ins Meer hinaus tragen, breite Straßen bauen und fruchtbare Felder gewinnen. Es mochte Tausende Tote kosten, doch am Ende würden die Menschen den Widerstand der Erde brechen. Sie würden es tun, weil dieser Turm da thronte, architektonisches Zepter, das zum Durchhalten zwang.

Die asketische Strenge des Campanile trug in die weiße Stille einen ehernen Bordun, einen tiefen, glatten, durchgehaltenen Ton. Die Abbazia war Fanal und Altar zugleich, Symbol des Aufbegehrens, Kampfansage.

Hier erkrankte dereinst Dante auf der Reise von Venedig nach Ravenna – wo er dann starb.

Die Augen des Turms wurden größer und größer. Andrea riß am Zügel, drehte sich verstört um. Castiglio lenkte sein schäumiges Pferd, das kaum noch zwanzig Dukaten wert war, am zögernden Famulus vorbei.

»Komm! Es ist ein magischer Ort!«

Die Abbazia lag auf einer Halbinsel in zwei Meilen Abstand zum Meer, um den Küstenwinden etwas ihrer zersetzenden Salzschwere zu nehmen.

»Guido d'Arezzo hat hier den Grundstein unsrer Musikkultur gelegt. Ich werde hier den Grundstein einer neuen Welt legen!«

Andrea nickte beifällig. Er zweifelte keinen Moment daran.

»Und erinnere dich, was ich dir gesagt habe! Du bist ein Fürstensohn! Und ich dein Hauslehrer! Benimm dich danach!«

Andrea nickte noch einmal und spannte seinen Gürtel so um die Kutte, daß jeder die silberne Schnalle sehen konnte, mit den Adlern und Löwen, dem Wappen der Pico.

Es stimmte ja. Er war ein Huren-, aber auch ein Fürstensohn! Dazu ein Großneffe Giovanni Picos, eines der berühmtesten Philosophen des letzten Jahrhunderts.

Stolzgeschwellter Brust ritt er jetzt der Abbazia entgegen, erwiderte fest den achtzigäugigen Blick des Turms.

II

Abt Stefano Pallavicino – ein Drittgeborener aus der Familie der Marchesi di Cortemaggiore – nahm die Flüchtlinge freundlich auf und ihre Pferde gnädigst an.

Stefano war jung, kaum dreiunddreißig Jahre alt. Das soll nicht heißen, er hätte den Posten als Herrscher über Pomposa nur seinem Adel zu verdanken gehabt; hätte, wie viele Drittgeborene, die kirchliche Karriere mangels Perspektiven politischer Macht eingeschlagen. Nein: Er war ein arbeitsamer, belesener Mensch mit der wahren Berufung; ein Idealist, ein fähiger Organisator, der erfüllt den Kampf mit der Erde angetreten hatte, der stundenlang am Bett jedes von der Malaria hingerafften Mönchs persönlich betete.

Sein einziges Laster war die Naschsucht; er schwärmte für Pasteten in Blätterteig, für fette Saucen, übersüßtes Backwerk, Honigfrüchte, Apfeltorte in Sahnehaube und war von solchen Schlemmereien ein tonnenhafter Anblick geworden. Euphemisten hätten ihn »überladen« genannt.

Seiner Autorität tat das keinen Abbruch. Wer sich auf Vorurteile verließ, wer hinter dem schimmernden Aderngezweig seiner Wangen einen jovial gemütlichen, leicht zu handhabenden Menschen vermutete, wurde schnell eines Besseren belehrt. Stefano konnte aufgrund geringster Schlampereien in so heftigen, wortgewaltigen Zorn ausbrechen, daß sich alle Klischees schmerzhaft verflüchtigten. Er war eine Person, deren Existenz das physiognomische Gesetzwerk Bartolo Cocles stark in Frage stellte; gehörte auch bestimmt nicht zu jenen dicken Männern, die Cäsar einst um sich gewünscht haben soll.

Nach Abheftung des Sendschreibens stellte Stefano viele Fragen. Reisende, die Aufenthalt in der Pomposa nahmen, bildeten seine wöchentliche Zeitung. Castiglio blieb bei seinen Antworten oberflächlich, zeichnete Andrea als Opfer mirandolensischer Erbfolgeintrigen und sich selbst als treuen Hofmann, der den Fürstensohn ins Exil begleitete.

Castiglio besaß, nachdem sein Äußeres verlottert und sein Inneres vom großen Werk beherrscht war, kaum noch gewinnenden Charme. Vom sturen Glauben an Cocles Dogmen geleitet, trat er, wie etliche andere zuvor, in den bereitgestellten Fettnapf; ließ sich vom unbeschwert leuchtenden Schweinskopf des Abtes blenden und plauderte achtlos dahin, in seichter, herablassender Art, verscherzte sich alle Sympathien damit.

Stefano zog es bei folgenden Gelegenheiten vor, das Wort an Andrea zu richten. Ihn, den silbertragenden Illegitimen, den viertelgebildeten Halbblaublütigen, betrachtete er trotz seines Geburtsmakels als »signore di nobile istirpe e sangue«, als standesgemäßen Ansprechpartner und Ehrengast des Klosters. (Andrea hatte zugegeben, Bastard, nicht aber, Bankert zu sein.)

Castiglio wurde vom Abt fortan geringschätzig behandelt, wie ein bittstellender Lohndiener, der sich zu lässige Töne angemaßt hatte.

Der Tropator erkannte seinen Fehler früh und versuchte durch höfliche Redewendungen etwas wettzumachen – erfolglos. Stefano übersah ihn naserümpfend, stellte ihn auf die Stufe der hundert Knechte, die den knapp vierzig Mönchen unterstanden.

Allzusehr störte Castiglio das aber nicht. Er beabsichtigte sowieso, das Kloster binnen vier Monaten zu verlassen, bevor todbrütender Sommer hereinbrechen, Giftdunst sich über die Mauern der Abbazia senken würde. Sollte er bis dahin Ruhe vor entnervenden Klerikaldebatten genießen, war ihm das eigentlich recht angenehm. Er hatte, sagte er sich, Besseres zu tun, als um die Gunst primadonnesker Pfaffen zu buhlen.

Das Kloster Pomposa war eine kleine, befestigte Stadt, mit Stallungen, Alleen, einer Schmiede, einer Mühle, mit Artischocken- und Rübenfeldern, Obstplantagen, einer eigenen Sargschreinerei und massiven Kornspeichern. Fast immer erhielten vorbeiziehende Händler die Erlaubnis, ihre Produkte vom Karren aus feilzubieten. Die Abbazia war auch – gerade in den relativ ungefährlichen Wintermonaten – ein beliebter Zwischenhalt für Reisende der oberen Stände, trug quasi Herbergscharakter auf Spendenbasis, war demnach kein weltfremder Ort. Sie lag an der antiken Via Popilia, später Romea genannt, einer Pilgerstraße der Ostvölker zur Ewigen Stadt. Fast jede Woche trafen höfische Gesandtschaften ein, mit Ziel Rimini, Ravenna, Ancona; auch viele Ordenslegaten, unterwegs, um zerstrittene Fraktionen im Kampf gegen die Lutheraner zu einen, machten hier Rast.

Castiglio und Andrea wurden zwei nüchterne Zellen im Gästedormitorium zugewiesen, Besuchern vorbehalten, deshalb aber keinen Deut wohnlicher ausgestattet. Tisch, Schemel, Öllampe, ein hartes Bett, zwei wollene Decken, Kruzifix, Rosenkranz, Nachttopf. Mehr nicht. Pomposa war immer noch eine wohlhabende Abtei, zwar ferraresische Pfründe geworden und nicht mehr so unabhängig wie ehemals, doch durch das jährliche Ringen mit dem Sumpf streng geblieben; das »Ora et labora« wurde in ihr noch wörtlich ausgelegt. Pomposa war eine Kaserne Gottes, eine Mischung aus kontrolliertem Mystizismus, Pioniergeist und Militärdisziplin.

Das Gästedormitorium lag dem der Mönche weit entfernt, zwischen Gerichtshalle und Mühle. Castiglio war das, in Voraussicht auf nächtliche Aktivitäten, sehr recht. Zufrieden konstatierte er, daß auf dem Weg von seiner Zelle zur Kirche und zum Campanile zwei hohe Pyramidenpappeln sowie der Ziehbrunnen Deckung bieten konnten.

Gleich am ersten Tag trug er die besudelten Kleider, die er, in ein dickes Bündel verschnürt, mitgebracht hatte, zur Wäscherei.

Ausgerechnet an diesem warmdampfenden, harmlosen Ort begann man zuallererst, sich Gedanken über die neuen Gäste zu machen.

Wenn einer in Kutte kommt und sein eigentliches Gewand von Odelklumpen strotzt, sprießen naturgemäß Gerüchte. Und weil Castiglio keine Erklärung abgab, weil er nicht, wie jeder andere es getan hätte, affektierte Reden gegen die Ungerechtigkeit der Welt hielt, die einen mit Dreck beschmeißt, wo sie einem doch Dank schuldet; weil er still blieb, ohne über Geschehenes zu jammern, kam er ins Gerede. Zwar war die Version vom Exilanten und

Hauslehrer unter den Mönchen geläufig, aber jedem, der einmal Andrea und Castiglio zusammenstehen sah, mußte der Verdacht kommen, dort stünden nicht Jungfürst und Lehrer, sondern Schüler und Herr.

Castiglio erhielt seinen schweren schwarzen Ledermantel gereinigt zurück und stieß auf einen weiteren begangenen Fehler. Vor Monaten, gleich nachdem der Mantel gefertigt worden war, hatte er ins Kragenleder ein Pentagramm geritzt. Dieses Schutzzeichen, so winzig es war, konnte den Wäschern vielleicht aufgefallen sein! Er hätte es verdammt noch mal herauskratzen müssen! Wütend über soviel Nachlässigkeit, biß er sich auf die Finger, bis Blut kam.

Die nächsten Tage blieb er meist tatenlos auf dem schmalen Bett sitzen, verließ die Zelle nur, um im freskengeschmückten Refektorium das Mittagsmahl einzunehmen. Dank benediktinischer Sitte, beim Essen zu schweigen, lief er nie Gefahr, durch Aushorchungen behelligt zu werden. Die Mönche mochten ihn nicht, obwohl – oder gerade *weil* er mit keinem von ihnen Umgang suchte. Sein morbides Äußeres stieß sie zusätzlich ab.

Hätte Umberto Nursio oder irgendein anderer von Castiglios alten Bekannten ihn in jenen Tagen gesehen, sie hätten dem Augenschein nicht geglaubt, so sehr hatte sein Wesen sich verändert. Wäre er früher ohne Bücher, Briefwechsel, Experimente und Berechnungen halb verrückt geworden, verschwendete er nun keinen einzigen Gedanken etwa an einen Bibliotheksbesuch. Oft tat er tagelang nichts außer geschlossenen Augs die Zehen aneinander zu reiben und leise durch die Mundwinkel zu summen.

Selbstverständlich war das konzentrierte Arbeit. Tief horchte er in sich hinein, prüfte immer wieder die Rohfassung der inzwischen sechsundzwanzig Melodien und suchte neue Geheimnisse, letzte Verbesserungen. Demjenigen aber, der durch den Sichtschlitz der Zellentür spähte, erschien er schlafend oder gar leblos.

Castiglio machte sich äußerst unbeliebt, weil er zu kaum einer Messe ging und der Basilika grade mal sonntags einen Höflichkeitsbesuch abstattete. Das war ein fast undenkbares Verhalten.

Andrea, der von seinem Meister kaum gebraucht wurde und über Unmengen freier Zeit verfügte, mischte sich um so mehr ins Klosterleben. Er sah dem Schmied zu, dem Spiel der Glut und Funken, freute sich an fälschlich Giotto zugeschriebenen Fresken, bewunderte bei den Sargschreinern prunkvoll gedrechselte Katafalke aus Rotbuchenholz, stand neben peniblen Miniaturenpinslern und ließ sich farbprangende Vignetten zeigen. Auch spazierte er zur Küste, um zum ersten Mal das Meer zu sehen.

Die Unermeßlichkeit der See, ihr Schaumtanz in milchiger Januartrübe, die Vielfalt des Muschelwerks, die Beutenetze der Fischerjollen, welche Kraken, Quallen, Katzenhaie und anderes stupende Getier enthielten – das alles faszinierte ihn etwa eine Woche lang. Danach hätte er jeden dieser neuen Eindrücke liebend gern gegen eine Laute getauscht.

In der ganzen Pomposa fand sich kein Exemplar. Den hiesigen Mönchen galt sie als unschickliches Instrument, höchstens für weltliche Musik geeignet. Ihre Form, die (in der Phantasie eines Zölibatärs) Assoziationen zum weiblichen Torso und also unzüchtige Gedanken hervorrief, mochte mehr als ihr Klang der Grund solcher Ablehnung sein.

Wäre Andrea wenigstens die Bibliothek offengestanden! Doch der sehr konservative Katalog enthielt fast nur Werke klassischer Sprachen – bis auf ein Verzeichnis pomposianischer Almosentätigkeit 1515–1529. Mißmutig, vom Tropator auf die nahe Zukunft vertröstet, streunte Andrea umher, redete wahllos mit Knechten, Stallburschen und Laienbrüdern, verlor jeden fürstlichen Nimbus und verplapperte sich oft.

Stefano Pallavicino kümmerte sich um ihn, wann immer sein Terminplan es zuließ. Er war von der freimütigen Art des Jungen recht angetan und hielt es für seine Pflicht, ihm die Langeweile zu vertreiben.

Andrea fragte, ob keine Möglichkeit existiere, in der Gegend eine Laute zu erstehen, in Codigoro vielleicht, das müsse doch zu machen sein. Der Abt verneinte. In der Abbazia gebe es nur ein paar Flöten, eine alte Harfe und das kleine Orgelpostativ, welches dem Chor die Liegestimme vorgebe. Mehr sei auch nicht erwünscht. Er bat darum, die Gepflogenheiten des Klosters, wo es nicht zuviel verlangt sei, zu achten. Diese Bitte wurde so geäußert, daß Andrea den geplanten Ritt nach Codigoro strich.

Stefano bereitete es Spaß, den Jungen zu unterhalten, er war ein geübter und bildreicher Erzähler und schilderte ihm die aufregende Historie des Benediktinerordens, blutrünstige Martyriumslegenden aus der römischen Kaiserzeit und auch lustige Geschichten, die am Ende in besinnliche Gleichnisse mündeten, vom vergeblichen Trachten der Eitelkeit, von der Gefahr städtischen Lebens...

Oft konnte Andrea einwerfen: »Genau das sagt mein Meister auch immer!«

Dann fragte der Abt verwundert, warum er Castiglio denn seinen »Meister« nenne.

Andrea verbesserte den »Meister« hastig in »Lehrer«.

Und warum sich dieser Lehrer in seiner Zelle verschließe, statt ihm etwas beizubringen?

Andrea benutzte jeweils die einzige rhetorische Rückzugsfigur, die er leidlich beherrschte: das Überleiten auf andere Themen.

III

Stefano Pallavicino besaß verschiedene Gründe, Andrea so viel seiner Aufmerksamkeit zu schenken. Sicherlich der gewichtigste war die Sympathie, die er für den Jungen empfand. Auch stillte er damit sein ausgeprägtes Bedürfnis, pädagogisch zu wirken, formbares Menschmaterial auf den rechten Weg zu lenken. Trotz Abtwürde hatte er sich einen Teil der Novizenausbildung persönlich vorbehalten. Gerne hätte er auch einen leiblichen Sohn gehabt – um ihm von Beginn an die Welt zu zeigen und zu erklären, ihm die eigenen Fehler zu ersparen, in ihm die Vervollkommnung dessen zu schaffen, was er an sich selbst für gelungen hielt. Was Stefano durch den Zölibat vermißte, war keinesfalls eine Frau, sondern allein die Kinder, die er mit einer haben könnte, genauer gesagt, die Söhne. Ob es ihm Freude bereitet hätte, Töchter zu unterrichten, bezweifelte er stark.

Einen weiteren Grund gab es, Herz und Vertrauen Andreas zu erobern.

Irgend etwas schien in Unordnung geraten innerhalb der Mauern Pomposas.

Etwas Merkwürdiges, Unbenennbares ging vor, das sich noch nicht anhand markanter Symptome äußerte; nur gefühlsmäßig zu konstatieren war. Eine Art atmosphärischer Störung, die Stefanos sensibler Hirtenmentalität nicht entgehen konnte. Dieses Unnennbare machte er bald an der Person Castiglios fest, der keinesfalls, soviel war ihm klar, bloß ein belangloses Erzieherdasein führte. Zuerst hatte er ihn für einen Lutheraner gehalten. Vieles paßte zusammen: Mirandola galt als lutherisch infiziert; der papsttreue alte Pico hatte Castiglio vertrieben und – wie Stefano aus der Wäscherei berichtet wurde – mit Kot bewerfen lassen. Auch daß der düstere Mensch sich nur sonntags aufraffen mochte, der heilig-katholischen Messe beizuwohnen, war ein fügsames Indiz.

Andrea, darauf angesprochen, wies den abscheulichen Verdacht – auch im Namen Castiglios – zurück. Stefano wurde unsicher. Da war ja noch das Sendschreiben Pietros, der ihm als integer und dogmatisch in Erinnerung stand. Er las jeden Satz des Briefes noch einmal durch: anscheinend echt, ohne Zeichen von Zwang geschrieben. Widerwillig ließ er das Kartenhaus seiner Theorie zusammenstürzen.

Deutlich blieb, daß Andrea etwas verbarg und nur nicht glaubhaft lügen konnte. Was war es, das er nicht preisgeben wollte?

»Was macht er da in seiner Zelle? Womit beschäftigt er sich? Darfst du mir das nicht sagen?«

»Er macht Musik!«

»Musik?«

»Ja. Er komponiert.«

»Ach? Dann ist er dein Musiklehrer?«

»Ja. Er lehrt mich die Laute.«

»Ach?«

»Ja. Deshalb bringt er mir zur Zeit auch nichts bei. Gibt ja keine Laute hier.«

Stefano war für den Moment zu verblüfft, um weiterzubohren, und zu verstiegen, um erleichtert zu sein. In der ersten Februarwoche ging durch die Bruderschaft das Gerücht, oben, in den höchsten Etagen des Campanile, spuke es, seltsame Stimmen seien dort nachts zu hören. Ein Knecht behauptete, furchtgebietende Schemen zeichneten sich gegen den Mond ab; dann wimmle es von fahlen Schatten, die einander Obszönitäten zuflüsterten und auf dem Wind durch die Mauern ritten.

Tatsächlich bekamen einige Mönche regelmäßig um Mitternacht Alpträume, durchwirkt von fernen Fetzen unerklärlichen Geheuls.

Abt Stefano selbst verfügte über einen gesunden Schlaf und widmete dem Spukgeschwätz keinen Gedanken. So was trat beinah alljährlich auf; mochte mit der Kälte oder dem Mond zusammenhängen, das kannte er bereits.

Bald darauf traf eine Gesellschaft Handelsreisender aus Perugia und Modena ein, und mit ihr neue Nachrichten. Stefano wurde von frischen Anhaltspunkten überschüttet, mehr als ihm lieb waren. Castiglios übler Ruf, in Dutzende Beiläufigkeiten zersplittert, drang bis nach Pomposa.

Einige sagten, in Mirandola hätte ein Magier, genannt »Tropator«, durch höllische Musik den Hof verzaubern wollen, und erst als man seine Lauten alle zerbrochen habe, sei seine Macht zerstört worden. Andere sagten, er habe den großen Dichter Da Pezza durch Dämpfe, die er aus tollwütigen Füchsen gewann, in den Wahnsinn getrieben.

Wieder andere meinten, er habe Gold aus Fruchtwasser und Kinderblut gekocht und den Fürsten Pico dazu gebracht, Satan anzubeten und ihm eine Jungfrau zu opfern. Diese sei vom Bocksfüßigen geschändet und gebissen worden, habe aber im Tode den teuflischen Helfershelfern vergeben, worauf Pico reuig geworden sei und den Magier verbannt habe.

So bleich Stefano bei jenen Anekdoten auch wurde, so sehr hielt er sie für unmöglich. Der fromme alte Pico, Uomo letteratissimo, sollte den Teufel angebetet, und Pietro, der Kamaldulenser, einen Schwarzmagier unterstützt haben? Blanker Unsinn mußte das sein.

»He, Andrea!«
»Ja?«
»Dein Musiklehrer – er nennt sich doch Tropator, nicht?«
»Stimmt. Das ist griechisch und heißt Komponist.«
»Ich weiß. Was macht er denn sonst noch so – außer komponieren?«
»Soviel ich weiß, nichts.«
»Ist er denn nicht auch ein Magier?«
»Ein Magier?«
»Verstell dich nicht! Sag mir – ist er ein Magier? Ein Schwarzmagier? Ein Nekromant?«
»Nein! Bestimmt nicht!«
»Könntest du das schwören?«
»Ja.«

»Dann schwör's!«
»Ich schwör's!«
»Mmm...«

Der Abt war überzeugt, in Andreas Miene nicht das kleinste Signum einer Lüge gelesen zu haben, und er hielt einiges auf seine Menschenkenntnis.

Nun was?

Es kursierte kein Fahndungsschreiben, kein Auslieferungsgesuch, kein Inquisitionsdekret. Und wessen hätte man Castiglio genau beklagen sollen? Zu wenig übereinstimmend und sich gegenseitig ausschließend waren die Schilderungen seiner Übeltaten gewesen. Auch hatte keiner der Reisenden einen Fürstensohn erwähnt, der in die Sache verstrickt gewesen wäre.

Stefano stand vor einem Rätsel und übte Selbstbeherrschung, schlug bei seinen Fragestunden gemäßigte Töne an.

»Man erzählt sich über den Tropator, er sei ein schlechter Mensch...«
»Das muß ein anderer Tropator sein!«
»Ein Mensch, der auf Gottes Segen nichts mehr gibt, sagt man.«
»O nein, das ist bestimmt nicht er!«
»Aber sicher hatte er Feinde in Mirandola?«
»Ja! Schlechte Menschen! Neidisch und böse!«
»Wer waren die?«
»Sie trugen Masken, damit man sie nicht erkennt!«
»Ach? Waren das die, die euch mit Kot beworfen haben?«
»Woher wißt Ihr das?«

Nach und nach filterte Stefano aus den Antworten Andreas etwas heraus, das er Wahrheit nannte. Schritt für Schritt nahm diese Wahrheit Form an. Die Repliken des Jungen flossen zäh, und man durfte ihn nicht zu heftig attackieren.

Stefano erdachte ein originelles Infiltrationsprogramm. Ihm war ungefähr bekannt, daß Castiglio mit Musik zu tun hatte – giftiger, maßloser, heidnischer Musik. Was lag näher, als Andrea Gegenmittel einzuimpfen? Gleiches mit Gleichem zu bekämpfen?

So ließ er den Jungen, was eine ungewöhnliche Ehre war, im morgendlichen Chor mitsingen. Seine Sinne sollten weniger anfällig werden für das Böse; zudem hatte es den Nebeneffekt, daß Andreas Langeweile verflog. Tagsüber lernte der nun den Text der gregorianischen Choräle auswendig, ohne viel zu verstehn; war ihm aber völlig egal, auch der unverstandene Text klang sehr bedeutsam.

Stefano Pallavicino, ausgestattet mit der wahren Berufung und einem gesegneten Appetit, entschloß sich, tapfer um die gefährdete Seele des Jungen zu kämpfen. Im rußigen Licht seiner Kammer, im bewegten Schattenspiel der Kerzen, sah er sich selbst in der Gestalt St. Giorgios, des Drachentöters, schwang die imaginäre Lanze und stieß sie dem Monster Castiglio tief in den Rachen.

Stefano sah in Rüstung sehr gut aus. Eine erhebende Vision war das, und noch stundenlang dankte er dem Herrn, daß er ihm diese Aufgabe gestellt hatte.

IV

Krantz bezahlte die 360-DM-Zeche ohne Murren und wankte zur Tür hinaus. Täubner stellte belustigt fest, daß der Professor ziemlich blau war und jeden Moment auszurutschen drohte. Er faßte ihn unter den Arm. Krantz protestierte kaum.

»Jessas, das war vielleicht ein Fusel! Ich brauch'n bißchen Frischluft. Lassen Sie uns ein Stück gehen. Bin in letzter Zeit mehr geflogen als gegangen, ganz im Ernst, ich übertreibe nicht...«

Arm in Arm spazierte das pittoreske Paar die Schwanthalerstraße hinab, Richtung Stachus. Krantz verlor zusehends das Gleichgewicht, begann zu lallen, japste nach Luft und lockerte die Krawatte. Mal schien ihm sein Zustand peinlich, mal ließ er sich gehen und rülpste ohne die Hand vorzuhalten, wie damals in seiner Studentenzeit bei den Saufereien der schlagenden Verbindungen.

»He, Proff, geht's?«

»Geht...«

»Ham Sie noch was Mythos auf Lager? Wie geht die Geschichte aus?«

»Geschichte geht nie aus... nicht mal in Frankreich. Hahaha! Urggs...Tschuldigung... Ich sammle Schrumpfköpfe französischer Gegenwartsdenker... hab' für jeden zehn Mark Kopfgeld ausgelobt, hihi... O Mann, Täubner, schauen Sie – die Schaufenster!«

Sie kamen an einem Erotic Center vorbei, dahinter lag ein Waffengeschäft, dahinter eine esoterische Buchhandlung.

»Schaun Sie sich doch bloß mal um! Mir ist nicht gut, bitte um Verzeihung, aber die Gegenwart, jessas – verstehn Sie, was ich meine?«

Täubner klopfte dem keuchenden Professor dreimal kräftig zwischen die Schulterblätter.

»Ne, Proff.«

»Den Tanz der tausend Schleier hat sie getanzt! Jetzt ist sie ganz nackt und schämt sich – ist so häßlich, banal und blöde, kann ihr

Spiegelbild nicht ertragen, 'tschuldigung, muß mich einen Moment setzen, hab' solches Sodbrennen. Keine Kohlensäure! Ich hab's ja gewußt, zuviel Kohlensäure macht mich fertig... Zum Glück bricht bald ein neues Jahrtausend an. Alles ändert sich! Der Mythos wird's hinwegfegen, das geb' ich Ihnen gerne schriftlich, Täubner, weil, der Mythos ist ein Schein, ein Urgeleucht, ja? Eine Sehnsucht, eine Krücke. Jetzt und hier findet die Renaissance statt, die Archai kommen, unaufhaltsam. Mythos wird das Wort des einundzwanzigsten Jahrhunderts werden, so wie es fürs zwanzigste Psychoanalyse war und Cheeseburger und fürs neunzehnte Sozialismus und Nation. Täubner! Es gibt keine Wahrheiten mehr, nur noch Wahrschaft...«

»Was?«

»Mensch, stellen Sie sich *doch nicht so an*!«

Krantz schlenkerte mit schlaffen Armen, lehnte an einer Regenrinne. Täubner war es verflucht kalt. In der City war jetzt alles geschlossen und leblos, und nur ein paar bunte Neonreklamen unterschieden das Zentrum der Millionstadt vom Präriedorf.

»Wahrschaft ist die Weißheit bewahrende Körperschaft; wohlgemerkt Weißheit, mit scharfem S, das Weiß, wie es sich auf griechischen Vasen findet, klar? Das Urmodell der Unschuld! Mein schwacher Magen... Das scharfe S ist übrigens wirklich ein scharfer Buchstabe, muß man Deutschland drum beneiden, ja... Unsre Zeit hat das Heilige geschoren, in den Gassen spießgerutet, hat alles hohl genannt und reingeschissen, hat passende Philosophie für Dilettanten verfaßt, für schwachgezähmtes Mittelmaß! Jawoll! Alles ist Kunst, also ist jeder ein Künstler! Großartig... Und was macht die Musik? Macht Kühe glücklich, steigert im Kaufhaus den Konsumrausch, übertönt mit zehntausend Watt die Blödigkeit des Alltags, ist zum Sportgerät für Geschwindigkeitsrekorde geworden. So sieht's aus! Zum Kotzen, sag' ich Ihnen... Warhol war der Tiefpunkt, danach kann's doch eigentlich nur aufwärts gehn. Der Tanz um die goldene Unfähigkeit! Verherrlichung des Hochstapels! Tiefsinn ist Sünde geworden, Können nostalgisch! Die Gegenwart ist so was von geschmacklos... Ah, Mensch, Täubner, ich sag' Ihnen, ich hab' heut wieder *Zeitungen* gelesen... das war furchtbar... Entsetzlich!«

Er rollte gequält die Augäpfel und spuckte aus.

»Ich will's nie wieder tun! Nie wieder! Es ist so gesundheitsgefährdend! Auf jeder Seite labern mich Trottel an, meinen die Welt zu verstehn und halten die absurdesten Vorträge, entschuldigen sich am nächsten Tag für ihre falschen Prognosen und halten neue Vorträge! Sind viel zu viele, die sich für mordsintelligent halten, diese Zombies primitivster Gesinnungsästhetik, diese leiernden Schablonen, die seit dreihundert Jahren den gleichen Dreck abspulen; sie rennen blöd in ihren Untergang, eifrig diskutierend, diese verkrüppelten Kinder einer degenerierten Aufklärung, mit ihrem Lesebuch aus Bloch und Adorno im Kopf; und Hindemith natürlich! Nicht zu vergessen! Diese Neonkafkas! Der Mythos wird über ihre abgeklärten Tütenhirne hinwegbrausen wie ein Zwanzigtonner, ha, und ich hör' sie dann schon alle jammern: ›Ach, hätt' ich bloß meinen Marx noch besser gelesen, damit ich kapiere, was geschieht!‹ Ah, hehe, für die wird's schwer, die werden strampeln und Galle speien! Klar, wem das Weltbild zerbröckelt, dem hilft nicht mal Sarkasmus... das wird eine kräftige Zerfleischung werden! Es steht ein neuer Schuß an – aus der Zeitschleuder – verstehen Sie?«

»Aber ja doch.«

»Die *Zeitschleuder*! Das müssen Sie sich wie eine Zwille vorstellen, die jedes Jahr ein bißchen mehr gespannt wird. Das Spannen des Gummibandes – das ist wie Zügel einer Quadriga anziehen – Retrogarde, Reversion, aber nur scheinbar! Vorgetäuschte Stagnation, verstehn Sie? Eines schönen Abends wird die Schleuder losgelassen, das Gummiband schnellt los – plötzlich reißt es die Zeit fort, Spannkraft wird umgewandelt in Schubkraft! *Zooiingg*!«

»Zooingg?«

»Genau. Die Reichweite der Zeitschleuder läßt sich nur äußerst grob bestimmen – aus der Schätzung des reversiblen Potentials, verstehen Sie?«

»Ja doch.«

»Zukunft ist das Produkt aus Gegenwart mal Reaktion! Klar? Jede Gegenwart besitzt einen immanenten Fortschritt, das plätschert so dahin, bitte sehr – aber die große *Umwälzung*, das geschichtstreibende *Fanal* setzt immer die Tradition, das explosionsartige Aufbäumen der überlebtgeglaubten Struktur. Unkontrollierbarer Impuls! *Schubkraft*! Das wollen sie alle nicht kapieren! Die Prozesse sind eingeleitet, Räder greifen, Maschinerien kreisen, wirbeln ins Unabänderliche, saugen *Kraftstoff* auf! Jericho Hollywood wird stürzen unter Trompeten! Huh, bin ganz pathetisch geworden, bin wohl ein wenig betrunken... Und warum wird es stürzen? Weil ich eine Vision hab'! Eine große Vision, wie sie alle zweitausend Jahre mal vorbeischaut! Danach muß die Welt neu gebaut und gedeutet werden! Das mythosophische Zeitalter beginnt! Aber es ist wie bei 'ner Diät. Die fette Welt sagt: Morgen, morgen fang' ich zu fasten an. Die ziert sich noch. Hält am Gift ihrer Verkrustung fest, klammert sich an ihre staubigen Errungenschaften. Verstehnse, Täubner? Sind alle zum Schreien doof! Die linken Heinis, die rechten Deppen und der glotzende Plebs in der Mitte. Pfui! Wann hätten wir die Umwertung dringender gebraucht? Verraten Sie mir das! Der Müllmann der Geschichte muß Sonderschichten einlegen, sonst ist alles geliefert und vorbei... Ach, Täubner – wie wär's? Wir führen die alten Götter wieder ein, löschen die monotheistischen Kulte aus, nageln Christus ans Kreuz zurück und feiern fröhliche Urständ!«

»Klingt gut!«

»Und die Welt wird wieder heidnisch und aufregend! In hoc logo vinces! Haha!« Er hielt den Mittelfinger hoch.

Täubner amüsierte sich mittelprächtig. Sie saßen jetzt auf einem der dicken Steinquader vor dem Stachusbrunnen. Ein paar Penner baten um Zigaretten. Krantz schenkte ihnen den Rest aus seiner Dunhillschachtel.

»Ich bin alt, ich weiß. So schade, daß ich die Triumphe nicht mehr miterleben werde. Die Brueghelschen Ausmaße der Zeitenwende. Die Stagnation geht bald zu Ende, die Prozesse rollen, die Zahnräder greifen ineinander.

Der Teig wird neu geknetet. Sie werden sehen! Die Symptome sind untrüglich. Denken Sie an meine Worte! Würde mich übrigens nicht wundern, wenn ihr Deutschen binnen der nächsten zehn Jahre wiedervereinigt seid...«

»Das meinen Sie doch nicht ernst?«

»Ein bißchen schon. Ihr seid doch verflucht, ihr Germanen, könnt ja gar nichts dafür... ich bin ja nur ein Schwede, nicht wahr, neutral wie die Cholera – und in Schweden gab's keinen einzigen nennenswerten Komponisten! Das ist vielleicht 'ne Gemeinheit! Alle Skandinavier haben einen, die Finnen Sibelius, die Dänen Nielsen, die Norweger Grieg. Bloß die Schweden nicht...«

»Und Island?«

»Island? Was soll das? Island! Die haben wenigstens heiße Quellen! Was soll's... Europa... schauen Sie sich doch um, die Typen da, mit den Collegepullovern und Schirmmützen und ihren Stereorecordern! So sieht's doch aus! Sind doch alles kleine Amerikaner, flache Bürschchen, voll Negerrhythmen im Kopf und styropornen Wertsystemen auf dem Brett davor! Es gäbe so viel zu tun. Vorzubereiten. Jetzt bricht bald die Erdkruste auf und übergibt sich, alles wird neu, die großen Reiche zerfallen, aber nein, keiner scheißt sich was, die lesen lieber Baudrillard im pornoverklebten Kämmerlein, sonntags fahrn sie mit Greenpeace zum Segeltörn und retten einen Buckelwal, diese Affenärsche, die hint' und vorn nichts begreifen, Mann, ich hoff', ich hab' noch fünfzehn Jahre und seh' ein bißchen Weltkino, seh' das alles in Klump zerfallen, den ganzen Unsinn des dialektischen Materialismus, der christenverseuchten Ethik, des sozialliberalen Denkstillstands, alle diese Wiener und Frankfurter Schulwürstchen, diese Franzosenbengels, das ganze lächerlich gewordene Gewäsch, mit seinem leblos-synkretistischen Vokabular, voll Wörtern, deren Sage sich längst verdünnisiert hat, hinter denen nichts mehr steht, tote Pappvulkane! Überhaupt war die Diskrepanz zwischen Denker und Philosoph noch nie so groß... wie mich das alles ankotzt! Oh, Täubner, Sie haben's wirklich gut, sitzen in München, in Ihrer Zweizimmerwohnung, gehen Ihrer Arbeit nach und haben von nichts 'ne Ahnung, welche Idylle, ich beneide Sie... Früher, da hab' ich auf den Atomkrieg hoffen können, auf die wuchtige Roßkur, na ja, sieht schlecht aus damit. Der Aidsvirus scheint auch nicht das zu halten, was er versprach. Schade eigentlich, wäre sehr umweltverträglich, nicht wahr?«

»Zweifellos.«

»Viel, viel Chaos! In großem Stil! Massenvernichtung! Es dürfen keine Völker übrigbleiben – nur einzelne!«

»Ist ja allerhand.«

»Es wird! Meine Sehnsucht ist stärker als fünf nüchterne poststrukturalistische Hampelmänner und ihre feuilletonistischen Schwanzlutscher! Ich bin ja nur Schwede, wissen Sie? Privatier. Linkes und rechtes Denken ist halbseidenes Denken geworden, halbseitiges Gelähmtsein. Und ich habe testamentarisch verfügt, daß man Brahms verbieten soll!«

»Wurde auch Zeit...«

»Ja, nicht wahr? Entschuldigen Sie, mir ist etwas schlecht, kümmern Sie sich nicht drum, geht vorbei, vorbei wie die Ochlokratien, wie das soziale Stahlnetz. Kann dauern, aber geht vorbei...«

Der Professor taumelte und hielt die linke Hand fest auf den Bauch gepreßt.

»Sie sind Fotograf, stimmt's?«

»Ja.«

»Ich hab' das nicht böse gemeint.«

»Was?«

»Den Fotografen. Nicht daß Sie denken, ich will Sie beleidigen.«

»Schon in Ordnung.«

»Jeder, wie er eben kann, he? Täubner, eigentlich mag ich Sie. Anfangs hab' ich Sie verkannt, aber Sie hören wenigstens zu. Sie sind ein Narr, ja, aber ein antiker, lustiger, konsequenter...«

»Ach?«

»Das mag ich, und Sie haben ganz recht – ich schweife dauernd ab, erzähl' Ihnen hier von meinen persönlichen Problemchen...«

»Geht klar.«

»Das ist wirklich entgegenkommend. Ich muß Ihnen noch viel erzählen. Sie sind Fotograf? Vielleicht könnte ich Sie für etwas brauchen... Jetzt wird mir wieder besser... Kommen Sie, es ist zugig, wir gehn in mein Hotel und machen die Minibar leer! Na los!«

Krantz schwankte über die Straße. Ein Taxi hupte ihn an. Vor dem Justizpalast strauchelte er, ging kurz in die Knie. Täubner zog ihn hoch.

Er wußte noch nicht, auf welche Weise er sich mit dem Professor am lohnendsten amüsieren konnte. Zu irgendwas mußte der Typ doch gut sein?

V

Andrea liebte die Chorstunde. Seine ausgebildete, volle Stimme mit dem samtenen Vibrato fiel gleich auf; manche der Umstehenden dämpften sich, um sie deutlicher herauszustellen.

Genaugenommen brach der Abt die Ordensregel, denn im Ursprung durften die heiligen Gesänge Papst Gregorius' nur von denen vorgetragen werden, die das Gelübde abgelegt hatten. Einige Orden waren noch so streng, daß selbst Novizen nicht alle Passagen erlaubt waren. Übelmeinende Heiden behaupten ja, manch Schwankender sei nur Mönch geworden, um an der göttlichen Harmonie der Gregoriania teilhaben zu dürfen.

Es beschwerte sich niemand. Andrea war ein künstlerisches Ereignis, dem jeder gern lauschte; seine halbadlige Abstammung half zusätzlich über Konventionen hinweg. Bald wagte Stefano sogar, Andrea als Vorsänger einzusetzen. Jedermann begrüßte das. Obgleich Andrea im Gepäck Castiglios nach Pomposa gekommen war, verfiel niemand auf den Gedanken, ihn mit jenem zu identifizieren. Jeder mochte den bescheidenen, aufgeweckten Knaben, der so köstliche Fragen stellen und so atemberaubend singen konnte.

Er stimmte das »Salve Festa Dies« unerhört inbrünstig an, verlieh dem »Regina Caeli« einen nie vernommenen Grad schwelgerischen Ausdrucks. Da war man geneigt zu stocken: schien einem der Rest des Chors formloses, unkontrolliertes Wabern.

Die Gesänge fanden morgens zwischen drei und drei Viertel vier statt, nah beim Altar, zu Füßen Christi. Der vergoldete Gekreuzigte trug das Kinn nicht auf der Brust, sondern leicht angehoben wie ein gefesselter, konzentrierter Zuhörer. Andrea, dessen Beschäftigung mit Religion nie über den Durchschnitt bäuerlicher Erziehung hinausgelangt war, sang, ein Stück entfernt vom Presbyterium, direkt zum Heiland gerichtet; ohne Scheu knüpfte er ein tief spirituelles Band zum Numen des Kreuzes, fest und tragfähig, ohne Bewußtsein religiösen Suchens, ohne Wirrfäden theologischer Exegese. Er besaß eine Fähigkeit zur Gottesnäherung, wie sie nur simplizischen Gläubigen gegeben sein kann; jenen, deren Weltgesetz aus wenig Axiomen besteht: Verdammnis, Hölle, Auferstehung, Paradies.

Stefano bemerkte Andreas Entrückung erfreut. Wenn er sang, schien er einem Botticelliengel ähnlich, in reiner Kontemplation zum Schöpfer gewandt. Stefano gab ihm nach jeder Chorstunde aus einer Feldflasche Weihwasser zu trinken, vermischt mit Wachstropfen geweihter Kerzen. Dieses eigentlich rein magische Brimborium war ein gängiges und erfolgreiches Inquisitionsverfahren, um Verdächtige zum Geständnis zu bewegen.

Bei Andrea fiel der Erfolg sehr mager aus. Der Abt hätte vielleicht dazu sagen müssen, *was* er ihm da einflößte.

Er schleppte ihn auch ins Mystisch-Innerste der Pomposa, in die Schatzkammern unterhalb der Abtwohnung, wo er einige höchst wertvolle Reliquien des Abendlandes herzeigte: ein Glied vom rechten Mittelfinger Petri, das Schambein der heiligen Martha, die Augenhöhlen Johannes' des Täufers, einen mumifizierten Golgatha-Holzwurm und vieles andere, in funkelnde, edelsteingespickte Kästen gebettet. Seltsamerweise hatte das nicht die angestrebte Wirkung auf den Jüngling; er blieb recht gleichgültig und tat nur aus Höflichkeit beeindruckt.

Stefano erklärte ihm die vielen Fresken; besonders stolz war er auf jene, die das Wunder des heiligen Guido zeigten, eines Abtes der Pomposa, der Wasser in Wein verwandelt hatte.

»Warum hat er das getan?«

»Wieso warum? Was soll die Frage?«

»Ich meine, hatten die Mönche Durst, oder hatten sie kein Geld, sich zu besaufen?«

»Du solltest über ein Wunder nicht derart reden!«

»Ich finde, wenn man schon ein Wunder vollbringt, kann es ein sinnvolleres sein.«

So ging das den halben Februar. Es war eine Mysterienkomödie von hohem Niveau.

Wenn Andrea nach der Morgenmesse die Zelle seines Meisters betrat, fragte der ihn regelmäßig nach dem Stand der Bekehrungsgespräche, ließ sich deren Inhalt referieren, machte danach alle Bemühungen des Abtes mit einem trockenen, gekonnt-wissenden Lachen zunichte.

»Wieviel hat er über mich in Erfahrung gebracht?«

»Er weiß, daß Ihr der Tropator seid, weiß von Da Pezza und dem Mädchen und von unserer Vertreibung.«

»Dann weiß er nichts! Und du, was weißt du von mir?«

»Wenig, Meister«, gab Andrea zu.

»Bald bin ich fertig. Dann werde ich mich offenbaren.«

Entzückt riß Andrea die Augen weit auf und schnalzte mit der Zunge.

»Gedeihen sie? Die Melodien?«

»Alles nähert sich an.« Der Magier schwenkte vielversprechend die Hand. »Nur noch Wochen, vielleicht Tage brauch' ich. Hierdrin« – er deutete auf seinen Schädel –, »wächst es. Nur die letzte Prüfung...«

Castiglio unterbrach sich und befahl seinem Schüler, die Freundschaft, die der Abt offensichtlich für ihn empfand, zu intensivieren, das Werk dürfe jetzt nicht gestört werden.

»Mach ihm eine Freude! Äußere ein paar gehässige Sätze über mich! Nicht zu viele.«

Wenn Andrea oft noch, aus städtischer Gewohnheit, um neun oder halb zehn Uhr wach lag und das »Salve Festa Dies« vor sich hersummte, merkte er bisweilen, daß sich die Tür der Nachbarzelle öffnete und Castiglio auf den Gang trat. Wohin er dann ging, wagte Andrea nie zu fragen; wollte nicht als Lauscher gelten.

VI

Der Abt bemühte sich hartnäckig. Zweimal pro Woche bat er Andrea zur Beichte und munterte ihn auf, sich zu erleichtern. Er bekam dann eine Menge banaler, läßlicher, autosexueller Sündlein zu hören, über die er beinah wütend das Absolvo sprach. Sein hochgestecktes Ziel wurde, den bald Neunzehnjährigen zum Eintritt in den Orden zu bewegen; er bot ihm Unterricht im Lateinischen und Griechischen; aber das hatte Castiglio auch versprochen.

Bei der Demontage des Magiers stieß Stefano auf unüberwindliche Barrieren. Anfangs ging er noch subtil vor, mit versteckten Anspielungen, Suggestivfragen, warnenden Extrakten aus schwarzmagischer Kriminalgeschichte. Wenn er mit Andrea durch die Abbazia spazierte, landeten sie auffällig oft im Vorratslager der Sargschreinerei. Das bedrückende Ambiente des aufgestapelten Erdmobiliars sollte den Jungen in jenseitsnahe Stimmung versetzen, ihm die lächerlich kurze Dauer eines Menschenlebens verdeutlichen.

»So viele Särge! Für wen ist denn der da?«

Andrea deutete auf das Prachtstück der Sammlung, einen überlebensgroßen, gemaserten Eichensarg mit versilberten Griffen und verziertem Deckel voll Intarsien und Schnitzschnecken.

»Eine Bestellung des Herzogs von Rovigo!« antwortete Stefano stolz. »Man hat ein halbes Jahr daran gearbeitet. Schau dir nur die kleinen Engelchen an! Hast du je solche Sorgfalt gesehen?«

»Nein, wirklich noch nie. Und für wen sind die plumpen dort?«

Er zeigte auf ein Gros schlampig zusammengenagelter Bretterkisten, voll schlecht gestopfter Astlöcher.

»Die sind für unsre Knechte. Wir brauchen jeden Sommer viele davon.«

»Aha. Sagt, wenn er so viele Opfer fordert, der Sumpf, warum läßt man ihn nicht einfach in Ruhe?«

»Was soll die Frage? Das Land muß doch urbar gemacht werden! Damit Menschen drin leben können!«

»Schon, aber ich versteh' nicht, warum man seine lächerlichen paar Jahre nicht in Ferrara verbringen kann, wo es schön ist? Warum muß man unbedingt in den Sümpfen bleiben?«

Es war nicht einfach, auf Andreas Ebene zu argumentieren.

»Hör mal – die Musik, die dein Lehrer macht –«
»Ja?«
»Das ist solch fiebrige, mit Trommeln und Schellen, und man tanzt dazu in einem Kreis und schleudert alle viere von sich, gell?«
»Nein. Er spielt gut Laute, aber tanzen tut er nicht.«
»Tut er nicht?«
»Nein.«
Geduldig probierte Stefano einen neuen Ansatz.

»Woher willst du wissen, daß er kein schlechter Mensch ist?«
»Er hat nichts Böses getan.«
»Also wüßtest du im einzelnen, was böse ist, was gut?«
»Er hat nichts Böses getan, von dem ich weiß«, lautete Andreas elastische Antwort.
Zum Verrücktwerden.

Neuigkeiten über die Gäste erreichten nicht nur Stefano, Teile davon sickerten auch zur Bruderschaft durch. Anfangs brachte das eine fast willkommene Unruhe in die Ödnis des Eises und des Salzwinds. Spukgerüchte wurden konkretisiert, viele Spekulationen getuschelt, haarsträubende Varianten ersonnen. Dann setzte die Mechanik der Hysterie ein, schaukelte sich langsam hoch, häutete zielstrebig die Schichten des Wahns.

Spannung wurde Nervenkitzel, wurde Nervenfolter, wurde Angstzustand, wurde hervorplatzender Zorn. Stefano notierte mehrmals in sein Diarium, die Klosterruhe sei anhaltend gestört.

Wenn der Tropator zum Essen kommt, ruhen aller Augen auf ihm in unverhohlenem Mißtraun. Er scheint überhaupt nichts zu be-

merken, kümmert sich um keinen der bohrenden Blicke und fordert die Wut meiner Brüder noch mehr heraus. Muß schon Vertrauen in die Hölle haben, wer dermaßen unbekümmert seine Suppe löffelt!

Ich habe Order gegeben, ihn nicht zu belangen, ihn weder zu treten noch zu bespucken; schwächte auch alle Berichte um seine Person ab. Es darf hier nicht noch stärker brodeln. Doch soll sich jeder Bruder, wo auch immer, mindestens drei Armlängen entfernt von ihm halten. Ich müßte ihn auf der Stelle verscheuchen wie einen tollen Hund! Man meint schon Gespenster zu sehen! Bruder Antonio di Rocca wälzt sich in Fieberbildern und hält schlafwandelnd Reden wider den Antichrist. Die Sensibleren meiner Herde kranken sehr unter der Verunreinigung des Klosters. Mit ihrer verständlichen Erregung stecken sie vor allem die Novizen an; deren ungefestigter Charakter ist nicht imstande, sich der Gegenwart des Bösen mit Gottvertraun zu stellen. Ich muß doch die Ordnung aufrechterhalten! Lang geht es so nicht weiter.

Ich suchte den alten, verwilderten Menschen in seiner Zelle auf, fragte ihn, was er da fortwährend treibe, auf dem Bett sitzend.

Er sagte, er horche. Worauf? Auf innerste Stimmen, antwortete er, malifiziös grinsend.

Wessen Art diese Stimmen seien; englische oder dämonische?

Frech sagte er, es seien sehr leise Stimmen, aus weiter Entfernung, und wenn ein Laie zwischen echten Engeln und verkleideten Dämonen schon optisch nicht unterscheiden könne, wie solle er dann erst weitentfernte Stimmen treffend definieren?

Ich überlegte ernsthaft, ihm Geld zu bieten, ihn zu bestechen, er möge Pomposa heimlich verlassen. Doch was würde das nützen? Andrea Pico würde ihm nachlaufen in jede Richtung.

Langsam aber scheint mein Einfluß auf jenen zu wachsen, mehrmals überwand er die blinde Verherrlichung des Untiers.

Draußen schlugen die Glocken zur Komplet, sechs Uhr, das Nachtgebet stand an. Stefano wanderte aufgeregt durch seine Kammer. Was sollte er tun? Er bemühte sich, sachlich abzuwägen. Solange der Teufel passiv in seiner Zelle saß, hielt sich der Schaden wohl in Grenzen.

Andrea, dieser einfache Knabe, dessen Herz im Innersten gewiß rein war, ohne Arg... wie eine Geisel vor Castiglio gehalten! Stefano geriet in Konflikte. Auf die Ruhe des Hauses war Rücksicht zu nehmen, es durfte keinen Skandal geben. Möglicherweise spielten doch politische Hintergründe eine Rolle, und die Lutheraner hatten damit zu tun?

Noch eine Woche gab sich der Abt Zeit.

»Ein Stromdelta von schlechten Einflüssen ist er; verpestet dich, nimmt dir die Luft zum Atmen, hat dich okkupiert und macht dich straucheln, hat sich dir aufgehuckt! Mußt dich seiner erwehren, ihn von dir stoßen, darfst dich nicht zum Segel seines Narrenschiffes machen! Werde frei! Sei du selbst! Nicht sein verkrümmtes Sprachrohr!«

Andrea reagierte auf derartige Tiraden immer sehr freundlich und hörte interessiert zu. »Ohne ihn? Was wär' ich heut schon? Ich schuld' ihm ewigen Dank dafür.«

»Ewigen Dank schuldet man nur dem Erlöser!«

»Ja. Das auch.«

Zuweilen meinte Stefano, dem Ziel näher gekommen zu sein und prallte dann um so härter ab.

»Ich seh' dich so gerne beim Singen, wenn du den Christus betrachtest...«

»Ist schön, mein Gesang, nicht? *Er* hat ihn ausbilden lassen.«

»Dann wirst du Sinnbild des verlorenen Lamms, welches in der Nacht ein fernes Licht gesehn hat...«

»Ja?«

»Ja. Gott liebt dich, sonst hätte er dir keine solche Stimme gegeben. Er will, daß du ihm die heiligen Gesänge singst!«

»Ja. Das glaube ich auch.«

»Hier, in seiner Wohnung sollst du ihm singen!«

»Hat er das gesagt?«

»Kerl, du machst mich...«

Nie zuvor hatte Stefano für einen Menschen so viel gebetet. In dieser Woche wollte ihm nicht mal der Marzipankuchen schmecken.

Am fünften Tag überreichten ihm mehrere Mönche, angeführt von Antonio di Rocca, eine von allen unterschriebene Bittschrift, er möge den Tropator doch aus Pomposa entfernen. Hatte Stefano schon mit einer Verlängerung der Frist geliebäugelt, verwarf er dies nun.

VII

Die letzte Prüfung war zu bestehn. Steinerne Probe. Hochgericht. Rechtfertigung.

Castiglio überlegte, an die Tür zu pochen, Andrea zu wecken, ihn den fatalen Moment erleben zu lassen.

Nein. Der schon gekrümmte Finger entspannte sich. Andrea war zu jung für Totenstille. Castiglio mußte allein vors Tribunal treten; dies war sein Tag, seine Nacht, seine eisige Vollmondnacht.

Gefrorene Pfützen wurden Spiegelkabinette, boten Zerrbilder der Pyramidenpappeln, der Wolkenbarren, des Brunnengestänges. Hinter keinem der Fenster regten sich noch Kerzenflammen.

Gebeugt lief Castiglio über den Kirchhof, suchte Deckung unter dem Sakristeiportal, suchte Halt am erzenen Türklopfer, suchte seine neun Sinne zusammen und betrat, in großem Gestus schreitend, das Gotteshaus.

Er tauchte in feinschraffierte Säulenschatten des Mondlichts, an den Kapitellen silberblau gesäumt. Von den Fenstern hoch oben flossen Bäche aus Staub und versteinertem Abglanz, Freskenreflexe, kalte Leuchtbündel, lose Partikel gebrochenen Schimmers; genug, um Rudimente einer Kontur zu ahnen, genug, um kurzschrittig, mit vorgestreckten Armen, aus der Dunkelheit des Seitenschiffs zu tappen. Eine Treppe verband die Basilika direkt mit Kapitularsaal und Mönchsdormitorium. Castiglio mußte vorsichtig sein. Zehn Schritte noch zur Krypta, zehn lange Schritte durch den Lärm der Nacht.

Von epidaurischer Akustik gebläht, wuchs das Klacken seiner Stiefel hohl aus dem Marmorboden, kreiste durch das Halbrund der Apsis. Verzogenes Strebenholz knarrte und zischelte. Geräusch vielerlei Art stand Spalier auf seinem Weg; da war das Mantra des Zugwinds, war das Scharren überwinternder Nager und das Quietschen des Ledermantels. Er vernahm auch das Gären seiner Körpersäfte, das Durcheinanderquellen von Blut und

Urin, von gelber und schwarzer Galle; konnte im Geschling seiner Därme Luftblasen hören und tropfenden Speichel im Kehlkopf. Noch lauter war das Knacken seiner spröd gewordenen, verbrauchten Gelenke, Tumult eines abgewrackten Skeletts. Der Magier hörte das Klappen seiner Augenlider, das Straffen der Muskeln, die Paukenschläge des Herzens sowieso; und wenn ihn etwas erschreckte, ein leises, feuchtes Pfeifen im Gebälk oben, und ihm dann ein geflüsterter Gottesname auskam, prasselte Echohagel von Wand zu Wand. Was er früher leichtfertig als Stille bezeichnet hätte, war ein unruhiger, streitsüchtiger Kongreß der gemeinen Geräusche.

Entscheidende Stunde. Nichts zu ändern. Nichts entschieden.

Castiglio zuckte zusammen, verharrte minutenlang in Lauerhaltung, beschwor seine Lungen, bis sie ruhig und gleichmäßig arbeiteten, setzte danach die Reise fort, zur Unterwelt des Lärms, ins Reich des Schweigens und der Stille.

Abgestandener Weihrauch trug jeden Laut wie auf Flügeln durch die Apsis; Knacken wurde Krachen, Wispern Gebrüll, Tappen Stampfen, Zugwind Böe.

Endlich erreichte er die Treppe zur Krypta, entkleidete sich, klinkte die Samtkordel aus der Halterung und stieg langsam die steilgehauenen Stufen hinab, zur Ruhestätte der bedeutendsten Pomposa-Herrscher.

Das Ächzen einer eisenbeschlagenen Pforte war der letzte Grenzpfeiler des Weltenlärms. Castiglio drang nackt ins Reich der Stille ein als demütiger Parlamentär, atemlos im Vakuum des Klangs, tastete sich an kalten Mauern entlang, zwischen stumpfgealterten Sarkophagkanten durch. Schwärze und Lautlosigkeit.

Aus dem Widerhall der Atemstöße schätzte er seine Position ab. Wo er die Mitte des Gewölbes vermutete, setzte er sich nieder, faltete die Hände und ließ sich von Stille durchdringen. Seine Gedankenbahnen wurden dabei ganz klar und hell und breit, reihten sich zu gleißenden (niemals sich schneidenden) Parallelen auf, fünf an der Zahl, denen er über mindestens 126000 italienische Stadien hinweg nachblicken konnte. Zielgerichtete Gedankenstrahlen wurden es, durchquerten ein Universum ruhender, befriedeter

Lautsterne. Leere Partituren zerpflügten die Hölle der Quietas; unbefleckte Notenlinien des Brachackers, welcher der Ur-Stille auf Erden am nächsten kam.

Castiglio, Baumeister des Hochlärms, unterwarf sich, bereit, an Lautlosigkeit zu sterben, falls es dem Vakuum gefiele.

Er starb und starb nicht, sosehr er sich auch demütigte. Dann, als er sich dem tonalen Nichts bis zur letzten Pore ausgeliefert hatte, als er der Leere näher als jemals gekommen war und nur mehr fünf ungefüllte Strahlen Zeugnis seines Lebens, seines Lärmpotentials, seiner Tonsucht gaben, öffnete er weit den Mund und begann zu singen.

Plädoyer um Gnade und Erlösung. In einer wuchtigen Implosion zerbarst die Stille, trieb in Fetzen um ihn her, Klang brach sich in allen Winkeln, tönende Atembrocken stürzten von überall zurück, klatschten über dem Tropator wie Sturmwellen zusammen. Dröhnender Schwall. Gischt des Gesangs.

Plötzlich strotzte die Gruft von lang verjährten Geräuschen – Räuschen –, fiebrig wühlte sie in ihrer Erinnerung, grub Vergessenes aus. Selbst die Epitaphe erinnerten sich wieder des Sinns ihrer Worte. Alles, was dort unten je geklungen hatte, ob gemurmelte Trauer, ob leises Schluchzen, ob hallende Schritte, Nachtwachen, Kerzenwachszischen oder das dumpfe Aufsetzen einer Steinplatte – alles kehrte zurück, als wär' es starr gefroren immer hier gestanden und endlich zu neuen Konzerten getaut. Castiglio fühlte das Geheimnis von Raum und Äther selbst: Lärm, Musik, Verkündigung. Sein Mund wurde zum Gral allen Geräusches; Weihgefäß, heiliges Lied, das alles mitriß, bei dem nichts mehr zu schweigen fähig war, nicht der Stein und nicht das Moos, weder Staub noch Verwesung, nicht Eisen noch Luft. Krieg der Klänge und des Schweigens. Notenstrahlen wurden schwarz bespickt, Vision akustisch verwandelt.

Castiglio, zum Instrument des Universums geworden, sang das segnende Lied, den Choral des ewigen Krieges, die magischen Tropoi der Welt und ihrer Fronten. Und er war sicher, sollte er dereinst in die Grube fahren, würde sich ein preisendes Potpourri daraus ergießen über ihn, den Tropator; erlöst würde er die Tonleiter aufwärts klettern, bis niemand der Lebenden ihn mehr hören könnte.

Er war so glücklich. Neue Lieder der Liebe und Verzweiflung. Glücklich...

Vielleicht liegen die Stimmen der Toten im Bereich des neungestrichenen A und darüber? An Totenstille vermochte er jetzt nicht mehr zu glauben; alles war Leben geworden und Glück. Schlachtenglück. Glücksmoment.

Geht hinab! Steckt eure Ohren in den Spalt! Kommt her!

Er horchte auf die Sarkophage, vermerkte ein rhythmisches Erinnern an den Plattenunterseiten, stimmte selig die Melodien zum zweiten Mal an, variierte überschwenglich eine Achtel- zur Elftelpause.

Alles Innen war Äußerung und Expansion, Verschwiegenheit unmöglich, ein Fest wurde gefeiert im Klangtempel des ETWAS; umfassendes Konzert aller Lagen und Sphären, von der Tiefe des Meeres zu den Höhen der Geister. Die MELODIEN waren in ihm, und das Keckern der Kobolde gehörte dazu wie das Raunen der Fluten und der Baß des Gebirges, das Plärren der Verwundeten wie der Sopran der Erfüllung; leidvolles Stöhnen, zufriedenes Gurren, Schrei der Ekstase, Flüstern der Demut, das Gähnen des Moders ebenso wie das Jauchzen der Lust.

Alles, wirklich alles.

VIII

Der Lift stoppte im zweiten Stock des Hotels. Krantz hatte schon seit zehn Minuten die Klappe gehalten und schien langsam wieder Herr seines Promillegehalts zu werden. Beunruhigend. Die Nacht drohte zu versacken. Täubner beschloß, bei nächster Gelegenheit den Namen Burleschetta zu erwähnen; mal sehen, was passieren würde.

Krantz sperrte sein Zimmer auf und holte die beiden Viertelliterfläschchen Bordeaux, die temperaturgerecht neben dem Kühlschrank lagerten. Plötzlich zuckte er zusammen. Wie Storchenschnäbel pickten seine Blicke über den Boden.

»*Verflucht!* Sehen Sie das?«

»Was?«

»Hier ist jemand drin gewesen!«

Krantz durchmaß prüfend den Raum, begann hektisch in seinem Gepäck zu kramen. Seine Bewegungen gewannen binnen Sekunden Nüchternheit und Spannkraft zurück.

Täubner sah sich um. Das Zimmer wies nicht die geringste Spur von Unordnung auf.

»Jemand hat meinen Koffer durchsucht!«

»Sind Sie sicher, Proff?«

»Ja, verdammt!«

»Woran merken Sie das?«

»Da: die linke Schlaufe! Sie war nicht ganz zugezogen! Und schaun Sie sich das Muster der Teppichfasern an! Kreuz und quer und flach! Hier ist jemand hin- und hergelaufen!«

Täubner sah sich die Teppichfasern an. Ihm kam nichts ungewöhnlich vor.

»He, Proff! Die Tür war doch abgesperrt!«

»Das war sie...«

»Über die Fassade wird niemand geklettert sein...«

»Tja.«

»Sieht mir nach 'nem Fall von galoppierender Paranoia aus.«
»Machen Sie sich nicht lustig über mich! Was wissen Sie schon?«
»Ist denn was gestohlen worden?«
»Nein. Die haben Pech gehabt!«
»Wer weiß denn überhaupt, daß Sie hier sind?«
»Die wissen alles...«
»Wer sind *die*?«
Krantz zögerte mit der Antwort, schraubte ein Bordeaux-Fläschchen auf und sank auf einen der schweren Ledersessel. Er besaß jetzt die Ausstrahlung eines Herrenmenschen kurz vor der Götterdämmerung. Dieser Eindruck verflüchtigte sich nur, wenn er kurzsichtig die Augen zusammenkniff; dann wirkte er wie ein gealterter britischer Shakespearetragöde. Nervös strich er sich durchs silbergraue Haar.

»Wer *die* sind? Meine Damen und Herren ›Kollegen‹! Die feiste Brut! Meine Konkurrenten! Die rücken mir immer dicht auf, hängen mir an den Fersen!«

»Sagen Sie bloß, es gibt noch mehr von Ihrer Sorte?«

«Oh, allerdings... Jedenfalls tun sie so. Tja. Was immer man macht, egal was – es existieren bestimmt fünf andere, die das gleiche machen. So ist das! Aus ist's mit der Einzigartigkeit. Gibt eben fünfmal zuviel Menschen auf der Welt, jeder hat fünf Kopien auf dem Buckel hocken. Und die sind alle Schweine... Mann, hab' ich Glück gehabt, daß im Koffer keine wichtigen Papiere lagen! Diese Geier schrecken vor nichts zurück!«

Krantz schwelgte in wichtigtuerischem Verfolgungswahn, erhob sich, stolzierte fuchtelnd auf und ab. Täubner prostete ihm zu.

»Und die suchen alle die Melodien?«
»So ungefähr.«
»Und wie steht das Rennen?«
»Ach... die meisten sind Geisterfahrer, laufen falschen Spuren hinterher, verfolgen hanebüchene Theorien... Aber jedesmal, wenn die am Ende ihrer Weisheit sind, kommen sie zu mir, zum Klauen. In mein Apartment in Rom ist letztes Jahr zweimal eingebrochen worden! Stellen Sie sich vor: Die haben mir einen Originalbrief Allegris gestohlen!«

»Ist so was teuer?«

»Un-be-zahl-bar! Der Brief enthielt eine wichtige Information, die ich jetzt nur noch anhand von Kopien beweisen kann. Und das ist nicht Beweis genug!«

»Oh.«

Täubner trank den Bordeaux mit Genuß. Endlich wieder was los, wenn er auch nicht ganz durchblickte.

»Wer ist Allegri?«

»Ach...« Krantz schleuderte verärgert beide Arme von sich. Ihm schien nicht mehr nach Erzählen zumute.

»Ja... schade... Es bleibt keine Zeit mehr für den ganzen Rest, tut mir ehrlich leid, ich muß heute noch nach Rom zurück. Wirklich schade. Aber die Dufrès hat angeblich das Pasqualinihaus geortet, das will sie mir übermorgen präsentieren. Und von Ihnen brauch' ich jetzt endlich den Namen! Lehnen Sie sich zurück, die Hypnose dauert nicht lange...«

Täubner wehrte ab.

»Mir ist der Name vorhin eingefallen.«

Krantz' Augen blitzten. Seine Brauen sträubten sich.

»Wie bitte? Und Sie reden nicht?«

»Ihr Anfall von Paranoia kam dazwischen.«

»Ja, Mensch, machen Sie's Maul auf! Bitte!«

Täubner nahm noch einen Schluck Rotwein, kostete den Moment seelenruhig aus, lächelte sardonisch, steckte sich eine Zigarette an und blies den Rauch weit von sich.

»Burleschetta. Der Vorname war Nicolo. Oder Nicola, das weiß ich nicht mehr so genau...«

Krantz öffnete weit den Mund, schwenkte den Kopf langsam eine Vierteldrehung nach rechts, sah zur Decke und brach dann, zu Täubners Überraschung, in ein helles, hysterisches Gelächter aus, drehte sich einmal um die eigene Achse, ließ sich zurück in den Ledersessel fallen, vergrub seine zehn Fingernägel im Backenfleisch und lachte, schien nicht mehr aufhören wollen zu lachen, lachte in allen Tonlagen und Rhythmen, beugte sich vor, kippte beinah vornüber, schnaufte schwer, bekam kaum noch Luft.

Täubner glotzte indigniert und wußte nicht, was er davon halten sollte.

»Geht's Ihnen nicht gut, Proff?«

»*Oooo neeein!* Nicole, das Biest! Ich hätt's mir denken können! Bruuhuhuhuh... Ich glaub' es nicht! Haben Sie wirklich gedacht, es gibt auf der Welt jemanden, der Burleschetta heißt? Das kleine Scherzchen?«

Täubner kam sich dumm vor und schwieg.

»Nicht zu fassen! Und dafür flieg' ich nach München! Nicole, was hast du mir angetan?«

Immer noch lachend, rutschte er über die Sessellehne.

Täubner half ihm hoch.

»Kleines Scherzchen?«

»Jahahaha...«

»Wer ist Nicole?«

»Nicole? Hu... Das ist ein Biest! Nicole Dufrès! Dieselbe, die mir übermorgen das Pasqualinihaus, korrigiere: das *angebliche* Pasqualinihaus zeigen will! Es ist einfach nicht zu fassen! Einer ihrer miesen Scherze! Ein Geburtstagsgruß! Hat sich wahrscheinlich gar nichts Böses gedacht! Wahrscheinlich hat sie ›Happy birthday to you‹ in Lautenintavolierung gesetzt! Wollte mich ein bißchen hänseln... Mein Gott, das darf nicht wahr sein!«

Täubner sah betreten drein. Er mochte es nicht, daß der Professor jetzt so fröhlich und erlöst war. So sollte er nicht davonkommen.

»Wer ist denn diese burleske Nicole? Sagen Sie doch mal! Und was ist dieses Papagallihaus?«

»Nicole Dufrès? Sie ist 'ne Kratzbürste. 'ne Emanze! Französische Psychoanalytikerin, die mich ärgert, wo sie kann. Aber sie hat trotzdem ein bißchen Grips. Das muß man ihr leider zugestehn. Sie hat sich Einblick in die Unterlagen des Vatikanarchivs besorgt! Alle Achtung! Mein Gott! Sie hat Geheimunterlagen des siebzehnten Jahrhunderts einsehen dürfen! Unvorstellbar. Mit wieviel Priestern die's getrieben haben muß!«

»Und das Papirossihaus?«

»Pasqualini! Das war ein Mensch, der mit den Melodien zu tun hatte. Viel später. Er war das Ende, das Grauen, die zwangsläufige Pervertierung jeder Idee. Der Abgesandte des Bösen, der Aufkäufer aus der Hölle. Allein über ihn könnte man tagelang erzählen. Ja, schade ... Apropos! Ich hab' es vorhin schon kurz angesprochen ... ich hätte vielleicht einen Job für Sie!«

Täubner kaute lustlos an seiner Zigarette.

»Als Fotograf?«

»Genau. Wie gesagt, übermorgen will Nicole uns die verschütteten Gewölbe präsentieren. Ich bräuchte jemanden, der jeden Quadratmeter davon ablichtet. Ist alles unterirdisch und sehr schattig. Können Sie so was?«

»Wollen Sie mich beleidigen?«

»Na ja, wer gar nichts kann, wird Fotograf – sagt man doch. Entschuldigung – ich wollte Ihre Berufsehre nicht kränken. Ich bin überzeugt, Sie verstehen Ihr Metier. Natürlich könnte ich mir genausogut einen römischen Fotografen besorgen, klar, aber da Sie mir nun schon mal über den Weg gelaufen sind ... Wie wär's? Ich zahl' Ihnen den Flug, und Sie haben Kost und Logis frei.«

Täubner überlegte. Er wollte den Schweden nicht so einfach gehen lassen, nein. Eigentlich hätte er auch gern gewußt, was aus Castiglio wurde. Dann dachte er an die über alles in der Welt Geliebte, rührte in der offenen Wunde, überlegte hin und her. Alles zusammengenommen, sagte er sich, machte es keinen Unterschied, ob er ein paar Tage hier oder in Rom verbrachte. Und wenn sie doch anrufen würde? Wenn sie anrufen würde, und er wäre nicht da? Aber sie hatte auch heute nicht angerufen, nein *gestern*, an seinem Geburtstag. Sie hatte es nicht getan. Er war durchaus bereit, sich weiter vor ihr zu demütigen und neben dem Telefon zu warten; doch völlig umsonst demütigen wollte er sich auch nicht.

»Mmhmm ... Rom ... Ich bräuchte aber auch noch was auf die Kralle, kann nicht mirnix dirnix Urlaub machen.«

»Ich dachte, Sie hocken seit drei Wochen nur aufm Bett rum?«

»Eben. Jetzt muß ich finanziell wieder aufholen.«

»Na schön. Fünfhundert für drei Tage?«

»Sechshundert.«

»Tss ...« Unglaublich, wie teuer die Leute geworden sind, dachte Krantz und sagte: »Freut mich, daß sich Ihre Trennungsschmerzen gebessert haben!«, was er lieber hätte bleibenlassen. Von diesem Satz an haßte Täubner ihn ernsthaft.

»Es gibt keine Trennung. Nur eine Pause. Dann hol' ich sie wieder.«

»Und wenn sie nicht will? Wenn sie Sie einfach nicht mehr liebt?«

»In meiner Terminologie ist ›nicht mehr lieben‹ ein Paradoxon! Das gibt es *einfach nicht*. Es sei denn, man hat vorher gelogen.«

Krantz nippte genüßlich am Bordeaux.

»Täubner, Sie sind wirklich komisch. Ein echter, antiker Narr! Das macht Ihnen so schnell keiner nach.«

»Was Frauen betrifft, hab' ich ein Motto: Entweder alle, oder die eine!«

Krantz rieb sich übers Kinn.

»Schätze, damit werden Sie die meiste Zeit allein bleiben...«

Jetzt konnte Täubner sich nicht mehr beherrschen. Seine Augen wurden naß; die für Stunden verdrängte Trauer stieg komprimiert auf. Unzähmbares Geheul brach aus seiner Kehle hervor, und er sackte zusammen. Der eigene, bebende Körper widerte Täubner an; vergeblich versuchte er, die Blöße irgendwie zu kaschieren, sich dem Weinkrampf entgegenzustemmen. Es ging nicht. Er verbarg sein Gesicht in den Händen und hätte sterben mögen, auf der Stelle, und mit ihm alle Menschen.

»Nana... Täubner... Entschuldigen Sie meine Taktlosigkeit – war keine Absicht. Alles halb so wild...«

Arschloch, dachte Täubner, dreckiges Arschloch, dir zahl' ich's heim, irgendwie... wart nur ab... Tief Luft holend, rieb er sich die Augen trocken und trank das Fläschchen aus. In seiner Brust schnalzten Peitschen.

»Passen Sie auf, wir machen folgendes: Sie fahren jetzt zu sich nach Hause, holen den ganzen Fotokram, und dann treffen wir uns am Flughafen, rechtzeitig für die Neunuhrmaschine. Vergessen Sie Ihren Paß nicht!«

Er hält mich für 'n Trottel, dachte Täubner, aber warte nur...

Krantz ging ins Bad, um sich zu rasieren. Täubner rannte aus dem Hotel. Es begann hell zu werden.

IX

1

Eine halbe Stunde bevor Turmglocken die Bruderschaft zur Mette weckten, kurz nach ein Uhr morgens, als die Abbazia noch ruhte und ihre Mönche in lichterlohen Alpträumen badeten, schlich der Tropator in Andreas Zelle, rüttelte den Schlafenden, hielt ein flackerndes Öllämpchen vor sein Gesicht.

»Sie sind erschaffen.«
  »Endgültig?«
  »Endgültig!«

Der Tropator nahm Feder und Pergament vom Fensterbrett und begann sofort die Notation. Wochenlang hatte er alles im Kopf getragen, war schwanger gegangen wie ein Zeus, dem sechsundzwanzig Athenen unter der Schädeldecke strampeln. Unfertiges hatte er nicht fixieren wollen; Geschriebenes drängt zu seßhaft ins Hirn; mindert die Bildkraft des Geistes, schwächt Eingebung ab, schützt Fehler vor Verfolgung, senkt die Bereitschaft zur Korrektur.

Castiglio verwendete eine sechszeilige Lautenintavolierung spanischer Vihuelaart – jenes Notationssystem, das auch Andrea zu lesen gelernt hatte.

Leise sang er ihm Manifestiertes vor; befahl ihm, es sich genau einzuprägen. Jeweils beim vierten Durchgang summte Andrea mit, bald summten sie gemeinsam die Melodien der Reihe nach und immer wieder von vorn.

Andreas Gesicht hatte crescendierende Ekstase erfaßt, grotesk überzeichnete Mimik, tiefbewegtes Grimassenspiel. Jeder der sechsundzwanzig Achttakter verzerrte ihn andersartig, schlug nicht für möglich gehaltene Furchen in seine glatte junge Haut. Komisches folgte Erhabenem, Tragisches Verträumtem. Andreas

Stirn- und Backenmuskeln wurden stark beansprucht; er steigerte sich hinein, voll Emphase; gab, ohne es zu merken, immer mehr Stimme; das Duett wurde lauter, Fragmente davon drangen durch die Backsteinmauern, hinaus auf den Klosterhof.

Die Melodien.

Sie rissen den Famulus mit; schienen ihm himmlisch, höllisch und phantastisch. Im Gegensatz zu jenem Prototyp der zweiten Balkonprobe wirkten sie wieder »musikähnlich« – ihre Töne besaßen eine gewisse harmonische Zueinandergehörigkeit; aber das war keine Musik, die Gebräuchliches enthielt, keine vertrauten Wendungen, keine gängigen Phrasen, alles an ihr klang neu – und unbegreiflich in der davon ausgehenden Schönheit. Erregend war sie, herausfordernd, hypnotisch; ließ keinerlei inneres Gesetz nachvollziehen, und doch folgte jeder Ton ganz logisch auf den vorherigen, so, als könnte es gar nicht anders sein. Musik in weiten Sprüngen, überraschenden Kadenzen, klar und doch geheimnisvoll, packend und besitzergreifend; Tongebäude, vor deren komplexer Architektur man wie ein Provinzbauer stand, der außer Lehmhütten nichts je gesehen hat.

Magier und Schüler sangen fast drei Stunden zusammen, zuletzt bevorzugt die Nummer acht – welche ein bedeutendes Werk einweiht und feiert.

Andrea war berauscht von rasendem Voraussein; als wäre in die schwarze Masse Zukunft ein Loch gesprengt, aus dem fernes Licht flutet, Licht, das erst in drei- oder vierhundert Jahren die Restwelt erreicht.

Auf dem Kirchhof blieben einige von der Morgenmesse Kommende stehen und lauschten.

Was war da? War da nicht ein Wimmern? Heulte ein Tier? Es wehte leisen Abklang vorbei. Ein Echo des Nachtwinds? Sang dort nicht jemand? Das kam aus dem ersten Stock, aus der Zelle Andrea Picos! Vielleicht machte er Atemübungen? Hmm...

Bald gingen auch die Fragmente verloren, im Scheppern der Schmiede, im Krachen des Metalls, in den lauten Rufen der Knechte, im Rumpeln der Kutschen, die für den Aufbruch irgendwelcher Ordenslegaten bereitet wurden.

2

Schritte hallten durch den Gang, schnelle Schritte, die wie Sturmsegel knatterten. Eine Tür wurde aufgerissen. Abt Stefano polterte in die Zelle, deutete, schwer keuchend, auf Andrea.

»*Du!* Du bist nicht im Chor gewesen!«

Er behielt den Zeigefinger oben. Andrea gab keine Antwort; Castiglio übernahm das.

»Ihr könnt uns am Arsch lecken mit Euerm Chor...«

Der Abt senkte den Arm immer noch nicht. Ungerührt saß Andrea auf dem Bett, kümmerte sich wenig um die massive, bedrohliche Figur.

»Heut ist der siebte Tag! Du! Ich beschwör' dich zum letzten Mal! Laß ab von ihm! *Apage Satanas!* Heiß ihn fortgehn! Schau, wie er grinst! Schleudere ihn in den Abgrund zurück!«

»Ich komm' aus keinem Abgrund«, brummte Castiglio.

»*Apage Satanas!* Ein falscher Vater ist er! Hält dich bei der Hand und stapft zur Hölle mit dir! Laß ihn los!«

»Nein«, antwortete Andrea klipp und klar.

»Du kommst nicht mehr zum Chor?«

»Nein.«

»Du vertraust ihm mehr als mir?«

»Ja.«

»Glaubst du, es ist alles Unsinn, was ich sage?«

»Ja.«

»Dann hinaus! Beide! Alle beide!«

Der Abt turnte durch die Zelle, hob auf, was er an Habseligkeiten fand, und warf es in den Gang; war völlig außer sich und schrie sich heiser, scheuchte die beiden durchs Gästehaus, deckte sie mit Beschimpfungen ein, trieb sie vor sich her mit Knüffen und Tritten.

Es war kurz vor fünf und noch dunkel; nur ein paar Pechfackeln erhellten den Hof, von spalierstehenden Mönchen getragen. Steine flogen; Knechte brüllten Fäkalien um die Wette. Stefano selbst schob das Paar, ohne weitere Mißhandlungen zuzulassen, zum Tor hinaus. Ein mild gestimmter Mönch warf Andrea einen Sack mit

Brot und Käse zu. Castiglio trug nichts bei sich außer seinem Beil, seinen Kleidern und zwei eng zusammengefalteten Pergamentbögen, an einem Faden um die Brust gebunden.

Sie machten sich fort.

Fröhlich scherzend, gegen den Frost ansingend, wanderten sie zur Küste und von da am Meer entlang nach Süden, durch neblige Morgenbleiche, vom Frühgeschwätz der Krähen und Möwen begleitet. Das Meer spülte schwach gegen die Felsen, monoton, lustlos, um der puren Gewohnheit willen.

Castiglio steigerte das Tempo, um schneller dem Umland der Pomposa zu entkommen, dem monströs aufragenden Schatten des Campaniles und den von ihm abstrahlenden Schwingungen.

»Schau ihn dir noch einmal an! Er ist wie der Flügelschlag eines eisernen Raubvogels. Da oben hab' ich gesungen...«

»Das dacht' ich mir, Meister.«

»Hauen wir ab!«

Mißtrauisch krochen Farben in den Tag.

3

Stefano Pallavicino verbarg sich für den Rest dieses siebten März in der Schatzkammer. Voll Bitterkeit meditierte er über sein seelsorgerisches Versagen; über die Hinterhältigkeit des Bösen, dem keine physiognomischen Attribute verliehen sind; das sich sogar in wohlgestalten, naiv-sanftmütigen Jünglingen finden läßt.

Vielleicht war es besser, wie es letztlich kam. Vielleicht, dachte er, hatte er sein Herz zu sehr an *eine* Person gehängt, andere dadurch vernachlässigt? Vielleicht hatte Gott ihm wieder einmal zeigen wollen, daß, wen er aufnimmt und wen er abstößt, sein Wille allein entscheidet; daß sich da nicht viel bewegen läßt, mag man auch hundert Gebete und rhetorische Kniffe aufbieten. Was immer als möglicher Grund des Versagens dienen konnte, wurde von Stefano angeführt. Nach ein paar Stunden lagen ihm so viele Gründe vor, daß er sich fragte, wieso er jemals an einen anderen Ausgang hatte glauben können.

Am Ende schien alles begründet, zwingend, unaufhaltsam gewesen zu sein. Seine Selbstvorwürfe milderte das, seine Trauer nicht. Im geheimsten Innern hoffte er auf das Wunder, das Andrea retten mochte; ein großes Wunder, wie es einst dem Tannhûser geschehen war, als dem Pilgerstab Triebe wuchsen.

Bruder Antonio di Rocca, der mit am heftigsten unter dem Alpdruck gelitten hatte, modellierte am selben Tag ein Abbild Castiglios aus weißem Gips und fügte es ins Mauerwerk der Basilikavorhalle, neben leuchtend orangene, Sonnen darstellende Majoliken.

Schauerdünste, die der Magier über das Kloster gebracht hatte, sollten so gebannt werden.

Stefano ließ es widerspruchslos geschehen, weil es die Mönche beruhigte.

Das halblebensgroße Porträt war gar nicht schlecht gelungen. Trotz primitiver Technik enthielt es die prägendsten Charakteristika des Tropators: hervortretende Wangenknochen, hohe Stirn, linealgrade Nase, tiefe Augenhöhlen und wirres, zur Seite gestrichenes Haar. Rocca hatte ihm allerdings die Mundwinkel stark herabgezogen, Ohnmacht und Enttäuschung symbolisierend.

4

Mittags rasteten sie unter einer Strandpinie, aßen Brot und Käse und machten ein kleines Feuer. Ravenna lag zwei Tagesmärsche entfernt. Weit draußen auf dem Meer leuchteten die Segel eines venezianischen Schiffes.

Pünktlich mit den Melodien war auch der Frühling eingetroffen. Alles war gut.

Die Haselnußbäume trugen bereits erste Knospen, und die Krokusse, die hinter den Pinienwäldern zu Tausenden wuchsen, schienen in diesem Jahr selbst Castiglio zauberhaft.

Alles war endlich gut; so, wie es schon immer hatte sein sollen. Endlich hatte alles Sinn bekommen.

Der Magier sprach zu seinem Schüler länger als in den letzten fünf Monaten zusammengenommen. Viel erzählte er ihm über seine Jugendzeit in Florenz und Bologna, über die abendliche, elitäre Runde bei Lucas Gauricus, zu der Gabrielle Da Salò, Umberto Nursio, Gianluca Ferri und natürlich Bartolo Cocle gehörten.

Mindestens genauso detailliert wie die Vergangenheit malte er die Zukunft aus.

»Wir gehen vor wie bei der Gründung eines neuen Ordens; gründen eine Art Priesterkaste; nur fähige Leute weihen wir ein, alles muß zuerst im verborgenen geschehn. Wir suchen in den Städten charismatische Menschen von Intelligenz und guter Gesundheit, sprechen sie an, teilen uns mit, überzeugen sie und geben ihnen Abschriften der Tropoi. In jeder Stadt hinterlassen wir eine Station – jeder der von uns Erwählten wird dann wieder andere initiieren. Wenn das Netz unsrer Organisation weit und straff gespannt ist, werde ich mein Inkognito lüften und mich als Tropator zu erkennen geben. In all diesen Städten werden dann, synchron, die Tropoi erklingen, werden die Könige alle verzaubern und ihre Heere dazu; sie werden den Erdkreis erobern und erlösen, in Einklang bringen und Gerechtigkeit schaffen! Dann wird die Erde ein Fest sein! Sicher – wir werden auch auf Widerstand stoßen. Ein paar Grobiane – plumpe, verwachsene Ohren, vermooste Gehörgänge, musiktaube Individuen –, die werden gegen uns resistent sein. Vielleicht kommt es zu einem letzten großen Kampf. Aber das bereitet mir keine Sorgen... Von hundert sind mindestens sechzig akustisch empfindsam, uns wird eine große Übermacht zur Verfügung stehn. Und du, Andrea, wirst meine rechte Hand sein!«

Fleischfarbene Krebse rannten über den Strand. Andrea hatte solche Tiere noch nie gesehen.

»Wir können viel von der Machtergreifung des Christentums lernen, über das unterirdische System, über die Hierarchie der Planungsstäbe, über geheime Nachrichtenverbreitung und die Struktur der Propagandaaktion. Johannes Trithemius hat mir von der Geheimschreibekunst einiges erzählt, das sich verwenden läßt. Natürlich brauchen wir für unseren Bund auch ein geeignetes Signum! Das ist wichtig! Gabrielle Da Salò hat mir damals die Geheimnisse des Kreuzes entdeckt. Weißt du – Salò war ein bißchen spinnert mit seinen Sternen, aber über das Kreuzzeichen hat er viel und gut nachgedacht. Ist es nicht sehr verwunderlich, daß man ausgerechnet das Kreuz – ein Hinrichtungsgerät – zum Symbol einer neuen Religion gemacht hat?«

»Ja, Meister. Jetzt, wo Ihr das so sagt...«

»Du mußt wissen, zuerst war nämlich der Fisch, griechisch Ichthys, das Erkennungssymbol der Christen. Dieses Signum hat aber wenig getaugt, man hat es durch das Kreuz ersetzt, welches bald sehr viel erfolgreicher sein sollte. Und warum? Die bisherige Erklärung der geheimen Philosophen lautete, daß der in den Augen eines römischen Bürgers schmähliche Kreuzestod die Verbreitung der Lehre stark behinderte. Die originelle Idee eines göttlichen Martyriums war schwer begreiflich zu machen, lief dem Zeitgeschmack zuwider. Was tat man? Paulus von Tarsus ordnete eine neue Strategie an. Man versuchte nicht mehr, das Kreuz zu verschweigen, sondern erhob es zum Zentrumssymbol der Sekte! Das Verfahren ist ein altes aus der Rhetorik: Fehler, die eh nicht zu verbergen sind, werden laut herausposaunt, mit neuem Sinn unterlegt, ja man redet voll Stolz davon! Herkömmliche Begriffswelt wird auf den Kopf gestellt, das schafft Neugier! Aber Gabrielle wußte noch einen zweiten Grund für den Zauber des Kruzifix zu nennen: Kreuze waren in den unterworfenen Provinzen des römischen Reiches allgegenwärtig; waren Ausdruck römischer Macht, waren Sinnbild der Unterdrückung und Verfolgung. Wer ein Kreuz sah, den bewegte immer auch eine Regung – Mitleid oder ohnmächtige Erschütterung oder zumindest die Erinnerung an erlebte Schaulust! Das Kreuz – übrigens das einfachste aller Symbole überhaupt – trug eine gewaltige emotionale Aura mit sich, löste im Betrachter etwas aus; immer sah man darin viel mehr als nur zwei Striche, verstehst du?«

»Hmmhm.«

»Wer einen Fisch sieht, je, der denkt vielleicht an Räucherstreifen, an Gräten oder Gestank, oder was weiß ich? Wer ein Kreuz sah, sah gleichzeitig die Grausamkeit und Allmacht Roms, bekam Angst oder Wut, hörte Geschrei, erinnerte sich verurteilter Bekannter und so weiter. Das Kreuz hämmerte Todesbewußtsein ein, dämpfte das irdische Lustdenken, schuf die rechte Stimmung, sich mit letzten Dingen zu beschäftigen. Dazu kommt, daß das Kreuz als Symbol keine andere Bedeutung besaß als die des Hinrichtungswerkzeugs. Erstaunlich, nicht?«

»Wie meint Ihr das?«

»Nun – wenn du zum Beispiel auf irgendeinem Schild ein Rad siehst – würdest du zuerst an einen Geradebrechten denken?«

»Nein...«

»Eben; weil das Rad *vielfältig* ist! Man würde unter so einem Schild wohl einen Radmacher vermuten, aber keine Räderung... Nicht auszudenken – wenn Jesus gesteinigt worden wäre. Wie hätte man aus einem Haufen fliegender Steine ein Signum machen sollen, noch dazu eines, das schnell zu zeichnen ist? Gabrielle – eigentlich war er ein famoser Kerl – sagte mir mal: Erst kam der Fisch, dann das Kreuz, dann die Nägel...«

»Die Nägel?«

»Ach, das ist ein anderes Kapitel, über das man stundenlang reden könnte. Gabrielle meinte, Jesus sei natürlich mit Seilen festgebunden worden wie alle anderen auch. Erst als Paulus die neue Strategie entwickelt hatte; als man erkannte, daß es kaum etwas Tragisch-Bewegenderes geben kann als einen hingerichteten Welterlöser – spektakulär –, da erfand man die Nägel, da konnte nichts mehr durchbohrt genug sein, mußte das Blut aus allen Ecken und Enden strömen... Was für eine Idee! Was für ein Bild! Stärker als jedes Gleichnis. Überzeugender als die Weisheit der Griechen. Eine Posse! Ein Klamauk! Und unlogisch dazu: Man verblutet natürlich lieber schnell, als nach Tagen langsam zu ersticken. Geht viel schmerzloser.«

»Aber Meister, woher wußte Da Salò das alles?«

»Er wußte es nicht. Er glaubte es. Sicher existieren auch genügend Gründe, anzunehmen, die Nägel seien von Anfang an dagewesen. Vielleicht als Geste der Gnade seitens Pilatus? Vielleicht, um vor Einbruch der Nacht Christi Tod sicherzustellen? Wie dem auch sei, jedenfalls habe ich beschlossen, uns ein ähnlich erfolgversprechendes Signum zu setzen, mit dessen Hilfe die Initiierten einander erkennen sollen; welches wir später dann im Triumph durch die Straßen tragen! Es soll das Instrument des Urvaters aller magischen Tropatores sein: die Lyra des Orpheus.

Sie erfüllt die Bedingungen: Ist einfach zu zeichnen, in drei, vier Schwüngen, und ist mit nichts anderem zu verwechseln.«

Er skizzierte eine vereinfachte Lyra in den Sand:

Andrea guckte sich das an, wirkte aber nicht restlos überzeugt.

»Meister, habt Ihr mir nicht erzählt, der Orpheus sei von rasenden Weibern zerfleischt worden, in Stücke gerissen und gehäutet?«

»Stimmt.«

»Könnte man das nicht noch irgendwie hineinbringen?«

»Tja... wüßte nicht, wie.«

»Hmm...«

Gemeinsam überlegten sie, fanden jedoch keine Verbesserung. Das war auch nicht so wichtig, es gab Dringlicheres.

»Die Suche nach den Tropoi hat meiner Gesundheit sehr geschadet. Ich muß mich erholen, muß mehr essen; die Rippen schimmern mir durch die Haut, und in den Armen hab' ich das Zittern bekommen. In Ravenna lebt, hoffe ich, noch ein ehemaliger Kommilitone, vielleicht kann ich den um etwas Geld anhauen.«

»Aber sicher!« rief Andrea. »Wir haben doch die Nummer neunzehn – welche eines Geizigen Faust lockert!«

»Freilich! Daran hab' ich gar nicht gedacht! Die Welt sieht auf einmal so anders aus...«

Sie wanderten weiter Richtung Süden, unter kreisenden Möwen und pastellen dampfender Sonne. Aus den Sträuchern und Büschen knisterte es; selbstbewußtes Gliederstrecken des Frühlings, Aufbruch ins Leben, milliardenfache Verwandlung.

Es gab viel zu besprechen.

5

Am Nachmittag des zweiten Tages trafen die beiden, zehn Meilen vor Ravenna, auf ein Quartett verlauster Minoriten, die um eine Feuerstelle saßen und Sardinen brieten.

Das Wetter war regnerisch, der Himmel rissig; breite Lichtfälle wechselten mit Amboßwolken. Andrea betrachtete fasziniert einige Möwen, die Spaß daran hatten, sich vom Wind hin- und herschleudern zu lassen.

Castiglio war überzeugt, zwei jener minderen Brüder schon einmal gesehen zu haben, er wußte sogar, wann und wo: drei Jahre zuvor, in der Kneipe in Pavia. Sein Personengedächtnis täuschte ihn selten.

Er zupfte Andrea am Ärmel; sie nahmen einen Umweg, durch den lichten Ulmen- und Pinienwald. Das Quartett folgte ihnen. Alle besaßen schwere Wanderstöcke. Ihre Kleidung bestand aus hundertmal geflickten Lumpensäcken, ihre Bärte waren verfilzt, ihre Haut schorfig und ekzematös.

Castiglio kannte diese Sorte. Wenn das Betteln sie nicht mehr satt machte, lebten sie von Betrügereien, Diebstahl und Wilderei. Nach harten Wintern war von einstiger Frömmigkeit, die alle hatte Minoriten werden lassen, sowieso nichts mehr übrig. Eine echte Landplage; allerorten wurde man von ihnen belästigt.

Castiglio besaß Erfahrung im Umgang mit solchen Elementen. Sie umringten ihn und Andrea, baten um Geld. Nach einem deutlichen Nein gaben sie ihr Bittgehabe auf; stellten statt dessen Forderungen, ließen ihre Knüppelenden demonstrativ in die Handflächen klatschen.

Castiglio fühlte sich beleidigt. Immerhin repräsentierte er die kommende Weltordnung, war der Tropator höchstpersönlich, war getroffen in seiner neuen, ungewohnten Würde, hatte die Schnauze gestrichen voll von jeder Art klerikalem Gesocks, ob es nun fette Benediktiner oder ausgehungerte Franziskaner waren. Er reagierte äußerst heftig, zog sein Beil und fuhr, nach allen Seiten hackend, zwischen die Konventualen. Drei wichen überrascht aus, einer hob seinen Knüppel und schlug ihn Castiglio von hinten auf den Kopf.

Der Tropator knickte um, blieb blutend liegen, gab keinen Ton mehr von sich. Grollend wandten sich die Minoriten Andrea zu, der, starr vom Schock, festgewurzelt neben dem Körper des Meisters stand und nicht glauben wollte, was er erlebte. Nie vorher waren Minoriten in ihren Verbrechen so weit gegangen.

»Wir müssen ihn niedermachen!« flüsterte einer zum anderen.
»Jetzt geht's nicht anders; er hat unsre Gesichter gesehn.«
»Ja, er wird wider uns Zeugnis geben.«
»Ja.«
»Er hat 'ne silberne Gürtelschnalle!«
»Er flieht gar nicht.«
»Er sieht uns nicht mal an...«

In jenem Moment sank Andrea auf die Knie und begann zu singen. Nicht Melodie Nummer zehn, welche es erleichtert, sich in Gott zu ergeben, sondern Nummer zwei – wie man eines Feindes Mitleid erweckt. Mit geschlossenen Augen sang er die Konventualen an; sah und dachte nichts, kniete in einem kalten Zwischenreich, wo alles verschwamm, violett, türkis, ockerfarben.

»Der singt!«
»Ja. Wer erschlägt ihn?«
»Aber er singt!«
»Na und?«
»Meine Herren, bitte hört doch zu!« stotterte Andrea zwischen zwei Achttaktern, ohne seinen Kopf zu heben.

Den Konventualen wurde es eigenartig zumut.

Sie sahen sich gegenseitig an, fragend, staunend, verblüfft. Andrea fuhr fort, repetierte Nummer zwei wieder und wieder.

Der Stärkste und Gröbste der vier hob seinen Knüppel.

Ein anderer hielt ihn am Arm zurück.

»Warte mal!«

Andrea sang weiter, die Handrücken fest in den Boden gestemmt.

»Offensichtlich amens...«
»Ja.«
»Mmmhm!«
»Bringt Unglück, so einen zu töten.«
»Jaja. Das schon.«
»Stimmt.«
»Aber er hat uns gesehn!«
»Stimmt.«

Andrea sang. Seine Stimme wurde voller und fester.

»Der ist amens!«
　»Und wie!«
　»Was singt er da für seltsames Zeug?«
　»Weiß nicht. Kann einem angst von werden...«
　»Ja.«
　»Jaja.«
　»Lassen wir ihn doch da sitzen.«
　»Nehmt ihm den Gürtel ab!«
　»Schöne Schnalle. Wiegt ein halbes Pfund mindestens.«
　»Aber er hat uns doch gesehen!«
　»Laß ihn; der ist amens. Der hat niemanden gesehen.«
　»Nehmt den Ledermantel!«
　»Und die Stiefel!«
　»Auch die vom Irren?«
　»Ja.«
　»Der singt immer noch!«
　»Was ist das bloß?«
　»Laß ihn!«

6

Die Konventualen liefen fort, mit der Beute zufrieden. Über dem auf Dunstkrücken gestützten Horizont wucherte eine schwere, orangebraune Wolke, pulsierte unter wechselnden Winden, blähte sich und leuchtete gegen die Dämmerung an. Andrea kniete neben dem Toten, strich ihm blutnasses Haar aus der Stirn. Der Mund des Magiers stand offen, als wollte er noch etwas sagen und fände die richtigen Worte nicht.

Währenddessen erlosch die Wolke; Nacht stemmte sich an der Erdkante hoch, umfaßte das Land, hielt sich an Hügeln und Felsen fest, leise ächzend; wälzte, schwer atmend, in Baumkronen gekrallt, ihren formlosen Leib über den Tag.

Einsamkeit ohne Antwort.

Kontur eines Schädels, ganz Maul, ohne Ohren, daran brach sich keine Frage; kein Laut fand mehr ein Ziel.

Verlassenheit.

Ausgesetztes Kind, der Wildnis dargebracht, aller Beziehung entledigt.

Finger, die nichts greifen; Schweigen, zu groß, dagegen anzuschrein. Der schwarze Sturm, das Getrampel riesiger Herden von Norden her, donnernde Hufe, Mähnenwald, Ansturm.

Ebenso drohet aus Vermengung...

Rauchige Schwaden, vorbeiziehende Erinnerungskarawanen.

Wir werden eine Priesterkaste gründen, heiliger Melodien.

Der schwarze Sturm.

Verlassenheit des Ertrinkenden, der keinen Sinn im Strampeln findet, der steif in die Wasser sinkt, kampflos Lungentore öffnet.

Sie werden die Welt erlösen vom Lärm.

Oben auf dem Fels – steht da ein bärtiger Mann und winkt? Nein. Gefräßige Leere, saugende Nacht, übergreifendes Schwarz, Triumph der Unzugehörigkeit. Aufgehobene Fesseln, entbundene Mosaike. Lose trieben die Knoten des Gewebes auseinander. Das Senkblei der Nacht traf Andrea im Genick. Ohnmächtig wie ein Lepröser, dessen Wunde gleichmütig über den Körper wächst, jaulte er in die Unerbittlichkeit des Dunkels.

Dort aber, zwischen den Bäumen, stand kein Engel.

Einsamkeit war immer gnädig zu Andrea gewesen – erhebend und erleichternd, voller Pläne und Fundstücke, verschobener Grenzen, gelöster Gewichte. Nie war jene Einsamkeit bei ihm zu Gast, die in Sehnenstränge wie in Webgitter greift und nichts läßt, wie es war.

Im Westen ragte rot aus den Schatten ein Baumstumpf; Schwammpilze klammerten sich daran und fraßen die Jahresringe, einen nach dem andern. Die Nacht war eine breite hohle Hand, kalter Quader, lotrecht aufragendes Marmormausoleum, plötzlich und schrecklich gekommen. Alles fiel unter der schwarzen Wucht.

Dort ist das Meer, dort klatschen Wellen an den Fels; Andrea sucht Antworten. Durch die Mondadern stelzen Heuschreckenkrebse; da ist ein Bootssteg ins Meer gebaut, morsche Pfähle, ummantelt von Schneckenvölkern und Salzkristallen, umtanzt vom Spiegellicht der Sterne. Blauschwarz und mondbetäubt schwankt die Flut den Strand herauf; zerstampfte Muschelstädte warten und Kiesel, weißleuchtend wie Perlen. Schieferblöcke grenzen die Bucht ab; plump und grau, dem Nachtlicht Widerschein verweigernd, horten sie Treibgut. Gischt leckt Kuhlen in den Sand; der Wind weht Salzkrusten auf Andreas Lippen.

Alles was war, ist vergangen für immer; nicht der Vater der Worte selbst könnt' es je angemessen erzählen.

Dort ist das weißstrahlende Kleid mit der Schleppe aus Schaum. Mein Meister ist tot. Eigentlich hab' ich ihn kaum gekannt.

Unendlich Mögliches hat die Wahl einer einzigen Wirklichkeit getroffen.

Er schloß dem Toten Mund und Augen, durchtrennte den Faden.

Bist du glücklich gewesen?

Ein Wolf strich durchs Geäst. Andrea warf Steine.

Vor Wölfen hat sich der Meister immer geforchten.

Der Wolf drehte ab. Andrea hielt die Pergamente fest an sich gepreßt. Am Morgen hob er mit Astspitzen Brocken aus der Erde, grub dann mit flachen Schiefersteinen weiter, verscharrte die Leiche und legte aus Zweigen das Signum der Lyra aufs Grab.

Zum Abschied sang er die Melodien, jede zwölfmal.

Vermächtnisbeladen. Erwachsen geworden.

Heinrich Cornelius Agrippa veröffentlichte im nämlichen Jahr 1531 zu Antwerpen seine Schrift De Incertitudine et Vanitate omnium scientiarum. *Er hatte sie letztlich in Form einer bissigen Satire verfaßt. Das Buch erzürnte seinen Gönner, Kaiser Karl den Fünften, so sehr, daß er Agrippa ins Gefängnis werfen ließ. Agrippa hatte nicht nur Alchemisten und Astrologen, sondern auch den Klerus und die gesamte scholastische Gelehrsamkeit angegriffen. Wieder frei, gab er 1533 endlich die* Occulta Philosophia *heraus, nur um noch heftiger attackiert zu werden – diesmal wegen Inkonsequenz. Verbittert starb Agrippa im Februar 1535 in Grenoble.*

Über die Abbazia Pomposa ist zu sagen, daß die Malaria – entgegen Castiglios Erwartungen – gesiegt hat. 1671 verließen die letzten Mönche das Kloster. Erst im 19. Jahrhundert, nachdem der Po, einer Laune gemäß, seinen Lauf wieder geändert hatte, gelang die Meliorisation des Bodens, und man begann, den Verfall des Bauwerks aufzuhalten.

Die Krypta wurde irgendwann einmal zugeschüttet. Heute ist von ihr nur eine sehr flache Aushebung übrig, in die mühelos Tageslicht dringt und eine Heldengedenktafel illuminiert.

Das Abbild Castiglios im Mauerwerk wurde nie entfernt. Noch heute geben die herabgezogenen Mundwinkel den Abbazia-Touristen Rätsel auf.

X

»Im Ernst? Er wurde einfach so erschlagen? Holterdipolter abgemurkst?«

»Wie können Sie sagen: einfach so erschlagen? Das ist überhaupt nicht einfach! Das ist die wunderbarste Erschlagung aller Zeiten! Wenn die Geschichte wahr ist – und sie ist wahr, weil sie *da* ist –, dann war Andreas Singstunde vor den Räubern die erste, die urerste Opernszene! Völlig egal, warum sie ihn am Leben ließen, völlig egal, ob es real so geschehen ist, die Mär davon ist *große Oper*... sehr mythenförderlich. Können Sie sich an *Quo vadis* erinnern? An Peter Ustinovs herrlich dämliches Gesicht, als er den Christenchor unten in der Arena hört und sagt: ›Jetzt singen die ...‹ Die beste Szene im ganzen Film! Da kommt was von der Kraft durch, die Castiglios Ende besessen hat. Castiglio tot! Erschlagen wie ein Hund! Das ist superb... Der Mythos erlebt seine erste Häutung, die Legende um den Tropator verliert ihren schwarzen Anstrich, wird in helleres Licht getaucht. Andrea wird der neue Protagonist, und ihn behandeln die Kommentatoren viel freundlicher. Es findet quasi eine Metamorphose statt, wie beim Schachspiel: Der kleine Bauer erreicht die achte Reihe und verwandelt sich in eine Schwerfigur. Der Kokon wird abgeworfen. Die Larve verpuppt sich. Wie symbolträchtig das ist: Die Räuber ziehen dem toten Magier den schwarzen Ledermantel aus; toll was? Es ist nicht so, daß er eine postume Verklärung erfährt, oder auch nur eine Rehabilitation, neinnein! ›Kam einer, / ging wieder, / und keiner / schrieb's nieder‹, möchte man da ringelnatzisch sagen. Als Person wird Castiglio sogar weitgehend vergessen; ersteht in Andrea wieder, in der sozusagen ›weißen‹ Fassung.«

Sie saßen in der VIP-Lounge, in breiten beigen Sesseln, tranken Kaffee. Täubner fühlte sich nicht sehr wohl in dieser Privilegiertenkabine; es störte sein soziales Bewußtsein, hier so weich zu thronen, durch Glas und Lamellen von der Meute abgeschottet, die in der Halle auf harten Plastikschalensitzen warten mußte. Krantz hatte zwei Euro-Class-Tickets gekauft, die berechtigten zum Aufenthalt in der VIP-Lounge, wo man gratis soviel trinken durfte, wie man wollte, alles, was das Herz begehrte. Täubner stierte zu den Whiskeyflaschen hinauf, und sein Herz sagte jajaja, aber sein Magen widersprach, und auch sein Hirn forderte unbedingt Kaffee, um nicht ganz zu verdümpeln. Die Service-Dame schenkte nach. Der Kaffee war gut und stark.

»He, Proff, kennen Sie die alten Doktor-Phybes-Filme?«

»Nein.«

»Die waren toll. Mit Vincent Price in der Hauptrolle. Doktor Phybes, das ist so ein Magier und Mörder, der gleichzeitig verdammt gut Orgel spielt und auf der Suche nach dem Elixier ist, dem Elixier fürs ewige Leben. Daran hat mich Ihre Geschichte erinnert.«

»Ach? Muß ich mir merken. Ist Ihnen übrigens schon mal aufgefallen, daß man dämonische, übermenschliche Verbrecher im Film oft als Musikliebhaber zeichnet?«

»Nein.«

»Meistens hören die Bach. Das ist sehr auffällig. Am liebsten die Goldberg-Variationen. Wo immer im Film ein Serial Killer vorkommt, der mit Intellekt ausgestattet ist, hört er in irgendeiner Szene die Goldberg-Variationen.«

»Tatsächlich?«

»In amerikanischen Filmen hören sie leider oft Bebop oder Cool Jazz, vor allem in den Filmen der Vierziger und Fünfziger, als das irgendwie zum guten Ton gehörte. Natürlich hört der Serial Killer in Wahrheit wenig Musik, sonst wär' er kein Killer. Die Musiktherapie bei Vergewaltigern zeigt in England ungeahnte Erfolge. Die Ekstase beim Anhören großer Musik kommt dem fleischlichen Orgasmus sehr nahe. Gerade im Psychogramm des latent Agressiven aus sexueller Frustration findet sich oft ausgesprochene musikalische Empfänglichkeit – verbunden mit ausgesprochener musikalischer Unbildung. Verstehen Sie? Diese Leute hätten durchaus eine Möglichkeit zur Triebkompensation – aber heutzutage – wo die Musik seicht und laut und schnell geworden ist und die Ausbildung zum klassischen Gehör, wenn überhaupt, den oberen Schichten vorbehalten bleibt – werden die Straßen immer unsicherer...«

»Und was hat das mit Andrea zu tun?«

»Äh... vordergründig nicht viel.«

»Und? Was hat er mit den Melodien gemacht?«

»Er torkelt zur nächsten Stadt... Ravenna. Dort erzählt er allerorts von seiner wundersamen Errettung durch Tropos zwei. Andrea ist eine lichte, messianische Gestalt und stößt auf offene Ohren. Alles trifft zusammen: Er ist jung, ansehnlich gebaut, blond dazu, redet in einfachen Sätzen und besitzt eine phantastische Stimme. Die Leute fliegen auf ihn! Und die Melodien treffen ins Herz. Kranke hören seinem Gesang zu und sind plötzlich geheilt! Na ja, das kennen wir, daran ist nichts Übernatürliches. Neulich war wieder dieser afrikanische Bischof in Wien und hielt Messen, und Dutzende warfen ihre Krücken fort und tanzten – und drei Wochen später warn sie noch lahmer als vorher.«

Täubner konnte der Versuchung nicht mehr widerstehen und bat um einen Schuß Kognak in seinen Kaffee. Die Service-Dame lächelte ihn an, und er sah weg, hatte keine Lust zurückzulächeln; sicher lächelte die jeden an, gehörte zu ihrem Job; die war bestimmt froh, daß niemand ihr Service-Lächeln falsch auffaßte.

Krantz wetterte jetzt gegen die neuen E-Komponisten, die ihre »heilige« Aufgabe, der Menschheit innerste Leere zu übertünchen, vergessen hätten und statt dessen hypermetaphysische Kunstkonstrukte produzierten, denen nur hochgradig Pervertierte etwas abgewinnen könnten; die »breite Masse« – das war sein Lieblingsausdruck – sei der akustischen Verdummung durch den Mainstream-Pop hilflos ausgesetzt, und alles bisher Erreichte drohe zusammenzubrechen.

Schnell kam Krantz mit seiner Polemik an den Punkt, an dem man ihm nicht mehr zuhören mochte.

Täubner schwelgte bald wieder in maso-erotischen Phantasien über die ferne Geliebte, die ihre Beine vielleicht soeben für einen nichtsnutzigen Drecksack breitmachte. Drecksäcke, davon war Täubner überzeugt, waren sie alle. Jetzt trat auch wieder eine Phase ein, in der es ihm völlig schnuppe war, was aus Andrea wurde und wer Pasquadingsbums war und welchen Sinn das alles haben sollte. Ihm kam nicht mal eine Idee, wie er den Professor gut verarschen konnte. War dieser Romflug wirklich die richtige Entscheidung? Sicher, das Spontane, Unverhoffte reizte ihn an der Sache; trotzdem – er hatte sich anwerben lassen, von einem giftigen alten Querulanten, hatte die Stellung geräumt, hatte den Kampf irgendwie verloren gegeben.

NEIN NEIN NEIN! Nichts war verloren. Er machte nur eine Pause. Das war alles. Eine Pause, dann würde er sie wiederfinden, und Krantz auslachen und alle andern. Das schwor er sich.

»He, Täubner? Hören Sie noch zu?«

»Ja.«

»Andrea in Ravenna – das ist so ziemlich jenes Kapitel des Legendenkernstoffes, das am vollständigsten erhalten ist. In ihm gelangt der Homunculus zur höchsten Reife, zur letzten Weihe, zur folgenschwersten Condition...«

XI

Ravenna, seit zweiundzwanzig Jahren Besitz des Pontifikats, empfing Andrea mit der Gleichgültigkeit gealterter Kapitalen, die es kaum mehr kümmert, wer gerade über sie herrscht. Der Stilvielfalt ihrer Bauwerke vergleichbar war ihr Gemenge aus dutzenderlei Mentalität; über die Zeitalter hinweg war sie in dauerndem Kontakt zu fremden Kulturen gestanden, hatte dabei ihr eigentümliches Flair doch immer unverwechselbarer ausgeprägt: Mischung aus herber, angewelkter Schönheit, aus Starre, Feierlichkeit und Morbidität.

Vergeblich wurde gerätselt, warum diese Stadt selbst im grellsten Sonnenlicht noch schatty wirkte, warum das Grün der Pflanzen eine Nuance dunkler schien als anderswo, warum alles Gemeißelte dort Grauschimmer trug und frisch errichtete Fassaden bereits rissig und bröckelnd anmuteten. Waren es die großen Grabmäler? Das Nebeneinander römischer, germanischer, byzantinischer und venezianischer Formen? Waren es die langen Nadelbaumalleen? Das großzügige Straßensystem, welches zwischen den Häusern viel Raum ließ? War's das Bewußtsein vergangener, nie wiederkehrender Macht?

Irgend etwas lag über dieser ehemaligen kaiserlichen Residenzstadt, das jedem, der sie betrat, Gewichte anhängte. In ihr wurde man ein Pfund schwerer, ein Grad kälter, einen Halbsatz schweigsamer. Was in Ferrara ätherisch leicht tänzelte, schritt hier gemessen gravitätisch. Wenn in Ferrara die erste Assoziation des Besuchers Heiterkeit und Juvenalität sein mußte, war es in Ravenna musealer Ernst und Melancholie.

Dabei ging es am Hafen ebenso zu wie auf andern großen Umschlagplätzen: Kneipen und Bordelle kümmerten sich um die Matrosen, exklusive Badeanstalten boten alle Sorten Lustbarkeit, und zwischen den Kais, Kaschemmen und Lagerhallen trieb sich jede denkbare Farbe herum. Dennoch: Sogar das Meer besaß eine leicht dunklere Tönung als an benachbarten Küstenstrichen der Adria. Vielleicht mochte es an einer speziellen Art von Algen liegen, die in diesem Gewässer wuchs; an der Verschmutzung seitens der Schiffahrt lag es jedenfalls nicht. Das Hafenbecken war eher eine Spur sauberer als andernorts; überhaupt machte die Stadt einen sehr reinlichen Eindruck. Viele Dichter verglichen Ravenna mit einer Gedenkstätte des Gewesenen, beschrieben es als zeitlosen, steifen Ort, dessen Licht von Spinnweben gefiltert ist. Manche metaphorisierten, Ravenna sei ein durch gotische Rosetten kalt gebrochener Sonnenstrahl; andere behaupteten, in Ravenna könnten auf Dauer keine Maler leben, da dort selbst reinste Farben vermischt wirkten und das fröhlichste Gemälde einen depressiven Unterton enthalte.

Der barfüßige Andrea war vielleicht seit tausend Jahren der erste Mensch, der Ravenna als lärmend, hektisch und bunt empfand. Nach zwei Monaten Pomposa und erst einem Tag Trauer über den verlorenen Meister wäre ihm wahrscheinlich noch die trostloseste Geisterstadt als blühende Metropole erschienen.

Müde, mit verquollenen Augen und wundgelaufenen Sohlen schlich er über die Boulevards, haßte den Frühling und wollte jedem Vorüberkommenden zurufen: DER TROPATOR IST TOT!

Aber er konnte nicht sprechen. Tonnenschwere Einsamkeit hatte sich auf seine Zunge gewälzt; sein Schädel war zur riesigen Grotte geworden, in deren Dunkel jeder Gedanke zerbrach, bevor er Silben fand.

Mechanisch wankte Andrea dem Stadtzentrum zu, orientierte sich an steigenden Passantenzahlen, an der konvergierenden Straßengeometrie, der erhöhten Frequenz von Dächern und Giebeln. Das alles nahm er nur aus den Augenwinkeln wahr. Mit jedem Schritt wiegte sich sein gesenkter Kopf von einer Schulter zur andern.

Vor dem Dom aus dem fünften Jahrhundert rastete er, kauerte sich auf kühle, glatte Pflastersteine, nah bei den Resten eines versiegten, zugeschütteten Brunnens. Die Hälfte seiner Fingernägel war während des Begräbnisses abgebrochen. Er steckte die brennenden Nagelbetten in den Mund und saugte daran.

Niemand nahm Notiz von ihm.

Es war kurz nach Mittag und sehr ruhig. In Ravenna wurden selbst banalste Gespräche leiser geführt als andernorts; hier existierte tatsächlich eine Kultur des Flüsterns, wie sie dem Italiener sonst völlig wesensfremd ist. Vom Hafen her drang nicht einmal das übliche Geräuschmassiv des Handelns und Feilschens, des Be- und Entladens; die Dockarbeiter machten ihre zwanzigminütige Pause.

Wer von den Hafenbewohnern etwas zu essen hatte, aß. Wer nichts hatte, tat wenigstens so, als ob irgendwo ein Topf für ihn dampfte, und zog sich zurück. Eine knappe halbe Stunde lang verstummte das Trommeln der Schritte auf den Fallreeps. Die großen, festinstallierten Waagen pendelten leer im Gleichgewicht. Auf den Laderampen wurden Kisten und Ballen stehengelassen. Manche Matrosen nutzten die Zeit zu einem kurzen Schläfchen. Sogar die Bettler stellten ihr geschäftiges Wimmern ein und zogen Filzhüte übers Gesicht. Die für eine Großstadt unnatürliche Lautschwäche senkte sich noch weiter herab.

Trotzdem – Andrea glaubte nie zuvor in einem derartigen Morast von Geschwätzigkeit versunken zu sein, jemals so unpassende Lärmbelästigung ertragen haben zu müssen.

Der Tropator kann nicht kommen! Verfluchte Schreihälse! Ich werd' euch von ihm erzählen; er hat euch was ausrichten lassen; ihr habt alle keine Ahnung; blöd wie die Vögel; zwitschert wegen jedem Dreck!

In die Mittagsruhe hinein, leise und stockend, begann Andrea zu singen. Keiner drehte sich nach ihm um. Ein vor dem Domportal stammsässiger, auf Almosen angewiesener Krüppel witterte Konkurrenz und knurrte mißbilligend. Zwei plaudernde Kaufleute in Samtwesten und Brokatkappen kamen so dicht vorbei, daß sie Andrea fast auf die Hand traten. Er sang zu ihnen hinauf, aber sie beachteten ihn nicht. Er gab sich Mühe, zu forcieren. Sein Brustkasten war noch gequetscht unter den Vibrationen der Trauer. Die Lungenflügel waren klein geworden und flatterten wie aufgeschreckte Fledermäuse. Kaum gelang ihm ein fester Ton, wurde er von Schluchzern zersprengt.

Mühsam eroberte er die Herrschaft über die Stimmbänder zurück. Sein Atemvolumen schwoll an, die Muskulatur spannte sich, der Ton wurde kräftig, strahlend und tragfähig. Er legte den Kopf in den Nacken, reckte die Arme hoch und füllte die Dompiazza mit Gesang von beklemmender Intensität, gegen den sogar sein »Salve Festa Dies« nur eine seelenlose Übung gewesen war.

Die sture Inbrunst des Leidens entlockte der Stimme letzte Ressourcen. Atmung, Intonation und Phrasierung erreichten meisterliche Grade.

Er wählte Tropos dreiundzwanzig, welcher tief in den Grund der Dinge sehen läßt, und Tropos sieben, der Trotz und Ausdauer stärkt; wiederholte beide mehrmals. Danach folgte Nummer fünfzehn, die um einen großen Menschen angemessen trauert. Es war eine Art Requiem, das nicht länger als sechs Minuten dauerte.

Während dieser sechs Minuten versammelten sich mehr als zwei Dutzend Leute um ihn und hörten zu.

Schweigend deutete man auf die blutiggelaufenen Fußsohlen und zupfte einander am Ärmel, wenn wieder ein ergreifender, beachtlich lang durchgehaltener Ton von leuchtender Reinheit erklang.

Nachdem Andrea geendet hatte und seine Schultern schlaff herabsanken, beugte sich jemand zu ihm hinunter und fragte: »Was war das? Was ist dir geschehen?«

Andrea wollte nicht antworten, wollte nur noch schlafen.

»He du, ich red' mit dir!«

Ein gutgekleideter Bürger von cirka fünfzig Jahren schüttelte ihn. Andrea brummelte von Räubern, unter die er gefallen sei.

»Räuber? Haben die dir die Schuhe gestohlen?«

Andrea nickte. Ein paar Kupfermünzen klimperten auf das Pflaster. Das Publikum zerstreute sich, heftig diskutierend.

Der Mann winkte einem der unter Arkaden sitzenden Lohnträger. Gleich kamen alle fünf herbeigerannt und boten ihre Dienste an. Der Mann musterte vier von ihnen aus, befahl dem Übriggebliebenen, Andrea zu stützen, und ging selbst voran zu seinem Wohnsitz, der in der Via Juliani lag, knapp eine Viertelmeile entfernt.

Andrea registrierte kaum etwas, hatte vierzig Stunden nicht geschlafen und interessierte sich wenig für seinen barmherzigen

Wohltäter, der der Waffenhändler Lorenzo Lorenzi war; ein wohlhabender Geschäftsmann, der drei eigene Fertigungsstätten unterhielt, in denen Degen, Säbel, Hellebarden- und Lanzenspitzen geschmiedet wurden, Heeresware für gesunkene Ansprüche. Seit kurzem lieferte er auch Musketenrohre und Kanonenkugeln aus und trug sich mit dem Gedanken, weiter zu expandieren. Er war kurzgewachsen und schmerbäuchig, verfügte über ein Doppelkinn und kleine, wäßrigblaue Augen. Sein Stadthaus bestand aus zwölf Gemächern in zwei Stockwerken, samt eigener Stallung. Sechzehn Köpfe zählte seine Nachkommenschaft. Die älteste Tochter hatte er Lorenza, den Erstgeborenen Lorenzo genannt; und als dieser einmal sehr krank gewesen war und zu sterben drohte, hatte er zur Vorsorge die nächsten beiden Söhne ebenfalls Lorenzo taufen lassen.

Man bereitete Andrea ein Strohlager im Pferdestall, legte ihm einen Laib Brot und getrocknete Heringe an die Seite, wusch ihn und rieb ihm die Füße mit einer Mixtur aus Harz, Öl und Kampfer ein, einer bewährten Salbe, die vor allem bei Erkältungen sehr wirksam war. Lorenzi gab seinen Dienern Weisung, man solle es ihm melden, sobald der Fremde sich zu sprechen fähig fühle.

Im übrigen war er ein ganz unmusikalischer Mensch.

XII

Stroh und Holz... Ich bin wieder auf dem Bauernhof, gleich kräht der Hahn, und alles war Traum. Nein. Das ist eine Pferdebox. Wir hatten keine Pferde auf dem Hof, nur Schweine. Da hängt Zaumzeug. Halfter. Reitgerten. Steigbügel. Castiglio? Es muffelt. Jetzt sitz' ich in Stinkstroh und Düsternis, hab' die Melodien in der Tasche, und draußen weiß keiner, was ihn erwartet. Ich hätte vor dem Dom nicht singen sollen, nein. Wolltest du mich nicht zu deiner linken Hand machen, Meister? Ich bin so linkisch. Ich muß eine Laute auftreiben! Meine Silberschnalle haben sie mir gestohlen; dafür hätt' ich eine tauschen können. Der Tag, als Pietro zum Hof kam und mir winkte; als er sagte, ich würde in die Lehre gehn bei einem gescheiten Mann – die Bauernkinder zwickten mich und schrien: Teufel, Teufel! Hast mich nicht Latein gelehrt, du hast es doch versprochen! Verdammter Pferdegestank... Muß bald die quecksilbrige Ära kommen; die, in der alles so schnell fällt, wie es steigt. Aus dem Quecksilber – hast du gesagt – kann alles entstehn. Im Quecksilberzeitalter ist nichts vorherbestimmt, alles wandelbar und vielgesichtig. Das Böse wird gut und das Gute bös. Alles wird gut.

Kalt ist mir auch. Nur meine Füße brennen. Alles wird gut. Du hast im Fieber von deiner Hochzeit mit Euterpe gesprochen, der Muse. Weißes Licht war da gewesen. Ich wollt', deine Witwe spräche jetzt zu mir. Alles genau in Erinnerung behalten, jeden Fetzen wiederkäuen... Ich bin ein Lump, hab' oft grundlos schlecht gedacht von dir, im geheimen. Wo bin ich hier? Irgendeine Pferdebox. Ich weiß es wieder. Im Augiasstall! So hast du das immer genannt, wenn es wo gestunken hat. Augiasstall. In dem zehn Fuß hoch der Odel steht. Orkus aus Gestank und Gebrüll. Die Tiere verenden, ersticken in ihrem eigenen Mist! Herkules soll kommen, der dreinschlägt.

Ich könnte zum Magistrat gehen. Nein. Du hast mir doch gesagt, wie alles zu geschehen hat. Priesterkaste gründen. Viele Städ-

te. Fähige Leute. Charismatisch und von guter Gesundheit. Was bedeutet charismatisch? Ich hab' nicht gefragt!
  Du hast mich geohrfeigt, weil ich zu lang bei Candida gewesen bin. Am Tag, als ihr das Blut aus dem Körper lief, stand ich davor, dich zu verfluchen. Hast mich hinab in die Stadt geschickt, einen Karren für die Toten zu besorgen, weißt du noch? Da hab' ich geweint und die Stirn ins Erdreich gegraben und mich von dir abgewandt; hab' dich schlecht genannt vor fremden Leuten. Ich Lump! Ich muß eine Laute besorgen. Was, wenn ich heiser werde? Heringe und Brot. Alles wird gut. Ich mach' alles wieder gut. Augiasstall. Herkules. Ich werd' ihnen was singen, daß ihnen die Ohren übergehen. Nein. Besser auf der Laute.

Andrea blieb liegen und aß einen Hering. Irgendwoher drang schwaches Licht zu ihm, das in Bewegung kam, ein schummriges Spiel aus Schatten und Geleucht schwankte über die Dachbalken. Über der Boxenkante erschien eine Hand, die trug eine rußbeschmierte Öllampe. Dann tauchte die Fratze eines zotteligen Tieres auf. Andrea erschrak.

»Ruhig! Ganz ruuuhig...«, flüsterte das Tier – so wie man zu scheuen Rossen spricht. Andrea erkannte, daß es ein Mensch war, der Stimmfarbe nach ein junger Mann; aber diesem Mann wuchsen auf jeder Seite des Kopfes lange, lockige braune Haare, nirgends abgeschnitten. Wie ein Vorhang bedeckten die Zotteln das Antlitz jenes Menschen.

»Ruuuhig...«, wiederholte er und sprang behende in die Box. »Schmeckt's dir?«

»Wer bist du?«

Der Haarige, der zwischen zwanzig und dreißig Jahre alt sein mochte, stellte sich als Ercole Sagnano vor.

»Mir war, du hättest meinen Namen gerufen?«

»Nein...«, antwortete Andrea verwirrt.

»Wunderst dich über meine Frisur?«

»Ja.«

Ercole war für Fütterung und Pflege der fünf Pferde Lorenzis zuständig. Seit drei Jahren hatte er den Stall kaum mehr verlassen.

Vor drei Jahren hatte ein ekelerregender Ausschlag begonnen, sich über sein Gesicht zu breiten; ein widerwärtiges, quellendes Nest aus Pusteln und Eiterbeulen. Das unerklärliche Leiden, plötzlich über Nacht gekommen, hatte ihn so unkenntlich gemacht, als hätte sein Kopf stundenlang in einem Wespennest festgesteckt.

»Schließlich hab' ich mir die Haare nie mehr geschnitten. In Ravenna ist's verboten, außerhalb des Karnevals Masken zu tragen. Die Haare sind auch angenehmer. Man kann noch leidlich sehen, es hält Fliegen ab und die Haut kriegt Luft.«

Andrea versuchte durch den Lockenvorhang zu spähen, aber im trüben Schein der Funzel war kaum etwas zu erkennen.

»Und du? Wie heißt du?«
»Andrea.«
»Wie weiter?«
»Pico.«

Ercole machte Andrea nervös, weil er immerzu hin und her sprang, elastisch wippte, sich an Pfosten klammerte und den Körper schaukeln ließ wie ein Affe. Seine Arme und Beine waren lang und dünn und konnten keine Ruhe geben; ein Ausbund überschüssiger Energie. Er turnte und zappelte, verrenkte sich biegsam, nahm bizarre Haltungen ein.

»Ist's wahr, daß du unter Räuber gefallen bist?«
»Ja.«
»Haben die dir viel gestohlen?«
»Ja.«

Ercole stellte noch weitere Fragen, die Andrea durchweg einsilbig beantwortete. Es war kurz nach vier Uhr morgens und kühl; Pferdemist dampfte.

»Die Fußblasen sind nicht schlimm. Das wird wieder.«
»Ja.«
»Haben dir die Diebe auch den Wortschatz geklaut?«
»Nein. Zeig mir einmal dein Leiden!«
»Es ist nicht sehr schön...«
»Ich möchte gern wissen, mit wem ich rede.«
»Bitte – wenn du unbedingt meinst!«
»Ja.«

Ercole zog sich an einem Strebebalken hoch, schlang seine Beine darum und ließ den Oberkörper nach unten baumeln. Der Lockenvorhang fiel.

»Oh!«

Wirklich grauenhaft. Rot-weiß-gelber Brei, formlos, aufgequollen, tief darin zwei schwarze Augen. Lymphe und Eiter schimmerten naß auf der geplatzten, durchlöcherten Haut. Hunderte schleimige Krater, verkrustetes Blut, fette, prallgefüllte Pickel neben aufgekratzten, glibbrigen Wunden, aus denen feine rote Fäden liefen. Ein zermanschtes Stück Fleisch, von der Stirn bis zum Hals. Zum Kotzen. Andrea hatte noch nie etwas derart Widerliches gesehn.

Ercole öffnete die Klammer seiner Beine, landete im Handstand, stieß sich ab, vollführte einen Salto und kam auf den Füßen zu stehn. Das Schauspiel war vorbei; gnädig schwenkte der Vorhang zu.

»Na?«

»Mein Gott...«

»Im Sommer wird's übler«, meinte Ercole lakonisch.

»Haben dir keine Ärzte helfen können?«

»Ärzte!« rief Ercole grollend. »Die haben geraten, ich soll den Kopf in Salzwasser baden. Das war wie's Fegfeuer zu Lebzeiten! Und geholfen hat's nichts! Kannst du dir vorstellen – ich bin der beste Rennreiter der Gegend gewesen; eine schöne junge Frau war in mich verliebt!«

»Ja?«

»Ja. Und dann – über Nacht, quasi im Schlaf, hopplahopp, alles kaputt. Jetzt kann ich noch froh sein, daß ich den Stall hier als Unterschlupf hab' und nicht hinaus auf die Straße muß! Die Sau Lorenzi bezahlt mir natürlich keinen Heller zuviel, Geschäftsmann durch und durch, holt's aus allem raus! Wundert mich eh', daß er dich aufgesammelt hat. Ist sonst nicht seine Art; er gibt Almosen nur, wenn er muß, und dann an die Kriegsveteranen!«

»Ich habe die Melodien bei mir.«

»Was heißt das?«

»Er konnte nicht anders.«

»Ach so! Na dann ... Paß auf, wenn er dir einen Kontrakt in seinen Werkstätten anbietet! Er ist ausgefuchst!«

»Ich hab' die Melodien bei mir ...«

Ercole legte den Kopf in die Schräge.

»Was haste?«

»Die Melodien. Alles wird gut.«

»Soso ...«

Andreas Vorsatz, mit dem Vermächtnis des Tropators vorsichtiger umzugehen, wich einer Laune, einer Mischung aus Sendungsbewußtsein, Angeberei und Mitleid mit dem entstellten Gesicht.

»Es ist auch eine dabei, die Wunden schneller heilen läßt!«

»'ne Melodie? Wasde nicht sagst. Ach was!« Ercole winkte ab. »Gib dir keine Mühe ... Ich muß was ganz Besonderes sein, daß es mir partout nicht gelingt, mein Gesicht zu verlieren. Man hat's ja mit allem versucht. Mit Brennesseln, mit Krötenblut und Stutengeil, mit Feuer, Wasser, Luft und Erde ...«

Andrea überlegte. Der Tropator hatte Tropos neun bestimmt für Wunden andrer Art konzipiert. Immerhin – einen Versuch war es wert.

»Hör her!«

Er sang Nummer neun dreimal, machte eine Pause, dann noch dreimal.

»Seltsam. Was ist das?«

»Eine Melodie meines Meisters.«

»Wer ist das?«

Andrea gab keine Antwort und starrte gespannt auf den Lockenvorhang. Er sang Nummer neun noch weitere sechs Male und bat Ercole dann, seine Frisur zu lüften.

Nichts. Keine Änderung. Blubbernde Krater. Nach wie vor zum Kotzen. Andrea machte eine unwirsche Handbewegung.

»Schon gut; geh! Laß mich noch schlafen!«

Er wickelte sich in seine Decken.

Ercole nahm achselzuckend die Lampe und sprang ans andere Ende des Stalls zurück.

XIII

1

Morgens gegen acht sah Lorenzi im Stall vorbei und erkundigte sich nach Andreas Befinden. Der bedankte sich herzlich für erwiesene Samariterdienste und versprach, bald wieder gesund zu sein.

Woher er komme?

Mirandola.

Ob er wisse, wer ihn überfallen habe?

Minoriten.

Ach? Welches Handwerk er gelernt habe?

Magier.

Ach...? Wie alt er sei?

Neunzehn im April.

In dem Alter schon Magier?

Oja.

Wer ihn diese Kunst gelehrt habe?

Castiglio, der Tropator.

Castiglio? Doch nicht etwa *der* Castiglio?

Andrea wußte nicht, was diese Nachfrage bedeuten sollte und sagte ja.

Was aus diesem geworden sei?

Von den Minoriten erschlagen.

Erschlagen? Von *Minoriten*?

Ja.

Lorenzi stutzte. Soviel frommen Eifer hätte er den minderen Brüdern nicht mehr zugetraut. Ob es stimme, was man sich über Castiglio erzähle?

Andrea fragte zurück, was genau er damit meine.

Daß Castiglio ein Teufelsanbeter sei, ein Nekromant, Betrüger und Meuchelmörder.

Nein!

Was dann?

Andrea verteidigte den Leumund seines toten Meisters leidenschaftlich, idealisierte ihn zu Geist und Güte selbst, erzählte vom Kloster Pomposa, von der Komposition der Melodien, vom quecksilbernen Saeculum und der kurz bevorstehenden Welterlösung.

»Was du da auf der Dompiazza gesungen hast – waren das solche Melodien?«

Andrea bekam das reichlich verspätete Gefühl, wieder mal zu leichtfertig geplaudert zu haben und antwortete nur: «Ja.«

»Warum habt ihr die Abbazia verlassen?«

»Wir waren fertig mit Komponieren.«

»Soso...«

Lorenzi verabschiedete sich freundlich und ging in sein Büro. Eigentlich hatte er vorgehabt, Andrea zu fragen, ob er in der Waffenmanufaktur arbeiten wolle. Viele seiner Hilfsarbeiter hatte er von der Straße aufgesammelt und zu günstigen Konditionen angestellt.

In diesem Fall wollte er darauf verzichten. Die Sache schien ihm zu heiß.

Er wußte über Castiglio, was halb Italien wußte – daß er irgendeinen berühmten Humanisten vergiftet hatte, um in dessen häuslichen Besitz zu kommen; daß er schwangere Frauen dem Satan geopfert hatte, um den Stein der Weisen zu erlangen; daß er aus Mirandola, zum Tode verurteilt, geflohen war; daß er schließlich die Frechheit besaß, in der Pomposaabtei um Asyl zu bitten. Vorgestern erst war Lorenzi mit einem Triestiner Prälaten zusammengesessen, der Rast in der Pomposa gemacht und Castiglio dort gesehen hatte. Abt Stefano, so wurde vom Prälaten berichtet, halte den Satanisten in einer Zelle gefangen und versuche ihn zu exorzieren.

Demnach war Castiglio also ausgebrochen; mitsamt diesem Jüngling, der wohl mehr ein Ausreißer, Angeber, Mitläufer war als Komplize des berüchtigten Verbrechers. Minoriten sollten jenen erkannt und getötet haben? Wahrscheinlich eine Lüge. Vielleicht hatte Andrea das erfunden, um den Teufel vor Verfolgung zu schützen? Er log ja auch sonst wie gedruckt; hatte die Stirn, alles ganz harmlos darzustellen, so als sei Castiglio ein frommer, däumchendrehender Eremit! Vielleicht plante der Teufel, diesmal in Ravenna zu nisten, und hatte Andrea vorgeschickt, um ein geeignetes Haus auszusuchen! Lorenzi erbleichte.

In jedem Fall mußte er sofort Meldung machen; die Sache konnte sonst verhängnisvoll enden.

In seiner Position durfte er sich keine Fehler erlauben; und die sicherste Methode, Fehler zu minimieren, bleibt, in prekären Situationen Verantwortung schnellstmöglich loszuwerden. Lorenzi setzte ein Schreiben auf und sandte einen Dienstboten zur Behörde damit.

2

Ercole Sagnano hatte der Befragung heimlich gelauscht. Selbst in der Klausur seines Pferdestalls war ihm der Name Castiglio nicht unbekannt geblieben, deshalb war er auch mächtig beeindruckt und sprach Andrea in der Ihr-Form an, wie eine höhergestellte Persönlichkeit.

»Stimmt das alles?«

»Was?«

»Was Ihr Lorenzi gesagt habt. Ist das wahr? Ihr seid mit *Castiglio* unterwegs gewesen?«

»Ja.«

»Das habt Ihr mir gegenüber verschwiegen«, flüsterte Ercole, leicht schmollend.

»Hast ja nicht gefragt.«

»Sagt mir – hat er die Schwangeren wirklich aufgeschlitzt? Ihnen die Kinder aus den Eingeweiden gerissen?«

»Quatsch.«

»Und die Melodien? Hat er die direkt vom Satan gekriegt?«

»Eines Nachts waren sie da; nachdem wir lange daran geforscht hatten.«

»Ich verstehe – Ihr dürft nichts Genaueres sagen. Wärt Ihr so freundlich, mir die eine noch mal vorzusingen?«

Andrea tat ihm den Gefallen und sang erneut Tropos neun.
»Dochdoch! Das klingt sehr satanisch.«
»Findest du?«
»Das ist auf jeden Fall *nicht von hier*!«
»Tut mir leid, daß es deinem Ausschlag nicht hilft.«
»Oh, wer weiß? Vielleicht muß man der Musik ein bißchen Zeit geben?«
»Möglich...«

3

Unterdessen war der Dienstbote Lorenzis beim Magistrat der Stadt angelangt und reihte sich in die lange Schlange der Wartenden. Sie reichte bis hinaus auf die Straße. Es standen da ungefähr neunzig Bittsteller, deren Abfertigung nur langsam vorwärtsging. Pro Stunde öffnete sich die Tür vier- bis fünfmal. Dem Dienstboten kam die Warterei ganz recht. Es gab mit Vorder- und Hinterleuten viel zu schwätzen, das Wetter war angenehm, er trug eine Brotzeit bei sich – der Tag war gerettet. In der Schlange standen Flüchtlinge aus fremden Städten, die um Aufenthaltserlaubnis baten, die verbreiteten Neues aus ganz Italien. Es waren auch viele Dienstboten anderer namhaften Familien da, man tauschte Klatsch und verabredete abendliche Kartenspiele in den Hafenspelunken. Da waren auch einige Schiffer, die Waren deklarieren wollten, Schmiergelder abgeben oder einen Platz in den Reparaturdocks buchen. Die konnten von ganz weit her erzählen, denen machte es Vergnügen, Landratten mit Anekdoten von ungeheuerlichen Seeschlangen, Meermonstern, Wirbelstürmen einzuschüchtern, sie berichteten auch von goldenen arabischen Städten, von seltsamen Bräuchen und unbekannten Kontinenten, Tieren, Früchten, Gewürzen. Einer war sogar schon im sagenhaften Amerika gewesen und hatte El Dorado, die Goldstadt, gesucht; das schillernde Gespinst, dessentwegen den europäischen Alchemisten jene Gelder fehlten, die statt in die Permutationswissenschaft in vage und gefährliche Dschungelexpeditionen gesteckt wurden.

Der Dienstbote peilte über den Daumen, daß er es vielleicht heute gar nicht mehr schaffen würde, vorgelassen zu werden.

Um drei Uhr nachmittags war er sich dessen sicher. Noch vierzig Menschen kamen vor ihm an die Reihe – und die Behörde schloß um sechs. Das war nicht mehr zu schaffen. Gutgelaunt lehnte er sich an eine der Treppensäulen. Ein Matrose erzählte grade, daß bei Indiomädchen die Vagina querliege, was dem Beischlaf eine ganz ungewohnte Note gebe.

4

Eine Stunde später sattelte Ercole dreist das beste der Lorenzipferde und ritt, die Haare zum Zopf gebunden, im Galopp durch Ravennas Hauptstraßen.

»*Ich hab' mein Gesicht!*« brüllte er triumphierend. »*Es ist wieder da!*«

Er ließ das Pferd auf den Hinterbeinen hochsteigen und zeigte sein wiedererstandenes Antlitz in jede Richtung. Viele kapierten nicht; entweder hatten sie Ercole schon vergessen oder nie gekannt. Andere aber erinnerten sich seiner; er war ja einer der besten Rennreiter Ravennas gewesen, Liebling des Wettpublikums.

»*Ich bin Ercole Sagnano! Ich bin's! Ich leb' wieder!*«

Scharenweise liefen seine ehemaligen Freunde und Bekannten zusammen, bestaunten und beglückwünschten ihn, nahmen ihn wieder auf in die Gesellschaft, prompt und ohne Formalitäten; so wie sie ihn vor drei Jahren verstoßen hatten.

Ein spontanes, rauschendes Fest begann, und alle luden sich ein dazu.

5

Andrea verbrachte den Nachmittag dösend oder in Erinnerungen schwelgend.

Um sechs Uhr abends kam eine hagere junge Frau zu ihm in den Stall, die litt an Warzen, groß wie Flaschenkorken. Verschämt bat sie darum, *die Melodie* hören zu dürfen, die Ercole von seinem Ausschlag befreit hatte. Ihr folgte gleich darauf ein Mann mit gelähmten Beinen. Hinterher ein Holzfäller, dessen Axtwunde brandig geworden war; ein Fallsüchtiger; einer, dem die Hände zitterten; einer, der grüne Galle spuckte, und einer, der an Dauerschluckauf litt. Danach folgte eine Abordnung von Darmgeschwüren, eine Delegation Lungenkranker; sogar ein Einarmiger versuchte sein Glück.

Um acht war der Pferdestall umlagert von Hilfesuchenden. Die Nachricht vom neuen Wunderheiler hatte schon die Vororte erreicht. Es kamen Lahme, Blinde und Impotente, Flechtenbehaftete und Geschlechtskranke. Selbst auf beiden Ohren Taube hatten irgendwie von der Heilsquelle gehört. Eine trauernde Familie schleppte ihr totes Kind heran.

Lorenzi schrie umsonst, die Stallung sei Privatbesitz; seine Diener wurden überrannt oder mit Ansteckung bedroht.

In seiner Pferdebox, auf dem bethlehemitisch anmutenden Strohlager, saß der überforderte Andrea und wiederholte alle zwei Minuten Tropos Nummer neun. Pläne, Organisationsentwürfe, jedwede Konstrukte zielhaften Vorgehens ließ er fortschwemmen vom Sog der Begeisterung. Eine Menschentraube rutschte auf Knien vor ihm; bei jeder Erfolgsmeldung steigerte sich der Jubel, Genesene vollführten ekstatische Danktänze auf engstem Raum, kreischten vor Glück; ein Feld aus Armen und Händen schwankte im fauligen Atem. Die Heilungsquote betrug fast zwanzig Prozent. Bei wem Tropos neun nicht anschlug, der meinte wenigstens erste Besserung zu spüren. Vor Andrea häuften sich Münzen und Naturalien. Er war selig.

Wozu geheime Zellen gründen? Ich weiß nicht, was charismatisch ist. Netze spinnen? Leute guter Gesundheit suchen? Bin keine Spinne, will keine sein, Spinnen sind eklig. Morgen will ich mich auf den Hügel stellen und die Melodien verkünden. Ihre Kraft ist so stark, es braucht keine Umwege!

Wie die alle hinfallen und die Augen verdrehen!

Ein Blinder, der sehen kann. Narben verschwinden. Hustende atmen ruhig. Lendenschwache greifen in ihre Hosen und jubeln, ihnen poche wieder Blut im Gehänge. Nur die Tauben bleiben taub. Schade, ich wär' so gern gerecht zu allen. Ach, Castiglio ... wenn du das noch erleben könntest ... Den Siegeszug. Die Verkündigung. Wie ein bunter Schmetterling, der über Eis fliegt. Jetzt ist alles gut. Morgen kauf' ich von dem Geld hier eine Laute und steige auf den Hügel, auf den schönen, grünen, kuchenförmigen Hügel vor dem Nordtor, wo mich alle gut hören können. Und dann wird sich's wälzen wie eine Gewitterfront ... Castiglio, in deinem Namen. Könntest du mich jetzt sehen – ich bin sicher, du kannst es, du kannst es! Wenn es einer kann, dann du.

Andrea, zeitlebens nur Gehilfe, Schüler, Lehrling, ein Abhängiger, der immer nur empfangen hatte, wurde zum großzügig Schenkenden, zum Verwalter und Verteiler der göttlichen Segnung. Die sich überschlagenden Ereignisse jenes für die Verbreitung der Tropoi so schicksalhaften Tages brachen über Andrea herein wie als Sendboten der Zukunft verkleidete Schergen schwärzester Vergangenheit. Müßig, ihm Vorwürfe zu machen.

In Anbetracht aller euphorisierender Umstände hätte Castiglio vielleicht nicht viel anders gehandelt; hätte sich mitreißen lassen von einer Welle bestätigender Signata; hätte dem Moment gehuldigt, hätte – ebenso wie der in solchen Dingen ganz unbedarfte Famulus – die Kraft des Gegenwärtigen überschätzt und für ausreichend befunden, gegen die Krusten des Vergangenen Attacke zu reiten.

Der Tanz der Beulen und des Eiters, der Rausch des Pesthauchs, das wilde Fest der hoffnungheischenden Befallenen, Geschlagenen und Benachteiligten; der Schrei nach Gerechtigkeit, Ausgleich, Erlösung; die Verkörperung menschlicher Unvollkommenheit, von Protest geeinigt; das Wunder des Wunders – reine Umkehr und Verwandlung; Gnade selbst, der überirdische Eingriff, die funkenprasselnde Fingerkuppe von hoch oben, die sich herunter bemüht, alle Gesetze aufzuheben ... Wer hätte angesichts dessen kühlen Kopf bewahrt? Wer hätte sich der Magie dieses Moments entziehen können? Wer?

6

Kurz vor zehn Uhr abends wurde Andrea verhaftet. Es hagelte wütende Buhrufe. Die Soldaten wurden bespuckt und getreten und sahen sich gezwungen, mit der stumpfen Seite ihrer Hellebarden auf die Menge einzuschlagen. Einige frisch Geheilte kamen so zu neuen Blessuren.

Andrea wurden die Hände auf den Rücken gefesselt; man knebelte ihn und warf ihn in ein Turmverlies nahe dem Dantegrabmal. Vier Pferde Lorenzis waren froh, in ihre Boxen zurückkehren zu dürfen.

Das fünfte, jenes, das Ercole entwendet hatte, fand man um Mitternacht am Hafen, herrenlos über einen Kai trottend. Den feiernden Stallburschen ergriff man im Hinterzimmer einer Schenke. Dienstboten Lorenzis zerschlugen sein auferstandenes Gesicht zu Matsch und ließen ihn dann laufen.

In dieser Nacht versuchten viele, jene Nummer neun, die sie so oft gehört hatten, im Geiste zu rekonstruieren, sie vor sich her zu summen, sich selbst zu heilen.

Keinem gelang es.

Lorenzi sammelte Münzen und Naturaliengeschenke vom Stallboden, zeigte sich unterm Strich besänftigt. Damit seine Gespanne kein böser Zauber befiel, verbrannte er Stroh und Decken, die Andrea gewärmt hatten, auf dem Rübenacker hinter seinem Haus.

Dies alles geschah am 11. März des Jahres 1531, innerhalb von fünfzehn Stunden.

[...] wohingegen Berichte sind, darnach kam ein junger Mensch zur Stadt Ravenna und erregte vil Aufsehn: Die Wundarznei besäß er divino recepto und habe arg gelitten [...]
Und es ist gesagt [...] durch mirakulöse Melodei wär transformirt die vox dei, auch gab er Proben: einfache Leute beteten ihm zu, geheilet.

> Aus: Valentin Gryphius Lindenholtz,
> *Calendarium des Geheimlichts*
> (Augsburg 1587)

XIV

Die Service-Dame meldete, der Flug nach Rom sei aufgerufen. Zuerst wurde die Meute versorgt. Als die Gangway sich geleert und die Tourist-Class sich an Bord zurechtgefunden hatte, kamen Krantz, Täubner und ein halbes Dutzend Managertypen aus der VIP-Lounge und schlenderten gemütlich zu ihren abgeteilten Plätzen. Täubner schauderte es zwischen diesen Uniformen aus Nadelstreifen, Krawatten, Anzügen, ledernen Aktenkoffern und überm Arm getragenen Trenchcoats mit Schulterklappen. In welche Abgründe hatte er sich begeben?

Wäre ihm eine stilvolle Ausflucht eingefallen, er hätte noch auf der Gangway kehrtgemacht und den Schweden stehengelassen.

Zu spät.

Das Flugzeug rollte an und trug ihn weg.

In 8000 Meter Höhe begannen Stewardessen mit dem Getränkeausschank und reichten edel gesetzte Euro-Class-Menükarten.

Es gab Schinkenröllchen mit Papayascheibe als Vorspeise, danach Kalbsfilet mit Butterreis, Broccoli in Dugléré-Sauce und zum Dessert Bienenstich und Pralinés. Trinken durfte man wieder soviel und was man wollte; Täubner beschloß; das diesmal auszunutzen.

Wenn er an die hunderttausend Drecksäcke dachte, die seine über alles in der Welt Geliebte gerade bezirzten; die, schmierige Sprüche auf den Lippen, geil zitternde Finger zwischen ihre Beine gleiten ließen, wurde ihm so schlecht, daß außer trinken nichts mehr half.

Der Bordeaux, den man ihm brachte, war von derselben Marke wie jener aus der Minibar des Eden-Wolff. Schön. Eine gewisse Kontinuität blieb erkennbar. Schnell machte er zwei Fläschchen leer. Abermillionen parasitärer Penisse verwandelten das Bild der sternengleichen Geliebten in ein Meer aus Lustschleim; das zuckte und stöhnte und wand sich, in unfaßbarer Gemeinheit.

Myriaden Hodensäcke entleerten sich dankbar. Noch ein Fläschchen! Das Land dort unten war übersät von den Körpern ermüdeter Liebhaber, die sich an seiner Erwählten vergriffen hatten, die nun hinaufgrinsten und Täubner zuwinkten.

Immerhin besser, in einem Flugzeug gefangen sitzen und nichts tun können, als frei herumrennen dürfen und nichts tun können, ist doch so, und natürlich bin ich ein Narr, das weiß ich selbst am besten, braucht mir niemand zu sagen. Ist doch heutzutage keine große Kunst mehr, schlau zu sein, das sind sie fast alle, das hat mir nie gefallen. Pfeif drauf!

Täubner drehte schon am vierten Schraubverschluß, als seine Phantasien endlich herbeigesoffenem Vergessen wichen und eine Phase schwankenden Gleichmuts eintrat. Bald fühlte er sich sogar wieder fähig, Krantz zuzuhören. Dank der Unart des Professors, Ausflüge in die entfernteste Peripherie des Themas zu unternehmen, hatte er wenig verpaßt.

XV

Der faltigste der groben grauen Quadersteine stemmte sich gähnend gegen den Mörtelmantel; haarfeine Risse sprangen hinüber zu seinem Nachbar. Aus den Rissen tröpfelte Feuchtigkeit, die umsonst nach Licht zum Glänzen suchte.

Die alten Eisenringe wurden von den Steinen schwer beneidet. Rosten muß was Feines sein, dachten sie – so schnell die Farbe verändern, sich zersetzen, korrodieren, sich zerstreuen, verwehen lassen...

Ein kleines Steinchen in einer der mittleren Reihen der Kerkermauer meinte zu seinen bulligen Nachbarn: »Eines Tages komm' ich hier raus, das schwör' ich euch!«

Die Nachbarn verzogen keine Miene und ließen den Winzling träumen.

»Ich werde wieder mehr von der Welt sehen als dieses dumpfe Loch und diese gefesselte Kreatur, garantiert! Eines Tages...«

»Träum du nur!«

Die meisten Steine hier waren schon länger in der Architekturbranche tätig und hatten sich an ihr seßhaftes Dasein gewöhnt, an ihr ereignisloses Eingebundensein in menschliche Bauwerke.

»Ihr seid ja alle schon behauen! Etablierte Klötze! Abgeschliffene Einheitsquader!«

Der Winzling mochte sich nicht beruhigen. Die größeren Steine blieben unbeeindruckt.

»Paßt bloß auf, daß kein Beben eure Ruhe stört, ihr satten Sklaven! Ihr festgefahrenen Trümmer! Ihr abgeschliffenen Biedersteine! Seid ja kaum besser als Ziegel!«

»Halt doch endlich mal den Rand...«

»Tu' ich nicht! Keineswegs! *Ich* komm' hier raus, ihr werdet's noch erleben! Ich werde rollen, ich werde stürzen, ich werde sogar fliegen, jawohl!«

Ein leises Stöhnen ging durch die Wand.

»Unerträglich.«

»Mit dem in einer Mauer! Geht schon ein Jahrhundert so...«

»Hat kaum Grün angesetzt, aber führt sich auf wie'n Stalagmit und plappert von Erschütterung; hängt lose rum und stänkert – und wenn's nach ihm ginge, klar, dann könnte alles zusammenkrachen, als wär' das ein Riesenfortschritt...«

»Ihr Scheißer! Ihr Pseudofelsen! Ihr plumpkantigen Granitwürfel! Habt doch alle kein Quarz mehr in den Adern!«

So ging das die ganze Zeit. Andrea, der gerade die Erfahrung einer ganz neuen Art von Einsamkeit machte, bekam davon nichts mit. Still diskutierte er mit sich selbst.

Haben die Gaukler mal auf den Marktplatz ein Schwein getrieben, das konnte den Refrain eines Gassenhauers quieken; so komm' ich mir jetzt vor, wie dieses singende Schwein... Alles verpatzt. O Castiglio, wenn du mich jetzt berühren könntest, du würdest mich sicher verprügeln, ich Lump hab' dir alles versaut, der blödeste Blödian zwischen den Meeren. Wenn du mit soviel Dummheit hättest rechnen können, du hättest bestimmt auch die Melodie erfunden, die Mauern bricht und Fesseln sprengt. Alles kommt jetzt anders, und ich bin schuld, hab's hinausposaunt für ein paar Krüppel. Das Quecksilber stürzt ins Eisen zurück, in eiserne Ketten; geschieht mir recht. Alles hab' ich dir verdorben. Jetzt kann ich den Asseln was vorsummen und den Silberfischchen; ich verdien' nichts Besseres, war von Anfang an zum Sterben geboren und nichts weiter. Die Schnecken krepieren ja auch. Die Würmer, die mich fressen, werden gefressen werden. Da ist nichts Besonderes dabei. Nur du bist anders gewesen. Größe darf man nicht in der Anzahl sattgewordener Würmer ausdrücken. Hast du gesagt! Es zerstochert mein Hirn. Die Stunde ist ein Wurm und ringelt sich, das piesackt; hab' nichts vor der Zeit gerettet, nichts! Ich müßte mir die Ohrmuscheln abschneiden und in ungeweihter Erde begraben. Wenn ein wirklich Großer stirbt, trauert man nicht – man ist verblüfft! Hast du gesagt. Du hast auch vom Kampf des Logos gegen den Chronos erzählt. Am Anfang das Wort. Dann die Zeit. Und unaussprechliche Scham. Das hab' ich behalten. Die Pergamente sind weg; hat man mir abgenommen und ins Feuer geworfen, einfach so ... Aber das macht nichts. Hab' sie alle hier oben! Mein Gedächtnis ist passabel. Jetzt lob' ich mich noch! Ich bin ein Lump. Immer hab' ich versagt, und du hast mir verziehen – wer verzeiht mir jetzt? Niemand. Was werden die mit mir machen? Das darf doch nicht sein ... Vielleicht komm' ich frei, ich hätte es sicher nicht verdient, aber du ... dein Werk ... Ich bin so machtlos. Erinnere mich, da war einmal ein Frühlingsschmetterling, ein Schwalbenschwanz – so wunderschön gelb mit schwarzen Streifen und rot- und blauschillernden Augen, der war ins Netz einer Kreuzspinne geflogen und strampelte in den Fäden, und die Spinne wartete am Netzrand. Der Schmetterling war viel zu groß für sie! Und sie tat nichts als warten, und ich sah das und wollte dem Falter helfen, aber die Fäden spannten sich klebrig um seine Flügel und warn nicht zu entfernen, dieses zarte Gebilde würde nie mehr fliegen können, das wußte ich und war sehr traurig und wollte die Spinne zertreten; sie verstrahlte drei Fäden gleichzeitig auf ihrer Flucht, seilte sich von einem Balken ab und entkam, und ich zupfte an den Flügeln des Falters herum, und es war so nutzlos, alles nutzlos, und ich zerdrückte ihn in meiner Hand, rollte das farbige Tierchen zwischen meinen Fingern, bis es ein Stück Dreck war, tot und nichts. Und die Spinne mit ihrem weißen Kreuz auf dem Rücken spannte ein neues Netz, woanders ...

Jemand stieß die Tür auf. Ein Gefängniswärter brachte einen Teller kalte Suppe und einen hölzernen Löffel. Andrea wurde der Knebel abgenommen.

»Iß! Und wenn dir nur ein Laut auskommt, hau' ich dir vors Maul!«

Der Wärter fütterte Andrea sehr schlampig; die Hälfte der salzlosen Getreidesuppe tropfte auf den Boden. Dann gab er ihm Weizenbrot zu essen, fünf Bissen, nicht mehr. Andrea hatte auch wenig Appetit.

Wie es hier stank! Nach Krankheit, Kot und Dunkelheit. Der Knebel wurde ihm wieder angelegt; nun konnte er nicht anders als durch die Nase atmen. Das Sortiment olfaktorischen Ekels fächerte sich vor ihm auf in allen Nuancen.

Schwer krachte der Riegel.

In Gedanken summte Andrea Tropos vierzehn, der Dämonen vertreiben kann, und Tropos fünf, der Furcht verscheucht. Seine Angst galt weniger der Dunkelheit – als der Nacht, der Zeit, da die Geister rächend wiederkehren. Aber möglicherweise war es längst Tag draußen, wer weiß? Kein Licht.

Er hielt sich für unwürdig, Nummer vier zu denken, welche glückliche Erinnerung hervorruft, oder gar Nummer zweiundzwanzig, die weinlos trunken macht. Das hatte er sich nicht verdient. Und auch Tropos dreiundzwanzig wagte er nicht mehr; hatte Angst, auf den Grund der Dinge zu sehen. Der Grund der Dinge schien ein furchtbarer Morast, aus dem giftige Dämpfe stiegen; in dem Bestien mit grauenhaften Rachen warteten.

Candida, das heißt die Helle, Weiße, Hellglänzende, Leuchtende, Blendende, Strahlende. Wenn ich bei ihr war, hatt' ich meine Mutter wieder – das muß eine blonde Hure aus dem Norden gewesen sein. Man hat mir gesagt, nach meiner Geburt ging sie hin, woher sie kam. Ich hasse sie. Ja. Als Candida schwanger ging, hab' ich auch Candida zu hassen begonnen, jetzt wird's mir klar, sie trug mich in ihrem Bauch, mich selbst spie sie von sich! Aber als sie tot dalag, liebte ich sie wieder, das war seltsam, und ich hätte den Meister beinah verflucht. Mutter. Hell, weiß, hellglänzend. Verloderte blonde Schlampe aus dem Norden, hättest du mich kalt geboren, dem Land hätt' nix gemangelt. Candida. Warum hat man mich denn eingesperrt? Was hab' ich Schlimmes verbrochen? Ich weiß von nichts. Ich werd' noch blöd sterben, glaub' ich.

»Fatzke! Tust wie ein Meilenstein! Du Dutzendware!«

»Und du? Taugst nicht mal, um auf dem Wasser zu hüpfen! Ich hab schon tausend Jahre im Aquädukt hinter mir, da hat sich keiner so aufgeführt!«

»Ihr seid doch alle glatt und gestutzt, geht, laßt euch pensionieren, ihr seid doch eure eigenen Gedenktafeln!«

»Was weißt denn du überhaupt? Du Straßensplit! Ich bin aus Lava entsprungen!«

»Ach? Zu heiß gebadet? Jaja, das hab' ich mir gedacht!«

»Kann der nicht endlich mal Ruhe geben?«
»Ich werd' dir gleich was erzählen! Du hast dich doch von Anfang an als Faustkeil verdingt! Erst Menhir, dann Altar – war's nicht so?«
»Laß ihn, der ist'n paarmal zu oft in die Schleuder gespannt worden.«
»Stimmt! Streite ich gar nicht ab! Ich bin geflogen! Ich werde wieder fliegen! Und ihr?«
»Kümmert euch nicht drum...«
»Deine Eltern waren Briefbeschwerer und deine Großeltern Gallensteine!«
»Laß bloß meine Eltern in Ruh!«
»Hör nicht auf ihn, der Kotzbrocken ist's nicht wert...«
»Und ich werde wieder fliegen, während ihr hier zerbröselt, jawoll!«
Der Unfrieden im Mauerwerk mündete, wie immer, nicht in einen ernsthaften Bruch. Der Winzling geiferte vergebens; Mörtel hielt alles fest beisammen.

Die Stadt dagegen erlebte beginnenden Aufruhr; im Magistrat beschloß man eine Sondersitzung nach der anderen.
Lorenzi wurde vernommen, eine Anklageschrift gegen Andrea entworfen, Zeugen des Vorfalls geladen und Mitglieder einer Untersuchungskommission zusammengestellt.
Ravennas Pfaffen griffen in ihren Kanzelpredigten das mangelnde Gottvertrauen an, die Leichtgläubigkeit, die nach Selbstbetrug giert und vorgetäuschte Heilungen als Wunder bejubelt. Manchmal ernteten sie dafür noch in den Kirchen Hohngelächter; es kam zu Verhaftungen. Der behördlichen Spitzelkompanie gingen die Ohren über; für sie brach eine fette Saison an.
Die Direktiven aus Rom, mit denen Clemens VII. jedwede Unruhe im Kirchenstaat unterbinden wollte, waren klar. Schnelle Prozesse, wenig Aufsehn, kein Federlesens mit allen Aufrührern und Vorsicht vor allem vor Ferraresen und Mirandolensern. Es waren erst vier Jahre seit dem Sacco di Roma vergangen und das Papstreich noch zum Zerreißen gespannt. Von einem Tag auf den andern konnte es zerbersten, alles schien möglich.

XVI

»Zeigen Sie mir bitte mal Ihre Reproduziermaschine!«
»Was bitte?«
»Ihre Kamera... Lassen Sie sehn... Wissen Sie, wie das funktioniert?«
»Selbstverständlich, ja.«
»Es gibt viele Eingeborenenstämme, die lassen sich auch heute noch sehr ungern knipsen. Sie denken, ihnen werde ein Teil der Seele geraubt. Und die haben ganz recht!«
»So?«
»Ja. Die Wirklichkeit ist, wie wir wissen, die subjektive, bewußtseinsabhängige Division von Sein durch Schein. Der Grad des Wirklichkeitsgehaltes in der Schau variiert. Das hängt vom Überlieferungspotential der jeweiligen Gegenwart ab. Nehmen Sie beispielsweise einen Baum, oder einen Stein, oder von mir aus ein ganz banales Ding – wie diese Kamera. Sie sehen diese Kamera?«

Krantz hielt sie Täubner unter die Nase.

»Klar seh' ich sie.«
»Was glauben Sie, wieviel Prozent Wirklichkeit Ihre Schau dieser Kamera enthält?«
»Keine Ahnung. Hundert?«
»Das hätte nicht mal ein Urmensch fertiggebracht. Ich schätze eher, daß Sie ungefähr... na, sagen wir, sechzig Prozent der Wirklichkeit dieser Kamera erkennen, Sein und Schein dabei wohlwollend proportioniert. Natürlich haben Sie gute Augen, die liefern Ihnen ein scharfes Bild, da wirkt nichts radiert. Hundert Prozent freie Sicht auf die Kamera. Aber nur sechzig davon Wirklichkeit. Und die anderen vierzig? Was wird das sein?«
»Na was, Proff?«
»Mythos! Der Mythosgehalt der Schau wächst mit dem Berg bewahrter Vergangenheit. Ich will Ihnen nur erklären, daß der Mythos etwas ganz Nahes ist, kein abstraktes Schmuggelgut, und

er ist auch nicht auf ferne, ausgedeutete Archai beschränkt. Er schwebt wie eine Aura um die Dinge, wie ein nicht abwaschbarer Rußfilm. Es gibt kein Ding auf der ganzen Welt, das Sie betrachten können, ohne dessen Mythos zu inhalieren.«

»Auch einen gebrauchten Pariser?«

»Na und ob! Der besteht ja aus Mythos mehr als aus Gummi! Im Ernst: Verstehen Sie mich?«

»Na, daß jedes Betrachtungsobjekt Reflexion auslöst, ist ja nichts ganz Neues.«

»Das ist viel zu milde ausgedrückt. Jedes Ding spricht! An dieser Kamera haften alle Bilder, die Sie je mit ihr geschossen haben, und alle Orte, an denen Sie je mit ihr gewesen sind, und die knüpfen alle Bedeutungsstränge. Mythos ist die Summe der bewußten und unbewußten, in Sage gekleideten Erinnerung. Mythos ist die Vernetzung aller Speicher, ist ein menschliches Kunstprodukt, ist die vom Auge gefilterte Metaphorisierung der Welt. Haben Sie je darüber nachgedacht? Ob es die Welt auch gäbe, wenn niemand mehr Augen und Ohren und Sinne hätte? Ist es nicht wirklich erstaunlich, daß im großen Universum ein Planet erkaltet, auf dem entstehen Tiere und denen wachsen *Augen* und dann gibt's auch tatsächlich was zu *sehen*?«

»Hmm... jaja...«

»Wissen Sie, ich liebe das, manchmal wieder zu philosophieren wie ein Kind, in der Sprache eines Kindes. Gegenwelt spezifischer Semantik konstruierende Metaphysik hat für mich sowieso längst etwas Irreguläres, etwas negativ Abgehobenes, das nur im Gedankenlabor funktionieren kann, im Freiluftversuch aber sofort wegen Belanglosigkeit scheitert; denn wirklich *belangt* es nichts mehr, ist Leben und Dingen entfremdet. Es ist wie Märchenschach, inkompatibel für die praktische Partie.«

»Proff, dieselbe Frage wie so oft: Was hat das alles mit Andrea zu tun?«

Darauf schien Krantz nur gewartet zu haben.

»Moment! Ich zeig' Ihnen was!«

Der Professor kramte in seinem Handtäschchen und förderte einen kleinen, dreieckigen Stein hervor, grauschwarz, mit hellen Quarzadern.

»Na?«
»Na was?«
»Toll, was?«
»Naja...«
»Was sehen Sie?«
»'nen Stein.«
»Stimmt! Ein ganz gewöhnlicher Stein. Bravo! Und jetzt hören Sie mir zu: Diesen Stein habe ich aus Ravenna, habe ihn aus einer der Kerkerwände gelöst. Verstehen Sie? Dieser Stein hat Andrea gesehn! Leibhaftig!«
»Ah nein, Proff, das glaub' ich nicht! Könnte sein, daß Andrea den Stein gesehen hat, aber nicht andersrum. Der Stein hier ist völlig blind.«
Krantz kicherte.
»Also schön, nennen Sie's, wie Sie wollen, dies Steinchen ist jedenfalls Zeuge gewesen. Einverstanden?«
»Okay.«
»Betrachten Sie ihn genau!«
»Hmmmm. Und?«
»Ich habe soeben den Mythosgehalt Ihrer Steinschau um ein vielfaches gesteigert.«
»Ach?«
»Sie werden nie mehr einen Stein in der Hand halten können, ohne irgendwie an diese Szene im Flugzeug denken zu müssen und an diesen Stein im besonderen und an die Zeugenschaft der Steine überhaupt.«
»Find' ich fies von Ihnen.«
Krantz bat grinsend um Entschuldigung.
»Steine kann ich mir stundenlang ansehn.«
»Der hat so viele Millionen Jahre auf dem Buckel. Ob der sich noch an Andrea erinnern kann?«
»Bestimmt! Steine werden liebend gern unterschätzt!«
»Sagen Sie, was ist eigentlich mit diesen Heilungen gewesen?«
»Inwiefern?«
»Wodurch kamen die zustande? Durch Andreas Stimme?«
»Oder Castiglios Legende? Oder die mythischen Signata? Oder tatsächlich durch die Tonfolgen?« Krantz zählte alle Möglichkei-

ten auf und zeigte dann durch Heben der Hände seine Unwissenheit an. »Vielleicht von jedem etwas. Wäre spekulativ, hier Prozentpunkte verteilen zu wollen.«

»Oh, gucken Sie mal, da unten ist Rom!«

»Da unten ist immer Rom«, schmunzelte Krantz.

XVII

Die außeröffentliche Verhandlung gegen den Andrea aus Mirandola, welcher sich selbst mit Familiennamen Pico nennt, findet statt im kleinen Sitzungssaal des ravennatischen Magistrats vom 17. bis zum 20. März. Protokoll führt ein nicht näher benannter Renzo M.

Das vierköpfige Gremium der Richter besteht aus dem Vorsitzenden Niccolo Strambati, ravennatischer Ädil und Delegatus Inquisitionis des dominikanischen Instituts für Ketzerforschung; des weiteren als Beisitzer seine Ordensbrüder Tommaso Forli und Giovanni Posta, sowie Messer Niccolo Da Silva, päpstlicher Geheimlegat und Berater in aktuellen Glaubensfragen; verlängerte Hand Roms.

Der Prozeß wird jeweils von neun bis elf Uhr vormittags abgehalten. Außer genannten Personen befinden sich im Saal nur wenige Zuschauer der ravennatischen Signorie und einige hohe Beamte der Geheimpolizei. Selbst die dürfen nur Befragungen, nicht aber Beratungen beiwohnen. Vor Prozeßbeginn wird entschieden, neben Andrea auch Castiglio, den Tropator, in Abwesenheit anzuklagen. Da die Anklageschrift noch nicht komplett ausgearbeitet ist, soll sie erst am zweiten Verhandlungstag verlesen werden.

17. März 1531 (Auszüge)

Andrea wird vorgeführt und nach seinen Personalien befragt. Name des Vaters: Angeblich Gianfrancesco Pico, herrschender Conte zu Mirandola. Name der Mutter: Unbekannt. Strambati fragt, ob Andrea ein Hurensohn sei. Der gibt das zu. Ihm wird sofort verboten, bei künftigen Gelegenheiten den Namen Pico zu verwenden.

Andrea behauptet, Minoriten hätten ihm den silbernen Wappengürtel gestohlen, der eine gewisse Art von Legitimation dargestellt habe. Er erhält einen ersten Verweis wegen ungebührlichen Betragens.

Seinen Werdegang erzählt er knapp.

Aufgewachsen bei einfachen Bauern als Feldarbeiter; danach Lehrlingszeit bei dem Alchemisten Castiglio. Man fragt ihn über die Art der Experimente aus, die sein Meister betrieben habe. Ob er die Geister nur beschworen oder auch angebetet habe? Ob er auf dem Narrenschiff gefahren sei?

Andrea behauptet, nichts Genaues zu wissen, erzählt von der Arbeit an den Melodien, von der Flucht aus Mirandola, von Ferrara, von dem Aufenthalt in der Pomposa. Seine Angaben bleiben verschwommen. Er ist nicht fähig, auch nur den Wortlaut eines einzigen Rituals präzise wiederzugeben. Strambati ordnet eine Folter an. Danach ergibt sich wenig Neues. Beschwerde des Exekutors: Der Gefangene unterbreche die Tortur immer wieder durch betörenden Gesang, der die Knechte verstöre und das Arbeitsklima empfindlich vergifte.

Der Beklagte bleibt bei der Behauptung, Castiglio Tropator wäre von einem Minoritenquartett erschlagen worden, etwa zehn Meilen nördlich Ravennas. Genauere Bechreibung des Tatorts folgt. Strambati veranlaßt zwei Reiter, das Grab zu suchen und den Leichnam, so vorhanden, herbeizuschaffen. Andrea protestiert und beginnt zu singen; der Scherge haut ihm aufs Maul. Strambati erteilt einen zweiten, strengeren Verweis, demzufolge jede weitere gesangliche Äußerung die Würde des Gerichts aufs äußerste beleidige und körperliche Strafe nach sich ziehen werde.

Die Befragung wird fortgesetzt.

Wie Castiglio zu seiner Musik gekommen sei? Was er damit vorgehabt habe? Ob er im Auftrag der Lutheraner unterwegs gewesen sei? Habe er Verbindungsmänner gehabt? Die Antworten des Beklagten klingen verworren oder phantastisch. Er bittet darum, die Melodien vorführen zu dürfen, dann werde alles gut. Für den Moment verweigert dies das Gericht, läßt den Beklagten zurück ins Turmverlies bringen und ordnet Knebelung rund um die Uhr an.

Unter acht Augen diskutiert man, ob es wünschenswert oder gar notwendig sei, sich jene Musik anzuhören beziehungsweise sich in den Besitz ihrer Noten zu bringen. Tommaso Forli, der Andreas Verhaftung leitete, berichtet, er habe bei der Durchsuchung des Beklagten zwei Pergamente voller Lautenschrift gefunden und habe, wie es bei Malefizien der Ketzer üblich ist, dieselben sofort verbrannt, da sie als Beweisstücke nicht nötig schienen. Dieses Vorgehen wird von Strambati gelobt; Posta schließt sich dem an. Der Legat Da Silva argumentiert dagegen nach Trithemius – daß es ein Gutes habe, die Dämonen mit ihren eigenen Waffen zu bekämpfen; in Rom schenke man dieser Theorie mehr und mehr Beachtung. Es kommt zum Disput, in dem Strambati streng die alten Linien verteidigt, wonach Malefizien in keiner irdischen Hand ihre Gefährlichkeit verlören und in jedem Fall vernichtet werden müßten. Die Autorität des Legaten kann sich nicht durchsetzen. Mit Dreiviertelmehrheit verzichtet man auf die Anhörung. Wenn diese Musik Teufelswerk sei, dürfe man ihr keine Möglichkeit geben, das Gericht zu schädigen. Wenn es sich aber nur um betrügerischen Klingklang handle, sei es Zeitverschwendung, sich näher damit zu befassen. Da Silva läßt später im Protokoll vermerken, er habe diese Entscheidung ausdrücklich bedauert.

Nachtrag:
Am Abend bringen die Reiter tatsächlich die Leiche des Castiglio Tropator in die Stadt. Das Grab sei, wie von Andrea angegeben, von einer aus Zweigen gelegten Lyra bezeichnet gewesen. Das Gericht kommt zur Leichenschau zusammen. Man stellt eine Kopfwunde fest, die von einem Knüppel herrühren konnte. Die vorbereitete Anklage in effigie wird fallengelassen beziehungsweise umgeändert.

Noch vor Mitternacht wird der Körper des Tropators verbrannt und die Asche ins Meer gestreut, nachdem er von einem herbeigeholten Reisenden aus Mirandola zweifelsfrei als solcher identifiziert wurde.

18. März (Auszüge)

Verlesung der Anklageschrift.
 Dem Beklagten Andrea, Alter achtzehn Jahre, Herkunft Mirandola, wird vorgeworfen:

Zu eins: Sich unerlaubt und ohne behördliche Meldung in Ravenna aufgehalten zu haben.
Zu zwei: Titelanmaßung, da er sich zu einem angesehenen Contegeschlecht zählte, ohne die dafür nötigen Voraussetzungen der elterlichen Ehe, des Geblüts oder der rechtlichen Anerkennung aufzuweisen.
Zu drei: Kurpfuscherei, da einige der von ihm angeblich »Geheilten« nach nur wenigen Tagen über die gleichen oder noch schlimmere Leiden denn zuvor klagten.
Zu vier: Betrug, da er sich für seinen Gesang bezahlen ließ, obwohl dieser in vielen Fällen keinerlei Wirkung zeigte.
Zu fünf: Lutheranische Propaganda, durch die auffällige Preisung der Stadt Ferrara während der Schilderung seines Lebenslaufs.
Zu sechs: Verleumdung des Minoritenordens, da es als sehr unwahrscheinlich angesehen werden muß, daß, trotz einiger zugegebener Verfehlungen, mindere Brüder für Straßenraub und Totschlag in Frage kommen.
Zu sieben: Daraus ergibt sich, daß Andrea des Mordes beziehungsweise Totschlags an seinem Meister Castiglio beschuldigt wird. (An dieser Stelle lacht Andrea laut auf.)
Zu acht: Beihilfe zur schwarzen Magie. Ob dieses bewußt oder unbewußt geschah, läßt das Gericht vorläufig offen, und wartet hierzu den weiteren Gang der Verhandlung ab.
Zu neun: Blasphemie, welche sich derart geäußert hat, jene Musik »Vox Dei«, die Sprache Gottes, zu nennen und den Castiglio zu rühmen, dieselbe übersetzt zu haben.
Zu zehn: Da der Beklagte ohne weiteres zugibt, daß mit jener »Musik« eine neue Weltordnung geschaffen werden sollte, ergeben sich folgende Anklagepunkte:

Zehn A: Verschwörung
Zehn B: Staatsgefährdende Umtriebe
Zehn C: Volksaufwiegelung
Zehn D: Landesverrat und Rebellion
Zehn E: Verbreitung ketzerischer Ansichten.

Der Beklagte wird aufgefordert, sich zu jedem dieser Punkte kurz zu äußern, beginnt statt dessen erneut zu singen und muß niedergeschlagen werden. Beschluß (mit Dreiviertelmehrheit), ihm während der Verhandlung den Knebel nur noch dann abzunehmen, wenn er Fragen nicht durch Kopfnicken beziehungsweise -schütteln beantworten kann.

Der Beklagte verweigert störrisch jede vernünftige Aussage zu einzelnen Anklagepunkten, läßt keine Reue und keinen Versuch von Mitarbeit erkennen. Eine zweite Folter erbringt ein Schuldgeständnis in allen Punkten bis auf den Siebenten.

Zu seinen und Castiglios Helfershelfern schweigt er; angeblich wüßte er von keinem. Nach zweimaliger Erhöhung des Peinigungsgrades nennt er einen ehemaligen Kommilitonen Castiglios zu Ravenna, dessen Name aber nie gefallen sei. Das Gremium gibt sich schließlich damit zufrieden.

Auf die Frage, wer außer ihm die Musik Castiglios noch kenne, antwortet er: Niemand, aber er habe einige Melodien ja des öfteren vorgetragen.

Zu welchem Zweck die Melodien alle dienten? Er zählt die Zwecke auf.

Strambati meint, es sei sicherlich eine große Versuchung für jeden Abergläubischen, sich von Andrea ein paar dieser Achttakter lehren zu lassen und so den Unsinn noch weiter zu treiben. Deshalb solle man Besuche im Turmverlies auch den höchstgestellten Beamten und selbst den Mitgliedern des Richtergremiums verbieten. Tommaso Forli erweitert den Antrag dahingehend, dem Andrea, um die Gefahr völlig zu beseitigen, den Sprachmuskel entfernen zu lassen. Nach langer Diskussion wird diesem Antrag mit Dreiviertelmehrheit entsprochen in Anbetracht dessen, daß aufgrund der reichlichen Geständnisse eine Verurteilung zur Höchststrafe sowieso unvermeidlich sein wird.

Weil der Beklagte Zeit und Möglichkeit genug gehabt hat, sich zu verteidigen, wird die Amputation für den gleichen Tag festgesetzt.

Nachtrag:
Dem Gremium ist gemeldet worden, daß Stefano Pallavicino di Cortemaggiore, ehrwürdiger Abt des Klosters Pomposa, nachdem er vom Prozeß gegen Andrea gehört hat, in die Stadt gereist ist und sich dem Gericht zur Verfügung stellt. Man fügt seinen Namen der Zeugenliste bei.

19. März (Auszüge)

Zeugenvernehmung

1. Ein Geheimpolizist im Sergeantenrang berichtet über Andreas Verhaftung und erläutert seine Eindrücke vom Tatort, seine Auffassung der Sachlage, die Volksstimmung vor und nach dem Einschreiten et cetera. Zum Schluß lobt er die überragende Organisation Forlis, seines Vorgesetzten.

2. Ein angeblich Geheilter berichtet über jahrelange Rückenschmerzen, die nach dem Hören jener Musik plötzlich verschwunden und seither nicht wiedergekehrt seien.
– Ob er das, was passiert ist, für Zauberei hält?
– Ja. Was sonst?
– Ob er Geld dafür bezahlt hat?
– Nein, er nicht, weil er zufällig keines bei sich trug.

3. Ein Zuschauer, der nicht geheilt wurde (er leidet an Blasenkatarrh), sagt aus, er sei Zeuge mehrerer Heilungen geworden und habe daraufhin dem Beklagten Geldstücke vor die Füße geworfen. An die genaue Summe erinnert er sich nicht.
– Ob er sich betrogen fühlt?
– Ja.
– Ob er vom Beklagten aufgehetzt wurde?

- Nein.
- Ob er den Beklagten rebellische Reden hat sagen hören?
- Nein, er hat überhaupt sehr wenig gehört, weil hinten, wo er stand, soviel gejubelt wurde.

4. Ein Rückfälliger berichtet, sein lahmes Kniegelenk habe sich ganz geheilt angefühlt, bis es, am Tag danach, wieder die Kraft verloren habe.
- Ob er Andrea für einen Kurpfuscher hält?
- Nein, denn immerhin sei er ja für einen Tag gesund gewesen und wünsche, die Musik öfter zu hören.
- Ob er es für Zauberei hält, was geschah?
- Ja.
- Um Schwarzmagie oder Magia naturalis?
- Er kenne sich nicht aus in solchen Unterscheidungen.

5. Der Tuchhändler Varro, Einwohner Mirandolas auf Geschäftsreise. Er hat den toten Castiglio identifiziert.
- Er habe beide, den Magier und den Beklagten dort (in Mirandola) oft gesehen. Castiglio habe bei ihm das Futter für einen schwarzen Ledermantel gekauft. An einen silbernen Wappengürtel könne er sich explizit nicht erinnern, aber es sei schon möglich, daß Andrea einen getragen habe; das sei ihm nicht weiter aufgefallen, in Mirandola sehe man solche Gürtel des öfteren. Über den Tropator sagt er aus, daß er zuerst in einem winzigen Haus gewohnt und dann die Da Pezza-Villa oben auf dem Kunsthügel bezogen habe. Darüber seien schreckliche Dinge bekannt geworden. Castiglio habe Umgang mit Metzen gehabt und ihnen mutierten Samen eingeflößt und kleine Monstren mit ihnen gezeugt. Später habe er die Metzen getötet, und der Beklagte habe dann jedesmal einen Karren besorgt, um die Leichen fortzuschaffen. Sicher sei Gianfrancesco Pico vom Tropator behext gewesen, denn ihn, den sehr frommen Christenmenschen und bücherliebenden Mildtätigen, habe ungewöhnliche fleischliche Leidenschaft befallen, und er habe daraufhin viele unschuldige Mädchen verführt und den Da Pezza, der ihn mahnte, zur Tugend zurückzukehren, habe er grau-

samst töten lassen. Nachdem der Magier aber die Stadt geflohen habe, sei alles wieder ganz normal geworden.
Ja, es hätten teuflische Tänze stattgefunden, mit greulicher Musik, das Gebiet um den Palazzo sei dazu weiträumig gesperrt worden, trotzdem habe man johlende Maskenreiter gesehen, die hätten Eimer in der Hand voll Opferblut getragen, und man habe schreiende Frauen gehört, die halbnackt durch die Straßen flüchteten.
- Ob Castiglio mit mirandolensischen Lutheranern konspirierte?
- Bestimmt; der Instrumentenbauer sei einer, bei dem habe Castiglio oft verkehrt, und in der Kirche sei er auch nie gewesen.
- Und Andrea?
- Darauf habe er nie achtgegeben.
- Was aus den kleinen Monstren geworden sei, die Castiglio gezeugt hat?
- Er sagt, sie spukten über der Villa als Irrlichter, und man könne sie in der Nacht heulen und ihren Vater verfluchen hören.

6. Lorenzo Lorenzi, ortsansässiger Waffenhändler.
- Er habe den Beklagten erschöpft auf dem Domplatz gefunden, wo schon eine Menge Menschen gestanden seien. Der Beklagte habe in eigenartiger Weise gesungen, wie im Fieber. Lorenzi betont, er habe ihn aus christlicher Barmherzigkeit in seinen Stall geladen und pflegen lassen. Als er ihn später befragte und den Namen Castiglio hörte, habe er sofort einen Boten zum Magistrat geschickt.
Lorenzi legt einen Sack Münzen auf den Tisch – den aufgesammelten Lohn, den man Andrea für seine »Heilungen« gezahlt hat. Lorenzi übergibt das Geld der Stadtkasse, damit es den Betrogenen zurückerstattet werde.

7. Der Bote Lorenzis sagt aus, es habe vor dem Magistrat ein großer Andrang geherrscht, und er habe von der Wichtigkeit seiner Mission nicht gewußt, deshalb habe er sich auch nicht vorgedrängelt, und sein Herr sei dann sehr erzürnt gegen sechs Uhr selbst vor dem Magistrat eingetroffen, um die Sache persönlich in die Hand zu nehmen.

8. Stefano Pallavicino, ehrwürdiger Abt des Klosters Pomposa, formuliert zu Beginn seiner Aussage einen Protest über den Beschluß, den Beklagten noch vor Prozeßende des Sprachmuskels zu berauben.
Der Protest wird zur Kenntnis genommen und im Protokoll vermerkt.
Pallavicino erzählt vom Eintreffen Castiglios und Andreas in der Pomposa; daß ihm der Magier von Anfang an sehr verdächtig vorgekommen sei; er den Andrea aber nach wie vor nicht für grundschlecht halte; für einen armen Ungebildeten, der aus jugendlichem Geltungsdrang und aufgrund unglücklicher Umstände in die Sache verwickelt worden sei. Andrea habe sich während seines Klosteraufenthalts vom Magier zeitweise deutlich abgesondert und aufgeschlossen gezeigt.
Pallavicino schreibt es eigener Überreaktion zu, ihn nicht aus den Fängen des Bösen befreit zu haben. Nein, er glaube bestimmt nicht, daß Andrea seinen Meister getötet habe – und wenn doch, so sei dies ja eine begrüßenswerte Tat. Im übrigen sei Franziskanerschweinen alles zuzutrauen und der Anklagepunkt der Verleumdung geradezu lächerlich.
Wohl nur aus einer Art kindlicher Treue heraus habe sich Andrea entschlossen, die Rolle seines toten Meisters zu übernehmen.
Pallavicino zweifelt, ob der Beklagte die Tragweite seines Handelns schon begreifen könne, und beschreibt Andrea als unreifes Wesen, das, im Bewußtsein eigener Unzulänglichkeit, sein messianisches Stellvertreterdasein mit castiglionischen Elementen aufzuwerten versuche; zum Beispiel imitiere er in beängstigender Genauigkeit Gestus und Mimik seines Meisters. Man müsse Andrea nicht als eigenständiges Individuum, sondern als Depot castiglionischen Gedankenguts ansehn, als Katalog gespeicherten Gehabes – durchaus noch zur Reinigung fähig.
– Unter welchem Namen sich der Beklagte in der Abtei vorgestellt hat?
– Unter Andrea Pico di Mirandola.
– Trug er einen silbernen Wappengürtel?
– Ja.

- Ob ihm die Behandlung eines Adligen zugekommen ist?
- In Pomposa würden keine großen Standesunterschiede in der Behandlung der Gäste gemacht.
- Ob Castiglio in Pomposa an seiner unheiligen Sache gearbeitet hat?
- Das sei nicht auszuschließen.
- Wieso Pallavicino das geduldet hat?
- Ihm seien keine klaren Fakten vorgelegen, der Klosterfrieden sei nicht offensichtlich gestört gewesen, außerdem habe er beabsichtigt, den Beklagten zum wahren benediktinischen Christentum zu bekehren.
- Das ist ihm demnach mißlungen?
- Ja.
- Ob Andrea in dieser Zeit ketzerische Bemerkungen gemacht hat?
- Ja, aber nur aus religiöser Unwissenheit.
- Welche?
- Einzelheiten trage er nicht mehr im Kopf.
- Ob Andrea tatsächlich während seines Klosteraufenthalts im Chor gesungen hat?
- Ja.
- Und sogar als Vorsänger?
- Später, ja, manchmal.
- Ob das die neuen Gepflogenheiten benediktinischer Klöster sind?

Keine Antwort. Tommaso Forli wiederholt die Frage.
Pallavicino gibt eine das Gericht diskreditierende Bemerkung von sich und wird aus dem Zeugenstand entlassen.

Andrea wird gefragt, ob er zu den Zeugenaussagen Stellung nehmen möchte. Er schüttelt den Kopf und versucht etwas zu summen, wird vors Maul gehauen. Die Operationswunde bricht auf. Pallavicino formuliert einen zweiten Protest. Die Blutung kann gestillt werden. Strambati fordert den Beklagten auf, nun doch eine seiner Melodien vorzuführen. Dieser will das tun, bringt aber nur ein unförmiges, tonloses Krächzen zustande aufgrund der Schwellung. Zufrieden hebt das Gericht die Knebelung auf und geht in Klausur.

9. Berichterstattung des Präfekten der Geheimpolizei Bonarotti. Es sei in der Stadt eine starke Stimmung für den Beklagten zu vermelden. Man habe alle Hände voll zu tun, Befreiungsversuche zu vereiteln. Aus der ganzen Gegend strömten Kranke und Krüppel nach Ravenna; ein unangenehmer Anblick.
– Ob eine öffentliche Hinrichtung Gefahren berge?
– Nein, so schlimm stehe es noch nicht, doch rät er zur Eile. Parolen gegen Papst Clemens machten die Runde, und er habe gar nicht mehr genug Leute, um gegen die leiseren Hetzreden vorzugehen. Ein Mensch namens Sagnano habe gewaltsam versucht, in den Gefängnisturm einzudringen, und mußte dort festgesetzt werden.

Das Gremium stimmt (mit Dreiviertelmehrheit) einem Antrag Postas auf Verkürzung des Verfahrens zu und setzt die Urteilsverkündung für den morgigen Tag an.

20. März (Auszüge)

Urteilsverkündung

Im Namen der päpstlichen Stadt Ravenna und der heiligen Inquisition, unter Anrufung des großen und allmächtigen Gottes, verkündet das Gericht nach reiflicher Wägung und sachlich-sorgfältiger Untersuchung folgendes Urteil:

In Punkt eins, des unerlaubten Aufenthalts, wird der Beklagte freigesprochen, da er in stark geschwächtem Zustand in die Stadt kam. Dies läßt das Gericht als Entschuldigung gelten.

In Punkt zwei, der Titelanmaßung, wird der Beklagte freigesprochen, da das Gericht in diese Sache nicht genügend Aufklärung bringen konnte, nämlich inwieweit das Tragen eines Wappengürtels nach mirandolensischer Sitte und dem Habitus Gianfrancesco Picos gemäß eine Art Legitimation darstellt; beziehungsweise ob und inwieweit die Titelanmaßung aus Bereicherungs- oder (minder strafwürdiger) Geltungssucht geschah.

In Punkt drei, die Kurpfuscherei betreffend, wird der Beklagte freigesprochen, da er anscheinend eine genaue Wirkung seines Gesangs oder die Dauer einer eventuellen Wirkung nie vorhersagte und sich nicht als Doktor oder sonstwie Heilkundiger ausgab.

In Punkt vier wird der Beklagte freigesprochen, da nicht geklärt werden konnte, ob ein absichtlicher Betrug vorlag. Es ist jetzt kaum mehr nachweisbar, wer ihm wieviel gegeben hat; ob nur die »Geheilten« zahlten oder ob es auch Vorauszahlungen gegeben hat. Auch glaubt das Gericht, daß diese Zahlungen freiwillig geschahen, ohne Aufforderung. Das Gericht verfügt, daß die vom Kaufmann Lorenzo Lorenzi abgelieferte Summe dem städtischen Fonds für Kriegsinvaliden zukommen soll.

Den Punkt fünf, der lutheranischen Propaganda, erhält das Gericht nicht mehr aufrecht, da für eine solche Tätigkeit keinerlei Beweise vorliegen. Besonders gewertet wurde hierzu die Aussage des Abtes Pallavicino.

In Punkt sechs, der Verleumdung der Minoriten, läßt das Gericht die Anklage fallen, da gemachte Angaben nicht gänzlich widerlegbar sind, sich keine aufdringlichen Zeichen eines im Widerspruch stehenden Tathergangs lesen lassen und von seiten des Minoritenordens kein Interesse an weiterer Untersuchung besteht.

Hieraus ergibt sich, daß auch der Punkt sieben nicht aufrechterhalten werden kann und es dem Gericht zumindest denkbar erscheint, daß Castiglio Tropator von anderer Hand des Lebens beraubt wurde; vielleicht von als Minoriten verkleideten Räubern.

Der Punkt acht, die Beihilfe zur schwarzen Magie, wird ebenfalls zurückgezogen. Der Beklagte konnte auch unter der Folter wenig zu gemachten Experimenten sagen und versteht sichtlich kaum etwas davon. Zudem wird ihm der Zwang des Lehrlingsgehorsams zugute gehalten.

In all jenen Punkten werden die Schuldgeständnisse des Beklagten der übergroßen Angst vor Schmerzen zugeschrieben und als nicht lastkräftig angesehen. Offenbar wollte der Beklagte durch schnelle Geständnisse auch Informationen zurückhalten.

In Punkt neun, der Blasphemie, sieht es das Gericht als erwiesen an, daß der Beklagte in mehreren Fällen das Werk des Castiglio die Übersetzung der Vox Dei genannt und sich somit als der Sprache

Gottes mächtig bezeichnet hat. Ein Crimen laesae majestatis divinum.

Punkt zehn, A bis E: Bezeugt durch mehrere glaubwürdige Personen und von ihm selbst größtenteils freimütig gestanden, plante der Beklagte eine umfassende Verschwörung mit Hilfe der zauberischen Musik seines Lehrers; eine Verschwörung, an deren Ende die Destruktion der gegenwärtigen Weltordnung stehen sollte. Zu diesem Zweck versuchte er das Volk aufzuwiegeln und es durch eine angeblich Wunden heilende Melodie geneigt zu stimmen. Indem er als Verkünder auftrat, suchte er Gefolgschaft zu sammeln. Der falsche Prophet äußerte hierbei Ansichten, die der christlichen Lehre zutiefst widersprechen und urheidnischen Charakter tragen.

Es liegt ein Delictum exceptum vor. Allein, das heilige Symbol des Kreuzes durch das der Lyra ersetzen zu wollen, ist ein Verbrechen, das weit über jede dem Gericht bekannte ketzerische Dreistigkeit hinausgeht.

In Punkt zehn A bis D wird der Beklagte zum Tode durch das Beil, in Punkt neun und zehn E zum Tode durch den Scheiterhaufen verurteilt.

Da dem Delictum exceptum und dem Crimen laesae majestatis divinum unter allen Anklagepunkten die schwerste Bedeutung zukommt, wird auf die Vollstreckung der Todesurteile durch das Beil verzichtet. Die Hinrichtung durch Verbrennung ist auf den 21. März, acht Uhr früh, festgesetzt. Eine Beschleunigungstötung durch Erdrosseln wird hierbei ausgeschlossen.

Das Gericht glaubt, gottesfürchtig, gerecht und frei von Voreingenommenheit seinen Spruch gefunden zu haben.

Ravenna, im Jahre des Herrn 1531, am 20. März.

Gebet. Aktenschluß.

XVIII

Über der Ewigen Stadt hing kränklich gelber Mittagsdunst. Krantz und Täubner näherten sich der City Zentimeter für Zentimeter. Stau und Smog blieben erträglich, weil es nicht allzu warm war. Krantz hatte dem Fahrer als Adresse eine Straße gegenüber des Kapitols angegeben, in der er ein Penthouseapartment besaß.

»Proff, woher ham Sie eigentlich die ganze Kohle?«

»Bin schon reich geboren.«

»Sie haben nie arbeiten müssen, was? Ich meine, so richtig, so körperlich – mit der Muskelkraft?«

»Nein. Hab' ich auch nie vermißt.«

Das Taxi schaffte jetzt 50 Meter am Stück. Bei den Insassen stellte sich ein kleiner Geschwindigkeitsrausch ein. Eine rote Ampel machte dem ein Ende. Dann noch eine. Und noch eine. Die Rache der roten Ampeln war grausam. Der zermürbte Täubner betrachtete seinen verschmutzten Hemdkragen und fragte sich, wie Krantz es schaffte, so steril auszusehen, so klinisch korrekt. Man sah ihm die durchgemachte Nacht nicht an.

»Sagen Sie, Proff, was genau haben wir eigentlich vor?«

»Hab' ich schon gesagt: die angebliche Pasqualinivilla anschaun, oder das, was davon übrigblieb.«

»Schon. Aber was soll denn da sein?«

»Mal sehen. Pasqualini ist nicht mein Spezialgebiet. Nicole Dufrès ist dafür zuständig. Leider. Sie hat die Pasqualiniakten einsehen dürfen und rückt nichts raus davon.«

»Die Frau hat Ihnen was voraus? Ist ja interessant.«

»Geb' ich zu. Aber ich hab' das Gerichtsprotokoll vom Andreaprozeß. Niemand sonst. Um das beneidet mich die gelehrte Halbwelt von Buenos Aires bis Bukarest. Ohne das kann niemand was unternehmen. Es ist im Grunde ein absurdes Theaterstück, ein dreihundert Seiten dickes Theaterstück, grotesk und unglaublich.«

»Ach du liebe Zeit! Das wollen Sie mir jetzt sicher alles erzählen?«

»Ich versuch's zusammenzufassen.«

»Danke.«

Das Taxi fuhr die letzten Meter zum Zielort auf dem Gehsteig. Täubner hatte außer seiner Kamera nur eine Plastiktüte mit Wäschekram dabei; Krantz schleppte seinen prallgefüllten schweinsledernen Koffer, ohne eine Miene zu verziehn.

Das Gebäude besaß vier Stockwerke, war ein ockergelber quadratischer Kasten, an jeder Ecke hatte man Zwergzypressen untergebracht. Es gab einen Aufzug. Das Penthouse zählte fünf oder sechs Zimmer, war von einer breiten Terrasse umschlossen, und auf zwei Leinen flatterte bunte Wäsche.

»Die Wäsche war schon da, als ich die Wohnung gekauft habe.«

»Ach ja?«

»Die Farben verblassen allmählich. Ich sollte mal neue Wäsche kaufen.«

»Auf jeden Fall.«

Die Wohnung war, bis auf die beiden voneinander unabhängigen Alarmsysteme, spartanisch eingerichtet. Steinboden, weiße Wände, große Fenster. Das Mobiliar schien äußerst eklektizistisch. Ein riesiges IKEA-Bücherregal. Ein Nierentisch auf der Terrasse, ein spätbarocker Sekretär im Wohnzimmer. Krantz schenkte aus der Mahagonibar über dem Fernseher zwei Whiskeys ein, pur, ohne Eis, und zeigte Täubner stolz den silberfarbenen Carson & Myers-Tresor – acht Zentimeter dicker Stahl, hinter keinem Bild versteckt, freistehend neben dem Yamahapiano.

Täubner wurde ein fast leeres Gästezimmer zugewiesen, mit einem unbezogenen Bett darin, einer Eisenstange über dem Fenster, an der mehrere Kleiderbügel hingen, einem Mülleimer und einem sorgfältig aufgebauten, schwarz-weißen Onyxschachspiel auf dem Boden. Das war alles.

Auf dem Flur zwischen Wohnzimmer und Küche hing ein auf Posterformat vergrößertes Foto, das eine Ziegelmauer zeigte, darin eine umbrabraune Majolika mit Zacken, die wohl Sonnenstrahlen darstellten, und schräg links darüber ein kleines weißes

Gesicht, faltig, mit tief herabgezogenen Mundwinkeln. Täubner sah sich das Porträt Castiglios interessiert und beinah ein bißchen ehrfürchtig an.

»Ist er nicht wunderschön – selbst in der Verspottung?« fragte der Professor und beugte sich nah zu dem Bild, rieb mit einem Finger zärtlich den Staub weg und lächelte verträumt.

»Wunderschön würde ich nicht unbedingt sagen...«

»Sie müssen länger hinsehn...«

»Ich muß mich jetzt mal waschen, wenn Sie gestatten.«

Das Bad war äußerst protzig eingerichtet, die Wanne besaß Massagedüsen, und in den ovalen Spiegel aus Kristallglas waren drei Glühbirnen integriert. Täubner ließ das Waschbecken mit kaltem Wasser vollaufen und tauchte seine verschwollenen Augen hinein, hielt dann die Innenseiten seiner Arme unter den Wasserstrahl, bis die Sehnenspannung einer angenehmen Taubheit wich.

Krantz saß auf der Terrasse und studierte einen Stadtplan. Täubner setzte sich neben ihn, mit tropfenden Händen. Er versuchte, die Tropfen auf den karmesinroten Kacheln zu einem Kreis anzuordnen. Das gelang nicht, und er rieb sich den Rest Feuchtigkeit in die Haare.

»Kann ich dieses Gerichtsprotokoll mal sehen?«

»Warum?«

»Ich mag alte Schriften.«

»Es ist nicht hier. Das wäre mir doch zu gefährlich.«

»Was ist denn dann in dem Tresor?«

»Nichts! Haha. Alles nur Schau! Stellen Sie sich vor: Da ist absolut nichts drin! Uahahaha...«

Du alter Wichtigtuer, dachte Täubner, worauf hab' ich mich hier eingelassen? Mach dir das Publikum, ich Depp, ich billiger Lohnsklave – und *sie* – was tut *sie* jetzt? Nachmittags ist *sie* immer am schärfsten.

Täubner stand auf und ging sich einen zweiten Whiskey einschenken. Sein Blick fiel aufs Telefon.

Mit diesem Ding konnte man eine stattliche Zahl von Nummern wählen. Irgendeine Nummer würde auch für *sie* zuständig sein. Aber welche? Wo, bei wem hielt sie sich versteckt? Täubner hätte sich gern hingesetzt und alle, alle Nummern durchprobiert, bis *sie* sich melden würde. Ein langes, beschwerliches Verfahren, zugegeben, aber wenigstens ein Anfang. Irgendein Anfang.

»Schauen Sie, Täubner – das da drüben ist der Jupitertempel...«
»Ich weiß.«

XIX

1

Mutter, für deine ausgestreckten Hände nur für deine Fingerspitzen – allein um die Kanten deiner Nägel zu spüren wenn sie Furchen in die Haut ziehn, kitzelndes Armhaar auf der Stirn ein Traum. Netz aus Licht und hellem Staub. Konnte die Lämmer nicht töten, nicht töten bis auf eines, das am wenigsten schönste aber wenn man eins kann kann man die anderen ja müßte man eigentlich die anderen auch, entschuldige Meister, ich konnt's eben nicht, sie sahen mich so an und zerrten am Strick. Morgen binden die mich, und die können's schon. Ich glaub' ich brenn' auf dem Hügel auf dem ich singen wollte, dem Hügel der wie ein Kuchen aussieht. Hoffentlich wird es kalt sehr kalt, damit mir die ersten Funken Freude machen – dann erstickt man schon sagt man geht ganz schnell angeblich. Wann wird es Morgen? Vielleicht – wenn ich jetzt ganz still hier sitze und mich überhaupt nicht rühre – steigt die Zeit über mich weg und vergißt mich – aber wofür wäre das gut ewig hier zu sitzen und vergessen sein? »Ich war bei den Toten, da bist du noch zu jung dafür«; Meister, das hast du gesagt. In letzter Zeit bin ich enorm gewachsen. Lalala. Verdichte dich doch, du kannst es bestimmt, zu einer einzigen kleinen Fingerspitze – und wenn sie kalt und hornig ist. Die Messer mit Ohren laufen draußen und lauschen. Wär' mir eine Zunge geblieben zum Singen, ich wollt' schon gern die Erde versöhnen! Käm' mir jetzt kein Krächzen aus, kein Stammeln, Speichel und Blut ... Wie leicht sich alles wendet vom Hier ins Dort. Wär' mir eine Stimme gelassen daß ich riefe in der Nacht nach meiner Mutter ... Ist doch ein Ohr, das mich hört; hör' mich ja selbst, kann auch auf Wände klopfen, mit Ketten rasseln gleich einem Gespenst! Ich BIN ein Gespenst! Verschleuderte Mühe! Die Luft, die weiß es, die will mich. Wie alles sich wendet ... ist doch ein Ohr, das mich hört, hör' mich

*ja selbst! Würfel zeigen dreimal Null. Schweinerei! Falschspieler...
Jetzt möcht' ich beten.*

Im Hintergrund stritten die Steine, wie gehabt. Ein sehr alter Stein, der schon einmal in einer römischen Kaiserbüste als Sockel gedient hatte, äußerte sich sehr abwertend über die Angst der Menschen vor dem Tode.

»Sie wissen nicht«, meinte er, »wie gut sie es haben, sich so schnell verwandeln zu dürfen!«

In dieser Einschätzung stimmten ihm ausnahmsweise alle Steine zu, selbst der immer lästernde Winzling. Leider konnte Andrea dieses trostreiche Gespräch nicht verstehen.

Wär' mir eine Stimme geblieben zum Singen, wär' sie mir gelassen daß ich riefe in der Nacht nach meiner Mutter... Die Bäuerin sagte mir ich wär' nicht ihrs; ich hatt' ihr einen Topf zerbrochen, da sagte sie, ich wär' nicht ihrs. Erst war ich traurig, dann so froh an diesem Tag, so froh, ein Festtag, ich wär' nicht ihrs haha nicht ihrs, neinnein...

2

»Ihr habt zehn Minuten.«

»Zehn Minuten? Wollt Ihr mich veralbern? Wollt Ihr Euch versündigen? Schreibt nicht Thomas von Aquin, daß den, der sich dem Herrn mitteilt, kein Zeitmaß drücken darf?«

»Mag sein, gewiß, aber...«

»Hat nicht Dominikus selbst gesagt, daß der Beichtende außerhalb der Sanduhr steht und ihn kein Irdischer beschränken soll?«

»Ja schon, jedoch...« Dem Dominikaner fiel nichts Passendes ein. »Also meinetwegen – eine Viertelstunde!«

»Sakramente rechnen sich nicht in Viertelstunden! Kennt Ihr die Geschichte, die Bernhard von Siena erzählt – vom Priester, der bei der Beichte drängelte, um das Mittagessen nicht zu verpassen?«

»Nein...«

»Dem hat sich das Brot in Stein verwandelt – und nicht in Kiesel, nein, in scharfe Schieferbrocken, die haben ihm den Darm zerfetzt!«

»Soso? In Gottes Namen geht jetzt hinein und verschwendet nicht noch mehr Zeit!«

Stefano Pallavicino wandte sich zufrieden ab. Zwar hatte Thomas von Aquin sich nie über Beichtdauer geäußert und Dominikus explizit auch nicht und Bernhard von Sienas Geschichte ließ sich bestimmt nirgends nachlesen – aber ein halbgebildeter Dominikaner hat darüber nicht zu bestimmen.

Ist doch ein Ohr, das mich hört, hör' mich ja selbst kann mit den Füßen scharren und ungestalt blöken könnte meine Schläfe gegen die Mauer hauen aber trau mich nicht, ich Feigling. Soll auch dem Gott nicht lieb sein, sagt man. Jetzt kommen wieder Schritte. Die Ärsche mit Messern und Ohren. Licht kommt. Geht's los? O hätt' ich Hornochse nicht alles verpatzt die Erde wär' schon ganz schön versöhnt jetzt bestimmt.

»Andrea, lieber Andrea!«

»Hnng...«

»Ich bin's! Stefano! Ach, ich freu' mich so für dich, freust du dich auch? Jetzt wird alles gut!«

»Hnnggnn...«

»Du wirst sehn, das Feuer nimmt alle Frevel von deinen Schultern, wird dich rein erschaffen vorm Thron des Herrn, mußt keine Angst haben!«

»Hnnngnng!«

»Du darfst mir glauben, ich hab' meinen ganzen Einfluß geltend gemacht, dein letzter Beichtvater sein zu dürfen...«

»Hnn...«

»Jetzt mußt du mir aber auch alles sagen, aber wirklich alles, damit dich dort nichts mehr befleckt, in der Ewigkeit Gottes!«

»Hnng?«

»Jaja, hast deine Zunge verloren, hast sie nicht im Zaum halten können, sie war ein Gottesgeschenk – und du hast sie vertändelt; das mußt du einsehn, das war nicht recht. Hier – ich hab' Papier und Schreibgerät dabei – rutsch her zum Schemel – schreib alles auf, was dich bedrückt!«

Andrea blieb einen Moment mit großen Augen auf dem Boden sitzen, dann griff er mit der kettenfreien Hand heftig nach der Feder, beugte sich über den Schemel und begann auf das Papier eine Lautenintavolierung in Vihuelaart zu zeichnen.

Stefano faßte ihm in die Armbeuge.

»Nein! Du sollst deine Sünden aufschreiben, nicht dieses Zeug!«

Andrea sah ihn kurz an, dann kritzelte er in winzigen Buchstaben dazu: *Das SIND meine Sünden. Ich kenn' keine andern. Deswegen bin ich doch hier!*

»Ja schon, aber...«

Andrea unterstrich sind, Sünden, keine andern und deswegen.

»Nein, das geht nicht! Komm zur Besinnung!«

Stefano nahm ihm das Papier weg.

Andrea begann wild zu krächzen, Tränen schossen ihm aus den Augen, er hob beide Arme, wie um sich auf den Abt zu stürzen und ihn zu erwürgen. Die Kette, die seine linke Hand umspannte, bremste sein Vorhaben, ließ ihn nicht über die Mitte des dunklen, nur von einer einzigen Kerze beleuchteten Kerkers hinausgelangen. Tieftraurig sah sich Andrea erneut von falscher Hoffnung gequält, alles blieb sinnlos und verpatzt, und er fiel in sich zusammen, rutschte in seine Ecke zurück, verbarg den Kopf zwischen Schulter und Mauer und weinte.

Stefano war übel. Schweißbäche flossen ihm über Brust und Nacken. Er hatte sich alles so viel einfacher vorgestellt, hatte sich die Worte der Tröstung gut überlegt, das Preisen des reinigenden Feuers, dann die Absolutionsformel am Ende einer erhebenden Seelsorge, Sakrament der göttlichen Verzeihung...

»Komm her! Schreib deine Sünden auf! Du darfst so nicht gehn!«

Andrea zeigte keine Reaktion.

»Komm bitte her! Komm doch!«

Schlaff, wie leblos lag der Verurteilte auf dem kalten Boden. Kreatur, junges Bündel Mensch, bar jeder Muskelspannung im Winkel kauernd, aus der Reichweite des Kerzenlichts geflohen;

Kreatur, entsetzt und verstümmelt; Kreatur, von andern Kreaturen zum Schweigen gebracht und abgeurteilt.

»Kommst du jetzt her! Bitte...«

Stefano litt plötzlich unter Kopfschmerzen, seine Augenlider begannen zu flattern, wie unter großer Müdigkeit. Er wankte und schlotterte, sein Gedankenfluß versickerte, ganz schwarz wurde ihm vor Augen und dann – hörte er Andrea husten. Es war ein schwerer, krachender Husten; Andrea wälzte sich zur Lichtgrenze, und Stefano sah, wie bei jeder Lungenkontraktion das Gesicht des Jungen aufzuckte vor Schmerz, wie er beidhändig seinen Kehlkopf umklammerte und aufschreien wollte, aber da kam nur ein irres, grauenhaftes Krächzen; der Ton fand kaum einen Weg am breitgeschwollenen Stummel der Zungenwurzel vorbei. Das Krächzen ging in ein von Kieksern unterbrochenes Gurren über, bis wieder Stille herrschte. Verwirrt schwankend hielt sich Stefano an einem Mauerring fest. Plötzlich schmolz und taute alles in ihm, und er hätte sich am liebsten auf den Boden geworfen, neben Andrea, hätte sich solidarisch mit ihm auf dem kalten Stein gewälzt.

Das hat doch keinen Sinn, sagte er sich, keinen Sinn, nein, keinen, aber mit einem Mal fühlte er sich von einem Schwall Liebe durchdrungen, Liebe, die es von Anfang an gewesen war; der er immer andere Namen gegeben hatte, die sich jetzt mit einem gewaltigen Ausbruch von Mitleid zusammentat und den Abt zu Boden drückte. Und er rutschte hin zu Andrea, koste ihn, streichelte seinen Kopf, wischte ihm einen dünnen Blutfaden aus dem Mundwinkel. Unwillig wehrte Andrea ihn ab, und Stefano stieg Wasser in die Augen.

Mauerdunkel, Flackerlicht, der Schemel, Papierbögen, der Federkiel – Umrisse, nasse Schemen einer aufgelösten Welt.

Liebe, reine Liebe brachte er jenem geschlagenen Geschöpf entgegen, alles vergessende Liebe, die alles neu erschuf in einem einzigen Moment. Mit Küssen bedeckte er die Stirn des sich kraftlos wehrenden Jungen; Augen versuchten in Augen zu sehen, Finger suchten Finger, Arme umarmten, und tief drinnen im Abt, sehr leise, flüsterte eine fremde, nie gehörte Stimme: Verzeih, daß ich dir verzeihen wollte; steh' ich zwischen dir und Gott, sollte ich mich besser entfernen, und er versuchte die Stimme niederzukämpfen, schluchzte auf und schlug die Hände zusammen, um durch lautes Klatschen die Stimme zu vertreiben. Doch sie blieb – und nichts blieb, wie es war.

Andrea sah ihn jetzt an, in stummem, entsetzlichem Vorwurf. Stefanos Liebe schlug reine Verachtung entgegen, dem Abt wurde immer elender zumut; er war nahe daran, sich übergeben zu müssen.

»Was sollte ich denn damit tun?« fragte er jetzt laut, in weinerlich-hilflosem Ton. Und wie aus einer langen Trauerstarre ruckartig erwachend, rutschte Andrea zum Schemel und schrieb: *Verbergt es, begrabt es, aber zerstört es nicht! Laßt Gott entscheiden!*

»Gott?«

»Hnngnh!«

Andrea umfaßte die Knie des Abts und preßte den Mund auf Stefanos Handrücken. Dann, langsam, wie ein dumpf Berauschter, der nichts mehr weiß, nickte Stefano abwesend, fast beiläufig; während sein Blick ziellos über die Kerkerdecke strich. Er hatte kein Bewußtsein mehr, ob es recht war, was er tat, ob gottgefällig oder nicht, ob weise oder töricht, nutzlos oder sinnvoll, aber er konstatierte, daß seine Übelkeit schwand und die Augen trockneten und das schmerzende Pochen über der Nasenwurzel nachließ.

Er verfolgte das hastige Stricheln von Andreas Schreibhand und kam sich der Szenerie enthoben vor, wie ein aus Verantwortung und Mitsprache Gestoßener, zum Zusehen Degradierter, über den die Entscheidung hinweggegangen war, der nur der Form halber genickt hatte.

Andrea notierte die Melodien, eine nach der andern, in engen Systemen. Aus Hektik und Nervosität machte er Fehler und strich manches wieder durch; Kleckse spritzten über die Zahlen, und mehreres wurde im nachhinein zweideutig. Tempoangaben vernachlässigte er, insofern es die Grundgeschwindigkeiten der Achttakter betraf. Nach Nummer zehn hielt er kurz inne, fixierte den Abt und kritzelte an den Rand: *Versprecht Ihr es?*

Und der Abt nickte noch mal, gab erneut die Erlaubnis, daß Gott sich mit dem Fall befassen dürfe.

Stefano mußte wider Willen kichern. Er war völlig aus der Bahn geworfen. Andreas Blick hatte ihm ins Herz gestochen und letzte Vorbehalte aus dem Weg geräumt. Ja, er würde dieses Versprechen halten, sei's drum. Hatte er eben noch daran gedacht, die Papierbögen nach der Exekution zu vernichten, wußte er jetzt, daß er Andrea das nicht würde antun können.

3

Als Andrea bei Nummer siebzehn angelangt war, rumpelte die Tür. Schnell faltete er den Bogen zusammen und schob ihn Pallavicino unter den weiten Ärmel. Der Dominikaner sah herein.
»Seid Ihr bald fertig?«
»Gleich! Schert Euch raus! Wir sind gleich soweit!«
Die Tür schloß sich wieder.
Pallavicino schwenkte ein Kreuz und murmelte die Absolutionsformel. Sein Puls raste. Die Erregung des Verbotenen hatte ihn gepackt.
»Gnnnn!« Andrea zupfte ihn am Ärmel, wollte weiter notieren.
»... de peccatis tuis, in nomine patri et filii et spiritus...«
»Gnnn!«
»... sancti. Amen. Nein, Andrea, mehr gehen nicht!«
»Gnnngngn!«
Im nächsten Moment betraten Schergen das Verlies und räusperten sich. Stefano wandte sich ab, hielt die gefalteten Bögen umklammert, schob sie sich unbemerkt unters Hemd, wo sie hinabrutschten, vom gewaltigen Bauch des Abtes aber festgehalten wurden.
Man befreite Andrea von der Kette, legte ihm Handfesseln aus geflochtenen Stricken an und führte ihn hinaus. In einigem Abstand folgte Stefano und bemühte sich krampfhaft um ein ruhiges Mienenspiel.
Der Dominikaner, ein Sekretär Forlis, fragte: »Hat er gebeichtet?«
»Hat er.«

»Ich mache Euch darauf aufmerksam, daß – falls der Beklagte in seinem Beichtschreiben irgendwelche Noten aufgezeichnet haben sollte –, laut Befehl des Vorsitzenden Strambati, ihm dieser Umstand gemeldet werden muß!«

Pallavicino blieb entgeistert stehen.

Was bildeten sich diese Dominikaner eigentlich noch ein? War ihnen nicht mal mehr das Beichtgeheimnis heilig?

»Hau ab, du Tropf!«

»Ich richte nur einen Befehl aus...«

»Die Beichte enthält keine Noten! Mach dich dünne!«

»Seid Ihr sicher? Ja?«

Der junge Dominikaner rückte Pallavicino dicht auf den Leib, schwänzelte um ihn herum, rieb sich fast an seiner Kutte. Der pomposianische Abt begann zu brüllen.

»Du Esel! Willst du mir auf die Nerven gehn? Soll ich dir auch ein bisschen auf die Nerven gehn? Willst du den achtstrahligen Stern der Pomposa sehn? Ich reib' dir's rein, wie du's brauchst! Pass bloss auf, was du sagst!«

Der Dominikaner flüchtete erschrocken. Eitel grinste Stefano über die Wirkung seines mächtigen Organs. Grobgesehn hatte er ja die Wahrheit gesagt. Das Papier enthielt keine Noten; nur Kästchen und Zahlen...

Unten, vor der Pforte, wartete das Gremium.

Strambati, der den Zug zum Hügel anführen wollte, kniff mißtrauisch die Augen zu. Stefano hielt diesem Blick einigermaßen stand und tat, als wollte er ein Insekt vertreiben.

Auch Niccolo Da Silva, päpstlicher Geheimlegat, sah den Abt prüfend an. Später, in Rom, sollte Da Silva Papst Clemens melden, daß die Melodien des Andrea nicht mit absoluter Sicherheit aus der Welt seien, daß es eventuell noch Möglichkeiten gebe, sie wiederzufinden. Und Clemens sollte antworten, daß er sich um Konkreteres zu kümmern habe, als vagen Theorien nachzuforschen.

4

Vor dem Turm hatte sich eine Menge Publikum versammelt. Fast hundert Soldaten waren aufgeboten worden, um Eventualitäten zu vermeiden. Die Prozession setzte sich langsam in Bewegung.

Schon rief einer: »Sing für uns!«, und Geheimpolizisten bahnten sich den Weg zu ihm. »Sing für uns!« schallte frech das Echo aus einer anderen Ecke. Daß Andreas Zunge den Weg alles Irdischen schon vorausgeeilt war, dieses Faktum war der Menge gänzlich unbekannt. Andrea fühlte sich verspottet und preßte die Lippen fest zusammen. Bis zuletzt blieben ihm die Mißverständnisse treu.

Die Wegstrecke zum Richtplatz betrug etwas mehr als eine dreiviertel Meile. Ganz Ravenna schien den Zug begleiten zu wollen, so überfüllt waren die Straßen. Die Situation wirkte bedrohlich. Viel hätte nicht gefehlt, und die unverhohlenen Sympathien für den Delinquenten hätten sich in Steinwürfen gegen die Richter geäußert.

»Sing für uns!« rief es jetzt aus mehreren Chören. »Sing für uns!«

Andrea zuckte mit den Achseln, gab sich den vermeintlichen Beleidigungen gegenüber gleichgültig, war aber doch getroffen und traurig. Wie so oft lieh er sich zur Verteidigung ein Gesicht aus der Galerie der vorbildhaften Fratzenschnitte. In jenem Fall war es die trocken-abschätzige Mundwinkelschräge, die Castiglio jeweils an den Tag gelegt hatte, wenn er sich über Stefanos Moralismen verlustierte.

»Er singt nicht für uns.«
»Wir sind verflucht.«
»Er *könnte* ja singen!«
»Jaja. Aber er tut es nicht. Großartig!«

Den Dominikanern kam kurz der Gedanke, sie hätten sich mit Andreas Verstümmelung vielleicht ins eigene Fleisch geschnitten. Die Soldaten mußten sich um erstes Gerangel kümmern und schlugen brutal in die Menge.

»Wie stolz er ist!«
»Er könnte ja singen...«
»Aber er tut's nicht. Wir sind's ihm nicht mehr wert.«
»Auf immer verflucht.«
»Sing für uns!«

Blasse Sonne hing über den ravennatischen Mauern, und es blies ein zahmer Wind; die noch kahlen Lärchen der Via Romea zeigten leichte Bewegung. Ein paar Krähen balzten am Straßenrand, und prompt, als der Zug die Stadtmauern passierte, zerflockten morgendliche Dunstschlieren in einen klaren Frühlingshimmel, so daß Andrea zur Linken Bergsilhouetten erkennen konnte. Er hatte niemals in seinem kurzen Leben Berge gesehen, war immer in ebenem Land unterwegs gewesen. Diese Berge dünkten ihm tröstliche, himmlische Gefilde, Götterburgen, olympische Erhebungen – waren dabei doch nur die sanmarinesischen...

»Sing für uns!«
»Er tut's nicht! 's ist alles verspielt und vergeudet...«

Müßig bleibt die Überlegung, was geschehen wäre, hätte Andrea den Mund zu einer Melodie aufgetan oder auch nur, um seine Unfähigkeit dessen zu demonstrieren. Vielleicht wäre das wacklige, gebeutelte Regime Clemens' des Siebten zu einem originellen Ende gekommen.

Das erscheint durchaus im Bereich der Möglichkeiten. So aber wälzte sich der Zug, ohne größere Störaktionen, dem kuchenförmigen Hügel zu, auf dem schon Holz, Pech und Stroh bereitet waren, von Schwerbewaffneten abgeschirmt.

»Warum singt er denn nicht?«
»Hat Jesus die Engelslegionen zu Hilfe geholt?«
»Nein. Hat er nicht.«
»Mein Gott, warum tut denn keiner was?«
»Er bräuchte ja bloß zu singen! Er will's ja so!«
»Nieder mit den Pfaffen! Nieder mit Papst Clemens!«

Die Soldaten wurden rabiat und prügelten den Rufer nieder, bis sie vom erzürnten Publikum abgedrängt wurden. Kurz stand die Situation auf der Kippe.

Pallavicino wurde in diesen Minuten ein anderer. Er konnte es sich mit keinem Wort erklären, aber er verspürte riesige Lust, mitzubrüllen und Andrea zu umarmen und jedem, der Andrea Böses wollte, den Schädel einzuschlagen. Diese rauschhaften Gedanken waren nur mühsam einzudämmen; ganz verscheucht werden konnten sie nicht.

Tatsächlich war er nach diesem Tag nie mehr, der er vorher war; in sein Blut mischte sich ein immerwährendes, glühendes Fieber und ließ ihm keine Ruhe mehr, raubte ihm den Genuß jeder Behaglichkeit, machte ihn sogar unfähig zu brüllen; seine klösterliche Autorität schwand von da ab zusehends. Er wurde zum Zweifler.

Ich will nicht schreien, weil, ich kann nicht singen, da will ich auch nicht schreien, da will ich dann auch nicht. Ach Meister, ich hätt' dir gern ein großes Grabmal bereitet, so eins wie vom Theoderich, in dem man wohnen und beten kann. Ich hab' vergessen zu beten. Ach Gott. Candida, wenn du mich jetzt sehen könntest! Es ist was Erbauliches, so im Zug zu gehen, und alles dreht sich um einen, aber ich hab' alles versaut. Meister, ich bin's nicht wert gewesen; immerhin, siebzehn Stück hab' ich noch geschafft, vielleicht bewahrt, wer weiß? Ich kann doch nicht singen, das klänge furchtbar. Schreit doch nicht so, wo ich keine Zunge mehr hab'! Hoffentlich werde ich nicht schreien. Oder doch, ich will schreien! Nein, nicht. Oder doch? Wird wohl unvermeidlich werden. Siebzehn Stück. Was wird daraus? Es kann doch nicht alles umsonst gewesen sein!

»Was geschieht?«
  »Sie binden ihn!«
  »Jetzt muß er doch endlich singen!«
  »Nein.«
  »O Gott!«

Reihenweise sank man auf die Knie und betete. Andrea wurde an den Pfahl gefesselt. Ein dominikanischer Chor nahm dem Publikum die Sicht und intonierte das »Salve Festa Dies« außergewöhnlich laut.

Stefano blieb am Fuße des Hügels stehen. Sein verwirrter Geist konnte sich nicht entscheiden, ob er weinen oder jauchzen sollte. Dann beschloß er, glücklich zu sein, und Tränen der Rührung stiegen ihm ins Auge. Es war ein sehr schönes Autodafé. Als der Henker die mystische Handlung vornahm und die Fackel an den Holzstoß legte zum Beginn der großen Katharsis, hätte Stefano jubilieren können vor Glück. Barmherzig loderten die Strohballen auf, und das Feuer verschlang den Erdenteil Andreas in hochflammendem Hunger.

»Schreit er?«
»Weiß nicht. Der Chor –«

Fern, zwischen den Espen und Lärchen der Romea, stand ein gealterter Engel, mit ausgeblichenem Haar geringer Leuchtkraft; er trug Tang auf den Schultern, und seine Federn waren blutgesprenkelt. Er stand da beinah zehn Minuten, ohne daß ihn jemand bemerkte, dann verschwand er.

Man sagt, über Ravenna, der spinnverwebten alten Stadt, habe an diesem Tag ein Glanz gelegen, wie er nie mehr später zu sehen war. Gleich dem verschobenen Beleuchtnis einer Traumsequenz hätten Bäume und Häuser in hellen Farben gestrahlt, und über allem sei ein fremdartiges Gleißen gelegen, das in der Erinnerung einiger Augenzeugen geradezu blendend die Netzhaut verstörte.

»Doch, er schreit!«
»Er *singt!*«
»Jetzt nicht mehr.«

XX

Nach der Siesta machten Krantz und Täubner einen Spaziergang übers Kapitol. Der Schwede unterbrach seinen Redeschwall keinen Moment, und bei der Stelle, als der Scheiterhaufen entzündet wurde, gestikulierte er wild mit den Händen – aber das fiel in Rom nicht weiter auf.

»Die letzte, schwierigste Bedingung! Erfüllt! Dem neuen Mythos steht eine große Karriere offen, es ist ganz wunderbar! Wie fürs Lehrbuch inszeniert! Zweifellos! Als steckte ein göttlicher Finger dahinter. Oh, Andrea wird geliebt! Die Kirche kann sich in den folgenden Jahren festigen und unterdrückt die Legende, wo sie nur kann, aber Andrea steht weit oben in den Charts verbrannter Ketzer. Fest steht, daß das Richtergremium die Melodien aus der Welt haben wollte; eine Entscheidung, die Rom später bedauert hat, später, viel später, als ein Papst die Suche nach ihnen in Auftrag gab. Die Melodien wurden nicht vernichtet. Irgendwie – wie genau ist unklar – gelangten sie ausgerechnet in den Besitz Stefano Pallavicinos, des Abtes der Pomposa, der während des Prozesses ja als Zeuge sein Unwesen trieb. Was hat er mit ihnen gemacht? Lange Zeit wahrscheinlich nichts. Ich glaube, das ist die bittere Wahrheit. Bei Stefano waren sie mehr als dreißig Jahre lang aufgehoben wie auf einem Schweizer Konto. Man könnte natürlich darüber streiten, ob dieses Aus-der-Welt-Sein den Melodien nicht eher nützte als schadete. Ich persönlich bin überzeugt, ein bißchen mehr Präsenz, ein gelegentliches Auftauchen hätte ihnen besser angestanden. Über ihre Zahl ist man sich nicht einig. Mendez und Stancu behaupten, zu diesem Zeitpunkt sei die Sammlung noch komplett gewesen; ich selbst vermute, daß Stefano weniger in der Hand hatte, vielleicht die Hälfte – ergibt sich aus späteren Umständen, denen ich nicht vorgreifen will. Wir stehen am Anfang einer langen Geschichte...«

»Bah! Sie sollen verrecken! Sie haben mir das alles erzählt, um mir jetzt zu sagen, wir stehen am Anfang einer langen Geschichte?«

»Stehn wir da nicht immer?«

»Ich komm' mir vor wie im Keller vom Kafkaschloß! Geht das immer so weiter?«

»Nein. Irgendwann wird es uns überholen, und wir bleiben auf der Strecke; Figuren im großen Spiel, gewesene Teilnehmer, Abziehbilder...«

Sie gingen in Richtung Piazza Navona und setzten sich in eines der bunten Straßencafés.

»Während der nächsten dreißig Jahre geschieht nichts. Nichts Wichtiges. Nichts, von dem ich weiß. Was ich nicht weiß, macht mich nicht heiß – so sagt man doch im Deutschen?«

»Ja, das ist ein blödes Sprichwort...«, antwortete Täubner, der gerade wieder an die über alles in der Welt Geliebte dachte, von Billionen Blödmännern umgarnt.

»Und meine Wahrheit ist die Wahrheit! Wer hat das gesagt?«

»Keine Ahnung.«

»Max Stirner. Deutschmann, das muß ich Ihnen als Schwede erzählen? Traurig.«

»Krantz, Sie sind 'n Arschloch!«

»Nunuu... Lenken Sie nicht ab, hören Sie weiter zu, das tut Ihnen gut!«

»Pff...«

»Sie haben jetzt die Gelegenheit, alle bisherigen Figuren über Bord zu schmeißen, das wird Ihnen viel erleichtern. Hin und wieder werd' ich vielleicht die eine oder andere Figur erwähnen, aber im großen und ganzen haben die ihre Schuldigkeit getan. Jetzt beginnt die zweite Phase – Stefano merken Sie sich bitte noch ein paar Minuten, er ist die Verbindung; den müssen Sie noch kurz speichern, geht das? Ist das zuviel verlangt? Sehen Sie, die Geschichte wird jetzt etwas vielschichtiger in ihrer Personenkonstellation. Es gibt da feine Verästelungen, Verflechtungen, unerwartete Verbindungen und Verwandschaften. Zumindest in ästhetischem Sinne ist das wichtig.«

Täubner stand auf.

»'tschuldigung, Proff, ich kann nicht mehr. Ich geh' jetzt 'ne Stunde spazieren und will mit niemandem reden, klar?«
»Keine Kondition, was?«
»Kennen Sie hier ein gutes Restaurant?«
»Ich wohn' ja schließlich hier! Sehen Sie das da drüben? Das ist vortrefflich!«
»Also – dann um sieben dort, okay?«
Krantz nickte langsam und sah leicht beleidigt drein.

Täubner holte zu weiten Schritten aus und stapfte ziellos fort, fort von jenem selbst Ende Oktober touristenverseuchten Platz; obwohl ein Tourist nie und nimmer das Recht hat, so was zu sagen. Er lief in jeweils die dreckigste der vier Himmelsrichtungen, um irgendwie diesen konservierten Straßen zu entkommen, doch immer neue Sehenswürdigkeiten türmten sich vor ihm auf, sprangen ihn aus den Ecken an, menschentraubenverklebt. Nur die Hände der Souvenirhändler wirkten gegenwärtig, alles andere war Testament und Vergangenheit, von Milliarden Polaroids seiner Seele beraubt, im Supermarkt gestapelte Mythenhülsen, Kreditkarte wird gerne akzeptiert. Die vielen Menschen ... aber genausogut konnte die über alles in der Welt Geliebte darunter sein, vielleicht hatte ihm das Schicksal den Professor geschickt, um ihn hier auf *sie* prallen zu lassen, Junge, das wär' was, Junge, Junge, sie kommt nie wieder, nie wieder, ach, du lieber Augustin, das ist Selbstzerfetzung, so zu denken, Geißelung, sei doch kein Narr! Unerträgliche Schmerzen in Bauch und Schultern. Säure im Darm. Schwache Fußgelenke, schwerer Kopf, schwarze Lawinen vor den Augen – ich möcht' so gern um sie kämpfen, aber sie zeigt sich ja nicht, das ist nicht fair, keineswegs. Ich sollte schnellstens nach München zurücktrampen und mich aus Protest öffentlich selbst verbrennen, jawohl, nur irgendwie wär' der Stachus nicht das richtige Ambiente dafür ...

So vertrieb er sich die Zeit, wand sich in masochistischen Phantasmagorien und sagte einhundertachtundfünfzigmal Scheiße hintereinander. Rosenkranz aus Resignation und Trauer, Mantra der Verlorenheit.

Und schweiften seine Blicke auch ziellos umher, hafteten ihnen doch die Gewohnheit fotografischer Sichtweise an – die alles zu Sehende rastert, in Elemente gliedert, zur Bühne erhebt. Täubner bemerkte bald, daß in den verschiedenen Bildern der Umgebung immer wieder ein Mann auftauchte, immer derselbe, ein kleiner, nickelbebrillter Mann mit weißem Hemd und brauner Haut, schlecht rasiert und die Haare mit Gel nach hinten gestrichen. Der Mann schien ihn zu verfolgen. Täubner wechselte die Straße, lief durch eine Quergasse, wurde langsamer, wartete hinter einem Brunnen, und tatsächlich, da kam der Mann, kein Zweifel mehr möglich. Täubner fixierte ihn zweimal kurz hintereinander.

Beim ersten Mal sah der Verfolger noch weg, beim zweiten Mal begegnete er Täubners Blick, räusperte sich und kam näher. Sein Gesichtsausdruck bestand aus einer Mischung von Unsicherheit und Verlegenheit, seine lichten Augenbrauen zuckten nervös.

»Excuse me but I've seen you sitting with Krantz in the café...«

»So what?«

»Ich bin von Natur aus ein wenig neugierig, das habe ich von meiner Mutter, das müssen Sie mir verzeihen, und da Sie bemerkt haben, daß ich Ihnen folge, kann ich mich gleich vorstellen, ich möchte nicht wie ein Spion wirken, wirklich nicht...«

(Das Gespräch wurde in englischer Sprache geführt und ist hier synchronisiert wiedergegeben.)

»Na und?«

»Mein Name ist Mendez. Ramon Mendez. Doktor Mendez. Ich habe mit Krantz des öfteren beruflich zu tun...«

»Ach? Sie sind Mythosoph?«

»Ja, genau. Verzeihen Sie meine Neugier, sie ist entsetzlich, wirklich. Darf ich bitte fragen, was *Sie* mit Krantz zu tun haben? Ich weiß, das geht mich eigentlich gar nichts an, aber wir haben nun mal diese Situation hier vor uns, und ich weiß mir nicht besser zu helfen, als geradeheraus zu fragen...«

Scheiße hundertneunundfünfzig, dachte Täubner, was hab' ich mir da bloß eingebrockt?

»Ich bin Fotograf. Ich soll für Krantz einen Keller knipsen.«

»Ah! Dann hätten wir uns morgen sowieso kennengelernt! Ich werde auch da sein.«

»Sehr erfreut. Dann bis morgen.«

Täubner wendete auf dem Fußballen und ging in Richtung Piazza Navona zurück.

»Hallo! Warten Sie doch!« Der kleine, drahtige Mann, etwas über vierzig, holte auf. »Warum haben Sie es plötzlich so eilig? Hören Sie doch mal!«

»Gehn Sie mir nicht auf die Eier!«

»Ich wollte Ihnen bloß etwas erzählen!«

»*O nein!*«

Täubner blieb stehn und schlug sich entnervt vor die Stirn.

»Geht Ihnen Krantz bereits auf den Geist? Das kann ich gut verstehn. Ich wollte Ihnen sagen, daß, egal, was er erzählt – glauben Sie's nicht! Er hat keinen blassen Schimmer!«

»Echt?«

»O ja, ich kenn' ihn gut, ich weiß, wovon ich rede, ich kenn' ihn!«

»Warum ist Ihnen das so wichtig, mich vor ihm zu warnen?«

Mendez gab keine Antwort, fragte statt dessen seinerseits: »Hat er Ihnen den ganzen Palestrinamist erzählt?«

»Palestrina? Nein.«

»Aber von Castiglio und Andrea hat er doch sicher gesprochen, das bringt er doch überall an!«

»Ja. Andrea ist gerade in Flammen aufgegangen.«

»Das alles hat er von mir! Hat er mir gestohlen!«

»Also ist die Geschichte wahr?«

»Freilich, freilich, das schon, das hat er ja von mir. Alles meins! Aber danach! Glauben Sie ihm nichts! Bitte! Er ist ein gemeiner Dieb! Wollen Sie mit mir essen gehn? Ich erkläre Ihnen alles, ich werde ihn entlarven, den Verbrecher! Er ist kein Mythosoph, er ist ein Mythomane – ein krankhafter Lügner!«

Täubner sah Mendez tief in die Augen.

»Erklären Sie mir's morgen! Heute würde mich das zu sehr verwirren, ehrlich, denn ich bin nur ein armes kleines Würstchen und hab' von nichts eine Ahnung. Und jetzt schieben Sie bitte ab...«

»Ja gut, verzeihen Sie, ich gehe, aber daran denken: nichts glauben! Er ist ein Irrer! Ein Dieb! Ein Scharlatan! Ein reicher Träumer, der seinen akademischen Titel erkauft hat! Wenn er beginnt, von Palestrina zu schwafeln, von Gesualdo und Monteverdi – halten Sie sich die Ohren zu, bitte!«

»Und Sie? Sie beherbergen die Wahrheit?«

»Ja. Ja!«

Noch einer. Mehr, als Täubner verkraften konnte.

Er stürzte davon. Die Welt war offensichtlich verrückt geworden und spielte mit ihm Blindekuh – was sonst. Er sah sich mehrmals um, ob niemand ihm folgte, schlich dann in eine Trattoria und trank einen halben Liter Roten. Denn da ist immer Wahrheit drin.

Teil zwei
DAS WORT

Viertes Buch

NAHRUNG

oder

Die reine Leere

Der große Atem; Wind in Person
Er trägt mein Lied zur Welt hinab

War in den Skalen kein Ton
den ich ihm nicht mitgab

Wollt', es kläng' ein wenig schon
von meinem Schmerz darin und Glück

Wollt' auch, es weht davon
ein Hauch zu mir zurück.

> Aus *Lamento d'Andrea Cantore*;
> Anonymus, ca. 1550. Rekonstruiertes
> Fragment aus der Biblioteca di S. Pietra
> a Maiella, Parma; stark zerstört.

I
1988, Oktober

Krantz und Täubner saßen in einem putzigen, nur fünf Tische zählenden Restaurant, dessen gediegen-rustikales Mobiliar aufgrund knallgelber Tischdecken kaum ins Auge stach. Erst wenn man die Preisliste der Speisekarte studierte, verlor sich der Verdacht, hier würden Touristen per Schnellverfahren abgespeist. Der Schwede schien Stammgast; die Kellner bedienten ihn äußerst zuvorkommend, halb familiär, halb devot. Krantz bestellte leichten Frascati und gemischte Antipasti für zwei Personen, dann zog er ein Büchlein hervor und überreichte es Täubner mit hintergründigem Schmunzeln.

»Bitte sehr – hab' ich Ihnen mitgebracht. Kleines Präsent!«

Täubner blätterte darin. Bunte Farbdschungel leuchteten ihm entgegen. Jede Seite bestand aus pointillistisch aneinandergesetzten Farbklecksen, zu gleichen Teilen Öl, Kreide, Gouache und Aquarell. Prächtig flimmernde Collagen. Ein Bilderbuch aus Fleckerlteppichen. Verständnislos las Täubner den Titel: *L. van Beethoven/Symphony in A*. Krantz konnte sich ein Kichern nicht verkneifen.

»Das ist – seien Sie mir nicht böse – die Siebte, in einer Fassung für Gehörlose. Hihi. Nettes Experiment. Verstehen Sie? Jede Note gleicher Tonhöhe trägt die gleiche Farbe. Die Streicher sind durch Öl, Holzbläser durch Gouache, Blechbläser durch Aquarell und der Rest durch Kreide dargestellt. Die komplette Partitur wurde auf diese Weise übertragen, in Bilder übersetzt. Dahinter steht die Lachtheorie.«

»Ja, das ist zum Lachen...«

»Nein, nein, Sie verstehen nicht! Synästhetische Untersuchungen zwischen akustischen und visuellen Phänomenen gibt es viele, und am öftesten untersucht wurde das Verhältnis von Tönen zu Farben. Hierbei tat sich besonders der österreichische Musikwissenschaftler Robert Lach hervor. Er empfand zum Beispiel das C als weiß, mit bräunlich gelber Schattierung, etwa wie das weiche Holz junger Bäume nach dem Abschälen der Rinde. Das E wirkte auf ihn hellgelb, das G als saftiges Grün et cetera. Aus dem ›Farbenhören‹ hat sich sogar ein kleiner Wissenschaftszweig entwickelt. Und in diesem Bildband ist nun Beethovens Siebte akribisch genau nach jenem System übertragen. Ein teurer kleiner Privatdruck; aber behalten Sie ihn ruhig!«

Täubner kam sich leicht verarscht vor, trotzdem murmelte er ein Dankeschön. Die Antipasti trafen ein. Unvermittelt wechselte Krantz das Thema.

»Andreas Asche zerstob in alle Winde, und dennoch hätte alles vortrefflich sein können, durchaus, aber dann, wie so oft, kam Krieg. Der posthumen Anhängerschaft des ›Andrea Cantore‹, wie man ihn ehrfurchtsvoll nannte, war das sehr hinderlich, und weil ihre Sehnsucht nicht durch weitere musikalische Emanationen gestillt wurde, verstreuten sich die Jünger. Sicher, da und dort hielten sich ein paar Fähnchen und pflegten Messias' Gedenken; aber wie das dann eben so ist in Zeiten großer Unruhe: Man hat Hunger, man hat Durst, muß sein Sach zusammenhalten, hat keine Zeit, keine Lust... nein, politisch ist Andrea schon bald keine Größe mehr. Seine Apostel sind allesamt Halbtagsfliegen, und die Dichter nehmen sich des Stoffs zwar an, doch meist sehr abstrakt, personenungebunden. Und so faulen die Melodien dreißig Jahre vor sich hin, bevor sie sich wieder in die Welt mischen. Wer initiiert das Ganze? Abt Stefano! Nebenbei rate ich Ihnen dringend zum Lamm mit der Knoblauch-Tomatensauce...«

»Hmm.«

»Sehen Sie – ein winziger Ableger der Castigliolegende ist bis heute nicht völlig ausgestorben; überlebte, allerdings losgelöst vom Namen des Magiers. Springen wir auf der Zeitschiene gute dreißig Jahre vorwärts, wechseln wir den Schauplatz. Wohin? Hierher!«

»In diese Kneipe?«

»Äh, ja, fast, so ungefähr. Kann sein. Jedenfalls, Rom 1563. Was sagt Ihnen das Datum?«

»Soll's mir was sagen?«

»Es ist das Jahr, in dem das Trienter Konzil zu Ende ging!«
»Na klar.«
»Ich sehe schon, ich muß weiter ausholen. Sie haben ja von fast nichts eine Ahnung, das mein' ich jetzt nicht böse, das ist nur eine Feststellung...«
»Kotzbrocken.«
»Verstehe. Schon gut. Übrigens hab' ich mir neulich eine Schallplatte mit Pfitznerouvertüren gekauft, von Sawallisch dirigiert. Mir fielen beinah die Ohren ab. So was Grauenhaftes hab' ich mein Lebtag nicht gehört. Wie man Pfitzner so verunstalten kann – ein echtes Rätsel. Das brächte nicht mal Maazel fertig; und das will was heißen! Der reinste Horror!«
»Ja und?«
»Nur so. Weil wir gerade über Palestrina reden.«
»Ach? Tun wir das?«

II
1563

Krantz schrieb das Datum auf die Papierserviette, wie um Täubner den Zeitsprung noch mal zu verdeutlichen.

»In einer Kneipe wie dieser, vielleicht derselben, vielleicht sogar an diesem Tisch hier, warum nicht? – versammelt sich damals die Schar der besten Komponisten Roms, rund um ihren absolut Ersten, Giovanni Pierluigi, der sich nach seinem Geburtsort Praeneste selbst Joannes Petrus Aloysius Praenestinus nennt – unsrer Zeit besser bekannt als Palestrina.

Asola, Ruffo, Vicentino, Ingegneri und wie die anderen alle heißen, von denen kaum der nackte Name überlebt, erörtern besorgt die Ergebnisse des Konzils zu Trient, das, durch Unterbrechungen bedingt, achtzehn Jahre getagt hatte. Im September 1562 waren die Beratungen über kirchenmusikalische Fragen zu Ende gegangen, und die verabschiedeten Beschlüsse haben die Musikwelt in tiefe Unsicherheit gestürzt. Jedwede weltliche oder gar sinnesfrohe Musikpassage ist verboten, dergleichen sogenannte Parodiemessen, die bestimmte Elemente weltlicher Lieder oder Chansons in den Cantus Firmus übernehmen und sich größter Beliebtheit erfreuen. Palestrina, im achtunddreißigsten Lebensjahr befindlich, hat bereits mehr als ein Dutzend Parodiemessen verfaßt; seinen Kollegen geht es nicht anders. Immerhin ist, trotz mehrerer Verbotsanträge, die mehrstimmige Musik per se weiter zugelassen, wenn auch an strenge Auflagen gebunden. Der Liturgie wird absolute Priorität vor der Musik eingeräumt, jedes Wort des Textes muß klar und deutlich zu verstehen sein, auch muß die Messe Würde im Ausdruck besitzen, ohne madrigaleske Affekte, ohne Schnörkel, Dekor oder Schwelgerei. Immer noch sind die Radikalen nicht ganz verstummt, die das Ende der Polyphonie fordern und der homophonen Gregorianik wieder zur Alleinherrschaft verhelfen wollen. ›Würde im Ausdruck‹ – eine schwammige Vorgabe, die, wie die Tonsetzer fürchten, willkürlicher Zensur Tür und Tor öffnet. Wer bestimmt künftig, was Würde genug besitzt, aufgeführt zu werden?

Der Sturm der Gegenreformation hat der künstlerischen Freiheit, dem frischen Selbstbewußtsein des Rinascimento, einen herben Schlag versetzt; die Kirche rüstet auf und zwingt die Ästhetik unter ihre Fahne zurück.

Jene Meister, von denen die Rede ist, wissen nicht einmal genau, welcher Prozentsatz ihres Werkes nun auf dem Index steht. Papst Pius IV. hat die Kardinäle Vitelli und Borromeo auf die musikalischen Reformen angesetzt, was wenigstens teilweise Anlaß zur Hoffnung gibt: Carlo Borromeo besitzt den Ruf eines kunstsinnigen Menschen, dem Musik ernstlich am Herzen liegt. Die Runde ist sich bewußt, daß entscheidende Monate anstehen; daß ihre nächsten Kompositionen die Ausmaße der Gängelung beeinflussen könnten; man ist bestrebt, sich einigermaßen untereinander abzusprechen und eine gemeinsame Linie zu verfolgen. Nach längerer Diskussion sieht man den besten Kompromiß darin, Textverständlichkeit zu erreichen durch homophon deklamierte Partien bei dichtem Text, während bei wenig Text – wie etwa Sanctus, Kyrie und Amen – der polyphone Stil beibehalten werden, somit die Figuralmusik wenigstens abschnittweise ohne Einbußen bestehen bleiben soll. Auf madrigaleske Stimmführung muß wohl verzichtet werden, während in Sachen Textausdeutung und Tonsymbolik kein Rückzieher nötig scheint, im Gegenteil.

Wenn uns heute das Verständnis jener Musik oft schwerfällt, liegt das vor allem am fehlenden Zugang zu ihren Zeichen und Symbolen. Erwähnt seien beispielsweise die fast obligatorischen Triolen, die im Credo an der Stelle ›Tertia die‹ – am dritten Tag – erscheinen. Neben Orlando di Lasso, der in München wirkt, nimmt Palestrina zweifellos den Rang des weltbesten Komponisten ein; ihm ist der ehrenvolle Posten als Kapellmeister der Santa Maria Maggiore übertragen, und der Papst gilt ihm als wohlgesonnen. Trotzdem macht sich Palestrina berechtigte Sorgen – er hat viele Feindschaften provoziert, als er ein Jahr zuvor an der San Giovanni in Laterano wegen zu drastischer Sparmaßnahmen Hals über Kopf den Dienst aufkündigte – eine Dreistigkeit, die er dank seines Renommees wagen durfte, die aber hart an die Grenzen der Konvenienz stieß. Ihm ist klar, daß etliche nur die passende Gelegenheit abwarten, ihm am Zeug zu flicken. Die unüberschaubare Sachlage, verbunden mit Problemen privater und gesundheitlicher Natur, stürzt Palestrina in eine ernsthafte Schaffenskrise. Zwar setzt er jeden Tag seine Arbeit diszipliniert fort, doch ohne Inspiration, in beinah robotoider Weise. Selbstzweifel, der Bandwurm im Hirn, frißt den Großteil seiner Gedanken.

Unter solch ungünstigen Voraussetzungen kommt es am 17. oder 18. Februar 1563 zur Begegnung mit Stefano Pallavicino, dem inzwischen fast siebzigjährigen Abt der Pomposa.

Es existieren für dieses Treffen zugegebenermaßen nur Indizienbeweise. Da die Melodien ja später nachweislich in Rom auftauchen, müssen sie, platt gesagt, irgendwann dorthin gelangt sein; ein möglicher Verbindungsstrang mußte retrospektiv erstellt werden; man nennt das im Deutschen, glaube ich, ›ein Pferd von hinten her aufzäumen‹. Und tatsächlich findet sich im Gästebuch einer hiesigen Benediktinersedes die Eintragung, daß der ›amplissimo ac reverendissimo‹ – also der bedeutsame und höchst ehrenwerte Stefano Pallavicino, Abt der Pomposa und so weiter... vom 16. bis zum 19. Februar anno 1563 sich die Ehre eines Besuches und so fort... Weiterhin bestätigen Briefe Giovanni Maria Naninos, des bekanntesten Palestrinaschülers, daß ein ungenannter Abt im Juni seinen Meister besucht hat, um eine Messe zu bestellen. Ferner ist belegbar, daß Abt Stefano im Alter zum glühenden Verehrer des Papstes Marcellus II. wurde, der 1555, nach nur 21 Tagen Amtszeit, gestorben war.

Aus alldem läßt sich der Hergang am wahrscheinlichsten so rekonstruieren: Stefano will bei Palestrina eine Messe in Auftrag geben, die dem Gedenken jenes Papstes Marcellus gewidmet sein soll. Nebenbei erzählt der Abt, er besitze zwei – oder drei oder vier, irrelevant – Melodien, die vor Jahrzehnten ein unglücklicher Magier verfaßt habe, Melodien, welche die Größe Gottes verherrlichen (Nummer dreizehn) und um einen Bedeutenden angemessen trauern (Nummer fünfzehn), Melodien, an denen nach allem Sinnen und Wägen nichts Böses zu finden sei – die wünsche er in die ›Missa Papae Marcelli‹ eingebaut.

Nun gibt es zwei Möglichkeiten.

Erstens: Palestrina geht auf diesen Vorschlag ein, verwendet die Tropoi, streitet aber später jede Fremdautorschaft ab.

Zweitens, und das ist nach jüngster Forschung die wahrscheinlichere Version: Palestrina läßt an Stefano seine Wut aus, spielt den Empörten und macht sich über die Melodien lustig; weist, in seinem konzilsgestutzten, erbost-genialischen Selbstverständnis, die künstlerische Hilfe eines Provinzpfaffen von sich und stellt Stefano schließlich vor die Entscheidung, sich fortzuscheren oder den Kompositionsauftrag ohne Vorgabe zu erteilen.

Da die ›Missa Papae Marcelli‹ bekanntlich entsteht, spricht viel für die Annahme, daß Stefano seufzend zahlt, die Melodien wieder mit nach Hause nimmt und endgültig in der Klosterbibliothek hinterlegt. Bald darauf stirbt er, was erklären könnte, warum der Erstdruck der ›Missa‹ keine credits an ihren Auftraggeber enthält – Palestrina hielt es einfach nicht mehr für nötig, Stefanos Namen zu erwähnen. Andererseits könnte es natürlich auch sein, daß der Abt incognito bleiben wollte. Bleiben wir aber bei These zwei, so sind zwei Unterpunkte möglich.

A: Die Messe ist ganz das Werk Palestrinas und enthält nichts Castiglionisches – wohingegen Gerüchte schwirren, sie täte genau letzteres.

B: Palestrina verwendet doch einen oder zwei der Tropoi,

B/1: unterbewußt;

B/2: weil ihm ums Verrecken nichts Geeignetes einfiel zu einer so ausschlaggebenden Komposition.

Nun, um das Ergebnis meiner Forschung kurz zusammenzufassen: Man weiß nicht, ob die ›Missa Papae Marcelli‹ mit Castigliomaterial arbeitet. Es kann sein, muß aber nicht; in jedem Fall tun einige so als ob, und es umweht die ›Missa‹ gleich nach ihrer Entstehung etwas Legendäres; für den Mythosophen ist allein das ausschlaggebend. Nach so vielen theoretischen Varianten jetzt wieder auf faktisches Terrain.«

III

Täubner brannte eine Frage seit langem auf der Zunge. Ungeachtet des momentan Erzählten, nutzte er die erstbeste Zäsur, um seine Neugier zu stillen. Die Frage verwirrte den Professor denn auch heftigst, und erst als er sich vergewissert hatte, daß sie nicht als Despektierlichkeit gegenüber seinem Vortrag gemeint war, ging er daran, sie zu beantworten.

Inzwischen waren auch die Hauptgerichte eingetroffen und lenkten ihrerseits vom Thema ab, durch ihre außerordentliche gastronomische Güte, die gekostet, gelobt und dem Gegenüber beschrieben werden wollte.

»Gütiger Himmel! Phantastisch. Es gibt auf der ganzen Welt keine Quaglie al tartuffo wie diese. Wollen Sie mal probieren? Nein? Und wie ist Ihr Lamm? Hab' ich zuviel versprochen? Eben. Was haben Sie gefragt? Ob ich jemals verliebt gewesen bin? Das ist eine Frage...«

Er ließ sich zwei Bissen lang Zeit, sprach dann aber flüssig, mit fast kokettem Unterton.

»Als ich klein war, so einen Meter vierzig oder fünfundvierzig, gab es auf der anderen Seite unseres Gartenzauns ein Mädchen. Sie war ziemlich blaß, sah leicht kränklich aus, aber sie hatte schöne, lange, schwarze Haare. Sie muß ungefähr zwei Jahre älter gewesen sein als ich, ging nie zum Spielen auf die Straße, und es zeichneten sich schon Brüste an ihr ab. Wenn ich auf die Bäume unseres Gartens kletterte, konnte ich sie oft beobachten, beim Lernen oder wie sie an einem Gartenbeet arbeitete – sie züchtete, glaube ich, Rosen, egal; mit der Zeit stieg ich sehr gern auf die Bäume – Apfelbäume, egal – und zu keinem anderen Zweck, als sie zu sehen; wie sie an einer Staffelei malte oder Hausaufgabenhefte vollschrieb oder Pflanzen umtopfte, egal; ich habe ihren Anblick sehr gemocht, obwohl, wenn ich mich richtig erinnere, sie nicht besonders hübsch im eigentlichen Sinne war. Sie besaß so etwas Trauriges, Orientalisches, aber Bleiches, verstehn Sie? Können Sie mir folgen? Unsere Familien redeten nicht miteinander, ich weiß nicht, wieso, es hatte wahrscheinlich mit dem Antisemitismus meines Vaters zu tun, egal, sollte ja nicht Romeo und Julia draus werden oder Pyramus und Thisbe, neinnein, das nicht. Ach... Ich war alt genug, von der Liebe gelesen zu haben und nannte mich dementsprechend bald verliebt in sie. Gleichzeitig war ich aber auch in dem Alter, da man sich für die eigene Verliebtheit noch schämt, es als Mädchenkram abtut, wo einen im Kino Schmuseszenen so peinlich anmuten, als hätte man sie selbst gedreht; Sie verstehen, was ich meine? Ich zögerte also, die Bekanntschaft des Mädchens zu suchen und ihr meine Gefühle einzugestehen. Soweit nichts Besonderes. Ich befand mich in einem schmerzenden Zwiespalt, war sehr unzufrieden mit der Situation, und man weiß ja – es ist immer besser hinzugehen und zu gestehen, selbst wenn man ausgelacht wird, aber ... was wollte ich sagen? Egal, jedenfalls rückte ich dem Problem rational zu Leibe, mit meiner hundertfünfundvierzig Zentimeter großen Intelligenz; wunderbar! Ich sagte mir, daß es reichlich voreilig sei, sich in das Mädel überm Gartenzaun zu verlieben, wenn man kaum je aus Stockholm rausgekommen ist. Verstehn Sie? Ich sagte mir, daß es sehr wahrscheinlich sei, ja gradezu *äußerst wahrscheinlich,* daß, sollte ich erst die große weite Welt kennenlernen, mir noch etwas viel Liebenswürdigeres über den Weg laufen würde. So war ich! Ich entschied mich gegen diese Liebe, denn sie wäre zweifellos unfair gewesen gegenüber den vielen Frauen auf der Welt, die nie die Chance hatten, mir zu begegnen! Tja. So war das. Ja, und dann zog die Familie des Mädchens fort, ich weiß nicht, wohin; und ich wurde groß, eins neunzig und größer, und ging in die weite Welt und hielt die Augen auf – aber irgendwie... hat mich seither keine Frau hundertprozentig zufriedengestellt. Immer drängte sich irgendein Makel dazwischen. Mag wohl so gewesen sein, daß mich in meinem Innern die Qual plagte, die Einsicht, die Erkenntnis, daß es saudumm gewesen war, meinem Problem mit Stochastik zu begegnen. Dieser Fehler – das blasse Mädchen mit den langen schwarzen Haaren nicht angesprochen zu haben –, der war höchstens zu rechtfertigen, indem es mir irgendwann wirklich gelungen wäre, jenes hundertprozentige

Wesen zu finden. Na ja, Sie können sich's denken – ich fand sie nicht. Später wuchs die Arbeit über mir zu, und ich vergaß und fand alles auch gar nicht mehr so schlimm. Eins weiß ich: Der Mythos der Jugend ist das Nicht-Gehabt-Haben. Alle hatten zuwenig, egal wie viele sie hatten, es waren zuwenig, und das ist so.

Die Frauen, die einem in der Jugend verweigert werden, begleiten uns ein Leben lang, bleiben in den Träumen immer die Begehrtesten, und man behält eine Art Sehnsucht nach ihnen, ein Lodern, das stark dem Wunsch nach Rache ähnelt. Stimmen Sie zu?«

Täubner schüttelte den Kopf.

»Weiß nicht. Ich war in der Jugend dreimal verliebt. Und ich hab' alle drei gehabt.«

»Sie *unglücklicher* Mensch...«

IV
1565

»Am 28. April 1565, beinah exakt zum zehnten Todestag des Papstes Marcellus, kommt es im Hause des Kardinals Vitelli zu einer exklusiven Veranstaltung, bei der die päpstliche Kapelle Werke der Komponisten Ruffo, Vicentino und Palestrina aufführt, um sie von den Kardinälen hinsichtlich ihrer Textverständlichkeit prüfen zu lassen. Carlo Borromeo hatte für diesen Zweck von Ruffo und Vicentino Messen bestellt, bei denen die Worte so gut als irgendmöglich zu verstehen sein sollten. Diesen Werken beigesellt wird die ›Missa Papae Marcelli‹, die in Sachen Textverständlichkeit wenig Zugeständnisse an die Konzilsdoktrin macht.

Ungeachtet dessen wird sie ein Riesenerfolg. Die Kardinäle, von der Musik bewegt, vergessen all ihre Prüfkriterien und spenden einmütig Beifall. Besonders das einleitende Kyrie ruft höchstes Entzücken hervor und muß mehrmals wiederholt werden.

Für Ruffos und Vicentinos äußerst verständliche Werke interessiert sich kaum jemand; sie haben ihren Zweck mit einer Aufführung erfüllt. Es ist nicht klar, inwieweit der gewiefte Taktiker Borromeo dies alles vorausgeplant hat; in jedem Fall müßte der 28. April unter Musikern zum Feiertag erklärt werden – an ihm wurde alles mehr oder minder relativiert, wurde das neue Regelgewand zum leichten Wams statt zur eisernen Jungfrau.

Es ist nicht wahr, daß, einer verbreiteten Darstellung gemäß, Palestrina die polyphone Musik gerettet hat und wir ohne sein Zutun heute in der Musikentwicklung um Jahrhunderte zurücklägen, keineswegs – aber es ist zweifelsohne seiner ›Missa‹ mitzuverdanken, daß sich der Reinigungsprozeß der Kirchenmusik (und damit der *ernsten* Musik) in moderaten Grenzen hielt, die Vorgaben elastisch blieben und die Reform nicht Domäne von Fanatikern wurde. Schon drei Jahre später, als Herzog Gonzaga bei

Palestrina einige Messen bestellt, fragt dieser schelmisch zurück: ›Verständlich oder nicht?‹

Egal – die Legendenbildung um jene ›Missa‹ ist da, und übertrifft alle denkbaren Ausmaße. Ein paar Eingeweihte, nicht viele, munkeln vom Andrea Cantore; die anderen, denen dieser Name längst nicht mehr geläufig ist, reden von einer ›göttlichen Eingebung‹. 1607 verkündet Agazzari als erster, daß Palestrina ›auf dem Konzil zu Trient die Mehrstimmigkeit gerettet hat‹, und diese Übertreibung wird selbst noch in Pfitzners ›Palestrina‹-Oper von 1917 warmgehalten – dort beschert eine Engelsschar das Kyrie strahlenumwölkt zu nächtlicher Stunde.

Nach der Uraufführung der ›Missa‹ kommt es zu einer Unterredung zwischen dem Komponisten und Kardinal Carlo Borromeo, der ihm gratuliert und beiläufig erwähnt, jemand – wohl um ein Bonmot bemüht – habe gemeint, so wie das Kyrie müßte eine Melodie des Andrea Cantore ausgesehen haben. Tieferschrocken stellt sich Palestrina dumm. Borromeo erkundigt sich eindringlicher, ob an derlei Gerüchten etwas dran sein könnte. Palestrina nennt das lächerlich, fragt zurück, ob die Person des Andrea Cantore denn wirklich existiert habe. Borromeo antwortet in der ihm typischen Art: Das wüßte er nicht genau; aber verbrannt sei er worden, das wüßte er.

Es ist ziemlich gewiß, wer jene Gerüchte in Umlauf gebracht hat: Giovanni Maria Nanino, der zwanzigjährige Palestrinaschüler. Fragt sich, aus welchem Motiv heraus? A: Weil er etwas wußte? B: Aus Bosheit, Neid, Intriganz?

Man neigt zu A, wenn man die Briefstelle kennt, die Nanino am 10. Mai 1565 an seinen Busenfreund Ugolini (den Älteren) schreibt; bedacht, dem Papier nichts zu Konkretes anzuvertraun, falls es in falsche Hände geriete:

P. ging mich hart an, wegen der Missa – und ich sagte, ich kann ja nicht anders als zu wissen, was ich weiß und was ich gehört habe, und er war vollkommen außer sich und wurde fast tätlich und litt drauf zwei Tage am Fieber – dann aber besann er sich, und seither wurde über die Sache nicht mehr geredet, und ich für meinen Teil habe jetzt guten Grund, die Sache ruhen zu lassen.

Hört man das Kyrie objektiv, wird man feststellen, daß es tatsächlich herausragendster Part eines ansonsten eher durchschnittlichen Werkes ist. Das Kopfthema – warum soll es nicht einer der Tropoi sein? Mutiert, versteht sich.

Der Brief Naninos *beweist* letztlich sicher nichts, denn es könnte genausogut, beispielsweise, um die Nichterwähnung des Abtes Pallavicino gehen, des Geld- und Auftraggebers. Es ist ein kleiner Teufelskreis, denn vielleicht unterdrückte Palestrina dessen Namen, um *eben keine* Spekulationen aufkommen zu lassen – immerhin war Pallavicino der letzte Beichtvater des Andrea Cantore gewesen. Kardinälen wie Borromeo und Vitelli, denen Zugang zu allen Geheimakten gewährt war, konnte dieser Fakt bekannt sein. Man stelle sich das Skandalon vor, wenn es wahr wäre – eine Melodie des Tropators in einer der fortan beliebtesten sakralen Kompositionen, wie die Laus im Pelz – eine Vorstellung, die mich, ehrlich gesagt, mit Glück erfüllt. Solange mir mein Wissen nichts Gegenteiliges *aufzwingt,* will ich daran gerne glauben.

Palestrina hat mit der Messe seinen Karrieregipfel gestürmt. Kurze Zeit darauf wird er zum ›Komponisten (maestro compositore) der päpstlichen Kapelle‹ ernannt – ein Titel, der in der ganzen Kirchengeschichte nur zweimal vergeben wurde. Und wer wird sein Nachfolger an der Santa Maria Maggiore? Der junge Spund Nanino. Alles fügt sich zusammen. Nanino muß irgend etwas gewußt, Druck auf Palestrina ausgeübt und damit sein berufliches Fortkommen turbobeschleunigt haben. Nur zwei Jahre, nachdem Nanino den Posten an der Santa Maria Maggiore erobert hat, wird er *zusätzlich* Kapellmeister an der San Luigi dei Francesi. 1577 gibt er beide Ämter auf und ergattert sich die Leitung der Sixtinischen Kapelle – der steilste Aufstieg, den man sich vorstellen kann.

Zu gegebener Zeit werden wir auf ihn zurückkommen. Um aber in der Chronologie zu bleiben, wechseln wir vorerst den Schauplatz und suchen die zweite mögliche Verbindung Pomposa-Restwelt.

Palestrina übrigens lebt bis 1594. Nachdem er durch die Heirat mit einer Pelzhändlerin reich geworden ist, wird er ziemlich faul, schreibt nur mehr wenig und widersteht neuen Anstellungen durch gigantische Geldforderungen. Heute gilt er als der größte katholische Kirchenkomponist, dessen meistgespieltes Werk die ›Missa Papae Marcelli‹ bleibt. Mit weitem Vorsprung.«

Krantz hob sein Glas, brachte einen Toast auf den Tropator aus. Ein Kellner servierte die Käseplatte.

V

Es mußte an der seit vier Wochen kontinuierlich gestiegenen Alkoholzufuhr liegen. Täubner konnte sich's anders nicht erklären. Wie er so an der Seite des Professors durch Roms nächtliche Straßen marschierte und den Blick in der Gegend schweifen ließ, sah er skelettierte Katzen streunen, und die Hauswände waren Häute geworden, atmende Häute, gerötet und voll blauer Flecken. Netze aus Muttermalen verbanden die Stockwerke, die Nacht war in rote und blaue Töpfe getaucht und wild über die Stadt verspritzt. Erschwerend kam hinzu, daß hier und da aus den Rissen und Winkeln Gesichter starrten mit Nickelbrillen, genauer gesagt, ein einziges Gesicht in mehreren Ausfertigungen, ein Gesicht, das Täubner an diesem Tag schon irgendwo gesehen hatte. Krantz schien von alldem nichts zu bemerken, obwohl er jetzt stehenblieb und eine der Häute tätschelte, mit dem Finger Schlagadern entlangfuhr. Im Hintergrund schlich Mendez durch das Bild, machte Täubner stumme Zeichen – er solle sich lösen und zu ihm kommen. Täubner nickte unmerklich, antwortete mit Gesten, er habe verstanden. Mendez zog sich in einen dunklen Winkel zurück. Krantz hielt derweil einen emphatischen Monolog, während er zärtlich in der Schürfwunde einer Haushaut rührte – ganz offensichtlich ein weibliches Haus, ohne jede Behaarung.

»Rom – ich liebe es! Rom ist ein riesenhafter Kultplatz, mit unerschöpflichem Mythenreservoir, einer der Plätze, an denen alles, was war, ist und wird. In einer solchen Stadt bloß *gegenwärtig* zu sein, hieße belanglos leben. Sehen Sie sich um! Wie es im ›Parsifal‹ heißt: ›Zum Raum wird hier die Zeit.‹ So ist es. Der Stein wird redebegabt, er zeigt, er sagt und er spricht. Heideggers Formel: ›Die Sprache ist die Sage als Zeige‹ gilt nirgends stärker als im Kultplatz, wo man zeitenthoben denken muß, um zu verstehen; wo Akustik zur fünften Dimension wird. Ich brauche das, diese Orte, die vor konservierter Aura sprühen, Orte, die zu bannen fähig sind. Man kann dort Schwere suchen, Schwere, wie sie der Taucher braucht, um auf dem Grund des Meeres zu wandeln. Schauen Sie, fühlen Sie's – über dem Stein – etwas ist da, deutlich vorhanden. Es ist nicht zu greifen, aber es strahlt. Nicht zu greifen, nicht zu prüfen, nicht zu tabellarisieren. Es strahlt herüber.

Einer meiner Lehrer hat mal zu mir gesagt: ›Mythos ist die Mumifikation von Licht, und das Hinterleuchten von Gewesenem mündet in Mondhaftigkeit der Erscheinungen‹, weshalb phänomenologisch der Tag mit Gegenwart, die Nacht mit Vergangenheit symbolisiert werde und der Mythenforscher unweigerlich die Nachfolge der alten Magier antrete.«

»Hab' kein Wort verstanden.«

»Was soll's? Let the moonshine in!«

Sie befanden sich in einer relativ dunklen Gasse, die fünfzig Meter weiter auf die Piazza Venezia mündete. Erneut winkte Mendez aus einem Hauseingang Täubner zu; der signalisierte mit den Händen: Jaja, schon kapiert, Geduld, dauert noch.

Wenn die Häuser zu Häuten werden, die Katzen Skelette, wenn die Nacht rot-blau getupft ist und überhaupt die Ränder des Sichtfelds fluoreszieren in krankem Türkis, sollte man schnell den Riemen suchen, an dem man sich reißen kann, dachte Täubner und schloß fest die Augen, bis alles schwarz wurde.

»Ist Ihnen nicht gut?« fragte Krantz.

»Es ist nichts. Tun Sie mir einen Gefallen? Gehen Sie schon vor zu Ihrer Wohnung! Ich werde schnell irgendwo ein Eiswasser trinken und komme dann nach.«

Krantz fragte noch einmal, ob Täubner denn auch wirklich nichts fehle, und erst als sie die Piazza Venezia erreicht hatten, trennten sich ihre Wege.

Erleichtert betrat Täubner eine Paninoteca und setzte sich an einen der hintersten Tische. Mendez nahm keine zwei Minuten später neben ihm Platz, rieb sich den Zweitagebart, putzte seine Nickelbrille an einer Serviette, und erst jetzt bemerkte Täubner, daß Mendez an vier Fingern der rechten Hand dicke Ringe trug, abwechselnd Rubine und Saphire. Das vertrug sich wenig mit seiner ungepflegten Erscheinung, den Schweißrändern am Hemdkragen, den abgelatschten Espandrillos, den Schuppen auf den Schultern. Der Eindruck von Schmierigkeit und Ganoventum resultierte aber mehr aus der fettig glänzenden Stirn, den öligen, nach hinten gekämmten, schwarzgrauen Strähnen und dem nervösen Spiel seiner Fingerspitzen, die auf der Tischfläche Paganinisonaten zu spielen schienen.

»Haben Sie mir die ganze Zeit nachspioniert?«
»Nicht Ihnen ... Ihm! Ihm ...«
»Ist das nicht ein bißchen viel Aufwand, den Sie da treiben?«
»Krantz ist gefährlich, ich muß aufpassen, er will mir Böses, das weiß ich ... muß auf dem laufenden bleiben, jaja ... es geht um sehr wichtige Dinge! Ich hoffe, Sie sind ihm nicht verpflichtet?«
»Nein.«
»Und hegen Sie Sympathien für ihn?«
»Nein.«
»Ich kann also ganz offen sein? Ja? Haben Sie ihm gesagt, daß wir uns trafen?«
»Nein.«
»Sehr gut. Sehr, sehr gut! Er sollte es auch nicht erfahren; in unser beider Interesse.«

Täubner wurde bewußt, daß er vom ersten Moment an, da er Mendez begegnet war, den kleinwüchsigen, etwas glubschäugigen Mann nicht ernst genommen und eine überlegene, geradezu arrogante Position bezogen hatte. Zu seiner moralischen Beruhigung wurden im folgenden die optischen Vorurteile durch und durch bestätigt.

»Er ist ein Dieb! Ein rücksichtsloser Langfinger, eine Elster mit fremden Federn, stiehlt Toten die Ringe von den Fingern – jaja ... ich besitze meine Ringe alle noch, sehen Sie, ich schon, aber andere ... ich kenne andere ...«
»Ich dachte, er sei reich?«
»Ja, glauben Sie, indem man da und dort ein paar Scheine buntbedrucktes Papier hinterläßt, bleibt es kein Diebstahl? Er formt aus Schlamm und Kot Figuren, die stellt er an gewissen Plätzen auf ... und er kennt das Kind, das Salomo mit der Sibylle zeugte!«
»Wen?«

»Seien Sie bloß vorsichtig! Er ist ein Brunnenvergifter – und er leidet an einer ekligen Unterleibskrankheit; versetzt das römische Wasser mit gefährlichen Bazillen!«

»Ach?«

»Er badet im Aquädukt und...«

»Im Aquädukt?«

»Ja... und er pinkelt in Weihwasserbecken... so daß schon viele Menschen auf der Stirn sein Zeichen tragen aus Urin... Er hatte eine Audienz bei Johannes Paul I. – und Sie wissen selbst, was dann geschah!«

Täubner war beinah erleichtert, daß sich Mendez als Verrückter entpuppte. Jede Vereinfachung der Sachlage war zu begrüßen. Der Schalk erwachte.

»Kein Zweifel«, flüsterte Täubner, »aber ich bin gewappnet. Er hat sich verraten, als er mir die chemische Formel des Weihwassers preisgab.« Täubner schrieb auf eine Serviette: $H_2O(SS)$. »Das (SS) steht für Spiritus Sanctus; Alkoholgehalt gleich Null, aber Mythosgehalt mindestens zehn bis zwanzig!«

»So weit hat er Sie schon?« Mendez schien ganz aus der Fassung geraten.

»Es kommt noch schlimmer: Er will das SS durch 12 G ersetzen.«

»Wodurch?«

»Die Zwölfgötter. Ohne Ausnahme.«

»Donnerwetter...«

»Kann man so sagen. Ich muß jetzt wieder zu ihm, sonst schöpft er Verdacht.«

»Wollen Sie nicht lieber zu mir kommen? Bei mir sind Sie sicher.«

»Eine Nacht werd' ich schon noch überstehen. Ich danke Ihnen aber aufrichtig für Ihre Mühe!«

Täubner schüttelte Mendez die Hand und überließ ihm die Rechnung über zwei unvergiftete Mineralwasser.

Mendez rief ihm hinterher: »GEBEN SIE ACHT VOR DEM AUF!« Jedenfalls war es das, was Täubner verstand, und er war zu faul, nachzustochern.

Jetzt, wo er die Alternativen kennengelernt hatte, freute sich Täubner beinah, den Professor wiederzusehen. Dessen Spleen besaß immerhin Stil.

Er schritt über die Piazza Venezia und betrachtete noch einmal genau die umstehenden Häuser und ihre fleckigen Häute. Da oben, die Brandnarbe, und dort – die heraustretenden Rippen im zweiten Stockwerk – konnte das Einbildung sein? Sinnestäuschung? Überreiztheit?

Ohne sich festzulegen, spazierte er weiter, piekste mit dem Zeigefinger in den Nabel jedes Hauses, doch anscheinend war keins von ihnen kitzlig. Dann, in der Via dell' Aracoeli, drückte er die erigierte Brustwarze einer Türglocke, nannte seine Augen Idioten und beschloß, die Episode ersatzlos aus dem Gedächtnis zu streichen.

VI

Poster Gipsabbild Castiglio, die zweite.
Doch. Schön! Simpel, aber glaubhaft. Es bohrte tief, warf Fragen auf. Das Antlitz des Magiers schien aus dem Blick des Betrachters Kraft zu saugen, gewann eine vitale, rätselhafte Helle; man konnte sogar glauben, seine Augen glühten in geheimem Leben. Täubner starrte lange hin. Zwischen den Augenpaaren wuchs eine Funkenbrücke. Täubner gestand sich ein, daß er gebannt war, gebannt vom Machwerk eines seit vierhundertsiebenundfünfzig Jahren Toten.

Und er hatte doch noch keinen Ton *gehört*.

Ihm kam der Verdacht, Castiglios Werk bedürfe keines Tonträgers, keines Interpreten, keiner akustischen Realisation; konnte gut als Metapher existieren, war DA – in der Stille lauter als durch Megaphone verstärkt.

Zähneknirschend bekannte sich Täubner dazu, von Krantz' Informationen abhängig geworden zu sein; süchtig nach dem Weiter, nach dem Delta, das ins Jetzt mündet; verstrickt in Netze, die er als Halteseile empfand, als angenehm fesselnd. Je umfassender er aber von Krantz in die niederen Weihen der »Wahrschaft« (= Weißheit bewahrende Körperschaft) eingeführt wurde, desto tiefer verabscheute er den Gelehrten – als erlebe er alle Faszination wider besseres Wissen.

Die Tristesse seiner enttäuschten Liebe spie gegen jede Art von Ablenkung Eifersucht. Zwei Parteien stritten in ihm; er stand unter Dauerstreß, konnte sich weder dazu durchringen, die Trauer um die Geliebte zu bekämpfen, noch sich Krantz' wachsendem Gewicht zu entziehen. Nun wollte Täubner alles erfahren, nebenbei des Professors wunden Punkt erkunden und ihn dann – zum richtigen Zeitpunkt – auflaufen lassen. Dann heim. Zu *ihr*. So beschloß er es.

Diese bizarre Wohnung. Der Stilwirrwarr schien System zu haben. Wahrscheinlich sollte damit etwas ausgedrückt werden; ganz bestimmt war dem so; zu auffällig standen die Kontraste beieinander, zu konsequent war alle Diskrepanz durchgehalten.

In einer Nische des Wohnzimmers, neben dem Piano, bemerkte Täubner zwei Detaildrucke aus Boschs »Garten der Lüste« (Höllenflügel). Der nackte Mann, von den Saiten einer Harfe aufgespießt; und das Schlachtermesser, das riesige, menschliche Ohren besaß. Darüber, mit Sargnägeln in die Wand getrieben, ein poppiges Selbstporträt Andy Warhols, von einem schwarzen Filzstift durchkreuzt. Am unteren Rand des Bildes Druckbuchstaben: EUROPA!

Krantz kam aus dem Bad zurück, roch nach herbem Rasierwasser. Weil die Temperatur noch um die 18 Grad Celsius betrug, nahm man auf dem Balkon Platz.

»Sie rasieren sich vorm Schlafengehn?«

»Ja. Selbst Zwölfstundenstoppeln jucken mich bereits.«

»Kann ich verstehn, daß man sich in Ihrer Haut nicht wohl fühlt.«

»Wie bitte?«

»Wenn ich eins Ihrer Barthaare wäre, würd' ich da auch schnellstens rauswollen...«

»Mäßigen Sie sich! Ich kann diese Art Ulk nicht leiden.«

Krantz bot guten Wein an, wuchtigen 78er Barbaresco, dekantiert im Jugendstilglaskelch. Die beiden Engelsfiguren, deren hochfahrende Flügelpaare den Kelchrand überragten, glühten purpurrot im Schein eines siebenarmigen Silberleuchters. Die Szenerie erhielt einen mysteriösen Anstrich, intensiviert durch lange, schmale Kerzen aus schwarzgefärbtem Wachs.

Täubner hatte es sich in einem geflochtenen Korbstuhl bequem gemacht, während der Schwede die meiste Zeit auf und ab stakste und sich nur selten, dann für Sekunden, auf einem schnörkellosen, dreibeinigen Holzschemel niederließ.

Der Wein, aus schweren Zinnbechern getrunken, ließ Täubners Gaumen frohlocken. Behaglich zurücksinkend, sah er in den Nachthimmel, suchte Beteigeuze, Waage und Siebengestirn, doch nur die kräftigsten Sterne leuchteten durch den Smog. Bis auf den Großen Bären blieben die Bilder Fragment.

Täubners Blick schweifte über Kapitol, Nationalmonument und Piazza Venezia, und er sinnierte – das ist schon was, hier zu leben, hier zu sitzen, auf einem gepolsterten Thron über der City Aeterna, den Verkehrsfluß unter sich wie eine belanglose Niederung.

»Proff?«

»Ja?«

»Wenn man die Melodien jemals finden würde – in originaler Gestalt – und man würde sie auf Platte pressen... Würde das jemand kaufen? Würde irgend jemand sich dafür interessieren?«

Der Schwede dachte kurz nach und schüttelte traurig den Kopf.

»Es gibt eine wundervolle, unglaubliche Aufnahme altgriechischer Hymnen und Lieder, von meinem Freund Paniagua in Madrid. Über die Maßen schön und erstaunlich. Der Verkauf geht meines Wissens sehr schleppend. Ach Gott! Bedenken Sie: Auf dieser Welt haben Monteverdi, Mozart und Wagner gelebt. Mussorgski, Beethoven und Mahler. Sie haben unter uns gelebt, haben Musik erschaffen für uns – und wie viele sind es, die ihnen zuhören? Wie viele? Das Gros der Menschen lebt im Zustand unglaublicher Frechheit.«

»Die tun das ja nicht aus böser Absicht. Die meisten haben nur niemanden, der ihnen was erklärt.«

»Quatsch! Jeder ist seiner eigenen Dummheit Schmied. Keine Entschuldigungen!«

»Ein arm Geborener, der keine Möglichkeiten besessen hat – der darf so was von mir aus sagen – aber nicht Sie! Bitte nicht...«

Täubner nahm das Weinglas und nippte davon. Die Unterhaltung hatte einen Verlauf genommen, der ihm Zornesröte ins Gesicht schießen ließ.

Krantz kicherte verschämt.

»Ich habe das Gefühl, Sie verdenken mir ernstlich, daß ich durch allmächtigen Zufall in die Elite hineingeboren wurde. Dabei habe ich wenigstens versucht, diese Finanzelite, diesen materiellen Segen, zu rechtfertigen, indem ich meine Ausbildung daraus bezog. Geld, um sich ein dickes Auto, ein Reihenhaus und Urlaubsreisen nach Ibiza leisten zu können – das gönne ich wirklich niemandem, nein. Es ist doch so« – er stützte sich auf das Balkongeländer und sah hinunter –, »daß man mit der Zeit ein gewisses

Quantum Böses in der Welt gerne duldet, man es anerkennen kann als spannendes, das Leben bereicherndes Stilelement – solang die Proportionen halbwegs stimmen. Doch das tun sie längst nicht mehr. Das Spiel verläuft sehr einseitig. Die Intelligenz findet immer noch ihre Nischen, wo sie der Grausamkeit entgeht; aber ihr Einfluß auf den Gang der Dinge ist gesunken – weil sie ihren Glauben an sich grundlos verloren hat, weil sie ihre Anliegen relativiert, sich selbst nicht mehr ernst nehmen will und keine Kraft zum ernsthaften Kampf findet; weil sie das Recht auf Faulheit und Ohnmacht beansprucht, weil sie nicht mehr Gefahr laufen will, jemandem weh zu tun; weil sie keine Lust mehr auf Tiefe und Besessenheit zeigt; weil sie nicht mehr den Mut hat, *Gott zu sein.* Sehen Sie, wie oft bejammert man, daß die Intelligenz nicht fähig ist, die Dinge zu *ändern,* zu *bessern* – wenigen ist anscheinend die Idee gekommen, die einzige Aufgabe der Intelligenz könnte sein, die Dinge *nicht zu ändern,* im Gleichgewicht zu halten das Verhältnis von Schönheit und Zerstörung, im Sinne eines ausgeglichenen Kampfes eins zu zwanzig. Jeder liebt auf seine Weise, das müssen Sie noch lernen, Täubner. Wenn ich mir's genau überlege, bin ich mindestens so tragisch verliebt wie Sie. Kann sein, daß ich die mir zugewiesene Frau nicht erkannt habe, als ich ihr begegnet bin, und sich seither meine Liebe auf die *Sache* stürzt. Das gesteh' ich Ihnen zu.«

»Und wie immer bei sächlichem Sex wird man mit der Zeit pervers, was?«

»Sie alberner Kerl ... Ich glaube zu Ihren Gunsten, daß Sie nicht reden, wie Sie denken. Ihr Abscheu gegen meine Position ist – ich weiß es genau – ein Ihnen Eingetrichtertes, ein pawlowscher Reflex, der Auseinandersetzung erübrigt. Wenn ich *das* nicht wüßte, würde ich keine Sekunde meiner Zeit an Sie verschwenden. In Ihnen wohnt – und das ist meine Hoffnung – noch die *Neugier.* Sie sind noch nicht *ganz* tot, was in Ihrem Alter bereits eine Seltenheit darstellt.«

»In Ihrem Alter ist Lebendigkeit auch nichts Selbstverständliches ...«

»Täubner, Sie haben völlig recht, wenn Sie die Vorteile des Jungseins ins Feld führen. Völlig recht! Jeder muß mit dem arbeiten, was er hat. Ich beneide Sie um Ihre Jugend, das gebe ich zu. Ich möchte gerne immer jung sein und unsterblich, denn ich liebe diese Welt und ihre Menschen, das werden Sie mir wahrscheinlich nicht glauben. Aber – wer von uns der Zyniker und Menschenverächter ist, wird sich erst noch herausstellen.«

Irritiert vermied Täubner den Blickkontakt.

»In einem geb' ich Ihnen recht...«, murmelte er, »die Welt geht vor die Hunde, und ich frag' mich wirklich, wieso ich hier mit Ihnen rumsitze und mir Geschichten von anno dazumal anhöre...«

Krantz lächelte und entkorkte eine neue Flasche Barbaresco.

»Ich habe wohl etwas überdramatisiert. Nimmt man die Gegenwart für sich, sieht immer alles düster und hoffnungslos aus. Das ist ein Trugschluß. Gegenwarten scheinen immer grauenhaft, das gehört sich so und ist auch sinnvoll, sonst würde nicht genug daran gearbeitet werden. Sie sind in allen Jahrhunderten zu Endzeiten deklariert worden, nicht nur heute; liegt daran, daß Gegenwarten noch nicht von all dem Ballast des Mittelmaßes befreit sind; weil ihre Drohungen unüberwindlich scheinen, weil ihre Auswüchse noch nicht gekappt, die vielen Sackgassen ihrer Entwicklungen als solche noch nicht erkennbar sind.

Vergangenheit ist ein Schrein des Extremen – des Schönen, Bösen, Gewaltigen, Genialen, Unfaßbaren –, während die Gegenwart einen Haufen Mist darstellt, der erst verrotten muß, bevor ihr Extrakt leuchten kann. Man verlangt durchweg zuviel von der Gegenwart; sie steht gegen die Übermacht der Vergangenheit ja so armselig da! In jedem Jahrzehnt fordert man zehn große Bücher, Opern, Filme, Gemälde, dabei – wenn man zurückblickt – ist die Quote immer viel geringer gewesen. Aus zu starkem Verhaften in der Gegenwart entsteht der Haß am Jetzt, das Mißverständnis des Werdens und der Wandlung. So kommt es, daß manche behaupten, selbst die Musik habe ihren Zenit überschritten. Überhaupt behaupten viele, daß überhaupt alles seinen Zenit überschritten hätte – die ewigen, unausrottbaren Endzeitler, die nicht damit fertig werden, daß nach ihnen etwas kommt, das sie verpassen sollen. Es ist immer wieder belustigend, in welcher Kontinuität sich jeweils neue finden, die ihr Saeculum zur Coda erklären – nur um

mit sich selbst den Schlußpunkt unter eine nicht bewältigte Unendlichkeit zu setzen. Ich kenne so viele, die schwafeln dauernd, das Buch ist tot, und die Oper ist tot, und sogar der Film ist schon krank und so fort – das sind üble, leichtfertige Kerle, die nichts leisten, als sich selbst ein unverdientes Denkmal zu setzen. Neinnein – ich bin mir sicher – das neue Genie wird kommen, es wird kommen, wie Monteverdi, Mozart und Wagner kamen; es wird kommen und uns Musik bringen, wie wir sie noch nie zuvor gehört haben; Musik, die unser Herz zerreißt; nach deren Genuß wir uns freiwillig auf den Boden werfen und der Blödigkeit bezichtigen; Musik, die mit wenigen Takten unser Begriffsvermögen herabwürdigt zu traumlosem Stillstand. Es gab in der Kunst immer Phasen, die von Hasardeuren und Grobianen beherrscht wurden – musikalisch sind wir grade dabei, eine solche zu überwinden. Wenn es eine Hölle gibt, schmort Schönberg darin und muß pro Tag tausend Tonleitern abschreiben – das ist ganz sicher...«
»Proff!«
»Ja?«
»Konzentrieren wir uns doch bitte mal wieder aufs Wesentliche.«
»Gut.«
Krantz ging in die Wohnung und kam nach einer Minute wieder, mit einem spiralgehefteten Typoskript im Arm.
»Hier – ich seh's Ihnen an, Sie können mein Mundwerk nicht mehr ertragen, bitte sehr – jetzt müssen Sie nur lesen, und etwas, das nicht einmal meinem Hirn entsprungen ist. Großartig, hm?«
»Klingt vielversprechend.«
»Danke. Das hier ist ein Typoskript Hartmut von Bardelebens. Sie haben vielleicht von ihm gehört?«
»Nein...«
»Er war einer der angesehensten Musikhistoriker des Jahrhunderts. Leider ist es mir viel zu spät gelungen, seine Bekanntschaft zu machen, wir hätten sicher vieles auszutauschen gehabt. Als er vor drei Jahren starb, hatte ich dank eines glücklichen Umstands die Ehre, als erster einen Blick auf seinen Schreibtisch zu werfen und seine Hinterlassenschaft zu besichtigen. Er war Spezialist für Komponisten der Spätrenaissance und des Frühbarock, sein Werk

über das Leben Monteverdis gilt inzwischen als *der* Standardwälzer. Können Sie Schach spielen?«

»Ein wenig. Warum?«

»Von Bardelebens Großonkel ist als Verlierer einer berühmten Partie gegen Weltmeister Steinitz in die Schachgeschichte eingegangen. Er mochte es nicht, auf diesen Onkel angesprochen zu werden, hatte selbst leider gar nichts von einem Spieler, war ein sehr korrekter Typ; jemanden wie mich hätte er wohl einen Abenteurer genannt. Na ja... Mythos... das klingt immer so... so...«

»Lala?«

»Tja. Und doch hat Schliemann – der Ahnherr praktischer Mythosophie – Troja und den Schatz des Priamos nur gefunden, weil er die Ilias ernst nahm und exakt las!«

Täubner gähnte theatralisch.

»Wie bringen Sie das nur immer fertig, Proff? Andere kommen im Leben nicht aus Düsseldorf raus, und Sie brauchen bloß 'nen Halbsatz nach Troja...«

»Schon gut. Also – eigentlich hatte ich damals nur gehofft, einige wichtige Originaldokumente einsehen zu dürfen; von Bardeleben besaß ein großes Privatarchiv; zufällig kannte ich seine Gattin, eine recht naive Frau, nun, um es kurz zu machen, alles kam viel besser. Ich entdeckte, daß von Bardeleben vor seinem Tod an einer Biographie Carlo Gesualdos gearbeitet und eben eine rohe Skizze zum Aufbau des Werkes fertiggestellt hatte. Ich begann darin zu lesen und dann, plötzlich und unerwartet, war eine zweite Verbindung zwischen Pomposa und der Restwelt da. Eine glückliche Fügung! Und das tollste: Von Bardeleben hatte die Verbindung aufgedeckt, ohne zu wissen, was er tat. Er kannte den Melodienmythos nur vom Hörensagen, ich hatte ihm einige Grundzüge erläutern können, was er mir nicht gedankt hat, leider...«

»Haben Sie das Typoskript mitgehen lassen?«

Überrascht zog Krantz die Brauen hoch.

»Wie kommen Sie denn darauf? Ja, ich habe es in meinen Besitz gebracht; was sollte die verrückte alte Frau damit? Sie will den Nachlaß ja nicht mal irgendeiner Universität übereignen! Das ist eine große Tragödie, was da abläuft, und ich, ich bin das Opfer übler Machenschaften geworden. Ein Riesenarschloch – Mendez – Sie werden ihn morgen wahrscheinlich kennenlernen – hat sich die Gunst der Witwe erschlichen, hat es geschafft, mich auszusperren, deshalb konnte ich seither die Verbindung nicht untermauern, die Quellen nicht orten, es ist zum Weinen, ja, aber mich hält das nicht ab, mich nicht! Egal. Lesen Sie! Es ist die richtige Lektüre für diese Uhrzeit. Lesen Sie!«

VII
1566 ff.

CARLO

Skizze einer Näherung

von
Hartmut v. Bardeleben

I

Im Nachtland,
wo Seele selbst sich zwanglos beugt,
roh und zitternd bloßliegt,
wo jede Karte unnütz, der Hügel
unbenanntes Reich, der Weiher zum Meer wird;
wo nichts mehr hält, alles weich und lose
                              schwebt;
der Fels Erinnerung skandiert und Flöten
Sehnsucht leitet, hinauf zu sanften Trillern;
wo hartgewordnes Herz als nackter Muskel Takt
                              schlägt
zum schwarzen Lied, das alles eint,

ist unsre Göttin nah, die dort am Wegkreuz
                              haust,
Zweifel entflechtend, uns hierhin oder dorthin
                              weist
im Nachtland.

        Aus dem Hekate-Gesang des Philippus
           de Reims (ca. 1570-1592)
                Übersetzung: HvB

Etwa 95 Kilometer östlich Neapels, im Vorgebirge, 650 Meter über dem Meeresspiegel, liegt seit dem siebten Jahrhundert eine Burg lombardischen Ursprungs, fernab jeder Handelsroute, eingebettet in wellige Hügel, ohne großen strategischen Nutzen, wahrscheinlich von Anfang an als Stätte der Ruhe und Zuflucht konzipiert.

Die Erde dort, nicht üppig fruchttragend, war immerhin nie launisch zu nennen, ermöglichte ringsum siedelnden Bauern ein arbeitsreiches, dabei doch relativ sicheres Leben in gemäßigt trockenem Klima. Ein kleiner Ort entstand so, zwischen Olivenhainen, Schafweiden und steilen grauen Äckern. Jägern standen weite Areale voll Hasen, Fasanen und Rotwild offen. Vor aller anderen Fauna gab es Wölfe - sie bildeten die einzige reale Bedrohung der Siedler.

Vom Jahr 1059 an wurde die Burg Besitz der Familie Gesualdo, die dem Ort ihren Namen gab und fortan ununterbrochen und ohne nennenswerte Komplikationen regierte. Durch eine Reihe geschickter Verheiratungen mehrte die altnormannische Sippe ihr Herrschaftsgebiet, bis dazu die Dörfer Frequento, Cantomango, Luceria, Aquapatrida, S. Barabato, Boneto, Caggiano und S. Lupolo gehörten. Mit der Zahl der Ländereien wuchs die Zahl der Titel, und als 1543 Luigi Gesualdo sich mit Isabella Ferrillo vermählte, brachte diese ihm als Mitgift den Fürstentitel von Venosa, woraufhin Luigi sich sogar Vizekönig des Reiches Neapel nennen durfte.

Luigis Sohn Fabrizio gebrauchte seine Freiersfüße politisch noch erfolgreicher; heiratete er doch Geronima Borromeo, Schwester des mächtigen Kardinals Carlo Borromeo (der bereits 1610 heiliggesprochen wurde). Geronima war darüber hinaus eine Nichte Papst Pius' IV. Die Verwandtschaft zu Gottes Stellvertreter sollte für das Haus Gesualdo einige Bedeutung haben. Fabrizios jüngerer Bruder Alfonso wurde prompt zum Kardinal, später zum Dekan des Kardinalskollegiums und zum Erzbischof Neapels ernannt. (Alfonso mag Opernliebhabern heute noch ein Begriff sein; er gab den Bau der Sant' Andrea della Valle in Auftrag – wo bekanntlich der erste Akt »Tosca« spielt.)

Fabrizio gelangen mit Geronima vier gesunde Kinder, von denen gleich die ersten beiden Söhne waren. Somit schien das jedes Nobelgeschlecht plagende Problem des Erbenvorrats schnell und bravourös gemeistert.

Der zweite dieser Söhne wurde auf den Namen Carlo getauft. Dank neu entdeckter Dokumente kann als sein Geburtsdatum ziemlich sicher der 8. März 1566 gelten. Hinfällig werden dadurch viele Biographien, die ihn vier oder gar sechs Jahre früher geboren glaubten und aus dem Bezug seiner Taten und seines Alters zwangsläufig ungenaue Schlüsse zogen.

Der junge Carlo wächst auf in einem reichgewordenen, gesicherten und weiterhin prosperierenden Fürstenhaus, in der Eleganz der Hochrenaissance, in der Spiritualität der Gegenreformation. Sein Vater Fabrizio ist ein kulturell sehr interessierter Mensch, der Literatur und Musik liebt und eine Gruppe namhafter Künstler an seinen Hof bindet. Zwar kann er nicht mit dem Mäzenatentum der großen Häuser des Nordens konkurrieren, mit den

Gonzaga und d'Este - aber es finden sich doch ein paar bemerkenswerte Charaktere auf seiner Gehaltsliste.

Carlo wird im Gebrauch der Erzlaute unterrichtet und bringt es auf diesem Instrument zu hoher Meisterschaft. Früh wird sein Leben von zwei Passionen bestimmt - der Musik und der Jagd. Was erstere betrifft, übt sich Carlo allerdings hauptsächlich in der Virtuosität des Spiels und unternimmt vorerst nur zaghafte Kompositionsversuche.

Er ist ein stiller, verschlossener Mensch, von hagerer, dennoch kräftiger Statur. Das einzig erhaltene Porträt zeigt ein extrem ovales Gesicht, leicht wulstige Lippen, eine platte Nase, große, braune, traurige Augen, ein spitzes Kinn und hohle Wangen. Obwohl man ihn nicht direkt häßlich nennen kann, beschreiben ihn Zeitgenossen als wenig einnehmende Erscheinung, von der etwas Fremdartiges und Rätselhaftes ausgeht.

Sein Temperament gründet, von Jähzornsausbrüchen abgesehen, in tiefer Melancholie. Weil er diese aber in der Jugend noch selten an der Oberfläche trägt, weil er eine Maske aus bescheidener, ehrgeizloser Höflichkeit pflegt, kann er mitunter sogar charmant wirken. Die Ausmaße seiner inneren Abgründe bleiben lange verborgen unter dem Mienenspiel verkniffener Sprödigkeit. Schwere Depressionen wühlen in Carlo seit dem vierzehnten Lebensjahr. Einen Grund dafür weiß niemand zu nennen, kein einziger Anhaltspunkt ist überliefert, jede Spekulation aus heutiger Sicht wäre unlauter. Sicher ist nur, daß die Symptome früh auftraten, sich stetig verstärkten und die spätere, vielbeschriebene, sogenannte »Katastrophe« nur eine Station auf dem Weg seines Leidens war.

Wenn es in Carlos Leben *wirklich* eine Katastrophe gegeben hat, geschah sie 1584, als sein älterer Bruder Luigi an einer uns nicht überlieferten Krankheit starb.

Es existiert kein Anzeichen dafür, daß er an diesem Bruder über das übliche Maß gegangen hätte, doch änderte dessen Tod schlagartig Carlos Sein und Bestimmung. Er rückte in der Erbfolge an die erste Stelle, wurde künftiger Fürst von Venosa, mit allen Rechten, Pflichten, Verantwortungen. Wäre ein dritter Sohn vorhanden gewesen, hätte Carlo der determinierten Zukunft vielleicht durch Verzicht entgehen können. So aber schob es ihn innerhalb der Familie auf einen Rang, der ihm die Möglichkeit raubte, weiter unbeobachtet und unbelangt zu bleiben. War er Geschwistern, Eltern, Onkeln und Restverwandten immer ausgewichen, so gut es ging, in zunehmend gegenseitigem Einverständnis, brauchte ihn die Familie nun, ihrer ambitionierten Expansionspolitik zu frönen.

Carlos ritualisiertes Leben der zwei Passionen kam in Unordnung. Durch wachsendes Eingebundensein in höfische Strukturen, durch die vermehrte Beachtung, die man ihm schenkte, konnte manche seiner Eigenarten nicht länger stillschweigend übergangen werden.

Carlo ist ein Nachtmensch, der bis in den Nachmittag schläft und gerne, wenn es dunkel wird, Spaziergänge ohne Begleitung unternimmt. In der Kirche vermag er stundenlang auf den Knien zu beten, leise, kaum merklich die Lippen bewegend; taub, wenn man ihn ruft. Beim Baßlautenspiel haßt er Störungen noch mehr, läßt sich oft zu heftigen Beleidigungen hinreißen, wenn man ihn zwischen zwei dröhnenden Akkorden unterbricht. Gesundheitlich steht es mit ihm nicht zum besten:

Chronisches Asthma führt zu regelmäßigen Erstickungsanfällen, die auf sein düsteres Gemüt bestimmt nicht erhellend wirken. Früh beginnt er, Reliquien zu sammeln, kauft fahrenden Händlern jeden Knochen ab, den sie ihm anbieten, selbst wenn er dabei im Laufe der Zeit drei linke Ringfinger des hl. Findanus erwirbt, und nicht einmal dieser Heilige mehr als zwei linke Hände besessen haben dürfte. Reliquien sammeln ist damals kein ungewöhnliches Hobby gewesen - aber Knochen bilden Carlos liebstes Spielzeug; er legt fragmentarische Skelette auf dem Fußboden aus, Kompilationen Dutzender Gebeinteile, über denen er bei Kerzenlicht meditiert.

Schoßtiere, die man ihm schenkt, Hunde und Katzen, haben allesamt kein langes Leben, verschwinden unter mysteriösen Umständen. Manche findet man mit durchschnittener Kehle unter Steinplatten wieder, wenn Kadavergestank ihr Versteck verrät.

Den Vorwand der Reliquien gibt er bald auf und sammelt bunt bemalte Schädel profaner Herkunft, mehr als fünfzig, die er in einem Schrank seines Schlafzimmers hortet.

Nur während der Jagd und wenn über Musik diskutiert wird, duldet er Menschen willig um sich. Wenn musiktheoretische Fragen behandelt werden, verwandelt sich der blasse Schweiger plötzlich zum palavernden, für manchen Geschmack sogar geschwätzigen Dauerredner.

Den Musikern und Komponisten, die an seiner Ausbildung arbeiten, wächst er bald über den Kopf. Der nur wenige Jahre ältere Pomponia Nenna wird schnell überholt, gerät von der Position des Lehrers unweigerlich in die des Schülers, wechselt schließlich frustriert die Stellung und begibt sich in den Dienst des Herzogs von Andria.

Weitere namhafte Meister, die am Hof Gesualdos leben, sind Giovanni Maqué, Rocco Rodio, Bartolomeo Roi, und die »drei Scipionen« - Scipione Dentice, Scipione Cerreto und Scipione Stella. Letzterer regt Carlo zu einem intensiven Studium altgriechischer Tonarten an; dies wird des kommenden Fürsten bevorzugtes Gesprächsthema bei Festen und Gesellschaften. Er, der zu belanglosem Plaudern völlig unfähig ist, schafft sich beim Adel durch seine weitschweifigen, nicht enden wollenden Ausführungen den Ruf eines spleenigen Langweilers.

Bei der Jagd wiederum liebt er es, seine Diener zu Kameraden und Freunden zu erklären, Standesregeln zu brechen und durch einen etwas bemühten Primitivismus aufzufallen, der sich in polternden Flüchen und grobschlächtigen Redensarten äußert. Tatsächlich findet er inmitten der Dienerschaft - soweit dies zwischen Herr und Diener möglich ist - Freunde, treue Freunde, die seine Launen geduldig ertragen, die für ihren jungen Fürsten fast alles zu tun bereit sind.

Oft reitet er tagelang durchs Land, kampiert unter freiem Himmel, bevorzugt archaische Waffen - Speer oder Bogen - und weidet Erlegtes eigenhändig aus. Wenn ein erjagtes Tier noch zuckt, wenn er ihm den Gnadenstoß verabreicht, und Blut über seine langen, feingliedrigen Musikerfinger spritzt, dann fühlt er kleine Ekstasen; das Machtgefühl des Tötens überwiegt kurzfristig die Ohnmacht des Sterbenmüssens. Triumphe sind es, die viel zu schnell vergehen, als daß sie seine Schwermut auf längere Dauer verdrängen könnten.

Carlo versteht es, seine Persönlichkeit gesellschaftskonform zu spalten; bald als galanter junger Erbfürst, bald als Soldatenlieder schmetternder Grobian, bald als beschlagener Musikspezialist aufzutreten. Er selbst ist er nur für sich allein; und ganz allein ist er nie.

In den meisten seiner ungestörten Stunden hält er Zwiesprache entweder mit Gott oder mit dem Tod oder mit beiden als einem. Carlos Gott ist einer, der sich durch die Sterblichkeit allen Seins offenbart; ein unsichtbarer Gott, dessen Fußstapfen Gräber sind, der vernichtend über die Erde tanzt, beseelt von der Lust zu zerstören, was er schuf. Carlo, im Bestreben, die Ästhetik dieses Gottes und seiner Welt zu verstehen, hat sich zu einfühlsam in ihn hineingedacht, um je wieder zum ungetrübten Genuß des Lebens zurückkehren zu können. Der Geruch des Todes zieht ihn magisch an, über sein Schauen ist ein schwarzes Netz gelegt, jede Freude fühlt er nach Sekunden von einem leisen Hohnlachen des Schnitters begleitet.

So ihm die Jagd Gelegenheit zum Blutrausch bietet, nützt er die Nacht zur Selbstanklage. Mindestens ebensooft, wie er ein Tier zu Tode quält, quält er sich mit brennenden Holzscheiten und stählernen Geißeln; will gerecht sein im Schmerz, den er zufügt und erduldet. Dies gelingt ihm immer seltener, denn mehr und mehr gesteht er sich seine Lust an Schmerzen ein - die Erregung, die er aus Kasteiungen gewinnt, die Wonne unter den Hieben des Holzstocks, das Feuer aus der Glut der Fackel.

Schwerlich kann so etwas lange geheimgehalten werden, und er verwendet auch nicht viel Mühe darauf. Einen seiner Kammerdiener nennt er ironisch seinen »Prügelknaben«. Sehr viel später,

1635, wird Thomas Campanella in seinem *Medicinalium*, im Kapitel »Monstrosa Cura« unverblümt schreiben: »Princeps Venusia [...] cacare non poterat, nisi verberatus à servo ad id ascito.« (Der Fürst von Venosa [...] konnte nicht scheißen, wenn er nicht vorher von einem eigens zu diesem Zweck angestellten Diener gepeitscht wurde.)

Nach dem Frühstück, das er gewöhnlich um zwei Uhr nachmittags einnimmt, verbringt er ein bis zwei Stunden in der Kapelle, um zu beten, danach widmet er sich der Laute und versinkt in freien Improvisationen. Der Sonnenuntergang wird Signal zu seiner eigentlichen Aktivität; er kleidet sich dann in lange schwarze Gewänder und schleicht aus der Burg, genießt die Silhouette der Zypressenallee im letzten Abendorange; »wenn die Baumkronen schwarzmassige Zepter werden und die Nacht auf der Straße einherschreitet wie ein Feldherr, breit und stolz; wenn die Stille an den plumpgewordenen Mauerschatten hinaufwächst und Nachttiere ihre Höhlen verlassen zum Beutefang; wenn auf den Feldern die Garben und Vogelscheuchen an Schemen Gekreuzigter erinnern; wenn das Glucksen der Bäche eine Quinte tiefer transponiert und die Welt des grausamen Lichts entflohen scheint«; wenn der Prinz sich unbeobachtet glaubt und lästiger Frager entledigt, beginnt seine Wanderung über die Hügel, an den Viehpferchen und Schafweiden vorbei, durch die Olivenhaine, durch den Laubwald; immer in flüsterndem Monolog zur Mondsichel, immer in zärtlicher Berührung mit Felsschründen, Baumrinden, Sträuchern; mit dem, was schweigt, mit allem, das ihm Halt bietet im Dunkel.

Jeder Rundgang endet mit einem Besuch des Friedhofs. Dort legt er sich gern zwischen Kreuze und zermahlt schwarze Erde zwischen den Fingern, horcht auf das Pochen seines Herzens, imaginiert einen Sarg um sich gezimmert und genießt die kühlen Schauer.

Wenn er bei Neumond durch Gestrüpp läuft, ohne eine Armlänge weit zu sehen, verwandelt sich seine Melancholie in den Rausch übersteigerter Verlorenheit, der bewußten Quadratur seiner Lebensangst. Dann lacht er heiser, läßt seine Gelenke laut knacken, bedenkt den Tod mit unfeinen Ausdrücken, taumelt und wankt wie ein Betrunkener.

Die Gegenwart begreift er nicht als Wegbereitung der Zukunft, sondern als beschmutzten Käfig aus Vergangenem. Er kann seinen Gott weder lieben noch loswerden.

Nachdem Vater Fabrizio den Liebling Luigi verloren hat, mag er das merkwürdige Schattendasein des Reserveerben Carlo nicht länger dulden, schon angesichts der Familienreputation. Er läßt die bemalten Schädel an einem geheimen Ort beerdigen, stiftet die Reliquiensammlung einem nahe gelegenen Kloster und schickt Wachen aus, die den Jüngling, wenn er nachtwandern will, zurück in sein Bett komplimentieren.

Carlo, solcherlei Gängelung nicht gewohnt, beginnt seinen Vater zu hassen - übrigens die einzige bedeutendere Gefühlsäußerung, die er einem Elternteil je entgegenbringt.

Solange Carlo das Exil der Nacht zur Verfügung stand, aus dem er im spielerischen Umgang mit der Furcht erfüllende Momente zog, verhielt er sich tagsüber zu seinen Mitmenschen relativ passabel. Nun wird es äußerst schwer, mit ihm auszukommen. Regelmäßige Jähzornseruptionen, in kürzer werdenden Abständen, kosten ihn viele Sympathien.

Von einem Moment auf den andern kann er, nichtiger Gründe wegen, die Beherrschung völlig verlieren; schreit laut auf, schlägt um sich, vergißt jeden Anstand, pflegt »gewittrige Mimik, wenn der Mund zum Vulkan wird und Innerstes ausspeit« - und entschuldigt sich hinterher vielhundertmal, sinkt in bleiernen Trübsinn.

Wenn aus Bisherigem der Eindruck entstand, bei Carlo habe es sich um einen manisch depressiven, hemmungslosen, latent-aggressiven Sado-Masochisten gehandelt, um einen selbstsüchtigen Melancholiker ausgeprägt morbiden Charakters mit Neigungen zu nicht ausgelebter Bisexualität - wird das der ungeheuren Komplexität seiner Person lang noch nicht gerecht. Ebenso deutlich muß gesagt werden, daß Carlo ein künstlerisches Hochtalent darstellt, in dem immense kreative Kräfte schlummern, die nach der Einzäunung seines Lebens durch den Vater langsam erwachen und sich in der Komposition erster Madrigale äußern. Jene Arbeiten rufen allgemein Bewunderung und Respekt hervor; vielfach ist man bereit, ihm aufgrund seiner Begabung Fehler nachzusehen.
  Noch ein weiteres Merkmal seines Wesens muß Erwähnung finden. Carlo zeichnet die temporäre Fähigkeit aus, bemerkenswert objektiv neben sich zu treten und schmeichelsfrei zu benennen, was er sieht.
  Seine Andersartigkeit erscheint niemandem deutlicher als ihm selbst krank, sündhaft, gottungefällig. Für Blasphemie hält er es sogar, die - obgleich flüchtige - Herrlichkeit der Welt nicht gleich seinen Mitmenschen genießen zu können. Schwermut und Melancholie hält er für Undankbarkeit gegenüber dem Schöpfer - vor allem, da er sich doch eigentlich kaum über Herkunft,

Talent, Ausbildung und Möglichkeiten beschweren kann. Ihm schwindelt vor dem eigenen Abgrund, er ist willens, gegen die Dämonen aufzubegehren, die Intimität zum Tode zu beenden. In gnadenloser Selbstdiagnose schimpft er sich ein verkommenes, unwürdiges Geschöpf, einen Dorn im Auge des Herrn, einen sündigen Zweifler an der Schönheit des Lebens; setzt alles daran, sich ein neues Denken aufzuzwingen, dem verachteten Lichtkerker »Tag« Freude abzugewinnen, sein Hirn von bösen Trieben zu reinigen und Kraft zu finden im Gebet.

Doch wie ein Süchtiger fällt er nach ein oder zwei Tagen in die gewohnten Laster zurück, gebärdet sich sogar schlimmer als vorher, um die Scham vor sich selbst niederzukämpfen. Wäre er nicht der Überzeugung gewesen, ein Selbstmord würde der Gottesbeleidigung seines Wirkens noch die Krone aufsetzen, er hätte sicherlich zu diesem Mittel gegriffen.

In dieser scheinbar aussichtslosen Situation ergeben sich plötzlich, 1586, zwei Jahre nach Luigis Tod, völlig neue Perspektiven.

Es ist nicht bekannt, ob Fabrizio Gesualdos irrwitzige Idee, seinen inzwischen zwanzigjährigen Sohn zu verheiraten, darin begründet lag, ihm früh die Gelegenheit zu geben, an einem künftigen Erben zu arbeiten, oder ob der Schwermütige durch eine Art Roßkur zurück ins Leben geholt werden sollte. Denn anders als eine Roßkur kann es nicht genannt werden, daß die Wahl der Familie auf Donna Maria d'Avalos fällt, die angeblich schönste Frau Neapels, die mit ihren fünfundzwanzig Jahren schon zweifache Witwe ist - eine vitale und sinnenfrohe Person, von deren erstem Gatten behauptet wird, er sei an den Folgen »übermäßigen Genusses ehelicher Wonnen« gestorben.

Vielleicht dachte die Sippe, alles, was Carlo fehle, sei eine aktive, phantasievolle, zupackende Bettgenossin, an der er sich gesundstoßen könne. Vielleicht dachte man auch überhaupt nichts dergleichen, und der ganze Zweck der Verbindung war, die Häuser Gesualdo und d'Avalos noch enger zu verflechten. Denn Donna Maria war ohnehin schon Carlos Cousine ersten Grades; eine Hochzeit zwischen beiden konnte politisch nur den Sinn haben, eine faktische Union der Familien herzustellen.

Maria war zum ersten Mal im Alter von fünfzehn verheiratet worden, mit Federigo Carafa, dem sie zwei Kinder gebar. Weil sie dadurch »genügende Beweise ihrer Fruchtbarkeit« gegeben hatte, war sie eine begehrte Witwe, und ihre zweite Ehe, 1580 mit Alfonso Gioeni geschlossen, dem Sohn des Marchese von Giulianova, verzeichnete sogar fünffachen Nachwuchs.

Gioeni starb 1586. Sofort leitete Fabrizio offizielle Verhandlungen ein. Das ganze Unternehmen lief in derartiger Geschwindigkeit ab, daß sogar ein päpstlicher Dispens für die Verkürzung der Trauerzeit eingeholt werden mußte - was angesichts der guten Verbindungen nach Rom kein Problem darstellte.

Unklar bleibt, welche Gründe zu einer so überstürzten Aktion führten. Es scheint fast, als sei Gioeni an einer Krankheit gestorben, die es möglich machte, noch zu seinen Lebzeiten die Verwendung seiner Witwe zu planen. Wem das zu makaber klingt, der mag gern an eine Liebesheirat glauben oder nach anderen Motiven suchen. Tatsache ist, daß Maria d'Avalos, von üblichen Lobpreisungen abgesehen, eine überaus schöne Frau gewesen sein muß. Vielleicht war nach dem Tod Gioenis die Zahl der Bewerber so groß, daß ein schnelles Zupacken geraten schien, um sich diese legendäre Bellezza (und zuverlässige Gebärmutter) zu sichern. Eine weitere plausible Erklärung wäre, daß die Spannungen im Hause Gesualdo durch das »Problem Carlo« ins Unerträgliche wuchsen und man keinen Tag unnötig verschwenden wollte.

Die Hochzeit findet noch im selben Jahr, 1586, statt, in der Kirche San Domenico Maggiore, Neapel. Prunkvolle Festlichkeiten erstrecken sich über mehrere Tage. Das junge Paar bezieht den vierstöckigen Palazzo San Severo - großzügiger, mehr als dreißig Zimmer und zwanzig Bedienstete zählender Besitz eines befreundeten Adligen, in unmittelbarer Nachbarschaft zu obenerwähnter Kirche gelegen.

Wer von den Zeitgenossen Carlo näher zu kennen glaubt, neigt zur Meinung, die Ehe sei von vornherein verurteilt, eine Farce zu werden. Hoffnung besteht nur dahingehend, daß vor einer wahrscheinlichen Scheidung die Zeugung eines Sohnes gelänge, wonach alles andere nicht mehr so wichtig sein würde.

Es kommt etwas anders.

Carlo akzeptiert die ihm aufgehalste Heirat nicht nur, er ist sogar hellauf begeistert und beginnt seine Gattin inbrünstig zu lieben. Das Mysterium der Liebe wird der lichte Anker, an den er sich klammert, in dem er die letzte Chance sieht, dem anderen Mysterium - dem des Todes - etwas entgegensetzen zu können. Fanatisch betet er Maria an, und das Wunder geschieht. Während der folgenden Monate wird Carlo mehrmals fröhlich gesehn. Einmal soll heftiges Gelächter über einen Witz sogar einen Asthmaanfall ausgelöst haben. Auf der Erzlaute bevorzugt er nun leuchtendes Dur; friedlich sitzt er in der Sonne und lächelt, schreibt seiner Geliebten glühende Verse, voll Jubel und Verzehrung.

Schien ihm bisher alles Heitere nah an der Grenze zur Albernheit, so ist er jetzt gern ein wenig albern. Besorgt fragen sich die Friedhöfe Neapels, wo ihr Carlo geblieben ist.

Er ist aufgegangen in seiner Liebe als poetischer Idee.

Fabrizio zeigt sich entzückt, alle sind zufrieden und danken Gott für die unglaubliche Wandlung.

Auch Maria ist von ihrem Gemahl positiv überrascht, findet ihn reizend, aufmerksam, taktvoll, ja gar possierlich, und vorerst stört es sie kaum, daß im Bett rein gar nichts gelingen will. Carlo erweist sich bei mehreren Anläufen als impotent. Die Peinlichkeit dessen überspielt er auf der Laute, mit neuen, noch feurigeren Liebesliedern, will sich in seiner poetischen Idee nicht verunsichern lassen.

Wer nach dem Grund jenes sexuellen Versagens sucht, wird sich zuallererst auf die Vermutung stürzen, der Erbfürst sei eher Favorit des männlichen als des weiblichen Geschlechts gewesen. Dem war aber nicht so. Wie unter Adelssöhnen Usus, wurde vor der Heirat (meist auch nachher) eifrig an Konkubinen trainiert. Carlo machte, wie mehrere Chronisten glaubhaft bezeugen, darin keine Ausnahme. Später einmal werden ihm sogar drei Mätressen gleichzeitig zugeschrieben, für die er oftmalige Verwendung gefunden hat.

Seine Impotenz scheint allein auf die Person Marias beschränkt; mag damit zusammenhängen, daß er den Beischlaf als zu ordinär empfindet, um ihn an dieser verklärten Madonna auszuüben; daß seine poetische Idee ästhetische Gesetze geschaffen hat, in die Schweiß, Lustgestöhn und Samenerguß nicht recht passen wollen.

Als nach Jahresfrist Maria noch keine Spur einer Schwangerschaft zeigt, trifft sich der sorgenvolle Fabrizio mit seinem Sohn, um in einem langen Gespräch Ursachenforschung zu betreiben und ihn nachdrücklich an seine Verantwortung gegenüber einer langen Reihe von Vorfahren zu erinnern. Auch Maria fühlt sich langsam fehl am Platz. Gelangweilt und unausgefüllt, reagiert sie auf neue Liebesschwüre eher säuerlich.

Carlo, schon um der aufdringlichen Anteilnahme, dem dauernden Drängen und Sticheln zu entkommen, gibt sich alle erdenkliche Mühe, es auf gängigem Weg zur erfolgreichen Kopulation zu bringen. Maria unterstützt ihn dabei mit erfahrenen Händen und laszivem Flüstern, bietet ihre Reize in günstiger Beleuchtung dar - umsonst, alles schlägt fehl. Schließlich wagt Carlo zu erwähnen, daß Stockhiebe während der Prozedur ihm vielleicht helfen könnten, und macht den Vorschlag, seinen Gesualdenser Prügelknaben herbeizuholen. Entsetzt lehnt Maria ab und beschwört eine schlimme Szene herauf, nennt ihren Angetrauten einen Schwächling und Versager, zweifelt an seiner Liebe, verhöhnt sein fehlendes Mannestum und jammert laut ihren potenten Exgatten nach, die eine Frau noch zu schätzen wußten.

Carlo ist tief getroffen, sein Idealbild der großen Liebe von Rissen durchfurcht.

Wenige Wochen später, unter vielfachem Druck, erklärt sich Maria dann doch zu ungewöhnlichen Maßnahmen bereit. Der Prügelknabe wird bestellt, zu Stillschweigen verpflichtet, die erniedrigende Besteigung findet statt, Carlo kommt zur dauerhaften Erektion, der Knabe prügelt sich den Arm lahm, und endlich - endlich kann Fabrizio auf einen Enkel hoffen.

Maria ist von der eigenartigen Technik nach anfänglichem Widerwillen recht angetan; das Ganze wird mit ihrem Einverständnis mehrmals wiederholt - bis feststeht, daß sie ein Kind erwartet.

Neapel freut sich. Fabrizio klopft seinem Sohn gratulierend auf die Schulter, doch der rührt Maria für lange Zeit nicht mehr an. Auch seine Amorenproduktion wird spärlicher, und in die Madrigale mischt sich wieder düsterer Mollcharakter.

Alles wartet gespannt auf die Geburt. 1588, an einem nicht näher überlieferten Tag, ist es soweit. Ein Sohn - Gott sei Dank ein Sohn - wird jüngster Sproß der Familie. Man tauft ihn auf den Namen Emmanuele. Carlo sieht ihn sich lange an, versucht sich einzureden, daß er diesem, seinem eigen Fleisch und Blut ein guter Vater sein müsse. Es ist ein halbherziges Unterfangen. Carlos autosuggestive Kraft hat nachgelassen.

Nun, seiner gröbsten Pflicht entbunden, verläßt er Neapel, um in den nächsten beiden Jahren vorzugsweise auf der Burg Gesualdo zu leben. Er verfällt nicht ganz in altes Gebaren; noch ist eine poetische Restidee vorhanden, und aus der Ferne verehrt er Maria durchaus - wenn auch gemildert - weiter. Sein Zustand hält sich in der Waage. Er frönt Jagd und Musik; Spaziergänge legt er in die Dämmerung, und über den Friedhof schreitet er nur bei Tageslicht.

Drei- bis viermal die Woche schreibt er Maria sterile Oden, die sie ihm förmlich beantwortet. Wenn die Eheleute sich ab und an begegnen, bei Familientreffen und andern Festivitäten, gehen sie höflich und distanziert miteinander um. Maria ist froh um seine Abwesenheit; Carlo will das Zerrbild, das er von ihr im Kopf trägt, nicht gefährden.

Wer war Maria d'Avalos? An objektiven Berichten ist wenig erhalten. Sicher haftete ihrem Wesen etwas Lüsternes an; auch etwas Infantil-Trotziges und Schwärmerisches läßt sich aus der Summe der Quellen ableiten.

Bestimmt war sie eine Frau, der man früh beigebracht hat - und die es auch akzeptierte -, sich selbst über ihren Unterleib zu definieren. Kein Zweifel, daß sie sich von Carlos Impotenz wirklich *beleidigt* fühlt und daß sie jetzt, da ihr Gatte keinerlei Anstalten macht, sie weiterhin zu *benützen*, ein für ihre Begriffe sinnentleertes Leben führt. Nach wie vor ist die Zahl derer, die sie begehren, groß, und Carlo muß - wenn er nicht taubblind war - gewußt haben, daß sie zwangsläufig Affären haben würde.

Wahrscheinlich drängt er dieses Wissen ins Unterbewußte und hofft, in der Abgeschiedenheit Gesualdos keine konkrete Kenntnis solcher Affären zu erhalten.

1588 ist ein wichtiges Jahr in seinem Leben; weniger wegen der glücklichen Geburt Emmanueles, die er ohne Emphase registriert. 1588 ist das Jahr, in dem der damals wohl bedeutendste Dichter Italiens Gesualdo besucht, Torquato Tasso. Für den in der Schwebe zwischen Nacht und Sonne hängenden Carlo wird die Begegnung fatale Folgen haben. Denn er entdeckt im innerlich zerrissenen, gemütskranken, mondsüchtigen und total paranoiden Tasso einen Seelenverwandten; den ersten Menschen, der ihm ähnlich scheint, von dem er Verständnis erhofft, vor dem er sich nicht schämt, der ihm die Dinge in neuem (dunklerem) Licht darstellt, der nachts halbnackt und lallend, von Furien gehetzt, durch die Wälder streift, der sein Leiden auskostet in bitterschwarzen Stunden und - was das Schönste ist - noch großartige Worte dafür findet. Carlo gerät in den Bann seines Gastes, knüpft eine tiefe Freundschaft zu ihm, vergißt fasziniert alle Vorsätze.

Gemeinsam suchen Dichter und Musiker die aus Angst, Verzweiflung und Sehnsucht geborene Ekstase der Überschreitung; treffen sich in Grüften, um Schädel zu kosen, einander schwülstig zu trösten in der Ars moriendi, die Klage der gespaltenen Kreatur anzustimmen gegen den Himmel; und wenn auf dem Friedhof eine frisch ausgehobene Grube der Belegung harrt, steigen sie hinab, stochern in den Erdwänden, geben den Würmern Namen, spielen im Gottesacker wie Kinder im Sand und singen der Nacht neue Lieder.

Selbstverständlich vertont Carlo viele Texte seines Freundes; eine fruchtbare Synthese, eine Wort-Musik-Alliance entsteht, wie es sie vorher, was gegenseitiges Einfühlungsvermögen betrifft, noch nicht gegeben hat. Die Madrigale, die Carlo auf Sonette Tassos komponiert, gehören zu seinen inspiriertesten; umgekehrt wird Tasso von den kühnen, an die Grenzen der Harmonik strebenden Klängen zu Höchstleistungen morbider Lyrik getrieben.

Carlo beginnt in jenen Monaten erstmals seinen eigenen Stil zu entwickeln, der von krassen Dissonanzen, unvermuteten Tonartwechseln und affektierten Wortausdeutungen gekennzeichnet ist. Tasso dagegen vollendet in der Stille Gesualdos sein letztes, stark religiöses Epos *Il mondo creato*.

Der vierundvierzigjährige Dichter, doppelt so alt wie sein Gönner, hatte vor der Fahrt nach Neapel einen ferraresischen Irrenhausaufenthalt erdulden müssen; freigekommen war er erst durch die Fürsprache Vincenzo Gonzagas. Gesualdo genießt er als klosterähnliches Refugium, fühlt sich von einem Adligen zum ersten Mal genügend verehrt und verstanden.

Dabei sind Carlo und Tasso im Kern doch verschieden.

Tassos Leiden ist immer irdischer Herkunft, ein Leiden unglücklicher Liebe, kein Verzweifeln an der Endlichkeit des Daseins. Sein Drang, sich unglücklich zu verlieben, muß übrigens manisch genannt werden, bildet eine Hauptquelle seiner Kreativität. Daß er in Gesualdo diese Lieblingsbeschäftigung vernachlässigt, hängt damit zusammen, daß er sich die rechte Stimmung für sein religiöses Opus bewahren will.

Unter der Oberfläche ist ihre Seelenverwandtschaft also eher eine der entfernteren Art, doch ungeachtet dessen leiden beide eifrig um die Wette, übertrumpfen sich gegenseitig in ihrer Weltentrückung und den Entwürfen labyrinthischer Wahngebilde. Die Glücksmomente gemeinsamen Kunstschaffens lassen den Erbfürsten - man muß es so ausdrücken - selig auf schwarzen Wolken schweben.

Wer nach dem Einfluß von Vater Fabrizio fragt, dem sei gesagt, daß Carlo nach der Geburt Emmanueles nie wieder irgendeine Art von Gängelung dulden mußte, daß sich Fabrizio um ihn überhaupt nicht mehr kümmerte, daß er Augen und Ohren verschloß vor dem Rückfall in den Abgrund, daß ihm sein Sohn so egal wie nur irgendwas wurde.

Carlos Tragödie offenbart sich, als Tasso eines Tages (1590) den Hut nimmt, fortgetrieben von gnadenloser Paranoia, die ihn überall Intriganten und Meuchelmörder vermuten läßt. Carlo bleibt einsam zurück, plötzlich von einer grauenhaften Leere umgeben, mit der nicht einmal er etwas anzufangen weiß.

Hilfesuchend reitet er nach Neapel, nicht wissend, was genau er sich dort erhofft.

Eine im siebten Monat schwangere Maria erwartet ihn.

Carlos morsche Pfeiler brechen zusammen, er sieht sich als Hahnrei verspottet, die Ruinen seiner poetischen Idee liegen zerschlagen am Boden in giftigem Qualm.

Unfähig, Maria zur Rede zu stellen, unfähig, überhaupt zu sprechen, verbirgt er sich wochenlang in einem Zimmer des Palazzo San Severo, vegetiert in dumpfem Grübeln, nimmt regungslos die Geburt des Kindes - einer Tochter - zur Kenntnis.

Durch Marias Unachtsamkeit letzter heilkräftiger Illusionen beraubt, erkennt er das irreparable Ausmaß seiner Krankheit, glaubt sich von Gott verlacht und vom Leben verstoßen.

Eifrige Leibdiener tragen ihm den Namen des Liebhabers zu: Es ist kein Geringerer als Fabrizio Carafa, Herzog von Andria, dessen Verhältnis zu Maria bald wieder dort einsetzt, wo es durch die Niederkunft unterbrochen wurde.

Carlo erwacht aus seiner Lethargie, sinnt auf Rache, Rache an Maria, Rache an Fabrizio, Rache an der ganzen Welt.

Maria d'Avalos und Fabrizio Carafa gehören wohl zu den im nachhinein am meisten verklärten Liebespaaren des 17. Jahrhunderts. Obwohl es sich um eine (im Geist der Zeit verbrämte) stark sexuell orientierte Liebschaft gehandelt haben dürfte, gibt es daran doch interessante Aspekte, die ein etwas detaillierteres Bild Marias erlauben.

Will man verbliebenen Quellen glauben, ist jene Affäre allein durch Blickkontakt vereinbart worden. Es soll nicht einmal wegbereitende Briefwechsel gegeben haben; selbst die erste Tuchfühlung soll nur aufgrund von Augensprache zustande gekommen sein.

Wie dem auch war – Carafa verbirgt sich eines Nachmittags im Gartenpavillon eines befreundeten Adligen. Maria, Mitglied einer nach dem Essen plaudernd-promenierenden Gesellschaft, entschuldigt sich plötzlich, täuscht einen Anfall von Übelkeit vor und zieht sich in besagten Pavillon zurück, um sich ein wenig »hinzulegen«. Dort – so behauptet später der bestochene Gärtner, der während des Vorfalls Schmiere stand – sei es »nach wenigen Minuten zu den höchsten Genüssen der Liebe gekommen«.

Pure Leidenschaft also; daß das Objekt von Marias Begierde ein angesehener und bedeutender Herzog war, kann als zufällig gelten. Schilderungen Fabrizio Carafas bestätigen diese Auffassung; gilt er doch als »der vielleicht ansehnlichste und galanteste Kavalier der Stadt, kraftvoll und blühend, noch keine dreißig Jahre alt, im einen Moment Adonis gleich wegen seiner Schönheit, im andern Mars wegen seiner Stärke und Reizbarkeit«. (Borzelli)

Die exzessiven Zusammenkünfte finden unter abenteuerlichen Umständen statt; oft während Tanzfesten, in Bedienstetenzimmern, in freier Natur, es wird sogar behauptet, in Seitenkapellen von Kirchen (was allerdings angesichts der Gläubigkeit Marias unwahrscheinlich klingt).

In jedem Fall häufen sich die Begegnungen rasant. Maria wagt es schließlich, den verkleideten Herzog in ihrem ehelichen Schlafzimmer zu empfangen. Diese Keckheit ist ebenso unvernünftig, wie sie wenig Rücksichtnahme auf ihren Gatten zeigt, den der unvermeidliche Klatsch selbst in der Ferne Gesualdos erreichen muß. Wer sich nur annähernd in damalige Ehrencodices einfühlen kann, weiß zudem, daß Maria nicht nur sich selbst in Gefahr bringt, sondern auch ihren Liebhaber, der, nebenbei gesagt, den Umständen entsprechend glücklich verheiratet und Vater von fünf Kindern ist. (Aus diesen fünf Kindern - Anekdote am Rande - resultieren später gleich zwei Heilige, was für einen christlichen Vater sicher einen schönen Erfolg bedeutet.)

Spätestens nach der Rückkehr Carlos und dem Malheur ihrer unbeabsichtigten Schwangerschaft hätte Maria sich zügeln und ein bißchen Vorsicht an den Tag legen müssen. Aber in einer Sturheit, die sich mit Leidenschaft allein nicht mehr erklären läßt, steuert sie unaufhaltsam in ihr Verhängnis.

War sie so blind? Oder so dumm? Schätzte sie Carlo falsch ein? Oder legte sie es gar auf einen spektakulären Liebestod an? So abwegig, wie letztere Vermutung scheinen mag, ist sie nicht.

Denn Carafa denkt nach Marias Niederkunft sehr wohl an ein Aussetzen ihrer Beziehung, schreibt ihr, ihre Liebe sei entdeckt, eine Fortsetzung der nächtlichen Treffen bilde eine Gefahr für beider Leben und Ehre.

Und Maria? Stürmisch bedrängt sie ihn, die Zärtlichkeiten wieder aufzunehmen; der Herzog antwortet, es sei Wahnsinn, nicht das Schwert zu erkennen, das über ihren Häuptern schwebe, sollten sie weitermachen wie bisher.

Maria reagiert höchst verärgert und schimpft, daß der Natur wohl ein Fehler anzukreiden sei, wenn sie einen Kavalier mit dem Herzen eines Weibes und eine Frau mit dem Herzen eines Ritters geschaffen habe; daß, wenn seine Brust zur Wohnstatt von Furcht und Feigheit geworden sei, er alle Liebe zu ihr aufgeben und niemals mehr vor ihr erscheinen solle.

Anscheinend trifft sie den richtigen Ton.

Aufgewühlt schreibt Carafa zurück: (14.10.1590)

Schöne Dame - Ihr wollt, daß ich sterbe? Dann sei es! Um der Liebe Eures Herzens willen verläßt meine Seele glücklich den Körper, Opfer solcher Schönheit. Ich habe die Kraft, meinem Tod zu begegnen, aber nicht Mut genug, den Euren zu ertragen. Denn wenn ich sterbe, werdet Ihr nicht am Leben bleiben - dies allein ist die Furcht, die mich zum Feigling macht. Wenn Ihr keinen Sinn für drohendes Unheil besitzt, gebt mir die Versicherung, daß ich allein Opfer Eures Gatten sein werde - und ich werde Euch zeigen, daß ich einer Klinge in die Augen sehen kann. Ihr seid grausam, nicht zu mir, sondern zu Eurer eigenen Schönheit, die noch nicht reif ist, im Grab zu verrotten.

Marias Antwort (17.10.1590) tönt nicht weniger romantisch:

Mein Herr - tödlicher scheint mir ein Moment, in dem Ihr nicht an meiner Seite ruht, als tausend Tode, die aus unseren Verbrechen [sic!] *resultieren könnten. Wenn ich mit Euch ende, werde ich Euch niemals fern sein; aber wenn Ihr mich verlaßt, werde ich einsam und traurig sterben, fern von allem, dem mein Herz gehört - und das seid*

Ihr. Überlegt also, ob Ihr Euch unloyal zeigt und mich im Stich laßt, oder ob Ihr treu bleiben wollt - und immer bei mir. Die Bedenken, die Ihr geäußert habt, hättet Ihr schon lange vorher äußern müssen, nicht erst jetzt - da der Pfeil aufgelegt und der Bogen gespannt ist. Niemals hättet Ihr mich lieben sollen, geschweige denn ich Euch - sollte jetzt niedere Furcht uns trennen. Kurzum - ich wünsche und befehle es so: Kommt zu mir - oder verliert mich für immer!

Wem dieser Brief noch keine genügend deutliche Aufforderung zum gemeinsamen Sterben enthält, der findet im religiösen Denken jener Zeit ein weiteres Argument für einen planvoll inszenierten Liebestod. Die strenggläubige Maria empfindet ihren Ehebruch als Todsünde. In der christlichen Theologie aber existiert die Auffassung, »selbst die größte Sünde erlaube Vergebung, wenn Vergebung durch ausreichende Buße begehrt wird. Der Körper mag bestraft (d.h getötet), aber die Seele durch die Beichte gerettet werden«. (Watkins)

Gut möglich, daß Maria diese moralische Hintertür zum eigenen Seelenheil gesucht hat; wenn dem so war, starb sie bestimmt optimistisch.

Auch folgende mysteriöse Begebenheit ließe sich dadurch relativ einfach erklären:

In der Nacht vom 26. auf den 27. Oktober 1590 hat Carafas Frau, während der Betstunde in ihrem Palast in Andria, eine Offenbarung. Ihr Mann, so sagt eine geheimnisvolle Stimme, werde sehr bald sterben, aber gleichzeitig werde er, durch die Intervention der Muttergottes, Vergebung seiner Sünden erlangen.

Die Herzogin, außer sich, erzählt sofort herum, was ihr widerfahren ist; man muß sie beruhigen und komplimentiert sie ins Bett, wo sie eine schlaflose Nacht verbringt. Am Morgen wiederholt sie die Vision, sie wird als Alptraum gedeutet und in mühsame Verniedlichungen zerfranst - bis fünf oder sechs Stunden später die grauenhaften Nachrichten eintreffen.

Kann es nicht gut sein, daß der in den Konventionen seiner Liebe gefangene Carafa seiner Gattin Andeutungen gemacht hat, was möglicherweise bald mit ihm passieren könnte und weshalb? Hat er vielleicht sogar eine Art Abschiedsbrief geschrieben, der als Auslöser einer solchen Offenbarung wirkte?
Beweisbar ist letztlich wenig. Zu den Geschehnissen besagter Oktobernacht liegen Tausende Zeugnisse vor; ein Dutzend Versionen könnte daraus gebastelt werden, denn viele der Einzelheiten widersprechen einander leider und nur die grobe Handlung kann als unzweifelhaft gelten.
Wenn darüber hinaus hier etwas Platz findet, so in der Überzeugung: Wo die Grenze zwischen Fakt und Legende verwischt, entsteht die Poesie des Geschehenen, und was ist alle Wahrheit wert - gegen die Schönheit?

Am 26. Oktober, mittags, stellt Carlo seiner Frau eine Falle. Er will sie und den Herzog von Andria in flagranti ertappen, um beide gemeinsam töten zu können; dazu muß er Maria zuerst die Möglichkeit eines Treffens im eigenen Haus bieten.
Er kündigt ihr an, eine Jagdexpedition nach Astruni zu unternehmen; seine Rückkehr sei nicht vor Wochenfrist zu erwarten. Mit mehreren Bediensteten verläßt er unter Gepolter den Hof, nur um sich im nahe gelegenen Haus eines Verwandten zu verbergen. Nach anderer Lesart macht er sich

nicht einmal diese Mühe, sondern befindet sich die meiste Zeit, auf seinen Einsatz lauernd, im Zwischengeschoß des Palazzo Severo, nur wenige Meter Luftlinie von Maria entfernt.

Es gibt keinen Grund, das folgende nicht von zwei Augen-, genauer gesagt, Ohrenzeugen berichten zu lassen.

Vor dem vierköpfigen Untersuchungskomitee des großen vicarianischen Gerichtshofs sagen hintereinander aus:

1. Silvia Albana, zwanzig Jahre alt, Zofe der Maria d'Avalos seit sechs Jahren.

2. Pietro Bardotti, ca. vierzig Jahre alt, Kammerdiener Don Carlos, seit achtundzwanzig Jahren im Dienste der Familie Gesualdo.

Diese beiden Protokolle (künftig mit 1 und 2 beziffert) sind im Sinne einer stärkeren Dramaturgie hier abschnittsweise parallel gesetzt.

Aus 1: *Am Abend des 26. Oktober, eines Dienstags, gegen zehn Uhr, ging Donna Maria, nachdem sie das Nachtmahl eingenommen hatte, zu Bett und wurde von der Zeugin, Silvia Albana, sowie einer zweiten Zofe mit Namen Laura Scala, entkleidet. Die Zeugin begab sich dann in den Nebenraum, um wie üblich die Kleider ihrer Herrin für den morgigen Tag herauszusuchen und zu reinigen. Danach wurde sie von Donna Maria gerufen, die nun plötzlich wieder angekleidet werden wollte. Die Zeugin fragte, weshalb, und Donna Maria anwortete, sie hätte den Herzog von Andria pfeifen hören und möchte zum Fenster gehen, um ihm zu antworten. Die Zeugin erkannte daraufhin, auf der Straße, im Mondlicht, besagten Herzog, denn sie hatte ihn schon oft gesehen, und sie hörte ihn zu Donna Maria sprechen.*

Aus 2: *Der unter Eid genommene Zeuge Pietro Bardotti, befragt, ob er Don Carlos gegenwärtigen Aufenthaltsort wüßte, verneint. Die Geschehnisse jener Nacht stellt er wie folgt dar: Gegen neun Uhr speiste Don Carlo zu Abend in seinem Privatgemach im Zwischengeschoß, auf dem Bett liegend und angezogen, wie er es jeden Abend so hielt. Hierbei wurde er bedient von besagtem Zeugen, der danach die Tür verriegelte und sich zum Schlafen zurückzog.*

Aus 1: *Die Zeugin brachte ihrer Herrin einen kurzen grauen Rock und einen Schal. Als Donna Maria angezogen war, ging sie auf den Balkon hinaus. Zuerst aber befahl sie der Zeugin, auf der Hut zu sein, falls sie irgend etwas in Haus oder Hof bemerken solle, was ungewöhnlich wäre. Die Zeugin tat, wie ihr aufgetragen wurde, und während Donna Maria auf den Balkon ging, konnte man die Uhr elf schlagen hören. Eine halbe Stunde später befahl Donna Maria die Zeugin erneut zu sich, damit sie ihr beim Entkleiden helfe. Donna Maria legte sich ins Bett und befahl der Zeugin, ihr ein Nachthemd zu bringen, weil, wie sie sagte, ihres verschwitzt sei. Die Zeugin brachte ihr das Nachthemd; es hatte einen engen Kragen aus schwarzer Seide und ein paar gerüschte Manschetten aus selbigem Stoff. Donna Maria befahl, das Nachthemd auf dem Bett liegenzulassen, eine Kerze zu entzünden und sie auf dem Stuhl neben dem Bett zu plazieren. Des weiteren befahl sie der Zeugin, nicht mehr in das Schlafzimmer einzutreten, bevor sie nicht gerufen werde. Die Zeugin ging zurück in ihre Kammer, die zwischen dem Schlafzimmer Donna Marias und der Treppe liegt; legte sich angezogen auf ihr Bett und fiel, über der Lektüre eines Buches, in Schlaf.*

Aus 2: *Gegen Mitternacht hörte der Zeuge seinen Herrn das Glöckchen bedienen; Don Carlo schickte ihn um ein Glas Wasser. Der Zeuge stieg in den Hof hinunter, zum Brunnen; dabei bemerkte er, daß die Türe zur Straße offenstand, was er sich nicht erklären konnte. Der Zeuge schöpfte einen Krug Wasser und brachte ihn hinauf. Als er das Zimmer seines Herrn betrat, sah er ihn angekleidet in Hose und Jacke; und Don Carlo befahl, daß ihm sein Mantel gereicht werde. Verwundert fragte der Zeuge, wohin er zu so später Stunde gehen wolle, und erhielt als Antwort: »Zur Jagd!« - Da der Zeuge einwendete, es sei nicht grad eben die Zeit, in der man zur Jagd ginge, raunte Don Carlo: »Du wirst sehen, welches Tier ich heute jagen werde!« Dann befahl er dem Zeugen, zwei Fackeln zu entzünden, und als dies geschehen war, holte Don Carlo unter seinem Bett ein Schwert hervor und gab es dem Zeugen zum Tragen, ebenso einen Dolch, ein Messer und eine kleine Arkebuse. Danach erklomm er, gefolgt vom Zeugen, die Treppe zu Marias Zimmerflucht und flüsterte, daß er beide umbringen werde, den Herzog von Andria und »diese Hure Maria«. Der Zeuge bemerkte drei Männer auf der Treppe, von denen jeder eine Hellebarde und eine Arkebuse trug. Nachdem Don Carlo ein Zeichen gab, traten die Männer die Tür ein, die am Kopfende der Treppe zu Donna Marias Räumen führt.*

Aus 1: *Später wurde die Zeugin aufgeschreckt durch das Geräusch splitternden Holzes. Zuerst an einen Traum denkend, erkannte sie die Schemen dreier Männer, die ihre Kammer durchquerten und die Tür zum Schlafzimmer Marias aufrissen. Im selben Moment, in dem die Zeugin erwachte, verlöschte das Licht der einzigen Kerze; die Zeugin kann zu den Namen der drei Männer nichts sagen, aber sie hat gesehen, daß der letzte eine Hellebarde trug. Ob die beiden anderen Waffen besaßen, kann sie nicht mit Sicherheit behaupten. Sofort nachdem die drei Männer das Schlafzimmer der Maria d'Avalos betreten hatten, hörte die Zeugin zwei Schüsse und fast im selben Moment eine Stimme, die rief: »Hier ist er!« Gleich darauf sah die Zeugin Don Carlo Gesualdo, den Gemahl der Donna Maria, die Kammer betreten, und dahinter den Diener Pietro Bardotti, mit zwei flammenden Fackeln in der Hand. Besagter Don Carlo habe eine Hellebarde getragen; die Zeugin ist nicht sicher, ob er noch andere Waffen besaß. Don Carlo sagte zu der Zeugin: »Ah, Verräterin, dich werde ich auch töten! Du wirst mir nicht entkommen!«, und Don Carlo wies Bardotti an, die Zeugin nicht aus dem Raum fliehen zu lassen, und rannte in das Schlafzimmer, nachdem er Bardotti noch befohlen hatte, eine der beiden Fackeln in der Portiere der Tür zu befestigen. Bardotti tat das; und den Moment nutzend, flüchtete die Zeugin in das Zimmer, in welchem der Junge [Don Emmanuele] lag, unter dessen Bettchen sie sich verbarg und zu Gott betete, Don Carlo möge dem Kind nichts antun.*

Aus 2: *Kurz darauf hörte der Zeuge das Knallen von Feuerwaffen, aber keine Stimmen, weil er außerhalb des Schlafzimmers der Dame wartete. Als die drei Männer wieder herauskamen, erkannte er sie als Pietro Vicario, Ascanio Lama und Francesco (unbekannten Nachnamens), alle Knechte Don Carlos, und sie stiegen die Treppe hinab. Später kam Don Carlo selbst, beide Hände triefend von Blut, aber er drehte sich gleich um, ging ein zweites Mal hinein und rief: »Ich* glaub's nicht, daß sie tot ist!« Der Zeuge leuchtete mit einer Fackel hinterher und sah einen toten Körper neben der Tür, und er sah, daß Don Carlo auf das Bett der Donna Maria sprang und ihr noch einige Wunden zufügte, und dabei rief er immer wieder: »Ich glaub's nicht, daß sie tot ist!« Dann befahl er dem Zeugen, die Frauen am Schreien zu hindern, rannte die Treppe hinunter, und der Zeuge hörte vom Hof her Pferdelärm. Am Morgen stellte sich heraus, daß Don Carlo nicht mehr hier war, noch seine Knechte, noch irgendwelche Mitglieder des gesualdensischen Hofstaats. Und das ist, was der Zeuge weiß.

Aus 1: *Später hörte die Zeugin Stimmen aus ihrer (der Zeugin) Kammer, und hörte Don Carlo sagen: »Wo sind sie?«* [Silvia Albana und Laura Scala] *Danach hörte die Zeugin nichts mehr, und als sie unter dem Bett herauskroch, sah sie plötzlich Pietro Bardotti, mit einer Fackel in der Hand, und er sagte zu ihr: »Fürchte nichts, denn Don Carlo ist fort«, und sie fragte ihn, was geschehen sei, und er antwortete: »Beide sind tot.« Die Zeugin besaß nicht den Mut, das Kinderzimmer zu verlassen bis zum Morgen. Befragt, wann die drei Männer gekommen seien, sagt sie, das wüßte sie nicht, aber es habe gerade ein Uhr geschlagen, als sie ihr Versteck verließ.*

Soweit die Protokolle der Ohrenzeugen, die, obwohl subjektiv gefärbt und in Einzelheiten differierend, als glaubwürdigste Darstellungen des Tathergangs Priorität genießen müssen gegenüber allen anderen Quellen mehr oder minder undurchsichtigen Ursprungs.
  Um das Gemälde in der Skizze zu vervollständigen, hier noch ein Teil des Berichts des Unter-

suchungskomitees selbst, aufgezeichnet am Mittwoch mittag des 27. Oktober 1590.

Die höchstberühmten Herren Don Giovan Tommaso Salamanca und Don Fulvio di Costanzo, königliche Anwälte und Kriminalrichter des großen Gerichtshofs von Vicaria, dazu der höchst ehrenwerte Staatsanwalt des großen Gerichtshofs, und ich, der unterzeichnende Prinzipal besagten großen Gerichtshofs, kamen zusammen im Hause des höchstberühmten Don Carlo Gesualdo im Bezirk von San Domenico Maggiore, weil uns zugetragen wurde, daß die höchstberühmte Donna Maria d'Avalos, Gattin besagten Don Carlos, und der höchstberühmte Don Fabrizio Carafa, Herzog von Andria, getötet worden sind.
Im obersten Stockwerk besagten Hauses, ins hinterste Zimmer desselben, traten alle oben erwähnten Herren ein, und in diesem Raum wurde, ausgestreckt auf dem Boden, der höchstberühmte Don Fabrizio Carafa, Herzog von Andria, tot aufgefunden, der, nach Betrachtung durch besagte Herren und mich, Giovan Domenico Micene, identifiziert wurde als Don Fabrizio Carafa, Herzog von Andria. Dessen einzige Bekleidung war ein weißes Frauennachthemd mit Kragen und Manschetten aus schwarzer Seide und einem Ärmel ganz rot von Blut; und besagter Herzog war durchbohrt von vielen Wunden; im einzelnen: ein Einschußloch im linken Arm, das durch den Ellbogen und sogar durch seine Brust führte, wobei der Ärmel besagten Nachthemds versengt wurde. Des weiteren Zeichen diverser Wunden, verursacht von spitzem Stahl, in der Brust, auf den Armen, auf dem Kopf und im Gesicht; sowie ein weiteres Einschußloch in der Schläfe, woraus großer Blutfluß resultierte.

-34-

In selbigem Raum befand sich ein vergoldetes Bett mit Vorhängen aus grünem Tuch, und inmitten besagten Bettes wurde die oben erwähnte Donna Maria d'Avalos tot gefunden, in einem völlig von Blut durchtränkten Hemd. Betrachtet von besagten Herren und mir, dem oben erwähnten Prinzipal des Gerichtshofs, wurde sie identifiziert als Donna Maria d'Avalos, die erschlagen und deren Kehle durchschnitten war. Es fand sich eine Stichwunde neben der rechten Schläfe, eine im Gesicht und eine Anzahl von Messerschnitten auf ihrer rechten Hand und ihrem rechten Arm. Zwei Wunden undefinierbarer Machart zeigten sich auf Brust und Seite.

In besagtem Bett wurde ein Männerhemd mit gefransten Ärmeln gefunden und auf einem karmesinfarbenen, samtbezogenen Stuhl ein polierter Eisenhandschuh; des weiteren ein Paar Hosen in verschiedenen Grüntönen, ein Paar Strumpfhosen aus grüner Seide, ein Mantel aus gelbem Tuch, eine weiße Unterhose und ein Paar Tuchpantoffeln. All diese Kleidungsstücke zeigten weder Löcher noch Schnitte, noch waren sie von Blut verfärbt.

Auf Anweisung oben erwähnter Herren wurde nach zwei Särgen gesandt, die alsbald in besagten Raum gebracht wurden, in den jetzt auch Jesuitenpater Don Mestrillo zusammen mit zwei anderen Jesuiten trat. Als sie den Körper besagten Herzogs von Andria gewaschen hatten, konnte man oben erwähnte Wunden deutlicher sehen, die da waren: ein Einschußloch im Arm, verlängert quer durch die Seite, und ein zweites Einschußloch in der Schläfe, quer durch den ganzen Kopf, aus dem ein wenig Hirnmasse gesickert war; ebenso Wunden im Gesicht, im Nacken, auf der Brust, auf dem Bauch, den Nieren, den Armen, Händen und Schultern - Wunden von Hieben eines scharfen Schwertes, ziemlich tief, viele den Körper von einer zur andern Seite durchbohrend.

Die Leiche war gleich neben der Tür gefunden worden, drei Schritte von besagtem Bett entfernt. Unter der Leiche, auf dem Boden, waren Kerben, die von Schwertern herzurühren schienen, die den Körper durchbohrten und tief in den Boden eindrangen. Als der Herzog gewaschen und, schwarz bekleidet, in den Sarg gelegt war, nahmen ihn seine Großmutter, die Gräfin von Ruo, und sein Onkel, Don Vincenzo Carafa, mit sich.

Danach traf die Marchesa di Vico ein, betagte Tante der Donna Maria d'Avalos. Sie ließ die Tote von Dienerinnen bekleiden und in den zweiten Sarg legen, der entsprechend dem Wunsch der höchstberühmten Donna Sveva Gesualdo, Mutter besagter Maria, in der Kirche von San Domenico aufgebahrt wurde.

In Zeugenschaft hiervon, auf Weisung der oben erwähnten, höchstberühmten Herren, habe ich, Giovan Domenico Micene, Prinzipal des großen Gerichtshofs, obigen Bericht mit eigener Hand, ganz ohne fremdes Zutun, geschrieben.

Die erheiternde, scheingenaue Pedanterie und plumpe Floskelhaftigkeit des Protokolls, in dem ein unbeteiligter Stuhl über Gebühr beschrieben, der nackte Körper Marias aber offensichtlich nicht examiniert wurde, legt die Vermutung nahe, daß innerhalb der offiziellen Akten manches unerwähnt blieb; wohl aus Gründen der Dezenz gegenüber den betroffenen Familien. So findet sich bei Borzelli die Bemerkung: »Die Wunden Marias fanden sich größtenteils in ihrem Unterleib und speziell in jenem Teil desselben, der am ehrenhaftesten gehalten werden sollte. Der Herzog von Andria aber wurde noch schlimmer verstümmelt.«

Auch stimmen so viele Darstellungen darin überein, die Leichen seien von Carlo zur öffentlichen Schaustellung auf die Stufen des Palastes geworfen worden, daß man dem unbedingt Rechnung tragen muß, zumal es so schon in einigen Lexika steht. Carlo soll einen Zettel an der Pforte befestigt haben, auf dem der Grund des Mordes zu lesen war, und die halbe Stadt soll an dem unglücklichen Paar vorbeigeschritten sein. Pierre de Bourdeille, Sieur de Brantôme, schreibt in seinen *Les Dames Galantes*, daß alle, die die beiden schönen Körper betrachteten, von Trauer und Mitgefühl bewegt gewesen seien. Borzelli schreibt sogar, daß die aufgebahrte Maria im Tode noch so schön war, daß sich einer der Franziskanermönche nicht zurückhalten konnte und sie schamlos mißbrauchte.

Fast ebenso hartnäckig hält sich die Legende, Don Carlo habe auch das neugeborene Töchterlein Marias ermordet, indem er die Wiege nahm und so lange herumschleuderte, bis das Kind an Atemnot starb.

Da jenes Kind aber nirgends eingetragen wurde, läßt sich vermuten, daß es in Wahrheit bei oder kurz nach der Geburt das Zeitliche segnete, vielleicht wenige Tage vor seiner Mutter - was den Ursprung des Gerüchts erklären könnte.

In ihrer Aussage spricht die Zofe Silvia Albana ausdrücklich nur von *einem* Kind, für das sie betete, nämlich für den *Jungen*, den zweijährigen Emmanuele. Immerhin - sollte das Töchterchen noch gelebt haben, wäre eine solche Tat Carlo zuzutrauen gewesen.

Bei Spacchini findet sich (1613) die Information, Donna Maria hätte den rasenden Carlo um Zeit für die Beichte gebeten, umsonst, sie hätte, das Hemd über den Kopf gezogen, beim Absingen des Salve Regina ihr Leben ausgehaucht.

Und damit genug. Ein Sprengsel Verbliebenheit inmitten wuchernder Legenden mag deren Pflege rechtfertigen.

Die Reaktionen auf die Bluttat staffeln sich zwischen den Extremen: Zustimmung und Entsetzen.
Formaljuristisch hat Carlo völlig im Einklang zum Recht seiner Zeit gehandelt, doch die Brutalität seines Vorgehens nimmt die Öffentlichkeit gegen ihn ein. Bei Ammirato heißt es: »Nur wenige haben die Toten nicht beweint und ihnen ihre Sünden nicht komplett vergeben.«
Carlos Vater Fabrizio zeigt keinerlei Parteinahme für den Sohn, beklagt laut jammernd das Schicksal seines »geliebten Freundes, des Herzogs von Andria«, und behauptet, er habe denselben mehrmals persönlich vor der drohenden Gefahr gewarnt (!).
Wie sich aus den Protokollen zweifelsfrei ergibt, hat Carlo drei Bedienstete vorausgeschickt, die sich um Carafa kümmerten, damit er selbst seine ganze Aufmerksamkeit Maria widmen konnte. Einige Verwandte der Opfer wollen ihm daraus einen Strick drehen und strengen einen Prozeß an, »Rache allein aus dem Grunde fordernd, weil edles Blut durch die Hände unwürdiger Knechte vergossen wurde«, wie es Pierre de Bourdeille ausdrückt.
In einem Brief des venezianischen Botschafters von Anfang 1591 ist zu lesen: »Ein paar Justizbeamte, zusammen mit den Offizieren vom Gericht, waren im Palazzo San Severo und haben nach verschiedenen Untersuchungen befohlen, daß alle mit dem Fall in Verbindung stehenden Personen Hausarrest erhalten, bis eine Entscheidung fällt, aber bis jetzt ist in der Sache nichts weiteres geschehen.«

Dabei soll es bleiben; zu einem Prozeß kommt es nie. Durch die Vermittlung von Carlos karrierebewußtem Onkel Alfonso (bereits Kardinal der Santa Cecilia in Rom, später Erzbischof Neapels) raufen sich die drei ohnehin eng verwobenen Häuser Gesualdo, Carafa und d'Avalos zusammen; man beschließt, den ungeheuren politischen Skandal totzuschweigen.

Carlo tut seinen Teil dazu und entzieht sich der höfischen Welt, verschanzt sich in der Burg Gesualdo, läßt, zur allgemeinen Satisfaktion, drei Jahre lang nichts von sich hören und sehen.

Nicht totzuschweigen sind nur die Literaten, die auf den Doppelmord höchst inspiriert reagieren und sich die Finger wundschreiben, um das tragische Paar zu den Sternen der Verklärung zu heben. Einem Wettstreit ähnlich, werden italienweit ergreifende Verse geschmiedet. Auch von Torquato Tasso wird erwartet, daß er sich dichterisch zum Thema äußert. Emotional hin und her gerissen, beläßt er es bei vier im Doppelsinne blutleeren Sonetten, in denen er die Sündhaftigkeit jedweder Liebe in Frage stellt, die Tat von allen Nymphen und Grazien beweinen läßt, den Täter aber in keiner Zeile erwähnt. Auch im weiterhin fortgesetzten Briefwechsel Tassos und Carlos findet sich keinerlei Einbuße des sehr herzlichen Verhältnisses.

Haben auch etliche Biographen den Mord unsinnigerweise die »Katastrophe des Hauses Gesualdo« und den »Beginn Carlos Wahnsinns« genannt, so ist er in Wirklichkeit weder das eine noch das andere gewesen. Wie man später sehen wird, hatte die Tat für die Familie sogar überraschend vorteilhafte Wirkung; und für Carlo war sie die einzige Therapie, die ihn - vorübergehend - vor dem totalen Verfall bewahrte.

Vielfach erlagen die Forscher dem Irrtum, Ursache für Carlos Geisteskrankheit wären aus dem Mord folgernde Gewissensnöte gewesen. Weil, bedingt durch diesen Irrtum, spätere Geschehnisse in keinen überzeugenden Kausalnexus gebracht werden konnten, verplätschern an dieser Stelle viele Biographien, begnügen sich mit dem Ableiern nackter Daten und lassen Carlos Bild Fragment bleiben.

Es stimmt, daß er bis ans Lebensende, in steigendem Maße, Gewissensqualen leidet, daß er sich reuig gibt und riesige Summen in Seelenmessen und wohltätige Werke steckt. Vorerst aber muß sein geistiger Zustand seltsam ruhig genannt werden, eine Ruhe, wie sie entsteht, wenn gleich große Kräfte an den Enden eines Strickes zerren und die Summe der Kräfte Null ergibt.

Sicherlich hat die Tat sein Leben einschneidend verändert, doch weder dumpfe Agonie noch schäumender Irrsinn erwuchsen daraus. Die Zerstörung seiner verfehlten poetischen Idee Maria muß Carlo vielmehr näher an Gott - oder Gott näher an Carlo gerückt haben. Ihn, der im Ritual der Jagd und des Schlachtens schon immer dem Geheimnis des Lebens nahe zu kommen trachtete, muß im Augenblick des Mordes eine Ekstase durchpulst haben, die ihn zurück in die unverstandene Weltordnung schleuderte, zurück in die Gerichtsbarkeit Gottes und Satans.

Es wäre falsch, von einer Versöhnung mit sich selbst zu sprechen - aber mit einem Mal ist Carlo wieder zu echter Frömmigkeit fähig, kann er mit seinem Gott wieder etwas anfangen, kann er ihm die Rolle des Richters und (erhofften) Erlösers dedizieren. Carlo ist, erst nachdem er ernste Schuld auf sich geladen hat, fähig geworden, den Wesenskern des Christentums wirklich zu verstehen und praktische Verwendung dafür zu finden. Aus der Starre, aus dem kalten Eis seines verdammt geglaubten Geistes entsteht neue Empfindung. Die Dämonen sind nicht verscheucht, doch tief in sein Innerstes gepreßt, gelähmt, auf Jahre zum Schweigen gebracht.

Nie ist er seinen Mitmenschen verträglicher gewesen als in den drei Jahren der Abschottung. Der Vierundzwanzigjährige lebt wie ein greiser Mönch; sanft, langsam und verhalten.
 (Berichte, wonach Carlo den gesamten Waldbestand rund um seine Burg abholzen ließ, entbehren jeder Grundlage, sind Phantasieprodukte jener Literaten, die den verhaßten Mörder durch Andichten von Paranoia, Angst und Reuequal in den Augen ihrer Leserschaft partout nicht ungestraft lassen wollten. Erwähnt sei es nur - soviel Zeit muß sein - weil es Herrn Shakespeare bei seinem fünfzehn Jahre später geschriebenen »Macbeth« inspiriert haben könnte.)
 Er wendet sich vermehrt der Komposition geistlicher Musik zu, schränkt die Jagd stark ein, widmet sich der Pferdezucht, läßt die Burg renovieren und ein Kapuzinerkloster bauen, dessen Kapelle den Namen Santa Maria delle Grazie bekommt.
 1591 findet ein anderes, Carlos Psyche wohltuendes Ereignis statt: Sein Vater Fabrizio stirbt. Carlo übernimmt damit automatisch den Titel des Fürsten von Venosa und des Vizekönigs von Neapel; ist jetzt ein Mann, dem (außer Philipp II. von Spanien, und der hat sich, nach dem Verlust seiner Armada, um anderes zu kümmern) niemand befehlen darf.

Die lang ersehnte »Freiheit« zeigt bald ihre Kehrseite.

Es ist klar, daß ein so wichtiger Potentat nicht auf Dauer in Klausur leben kann. Seine Hoffähigkeit wird erstaunlich schnell wiederhergestellt, wohl auf Betreiben seiner Verwandten, die in ihm noch immer ein Mittel zur Familienpolitik sehen.

Carlo, der die Isolation Gesualdos eher genossen als erlitten haben dürfte, hat keine Argumente, sich gegen ein neues Verplanen seiner Person zu wehren, und erledigt fortan die notwendigste Geschäftsführung seines Staates. Eine lästige Pflicht, der er sich oft durch Flucht entzieht, Flucht in die Schöpfungsakte seiner dunklen Madrigale und Responsorien.

Es ist an dieser Stelle geboten, kurz auf Carlos Musik einzugehen und eine grobe Standortbestimmung seiner Kunst vorzunehmen; in aller Vorsicht - denn allein die vielen konträren Positionen, die dazu existieren, aufzulisten, wäre ein voluminöses Unterfangen. Nur soviel: Er hat den Gipfel seiner Kunst früh erreicht. Bis zu seinem Tod entwickelte er den einmal gefundenen Stil nicht nennenswert weiter. Er ist ein Grenzgänger, aber kein Grenzüberschreiter. Er befand sich am Ende einer stilistischen Epoche, auf einem ausgefahrenen Gleis, und obwohl er lang genug lebte, um dazu Gelegenheit zu haben, sah er nicht der Barockzeit entgegen, schrieb weiterhin im alten Stil, für unbegleitete, polyphone Stimmgruppen. Carlo ist einer der sehr wenigen Musiker, die man korrekt als Manieristen etikettiert, wie ihre Maler- und Bildhauerkollegen jener Zeit. Seine Kunst war an einem toten Punkt angelangt, hatte ihre Stilelemente voll ausgeschöpft, ohne auch nur annähernd an die neue Musik eines Monteverdi reichen zu können. Daß Carlo mit seinem altmodischen Stil nie in echte Verlegenheit kam, muß als Triumph seiner reichen Phantasie gelten.

Die gehabten musikalischen Mittel werden bei ihm ins Äußerste gesteigert und intensiviert; ja oft sogar pervertiert.

Formale Kühnheiten befremden den Hörer, ohne ihn aber je zu erschrecken oder ihm gar eine neue Ästhetik zu vermitteln. Bei Carlo können die Baß- über den Sopranstimmen liegen; Querstände, Kadenzverzerrungen, Dissonanzen und Trugschlüsse verschleiern die überlebte Satztechnik. Ein weiteres wichtiges Merkmal ist der einem Aufschrei nahekommende Sprung in eine unerwartete Tonart; krasse Rückungen, wie von a-moll nach Fis-Dur, sind nicht selten. Gleich einem eingesperrten Tier, das Auslauf sucht, irrt Carlo durch den Käfig der Harmonik, kann die Netze nur ein wenig weiten, nie sprengen.

Die Verse, die er auskomponiert, sind immer sehr affektgeladen, traurig und schmerzerfüllt; als ihm geeignete, qualitativ hochstehende Texte ausgehen, schreibt er sich seine eigenen.

Nach dem Hören mehrerer seiner Stücke schwindet das Überraschungsmoment rapide; letzten Endes wird die Schematik seiner »Lautmalerei der Schmerzen« durchschaubar. Böse Zungen haben behauptet, Carlos Musik könne nur das Werk eines Asthmatikers gewesen sein; es klinge wie ein vielstimmiger Erstickungsanfall. Dies ist ebenso überzogen wie das in den letzten Jahren sprunghaft gestiegene Interesse an seiner Kunst, in der gewisse Musiktheoretiker sogar, irgendwo, eine leise Wagner-Antizipation beobachtet haben wollen.

Wenn auch gewichtige Mentoren, unter ihnen Igor Stravinski, Carlos Namen hochhalten, muß doch klipp und klar gesagt werden, daß ohne die Blutlegende seine Kompositionen zumindest nicht häufiger aufgeführt würden als die seiner Zeitgenossen Marenzio, Maqué, Wert und Nenna; von Größen wie Gabrieli und Luzzaschi ganz abgesehen.

Man muß allerdings darauf verweisen, daß die Kunst jener Zeit noch ein ganz anderes, vielleicht gesünderes Verhältnis zur Originalität besaß als die Gegenwart. Carlo bezeichnete sich oft - und das mit vollem Selbstbewußtsein - als Imitator Luzzaschis, was in den egomanischen Ohren eines heutigen, sich für »originär« und »echt« haltenden Künstlers schrecklich klingen muß. Damals aber erklärten sich viele - und die größten - Komponisten zu Imitatoren anderer; es war ein Ausdruck hoher Verehrung. Im übrigen bedeutete Imitazione dreierlei: Nicht nur die Hommage *an*, die offene Anleihe *von*, sondern auch die kritische Auseinandersetzung *mit* dem Imitierten.

Viele Mißverständnisse und Fehlinterpretationen begleiten die Deutung von Carlos Schaffen; hierin ist er Hieronymus Bosch ähnlich, den die ihm unterschobenen Intentionen sicher entsetzt beziehungsweise amüsiert hätten.

Carlo war absolut kein Dilettant, er hat oft darunter gelitten, daß Komponistenkollegen in ihm zuerst den finanzkräftigen Fürsten, dann den Musiker sahen. Ebensowenig war er jenes Genie, auf das die Musik sehnlichst wartete und welches schließlich in Monteverdi Person wurde.

Er ahnte gegen Ende seines Lebens sehr wohl, daß er ein von der Zeit Überholter war - ohne sich ändern zu können.

Denn eins muß man ihm zugute halten - er hat immer nur sich selbst in Töne gesetzt. In seiner gigantischen Monomanie der Tortur bildet er ein Pendant zum Marquis de Sade.

Und man wird sehen: Wen die Götter nicht lieben, dem ersparen sie nichts.

II

Tausendmal am Tag sterbe ich,
und ihr, gottlose Seufzer,
laßt mich nicht im Seufzen vergehn?
Und du, grausame Seele, betrübt dich
mein Schmerz – warum hebst du dich nicht
                                    fort?
Ach, daß der Tod doch Mitleid fühlte,
mit meinem tiefen, bittren Leid,
und dieses Leben bräche!
Seele und Seufzer sind mir feind
und Tod allein barmherzig.

                Text zum siebten Madrigal
                    des sechsten Buches,
          wahrscheinlich von Carlo verfaßt.

War Carlo schon immer für Überraschungen gut, und strotzt auch sein Lebenslauf, arabesken Schlingpflanzen gleich, von unerwarteten Wendungen - ist doch das Dokument, das er am 20. März 1593 unterzeichnet, schier unglaublicher Art.

Es handelt sich - kein Scherz - um seinen zweiten Heiratskontrakt; und nicht etwa mit irgendwem, nein - mit Leonora d'Este, Sproß des bedeutendsten Adelsgeschlechts Italiens. Wie um Himmels willen ist es dazu gekommen? fragt man sich. Ein eben noch ausgestoßener, skandalumwitterter Fürst knüpft Verbindung zum mächtigsten Hochadel, ungeachtet seiner Reputation als - milde ausgedrückt - verschrobener Totschläger? Kann man das für möglich halten?

Wenn man die verborgenen Hintergründe ans Licht zerrt, die beinah komödiantisch anmuten, sieht alles anders aus. Um aber das Unwahrscheinliche plausibel zu machen, bedarf es einer kurzen Abschweifung nach Norden, nach Ferrara, zu Herzog Alfonso II.

Dieser, regierendes Oberhaupt der d'Este, ist knapp fünfzig Jahre alt und bereits zum dritten Mal fruchtlos verheiratet, was sich in seinem Fall besonders prekär auswirken könnte. Denn zwischen den d'Este und dem Papst existiert ein uralter Lehensvertrag, demzufolge die Herrschaft über Ferrara an den jeweiligen männlichen d'Este-Nachkommen direkter Linie vererbt wird.

Falls aber einmal ein solcher nicht vorhanden wäre, fiele die Stadt in den Besitz des Pontifikats zurück.

Alfonso II., von seinen infertilen Gattinnen deprimiert, faßt eines Tages den Entschluß, nicht länger auf die Gnade der Sohnsgeburt zu warten, sondern den Kampf um Ferrara mit zusätzlichen Mitteln auszufechten.

Er begibt sich nach Rom und stellt den Antrag, daß der Lehnsvertrag in Gottes Namen auf eine Nebenlinie der d'Este ausgeweitet werde. Der Papst (Gregor XIII.) ist dem nicht unbedingt abgeneigt, muß aber entdecken, daß er, rein zufällig, erst vor kurzem selbst eine entsprechende Bulle erneuert hat, die die Alienation päpstlicher Lehen verbietet. Gregor beruft das Kardinalskollegium ein und überträgt diesem die Entscheidung des heiklen Falls. Nach langwieriger, alle Interessen abwägender Beratung fällt sie mit knapper Mehrheit gegen den d'Este aus.

Nun - vielleicht erinnert man sich: Wer ist der Dekan obigen Kollegiums und einer der einflußreichsten Kardinäle? Ganz richtig - es ist Alfonso Gesualdo, Carlos Onkel väterlicherseits.

Schon kristallisiert sich das Motiv heraus; der Rest ist schnell erzählt. Der Herzog von Ferrara beginnt, seine ledigen Verwandten in die entscheidenden Kardinalsfamilien einzuverheiraten, um den Kollegiumsbeschluß doch noch umzudrehen.

Er ist dabei durchaus im Zweifel, ob Carlo einen geeigneten Bräutigam für seine Cousine Leonora abgibt, doch im Sinne der hohen Sache wird darüber nicht lang diskutiert. Die beiden Alfonsos, Herzog und Kardinal, sind sich bald einig. Überzeugt werden muß nur noch der geplante Hauptdarsteller: Carlo.

Er, der einer neuen Ehe bestimmt wenig Grundpositives abgewinnen kann, muß durch andere Reize gelockt werden.

Tasso, nachdem er von den Heiratsverhandlungen gehört hat, preist in Briefen an Carlo Liebreiz und Tugend Leonoras in leuchtendsten Farben - er hofft nämlich, durch Fürsprache Carlos an den ferraresischen Hof zurückkehren zu dürfen. Die Mühe hätte er sich sparen können - denn Carlo interessieren weder physiognomische noch charakterliche Eigenschaften der ihm unbekannten Braut.

Was ihn letztlich zum Einverständnis bewegt, ist allein die Aussicht auf Ferrara - Europas Hauptstadt der Musik, Verkehrsknotenpunkt kultureller Einflüsse, voll berühmter Komponisten, ausgestattet mit einem gigantischen herzoglichen Musikapparat, einem reichen Konzertleben; zudem nicht weit von den anderen Zentren der Tonkunst entfernt - Venedig und Mantua.

So also kam es zu jenem Kontrakt vom 20. März 1593, auf den im Februar '94 Carlos erste Reise nach Ferrara folgen soll, mit dreihundert Koffern und dreißig Begleitern.

Tasso ist nicht darunter. Seine Hoffnung, im Gefolge des Fürsten Ferrara wiederzusehen, erfüllt sich nicht. Auf briefliche Anfrage Carlos hat sich Herzog Alfonso geweigert, den Dichter zu empfangen. Grund dafür war, daß Tasso in seinem eben neu aufgelegten Epos *Il Gerusalemme liberata* die Widmung an Alfonso gestrichen hatte.

Tasso wünscht Carlo in einem langen Stanzengedicht alles erdenkliche Glück mit Leonora und geht nach Rom, wo er ein Jahr später stirbt; an den Folgen einer verschleppten Lungenentzündung, die er sich zuzieht, als er dem Schnee beischläft.

Um sich von Carlo ein aktuelles Bild zu machen, schickt ihm Alfonso den Grafen Fontanelli entgegen, der das letzte Stück Wegs mit ihm reisen und dem Herzog in täglichen Eilbriefen Bericht erstatten soll.
  Der gräfliche Reporter läßt sich über den Fürsten von Venosa ziemlich objektiv aus, ohne den lästigen Schwulst höfischer Formeln:

Obwohl der Fürst auf den ersten Blick nicht jene Persönlichkeit zu sein scheint, die er ist, wird er einem nach und nach immer angenehmer, und ich für meinen Teil bin mit seiner Erscheinung ganz zufrieden. Seine Figur habe ich noch nicht sehen können, denn er trägt Mäntel, lang wie Nachthemden, doch ich hoffe, morgen wird er fröhlicher gekleidet sein. Er redet sehr viel und macht, außer in seinem Porträt, nicht den Eindruck eines Melancholikers. [...] Unermüdlich sprach er über Musik - ich habe sonst in einem ganzen Jahr nicht soviel darüber gehört. Er bringt zwei Madrigalbücher mit, alles eigene Werke, aber er bedauert, daß er nur vier gute Sänger besitzt, so daß er oft selbst die fünfte Stimme übernehmen muß. Was seine Musik betrifft, nun - alles ist Geschmackssache. [...] Es geht jetzt auf halb fünf Uhr nachmittags zu, und der Fürst liegt noch immer zu Bett; eine Grille, die es erschwert, unsre Ankunftszeit genau zu prognostizieren. [...] Übrigens hofft er, daß Eure Hoheit ihm erlaubt, Donna Leonora noch am Abend unsres Eintreffens zu sehen. In dieser Hinsicht ist er sehr neapolitanisch.

Die angesprochenen beiden Madrigalbücher hat Carlo (ediert von seinem Freund Scipione Stella) unter Pseudonym verlegen lassen; jetzt aber plant er, sie unter eigenem Namen herauszubringen. Herzog Alfonso wird ihm dafür seine Druckpresse zur Verfügung stellen.

Schon allein der Stolz über seine nun manifestierte (Zweit-)Identität als Komponist belebt Carlo derart, daß er vor den d'Este eine geziemende Rolle spielen kann und sich nicht gleich als peinlicher »Fehleinkauf« erweist. Der Zauber Ferraras entlastet seine schwere Seele zusätzlich, läßt ihn die Stadt wie den Traum einer anderen, schöneren Welt erleben.

Am 20. Februar trifft er ein, am 21. heiratet er Leonora, in der kleinen herzoglichen Hauskapelle, im engsten Familienkreis. Danach jagt ein Prunkfest das andere, und keines der erlauchten Diners verzeichnet weniger als dreiundzwanzig Gänge.

Das Hochzeitspaar wohnt bei Don Cesare, dem Bruder der Braut, im Palazzo dei Diamanti. Carlo interessiert sich für seine neue Gattin kaum; nur der Repräsentation halber macht er ihr den Hof, widmet ihr gebrauchte Liebespoeme und steigt mit ihr ins Bett, was ihm - im Gegensatz zur ersten Ehe - keinerlei Schwierigkeiten bereitet.

Froh nehmen die d'Este an, daß es sich bei den Gerüchten, Carlos Person betreffend, wohl um maßlose, übelwollende, grob verzerrende Übertreibungen gehandelt haben muß. Wer kann auch ahnen, daß sich der junge Vizekönig in einer Art Trance befindet? Ferrara bietet ihm so viele Attraktionen - das Leben wird vom Ereignis regiert und wankt betäubt von Schauspiel zu Schauspiel.

Da sind zum Beispiel die singenden und spielenden Nonnen von San Vito, engelsgleiche Soprane und dabei reine Autodidakten, »die - welch Wunder - nie von einem Manne Unterricht bekommen hatten«. Da ist das bizarre, unüberschaubare und geheimnisvolle Erzcembalo, von Vicentino gebaut. Es besitzt mehrere Tastaturen, deren Oktaven in Mikrotöne unterteilt sind. Nur Luzzaschi vermag darauf zu spielen.

Da ist natürlich der verehrte Luzzaschi selbst, in dem Carlo endlich einen adäquaten Gesprächspartner findet, mit dem er nächtelang über musikalische Herzensangelegenheiten diskutieren kann; das große Idol, dem er Hunderte Verbesserungsvorschläge unterbreitet - welche Luzzaschi sich geduldig anhören muß.

Aus Mantua läßt er sich Monteverdi kommen, der (nur ein Jahr jünger als Carlo) schon als Fünfzehnjähriger erstes Aufsehn erregt hat. Monteverdis Stil ist damals noch nicht allzu eigen, hat die entscheidende Wende noch nicht vollzogen. Carlo, der sehr eitel und neidisch sein kann, muß in ihm keinen zu übertrumpfenden Konkurrenten sehen. Er lobt ihn und gibt ihm gutgemeinte Ratschläge samt einem fürstlichen Geschenk mit auf den Weg; nicht ahnend, daß er einem der drei, vier wichtigsten Komponisten aller Zeiten begegnet ist.

(Tatsächlich wird Monteverdi in seinem vierten Madrigalbuch, von 1603, gewisse Einflüsse Carlos erkennen lassen, die er aber gleich wieder abschüttelt, um lieber die Musik der Neuzeit zu erfinden.)

Da sind natürlich Meisterlautenisten, mit denen der Fürst seine Fähigkeiten messen kann; und da sind Konzerte, in denen man Carlos Werke aufführt, von den fähigsten Sängern und Sängerinnen Europas interpretiert und vom Publikum achtungsvoll beklatscht. Zufällig ist die mantuanische Primadonna Laura Peperara anwesend; während der Primouomo Rinaldo dall'Arpa sowieso zum Inventar der d'Este zählt.

Herzog Alfonso unterhält - man muß es so sagen - einen ganzen Zoo von Musikern; Maestri jedmöglichen Instrumentes, die in einem reservierten Flügel des Palastes komponieren und musizieren dürfen. Des weiteren besitzt der Herzog eine riesige Musikbibliothek, voll seltenster Manuskripte und Sammlungen. Es sind sogar einige Musiker minderer Begabung angestellt, deren einzige Aufgabe es ist, die vielen Instrumente zu jeder Tageszeit zu pflegen und zu stimmen und sie für den sofortigen Gebrauch bereitzuhalten.

Kurzum: Carlo schaut das Paradies. Ein Zustand seligen Vergessens umgibt ihn, der Spiegel einer fernen Unschuld blendet seine Sinne; Vision von Harmonie und Schönheit.

Leonora stört ihn nicht dabei, mischt sich nicht in seinen Traum, lebt leise neben ihm her, begnügt sich mit Gelegenheitsgunst und kleinen Aufmerksamkeiten. Ihre vor Gott geschlossene Ehe hält sie für einen ernsten und heiligen Bund. Untreue braucht er bei ihr am allerwenigsten zu fürchten. Wirklich schade, daß nicht sie seine erste Gattin wurde - damals, als er auf Treue noch Wert legte.

Leonora ist, genau wie Maria d'Avalos, viereinhalb Jahre älter als er, doch ansonsten das krasse Gegenteil - eine sittenstrenge, simplizische Frau, etwas altjüngferlich und knöchern, von sprödem Äußeren, doch herzensgut und duldsam. Ihre Frömmigkeit ist von der Art, die geachtet, aber einsam macht - weil niemand wagt, die geharnischte, kaltleuchtende Aura solcher Tugend zu durchbrechen, um dahinter nach echter Menschlichkeit zu verlangen.

Am 15. Mai tritt Carlo die Rückreise nach Neapel an; unaufschiebbare Staatsgeschäfte drängen ihn, die nicht zu delegieren sind. Er verspricht, noch im Dezember desselben Jahres wiederzukommen und dann für längere Zeit zu bleiben. Weil es sich von daher gar nicht lohnt, Leonora den Plagen einer so weiten Reise auszusetzen, läßt er sie in Ferrara zurück.

Diesmal wählt Carlo eine andere Route - um sich den nächsten Traum zu erfüllen: Venedig zu sehen und Gabrieli dort zu treffen, den Kapellmeister von San Marco.

Der Troß rollt nach Osten; am 16. Mai rastet man

VIII

»Proff, hier fehlt was!«

Krantz schien diesen Hinweis gierig erwartet zu haben. Seine Augen weiteten sich begeistert, er warf sich in Positur und grinste breit.

»Ja. Das ist es!«

»Das ist was?«

»Das *Bindeglied*! Carlo ist nicht nur das fleischgewordene, sinnbildliche Bindeglied zwischen Renaissance und Barock – seine Person verdeutlicht eindringlicher als jede Geschichtsanalyse den Wandel des Zeitbewußtseins –, nein, er ist wunderbarerweise auch die Brücke, die mir so lange dunkel blieb. Kombinieren Sie!«

»Och, mir langt's. Tun Sie das für mich!«

»Ist doch einfach: Carlo trifft erst am 20. Mai in Venedig ein. Die Entfernung Ferrara–Venedig beträgt circa siebzig Kilometer, kann man problemlos in zwei Tagen schaffen. Na? Na? Exegese?«

Täubner ahnte, was kommen würde, weigerte sich aber mitzuspielen, schwieg, ging auf Krantz' Logeleien nicht ein und nippte gelangweilt am Barbaresco.

»Entsteht doch die Frage: Wo hat er Aufenthalt genommen? Und warum widmete von Bardeleben diesem Aufenthalt ganze *vier* Seiten? Warum hat er diese vier Seiten wieder – ersatzlos – entfernt? Hm? In keiner andern Biographie findet sich an dieser Stelle irgend etwas Wichtiges. Grade mal Watkins erwähnt beiläufig einen Bericht des Hofschreibers Merenda, demzufolge Carlo über Mesola reiste, um den dortigen Herzog zu besuchen. Also, *das* dürfte bestimmt keine vier Seiten wert gewesen sein. Was dann? Täubner – gehen Sie doch bitte mal zur Italienkarte und sehen sich die Route an: Ferrara–Mesola–Chioggia–Venedig...«

Täubner stand auf und tat einen Schritt auf jene große Karte zu, die in einem dunklen Winkel des Flurs hing. Dann stockte er, entschied, dem Schweden nicht so weit entgegenzukommen, und sackte faul in den Korbstuhl zurück.

»Proff, ich bin kein Schulbub. Sagen Sie, was Sie zu sagen haben, und damit basta, okay?«

Krantz seufzte übertrieben und zischte was Schwedisches. Dann nahm er die leeren Blätter, mit denen er die Lücke zwischen Seite 54 und 59 des Typoskripts verdeutlicht hatte, und strich liebevoll über das weiß leuchtende Papier. Seine Finger warfen im Flackerschein der Kerze fünf bebende Schattensäulen darauf.

»Die Route führt direkt über die Abbazia Pomposa«, flüsterte er emphatisch.

Täubner sah die Wangenmuskeln des Professors glücklich zucken. Es ärgerte ihn. Er wollte diese Emphase nicht kampflos dulden.

»Na und? Was möchten Sie daraus denn ableiten?«

»Stellen Sie sich nicht stur! Sie sind doch nicht blöd! Passen Sie auf: Es kann gar kein Zweifel bestehen, daß Carlo die Abbazia besucht hat; welcher Italienreisende hätte sich ihren Anblick entgehen lassen? Keiner. Ferner war Pomposa ferraresische Pfründe; als neuer Verwandter der d'Este genoß Carlo dort quasi Hausrecht, und um nichts in der Welt hätte er es sich nehmen lassen, einen Blick ins Musikarchiv jenes Klosters zu werfen, in dem Guido d'Arezzo die Notenschrift ausgeklügelt hatte. Carlo Gesualdo war einer der ersten Komponisten überhaupt, die sich ernsthaft mit vergangener Musik beschäftigten, mit antiken Systemen und vergessenen Modi; ganz bestimmt stöberte er die Regale nach Raritäten durch.

Für mich steht außer Zweifel, daß ihm dabei die – vom seit dreißig Jahren toten Abt Stefano irgendwo abgelegten – Castigliomelodien in die Hände fielen. Dem Kenner sprang natürlich gleich die Übereinstimmung – und von der gehe ich jetzt einfach mal aus – zwischen Tropos Nummer dreizehn – der die Größe Gottes verherrlicht – und dem berühmten Kopfthema des Palestrinakyrie ins Auge. Die Legende war damals nur eingenickt, keineswegs tot; Carlo muß das Ausmaß seines Fundes sofort bewußt gewesen sein. Palestrina – ein Plagiator! Teufelswerk in der ›Missa Papae Marcelli‹! Das hatte Tragweite, da galt es überlegt zu handeln ...«

Täubner lachte laut auf.

»Proff! Aufwachen! Das hamse alles geträumt. Schaun Sie mal, das hier –« er zeigte auf die weißen Seiten –, »das ist die *reine*

Leere, das ist jungfräulich, ungeküßt und unbeleckt und daraus – *daraus* wollen Sie all Ihre Schweinereien herleiten? Pfui... Sie sollten sich schämen; wahrscheinlich ficken Sie auch kleine Kinder...«

»*Sie sind polemisch!* Was bilden Sie sich ein? Ich habe logisch deduziert! Aber bitte sehr, Sie Schlaumeier – wir können die Sache auch andersrum aufziehen! Nennen Sie mir einen Grund, der von Bardeleben dazu gebracht haben könnte, vier Seiten ersatzlos zu streichen! Irgendwas muß auf denen gestanden haben, da stimmen Sie mir ja wohl noch zu?«

»Vielleicht hat er sich bloß beim Numerieren verhauen; er war ja fast in Ihrem Alter...«

»Werden Sie nicht albern! Er war zehn Jahre älter als ich...«

»Da sehen Sie's!« frohlockte Täubner. »Senil genug!«

Krantz, wütend, in so eine primitive rhetorische Falle getappt zu sein, stemmte beide Fäuste auf den Tisch; halb aus Drohgehabe, halb aus Gründen der Selbstbeherrschung.

»Ich will Ihnen was über von Bardeleben erzählen! Sie sollten froh sein, daß Sie nur diese Skizze lesen müssen und nicht das fertige Werk. Er war ein ordinärer, altbackener, dogmatischer Wissenschaftler im Banne der Fachtermini – literarisch im Entwurf, aber strohtrocken exakt in seinen Druckerzeugnissen. Das nicht mit Händen Greifbare war ihm so widerwärtig wie dem Brahmanen der Paria. Wenn er jemals jenseits des Faktums pflügte, dann marginal und ironisch. Er war kein Mythosoph, er arbeitete nicht auf meinem Gebiet, er hatte vom Melodienmythos kaum eine Vorstellung, konnte dessen Bedeutung überhaupt nicht angemessen einschätzen. Zwar gelang ihm die Entdeckung, daß Carlo um den 17. Mai 1594 in der Abbazia weilte und in Berührung mit irgend etwas Sagenhaftem kam, aber weil letzteres wissenschaftlich nicht existierte für ihn, strich er nach Beendigung der Skizze die ganze Passage wieder. Ich an seiner Stelle hätte dasselbe getan – denn was nützt dem Leser einer Biographie eine Abschweifung ins Nebulöse, wo nichts in produktive Zusammenhänge gebracht werden kann?«

»Ach je...«

»Ich nehme an, auf den vier fehlenden Seiten wurde Carlos Aufenthalt in der Abbazia und der Fund des Kyrievorbilds erwähnt, und danach in groben Zügen die Andrealegende dargelegt, soweit sie ihm eben bekannt war. Es ist doch völlig logisch, daß er das am Ende wieder streichen mußte – weil es seinem seriösen Anspruch nicht standhielt und seinen Intentionen nicht förderlich war.«

»Ach? Dann sind *Sie* also nicht seriös?«

»Kerl, ich habe ja viel mehr Informationen als er!«

»Ja? Ja...« Täubner nahm ein leeres Blatt zur Hand und betrachtete es: »Tolle Informationen, hmhmm.«

»Dieses Blatt ist nicht weiß! Höchstens für Idioten...«

Täubner kicherte.

»Proff, Sie glauben nur, was Sie *nicht* sehn, he?«

»Ich glaube eher, Sie verkennen die Situation! Es ist nicht so, daß ich krampfhaft etwas weiterspinnen will, nein. Vielmehr ist es so, daß die Melodien sich später an diesem und jenem Ort befinden, leibhaftig befinden, verstehn Sie? – und ich versuche nur, in Erfahrung zu bringen, wie die verflucht noch mal dahingekommen sind!«

Krantz war in Rage geraten und lief hin und her, jedes dritte Wort mit einem Aufstampfen bekräftigend. Er erinnerte sich an jene Vorlesung vom Herbst '69, als ein Student ihm mit einer Wasserspritzpistole den symbolischen Genickschuß verpaßt und das ganze Kolleg zustimmend gegrölt hatte. Oft während Zornausbrüchen stellte sich diese Erinnerung ein, grauenhafteste Demütigung seines Lebens. Jetzt setzte sich Krantz, trank drei kleine Schlucke Barbaresco, starrte in Richtung Kapitol, warf den Kopf wild hin und her, hustete, wischte sich eine Schweißperle von der Stirn und ließ das Kinn auf die Brust sinken. Dann, in überraschend mildem Ton und beinah mit Wehmut, sagte er: »Natürlich haben Sie irgendwo recht. Das Unsichtbare ist mein Beruf, und es stimmt: Ich *hasse* Beweise. Wo irgendwas bewiesen ist, endet meine Kompetenz...«

»Wie traurig.«

»Mysterien zu entzaubern ist etwas Schreckliches – auch wenn ihr Zauber nur so lange vorhält, als sie noch von Entschlüsselung bedroht sind.«

Täubner hielt sich diesmal zurück. Die Mimik des Schweden offenbarte, daß es ihm um eine tiefe Herzensangelegenheit ging; davor empfand Täubner Scheu und Respekt.

Weil eine irritierende Stille entstand, nahm er unaufgefordert das Typoskript zur Hand und las weiter.

IX
1594

Am 20. Mai trifft Carlo in Venedig ein, wo er bis zum 26. bleibt. Wieder ist Graf Fontanelli sein Reisebegleiter; aus der Lagunenstadt schreibt er an Herzog Alfonso, daß Carlo sich bisweilen sehr undiplomatisch verhalte.

Nur äußerst widerwillig empfing er den Patriarchen; obwohl sein Onkel, Kardinal Gesualdo, ihm ausdrücklich Grüße an jenen aufgetragen hatte.

Zwei Tage später heißt es:

Am Montagabend war er beim Patriarchen zur Tafel geladen; dort wurde auch Musik gemacht - leider gibt es in Venedig schlechte Sänger. Wie Eure Hoheit weiß, hat der Fürst einen schwer zu befriedigenden Geschmack. Von daher konnte er sich nicht bremsen und verließ wütend den Raum, ließ später den Direktor und den Cembalisten kommen und schrie sie so bös in Grund und Boden, daß ich viel Mitleid für die beiden empfand. Es ist ihm noch nicht geglückt, Gabrieli zu treffen, aber er wird es bestimmt noch arrangieren, und es wird, zweifelsohne, zu Gabrielis Mißfallen sein. Constanzo Porta war in der Stadt und wurde sofort eingeladen, aber er war gerade dabei, nach Padua abzufahren; welch ein Glück für ihn!

Das sind deutliche Worte. Es scheint, als habe Carlo es nach Ferrara nicht mehr nötig gefunden, sein Naturell zu zügeln. Wahrscheinlich ahnte er auch nicht, daß Fontanelli die d'Este auf dem laufenden hielt und ihnen von Carlos ruppigen, flegelhaften Launen brühwarm erzählte.

In diesem Brief gibt es noch eine interessante Passage:

Während der Reise komponiert der Fürst kontinuierlich; gerade sind wieder zwei Madrigale fertig, und er sagt, daß er nach Ferrara mit einem solchen »Schanzkleid aus Werken« (genau so drückte er sich aus) zurückkommen will, daß er sich leicht gegen Luzzaschi behaupten kann. Ihn nimmt er als einzigen ernst; über die anderen reißt er Witze.

Am 14. Juni meldet Fontanelli die Ankunft der Reisegruppe in Gesualdo, und am 25. Juni heißt es:

Er hat jetzt schon fünf oder sechs sehr kunstvolle Madrigale komponiert, dazu eine Motette, eine Aria und den größten Teil eines Sopran-Terzetts [...] Gleichzeitig erledigt er fleißig eine Menge Pflichten öffentlicher und häuslicher Art, wobei ihn der Wunsch treibt, schnell damit fertig zu werden, um baldmöglichst seine Ruhe zu haben.

Die »häuslichen« Pflichten, die Carlo binden, sind übrigens die Renovierung der Burg und der Bau des Kapuzinerklosters.

Von Melancholie ist keine Spur an ihm zu entdecken; die Trance wirkt offensichtlich nach. Es scheint Carlo gutzugehen während dieser Monate, da er die vielen neuen Eindrücke in sprudelnder Kreativität aufarbeitet. Fontanelli berichtet sogar, daß der Fürst oft noch vor Morgengrauen (!) aufsteht, um sich der Musik zu widmen. Auch die Jagd, seine zweite, zeitweise vernachlässigte Passion, pflegt er wieder.

Daß die Schatten der Vergangenheit besonders lang gewesen wären, kann man also nicht behaupten. Auch wenn man sich das Narkotikum Ferrara wegdenkt, will beim besten Willen nicht das Bild eines übermäßig zerknirschten, vergebungheischenden Sünders entstehen.

Das alles widerlegt noch einmal nachdrücklich die Annahme, der Doppelmord sei der entscheidende Faktor Carlos späterer Umnachtung gewesen. Hinweise auf einen verzögerten Langzeiteffekt können nur als letzte, starrköpfige Auswüchse antiquierter Theorien gedeutet und verworfen werden.

Im Juli erhält der Fürst unerwarteten Besuch. Pomponio Nenna bittet um Wiederaufnahme in gesualdensische Dienste. Man erinnert sich vielleicht - es handelt sich um jenen frustrierten Lehrer Carlos, der nach Andria wechselte und, pikanterweise, für den später von Carlo ermordeten Fabrizio Carafa arbeitete.

Nenna scheint keine Skrupel zu haben, beim Mörder seines Brötchengebers um eine Stellung nachzufragen, wird allein von karrieristischem Denken geleitet. Carlo nimmt ihn gerne bei sich auf, froh um jeden Musiker von Rang.

Pomponio Nenna ist eine zwielichtige Figur, deren genaue Bedeutung für Carlo wohl immer dunkel bleiben wird. Es geht aber keinesfalls an, ihn nur als Komponisten zu sehen, wie viele Biographen es taten; als relativ begabten, doch harmonisch weniger kühnen Carlo-Satelliten. Wichtig ist vielmehr, festzuhalten, daß Nenna die Position eines Gouverneurs von Andria innehatte, politische mindestens ebenso wie künstlerische Ambitionen besaß und Carlos Patronat bestimmt nicht aus reiner Bewunderung suchte.

Sicher fällt es nicht leicht, aufgrund beschränkter Dokumente, über eine Entfernung von bald vierhundert Jahren hinweg, jemanden als schleimigen Intriganten zu zeichnen, der eines anderen Krankheit zum eigenen Vorteil nutzte. Doch ohne Buschmesserthesen kommt Forschung zuweilen nicht weiter; man wird später sehen, die Indizienlast wird erdrückend; Sünde wäre allenfalls, letzter Zweifel wegen nichts davon aufzuzeigen.

Nenna will am neuen Glanze Carlos partizipieren und plant wohl, mit ihm an den Ferrareser Hof zu reisen und dortige künstlerische Verbindungen zu genießen. Statt dessen - und das ist für Nenna auch akzeptabel - entdeckt der Fürst in ihm einen idealen, in solchen Dingen erfahrenen Verwalter seiner hiesigen Geschäfte.

Carlos Verhältnis zu Musikern ist bekanntlich sorglos und unaufmerksam; er behandelt sie wie eine eigene Kaste Menschen; jeder, der sich tonkünstlerisch hervortut, kann des Fürsten Sympathie und Vertrauen schnell gewinnen.

Beide sind so zufriedengestellt.

Carlo hätte ungern einen musikalischen Rivalen mit nach Ferrara genommen (der weniger begabte Scipione Stella mag noch hingehen), und Nenna hat - nicht in Ferrara, aber was soll's - binnen fünf Monaten seine gesellschaftliche Position wieder gehörig aufgewertet. Zwar besitzt er keinen offiziellen Titel als Carlos Stellvertreter, Majordomus etwa, aber de facto ist er der starke Mann, dem gegenüber die Dienerschaft des Vizekönigs weisungsgebunden ist. Für einen wegen Korruption und Veruntreuung entlassenen ehemaligen Gouverneur ein beachtlicher Erfolg. (Erwiesen wurde seine Schuld allerdings nicht.)

Mit dem Gefühl, alles hinreichend geregelt zu haben, reist der Fürst im Dezember 1594 ab. Geplant ist, rechtzeitig zu Weihnachten in Ferrara anzukommen, aber vom 17. an hält ein heftiger Schneesturm die Reisegesellschaft in Florenz fest. (Rasend komisch wirkt hierzu die Bemerkung in verschiedenen Musiklexika: »Gefangenschaft in Florenz während einer Reise nach Ferrara.«)

Carlo nützt den einwöchigen Aufenthalt, um sich bei der Camerata fiorentina über musikalische Entwicklungen zu informieren und mit Corsi, Peri und anderen über die neumodische Form des begleiteten Sologesangs zu diskutieren. Peris verwegenem Plan einer Mixtur von Text, Gesang und dramatischer Bühnenhandlung, (er wird 1597 »Dafne«, die erste sogenannte »Oper«, schreiben), steht der ganz untheatralisch denkende Carlo verständnislos gegenüber.

Zu Neujahr sieht er Leonora wieder. Das Paar zieht in einen eigenen (von Marco Pio geliehenen) Palazzo um. Zwei weitere Jahre fruchtbarsten kompositorischen Schaffens beginnen für den »Vizekönig auf Urlaub«.

Nach außen hin scheint alles in Ordnung. Sogar Nachwuchs kann gefeiert werden; Leonoras Söhnchen wird Alfonsino getauft. Harmonie, wohin man blickt. In der herzoglichen Druckerei erscheint Carlos drittes und viertes Madrigalbuch, während er bereits am fünften und sechsten arbeitet.

Eine ereignislose Idylle läßt den Forscher ins gefürchtete biographische Loch fallen, aber - glücklicherweise, möchte man fast sagen - im Herbst 1596 stellt sich alles ganz anders dar.

Leonora flieht zu ihrem Bruder Cesare und beschwert sich bitter; Carlo mißhandle sie unentwegt, durch Worte wie durch Taten, in gemeinster und grausamster Weise - sie könne die schmachvolle Behandlung nicht mehr ertragen. Carlo sei

ein Tyrann, den die Diener wie den Teufel fürchteten. Nicht die mindesten Gesetze gemeinsamen Haushalts achte er, ziehe vielmehr alles, was sie anordne, in den Schmutz, habe sie schlimm beschimpft und beleidigt und sogar geschlagen; nicht nur mit Händen, nein, auch mit *Utensilien*.
 Der Skandal ist da.

In jüngster Zeit erst tauchten neue Einzelheiten auf, im Briefwechsel Rudolfo Arlottis, eines Hofmanns der d'Este.

Wie ich in Erfahrung gebracht habe, wurde der Fürst von Gesualdo über der Arbeit an seiner Musik regelmäßig verrückt und tobte bei der leisesten Störung wie ein trunkener Ajax. Er prügelte Diener und Mägde und raste, seltsame Lieder schreiend, durch das Haus. Er wagte es, unsere höchstberühmte und ehrenwerte Donna Leonora an einen Stuhl zu binden und zu knebeln – weil sie ihm zu sehr um seine Gesundheit besorgt war nach den vermehrten [Asthma-]Anfällen. Er hat die Donna Leonora beleidigt, indem er unverhohlen Verkehr mit anderen Frauen pflegte – im eigenen Haus. [...] Zur Furie wurde er, wenn das Kind, Don Alfonsino, in der Nacht weinte. Das Kinderzimmer wurde zwei Stockwerke tiefer gelegt, doch der Fürst behauptete, er könne das »lästige Gebrüll« immer noch vernehmen. Entweder besitzt er wirklich sehr feine Ohren, oder – nun, ich überlasse es Euch, Schlüsse daraus zu ziehen. Ich vergaß beinah noch etwas Schlimmes: Eines Tages tötete er den Lieblingsschoßhund der Donna Leonora, indem er ihn aus dem Fenster warf. Er konnte das Gekläffe nicht mehr ertragen. Ich kannte den Hund – und ich kann Euch versichern, es war ein ruhiger Zeitgenosse.

Alfonso und Cesare legen dem Fürsten nahe, Ferrara zu verlassen, was praktisch einem Rauswurf gleichkommt. Gegenüber der Öffentlichkeit versucht man alles zu verschleiern; offiziell heißt es, der Fürst müsse dringenden Geschäften in der Heimat nachgehn - seine Frau aber bleibe noch hier, weil sie das einjährige Kind nicht den Plagen der weiten Reise usw.

Carlo wird seltsam angesehen, als er auch das zweite Mal ohne Frau nach Neapel zurückkehrt. Gerüchte machen die Runde. Wahrscheinlich ist ihm das egal; wenngleich mehrere Autoren behaupten, er habe, wenn Leonora nicht da war, doch an ihr gehangen.

Ob aus eigenem Antrieb oder auf Drängen seiner Verwandten - in jedem Fall schreibt er in den folgenden sechs Monaten mehr als fünfzig Briefe an die d'Este, in denen er sich als liebender und bekümmerter Gatte gibt und immer heftiger fordert, Leonora solle nach Neapel kommen.

Bei den d'Este wird unterdes eine Scheidung diskutiert, für die sich sowohl Alfonso wie Cesare einsetzen.

Leonora hingegen - so ist sie - hat ihrem Mann verziehen, weist eine Scheidung von sich, behauptet, noch Leidenschaft für ihn zu empfinden, und will durchaus nach Neapel ziehn. Herzog Alfonso aber kann die ehrenrührige Sache nicht so einfach auf sich beruhen lassen.

Nachdem man Carlo monatelang mit knappen Ausflüchten abgespeist hat, verlangt der Herzog schließlich von ihm, daß er Leonora gefälligst selbst abholen solle. Wahrscheinlich plant Alfonso, dem Neapolitaner noch mal gründlich den Kopf zu waschen, um künftige Mißhandlungen Leonoras zu unterbinden.

Carlo entschuldigt sich mit seinem schlechten Gesundheitszustand, aufgrund dessen ihm die Ärzte das Reisen verboten hätten. Die Situation ist eisig und verfahren.

Dann, am 9. September 1597, vollzieht sich die Tragödie Ferraras. Alfonso stirbt, plötzlich und unerwartet, am Schlagfluß. Der Schock ist gewaltig.
 Erst vor kurzem wurde Carlos Onkel, der Kardinal, zum Erzbischof gekürt, hätte sich sicherlich bald mit der ganzen Macht seiner Person für die ferraresische Lehensangelegenheit eingesetzt; Alfonsos feines Spiel versprach Erfolg... und nun war alles umsonst.
 Die d'Este verlieren Ferrara für immer und ziehen sich auf ihren Zweitbesitz Modena zurück.
 Am ersten Oktober kommen zwei hohe neapolitanische Adlige, um Leonora und den kleinen Alfonsino abzuholen. Auf Bitten Cesares begleitet Graf Fontanelli die beiden; er soll für eine Übergangszeit nach dem Rechten sehen.

Und es schien, als würden mit ihr und ihrem Kinde zugleich Glück und Glanz dieser Stadt fortgehn und alles dem Verfall preisgeben und dem Vergessen. Nicht wenige sahen das so, und deren Augen waren mit Tränen gefüllt. (Melli)

Man versuche, sich in Carlo hineinzudenken. Nach den zauberhaften Erfahrungen des Nordens hat er Neapel als musikalisches Entwicklungsland gesehen, barbarisch und armselig im Vergleich. Unter seiner »Ausweisung« muß er stark gelitten haben; man hat ihm den Garten Eden verboten; wegen (in seinen Augen) nichtiger Gründe. Es kann gut sein, daß er das Ende der D'Este-Herrschaft über Ferrara, ebenso wie die Heimholung Leonoras, als leise Genugtuung empfunden hat.

Leonora wird dem Adel Neapels präsentiert, um danach in der Burg Gesualdo abgelegt zu werden. Anders läßt es sich leider nicht ausdrücken.

Carlo verspricht, ihr nie mehr ein Leid zuzufügen; um aber Spannungen zu vermeiden, sei es für beide notwendig, die Eigenheiten des Partners zu akzeptieren. So kommt es, daß die Eheleute weit auseinanderliegende Flügel der Burg bewohnen und sich höchstens bei den Mahlzeiten begegnen.

Fontanelli verabschiedet sich nach einem halben Jahr Aufenthalt, und für Leonora beginnt ein Leben in Öde und Einsamkeit. Ihre sperrige, züchtige Art erschwert ihr Kontaktaufnahmen; sie wird eine Fremde am Hof, zieht sich in sich selbst zurück, sucht Trost bei ihrem Kind. Die einzige Vertrauensperson, der sie ihr Herz ausschütten kann, ist ihr Halbbruder, Kardinal Alessandro, mit dem sie Hunderte Briefe wechselt. Herzlichkeit und passionierter Ton dieser Briefe lassen Gerüchte einer inzestuösen Beziehung entstehen, hinter denen wirklich gar nichts steckt.

Es gibt aber jemanden, der diese Gerüchte nährt, so gut er kann: Pomponio Nenna. Leonora hat sich mehrmals über dessen Großmannssucht beschwert; darüber, daß er sich großzügig Gelder zumißt und einen luxuriösen Lebensstil pflegt, als wäre er der Fürst.

Carlo ist das egal; für ihn zählt Nenna als Gesprächspartner in musikalischen Belangen; alles andere kümmert ihn nicht - und Leonora gefälligst auch nicht.

Nenna zeigt sich mit diesem Vertrauensbeweis noch unzufrieden, versucht die Fürstin zu diskreditieren und jeder Autorität zu berauben. Mit seinen Verdächtigungen bewirkt er allerdings wenig; höchstens, daß Carlo daraus das Recht ableitet, sich offen eine Konkubine im Haus zu halten.

Ein unbezahlbares Dokument jener Zeit ist ein Brief des Lautenisten Filamarino, der mit Carlo eng befreundet ist. Filamarino berichtet darin von einer durchzechten Nacht und legt dem Fürsten folgendes in den Mund:

»*Es gab eine, die ich geliebt habe, die habe ich getötet, und Gott weiß, daß ich mir damit mehr antat als ihr.*« *Grimmig sagte er das, doch ich glaube, es war gespielter Grimm. Er besitzt noch eine Locke von ihr, die er mir gezeigt hat, und er war betrunken und erzählte, daß er die Locke manchmal betrachte und an ihr rieche und daß noch immer Marias Duft daran sei. Er hat einen Totenschädel auf dem Schreibtisch stehn, auf dem er den Takt zu seinen Stücken trommelt; ich bin auch viele makabre Scherze gewohnt von ihm. Diesmal war es kein Spaß; er sagte, er sei in die Gruft der d'Avalos eingedrungen und habe die Platte von Marias Sarkophag gehoben, um sie wieder einmal anzusehen, und er sagte, ihre Gesichtszüge seien noch gut erkennbar gewesen; nur die Augenhöhlen ganz leer... Mir wurde angst und bange, und ich fragte ihn, ob er denn die Ruhe der Toten nicht ehre und die Tat bereue? Da sagte er, die Toten hätten Ruhe genug. Er erzählte lachend, daß Alfonso, der verstorbene Herzog von Ferrara, viel schlimmer gewesen sei als er; Alfonso habe, nebst vielen anderen, auch den Liebhaber seiner Schwester, der Herzogin von Urbino, töten lassen, nur weil ihm ihre dauernden Affären sauer aufgestoßen seien. Es sei noch ein Unterschied, ob man mit Liebe, oder die Liebe töte, oder nicht?*

Ich stimmte ihm zu und ging gleich zur Kapelle, um für ihn zu beten. Später sagte er noch, es tue ihm weh, für die Fürstin kein Gefühl zu haben; es tue ihm weh, weil sie ihm aufrichtig gesonnen sei

und im Herzen nichts Böses trage. »Aber so ist es
eben; den Engel weiß ich gern um mich, doch sein
Anblick stört mich, als würde er zu grell leuchten.« Das waren seine Worte. Jetzt wirkt die Burg
ganz still und grauenhaft; etwas Kaltes schwebt
über dem Fürsten; und wenn die Leute in Madrid
sich darüber mokieren, daß König Philipp im
ganzen Escorial die Gebeine seiner Vorfahren aufstellen läßt - so sollten sie lieber nicht hierherkommen und schauen.

Carlos Tragik potenziert sich; der einzigen
Frau, die ihn je wirklich geliebt hat, kann er
nichts abgewinnen.
 In einem anderen Brief schreibt Filamarino:

*Der Fürst glaubt, von Gott dreimal auf die Probe gestellt worden zu sein und dreimal versagt
zu haben. Er hofft, ihn wenigstens mit seiner Musik dereinst versöhnen zu können und will fortan
ausschließlich sakrale Musik komponieren; was
ihm aber schwerfällt - das Lateinische entzündet
seine Phantasie nicht so sehr.*

Die Madrigalbücher V und VI, längst fertiggestellt, liegen unveröffentlicht im Schrank, werden erst 1611 publiziert und nur, wie es im Vorwort heißt, um die Werke vor Plagiatoren zu
schützen. Während Carlo Jahre zuvor noch den Beifall der Ferrareser suchte, haßt er inzwischen
jedes Publikum, das über den Kreis seiner Vertrauten hinausgeht. 1599 kommt es zum überraschenden Bruch mit Nenna; er verjagt ihn unter
wüsten Drohungen; Nenna flieht nach Rom.
 Was genau ist geschehen? Er bezichtigt ihn
des Verrats und Vertrauensmißbrauchs, ohne daß
von seiner Hand konkrete Anschuldigungen auf-

X

»He! Proff! Herkommen! Wahrheit sagen!«

Es war inzwischen beinah Mitternacht, und Krantz blinzelte müde, als er auf den Balkon trat, im grauseidenen Morgenmantel, zu dem sein silbergraues Haar wie eine dazugehörige Duschhaube wirkte.

»Was ist?«

»Wieder so'n Stück interpretierungsbedürftiges Nichts.«

»Ich bin kein Hund, Täubner. Deuten Sie sich's doch selbst!«

Krantz wandte sich ausspuckend um. Holla holla, dachte Täubner, was soll das?

»Heee! Proff! Spielen Sie nicht den Sensiblen ... Sie können mich doch nicht im ungewissen stehenlassen!«

»Hören Sie bloß auf, Interesse zu heucheln! Vorhin, da haben Sie meine Methodik ins Lächerliche gezogen, haben mich *Kinderschänder* genannt, schlimmer noch: *Träumer*! Sie haben mich enttäuscht. Ich weiß nicht, was ich getan habe, daß Sie sich mir gegenüber so aufführen, und woher Sie das Recht dazu beziehen. Wenn Sie meinen, ich sei senil, ein Phantast, ein Komödiant – na denn, pfeif drauf, gehen Sie von mir aus ins Kino! Da gibt's *Riesenbrüste,* ja ... und Monster! Und Raumschiffe! Schöne große Raumschiffe! Gehen Sie Raumschiffe glotzen!«

Täubner hatte mit solch einem Dammbruch nicht gerechnet und erkannte, daß er sich vermanövriert hatte. Die harte Tour weiterzuverfolgen konnte vielleicht irreparable Konsequenzen haben; aber wie sollte er jetzt glaubwürdig auf die weiche Welle wechseln?

Er probierte es einfach.

»Professor ... Ich bin nicht irgendwelcher Raumschiffe wegen nach Rom geflogen, das wissen Sie doch! Ich hätte weiß Gott auch indische Currygerichte in Augsburg fotografieren können, da darf man hinterher die Teller leerfressen, leider ist das Zeug dann meistens kalt – aber bitte machen Sie mir nicht den Vorwurf, ich hätte Ihrer Geschichte nicht aufmerksam zugehört, das hab' ich schon getan und hab's gern getan, mach' ich keinen Hehl daraus, ansonsten wären längst die Schotten dicht, und falls Sie etwa meinen, ich würde das hier aus Höflichkeit lesen, oder wegen der paar Kröten, die Sie mir zahlen, haben Sie einen völlig falschen Eindruck und ...äh... wenn Sie keine provokativen Zwischenfragen ertragen können – wenn Sie meine ketzerischen Versuche fehldeuten als Verhohnepipeln, zeugt das entweder von angeschlagenem Selbstbewußtsein oder inkorrekter Einschätzung meiner Person. Ich rate Ihnen, mir künftig meine Lust zu Zweifel und Mißtrauen nachzusehn als, äh, ja – Befreiungsakt, als konstruktives Element unsrer so einseitig instruktorischen Beziehung!«

Krantz war verblüfft. Er spitzte den Mund, sah zur Seite und legte die Stirn in Falten. Beide Hände in den Manteltaschen vergraben, überlegte er. Gespannt wartete Täubner, mit seiner kleinen Rede ganz zufrieden.

»Hmm... Müßte es nicht....«
»Was?«
»Müßte es nicht... instruktiv heißen?«
»Wie bitte?«
»Sie haben ›instruktorisch‹ gesagt, aber ich glaube, es müßte ›instruktiv‹ heißen...«
»Kann sein, keine Ahnung.«
»Jaja... Dochdoch...«
»Und was ist mit der Lücke?«
»Ach ja... die Lücke...«

Der Sprengstoff war raus, es konnte weitergehn. Täubner war trotzdem unzufrieden, denn es sah im nachhinein aus, als hätte er sich gar nicht so sehr anzustrengen brauchen; als wäre jener Dammbruch ein präzis kalkulierter Rückzug in den Schmollwinkel gewesen.

Der Schwede gewann seinen dozierenden Habitus zurück, unterstrich seine Sätze mit knappen, schneidenden Handbewegungen und mischte, was das schlimmste war, nun auch noch triefendes Understatement hinein.

»Nun – es drängt sich natürlich auf, die zweite Lücke im Zusammenhang mit der ersten zu sehen; was soviel heißt, als daß der Grund des Bruches zwischen Carlo und Nenna die Melodien waren. Nenna war *die* musikalische Vertrauensperson Carlos und – schauen Sie, Täubner, ich behaupte ja nicht, Gott zu sein oder allwissend, dem ist ja nicht so – ich nehme eben an, daß Nenna Carlos Vertrauen mißbraucht und die Melodien an einen oder mehrere Dritte weitergegeben oder darüber geplaudert hat.«
»Konstruktionsfehler.«
»Was?«
»›Mehrere Dritte‹ geht nicht. Das wären Vierte und Fünfte.«
»Oh. *Entschuldigung*! Mein Deutsch ist noch sehr unvollkommen.«
»Schon gut. Ich verzeih' Ihnen.«
»*Danke*! Darf ich fortfahren?«
»Bitte sehr.« Täubner tobte innerlich, weil er mit seiner vorlauten Klappe, mit seiner kindisch-rachsüchtigen Zurechtweisung so grausam aufgelaufen war und Krantz endgültig Oberwasser bekam. Wieder ein Gefecht versaut.
»Ich weiß beim besten Willen nicht, was Carlo mit den Melodien vorhatte – ob er sie unter Verschluß halten oder vielleicht in eigene Werke einbauen wollte, ich habe keinen blassen Schimmer. Zufrieden?«
»Hnnnn...«, grunzte Täubner.
»Alles, was ich weiß, ist, daß Nenna nach Rom ging und dort mit Nanino Kontakt pflegte – Sie erinnern sich? Der Palestrinaschüler, inzwischen musikalischer Direktor der Cappella Sixtina. 1603 wurde Nenna vom Papst zum ›Ritter vom goldenen Sporn‹ geschlagen, und um diese Zeit herum findet – auffälligerweise – die Andrealegende wieder hier und da Erwähnung, wird halberfroren aufgewärmt – ob von Nenna, Nanino oder sonstwem, mag letztlich egal sein. In jedem Fall interessiert man sich wieder dafür, Neugier regt sich, und es gibt bald Leute in den höchsten Kreisen, die mehr darüber erfahren wollen. Ob Nenna aber mehr als nur das Wissen um die Existenz der Melodien besaß – eine Kopie etwa, oder wenigstens eine Abschrift aus dem Gedächtnis –, kann ich nicht sagen. Genausogut wäre es möglich,

daß Carlo ihm nie erlaubt hat, einen Blick darauf zu werfen.«

»Sie haben aber doch vorhin gesagt, die Melodien – ich zitiere – *befanden sich leibhaftig an diesem und jenem Ort*...«

»Das taten sie wohl auch. Es ist so, daß wir wissen, *wer* sie schließlich *wann* und in *wessen* Auftrag gefunden hat, aber nicht *wo*. Stärker in Frage als alles andere kommen jedoch die Nachlässe ebenjener drei Herren – Nenna, Carlo, Nanino. Hm. Ja. Es ist spät geworden. Ich möchte gern für heute Schluß machen und zu Bett gehn. Wenn Sie wollen, können Sie die Skizze noch fertiglesen...«

»Mach' ich.«

»Gute Nacht!«

»Nacht.«

Täubner kramte in seinen Kassetten und setzte den Kopfhörer auf, fütterte den Walkman mit dem Ligetirequiem; es erwies sich als überaus passend.

XI
1600

dessen Ausmaß kein Urteil möglich ist.

Vom 22. Oktober 1600 datiert folgender Brief, den Carlo an seinen Schwager Don Cesare schreibt:

Es hat der göttlichen Majestät gefallen, meinen Alfonsino zu sich zu rufen; nach einem achtzehntägigen Fieber. Ich könnte auf dieser Welt nicht die Erfahrung größeren Schmerzes machen, und meine Trauer wird nur gemildert, wenn ich daran denke, daß er jetzt alle Herrlichkeit des Himmels genießt.

Der Tod ihres Kindes macht Leonoras Lage vollends unerträglich. Wenn sie auch immer noch vor einer Scheidung zurückschreckt, äußert sie doch wenigstens den Wunsch, Gesualdo für ein paar Monate zu verlassen und ihre Brüder in Modena zu besuchen.

Carlo lehnt das ab, gebraucht scheinheilige Ausflüchte; wahrscheinlich fürchtet er, daß Leonora sich mündlich deutlicher als schriftlich über den Zustand im Hause äußern könnte. Schließlich würdigt er seine Gattin seit geraumer Zeit kaum eines Wortes, hat sich vielmehr Konkubine Nummer zwei und drei zugelegt und veranstaltet (auch außerhalb des Karnevals) Maskenfeste, die meist in obszöne oder makabre Orgien ausarten.

Kompromißhalber arrangiert er einen Besuch Alessandros auf der Burg, wo er alles besser unter Kontrolle zu haben glaubt. Während dieser fünf Tage im Mai 1601 nimmt er sich ein letztes Mal zusammen, mimt den liebenden Gatten, wahrt den Schein in einer absurden Farce - um danach endgültig zu verwahrlosen.

Es kann passieren, daß er aus Wut über zweitklassige Sänger nach der Peitsche greift und zum rasenden Tier wird.

Spaccini spottet, das übermäßige Tremolo eines gesualdensischen Tenors sei pures Angstzittern.

War der Begriff »Umnachtung« auf Carlo bezogen von jeher gerechtfertigt, zeigen sich nun erste Symptome wirklicher Agonie. Sein dumpfes Brüten wird besinnungslos, oft verliert er das Gedächtnis, leidet an Schlafstörungen, die schon vorhandene Psychosen verstärken. Dann wiederum lebt er wie unter Rauschgift; hektisch, besessen, hysterisch. Schwer ist es, hier psychische und physische Faktoren auseinanderzudividieren, denn auch sein körperlicher Zustand hat sich rapide verschlechtert. Zum Asthma kommt die Gicht und möglicherweise auch - das bleibt unbewiesen - die Syphilis.

Gerade die folgenden Jahre, in denen seine Exzesse sich steigern, sind von äußerer Ereignislosigkeit geprägt. Wohl lassen sich hier und da Anekdoten finden, die ins einzelne gehend, von Hurereien, Gelagen, nekromantischen Stunden, peinlichen Entgleisungen et cetera berichten, aber man gewinnt daraus keine neuen Erkenntnisse; repetita non placent. Letztendlich bestimmen Langeweile und Festgefahrenheit seinen Tages- beziehungsweise Nachtablauf.

Als Komponist ist er schon fast gestorben; monatelang arbeitet er jetzt an einem Stück, für das er früher nur Stunden gebraucht hätte. Es sind ausschließlich Werke für den liturgischen

Gebrauch in der Karwoche, die jetzt noch entstehen.

Seine Einfallskraft versiegt, und 1607, als in Mantua Monteverdis »Orfeo« uraufgeführt wird, ist Carlos Zeitalter endgültig Vergangenheit. Kein Datum als der 24. Februar 1607 scheint besser geeignet, die Renaissance zu Grabe tragen. Die triumphale Entrata, mit der Monteverdis »Orfeo« anhebt, feiert das neue Saeculum unter Bläserfanfaren und Trommelwirbel.

Carlo, dem die Partitur bald darauf geschickt wird, muß, zumindest im Innersten, begriffen haben, daß er ein Relikt ist, ein der Zeit unterwegs Verlorengegangener.

1607 ist auch in Gesualdo ein bemerkenswertes Jahr. Leonora erreicht es endlich, den Hof Richtung Modena zu verlassen, und Carlos Sohn Emmanuele heiratet Maria Polisena von Fürstenberg. Emmanuele, der seinen Vater inbrünstig haßt und, wie man behauptet, nach seinem Leben trachtet, wird zm Gründer einer innerhöfischen Opposition. Zu Carlos sonstigen Geißeln gesellt sich (wahrscheinlich begründeter) Verfolgungswahn.

In Modena bereiten Leonoras Brüder die Scheidung vor, beantragen eine päpstliche Erlaubnis, die ohne Schwierigkeiten erteilt wird - offizieller Grund: Grausamkeit und Verschwendungssucht des Gatten. Als schon alles unterschriftsreif vorliegt, wird in Carlos Biographie wieder einmal das Unwahrscheinliche Ereignis. Leonora entscheidet sich im letzten Moment abermals gegen die Scheidung und kehrt nach Gesualdo zurück.

Ihr Glaube an die Gottesbestimmung der Ehe muß wahrlich immens gewesen sei. Vielleicht war sie auch innerlich längst so zerbrochen, daß ihr der Wille zum Neuanfang fehlte.

Rudolfo Arlotti schreibt aus Anlaß ihrer Abreise:

Sie ist eine willige Märtyrerin; ich denke manchmal, sie will das Fegefeuer in diesem Leben durchleiden, um das Paradies im nächsten zu genießen.

Man freut sich, sagen zu können, daß Leonora das Schlimmste bereits überstanden hat. Mit Hilfe Emmanueles erringt sie den einer Fürstin zustehenden Platz am Hof; zudem ist Carlo inzwischen ruhiger geworden, von Krankheiten zur Passivität gezwungen, oft wochenlang bettlägerig. Die Hände zittern ihm so sehr, daß er fast alle Briefe dem Sekretär diktieren muß. Der Rest seines Lebens ist eine Krankengeschichte, verläuft in schmerzhafter Monotonie.

1609 reist Leonora erneut nach Modena ab, um diesmal ein ganzes Jahr dort zu bleiben. Carlo begehrt nicht mehr auf dagegen; er ahnt das Ende und schottet sich ab, überläßt Emmanuele die Verwaltung der Besitztümer.

Fragt man nach der Entwicklung seiner Religiosität, muß erwähnt werden, daß er einen erstaunlichen Weg fand, mit Gott zu kommunizieren: über einen Mittelsmann.

In den letzten Jahren nämlich sammelte er leidenschaftlich alles, was mit Leben und Werk seines Namensvetters und Onkels mütterlicherseits zu tun hatte, dem großen, 1584 verstorbenen Kardinal Carlo Borromeo. Ihn, der am 1. November 1610 kanonisiert wird, stilisiert er zu seinem persönlichen Schutzheiligen und Fürsprecher vor Gottes Thron.

Hoffen wir, daß St. Carlo seinen Neffen nicht enttäuscht hat.

Weil der Zustand des Fürsten ihr Mitleid hervorruft, eilt Leonora an seine Seite; doch ob das gewaltige Opfer, das sie für ihn bringt, auch sinnvoll ist, sei dahingestellt.

Bei Spaccini findet sich der Vermerk:

Er konnte niemals einschlafen, ohne daß jemand ihm beilag und ihn umarmte, damit sein Rücken warm gehalten werde. Zu diesem Zweck hatte er einen gewissen Jungen namens Castelvietro, der ihm sehr lieb war.

In der Chronik *Rovine di Case Napolitane* von Ferrante della Marra schließlich steht:

Er wurde bestürmt und geplagt von einer Horde wüster Dämonen, die ihm keine Ruhe ließen, wenn nicht zehn oder zwölf junge Männer, speziell darin geübt, ihn dreimal am Tag heftig mit Ruten schlugen. Während jener Operationen pflegte er lustvoll zu lächeln. Und in diesem Zustand starb er, langsam und erbärmlich, aber nicht ohne daß er - einen Monat vor dem eigenen Tod - Zeuge sein mußte, wie sein Sohn Emmanuele durch einen Unfall ums Leben kam. Dieser Sohn hinterließ keine Kinder, außer zwei Töchtern, die ihm Donna Polisena von Fustemberg [sic], eine deutsche Fürstin, geboren hatte.

Der verspätete Tod tritt ein am 8. September 1613, spätabends.

Das Testament, fünf Tage vorher diktiert, umfaßt 36 Seiten. Unter vielem anderem verfügt er darin, daß Leonora 250000 Dukaten erhalten soll und jährlich 4000 Dukaten, solange sie Witwe bleibt und auf der Burg Gesualdo lebt.

In der Kirche Gesù Nuovo in Neapel will er begraben sein; eine Kapelle soll dort innerhalb von fünf Jahren erbaut werden, für 30000 Dukaten.

Ferner verfügt er, daß tausend Seelenmessen in San Marciano di Fuento zelebriert werden, fünfhundert in der San Gregorio in Rom und weitere fünfhundert verteilt auf andere Kirchen. Der noch unvollendeten San Rosario di Gesualdo hinterläßt er 50 Dukaten pro Jahr *in perpetuum*, mit der Bedingung, daß die dortigen Priester pro Tag eine Messe für seine Seele lesen, und zwar ebenfalls *in perpetuum*.

Mit Carlo welkt auch die sechshundert Jahre lang gewachsene Glorie des Hauses Gesualdo hin. Venosa wird Mitgift seiner Nichte und Haupterbin Isabella, die man später - gegen Carlos testamentarischen Willen, auf Befehl des Königs - dem Fürsten Nicolino Ludovisio antraut. Damit gehen Ländereien und Fürstentitel Venosas der Familie verloren, und sie versinkt bald in Bedeutungslosigkeit.

So hat es Gott gefallen, ein Haus zu zerstören, das von Besitz und Ehre war und von uralten normannischen Königen abstammte. (Ferrante della Marra)

Leonora bleibt noch zwei Jahre auf Gesualdo und regelt die Erbschaftsangelegenheiten. Dann verzichtet sie auf ihr Residenzrecht und geht - diesmal für immer - nach Modena.
Spaccini meldet ihre Ankunft im Januar 1615.

Alle, sogar der Herzog, die Herzogin, der Kardinal und die Prinzen kamen, um sie zu empfangen und zu begrüßen [...] und es waren sehr viele Menschen auf den Straßen, die sie sehen wollten.

Erst fünfzehn Jahre später erwähnt Spaccini sie noch einmal:

Die Fürstin von Venosa kündigt an, sie wolle sich, nach vielen Schicksalsschlägen und nachdem sie diese unvollkommene Welt als brüchig und ungewiß erkannt hat, zu den Nonnen von S. Eufemia zurückziehen; obwohl ich denke, daß der Herzog das nicht gern sehen wird. Sie hat ein Haus in der Nachbarschaft des Klosters gekauft, damit sie, wann immer sie will, dorthin gehen kann.

Dezember 1637 meldet Vedriani ihren Tod.

Sie endete ihr Leben mit Gebeten, mit heiligen Werken und Almosentätigkeit. Ihr Haus hinterließ sie den Nonnen; es dient jetzt als Krankenstation.

Ein abschließendes Urteil zu Carlo, sowohl zur Person wie zum Komponisten, kann nur ein sinnloses Unterfangen sein. Im Spiegel laufend neuer Entdeckungen zeigten sich bisher alle Versuche, den Fürsten ein für allemal zu »erledigen«, als tantalische Bemühungen.

Sein vielschichtiger, tiefgründiger Charakter, der abwechselnd Mitleid und Abscheu hervorruft, wird wohl nie ganz zu durchschauen sein. Die Lager bleiben gespalten; nannte man ihn gestern noch Dilettant, nennt man ihn heute oft Genie; morgen wird man ihn sicher wieder anders betiteln. Das momentan starke Interesse an seinem Werk kam unter anderem dadurch auf, daß einige in ihm einen unverstandenen Vorvater der Atonalität sehen wollten; was er absolut nicht war. Es läßt sich leicht voraussagen, daß seine Präsenz in der zukünftigen Konzertpraxis abflauen wird; zu sehr sperrt sich seine Musik gegen ein breiteres heutiges Publikum. Solange aber die Legenden um den Menschen Carlo nicht versiegen, wird es an Möglichkeiten nie fehlen, sich mit seinen Werken zu beschäftigen; dafür sorgt schon die Neugier auf die Musik eines solch labyrinthischen Charakters.

So läßt sich sagen, daß im Falle des Fürsten von Venosa Schall und Rauch einander bedingen; Musik zur Legende und Legende zur Musik gehört.

Postscriptum:

1688 erregt Carlo ein letztes Mal Aufsehen. Ein schweres Beben erschüttert die Gesù Nuovo, und Carlos gewaltiger Sarkophag verschwindet spurlos im Erdboden.

Requiescat in pace.

XII

Täubner erwanderte das Hinterland der ewigen Vorstädte, staubkahle Ebene, unbebauten Karst. Es gab Ruinen: schrägstehende, halb von der Erde verschlungene Marksteine einer Römerstraße und zerborstene, den Zwölfgöttern geweihte Marmortafeln. Ein alleinstehender Feigenbaum trug schwarzviolette, geplatzte Früchte, deren herausgequollenes Fleisch braun und hart geworden war, von Vogelschnäbeln zerfetzt. Im Stamm des Baumes pulsten dunkelblaue Adern, quer durch ein geschnitztes Herz. Täubner fühlte sich zu dem Baum hingezogen, umarmte ihn, erwies ihm Ehrerbietung. Die Stiermaske, die er in der dürren Krone hängen sah, berührte er nicht.

Irgendwo zwischen den Felsen der Steppe war ein schellmuschelförmiger Souffleurkasten in den Sand gesetzt. Täubner schloß daraus, daß es hier einmal ein Theater gegeben haben mußte, und suchte nach weiteren Relikten. Zu seiner Verblüffung stieß er auf einen kreisrunden Weiher, der die vergessene Römerstraße teilte. Ein Mann saß dort am Ufer und angelte. Täubner fragte ihn, was er zu fangen erhoffe. Der Mann antwortete, ohne sich umzudrehen, das Wasser sei dick und faulig, die Sonnenstrahlen glitten davon ab und der Weiher bleibe immer kalt, selbst im Sommer. Es gebe aber, fügte er hinzu, Wasserschlangen; die schmeckten gut in Öl gebraten. Dann lachte der Mann und wendete den Kopf. Täubner blickte geradewegs in die Stiermaske. Verwirrt überlegte er einzuwerfen, in kalten Gewässern seien Wasserschlangen selten. Doch der Mann ging lachend fort und verschwand in der Dämmerung.

Eine Stimme rief: *Alban! Alban!* und nichts weiter. Sie schien dem Schlick zu entsteigen. In vertrocknenden Ufermulden schlugen halberstickte Fische mit den Schwanzflossen um sich, und die Stimme, diesmal aus einer anderen Richtung, flüsterte: *Dies ist die Brutzone des Bösen. Hier lernen die Küken der schwarzen Schwäne scharfhalmiges Gras kauen.*

»Ich weiß!« antwortete Täubner. »Ich will hier nicht bleiben!« – und blieb regungslos stehen. *Alban! Alban!* rief die Stimme, nun von allen Seiten. Schwefelkristalle wuchsen auf den Uferfelsen, und träger Dampf hing in Schilf und Sträuchern. Der Weiher rumorte klebrig. Schreigefüllte Blasen von tief drunten trieben als Halbkugeln minutenlang, bevor sie zersprangen, bevor kurze, grelle Laute die Luftmembran durchstachen.

Täubner ertastete die Nacht, die nicht vollkommen dunkel war, obgleich kein Mond am Himmel stand. Alle Hölzer, Büsche, Sträucher und Pflanzen, sogar Gräser und Schilfhalme fühlten sich metallen an – und wirklich, sie waren aus Eisen, aus rostigem Eisen oder tiefbraunem Erz. Einige Dornenknospen waren aus hellem Stahl und leuchteten kalt. Da und dort blinkten katzensilberne Insekten. Äste und Zweige des Buschwerks waren kunstvoll aus Draht gewirkt, blecherne Vögel hockten darauf, und dem Schlamm entragende Wurzeln schienen von Bronze zu sein. Der Weiher selbst war eine runde, grausilbrig schimmernde Metallplatte, und es gab keinen Himmel mehr und keinen Horizont. Was da auch war, war von Eisen und gehüllt in Schwarz und Stille. Das Ufer fluktuierte bläulich. Der Schemen eines flügelspreizenden, erzgewordenen Teichhuhns stand reglos unter Krüppelweiden.

Täubner irrte über den metallenen Weiher, heftig aufstampfend, als habe er es mit dünnem Eis zu tun, das leicht zu brechen sei. Seine Tritte wurden schwer; erschrocken stellte er fest, daß seine Schuhe schon Eisen geworden waren und kaum noch zu heben. Mit äußerster Kraftanstrengung humpelte er dem Ufer entgegen, jeder Schritt hallendes Dröhnen. Er versuchte, sich seiner Schuhe zu entledigen, doch glühten sie rot auf und verbrannten ihm die Fingerkuppen. Gleichzeitig begann der metallene Weiher zu schwanken, den Lichtschein der Glut ins Eisenland schleudernd wie Sensen.

Alban! Alban!

Da war die Stimme wieder, und es war eine weibliche, vertraute Stimme, ja, die Stimme der großen Geliebten, wie sie damals, vor einem halben Jahrzehnt, geklungen hatte, unsicher und kurzatmig.

Spiel diese Melodie für mich!

Dutzende Male überschlug sich das Echo, wanderte im Uferkreis. Täubner war unfähig, aufzustehen. Sein Mantel war Eisen, seine Hose war Eisen und sein Haar ein Drahtgeschling, das ihm tausendfach die Hirnhaut durchbohrte.
Spiel diese Melodie für mich!
Die Stimme entfernte sich, wurde hohl und dröhnend, wie von Eisen umschlossen. Er versuchte, irgendeine Melodie zu pfeifen, irgend etwas, aber ihm fiel nichts ein außer Bruder Jakob Bruder Jakob schläfst du noch schläfst du noch hörst du nicht die Glocken – und seine Zunge wurde Eisen und sein Rachen wurde Eisen und die Zunge schlug langsam links und rechts gegen die Glocke seines Kopfes. Es ergab einen wunderschönen, tiefen, brummenden Erzton, wie ihn kaum der Glockenstuhl San Marcos hervorbringen kann.

XIII
1. November 1988

»Komisches Zeug geträumt.«

»Hoffentlich nichts Übles?«

»Fühl' mich ganz dumpf und ausgekotzt.«

Täubner tauchte ein Brioche in seinen Kaffee; Teigfetzen trieben ab, gekenterte Boote im gleißenden Schwarz. Es war acht Uhr morgens; durch die Fenster fiel wolkengefiltertes Junglicht; der Himmel verhieß Schauer.

Krantz trug schwarzen Frack, weißes Seidenhemd und um den Hals eine Silberkette, deren Anhänger eine Lyra darstellte.

Das Frühstück war mitten im Wohnzimmer gedeckt, auf einem klappbaren, Heeresbeständen entstammenden Blechtisch. Ein großer Krug Orangensaft stand bereit, frisches Gebäck und kalte Pizzaschnitten. Krantz schien gut gelaunt; er ging, vergnügt pfeifend, zum Piano und spielte – nicht schlecht – den »Feuerzauber« aus der »Walküre«.

»Auf Sankt Carlo Borromeo! Und die Carafasöhne!«

»Warum?«

»Heut ist Allerheiligen!«

»Ach je.«

Täubner hatte kein Gefühl mehr für Kalenderdaten. War Sonntag? Oder Dienstag? Seine Augen brannten. Dauernd schmeckte es bitter im Mund. Aus den Backenzähnen pulte er zerkaute Nervenstränge, die mußten von den tauben Knien her hinaufgewandert und in der Nacht zwischen die Mahlwerkzeuge geraten sein. Alles mögliche stimmte nicht mehr. Beigebraune Trübung am oberen Rand des Sichtfelds. Schmerzen beim Pissen gehabt, Blut im Urin, nur ganz wenig, doch besser Vorsicht, ein Tumor kostet schnell die Blase ... Krantz' launige Geschäftigkeit ging ihm auf die Nerven.

»Bald ist es soweit! Ich bin ja zum Bersten gespannt. Sie auch?«

»Worauf?«

»Na, auf den Pasqualinikeller!«

»Ich tapp' da noch 'n bißchen im dunkeln. Wie wär's, wenn...«

»Nicole wird nicht grad begeistert sein, wenn wir mit Kamera erscheinen. Ich will's nicht verschweigen – sie hat Fotografieren ausdrücklich verboten. Braucht uns aber nicht zu kümmern, ihr fehlt jede rechtliche Handhabe, machen Sie sich da mal keine Gedanken. Kann sein, sie fängt an rumzubrüllen; tun Sie dann einfach unbeteiligt – handgreiflich wird sie schon nicht werden. Knipsen Sie aber erst, wenn ich es Ihnen sage, klar?«

»Hmm...«

»Wäre klüger, die Kamera irgendwie zu verbergen...«

»Bin geheimdienstlich nicht ausgebildet.«

»Ich werde, wenn Sie das nicht stört, Sie als Studenten vorstellen. Einverstanden? Hören Sie mir zu? Grunzen Sie doch wenigstens mal! Danke. Gut. Und wir machen folgendes: Sie kriegen eine alte Jacke von mir, da trennen wir das Futter auf, stopfen Ihr Fotogerät hinein, und dann tragen Sie das über der Schulter. Gut?«

Täubner wurde stutzig.

»Was 'ne Show... Wozu soviel Aufwand? Sie hat, denk' ich, keine Handhabe...«

»Das Problem ist, wir treffen sie vorher, erst dann führt sie uns zum Pasqualinikeller. Wenn die Kamera zu früh bemerkt wird, könnte die Sache platzen.«

»Soll das heißen, Sie wissen nicht, wo dieser Keller liegt?«

Täubner war jetzt hellwach und musterte den Schweden genau.

»Nein«, gab dieser seufzend zu. »Wie schon erwähnt, Nicole hat die vatikanischen Geheimunterlagen des siebzehnten Jahrhunderts einsehen dürfen; muß sich erfolgreich an einen Kardinal rangeschmissen haben, anders läßt es sich nicht erklären. Trotzdem – daß der Keller noch existieren soll... unglaublich... wer weiß, *was* sie da gefunden hat...«

»Wäre ganz nett, wenn Sie mir über diesen Pasqualini noch 'n bißchen Info rüberschieben; damit ich nicht so doof rumsteh'.«

Krantz räusperte sich, legte die Stirn in Falten, setzte mehrmals zu einer Antwort an, um wieder abzubrechen und unschlüssig mit der Zunge zu schnalzen. Dann rang er sich doch zu ein paar Bemerkungen durch.

»Pasqualini – das ist ein heikles Thema. Muß man sehr subtil darangehen. Einerseits ist er der Totengräber der Legende gewesen; hat sie durch sein Tun zu einer Projektion des Orpheusmythos degradiert. Sehr schade. Der Legendenfluß hätte mehr verdient gehabt, als in den Hauptstrom einer Arché zu münden. Castiglio, Andrea, Carlo, Allegri, schließlich Pasqualini selbst wurden zu orpheischen Spielarten, zu kleinen Versionen des großen Altidols. Vielleicht mußte es so kommen. Andererseits...«

»Geht's 'n bißchen weniger abstrakt?«

»Was hätten Sie davon? Nein – ich will jetzt nicht hudeln! Man muß zuvor die Gestalt Allegris darlegen und die völlig veränderte politische Situation, sonst kapiert man gar nichts. Wir wollen doch alles der Reihe nach erledigen...«

Täubner zuckte abschätzig mit den Achseln. Er mutmaßte, einen wunden Punkt des Professors entdeckt zu haben, da wollte er einhaken. Offensichtlich gab es jemanden, der über Pasqualini genauer Bescheid wußte als der Schwede – die Pein stand Krantz im Gesicht geschrieben. Er hatte wohl vor, seine Story erst nach der Kellervisite fortzusetzen, um nicht in Gefahr zu kommen, widerlegt zu werden.

»Nicole Dufrès hat Ihnen was voraus, nicht wahr?«

»Immer Ihre billigen Sticheleien... Das hab' ich doch schon in München zugegeben, wenn Sie sich erinnern; da mach' ich doch kein Drama draus! Ich habe eben mit keinem Kardinal geschlafen; es gibt Forschungsmethoden, die ich ablehne... Für einen Lustknaben wär' ich auch zu alt. Eben. Ganz richtig, mir fehlen zur Sache Pasqualini noch ein paar Mosaiksteinchen, das war aber auch – ich wiederhole es noch einmal – nie mein Spezialgebiet. Kommen Sie – wir müssen!«

Krantz nahm eine alte Lammfelljacke, die noch aus den Siebzigern zu stammen schien, schlitzte das Innenfutter auf, und Täubner verstaute eine Kamera, zwei Objektive, ein Blitzgerät und mehrere Filmsorten darin. Nachdem er vor dem Spiegel posiert hatte und Krantz mit der Tarnung zufrieden war, konnte das Unternehmen beginnen.

Vor dem Haus winkte der Professor ein Taxi heran, hieß es den Corso Vittorio Emmanuele hinaufzockeln und vorm Tiber rechts abbiegen. Nach weiteren hundert Metern war die Fahrt dann schon vorbei, am Südende der Ponte San Angelo, die zum Hadriansgrabmal führt. Zu Fuß hätte man die gesamte Strecke in einer Viertelstunde schaffen können. Das Taxi brauchte fast ebensolang.

Auf der Brücke boten Schwarze aus Bauchläden Tücher, Schlagerkassetten, Kugelschreiber, Feuerzeuge und Kitschfigürchen feil. Es war merklich kühler geworden; Temperaturen nur noch um die zehn Grad. Verrußte Barockperücken in den Himmel getürmt. Es roch nach Regen.

Täubner schlenderte, beugte sich über das Geländer, spuckte in den graugrünen Tiber. Jede Menge Touristenbusse dieselten dem Petersplatz entgegen. Krantz wirkte nervös, hielt Ausschau nach allen Seiten, sah auf seine Taschenuhr. 9 Uhr 25. Das Treffen war für halb zehn vereinbart.

»He, Täubner!«

»Hmm?«

»Da! Sehen Sie das Männchen da drüben? Den Zwerg, der uns sein braunes Bäuchlein zeigt?«

Täubner folgte der Richtung, die ihm Krantz mit der Nasenspitze wies. Dort, an eine Pappel gelehnt, stand Mendez, putzte mit einem Zipfel seines kragenlosen weißen Hemds seine Nickelbrille. Er schien Krantz und Täubner wohl bemerkt zu haben, vermied aber direkten Blickkontakt und sah stur zu Boden.

»Das ist Mendez«, erläuterte Krantz, »Ramon Mendez, der widerlichste Kerl, der mir im Leben je begegnet ist.«

»Aha.«

»Er hat Lügen über mich verbreitet, hat mich bei der Witwe von Bardeleben verleumdet, hat sich ihr Vertrauen erschlichen und erreicht, daß mir das Haus verboten wurde. Würde mich nicht wundern, wenn er sich zu ihrem Haupterben mausert. Ohne ihre Moneten hätt' er längst wieder nach Argentinien verschwinden müssen, in die Pampa, wo er hingehört, dieser Drecksack, dieser Schnorrer... Einen Dachschaden hat er auch. Und sehen Sie – dort!«

Krantz' Nase wies jetzt auf eine schwarze Mercedeslimousine, die vor dem Hadriansgrabmal parkte. Die Fensterscheiben des Wagens waren getönt, doch eine, halb heruntergekurbelt, gab den Blick frei auf eine weißhaarige Frau, gewandet in etwas hochgeschlossen Graues, vermutlich ein Kostüm. Gegenseitiger Wahrnehmung folgte der prompte Druck auf den elektronischen Fensterheber.

»Das ist sie – Begonia von Bardeleben, geborene Hoechst-Nebenlinie, mittlerweile fünfundsiebzig Jahre alt und völlig verkalkt. Mendez hat ins Feld führen können, daß ich mir die Carlobiographie angeeignet habe – das nimmt sie mir sehr übel... Das Arbeitszimmer ihres Seligen darf in keinem Detail verändert werden... Ihr Seliger würde sie totschlagen, wenn er das wüßte... Wie kann man einem Wissenschaftler so etwas antun? Das ist, wie einen Organspender unbenutzt einäschern...«

»Soso.«

»Mendez setzt übrigens alles daran, mir die Carlobiographie wieder abzujagen. Ich glaube, die beiden Einbrüche in meine Wohnung letztes Jahr hat *er* in Auftrag gegeben.«

»Da müssen Sie ja Mordsvertrauen in mich gehabt haben, daß ich sie so einfach lesen durfte.«

»Warum?«

»Ich könnte doch jetzt – rein theoretisch – zu Mendez hingehn und ihm erzählen, was drinsteht.«

»Ja und? Meinen Sie, das würde ihn erregen?«

»Nicht?«

Täubner wurde etwas kleinlaut.

»Sie haben noch nicht kapiert, wie es in diesem Geschäft zugeht. Sie können ihm erzählen, was Sie wollen – selbst wenn Sie ein fotografisches Gedächtnis hätten und den ganzen Wortlaut im Kopf – es wäre keine Lira wert. Denn entschuldigen Sie bitte – ich meine das metaphorisch –, wen interessiert's, was ein Pasinger Fotograf von sich gibt? Selbst in der Mythosophie gilt das Schwarze auf dem Weißen noch als unersetzlich für jede Beweisführung. Das ist ja grad das Nette: Wir können uns stolz gegenseitig unsre Geheimnisse unter die Nase reiben – kein Problem. Aber die Belege – die behalten wir für uns.«

»Verstehe. Würden Sie mir verraten, wo Sie die Carlobiographie üblicherweise aufbewahren?«

»Wozu wollen Sie das wissen?«

»Nur so.«

Täubner bemühte sich um ein unschuldiges Gesicht.

»Warum sollte ich Ihnen das sagen, wenn Sie nicht mal einen richtigen Grund haben?« Krantz grinste und schlitzte die Augen. »Ich habe Ihnen schon viel verraten, als ich sagte, daß der Safe leer ist. Muß nächstens vorsichtiger sein.«

Täubner grinste zurück, comichaft übertrieben. Vieldeutiger Moment. Beide wußten nicht genau, was sie denken und dem anderen unterstellen sollten.

Täubner fiel plötzlich ein, daß er Mendez gegenüber erklärt hatte, nach Rom gekommen zu sein, um für den Schweden »einen Keller zu knipsen«. Ach je. Hoffentlich würde Mendez ihn nicht auffliegen lassen. Verflucht, das konnte peinlich werden; das konnte nicht nur Krantz die Fotos, das konnte Täubner auch den schönen, eben gefaßten Plan verderben. Wann, fragte er, WANN? würde er je lernen, die Dinge zu kontrollieren, statt von anderen abhängig zu sein?

Ein beleibter, circa sechzigjähriger Mann mit Halbglatze und Doppelkinn näherte sich Krantz zielstrebig von hinten. Er trug einen schwarzen Rollkragenpullover und eine moosgrüne Lodenweste. Auf der Brust baumelte ihm eine Lesebrille, zwischen Nase und Oberlippe wucherte ein monströser Leberfleck, der aus der Entfernung wie ein Hitlerbärtchen ausgesehen hatte. Seine Nase war breiter als lang, seine Lippen fleischig, die Augen klein und kreisrund über geschwollenen, leicht violetten Tränensäcken.

»Buongiorno, Jan-Hendrik!« dröhnte er baßvoll in Krantz' Nacken.

»Lupu!«

Krantz schüttelte dem Mann die Hand, in anscheinend ernstgemeinter Herzlichkeit.

»Bist fett geworden, Lupu! Du sprichst doch Deutsch?«

»Freilich. Ist mein Vatersprach.«

»Lupu, darf ich dir vorstellen: Täubner, äh...«

»Alban«, sagte Täubner.

»Alban! Ein schöner Name! Berg war ein Riesentalent, bevor er... na ja, also Alban Täubner, ein Student, der sich für Castiglio & Co. interessiert. Und das ist Doktor Lupu Stancu, Exilrumäne und Restaurator im Archivio Storico di Stato Roma. Von vielen achtungsvoll der ›Maulwurf‹ genannt; nicht weil er blind ist, sondern weil er vor lauter Wühlen in Altpapier selten die Sonne sieht.«

»Bah – übertreibst du da! Erst vor vier Wochen hab' ich richtig Sonnenbad genommen.«

»Nein!«

»Doch. In Mittagspause, auf Dach vom Institut. Hinterher war ich kohlraben.«

»Ich hätte nicht darauf gewettet, daß du kommst.«

Stancu schob schmatzend seine Lippen abwechselnd übereinander. »Bin ich auch nicht wegen Scheißkeller hier; nämlich hab' ich ein paar hübsche Sache für dich, wirst du gucken!«

»Zeig!«

»Nachher. In der Maschine.«

»Gut.«

Täubner überlegte, was für eine Maschine gemeint sein könnte; bis er draufkam, daß das italienische »macchina« – Auto – nur sinnwidrig ins Deutsche übertragen worden war. Stancu, beide Hände in den Hosentaschen, wippte breitbeinig hin und her. Widerlich saurer Körpergeruch dampfte von ihm ab.

»Rooley übrigens wird er nicht kommen kann...«

»Warum?«

»Tot. Posaune im Himmel hat Tuut gemacht. Stell dir vor, Salmonellenvergiftung... bei Fish-&-Chips-Essen... Süße kleine Biester in de Kackfraß.«

»Ha.«

»Hehe.«

»Hahaha...«

»Huhu...«

Die beiden amüsierten sich vortrefflich. Täubner sollte nie erfahren, wer Rooley gewesen war. Gerade als er fragen wollte, traf die Hauptdarstellerin auf der Szene ein, per Taxi von Osten her.

Krantz und Stancu verstummten. Nicole Dufrès, in zackigem Blickschwenk die Gegend rasternd, betrat die Brücke mit schnellen, enggesetzten Schritten. Sie trug einen rostroten Poncho, enge Jeans, hohe schwarze Stiefel und einen mindestens drei Meter langen, weißen Wollschal. Täubner schätzte sie auf fünfundvierzig. Ihr dunkelblondes, sprödes Haar war kunstlos hochgeknotet; einzelne Strähnen hatten sich aus dem Verbund gelöst und trieben im Wind. Als sie die Dreiergruppe erreichte, nickte sie kurz. Krantz und Stancu nickten ebenfalls. Täubner tat unbeteiligt. Stummfilm.

Am anderen Ufer des Tiber half Mendez der Witwe aus der Limousine, stützte sie beim Gehen. Dufrès winkte den beiden, wandte sich dann Täubner zu. Ihre Haut war zerknittert und ledrig, vor der Zeit gealtert. Die schmale, hakige Nase und die dünnen, bleichen Lippen erhoben ihr Gesicht zur Allegorie unerbittlicher Strenge. Lebhafte Smaragdaugen musterten Täubner von oben bis unten, tatschten ihn aggressiv und schamlos ab.

»Qui êtes-vous?«

»Il est un des mes étudiants d'Allemagne«, mischte sich Krantz ein.

»Je peux parler pour moi-même«, sagte Täubner in herablassendem Ton.

»C'est vrai?« Die Französin schien es nicht glauben zu wollen.

»Sans aucun doute.« Er hielt stand, ohne einen Muskel zu verziehn. Als ihre Augen von ihm abließen, war er ziemlich zufrieden mit sich.

Inzwischen hatten Mendez und die Witwe die Brückenmitte erreicht. Beide bemühten sich, Krantz zu übersehen; reichten nacheinander Dufrès und Stancu die Hand. Täubner gewahrte, daß Mendez ihm verstohlene Blicke zuwarf. Er wich ihnen knapp aus, tat weder reserviert, noch sandte er ein Zeichen der Vertrautheit zurück. Es schien ihm das günstigste, die Sache in der Schwebe zu halten. Mendez machte nicht den Eindruck, den Fotografen unbedingt denunzieren zu wollen. Vielleicht hatte er Täubners Profession schlicht und einfach vergessen?

Nachdem einige nett-schlappe Begrüßungsfloskeln getauscht waren, ergriff Dufrès das Wort.

»Alors, allons-y! Ne sont pas plus que deux cent mètres. Werden Sie das schaffen, Madame de Bardeleben?«

»Aber ja, Nicole. Das wird schon gehen...« Begonia von Bardeleben gehörte zu jenen neunzig Prozent wild bemalter Greisinnen, bei denen ein Lächeln entweder falsch oder stupide wirkt. In ihrem Fall traf letzteres zu, verbunden mit einem Ausdruck altersschwacher Entrücktheit. Sie hatte massiv Rouge aufgelegt, glich einer Leiche mit Sonnenbrand. Ihr Augenpaar schwelgte lose in der Gegend, wollte an keinem Gegenstand haftenbleiben. Andauernd behielt sie dieses nichtssagende Lächeln bei, wie es zu Kaffeekränzchen oder diplomatischen Empfängen paßt.

»Ich will doch auch gern sehn, was Sie so forschen«, fügte sie hinzu, und wurde mit einem mild-tröstlichen Blick bedacht, wie man ihn Schwachsinnigen gönnt.

»Aber ja, Madame!«

Die pittoreske Prozession setzte sich in Bewegung. Die Französin wies mit einem kurzen Handschlenker den Weg; nach Süden, Richtung Corso V. E. Dann links, die Via dei Coronari entlang, dann wieder rechts, in die Via Vetrina. Täubner wußte aus eigener Erfahrung, daß man sich im Gassengewirr dieses Viertels gut verlaufen konnte. Kreuz, quer, gebogen, verkrümmt, verwinkelt, jede Geometrie verweigernd, mischten sich die Straßen in totaler Unüberschaubarkeit. Ohne jene gelben Schilder, die auf nahe liegende Touristika verwiesen und so dem Irrenden plumpe Hinweise boten, hätte das Viertel seinen angenehm labyrinthischen Reiz viel ausgeprägter bewahrt.

Krantz hielt sich am Ende des Zuges, ließ sich ein wenig zurückfallen und zupfte Täubner am Ärmel.

»Na – was ist Ihr Eindruck?«

»Freilaufgehege für unpopuläre Tierarten.«

Krantz kicherte. »Stimmt. Kann ich nicht widersprechen.«

»Wer ist dieser Stancu? Ein Freund von Ihnen?«

»Sagen wir: Er ist nützlich. Ein merkwürdiger Typ. Haben Sie's bemerkt: Er pfeift auf diesen Keller! Der ist ihm scheißegal, der Keller! Alles Konkrete interessiert ihn nicht. Unglaublich. Der fühlt sich nur in seinem Archiv wohl; und wenn's tatsächlich mal eine Platte mit den Melodien gäbe, der würde sie nicht abspielen, würde es vorziehn, in Büchern drüber zu lesen. Und nicht mal die Bücher sind ihm noch was wert, wenn er sie erst gelesen hat. Ein absonderlicher Fall von gelehrter Kulturlosigkeit. Obwohl er zwölf Stunden am Tag über alten Folianten brütet, liest er nicht halb soviel, wie er frißt! Und nur Leckereien!«

Plötzlich schien Krantz etwas völlig anderes einzufallen und er beschleunigte immens, bis er an der Seite der Französin landete.

»Dis-moi, Nicole – c'étais toi, qui m'a envoyé cette lettre à l'hôtel à Siène?«

»Mais bien sûr. J'espère qu'elle t'a plu?«

»Mes Dieux, si tu savais ce que tu as fait!«

»Nous sommes là.«

Dufrès hielt vor einem heruntergekommenen, dreistöckigen Haus, das letzte Spuren von Stuckfassaden trug, dessen sandfarbener Putz abblätterte und das offensichtlich nicht mehr bewohnt war. Viele Scheiben waren nur noch Scherben; einer der eisernen Zierbalkone hing deutlich in der Schräge. Das schlanke Gebäude war höchstens neunzig Jahre alt, der Baufälligkeit preisgegeben und wohl nur aus Spekulationsgründen noch als Ruine vorhanden. Es stand zwischen einer Druckerei, die, wenn man dem Schaufenster glauben mochte, noch mit Bleisatz arbeitete, und einer kleinen, des Feiertags wegen geschlossenen Stehpizzabude. Nicht weit entfernt lag die Chiesa Nuova, und auch zur Piazza Navona waren es höchstens hundert Meter Luftlinie. Krantz sah ziemlich mißtrauisch drein. Bestimmt war er hier des öfteren arglos spazierengegangen. Sogar Täubner war schon daran vorbeimarschiert – kurz bevor ihn vortags Mendez angesprochen hatte. Bewußt war ihm das allerdings nicht.

»Hoffentlich stürzt es nicht ein über uns!« bangte Begonia von Bardeleben.

»Ein klein Risiko exist immer, Madame...«

»Ja...?« fragte Begonia ängstlich nach.

Nicole Dufrès stieß die Haustür auf. Kleine Schutthalden staubten auf dem dunklen Flur.

»Venez!« rief sie, ohne Diskussionen zuzulassen. Geziert lächelnd, blieb Begonia stehen, ließ sich von Mendez erst gut zureden, bevor beide hineingingen. Stancu meinte was von wegen alles Dreck, und Dreck bleibt Dreck und wird zu Dreck, wozu das alles? Er rieb mit dem Handrücken unter seiner linken Achsel, roch an der Hand und betrat den Bau.

»Für den Fall, daß sie uns alle umbringen will – ade, Täubner.«

»Machen Sie sich doch nicht immer so wichtig, Proff...«

Das ehemalige Vierparteien-Wohnhaus (vier aufgebogene Metallbriefkästen hingen links hinter dem Eingang) besaß keinen Innenhof; der Flur endete in den Treppen. Auf der nach oben führenden lag ein rostiger Fahrradrahmen quer über den Stufen; vielleicht als Warnung gedacht, die oberen Stockwerke nicht zu betreten. An die beigelackierten, gußeisernen Stangen des Treppengeländers gelehnt, wartete eine Plastiktüte, aus der Dufrès drei schwere Taschenlampen zog und sie an Mendez, Krantz und sich selbst verteilte. Es ging hinab. Drei Lichtkegel glitten über die Treppe, leuchteten sorgfältig ihre Kanten aus, als handle es sich um Felsgrate über schroffen Abgründen.

Es dauerte gut zwei Minuten, bis alle unten angelangt waren, wo es zuerst nichts anderes zu sehen gab als einen ordinären Mietshauskeller: ein beinah tennisplatzgroßes Areal, durch Sperrholzverschläge viergeteilt. Viel Krimskrams lag dort noch herum, nicht würdig erachtet, einen Umzug mitzuerleben. Aus Bast geflochtene Lampenschirme, kopflose Steckenpferde, Hutschachteln, Vorhangschienen, verschimmelte Bademattern, derlei Dinge. Nur einer der Verschläge war vollständig leergeräumt und die rückwärtige Mauer zertrümmert worden. Dort scharte man sich im Halbkreis. Die Taschenlampen bestrahlten einen freigelegten Hohlraum, der ungefähr fünf Kubikmeter umfaßte. Rauher, zerfressener Stein. Gestank von Algenschlamm. Man konnte das Gurgeln nah fließender Kanalisation hören. Im Zentrum des Höhlenbodens prangte ein quadratisches Loch, an dessen linker Seite ein Eisenscharnier zu erkennen war. Von der Falltür, die die Luke einst bedeckt haben mußte, zeugten nur mehr wenige Holzsplitter. Eine aluminiumglänzende Tretleiter war in das Loch gelassen. Dufrès stieg halb hinunter, bis nur noch ihr Kopf herausragte. Täubner fand das Bild sehr hübsch, diesen Kopf im reflektierenden Aluminiumkragen, von drei Lichtkegeln illuminiert. Er dachte sich, *so* müßte man die Arie der Königin der Nacht inszenieren; so und nicht anders hatte er sie sich immer vorgestellt. Dufrès zwinkerte der Greisin zu, die ausrief: »Ich bin doch so alt, Nicole, ich kann das doch nicht mehr!«

»Mais bien sûr, Madame, können Sie das! Die Leiter steht sehr fest.« Jeder feuerte die Witwe an und sprach ihr Mut zu.

»C'e si facile...«, meinte Stancu, und Mendez flötete: »Just try it, dear...«

»Schmeiß dich endlich runter, blöde Schickse!« zischte Krantz.

Unter viel Ach und Weh manövrierte sie ihre alten Knochen auf die oberste Sprosse und senkte langsam, ganz langsam einen Fuß nach dem anderen. Als sie unten angekommen war, folgte Mendez, dann Stancu, Krantz und zuletzt Täubner.

Die Leiterlänge betrug dreieinhalb Meter. Unten, wo die Luft erstaunlicherweise trockener wurde, gab es zwei Räume zu sehen. Der eine, vom Umfang einer Besenkammer, war als Präcella für den anderen konzipiert, der mit seinen sechs mal acht Metern die Ausmaße eines kleinen Saals erreichte. Vormals waren Kammer und Saal durch eine dünne Backsteinmauer getrennt gewesen. Diese war aber um das Türloch herum zum größten Teil eingestürzt. Im Saal standen zehn batteriebetriebene Bauarbeiterlampen, tauchten das leicht konkave Gewölbe in unwirklich anmutendes, fettgelbes Licht. Für Fotografierzwecke ziemlich problematisch, überlegte Täubner – aber er hatte zum Glück die zweckmäßigen Filme und die rechte Blitzkraft bei sich.

Die Wände des Kellers enthielten jeweils eine langgezogene, einen halben Meter tiefe Nische, jede leer. Im Hintergrund erhob sich ein 30 Zentimeter hohes, bühnenähnliches Steinpodest. Gegenstände waren nirgends zu entdecken. Die Decke hatte einmal ein den Nachthimmel darstellendes Mosaik geschmückt. Fast alles davon war heruntergebröckelt; viele Plättchen lagen am Boden verstreut, und nur noch ein schmaler Streifen im Zentrum der Decke hatte sich gehalten – ozeanblaue Fläche mit kleineren und größeren, spitzzackigen, hellgelben Sternchen. Hinter der »Bühne« hatte jemand kindliche Lettern in die Wand geritzt: ONTU L.

Es war stickig, staubig und kalt. Stancu fragte sich dauernd halblaut, was er hier verloren habe, machte aber keine Anstalten zur Umkehr. Krantz und Mendez rumpelten, beide in konzentrierte Betrachtung vertieft, versehentlich gegeneinander. Ein kurzer italienischer Wortwechsel folgte, den Täubner sich grob mit »Paß bloß auf auf, du Leichenficker!« und »Krepier doch!« übersetzte.

»Hier ist es aber ungemütlich«, ließ Begonia von Bardeleben verlauten. Feierliche Ergriffenheit wollte sich kaum einstellen. Nur die Französin – sie blickte geknickt und wehmütig drein, hatte ihre zehn Finger im Nacken verschränkt und drehte sich langsam auf den Absätzen, wie um den Raum lückenlos in die Erinnerung zu überführen. Als sie danach einen Vortrag begann und die Lichtkegel ihrem Gesicht zuschwenkten, funkelten ihre Augenwinkel naß.

Der Vortrag wurde auf italienisch gehalten, der Sprache, die bis auf Täubner alle Anwesenden gut beherrschten. Weil Dufrès aber bedächtig und deutlich artikuliert sprach, konnte Täubner notdürftig folgen, sein Vokabular mit Schullatein strecken und, was er nicht verstand, aus dem Sinnzusammenhang herleiten.

»Ihr werdet euch gefragt haben, warum ich diesen Keller vorführe, ohne es nötig zu haben. Es geschieht weniger aus Stolz über meinen Fund – diese tiefe Freude und Befriedigung habe ich mit anderen geteilt –, als aus Respekt vor dem Ort, der uns alle irgendwie angeht – und der bald nicht mehr sein wird. Es ist kein Zufall, daß ich euch genau heute hergeführt habe. Morgen wird dieses Gebäude zu Klump zerhauen, die Abrißbirne wird hin und her schwingen, alles wird einstürzen, man wird neu darüber bauen – und über kurz oder lang wird alles vergessen werden. Ich bin vergebens bei den zuständigen Stellen gewesen, habe versucht, den Keller zu retten, habe Denkmalschutz beantragt. Die Kommissionsinspektoren sagten mir, ihnen hätte sich nichts Schützenswertes aufgedrängt, was ich ihnen nicht einmal verdenken kann. Meine Lage verbot mir, die historischen Zusammenhänge darzulegen; es hätte auch kaum etwas genutzt. Seht euch um ... Hier war die Kultstätte des Orfeobundes. Hier fand all das Grauenhafte statt. Im nachhinein ziehe ich die Möglichkeit in Betracht, daß seit meiner Entdeckung der Abbruch des Hauses sogar beschleunigt betrieben wurde. Vor fünf Jahren, als ich diesen Platz aus den Archiven heraus lokalisierte, war das Gebäude noch bewohnt und für durchaus renovierbar anzusehen. Die Leute, die hier wohnten, hatten keine Ahnung von einem geheimen Untergeschoß. Wie eine Luftblase ruhte es zwischen den Fundamenten etlicher seit damals darübergekleisterter Häuser. Ich habe es geschafft, mich in eine der Wohnungen einzumieten und den Keller privat, ohne jede staatliche Genehmigung, geschweige denn Unterstützung, freizulegen. Das hat mir statt Ruhm und Dank ein Verfahren wegen Gefährdung der öffentlichen Sicherheit und Zerstörung von Bausubstanz beschert. Ihr werdet sicher nicht erwarten, daß ich euch nähere Auskunft über das Inventar des Kellers gebe. Ihr werdet das alles nächstes Jahr nachlesen können, wenn mein Pasqualinibuch erscheint, nicht vorher...«

An dieser Stelle wollte Krantz wissen, wie sie denn überhaupt auf die Idee gekommen sei, das Geschoß könne noch existieren?

»Bloße Vermutung, die entstand, als ich die Baupläne des Gebäudes untersuchte und mit den zur Verfügung stehenden Archivdaten verglich. Klarheit besorgte eine einfache Ultraschallmessung. Roms Untergrund ist ein Schweizer Käse.«

»Esisterono ossa? – War Gebein vorhanden?« fragte Mendez.

»Negativ. Vielleicht wurde der Keller später gesäubert. Ab 1700 wurde mir Akteneinsicht leider gnadenlos verweigert. Hätte der Vatikan die übliche Sperrfrist von dreihundert Jahren nicht mir zuliebe aufgeweicht, wäre die Deadline schon 1688 gewesen. Pasqualini starb, wie ihr wißt, 1691, und die meisten Rapporte über ihn wurden in den letzten Jahren seines Lebens verfaßt.«

Täubner sah sich um. Hier sollte Grauenhaftes geschehen sein? Gerne hätte er mehr gewußt. Doch die Neugier störte seinen Plan. Bald, tröstete er sich. Bald werd' ich den Schweden nicht mehr brauchen. Es wird Zeit, ins Geschehen einzugreifen. Oder, um mit Celan zu sprechen, es wird Zeit, daß es Zeit wird. Es wird Zeit, daß der Stein sich zu blühen bequemt.

»Nicole, willst du uns nicht endlich ein paar Einzelheiten zukommen lassen?« forderte Krantz.

»Nächstes Jahr wirst du's eh lesen, hab' Geduld!«

»Du willst uns nichts weiter verraten?«

»Nein.«

»Dann war das jetzt alles?«
»Ja, soweit war das alles.«
Krantz wandte sich an Täubner und flüsterte: »Okay, Ihr Auftritt! Knipsen Sie verdammt noch mal jeden Quadratzentimeter dieses Kellers, keine Angst und los!«
»Hm.« Täubner zog die Kamera aus der Lammfelljacke, montierte den Blitz, schwang sich den Gurt um den Hals und fing an, indem er systematisch jede der Wände mit drei Schüssen abdeckte, um erst mal ein grobes Raster zu haben. Je vier Fotos widmete er Decke und Boden. Blitzlichter grellten in beinah stroboskopischem Rhythmus. Entgeistert stand die Französin starr, beide Arme in 80-Grad-Winkeln vom Körper gestreckt.
»Jan-Hendrik! Was macht dieser Mensch? Wir hatten eine Abmachung!«
»Liebe Nicole, verzeih! Aber mit ihm hast du keine Abmachung.«
»*Aufhören! Keine Bilder!* Ich habe gesagt: *Keine Bilder!*«
Fieberhaft arbeitete Täubner weiter, wechselte in Windeseile den Film, kümmerte sich um Detailaufnahmen und um jene Stellen, die vom Licht her widerspenstig schienen. Nicole Dufrès tat zwei Schritte auf ihn zu und versetzte ihm einen Tritt, der, wenn Täubner nicht geistesgegenwärtig ausgewichen wäre, ihn voll zwischen den Beinen erwischt hätte. Anstatt ihn zu verfolgen, hielt sie dann aber inne, fand es nun offenbar unter ihrer Würde, sich mit ihm zu balgen, wandte sich an Krantz und platze los: »Ich dacht', du würdest dir haben letzte Anstand bewahrt und unsre Kontrakt achten! Willst mir du mein Entdeckung stehlen, du Untier?«
Sie brach in Tränen aus.
»Er war immer ein Dieb und bleibt einer!« meinte Begonia von Bardeleben. Mendez machte ein auffallend neutrales Gesicht; alles, was er tat, war, die Hand vor Augen zu halten, zum Schutz vor den peitschenden Blitzen. Stancu aß seelenruhig einen Schokoriegel, knüllte das Papier zusammen und schnippte sich's über die Schulter.
»Fertig, Proff!«
»Hauen Sie doch ab! Hauen Sie doch beid' ab! Va via!« schluchzte die Französin. Täubner, dem in seiner Haut nicht wohl

war, kletterte fluchtartig die Tretleiter hoch. Endlich diesem kalten Staubmief entkommen. Sein Job war erledigt, damit auch Teil eins des Plans.

Krantz folgte dicht. Draußen regnete es in Strömen. Beide standen eine Weile unter einem Türgiebel. Das Peinliche des Geschehenen stand breit daneben. Die gemeinsame Aktion wider die Regeln des Anstands hatte beide nicht etwa inniger zusammengeschweißt, im Gegenteil. Täubner verabscheute den Schweden, verabscheute auch sich selbst. Die weinende Frau hatte ihm Schuldgefühle eingejagt. Macht nichts, beruhigte er sich, das ist zu beheben, das gehört zum Plan. Krantz dagegen störte es, sich vor Täubner so unseriös, so ganovenhaft gezeigt zu haben. Ungern sah er seinen Nimbus angekratzt, fühlte sich nun wie ein Gymnasiallehrer, der mit Primanern zu zwanglos umgegangen ist und in den Strudel des Respektverlustes stürzt.

»Geben Sie mir die Filme!« bat er.

»Erst will ich mein Geld.«

»Sofort?«

»Sofort.«

In diesem Moment stieß Stancu zu ihnen.

»Mann, ist Nicole sauer wegen dich! Sag, was willst du mit diese Fotos? War doch nur Haufe Dreck da unten, was hast davon? Und kommst eh nicht rechtzeitig, wenn Nicole nächst Jahr publiziert. Nicht?«

»Lupu, als ich klein war, ganz klein, so siebzig, fünfundsiebzig Zentimeter; da war mein Lieblingswort HA-BEN. Immerhin geht es um die Tropoi, und jenes Organ ist noch nicht gefunden, das die Ehre im Leib produziert.«

»Wahr, schon wahr. Ich hab' auch was für dich, willst du sicher HA-BEN wollen. Kommt mit, das hört eh nicht auf zu pissen vor drei Stund!« Er deutete in die Richtung, in der sein Wagen stand. Krantz nickte und lief mit ihm durch den Regen. Täubner blieb noch einen Moment stehen und preßte sich an die Hauswand, denn eben trat Nicole Dufrès aus der Tür. Es wäre ihm unangenehm gewesen, ihren Weg zu kreuzen. Ihr Haarknoten hatte sich jetzt ganz gelöst. Wirr trieben die Strähnen – wie Schlieren im Wasser. Jeden Moment, so stand zu befürchten, konnte sie den

Kopf wenden und Täubner in die Augen sehen. Er würde das kaum ertragen, würde um mehrere Zentimeter schrumpfen, einen halben Liter Schweiß verlieren und stillos davonrennen. Er betete, sie möge ihn nicht bemerken, er klammerte sich an die Wand, zog den Bauch ein und wagte kaum zu atmen. Dann, wie vom Himmel geschickt, ihn zu erlösen, bog ein Taxi um die Ecke. Dufrès winkte, rief beim Hineinspringen »Veneto centocinquantasette!« – das Taxi fuhr los, jetzt in prasselndem Regen.

Endlich konnte Täubner darangehen, Stancu und den Schweden einzuholen, was ihm erst kurz vor dem Tiber gelang.

Stancu sperrte gerade einen Fiat Uno auf. Krantz besetzte den Beifahrersitz. Täubner sprang hinten rein und verschmierte sich die Hose an klebrigem Schokoladenpapier.

»Lupu, ich hoffe, du weißt, daß Fiat größtenteils dem Vatikan gehört?«

»Gutgut, nächste Wagen wird Maserati! Sieh einmal her...«

Stancu zog unter dem Sitz einen in Zeitungspapier gewickelten Karton hervor, entnahm daraus eine Klarsichtfolie, deren Inhalt ein vergilbtes, schimmelzerfressenes Pergamentblatt war. Die gedruckten Lettern hoben sich kaum mehr ab, Schwarz war zu hellem Braun geworden, und durch die grünen und weißen Schimmelflecken geriet es mehr zum Gemälde als zur Buchseite.

»Ist leider was zerstört, kann man aber noch gut lesen Titel und paar Wörter; macht dich heiß, Jan-Hendrik, stante pede! Sieh: *Lamento d'Andrea Cantore*, Anonymus, stammt aus der Bibliothek di San Pietra a Maiella, hab' ich es klassifiziert als 5b-totale Mutilation und nicht mehr reparabel; praktisch es existiert nicht. Gehört, wann du willst, allein dir.«

»Hast du es datiert?«

»Freilich. Circa 1550, he? Paßt dir gut? Einzig Verbleibsel von Reaktion der Literaten auf Andrea.«

Täubner konnte nicht viel sehen, außer daß die Hände des Professors vibrierten vor Aufregung. Er hätte ihm diesen neuen Glücksmoment gerne verleidet, hätte am liebsten das Schriftstück gepackt und aufgegessen. Nur die Schimmelflecken hielten ihn ab.

Wozu bekommen gemeine alte Männer so viele Glücksmomente verpaßt, fragte er sich, und immer dann, wenn man ihnen inbrünstig die Seuche wünscht?

»Und hier, das hab' ich noch einen Athanasius Kircher, mit zwei Marginalia von ihm selber; Erstausgabe 1650!«

Er hielt ein in Leder gefaßtes Buch auf beiden Handflächen von sich, so wie man ein sakrales Gefäß dem Götzen zeigt.

»Ah, ja, seh' ich schon, Jan-Hendrik, bist du gescheit geil darauf, ja? Mußt du alles HA-BEN, ne? Ist das fein?«

»Wieviel willst du denn dafür?«

»Fünfzehn Millionen für den Pergament. Für Kircher zehn.«

»Ich geb' dir zusammen zwölf.«

»Ach, spinnst du, Jan-Hendrik, will er mich verkohlen ... zwanzig ist Minimum.«

»Sechzehn.«

»Noo, geh' ich nicht runter bis, sag' ich neunzehn.«

»Okay.«

Krantz schrieb einen Scheck über 19 Millionen Lire – fast 30000 Mark – aus, als wär' es eine Klempnerrechnung. Stancu schwenkte den Scheck andachtsvoll zwischen zwei Fingern.

»Hab' ich sicher bald Neues, dann meld' ich mich.«

»Du wirst noch auffliegen, Lupu.«

»Oh, wie? Wenn allein ich unsre Katalog erstell ...«

»Dann werde ich arm an dir werden. Kommen Sie, Täubner, gehen wir ins Café da drüben!«

Sie entstiegen dem Uno und rannten über die Straße. Täubner war es leicht übel geworden. Die Polster des alten Wagens hatten ölig und sauer gerochen, aber das war nicht der Grund gewesen. Auch wie Stancu die bibliophilen Schätze unter der Hand verschachert hatte, bewegte ihn wenig. Er litt nur zunehmend an der Krankheit, die man in Theaterzirkeln als »Leiden des begabten Komparsen« kennt. Auf dem Rücksitz dieses Fiats, auch plastisch in zweiter Reihe, hatte sich Täubner ernsthaft gefragt, was in den dreißig Jahren seines Lebens so falsch gelaufen war, daß alles jetzt niedrig, schmierig und kaputt aussah, kaum der Mühe wert, häßlich und demütigend. Und was ihn vordem an Krantz' Forschergeist fasziniert hatte, war in der letzten halben Stunde gründlich relativiert worden. Mieses Geschäft unter Geschäftchen. Imbißbuden vor Montsalvatsch. Tiefgarage für die Gralsburg. Und das Boshafteste war, daß einem ja jeder an jedem Tag sagte, es sei so und nicht anders – und der Chor dieser Schlaumeier dröhnte immer lauter: WIR HABEN'S DIR DOCH GESAGT! WIR HABEN'S DIR DOCH GESAGT! IMMER WIEDER!

Der Professor rieb sich die Hände.
»Tja, das war Stancu. Der Maulwurf, der Stinker, der Fiatfahrer. Er liebt Gourmetrestaurants, die er sich mit seinem Gehalt eigentlich nicht leisten kann. Deshalb arbeitet er nebenbei ein bißchen für mich, forscht in Archivregalen, und wenn er was entdeckt, stellt er's sicher. Wie fanden Sie den Keller?«
»Öde.«
»Verständlich. Ihnen ging der mythische Schaugehalt ab.«
»Das denk' ich mir.«
»Wollen Sie jetzt gleich Ihren Scheck?«
»Nein. Ich will Bargeld. Und sagen Sie nicht, Sie trügen nicht soviel bei sich.«
»Tss...«
Krantz blies kühlend in seinen Cappuccino, streichelte seine neuen Schätze und lächelte. Dann holte er aus seiner Brieftasche 450000 Lire, etwas mehr als 600 Mark. Täubner schob es schnell ein. Das Geschäft war abgeschlossen. Er fühlte sich freier.
»Die Filme bitte!«
Täubner reichte ihm zwei Filmdöschen.
»Sagen Sie mir noch etwas über Nicole«, bat er.
Krantz überlegte dreißig Sekunden, machte sich die Antwort nicht leicht, wog die Worte auf der Zunge und sortierte mit dem Eckzahn einiges aus.
»Klingt sicher unglaubhaft aus meinem Mund, in diesem Moment, aber sie ist... skrupellos... und besessen. Sie kommt von der Psychoanalyse, ist dementsprechend irre... mental eine voll befreite Frau, frei von allen Hemmschwellen, dabei nie ganz zu durchschauen, beherrscht alle Spielarten, kann sogar *nett* sein. Wir haben mal einen bezaubernden Abend zusammen erlebt – dabei ist sie eine Radikalfeministin! Verfolgt zu nichts führende The-

sen, zum Beispiel, daß der Mythos etwas extrem patriarchalisch Systematisiertes sei, daß durch maskulinen Aktionszwang jede Idee zu Gewalt und Vernichtung degeneriert et cetera pepe... lauter Sachverhalte, die waren, sind und sein werden, solang das Männchen abspritzt und das Weibchen austrägt... natürliche Prozesse, die auch ihr Gutes haben, wie ich überhaupt an das Positive im Prozeß glaube, in der Wandlung, die zwangsläufig mit Zerstörung einhergeht und alle Beteiligten ihren Gesetzen unterwirft. Das Gerede, ein Geschlecht sei in diesem Spiel besser weggekommen als das andere, halte ich für Unsinn, für völliges Nichtverstehen des Spielgedankens, für den Versuch, die Annehmlichkeiten beider Geschlechter zu verbinden und die Belastungen auszuradieren... *Ich* für meinen Teil bin *kein* voll befreiter Mann, und das ist gut, und wenn ich mal keine Lust mehr habe, bring' ich mich um.«

»Rufen Sie mich, wenn es soweit sein wird, Proff – aber wenn Sie dann abermals abschweifen, tu' ich es für Sie!«

»Jaja... na gut... Irgendwie versucht Nicole den Melodienmythos zum Fallbeispiel feministischen Geschichtsverständnisses zu formen, in ihr Dogma einzuspannen und mythosophische Logistik als Chauvinismus zu entlarven. In Wahrheit ist sie, glaube ich, einfach nur fasziniert bei der Castigliolegende hängengeblieben und sucht seither vor sich selbst eine Rechtfertigung für diese Faszination. Ich habe seit zig Jahren mit ihr zu tun und bin nie ganz schlau aus ihr geworden. Sie kann hysterisch werden oder besonnen reagieren, ganz unvorhersehbar. Sie ist nicht blöd, leider. Ich kann nicht mal sagen, daß ich sie nicht mögen würde. Manchmal denke ich sogar, daß sie mich mag – oder, besser gesagt, mochte – bis vorhin. Es ist, wie wenn zwei Schachspieler schon hundertfünfzig Partien gegeneinander gespielt haben; irgendwann wird das Miteinander des Kampfes deutlich; trotz klarer, verhärteter Fronten entsteht eine Art Intimität... man ruft sich von Schützengraben zu Schützengraben Witze zu während der Feuerpausen.«

»Schön, soll mir auch egal sein.« Täubner klopfte dreimal auf den Tresen und leitete Phase zwei seines Plans ein.

»Ich hau' jetzt ab.«

»Wohin?«

»Weg.«

»Wie weg? Ganz weg?«

»Genau. Mein Geld hab' ich.«

»Aber... ich muß Ihnen doch den Rest erzählen...«

»Sie langweilen mich, Proff! Ich hab's jetzt nicht mehr nötig, mir Ihren Mist anzuhören.«

»Was ist denn los mit Ihnen? Sind Sie wegen irgendwas sauer?« Krantz machte ein besorgtes Gesicht. Täubner stand auf und ging. Nichts sonst. Krantz wollte es nicht glauben.

»He... Sie können doch nicht einfach... He!« Er lief ein paar Schritte neben ihm her. »Sie sind doch nicht wegen Geld...«

»Proff, es gibt viele einsame Menschen auf der Welt – suchen Sie sich einen und erzählen Sie dem den Rest, der freut sich bestimmt.«

Krantz blieb stehen, mit ungläubig geöffnetem Mund.

Täubner spazierte zum nächsten Taxistand; überquerte die Straßen, ohne sich umzusehen, und die Gischt der Motorhauben brandete dicht an ihn heran. In Deutschland bei solchem Betragen längst unter den Rädern oder dem finalen Kuß der Windschutzscheibe ausgesetzt – hier nicht mal von Hupen belästigt. Voll der jubilierendsten Rache schlug er sich auf die Schenkel, tänzelte am Pantheon vorbei, grüßte beiläufig die alten Götter, memorierte des Professors entsetzten Gesichtsausdruck; und war es sonst seine Art, im Taxi hinten einzusteigen, plazierte er sich diesmal vorn, legte pfeifend den Gurt um – und auf die Frage des Fahrers, wohin es ginge, sagte er: »Veneto centocinquantasette«. Er fühlte sich gut wie seit vielen Wochen nicht mehr.

Keineswegs hatte er die Neugier verloren, was Castiglio und die Folgen betraf. Ihm war nur klargeworden, wie man dem Schweden schlimmstmöglich zusetzen konnte. Ihn nämlich inmitten einer langen Geschichte stehenzulassen.

Fünftes Buch
MORS SUPREMA
oder
Das Feuer ist klebrig

Mein Vater, befragt, warum er als Zwölfjähriger so begeistert zur Hitlerjugend strebte, wo er doch als Arbeitersohn in einem Arbeiterviertel des SPD-regierten Nürnberg aufgewachsen war, antwortete, indem er die Umzüge der Parteien im Wahlkampf beschrieb. Die Braunen seien martialisch aufgetreten, mit Trommeln und Trompeten, rhythmisch, wuchtig, in soldatisch-männlichem Ritus. Bei den Roten aber seien vorneweg die Frauen marschiert; die hätten, grell und ziemlich schräg, die Internationale gesungen – vielmehr gekreischt. Noch schlimmer sei der Klang der begleitenden Schalmeien gewesen – quäkend, trötend, markerschütternd. Nachdem eine Hundertschaft jener roten Schalmeien direkt unter seinem Fenster vorübergekommen sei, habe sein Entschluß, dem Jungvolk beizutreten, festgestanden.

I

Zufällig befinden sich die Mächte in Rom.

Als einen der geringeren Tagesordnungspunkte laden sie Täubner an ihren Tisch und horchen ihn aus. Sie sind sich bei weitem noch nicht klar, welches Schicksal sie ihm zuweisen sollen.

Täubner folgt der Vorladung widerwillig. Mächte gleich welcher Sorte haben keinen Ehrenplatz in seinem Denken; er ist festentschlossen, die Stirn vor ihnen nicht zu beugen.

Die Mächte zeigen sich altersmilde und höflich. Sie geben ihm aus ihren Schüsseln zu essen. Es scheint eine zwanglose Veranstaltung.

»Was hast du getan?« ist ihre einzige Frage, in harmlosem Tonfall gestellt.

Täubner kaut und tut, als habe er nichts gehört.

»Was hast du getan?« wiederholen sie stur, jetzt schon im Chor.

»Warum?« fragt Täubner blauäugig zurück.

»Was hast du getan?« Die Mächte haben nun alle ihr Antlitz auf ihn gerichtet, und Täubner wird es flau im Magen.

»Wann? Was meint ihr denn? In den letzten Tagen? Wochen? Jahren?«

»Was hast du getan?«

Täubner packen Schwindelgefühle, und·endlich, um irgend etwas zu sagen, stammelt er: »Ich bin geboren worden... bin zur Schule gegangen... habe diese Frau geliebt... Was wollt ihr denn von mir?«

Die Mächte sehen einander vieldeutig an und beraten leise.

Täubner will im Boden versinken – aber der ist weit, weit weg.

»Das klingt doch ganz ordentlich«, meint eine Macht, und alle stimmen zu: »Ja... hmhmm...«

»Kann ich gehen?« fragt Täubner.

Wieder rücken die Mächte zusammen und beraten.

Dann tritt eine aus dem Kreis, legt grüblerisch einen Finger an den Mund und murmelt: »Etwas stört...«

Und die Mächte müssen neu beraten. Täubner wischt sich Schweiß aus dem Nacken. Nach einiger Zeit werden ihm weitere Fragen gestellt.

»In dem Raum, in dem du gestern nacht geschlafen hast...«
»Ja?«
»Stand da ein Schachspiel?«
»Äh... jaja...«
»Eines aus schwarzem und weißem Onyx?«
»Jaja... genau!«
»Hast du es berührt?«
»Ich... ich glaube – ja, doch, ja – es fühlte sich so glatt an und glänzte schön, ja – ich hab' einen Bauernzug gemacht.«
»Welchen Bauernzug?«
»Uff... ich glaube, den weißen Königsbauern...«
*»*Er hat einen weissen Bauernzug gemacht!*«* *ruft eine Macht laut, und die Luft zittert, und die Mächte müssen neu beraten, und Täubner fragt sich wieder, wann, wann er es je lernen wird, die Dinge zu kontrollieren...*

»Du kannst jetzt gehen«, murmeln die Mächte.
Täubner verläßt die Tafel, zwischen Entsetzen und Erleichterung. Nach wenigen Schritten schlägt sein Herz bereits langsamer, Neugier überwuchert die Angst. Er dreht sich noch einmal um und fragt: »Was, verdammt noch mal, bedeutet das?«
Aber die Mächte sind schon wieder in Beratungen vertieft. Eine von ihnen ruft mit ernster Stimme: »Schwarz ist dran!«
Das ist alles.
Der Vorhang vor der Tafel wird zugezogen.

II

»Schwarz zieht.«
»Mmmm?«
»Siamo qui, Signore – Veneto centocinquantasette. Prego!«
Täubner glotzte den Taxifahrer verständnislos an. Zurück auf der Erde. Entrissen einem Tagtraum? Oder bereits dem Vorhof des Deliriums? Er zahlte, stieg aus, suchte Leuchtstreifen im getuschten Himmel, sann nach, massierte seine Schläfen.

Die vergangenen Tage hatten schwer an seinen Nerven gezerrt, die weiß Gott zerfranst genug gewesen waren, und dann – wurden ihm hundert Histörchen bizarrer Typen an den Kopf geknallt; hundert hatten sich dort eingehängt, mit Widerhaken bewehrt, rissen Fetzen aus den Gedanken, zerkauten und zermahlten sie. Unter solchem Joch produziert das Auge verfremdete Bilder, Halluzinationen, Morganen, kalte Räusche. Täubner verstand das. Er erinnerte sich an San Vincente in Siena, die kleine, frühbarocke Kirche, an das vieldutzendfache Bittkerzenfeuer.

Manche der Flammen pulsierten Raupen gleich, die ihren Körper Segment für Segment aus dem Kokon winden. Andere wiegten sich in Trance, weigerten sich stolz, hielten an sich fest, standen kraftvoll und gespannt – bis sie doch zu zittern begannen und ein graublaues Rauchfädchen aus ihnen quoll.

So wie jede dieser Flammen letztlich ihre Seele verhaucht hatte, würden auch die Histörchen bald von ihm weichen. Kein Problem, beschwichtigte er; alles im Griff. An gewisse Extravaganzen der Wahrnehmung mußte man sich vorübergehend wohl gewöhnen.

Die zwei breiten Kurven der Via Veneto winden sich vom Tritonbrunnen eine Steigung hinauf in nördlicher Richtung. Nummer 157 war ein schnörkelloser, rostbrauner Kastenbau, vierstöckig, ein Zehnparteienklotz des gehobenen Mittelstands, in der funktional-kubischen Manier der sechziger Jahre. Hier verlief einst die Westgrenze des antiken Stadtkerns; die Ruinen der Porta Pinciana zeugen davon. Hier endet Touristenrom.

Das Namensschild DUFRÈS, samt dazugehöriger Klingel, fand Täubner schnell. Jetzt zauderte er.

In dieser Angelegenheit auf eigene Faust zu agieren hieß, den Beobachterstatus unwiederbringlich aufzugeben. Beobachterstatus? Unsinn. Hatte Krantz ihn nicht zum Söldner einer Fraktion degradiert? Ja. Degradiert war das richtige Wort.

Täubner fragte sich, was genau ihn hierher getrieben hatte. Die entsetzliche Passivität an der Seite des Professors? Der Wunsch, sich wieder einen Anstrich von Agilität zu geben? Bevormundung in Initiative umzuwandeln? Das Ende der langen Geschichte aus berufenem Mund zu erfahren? Oder war es nur sublime Rache, die ihn zu diesem Haus führte, zur Kontrahentin des Schweden? Das hätte er, um Wirkung zu erzielen, dem Professor schon auf die Nase binden müssen.

Nein, Rache war nicht der Grund. Überhaupt kam ihm die Art, in der er Krantz behandelt hatte, jetzt etwas kindisch vor. Im Rückblick schrumpfte der Plan auf einen Streich zusammen, auf eine infantile Aktion. Oder doch nicht? Immerhin war jener Spielballzustand abgestreift; auch mochte seine Flucht – nichts anderes war es gewesen – Krantz getroffen, zumindest geärgert haben. Dessen war Täubner sicher. Zum eigenen Erstaunen stellte er aber fest, daß jenes euphorische, jubilierende Gefühl der Rache und Genugtuung sich restlos verflüchtigt hatte und einer unangenehmen Leere gewichen war.

Nun stand er zaudernd vor der Klingel. Zwang ihn die Neugier nicht in neue Bande? Sollte er nicht besser den Flugschein einlösen und schnellstens Rom den Rücken kehren?

Er prüfte Argumente, wog Für und Wider ab, wiegte synchron den Kopf hin und her, zauderte beinah zehn Minuten lang.

Dann, wie man ein Insekt vernichtet, in einer blitzschnellen Bewegung, drückte er den Klingelknopf tief in die Metallplatte. Sekunden später tönte ein Summer. Es gab keine Gegensprechanlage. Auch keinen Lift. Und kein stilvolles Zurück mehr.

Zweimal sechzehn Treppenstufen. Eins und zwei und drei ... Täubner ließ sich Zeit, versuchte seinen Tatterich durch tiefes Atmen zu bändigen. Achtzehn, neunzehn, zwanzig... Halblaut Stufen zählend, bekämpfte er den Mulm im Bauch.

Einunddreißig. Zweiunddreißig.

Der helle Kreis des Türspions verdunkelte sich.

Behutsam wurde die Tür geöffnet. Nicole Dufrès starrte ihren Besucher an und sagte kein Wort. Heftiger Wimpernschlag gab Verblüffung zu. Nervös zupfte sie an den Ärmeln ihres Bademantels, einer Art Kimono. Der ozeanblauen Seide waren Schwertlilien aus Silberlamé aufgestickt.

Wieder empfand Täubner – vorher war er sich darüber nicht klar gewesen – einen interessanten, herb-erotischen Zug an ihr. Er wußte, die überwältigende Mehrheit der Männer würde diese Empfindung als pervers abtun, als geschmacklichen Irrwitz. Der Fotograf jedoch sah, daß die Frau hinter ihren optischen Möglichkeiten weit zurückblieb, unerschöpfte Potentiale hortete. In ihren Augen blühte etwas, eine fremdartige, gefahrvolle Landschaft. Tigerdschungel, Kaimantümpel. Exotische Blütenkelche zwischen messerscharfem Schilf. Die Augen – die von aller Physiognomie das unverfälscht Ursprünglichste bergen – ruhten in diesem karstigen Gesicht wie Tempelschätze überwachsener Jugend. Ihre Brauen waren zwei dünne Striche. Das offene, unfrisierte Haar wirkte schlampig. Täubner besaß seit jeher ein Faible für Zerknautschtes, verweigerte sich den Schönheitsnormen seiner Zeit, hatte sich sogar darauf gefreut gehabt, die über alles Geliebte altern zu sehen.

Nach langem Schweigen sprach die Französin ein Wort, ein einziges nur.

»Vous?«

Täubner räusperte sich, erwiderte, sich zweimal verhaspelnd, er wolle reden, sie möge es bitte gestatten; ob er hereinkommen dürfe.

Sie schluckte, zog die Stirn in Falten. Dann winkte sie mit knappem Gestus und schritt den Flur voran, bog links ab, in eine aufgeräumte, schlicht möblierte Küche, deren massives Weiß an Klinikzimmer denken ließ. Dufrès lehnte sich gegen die Spüle, verschränkte ihre Arme vor der Brust und wies Täubner einen Stuhl an. Täubner blieb stehen, kramte umständlich nach Worten. Sie hörte ihm zu, starr, streng, kalt, ohne irgendeine Emotion erkennen zu lassen. Auf der verhärmten Haut ihrer Wangen zeichneten sich Härchen ab. Draußen gewitterte es wieder.

»Ich bin gekommen, weil... weil ich denke, es war nicht richtig, ich meine... Krantz hatte mich engagiert – und ich wußte nicht... und als ich es wußte, war keine Zeit zum Nachdenken. Nein, *keine* Zeit war nicht, ich will nicht lügen – aber die Situation... Es hörte sich so abstrakt, so unplastisch an – in einen Keller steigen, Fotos schießen – es war eben ein Job, ich war Krantz verpflichtet – nein, nicht ernsthaft verpflichtet, das stimmt nicht – aber ich habe ja nicht geahnt...«

Was er wolle, um Himmels willen? stieß sie gepreßt hervor. Die Finger, die auf ihren Oberarmen ruhten, waren verkrampft. Nägel bohrten sich ins Fleisch.

»Ja... äh, das ist... ich meine, mich entschuldigen zu müssen. Ich habe mich benommen wie der allerletzte Schmierenreporter, habe Ihnen Unrecht zugefügt – wenigstens Beihilfe geleistet – meine einzige Rechtfertigung könnte sein, daß ich das Ausmaß meines Handelns nicht erkannt habe, ja... Ich glaube aber, ich kann das meiste wieder gutmachen.«

An dieser Stelle wartete Täubner auf die Frage, wie er das anstellen wolle. Es kam keine Frage. Dufrès starrte ihm auf die Schuhe.

»Nun... also, die Sache verhält sich so, daß ich Krantz die falschen Filmdosen ausgehändigt habe. Die richtigen trag' ich hier bei mir und will sie Ihnen gerne überreichen...«

An dieser Stelle wartete Täubner auf ein Zeichen freudigen Erstaunens, möglicherweise sogar mit Rührung verbunden.

Es kam kein Zeichen dieser Art. Er zog die Filmdosen aus der Hosentasche, hielt sie in der Hand, zeigte sie ihr, streckte die Hand aus, eine demütig gereichte Gabe; wie man die Gunst eines Tieres zu erschmeicheln sucht. Sie reagierte nicht. Ihre Blicke hafteten stur an Täubners Schuhen.

»Wollen Sie denn nicht mit mir sprechen?«

Da hob Dufrès die Hände vors Gesicht, beugte den Oberkörper und begann zu schluchzen. In ihren Schultern bebte es, sie rannte aus der Küche, durch den Flur, warf sich im Wohnzimmer auf eine graue Plüschcouch. Ein Weinkrampf schleuderte sie hin und her, in einem Kissen erstickte sie die Schluchzer.

Täubner blieb unschlüssig stehen, wagte erst nach Minutenfrist, ihr zu folgen, bis zur Tür des Wohnzimmers. Er schob die Filmdosen wieder ein und nagte an seinem Daumen.

Der Körper der Französin zuckte. Täubner war nicht sicher, ob er hinsehen sollte, wollte, durfte. Bedeuteten diese Spasmen Erleichterung nach langer Anspannung? War es ein befreiender, entkrampfender Akt des Von-sich-Werfens? Nein – dafür klangen die Schluchzer zu spitz und wimmernd. Die Kehlkontraktionen flatterten zu sehr, das Röcheln knarzte. Es war scheußlich. Täubner hätte sich am liebsten die Ohren zugehalten.

Nach vergeblichem Warten auf Besserung ging er mit drei schnellen Schritten zur Couch, legte der Französin eine Hand auf die Schulter. Zehntelsekunden später fühlte er die Schärfe ihrer Krallen auf der Backe.

»*Ne me touchez pas! Ne me touchez pas! Rühren Sie mich nicht an! Rühren Sie mich niemals wieder an!*« kreischte sie und warf sich auf den Boden. Ohne Rücksicht auf die eigenen Knochen wälzte sie sich von Seite zu Seite, stieß gegen das Tischbein, schlug mit beiden Fäusten in die Perserbrücke. Ihr Gesicht stand unter Tränen.

»Nicole? Darf ich Sie Nicole nennen? Was haben Sie? Was ist denn?«

Ein hohes, heiseres Jaulen war die Antwort. Unschwer ließ sich ein Moment der Drohung heraushören. Täubner duckte sich. Vielleicht war sein Besuch doch keine so gute Idee gewesen? Was hätte ich besser machen können? fragte er sich. Wann, *wann* werde ich je lernen ...

»*Mon dieu! Ist das eine Demütigung! Wie kann man so etwas tun? Wieso? Wieso denn? Wieso mir?*«

Wenigstens spricht sie, dachte Täubner. Bald erkannte er auch Sinn hinter ihren Worten.

»Wofür hält er mich? Wer, glaubt er, bin ich? Ich hab' es satt, so satt; erst bricht er die Kontrakt', dann schickt er sein' Diener, mich verspotten. Gehn Sie! *Gehn Sie!*«

Sie begann zu werfen, mit allem, was ihr zwischen die Finger geriet. Polster, Kissen, die Illustrierten, die auf dem Marmortisch lagen – nichts, was ernstlich verletzen konnte. Als sie jedoch nach dem Kristallaschenbecher greifen wollte, schien sie Kraft und Orientierung zu verlieren, ging auf die Knie, rieb ihre Stirn an den Teppichfasern. Ihre Hände, ihr Gesicht, sogar der Haaransatz glänzten schon von Spucke und Tränenflüssigkeit.

Täubner kannte sich in der Hierarchie hysterischer Symptome nicht besonders gut aus; er diagnostizierte einen mittleren Nervenzusammenbruch – womit er ungefähr richtig lag.

Der Gürtel ihres Kimonos hatte sich gelöst. Sie lachte grell, von Schluchzern durchbrochen; schlug sich auf die Rippen, auf die unsymmetrisch gewachsenen, hängenden Brüste, deren Warzenhöfe braun und groß waren.

»Ich drehe mich und wende mich und zeige mich! Kommen Sie! Fotografieren Sie! Haben Sie alles dabei? Ja? In der Jacke da? Da drin? Verborgen und gewärmt?«

Es fiel Täubner erst jetzt auf, daß über seiner Schulter noch die Lammfelljacke hing. Ihm fiel auch ein, daß er noch eine Tüte Unterwäsche bei Krantz liegen hatte. Nicht, daß die Unterwäsche besonders exklusiv gewesen wäre – aber er mochte nicht, wenn andere sie betrachteten. Außerdem konnte sie zu Voodoozwecken mißbraucht werden. Täubner schossen abseitigste Gedanken durch den Kopf. Bei der Wäsche liegt der Walkman. Und Kassetten. Die hätte ich schon gern wieder. Gott, was gäbe ich, wenn diese Frau sich beruhigen würde ...

»Zeigen Sie die Kamera! In der Jacke, ja? Hahaa! Lammfell! Im Schafspelz kommt das Schwein! Wie billig er ist, der Schweinemann!«

Auf Knie und Ellbogen gestützt, umklammerte sie wehklagend ihren Kopf. Jeremiaden aus übereinanderstolpernden Wortfetzen, im Speichel halb erstickt. Deren Sinn war nicht mehr zu erraten.

Täubner überlegte sich, ob er gehen sollte. Eine Stimme in ihm meinte, es wäre feig, jetzt zu gehen. Feig und zu einfach. Er schloß die Augen.

Ein Baggersee voll klarem Wasser. Am Ufer die über alles Geliebte, die in ihr Frotteetuch weint. Umsonst legt er ihr die Hand auf; sie sagt, es sei nichts, sie wisse nicht, warum sie weine. Das geschah vier Wochen, bevor sie ihn verließ.

»*Ne me touchez pas!*«
Erschrocken zuckte er zurück. Er hatte sich der kauernden Frau wieder genähert, doch absichtslos, fast unbewußt. Für den Moment war er ganz Teil des Bildes gewesen. Ein Träumer am Ufer des Sees.
Er wankte hinaus, in die Küche, trank Wasser vom Hahn. Sein Schamgefühl gebot Distanz. Er stand an der Spüle, bemüht, aus dem Jammerschwall Vokabeln zu dechiffrieren.
»Man wird den Keller zermalmen, aus der Erde kneten wie Luftblasen – kann's nicht verhindern... et puis ça! Das war contre le règlement... humiliant... un homme si mal...«
Der Wortfluß vertröpfelte.
Täubner rauchte eine Zigarette und blieb lautlos in der Küche sitzen.
Zweite Zigarette.
Dritte Zigarette.
Er imaginierte neue alte Bilder der über alles Geliebten, wollte sich peinigen, schmerzhaft peinigen.
Aus dem Gedächtnis erstand der Dialog auf, der damals, vor fünf Jahren, den entscheidenden Abend entschieden hatte.
Er hatte gefragt: Möchten Sie noch mit zu mir kommen? Sie: Nein, Sie müssen wissen, ich bin anderweitig verliebt. Er, frech: Sie können ebensogut bei mir verliebt sein. Ich hab' ein sehr liberales Appartement. Sie: O ja? Er: Ja, bin selber drin schon verliebt gewesen. Kann behaupten, mit einigem Erfolg. Sie: Jetzt bin ich verwirrt. Das ist mir zuviel. Viel zuviel. Lieber trink' ich noch ein Glas Wein. Er: Was wollen Sie sich denn noch aufhalsen? Verliebt sein, verwirrt sein – und betrunken?
Dann hatte sie gelacht, das war der halbe Sieg gewesen, zwei Stunden später schliefen sie miteinander...
Wieso spule ich das so minutiös ab? Wozu tue ich das? Emotionaletüden für Fakire, siebter Härtegrad. Oder ärger. Bin ich Torquato Täubner?
Noch ein Dialog schälte sich aus seiner Erinnerung. Der hatte im letzten März stattgefunden, Täubner war sich über dessen Bedeutung nicht im klaren gewesen, hatte ihn für sprudelnde Albernheit gehalten.

Sie hatte gefragt: Was würde passieren, wenn ich dich verließe? Er: Ich würd' mich umbringen, glaub' ich. Sie: Du denkst immer nur an dich, was? Er: Na gut, bring' ich eben dich um. Besser? Sie: Ich finde, beide oder keinen. Er: Na gut, dann bring' ich erst dich um, dann mich. Einverstanden? Sie: Könntest du's nicht umgekehrt machen?

Und beide hatten gelacht.

Täubner zerdrückte eine Kippe im Spülbecken. Es war jetzt ganz still. Er schlich auf den Flur, um nachzusehen.

Nicole schien eingeschlafen. Wahrhaftig. Embryonal gekrümmt, beide Handrücken als Kissen verwendend, lag sie auf dem Teppich und schlief. Sie bebte noch, ihr Atem ging schlürfend, und Gänsehaut überzog den halbnackten Körper.

Täubner zehenspitzelte in die Küche zurück, rauchte noch eine Zigarette, setzte sich, stand wieder auf, öffnete vorsichtig den Kühlschrank, fand eine angebrochene Flasche Valpolicella, nahm einen Schluck, stellte die Flasche zurück, setzte sich an den Tisch, grübelte, betrachtete das Wolkenspiel vorm Fenster, wartete.

Über den Tisch lief ein kleiner Käfer. Täubner lächelte und dachte: Tapfer.

Man kann's nicht anders sagen. Einfach tapfer.

III

Nicole Dufrès fröstelte, sah auf die Uhr. Kurz nach Mittag. Sie hatte kaum eine halbe Stunde geschlafen. Muß meine Pillen nehmen. Muß meine Pillen nehmen, brummelte sie dreimal. Hab' vergessen, die Pillen zu nehmen. Bin wieder ausgerastet. Darf mich nicht so gehenlassen.

Sie schluckte zwei Lexotanil, ein starkes Antidepressivum.

Keuchend warf sie den Kopf in den Nacken, schnaufte tief durch, rieb sich die Augen. Jetzt heißen Kaffee, dachte sie. Innen alles verbrühen. Danach ein heißes Bad. Außen alles wegwaschen. Rein werden.

Täubner betrachtete den kleinen Käfer, der sich todesmutig von der Tischkante stürzte. Wie tollkühn! In menschlichen Relationen gerechnet, betrug seine Fallhöhe etwa einen Kilometer.

Die Französin zuckte zusammen, als sie die Küche betrat.

»Nein!«

»Doch.« Täubner schwenkte lächelnd die Filmdosen. »Ich konnte so nicht gehen. Ich sage die Wahrheit! Läßt sich einfach beweisen. Bringen Sie diese Filme zum Entwickeln!«

Dufrès versuchte sich zu beherrschen, bändigte ihre Nerven, verwarf die erste Idee, nach einer Waffe zu greifen und den Eindringling gewaltsam zu vertreiben.

»Haben Sie hier gestöbert?«

»Nein! Das habe ich nicht getan. Ich saß regungslos an diesem Tisch. Halt... Ich will Sie nicht anlügen! Es ist wahr, ich habe den Kühlschrank geöffnet und einen Schluck Wein getrunken...«

»Ihre Chuzpe ist beinah beeindruckend.« Sie trat zur Kaffeemaschine und setzte Wasser auf. Dann sagte sie: »Ognissanti.«

Täubner verstand nicht.

»Alle Fotogeschäfte haben geschlossen.«

»Also ziehen Sie zumindest in Erwägung, daß ich die Wahrheit sage?«

»Ich habe die beiden letzten Nächte nicht geschlafen. Et puis... all das. Ich kann nicht mehr...«

»Wir können die Filme auch verbrennen, jetzt gleich und hier, sie bedeuten mir nichts, wirklich, ich wollte Ihnen nichts stehlen.«

»Wenn wir die Filme verbrennen, weiß ich ja erst recht nicht, ob Sie die Wahrheit sagen.«

Täubner wunderte sich, wie ruhig sie jetzt war. Ein völlig anderer Mensch; fast apathisch ruhig. Die feinen Dendriten ihrer Wangen traten aus der geröteten Haut stark hervor. Narbenkrater auf der Stirn, wahrscheinlich von Windpocken herrührend, trugen zum Eindruck der Verhärmtheit bei. Etwas mysteriös Sanftes ging von ihren Bewegungen aus. Täubner wurde unsicher. Dieser krasse Stimmungswechsel war nicht zu erhoffen gewesen – und blieb noch zu deuten.

Vor dem Fenster konvulsierte ein dämpfiger Himmel, entlud sich in tiefgelben Blitzen. Der Donner klang schwer und zufrieden, als rülpsten die Mächte nach der Mahlzeit. Die Mächte?

Welche Mächte? Nonsens, dachte Täubner. Nicht daran denken. Er begann die entstandene Stille zu hassen.

»Ist Ihnen eigentlich bewußt, daß ausgerechnet Sie mich mit Krantz zusammengebracht haben?«

»Was Sie nicht sagen...«

Er erzählte die Anekdote aus Siena, vom rosafarbenen Briefumschlag, wie der greise Nachtportier die Zimmernummern verwechselt hatte, wie später Krantz bei ihm aufgetaucht war und ihm eine Hypnose aufdrängen wollte... Er schloß mit der Bemerkung: »Zwingen Sie mich nicht, zu ihm zurückzukehren.«

»Wie könnte ich Sie zu so etwas zwingen?«

»Was mir von Ihnen an Information verweigert wird, könnte ich ja nur von ihm erfahren. Er würde einen Triumph feiern. Und ich muß es jetzt erfahren.«

»Was erfahren?«

»Das Ende der Geschichte. Der Melodien.«

»Wozu? Was geht Sie das an?«

»Ich weiß nicht. Weiß es wirklich nicht. Vielleicht...« Er zögerte, war im Begriff gewesen zu sagen, die Melodien könnten ein Inbegriff dessen sein, was er auf der Welt verloren hatte. Doch klang ihm das zu hochtrabend und schwülstig – wenn es auch stimmte. Er hätte viel dafür gegeben, eine jener Melodien zu hören, sehr viel; und er vermutete, er würde sie niemals hören, niemals.

»Wie ist Ihr Name?«

»Alban.«

»Sagen Sie ihn trotzdem.«

»Nein, nicht albern, *Alban!* Wie Berg, der Komponist.«

»Ach so ...«

Jetzt schmunzelte sie zum ersten Mal. Erfreut schmunzelte Täubner mit.

»In Deutschland macht fast jeder irgendwann diesen Witz.«

»Alors, was wollen Sie?«

In ihren Mund kehrte Strenge zurück. Unter den Donner mischte sich das Gurgeln der Kaffeemaschine. Täubner stotterte leicht.

»Können Sie mir denn nicht verzeihen?«

»Wenn es stimmt, daß Sie nur ein Fotograf sind – was sollte ich Ihnen dann verzeihen?«

»Das ist richtig. Eigentlich. Trotzdem – ich würde Sie sehr gern zum Essen einladen, zur Wiedergutmachung ...«

»Sie wollen mich ausorchen?« Das H gelang ihr nicht.

»Sie sollen mir – ganz privat – die Geschichte zu Ende erzählen, weil ich meine, daß Sie die zuständige Fachfrau sind.«

»Ah, Sie wollen mich ausorchen über mein Spezialgebiet? Sehr vernünftig!« Jetzt lachte sie, doch ohne hysterischen Beiklang; sie wirkte beinah gelöst, höchstens noch etwas melancholisch. »Auch Kaffee?«

»Gern!«

Sie öffnete die Tür eines Hängeschranks, entnahm ihm Dosenmilch und Würfelzucker. An der Innenseite der Schranktür, unter hängenden Küchenmessern, bemerkte Täubner eine aufgeklebte, amateurhaft gemachte Fotografie – eine Vergrößerung jener Buchstabengruppe aus dem Pasqualinikeller: ONTU L.

Er wagte nicht, danach zu fragen.

Sie tranken Kaffee und sahen zum Fenster hinaus. Ein purpurnes Wetterleuchten hatte den Sturm abgelöst. Helle Risse klafften im Himmel.

»Bon, Alban! Ich weiß nicht, ob ich Ihnen glauben kann. Das spielt auch keine Rolle. Wenn Sie mich unbedingt zum Essen einladen wollen – gut. Aber ich werde Ihnen bestimmt keines meiner Geheimnisse verraten, ganz sicher nicht.«

»Selbstverständlich. Hier – die Filmdosen. Nehmen Sie...«

»Ach, Ihre dummen Filmdosen! Krantz könnte damit nicht mehr viel anfangen, er käme zu spät. Wenn die Fotos wichtig wären, hätte ich den Keller besser gesichert. Nein – es ging ums Prinzip!«

»Ich habe mich ja gewundert, daß Sie den Keller so freiwillig präsentierten...«

»Warum nicht? Es gibt Dinge, die soll man nicht für sich allein behalten – schon aus Respekt für jene Menschen, die derselben Sache ihr Leben widmen wie man selbst. Sie verstehn? Eben deshalb durfte auch ich Respekt erwarten. Diesen Respekt hat mir Jan-Hendrik verweigert. Er hat mich enttäuscht und tief verletzt. Und morgen wird die Abrißbirne über dem Keller pendeln. Daß ich vorhin derart außer mir war, muß man verstehen. Ist sonst nicht meine Art.«

»Und ich dachte schon, ihr Mythosophen seid alle so... äh... ein wenig... überdreht...«

»Ich bin kein Mythosoph! Das ist so ein gekünstelter, schwammiger Begriff Jan-Hendriks. Ich bin *Psychohistorikerin*. Das trifft es plus exact!«

»Aha.«

»Alors, gehn wir essen! Es gibt gute Lokale hier. Ich hoffe, Sie haben genug Geld bei sich?«

»Kein Problem.«

Aus Versehen zertrat Täubner den kleinen Käfer. Als er den Fehltritt bemerkte, dachte er, Käferchen, ich hab's geahnt – das würde bös enden mit dir...

IV

Sie schlenderten die Via Veneto hinab – im unteren Teil ein mondäner Boulevard aus Boutiquen und Luxushotels. Hinter der amerikanischen Botschaft mündet das steile Schlußstück in die Piazza Barberini.

Nicole hatte ein langes, schwarzes, plissiertes Kleid gewählt; ähnelte damit den Zigeunerinnen, welche paarweise durch die Gegend zogen und Passanten anbettelten. Weigerte man sich, ihnen etwas zu geben, sonderten manche ein eigenartiges Geräusch ab, das zwischen Schnauben und Spucken beheimatet war und – so sah es jedenfalls Täubner – eine Art Verwünschung darstellte. Seufzend konstatierte er, daß er über keinerlei Götter verfügte, die solchen Flüchen entgegenwirken konnten. Nicht einmal ein Amulett trug er bei sich. Daraus, daß ihm das feindselige »Geräusch« der Zigeunerinnen noch lange in den Ohren klang, schloß er, Amulette – und also Götter – vielleicht doch nötig zu haben. Er nahm sich vor, beim nächsten Pasinger Flohmarkt danach Ausschau zu halten. Irgendein alter preiswerter Kleingötze ... Muß ja nicht gleich was überteuert Modisches vom Esoterik-Shop sein ...

Der nächsten vorüberkommenden Zigeunerin gab er ungefragt tausend Lire »Schutzgeld« – und fühlte sich prompt behüteter. Während der gesamten Strecke von etwa 800 Metern ließ Alban seinen Charme spielen, riß selbstironische Witze; dennoch gelang es ihm nicht mehr, der Französin ein Lachen abzunötigen. Sie schwieg und sah zu Boden, wirkte witwenhaft in ihrem schwarzen Kleid, traurig und sehr müde.

Erst nach der letzten Biegung der Veneto, als im Hintergrund schon der Tritonbrunnen zu sehen war, deutete sie auf ein unscheinbares Restaurant mit dem ziemlich profanen Namen »Ciao Bella«.

»Das ist schweineteuer; da drin werden Sie gleich Ihr Geld los...«

Alban nickte servil und wollte die Straße überqueren, wurde von der Französin aber zurückgehalten. Sie wies auf das Gebäude zu seiner Linken, eine Kirche – ob er die kenne?

Ja, die Chiesa all' Immacolata Concezione; stolz erwähnte er, im August einen alternativen Touristenführer bebildert zu haben. Dufrès schien nicht zuzuhören. Die Augen weit geöffnet, schwankte sie langsam hin und her, und über ihre Lippen kam ein leises, fast unhörbares Summen.

»Nicole? Was ist mit Ihnen?«

»Die Kirche schließt gleich zur Mittagsruhe. Ich will Ihnen vor dem Essen etwas zeigen. Kommen Sie ...«

Die »Kirche zur unbefleckten Empfängnis« selbst ist kein allzu spektakuläres Bauwerk, höchstens für Spezialisten interessant. Jedoch führt auf halber Höhe ihrer Freitreppe ein Nebeneingang zum Coemeterium, das durchaus im Rang einer Attraktion steht.

Das Coemeterium ist ein 40 Meter langer Gang an sechs Kapellen vorbei, Kapellen mit niedrigen Rundgewölben, Prunkstätten kapuzinischen Totenkults. Man sagt, ein aus Frankreich verbannter Priester namens Bonaventura habe die Kapuzinergruft entworfen und angelegt. Gebeine von über viertausend Mönchen hätten ihm hierzu als Werkstoff gedient. Zu kunstvollen Ornamenten gefügt, schlingen sich über Decken und Wände menschliche Knochen: geflochtene Kränze aus Ellen, Diademe aus Speichen, phantasievolle geometrische Figuren aus Wirbelknochen und Schienbeinen. Es finden sich Bögen aus Handtellern, Helices aus Rippen; darunter sorgfältig geschichtete Schädelberge, aneinandergereihte Augenhöhlen. Die ältesten Skelette entstammen dem frühen 16. Jahrhundert. Barocke Morbidität in ihrer ziseliertesten Glorie.

Carlo Gesualdo hätte sich hier sicher behaglich gefühlt, dachte Täubner, der das alles schon im August gesehen hatte. Damals war er tief beeindruckt gewesen, war in jenseitsnahe Stimmung versetzt worden. Nun, beim zweiten Besuch, fand er wenig dabei, besah sich in aller Ruhe Details, entzifferte Gedenktafeln und – Graffiti. Tatsächlich hatten sich einige Touristen auf den Schädeln verewigt, hatten Namen, Parolen oder liebe Grüße hinterlassen. Inzwischen waren Drahtgitter gespannt, um die Gebeine vor Entweihung und Diebstahl zu schützen.

Die Kirche gehörte zu den bevorzugten der Fürsten Barberini. Papst Urban VIII., der dieser Familie entstammte, ließ Erde aus dem Garten Gethsemane in die Gruft bringen; einige Kirchenobere hatten den Wunsch geäußert, darin begraben zu werden. Durch den Besuch des Coemeteriums – so versprach eine Tafel – wird dem Gläubigen die volle Absolution für den ersten Sonntag im Oktober erteilt.

Schade, dachte Alban. Einen Monat zu spät. Er fühlte sich unwohl in der Düsternis. Das morbide Brimborium ist ja zwei, drei Leichen lang ganz erhebend, in Ordnung – aber irgendwo, kalauerte er, muß mit dem Tod auch Schluß sein.

Die Sühnekapelle. Die Krypta der Becken. Die Krypta der Schädel. Einzelne, unzerlegte Skelette in purpurner Kutte. Manches Antlitz war dank der kalt-trockenen Luft mumifiziert worden; man konnte noch Gesichtszüge erkennen. Rechts vom Wandelgang fielen durch gekippte Milchglasfenster dünne Streifen Tageslicht ein. Zur weiteren – spärlichen – Beleuchtung dienten elektrische Lampen, deren Leuchtdraht mittels Kippschaltung Kerzengeflacker vortäuschte. Eine ziemlich affektierte Illumination, selbst für italienische Verhältnisse.

Nicole Dufrès war sofort, ohne Sonstigem Beachtung zu schenken, zur sechsten, der letzten Kapelle vorausgeeilt. Dort thronten, auf einem altarähnlichen Schädelberg, drei Kinderskelette – Großneffen des Papstes Urban.

Als Täubner die drei sitzenden Skelette sah, mußte er unwillkürlich denken: Tick, Trick und Track. Und er feixte hämisch; hatte Donald Ducks Plagegeister noch nie leiden können.

Neugierig, was Nicole ihm zeigen wollte, folgte er ihrem Blick. Von der Decke hing, an Schnüre gespannt, ein weiteres Kinderskelett, das der Principessa Barberini. Die mit nur sieben Jahren gestorbene Prinzessin hielt in der Rechten eine Sense, in der Linken eine Waage. Beide Utensilien waren aus Lendenwirbeln, Fingergliedern und Schulterblättern gefertigt. Da die dünnen, fast unsichtbaren Nylonschnüre raffiniert und in sparsamer

Anzahl verliefen, sah es aus, als schwebte das Skelett im Raum; bereit, den Betrachter zu wiegen und gegebenenfalls umzumähen.

Täubner wußte nicht, warum diese Kinder hier ausgestellt worden waren. Es lag auch kein Katalog aus, der Antwort gegeben hätte. Der Ort war voller Rätsel.

Nicole starrte hinauf. Entrückt, somnambulesk, auf den Fußballen wippend, schien sie in Meditationen vertieft. Schließlich begann sie zu sprechen, fast ohne die Lippen zu bewegen.

»Sehen Sie – den Schädel der Principessa?«

»Hmmhm.«

»Er hat Pasqualini singen hören.«

»Ja?«

»Dieser Schädel – stellen Sie sich vor – hat Pasqualinis Gesang vernommen...«

»Sieht man ihm nicht an.«

»Es hat ihr nicht geholfen. Er ließ sie sterben. Sie ist wunderschön, die Principessa. So anmutig, nicht wahr?«

»Beinhart.«

»Ich gehe oft hierher und sehe mir ihr Skelett an. Alles, was von Pasqualinis Kunst übrig blieb, muß in diesem Schädel sein, in diesem Resonanzkörper. Ich fühle mich oft versucht, eine Leiter zu nehmen und an dem Schädel zu horchen – wie an einer Meermuschel...«

Die Augen der Französin glänzten feucht; ein winziges, gnostisches Lächeln umspielte die Mundwinkel.

Täubner blieb der mythische Gehalt des Kinderschädels unverständlich. Blanke Hohlheit schien ihm da entgegenzugrinsen.

»Pasqualini war also ein Sänger?«

»Er war *auch* ein Sänger. So steht es im Lexikon. Und er war noch etwas anderes – für das es keinen Namen gibt.«

»Es gibt nichts, für das es keinen Namen gibt.«

»Meinen Sie?«

Nicole war versucht, zu fragen, wie Täubner jemanden nennen würde, der einer Frau den Bauch aufschlitzt, ihre Eingeweide herauskratzt und sich in die leere Bauchhöhle hineinsetzt – wie in eine Badewanne, wie in ein Boot.

Sie unterdrückte die Frage, murmelte statt dessen: »Die Principessa hält Sense und Waage nicht umsonst. Sie ist die Gerechtigkeit, Vollstreckerin Justitias, sie wird ihre Rache haben, ihre Satisfaktion...«

»Ach?«

Jetzt rollten Nicole zwei dicke Tränen über die Wangen. Fluchtartig, im Laufschritt, verließ sie die Gruft. Alban blieb perplex stehen, hatte sich im Verdacht, wieder etwas falsch gemacht zu haben, kam sich wie ein Idiot vor. Erst als Nicole, am Ende des Ganges angelangt, auffordernd winkte, trottete er ihr hinterher.

V

Sie stürzte sich mit Heißhunger auf die Vorspeisen, spießte jeden Bissen kraftvoll auf, hob ihn wie Beute in den Mund, biß raubtierhaft hinein – als gälte es, die Sehnen eines Nackens zu durchtrennen. Kauend fragte sie, über welches Thema Krantz zuletzt gesprochen habe? Alban kramte in der Erinnerung.

»Über Carlo Gesualdo und Pomponio Nenna. Danach – ob ich das noch zusammenbringe? Moment! Er sagte, man wüßte, *wer* die Melodien gefunden hat, *wann* und *in wessen Auftrag*, aber nicht *wo*.«

»Aha. Bon, sind ja alles keine Geheimnisse. Das weiß ja jeder.«

»Ich bin nicht jeder.«

»Nein. Entweder sind Sie sehr gerissen – oder Sie wissen wirklich *nichts*.«

»Wenn es sich, wie Sie sagen, um keine Geheimnisse handelt – dann könnten Sie doch ...«

»Bin ich ein Auskunftsbüro?« unterbrach sie ihn scharf.

Alban schwieg und widmete sich den Meeresfrüchten, die köstlich schlicht zubereitet waren – nur mit ein paar Spritzern Öl und Zitrone – auf das natürliche Gewürz des Ozeans vertrauend. Zeit für sein erstes Resümee.

Er hatte den Schweden gegen die Französin eingetauscht. Vergleiche zu ziehen schien ihm sinnlos. Von einer *Frau* gedemütigt zu werden, dachte er, ist schon ganz etwas anderes, besitzt immer was von einem Spiel; Erotik schwingt da mit, masochistische Wollust.

Nicole dezimierte mit spechtschnellen Gabelstichen den Tomatensalat und pfefferte die gerösteten Auberginenscheiben, bis es aussah, als wären Ascheregen darüber niedergegangen.

»Was ich nicht verstehe – warum ist Krantz zu Ihnen nach München geflogen? Die verquere Sachlage hätte er doch leicht per Telefon klären können?«

»Stimmt. Er hat ja angerufen. Aber ich hab' immer wieder aufgelegt. Ich war... Wie soll ich sagen...?«

Alban wußte, die Geschichte klang fragwürdig. Bevor Nicole Zweifel kommen konnten, wurde er freiwillig ausführlicher, erwähnte Drum und Dran, auch die Trennung von der Geliebten, die Suffperiode danach, die Wochen neben dem Telefon.

»Ah – Sie haben Herzschmerzen?« Wieder verschluckte sie ein H, so daß daraus »Erzschmerzen« wurden.

»Mein Herz liegt in Gips.«

»Komplizierter Bruch?«

»Wenn das je zusammenwächst, dann krumm und schief.«

»Sie Ärmster...«, sagte sie, in unverhüllt sarkastischem Ton, der Alban irritierte. Was erlaubte die sich? Er gestand ihr Ressentiments ja zu. Die Affäre um die Kellerfotos hatte ein Schuldgefühl auf seiner Seele deponiert, dessentwegen er gern bereit war, ein paar Gehässigkeiten zu schlucken. Ihre Kreditspanne war aber langsam ausgereizt. Wo es um die Geliebte ging, verstand er keinen Spaß.

Nicole beobachtete ihn mit analytischer Gründlichkeit. Sie ahnte sofort, was in ihm vorging – und löste die Spannung, steckte zurück, ließ mögliche Pfeile im Köcher, behielt sich die Option vor, jederzeit erneut zuschlagen zu können.

»Wie hat mich Jan-Hendrik denn so geschildert?« fragte sie, an einem Steinpilz schnuppernd.

»Mischung aus Medusa und Draculine. Allerdings sprach er doch mit einer gewissen Achtung von Ihnen. Er behauptete sogar, Sie zu mögen. Irgendwie.«

»Ach?«

»Er nannte Sie eine Radikalemanze. Stimmt das?«

»Im allgemeinen mag ich Männer nicht besonders; stimmt. Höchstens, wenn sie mich zum Essen einladen. Und Sie? Mögen Sie Männer?«

»Hmm. Keine Ahnung, worauf Sie hinauswollen!«

»Wie definieren Sie sich denn?«

»Äh... Dieser herbeigeredete Geschlechterkampf – ich hatte immer das Gefühl, das betrifft mich nicht.«

»Ah! Sie sind ein sächliches Wesen?«

»Geht mir ein bißchen auf die Nerven, wenn die Vagina zum pazifistischen Symbol stilisiert wird – nur weil sie einsteckt, statt austeilt.«

»Tsss...«

Verächtliches Naserümpfen setzte dem Thema ein Ende. Nicole schlang die restlichen Auberginenscheiben hinunter, als habe sie zwei Tage gehungert.

»Gregorio Allegri.« Unvermittelt stellte sie diesen Namen in den Raum. »Was wissen Sie von dem?«

»Nichts. Krantz hat ihn kurz erwähnt.«

»Von ihm wurden die Melodien gefunden. Ich bin ja nicht so. Ich erzähl's Ihnen, wenn Sie Wert darauf legen.«

»Absolut.«

»Allegri war ein Päderast. Er liebte Knaben. Hat sie in den Arsch gefickt.«

»Aha.«

»Erregt Sie das? Geben Sie's zu – das erregt Sie!«

»Wie kommen Sie denn darauf?«

Täubner glaubte nicht ernsthaft, daß sie ihm etwas erzählen wollte. Sie wollte ihn reizen, wollte mit ihm spielen. Die günstigste Strategie, um doch etwas zu erfahren, schien ihm, auf dieses Spiel einzugehen.

»Nein«, sagte er, »Sie vermuten falsch. Ich hatte nur einmal Sex mit einem Kind. Da war ich elf.«

»Mit einem Knaben?«

»Wie in dem Alter so üblich.«

»Ah! Voilà!«

»Hören Sie mal... Wer wen in den Arsch fickt, interessiert mich herzlich wenig! Sollte sich dieser Herr Allegri mit nichts anderem beschäftigt haben, kann er mir gestohlen bleiben!«

Währen der letzten Sekunden hatte Nicole ihn aufdringlich fixiert. Manchmal entsprang ihrer Kehle dabei ein rauhes, dunkles Kichern; das klang unangenehm; als hätte sie sich an einem schlechtgekauten Brocken verschluckt und würgte ihn heraus.

»Bon! Solange wir auf die Hauptspeisen warten, erzähl' ich Ihnen etwas. Warum auch nicht. Hören Sie zu?«

»Schießen Sie los!«

»Es gab da in Rom einen Zirkel, der sich mit musikalischen Fragen aller Art befaßte, unter anderem auch mit den Tropoi. Dieser Zirkel entstand zwischen 1600 und 1605, wurde gegründet von Pomponio Nenna, dem vertriebenen gesualdensischen Hofmeister, und Giovanni Maria Nanino, dem Schüler Palestrinas. Heute würde man so etwas eine Privatinitiative nennen, eine Interessengemeinschaft, einen Förderkreis, eine Art Herrenclub... Ihm gehörten Komponisten, Sänger, Instrumentalisten und Mäzene an. Die Namen der Mitglieder sind hier nicht weiter wichtig – bis auf einen: Maffeo Barberini, ein junger Kardinal und Musikliebhaber. Der Club – das ist wohl der passendste Ausdruck – war eine lose Verbindung von etwa einem Dutzend Personen, die alle um die Andrealegende wußten und daran interessiert waren, Tropoimaterial wiederzufinden. Man darf sich dieses Anliegen aber nicht so ernsthaft vorstellen. Der Club widmete sich dem Thema eher metaphysisch, in gelehrten Diskussionen, im Aufstellen von Hypothesen, in musiktheoretischen Debatten... Die Atmosphäre jener Feierabendrunden hatte etwas sehr Gepflegtes, Abgehobenes, Salonhaftes... Was wußte man denn schon? Alle Akten lagen unter Verschluß – von Andrea hatte sich kaum mehr als der Name und die Todesart erhalten – und daß er wegen irgendwelcher kurioser Liedchen hatte brennen müssen. Und selbst diese spärlichen Fakten hatten sich in der Erinnerung des Volkes nahezu verloren... Kein Literat war so freundlich oder fähig gewesen, die Mär in eine populäre Basisform zu gießen, von der aus sie wirken, sich mutieren, *leben* konnte – wie es zum Beispiel beim Doktor Faustus der Fall war. Es gibt in der Psychohistorik keine sonstigen Exempel für Legenden, die so exklusiv dahinvegetierten, bekannt nur ein paar Liebhabern... Bon. Soweit dazu.

Gregorio Allegri, Jahrgang 1582, wurde als Sängerknabe ausgebildet, war dann, von 1601 bis '07 Tenor an der San Luigi dei Francesi, unter Leitung von Nanino. Nanino führte ihn irgendwann in jenen Club ein; Nanino war Allegris geistiger Übervater; Allegri stand völlig unter seinem Einfluß. Als Nanino 1607 starb, war Allegri dermaßen schockiert, daß er die Priesterweihe nahm.

Was man über den Menschen Allegri weiß, ist nicht üppig; er war wohl ein sehr vorsichtiger, gebückter Charakter, der jedem Konflikt aus dem Weg ging, der versuchte, sich gegen jedes Mißgeschick im voraus zu wappnen. Kein ehrgeiziger Typ, kein Karrieredenker, sondern einer, der lieber im Hintergrund blieb und sich mit etwas weniger zufrieden gab. Man sagte ihm auch nach, ein Langweiler zu sein. 1607 wurde er in die Provinz geschickt, als Kapellmeister der Kathedrale von Fermo. Belegt ist aber, daß er weiterhin mit einigen Clubmitgliedern Briefkontakt pflegte. Die Anstellung in Fermo behielt er bis 1621, als ihn Maffeo Barberini zurück nach Rom holte. Kurz darauf verschwand Allegri von der Bildfläche – für ganze acht Jahre. Versuche, ihn hier oder da zu orten, haben sich allesamt als Spekulation, Fälschung oder Verwechslung erwiesen...«

Sie nahm einen Schluck Orvieto.

»Und? Wo war er?«

»Sais pas! Weiß nicht! Selbst in den vatikanischen Geheimprotokollen fand sich nicht der kleinste Hinweis. Tabula rasa!«

Sie zeigte ihre leeren Handflächen. Alban gähnte.

»Schön. Ein Arschficker namens Allegri geht hops. Wo führt das hin?«

»Na ja... Im Jahr 1623 erhielt der Club eine fundamental neue Bedeutung. Maffeo Barberini wurde zum Papst gewählt. Zu Papst Urban VIII.«

»Wow...«

»Selbstverständlich hatte Maffeo sich da um tausend Dinge zu kümmern – doch seine kleine Liebhaberei vergaß er nie. Und nun besaß er ja ganz andere Möglichkeiten: Mit der Macht eines Papstes ausgestattet, konnte er die Forschung des Clubs auf neue Grundlagen stellen, hatte er Zugang zu jeder erdenklichen Information. Seither ist auch klar: Weder Nanino noch Nenna besaßen irgendeinen der Tropoi; Carlo Gesualdo mit höchster Wahrscheinlichkeit auch nicht.«

»Ja, und wo waren sie nun – die Tropoi?«

»Ist doch egal. Am plausibelsten ist, daß sie noch immer in der Abbazia Pomposa lagerten. Vielleicht auch nicht. Wen interessiert das, im Endeffekt? Niemanden.«

»*Mich* interessiert es.«

»Bevölkerungsstatistisch gesehen fallen Sie unter *Niemand*.« Boshaft und graziös sagte sie das, dabei verträumt; in einer Art abwesend, die jedem Blick Gönnerhaftes verlieh. Ihr Mund zuckte in subtiler Zynik.

»Und weiter? Ich nehme an, Allegri tauchte irgendwann wieder auf?«

»Ja! Vorzüglich kombiniert! Maffeo Barberini alias Urban konnte sich kaum persönlich um die Tropoiforschung kümmern; er brauchte irgendein Clubmitglied, das nicht so exponiert im Licht der Öffentlichkeit stand, einen unscheinbaren, zuverlässigen Handlanger, der nebenbei Musikexperte sein mußte. Und Gregorio Allegri wurde praktisch über Nacht vom Provinzkapellmeister zum päpstlichen Geheimbevollmächtigten, ausgesandt, dem Verbleib der Tropoi nachzuforschen. Blicken Sie jetzt durch? Ja? Hmm... Allegri muß sich inbrünstig auf seine neue Bestimmung gestürzt haben; sein belangloses Leben hatte schlagartig einen neuen Sinn bekommen. Er war ursprünglich wohl eine sehr gründliche Natur gewesen, penibel, bürokratisch, von vorauseilendem Gehorsam; ein pausbäckiger, konservativer Komponist ohne Genie. Die einzige Obsession, die er sich jemals geleistet hatte, war der Traum gewesen, einmal die Tropoi zu entdecken. Und nun durfte er sie suchen! Man kann sich vorstellen, was eine solche Aufwertung für einen Menschen bedeutet, der sich mit der Ereignislosigkeit seines Alltags bereits abgefunden hat... Kontaktmann Allegris in jener Zeit wurde Maffeos Neffe, Kardinal Antonio Barberini, der den mäzenatischen Finanzhaushalt der Familie übernommen hatte...«

Die Hauptspeisen trafen ein. Für Alban Schwertfisch, für Nicole ein vegetarisches Sgonfiotto. Sie verstummte auf der Stelle, weigerte sich fortzufahren. Welchen Grund gebe es, fragte sie, sich den Genuß der Mahlzeit durch fachspezifische Abhandlungen zu schmälern? Nein, dafür sei sie weiß Gott nicht hergekommen.

»Alors, Alban – ich habe Ihnen etwas erzählt, nun könnten doch *Sie* etwas erzählen. Wäre das nicht recht und billig?«

»Was könnte ich Ihnen zu erzählen haben?« fragte er zurück und fügte spitz hinzu: »Bin ja nur ein Pasinger Fotograf.«

»Sie müssen wissen, ich unterhalte mich oft mit Männern. Das kann sehr lehrreich sein. Ich habe einige Bücher über Männer geschrieben. Gerade Männer, die zum absoluten Durchschnitt zählen, interessieren mich brennend. Oh – ich habe natürlich nicht speziell Sie gemeint ... Wie wär's – reden wir über Ihre Frau?«

Alban hatte seit einiger Zeit geahnt, etwas Schreckliches würde kommen. Er war nicht so dumm, zu glauben, dieses Essen hier, diese kaum 200 Mark teure Schlemmerei, würde ausreichen, ihn von seiner »Schuld« freizukaufen. In den Augen der Französin, hinter maskenhaftem Zwinkern, sah er eine verletzte, beleidigte Seele lauern. Wenn er weitere Informationen verlangte, soviel stand fest, mußte mit anderer Währung als der Lira gezahlt werden. Und er zweifelte stark an seinem Durchhaltevermögen. Binnen Sekunden fühlte er sich ungeheuer leer und wertlos.

»Warum lief Ihre Frau weg?«

»Vielleicht«, stöhnte er matt, »hatte sie eins Ihrer Bücher gelesen?«

»Ah, gut! Ich dachte schon, Bücher würden nie etwas verändern.«

An diesem Dialogverlauf empfand Alban nicht mehr die Spur masochistischer Wollust. Die Schmerzgrenze war erreicht. Ihm schien auch, Nicole wollte Schmerzgrenzen aufzeigen, wollte sagen: He, blöder kleiner Pasinger Fotograf – mischst du dich in die Tropoi, mußt du auch was aushalten können! Käm' ja sonst jeder daher!

»Sie sind ekelhaft! Und rachsüchtig. Verzeihen Sie mir doch endlich! Was bringt es denn, mich zu piesacken?«

»Ich will Sie doch nicht piesacken! Gott, nein ... Ich will über Ihr Problem reden! Sie sind doch sehr traurig, nicht?«

»Reden wir bitte von was anderem ...«

»Ich will Ihnen gern helfen! Sehen Sie's doch einfach so: Ihre Frau – und Sie wünschen Ihrer Frau doch alles Gute, nicht?«

»Seien Sie still!«

»Ihre Frau erfreut sich jetzt anderer Männer. Was soll daran traurig sein? Sie *mögen* Männer doch? Eh bien, *freuen* Sie sich mit Ihrer Frau ...«

Das war des Spiels zuviel. Täubners Armmuskeln spannten sich, zitterten vor Spannkraft. Dufrès sah ihm gradewegs in die Augen.

»Na los!« flüsterte sie, »Schlagen Sie zu!«

Täubner schnaubte verächtlich. Zum ersten Mal bereute er, Krantz verlassen zu haben.

»Entschuldigen Sie mich...«, murmelte er und rannte zur Toilette, sperrte sich in eine Kabine und kämpfte gegen Zornestränen an. Er suchte nach einer Spinne, einer Schabe, einer Assel, nach irgendeinem Lebewesen, das er zertreten oder zwischen den Fingern zerreiben konnte. »Du Dummkopf!« rief er halblaut. »Dummkopf!«

Weshalb bloß hatte er seinen wunden Punkt, die blutende, klaffende Wunde, so bereitwillig hergezeigt? Er schimpfte sich einen Volltrottel; für Spiele ungeeignet, die über Mensch-Ärgere-Dich-Nicht-Niveau hinausreichten.

Er trat aus der Kabine, ging zum Waschbecken, hielt die Stirn unter kaltes Wasser. Die wenigen Stunden Schlaf der letzten Nächte forderten Tribut; seine Schläfen brannten, seine Fingerkuppen waren taub und prickelten.

Meine Augen sind rot und klein. Und darunter wuchern Schatten. Ich bin eine Ruine in der Dämmerung. In Skandinavien, um die Zeit der Mittsommernacht, wenn die Sonne kaum untergeht, verhungern alle Vampire. Ich habe mal irgendwo gelesen, in Norwegen wurden alles in allem nur zwanzig Hexen verbrannt. Doch was hat das mit mir zu tun? Ja, das ist die Frage – was hat alles mit mir zu tun? Wo ist, was mit mir zu tun hat, verborgen? Warum verbirgt es sich?

Das Licht wird schwächer. Gallert bedeckt den Boden. Im Spiegel erscheint eine Macht, beugt sich nah an Albans Ohr.

»Was willst du?« fragt mürrisch die Macht. »Du hast doch selbst den weißen Bauern nach e4 gezogen. Oder nicht?«

Täubner wollte die Macht an der Nase packen, um sich mit ihr gründlich auszusprechen. Er griff ins Leere beziehungsweise in das Spiegelbild seiner eigenen Nase.

War nicht anders zu erwarten, dachte er und vermutete einen neuen Weinskandal... Vielleicht war ein Gift gepanscht worden, das Halluzinationen hervorruft...

Es war nur eine kurze Halluzination, beschwichtigte er. Das schon – aber eine so präzise, intensive, eine, die man mit jedem Sinnesorgan registriert. Bleib ruhig, Alban; beruhige dich – du bist jetzt dreißig ...

Er spürte einen starken Druck auf der Blase und stellte sich an die Pißrinne.

Eine breite Pißrinne, von zehn Zwischenwänden abgeteilt. Üblicherweise hätte Alban, ohne zu überlegen, den äußersten Rand der Pißrinne gewählt. Diesmal wählte er das zweite Segment von links – um nicht auch noch im Klo als Randfigur dazustehn. Es ärgerte ihn maßlos, daß der hereinkommende Mann, trotz genügend Auswahl, sich in das Segment links neben ihn quetschte, in zudringlicher, anmacherischer Manier. Zu allem Überfluß drehte sich der Mann zur Seite, sah Alban schamlos zu und sagte: »Hello!«

Täubner wollte es erst nicht glauben, dachte an eine neue Halluzination. Es war Mendez.

»Nein! Was machen Sie denn hier?«

»Oh, nichts weiter ...«

»Sagen Sie mal, haben Sie mir einen Piepsender ans Bein geklebt? Verfolgen Sie mich? Oder was?«

»Man muß findig sein, heutzutage.«

»Unglaublich. Was wollen Sie denn?«

»Wenn Sie die Freundlichkeit besäßen, mir von den Kellerfotos Abzüge zu machen, wäre ich Ihnen sehr verbunden und bereit, mich gegebenenfalls zu revanchieren. Aber lassen Sie es Nicole nicht merken! Sie kann sehr nachtragend sein. Sagen Sie ihr besser gar nicht, daß ich hier war. Sehen wir uns heute abend?«

»Nicht, daß ich wüßte.«

»Wahrscheinlich werden Sie es noch wissen! Leben Sie wohl! Wir treffen uns bestimmt. Und ich will nichts geschenkt, versteht sich. Vergessen Sie nicht, zu pinkeln – ist schlecht für die Prostata. Und geben Sie acht vor dem auf!«

Freundlich grinsend verließ Mendez die Toilette.

Alban war verwirrt, schwelgte in der Desorientierung, begann hilflos zu lachen und zu pissen und den Kopf zu schütteln.

Der kleine braune Mann im weißen Hemd. Was hatte er gesagt? »Geben Sie acht vor dem auf!« – wieder jener schräge Satz, wie schon gestern nacht. Aber diesmal begriff Täubner. Mendez meinte nicht: »Keep care from the *onto*« – sondern: »Keep care from the ONTU« – und das wollte das heißen, das war kein Unsinn.

Gerade jetzt strömte der Urinfluß am heftigsten, doch Täubner preßte die Arschbacken zusammen, unterbrach, ließ abtropfen, schob ein. Vom Interruptus herrührende, urogenitale Schmerzen machten ihn wütend; er humpelte zur Tür und in den dunklen Saal des Restaurants. Mendez war nirgends zu sehen. Täubner lief auf die Straße hinaus, tat ein paar Schritte in jede Richtung.

Kein Mendez. Weg.

Tief atmend kehrte Alban an den Tisch zurück.

Nicole stützte ihr Kinn mit beiden Handflächen ab. »Wo waren Sie so lang? Beinah dacht' ich, Sie hätten das Weite gesucht und die Zeche geprellt...«

»Kommt nicht in Frage«, antwortete er mit Nachdruck.

Er war nun bereit, um jeden Preis weiterzuspielen. Aus seiner Unsicherheit destillierte er einen frischen Schub Neugier – und in der Neugier lag seine letzte Kraft. Trotzig stemmte er die Ellbogen auf den Tisch.

»Nun, Nicole? Was wollen Sie von meiner Frau noch wissen?«

Überraschend entschärfte Nicole die Atmosphäre. »Vorläufig nichts. Später vielleicht. Im übrigen glaube ich Ihnen jetzt. Ein Spion Jan-Hendriks hätte sich von meinem Gestichel nicht beeindrucken lassen, wäre ruhig sitzengeblieben.«

»Aber möglicherweise habe ich meinen Zorn nur gespielt?«

»Ich denke, ich habe Erfahrung genug, um das richtig einzuschätzen.«

»Und doch spielen wir. Vielleicht bin ich der weiße Bauer auf e4.«

»Wie bitte?«

»Sie können nicht Schach spielen?«

»Habe ich mal probiert – war mir zu maskulin.«

»Ich wurde vielleicht gezogen – von e2 nach e4. Ich hab' es vermutlich sogar selbst getan. Nun muß man auf mich reagieren. Ich bin ein Spielstein geworden.«

»Soso – ein Spielstein?«

»Ja. Am besten, ich einige mich schnell auf ein Remis, bevor mir was passiert.«

»Très bon!«

»Ich wäre lieber auf e2 geblieben, dort, wo ich mich auskenn'. Die Stellung geschlossen halten! Meine Mutter hat's mir immer gepredigt. Bleib aufm Dorf!«

»Vraiment? Sie kommen vom Dorf?«

»Ursprünglich ja – aber der Bauer auf e2 – ich weiß nicht, ob Sie das verstehen – der muß irgendwann ziehen... in die weite Welt hinein...«

»Wenn Sie es sagen.«

»Ich bilde mir in den letzten Stunden Bilder ein. Bilder, die nicht real sind. Ich hatte gerade eine Vision...«

»Ach? Eine Vision? Dann sind Sie ja ein Visionär? Meinen Glückwunsch! Respekt...«

»Lassen Sie die Witze! Ich bin es langsam leid, für jeden von euch Eierköpfen den Goofy zu spielen.«

»Nichts hält Sie hier... Sobald Sie die Rechnung bezahlt haben, versteht sich.«

Täubner hatte seinen Schwertfisch bisher kaum angerührt.

Er stellte den Teller beiseite, nahm sich eine Zigarette und hielt Nicole die Schachtel hin. Ein Friedensangebot.

»Wir sind in eine Sackgasse geraten. Könnten wir zwei nicht noch einmal ganz von vorn anfangen?«

Nicole pulte eine Zigarette aus der Schachtel.

»Und wie?«

»Zum Beispiel diese Buchstaben in Pasqualinis Keller – ONTU L – ist deren Bedeutung ein Geheimnis?«

»Nein...«

»Und?«

»Es ist die Abkürzung von ›Orpheus numquam totus ultus‹ – ›Orpheus ist niemals ganz gerächt‹. Das Motto von Pasqualinis Kultbund.«

»Und das L?«

»Das lateinische Zahlzeichen für fünfzig.«

»Schon – aber was soll mir das sagen?«

»Da hat wohl jemand etwas gezählt.« Sie bekam einen knotigen Blick und biß in den Zigarettenfilter.

»Kultbund, sagten Sie? Was für ein Kultbund?«

»Darüber sage ich kein Wort.«

»Schade.«

»Sie akzeptieren das?«

»Sicher. Nicole – haben Sie wirklich nichts dagegen, daß ich Sie Nicole nenne?«

»Wenn es Ihnen ein Bedürfnis ist...«

»Haben Sie je eine der Melodien *gehört*?«

Diese Frage schien Dufrès zu irritieren. Mit Hilfe der vorgeschobenen Unterlippe hüllte sie ihr Gesicht in Zigarettenrauch.

»Kein Kommentar.«

»Mein Wunschzettel an den Weihnachtsmann wäre: Einige Takte der Melodien – nur als Hintergrundgeräusch – über den U-Bahn-Lautsprecher von mir aus – ein Hintergrundgeräusch zur Agonie. Wissen Sie, was mich so ärgert? Von der Musik – was ist da geblieben? Anscheinend nichts. Und vom Horror und vom Blut – ist fast jedes Detail überliefert.«

Nicole erwiderte, von der tausendjährigen Musikkultur des Imperium Romanum seien grade mal vier Takte erhalten. Genau vier. Vier Takte einer Schauspielmusik zu Terenz' »Hecyra«.

»Schöne Takte?«

»Tolle Takte.«

Der Kellner brachte das Dessert; Macedonia, danach Kaffee.

Nicole verfiel erneut in provokantes Schweigen. Erst als sie ihre Espressotasse zum dritten und letzten Mal an den Mund gehoben hatte, begegnete sie Täubners erwartendem Blick.

»Ich kann Ihnen noch etwas über Allegri sagen – wenn Sie wollen.«

»Klar.«

»Na schön... Irgendwie war es Gregorio Allegri gelungen, die Tropoi zu finden. Und was geschah? Der kleine, duckmäuserische Mensch begehrte auf gegen seinen Brotherrn Papst Urban. Die Tropoi hatten ihn total verändert, man muß fast sagen: umgepolt. Allegri zögerte die Bekanntgabe seines Fundes hinaus. Zuerst vermutete ich, er hätte Angst gehabt; Angst, nach dem Fund nicht mehr gebraucht zu werden und als unnötiger Geheimnisträger in Gefahr zu sein. Das hat sich als unhaltbar herausgestellt. Nein – Allegri wollte seinen Schatz für sich behalten, war besitzgierig geworden, wollte die Bedeutung, die sein Dasein plötzlich gewonnen hatte, nicht wieder verlieren. Nur weil es sich gar nicht mehr vermeiden ließ, meldete er Urban schließlich, fünf Tropoi entdeckt zu haben. Fünf, nicht mehr – und die nur in einer Abschrift.

Der Papst war trotzdem hocherfreut; fünf waren besser als null. Es gibt ein Stadium der Legende, da sie noch Zugang duldet zu reellen Reliken ihrer selbst. In jenem Stadium entscheidet sich ihre Zauberkraft und Zukunft – ob sie sich zum Mythos auswächst oder ob sie in einem staubigen Register unter ›Kuriosa‹ abgelegt wird. Nichts steht einer Legende besser als ein Prozentsatz Überprüfbares, etwas, das sich in Händen halten läßt. Der Sinn jeder Reliquie. Und wenn sich diese Reliquie noch tonal äußern kann – dann trifft sich Sage und Zeige, wird zum Altar, der die Präsenz des Gewesenen verbürgt. Fordert Kult heraus. Die maskuline Maschinerie der Verkultung...

Es kam zu einer exquisiten und privaten Aufführung in der Sixtinischen Kapelle, samt nachfolgender Diskussion, was mit jenen fünf Tropoi geschehen sollte. Und Urban VIII. war ja in vieler Hinsicht ein ungewöhnlicher Papst...«

An dieser Stelle unterbrach sie sich abrupt und sah auf ihre Armbanduhr. Es sei schon halb drei, sie müsse noch zu einem Termin, habe jetzt keine Zeit mehr... Alban reagierte säuerlich – sie könne doch nicht so einfach die Flucht ergreifen, mitten im Satz. Weshalb, fragte er, war Urban ein ungewöhnlicher Papst?

»Also gut«, meinte Nicole in einem plötzlichen Entschluß, »ich will ja nicht schofflig dastehn. Wir werden uns heute abend weiter unterhalten. Bei Begonia von Bardeleben findet eine Gartenparty statt. Kommen Sie dorthin. 19 Uhr. Wir treffen uns vor dem Tor. Appia Antica 226.«

»Gartenparty? Es wird regnen...«

»Dann wird im Haus gefeiert. Vous êtes drôle!«

Sie erhob sich, wisperte ein kurzes »Au revoir«, drehte sich nach zwei Schritten noch mal um und bekräftigte: »226!«

Hielt sie ihn für unfähig, eine dreistellige Nummer zu behalten? Er nickte stumm, sah ihr nach, bezahlte dann die Rechnung, schob das Wechselgeld ein.

In der Hosentasche fühlte er die Filmdosen. Sie hatte nicht mehr danach gefragt. Anscheinend waren die Dosen tatsächlich unwichtig.

Alban kam sich entsetzlich unwichtig vor.

VI

Der maskuline Eifer nach Organisation eines Basisgedankens zum legislativen Ideengebäude geht zwanghaft einher mit der Deformierung, Pervertierung, ja Umkehrung des Basisgedankens selbst.

Die maskuline Form der Kreativität stellt immer eine Tateinheit von Kreation und Destruktion dar. Seine krampfhafte Modulierungssucht der Idee, die MANN euphemistisch »Weiterentwicklung« nennt, ist der geile Kitzel des Originär-Sein-Müssens. In diesem Sinne bekommt sein Wunsch des »Zu-Ende-Denkens« einen makabren Beigeschmack, impliziert es doch: den Untergang.

Geht im femininen Kreationsprinzip Erschaffung mit Bewahrung einher, enthält es also immer eine Schutzfunktion zur Erhaltung des Ursprünglichen, ist das maskuline Denken darauf programmiert, nichts als end-gültig anzuerkennen. Dies wäre eine durchaus positive Haltung, würde MANN den Zweifel nicht nur dazu mißbrauchen, nach der End-Gültigkeit seiner eigenen Version zu streben. Er ist bereit, Neues zu schaffen, indem er Altes zerstört. Der Grad seines Fanatismus entscheidet über das Wann und Wieviel der Destruktion. Nun wäre auch dies nicht unbedingt verwerflich zu nennen, stünde dahinter reale Optimierung. Tatsache ist jedoch, daß diese Art Kreativität sich auf jeden Zustand stürzen würde, sei er auch noch so wenig optimierungsbedürftig. Kreativität wird so zur Seuche, zur Tarnkappe brutalster Aggressivität. MANN JANUS. Die Programmiertheit seines ambivalenten Wollens würde selbst das Paradies keinen Tag unmoduliert bestehen lassen. Und bliebe ihm als Alternative nur die Hölle – er würde der Hölle zuarbeiten, um seinem triebhaften Aktionismus Genüge zu tun. Eine – noch so glückliche – Stagnation wäre ihm denkbar größtes Greuel. Getrieben von einem rudimentär tierischen Genprogramm, wird der ihm innewohnende Aktionszwang mit allen Mitteln zur Entfaltung drängen. MANN wird die Freiheit seiner Kreativität immer über die Toleranz stellen. Die in seinem Genprogramm enthaltene Aggressivität hat in zivilisatorischen Strukturen keinen Sinn mehr, ist tödlicher Anachronismus.

Jede metaphysische, auf Ideen beruhende Struktur, sei es Gesetz, Mythos, Philosophie, Kunstmanifest, Religion, Ethik, wird über kurz oder lang in ihr Gegenteil entarten, solange ihre Organisation unter patriarchalischem Diktat bleibt. Die Frau kennt grundsätzlich kein natürliches Ressentiment gegenüber dem eigenen Geschlecht, steht nicht unter dem Zwang endokannibalistischer Selbstverwirklichung. Feminine und maskuline Ideenkultur differiert grundlegend, und auf diesem Unterschied muß beharrt werden, wenn sich eine Legitimität für die Revolte beweisen lassen soll. Die Lösung des Problems kann nur sein: den Mann im Manne zu zerstören; jenes böse Kind, das uns seine Spiele aufgezwungen hat. Doch was geschieht statt dessen? Nicht MANN reformiert sich, sondern die Frau, indem sie sich zum androgynen Wesen wandelt, patriarchalische Verhaltensweisen kopiert und sich so künstlich ein maskulin geprägtes Weltbild aneignet. Mehr mit der Illusion von Gleichheit als dem Willen zur Freiheit im Kopf, laufen hier die Fahnenträgerinnen der starken Armee ins Lager der siechen, beinah geschlagenen Lumpenhaufen über. Nicht um sie zu verstärken. Nur um sich anzustecken.

Zum Zweck, die Logistik der zwanghaften Pervertierung in ihrer Gesetzmäßigkeit aufzuzeigen, ist im folgenden Buch der MYTHOS als Exempel für den Deformationskreislauf einer Idee unter patriarchalischer Struktur dargelegt. Nur im Mythos ist die Umkehrung so unbekümmert eingestanden, nur im Mythos findet das maskuline Selbsterzählen eine Spur Selbstehrlichkeit, da es die Idee außerhalb der Chronologie setzt und ihre Kreishaftigkeit gnadenlos bloßlegt. Und die Gesetze der Archetypen reproduzieren sich in den kleineren Systemen. Das Gesetz, das Prometheus an den Felsen geschmiedet hat, ist ebenso unbewertet wie das Gesetz seines Befreiers Herakles. Im Mythos ist nebeneinander alles gültig, das Gesetz ist zur Mode entwertet. Das maskuline Denken hat während der Entstehung der Mythen so viele Karussellrunden hinter sich gebracht, daß durch dauernden Perspektivenwechsel tatsächlich eine Art Entideologisierung des Dargestellten stattfinden konnte (weshalb darin gleichzeitig Anleitungen und Warnungen zu sehen sind). Den Satz meines Kollegen Jan-Hendrik Krantz, von der »Weißheit bewahrenden Körperschaft«, bin ich gerne bereit als definitorisch anzuerkennen; während er selbst, wohl erschrocken durch die Präzision dieser Worte, sie leider vielfach durch den schwammig-nebulösen Neologismus »Wahrschaft« ersetzt.

Aus: *Analogie und Simulation in der Psychohistorik*, Band II, *Einleitung* S. 8ff., von Dr. Nicole Dufrès, Edition Grandgoschier, Paris 1983

VII

Vier Stunden zu überbrücken. Vier Stunden Gegenwart. *Zeitschneide, rasiermesserscharf. Zu beiden Seiten steil abfallend.* Alban setzte seine Schritte vorsichtig. Jeder Schritt bedeutete eine halbe Sekunde Halt auf dem dünnen Grat des Jetzt. Es hatte aufgehört zu nieseln; die Temperatur war geeignet zum Spazierengehn.

Durch Rom kann man ewig schlendern. Laubbäume streuen Flugblätter hermetischen Inhalts über die Straßen; zu lesen nach altbabylonischem Schlüssel; im Aderngeäst spiegelt sich das Delta des mythischen Stromes...

Quatsch.

Alban registrierte die Verlockung, mit der eigenen Nervenüberreiztheit zu kokettieren. Er widerstand allen Tagträumen und dachte über Nicole nach.

Sie wollte mir weh tun. Und sie hat es geschafft. Ein simples Spiel. »Ihre Frau erfreut sich jetzt anderer Männer.« Wenn Krantz so was gesagt hätte, ich hätte ihm, ritsch-ratsch, die Kehle durchgeschnitten, mit der erstbesten Nagelfeile. Ja. Ich glaube, ich hätt's getan.

Alban wunderte sich über die Violenz seines Gedankenguts. Er hatte sich stets für friedfertig gehalten. Sollte er plötzlich imstande sein, ein paar böser Worte wegen zum Mörder zu werden?

Die Geliebte hatte ihm oft seine Apathie vorgehalten, seine Neigung, alles zu verharmlosen und abzuwarten. »Du nennst es noch mit dem Feuer spielen«, hatte sie geklagt, »wenn längst das Haus in Flammen steht!«

Das Feuer ist klebrig...

Von der Piazza Barberini bog Alban in die Via del Tritone ein, und folgte ihr, bis sie in den Corso mündete. Den ging er hinab Richtung Forum, blieb auf der Piazza Venezia stehen, lehnte sich an eine Mauer, sah in die düstere Enge der Via Aracoeli, sah hinauf zum Penthouse des Professors. Er hätte gern gewußt, wie sich der alte Knabe gerade fühlte. Ob er arg betrübt war? *Und wenn – sollte es mir etwa leid tun?* Nein, diese Frage brauchte nicht näher erörtert zu werden.

Krantz wird nie wegen eines Pasinger Fotografen betrübt sein. Verärgert vielleicht, aber niemals betrübt – dafür trägt das Schwedenhirn zu viele Selbstschutzmechanismen. Unverletzliche Überheblichkeit. Herablassung im Kettenhemd. Hochmut in der schußsicheren Weste. Beneide ich Krantz am Ende darum? Eins ist mir klar: Krantz' Unverwundbarkeit hat mich viel mehr gestört als all seine Arroganz.

Der Himmel blieb diesig und perlmuttfarben. Vogelschwärme setzten Richtungspfeile. Kompaßnadeln aus Federvieh.

Alban spazierte weiter, am Forum entlang nach Süden, zum großen Oval, zur weiten, leeren Fläche des Circus Maximus. In ziellosen Schleifen durchwanderte er das feuchte Gras. Hier, dachte er, auf der circensischen Spielfläche, müßte sich ein Spielstein wohlfühlen.

Tag, sagte er, ich bin der weiße Bauer auf e4 – wo bitte geht's zur Front?

Aber im Schachspiel ist die Front überall, und für Bauern heißt es nur: Kopf einziehen, links und rechts ausschlagen und die achte Reihe erreichen – zur Umwandlung, zur Metamorphose. Der weiße Königsbauer hat selten eine Chance, dies hehre Ziel zu erreichen; fällt vorher meist Zentrumsgemetzeln zum Opfer.

Alban glaubte inzwischen, etwas halte ihn hier, das außer ihm zu suchen war. Er war sogar soweit, die unbekannten Mächte von sich aus zu beschwören und um Rat zu fragen.

Er konzentrierte sich, wollte neue Visionen herbeizwingen. Eigensinnig, wie Mächte so sind, zeigten sie sich nicht.

Ein behauener, vierkantiger Stein ragte aus dem Boden.

Täubner setzte sich auf ihn und sagte: »Tag, ich bin Alban, mit a-n hinten – oder sollte ich mir da nicht mehr sicher sein?«

Er sprach zu dem Monolithen, streichelte ihn.

»Ich bin Spielstein geworden, ein Spielstein der Mythen, ein Mytholith – Kollege, wie findest du das?«

Der Stein blieb stumm, bestrafte plumpe Vertraulichkeit mit Grabesstille.

Alban dachte an das Steinchen aus Andreas Kerker, das ihm der Professor im Flugzeug präsentiert hatte.

Sie werden nie mehr einen Stein in der Hand halten können, ohne irgendwie an diese Szene im Flugzeug denken zu müssen und an diesen Stein im besonderen und die Zeugenschaft der Steine überhaupt. Das hatte Krantz gesagt – und wie es aussah, behielt er recht.

Hier jagten einst Gespanne um die Kurve. Irgendwelche Leute haben die falsche Farbe gewettet und ihr Vermögen verloren. Andere mögen auf einen Schlag ihr Glück gemacht haben, wer weiß?

Täubner zupfte drei Grashalme aus und zerkaute deren Spitzen. Sie schmeckten bitter.

Die Pflege der Mythen, überlegte er, muß Eitelkeit sein, letzte Illusion menschlicher Unendlichkeit. Reines Überlebenwollen. Nichts anderes als der Betrug des Tantalos, der den Göttern Menschenfleisch zum Abendmahl kredenzte – seinen eigenen Sohn Pelops, gedünstet, mit Knoblauch und Majoran abgeschmeckt. Fleisch, das im Mund der Götter, so frisch es war, faul schmecken mußte – weil es eben MENSCH war. Andererseits steht nirgends, warum Tantalos ausgerechnet seinen eigenen Sohn benutzte, um die Götter zu prüfen. Was steckt da dahinter? Eine andere Geschichte wahrscheinlich, die wiederum andere Geschichten nach sich zieht. Immer so fort... Immerhin ist Pelops nichts passiert; die Götter haben ihn wieder zusammengeflickt, und später hat er dann durch miese Tricks ein Königreich gewinnen dürfen.

Über der Senke des Circus Maximus ballten sich neue Gewitterwolken. »Ich glaube, als Spielstein wenig zu taugen!« rief Alban den Mächten zu. »Laßt mich in Ruhe! Tantalos will in eine Birne beißen!«

Die Tortur des Tantalos hatte Täubner schon während der Schulzeit Rätsel aufgegeben – vom rein technischen Standpunkt aus betrachtet.

Die Früchte weichen zurück, wenn Tantalos essen will, und das Wasser, in dem er steht, versickert im Boden, wenn er trinken will. Na gut – aber wenn Tantalos nun auf die Knie ginge und das Fallobst aufsammelte vom trockenen Grund? Oder, wenn es kein Fallobst gibt, die Wurzeln der Bäume angrübe, bis sie umfielen und ihm ihre Schätze schenkten? Irgendwas mußte da doch zu machen sein. Nein?

Erste Abendschatten gaben den Wolkengebilden Tiefe. Helle Schichten begannen zu glimmen. Alban war ganz allein in der Arena. »He! Mächte!« rief er. »Laßt den alten Tantalos doch laufen, hm? Ich bin sicher, ihr habt ihn längst vergessen, in euren Grotten da unten...«

Die Mächte sagten nicht ja – aber auch nicht nein. Alban schrieb sich dreist einen Teilerfolg gut.

Froh, den Nachmittag sinnvoll genutzt zu haben, schlenderte er an den Caracallathermen vorbei zur Porta Sebastiana, verschmähte Bus und Taxi, wollte den ganzen Weg zu Fuß gehn.

Irgendwo aus der Verschlungenheit seiner Innereien vernahm er eine glucksende Stimme. Alban wußte nicht, wer dort sprach, ob es eine Macht, eine Ohnmacht, oder nur der volle Darm war.

Kümmere dich um deinen eigenen Scheiß! meinte die Stimme.

VIII

1

Die Schönheit der Appia Antica im Nachtfall – unüberbietbar zeitentrückend – noch einen Wimpernschlag ewiger als Restrom. Die Eleganz der Zypressen und Pinien, Bäume wie Frauen vorgetäuschter Kühle; Bäume mit üppigen Hüften, lasziv pendelnd, in dauernder Selbstreklame zu Säulen erstarrt. Silhouetten von Frauen, die Kostüme der zwanziger Jahre trugen; liebliche Schatten, über deren Zuspruch Alban sich verspätete.

Sein Gedächtnis kramte einen staubigen Ohrwurm hervor. Ottorino Respighi hatte jene Pinien so stampfend martialisch vertont, daß zu befürchten stand, sie könnten ihre Wurzeln der Erde entreißen und im Stechschritt durch die Stadt marschieren.

Das Defilee der Tafeln, Gedenkbrocken, Ruinchen, Götzensockel. Verwitterte Zäune, hohe Schutzhecken, die Parkplätze der Katakomben; danach Kondome auf den Parkplätzen der Leidenschaft – bis weiter südlich der Straßenbelag sich auflöste, in Buckelpisten überging, freie Felder zu beiden Seiten.

Dort, mitten im Acker – man konnte der Dunkelheit wegen wenig erkennen – lag da nicht ein Souffleurkasten? Die Schellmuschel des barocken Souffleurkastens? Die vorhergeträumte Schellmuschel, samt dem eisernen Teich aus Unwissenheit?

Nein. Zwanzig Schritte durch den Schlamm hätten genügt, die Gaukelei der Motorhaube aufzudecken. Alban scheute diese Mühe. Er war begeistert über sein Ziel hinausgewandert, bis keine Häuser mehr zu sehen waren. Zu weit, um in der Zeit zu bleiben. Er kehrte um, forcierte das Tempo, verfluchte das Diktat der Minuten. Die Straßenlampen schenkten Licht aus, wie es alten Gaslaternen entfließt: warm, trüb, leicht fluoreszierend. Dort begann das Reich der Nummern: 240, 238, 236. 19 Uhr 07. Die

Appia ist einen Gutteil ihrer Strecke von Mauern umdrängt; Schlucht zwischen Domizilen Superreicher.

234, 232. 19 Uhr 10.

Nummern sind eine Schande für diese Straße aller Straßen. In der Appia dürfte nie ein Laden stehn – der müßte sofort zerbombt werden. Zeit, die hier Raum geworden ist, stülpt sich fortwährend um sich selbst. Areal gekrümmter Zeit. Gern würde ich vor das Tribunal treten und des Kastiliers reine Melodien singen, ich tät's wirklich gern. Es ist eine Incantatio im Gange, verteufelten Ausmaßes; gern stände ich beim Chor, zwischen den drittklassigen Baritonen. Ist irgendwo ein Ohr, das mich hört? Die Menschheit erlösen vom Lärm, vom quecksilbergiftigen Zeitalter. Wer möchte das nicht? Das Feuer ist klebrig, klebrig, klebrig...

Die Schnöde der Appia im Abendsturz. Nur irgendeine Straße, hintergangen zweitausend Jahre von vielen. Zeit wird zur Druckkammer, kehrt Katakombenknochen auf die Busparkplätze. Sakrale Sparerips zum Spottpreis. Gerne würde ich die Zypressen entkleiden...

Nicole wartete bereits. Weißes, knielanges Kleid, hochgeschlossen. Haare wieder zum Knoten gebunden. In roten Pumps stakste sie das vielgeflickte Pflaster auf und ab. Alban rannte die letzten 50 Meter, hechelte ein Bon soir, streckte die Hand aus. Zögerlich griff sie danach. Nummer 226. 19 Uhr und elf Minuten.

Hinter der massiven, gußeisernen Gartenpforte saß ein kaum achtzehnjähriger Junge, im Dreß privater Wachmannschaften. Er nahm Dufrès' Einladungskarte entgegen, gab, sich verbeugend, den Weg frei. Vom Garten durch Hecken abgetrennt war eine breite Kiesauffahrt, die in dunkle Garagenbauten mündete. Daneben, hell erleuchtet, ein weißes, einstöckiges Patrizierhaus. Zwei Balusterbalkone. Ziergeländer umrundeten das Flachdach. In der Mitte dieser Plattform stand ein niedriges, spitzkuppliges Kapellchen. An den Ecken des Firstes prangten Dachreiter tierischen Ornats: Schwellkammhahnenköpfe. Unter den Fenstersimsen verliefen sparsame Stucklinien. Zwei schlankgehaltene Efeuranken drittelten die Vorderfront. Der Garten war in flachen Treppen aus der Schräge gespart. Blumenbeete wechselten mit zu Kugeln verschnittenen Büschen. Den Steinplatten der Wege waren Moresken eingebrannt. Lampions aller Regenbogenfarben leuchteten den Garten aus. Zwei rotglühende Heizstrahler schufen ein Wärmefeld zwischen Terrasse und Wintergarten. Pflanzenschemen verrieten, daß der Wintergarten als Gewächshaus genutzt wurde. Fünf Zwergeiben umgrenzten ein ebenes Rasenstück. Im Westen markierte ein kleiner Pavillon die Grundstücksgrenze. Überall schraubten sich gewundene Säulen aus dem Boden. Auf deren Abaki standen Windlichter, von bauchigen Glaskolben beschützt. Mehrere Marmorfaune rundeten das Bild ab. Für Albans Geschmack war der Garten überfüllt wie Tokioter U-Bahnen. Das Haus dagegen, obwohl mit historischen Zudringlichkeiten befrachtet, mochte er. Die Fenster waren riesig, alle von blendendem Licht geflutet.

Die Luft roch stark nach Regen; dies mußte der Grund sein, warum sich niemand im Garten aufhielt. Die Heizstrahler glühten umsonst.

Ein zweiter Uniformierter, möglicherweise der Vater des ersten, stand Wache an der Haustür. Er trug einen Schlagstock am Gürtel, aber keine sichtbare Schußwaffe. Über die Wichtigkeit einiger Gäste konnte kein Zweifel bestehen. Bevor Nicole und Alban zur Gastgeberin vordrangen, wurden sie von mehreren Plauderrunden aufgehalten. Nicole begrüßte einen Kardinal Sowieso und den Universitätspräsidenten Irgendwie.

Ramon Mendez – er zwinkerte Alban kurz zu – hatte im vordersten der Salons eine befrackte Zuhörerschaft um sich geschart, palaverte staccato, zu rasant, als daß Alban hätte begreifen können, worum es ging. Die Räume des Hauses waren hoch, weiß und fast leer. Alle schweren Möbel hatte man verräumt; abgesehen von einer Edelvitrine, in der Urkunden und Pokale des verstorbenen Hartmut von Bardeleben ausgestellt standen. Dessen Witwe Begonia empfing Neuankömmlinge im hintersten der drei Salons, auf einem Kanapee sitzend, gewandet in ein tiefblaues Empirekleid, reich an Spitze. Drei verschlungene Perlenketten deckten die Schluchten ihres Halses zu.

Beim Anblick Nicoles erhob sie sich, auf einen Stock gestützt, und umarmte die Französin unter schrillem Gejuchze.

»Ach, Nicole, muß es Ihnen noch einmal sagen: Die Exkursion heute morgen war wirklich sehr, sehr interessant; hat mich sehr beeindruckt, obwohl ich ja wenig davon verstehe. Aber jetzt hat mich das Zipperlein gepackt, entschuldigen Sie, muß mich wieder setzen. Oh – Sie haben jemanden mitgebracht?«

Höflich glotzte sie Alban an – Erinnerung geisterte über ihre Stirn, ihre Augen schwenkten unsicher zu Nicole hinüber.

»Sagen Sie, ist das nicht ...?«

»Ja. Ist er. Kann aber sein, wir haben uns in ihm getäuscht.«

»So? Nun, wenn Nicole das sagt, wird es schon seine Richtigkeit haben. Seien Sie also begrüßt in meinem Heim, Herr ...«

»Täubner.« Er nahm die dargebotene Hand mit drei Fingern und ließ sie sofort wieder los.

»Stimmt – Sie sind ein Landsmann! Aus welcher Stadt kommen Sie denn?«

»München.«

»Ach, da war ich erst einmal, kurz nach dem Krieg, da war's nicht sehr schön, war damals aber nirgends schön, nicht? Bin ja eine alte Preußin aus dem Ruhrpott – und ess' immer noch meinen Pumpernickel, jaja, den lasse ich liefern...«

Glücklicherweise mußte sie sich der nächsten Aufwartung widmen; Alban blieb von weiteren Schwarzbrotgeschichten verschont.

Nicole war zum Buffet vorgedrungen und lud sich einen großen Teller voll. Ihre grazile Figur hätte keine starke Esserin vermuten lassen. Tatsächlich aß sie weniger aus Hunger als aus Frust über die bevorstehende Einebnung des Kellers. Alban nahm zwei hauchdünne Scheiben Rinderzunge in Salsa verde; er spürte kaum Appetit. Nicole stellte ihn mehreren Leuten als freischaffenden Fotografen vor, wobei sie das »frei« provokant in die Länge zog. Belanglose Begegnungen. Alban fühlte sich nicht wohl hier. Haute Couture und Maßanzüge, schmuckes Glitzern, öd gestylte Erfolgsfassaden. Seelenloses Gewäsch; glatte Gesichter. Frauen, die ihre dauergeleasten Körper für exklusiv und der Pflege wert erachteten; Männer, die in einer toten Welt aus Konferenzen, Scheinkultur und Sportstudios lebten, die Haut straff vom täglichen Über-den-Tisch-Ziehen. Dazu weißhaarige Bildungsgreise, die Senilität hinter seufzerreichem Rhetorikdesign verbargen, gefälschte Altersweisheit abzustrahlen bemüht waren – und doch nur peinlich wirkten, von der Zeit x-mal überrundet. Alban war dieser geldigen Menschmischung auf hundert Empfängen, Bällen, Vernissagen und Diners begegnet, als er noch für die *Abendzeitung* gearbeitet und dem Klatschreporter Bildmaterial geliefert hatte. Das lag fünf Jahre zurück. Damals hatte er gerade die Geliebte kennengelernt – sie hatte ihn bald ermuntert, den abscheulichen, sinnentleerten Job hinzuschmeißen. Alban zweifelte allerdings, ob die darauffolgenden Stationen so viel sinnvoller gewesen waren. Ergebnislose Versuche als Kunstfotograf. Aufträge für Reiseprospekte, Messekataloge, Touristenführer und Kochbücher. Wahrscheinlich – schoß es ihm bitter durch den Kopf – hatte er in den Augen der Geliebten versagt.

Nicole schien das Bedürfnis zu haben, jedem vorbeiflanierenden Gast zwei, drei Sätze zu widmen. Mehrmals versuchte Alban, sie in einen weniger frequentierten Winkel zu lotsen.
»Wann können wir reden?« fragte er ungeduldig.
»Reden? *Wir* reden? Sie meinen wohl, *ich* soll reden und Sie stehn da und hören zu? Das meinen Sie doch?«
Alban schluckte die Gehässigkeit tapfer hinunter.
»Wenn Sie mich nun schon mal herbestellt haben...«
»Ich – Sie herbestellt? *So* kann man's natürlich auch sehen! Soll ich Ihnen sagen, wie *ich* das sehe? Sie haben drum gewinselt wie ein Kleinkind! Und jetzt wollen Sie mir nicht einmal die Zeit gönnen, meine Bekannten zu begrüßen? Sehr ungezogen ist das!«
Alban schwieg und wurde bleich.
»Dabei wissen Sie eh schon das meiste! Viel mehr ist nicht drin! Ein bißchen was sag' ich Ihnen noch – bitte sehr –, aber kommen Sie hinterher bloß nicht und sind unzufrieden! Meine Forschung bleibt mein Geheimnis, geht Sie nichts an, egal aus welchen Motiven Sie danach fragen! Sie haben ohnehin schon mehr erfahren, als Sie verdienen; finden Sie nicht? Geben Sie das – wenn Sie ganz ehrlich sind – nicht zu? Na?«
Fuck you, dachte Täubner, boshafte Ziege; ich wollt', wir wärn zu dritt im Wald – du, der Knüppel und ich.

Er nickte knapp.

»Wenigstens sehen Sie's ein! Alors, bringen wir's hinter uns... Wo war ich gewesen?«

»Urban. Papst. Ungewöhnlich.«

»Ja... Guter alter Urban...«

Sie stockte einen Moment, sog tief Luft durch die Nase und verfiel in einen dozierenden Ton. Während sie sprach, kamen des öfteren Partygäste vorbei, hörten eine Zeitlang mit und entfernten sich wieder. Es konnte sich wirklich nicht um Geheimnisse handeln.

2

20 Uhr 35

»Nach der Wiedergabe der Tropoi in der Sixtinischen Kapelle – man muß sagen, der *angeblichen* Tropoi, weil noch der Verdacht besteht, Allegri habe vielleicht von ihm selbst komponiertes Material untergeschoben, um von seinem Schatz rein gar nichts preiszugeben –, nach dieser Aufführung also vertrat Urban die bemerkenswerte Meinung, keine Tonfolge, gleich welcher Art, sei *per se* teuflisch zu nennen. Nur das sie umgebende nigromantische Brimborium fördere die Ziele des Höllenfürsten; vom Brimborium befreit, verlören sie ihr Ruchloses schnell. Urban begriff als erster die Rolle der *Legende*, nannte das Gehörte ansprechende, raffiniert gemachte Musik und kam zum Schluß, man müsse die an sich unschuldigen Noten in neue Kleider stecken – dann wäre jede Kraft des Dämonischen gebrochen und sogar ins Gegenteil verkehrt. Unbezweifelbar sei ja, daß man böse Geister auch zu segensreichen Taten zwingen könne, insofern man Macht über sie besäße. Für Urban waren die Geister eine Masse wertneutraler Lohnsklaven. Es stellte sich als klug heraus, daß Allegri, ob wahrheitsgemäß oder nicht, behauptet hatte, nur *Abschriften* entdeckt zu haben. Dies machte die Existenz der Originale oder weiterer Abschriften *möglich* – somit die Vernichtung der vorhandenen fünf

Tropoi relativ sinnlos; übrigens auch die Vernichtung Allegris als Geheimnisträger. Wollte man die Tropoi in den Griff bekommen, schied ihre Destruktion als zu inaktive Handlungsweise aus. Die Lösung bestand für Urban darin, die Legende umzufunktionieren, in den Schoß der Kirche zu betten, zum höheren Lob Gottes zu verwenden.

Allegri erhielt den Auftrag, die fünf Tropoi in eine streng sakrale Kirchenkomposition einzugliedern, die fortan ausschließlich der Sixtinischen Kapelle vorbehalten sein sollte und die bei Strafe der Exkommunizierung nicht kopiert werden durfte.

Allegri arbeitete an jenem Auftragswerk mehrere Jahre – bis schließlich, nach etlichen Fehlversuchen, eine Fassung vorlag, die den Oberen des Clubs gefiel. Es handelte – und handelt – sich um das berühmte ›Miserere‹, das wohl jedem Musikfreund bekannt sein dürfte. Nein? Noch nie gehört? Tant pis...

Offiziell legte man das Thema Andrea Cantore damit als erledigt zu den Akten, und das ›Miserere‹ wurde in der Tat eine der erfolgreichsten und legendenumwittertsten Sakralkompositionen. Die exklusiven Aufführungsrechte der Sixtina wurden mehr als ein Jahrhundert lang nicht angetastet, und viele Romreisende berichteten über das Erlebnis einer Wiedergabe wie von der Teilnahme an einem Mysterium, schrieben ihm überwältigende Wirkung zu. Die Aufführungen wurden zusätzlich optisch mystifiziert; bei jedem achten Takt löschte man eine Kerze, bis, pünktlich zum letzten Akkord, die Sixtina in völlige Dunkelheit getaucht war. Sie kennen ja sicher die Mozartanekdote zum ›Miserere‹?«

Alban schüttelte den Kopf. Er wußte alle Texte der Velvet Underground auswendig – doch danach fragte ihn wieder keiner...

»Werden Sie doch irgendwann einmal gehört haben? Mon Dieu... Die Anekdote, derzufolge das junge Genie Mozart 1771 in der Sixtina dem ›Miserere‹ lauschte, danach auf sein Hotelzimmer ging und die gesamte Partitur fehlerlos aufschrieb. Seltsam – keiner der Mozartbiographen zieht diese ›Genietat‹ ernsthaft in Zweifel. Dabei war es ein feistes Gauklerstück, ein im Grunde plumper Fake! Selbst dem geübtesten Gedächtniskünstler wäre es unmöglich, diese komplexe A-cappella-Partitur, ein zwölfminütiges Werk – in dem vier- und fünfstimmige Chöre alternieren, bis sie sich zu einem neunstimmigen Schlußsatz vereinigen –, exakt zu memorieren nach einmaligem Hören. Das war auch gar nicht nötig. Schon seit den 1730er Jahren kursierten, zuerst in kirchenmusikalischen Kreisen, Abschriften des ›Miserere‹; die Geheimhaltung wurde lascher und lascher gehandhabt. Und 1770 – also schon ein Jahr, bevor Mozart nach Rom ging – hat Burney in London die Partitur im Druck veröffentlicht. Wie man weiß – nein, *Sie* wissen ja offensichtlich nichts –, hat Mozart 1765 in London gelebt, Vater Leopold könnte dort ohne weiteres eine Kopie von Burneys Manuskript erstanden haben. Wenn man sich die Mühe machen würde, dahingehend ein bißchen zu wühlen... aber wen interessiert das – im Endeffekt? Lassen wir die schönen Legenden leben... Nun, Mozart wurde ob seiner ›unglaublichen‹ Tat nicht etwa exkommuniziert, von wegen – sondern vom regierenden Papst, es war Clemens XIV., zum ›Ritter vom goldenen Sporn‹ ernannt. In vielen Biographien steht leider – was das soll, weiß ich nicht –, Mozart sei seit Orlando di Lasso der erste und einzige Komponist gewesen, dem diese Auszeichnung zuteil wurde. Unsinn! Pikanterweise wurden, nebst anderen, auch Nenna und Nanino mit jenem Orden geehrt.

1771 lebte wahrscheinlich lang schon keiner mehr, der über den Ursprung des Miserere Bescheid wußte; hundert Jahre später wurde es sogar aus dem Programm der Sixtina gestrichen; es schien seine magische Wirkung irgendwie verloren zu haben.

Erst in den letzten Jahrzehnten flackerte das Interesse daran wieder auf, zwischendurch nur lebendig gehalten durch ebenjene Mozartanekdote. Ist das nicht überaus bezaubernd? Ein aus der Castigliolegende erwachsenes Musikstück gibt seine mythische Kraft an Mozart ab, der es benutzt, um seinen eigenen Mythos auszubauen – und Mozart bedankt sich, indem durch ihn das Musikstück am Leben bleibt! Ein großartiges Beispiel wechselseitiger mythischer Bestäubung. Hmmhmm...

Es soll im alten Babylon ursprünglich zwei antagonistische Denkschulen gegeben haben. Die einen behaupteten, am Ende bliebe nichts von allem. Die anderen meinten, *etwas* bleibe immer. Ich habe seit jeher zu letzteren tendiert, kann sein aus Nostalgie, kann sein...«

»Und was war das mit Allegri – dem Päderasten?« fragte Alban, von den Abkanzlungen und Abschweifungen unangenehm an Krantz erinnert. Nicole lachte grell.

»Ah – Sie wollen schlüpfrige Geschichten hören?«

»Nein ... oder doch? Ich weiß es nicht. Mir fehlt etwas.«

»Ja, Sie sehen gar nicht gut aus.«

»Pasqualini. Sie haben ihn mit keinem Wort erwähnt.«

»Ich habe vorab gesagt, über Pasqualini rede ich nicht. Jedenfalls nicht grundlos. Und Sie sind gewiß kein Grund! Oder haben Sie etwas anzubieten im Tausch? Nichts! Nein. Sie *wissen* nichts, Sie *haben* nichts, Sie *wollen alles* – und das umsonst!«

»Ich bin eben neugierig!« protestierte Alban mit kindlich verniedlichter Stimme.

»Kommen Sie mir bloß nicht infantil!« zischte Dufrès und trat einen Schritt zurück. »Sie werden lästig! Lesen Sie nächstes Jahr mein Buch und lassen Sie mich in Ruh'!«

Na warte, dachte Täubner, du fiese Nuß, aus dir press' ich's schon raus! Jetzt bin ich soweit, jetzt weich' ich nicht zurück.

Livrierte Diener reichten Silbertabletts voll Champagnerflöten. Alban lehnte ab; Schampus verursachte ihm meist Kopfschmerzen – und sein Alkoholpegel war während der letzten Tage selten unter zwei Promill gesunken.

Ramon Mendez hatte sich aus der Gruppe seiner Zuhörer gelöst, entnahm seiner Hemdtasche einen Zigarillo, kam damit auf Alban zu und bat um Feuer.

Mendez trug zwar ein frisches weißes Hemd und einen etwas zu weiten grauen Smoking, doch rasiert hatte er sich nicht. Die »Nickel«-Brille mußte in der Legierung Kupfer enthalten; an manchen Stellen blühte Grünspan. Außerdem – das sah sehr clownesk aus – trug er wieder grün-weiß gestreifte Espandrillos.

»Ich hab' eine, hm, schöne? Traurige? Na – *interessante* Neuigkeit«, flötete er, paffte seinen Zigarillo, machte es spannend.

Dann, sehr lakonisch: »Krantz hatte einen Herzinfarkt. Liegt im Hospital San Angelo.«

»Mon Dieu! Wie geht es ihm?« fragte Nicole sofort. Alban fühlte ein Stechen in der Brust.

»Stabiles Koma – wenn es so was gibt. Die gröbste Lebensgefahr ist angeblich gebannt. Muß heut mittag passiert sein, keine Stunde nach der Kellervisite. Einfach so zusammengebrochen, beim Kaffeetrinken. Daß ich das noch erlebe...«

»Es ist das Urteil Gottes!« rief Begonia von Bardeleben, die den Bericht vorbeihumpelnd aufgeschnappt hatte. »Das Urteil Gottes! Einmal pünktlich!«

»Mon Dieu...«, wiederholte Nicole, sichtlich bewegt von der Nachricht.

»Wie ich Krantz kenne, rappelt er sich wieder hoch«, meinte Mendez.

«Sie sagten, beim Kaffeetrinken? In einer Cafeteria?« fragte Alban nach. Ihm war ganz übel mit einem Mal. Scharfe Messer tanzten.

Der Argentinier antwortete, ja – so habe man es ihm übermittelt.

Woher er es denn erfahren habe, wollte Nicole wissen.

»Oh... Zufall – oder auch nicht. Ich besitze Informanten... Wie du immer sagst, Nicole – wen interessiert's im Endeffekt?«

Alban stellte fest, daß – um es mild auszudrücken – Mendez ihm zusehends unsympathischer wurde. Dicke Klumpen Abscheu würgten sich seine Kehle hinauf. Er wäre ja fähig gewesen, Mendez bloßzustellen; hätte genüßlich einwerfen können: Liebe Nicole – dieser Irre hier spioniert uns allen nach; hat mich sogar aufm Klo abgepaßt, wollte Abzüge haben, Abzüge von den Kellerfotos...

Er ließ es bleiben. Wem sollte das nützen? *Mendez hat mir nichts getan und kann vielleicht noch etwas tun für mich... Billige Option.* Was zählt das jetzt? Alban wurden die Knie weich; er versuchte zu begreifen, Klarheit zu gewinnen über seinen diffusen Gefühlshaushalt. Krantz im Koma. Sollte ihn das freuen? Umgeklappt vor dem Café.

Ich hab' ihn erlegt, dachte er, *wer hätte das für möglich gehalten? Ich bin schuld. Habe ich ihm nicht irgendwann so was Ähnliches gewünscht? Warum wird mir anders? Es geht schon wieder. DAS hatte ich doch aber nicht gewollt? Nicht genau das. Oder?*

Krantz' Unverwundbarkeitsnimbus war jäh zerschlagen. Jene

Unverwundbarkeit, die Täubner, den Verwundeten, so entwertet, verhöhnt, gedemütigt hatte – koronar ad absurdum geführt.

Hatten Albans »Haß« seit Stunden Zweifel unterspült, löste sich jetzt auf, was davon übrig war. Die Nachricht des Infarkts öffnete Mitleidsschleusen; das Bild des Professors transzendierte. Im Vergleich zu den vielen bunten Zombies hier... wie erfrischend lebendig war Krantz doch gewesen... und gar nicht so boshaft wie gewisse andere Forscher...

Nicole hatte sich davongestohlen, lehnte in einem Winkel hinter dem Buffet, schluckte abwechselnd Lexotanil und Champagner und starrte zu Boden. Rechts neben ihr, auf Höhe ihrer gebeugten Stirn, hing ein Gemälde von John Martyn. Unzählige konkurrierende Rotflächen zwischen pompösen Gebirgszacken; darüber ein Seraph.

In die Ecken des Raumes waren zur optischen Auflockerung Terrakottavasen plaziert; schlank, mit tiefschwarzer Erde gefüllt. Jede enthielt ein Bonsaibäumchen, zwei von denen trugen Früchte, daumennagelgroße Aprikosen.

Alban spürte eine geradezu gewalttätige Lust, den Raum einmal menschenleer zu betrachten.

3

21 Uhr 15

»Mendez...«

»Ja?«

»Sie haben mich zweimal vor dem ONTU gewarnt. Was hat's damit auf sich?«

Mendez wollte das Thema scheinbar nicht erörtern, seine Blicke hingen an Nicole. Er spitzte den Mund und flüsterte, er habe schon immer den Verdacht gehegt, sie sei in Krantz verliebt und wolle sich das nicht eingestehen. Krantz beherrsche vielerlei Praktiken, um sich Leute gewogen zu machen – nicht gefügig, doch gewogen –, er sei kein großer Magier, zum Unheil anrichten würde es immerhin reichen; Unheil anrichten könne jeder Trampel...

Alban wiederholte seine Frage. Mendez keckerte aus unerfindlichen Gründen und stampfte zweimal mit dem Spielbein auf. Das folgende äußerte er hinter vorgehaltener Hand, wie eine Zote.

»Der ONTU in seiner leiblichen Gestalt existiert seit bald dreihundert Jahren nicht mehr... Nur etwas ist von ihm geblieben... Das möchte ich eine Art spiritueller Dunstglocke nennen, eine konzentrierte, negativ geladene Gedankenwolke. Die stürzt sich auf alle, die in die Tiefen des ONTU hinabsteigen und ihren Humor verlieren.

Lachen Sie! Und Ihnen kann wenig geschehen. Der ONTU heute – das ist eine Form von... wie soll ich sagen? Erinnern Sie sich an den Aspergillus flavus? Den giftigen Sporenpilz, der sich in ägyptischen Mumien bildete und unter Forschern und Grabschändern so viele anfangs rätselhafte Todesfälle hervorrief? Der ONTU ist quasi ein *geistiger* Pilz, ein Dämon, der sich der Seele aufhuckt, ein Katalysator, der die Abgründe des Unterbewußtseins öffnet. Und am leichtesten fängt er die Seelen Humorloser...«

Mendez grinste und tänzelte.

Anhand welcher Symptome kann man erkennen, wann ein Irrer scherzt – und wann er es ernst meint? So kam Alban nicht weiter. Mendez wehrte sich gegen jede Präzisierung, umschiffte die scharfen Klippen, badete im Nebel.

»Was hat der ONTU denn in letzter Zeit verbrochen?« bohrte Alban, nah der Verzweiflung. Mendez kicherte schmierig und zog Alban ein Stück weg vom Partypulk, hinaus in den Wintergarten vor der Terrasse, wo es ruhig war, wo man aber, zwischen Hunderten Topforchideen, unter einem flachen Glasdach, kaum gerade stehen konnte. Alban, zwanzig Zentimeter größer als der Argentinier, duckte sich bereitwillig; Hauptsache, man erfährt endlich was, dachte er.

»Krantz! *Den* hat es erwischt! Der Kerl – vor ein paar Jahren war der noch so normal wie Sie und ich.«

Alban konnte sich ein Hüsteln nicht verkneifen.

»Und dann«, fuhr Mendez mit geweiteten Augen fort, »kam der

ONTU über ihn und frißt seither seine Persönlichkeit. Oft wird er dann zum Zeitentaumler und weiß nicht mehr, wer er ist – Erzähler oder Erzähler. Nicole wüßte sicher den medizinischen Fachausdruck – wenn es einen gibt. Nicht, daß ich Krantz entschuldigen will! Neeein... Einen fragwürdigen Charakter besaß er schon vorher – und sein Humor ist recht schwedisch... Außerdem ist er ein Scharlatan.«

»Können Sie das beweisen?«

»Sicher! Ich beobachte ihn ja. Ich bin informiert! Das ist meine Aufgabe. Ich bin der Abgesandte Gottes zu Rom. Ich bin der wahre Papst. Muß schauen, daß hier alles zusammenhält... Solange sich Krantz damit begnügt, ins Weihwasser zu pinkeln – das ist nicht wild – wie ich schon sagte: Er ist kein großer Magier – aber wenn ihn der ONTU erst ganz gefressen hat und ihn zu seinem Werkzeug macht – dann werde ich ihn aufhalten müssen; führt kein Weg dran vorbei – dann schreite ich ein. Noch hab' ich alles unter Kontrolle.«

»Sehr beruhigend.«

»Nicht wahr? Sie müssen keine Angst haben. Je weniger Sie darüber wissen, desto sicherer sind Sie.«

»Gut.«

»Übrigens – gestern – das mit der chemischen Formel des Weihwassers – da haben Sie mich doch ein bißchen veräppelt, oder?«

»Ach ja...«

»Macht nichts! Schon gut! Macht nichts! Man muß in alldem lachen können, *das* ist wichtig! Und das Lachen muß gutherzig sein, nicht falsch. Leider sind Sie sehr neugierig! Sie werden also noch viel am eigenen Leib erfahren; sind ein Anfänger in diesen Dingen...«

Aus Mendez' Geschwafel Konkretes zu destillieren, war Sisyphosarbeit. Trainierte Irre können sich stundenlang in der Schwebe halten; die Trübe ist ihr Revier, das verteidigen sie gegen alle Lichtquellen. Und sie verfügen über immer neue Ausweichmanöver im Niemandsland. Nach ungefähr zwanzig Minuten, während denen Mendez ausführlich und vergnügt über Gott (seinen »direkten Vorgesetzten«) und die Welt (sein »allerliebstes Mündel«) palavert hatte, kam das Gespräch zufällig auf den Erbauer dieses Wintergartens, Hartmut von Bardeleben, und dessen letzte Arbeit, die Carlobiographie, zu sprechen.

Alban unternahm einen neuen Versuch, das Geisterschiff Mendez auf Sand zu lotsen. Jene Skizze – das war ein Thema, präzis genug für ihn, um sich einzuhaken und Details aufzufächern. Er verlangte Erläuterungen.

Überraschend blieb Mendez am Ball.

»Von Bardeleben – ich darf ihn wohl Hartmut nennen – war bereits ziemlich bettlägerig und hatte mit der Außenwelt abgeschlossen, empfing kaum mehr Besucher, nur Mitarbeiter; ich war damals noch im Lehrbetrieb tätig und half ihm da und dort bei Materialsammlungen – und mußte miterleben, wie Krantz den alten Mann Tag für Tag quälte, mit Anrufen, Anfragen, unangemeldeten Visiten, tollkühnen Theorien, Phantastereien ...

Er ist gewieft, der Hund, er wußte, wie man Begonia für sich einnimmt, trat als helfender Geist auf und erreichte, daß er den Alten im Rollstuhl durch den Garten fahren durfte. Dies geschah aber nur ein- oder zweimal, dann starb Hartmut entnervt. Tags darauf stieg Krantz frech in sein Arbeitszimmer ein, begann zu kramen und zu wühlen, unverschämt wie ein Pirat. Glücklicherweise war mein Verhältnis zu Begonia so weit gediehen, daß ich sie überzeugen konnte, was für ein Mensch Krantz ist, und wir schmissen ihn raus und entdeckten hinterher, daß Hartmuts letztes Typoskript fehlte. Krantz hatte es einfach mitgenommen und weigerte sich, es rauszugeben. Kopien gab es keine. Dieser Vorfall hat Begonia halb wahnsinnig gemacht; deshalb darf das Arbeitszimmer ihres Gatten jetzt auch in keiner Einzelheit verändert werden.«

Das klang nicht arg irr. Das klang nach einer relativ realistischen Darstellung. Eine plausible Variante. Alban, dem der Nacken schmerzte vom gebückten Stehen, stocherte nach.

»Ich habe das Typoskript gelesen ...«

»Er hat es Ihnen zum Lesen gegeben? Donnerwetter! Einfach so zum Lesen gegeben? Da muß er Ihnen aber sehr vertraut haben!«

»Meinen Sie?«

»Dann ist das Typoskript also doch in seiner Wohnung ...«, grübelte Mendez – und Alban brannte die Frage auf der Zunge, ob er tatsächlich beim Schweden eingebrochen hatte. Er fand sie dann aber zu kompromittierend und indiskret.

Ins Blaue hinein sagte er: »Ein paar Seiten haben gefehlt.«

»Ja. Krantz hat ein paar vergessen, weil Hartmut sie aussortiert hatte.«

»Krantz hat aus diesen fehlenden Seiten Erstaunliches herausgelesen...«

»Hat er? Wie das? Die Fotos sind doch fast alle bekannt.«

Fotos. Alban zuckte, wie unter Strom, stieß sich den Kopf am Glasdach. Schepperndes Geräusch.

»Haben Sie sich wehgetan? Oh, oh ... Gehn wir wieder hinein ...«

»Die fehlenden Seiten enthalten *Fotos*?«

»Ja. Das Bildmaterial eben, wie es sich für Biographien gehört. Hartmut hatte die Fotos ausgesucht, auf Seiten geklebt und dann im Schrank abgelegt, damit sie nicht bei der Arbeit stören oder zu Schaden kommen.«

»Und diese Seiten enthielten keinen Text?«

»Ein oder zwei Sätze. Wollen Sie sie sehn?«

Die Bereitwilligkeit des Angebots verblüffte Alban.

»Gern.«

»Also los, kommen Sie! Bleibt aber unter uns!«

Mendez winkte ihn über die Terrasse in einen kleinen, kaum frequentierten Salon. Ein Billardtisch verhinderte Grüppchenbildung, nur die Getränkediener schwebten auf dem Weg zur Küche hier vorbei. Mendez holte aus der Hosentasche einen Schlüssel, öffnete eine prachtvoll intarsierte Tür und schob Alban schnell hinein.

»Begonia sollte besser nichts merken«, erklärte er in absolutem Dunkel. Die Luft war staubtrocken und muffig. Mendez machte zwei Schritte, tastete über etwas Raschelndes, dann blitzte das Licht einer Schreibtischlampe auf.

Hohe Bücherschränke an dreien der vier Wände, zugezogene Vorhänge an der vierten. Der Arbeitstisch quoll von Skripturen und Notizen über. Eine breite Emailledose voll Stiften, Zirkeln, Lupen und Linealen. Eine Schreibmaschine. Zusammengerollte Karten. Sogar der halbvolle Papierkorb war unberührt gelassen; man sah es am schwarzen Rest einer Orangenschale. Glasschränke, hinter denen alte Bücher und Folianten lagerten. Das alles war von dickem Staub überzogen, der sich teilweise schon braun verfilzt hatte. Auch das Licht der Lampe kam bräunlich, so dick starrte die Birne von Staub. Staub und Spinngeweb; dazu halb geronnene Luft und der Geruch nach Bücherleim und Lederpilz... Alban schluckte.

»Ihr laßt das alles verwittern?«

»Begonia! Nicht ich. Begonia ist sehr alt. Na ja. Das Alter ist kein Zustand, der lange anhält...«

Mendez ging zu einer der vielen Schrankschubladen, holte einen Leitzordner heraus und entnahm ihm sieben angegilbte Blätter. Er schien sich hier gut auszukennen, hatte keinen Moment lang suchen müssen.

»Da... ein Foto von Gesualdos Burg... mit dem Hof... und noch mal in der Hinteransicht. Das da ist ein Porträt von Maria d'Avalos aus San Domenico Maggiore di Napoli. Und dies sind die beiden überlieferten Porträts von Carlo selbst. Sah sich nicht sehr ähnlich, der Ärmste. Dieses hier findet man seltener: Es zeigt Carlos zweite Frau Leonora. Hartmut hatte es persönlich entdeckt...«

Täubner war erschüttert. Des Professors Carlotheorien Humbug? Völlig daneben? Sah so aus. Die beiden Satzfragmente, die sich auf der ersten und letzten Seite fanden, waren nebensächlichen Inhalts, verknüpften die Handlung, nicht weiter bedeutsam. Alles, was Alban je vom Schweden erfahren hatte, war relativiert. Alles Spinnerei gewesen? Es fiel ihm schwer, Humor zu bewahren.

Mendez nahm die Seiten wieder an sich, schloß sie weg und drängte zum Gehen, öffnete vorsichtig die Tür, lugte hinaus, schlüpfte windschnittig die Kante entlang, drehte hinter Alban hastig den Schlüssel im Schloß, zwinkerte und seufzte erleichtert, wie ein entkommener Dieb.

»Zufrieden?«

Zufrieden? Warum? Womit? Du Arschloch! Alban gab keine Antwort.

Woran lag es nur, daß Mendez' Antipathiewerte auf seiner Gefühlsskala ständig neue Spitzenwerte erreichten? Bin ich ein Kind, dem er Spielzeug kaputtgemacht hat? Bin ich ein beleidigtes Kind?

Sieht so aus ... Halt! Mo-ment! Vielleicht – der Gedanke drängte sich auf – hatte Mendez ihm *gefälschte* sieben Seiten gezeigt; mit der Absicht, den Professor zu verunglimpfen? Wäre möglich. Krantz würde zur Verteidigung so was ins Feld führen. Was und wem soll man überhaupt noch glauben? Zum Verrücktwerden. Wenn mich jetzt jemand folterte – welche Wahrheit würde ich kundtun? Bin ich vollgestopft mit Lügen?

Immerhin – argumentierte er schwach – enthielten die sieben Seiten keinen Gegenbeweis zur Krantztheorie.

Stur verweigerte sich Alban jedwedem Fazit. Ja – wenn Nicole ihm diese Seiten gezeigt hätte ... aber Mendez – ausgerechnet Mendez, der Irre, der Windhund, der Reservepapst – der ihm verdächtig freiwillig Zugang zum Arbeitsmausoleum verschafft hatte ... Wofür? Aus purer Nettigkeit? An das Nette im Menschen mochte Täubner nicht mehr glauben. Etwa wegen der Kellerfotos? Mendez konnte sich doch selber Fotos knipsen, noch die ganze Nacht lang, kein Hindernis stand dem entgegen, abgerissen wurde erst morgen ...

Perplex begriff Alban, daß er dabei war, den Schweden zu verteidigen. Oder verteidigte er nur das eigene, mühsam eingepaukte Wissen schwedischen Gütesiegels? Die Illusion, etwas zu *wissen*? Gerade jetzt – da seine Autorität vor die Hunde zu gehen drohte, er des Spekulantentums und der Scharlatanerie beschuldigt wurde – gewann des Professors Bild in Albans Denken eine gewaltige Portion Menschlichkeit zurück.

Er fand es nun nicht nur kindisch, sondern sogar äußerst schäbig, den alten Mann kalt im Regen stehengelassen zu haben; das war nicht in Ordnung gewesen, nein. Alban vergaß alle Gründe, die ihn jemals bewogen hatten, Rache zu üben.

Immerhin hab' ich ihm nie etwas aus der Nase ziehen müssen; und, ja, er hat Vertrauen in mich gesetzt. Und seine Arroganz, seine messianische Überheblichkeit – ist die nicht immer noch besser gewesen, als das heuchlerische, verlogene Gehabe aus Bescheidenheit, hinter dem sich heutzutage so viele Schlauberger verkriechen?

Alban wechselte den Raum, von der öligen Gestalt Mendez' angeekelt. Er streunte durch die Zimmer, betrachtete Bonsaibäumchen und Ölgemälde, überlegte, wie es nun weitergehen sollte. Irgendwie mußte es doch weitergehen?

Am dicksten Ast vom Bonsaibaum
da hängt ein kleiner Bonsaimensch
und pendelt hin und her im Wind...

Weil Alban keine Abendgarderobe und um die Schulter seine Kamera trug, wurde er von neu eingetroffenen Gästen für den gedungenen Partyfotografen gehalten. Ein Paar pflanzte sich vor ihm auf, kichernd und beschwingt, drehte sich zum Takt seichter Klaviermusik vom Band; verlangte abgelichtet zu werden, Wange an Wange; forderte eine Manifestation seines Amüsements.

Kein pittoreskes Duo.

Alban ging auf den Wunsch ein, dirigierte ein bißchen hin und her. Das Pärchen warf sich in Positur.

Alban verschwendete nicht einmal ein Bild, drückte nur auf die Blitzmaschine und sagte: »Basta!« Der Mann reichte ihm eine Visitenkarte – an diese Adresse sollten Foto und Rechnung geschickt werden. Alban nickte, nahm die Karte, grüßte freundlich, spazierte ein paar Meter weiter und schmiß die Karte weg. Danach hielt er einen Getränkediener an und orderte großspurig Frascati, zwei Gläser voll.

4

22 Uhr 25

Nicole saß neben der Terrassentür, auf einer klassizistischen Steinbank; Kitschvoluten zu beiden Seiten. Billiger, unreiner Graumarmor – blanker Stilbruch in dieser Umgebung; hätte ebensogut ein Schrebergärtchen zieren können; auch waren die Sockel im Verhältnis zu breit. Nicole wirkte darauf wie eine attische Schäferin, Rokokoversion.

Alban bot ihr ein Glas Wein an, sie akzeptierte. Bald bereute er seine Gabe; Nicole hatte eindeutig zuviel gehabt. Ihre Stimme leierte, und manche Satzenden krachten in Schlaglöcher.

»Pillen und Alkohol mischen ist gefährlich.«

»Das hat bestimmt schon Ihre Mama gesagt.«

»Sind Sie traurig wegen Krantz?«

»Er ist doch nicht tot? Nein, ich bin nicht richtig traurig – geht niemand was an. Jan-Hendrik ist siebzig, alt genug. Schweine, wollt ihr ewig leben? Neinneinnein ... ich bin nicht traurig, traurig aus Gewohnheit vielleicht – aber das geht Sie nichts an ...«

Alban setzte sich zu ihr und empfing einen mißbilligenden Blick, dem er mutig standhielt.

»Ihr Haar macht Sie alt, Nicole. Wenn es eh so spröd und trocken ist – tragen Sie's nicht im Knoten; das sieht schrecklich aus.«

»Ach ... An der Breite Ihrer Nasenlöcher kann man sehen ... daß Sie viel gepopelt haben als Kind ... Lassen Sie mich! Was wollen Sie noch hier?«

Das war eine berechtigte Frage. Was wollte er noch hier? Was erwartete er überhaupt noch vom Leben? Bald mußte sich etwas entscheiden, irgend etwas, ein Wegkreuz mußte sich auftun, eine Wahl sich bieten, eine Tat, ein Ruck, eine Wahrheit hinter allen Worten. Sekundenlang prüfte er ernsthaft die Möglichkeit, Nicole an die Gurgel zu gehen, ihr eine Fortsetzung aus der Kehle zu kneten ...

In der gegenüberliegenden Ecke des Salons unterhielt sich Mendez mit dem Kardinal. Dazwischen Begonia am Stock und ihr fratzenhaft verkrampftes Dauergelächel.

Mendez war laut geworden, seine quäkende Stimme durchschallte den ganzen Raum.

MENDEZ: Daß Jesus ein populistisches Orpheusplagiat war – da werden Sie mir ja wohl zustimmen! Unter uns! Verschweigen Sie Ihre Bildung doch nicht! Wenn er ein Gottessohn war, dann nur der Zweitgeborene! Aber er war es nicht! Er hat die Welt in raffiniertester Weise zu untergraben versucht – denn er war der Sohn *Satans*! In den Apokryphen schon finden sich verschlüsselte Hinweise!

BEGONIA: Nein, was du heut wieder alles von dir gibst. Ramon! Ich muß mich für ihn entschuldigen, Eminenz.
MENDEZ: Doch Orpheus wacht über uns, schickt regelmäßig neue Inkarnationen. Und am Ende lacht er!
KARDINAL: Brauchen sich nicht zu entschuldigen, Signora; ich habe damit keine Probleme. Der Gedanke vom Christus als Satanssohn ist tausend Jahre alt und älter. Ketzerschriften haben oft in dieses Nonplusultra der Umwertung gemündet. Metaphysische Mutproben, sozusagen. Theorien meist jüdischen Ursprungs.
MENDEZ: Was sie in keinster Weise abwertet!
KARDINAL: Habe ich das behauptet?

Nicole hatte ihren Kopf in beide Hände gestützt und summte melancholische Liedchen. Alban beugte sich zu ihrem Ohr.
»Sagen Sie – ist das Ihr Verbindungskardinal?«
»Verbindungskanal?«
»Kardinal. Haben Sie mit dem echt gevögelt?«
Sie fuhr hoch. »Was? Wie bitte?«
»Krantz meinte, Sie hätten was mit einem Kardinal gehabt, um ans vatikanische Archiv zu kommen.«
»Das hat er gesagt? Dieses Sexistenschwein!« Heftig schüttelte sie den Kopf, ließ ihren Oberkörper kreisen, halb erbost, halb beschwipst. »Stimmt, Kuczynski hat mir Zugang zu einigen Informationen ermöglicht – aus purer Freundschaft zur Psychohistorik! Wer was anderes sagt, ist ein Lügner und Neidhammel! Merde... ich soll mit dem... Haha...«
Sie beruhigte sich, feixte sogar – und mit einem Seitenzwinkern meinte sie: »Ich hab' nur einmal mit einem Priester geschlafen. Da war ich dreizehn. Das war nicht toll...«

Inzwischen hatte auch die Lautstärke des Kardinals etliche Dezibel zugelegt. Mendez hatte ihm Bußgänge auferlegen wollen, hatte ihn aufgefordert, zu konvertieren, sich hic et nunc dem Befehl Ramons I. zu unterstellen. Weil das bei Kuczynski auf wenig Begeisterung gestoßen war, hatte Gegenpapst Mendez feierlich das zweite abendländische Schisma ausgerufen – und war endgültig zum Mittelpunkt der Party avanciert. Alles scharte sich um ihn und hörte belustigt zu, wie er über Kardinal Kuczynski den Bann sprach – den dieser als geschmacklose Anmaßung zurückwies. Mendez schleuderte wuchtige lateinische Formeln; es war rasend komisch, und das schöne Schauspiel wurde nur durch Begonia von Bardeleben gestört, die sich ihrem Liebhaber in den Arm warf und die Stimmung durch Versöhnungsgerede zu entschärfen suchte.

»Meine Herren!« rief sie. »Bitte ... bitte! Es ist doch ein so nettes Fest ... gibt doch keinen Grund, sich zu erregen ... zu streiten ... Ramon! Mäßige dich! Du benimmst dich unmöglich! Verzeihen Sie, sehen Sie drüber weg, Eminenz ...«

Sie wollte um Himmels willen erzwingen, daß sich beide die Hand reichten zum Friedensschluß. Peinlicher ging's nimmer. Sehr bedauerlich. Die Augen aller Beobachter gierten nach einem Skandal.

Alban wurde abgelenkt. Ein neuer Gast betrat den Raum, mischte sich ins Gewühl, griff nach einem Champagnerglas und inspizierte gewissenhaft das Buffet.

Es war Stancu. Der Rumäne hörte dem Streitgespräch kurz zu, hob die Brauen, verzog mitleidvoll den Mund und begann, einen Teller mit Delikatessen zu füllen. Alban kam eine Idee. Er stand auf, durchquerte die lauschende Menge und trat, eine Begrüßung murmelnd, an Stancus Seite.

Stancu war sehr erstaunt, Täubner zu begegnen, und fragte sogleich, wer ihn denn hierher eingeladen habe. Alban antwortete knapp, man komme eben so rum ... Ob er schon von Krantz' Unglück gehört habe?

Stancu hatte nicht. Mit wachsendem Entsetzen hörte er zu.

»Ist nicht wahr? Koma – sagen Sie? O verflucht ...«

Tief betrübt knurrte er Schimpfwörter in mehreren Sprachen, schlug sich vor die Stirn – und fuhr dann fort, jeden Quadratzentimeter seines Tellers mit Speisen zu belegen.

»So schade – war er mein beste Kunde, der Professor ...«

»Ist das alles, was Ihnen dazu einfällt?«

»Was soll mir einfallen? Hab' nicht viel Phantasie ...«

Alban hatte den Rumänen als Archivar, Gourmet, Materialisten und Gelegenheitsganoven in Erinnerung behalten. Vielleicht war das die richtige Mischung, die ein *Weiter* ermöglichte? Alban wollte von nun an jede, selbst die geringste Chance wahrnehmen.

»Stancu, darf ich etwas fragen?«

Argwöhnisch brummend, deutete Stancu sein Einverständnis an.

»Wissen *Sie* etwas über die Melodien? Genauer: Über Pasqualini?«

»Melodien? Jesus... alle wollen HA-BEN... Ich nicht. Ist mir wurstig. Sind alle verrückt...«

Er öffnete zwei Knöpfe seines Jacketts und türmte Tatarbällchen kunstvoll auf den Tellerrand. Die Tatarbällchen waren mit Eigelb und etwas Pfeffer durchmischt, trugen eine Krone aus Zwiebelring und Kaper – vor zwei Monaten hätte sich Täubner um derlei Genüsse noch gerissen.

»Sind alle verrückt«, wiederholte Stancu, »Schauen Sie – ist doch wahr... darf ich sagen – Krantz bezahlt mir soviel Geld... Bitte – ist seine Sach' – aber ist auch obszön, nicht wahr? Millionen... wofür? Für Stück Pergament mit stinkende Schimmelflecke, kaum zu lesen... Lamento irgendeines Andrea... Soviel Millionen – überlegen Sie – wieviel es ist in Tatarbälle!«

»Meinen Sie das ernst?«

»Ganz ernst! Sind alle verrückt. Alle irr. Haben keine Demut mehr vorm Essen. Ist mir egal.«

Er bezog eine Position bulliger Reserviertheit, machte keinen Hehl aus seiner Verachtung.

»Wissen Sie etwas über den ONTU?«

»Bah... alles Firlefanz. Vergiftet die Hirne. Ist doch aber seit dreihundert Jahren vorbei und vergessen! Hab' ich mich nie darum gekümmert, nein. Warum interessiert Sie das?«

»Also, Stancu – so wie ich das verstanden habe, sind Sie doch Krantz' Hauptlieferant... Sie *müssen* doch etwas wissen!«

»Nein... wenig. Über Pasqualini gibt es keine Bücher. Fragen Sie Nicole – die weiß viel über den ONTU. Mehr, als ihr tut gut...«

»Was wollen Sie damit sagen?«

»Ich will ja gar nix sagen. Will meine Ruh'. Geht mich nix an. Fragen Sie Nicole... Ich misch' mich da nicht ein...«

Unwillig wandte er sich ab und begann zu essen.

»Nicole will mir aber nichts verraten...«, schob Alban nach.
»Hat sie bestimmt gute Gründ'.«
»Können Sie mir denn wenigstens einen Tip geben, wie ich aus ihr etwas rausbekomme?«
»Aus Nicole? Was weiß ich? Sind alle gleich – wollen alle HABEN. Sind alle auch käuflich.«
»Sie meinen – ich sollte ihr Geld anbieten?«
Der Rumäne schnaufte kauend. »Ah... nein... Für Nicole zählt kein Geld... Kein Verhältnis zum Geld. Keine Demut vor Geld und Essen... Sind alle irr, alle blöde... Vergiftete Hirne. Hab' ich nix damit zu tun!«
Seine Augäpfel, klein und grau, kullerten. Angewiderte Höhlentiere. »Psychotische Historik! *Myso*sophie! Das ist es doch... Spinnen alle... Ein Ratschlag: Lassen Sie's! Bringt nix.«
Alban gab auf. Bei Lupu Stancu war er wohl an der falschestmöglichen Adresse. Einem Fettwanst und Schieber, der hauptsächlich ans Fressen dachte, hätte er sowieso nicht geglaubt, und wär's der gierigste Bücherwurm der nördlichen Hemisphäre gewesen.

Mendez und Kuczynski hatten unterdes tatsächlich die Friedenspfeife geraucht und ihre Zuschauer enttäuscht. Der Pulk zerstreute sich. Nicole saß zuammengesunken auf der Marmorbank. Etwas Elegisch-Fatales schwebte über ihr, ein Hauch rachesinnender Medea, gemischt mit Munchs »Mädchen am Strand« – das aufs Meer hinausschaut, jeden Tag von früh bis spät, und wartet.
Alban setzte sich zu ihr, zu einem letzten Versuch.
»Sie sehen nicht wohl aus. Kann ich etwas tun?«
»Morgen wird mein Keller zugeschüttet.«
»Pasqualinis Keller«, verbesserte Alban, um auf das angepeilte Ziel hinzulenken.
»Zugeschüttet. Sei's drum.«
»Ja, das ist schlimm. Das ist geradezu tragisch. Ich könnte dieses Ereignis in seiner Tragik allerdings weit mehr würdigen – wenn Sie mir ein paar Kellergeschichten erzählen...«
»Ich hab' keine Lust. Lassen Sie mich... Sie werden lästig... Ich versteh' gut, warum Ihre Frau abgehauen ist. Gehn Sie weg! Böses Kind! Gehn Sie weg! Das ist, wohin Sie gehören: Weg...«

Woher der Sturm auch kam
er blies mir Klänge zu
Dort weht noch eine Brise
die findet keine Ruh
Dort haucht ein ferner Atem
ersterbender Akkord
und bebt wie tiefe Saiten
in Ewigkeit fort

> Grabinschrift des Giovanni Girolamo
> Tedesco della Tiorba (1575–1661),
> Lautenist und Komponist am Hof Papst
> Urbans VIII.; Clubmitglied.

IX

Alban war geflohen, in die Nacht hinausgestürzt.

Es regnete nicht. Ungewöhnliche Hitze erfüllte den Garten. Die Heizstrahler waren, wie während des gesamten Abends, in Betrieb. Alban durchstreifte das Wärmefeld, wanderte dessen Rand entlang, sog abwechselnd warme und kalte Luft ein. Manchmal blieb er stehen und verfolgte den Gang der Party. Dank der riesigen Fenster entging ihm wenig.

Nicole saß, tief gebeugt, auf der Marmorbank, kippte von Zeit zu Zeit ein Glas Champagner. Sie schwankte stark und schien etwas vor sich hin zu lallen.

Ein Requiem für ihren Keller, vermutete Alban.

Pasqualinis Keller. Was mag das für ein Ort gewesen sein? Der Tag ist fast vergangen, und Pasqualini hat sich nicht sehen lassen. Hat er je existiert? Vielleicht ist er bloß so eine Art Running gag – alle wissen Bescheid, und ich bin der Goofy, weil – einer muß immer der Goofy sein... damit alle was zu lachen haben...

Stancu hatte sich noch drei Teller vollgeladen und war danach gegangen, ohne mit irgend jemandem geredet zu haben.

Begonia von Bardeleben, pflichtbewußte Gastgeberin, humpelte durch die Räume, stets bemüht, neue Grüppchen zusammenzustellen, Unbekannte einander näher zu bringen, Gelangweilte zu verkuppeln. Mendez und der Kardinal diskutierten freundlich und hoben dann und wann ihre Gläser, um auf irgend etwas anzustoßen. 23 Uhr 30. *Was bleibt zu tun? Hab' ich meine Möglichkeiten ausgeschöpft? Kann mir keinen Vorwurf machen. Ich sollte mir ein Hotel suchen. Wird das Sinnvollste sein. Schätze, ich werde der Goofy bleiben. Kann sein, daß Stancu sogar recht hat. Bringt nix. Nein.*

Ein Stancu darf nicht recht haben!

Die Wolkendecke hatte sich gelichtet; ein halbes Sternenzelt war über Alban aufgespannt. Gleich verflog sein Phlegma; er setzte sich ins Gras und hing seiner liebsten Beschäftigung nach – Sternbilder lesen.

Er hatte irgendwann einmal Astronom werden wollen – bis ihm klargeworden war, hinter dem Beruf steckt zuviel Mathematik – und er hatte nie ein Verhältnis zu Zahlen gehabt – höchstens zur 8 und ein wenig zur 2 – das war's aber schon gewesen – mit Bach hatte er auch nie was anfangen können. Die Mathematik hielt er für ein artifizielles Produkt, ein Willkürsystem, zum Einkaufen ausreichend, doch keineswegs kosmokompatibel. Er glaubte den Physikern kein Wort, wenn sie lässig die Dauer des Urknalls mit 10^{-36} Sekunden angaben; wenn sie an Schultafeln mit Kreide Formeln schmierten, die angeblich die Existenz von 16 Dimensionen bewiesen – von denen leider die meisten innerhalb der ersten Sekunde verlorengegangen seien ...

Pah! Die Sterne glauben nicht an Algebra. Null und Eins, das binäre Imperium – ist ihnen nichtig oder einerlei, belangt sie nicht mal peripher ...

Hier stand Alban »The Goofy« Täubner, glaubte weder an Big Bang noch Big Crunch, behauptete felsenfest, das All würde ewig existieren in beide Richtungen – da war er bereit, mit jedem zu wetten – man würde ja sehen ... *Und die Erde ist eine flache Scheibe; wenn man zu weit geht, fällt man runter.*

Er hob die Kamera, schoß ein paar sinnlose Fotos vom nächtlichen Himmel; Zwergenblitze gegen den Kosmos geschleudert. Ihm wurde schwindlig vom Aufschauen, er wankte, tänzelte, unter roten, grünen, gelben Papierlaternen.

Hinten, beim Pavillon, stand eine junge Schirmföhre, deren Rinde war elastisch und furchenreich. Ein Erlebnis, sie zu befühlen. Die Windlichter waren ausgebrannt. Trotz der Faltlampions erinnerte der Garten Alban an einen frühromantischen Friedhof.

Da oben – da flog der Schwan und tappten die Bären, der Große und der Kleine; dort schleifte der Schwanz vom Drachen. Schwach die Cassiopeia. *Ägypter, Indianer und Chinesen kennen grundverschiedene Figurationen – das wäre gewiß ein interessantes Thema.* Aber Alban beschloß, endlich zu gehen. Die Party war am Verplätschern; nichts mehr zu holen – und er mußte sich bald um ein

Zimmer kümmern, wenn er nicht die Nacht über auf der Straße stehen wollte.

Ich verstehe gut, warum Ihre Frau abgehauen ist! Böses Kind!
Zum Glück hatte Nicoles Betrunkenheit die Ätzkraft jener Tirade abgeschwächt, relativiert. Die gehässigen Worte hallten in Alban noch nach – doch hülsenhaft, ohne Gewicht.

Er erinnerte sich ja so gut an den Knigge der Gefühlsabwehr – wie man reagieren, sich verhalten muß, um vor der bedrohlichen Umwelt souverän dazustehen. Tausende Filme und Zeitschriften pro Tag verkündeten heilbringende Strategien, mit deren Hilfe man Angriffsflächen vermied, Blößen tarnte, sich Respekt verschaffte, *cool* blieb, unnahbar, unverletzlich. An den Kinokassen zahlte man letzten Endes für eineinhalbstündige Seminare – in denen Verhaltensmaßregeln gelehrt und Masken für die Empfindlichkeit der Niemande verkauft wurden. So viele gute Tips und Kostüme – und trotzdem hätte Alban der Französin im ersten Moment, uncool bis zum Gehtnichtmehr, eine scheuern wollen. Er spürte noch die Lust dazu. Und er fragte sich, ob eine kurze, schnelle, kaum die Grenzen des Symbolhaften überschreitende Maulschelle nicht besser gewesen wäre, als zu fliehen und dogmatisch auf der Harmlosigkeit seines Wesens zu beharren. Man darf nicht alles durchgehen lassen, dachte er und schalt sich einen Feigling. Nie zuvor hatte er sich seinen Pazifismus, seine angelernte Gewaltscheu als Schwäche ausgelegt.

Als er sich eben dem Haus zubewegen wollte, um telefonisch ein Taxi zu bestellen, hörte er, wie mit starkem italienischem Akzent sein Name gerufen wurde.

»Albano Täubnerrr?«

Es war der jugendliche Wachmann, der an der Gartenpforte Dienst getan hatte.

»Si?«

Der Junge meldete, draußen vor dem Tor, da möchte ihn jemand sprechen, der wolle nicht hereinkommen. Seinen Namen habe er auch nicht sagen wollen.

»Vengo subito.« Täubner folgte dem Jungen aus dem Garten, sah sich um. Da draußen war aber weit und breit niemand zu sehen. Der Junge entschuldigte sich – er hätte zuerst das Haus abgesucht, vielleicht sei dem Herrn die Zeit zu lang geworden – aber dagewesen sei er; bestimmt! Der Junge bestand darauf.

»Auch egal, willst' dein Trinkgeld haben, kriegste ja...«, nuschelte Alban und hielt dem Jungen 5000 Lire hin.

»Grazie Signore! Sempre a disposizione!« Der Junge schloß hinter ihm die Pforte.

Jaja... ach so... ich wollte ein Taxi bestellen... Ach was, geh' ich zu Fuß; kommt schon eins vorbei. Diese Straße zu gehen ist gut. Wer kann das gewesen sein, der mich sprechen wollte? Ich hätte fragen können, wie er ausgesehen hat. Merkwürdig. Wer weiß denn alles, daß ich hier bin?

Via Appia. Erbaut 312 vor Christus. Führte von Rom nach Brindisi. Das hatte Alban sich im Sommer angelesen und gemerkt.

Via Appia. 1850 wurde sie bis zum zweiten Meilenstein wieder ausgegraben. *Wie viele Menschen sind hier schon marschiert? Man hat nie das Gefühl, allein zu sein; als lärmte noch etwas herüber aus alter Zeit.*

Ein knatterndes Mokick raste vorbei. Dann wieder Stille. Alban taten die Knöchel bald gewaltig weh, einige Sehnen im Fersen- und Kniebereich meinten, zu laufen sei doch keine so gute Idee gewesen.

In der Mitte der Straße steht eine gefüllte Plastiktüte. Alban denkt sich nichts dabei – bis er die aufgedruckte Werbung erkennt. Ein lächelnder Schweinskopf; Logo seiner bevorzugten Pasinger Metzgerei.

Nach Sekunden pulsloser Starre geht er hin, sieht hinein. Kein Zweifel, das ist sie – die Tüte voll Unterwäsche, die er bei Krantz liegengelassen hat. Zwei Boxershorts, drei T-Shirts, drei Paar Socken – oben drauf fünf Reservekodaks, Zahnbürste, Einwegrasierer, Walkman und Kassetten...

Schweißausbrüche kommen so heftig, daß sein Hemd innerhalb weniger Atemstöße durchtränkt ist. Er schnellt herum. Nichts zu sehen. Das silberweiße Licht der nächsten Laterne ist meterweit entfernt. Er weigert sich, die Tüte anzufassen; als könnte sie mit Gift getränkt sein. Plötzlich fühlt er sich brutal einsam auf dieser zweitausenddreihundert Jahre alten, feuchtglitzernden Straße und ihren blauschwarz wogenden Schatten. Langsam weicht er zurück. Kein Scherzbold soll sich an seiner Panik ergötzen – gesetzt, es handelt sich um einen Scherz... muß es doch wohl... was sonst?

Alban dreht sich im Kreis, hält Ausschau nach allen Seiten, will die Augen entdecken, die er auf sich lasten fühlt.

Da tritt, aus dem dunkelsten, pergolaüberwachsenen Torbogen eine Gestalt. Sie schreitet an den Rand des Lichtkreises. Sie trägt einen langen schwarzen Mantel. Ihr Antlitz leuchtet weiß geschminkt. Gipsweiß. Täubner wird fast ohnmächtig vor Schreck. Es muß ein Alptraum sein. Ein Phantom. Eine Jenseitsprojektion.

Die Gestalt kommt näher. Es ist der Steinerne. Es ist das Abbild. Das Porträt aus der Abbaziafassade. Es ist Castiglio.

Seine Augen scheinen blind geworden. Nach innen gekehrt, leuchten sie weiß wie seine Haut.

Zum ersten Mal fällt Alban eine gewisse Ähnlichkeit Castiglios zu Krantz auf. Und wirklich – als die Gestalt die Arme hebt und zu sprechen beginnt...

Das ist nicht Castiglio. Nein, das ist der Professor! Der endende Schwede! Krantz semivivus!

Irgend etwas stimmt hier nicht. Der liegt doch in Spital und Koma? Das riecht oberfaul. Alban möchte davonlaufen. Keine Diskussion. Davonlaufen. Rennt, Beine, rennt! befiehlt er – aber die Beine sind wie abgestorben; Synapsen stellen sich taub; totale Kataplexie.

«Andrea?« fragt Krantz und tastet nach Albans Schultern. »Andrea?«

Alban weicht aus, sammelt alle Kraft für einen Schritt zur Seite. Die suchende Hand greift ins Leere. Krantz stolpert blind, hält sich an einem Mauervorsprung fest und keucht.

»Andrea? Du bist doch hier? Ich kann dich hören! Ich höre dich atmen. Du schnaubst wie ein Pferd. Komm her! Her zu mir...«

Seine Hand zuckt vor und erhascht Albans Ärmel. Alban klopft die Hand weg wie einen Funken verirrter Glut.

»Andrea! Bleib stehn! Warum hast du bloß alles falsch gemacht? Ich hatte dir doch genaue Anweisungen gegeben! Ich hatte dich eingeweiht... habe dir mein Vertrauen geschenkt...«

Grauen faßt Alban an. Er ringt nach Luft. Viel zu spät begreift er jetzt – und vergißt sofort, was er begreift – es kann ja nicht sein, ist nur ein Spuk; Spuk oder Scherz zur Mitternacht; er denkt an Mendez' Ratschlag – Lachen Sie! Und Ihnen kann wenig geschehen!

Er probiert es, aber da kommt nichts. Ein leises tonloses Haha, mehr nicht.

»Andrea... bleib doch, ich tu dir kein Leid. Alles Tun ist vergebens. Was soll's? He, willst du entschlüpfen? Zeig dich, Bastard, Hurensohn! Komm... ich geb' dir die letzte Weihe! Du bist noch unvollkommen! Komm her, ich mach' dich fertig!«

Krantz dreht sich, seine Arme schleudernd wie die Körbe eines Kettenkarussells. Er verliert das Gleichgewicht, seine Beine knicken ein. Auf den Knien wimmert er: »Andrea... warum hast du alles falsch gemacht?«

Das Feuer ist klebrig, klebrig, klebrig.

Alban hatte sich starr an die Mauer gepreßt. Eine Corona aus Schweiß und Entsetzen perlte ihm aus allen Poren. Er schrie gellend, überwand endlich die Schocklähmung, rannte weg, spurtete Richtung City, nur fort, fort, fort...

Feuer und Rauch tanzten vor seinen Augen.

X

Das Leben des Marc' Antonio Pasqualini, Diakonus der päpstlichen Cappella; von ihm selbst erzählt zu Rom im letzten Jahre seines Lebens MDCLXXXXI; aufgeteilt in zwölf Kapitel, welche nicht jedermann gewidmet sind.

Prolegomenon

Mit der festen Absicht, den Lügen, die über meine Person florieren werden, ein gnadenloser Schnitter zu sein, beginne ich dies kleine Werk; will den Wildwuchs stutzen, ohne die Wahrheit in irgendeiner Weise zu beschneiden.

Das Wollen tost, doch die Hand ist ein scheuendes Pferd, erregt und ungezähmt. Tausende Bilder und Bildchen schießen aus den Äckern, jedes möchte zuerst versorgt sein, jedes zieht andere Bilder nach sich, mein Gedächtnis hebt sich zu einer Flut, sucht mich zu überspülen. Ruhig, Pferdchen! Ruhig! Mit Sporen und Streicheln zwing' ich's in sanften Trab – daß es mit mir gehe durch die Jahrzehnte meines Daseins, von Anbeginn bis heute. Mein fünffingriges Pferdchen – ich reite mit ihm durch die Länder der Erinnerung, durch Sumpf, Wald und Auen, will nirgends halten, alles fließt vorbei, von dort, das Pferdchen weiß es, komm ich her.

Jene harte Müdigkeit hat mich gepackt, in der die Augäpfel drohen aufs Papier zu tropfen gleich Kerzenwachs, gleich überreifen Früchten, die zuviel Sonne in sich saugten. Ich fühle mich hölzern wie ein Baum, ein alter Baum, der nicht mehr in die Höhe wächst, doch jedes Jahr einen Ring zulegt. Es ist Winter geworden. Diese Rinde wird sich nicht mehr schälen. Diese Haut wird mein Leichentuch. Spröd geworden, knacken die Gelenke, jede Bewegung verlangt Vorsicht. In der Mitte durchbrechen könnte man mich wie Reisig.

Ich sitze hier und schreibe und weiß doch, die Verdrehung wird Triumphe feiern. Nur die nach mir suchen, werden mich finden. Die Anlage zum Verständnis meiner Größe ist einer Handvoll nur gegeben; es ist nicht mein Begehr, jenen Kreis wesentlich zu erweitern. Aber denen, die mich suchen, will ich entgegenkommen mit aller Liebe. Denen will ich alles sagen.

Der Himmel ist rot, die Erde vollständig schwarz.

Jetzt ist die Zeit, mein Pferdchen. Hier und da beginnen blinde Flecken auf meiner Erinnerung zu wuchern, und die Erinnerung – ich weiß es wohl – kann eine Maske werden, getragen, um vor sich selbst unerkannt zu bleiben.

Ungeachtet meines hohen Alters von siebenundsiebzig Jahren, war mein Anfang erst gestern, mein Werden vor wenigen Stunden. Nun steht es da, zur Betrachtung bereit, es hält, es will. Siebenundsiebzig Jahre lang raste mein Leben davon, davon vor dem alles verschlingenden Feuer. Doch ohne Panik! Ruhig und gefaßt raste es an mir vorbei.

J

Geboren wurde ich am 25. April anno 1614 in Rom Trastevere, als vierter Sohn einer Schuhmacherfamilie. Mein Vater war ein ordentlicher Mann, der uns alle auch in schwieriger Zeit zu ernähren wußte, der oft bis spät in der Nacht in der Werkstatt arbeitete, der nie trank, noch sonst ein Laster besaß. Ein Mann von schlichtem Gemüt und Glauben, der sich durch Zuverlässigkeit und Sorgfalt einen guten Namen erworben hatte. Sogar geistliche Würdenträger und Offiziere ließen sich bei ihm ihr Schuhwerk reparieren.

Er war ein sehr strenger Familienvorstand, doch läge es mir fern, mich zu beschweren. Im Gegensatz zu meinen Brüdern, die oft durch ihr Benehmen seine Härte herausforderten, gab ich ihm kaum einmal Anlaß, aufzubrausen. Zuweilen glaubte ich, er liebte mich nicht im gleichen Maße wie manches andere meiner Geschwister; weil ich ein ruhiges, schwächliches, kränkelndes Kind war. Allerdings besaß mein Vater auch eine reservierte, unterkühlte Art, die sich selten in Gefühlswallungen erging. Es ist schwer zu sagen, welches von uns sieben Kindern er bevorzugte. Möglicherweise haßte er uns alle.

Gern erinnere ich mich der wulstigen, schlaffen Arme meiner Mama, wenn sie mich nachts stundenlang in den Schlaf wiegte. Freimütig gestehe ich, von großer Furchtsamkeit gewesen zu sein und oft die Familie geweckt zu haben, wenn ich in Alpträumen aufschrie. Jedesmal kam sie dann, meine gute, früh verblühte Mama, und sang mir leise Lieder vor, lehrte mich viele Strophen, einige weiß ich bis heute.

Ich darf behaupten, daß – abgesehen von meiner übertriebenen Furcht vor dem Dunkel – ich ein braves, herziges Kind gewesen bin, das seine Kränklichkeit ohne teuere Medizin, von sich selbst aus überwand und so niemandem zur Last fiel. Mein stilles Wesen trug sehr zu meiner Beliebtheit bei. Die Spielkameraden, wie auch später meine Freunde, nannten mich Map, nach meinen Initialen, und MAP ist auch mein Monogramm geworden. Insgesamt gesehen, hätten meine Kinderjahre nicht unbeschwerter ausfallen können.

Ich umging manchen Ärger, den einem die Wildheit jenes Alters gerne einbrockt. Was ich dabei an abenteuerlichen Spielen versäumt habe, ist sicher kaum der Rede wert. Meine Brüder mochten mich und hatten einen Drang, mich zu beschützen. Mein Vater schätzte an mir besonders, daß ich partout nie Fleisch essen wollte. Am ersten Sonntag im Monat bereitete Mama immer einen Braten, meist Hase, und nie konnte ich mich überwinden, auch nur ein Fetzchen davon hinunterzuschlucken. Was nicht etwa bedeuten soll, Mama sei eine schlechte Köchin gewesen. Im Gegenteil! Sie war ihrem Mann eine vortreffliche Hausfrau, verstand gut mit ihm umzugehen. Niemals schimpfte oder keifte sie, suchte niemals Streit; harte Worte waren ihr ganz fremd.

Oft, wenn meine Brüder noch draußen auf der Straße beim Spielen waren (sofern sie nicht in der Werkstatt zu arbeiten hatten), trieb ich mich im Hausflur herum oder versteckte mich unter der Küchenbank und sah meiner Mama beim Kochen des Abendessens zu. Manchmal kam mein Vater aus der Werkstatt, stellte sich hinter sie, küßte sie auf den Hals, schlug ihr die Röcke hoch, umklammerte ihre Hüften und bewegte sich seltsam hin und her. Aber niemals – ich schwör's – hat sie deshalb das Essen aus den Augen verloren; hat stets mit ihren Töpfen und Tiegeln weiter hantiert, ohne sich irritieren zu lassen. Ihr fabelhaftes Essen wurde mit viel Liebe zubereitet.

Mama war es auch, die zuerst mein Sangestalent erkannte und, nachdem sie mich alle Volkslieder gelehrt hatte, mir bald öfter zuhörte als ich ihr. Wirklich, ich hatte eine schöne, angenehme Stimme, ohne jenes widerliche, kindliche Klirren. Auch besaß ich eine natürliche Begabung zum Atmen an der rechten Stelle, so daß mein Vortrag ohne Gehaspel und deplaziertes Luftholen auskam.

Abends, nach den Mahlzeiten, holte man mich zuweilen vor die Tür, damit ich den Erwachsenen, die dort bei Wein und Chitarrone zusammensaßen, etwas vorsänge. Anfangs war mir das äußerst peinlich, denn am Schluß lachten immer alle, und ich wußte nicht, daß jenes ein gutgemeintes Lachen war. Durch solcherlei Auftritte erwarb ich mir aber auch hier und da eine kleine Münze, eine Frucht oder ein Spielzeug. Schließlich sang ich sehr gerne, mit Hingabe, suchte mich stets zu verbessern. Ich übte Tonleitern im Keller und steigerte meinen Umfang um das Eineinhalbfache.

Mit sechs Jahren sang ich im Sonntagschor unserer kleinen Kirche San Chrisostomo, die heute nicht mehr steht. Bald vertraute man mir sogar kleinere Solopartien an – wobei ich bemerken muß, dieser Chor bestand zum großen Teil aus Eseln und Krähen in Menschengestalt; da machte es keine Mühe zu glänzen. Der Chor wurde vom Küster Martino geleitet, ein gichtiger alter Mann, von dem ich geglaubt hatte, er sei stocktaub und verblödet. Anscheinend tat ich ihm Unrecht, denn eines Tages erschien er bei meinem Vater in der Werkstatt und meinte, mein Talent sei derart ermutigend, daß man mich doch einmal in die San Luigi dei Francesi zum Vorsingen schicken solle; ein Versuch könne nicht schaden.

Die San Luigi dei Francesi war eine für die Ausbildung von Sängerknaben berühmte Kirche – und ist es noch, wenn auch ihre

Glanzzeit mittlerweile vorüber scheint. Mein Vater äußerte sich nicht grade begeistert und sträubte sich gegen den Gedanken; ich kam langsam in das Alter, wo ich ihm in der Werkstatt eine echte Hilfe sein konnte; eine Arbeitskraft läßt man nicht so einfach ziehen. Auch fragte er hundertmal nach den Kosten, die daraus erwachsen würden und ließ sich kaum überzeugen, als der Küster sich erbot, die geringen Aufnahmegebühren zu übernehmen. Da war ihm dann sein Stolz im Weg.

Ich bat und bettelte, und auch Mama setzte sich für mich ein. Wahrscheinlich ahnte sie nicht wirklich, *welches* Talent in mir schlummerte, aber ihr feines, mütterliches Empfinden ahnte doch, daß ich mich von meinen Geschwistern nicht nur in der Schwäche des Körpers und der Wachheit des Geistes unterschied, sondern, dementsprechend, auch im mir zugedachten Schicksal.

Es dauerte ein paar Wochen, bis sie alle Nachbarn und Verwandten vom großzügigen Angebot des Küsters Martino unterrichtet hatte, und mein Vater sich daraufhin dem allgemeinen Zureden beugte.

Ich war gerade acht geworden, es war das Jahr des Regierungsantritts von Papst Urban – als mich der Küster eines Morgens an der Hand nahm und über den Tiber brachte, zur San Luigi dei Francesi, deren hoher musikalischer Standard vom großen Giovanni Maria Nanino begründet wurde, dem Lieblingsschüler Palestrinas. Das alles wußte ich damals freilich nicht, dennoch – mein Herz schlug bis zum Hals, und als wir die Kirche betraten, begann ich zu flennen.

Es war ein regnerischer Tag, die San Luigi war damals schon sehr dunkel eingerichtet, viel Braun, Schwarz und Gold statt Weiß; und aufgrund des schlechten Wetters drang wenig Licht durch die Oberfenster. Eine beengende, dumpfe Dunkelheit war das, dabei von einer warmen Staubigkeit. War man erst daran gewöhnt, konnte sie sogar anheimelnd wirken, vorausgesetzt, daß im Mittelschiff genug Kerzen brannten. So aber strahlte sie etwas Unheimliches aus, etwas Weiches, Schwarzes, so wie ein Raum, in dem ein Toter aufgebahrt ist, wenn alle Fenster mit Tuch verhangen sind und die Luft sich zu trägen Schwaden verdickt. Ein Schwall aus goldenem und braunem Dämmer umfing mich. Jetzt, da ich diesen wieder vor mir sehe, würde ich ihn auf eine dekadente Weise sakral nennen; morbid, orientalisch beeinflußt; weihrauchschwanger, aber schwere, schwülstige, ölige Ingredienzen waren darein gemischt.

Später lernte ich, diese Kirche zu lieben, und heute scheint sie mir von allen Gotteshäusern Roms das entrückendste; es wurde seither auch viel daran gearbeitet.

Der Küster Martino und ich standen eine Weile herum, bis Signor Vincenzo Ugolini, der Kapellmeister, erschien. Er war sehr fett und sehr kahl und litt unter der blühendsten Gesichtsrose, die ich je gesehen habe. Mir machte das solche Angst, ich wollte schreien. Sehr energisch forderte er zuerst die Gebühr, die es kostete, seine Zeit für ein Vorsingen zu beanspruchen. Dann forderte er mich auf, endlich loszulegen, und ich fragte schüchtern, was er denn zu hören wünsche. Irgendwas, sagte er, ganz egal, was ich eben am liebsten sänge. Und ich sagte, am liebsten sänge ich ein Volkslied, aber das gehe ja in einer Kirche nicht. Unsinn, sagte er, sing es! Und mir schwand der Mut ganz, ich zitterte, und mein Magen schob mir die Zunge gegen den Gaumen. Na los, wird's bald! rief er unwirsch, und ich begann gleich mit einer Unsicherheit, auf die ein scheußliches Tremolo folgte. Jeden Moment, dachte ich, beendet er die Probe, schickt mich nach Hause, nennt es eine Frechheit, ihn belästigt zu haben. Aber er brach meinen Vortrag nicht ab, und ich gewann etwas Sicherheit zurück, vielmehr Defätismus, weil ich die Sache ja schon verloren gegeben hatte. Nach der dritten Strophe nickte er und zeigte an, daß es genug sei.

Ganz gut, meinte er zu meiner Überraschung, und ich vergaß jeden Anstand, beeilte mich zu versichern, daß ich überhaupt nicht gut gewesen sei, daß ich es sonst noch viel besser verstünde. Er gab mir eine schallende Ohrfeige, um gleich darauf zu sagen, ich sei aufgenommen.

Mir brannte die Wange, und ich war so glücklich – seit dieser Zeit hat jede Ohrfeige, die mir verpaßt wurde, ein kurzes Glücksgefühl in mir aufzucken lassen, eine Erinnerung an das Glück jener Minute, als der Küster dem Ugolini das Antrittsgeld übergab, ein paar Scudi nur...

So begann meine Laufbahn an der San Luigi.

Wir waren insgesamt dreißig Knaben, im Alter zwischen acht und vierzehn Jahren. Der Stundenplan war reichlich ausgefüllt, wir lernten Noten (und Buchstaben) zu lesen, übten Wechsel- und Sologesänge, machten Stimmübungen, bekamen Bibelstunden, exerzierten für die verschiedenen Prozessionsaufstellungen, studierten Kantaten, Choräle und Officia ein, und man vermittelte uns auch die Grundlagen höherer Bildung. Unser tägliches Pensum enthielt Prima-vista-Singen, Solmisation, Kadenzierung, Koloraturen, Poesie, Tonsatz, Verzierungskunst, Dramaturgie und Affektenlehre. Pro Tag sangen wir gute fünf Stunden; eine harte, wenngleich sinnvolle Strapaze.

Das Pontifikat Urbans VIII. erwies sich als gütige Koinzidenz, denn der neue, musikbegeisterte Papst stellte der San Luigi reichliche Mittel zur Verfügung. Vincenzo Ugolini rühmte sich einer persönlichen Verbindung zu Urban, er drohte uns immer, er werde es ihm melden, wenn wir nicht parierten. Viel später erfuhr ich, daß er tatsächlich über exquisite Beziehungen verfügte.

Die meisten der Knaben gingen abends nach Hause, um bei ihren Eltern zu übernachten. So auch ich. Mama stopfte mich voll, weil es mittags für die Sängerknaben nur ein trockenes Brötchen gab. Sie nannte mich ihr Glöcklein, ihr Rotkehlchen, und preßte mich an ihren warmen, verschwitzten Busen, der nach Teig roch. Das war eine wunderbare Zeit.

Bis ich zehn Jahre alt wurde, fiel mein Kleinwuchs niemandem auf. Mein Wachstum hatte unvermittelt gestoppt, als es erst einen knappen Meter vierzig von mir gab. Ich erwähne das hier expressis verbis, um Vermutungen entgegenzutreten, ich hätte unter meinem Kleinwuchs gelitten; er sei gar Grund meines »Größenwahns« gewesen. Die Lastermäuler! Ich möchte ihnen die Lippen zunähen! Nenne mich einen Zwerg, wer will. Einen Däumling, Wichtel, einen Troll! Der Gnom wird euch auf den Hut steigen!

Nein, im Ernst, ich hatte damit nie Probleme, und im Chor wagte mich niemand zu hänseln, dafür sorgte schon Ugolini. Er hielt viel von mir, auch wenn er niemanden sichtbar bevorzugte und mit Lob äußerst sparsam umging. Doch einmal, ein einziges Mal, sagte er vor allen anderen, daß ich der Beste sei, daß Sänger mit ihrer Stimme wüchsen, und *ein* rein gesungenes hohes Es mehr wert sei als neunundzwanzig Bohnenstangen.

Das tat mir in der Seele gut. Ein erhebender Moment, an den ich mich fortan immer erinnerte, wenn jemand auf mich herabsah.

Was aus diesen Jahren ist noch von Wichtigkeit?

Alle Bilder aus der Kindheit, die ich memorieren kann, sind von einem Rahmen aus Licht umschlossen, einem bestimmten, schwer zu beschreibenden Gleißlicht. Das Pantheon trug damals noch seine bronzenen Verkleidungen, bevor die Barberini sie herunterrissen. Das Leuchten dieser Bronze in der Sonne war wundervoll, und lange dachte ich, das Licht meiner Kindheit rühre von dorther. Aber nein; jenes Licht, das ich meine, ist dunkler, glutvoller, es stammt von einem Gemälde, das in der San Luigi dei Francesi hing und hängt, in einer der Seitenkapellen. Es heißt »Vocazione di S. Matteo«. Als ich es das erste Mal sah, blieb ich eine Stunde davor stehen und streckte die Hände aus nach dem gebrochenen Licht, das durch ein Fenster in einen düsteren Wirtsraum fällt. Ich glaube, ohne dieses Gemälde – es stammt von einem Signor Caravaggio – würde die San Luigi die Hälfte ihres Zaubers einbüßen. Eine mystische Wärme geht von dem großen Quadro aus, die mich in Bann schlug; ein Anblick, der mich im Winter die Kälte vergessen ließ. O ja, es war oft bitterkalt in der San Luigi, und wir mußten singen, obgleich uns die Zähne klapperten.

Eine Minute vor jenem Gemälde genügte aber, um mich in eine warme, braunorangene Flut zu tauchen; Hülle, die mich schützte. Aufgrund meines kränklichen Vorlebens hatte Mama stets Sorgen, ich würde mir den Tod holen oder zumindest eine Lungenentzündung. Aber ich bin seither nie mehr ernstlich krank geworden; das habe ich dem Gemälde zu verdanken, ja, daran glaube ich.

Nur eins hat mich an der »Vocazione« immer verwirrt: Der Christus sieht so böse und teuflisch aus.

XI

2. 11. 88, 0 Uhr 40

Alban lag, lang hingestreckt, auf dem Trottoir der Veneto 157. Er hatte die gesamte Strecke im Dauerlauf bewältigt.

Wieder war Regen aufgekommen und scharfer Wind von Osten her. Alle Sternbilder verhangen. *Das Feuer ist klebrig.*

Alban rauchte Kette und fror. Durchnäßt von Angstschweiß und Regen, kaute er an den feuchten Filtern herum und wollte lachen, versuchte sich zu erinnern, wie das ging.

Haha. So etwa.

Haha. *Die Zahl der Has ist variabel nach dem Grad der Heiterkeit. Auch deuten höhere Tonlagen gesteigerte Belustigung an. Unkontrollierte Kehlgeräusche setzen zusätzlich Akzente. Es ist darauf zu achten, die Grenzen der Würde nicht zu überschreiten. Lachen Sie – und Ihnen kann wenig geschehen! Mendez' dummdreiste Ratschläge! Als ob das so simpel wäre!*

Mendez hatte ihn gewarnt. *Und dann kam der ONTU über ihn (Krantz) und frißt seither seine Persönlichkeit. Oft wird er dann zum Zeitentaumler und weiß nicht mehr, wer er ist – Erzähler oder Erzählter.* Was immer das bedeuten mochte.

Das Feuer ist klebrig. Klebrig, klebrig, klebrig. Jetzt weiß ich Andreas letzten Gedanken. Das Feuer ist klebrig, dachte er, verlor das Bewußtsein und ging in Rauch auf. Woher ich das weiß? Ich weiß es eben. Das Feuer ist klebrig. Der Raum hat sich mit der Zeit überworfen. Mendez kann mich am Arsch lecken.

Seine Schuhe schmatzten, wenn er die Zehen bewegte. Sobald Alban zur Gänze durchweicht war, ließ der Regen nach, als ob dessen Soll damit erfüllt – und mehr nicht zu tun wäre. Das Pflaster hatte die Wärme eines langen römischen Sommers gespeichert. Dünne Dampfschwaden. Man konnte problemlos Geister hineinimaginieren. *Wenn man Andreas letzten Gedanken denkt, ist Nässe ein recht angenehmer Zustand. Ich will mich nicht beschweren.*

Es dauerte noch fast eine Stunde, bis, gegen halb zwei Uhr morgens, ein Taxi vorfuhr. Nicole stieg aus. Ihr weißes Kleid paßte gut in den Film noir der Veneto. Sie schwankte über den Gehsteig, kämpfte mit dem Verschluß ihrer Handtasche, keuchte betrunken und blieb stehen, beugte sich zur Seite und erbrach in mehreren Schwällen.

Alban erhob sich, trat hinter sie und legte ihr eine Hand auf den Rücken. Sie schrie auf, schnellte herum, verlor das Gleichgewicht und landete mit dem Hintern im Erbrochenen.

»Nein!« schrie sie laut. »Nicht schon wieder!«

»Nicole...«, flüsterte Alban, »Sie müssen mir helfen!« Und er reichte ihr seinen Arm, den sie ausschlug.

»Verschwinde, böses Kind!« Sie rappelte sich hoch, wischte ihre Lippen ab, brummte französische, deutsche und italienische Schimpfwörter in gewagten Kombinationen.

»Etwas hat sich verändert«, fuhr Alban unbeeindruckt fort, »Sie müssen mir jetzt sagen, was Sie wissen. Das Ende der Geschichte! Pasqualini! Ich muß es erfahren. Ich bin in Gefahr. Verstehen Sie mich? Es ist etwas passiert...«

»*Gehn Sie weg! Schwein!*«

»Das werde ich nicht tun.«

»*Va via!*« Ihre wutentbrannte Fratze war grauenhaft anzusehen. Sie trat mit den Schuhspitzen nach Albans Beinen und lief zum Hauseingang. Dort angelangt, griff sie in ihre Handtasche, hielt plötzlich ein Stilett auf Alban gerichtet, ließ die Klinge herausschnappen und fuchtelte damit drohend vor seiner Stirn herum.

»Gehn Sie weg! Ich ruf' die Polizei!«

»Sie müssen mir helfen... Sie haben kein Recht, mich zu vertreiben! Es ist etwas geschehn, ich weiß nicht was...«

»*Weg!*« Ihre linke Hand nestelte am Schlüsselbund, ertastete den richtigen Schlüssel und stieß ihn nach einigen Fehlversuchen ins Schloß.

Alban schätzte das Risiko, verletzt zu werden, gering ein, falls er der Betrunkenen die Stichwaffe zu entwenden versuchte; doch konnte er seine Hemmschwelle nicht überspringen. Trotz aller gefaßten Vorsätze schreckte er davor zurück, notfalls auch mit Gewalt zur Wahrheit vorzudringen. Handelte es sich denn um einen so *dringenden* Notfall?

Dann, so unnötig wie unerwartet, tat die Französin einen weiten Ausfallschritt und stach zu. Das Messer glitt etwa drei Zentimeter tief in Albans rechte Schulter. Er schrie auf vor Schmerz. Nicole nutzte den Moment, um in den Hauseingang zu entwischen und die Tür hinter sich zuzustemmen.

»Jetzt hol' ich die Polizei!« hörte Alban ihre gedämpfte Stimme rufen. Auf seinem Hemd entstand ein kleiner Blutfleck. Die Fleischwunde schien nicht gefährlich, tat dennoch höllisch weh. Mehrere Lichter waren im Umkreis aufgeflackert, Köpfe schoben sich neugierig aus den Fenstern. Es hatte keinen Sinn, hierzubleiben. Im Gegenteil. *Wenn die Bullen kommen, lochen die mich glatt ein. Die glauben einer Besoffenen noch eher als mir, dem Gestochenen. Und selbst, wenn nicht...*

Er mußte die Blutung stillen, bevor sie ihm großflächig das Hemd versaute. Ächzend und fluchend, seine erneute Niederlage eingestehend, rannte Alban fort, in die nächste Querstraße hinein. Er lief, bis er eine offene Bar erreichte, sperrte sich dort in die Toilettenkabine, betupfte die Wunde mit Speichel, wusch das Hemd im Waschbecken mit Seife aus, bis der Fleck schwachrosa geworden war.

Er umwickelte die Schulter mit einer halben Rolle Klopapier. Es drang kein Blut mehr durch. Über den hohen Gerinnungsfaktor seines Blutes konnte Alban froh sein.

Erst jetzt wurde ihm die Tat Nicoles voll bewußt. *Das hysterische Weibsbild hätte genausogut Herz, Lunge oder sonstwas treffen können. Scheiße! Die hätte mich umbringen können! Die war doch nicht mehr fähig, zu zielen! Und was hab' ich ihr denn getan? Ich hab' sie doch nur um Hilfe gebeten!* Er verließ die Toilette. Der Barkeeper warf ihm einen schrägen Blick zu. Alban orderte, nicht zuletzt um sich nachträglich Gastrecht zu erkaufen, einen dreistöckigen Whiskey, trank die Hälfte, rauchte eine Zigarette, trank den Rest und blieb sitzen, dachte über die Begegnung mit Krantziglio nach. Der Barkeeper unterbrach die wirren Versuche mit dem Hinweis, es werde jetzt geschlossen. Alban sah sich um. Er war der letzte Gast. Er konnte nicht mal mehr mit Sicherheit sagen, ob es noch andere Gäste gegeben hatte, als er die Bar betrat.

»Was schulde ich?« fragt er.

»Die Mächte haben das schon bezahlt«, murmelt der Barkeeper und wischt die Theke.

»Entschuldigung? Was haben Sie gesagt?« fragte Täubner ungläubig nach.

»Geht auf Kosten des Hauses. Ist schon in Ordnung. Va bene...«

Alban bedankte sich leise. Sterne tanzten ihm vor den Augen. Kleine und größere, goldgelbe Sterne auf dunkelblauem Untergrund. Sie kamen ihm bekannt vor, wollten sich aber nicht einordnen lassen. Die Schulter schmerzte. Er wankte auf die Gasse, drehte sich. *Welche Richtung? Wohin?* Hinter ihm rauschte ein stählerner Rolladen herab. *Ich bräuchte dringend Schlaf.*

Er lief etwa zweihundert Meter weit nach Norden, bis er zu einem Park kam. Alban spürte keine Kälte. Glut strahlte von der verletzten Schulter ab und wärmte den Körper. Er setzte sich auf eine Parkbank, legte die Füße hoch.

Dutzende wilder Katzen streunten hier um überquellende Abfalleimer. Alban schloß die Augen. Weit entfernt, als schwache Farbpunkte, glommen noch Sterne auf den Lidern. Dann schlief er ein.

Er träumt von einem großen Kastanienpark, in Septemberlicht getaucht, voll wildem Gras und gekiesten Pfaden. Dort sieht er, zwischen zwei hohen alten Bäumen, ein Glashaus, dessen Fenster halbblind und staubig leuchten. In diesem Haus stehen, Stockbetten ähnlich, Särge, acht oder zwölf, er zählt sie nicht, aufgereiht in zwei Etagen. Und sonst befindet sich nichts darin.

Die Särge sind schwarz und glänzen, trotz des Spinngewebs, das sie überzieht. Jeder von ihnen besitzt ein braungetöntes Sichtfenster, durch welches man mumifizierte Schädel erkennen kann, ledrige Masken des Todes. Er sieht Frauen mit dünnen Resten Haars und Männer mit eingesunkenen Wangen, den Mund wie zum

Schrei geöffnet. Die idyllisch-düstere Mischung aus Glas, Laub, Licht und Spinngeweb trifft ihn warm und schrecklich zugleich.

Das Dach des Glashauses ist von Kastanienblättern übersät, und in der Nähe plätschert ein Springbrunnen azur bemalter Schale. Es ist nicht stiller an diesem Ort als in anderen Teilen des Parks; auch Singvögel sind da, und auf der Wiese spielen Kinder.

Er geht dreimal um das Glashaus. Keinerlei Inschrift findet er, weder an der Pforte noch im Gras.

Natürlich fragt er die Parkwächter.

Aber sie wissen nichts.

Er fragt auch den Springbrunnen und die Kinder und selbst den alten Kuckuck oben: Die wissen auch nichts.

Nach weniger als einer Viertelstunde Schlaf schreckte er hoch. Etwa zehn Meter von ihm entfernt, sah er drei junge Burschen in Turnschuhen und wattierten Jacken. Sie zogen durch die Gegend, auf der Lauer nach Schnäppchen. Sie hatten Täubners Kamera gesehen, sie zu stehlen beschlossen, sich aber durch zu laute, im Kies knirschende Schritte verraten. Alban stand auf. Die Burschen belästigten ihn nicht und gingen weiter. Ihre Diebeszüge beschränkten sich auf Schlafendes und Wehrloses; ihr Gewaltpotential reichte zur offenen Wegelagerei nicht aus. Es konnten aber andere kommen, weniger dezente. Die riesige Parkanlage der Villa Borghese war zur Nacht ein äußerst unsicheres Areal. Alban verscheuchte den Wunsch nach Schlaf und setzte seine nächtliche Wanderung fort. Er gelangte zu einer kaum hektargroßen Fläche, auf der im Abstand von zwei Metern über hundert Steinbüsten berühmter Männer standen, von der Antike bis zur Renaissance, von Homer bis Giovanni Pico. Alban stellte sich dazu, begrüßte Pico mit dem Vornamen. »Tag, Giovanni! Ist es wahr, du hast alle Bücher gelesen, die es gab zu deiner Zeit? Da bin ich aber stolz auf dich!«

In das Licht der Bogenlampen und der nostalgisch geschnörkelten Laternen war ein Hauch Orange gemischt. Den meisten Büsten hatten Schmierfinken Bärte und Brillen gemalt.

In den nördlichen Gebieten des Parks herrschte, obwohl es nach drei Uhr war, noch rege Aktivität. Am Piazzale Firdusi standen, im

Dunstkreis eines Pissoirs, Strichjungen, meist nordafrikanischer Herkunft, an Litfaßsäulen gelehnt, in engen Jeans und schwarzen Stiefeln. Die Vorstellung von gemünztem Sex zwischen Urin- und Duftstein widerte Alban an. Den umherhuschenden Freiern sah er mitleidig bei ihren Verhandlungen zu.

Fastfuckschuppen für automatisierte Einsame. Hangeln von Ejakulation zu Ejakulation, über dem Urschlammschamwald aus Tristesse. Täuschen ihrer Kreisbahn Höhepunkte vor.

Alban kannte einen Inder, der mit der Behauptung Geld verdiente, im Augenblick des Orgasmus öffne sich ein Zeitfenster, und man dürfe sekundenlang teilhaben am Gefühl, das einen in der Ewigkeit erwarten wird...

Weiter hinten posierten Transvestiten vor ihren Pkws, hielten kaufbare Geborgenheit feil.

Minutenhotels. Ausflüchte. Die Ewigkeit wird schnell langweilig werden.

Alban war das Fliehen leid.

Ich hab' schon einmal gebrannt. Ich brenne noch. Bin eine Fackel, eine ewige Flamme des Gedenkens an mich selbst – und SIE. Die ganze SIE. Und nichts als SIE. Wir.

Grellbunte Masken. Purpurlippen zur Offerte gespitzt. Pfennigabsätze stampften gegen die Kälte an. Finger verhießen Lusterfüllung. Liegesitze warteten im Hintergrund.

Wie sich das in den Hüften wiegte und wimpernschlagend lockte... Wie das untereinander scherzte; den schüchternen Gaffer halb aufzog, halb umwarb... mit wippenden Falschbrüsten, schillerndem Rouge, phantastisch gewirkten Netzstrümpfen... Nacht aus Fleisch und Sexus, von roten und violetten Stablampen untermalt. Batteriebetriebene Herzen blinkten im Sekundenrhythmus auf Windschutzscheiben. Falsettstimmen überschlugen sich; Sonderangebote wechselten mit Werbetext.

Ich bin in der Gegenwart – und Gegenwart ist gegen mich. Gegenwart entstammte alles, was ich gewesen bin – nichts bin ich, nichts ist übrig. Ich habe mit meiner Kamera die Fische des eisernen Teiches zu angeln versucht. Wie dumm!

Bald werf' ich die Kamera fort. Sie ist eine Brille, die mir nie gepaßt hat.

Ist irgendwo ein Ohr, das mich hört? Hör' mich ja selbst – kann mit Ketten rasseln, gleich einem Gespenst. Nur der Wind pfeift. Damals bin ich ins Feuer geflohen vor Scham, schweigend, in atemloser Schande. Jetzt hat ER mich wiedergefunden. Ich kann ihm nicht mehr entkommen. Wer ist ER? Dessen kann man nie ganz sicher sein. Morgen werde ich zu ihm gehn. Er wird schon weiter wissen.

Die Wärme des Neons und des Alkohols; Aufguß und Abklatsch im ostinaten Wechsel der Reklamen. *Drüber das Geheul der Mauerhäute. Die Häuser frieren. Ekzeme und Frostbeulen überziehen die Fassaden. Fenster sind Eitergeschwüre, träufeln Lymphfluß auf die Gassen. Rom, im Lügenschleim erstickt, kauert seinem Ende zu. Das Ende der Geschichten. Der Anfang der Wüste. Asche zu Asche. Sand zu Sand.*

Die Stunden waren Schläuche geworden, saugten den Wanderer ein und umhüllten ihn. Bizarre Farben unerkennbarer Mischung puderten die Schläuche, boten dem Gleitenden zauberhaften Dekor.

Hier war einmal ein Märchen, aus Mären gezeugt, das ankerte hier – und die Straßen, die Lebenswege alle – haben als Heimat gedient Vergessenen.

Und doch ist alles, was lebt, Produkt zweier Eltern; die wiederum auch, und so fort, über die Spezies hinaus, die Evolution entlang – bis zur Amöbe und den Bakterien und den Elementen. Eine immer wieder stupende Überlegung. Wenn man also kinderlos stirbt, zerreißt man die Kette einer jahrmilliardenlangen Ahnenschaft. Das ist doch was! Man steht dann dem Ursprung gleichbedeutend als Endpunkt gegenüber. Alban ging am zoologischen Garten vorbei und stieß an die Nordgrenze des Parks.

Das Schattengeflecht spreizte sich zu pulsenden, oszillierenden Architekturen auf. Das Dunkel zeigte sich gewillt zu jeder denkbaren Verformung und Verfügbarkeit; gewillt, als Kulisse zu dienen für dieses oder jenes Drama; gewillt, aus sich selbst eine Bühne zu schaffen – an jedem Ort, zu jeder Stunde. Die Nachtmenagerie barst von Figuren, die abwechselnd Lichtspiele ihres Ehemals aufführten.

Alban begriff, das Sehen war kein einseitiges Verfahren mehr. Zum Sehen des Betrachters gehörte ein Gesehen-werden-Wollen des Gegenstandes – ein Leuchten, eine Enttarnung. Die schloß sich nur dem Auge auf, das bei der Schau zu Dialogen bereit war.

Das Dunkel als ein Raum gedacht, aus dem herauszutreten etwas die Möglichkeit besitzt; der Schatten als zu sprengende Hülse behandelt – gleich wird im Geschauten die Anwesenheit von ALLEM provoziert – fernab vermeintlicher Endlichkeit; ungeachtet der Kategorien von Zeit und Materie.

Wie so oft, wirkte auch hier zu Mut fermentierte Angst als Dolmetscher; stellte den Kontakt zum Sprachlosen her – jenem oft *tot* Genannten – das der Äußerung von sich allein aus unfähig ist und eines Erweckers, eines Fragenden bedarf. Das Dunkel wurde schwarzes Licht, ein glühender Schrein, eine Truhe, ein Hort. Kalender leugneten ihre Gültigkeit; Gewesenes beharrte auf Dasein; Zeit entledigte sich ihrer Kartographierung und reihte sich, chronologische Rechte mißachtend, zu ewig parallelen Elementen.

Und indem Alban der Richtung folgte, welche Urangst ihm verbot; indem er die Identität der Sekunde mit der Ewigkeit widerspruchslos anerkannte –

wurde er zum Zeitentaumler.

XII
Vita Pasqualini II
1625

Warte, mein Pferdchen, warte! Lauf langsamer an dieser Stelle, an jenem Tag im April, es war kurz vor meinem elften Geburtstag, ich weiß es genau.

Wir, der Chor, wir hatten geprobt, ein Ave Regina; an Ostern sollten wir in San Pietro singen, bei der großen Zeremonie zur Auferstehung des Herrn Jesus.

Um fünf Uhr nachmittags erschien Ugolini, der die Probe einem seiner Assistenten überlassen hatte. Er wollte uns nicht gehenlassen, wollte das Ave komplett hören, hier und jetzt. Er trug seinen Stock bei sich und schritt langsam die Reihen ab. Wir wußten, wer Fehler macht, bekommt eins übergezogen; es war eine, wie Ugolini es nannte, »ernste« Probe. Bei Proben hielt ich meistens mit meinen Fähigkeiten zurück; es genügte zu wissen, daß im Ernstfall alles gelingen würde, also pflegte ich meine Stimme zu schonen. Diesmal aber gab ich, was ich geben konnte, denn mir schien, als beobachte mich Ugolini vor allen anderen, ja er stellte sich an meine Seite und horchte und schlug den Takt mit seinem Stock. Ich war nicht nervös, nicht aufgeregt, jeder Ton gelang mir sicher und wunderbar; wie von selbst entwand sich der Gesang meiner Kehle, als wohnten in meinen Lungen geflügelte Elfen, ätherische Luftgeister, die leichtgewichtig nach oben strebten.

Ugolini lächelte. Selten war ich besser gewesen. Ugolini lächelte! Er, der von der Routine Abgestumpfte, ließ erkennen, daß mein Gesang ihn bewegte. Schwingen aus Wärme und Verständnis griffen mich unter, hoben mich in den Zustand des Einklangs mit allem.

Als färbte meine Euphorie auf den Rest des Chores ab, steigerten sich die Kameraden hinein wie noch nie. Der ganze Raum wurde Musik, von der Empore der San Luigi quoll es wie das Hosianna des Himmels; aufgefächert über dem Grundton fügte sich Jedes in die göttliche Kadenz, Keines scherte dissonant aus.

Wir waren wirklich gut – und ich war von allen der Beste. Und als der letzte Hauch verklungen war zwischen Kuppeln und Pilastern, sahen wir Knaben uns an; überzeugt, Ungeheures geleistet zu haben.

Ugolini, der eigentlich immer etwas auszusetzen hatte, der sich nach jeder Probe einen von uns griff und ausschalt, winkte diesmal nur, was bedeutete, wir durften nach Hause gehen. Dann zeigte er auf mich mit seinem Stock und sagte: Du bleibst noch hier, Map!

Ich erschrak – gerade heute war ich mir keines Fehlers, keiner Nachlässigkeit bewußt. Ich schlich hin, gebeugten Kopfes, und fragte, was ich falsch gemacht hätte. Nichts, antwortete er gütig, du warst sehr gut. Er werde mich zu meinen Eltern begleiten, habe mit meinem Vater etwas zu besprechen.

Und als alle gegangen waren, nahm er mich bei der Hand und wir machten uns auf den Weg nach Trastevere. Ich wagte nicht zu fragen, was er mit meinem Vater besprechen wollte; offensichtlich ging mich das nichts an, sonst hätte er es schon gesagt.

Meine Eltern waren von dem für ihre Verhältnisse hohen Besuch geniert; hatten nichts anzubieten, nicht einmal guten Wein, und die Küche war unaufgeräumt. Vater machte das ganz fuchsig, er ließ sich nicht gern einen armen Mann schimpfen, schickte meine Brüder aus, guten Wein, Likör und Backwerk zu kaufen. Ugolini wiegelte dauernd ab, nicht nötig, nicht nötig, es handle sich nur um eine kleine Sache, die besprochen werden müßte – am besten unter vier Augen...

Wir alle, meine Mama, meine beiden Schwestern und mein jüngster Bruder, wurden hinausgeschickt, mußten vor dem Haus warten, auf der Terrasse. Es gab keinen anderen Platz, unser Haus bestand nur aus der Werkstatt, der großen Wohnküche und dem Schlafzimmer, das durch Vorhänge abgeteilt war in zwei Bereiche, den der Eltern und den der sieben Kinder.

Mein jüngerer Bruder murrte, er war hungrig und sah nicht ein, weshalb er auf sein Abendessen warten sollte. Mama gab ihm einen Klaps; hohen Herren müsse man eben Platz machen, wenn sie sich die Ehre gäben. Dann wurde Mama gerufen. Die Brüder unterdes kamen mit den bestellten Waren und brachten sie hinein, wurden danach gleich wieder herausgeschickt, aber sie hatten aufgeschnappt, daß es um Geld ging, Summen seien genannt worden. Ich konnte mir das alles nicht erklären. Mir war mulmig. Noch eine halbe Stunde verstrich. Dann hörte ich die Stimme des Vaters: Marc'Antonio!

Er war der einzige, der mich nicht Map nannte.

In der Küche sah ich Mama weinen, stürzte auf sie zu und nahm sie in den Arm. Ugolini und mein Vater saßen sich gegenüber, die Likörflasche zwischen sich. Beide machten ernste Gesichter.

Soll er es doch selbst entscheiden! rief Ugolini und deutete auf mich. Mama hielt mich beidarmig umschlungen und weinte still meine Schulter naß. Komm mal her, Map! befahl Ugolini. Widerwillig löste Mama ihre Umarmung und sah starr zu Boden.

Wir möchten nichts gegen deinen Willen beschließen, sprach Ugolini und hieß mich neben sich auf die Bank setzen. Vater derweil schenkte sich ein ganzes Glas Likör ein. Das hatte ich noch nie bei ihm erlebt, er war sehr sparsam.

Hör zu, Map, es geht um deine Zukunft, flüsterte Ugolini und legte mir eine Hand auf die Schulter. Seine grauen, verhornten Finger, an denen von der Stirn gewischter, zu kleinen grünen Röllchen geriebener Talg pappte, hielten mich fest im Griff, als fürchtete er, ich könne davonlaufen.

Willst du ein großer Sänger werden? fragte Ugolini. Selbstverständlich wollte ich das und nickte.

Du hast eine großartige Stimme, mit der Gott dich gesegnet hat vor allen anderen unsres Chores...

Ja, das war ganz meine Meinung, und ich nickte wieder, aber nur knapp, damit es nicht unbescheiden aussah.

Nun weißt du vielleicht, fuhr der Kapellmeister fort, daß du bald vom Stande der engelsgleichen Unschuld lassen mußt. Du wirst deine Stimme verlieren, damit der Satan der Lust den Mann in dir versuchen kann...

Das war ein Schlag für mich! Wie vom Donner gerührt zuckte

ich zusammen. Meine Stimme sollte ich verlieren, meine schöne, klare, herrliche Stimme?

Ja, sagte Ugolini; die eben noch Engel waren, werden zu kleinen Schweinen, und was eben noch kristallen jubiliert hat, wird grunzen und quieken. Er strich über meine Locken und wartete, bis sich die Wirkung seiner Worte in mir festgekrallt hatte. Erst dann sprach er weiter – daß es aber einen Ausweg gebe, einen Weg, wie ich für immer zu den Engeln gehören dürfe, wie mein Gesang rein und glockenklar bleibe, wie ich mich den Prüfungen der Lust von vornherein entziehen könne.

Das war wunderbar! Da wären ja zwei Fliegen mit einem Absatz zertreten; wißbegierig blickte ich auf, zu allem bereit. Ich wußte nicht, was er meinte mit den »Prüfungen der Lust«, und hatte auch kein Verlangen, viel davon zu wissen.

Gleich dem Berufenen, der als Priester seine Keuschheit Gott weiht, gebe es auch für begnadete Sänger die Möglichkeit, sich den Engelsscharen von vornherein zu verpflichten. Nur eine kleine Operation sei dazu nötig...

Beim Wort »Operation« zuckte ich wieder. Wir hatten einen in der Nachbarschaft gehabt, der war nach einer Operation gestorben.

Nun fing Mama laut zu jammern an, rief: Mein Sohn!, und ich flog in ihre Arme, um sie zu trösten. Als ich den Kopf an ihren Busen legte, hatte ich die Wahl bereits getroffen; alles, alles war besser, als meine Stimme zu verlieren, und wenn man mit dieser Operation auch noch dem Satan entgehen konnte – um so besser.

Weine nicht, Mama! rief ich. Es gibt viele, die haben Operationen schon überlebt! (Wenigstens nahm ich das an.) Aber da jammerte sie um so lauter, und mein Vater befahl uns, das Zimmer zu verlassen; auch er hatte sich längst in meinem Sinne entschieden; nun mußte weiter das Geschäftliche besprochen werden.

Wie ich später erfuhr, hat mich mein Vater nicht billig hergegeben, er handelte Ugolini auf 50 Scudi hoch, gab im Gegenzug alle Erziehungsrechte ab an die Autorität der San Luigi.

50 Scudi – sehr viel Geld damals, das entsprach etwa dem Wert eines Stücks Mastvieh. Nachdem Ugolini bezahlt hatte, wurde ich

wieder hereingerufen. Vater – das war ich von ihm gar nicht gewohnt (wahrscheinlich war er beschwipst) – holte mich zu sich, setzte mich auf seinen Schoß und sagte, mir stehe eine einschneidende Veränderung bevor... Das war, glaube ich, das einzige Mal, daß ich im nachhinein so etwas wie Humor an ihm bemerkt habe.

Er tat recht gut aufgelegt und scherte sich keinen Pfifferling um seine weinende Frau, die immer wieder nein, nein, nein sagte, aber ohne Nachdruck, denn die Entscheidung stand schon unverrückbar fest. Du bist ein Auserwählter, sprach Ugolini feierlich, ich hoffe, du ahnst, welches Glück du hast!

Ja, Signore, flüsterte ich dankbar und war bereit niederzuknien und zu beten – erlöse uns von dem Bösen, denn Dein ist das Reich... Du hast nichts zu fürchten, murmelte mein Vater, diese Art Operation ist kaum gefährlich. Ich fragte mich, woher er das wußte, aber Ugolini stimmte ihm zu, und in Ugolini hatte ich Vertrauen.

Ich weiß nicht, warum, doch erwartete ich mit Sicherheit, am Kopf operiert zu werden und hatte Angst vor entstellenden Narben. Da lachte Ugolini und meinte, um meine Schönheit bräuchte ich mir wirklich keine Sorgen zu machen, die bleibe unangetastet, ich würde ein kleiner Engel sein und Gott gefallen. Das machte mich sehr froh – wer möchte Gott nicht gern gefallen?

Als Ugolini dann vorschlug, die Operation solle schon morgen stattfinden, je früher desto besser, befiel mich doch ein starkes Unbehagen. Ich vermochte die halbe Nacht nicht zu schlafen, rief mir immer ins Gedächtnis, daß Gott mich lieb hatte, er hatte mich ja auserwählt, mir konnte nichts geschehen. Und wenn doch, so stand ich in der Gnade der knabenhaften Unschuld; würde geradewegs ins Himmelreich gelangen. Das war auch nicht schlecht.

Die Operation fand bei uns zu Hause statt, auf dem Küchentisch. Man gab mir Likör zu trinken, drei, vier Gläser. Der Chirurg war ein Priester, ein junger Mann, ich fragte ihn, ob es weh tue und er behauptete, nicht sehr. Er ließ sich eine Schüssel kochendes Wasser bringen, dahinein tat er verschiedene Kräuter, und ich mußte den Dampf inhalieren und verlor vollends die Besinnung.

Ich erinnere mich, daß ich Schmerzen spürte, starke Schmerzen sogar, aber ich wachte nicht auf, ich schrie in einem schwarzen, wandlosen Raum und schwebte, und man legte mir Gewichte auf die Brust, die mich zu Boden drückten. Ich glaube mich auch zu erinnern, daß meine Kehle sehr trocken war, daß ich nach Wasser verlangte und mir keines gegeben wurde. Dann war alles nur noch schwarz und heiß, mein Kopf pumpte wie das riesige Herz eines Stiers. Soll ich besser sagen: eines Ochsen?

Am Morgen erwachte ich, Stromschnellen im Blut, Wirbel im Kopf; ich fühlte den Verband zwischen den Beinen, spürte heftige, schneidende Schmerzen im Scrotum, begriff nicht, was man da unten operiert haben mochte.

Mama stand über mir, mit verheulten Augen, sie schien in dieser Nacht zur Greisin geworden. Ganz fahl war ihr Gesicht, aschgrau, und ihr Busen stank nach ranzigem Fett. Ich freute mich, daß ich lebte und verstand nicht, warum sie nicht mit mir frohlockte. Mein Vater ließ sich nicht blicken, und meine Geschwister wurden nicht hereingelassen. Ich lag in der kleinen Abstellkammer, in der normalerweise unser Mehl gehortet wurde. Kein Licht drang herein, und ich bekam nichts zu trinken den ganzen Tag, und streng war mir verboten worden, am Verband herumzunesteln. Abends brachte Mama mir eine Fleischbrühe mit Brotstücken; als ich gegessen hatte, fesselte sie mir unter neuen Tränen die Hände über dem Kopf, damit ich mir im Schlaf den Verband nicht herunterreißen konnte. Diese Vorsichtsmaßnahme war allzu berechtigt, bald begann es mich unerträglich zu jucken zwischen den Beinen, tagelang, nächtelang, es war furchtbar.

Dann wurde es besser. Nach vier Tagen durfte ich aufstehen, nach einer Woche hatte ich kaum noch Schmerzen. Selbstverständlich war ich neugierig, als der Verband abgenommen wurde; bei erster Gelegenheit verbarg ich mich an einem stillen Platz, an meinem Lieblingsplatz, unten, an einer der Tibermolen. Dort betrachtete ich mich genau, fand aber kaum einen Unterschied. Es war fast alles so, wie ich es in Erinnerung hatte, wenngleich ich es auch nicht deutlich in Erinnerung hatte, ich hatte mich selten da angesehen, weil man das ja nicht machen soll.

Ich fühlte mich großartig.

Ich ging wieder in den Unterricht, Ugolini empfing mich fürsorglich und tat ansonsten, als wäre nichts gewesen, als wäre das Geschehene ein Geheimnis zwischen ihm und mir – und so hielt ich es auch. Wirklich wußte keiner meiner Kameraden Bescheid; ihnen war gesagt worden, ich hätte die Grippe – und ich mochte keinen so gerne leiden, als daß ich ihm mein Geheimnis offenbart hätte.

Ich sah von der Empore aus die Besucher der Gottesdienste, die gebeugten Sünder, die in den Beichtstühlen verschwanden und ihre Schandtaten darlegten. Ich sah die alten Weiber Rosenkränze beten, das Kruzifix und die Madonna anflehn um irgend etwas, ich sah die Krüppel und Kranken und Hinterbliebenen beten und trauern und hoffen, um Vergebung, Heilung, Erlösung und all das – und ich dachte mir dabei, welches Glück ich hatte, zu den Auserwählten zu gehören, denen die Welt nichts anhaben kann, die den Satan nicht um sich dulden müssen, die geboren sind, um Gott mit Gottes Stimme zu lobpreisen. Wie war ich bevorzugt worden, gegenüber diesen armen, gefährdeten Menschen, die erst so viele Prüfungen durchzustehen hatten, bevor sie des Paradieses teilhaftig werden durften. Und die anderen – die der Schlund der Hölle fressen würde – wieviel Mitleid empfand ich für sie...

Zweimal im Monat mußte der gesamte Chor gemeinschaftlich zur Confessio antreten und sich auf die beiden Beichtstühle verteilen. Ein Priester namens Domenico überwachte jeweils diese Prozedur; er hatte mit Musik überhaupt nichts am Hut, ein gräßlicher alter Pfaffe, dem der Speichel aus den Mundwinkeln tropfte und der es liebte, die Chorknaben zu drangsalieren.

Wir durften offiziell von niemandem gezüchtigt werden als von unseren direkten Ausbildern, das waren Ugolini und zwei Assistenten; wir hatten deshalb nie große Angst vor Domenico. Auch wenn er uns das Schwarze vom Himmel androhte – wir wußten um die Grenze seiner Kompetenz, die meisten von uns hänselten ihn unentwegt, den eiterspritzenden, aus einem verfaulten Zahn Geschnitzten; er gehörte zum Abschaum des klerikalen Standes, ein Wurm in Gottes Fußvolk.

Eines Tages war die Chorbeichte wieder fällig; die anderen stellten sich auf in zwei Reihen, bloß ich nicht; ich setzte mich ruhig in eine Bank und wartete, bis sie fertig würden und gewaschenen Herzens zur vorgesehenen Exkursion nach Sant' Agata anträten.

Da braust Domenico auf – was mir einfalle, ich solle gefälligst stehend warten und hier nicht herumlümmeln. Ich frage, wozu Bänke gut seien, wenn man sich nicht setzen dürfe. Er will wissen, ob ich denn schon fertig sei? Nein, sage ich, ich müsse ja nicht beichten. Da glotzt er blöde, mit offenem Maul, fragt dann nach dem Grund. Und ich sehe ihn etwas gnädig an und flüstere, daß ich doch zu den Auserwählten gehöre. Er bekommt kaum Luft, glaubt, sich verhört zu haben, fragt noch einmal. Ja, Pater Domenico, sag' ich, ich bin in die Chorscharen der Engel aufgenommen und auserwählt, vor Gottes Thron Preislieder zu singen; ob er davon nicht gehört habe?

Da vergaß er sich, prügelte auf mich ein, hielt mich am Ohr fest, schlug mir seine Faust ins Gesicht und auf die Rippen; grün und blau war ich hinterher.

Er schleifte mich durch die ganze Kirche und sperrte mich in die Sakristei. Ich kochte vor Wut und dachte, na warte! Wenn Gott dir den Schädel nicht vorher mit einem Blitz spaltet, wird dich bestimmt Ugolini zurechtstutzen, er wird nicht dulden, daß man einen Auserwählten so behandelt, wird's dir schon zeigen! Mein ist die Rache! Bitter wirst du büßen, daß du mir den Ausflug nach Sant' Agata versaut hast!

Ein paar Stunden danach – mein Zorn war gähnender Ödnis gewichen – erschien Ugolini, sperrte die Tür der Sakristei hinter sich wieder zu und hieß mich vor ihn treten.

Er sah sehr traurig aus, voll Mitleid wegen der Prügel, die mir verabreicht worden waren. Ich lief gleich zu ihm und faßte seine Hand und sagte, wie froh ich sei, daß er mich endlich befreien komme. Ugolini wurde puterrot, seine Gesichtsrose stand in prächtigster Blüte; die Narben, die er sich durch dauerndes Kratzen beschert hatte, schwollen wie violette Frühlingsbäche. Sein Antlitz ist immer ein Spektakel gewesen; ich habe mir oft Wälder auf seinen Wangen vorgestellt und Schieferfelsen auf seiner Stirn und seine Nase als blutigen, moosumkränzten Wasserfall. Wenn man sich erst an sein Aussehen gewöhnt hatte, schuf es einem keine Furcht. Er schien im Herzen ein guter Mensch, besaß etwas von einem Waldgeschöpf aus den Märchen, das freundlich ist, wenn man sich ihm nur fügt und es nicht verspottet.

Um so härter traf es mich, daß er mich abschüttelte, auf den Boden warf und schrie: *Wer bist du? Was bist du? Ein Auserwählter des Himmels? Verweigerst die Beichte? Begehrst auf gegen Pater Domenico?*

Ich war wie von Sinnen und verstand rein gar nichts mehr.

Er packte mich, legte mich über einen Stuhl, befahl mir die Hose zu öffnen und versetzte mir fünf Stockhiebe auf den blanken Hintern. Dann brüllte er, falls ich noch einmal ihm oder Pater Domenico widerspräche, wären zehn Hiebe fällig, und dann zwanzig und dann eine Zahl, die kannte ich noch gar nicht.

Ich wollte stammeln: Ihr habt mir doch gesagt... aber ich kam nicht weit, schon verpaßte er mir eins extra. Dann ging er, ließ die Sakristeitür offen stehn, und oben, von der Empore, erklang das Ave Regina des Chors.

Ich blieb eine Viertelstunde sitzen und schluchzte und suchte mir die Welt neu zu deuten, ging dann Ugolini hinterher, stapfte die Stufen hinauf und gliederte mich in den Chor ein, gerade rechtzeitig zu meiner Solostelle.

Und ich sang – jaja, ich weiß, es klingt unglaubwürdig, aber ich sang – wie soll ich es beschreiben? Ich sang göttlich.

Obwohl mir das Kinn noch zitterte und die Lungen stachen und flatterten – ich weiß es mir selbst nicht zu erklären –, ich sang, wie ich noch nie gesungen hatte; jeder meiner Töne war ein Diamant, der die Luft durchschnitt wie damals den Jerusalemer Tempelvorhang.

Ich sah Ugolini in die Augen; er blickte erstaunt und anerkennend zurück, nunmehr ohne Wut, war zu sehr Musiker, um in diesem Moment meine Leistung nicht in vollem Maße zu würdigen, Respekt zu bezeugen durch ein Schrägstellen des Kopfes, durch ein leichtes Heben der Brauen. Das genügte mir schon.

Er hatte sich an mir versündigt, hatte vergessen, daß ich ein Auserwählter war, doch verzieh ich ihm, denn – genau betrachtet, trug ich an dem Malheur selbst die Schuld: Ich hatte Pater Domenico ein Geheimnis preisgegeben, das nicht für ihn bestimmt gewesen war.

Ugolini und ich sprachen nie mehr ein Wort über jenen Vorfall. Fortan ging ich auch pünktlich zur Beichte, erfand alle möglichen kleinen, kindischen Übeltaten; zwang mich zu Verborgen- und Bescheidenheit. Ich begriff – das war es, was mir Ugolini mit den Stockhieben hatte beibringen wollen: Verborgen zu leben und bescheiden; Gott zu preisen, nicht mich selbst.

Ostern war übrigens längst vorbei, das Konzert in San Pietro hatte ohne mich stattgefunden, die Osterwoche hatte ich damit verbracht, mich von der Operation zu erholen. Meine Solostelle war von irgendeinem anderen übernommen worden.

Armer Papst Urban, dachte ich, armer Papst Urban.

XIII

Acht Uhr morgens.

Alban war ziellos umhergelaufen, war dann in einen Frühbus gestiegen und durch die halbe Stadt gekreuzt, drei Stunden lang; Stunden, während denen er immer wieder eingenickt und von gutmeinenden Fahrgästen wachgezupft worden war.

Verschiedentlich durchstießen Sonnensegmente den grauen Himmel. Der kalte Wind hatte sich gelegt, langsam stiegen die Temperaturen bis um die zwölf Grad Celsius.

Alban konnte sich kaum mehr auf den Beinen halten. Die Gespräche der Passanten klangen ihm grausam schrill in den Ohren, wie das Krietschen einer Gabel auf Leichtmetall. Seine Zunge fühlte sich stark geschwollen an, ein Pfropf im Mund, der bitter schmeckte. Die Beine waren ihm zu Eisen geworden; jeder Schritt eine Tortur. Jede Viertelstunde ruhte er kurz aus, setzte sich auf Bänke, Steine, auf die Ränder der Mülleimer.

Das Eisen aber nutzte jene Pausen, um ein Stück weit den Körper hinaufzuwandern. Die Schulterwunde pochte. Alban überlegte, ob es etwas nutzen könnte, sie nachträglich mit Jod zu desinfizieren. *Ich sähe ziemlich schräg aus, wenn man mir eine Schulter amputieren müßte. Huh! Da bin ich mal leicht angezapft worden und stell' mich an wie der Hypochonder im Dschungel...*

Er hielt vor einem Fotogeschäft, dessen Tür soeben aufgesperrt wurde. Er entnahm seiner Hosentasche die Filmdosen und betrat den Laden. Durch 50 000 Lire, freigebig auf den Tisch geblättert als Vorabgratifikation, verschaffte er sich die Zusicherung, beide Filme würden sofort entwickelt; in spätestens einer Stunde könnten sie abgeholt werden; nichts zu danken – wir danken Ihnen. Nachdem dies erledigt war, schob er noch seine Kamera über den Tisch. Die benötige er nicht mehr – ob man ihm dafür etwas bieten würde?

Der Händler begutachtete die Kostbarkeit, die in Täubners

Sammlung einst Fetischrang besessen hatte, und bot umgerechnet 400 Mark – ein Zehntel ihres Ladenpreises. Alban akzeptierte.

Der Schnitt, den er für sein Leben vorgesehen hatte, sollte hart und schmerzhaft sein; das steigerte nur die Bedeutsamkeit. Noch bedeutsamer und schmerzhafter wäre zwar gewesen, die Kamera auf dem Gehsteig zu zerschmettern – aber Alban glaubte, Geld nötig zu haben für den Fall, daß er noch länger in Rom ausharren mußte.

Beiläufig erkundigte er sich nach dem Weg zum Hospital Sant' Angelo. Er fühlte sich befreit wie am letzten Schultag, wie am letzten Tag des Zivildienstes, am Tag des ersten Beischlafs, am Tag, als er seine erste eigene Wohnung bezogen hatte. Etwas war für immer vorbei. Kerbe des Wandels. Manifest.

So muß sich eine Schlange fühlen nach der Häutung. Alte Narben sind abgeworfen, die Zeit kann neue Zeichen setzen.

Und er meditierte über jeden Schritt, nahm laut das Recht in Anspruch, den Fuß hierhin oder dorthin zu wenden.

Hierhin, dorthin. Hierhin, dorthin.

Aber er wendete nicht. Gradewegs strebte er in Richtung des Hospitals.

Ich bekomme nicht erzählt, ich erzähle. Ich habe von der Macht gekostet.

Mit jedem Schritt minderte sich das Gefühl der Befreiung. Das Flimmern der Wolkenränder, kobaltblau in schmutzigem Beige, empfand er als Himmelszwinkern. Ein ökumenischer Segen, auch der chthonischen Gottheiten.

Geh nur weiter! Du bist der Goofy, du bist der Bauer, du bist der Tölpel! Andrea non cantat – DU bist es wie ALLE!

Er rümpfte die Nase, raunzte: Und wenn?

Frei bin ich zu tun, was ich will. Aber ich will nicht.

Noch führte ein Weg zurück.

Letzte Abzweigung nach Pasing stand auf einem Schaufensterschild. *Last Minute-Tour zum Selbstkostenpreis.*

Alban lief stur weiter, die Stirn gesenkt, die Hände zu Fäusten gepreßt.

Ich bin so frei, nicht zu wollen.

XIV
Vita Pasqualini III
1626–1628

So vieles muß ich streichen, auf das mein Pferdchen die Hufe legt; so viele Gerüche, Gefühle, Ahnungen, Ertastungen, Bilder... so viele Menschen, die meinem Leben Stupser in diese oder jene Richtung gaben; die kleinen Welten voll hintergründiger Magie; die tausend Fäden des Strickes, an dem die Zeit mich vorwärts zerrte.

Ich weiß, ich muß mich knapp bemessen; ich schreibe an gegen die Starre und das Schweigen...

Als ich eben zwölf geworden war, starb Mama. Sie hatte über eine gewisse Schwere im Bauch geklagt, hatte es für Verstopfung gehalten und Abführmittel genommen. Stunden später war sie tot, ohne daß jemand bei ihr gewesen wäre. Sie hatte sich für ein Weilchen hingelegt – was ihr am hellichten Tag noch nie eingefallen war; das hätte Alarmsignal genug sein müssen. Doch keiner von uns, weder die Brüder, die Schwestern, der Vater noch ich, sind bei ihr gewesen, keiner hat ihren letzten Wunsch gehört, keiner kann sagen, ob sie viel gelitten hat.

Der Arzt fand keine Ursache. Es war ganz rätselhaft.

Wie ihr gewaltiger Leib so kalt und weiß auf dem Leichentuch lag, beschloß ich eine Todsünde zu begehen und mich im Tiber zu ertränken – so wütend war ich gegen den Herrn des Lebens, der sie mir gestohlen hatte. Beinahe hätte ich es geschafft, meiner Trauer davonzulaufen, doch niederträchtige Flußschiffer zogen mich aus dem Wasser; da brach es herein über mich. Wochenlang verlor ich die Stimme, war blind und taub und stumm; wollte nicht essen, nicht denken, nicht leben.

Ugolini kümmerte sich während jener schlimmen Zeit rührend um mich, redete mir gut zu, sprach vom Paradies, der Erlösung, all den guten, jenseitigen Dingen. Die Essenz seiner Worte war, ich solle künftig meine Stimme zu Mamas Gedenken erklingen lassen.

Er studierte Messen mit mir ein, zwang mich mit Stockhieben zum Singen, wie man den Atem eines Neugeborenen durch einen Klaps in Gang setzt. Er tat, was er konnte, und hatte letztlich Erfolg, als ich schon gefährlich abgemagert war. Ich lebte weiter, um Ugolini einen Gefallen zu tun.

Mein Vater wurde mürrisch und verstockt und arbeitete oft siebzehn Stunden am Tag. Auch begann er, uns grundlos zu prügeln, auch mich, der ich gerade erst zum Leben zurückgefunden hatte. Ugolini half, indem er mir im Schlafsaal der Externen ein Lager zuwies; zwischen dem Dutzend Buben, deren Wohnstatt zu weit entfernt lag, als daß sie allabendlich hätten heimkehren können.

Mein Vater – obwohl er sich hätte freuen müssen, einen Esser loszuwerden – reagierte sehr erzürnt ob dieser Maßnahme. Ugolini wies ihn darauf hin, daß er seine Erziehungsrechte an die San Luigi abgegeben hatte. Es kam zu Geplänkeln, in deren Verlauf ich mich auf die Seite Ugolinis schlug. Unter Androhung von Polizeigewalt wies er dem Vater die Tür.

Ich kehrte nie mehr zu meiner Familie zurück.

Wollte ich sie feiertags besuchen, verbot mir der Vater nun seinerseits das Haus, als einem »Verräter«. Ehrlich gesagt, betrübte mich das nicht arg. Die Brüder und Schwestern sah ich öfter einmal auf der Straße. Wir pflegten dann freundlichen Umgang; doch im Lauf der Jahre wußten wir immer weniger, was wir miteinander reden sollten. Als ich später Geld besaß, habe ich ihnen alle paar Monate kleine Summen zukommen lassen; aber das, was man unter einer Familie versteht, besaß ich nie mehr. Ich war ja emporgestiegen zu einem neuen Leben, zwischen zur Gänze andersartigen Menschen. Es ist nicht so, daß ich meine Wurzeln verleugne. Ab einem gewissen Zeitpunkt jedoch interessierten sie mich nicht mehr.

Ich entstamme – wie Jesus Christus – einer Ahnenreihe einfacher Handwerker; und wie Jesus Christus verließ ich die Familie, um mir selbst nachzufolgen. Ich benötige keine Rechtfertigung, was das betrifft.

Zwei meiner Brüder fielen diversen Kriegszügen zum Opfer; einer übernahm die Werkstatt und wahrte die Tradition; der jüngste wanderte aus in die Neue Welt über dem Ozean; man hat nie mehr von ihm gehört. Die Schwestern fanden beide einen Gatten, und der Vater wurde ein Jahrzehnt vor seinem Tode närrisch. Strenggenommen gehört das nicht hierher.

Zurück, Pferdchen, zurück in jenen Schlafsaal der Externen, den ich fortan mein Zuhause nannte.

Unsere Lager bestanden aus Stroh und Wolldecken und einer Wärmflasche im Winter; zu essen gab es oft zuwenig und selten Gutes. Das Wirtschaftsgebäude der San Luigi sorgte für vier Priester, einen Hausmeister und dessen Frau, für Gäste – meist französische Kleriker – und für uns Externe, deren Zahl zwischen elf und sechzehn schwankte.

Wir wurden behandelt wie Klosterschüler, wurden um vier Uhr geweckt, mußten uns vielerlei Exerzitien unterwerfen und hatten so gut wie nie freien Ausgang. Nur ich genoß einige Privilegien, die der Schonung meiner Stimme und Konstitution dienten und mich bei den Kameraden (sie so zu nennen fällt mir schwer), unbeliebt machten. Ugolini wurde mein Privatlehrer, widmete viele Abendstunden meiner Bildung, unterrichtete mich in Geographie, Latein, Musik, Kirchengeschichte, Mathematik und Rhetorik, brachte mir auch Umgangsformen bei und weltmännisches Benehmen.

Seinem Ratschlag entsprang die galante Gelassenheit, die ich mir über weite Strecken des Lebens bewahrt habe, an der viele Widerstände zerbrachen, die wie ein geheimes Zauberwort Türen öffnete, Mündern Geheimnisse entlockte und Feinden Intrigen vergällte.

In jenem Schlafsaal aber litt meine Seele Höllenqualen, brannte im steten Feuer des Neides und der Mißgunst, der Stichelei, der Beleidigung, bis hin zur offenen Gewalt. Jemand entzündete in der Nacht das Stroh meines Lagers, um mich danach – gnädigerweise – mit einem Bottich Eiswasser zu löschen. Das war ein Spaß für die Höllenbrut! Ugolini fand den Schuldigen heraus und warf ihn auf die Straße.

Ich war dreizehn zu dieser Zeit und gehörte schon zu den Älteren; an Körperkraft konnte mich jedoch ein Zehnjähriger übertrumpfen. Viele nutzten ihre primitive Macht weidlich aus. Die wußten, Ugolini konnte nicht alle rausschmeißen, wenn der Chor funktionieren sollte. Seit jenen Tagen ist mir Chorarbeit im Innersten verhaßt; das Gebundensein an »Kollegen«, die Abhängigkeit von anderen, die Degradierung zum Teil einer Masse. Unter den Externen gab es auch Gesindel, das seine Karriere auf Marktplätzen begonnen hatte, das zum Diebstahl mindestens soviel Talent wie zum Singen zeigte; manchen von ihnen hatte der Henker zur Waise gemacht; freche Burschen mit einem Maul größer als ihre Arschbacken – wenn ich mich mal so ausdrücken darf –, die hatten keine Ehrfurcht im Leib.

Profanster Abschaum lag da oft beieinander und tuschelte über unaussprechlichste Dinge. Ich gebe zu, Langeweile verführt gern zu Exzessen – doch was diese Brut meinen Augen und Ohren zumutete, war gemeinste Verderbtheit.

Sie prahlten um die Wette mit ihren Erektionen – diesen Verhärtungen, Beulen, Schwellungen, Auswüchsen, die mir unbegreiflich waren, die mir krankhaft vorkamen, ekelerregend – und wenn sie daran schüttelten, gerann ihnen der Urin zu einer klumpigen Milch.

Ihr widert mich an mit euren Spielen! rief ich erbost. Pfui Teufel! Da lachten sie schleimig, ja, sie wagten es, mich auszulachen, mich, den Besten unter ihnen, gegen den sie Rülpser waren vor dem Herrn. Es ist wahr – ich wußte immer noch nicht, welche Art Operation an mir vorgenommen worden war, wußte nicht um meinen Zustand, hatte manche Anspielung (an die ich mich nachträglich erinnern kann) nie verstanden.

In jener Nacht, als die dreckige Bande wieder bei Kerzenlicht um die Wette sündigte und ihren widerlichen Ausfluß auf den Boden tropfen ließ, um die Mengen zu vergleichen, wendete ich mich ab, wollte schlafen, wollte mich nicht anstecken; aber das Pack bewarf mich mit Pantoffeln, gönnte mir meine Teilnahmslosigkeit nicht.

Wirklich, ich glaubte, sie seien alle von einer Seuche befallen; damit wollte ich nichts zu tun haben. Ich malte mir aus, daß sie – wenn man ihre aufgeblähten Glieder amputieren müßte – beim Wasserlassen dem Strahl keine Richtung mehr geben könnten (genau das schien mir ernsthaft der einzige Sinn jener kleinsten Extremität; ich war absolut ahnungslos).

Obwohl mit Brüdern und Schwestern aufgewachsen, hatte ich nie Erfahrungen gemacht, was die höhere Funktion des Fortpflanzungsorgans betrifft. Die pralle Geschlechtlichkeit; der Blutstau, die Absonderung des Elixiers; der von Konvulsionen begleitete Samenauswurf; der halbseitige Zeugungsakt, jenes lusterzeugende Manipulieren, das dem Glied Empfängerinnen vortäuscht – all das war mir ein Buch mit mehr als sieben Siegeln. Ich dachte sogar, jene »klumpige Milch« könne eine besondere Sorte von Eiter sein, den sie aus ihren Wunden abgossen, woraufhin das kranke Organ abschwoll und Ruhe gab – bevor es sich mit neuem Eiter füllte. Nach einigem Nachdenken schien mir das die plausibelste Erklärung.

Heute, da ich beinah jede Art der Ausschweifung wenigstens als Zuseher miterlebt habe, vermag ich das Ausmaß meiner damaligen Dummheit selbst nicht zu glauben. Vielleicht muß man erklärend hinzufügen, daß heutzutage die Kinder früher reif und lüstern werden als noch vor siebzig Jahren. Es hängt wohl mit einer Verlotterung des allgemeinen Lebenswandels zusammen.

Kurzum, ich schrie auf in jener Nacht, nannte die Schweine alle Schweine und verseucht.

So mußt du ja denken! gaben die zur Antwort. Bleibt dir ja nichts anderes übrig!

Nach und nach kam die Wahrheit mir auf die Spur. (Nicht umgekehrt.)

Sie sagten, in jenem Saft (beziehungsweise Eiter beziehungsweise geronnenen Urin) steckten winzige Menschen – wenn man die in den Magen einer Frau plaziere, wüchsen sie dort zu Kindlein heran.

Sie nannten mich einen Idioten, weil ich meine Fruchtbarkeit hergegeben hätte, einiger höherer Tonskalen wegen.

Ich habe meine Keuschheit (aufgeschnapptes Wort, dessen Bedeutung ich nicht ermaß) GOTT GEWIDMET, schrie ich zurück, und darf dereinst an SEINEM THRON SINGEN!

Da lachten sie dreckig, lagen sich in den Armen unter gräßlichem Gelächter.

Sie hatten mir Zweifel ins Herz gesät; nun begann ich die Wahrheit selbst zu suchen; Stück für Stück begriff ich, was mit mir geschehen war, konnte es zumindest erahnen.

Ich rannte zu Ugolini und verlangte eine Erklärung. Er druckste herum, sagte – grob vereinfacht –, es sei nun mal geschehen, was geschehen sei, und was immer geschehe, sei zweifellos Gottes Wille, und ich besäße, zweifellos, dereinst gute Chancen auf einen Platz im Chor der Engel... Schließlich meinte er, die Kameraden im Schlafsaal seien ein übler Umgang für mich; er wolle mir ein eigenes Zimmer beschaffen, es sei an der Zeit für mich, die San Luigi zu verlassen, er habe da etwas in Aussicht, darüber habe er sowieso schon mit mir reden wollen...

Alles durfte Ugolini in diesem Moment, nur nicht abschweifen. Ich war voll Grimm, wollte alles wissen und griff nach einem Messer, hielt es mir an die Kehle und drohte, ich würde mir die Stimmbänder zerschlitzen, wenn er nicht auf der Stelle die Wahrheit, die ganze Wahrheit sage.

Der theatralische Auftritt muß sehr überzeugend gewesen sein; immerhin wußte Ugolini aus Erfahrung, daß ich den Mut zum Selbstmord besaß – und er sagte mir alles; nun, vielleicht nicht alles, aber doch vieles, was ein Junge meines Alters üblicherweise noch nicht erfährt – wie das genau geht, zwischen Mann und Weib, und wohin das führen kann.

Jetzt wußte ich plötzlich, warum mich ab und an ein eigenartiges, fiebriges Verlangen nach etwas Unbestimmbarem überkommen hatte; eine Gespanntheit, eine Nervosität, der jeweils heftige, glutlodernde Träume folgten (denen zur Geilheit nur geile Bilder und deren Verständnis fehlten).

Jetzt wußte ich es also. Ich war ein Kastrat. (Ich bin es noch.) Die Ausführlichkeit, mit der ich jene Entdeckung schildere, hat ihren Grund. Ich möchte mir nicht den Vorwurf einhandeln, über *den* Punkt meines Wesens schamhaft zu schweigen, der doch die Basis meiner Existenz und Laufbahn bildete; will auch nicht so tun, als sei diese Entdeckung mildlächelnd zu verkraften gewesen, als seien mit ihr nicht etliche Schmerzen einhergegangen.

Der Leser weiß wahrscheinlich, daß bei Kastraten keinerlei Potenz einer gesteigerten Libido gegenübersteht. Es tosen die wildesten Stürme, doch kein Blatt des Baumes regt sich. Muß ich mehr sagen, um das kommende Leiden meiner Jugend darzulegen?

Was behauptete Ugolini? Ich besäße dereinst *gute Chancen*? Ich pfiff drauf, ich wütete, fühlte mich betrogen und benutzt. Nicht mal die »Vocazione« konnte mich trösten. Ich entdeckte auch, was eigentlich an dem Gemälde so merkwürdig und verstörend war: Der Christus (der mit dem bösen, teuflischen Antlitz) stand nicht in jenem mirakulösen Licht, noch kam es von ihm her. Der Christus, den Caravaggio gemalt hatte, war eine Figur im Schatten, gerade so weit erhellt, daß der Betrachter ihn nicht übersah. Dieser Christus wirkte dem Versucher weit ähnlicher als dem Erlöser.

Mein Entsetzen, mein Zorn, meine Ohnmacht – sie ließen mich den ersten Keim eines Gedankens formen, der mit Ketzerei noch euphemistisch umschrieben ist: Daß Christus nämlich dieses Licht *mißbrauchte* zu seinen Zwecken. Die Aureole, die über seinem Haupt schwebte, sah nach einem Zugeständnis des Malers aus, um sein Bild vor dem Verbot zu retten.

Alle Demut in mir verkehrte sich zu Trotz und Widerstand. Was Glaube war, wurde Zweifel; wo Ergebenheit in mir wohnte, wuchs Revolte.

Das alles ergab sich freilich nicht von heut auf morgen; meine Vorstellung von dem, was man mir geraubt hatte, hielt sich ja noch in engen Grenzen.

Fortan aber war ich lange auf der Suche nach jener unbekannten Größe – der Lust und ihrer Erfüllung. Man weiß, das Unbekannte und die Sehnsucht begehren einander innig. Es zog mich fortan hin zu dem, was ich vorher nicht vermißt hatte. Auch würde ich nie Kinder haben können, würde nie irgend jemandes Ahne sein, war aus der Kette des Lebens gestoßen, ein absterbender Zweig des Menschengeschlechts.

Oh – äußerlich verbarg ich bald das Wühlen in mir, fügte mich in die Ordnung der Tagespläne und Kalender, kam sogar zur Einsicht, Ugolini habe ganz richtig gehandelt, als er mein Außergewöhnlichstes vor den Gefahren des Stimmbruchs bewahrte. Vielleicht hätte ich – nach Inkenntnissetzung aller Konsequenzen – selbst so entschieden, das dünkt mir durchaus wahrscheinlich. Doch Ugolini hatte mein Schicksal in die Hand genommen, *er* ist es gewesen, nicht *ich*.

Oh, bitte nein, keine falschen Vermutungen; ich hegte keinen Groll gegen ihn, wenn ich die Sache einigermaßen objektiv betrachtete. Er hatte sich seine Entscheidung bestimmt nicht leicht gemacht, nicht leichtfertig die Verantwortung dafür übernommen – und ich bin ja zu jung gewesen, ganz recht.

Aber manchmal, da schlich ich mich nachts in die San Luigi, und ein verwundetes Tier röhrte tief aus mir, wie ein Wolf knurrt, der in die Falle gestapft ist, der Täuschung des Köders erlegen. Ich schrie und weinte in der nächtlichen Einsamkeit, begierig auf Hall und Echo, übertölpelt, festgelegt, eingeschränkt, racheheischend; forderte Gott heraus zu einer Stellungnahme. MACH DIR DEINE MUSIK DOCH SELBST, lästerte ich, MACH SIE SELBST UND SING SIE UNS!

Jene Deckenfresken, die das Paradies und die himmlischen Heerscharen zum Inhalt hatten – ach, sie waren für mich stets Paradies und himmlische Heerscharen *gewesen*. Nun waren sie in meinen Augen herabgewürdigt zu Bildern und Vorstellungen, zu Kulissen eines Wunsches, zu kunstvoll auf Stein gesetzten Farben, die dies und das *bedeuten* sollten.

Der feiste Gott – WILL ER MEINE WUNDEN MIT QUACKSALBE BETRÄUFELN? So fluche ich und tobte furchtbar und wehrte mich lange, das Geschehene zu akzeptieren, es zu deuten im mir bestmöglichen Sinn.

Vierzig Jahre zuvor, 1587, hatte die Kirche ein offizielles Verbot der Kastration verkündet. 1588, nur ein Jahr danach, wurde ein spanischer Kastrat in die päpstliche Kapelle aufgenommen; daran ersieht man, wie ernst es den Herren gewesen ist.

Allerdings muß ich sagen, Ugolini tat das Möglichste, mich von der Richtigkeit seiner Entscheidung zu überzeugen; er ebnete mir den Weg mit allen in seiner Macht stehenden Mitteln. Klug implantierte er mir ein »Wenn schon – denn schon« – Denken, und ließ mir bald eine Ahnung zukommen über die Reichweite seiner enormen Verbindungen.

Noch im selben Jahr 1627 brachte er mich beim jungen Neffen des Papstes, Kardinal Antonio Barberini unter, der in seinem Haus eine Vielzahl eigener Musiker und Sänger verköstigte, der ein hervorragender Geist und ein Mäzen der Künste und Wissenschaften war: ein Nepot, der durch verschwenderische Hofhaltung den Haß des Volkes und die Liebe der Künstler auf sich zog (wiewohl diese Parteien immer in Opposition stehen, dort, wo sie echt geblieben sind, die Künstler wie das Volk).

Mein Dienst bei Kardinal Antonio begann nicht so, wie ich mir das vorgestellt hatte – daß ich etwa ein Konzert geben mußte, zum Beweis meines Könnens; nein, offenbar vertraute der Kardinal völlig der Empfehlung des Vincenzo Ugolini. Während der ersten drei Wochen meines Engagements wurde ich dem Kardinal nicht einmal vorgestellt!

Eines Morgens brachte mich Ugolini zum Haushofmeister der Barberini – der trug mich in ein dickes Buch ein, unter der Überschrift: *Musikanten*. Er notierte mein Alter, meine Körpergröße, mein Gewicht; dann reichte er mir einen Beutel mit 20 Scudi Antrittsgeld, ein komplettes Gewand aus schwarzem und weißem Leinen, mit einem samtenen Kragen, sowie ein Paar lederner Schnallenschuhe. Das war die Uniform der barberinischen »Musikanten«, die sie zu allen Anlässen trugen und zu deren Pflege sie sich verpflichten mußten.

Erwartete ich nun in meiner Naivität, daß man mir ein Bedienstetenzimmer im neuentstehenden Palazzo anwies (ich hatte mich sehr darauf gefreut, in einem so prunkvollen, hochherrschaftlichen Bau zu wohnen), sah ich mich bitter enttäuscht. Nachdem mich der Haushofmeister auf eine gewisse Menge Nahrung pro Tag taxiert hatte, gab er mir einen Schlüssel samt einer Adresse in der Via Veneto, die am Fuße des Quirinals, etwas unterhalb des Palazzo Barberini, beginnt. Dort hatte die Familie des neuen Papstes mehrere, teils schon baufällige Häuser gekauft; die gaben sie ihren Angestellten zur Wohnung, jedem ein Zimmer. Es gab zwar ein paar Künstler, die der Kardinal gern dauernd um sich haben wollte, aber das Gros seines menschlichen Musikapparats hauste in jenen zugigen, rissigen, dreistöckigen Altbauten, etwa zweihundert Meter vom Arbeitsplatz entfernt.

Ich war nun ins Stadium des Erwachsenseins eingetreten, eigenverantwortlich für mein Fortkommen, und ich beschloß, tapfer zu sein, fleißig und schlau, und aus dem Gebotenen das Beste zu machen. Eine große Veränderung war in mir vorgegangen. Binnen weniger Wochen hatte ich das Staunen des Kindes gegen das Prüfen des Mannes eingetauscht. War ich vorher geschwebt – Spielball jedem Windhauch –, ankerte ich nun, erschuf mir ein Weltbild, einen Plan, einen Zukunftsumriß, rammte meine Wurzeln in den Boden und harrte kampfeslustig der Dinge, die da kommen würden.

Es kam vorerst wenig.

Ich richtete mich ein in der windschiefen Bude, so gut es ging, stopfte die Ritzen mit Mörtel, erlegte Mäuse mit der Schleuder, brannte den Mauerschwamm aus und wartete auf Arbeit. Wie gesagt – drei Wochen lang hörte ich von nichts und niemandem, bis ich schließlich glaubte, der Kardinal hätte meine Person vergessen.

Gleichzeitig mit mir wurden zwei weitere Sänger angestellt, der Kastrat Geronimo Zampetti, ein Jahr älter als ich, und der Tenor Odoardo Ceccarelli, der schon zwanzig oder darüber sein mochte. Beide wohnten im selben Stockwerk, wir freundeten uns an und mutmaßten zu dritt, *wofür* wir mit zehn Scudi im Monat bezahlt wurden. Morgens ging ein Botenjunge durchs Haus und brachte jedem die ihm zustehenden Lebensmittel. Danach saßen wir den halben Tag zusammen und hielten unsere Goldkehlen in Form, sangen improvisierte Terzette, lernten unsere älteren Mitbewohner kennen, meist Instrumentalisten, die fast täglich in den Palazzo zum Aufspielen gingen. Die konnten uns auch nicht sagen, wann wir gebraucht würden, aber sie rieten uns, die freie Zeit zu genießen. Wen der Kardinal erst einmal als fähig erkannt habe, den spanne er auch gut ein. Halte er einen aber für unfähig, sei man schnell arbeitslos, dann könne man schauen, wo man was zu fressen kriege, dann könne man froh sein, wenn man in irgendeiner Provinzabtei einen Cantorsposten ergattere. Solche Schauergeschichten eröffneten mir den Blick für die Wirklichkeit, die, wie ich heute weiß, zu einem Großteil aus Angst besteht. Ich bin überzeugt, daß, nach Abzug aller Angst, die übrigbleibende Realität uns staunen machen würde durch ihr verändertes Aussehn.

In den letzten Jahren habe ich oft versucht, wieder mit den Augen des Kleinkinds zu schauen. Im Greisenalter, wenn viele Kapitel geschlossen sind, gelingt das manchmal; man wird dann leicht der Infantilität bezichtigt und entmündigt. Verblüffend ist, daß nichts soviel Mut verlangt wie das Ablegen der Angst.

Holla, Pferdchen, scher nicht aus, bleib auf deinem Pfad.

Endlich war es soweit. Wir wurden alle drei, Ceccarelli, Zampetti und ich, von einem Boten zum Palazzo begleitet, an einem Nachmittag im September.

Kardinal Antonio saß zu Tisch, bei Wein und Kuchen, in einem noch kahlen, unverputzten Saal, um sich einige Sekretäre und Gäste. (Wer was war, ließ sich schwer unterscheiden, er behandelte alle gleichermaßen freundlich.) Antonios Bruder, Kardinal Francesco, war anwesend und auch, sieh an, Vincenzo Ugolini, der mir verschwörerisch zuzwinkerte. Die Herren Kardinäle, beide noch keine dreißig Jahre alt, kannte ich von verschiedenen Gottesdiensten, bei denen unser Chor gesungen hatte; der Rest der Runde war mir damals unbekannt. Erinnere ich mich recht, saßen da, unter anderem, der deutsche Theorbenvirtuose Kapsberger, dessen schwieriger Name hierzulande respektvoll durch »della Tiorba« ersetzt worden war, sowie die Komponisten Marazzoli und Landi und die Brüder Domenico und Gregorio Allegri. Aus heutiger Sicht scheint mir die Anwesenheit des Letztgenannten ein merkwürdiger Zufall; Gregorio Allegri befand sich damals ständig auf Reisen und kam nur selten nach Rom.

Heute weiß ich, daß all jene Herren, Marazzoli ausgenommen, etwas verband; daß sie eine Art Gruppe bildeten, einen »Club«, über den noch zu reden sein wird.

Jeder von uns drei Neuen mußte etwas incompagnato zum Besten geben; ich entschied mich für eine ornamentreiche Arie aus einer heute vergessenen, damals beliebten Oper, und erntete viel Beifall. Auch Ceccarelli und Zampetti machten ihre Sache ordentlich; und wir waren alle drei sicher, Gnade gefunden zu haben vor den strengen Ohren. Ugolini deutete mir das auch durch ein Kopfnicken an.

Nach uns betraten mehrere Instrumentalisten den Saal und fast der gesamte barberinische Sängerbestand – je drei Tenöre, Bässe und männliche Soprane. Die führten in unterschiedlichen Zusammensetzungen abwechselnd Tänze oder Madrigale auf, sehr schön, und als sie fertig waren, übergab ihnen der Kardinal eine Liste mit Werken, die er in Kürze zu hören wünschte. Im Lauf der Woche mußten die Musiker dann aus der barberinischen Bibliothek die betreffenden Noten holen, sie nötigenfalls kopieren, das Werk einüben und jederzeit absingbereit halten.

Meist wurden Madrigale von Luzzaschi, Marenzio oder Monteverdi gewünscht, oft auch Opernarien und -duette, seltener geistliche Musik, die hörte man in den Kirchen genug; eine kleine französische Motette hier und da, allerhöchstens.

Es gab unter den Sängern keine Hierarchie. Im Falle eines Streites galt natürlich das Recht des Dienstälteren, doch wie sie ihre Proben organisierten, wer was sang – das war ihnen selbst überlassen, solang keine Spezialwünsche des Kardinals vorlagen.

Ich hatte mich mit fünf konkurrierenden Sopranisten auseinanderzusetzen, eine ungewohnte Situation. Ich muß dem Klischee leider zustimmen, daß Sopranisten oft eitel, störrisch, ehrgeizig und selbstherrlich sein können. Zampetti und ich wurden andauernd mit Zweit- und Drittstimmen abgespeist, obwohl zumindest ich jedem der Herren klar überlegen war in der Transparenz der hohen Töne und der Kunst der feinen Modulierung. Sicher, meine Stimme war durch ihre Jugend noch anfällig, besaß nicht die Kontinuität des Routinierten, der stets zuverlässig, ob disponiert oder nicht, Mittelmaß produzieren kann. Ich war, wie viele Genies, entweder atemberaubend gut – oder skandalös schlecht. Meist wußte ich es nach dem ersten Ton, wenn ich schlecht war, dann unterbrach ich mich und bat, pausieren zu dürfen. Maßlos ärgerte es mich dann, wenn ich doch singen mußte und die Zuhörer am Schluß gar Beifall klatschten – so als hätten sie keinen Unterschied gehört, so als wäre die Mühe, die ich an meine Gesangskultur legte, für die Katz; als sänge ich für ein ungebildetes, bauernhaftes Publikum, dem man einen zweitklassigen Schreihals ebensogut wie einen Sangesgott vorsetzen kann – und beide werden den gleichen, nettgemeinten, blöd-tumben Applaus bekommen.

Nun, ganz so war dem nicht.

Meist befanden sich die Experten in der Überzahl, und Kardinal Antonio (mehr als sein Bruder Francesco) besaß ein empfindliches Ohr, wußte mich zu würdigen, belohnte eine gute Darbietung mit großzügigem Trinkgeld und war bei mäßigen Vorstellungen bereit, zu verzeihen.

Er war auch ein großer Kunstkenner und begabter Dichter. Mancher seiner Texte diente mir später als Grundlage zu einer Kantate.

Vincenzo Ugolini, ein nicht häufiger, aber doch regelmäßiger Gast im Hause Barberini, konnte mir viele nützliche Hinweise geben auf die musikalischen Vorlieben der dort ein- und ausgehenden Herrschaften. Ich legte mir ein Register an, das die bevorzugten Stilrichtungen einzelner Gäste des Kardinals verzeichnete, und entschied mich oft erst bei Ansicht der zusammengekommenen Gesellschaft für dieses oder jenes Stück; ein Verfahren, das sich als sehr vorteilhaft erwies – ich versuchte den gemeinsamen Nenner der Geschmäcker zu finden, wobei mein Hauptaugenmerk selbstverständlich den wichtigen, einflußreichen Zuhörern galt. Kardinal Antonios favorisierter Komponist war unter den Toten Marenzio, unter den Lebenden Frescobaldi – es ist klar, daß ich diesen beiden besondere Aufmerksamkeit widmete und mich mühte, ihre stilistischen Eigenheiten stärker herauszuarbeiten, als meine Kollegen es taten.

Manchmal riefen uns die den Barberini verpflichteten Komponisten privat zusammen und legten uns ihre frischen, noch nicht im Druck erschienenen Werke vor, um sie sich selbst zu Gehör zu bringen und hinterher noch etwas daran zu feilen, bevor sie offiziell aufgeführt wurden. Dies taten besonders Landi und Marazzoli; Kapsberger kaum, weil er selten für Stimmen schrieb.

Viele Sänger, leider muß ich sagen, vor allem die Sopranisten – meine Zunft vergebe mir – behandelten die Komponisten desavouierend, abwertend, gar beleidigend; quengelten dauernd, beklagten sich über schwierige Stellen, machten egoistische Verbesserungsvorschläge, immer nach dem Motto, daß *sie* es ja seien, die das Werk aufführen müßten, der Komponist kleckse es bloß aufs Papier, lege danach die Beine hoch und brauche sich nicht abzuplagen damit.

Ich dagegen habe zu den Komponisten immer ein gutes Verhältnis gesucht und mir viele Sympathien erworben. Niemals ließ ich eine mühevolle Stelle glätten, im Gegenteil, ich ermunterte sie sogar, ihren Phantasien freien Lauf zu lassen, an die Grenze des Machbaren vorzustoßen, keinerlei Rücksicht auf den Interpreten zu üben.

So kam es, daß schon früh einige Stücke ausdrücklich für mich geschrieben wurden und ich mich nicht mehr mit irgendwelchen unspektakulären Drittstimmen herumärgern mußte. Ich zeigte mich nie faul, sang, was auf dem Papier stand – und war es noch so vertrackt. Ich wußte ja genau, wem ich damit nützte – in der Hauptsache mir selbst. Ich ruhte mich nie aus im Sessel meines Talents. Wahre Meisterschaft wächst nur, wo sich Talent und harte Arbeit gegenseitig hochschaukeln.

Im Dezember 1627 ließ Kardinal Antonio uns alle antreten und suchte eine Delegation aus, die nach Parma fahren und bei den dortigen Hochzeitsfestlichkeiten der Farnese singen sollte.

Jede der mächtigen Familien, die eigene Sänger unterhielt, schickte ihre besten Kräfte dorthin, um anzugeben und Staat zu machen. Es war eine Auszeichnung, dafür erwählt zu werden, und mir wurde sie zuteil, mir, einem Jungen von nicht einmal vierzehn Jahren. Das hat jenen Kollegen, die zu Hause bleiben mußten (die Hälfte der Belegschaft) gewaltig gestunken.

Der Kardinal erklärte meine Bevorzugung vor älteren Sängern mit außermusikalischen Gründen – es tue einem Burschen gut, etwas von der Welt zu sehen. Dies war sehr klug von ihm. So vermied er, daß ich zu sehr Opfer der Mißgunst und des Neides wurde.

Ich war vorher nie aus Rom herausgekommen, und die Reise nach Parma, wo ich den Winter 1627/28 verbrachte, war ein großes Erlebnis; dennoch für diesen Bericht nicht weiter wichtig. Nur eins will ich erwähnen, daß ich dort unter anderen Claudio Monteverdi zum Zuhörer hatte, den Genius unsres Jahrhunderts. Er kategorisierte meine Leistung als sehr zufriedenstellend und blieb, wo er Kritik vorbrachte, konstruktiv.

Heißa, war das ein Gefühl, plötzlich in Kontakt mit den Bedeutendsten zu treten! Es störte mich nur, daß Monteverdi glaubte, ich wäre erst elf. Das relativierte im nachhinein sein wohlwollendes Urteil und vergällte mir den Anlaß ein wenig. Ich kann ihm den Irrtum nicht verübeln. Mein Wachstum hatte bereits vier Jahre zuvor abrupt gestoppt, viele redeten mich mit »Kleiner« an und stemmten mich auf ihre Schultern; diesen Punkt habe ich schon erwähnt.

Ich habe unter meinem Kleinwuchs nicht gelitten, nein, absolut nicht, um das noch einmal in aller Deutlichkeit zu sagen. Gestört hat mich nur, daß ich in den folgenden Jahrzehnten auf der Opernbühne meist Frauenrollen zu verkörpern hatte. Das war mir zu einseitig, das war mir unangenehm. In vielen Theaterstoffen sind die Frauenrollen blaß, eindimensional, wenig facettenreich, weisen weniger dramatische Höhepunkte auf, bieten weniger Möglichkeiten, die Vielfalt der eigenen Darstellungskraft aufzufächern und das Publikum in Bann zu schlagen. Hat ein Weib in einer Oper mal ein anständiges Solo, ist es fast immer irgendein Klagegesang, und ich haßte das Gezeter und Gejammer, haßte das wehleidige Blöken oder die spitze Hysterie – obwohl ich mich hineinkniete und mein Publikum zu Tränen der Rührung trieb.

Die Melodien der Trauer wirken stark im Moment, aber sie haften nicht gut, sind viel schneller vergessen als die rhythmusbetonten, prägnanten, heroischen Auftritte. Mir waren jene Librettisten verhaßt, die keinen einzigen Akt gestalten konnten, ohne daß irgendwo ein Weib auftauchte. Nun. Man kann eben nicht alles haben.

XV

Alban fand das Zimmer schnell. Musik begleitete ihn – tiefe Streicher, die nirgends ein Zuhause hatten und immer dort gastierten, wo etwas der Untermalung bedurfte.

Dort war ein dunkler Gang. Lange Röhre ohne Fenster.

Alban hatte die Frau an der Information gefragt, wo Krantz liege. Auswendig hatte sie ihm die Zimmernummer genannt. Er klopfte nicht, ging hinein, wissend, er wurde erwartet. Er wußte es in dem Moment, als er die Klinke hinabdrückte.

Krantz schlief, mit Drähten und Kanülen an etliche Geräte geschaltet, unter einem Zelt aus Sonnenlicht. Neben dem Bett verglich der behandelnde Arzt Tabellen. Alban sprach ihn an, gab sich als Sohn des Professors aus, versuchte seinem Italienisch einen nordischen Akzent beizumischen. Der Arzt hüstelte, schenkte dem Besucher ohne weiteres Glauben und reichte ihm bedauernd die Hand. Alban forderte eine ehrliche Auskunft über den Zustand des Vaters – ohne Rücksichtnahme. Der Arzt hüstelte wieder und redete von Koma aufgrund längeren Sauerstoffmangels. Für das Gehirn des Professors seien irreparable Schäden zu befürchten.

Alban gab sich sehr gefaßt; er bat darum, mit seinem Vater eine Minute allein bleiben zu dürfen. Der Arzt nickte und verließ den gleißend hellen Raum.

Alban schreitet langsam zum Bett, geht in die Hocke, blickt Krantz in die teilnahmslos offenen, starren Augen.

»Hallo! Professor! Ich bin's!«

Der Professor blinzelt, dreht den Kopf und winkt Alban näher zu sich. Es überrascht Alban nicht. Es scheint ihm selbstverständlich. Und Krantz lächelt.

»*Mach dir keine Sorgen. Alles nur Schau*«, *flüstert er*, »*mir geht's in Wahrheit gut.*«

»Da bin ich froh. Ja, freut mich sehr. Ich schäme mich. Verzeihen Sie...«

Alban heftet den Blick auf das regelmäßige Leuchtzucken des EKG. Biep. Biep. Biep. Das Feuer ist klebrig.

»Ja. Nett, daß du mich besuchen kommst. Du hast mir eine hübsche Geschichte erzählt. Ziemlich altbacken, aber du hast sie doch glaubhaft gestaltet.«

»Eine Geschichte erzählt? Ich – Ihnen?« wundert sich Alban.

»Jaja... Du und deine große Liebe... wo findet man das heute noch? Hat mich mehr angerührt, als ich zeigen wollte. ›Entweder alle – oder die eine.‹ Tapfer! Das war sehr schön, ja... Ich empfand einen leisen Schmerz dabei. Als sie kam – die eine –, hab' ich sie nicht erkannt, das gebe ich zu. Ich erinnere mich an Candida, das arme Mädchen... und Balla – die wollte mich ja nicht. Ich hätte ihre Brüste küssen dürfen... weiß Gott, ich hätte es tun sollen. Und das blasse Mädchen über dem Zaun – ich habe dir doch davon erzählt?«

»Ja.«

»Du hast Zeit. Geh und such nach ihr! Manchmal kommen sie wieder. Heutzutage, im quecksilbrigen Zeitalter, geht alles schnell, selbst die Untergänge und Renaissancen. Die Liebe zum Spiel ist die Liebe zum Untergang. Woher nähmen auch Sieger den Willen, ein neues Spiel zu beginnen? Der Untergang selbst ist das Endziel des Spiels. Ich – ich bin alt. Und der Mythos des Alters ist das Gehabt-Haben – egal wie vieles man nicht gehabt hat. Man verweist stolzer auf das Etwas denn aufs Nichts. Ja, du hast eine hübsche Geschichte erzählt. Laß sie dir nicht madig machen. Du hast noch Zeit. Geh und suche! Was ist dabei, eine Frau zu betören? Nichts, denn die Frauen sind töricht. Sind sie aber erst an einem klug geworden, ist es eine gewaltige Leistung, sie wiederzugewinnen. Geh, such nach ihr! Denk an die Melodien bei Gelegenheit!«

»Ja, Proff!«

»Verbock es nicht wie letztes Mal! Versprichst du das? Du hast dich so blöde angestellt in Ravenna, weißt du noch? So blöde...«

Alban, der am Bett kniet, seufzt auf.

»Ich weiß aber nicht, wie ich anfangen soll... Ich bin an gewisse Grenzen gestoßen.«

»*Du willst es also tun? Deine Schuld einlösen?*«
»*Ja.*«
»*Dann, Andrea, mußt du auf den tiefsten Grund hinab... zu meinem ewigen Widersacher.*«
»*Ich hab' keine Angst mehr. Ich hab' sogar meine Kamera fortgegeben, sehen Sie? Ich will jetzt den Rest erfahren. Pasqualini. Der ONTU. Was war das?*«
»*Geh zum Schrank dort. Öffne ihn. Greif in die Innentasche meines Jacketts.*«
Alban gehorcht und findet, in einer Schutzhülle, das alte Pergament, das Stancu Krantz am Vortag verkauft hat. Jenes von Schimmel überwucherte, vergilbte Lamento d'Andrea Cantore.
»*Nimm, steck es ein! Du hast ein Recht darauf. Schließlich ist es dir zu Ehren geschrieben worden. Es wird dir weiterhelfen.*«
»*Danke, Professor.*«
»*Den Rest des Weges mußt du alleine gehen. Verbock es nicht!*«
Alban nickt. Der Arzt betritt den Raum. Alles ist Schau. Krantz sinkt zurück in tiefen Schlaf, öffnet den Mund. Seine Pupillen werden starr. Durch die Backen irrt noch ein Lächeln.

Sein klaffender Rachen glich einer in den Fels gesprengten Grotte. Weit hinten hing der Stalaktit des Gaumenzäpfchens. Die schwarzgewordenen Zähne waren Fledermäuse, sie hakten dort und ruhten. Tief drinnen, im Inneren des Felsens, ging ein ruhiger Atem.

»Sie müssen jetzt gehen«, meinte der Arzt.
»Ja.«

Sechstes Buch
RENAISSANCE
oder
Ein Ständchen der Dinge

Die Schachpartie stellt eigentlich den Gang einer Schlacht dar, in der zwei Heere aufeinandertreffen und um Sieg oder Niederlage kämpfen. Doch hier fließt kein Blut, geht es nicht um Leben oder Tod, sondern alles ist ins Geistige und Erhabene sublimiert. Im Schach nämlich geht es darum, das Ich des Gegners kleinzukriegen, sein Ego zu zerbrechen und zu zermahlen, seine Selbstachtung zu zertreten und zu verscharren und seine ganze mißachtenswerte sogenannte Persönlichkeit ein für alle Mal tot zu hacken und zu zerstampfen und dadurch die menschliche Gesellschaft von einer stinkenden Pestbeule zu befreien. Es ist ein königliches Spiel.

Robert James Fischer
(Weltmeister 1972–75)

I

Nicht zufällig befinden sich die Mächte vor dem Hospital. Sie erheben sich von ihrer Tafel, packen Alban und treten ihm in die Kniekehlen. Sie schlagen ihm in den Nacken, auf daß er den Kopf beuge in Demut. Danach beraten sie sich.

»Was machen wir nun mit dem?« fragt eine der grausamsten Mächte, die in zweifelhaften Fällen stets für schnelle Lösungen plädiert hat.

»Nun...«, meint eine milder gestimmte Macht und hebt Alban vom Boden auf, »das Spiel läuft wieder – aber er kann nichts dafür. D7–D5 ist gezogen. Wir sollten ihm Frieden geben.«

Ein Ring aus Gemurmel schließt sich um Alban. Eine Haube aus Für und Wider, eng ineinandergeflochten, türmt sich über ihm. Er denkt an nichts, erwartet nichts. Auf einem Teller der Tafel sieht er in roter Sauce seine Zunge liegen – und welch Wunder: Die Zunge schleckt den Teller blitzblank.

»Gebt ihm tiefen Frieden!« rät die milde Macht nun eindringlich. »Er ist doch kooperativ!«

»Ich bezweifle aber, daß er seiner Aufgabe gewachsen sein wird«, warf das Grausame ein.

»Warten wir ab.«

Und die rollende Tafel der Mächte zieht weiter.

Alban fand sich auf dem Gehsteig wieder; einige barmherzige Menschen beugten sich über ihn und halfen ihm auf. Schwarze Quallen pulsierten vor seinen Augen. Er hatte im Leben noch keinen Schwächeanfall gehabt. Er streckte, sobald die Quallen verschwanden, die Zunge weit raus, bis er ihre Spitze sehen konnte.

Alles da.

II
Vita Pasqualini IV
1628–1632

Aus Parma kam ich behängt mit Anerkennung wieder. Mein Leben verlief geregelt, die Zukunft schien ein Kinderspiel. Wenn ich schreibe »geregelt«, meine ich, es ging stets aufwärts, alles Mißtrauen erstickte in idyllischstem Sommerlicht. Jeder Tag war ein Schellenbaum heiterer Empfindungen, getragen von nie gekannter Sorglosigkeit. In allem Verlorensein blinkt ein Hauch Gefundenwerden. Angstlos betrittst du den Wald, dein Denken ist heller Glockenklang. Kennt ihr dies Gefühl?

Ich avancierte zum respektierten Künstler und zum Liebling Kardinal Antonios – was ich meinem Esprit und meiner neckischen Gestalt ebenso wie meiner Kehle zu verdanken hatte; ich gesteh's ganz offen. Erstunken und erlogen ist dagegen, daß ich mich vorgedrängt, mich zum barberinischen Narren erniedrigt und die Seriosität meines Berufsstandes nur einen Moment lang außer acht gelassen hätte. Das alles entbehrt jeder Wahrheit. Ich mimte nie für irgendwen den Kasper (abgesehen einmal von den Göttern – über deren Humor keiner genau Bescheid weiß).

Antonio begann meine Gesellschaft zu schätzen, gerade weil ich nicht buckelte, weil ich mein Licht nicht unter selbsterrichteten Scheffeln verbarg, weil ich für mich in Anspruch nahm, die gleiche Sorte Luft zu atmen wie die Potentaten dieser Stadt. Der Kardinal mochte die Naivität, die ich mir in so vielen Dingen bewahrt hatte. Er genoß – und gleichzeitig zerstörte er sie. Er war ein liebenswürdiger, offenherziger Mensch und schätzte es, wenn einer aus dem Bauch heraus redete.

Zum Beispiel sagte ich ihm ins Gesicht, das mir zugewiesene Zimmer sei ein Rattenloch, in welchem Boreas und seine drei

Kumpane sich abends zum Quartett versammelten und Klagelieder pfiffen; keine Stimme könne längere Zeit unbeschadet derlei Behausung überstehen. Wenn die Kunst andauernd mit der Grippe kämpfen muß, wird sie den kürzeren ziehen; die Grippe ist mächtiger, als man denkt. Auch die Heiserkeit ist mächtig und das Fieber und die Schwindsucht. Von Frostbeulen gar nicht zu reden.

Als der Winter anbrach, holte mich Antonio in den Palast; es war höchste Zeit. Die Auseinandersetzungen mit meinem Zimmernachbarn Zampetti waren mir arg auf die Nerven gegangen. Zampettis ständiges Lamentieren, man ziehe mich ihm vor, man verkenne sein Talent, seinen zeitvorgreifenden, richtungweisenden Intonationsstil – es war kaum zu ertragen; das Heulen der vier Winde war nichts gegen ihn. Oft genug hab' ich's ihm gesagt: Der einzige, der dein Talent verkennt, bist du selbst! Überall sah er Talent an sich, wie ein Hypochonder Krankheiten – dabei war da überhaupt kein ernstzunehmendes Symptom. Seine Entwicklung stagnierte, die Stimme paßte sich dem grobschlächtigen Äußeren an. Er beschuldigte mich, schlecht von ihm zu reden, ihn beim Kardinal herunterzumachen und ins Lächerliche zu ziehn, nur weil er weniger redegewandt sei und vom Dorf stamme und keine so profunde Erziehung genossen habe wie ich.

Der Umzug in den Palast war die beste Antwort auf sein Gejammer. Allerdings habe ich fortan im Beisein des Kardinals immer wohlwollend über Zampetti gesprochen. Wieso das? fragt man sich. Nun, ich wurde reif genug, einzusehen, daß Sänger, die mir einmal lauschen durften, wahrlich Grund genug besaßen, traurig zu sein. Man mußte Nachsicht mit ihnen üben. Zampetti war nicht viel schlechter als andere Zweitklassige, die sich um einen Platz an der Sonne drängelten. Immerhin war er nicht allzu ehrgeizig, und obendrein blöd zwischen den Ohren. Was würde kommen, wenn er ginge? dacht' ich mir. Ein neuer Zweitklassiger; ehrgeiziger, vielleicht nicht so blöde, vielleicht gefährlich. Neinnein; bedachte man es recht, dann galt es Zampetti zu unterstützen, wo man nur konnte. Der Ärmste hatte ja Nachteile genug – war eloquent wie Brot, stammte vom Dorf und hatte keine so profunde Erziehung genossen, sehr richtig.

Kardinal Antonio bemerkte es jeweils hocherfreut, wenn ich gut über Kollegen sprach; das schätzte er an mir. Nebenbei wuchs so das Gewicht meines Wortes – wenn ich wirklich einmal jemanden absolut nicht leiden konnte, brauchte ich nur wenige Sätze, um ihn dem Kardinal auszureden. Hin und wieder mußte das sein – denn ständiges Loben der Kollegenschaft wirkt mit der Zeit so wenig ehrlich wie das ständige Nörgeln und Sticheln der Hofschranzen. Bei Urteilen beschränkte ich mich stets auf mein Fach, kreidete niemandem außerstimmliche Makel an.

Kurz und gut – ich kam mit der Konkurrenz bestens zurecht. Manch einer, der mich nicht ernst nahm, mußte seinen Unernst büßen. Ich bin, um es noch einmal zu sagen, in beruflichen Dingen immer seriös zur Sache gegangen.

Inzwischen sang ich kaum mehr Madrigale und Motetten, beschäftigte mich fast ausschließlich mit Solopartien. Meine Zukunft lag in der Oper, deren Siegeszug über Italien längst nicht mehr aufzuhalten war. Die Barberini waren alle vernarrt in jene junge Form des Musiktheaters; es begann auch Mode zu werden, daß die bedeutenden Familien einander zu übertrumpfen suchten in der Besetzung und Ausstaffierung neuer Opernproduktionen. Ich brannte darauf, auf der Bühne zu stehen und meine Fähigkeiten als Schauspieler unter Beweis zu stellen. Der Kardinal aber meinte, ich solle noch ein oder zwei Jahre warten, mich aufs Zusehen beschränken und von den Erfahrenen lernen; danach, so sagte er, würde ich um so überzeugender debütieren und zur festen Stütze des barberinischen Ensembles werden.

Der Kardinal war ein ausgesprochener Lebemann und versauerte nicht über seinen Pflichten; ging gern zur Jagd, trank gern Wein – über anderes schweige ich aus Höflichkeit. Er war auch ein begeisterter Schachspieler; ihm zuliebe lernte ich jenes tiefe, schwierige Spiel, und es stellte sich heraus, daß ich es binnen weniger Monate besser zu spielen verstand als sonst einer im Palast. Ein Grund mehr für Antonio, mich in seiner Nähe zu halten; er fand kaum adäquate Partner.

Bei den Jagden langweilte und ekelte ich mich. Wie schon erwähnt, aß ich ja nie Fleisch – der Anblick eines am Spieß gerösteten Tiers machte mich ganz schummrig. Antonio hielt dagegen sogar an der längst widerlegten Ansicht fest, daß Biber zur Gattung der Fische gehören – nur um auch in der Fastenzeit Fleisch essen zu können. Ich bin sicher, mein hohes Alter rührt vom Verzicht auf tierische Kost her, und ich bete, daß einstmals alle Menschen beim Anblick eines Koteletts denselben Abscheu empfinden wie ich.

Der Kardinal hatte eine feine Art, mit Künstlern umzugehen. Er gab ihnen Trinkgelder nicht plump in die Hand wie Dienern, nein – er tat es stilvoller; schrieb zum Beispiel kleine Wettkämpfe aus und überreichte dem Sieger einen Preis; wobei die Wettkämpfe so angelegt waren, daß jeder einmal Erster werden mußte. Mir bot er beim Schachspiel Geldeinsätze an, doch nur manchmal – jene Partien gewann ich dann sehr leicht. Finanziell hatte ich fortan nie mehr Probleme; ich bewohnte ein kleines, schmuck eingerichtetes Zimmer im Westflügel – mit Vorhängen, Tapeten und einem richtigen, gezimmerten Bett samt federgefüllten Kissen.

Aus der Palastküche konnte ich, wann immer ich wollte, mir Körbe voll nie zuvor gesehenem, importiertem Obst nehmen. Es wurde von Schiffen aus fernsten Ländern gebracht, zu jeder Jahreszeit. Das war ein Leben! Ich hatte mich mit meinem Schicksal versöhnt und angefreundet, kam auch besser mit dem Verlust meiner Manneskraft zurecht, indem ich mir sagte ...

Ich habe vergessen, was ich mir sagte. Da sind sie wieder – die blinden Flecke auf der Karte der Erinnerung. Ich hätte diesen Bericht wohl früher beginnen sollen.

Je nun – das Jahr 1629 ruft sich als große Zeit in mein Gedächtnis, das ist die Hauptsache. Jeder Monat überbot den vorherigen an Geborgenheit und Wohlwollen. Im Gefolge des Kardinals zu leben hieß, an ständig neuen Sensationen teilzuhaben, am Glanz der Gesellschaften, an der Güte der Konzertereignisse, den stilvollen Festen, den gelehrten Tischrunden, wo die Galeonsfiguren der Kultur ansprechbereit neben einem saßen.

Dann kehrte Gregorio Allegri nach Rom zurück.

Etwas veränderte sich, ohne daß ich es gleich gemerkt, noch Ahnungen daraus gezogen hätte.

Wer zum Teufel war Gregorio Allegri, daß sein Eintreffen eine tiefgreifende Veränderung im Kardinal hervorrufen konnte? Allegri war damals formell ein Niemand, ein Provinzkapellmeister, der sich nebenbei in Komposition versuchte – ein Ohrfeigengesicht, wenn man mich fragt –, ein Mann von circa fünfundvierzig Jahren, schmächtig, der nervös an seiner Brille herumnestelte, dessen Auftreten unsicher und unscheinbar war. Seine Schläfen waren schon ergraut und tiefe Schatten unter den Augen sorgten für den Eindruck ständiger Übernächtigung. Auch redete er schleppend, und seine Lippen waren meist gespitzt, was teils aufmerksam, teils dämlich wirkte.

Von der Stunde an, in der er den Palast betrat, gehörte er zum engsten Kreis des Kardinals. Ich nicht mehr.

Wie durch den Befehl eines Tanzmeisters beim Ball wechselte die Konstellation der Personen, die Antonio abends um sich scharte. Ich mußte, ohne nähere Erklärung, in die zweite Reihe treten und wurde bei vielen Anlässen als unerwünscht zurückgewiesen.

Geheimniskrämerei machte sich breit, auch Getuschel; der Kardinal hatte kaum noch Ohren für die Sänger, widmete dagegen Allegri Zeit zuhauf, meist hinter verschlossener Tür.

Ich erkundigte mich bei Ugolini, der darüber einiges zu wissen schien, aber mir weiter nichts sagen wollte, außer daß es um ein ungewöhnliches Projekt ginge und Allegri jetzt ein wichtiger Mann geworden wäre. Ansonsten riet er mir, mich aus der Sache rauszuhalten.

Das alles war sehr rätselhaft.

Nächtelang saßen die Kardinäle – Antonio und Francesco – mit Kapsberger, Ugolini, Allegri, dessen Bruder Domenico (er starb im selben Jahr an Typhus) nebst anderen beisammen – und duldeten nicht einmal Getränkediener um sich.

Die Atmosphäre war miefig.

Mehrmals eckte ich an beim Versuch, mich in Erinnerung zu rufen. Antonio zeigte für nichts und niemanden Interesse außer jenem Provinzkapellmeister, das ließ er mich in aller Deutlichkeit spüren.

Viel sickerte nicht durch. Man munkelte, es wäre zu einer heimlichen Privataufführung in der Sixtina gekommen, der sogar der Papst beigewohnt hätte. Kapsberger, König der Lautenisten (der sein Instrument blind und linkshändig beherrschte), hätte dabei auf der Theorbe gespielt. Mehr war beim besten Willen nicht rauszukriegen.

Allegri wurde bald ein hochdotierter Posten als Tenorsänger an der päpstlichen Kapelle zugeschanzt. Eine Schweinerei sondersgleichen – Allegri kassierte fortan reichliche Bezüge, ohne öfter als zweimal die Woche an seiner neuen Wirkungsstätte zu erscheinen. Er versah den Posten mehr ehrenamtlich als sonstwie. Leuten, die deswegen aufmuckten, wurde gesagt, Allegri müsse größtenteils im stillen arbeiten, stände unter direkter Ägide des Papstes.

Ich selbst habe mich in jenem Jahr nur zweimal mit ihm unterhalten. Das war fad! Ich fragte ihn über das Provinzleben aus und wie er das Wetter finde und wie der Wein dieses Jahr wohl werden würde und an was er denn grade arbeite? Oje, war das ein langweiliger Kerl, sagte zu allem jaja und soso und aha und nojo... er nannte mich ein süßes Bübchen und strich mir durchs Haar, und bei den wichtigen Fragen tat er, als verstünde er mich nicht. Vielleicht verstand er mich tatsächlich nicht; je länger man zu ihm sprach, desto abwesender wirkte er.

Ich ließ mir nicht gern durchs Haar streichen. Allegri tat das, viele taten das und nannten mich putzig oder hübsch. Es stimmt, ich war ein hübscher Junge, mit schwarzen Locken und Augen, mit blütenreiner Haut und ebenmäßig klassischem Antlitz. Und ich haßte es, berührt zu werden.

Als Allegri mir durchs Haar strich, schlug ich erbost seine Hand weg; da kicherte er – wie ein verblödeter Greis – so ein leises, entrücktes Hihi. Von Stund an konnte er sich meiner Verachtung sicher sein.

Ich war wütend, fühlte mich unwohl in zweiter Reihe – beinahe hätte ich Abwerbungsofferten anderer Familien (etwa der Borghese) genauer geprüft.

Dann, nach zwei, drei Monaten kehrte doch eine gewisse Normalität in den Alltag zurück; Antonio wurde wieder umgänglicher, und ich beruhigte mich. Allegri schien an Attraktivität eingebüßt zu haben. In Wahrheit arbeitete er fleißig an der Erstfassung des »Miserere«, und die Mitglieder des Clubs hatten vorerst nichts Besseres zu tun, als zu warten. Ich werde später darauf zurückkommen.

Heute weiß ich, das Schicksal ist nicht so unabänderlich, wie das Gros der Tölpel es uns gern glauben machen will. Ich möchte das Schicksal mit einer Regenwolke vergleichen. Der Himmel kündet sie an; oft hat man Zeit genug, zu fliehen. Nur wenn man der Zeichen nicht achtet, ergießt sie sich über einem. Viele Menschen bleiben stehn und hoffen, die Wolke werde über sie hinwegziehen, ohne daß sie durchnäßt würden. Und nennen es dann Schicksal, wenn es doch passiert.

Nein – höchstens die Regenwolke hat ein Schicksal: sich da und dort zu entleeren – wer druntersteht, hat selber schuld. Vielleicht gibt es einige wenige Dinge, denen man nicht entgehen kann, mag sein; ich will nicht pauschal urteilen.

Aber damals bin ich selbst schuld gewesen, ganz bestimmt. Ich lebte eitel Sonnenschein und setzte dem »Schicksal« keinen Widerstand entgegen, suchte den Himmel nicht nach Zeichen ab. Es hätte schon etwas zu tun gegeben... Man hätte, beispielsweise, Ugolini stärker anbohren, ihn unter Druck setzen können... Man hätte auch Kapsbergers Freundschaft zu gewinnen versuchen oder sonst irgendwie die eigene Position aufwerten müssen. Andererseits – wer konnte ahnen, daß die »Sache«, die da lief, mich etwas anging? Meine Involvierung in das Spiel hing auch niemals mit der »Sache« selbst zusammen. Ugolini wollte mich nicht hineinziehen in den Club, er hat es vielleicht gut gemeint. Aber vor Allegri hätte er mich warnen können, weiß Gott. Er hat es nicht getan, und dann – war es zu spät, war ich schon zu einer Figur des Spiels geworden, da war dann nichts mehr zu machen, ich rutschte tief hinein, tief ins Zentrum des Gewühls.

Wie das alles kam? Ganz langsam. Unmerklich.

Zunächst einmal, im Frühjahr 1630, wurde ein Giftanschlag auf mich verübt. Ich überlebte, weil ich die bittere Würze des Weins noch während des ersten Schlucks erschmeckte und mich sofort erbrach. Dennoch lag ich mehrere Tage mit Krämpfen zu Bett; man pumpte mich mit Milch voll; ich hatte Glück.

Das war ein Paukenschlag! Ade, Sorglosigkeit, auf immer.

Wer es gewesen ist, habe ich bis heute nicht erfahren. Eigentlich kommt nur einer der anderen Sopranisten in Frage – wer sollte sonst an meinem Tod interessiert gewesen sein?

Ich begann vorsichtig zu leben. Kennt Ihr das? Man hat Heißhunger, will schlingen, muß aber erst jeden Bissen mit der Zungenspitze prüfen – ob nicht Arsenik drauf getropft ist. Sehr lästig. Es ist, wie grätenreichen Fisch zu essen. Die alten Cäsaren hatten ihre Vorkoster – ich hatte nie mehr echten Genuß bei Schmaus und Trank; bin weder jemals fett noch ein Säufer geworden.

Ich will jenen Anschlag nicht überdramatisieren; mit der »Regenwolke«, die über mir schwebte, hatte er nicht eigentlich zu tun. An sich wäre er überhaupt nicht wichtig. Aber während ich krank zu Bette lag, kamen alle mich besuchen, Ugolini, Kapsberger, der Kardinal und schließlich auch Gregorio Allegri.

Er gab dasselbe fromme Gesabbel von sich wie die anderen, leierte die immergleichen Formeln ab – wie entsetzlich, daß so etwas geschehen konnte – der Übeltäter möge bestraft werden vom Himmel – man bete um meine baldige Genesung et cetera pepe.

Aber dann strich mir Allegri wieder durchs Haar, durchs schweißnasse, fuhr mit der Hand unter die Decke und berührte meinen Bauch – ob es mir da weh täte? Ich anwortete nicht gleich, verblüfft ob soviel Unverfrorenheit; da schlug er die Decke zurück und wiederholte seine Frage, betrachtete sekundenlang meine Nacktheit, bevor ich die Decke an mich riß und ihm die Tür wies.

Da stand so ein Funkeln in seinen Augen, unverhohlene Begierde, geiles Grinsen; er verbeugte sich tief vor mir, und seine immer gespitzten Lippen formten einen Kuß, bevor er das Zimmer verließ.

Ich wußte inzwischen über manches Bescheid – aber jene Abart der Natur, die »Sünde der Philosophen«, hatte mir noch niemand erläutert. Ich nahm den Vorfall deshalb nicht weiter ernst, wußte die Zeichen ja nicht zu deuten; fühlte mich nur beleidigt, weil Allegri mich wie ein Kind behandelt hatte. Wo ich doch schon sechzehn war!

Ich glaube, an jenem Tag geschah es, daß die Regenwolke ihre Hingezogenheit zu mir entdeckte. Und ich hatte keine Ahnung.

Im Sommer dann rief mich der Kardinal zu sich, er habe zwei Nachrichten; eine, die mich mehr, und eine, die mich weniger begeistern würde. Die gute Nachricht: Er hatte vor, mich im kommenden Jahr auf der Opernbühne einzusetzen; es stand sogar schon fest, welches Werk gegeben werden würde, nämlich »Il Santo Alessio« von Landi.

Und dann kam die schlechte, die unglaubliche, die unglaublich schlechte Nachricht.

Sein Onkel, Papst Urban, so sagte er, habe verschiedenerseits Beschwerden vernommen, weil die Barberini alle guten Sänger Roms aufkauften, in ihren Hofstaat einspannten und sie so der Allgemeinheit entzögen. Aus diesem Grund sei der Standard einiger musikalischer Einrichtungen auf ein teils beschämendes Niveau gesunken. Papst Urban habe das Problem eingesehen und seinen Neffen befohlen, eine Anzahl guter Leute für den Dienst in der päpstlichen Kapelle abzustellen.

Ich war geschockt und brachte kein Wort heraus.

Er beeilte sich gleich zu versichern, daß dies keineswegs meine Entlassung bedeute, nein, ich stünde weiterhin fest im Ensemble – nur wäre ich tagsüber eben für ein paar Stunden der päpstlichen Kapelle verpflichtet. Überdies würde ich für alle wichtigen Anlässe von der Kapellenarbeit freigestellt werden; man würde das sicher großzügig handhaben.

Bitte nein, heulte ich, bitte nein, Eminenz, (der Titel »Eminenz« war übrigens eine Wortschöpfung Urbans und Antonios), bitte nicht in einen Chor zurück, ich kann keine Chöre ertragen, sie machen mich krank, bitte nicht! Nehmt einen anderen!

Antonio erwiderte barsch, ich solle mich nicht so haben und das Ganze als eine Art »musikalischer Wehrpflicht« sehen (genau so drückte er sich aus). Wie lange dieser Frondienst denn dauern würde, fragte ich. Fünfundzwanzig Jahre, lautete die Antwort lapidar. Immerhin zuckte er bedauernd mit den Achseln.

NEIN! schrie ich und stampfte auf und weinte und schlug mit der Faust auf den Tisch! NEIN! Neinneinnein. Lieber bring' ich mich um, als ein Vierteljahrhundert im Chor zu singen! Jetzt und hier bring' ich mich um!

In diesem Moment betraten zufällig Kapsberger und Allegri den Raum, sahen mich stampfen und heulen und schreien. Allegri fragte: Was hat es denn, das Schätzchen?

Der Kardinal erklärte, leicht verschmitzt, ich hätte meine Einberufung zur päpstlichen Kapelle bekommen und müsse jetzt Dampf ablassen. Alle drei lachten, und ich brüllte laut, daß sie nicht das Recht zu lachen hätten, wenn die Kunst auf dem Sklavenmarkt verkauft werde! Da packte mich Kapsberger am Kragen; er war schon über fünfzig, aber kräftig wie ein Henkersknecht; er hob mich hoch und zischte, was mir verzogenem Fratz eigentlich einfalle? Hier so eine Aufführung zu veranstalten, im Hause meines grundgütigen Herrn und Mäzens! Mich der Aufnahme in die höchste Sängerschaft des christlichen Abendlandes zu verweigern! Andere würden sich danach die Finger schlecken!

Ich mach' den andern gerne Platz, brüllte ich und wimmerte ungeniert weiter, man werde mich dort vergiften, meine Stimme würde vom Mittelmaß infiziert werden, ich würde mich aufhängen, oben am höchsten Fahnenmast der Engelsburg (die damals noch den respektlosen Spitznamen »das Narrenschiff« trug).

Da gab mir Kapsberger ein paar derbe Ohrfeigen, setzte mich ab, und Allegri strich mir tröstend über die heißen Wangen.

Ich war fix und fertig ob dieser Demütigung, zur Säule erstarrt, unfähig, meinen Tränenfluß zu stoppen. Oh, barg ich einen Haß in mir! Hätte mir jemand in dieser Minute ein Messer in die Hand gedrückt, ich hätte allen dreien das Herz aus der Brust geschlitzt und es mit meinen Fingernägeln zu kleinen Fetzen zerrissen.

Genug jetzt! sprach da der Kardinal, laßt ihn in Ruhe, zieht ihn nicht weiter auf!

Kapsberger antwortete, er habe die Ohrfeigen ganz ernst gemeint; er könne diese verweichlichten Sängerbürschchen nicht ertragen, die vom Ei nur das Gelbe fräßen und vergessen hätten, aus welchem Stall sie stammten.

Mein Gott, war das gemein! Ich bespuckte ihn und rannte auf mein Zimmer, schloß mich ein, heulte ein paar Liter der Regenwolke ab, die unter meiner Schädeldecke Platz genommen hatte.

Kapsberger war sonst kein derber Mensch, oft schwieg er stundenlang deprimiert, wenn es neue Schreckensgeschichten aus seinem verwüsteten Vaterland gab, wo die Geißel des Protestantismus einen Krieg entfacht hatte, der nun schon ins zwölfte Jahr ging.

Schön und gut – aber was gingen mich die Deutschen und ihre Kriege an? Ich konnte Kapsberger jene Ohrfeigen und Schmähungen Jahrzehnte nicht verzeihen.

Was blieb mir noch übrig, zu probieren?

Ugolini riet mir, mich in meine Regenwolke zu fügen und sie als willkommene Erfrischung zu betrachten. Es sei alles längst entschieden.

Nein, er habe nichts davon gewußt, aber im Grunde habe Kapsberger nicht unrecht – Tausende junger, aufstrebender Sänger träumten vergeblich davon, einmal Mitglied der päpstlichen Kapelle zu werden. Ich solle bedenken, daß es laut Antonio nur eine Teilzeitverpflichtung sei; solle auch bedenken, daß mir nach fünfundzwanzig Jahren eine ordentliche Rente zustehe und ich mir fürs Alter dann keine Sorgen mehr zu machen bräuchte. Er erinnerte mich an die Wandelbarkeit der Dinge – wer weiß, sagte er, wie es in zwei, drei Jahrzehnten um die Familie Barberini bestellt sein wird, wenn ein anderer Papst herrscht und die Gelder nicht mehr fließen ...

Das alles interessierte mich nicht! Vorsicht ist der Todfeind der Kunst! Und einem Sechzehnjährigen von der Rente zu sprechen! Ich erkannte zu meinem Schrecken, daß Ugolini offensichtlich nicht wußte, worum es ging. Nämlich um die KUNST – welche die leibliche Gegenwart der Götter auf Erden bedeutet.

Gottes Stimme sollte in den Käfig eines Chors gesperrt werden? Das hieß soviel, wie ein Altarbild mit Fäkalien zu bewerfen! Verstand das denn keiner?

Ich beschloß, ihnen ein für allemal das Wunder zu zeigen, den Dreck aus den Ohren zu blasen, gegen meine Verknechtung anzusingen, wie noch nie jemand gesungen hatte. Amen!

Ich wählte für das nächste Nachmittagskonzert die schwierigste, gehaltvollste Sopranarie, die bis dahin geschrieben worden war, die Klage der Ariadne von Monteverdi. Ich forderte, bevor ich begann, ausdrücklich um Ruhe im Publikum; das war damals noch ein sehr anmaßender Wunsch.

Und dann sang ich. Gloria deis in excelsis et profundis!

Ich lobe mich ungern selbst, aber es war – eine Sternstunde der Musik. Zeit selbst vergaß sich. Sekunden, auf der Streckbank, verweigerten das Sterben; ins Äußerste gedehnt, horchten sie meines Soprans, hüllten sich in Klang, schlangen Mäntel um sich aus bebender Luft. Oh, war das schön! Versteht man mich? Musik und Äther verbanden sich in lüsterner Umarmung, enthülsten einander bis auf den Kern ihres Wesenhaften. Ich, der Kastrat, lockte Raum und Zeit Geschlechtlichkeit ab. Ich war das Punctum saliens in der leblosen Leere. Das Wunder war vollbracht.

Alle erhoben sich und applaudierten mir, viele Hundert Bravi erschollen, ich hatte meine Meisterprüfung abgelegt vorm Himmel.

Und dann – bat mich der Kardinal vor seinen Thron und meinte – gut, wirklich gut, Map! Du wirst eines der Juwele der päpstlichen Kapelle sein ...

Da wußte ich, niemand hatte irgend etwas begriffen. Sie alle waren meiner nicht würdig. Der Himmel hatte keine Lust, zu denen zu sprechen – sie waren ihm gleichgültig, seinetwegen konnte der Teufel sie holen.

Das enttäuschte mich nicht. Im Gegenteil, es half mir, die kommenden fünfundzwanzig Jahre besser zu ertragen. Wenn einen sowieso keiner zu würdigen weiß, wenn man also vor Schweinen singt – dann macht es nichts, ob man im Chor steht oder im Rampenlicht oder im Regen oder sonstwo.

Künftig – und das gilt für meine gesamte *öffentliche* Laufbahn, habe ich nie mehr das Letzte gegeben. Ein Quentchen meines Könnens behielt ich immer für mich, selbst an den Abenden meiner größten Triumphe.

Nur für den ONTU sang ich hundertprozentig.

Im November 1630 begegnete ich Allegri auf einem Spaziergang über die Piazza Navona. Er sprach mich an und lud mich zu einem Glas Port ein. Obwohl ich ihn verachtete, hatte ich wenig Kraft, nein zu sagen; er holte zwei Becher vom Bauchladenverkäufer, die wir im Stehen tranken.

Was soll ich sagen? Die Begegnung verlief überraschend. Allegri redete diesmal sehr ernsthaft, verkniff sich jede Anzüglichkeit, und – was das Erstaunlichste war – er konnte richtig *sprechen*! Vollständige Sätze formen! Unglaublich.

Zunächst richtete er mir eine Entschuldigung Kapsbergers aus, die ich nicht annahm – Kapsberger müsse schon selbst kommen. (Er kam nie. Immerhin gab ich mein Vorhaben auf, ihn zu ermorden.) Dann redete Allegri darüber, daß wir nun bald Kollegen sein würden, in der päpstlichen Kapelle; er freue sich schon auf unsere Zusammenarbeit. Er sagte, er befinde sich gerade auf dem Weg zur San Luigi – ob ich ihn nicht begleiten wolle?

Das war ja akkurat auch mein Weg gewesen! Wir gingen los, und er erzählte, in der San Luigi hänge eins seiner Lieblingsgemälde, die »Vocazione di S. Matteo«.

Ich fragte, woher er das Bild denn kenne. Er antwortete, er sei an der San Luigi ausgebildet worden, genau wie ich, das war von 1601 bis 1607, noch unter dem großen Giovanni Maria Nanino. Das warf mich beinah um. Ich hatte nicht einmal gewußt, daß Allegri aus Rom stammte, hatte nur gehört, er sei lange Jahre in Fermo tätig gewesen, und hatte natürlich angenommen, er stamme von dort.

Zusammen betraten wir die San Luigi, wo gerade der Chor probte. Ins Mittelschiff flutete das flaumige, bläuliche Licht eines Novembernachmittags. Gebäuden, deren Zwang man glücklich überwunden hat, haftet eine gewisse Verklärung an – so wie ein siegreicher Feldherr übers Schlachtfeld schreitet und dem toten Gegner die Ehre erweist. Ehre ist wohl das falsche Wort – es ist pure Dankbarkeit, die man dem ehemaligen Feind bezeugt. Danke, lieber Feind, daß *du* gestorben bist, nicht ich.

Allegri erwies sich als gewandter Erzähler und ließ bei jedem Schritt, den wir in der Kirche taten, ein Stück Vergangenheit aufleben.

Man muß sich vergegenwärtigen – sein Lehrer war der Lieblingsschüler Palestrinas gewesen und selbst mit dem höchsten Titel ausgestattet, den ein christlicher Komponist erringen kann. Die

Anekdoten strömten nur so aus ihm, er zeigte mir auch einige Stellen, wo die Akustik die Stimme eines Sängers wunderbar verstärkt – Tricks, die ich nie herausbekommen hatte. Er kannte jeden Stein dieser Kirche.

Dann standen wir vor der »Vocazione«, und Allegri erzählte, er habe den Maler noch gekannt, das sei ein wilder Bursche gewesen, ein Mörder, vermutlich sogar ein Ketzer. Er, Allegri, habe einmal mit ihm getrunken, in der verruchtesten Kneipe der Stadt, das war eine wüste Nacht. Er wiederholte es noch einmal, mit seligem Blick – das war eine wüste Nacht...

Ist es nicht eigenartig, sinnierte er dann, wie ähnlich wir uns sind? Haben beide an dieser Kirche hier gelernt, haben beide dieses Bild geliebt – und haben uns beide der Keuschheit ergeben... Da fragte ich, was er denn meine – er sei doch kein Kastrat, sondern Tenor. Er sei Priester, antwortete Allegri; auch wenn er das Amt nicht ausübe, lebe er doch zölibatär.

Ob ich nicht auch Priester werden wolle? Das böte immense Vorteile. Ich verneinte, sagte, ich hätte keine Lust – da schüttelte er den Kopf und meinte, bei mir wär' es doch sowieso egal, er könne nicht verstehen, warum jemand auf den Schutz des Ornats grundlos verzichte...

Natürlich fragte ich ihn nach der geheimnisvollen Position, die er innehatte. Ob er wirklich direkt dem Papst unterstellt sei? Er dürfe darüber nicht reden, wiegelte er ab; es sei in der Tat so, daß er im Auftrag des Papstes etwas gesucht habe, man hätte ihn dafür ausgewählt, weil er Nanino gut gekannt habe – mehr dürfe er aber jetzt wirklich nicht sagen. Er biß sich auf die Lippen. Minuten später merkte er an, daß er gerade komponiere, ein wesentliches, wichtiges Werk, und er wünsche sich, daß ich unter den Sängern sei, wenn es aufgeführt werde.

Eine Oper? fragte ich.

Nein, eine kurze Komposition, aber schwierig, ein ganz besonderes Werk – er dürfe wirklich nicht darüber reden und müsse jetzt auch gehen.

Zum Abschied hob er nur kurz die Hand, berührte mich nicht, sagte kein schlüpfriges oder kosendes Wort, unterließ jede Intimität. Schnell ging er aus der Kirche hinaus, ohne sich umzudrehen.

Nicht, daß ich irgendeine Schweinerei erwartet hätte – wie gesagt, ich wußte noch nichts von Allegris Laster, wußte nicht einmal, daß so ein Laster überhaupt existiert. Aus heutiger Sicht wundert mich sein jäher Verhaltenswandel noch viel mehr als an jenem Tag. Er hat mich sogar *gesiezt,* mit *Signore* angeredet. Mein Verdacht geht dahin, daß er mir damals schon verfallen war und sich losreißen wollte. Wahrscheinlich ist er mit mir in die Kirche gegangen, um sich etwas zu beweisen – um zu beweisen, daß er es durchhielt, mich nicht zu berühren.

Allein – was ist damit schon bewiesen?

1631 begann die Zeit der Gefangenschaft.

Neben mir hatte es noch Zampetti und Ceccarelli erwischt; jene beiden, die einst meine Zimmernachbarn in der Via Veneto gewesen waren. Im Gegensatz zu mir schienen sie recht glücklich über ihr Los – kein Wunder; sie waren eben nur minder begabt und konnten mit einer gesicherten, sklavischen Zukunft zufrieden sein.

Heute weiß ich ja alles, weiß, die päpstliche Kapelle wurde mit guten Sängern aufgepäppelt, um dem »Miserere« einen würdigen Rahmen zu verleihen. Allegri und Urban hatten gemeinsam die Sänger ausgesucht. Es mag auch sein, daß Allegri in Bezug auf mich noch Hintergedanken hatte. Manchmal glaube ich sogar, seine Liebe zur »Vocazione« war erheuchelt; glaube, Ugolini hat ihm von meiner Passion zu dem Gemälde berichtet – damit Allegri mir näherkommen konnte. Mir wird übel bei dem Gedanken, daß alles ein abgekartetes Spiel gewesen, daß mich mein väterlicher Freund Ugolini in die Arme dieses Menschen getrieben haben soll. Und doch scheint es so wahrscheinlich...

Ich wußte von nichts, von absolut nichts; jeder Narr wußte mehr als ich.

Allerdings bleibt mir bis heute schleierhaft, warum man neben mir Zampetti ausgewählt hat. Ceccarelli mochte ja noch angehen, aber Zampettis Grunzgeräusche waren mit das Grausigste, was ich je einer menschlichen Kehle entflattern hörte. Der Club wollte für das Miserere doch die Besten aufbieten! Unbegreiflich.

Die Menschen haben wenig Geschmack. Es tauchten später sogar Leute auf, die sich Zampettis *Bewunderer* nannten. Oh, heute weiß ich, man braucht sich nur hinzustellen und irgendwas zu grölen – Anhänger wird man immer finden; an Tauben und Blöden hat nie Knappheit geherrscht.

Die päpstliche Kapelle stand damals unter dem Patronat des Kardinals Biscia; jeder von uns mußte ihm ein Antrittsgeschenk von 50 Scudi machen. Frechheit!

Das offizielle Gelöbnis fand Mitte Januar statt. Wir wurden als »supranumerarii«, als »Überzählige«, eingetragen. Das bedeutete, wir waren überhaupt keine vollwertigen Mitglieder, im Gegenteil, wir waren der letzte Dreck.

In der päpstlichen Kapelle durfte nur eine bestimmte Anzahl von Sängern (24) angestellt sein. Wir – der »Nachwuchs« – mußten warten, bis eine bezahlte Stelle frei wurde. Bis dahin bekamen wir nichts außer einem Anteil von den Trinkgeldern, zwei kleine Brotlaibe und zwei Krüge Wein pro Tag. Wir hatten kein Stimmrecht in den Versammlungen und waren unterhalb der Signori Cantori plaziert – damit auch jeder gleich sehen konnte, daß wir der letzte Dreck waren.

Mitte Januar begann jeweils die Saison, das heißt die Abfolge der liturgischen Servizien, die der päpstliche Chor außerhalb der Sixtina selbst leistete. Wir Neuen mußten schuften wie Marktschreier. Allegri zum Beispiel, wenn er mal vorbeikam, sang sehr leise; seine Stimme war schon fast verbraucht; unsereins mußte dafür doppelt in die Bresche springen.

Es war mühselig und öde. Die künstlerischen Ansprüche lagen nicht übermäßig hoch, und der Chor war – im Durchschnitt betrachtet – lausig.

Immerhin blieb mein Geldbeutel gefüllt. Entweder steckte mir Allegri etwas extra zu, oder Antonio ließ mich wieder beim Schachspiel gewinnen. Ich Trottel! Da freute ich mich, den Kardinal mattzusetzen und ein paar Scudi einzustreichen, dabei spielten die Mächtigen mit mir. Ich hatte nicht mehr Freizügigkeit als ein blinder schwarzer Bauer. Eigentlich ein Glück, daß ich davon nichts wußte.

Was mich übrigens vom angekündigten Selbstmord abhielt, war meine erste Opernrolle. Die Bühne, die *andere* Welt, faszinierte mich. Kardinal Francesco liebte prächtige Ausstattungen und gewaltige Bühnenmaschinerien, wie sie damals noch selten waren. Francesco kann sowieso als größter Verschwender innerhalb der Papstfamilie gelten.

Am 8. Februar sang die Kapelle in der Sant' Agata dei Goti für eine Messe, die er zelebrierte. Er hatte die Kirche zuvor mit völlig neuen Wandteppichen ausstaffieren lassen – die zeigten Fontainebleau, den Escorial und andere berühmte europäische Ansichten. Die Sant' Agata war kein Gotteshaus mehr, das war ein Theater!

Na ja, ging mich nichts an. Die Barberini waren binnen weniger Jahre zu den reichsten Grundbesitzern Italiens geworden. Die Zuwendungen Urbans an seine Verwandten erreichten bald schwindelnde Höhen, die Verschuldung des Kirchenstaats kletterte unaufhörlich, betrug schließlich über 39 Millionen Scudi.

Aber wen interessiert das heute noch? Wir Künstler bekamen unser Geld; Maderna plante die Kolonnaden von St. Pietro, Bernini schuf das Tabernakel über dem Petersgrab, und ich ließ die (gemäßigte) Stimme Gottes unter einer Schweineherde erschallen.

Die Premiere von »Il Santo Alessio« fand im Karneval statt, wie üblich. Bernini zeichnete für Dekoration und Maschinerie verantwortlich. Kardinal Francesco, Sponsor und Auftraggeber, teilte mir eine der Hauptrollen zu – ich spielte die Frau des heiligen Alessio. Keine schwierige Rolle, ich fand das Werk auch fad und furchtbar – die erste Heiligenlegende auf der Opernbühne –, aber Landi hatte doch einigen Erfolg; die Oper hielt sich drei Jahre lang.

Allegri kam jedesmal in meine Garderobe (gespielt wurde im Palazzo Barberini) und freute sich an meinem Kostüm, wünschte mir Glück, drückte mir die Hand. Hinterher applaudierte er am lautesten, beglückwünschte mich, drückte mir wieder die Hand, wollte gar nicht mehr loslassen. Ich dachte mir nichts dabei, verachtete ihn auch nicht mehr – in gewisser Weise war er ja faszinierend, eine übersprudelnde Quelle voll Geschichten der ganz Großen unseres Metiers. Man vergaß dabei leicht, nach seiner eigenen Geschichte zu fragen, glaubte eben, er hätte keine, wäre nur ein Katalog von Erlebnissen anderer.

Als ich eines Abends etwas heiser war, hielt er es für nötig, mir ganz besonders viel Glück zu wünschen, küßte mich auf beide Backen und die Stirn. Es machte mir nichts, ich ließ ihn gewähren. Er flüsterte, ich sähe in Frauenkleidern ganz entzückend aus, jaja... Er seufzte und sagte – wir... in der Keuschheit Verbundenen... – er führte den Satz nicht zu Ende, räusperte sich und verließ die Garderobe.

Ich haßte die Frauenkleider. Nicht nur, daß jeder hörte, daß ich kein echter Mann war, nun sah es auch noch jeder.

In mir war all diese ziellose, umherirrende Lust, das Leiden meiner Jugend. Das Pferdchen bäumt sich, wird es dran erinnert.

Ein hypernervöser Zustand, begleitet von Kopfschmerzen und Gliederzittern, schwer zu beschreiben; der normale Mensch erlebt so was ja nicht, erleichtert sich im Schlaf, oder zapft per Hand das Gift ab.

Ich platzte vor Lust, ohne zu wissen, was ich tun, wohin ich mich richten sollte; das Gären und Brodeln in mir, grausame Libido – wie Schädelblähungen, all die Träume voller Dienstmagdbrüste und Marktweiberschenkel... Ich hatte mir immer mit Singen beholfen, mit Üben und Singen und Üben und Singen, bis zur Ekstase und Erschöpfung. Aber seit ich Sklave der päpstlichen Kapelle geworden war, täglich etwa fünf Stunden, fehlten mir Spaß und Motivation bei der Arbeit – im gleichen Maße wuchs mein Leiden.

Ansonsten verlief das Jahr 1631 ziemlich ereignislos, träge und dumpf.

Das Repertoire der Kapelle bestand zum Großteil aus Palestrina, und der kann einem mit der Zeit, ich sag's ganz offen, zum Hals raushängen. Ich war über jeden Anlaß froh, der mir eine Entschuldigung bot, dem Chor fernzubleiben; sogar wenn es ein Jagdausflug war.

Einmal waren Allegri und ich auf einem ebensolchen unterwegs mit Kardinal Antonio und zweihundertköpfigem Gefolge – es wurde vor der Stadt ein Nachtlager aufgeschlagen, die erlegten Tiere gebraten über zehn Feuerstellen, pfui, und Instrumentalisten spielten zum Tanz auf. Ich glaube, das war schon 1632, ja...

Irgendwie hatte sich ein Teil der Wachmannschaft Huren in ihr Zelt geholt. Einer der Soldaten rief mich – ich ging hin, neugierig – und man machte sich einen Jux, indem man mich zusehen ließ und dabei verspottete.

Wenigstens bekam ich so erste Gelegenheit, Zeuge einer leibhaftigen Kopulation zu sein. Es sah enorm tierisch aus, ging mit viel Gebrüll, Schweiß und Gestöhne einher; außerdem war die Hure billig und häßlich, echtes Söldnerfutter.

Ich ging hinaus, ohne mich von den Witzeleien beeindrucken zu lassen, setzte mich unter eine Kastanie und trank Wein, zitternd.

Allegri kam vorbei, und ich hatte das Bedürfnis ihm zu erzählen, was ich eben erlebt hatte.

Du hast ganz recht, es sind wilde Tiere – flüsterte er und tätschelte mich, setzte sich an meine Seite, ich empfand es als recht angenehm. Und plötzlich glitt seine heiße Zunge über meinen Nacken.

Allegri leckte mich ab, ja LECKTE MICH AB, und er sagte – wir, in der Keuschheit Verbundenen... wir kennen die Stürme des Körpers, nicht wahr?

Da stand ich auf und lief weg, das war mir unheimlich, ich lief zum Feuer, um mit den anderen zu tanzen, besser gesagt, ins Licht zu flüchten. Die Feuersäulen schlugen meterhohe Funken, die sich zwischen die Gestirne reihten. Kapsberger persönlich spielte seinen neuesten, wildesten Tanz.

Manche Dinge, auch wenn man sie nicht explizit erklärt bekommt, ahnt man endlich von selbst.

Ich begann mich vor Allegri zu fürchten.

III

Elf Uhr.
Alban traf zum rechten Zeitpunkt ein. Die Beerdigung des Kellers war vollzogen. Die Abrißmannschaft hatte ganze Arbeit geleistet. Wolken feinen Staubes wirbelten über dem Schutt.

Nicole stand auf der Straße und starrte in die Trümmer, die Hände tief in den Taschen ihres Mantels verborgen. Sie wirkte sehr müde und traurig. Sie zitterte, und ihre Augen glänzten tränenfeucht. Bulldozer rollten heran, luden den Schutt auf Lastwagen. Es war erstaunlich, wie schnell der Trümmerberg wuchs. Man hatte die Straße für den Verkehr gesperrt. Dutzende Mopeds umkurvten elegant die Absperrung aus Warndreiecken, Seilen und Wimpeln. Neben Nicole standen noch andere Voyeure der Zerschlagung; im Gegensatz zur Französin paßte hier der Begriff Schaulustige.

Kinder hatten gejubelt, wenn die Abrißbirne mit Wucht ein Mauerstück sprengte, hatten Krieg dazu gespielt, Flächenbombardement, hatten Plastikgewehre geschwenkt und Schußgeräusche nachgeahmt.

Nun verloren sie das Interesse und zerstreuten sich. Auch ein paar alte Frauen, die während des Zusehens über die Hinfälligkeit alles Menschenwerks sinniert hatten, setzten ihre unterbrochenen Wege fort. Nicole stand bald allein vor dem Schutt; eine dünne Staubschicht überzog sie von Kopf bis Fuß, ließ sie einem Denkmal ähneln.

Alban, der pietätvoll zehn Schritte Distanz gehalten hatte, trat jetzt heran und grüßte. Er hatte zwei, drei Strategien konzipiert, um ein vernünftiges Gespräch zustande zu bringen. Alle Planung erwies sich indes als überflüssig. Nicole machte keine Anstalten, erneut auf ihn loszugehen. Sie tat, als hätte es den Exzeß der letzten Nacht nicht gegeben.

»Waren wir verabredet?« fragte sie leise.

»Nein.«
»Was wollen Sie hier?«
»Mit Ihnen reden.«
»Ich wüßte nicht, was es noch zu reden gäbe.«
»Aber ich. Warten Sie ab. Gerade habe ich die Kellerfotos geholt. Sind sehr schön geworden. Bitte sehr!«
Nicole warf einen kurzen Blick darauf und schluckte ein Lexotanil. »Was soll ich damit? Können Sie behalten, ich besitze meine eigenen.«
Alban hob die Augenbrauen und steckte die Bilder ein.
»Vorher habe ich den Professor besucht.«
»Soso...«
»Sie fragen gar nicht, wie es ihm geht?«
»Na wie?«
»Er lebt.«
»Dacht' ich mir. Liegt er noch im Koma?«
»Was man so Koma nennt.«
»Wie meinen Sie das?«
»Ich weiß nicht. Es gibt so vieles, das ich nicht weiß.«
»Das stimmt«, spottete Nicole, fragte dann: »Sie sehen ganz kaputt aus. Haben Sie die Nacht durchgemacht?«
»Ja. Ich glaube. Aber es geht wieder. Die Wunde schmerzt noch.«
»Welche Wunde?«
»Da, wo Sie mich gestochen haben.«
Erstaunt sah sie ihn an, wendete zum ersten Mal den Blick von den Trümmern.
»Ich habe Sie – was?«
»Sie haben mir ein Stilett reingejagt. Hier –«
»Mein Gott... Hab' ich das? Stimmt, ich erinnere mich – ganz dumpf... Heute morgen habe ich es für einen Traum gehalten. Oje, das tut mir leid... Ich muß total betrunken gewesen sein.«
»Sie wissen, wie Sie das wieder gutmachen können...«
»Ach? Was wollen Sie? Sie sind doch noch komplett – und stehen auf zwei Beinen! Ich hab' mich entschuldigt; wollen Sie mich jetzt etwa emotional erpressen? Sie werden mir schon irgendeinen Grund geliefert haben! Ich benutze mein Messer nur zur Verteidigung. Will gar nicht wissen, was Sie getan haben, um mich dazu

zu treiben. Ich hab's vergessen, und damit gut. Aber gehen Sie jetzt...«

Alban war sprachlos. Diese Verdrehung des Geschehens, dieses dreiste Sophisma – war mit das Unverschämteste, das er je gehört hatte. Doch er behielt die Nerven, fühlte eine gewaltige Kraft in sich, übte eine Kontrolle über sich aus, die er als fremd und ungewohnt empfand.

»Sie haben bei der Party irgendwann gesagt, über Pasqualini reden Sie nicht, jedenfalls nicht grundlos. Dann haben Sie mich gefragt, ob ich etwas anzubieten hätte im Tausch. Danach haben Sie mich noch irgendwie beleidigt – ich hätte nichts, ich wüßte nichts, ich wollte alles...«

»Kann sein. Soll ich mich auch dafür noch entschuldigen?«

»Nein. Pfeif drauf. Aber ich habe ein Tauschobjekt gefunden. Das wird Sie interessieren, denke ich.«

Und er erzählte ihr, wie er gestern, nahezu um die gleiche Zeit, keine zweihundert Meter entfernt, auf der Rückbank eines Fiats, Zeuge eines anrüchigen Deals geworden war. Er erzählte, wie Stancu Krantz ein Pergament verkauft hatte, ein altes, mutiliertes, verschimmeltes Pergament – für viele Millionen Lire. Ein *Lamento d'Andrea Cantore*, einzig erhaltene Erwähnung Andreas von seiten der Dichter, gefunden in irgendeinem Archiv...

»Stancu verscherbelt Institutseigentum?«

»Er ist Krantz' ständiger Lieferant.«

»Aha. Und weiter?«

»Als ich vorhin den Professor besucht habe, entnahm ich das *Lamento* seinem Jackett.«

Nicole fixierte ihn, in einer Mischung aus Tadel und Ungläubigkeit. »Sie meinen, Sie haben es sich... genommen?«

»Er hatte nichts dagegen«, sagte Alban mit einem Zwinkern. Unklug schien ihm, hier konkreter zu werden; seine Darstellung entbehrte so nicht einer gewissen Zynik, die Nicole mit einem diabolischen Grinsen quittierte.

»Darf ich sehen?«

Sie betrachtete das von einer Klarsichtfolie umschlossene Pergament genau, drehte es nach allen Seiten, zog aus ihrer Handtasche eine Lupe hervor, hielt das *Lamento* ins Licht, verbarg keinen Moment ihr Staunen, ihre Erregung; fragte dann, ob Alban wisse, wieviel das wert sei.

»In Lire oder in Tatarbällchen?«

Alban erinnerte sich an Stancus drastisches Fazit: *Alle wollen* HA-BEN. *Sind alle verrückt.* Und Alban wußte, die Tür in der Schweigemauer war gefunden.

Nicole machte sich keine Mühe, Desinteresse vorzutäuschen; Besitzgier leuchtete aus ihren Augen, Begeisterung belebte ihr verquollenes, zerfurchtes Gesicht.

»Was wollen Sie dafür?«

»Wenig. Sehr wenig. Es kostet Sie fast nichts. Sie müssen mir nur den Rest erzählen. Und – das ist wichtig – Sie müssen mir die Wahrheit sagen! Ich habe das Gefühl, mir steht eine Katastrophe ins Haus, wenn ich mir nicht klar werde über das Spiel...«

»Welches Spiel?«

»Spiel? Ja – wie komme ich auf Spiel? Ich weiß es nicht. Die Mächte sagten, D7–D5 ist gezogen.«

»Wie bitte? Welche Mächte? Wovon reden Sie?«

»Das ist es ja: Ich weiß es nicht.«

Er zuckte mit den Achseln. Nicole sah ratlos zur Seite, wog das *Lamento* prüfend in der Hand. Ihr Entschluß stand längst fest; sie wartete nur eine Anstandsminute ab, um nicht den Eindruck leichter Käuflichkeit zu erwecken.

Dann gab sie, gnädig seufzend, ihr Einverständnis.

»Alors – fahren wir zu mir.«

IV
Vita Pasqualini V
1632–1635

Mein Leben verlief prompt viel spannender.

Allegri belauerte mich, trug seine Verderbtheit ungeschminkt zur Schau, machte mir schöne Augen und kleine, obszöne Gesten; streifte mich im Vorübergehen, tatschte mich unter jedem Vorwand ab und wartete immer auf Gelegenheit, mich allein zu treffen.

Zugegeben, ich war durchaus neugierig, was er denn eigentlich vorhatte; was geschehen würde, ließe ich ihn gewähren. Aber mein Schamgefühl überwog Neugier und Kitzel. Allegri war auch schon fünfzig Jahre alt und nicht grad ein Adonis mit seinen herabhängenden Schultern, seiner geduckten, schlacksigen Schmächtigkeit und den tiefen Augenringen hinter den Brillengläsern.

Er spürte mir nach. Oft fühlte ich mich verfolgt und beschleunigte den Schritt, mied dunkle Plätze und suchte mir einen Kumpan, um nicht zu häufig unbegleitet zu sein. Das war Angelo Ferrotti, ein Kastrat, etwas älter als ich; noch der beste unter meinen Kollegen und in jedem Fall der lustigste. Er trug immer einen Scherz auf den Lippen, machte den Augustin, hatte allerlei Späße und Kunststücke auf Lager und milderte die Langeweile unseres Dienstes mit witzigen Possen – was ihm oft Disziplinarverfahren einbrachte.

Ferrotti war bei allen beliebt, seine Gesellschaft gesucht; mit ihm war immer etwas los. Unerreicht blieben seine Parodien, bei denen er Personen des öffentlichen Lebens bis ins kleinste Detail imitierte und deren Schwächen treffsicher aufs Korn nahm.

Er war auch der einzige Sopran, der die Überlegenheit meiner göttlichen Stimme vorbehaltlos anerkannte, ohne Eifersüchteleien. Zum Dank für soviel seltene Objektivität setzte ich mich für ihn ein und empfahl ihn den Barberini. Niemand kann behaupten, ich hätte immer nur egoistisch gehandelt. Zurück zum Thema.

Trotz etlicher Vorsichtsmaßnahmen war es nur eine Frage der Zeit, wann Allegri mich erwischen würde. Auf Dauer kann sich niemand vor einem anderen verstecken.

Es geschah, als ich während des Probens ein dringendes körperliches Bedürfnis spürte und die Sixtina verließ, um an der nächsten Straßenlatrine mein Wasser abzuschlagen. Plötzlich stand er neben mir, feixte und belinste mich, holte sein hartes Gerät hervor – bestimmt nicht, um zu urinieren. Fröhlich wedelte er es vor meinen Augen hin und her – schien ihm relativ egal zu sein, ob Passanten uns beobachteten.

Hören Sie damit auf, Allegri! Benehmen Sie sich! fauchte ich ihn an, bemüht, mein Geschäft schnell zu Ende zu bringen.

Map, du bist der reizendste Mensch Roms, weißt du das?

Zum ersten Mal seit vielen Monaten duzte er mich wieder.

Lassen Sie mich in Ruh, versauter alter Mann! zischte ich – just in dem Moment entlud er, ließ seinen Saft mitsamt den Kindlein an die Hauswand prasseln. Welch eine Sünde!

Schämen Sie sich, Allegri! Was fällt Ihnen ein?

Oh, Map, ich schäme mich ja, ich schäme mich schon, keine Sorge...

Ich glaube nicht, daß er es ernst meinte.

An wen sollte ich mich wenden in der Not? Nicht an Ferrotti, der hätte kaum anders gekonnt, als Witze darüber zu reißen; ihm war nichts heilig, seine Spaßmacherei beinah zwanghaft. Blieb mein »väterlicher Freund« Ugolini, zu dem ich noch immer Vertrauen besaß; mag man vielleicht nicht glauben, aber vom ersten Lehrer ist schwer loszukommen.

Ich schilderte ihm das Geschehene; er nahm es heiter auf, meinte, ich würde übertreiben, erklärte, daß Männer um die fünfzig, die keinen leiblichen Sohn hätten, sich oft zu schönen Jugendlichen hingezogen fühlten. Sie wünschten ihre Lebenserfahrung weiterzugeben – und im Gegenzug an die verlorene Jugend erinnert zu werden. Daran sei nichts ungewöhnlich oder schlimm. Allegri suche in mir den Sohn, nach dem jeder Mann sich sehnt, ich solle mir dabei nichts Widernatürliches denken.

Er hat mir aber den Nacken abgeleckt, widersprach ich, und hat vor meinen Augen ABGESPRITZT!

Na ja, brummelte Ugolini, das komme schon mal vor bei Zölibatären, manchmal wird der Druck eben zu groß; man müsse das nicht unbedingt aufbauschen...

Aufbauschen? fragte ich entsetzt. Er hat die Kindlein an die Mauer geschleudert – wie es die Fänger des Herodes zu Bethlehem taten!

Nunu – beschwichtigte Ugolini –, wo soll er denn schon hin mit ihnen?

Da wußte ich, von dieser Seite war keine Hilfe zu erwarten.

Sie steckten alle unter einer Decke.

Als ich am darauffolgenden Tag mit Antonio Schach spielte, ließ ich einige Anspielungen fallen über Allegris Unmoral. Sofort holte der Kardinal zu einer Lobeshymne auf ihn aus, nannte ihn einen begnadeten Musiker, der es weit bringen könne – jeder solle froh sein, der Allegris Wohlwollen genieße. Ich täte gut daran, sein Vertrauen zu erringen; dies stehe auch in seinem, Antonios, Interesse.

Zum Schluß riet er mir dringend, ja, er befahl es fast – mich Allegris Freundschaft zu versichern und über *kleine Makel* hinwegzusehen.

Waren denn alle verrückt geworden oder des Satans Beute?

Nein, ich begriff bloß das Spiel nicht. Verunsichert und ob dauernder Sorge und Vorsicht müde, beschloß ich, den Dingen ihren Lauf zu lassen. Offenbar war Allegri mächtiger, als ich dachte, mächtiger jedenfalls als ich. Wenn nicht mal ein Kardinal sich noch um Tugend schert und schwere Sünden zu »kleinen Makeln« vernagelt, was soll man noch glauben und tun?

Natürlich galt das Streben Antonios in keinem Moment etwas anderem – das sei gleich klargestellt –, als dem Wohl der Ecclesia Cattolica; er war ein kluger Mann; es soll nicht heißen, ich würde seinen Namen in den Schmutz ziehen.

Heute weiß ich, die Wege des Menschen, Gott (beziehungsweise dem Teufel) zu dienen, können verschlungener sein als die Wege

Gottes (des Teufels) selbst. Man darf niemals urteilen, bevor man nicht in jedes der beteiligten Gehirne hineingesehen hat – wann bekommt man dazu schon Gelegenheit?

Die Welt ist dunkel; ihre Spiele kompliziert und von variablem Regelwerk.

Damals war alles, was ich begriff, daß der Kardinal mich praktisch zum Freiwild deklariert hatte.

Gänzlich alleingelassen, ergab ich mich; ließ mutlos den Kopf hängen, betete auch kaum mehr um Hilfe. Gott ist gehfaul, dachte ich, kümmert sich nicht um den Erdkreis, thront untätig im Himmel und sperrt sein Maul auf – wer hineinfindet, hat's gut getroffen. Haha! Stampf, Pferdchen, stampf! Über die Ruinen weg und den Rauch. Die Grundfesten meiner Weltsicht waren erschüttert; alles schien sinnlos und unbegreiflich.

Manchmal tut es gut, sich zu öffnen, sich zu strecken und zu warten. Wenn sowieso der ganze Himmel schwarz aufquillt – wohin soll man fliehen? Ebensogut kann man Kraft sparen; wer weiß, ob man nicht noch schwimmen muß?

Erst auf meine Apathie hin begann sich das Spiel langsam zu erklären, als ob es an meiner Unwissenheit, an meinem schwarzblinden Bauerntum keinen Gefallen mehr fände.

Allegri schien irgendwoher zu wissen, daß der Kardinal mir seinen Schutz verweigert hatte; gleich ging er forscher ans Werk, paßte mich nach einer Probe ab auf dem Nachhauseweg, flüsterte Zärtlichkeiten, erlaubte sich eine unzüchtige Berührung. Ich hielt still und tat gelangweilt – das verwirrte ihn sichtlich. Meine neue Haltung kam seinen Neigungen auch nicht entgegen; er mochte es grade, wenn ich mich zierte, wenn ich ausschlug und schimpfte und ihn eine Drecksau nannte. So blieb es vorläufig, zu meiner Überraschung, bei jenem einzigen lüsternen Griff in den Schritt. Die erwartete Generalattacke blieb aus. Meine plötzliche Gleichgültigkeit hat ihn wochenlang abgeschreckt.

Ich war das festgebundene Lamm und harrte des Wolfes – der Wolf kniff den Schwanz ein und kam nicht. Die Spannung in mir, die ich äußerlich durch Lässigkeit kaschierte, wuchs ins Unerträgliche.

Währenddessen mußte ich mich auch noch mit Nebensächlichkeiten abplagen, mit Zampetti beispielsweise, der einen Streit vom Zaun brach, der mir die Schuld an einem verfehlten Einsatz der Sopransektion gab und damit die größte (weil wohl einzige) Prügelei heraufbeschwor, die die Mauern der Sixtina je gesehen haben. Zampetti boxte mir nämlich in den Magen, als ich ihn zur päpstlichen Kapellenkrähe ernannte – Ferrotti kam mir zu Hilfe, ohrfeigte ihn, gleich bildeten sich zwei Parteien, die wild aufeinander losgingen.

Ich zog vor, mir das aus der Ferne anzusehen – rohe Gewalt war nie meine Sache. Jener Skandal ist in keiner Chronik verzeichnet worden; er sei unter uns erwähnt.

Mein Tagesablauf bestand im Pendeln zwischen der Sixtina und dem Palazzo Barberini, wo man mich keinesfalls weniger als früher beanspruchte. Im Palazzo war ich Mittelpunkt, der gefeierte, verehrte Künstler. In der Sixtina dagegen gab die vorgegebene, amusische Hierarchie den anderen Sängern Möglichkeit, an mir ihren Neid und ihre Bitternis auszulassen; da war ich Fußabstreifer, Märtyrer und Lastesel in einem.

Die Kapelle besaß ein ausgeklügeltes Bestrafungssystem auf pekuniärer Basis. Jedwedes Brechen der Verhaltensregeln wurde mit einer gewissen Strafsumme belegt. Am Ende des Monats wurden die Geldbeträge addiert und unter allen Chormitgliedern aufgeteilt – wodurch die Brävsten die Dummen waren und emsige Sünder sich den Haß der anderen zuzogen. Man kann es nachlesen im Diarium der Sixtina – mein Strafkonto bleibt wohl für immer unerreicht; sogar Ferrotti übertraf ich. Ich konnte mir's leisten – verfügte über Geldmittel, die Braven auszuzahlen und ihren Unmut verfliegen zu lassen. Strafen gab es für Absenzen, Verspätungen, unangemessene Kleidung, falsche Töne und Verletzungen der Würde. Letzteres war ein weitgefächerter, dehnbarer Begriff, von den verschiedenen Chorleitern oft gebraucht, mich zu ärgern und zu demütigen. Damals jedoch, durch jenes quälende Warten auf Allegris Attacke, durch die innere Spannung, verbunden mit beruflicher Unlust – häuften sich meine Unaufmerksamkeiten tatsächlich enorm. Die Sixtina ist an mir reich geworden, fürwahr.

Als der Kardinal im Januar 1633 fragte, ob ich mich denn mit Allegri nun besser verstünde, antwortete ich frech: Nein, der Herr Allegri habe mich noch nicht in Besitz genommen, obwohl ich seiner Eminenz gehorsame Hure sei und den liederlichen Trieben des mir zum Laster empfohlenen Menschen keinen Widerstand entgegenzusetzen gedächte.

Da grinste der Kardinal; er mochte meine ehrliche, unverkleidete Sprache. Prompt hielt er es für nötig, mir (streng vertraulich) ein wenig über das Spiel zu erzählen.

Hör zu, Map, sagte er, es kommt dir bestimmt vieles merkwürdig vor, und das ist es auch. In der Tat könntest du dich für deine Mutter Kirche sehr nützlich machen unter gewissen Umständen. Dir ist vielleicht bekannt, daß Allegri an einem Werk arbeitet, an einem Miserere...

Einem Miserere? Einem ordinären Miserere? fragte ich.

Oh, keineswegs ordinär. Im Gegenteil. Es ist ein ganz besonderes Werk, über das ich nicht viel sagen darf; das Wissen hierüber ist pontifikale Verschlußsache. Was ich sagen kann, ist, daß in jenem Miserere einige Melodien eingebaut sein werden, die nicht von Allegri selbst stammen; Melodien, die er im Auftrag meines Onkels gesucht und gefunden hat. Es handelt sich um sehr *alte* Melodien, mehr brauchst du nicht zu wissen. Wir – mein Onkel, mein Bruder und ich – hegen nun den Verdacht, daß Allegri seinen Auftrag ungenügend erfüllt und uns etwas vorenthalten hat. O nein – ich will Signor Allegri nicht kriminalisieren; es ist dies eher eine theoretische Gegebenheit als ein ernster Verdacht. Dennoch wäre es uns lieb, wenn wir in diesem Punkt alle Zweifel beseitigen könnten. Und du, Map, könntest uns dabei helfen. Wir glauben, du bist der einzige, der das könnte. Denn er liebt dich! Er ist dir verfallen, wir wissen das. Und glaube mir, besäße die Sache nicht enorme Brisanz, wir würden dich um kein so gewaltiges Opfer bitten. Im übrigen mußt du nicht Angst haben, dich zu versündigen. Ich spreche im Namen meines Onkels – dir wird jeder Dispens sicher sein, du brauchst keine Sorge um dein Seelenheil zu haben, egal, wie du in dieser Sache vorgehst.

Nun war es also raus! Ich sollte für die Barberini den Spion spielen. Das mir... Sie degradierten die beste Stimme des Jahrhunderts zum Dienst am Schlüsselloch. Die Umrisse des Spielgedankens formten sich. Ich wußte zwar noch nicht, was das für Melodien waren, wußte nicht, daß es einen Club gab, der sich ihrer Aufspürung verschrieben hatte – aber über meine Rolle wußte ich nun einiges mehr, und ich wußte auch, daß der oberste Spielleiter Urban in Person war.

Antonio sagte mir noch, eine exklusive Aufführung des Miserere sei für April (1633) geplant, und Allegri habe meinen Namen ganz oben in die Besetzungsliste geschrieben. Soweit dies.

Während des Karnevals sang ich in einer anderen Oper, »Erminia sul Giordano« von Michelangelo Rossi – wieder eine Frauenrolle; gewagtes Kostüm, nackte Knie und freie Schultern. Allegri geilte das so auf, daß er sich seiner Brunst erinnerte und mich vor und nach der Darbietung hundertmal abküßte. Übrigens erklärte er später, meine Gleichgültigkeit sei nur teilweise Grund seines Rückzugs gewesen – vielmehr war er von der bevorstehenden Realisierung des Miserere nervlich so in Anspruch genommen, daß er an nichts anderes denken konnte. Mag sein.

Zu »Erminia sul Giordano« muß ich noch etwas erwähnen. Insgesamt sechs Sänger der Sixtina waren vom Dienst freigestellt – Ferrotti, Zampetti, die Tenöre Ceccarelli und Bianchi und der Baß Nicolini. Man hätte weitere Sänger abziehen können, wenn nötig; wäre kein großes Problem gewesen. Die Barberini pflegten aber die Unsitte, auch SängerINNEN zu unterstützen. Nicht nur das, sie ließen sie ab und an sogar auf die Opernbühne! Wozu?

Das Gebot »Mulier taceat in ecclesia« stellte klar, daß in allen katholischen Landen die Kirchenmusik immer auf Kastraten angewiesen sein würde, sofern man obere Tonregionen nicht vernachlässigen wollte. Von daher war ebenso klar, daß es Kastraten immer geben würde. Wenn es sie nun aber einmal gab – wozu um Himmels willen benötigte man WEIBER?

Bei gleicher Tonlage verfügen sie über kleinere Brustkästen, dementsprechend über geringere Lungenkraft; können ihrem Gesang weder Stärke noch Strahlung verleihen. Herrgott, wozu wurden sie eingesetzt? Eigentlich doch, damit auch der Unmusikalischste irgendwie beschäftigt war, damit er was zu gaffen hatte, damit er von wogenden, aus dem Kostüm quellenden Brüsten unterhalten wurde. Nur deshalb forderten manche Komponisten immer wieder ein echtes Weib auf der Besetzungsliste – sie wollten, in ihrer Gefallsucht, stets alle Zuhörer befriedigen! Pfui über Künstler, die in Wahrheit verkappte Zirkusdirektoren sind! Ich hab' es den Kardinälen oft ins Gesicht gesagt, habe gesagt, bitte sehr – wenn man uns Kastraten nicht braucht, soll man die Oper gleich zum Bordell machen; wir hätten unsere Fruchtbarkeit nicht hingegeben, um derart vor den Kopf gestoßen zu werden! Der dünne, flache Klang einer Weiberstimme verletze mein Ohr; da sei ja Zampetti noch besser – das wolle was heißen!

Aber nein – die Barberini hielten stur an einigen Sängerinnen fest, und in »Erminia sul Giordano« tauchten derer gleich drei auf – Leonora Baroni, Anna Renzi und Adriana Basile; jeweils verwöhnte, überpuderte Blechkehlen, aus denen kaum vernehmbare Fürze wehten. Kein Zweifel, sie waren sämtlich hübsch und gut gebaut, trällernde Blickfänge – doch wo der Stimulus des Auges mit dem des Ohres konkurriert, geht ein Stück Kunst verloren, schließt sich etwas gegenseitig aus. Die Oper drohte eh schon zu verkommen, zu betäubenden, farbigen Spektakeln; jeder Sänger hatte es schwer genug, die Konzentration des Publikums auf sich zu zwingen – da mußte nicht noch billige, fleischliche Schaulust hinzukommen!

Ich bin immer jemand gewesen, der seine Meinung kompromißlos vertreten hat, und ich nutzte auf der Bühne jede Möglichkeit, meine Abneigung gegen Sängerinnen zu demonstrieren; sei's durch verächtliche Mimik oder Mißfallensgesten, sei's durch gezischte Beleidigungen oder einfach durch lautstark vorgetragene Überlegenheit. Die Sängerinnen haßten mich wie die Pest, und ich bin stolz zu sagen, sie hatten allen Grund dazu.

In jenem Karneval '33 kam es zu einem Eklat, der sich als folgenschwer für mein Leben herausstellen sollte.

Adriana Basile stürmte nach der Oper wütend meine Garderobe. Sie hatte ein hohes E verkiekst, und ich hatte das Auditorium von der Bühne aus angefeuert, seinem Unmut Luft zu machen – woraufhin tatsächlich ein Pfeifkonzert losbrach und die Basile eine Niederlage erlebte, wie ich sie mir schöner nie erträumt hätte.

Nun stand sie da, bebend, schreiend, gab mir die Schuld an ihrem verkieksten E – als ob ich ein Zauberer wäre.

Mit der mir eigenen galanten Gelassenheit schmetterte ich die Vorwürfe ab und verwies darauf, daß die Natur den Frauen eben nicht die Mittel gegeben habe, auf oberstem Niveau mithalten zu können. Da griff sie mich an, packte und schüttelte mich und fragte, woher ein zurückgebliebener Knirps das Recht nehme, von Körperbau und Lungenkraft zu reden? Ich sagte höflich: »Madame – Tittenumfang macht noch kein Volumen!« Da verlor sie völlig die Beherrschung, stieß mich gegen die Wand, daß ich Angst haben mußte, mir alle Rippen zu brechen. Und sie geiferte!

Verschnittene Widerlinge wie ich seien Monstren, Verbrechen wider die Natur, seien Anachronismen, deren letztes Stündlein bald schlagen würde; der Tag werde kommen, an dem keiner sie mehr vermisse und sie von den Frauen zur Gänze verdrängt seien! Entmannte Giftzwerge wie ich dürften dann schauen, ob sie noch einen Posten als Eunuch im türkischen Harem ergattern konnten, um dem Nachwuchs der Paschas Wiegenlieder zu pfeifen!

Zum Glück kam Allegri vorbei und rettete mich, indem er die Basile zum Ausgang drängte und drohte, den Vorfall auf höchster Ebene zur Sprache zu bringen.

Dann half er mir hoch, streichelte mich und flüsterte irgendwelchen Schweinkram – dem ich nicht zuhörte.

In jenem historischen Moment nämlich schwor ich, nicht zu ruhen, bevor Frauen ein für allemal von den Bühnen verschwunden wären! Die Oper sollte gereinigt, die beleidigte Ehre der Kunst wiederhergestellt sein! Ich hob die Faust und schwor's zum Himmel, jedem, der mir dort oben lauschte.

Daß Allegri den Moment dazu benutzte, mir eine Hand unter den Rock zu schieben, konnte des Eides Erhabenheit nicht beeinträchtigen.

Damals begann der lange Kampf, der länger währen sollte als der große Krieg in Deutschland. Freunde! Leser! Begleitet mich und mein Pferdchen auf dem Marsch durch die Erinnerung! Laßt uns noch einmal gemeinsam entlangziehn an den Marksteinen des

ONTU! Es wird uns allen Vergnügen bereiten – und euch mag es als Anregung dienen.

Zuerst aber zwingt mich die Chronologie, dem Jahr '33 vollends Genüge zu tun.

Die angekündigte Aufführung des Miserere wurde von April auf Ende Juni verschoben. Schuld trug der Prozeß gegen den Astronomen Galileo Galilei, der für einiges Aufsehen sorgte in der Bevölkerung. Papst Urban wurde vom Prozeß so sehr in Anspruch genommen, daß er eine Verschiebung für nötig hielt, um den Kopf freizubekommen. Urban war ein wissenschaftlich hochgebildeter Mann und involvierte sich persönlich in den Casus. Heute kennen wenige noch den Namen Galilei, doch seinerzeit hätte dieser Mensch mit seinen Thesen beinahe unsre Sicht des Himmels verändert. Urban war nämlich geneigt (so berichtete mir Antonio vertraulich), mit Galilei Kompromisse einzugehen. Galilei jedoch bestand darauf, entweder *nichts* zu widerrufen oder *alles*. So mußte er am Ende eben alles widerrufen; doch die Barberini wirkten nicht sehr glücklich über dieses Ergebnis. Galilei widerrief am 1. Juni; ich war selbst Zeuge der Zeremonie und habe Urban selten so finster erlebt – während Galilei fröhlich grinste. Gott weiß, warum.

Soll mir auch egal sein; wenigstens war endlich der Weg frei für wichtigere Dinge.

Am 15. Juni, abends nach der Chorprobe, rief Allegri das auserkorene Sängerdutzend zusammen und verteilte die Noten des Miserere, alle von eigener Hand kopiert. Jede Sektion erhielt nur den sie betreffenden Teil der Partitur; eine Maßnahme, die in ihrer überspannten Hermetik den Gerüchtedampf verdickte.

Wir Soprane waren zu viert; neben mir noch Zampetti (der Kerl war einfach nicht kleinzukriegen), dazu Ferrotti und der alte Loreto Vittori, der mit fünfundvierzig Jahren den Höhepunkt seines Könnens bereits überschritten hatte, wenn man mich fragt.

Wir trafen uns privat, um das Miserere einzustudieren. Es handelte sich um ein circa zwanzigminütiges, äußerst komplexes Werk, das exakte Einsätze und sichere Intonation verlangte. Die fragwürdige Idee, jede Sektion getrennt daran arbeiten zu lassen, führte dazu, daß sich keiner der Sänger einen Überblick über die verschlungene Struktur des Werks verschaffen konnte, und es bei der einzigen Gesamtprobe zu bösen Schnitzern kam. Schwierigkeiten entstanden schon deshalb, weil wir oft in Verzückung gerieten über das erschallende Klangspiel; weil wir, in Bann geschlagen, zuweilen die Rolle des Praktizierenden mit der des Zuhörers vertauschten. Allegri, der Leitung und erste Tenorstimme übernommen hatte, ließ uns eine ganze Nacht hindurch üben. Erst beim Morgengrauen saß das Werk soweit, daß man für die Premiere zuversichtlich sein durfte.

Und es war ein vortreffliches Werk! Es rang mir große Bewunderung ab, rückte Allegris blasse Person in ein neues Licht, in die allererste Komponistenelite. Zwar sollten, laut Kardinal Antonio, die melodischen Motive nicht von Allegri stammen, doch allein die raffinierte Stimmführung, die kunstvolle Konzeption, der dramatische Entwurf, der – paradox – mit einer Steigerung der Mittel kontemplative Verinnerlichung erreichte – dies alles war das Opus eines Meisters.

Die Premiere am 28. Juni verlief gespenstisch.

Ungewöhnlich nicht nur die Uhrzeit – elf Uhr abends –, ungewöhnlich zudem die Beleuchtung der Sixtina. Alle vorhandenen Kandelaber standen um die Pulte der Sänger, der Rest des Saales lag im Dunkeln, auch die acht Stühle für das Auditorium, so daß wir nicht genau erkennen konnten, wer da Platz nahm. Zusätzlich wurden die Portale von Soldaten der Schweizergarde bewacht und kein Ungebetener hereingelassen, selbst hohe Kleriker nicht.

Heute denke ich, jene Verdunkelungsmanöver hatten weniger den Sinn, die Anonymität der Clubmitglieder zu schützen, als vielmehr dem Miserere eine gehörige Portion Mysteriosität mit auf den Weg zu geben. Eigentlich kann es sich kaum anders verhalten haben, wenn der Club aus klugen Köpfen bestand – und daran zweifle ich nicht.

Wir machten unsere Sache gut; ohne ernstliche Fehler zelebrierten wir eine magische Drittelstunde. Kein Applaus, kein Husten, kaum ein Atmen wagte die Stille hernach zu stören. Entrückung war unser Lohn.

Allegri bat uns, das Gebäude zu verlassen, und alle Sänger gingen schweigend nach Hause. Nur ich setzte mich vor die Sixtina und wartete, um Allegri noch einmal persönlich zu gratulieren. Es zog sich aber lange hin, eineinhalb Stunden, bis er endlich aus dem Portal huschte, geduckt, Notenblätter im Arm. Er übersah mich, und ich rief: He, Allegri! Da blieb er stehn, und ich konnte im Schein meiner Lampe erkennen, daß er seine Brille nicht trug und ganz verheult aussah. Tatsächlich hatte er geweint und war auch jetzt nicht ganz Herr seiner Stimme. Mich ergriff Mitgefühl, und ich bot ihm an, er könne sich auf mich stützen, wenn er wolle – was er auch gleich tat; ich fragte, was geschehen sei.

Sie haben es abgelehnt, stotterte er und hängte sich schlaff an meine Schultern, was wegen unseres Größenunterschieds Gleichgewichtsprobleme hervorrief.

Sie haben diskutiert und es abgelehnt, wiederholte er, und ich sagte, das könne doch nicht sein; es handle sich um ein begnadetes, herrliches Werk ... eine großartige Schöpfung ...

Zu ornamentreich, haben sie gesagt, zu lang, zu kompliziert, zu wirr ...

Verzweifelt wischte er sich die Augenkrater und wimmerte, er habe doch so lange daran gearbeitet, beinah vier Jahre ...

Ach, es war traurig anzusehen, wie er zu einem Bündel Enttäuschung wurde, mich mit hinabzog und unter Wasser setzte.

Später einmal hat er detaillierter über das Urteil des Clubs geredet. Hauptsächlich Urban wäre unzufrieden gewesen – erst auf seine Einwände hin sei die Begeisterung der anderen in Skepsis umgeschlagen. Urban wünschte das Miserere kürzer, schlichter, eingängiger, volkstümlicher; er habe offen gesagt, es käme nicht so sehr auf die *Melodien* an, als auf deren *Namen*.

Nur halb wahr, wenn man mich fragt.

Heute bin ich der Letzte, der dazu etwas sagen kann, der Letzte, der alle Entwicklungsphasen des Werkes miterlebt hat. Es ist sehr seltsam – obschon die Erstfassung des Miserere die krasseste Verfremdung der Melodien war, von ihrer monodischen Grundgestalt am weitesten entfernt, kam jene Erstfassung ihnen im Zauber doch am nächsten – viel mehr als die beiden späteren Versionen, die zu sauber, zu marmorhaltig, zu purifiziert wirkten; als habe man schöne alte Hymnen auf klassische Versmaße getrimmt. (Einen ähnlichen Fehler beging Urban bei der Revision der Gebetbücher.)

Nun – ich tröstete Allegri aus ganzem, dankbarem Herzen; er hatte mir eine musikalische Sternstunde geschenkt. Es war inzwischen schon zwei Uhr morgens, aber Allegri fragte, ob ich ein wenig mit ihm gehen wolle, den Tiber entlang, vielleicht könne man ja noch irgendwo einen Schoppen Wein zusammen trinken? Ich sagte ja, und wir spazierten das Flußufer hinunter und kamen an Trastevere vorbei.

Ich erzählte, daß ich von dort herstammte, und Allegri wollte unbedingt mein Geburtshaus sehen. Wir fanden auch eine Taverne, die uns noch Wein ausschenkte, und kippten schnell drei oder vier Becher, bevor die Kneipe schloß.

Es war eine laue, klare Sternennacht; wir sangen leise ein paar melancholische Lieder und wollten wach bleiben, um dem Sonnenaufgang zu huldigen. Ich zeigte Allegri den Lieblingsplatz meiner Kindheit – unter einer Tibermole –, wo ich immer gewesen war, wenn ich allein sein wollte. Es ist wirklich erstaunlich – ich hatte diesen Platz nie jemandem gezeigt, und jetzt zeigte ich ihn einem Manne, vor dem ich Monate zuvor noch Abscheu und Angst empfand. Das Miserere hatte meine Haltung zu ihm total verändert, der Wein tat auch sein Teil dazu, und ich duldete Allegris Umarmungen; empfand sogar eine Art Wärme dabei und ließ es geschehen, als er mich meines Hemdes entkleidete. Er küßte mich auf die Brustwarzen, dann auf den Bauchnabel. Seine Finger, seine Zunge durchforsteten jede Kuhle meines Körpers. Und endlich – unter der Tibermole im Sand – erfolgte der langerwartete Angriff.

Ich wehrte mich nicht, als seine Lippen mich überall befeuchteten, mir wurde auch nicht kalt dadurch. Übertrieben wäre es, von Lust zu sprechen – doch die Lähmung, die mich umfing, war angenehmer Art.

Dann nahm er ganz von mir Besitz.

Er trug am Gürtel ein kleines Döschen Fett, wie es Streicher zur Pflege ihrer Bögen benutzen. Das lockerte den Widerstand des

Fleisches; er drang in mich – ich war *besessen* und entsetzt zugleich.

Kitzel kämpfte mit Schmerz, Ekel mit Erregung. Stöhnen netzte mein Ohr, ich spürte Bisse auf der Haut, Allegri trank meinen Schweiß und fraß meine Schreie. Dann pochte etwas; sein Samen flutete in meinen Darm; mich befiel ein Krampf, der sich lang nicht legen wollte.

Er streichelte mich, massierte mir Nacken und Posteriora. Wir ruhten nackt nebeneinander, bis die Sonne am Horizont stand und erste Boote den Fluß entlangtrieben.

Während dieser Zeit wurde kein Wort gesprochen. Um die drückende Stille zu durchbrechen, fragte ich, ob er mir etwas über das Geheimnis erzählen wolle, welches offensichtlich hinter dem Miserere stehe. Zugegeben, es war dies keineswegs der richtige Moment, und Allegri – da seine Lust befriedigt und sein Geist kontrolliert war – sagte mir nicht einmal so viel, wie ich schon von Kardinal Antonio erfahren hatte. Daß er ein paar Melodien fremden Ursprungs verwendet habe, gestand er eher beiläufig. Ich setzte mir an jenem Morgen in den Kopf, das Geheimnis restlos zu ergründen.

Wir gingen in eine Frühtaverne, aßen Eier, Speck und Brot, tranken noch zwei Becher Wein, erschienen leicht betrunken in der Sixtina und wurden mit je einem Scudo Strafe belegt.

Etwas ließ ich mir tags darauf nicht nehmen. Ich schnappte mir Ugolini, packte ihn am Kragen und flüsterte verbissen: Na, du mein weiser Ratgeber – jetzt hat der Allegri mich adoptiert in seiner Sohnessehnsucht! Und hat mich wirklich lieb, hat mir sein Füllhorn reingepreßt gegen die Essensrichtung! Was sagst du dazu, he?

Ugolini – inzwischen ein alter Mann geworden – hob die Hände und flüsterte zurück, es geschehe, was geschehen müsse ... darin liege nichts Wundersames – solang Allegri mich nicht schwängere ... Und da – im keuchenden Lachen über den eigenen miesen Scherz glitt ihm die Maske vom Gesicht, die er jahrelang getragen hatte, eine gemeine Fratze kam dahinter zum Vorschein, abstoßend und niederträchtig ...

Es war eine Genugtuung, zu sehen, wie er bald darauf krank wurde, seine Posten aufgeben mußte und schließlich, nach jahrelangen, grausamsten Schmerzen, zu Tode siechte.

Vorher hatte die garstige Kröte aber noch Zeit, dem Kardinal vom neuesten Stand der Dinge zu berichten. Keine drei Wochen vergingen (Allegri hatte mich seither kaum berührt), und Antonio bat mich zu einem vertraulichen Gespräch, fragte ohne Umschweife, ob Allegri mir etwas offenbart habe, wovon er, der Kardinal, nichts wisse. Ich weiß doch nicht, antwortete ich, *was* Eure Eminenz weiß und was nicht.

Du verstehst mich ganz gut, sagte er.

Wirklich verstand ich ihn besser, als er ahnte, stellte mich aber dumm. Wenn Antonio schon einen Spion haben wollte, sollte er ihn gefälligst auch einweihen. Damit tat er sich aber verteufelt schwer, hielt mich mit meinen neunzehn Jahren für nicht reif genug, ein Mitwisser des Clubs zu werden. Andererseits war ich tatsächlich der einzige, der dem Club (beziehungsweise den Barberini) die gewünschten Informationen beschaffen konnte. Es entstand eine etwas verfahrene Situation. Wenigstens Allegri kam mir soweit entgegen, sich noch heftiger in mich zu verlieben und immer öfter Gebrauch von meinem Körper zu machen.

Nachdem übriggebliebene Hemmschwellen – wie zum Beispiel Allegri mit dem Mund zu bedienen – überwunden waren, bestand die letzte Strecke zum Geheimnis nur aus ein bißchen Anpassung, Geduld, rhetorischem Geschick und subtilem Einsatz meiner Reize.

Obwohl unsere Beziehung keine betont geistige war, begann Allegri doch irgendwann zu sprechen, zuerst in Andeutungen und Metaphern, später in handfesten Fakten. Ich erfuhr erstens, daß es einen Club gab; zweitens, daß er von Maffeo Barberini (Urban) und Giovanni Maria Nanino gegründet worden war; drittens, daß dieser Club auf der Suche nach einer sehr alten Liedsammlung war, und viertens Urban beschlossen hatte, jene alten Lieder in eine Kirchenkomposition einzuarbeiten. Allegri erzählte weiter, er sei über fünf Jahre lang auf der Suche nach diesen Liedern gewesen und habe sie schließlich in einem traditionsreichen, heute verkommenen Kloster gefunden. Liebe Freunde, soweit werdet ihr selbst alles erraten haben, wenn ihr meinen Aufzeichnungen gewissenhaft gefolgt seid.

Nun wurde es aber schwierig. Allegri wollte sich weder über Zahl noch Urheberschaft jener Lieder oder *Melodien* äußern, und ich konnte dem Kardinal immer noch nichts berichten, was ihn interessiert hätte.

Seine Eminenz sollte nie etwas Interessantes von mir erfahren.

Egal, ob Allegri etwas für sich behielt oder nicht, meine Position besaß allein in der Ungewißheit Gewicht – und so versprach ich dem Kardinal jeweils aufs neue, noch härter an meine Aufgabe heranzugehen und *vielleicht bald* etwas Interessantes zutage zu fördern. Die Sache machte mir großen Spaß. War ich mir anfangs wie das Lamm vorgekommen, das man dem Wolf Allegri in die Arme getrieben hatte, genoß ich es nun, Allegri an mich zu binden, ihn an die Hundeleine zu nehmen, bis zur puren Hörigkeit.

Das war freilich keine Sache von Wochen, nicht mal von Monaten. Doch merkte ich genau, daß mit dem Wissen um das Geheimnis auch meine Macht wuchs. Es äußerte sich nicht nur in erhöhten Geldgeschenken – auch in steigender gesellschaftlicher Reputation. Dazu gehörte, daß ich, 1634 (am 1. Juli), als Halbbezahlter mit Stimmrecht in den engeren Kreis der Kapellensänger aufgenommen wurde. (Vollbezahlung hätte sich nach so kurzer Zeit nicht geschickt; außerdem war das vom Finanziellen her unerheblich.) Nun durfte mich kein Zampetti mehr ungestraft beleidigen, mußte man mich höflich anreden; ich stand im Rang eines Cavaliere und speiste mit den Kardinälen an einer Tafel. Auch bei den Besetzungen der Opern besaß ich mehr Mitspracherecht und konnte mir ab und zu auch männliche Rollen sichern.

Ich saugte neue Lebenslust. Nichts benötigte ich ja dringender als Macht, wenn ich meinen Schwur erfüllen wollte.

Und die Macht – gab mir Allegri.

Mit der Zeit drang ich immer tiefer in das Spiel.

Seht, Freunde, ich glaube, als Allegri die Melodien anno '29 tatsächlich gefunden hatte, waren die Mitglieder des Clubs im innersten Herzen beleidigt gewesen, getroffen, weil nun ihr geliebtes

Mysterium in realiter vor ihnen lag, weil somit das Spiel im Grunde beendet war. Ich vermute, von daher entstand der Verdacht, Allegri habe ihnen etwas vorenthalten – sie wollten sich ein Stück Mysterium bewahren. Soweit ich das beurteilen kann, gab es keine konkreten Verdachtsmomente, es war mehr Wunsch als Verdacht – sonst hätten sie wohl zu rabiateren Mitteln der Wahrheitsfindung gegriffen. Ich glaube auch, daß der Entschluß, aus den Melodien ein Miserere zu machen, ebenjener Getroffenheit entsprang. Seht, Freunde, wenn man kein Geheimnis mehr *suchen* kann, will man wenigstens eines *hüten*... Ist weniger kurzweilig, doch um so gefährlicher.

Es dauerte zwei lange Jahre, bis ich das ungeheuerliche Geheimnis endlich begriff; bis mir Allegri beichtete, es handle sich um unchristliche, ketzerische Melodien, deretwegen schon einmal ein Mann habe brennen müssen. Ich erfuhr, dieser Mann habe sie wiederum von Orpheus bekommen, dem heidnischen Halbgott. Ich begriff – und konnte es doch nicht glauben. Die Tragweite der Situation war unfaßbar. Die heilige Mutter Kirche bediente sich der Mittel eines Mannes, den sie wegen ebendieser Mittel zum Tode verurteilt hatte; Malefizien, häretische Zaubermelodien, die ihren Ursprung in tiefster heidnischer Götterwelt hatten.

Und das alles um einen möglichen kleineren Skandal zu vertuschen. Denn niemand anderes als Giovanni Maria Nanino hatte seinen Lehrer Palestrina verdächtigt, eine jener Ketzermelodien in seiner berühmten »Missa Papae Marcelli« verwendet zu haben. Mein Gott, welche Hydra wuchs über Rom?

Urbans Flucht nach vorne – so darf man die Einverleibung jener Melodien in die Kirchenmusik ruhig nennen – schien mir blanker Wahnsinn. Derartige Geheimnisse lassen sich doch nicht auf Dauer kontrollieren! Daß Ihr, werte Freunde, diese Zeilen lest, ist der beste Beweis.

Heute sehe ich alles mit etwas anderen Augen, weiß, die Geschichte der heiligen Hure Kirche war über Jahrhunderte hinweg eine Abfolge perversester Schweinereien – und die Kirche hat jede überlebt, ein wenig geschlechtskrank unterm Rock, ansonsten munter.

Damals war ich naiv – und über alle Maßen schockiert vom Ausmaß meiner Entdeckung. Damals tobte auch der große Krieg in Deutschland, von dessen Ausgang einiges abzuhängen schien. Von Kriegen hängt selten etwas ab, heute ist mir das klar.

Allegri blieb lange standhaft bei der Behauptung, er habe nur *fünf* jener mirakulösen Tonfolgen aufgespürt – die anderen seien wohl für immer verlorengegangen. Es ließe sich nun auch nicht mehr nachprüfen, ob Nanino richtig vermutet und Palestrina eine von ihnen verwendet hatte.

Allegri war zäh. Es dauerte drei Jahre, bis er mir flüsternd gestand, es gebe noch *eine* Melodie, die er dem Club nicht abgeliefert habe. Das bedeutete eine riesige Überraschung für mich; soviel Tollkühnheit war ihm eigentlich nicht zuzutrauen. In einem verträumten Moment sang er mir diese Melodie; schenkte mir das Wissen, ihn ans Messer zu liefern. (Wozu sollte ich das tun?) Ich rechtfertigte sein Vertrauen; kein Wort kam über meine Lippen.

Daraufhin gab er, in regelmäßigen, circa halbjährigen Abständen, eine unterschlagene Melodie nach der anderen zu.

Jedesmal, wenn ich meine Gunst minderte, mich gegen seine Geilheit sperrte, Langeweile zeigte und unsere Beziehung in Frage stellte, griff er – wenn sonst nichts fruchtete – zu jenem letzten Mittel. Dann plazierte er mich in einen bequemen Stuhl, kniete nieder und vergrub den Kopf zwischen meinen Beinen. Er fragte, ob ich ihn noch liebe? Ich sagte dann immer, na ja... schon... irgendwie... Dann fragte er, ob er sich denn noch auf mich verlassen könne? Selbstverständlich... versicherte ich prompt.

Also schön – ich habe noch eine behalten! So ging es meist weiter. Er begann dann wieder eine jener Melodien zu singen, Dutzende Male, und ich sank ihm jeweils in die Arme, bezaubert – und das meine ich gar nicht ironisch.

Jetzt weisst du's – mach mit mir, was du willst! Fast jede solche Eröffnung endete mit diesem Satz. Und immer machte ich danach ein paar Wochen, was er wollte.

Ich übertrieb nichts, hudelte nicht, ließ mir Zeit, gelangte Schritt für Schritt vorwärts, besonnen auf jeder Treppenstufe der Erkenntnis.

Einen Punkt gab es, über den mochte Allegri gar nicht gern reden, da stellte er die Stacheln auf und sich selbst taub.

Das war, wenn man ihn nach dem Grund fragte, aus dem heraus er beschlossen hatte, mehr als zwei Drittel der Melodien zu unterschlagen.

Als ich eines Tages, auf Antwort drängend, ihm eine besonders großzügige Lustbehandlung angedeihen ließ, sagte er endlich, der Club bestehe ihm aus zu vielen Leuten, die der orpheischen Hymnen nicht würdig seien. Als er diese zum ersten Mal gesungen habe, sei eine tiefe Veränderung in ihm vorgegangen, eine Stimme habe zu ihm gesprochen, er dürfe mit seinem Fund nicht Schindluder treiben. Und nur, weil er in einem ersten überschwenglichen Briefchen an Urban gemeldet hatte, die Hymnen seien gefunden, konnte er nicht mehr anders, als wenigstens fünf dem Club abzutreten.

Ob er denn den *Papst* heikler Dinge für *unwert* befände, fragte ich? Da antwortete er, mein Sohn (er nannte mich oft seinen Sohn, auch in der Öffentlichkeit – das fiel nicht weiter auf, er war ja Priester), mein Sohn, sagte er also, ich habe diese Melodien *gehört*, und du hast sie auch gehört, und wenn man sie gehört hat, gehört man ihnen auch an, dann gibt es nichts mehr, das noch so ist, wie es war...

Damit meinte er de facto, daß er sich für den Hüter der orpheischen Mysterien hielt, für den Zeremonienmeister eines vergangenen Kultes. Er war längst kein guter Christ mehr, ungeachtet seines Priestertums; andere Gewalten spukten durch sein Hirn. Ohnehin war er ein Liebhaber der Antike, besonders der lateinischen Dichter. Zum einundzwanzigsten Geburtstag schenkte er mir eine prächtige Ausgabe von Ovids *Metamorphosen*. Darauf komme ich im nächsten Kapitel zurück.

Ach, Freunde, könnt ihr mir's nachfühlen? Wenn die Welt eben noch ein Brocken kalter Asche schien oder ein seuchenstrotzender Sumpf – wenn man die Demütigung hinter sich gebracht hat und nun schwebt und höher steigt? Über den Sumpf zu tanzen wie ein Irrlicht, frei, nicht zu fassen, das Brodeln unter sich, die verschlingende Gäa, den Rachen, dem man exakt auf die Zähne treten muß, um keine Gliedmaße einzubüßen.

Wie alles sich wandelt nach der Deutung und Benennung!

Ich stand unter platzenden Wolken – oh, der Himmel kann schwartig sein, daß jede Berührung ein Abgleiten ist und alles, was man von ihm spürt, ein Fettfilm auf den Fingern.

Nun jedoch war der Himmel ein trommelreiches Leuchtspiel! Gewitter brausten – und siehe, draus stürzte Goldregen, Regen aus Marionettenfäden, die jeden hängen und hampeln machten im großen Spiel!

Ach Urban... armer Papst Urban... ich habe ihn den *Spielleiter* genannt – er glaubte nur, es zu sein. Dahinter – hinter jedem – steht immer ein Größerer, Gewaltigerer. Künftig diente ich dem – und war auf Erden keinem Menschen mehr Rechenschaft schuldig. Ich war ein Prinz, der Kronprinz, die Stimme des Königs der Könige. Jetzt kannte ich die Regeln des Spiels, wußte mich selbständig zu bewegen auf dem Brett, sah, wo Beute war und wo Gefahr. Der schwarzblinde Bauer, am Ende des Spielfelds angelangt, kehrte um, zur Dame befördert, des Schauens mächtig. Plötzlich war das Brett unendlich. Plötzlich besaß ich Macht, und der Kampf war erfüllend. Spieler war ich nun statt Spielklotz; wollte allen, die mich mißbraucht hatten, der gröbste Spielverderber sein.

Oh, ich möchte nicht überheblich klingen – wir sind an ein Spielfeld gebunden; aber wenn wir wachsen im Geiste, verschwinden Eckfelder und Grenzen, und wir können uns frei bewegen, frei wie Würmer, die einen Kosmos zum Gehege haben. Niemand sollte sich über die Enge dieses Käfigs beschweren.

Hört ihr mich? Ich reite über euch hinweg mit meinem Pferdchen, meinem kleinen, wilden Pferdchen; ich reite und singe – kein Ohr hat je Süßeres gehört. Haltet kurz ein mit dem Lesen, Freunde – geht hinaus und achtet auf den Wind! Hört ihr's? Ich singe über euch.

V

»Es geschehen seltsame Dinge. Das gehört nicht hierher. Aber ich betone noch mal – und bestehe darauf –, ich muß die Wahrheit erfahren...«

Nicole gab keine Antwort und machte Kaffee. Mit dem Gast in die Küche zu gehen war von ihr als Herabsetzung gemeint gewesen. Täubner sollte sich bloß nicht übertrieben willkommen fühlen. Auch den Kaffee bereitete sie widerwillig zu. Nur weil sie selbst einen Koffeinschub für nötig hielt, setzte sie dieses Signal der Gastlichkeit.

Nicole ahnte nicht, daß Alban es liebte, in Küchen zu sitzen. Er war weder ein Wohnzimmer- noch ein Eßeckentyp, noch rannte er wegen jeder Unterhaltung gleich in Kneipen oder Cafés, wie es bei den meisten seiner urbanen Zeitgenossen Usus war. Küchen gaben Alban oft ein Gefühl der Heimeligkeit und Konspiration, der Nonchalance und Wärme.

Hier aber war ihm eisigkalt. Die Küche schien Feindesland. Ungeachtet der Kälte floß Schweißtropfen um Schweißtropfen von seiner Stirn. Die verwundete Schulter begann zu brennen. Er sah sich um.

Man müßte dem klinischen Weiß ein bißchen Farbe verpassen, daß es nicht so nach Schwesternstation aussieht. Er fühlte sich an das Hospital erinnert. Das Antlitz des Professors war nicht zu verscheuchen von der Netzhaut; bei jedem Lidschlag blinkte es in sein Gehirn.

»Bon. Ich erzähle Ihnen, was Sie wissen wollen. Dann – ohne Aufforderung – geben Sie mir das *Lamento* und gehen. Ich habe Ihr Ehrenwort?«

Alban nickte stumm.

Der Kaffee war fertig. Nicole goß ordentlich Kognak in die Tassen. »Ich sag's gleich im voraus: Ob ich Ihnen die Wahrheit sage oder nicht, hängt nicht davon ab, *was ich Ihnen erzähle,* sondern was Sie sich von mir *erzählen lassen*. Es existieren ebenso viele Wahrheiten wie Wirklichkeiten. Ich kann Ihnen nur Nachrichten übermitteln – der Rest ist Ästhetik.«

»Wie meinen Sie das?« Alban sah sich die ganze Zeit in der Küche um; er wußte nicht wonach.

»Was Wahrheit ist, entscheiden Sie letztlich immer selbst, beziehungsweise Ihre Ästhetik besorgt das für Sie. Sie betrachten eine Nachricht nach den Konsequenzen für das eigene ästhetische Empfinden, wägen ab, was sich ergäbe, falls sie korrekt beziehungsweise inkorrekt wäre. Je nachdem glauben – oder zweifeln Sie. Dieser binäre Code aus Jas und Neins nennt sich dann Ihre Wahrheit – und Ihre und meine Wahrheit kann schon allein deshalb nicht deckungsgleich sein, weil wir verschiedenen Geschlechtern angehören, mit einer, was die folgenden Nachrichten betrifft, sehr differenten Ästhetik...«

»Na schön, wie auch immer! Labern Sie nicht lang, reden Sie schon!«

Haßerfüllt flackerten Nicoles Augen. Schwitzend und entnervt flackerte Alban zurück. Feine goldene Flämmchen umzüngelten ihn. Und jedesmal, wenn seine Lider herunterklappten, lächelte ihn der Professor an.

Erst als das Griechentum begann, sich den Weg zur menschlichen Autonomie zu bahnen und damit den Apollon zu seinem Genius machte, erweckte es sehr gegen seinen Willen auch den Dionysos zum Leben und mußte nun, um sich durchzusetzen, den Kampf gegen diesen aufnehmen. Während der apollinische Orpheus die Lyra schlug und seine Lieder sang, stürmten gleichzeitig die begeisterten Scharen der Mänaden und Bacchanten über die Berge.

Orpheus wurde von den Mänaden zerrissen, aber seinem Geist war es doch gegeben, dem Sonnengott zum Sieg zu verhelfen.

Viele Jahrhunderte später wiederholt sich auf abendländischem Boden genau das gleiche Schauspiel. Auch jetzt ist es wieder der Geist, der sich freizumachen sucht von allen metaphysischen Bindungen und der gerade damit die dämonischen Kräfte entfesselt. [...]

Und wie in der Antike der Kampf zunächst mit dem Sieg des Apollon, so endet er jetzt – auch zunächst – mit dem Sieg des autonomen Geistes in der Aufklärung. Die Aufklärung verbrennt keine Hexen mehr, sondern glaubt nicht mehr an sie, weil die Augen des vollendeten Apollon metaphysisch erblindet sind. Der Mensch ist jetzt so autonom, daß er von den Dämonen überhaupt nichts mehr merkt, bis sie ihn dann einmal nicht wie ursprünglich von innen, sondern von außen anfallen werden.

Erwin Reisner, *Vom Ursinn der Geschlechter*
(Tübingen, 1954)

VI
Vita Pasqualini VI
1635–1640

Unzulänglich bleibt das Unterfangen, Tage in Zeilen zu pressen – als wäre die Zeit faßbar vom Wort. Sie ist es nicht. Und hätte man nur ein Jahrzehnt gelebt – Jahrtausende würden benötigt, Gewesenes niederzuschreiben.

Ein großes Haus steht in Flammen. Lärm. Schreie. Gepolter. Der Besitzer rennt durch die Zimmer, will etwas seiner Habe retten.

Das Feuer diktiert mir. Das Feuer und der Knochenmann schmiegen sich grinsend an meine Knie, zwinkern herauf. *Auf uns kannst du dich verlassen*, flüstern sie.

Die Schrift kost nur Momente, trennt das Leben in Funkenglut und Aschehaufen. Wo viel Asche ist, hat viel gebrannt. Ich spreche mich schuldig verfeuerter Zeit; Tage wie Brennholz, jetzt nackte Daten aus Zahlen und Asche, untauglich jedes Gedenkens.

Das alles verschlingende Feuer...

Wo das Wort haust, verkam die Tat zur Kulisse; was bleibt, ist Spiel – ist Oper.

Ich versprach, liebe Freunde, euch zu erzählen von meiner Erstbegegnung mit dem Großmeister Orpheus. Wie erwähnt, hatte Allegri mir zum 21. Geburtstag die *Metamorphosen* geschenkt, unvergängliches Opus magnum des Ovid.

Auf der dritten Seite, im Leerraum unter dem Titel, war von Allegris Hand eine lyrische Widmung geschrieben:

> *Dieses Buch ist dünnes Eis.*
> *Schlag's auf!*

Draus strömt der alte Strom
dankbar hervor.

Ging es euch irgendwann ebenso – daß ihr ein Buch berührtet – und jäh berührt wart? Berührt von der Ahnung, das Buch könne euer Leben umlenken zu neuem Ziel und Bewußtsein?

»Metamorphosen« bedeutet »Verwandlungen«, und von Verwandlungen mannigfaltiger Art las ich, von Spielen des Himmels und der Erde, von der Flüchtigkeit der Form und dem Wechsel der Kräfte.

Allegris Metapher hatte jene feierliche Stimmung herbeigerufen, die Versen den Respekt erweist, sie langsam und laut zu deklamieren; Wort für Wort zu kosten im Mund.

Beim Umblättern der Seiten stellte ich mir vor, ich hackte Löcher in die Eisdecke, welche das Einst vom Heute scheidet; wühlte im trüben, kalten Wasser des Stroms, packte Ertrunkene am Schopf und zöge sie ins Licht zurück.

Von Orpheus spricht Ovid zuerst im zehnten der fünfzehn Bücher. Es heißt dort:

Tiefgelb gewandet durcheilt Hymenäus den grenzlosen Äther;
Sehnlichst von Orpheus gerufen, erreicht er das Land der Ciconen.
Anwesend ist er, doch bringt er der Hochzeit kein segnendes Omen,
Weder erfreulichen Ausblick, noch Hoffnung gewährende Worte.
Zischend erlischt die entzündete Fackel, kein Flämmchen erbarmt sich,
Beizenden Rauch nur versprüht sie fortwährend, reizt alle zu Tränen.
Schlimmer jedoch, als die Zeichen es künden, verwirklicht sich Unheil:
Jüngst erst vermählt, von Najaden begleitet, durchstreift die Geliebte
Blühende Wiesen; dort stirbt sie, vergiftet vom Biß einer Schlange.

Rhodopes Sänger, in maßlosem Schmerz um die Gattin verzweifelt,
Steigt auf die Berge, beweint dort die Tote, beklagt laut den Himmel;
Wendet sich dann, ohne Antwort geblieben, hinab zu den Schatten,
Wagt, die tänarische Pforte zur Styx zu durchschreiten, zum Hades.
Schwerelos taumeln dort Völker; umwebt von Gestorbenen findet
Orpheus zuletzt die Persephone, neben dem Herrscher des Reiches.
Flehend gebeugt, seiner Lyra Akkorde entlockend, beginnt er zu singen:
»Götter der Tiefe – in welche, was jemals geboren, zurückstürzt –

Hört und gestattet, daß gradeheraus ich die Wahrheit euch sage:
Nicht um des finsteren Tartarus Anblick, und nicht um zu fesseln
Cerberus' schlangenumkränzte drei Hälse, begab ich mich zu euch,
Nein; meine Fahrt gilt der Gattin; die Viper, auf die sie getreten,
Hat ihr mit Gift das noch junge, kaum reifende Leben entrissen.
Dulden, ertragen – ich wollt' es, ich hab's wohl versucht; allein Amor
Hat mich besiegt, dessen Name den oberen Welten bekannt ist.
Euch jedoch auch? Wer vermag das zu wissen? Ich glaube es aber.
Ist denn die Sage vom Raub nicht gefälscht noch erfunden, vereinte
Euch jene nämliche Gottheit! Beim Chaos, beim Schweigen, bei aller
Schrecklichen Ödnis – erbitt' ich, Eurydikes Schicksal zu wenden!
Alles ist euch doch verfallen; nach kurzem Erlebnis wird alles
Hier seinen Wohnsitz bald nehmen, ob früher, ob später – doch hierher
Kommen wir alle, ja hier ist die letzte Behausung; und euch, die
Über den Menschen am längsten die Herrschaft ihr ausübt, versprech' ich:
Auch meine Frau, so die Zeit, die ihr zusteht, vorübergegangen,
Kommt. Nicht vom Tode befreit, nur geliehen erbitt' ich zurück sie.
Wird meiner Gattin die Gnade verweigert – dann freut euch des Todes
Beider Vermählter! Dann bleibe ich hier, bei den Schatten, als Toter!«

Während der Sänger so klagt zu der Lyra betörendem Spiele,
Weinen die blutlosen Seelen. Nach fliehendem Wasser vergißt zu
Greifen der Tantalus, still steht des Ixions Rade; die Geier
Hacken nicht länger nach Tityos' Leber; es ruhn der Beliden
Krüge; und Sisyphos sitzt auf dem Stein. Vom Gesang überwältigt,
Tränen sogar, wie man sagt, den Erynnien erstmals die Augen.
Weder die Königin noch der Gebieter der Unterwelt können
Solchem Gesange verschließen ihr Herz; die Eurydike ruft man.

Schwach ob der Wunde entschreitet das Mädchen der Schar jüngst Verstorbner.
Orpheus empfängt sie; doch mit der Bedingung, nicht rückwärts zu blicken,
Bis das avernische Tal er verließe; ansonsten zunichte
Wäre der Handel, verloren des Rhodopers Gattin auf immer.

Steil führt der Pfad, den das Paar muß erklimmen, durch leblose Stille,
Schwärze und Nebel. Schon nähern sich beide dem Lichte, als Orpheus,
Fürchtend, sie könne nicht folgen, voll Sehnsucht den fehlenden Anblick
Nicht mehr erträgt und sich umdreht. Da sinkt die Geliebte ins Dunkel;

Streckt ihre Arme vergeblich, zu greifen, sich greifen zu lassen;
Nichts denn die flüchtigen Lüfte erhascht sie, erleidet, die Ärmste,
Zweifaches Sterben – und schilt doch mit keinerlei Silbe den Gatten.
Außer verzehrender Liebe – was hätt' sie ihm vorwerfen können?
Zart, kaum zu hören, erstirbt dort ihr letztes Lebwohl in der Ferne;
Dann, unumkehrbar auf immer, verschließt sich das Tor zu den Toten.

Orpheus, vom doppelten Axthieb des Schicksals zerschmettert, fleht Charon
An, ihn noch einmal hinüberzusetzen; der Fährmann verweigert's.
Dennoch bleibt Orpheus, von Trauer entstellt, eine Woche so sitzen,
Speise verweigernd, am Ufer. Zur Nahrung dient Schmerz ihm und Kummer.
Über die grausamen Götter des Erebos klagt er verbittert;
Zieht sich zu Rhodopes Höhen zurück, zum stürmischen Haemus.

Dreimal, im Sternbild der Fische, vollendet das Jahr seinen Kreislauf
Über dem trauernden Sänger. Und nie mehr verkehrt er mit Frauen,
Sei's, weil kein Glück er gehabt, oder sei's, weil er Treue geschworen.
Viele der Frauen entbrennen in sinnlicher Liebe zu Orpheus –
Ebenso viele verschmäht er – und predigt statt dessen den Thrakern,
Knaben zu lieben allein; vor der Reife den Frühling zu nutzen,
Voll des Genusses die Blüten zu pflücken, bevor sie verwelken.

Während der Lektüre dieser grandiosen Dichtung fand eine Metamorphose statt. Der verwandelt wurde, war ich.

Über den Worten hauste noch der Geist des Gottes, der sie dem Dichter diktiert haben mußte. Jener Geist erkor mich zu seinem Körper und ritt auf meinem Herzen.

Allegri hatte mir das Buch zwar ausgehändigt – zugedacht aber wurde es mir vom Himmel selbst. Der Großmeister in Person schritt zwischen den Zeilen und sprach zu meiner Seele, nutzte Nasos Verse, mir mein tieferes Wesen zu erklären, mich zu initiieren in sein Mysterium. Die Verse waren Einweihung, Tröstung und Prophetie zugleich. Von wem redete der Dichter – wenn nicht von mir? Hatte nicht auch ich die Erfahrung der tiefsten Trauer, des wochenlangen Fastens gemacht, als meine Mutter starb und ich in die Styx (oder den Tiber, gleichviel) sprang, den Göttern im Himmel fluchend? Und später, als ich den Verlust, den ich durch die Operation erlitten hatte, begriff – schleuderte ich nicht, vor

Gram halb irr, blasphemischen Protest hinaus? Ich war der neue Orpheus, Orfeo meiner Zeit, der Sänger, vor dem die wilden Tiere sich beugen. Ich begriff, der Geist des Gottes bleibt und wandert – von Adept zu Adept; immer weilt ein Repräsentant auf Erden, um die Mysterien zu bewahren, Insignien der Schönheit – welche göttliche Gegenwart anzeigt.

Eurydike ist tot.

Treffender konnte eine Beschreibung meines Zustands nicht ausfallen.

Eurydike ist tot.

Ich war es auch, der zur Unterwelt hinabgestiegen war; ich war es, den der Fährmann abgewiesen hatte; ich war es, von Trauer entstellt, der sich zurückzog auf den sturmgepeitschten Haemus! Ich war's. Und wenn ich sang – weinten da nicht die blutlosen Seelen der Schweine?

Leicht verständlich, warum Allegri der Stoff gefiel: Orpheus' Knabenliebe nahm er als Rechtfertigung für eigene, billige Verderbtheit; extrahierte einseitig aus allem nur Nutzen, niemals Verantwortung; ein bequemer, eigensüchtiger Mensch, von seinem Charakter her höchst ungeeignet, die Melodien zu verwalten. Er hätte mit ihnen bestimmt viel Mißbrauch getrieben, wäre nicht ich ihm geschickt worden.

Wie vieles wollte er gern sein? Und wie wenig war er – im Endeffekt? Gregorio (ich nannte ihn nur selten beim Vornamen) hatte seine ureigene Art, sich das Leben interessant einzurichten. So pflegte er nur noch Heimlichkeit mit mir, um Erregung draus zu ziehen. Jeder wußte um unser Verhältnis, und niemand wagte etwas dagegen zu sagen, wir waren beide ausreichend protegiert.

Gregorio, du hochaufgeschossener, kleinlicher Mensch – wie oft warst du grundlos eifersüchtig, nur weil dir die Eifersucht Beschäftigung bot. Dabei warst du selber lüstern wie ein Hund in der Hitze, brünstig nach jedem Stück Glatthaut. Wie erhaben hast du immer getan, wenn von der alten Welt die Rede war und ihren glanzvollen Mythen – und welch jämmerlicher Kleingeist bist du im Alltag gewesen; hast deinen Verstand fortgeworfen wie lästigen Ballast, bist niedergesunken vor jedem halbhübschen Knaben.

Wehrlos dem Trieb ausgesetzt, schmortest du im eigenen Saft, lalltest fleischestrunken, wie ein Kind – bitte... bitte...

Hätte Orpheus dich so gesehen! Wie du schwächlich durchs Zimmer krochest, hechelnd nach dem, was du Liebe nanntest – immer mit dem Wissen, mich kaufen zu müssen. Die Melodien des Meisters wurden Zahlungsmittel unsrer Lusthandel. Ekelhaft.

Du hast meinen Körper benetzt mit ziellosem Samen, hast an mir gesaugt; nicht eiskalte Milch konnt' ich dir spenden, gieriges Kind. Damit nicht genug! Manchmal machtest du mir mein zerstörtes Geschlecht sogar zum Vorwurf, dann hast du gewinselt und geschrien, ich würde dir nichts geben, niemals mein Herz dir wirklich öffnen!

Nun, Gregorio, wenn du mein Herz in meinem *Arsch* gesucht hast – was hofftest du zu finden?

Wie oft hast du mich gefragt, ob ich dich liebte? Dankbar um jedes gelangweilte Jaja... Legtest meine Hand auf deine Stirn – ob ich das Fieber spürte, das flammende Verlangen? Oje, war das peinlich... Und je müder ich mich gab, desto weniger wolltest du lassen von mir – unmöglich war's, bei dir den Bogen zu überspannen, nahmst alles mit der Duldsamkeit einer Senkgrube hin; hast auf Erden in deinem verlogenen kleinen Märchenreich gelebt – ich beneide und verachte dich darum.

Natürlich hab' ich dir manches zu verdanken. Ich hab' dich mitunter auch gemocht, das ist wahr. Doch deinem (und meinem) Idol bist du ein schwacher Diener gewesen, käuflich und unentschlossen. Deshalb nahm dir der Himmel auch die Last von den Schultern, den herabhängenden Schultern, übertrug mir die Macht, das Wort wieder zur Tat werden zu lassen. Das ahntest du – *darauf* bist du so eifersüchtig gewesen! Wolltest mir Kraft absaugen – ich gab dir kein Jota, nichts davon stand dir zu.

Und doch hast du genug bekommen, genug, daß dein von Wollust beherrschter Geist nicht zu unken braucht.

Keine Angst, Gregorio, der Himmel bleibt auch schwachen Dienern treu. Dir wird ein Platz zuteil werden, an dem du mich sehen darfst beim Einzug in die Ewigkeit – mich, den Prinzen – wenn ich die Melodien wiederbringe im Triumph.

Heiterer schwankte die Zeit neben mir her. Alle Demütigung, alle Wut – trug Seligkeit in der Hinterhand.

Wegen der vielen Operninszenierungen funktionierte der Chor teilweise nicht mehr; im Karneval '35 fiel er sogar ganz aus – weil gleich neun Sänger für »I Santi Didimo e Theodora« abgestellt wurden. Die Barberini setzten ihre Prioritäten nun deutlicher, nahmen weniger Rücksicht auf sakrale Institutionen.

Ich konnte Antonio auch nach zweijährigem Observieren Allegris keine nennenswerten Verdachtsmomente liefern, woraufhin der Kardinal scheinbar resignierte und mich nur mehr nachlässig aufforderte, die Augen offen zu halten.

Antonio, ich muß das mit aller Bewunderung sagen, war sehr schlau. Nur – ich war es auch; das war sein Pech.

Eines Abends ließ er nach mir schicken, ergriff gleich meine Hände und schlug einen bittenden, ja flehentlichen Ton an. Es handelte sich um seine junge, siebenjährige Tochter, die, von den Ärzten aufgegeben, im Sterben lag. Eine schwere Lungenentzündung war der Principessa zum Verhängnis geworden. Antonio, am Rande der Verzweiflung, mit von Gram entstelltem Gesicht, fragte, ob ich nichts für sie tun könne.

Ich? Was sollte ich denn tun – wo die bedeutendsten Ärzte ratlos waren?

Singe für sie, bat mich der Kardinal, singe für sie! Vielleicht hilft es!

Ich antwortete, das könne sich doch wohl nur um ein sinnloses Unterfangen handeln, da solle er keine Hoffnung dran hängen.

Aber er bat weiter, bat mich inständig, bettelte geradezu. Wohlgemerkt – er befahl es nicht, gab sich alle Mühe, mich nicht zu reizen – wo doch ein Fingerschnippen genügt hätte. Da ahnte ich, was er bezweckte.

Was ich denn singen solle, fragte ich. Egal, sagte er, was mir am liebsten sei, was mir eben so durch den Kopf gehe. Sein Plan war raffiniert! Er dachte, der Anblick des jungen, lieblichen, röchelnden Mädchens würde mein Mitleid derartig wecken, daß ich womöglich eine der heilbringenden Melodien anstimmte, um sie zu retten.

Antonio hatte also auch gegen mich Verdacht geschöpft! Hielt mich für fähig, ihm etwas vorzuenthalten! Und er gebrauchte seine eigene, sterbende Tochter dazu, mir eine Falle zu stellen!

Diener brachten mich ins Zimmer der Principessa. Ich wettete mit mir selbst, daß hinter den Gobelins ein mit Notenpapier bewaffneter Scherge auf meinen Vortrag wartete.

Oh, die arme, süße Principessa! Wirklich herzzerreißend sah sie aus, so siech und todesnah. Mitleidheischenderes habe ich selten gesehn. Die kindlichen Locken in Schweiß gebadet... die rosigen Wangen ausgehöhlt... die helle Stimme zum Keuchen verurteilt... Nein. Mich fängt man nicht so leicht.

Ich brach in Tränen aus und sang mit halberstickter Stimme zwei altbekannte Arien, von Landi und Villani. Musik, die keinen Hund hinterm Ofen vor- und keine Toten ins Leben zurückholen konnte.

Noch in derselben Nacht starb das Prinzeßchen.

Antonio trug schwer an seiner Trauer. Innerhalb kurzer Zeit war es der vierte Todesfall, der ein Barberinikind betraf. Dennoch kam Antonio während des Bgräbnisses auf mich zu und dankte mir für meine Bemühungen, entschuldigte sich auch für sein wohl etwas schrulliges Begehren. *Ein Vater habe eben alles zu versuchen, wo es um seine Kinder gehe.*

Freilich, freilich, sagte ich, mit stocksteifer, betrübter Miene.

Was für ein Spiel war das... Voll Witz, Intelligenz, Wagemut, Überraschung... Herrlich!

Nach jener Episode resignierte Antonio ernsthaft, gab die Melodien verloren.

Mit seiner Resignation flaute auch das Engagement des Clubs merklich ab; die Herren trafen sich immer seltener – was hätten sie auch noch zu besprechen gehabt?

Mir kam das sehr gelegen – die Melodien waren von nun an ausschließlich meine Sache, da sollte niemand anderes seine Nase reinstecken! Allegri drohte ich an, ihn zu verraten, falls er das orpheische Testament jemandem offenbare außer mir, dem rechtmäßigen Erben. Selbstverständlich drückte ich mich höflicher aus, erklärte mich zu seinem Adoptivsohn und damit einverstanden, daß er mir nicht alle Noten auf einmal übereignete. Kluge Prinzen halten darauf, daß ihre Diener Selbstachtung bewahren – wenn man ihnen schon sonst nichts läßt.

Ich wollte Orpheus sein, mit allen Konsequenzen; das Gute wie das Übel auf mich nehmen ohne Klage. Selbst Ovid konnte mich keinen Moment schrecken oder schwankend machen in meinem Entschluß. Im elften Buch seines großes Werkes berichtet uns der Dichter vom Tode Orpheus', vom härtesten Frevel, den je ein Auge verübt sah. Es ist nicht vorstellbar, daß in irgendeiner Zukunft grauenerregendere Zeilen geschrieben werden können.

Während des thrakischen Sängers Gesang so die Wälder bezaubert,
Wildeste Tiere in Bann zwingt und macht, daß selbst Steine ihm lauschen –
Plötzlich erspähn, von der Höh' eines Hügels, ciconische Frauen,
Jung, die berauschten, besessenen Körper in Felle geschlungen,
Orpheus, wie unten er singt und sein Lied auf der Lyra begleitet.

Eine der Rasenden schüttelt im Wind ihre offenen Haare,
»Seht!« keift sie. »Unser Verächter ist da!« Und den Thyrsusstab schleudert
Wütend sie gegen den singenden Mund des von Phöbus Gezeugten;
Aber der rebenumschlungene Stock hinterläßt keine Wunde.
Schon fliegt ein Stein von der zweiten, doch mitten im Fluge erweicht ihn
Einklang aus Lyra und Stimme. Als bitte der Stein um Verzeihung,
Fällt er voll Demut dem Orpheus zu Füßen. Bewußtlosen Wahnsinn
Steigert das nur; jedes Maß geht verloren; es herrscht die Erynnis.
Dennoch: Es würden wohl alle Geschosse vom Liede besänftigt,
Wäre da nicht ungeheures Geschrei; berecynthische Hörner,
Trommeln und lautes Geklatsche, bacchantisches Heulen. Der Lyra
Zierlichen Klang übertönt es, und jetzt erst verfärben die Steine
Rot sich vom Blute des Sängers, den nicht mehr zu hörn sie vermögen.

Vorher zerreißen die Frauen unzählige Vögel und Schlangen –
Alles Getier, das auch jetzt noch bestrickt ist vom Zauber des Orpheus.
Das, was des Musikers Glanz war gewesen, des Publikums Treue,
Tot liegt das dort, von Mänaden zerfleischt. Und den schutzlosen Sänger
Packen Mänaden mit blutnassen Händen; zusammengerottet
Gleich einem Schwarm wilder Raben, der tags eine Eule entdeckt hat.
So wie in morgenkühlter Arena die Hunde den Hirschen
Reißen, so stürmen sie los. Ihre thyrsischen Stäbe, die niemals

Dazu gedacht warn, als Knüppel verwenden die einen; den andern
Kommen grad Äste und Steine und Erdschollen recht. Und damit es
Ja nicht dem Wahnsinn an Waffen ermangele, pflügen gerade
Bauern das nahegelegene Land um. Bei Ansicht der Frauen
Lassen die alles, womit sie dem Boden Ertrag abgewinnen,
Liegen und flüchten; verstreut auf den Feldern ruhn Arbeitsgeräte:
Erzhacken, Spaten und Karste. Von allem bedient sich die Meute,
Metzelt im Blutrausch das Vieh, das es wagte, mit Hörnern zu drohen,
Rennt dann zurück, zum Verderben des Sängers. Und ihn, der die Arme
Flehend erhebt, dessen Stimme jetzt erstmals erfolglos zu rühren
Trachtet die Herzen – Sie schlachten ihn grausam dahin, die Verruchten.
Er, dem, o Jupiter, Steine verstehend und Bestien lauschten,
Haucht in den Wind seine Seele. Ein Schmerzschrei durchdringt die Natur da;
Waldungen, Tiere und Felsen beklagen voll Liebe den Toten.
Kahl, so als hätten ihr Haar sie geschoren in bitterer Trauer,
Weinen die Bäume; es schwellen die Flüsse von eigenen Tränen;
Schwarz sind die Nymphen gekleidet und raufen ihr Haar bei dem Anblick:
Orpheus zerstückelt – die blutigen Glieder verstreut in den Äckern.

Wo wäre der Mensch, der beim Lesen jener Schmach nicht in Tränen ausbräche? Ein solches Ende – gegen das die Kreuzigung Christi sanft genannt werden muß – war dem höchsten aller Sänger beschieden? Von kreischenden Weibern zerfleischt zu werden, von rasenden, tumben Furien... Sie haben ihm mit ihren Nägeln die Stimmbänder aus dem Hals gerissen... haben im blutrünstigen Kuß seine Zunge zerkaut zu Brei! Und keiner soll hergehn und sagen, das sei doch in grauer Vorzeit passiert, gehe uns nichts mehr an!

Oh, ich wußte genau, wo die Mänaden *meiner* Zeit sich herumtrieben – sie standen haßerfüllt neben mir auf der Opernbühne, hätten mich nur zu gern in tausend Teile zerfetzt und an ihre Freundinnen verschenkt, das war ganz klar. Da mußte endlich etwas geschehen. Die Schmach des Sängers sollte getilgt, Satisfaktion erreicht werden für das Verbrechen. Aber kann eine solche Untat jemals ganz gerächt sein? Wohl kaum. Immerhin konnte ein Anfang gemacht, ein Fanal gesetzt und daran gearbeitet werden, daß sich derartiges niemals wiederholte.

Im Jahr '36 begann meine Einlösung des heiligen Schwurs. Zunächst ließ ich auf Privatkosten ein Pamphlet drucken und an all jene Familien Roms verteilen, die Förderer der Bühne und der Musik waren. Es war ein leidenschaftliches, aufschreiendes Pamphlet – »*wider jene Frauenschlünde, die da lärmen in den Hallen der Kunst; jene akustischen Medusen, die unsre Ohrmuscheln versteinern lassen!*«

Ich gebe zu, mit diesem ersten Ansturm wenig Zuspruch geerntet zu haben – bin wohl auch zu heftig und unüberlegt vorgegangen. Zwar erklärten sich einige meiner Ansicht, zeigten jedoch wenig Neigung, sich aktiv an einem Feldzug zu beteiligen. Freundlicher Zuspruch allein ist feuchten Kehricht wert. Die allgemeine Stimmung war hauptsächlich von Desinteresse geprägt, den meisten galt es gleichviel, wer da auf der Bühne stand, wurden nur Spektakel geboten. Das Gros der Menschen verwechselt Kunst mit Unterhaltung, hat keinen Begriff vom Walten der Tiefe. Nennen wir's doch einmal beim Namen – die Menschen sind Gefäße aus Eiter, Blut und Scheiße – stolzierende Latrinen, notdürftig abgedichtet, und wenn sie krepieren, verpestet ihr Gestank die Landschaft, so daß man sie sechs Fuß tief verscharren muß wie Müll. Dieses Gemeng aus Därmen, Sehnen, Knorpeln und Spucke, diese prallen Säcke voll Halbverdautem! Wem käme nicht der Verdacht, bei denen könne es sich unmöglich um Adressaten von KUNST handeln? Und doch ist irgendwo zwischen Schleim und verrottendem Fleisch ein Spritzer Geist vorhanden, beim einen mehr, bei den anderen weniger. Jenem Geist widmet man sein Schaffen; begreift mit der Zeit, daß es keineswegs notwendig, vielleicht sogar schädigend wäre, überstiege die Zahl der Inspirierten einen Bruchteil der Menschmasse.

Den Inspirierten ist die Fähigkeit verliehen, einander zu erkennen – das erscheint mir ungemein wichtiger.

Mein Pamphlet blieb indes nicht völlig fruchtlos. Binnen Monatsfrist bekam ich einen aufmunternden Brief des noch jungen Kardinalanwärters Giulio Rospigliosi, der mir für das hehre Ziel alles erdenkliche Glück und Gottes Beistand wünschte und mir außer schönen Worten und gefälligen Ratschlägen auch eine erkleckliche Summe Geldes zuwies – als praktischen Beweis seiner

Verbundenheit. Das lobte ich mir! Ich sah auch ein, daß zu forsches Vorgehen ebensoviel Verschreckung wie Zuspruch hervorrufen kann.

Mit einigen anderen Kastraten gründete ich ein Sittenkomitee, in dessen Statuten weniger das Bühnenverbot für Frauen, als vielmehr die Wahrung der Rechte klerikal ausgebildeter Sänger verlangt wurde. Oft ist es hilfreicher – und für das eigene Bild in der Öffentlichkeit günstiger –, wenn man, statt etwas zu beschimpfen, dessen Gegenteil lobt. Man zieht sich dann nicht soviel direkten Haß zu, auch wirkt man milde und gutmütig – während der Anprangernde doch meist den negativen Eindruck des Hetzenden, Keifenden, Böswilligen hervorruft.

Heute kenne ich alle diese Tricks.

Dem Komitee liefen bald so viele neue Mitglieder zu, daß es beinah den Rang einer Zunft erhielt. Nicht nur Kastraten traten bei, auch Tenöre und Bässe und Komponisten. Den allermeisten ging es wohl darum, sich Verbindungen nach oben zu beschaffen – denn die Vorsitzenden des Komitees waren Allegri, Ferrotti und ich. Allegri mußte ich übrigens lange überreden, mir diesen Freundschaftsdienst zu erweisen. Er war grundsätzlich faul, kümmerte sich nur um sich selbst und mied alle gesellschaftlichen Aktivitäten.

Zampetti blieb dem Komitee aus Opposition zu mir fern. Ich war ganz froh darum, denn er gab ein schlechtes Beispiel ab für die Überlegenheit der männlichen Stimme.

Natürlich belief sich die Macht unseres Sittenkomitees auf real Null. Die Barberini ignorierten uns einfach. Aber immerhin besaß ich jetzt das Forum, auf dem ich innerhalb meiner Kollegenschaft ein Bewußtsein für die drohenden Probleme wecken konnte. Während der halbjährlichen Versammlungen wurden meist konkrete Beschwerden erörtert, die sich über alle Bereiche unsres Berufes erstreckten – ungerechtfertigte Strafen, inkorrekte Bezahlung, Unregelmäßigkeiten bei Beförderungen, Vetternwirtschaft, Streichungen von Fördermitteln, persönliche Streitereien et cetera. Das Komitee setzte sich mit jedem Fall auseinander, vergab Hilfsgelder aus den Spenden- und Beitragsfonds und formulierte schriftliche Proteste an die zuständigen Stellen. In der Hauptsache aber diente mir das Komitee als Areal, um die Inspirierten zu erkennen. Es war im Grunde die Geburtsstätte des ONTU.

Ende November '36 wurde eine revidierte Fassung des Miserere dem Urteil des Clubs anheimgegeben – und wieder abgelehnt. Dem Papst war es immer noch zu was weiß ich was, obwohl es an formaler Kühnheit erheblich eingebüßt hatte.

Allegri zeigte sich weniger betroffen, als man hätte vermuten mögen. Die Idioten! stieß er knapp hervor, das war sein ganzer Kommentar – und mürrisch setzte er sich an den Schreibtisch, zu neuem Anlauf, so wie ein Schneider sich daranmacht, zerschlissene Röcke zu flicken. Seine Begeisterung für die eigene Arbeit schien erloschen, um den Mund trug er ein Fältchen Ekel. Zweifellos tat er recht, dem abermals abgelehnten Werk sein Herzblut zu verweigern, dennoch entsetzte mich die Gleichgültigkeit, mit der er die heiligen Melodien in eine Urban genehme Form goß und die beiden vorhandenen Partituren ins Ofenfeuer warf. Ich suchte ihn zu hindern – er aber lachte bloß, gleichwohl mit einer Spur Bitterkeit in der Kehle.

Das Feuer fraß das Papier – wir sahen beide hin –, ein Seufzen kräuselte den Rauch. Was Geist war, mengte sich in seine Ursprungsschatten, bog sich zu seiner Herkunft zurück. Zu dieser Stunde wurde deutlich, der Himmel hatte entschieden, auf Distanz zu bleiben, wollte incognito unter den Leibern wandeln, seine nächtige Maske weiterhin nur dem Adepten lüften. Eine nachvollziehbare Entscheidung, die mein vollstes Verständnis fand.

Im Mai '37 wurden Ferrotti, Vittori und ich eingeladen, mit dem päpstlichen Haushalt nach Castelgandolfo zu gehen. Während unserer Abwesenheit blieb die Kapelle ohne annehmbare Sopransektion. Wir sangen zur exklusiven Ergötzung Urbans, und ich bekam zum ersten Mal Gelegenheit, mit ihm ausführlicher zu plaudern. Er war jetzt schon siebzig Jahre alt und nicht bei bester Gesundheit, außerdem etwas schwerhörig, es schien mir nicht der Mühe wert, um seine besondere Gunst zu buhlen. Ich behandelte ihn sogar ziemlich abfällig, wich ernsthaften Diskussionen aus, begnügte mich mit belanglosen Themen und schalen Gemeinplätzen. In meinen Augen war er nichts weiter als ein Fälscher und Pilatus, wenn auch auf hohem Niveau.

Castelgandolfo bedeutete einen erneuten Schritt nach oben. Nun hatte ich Zampetti, den Schreihals, endgültig abgehängt. War der neidisch! Bissig traktierte er mich mit Beleidigungen, von denen »pflichtvergessene Hofschranze« noch die mildeste war. Und das, obwohl ich immer wohlwollend von ihm gesprochen hatte! Da sieht man, was man davon hat.

Unser Spaßvogel Ferrotti ließ sich für ihn etwas Besonderes einfallen. Während eines Ave Regina hatte Zampetti im Schlußteil ein kleines Solo, das mit einer Tonleiter hinauf zum G ausklang. Als er sich eines Tages wieder anschickte, die Sprossen mühsam zu erklimmen, stach ihm Ferrotti eine Nadel in den Allerwertesten – wodurch Zampettis Spitzenton ein wenig schrill ausfiel. Das war ein Spaß!

Das gab einen gehörigen Skandal. Kardinal Antonio mußte intervenieren, sonst hätte man Ferrotti glatt aus der Kapelle geworfen. Antonio jedoch zwang Zampetti und den Kapellmeister Cipriani, sich mit einer Geldbuße und einer formellen Entschuldigung zufriedenzugeben. Und wir grinsten uns eins! In den Wochen darauf wurde der Streich sogar von verschiedenen Straßentheatern nachgespielt. *Zampetti – schreibt man das mit hartem G?* wurde zur vielzitierten Pointe. Hihi...

Da wiehert mein Pferdchen heute noch drüber.

Weil mich mein Wirken als Sänger nicht mehr erfüllen konnte, hatte ich unterdes begonnen, selbst zu komponieren, meist Kantaten. Über den Rang dieser Werke soll die Nachwelt entscheiden, das ist meine Sache nicht. Ausdrücklich will ich aber auf meine künstlerische Lauterkeit hinweisen. Inzwischen hatte Allegri schon sieben unterschlagene Melodien zugegeben – der Reiz war groß, sie in eine *meiner* Kompositionen einzubauen. Doch abgesehen davon, daß ich mich dadurch zu stark exponiert und in Verdacht gebracht hätte – es war auch nicht der Wille des Himmels, das orpheische Testament vor die Öffentlichkeit zu bringen; es war für wenige bestimmt, lichtempfindlich wie ein Nachtschattengewächs.

Ich lernte damals die Nacht zu verstehen und zu lieben. Sie ist das zugeklappte Lid des Himmels, durch welches kein Gesetzesauge zwinkert – die zweite Welt, roh belassen in Unbändigkeit und Zerklüftung. Das Dunkel ist dem Furchtlosen mehr Mantel als Drohung; es fordert kein dauerndes Erklären, bietet unendliche Möglichkeiten. Und der Gedanke trillert.

Schwarz ist die Farbe der Freiheit und der Phantasie – somit: der Vision. Sie gibt keine Formen und Gegenstände vor, gestattet jedem Würde, der in sie taucht. Bald gab es *zwei* Pasqualinis – den des Tages und den der Nacht – scharf getrennt in ihren Reden und Ansprüchen. Es war dies ein Weg, mit Himmel und Erde gleichermaßen in Frieden zu leben. Der Katarakt unserer Inkonsequenz; eine Schüssel schiebt's auf die nächste – gaukelt fallenden Wassern Geborgenheit vor.

Zusehends läppischer scheint mir mein Tagleben geworden zu sein. Freudlos kroch ich unter der Sonne, zwischen der Meute, zwischen Fassaden alberner Pflicht.

Doch wenn es Abend wurde, kehrte ich in meinen Tempel wie in den Frieden des Mutterbauches ein.

Um diese Zeit herum, Anfang '38, ging ich noch einmal Vincenzo Ugolini besuchen. Es hieß, er liege nun in den definitiv letzten Zügen, wer heute keine Zeit für ihn hätte, käme morgen wohl zu spät. Das wollt' ich mir natürlich nicht entgehen lassen.

Schnell mein Trauergewand übergezogen, schnell ein Stück aus einem gregorianischen Totenoffiz einstudiert als Mitbringsel – und hin zu seinem Haus. Sowieso war jeder Vorwand gut genug, den Chordienst zu schwänzen.

Fürwahr – Ugolini sah ziemlich übel aus, wälzte sich in Schweiß, Schmerz und Agonie, war kaum wiederzuerkennen. Eine fremde, verunstaltete Fratze stöhnte mir aus den Kissen entgegen. Sein Gesicht ähnelte einer gestrandeten, zerstampften Feuerqualle, draus blubberten Worte mit viel gelbem Speichel. Kaum zu ertragender Gestank waberte im Zimmer, und die Fenster waren auch noch verhangen.

Zuerst erkannte er mich nicht – war schon fast blind –, danach redete er pausenlos über seine Angst, seine Ungewißheit, seine eklige Krankheitsgeschichte; mir wurde ganz öd dabei zumut, und ich sagte, er solle sich mal nicht so haben, *es geschehe eben, was geschehen müsse, darin liege nichts Wundersames.*

Und obwohl ich ja nur, wie ein gelehriger Schüler, seine Maximen und Weisheiten wiederholte, fragte er, ob ich gekommen sei, ihn zu verhöhnen. Aber nein, antwortete ich, im Gegenteil, ich möchte dir sagen, *du besitzt gewiß eine gute Chance,* dereinst dem Engelschor als Notenhalter zu dienen.

Anscheinend wollte er nicht getröstet werden. Er nannte mich einen undankbaren kleinen Schusterjungen, einen schleimigen Emporkömmling. (Schleimig, das mußte er grad sagen – der Bottich aus violett-gelbem Gallert!) Er war eine vollgesaugte alte Giftmücke, eine von denen des späten Novembers, die lahm torkeln, die nicht mehr stechen können, die nur häßliche Flecken hinterlassen, wenn man sie zerquetscht. Ich stellte mich neben sein Bett, pißte auf sein Laken und meinte, er solle sich nichts dabei denken, *manchmal werde der Druck eben zu groß*... er solle sich dem Regen fügen... *ihn als willkommene Erfrischung betrachten*...

Da verfluchte er mich! Haha! Das war ein lustiges Röcheln, Spucken und Eiterspritzen! Das machte mir viel Freude.

Ugolini entlud alle ihm bekannten Verwünschungen; dann kotzte er endlich seine blöde Seele aus – und der Teufel sprang im Zimmer umher und haschte nach ihr.

Es blieb Ugolini nicht mehr vergönnt, die Letztfassung des Miserere zu hören, die kurz nach seinem Tod zur Premiere kam und das finale Placet des Clubs fand.

Ich erkannte das Werk kaum wieder. Es schien leichenkalt geworden; gefrorene Noten, klanggewordener Schnee. Diese dritte, kürzeste Fassung (eine Fünftelstunde lang) war nur mehr *ummantelt* vom Zauber; im Kern war sie eisig und blaß, matter Abglanz.

Oh, von denjenigen, die den Erstentwurf nicht kannten, konnte es noch immer großartig genannt werden. Aber mir kam es im Vergleich schwächlich vor, verhalten, zaghaft, *geordnet* im schlimmsten Sinne.

Es war kein Feuer mehr darin. Zu sauber, zu marmorn, ich sagte es bereits. Vereinfacht und geglättet waren nicht nur Übergänge,

Aufbau und Arrangement – sondern sogar drei der fünf Ketzerweisen selbst. Gregorio hatte mehrere zu krasse Tonsprünge flachgewalzt. Schrecklich. Nun ja. Wenigstens kamen so die Melodien (oder was von ihnen übrig war) nicht pur unters Volk.

Nachdem das Werk auch offiziell aufgeführt wurde, setzten die Kardinäle Barberini alle Hebel in Bewegung, um das Auge der Musikwelt darauf zu richten. Sie griffen zu den radikalsten Mitteln. Bei Strafe der Exkommunizierung (!) durfte es fortan weder kopiert noch an einem anderen Ort als der Sixtina erklingen – nicht mal in der Gesù oder der Maggiore. Die Noten wurden vom jeweiligen Patron der Sixtina persönlich unter Verschluß gehalten; außerdem sollte das Werk nicht öfter als zweimal im Jahr gesungen werden, davon einmal in der Karwoche.

Man kann sich denken – jede Menge Publikum wurde angelockt; bis zum Bersten voll waren die Aufführungen; das Miserere galt unter Romreisenden bald als eine der wichtigsten kulturellen Attraktionen. Nun ja. Gebt dem Volke, was des Volkes ist ... Die Schatten vom großen Licht.

Eines Tages gingen Allegri und ich wieder zur San Luigi, um den Nachwuchs zu begutachten. Während ich auf das Akustische merkte, ging es Gregorio eher um die Optik; er stupste mich an und flüsterte, sieh nur,... sie sind schön wie die Engel, ganz reizend ... erschaffen, um verdorben zu werden ...

Da ging mir der Gedanke auf, ich könnte irgendwann zu alt werden für seine Ansprüche; war ja schon vierundzwanzig und kein Jüngling mehr. Nicht, daß mir seine feuchte Gunst arg abgegangen wäre – doch drohte die Gefahr, er könnte sich anderweitig verlieben und sich mit den Melodien bei einem anderen Lust erkaufen – wie soll ein Sechsundfünfzigjähriger sonst zum Ziel kommen?

Das mußte verhindert werden. Wohl oder übel mimte *ich* nun den Eifersüchtigen, was Gregorio überaus gefiel. Er liebte es, wenn ich ihn anbrüllte und beschuldigte, dem und dem schöne Augen gemacht zu haben oder wieder bei den Strichjungen gewesen zu sein. Er kokettierte damit, forderte meine »Eifersucht« häufig heraus – und blieb mir treu.

Jene Jahre verliefen unbeschwert und ruhig, beinah schon eintönig. Mein Name als Sänger wurde bereits so hoch gehandelt wie der Loreto Vittoris – und der befand sich auf dem absteigenden Ast, zweifellos. Die Zeit war mein Freund.

Februar '39 wurde im Palazzo Barberini die erste komische Oper überhaupt aufgeführt, »Chi soffre speri«, vom Komponistenduo Virgilio Mazzochi und Marco Marazzoli, das schon mit »Didimo e Theodora« Erfolg gehabt hatte. Das Libretto stammte übrigens von Giulio Rospigliosi, jenem ehrgeizigen, aufstrebenden Kardinalanwärter, der unser Sittenkomitee unterstützte und der zu vielen Opern Libretti geschrieben hat, zu »Sant' Alessio« ebenso wie zu »Erminia sul Giordano« und »Didimo e Theodora«, eigentlich zu fast allen Werken, in denen mir eine Hauptrolle zugedacht gewesen war. Merkwürdige Koinzidenz, wenn ich so drüber nachdenke.

»Chi soffre speri« war ein überwältigender Triumph, die Geburt eines neuen Genres. Nach der Aufführung kam ein junger englischer Dichter in meine Garderobe, gratulierte mir und las mir ein paar seiner italienisch und lateinisch verfaßten Gedichte vor. Sein Name war John Milton – und ich riet ihm, nur noch in seiner Muttersprache zu schreiben. Wie ich jetzt, am Ende des Jahrhunderts, höre, ist Milton in seiner Heimat ein sehr bekannter Mann geworden. Ich finde, er hätte mir zum Dank für meinen Ratschlag wenigstens eine kleine Ode senden können.

Mein Ruhm begann in jenen Jahren über die Grenzen Roms hinauszudringen. Abwerbungsversuche konkurrierender Familien häuften sich. Summen wurden mir geboten – es konnte einem schwindlig werden. Ich blieb bei den Barberini, obgleich es Stimmen genug gab, die ihnen den nahen Untergang prophezeiten.

Ich habe es nie bereut. Wenn man bei der betuchtesten Familie Italiens von Untergang spricht, ist das immer sehr relativ zu sehen. Außerdem war, alles in allem betrachtet, Kardinal Antonio ein angenehmer Brotherr, der seine Leute an der langen Leine – bekanntlich der wirksamsten Fessel – hielt, und der jetzt, da das Miserere als erledigt galt, sehr bemüht war, mir meine Fron in der Cappella zu versüßen.

Er ließ es sogar zu, daß ich dann und wann einem Ruf in die Ferne folgte; er wußte, wie sehr ich an fremden Städten interessiert war. Bei einer dieser Exkursionen kam ich auch nach Siena, auf Einladung Elpidio Benedettis. Das war '40, glaube ich, ja, im Juni '40. Für superbes Honorar gab ich ein paar Privatvorstellungen, zur künstlerischen Krönung festlicher Abendgesellschaften; leicht verdientes Geld, pro Abend verdiente ich mehr als den Jahressold der Cappella. Und weil ich gerade in der Stadt weilte, bat man mich, doch zur Einweihung einer neuen Kirche – San Vincente – zu singen. Es war dies eine schmucke kleine, etwas düster geratene, nicht weit vom Dom entfernte Kirche, sehr modern in ihrem Dekor, mit einer weichen, fast sinnlich gezogenen Architektur und viel Goldschnörkelei. Dort kam es zu einem der sonderbarsten Momente meines Lebens.

Ein paar Stunden vor der offiziellen Festivität betrat ich die leere Kirche, um – professionell, wie ich eben bin – die Akustik zu testen und mir den besten Standort für meine Darbietung zu suchen. Es stellte sich heraus, daß die San Vincente die eigentümlichste Akustik besaß, die ich je erlebt hatte. Stieß man von der niedrigen Empore aus einen Ton in Richtung Altar, so schien dieser Ton zu kreisen, sich zu winden wie in einem Schneckenhaus, bis er im obersten Punkt des Deckengewölbes zerbrach. Ein Effekt war das, der mehrstimmigen Gesang nahezu unmöglich machte, wollte man nicht einen Strudel, ein wirres Geschling aus Stimmen, Hall und Echo provozieren. Für den Solosänger ergab sich allerdings ein sehr interessantes, faszinierendes Phänomen.

Während ich so beschäftigt war und alle denkbaren Spielereien durchprobierte, stand plötzlich ein Mann neben mir, ein großer, dünner Greis mit schlohweißem Haar, in einem langen schwarzen Mantel, der beinah bis zum Boden reichte. Ich erschrak und räusperte mich. Der Mann versäumte es, sich vorzustellen, fragte statt dessen: *Du bist Map?*

Das war schon erstaunlich genug, daß jemand aus Siena meinen Spitznamen kannte. Ich nickte und fragte, mit wem ich die Ehre hätte. Der Greis schüttelte langsam sein Haupt, drehte sich um und ging zur Orgel. Ich schwöre es – ohne daß jemand den Blasebalg bedient hätte, begann er zu spielen, sehr leise zwar, doch vernehmlich – und was er spielte, war eine der Melodien, eine, die

Allegri mir erst kürzlich offenbart hatte! Sein Spiel dauerte nur wenige Sekunden, dann stand er auf und schlurfte her zu mir und sah mich an, betrübten Blickes.

Du mußt sie zurückgeben, sagte er.

Von was redet Ihr? rief ich laut – aber ich ahnte nur zu gut, was er meinte.

Gib sie zurück! sprach er noch einmal, streng, mit Pausen zwischen jedem Wort. Da kroch mir eine Kälte die Wirbelsäule hoch – wie eine Raupe aus Eis. Entsetzen packte mich, Panik, ich rannte die Treppe hinunter und hinaus aus der Kirche in den hellichten Tag.

Während meines Siena-Aufenthaltes fragte ich fast jeden, dem ich begegnete, ob ihm ein Greis bekannt sei, mit einem völlig unmodischen, langen schwarzen Mantel – und jeder verneinte.

Nun – ich bin der Mann, der sich gegen Edle und Starke auflehnt, gegen Fürsten und Könige, gegen Bischöfe und den Papst. Doch mit dem Überirdischen begehr' ich mich nicht anzulegen, ich weiß um meine Grenzen. Und so ging ich nachts darauf zu einer Wiese jenseits der Mauer, setzte mich zwischen die Zikaden und sah hinauf zum Himmel, zum klaren, gleißenden Himmel und sagte: ICH GEHORCHE.

Ich versprach, dem Himmel die Melodien zurückzugeben zu gegebener Zeit. Noch benötigte ich sie ja. Und eine Frist war nicht gesetzt worden. Der Greis hatte nicht gesagt, gib sie heute zurück oder morgen oder übermorgen oder in zwei Wochen oder in zwei Jahren. Wie auch? Wo ich noch nicht einmal alle besaß.

Ich bin dem Greis nie wieder begegnet – in all den fünf Jahrzehnten nicht, die seither vergingen. Das ist sehr schade. Zu gerne hätt' ich gewußt, wer er gewesen ist.

VII

»Map wurde am 25. April 1614 in Rom Trastevere geboren, als vierter Sohn einer biederen Schuhmacherfamilie. Er war ein wenig beachtetes Kind, von schwacher Konstitution, durch häufiges Kranksein von den Geschwistern separiert; was wahrscheinlich die primäre Ursache für sein gestörtes Sozialverhalten war. Gebrechliches Nesthäkchen, von dem niemand glaubte, daß es die Kindheit überleben würde – wie so oft suchte dieser Zustand eine Kompensation, steigerte ein vorhandenes Talent. Früh wurde er als Sängerknabe eingesetzt und erregte die Aufmerksamkeit von Förderern. Seine stimmliche Gabe entfremdete ihn seiner sozialen Schicht; auch wurde sein familiärer Konnex vollends destruiert. Map war geprägt von einer extrem starken Mutterbindung; dem gegenüber stand ein gleichgültiges, später feindseliges Verhältnis zum Vater. Dies mußte, als die Mutter früh starb, zu einem Trauma führen; ein Selbstmordversuch schlug fehl; nach und nach kam es zu einem Wirklichkeitsverlust, verbunden mit einer mehr oder minder bewußten Ablehnung jeglicher Autorität, sowohl im realen als auch im spirituellen Bereich. Sein Leben lang fühlte er sich betrogen, gedemütigt, ausgenutzt, unterdrückt, schikaniert. Auslöser hierfür war seine Kastration, genauer gesagt: das Begreifen des daraus folgenden geschlechtlichen Defizits, über das man ihn nicht aufgeklärt hatte. Zeitlich lagen jenes Begreifen und der Tod der Mutter nahe beieinander; ein doppelter Tiefschlag, der zur Flucht in Traumwelten zwang. Seine durch anfällige Gesundheit und schwächliche Physis entstandenen Minderwertigkeitskomplexe wurden von der Entdeckung potenziert, kleinwüchsig zu sein. Map wurde nicht größer als einen Meter vierzig; besonders ungewöhnlich, da Kastraten meist in die Länge schossen – der frühe Eingriff verzögert ja die Verknöcherung des Skeletts. Maps Minderwertigkeitskomplexe schlugen sich nieder in Größenwahn, Menschenverachtung und einem Selbstverständnis, das von dem

Willen zur ständigen Subversion und Revolte durchdrungen war, dem Willen zur Rache, zum Leben im geheimen...«

Nicole, die schon eine halbe Stunde ununterbrochen geredet hatte, machte eine Trinkpause. Alban hatte sich nur schwer konzentrieren können. Soviel Unbegreifliches schwirrte ihm durch den Kopf. Auch war ihm eben wieder eine Vision erschienen; deutlich hatte er eine der Mächte gesehn; sie war auf dem Kühlschrank gesessen, mit übereinandergeschlagenen Beinen, hatte ihm zugewinkt und sich dann ins Nichts zurückgelehnt.

»Sag, Nicole, weißt du, was ein Zeitentaumler ist?«
»Nein. Bitte duzen Sie mich nicht!«
»Haben Sie an Krantz jemals Spuren einer, einer Art von... Persönlichkeitsspaltung entdeckt?«
»An Jan-Hendrik? Nein... Der ist er, vom Scheitel bis zum Zeh. Kann nicht raus aus seiner Haut. Manchmal wünschte ich mir, er hätte ein zweites Wesen in sich – eins, das nicht so gemein und besessen ist...«
»Besessen?«
»Er kann sich sehr hineinsteigern in seine Arbeit...«
»Krankhaft?«
»Wie alle Männer.«
»Und ich? Halten Sie mich für normal? Sie sind doch Psychologin, nicht? Können Sie an mir Symptome erkennen für irgendeine Fehlfunktion?«
»Warum fragen Sie?«
»Weil... schwer zu sagen...«
»Na ja! Normalität ist ein Schimpfwort geworden, von dem keiner weiß, was es bedeutet. Manchmal hab' ich das Gefühl, Sie wollen sich interessanter machen, als Sie sind. Wo haben Sie übrigens Ihre Kamera gelassen?«
»Hab' ich verkauft. Ich sehe die Welt jetzt mit anderen Augen... glaub' ich... Der Professor hat mir übrigens erzählt, er hätte mal einen bezaubernden Abend mit Ihnen verbracht.«
»*Das* hat er Ihnen erzählt? Er ist ein ganz schöner... bavard – wie sagt man?«
»Plaudertasche?«

»Exakt. Ja, wir haben zusammen... gegessen; das war in Deutschland, als er noch an den Wagnerstudien arbeitete. Ich war eine junge Studentin damals, und er hatte Charme und Autorität und ein tadelloses, altmodisches Benehmen... Das ist bald zwanzig Jahre her. Danach hat er sich verändert. Ich habe mich auch verändert. Seitdem sind wir ewige Widersacher.«
»Hattet Ihr ein Verhältnis?«
»Was für eine Indiskretion! Verhältnis... Gott, nein, das wäre übertrieben. Jan-Hendrik hat kein Verhältnis zu lebenden Personen. Tiefere Gefühle kann er höchstens historischen Figuren entgegenbringen.«
»Hat Sie das damals sehr verletzt?«
»Ach was! Es war nicht weiter wichtig. Aber wenn wir schon bei intimen Aushorchungen sind... Darf ich auch etwas fragen?«
»Wenn es sein muß.«
Nicole zog mit dem Kaffeelöffel Streifen auf das Tischtuch, schien einen Moment lang zu überlegen und fragte dann: »Warum hat Ihre Frau Sie verlassen? Das würde mich doch interessieren.«
»Mich auch.«
»Habt ihr euch gestritten?«
»Nein. Wir haben so gut wie nie gestritten. Bis auf...«
»Ja? Würden Sie mir dieses eine Mal bitte schildern? Meine Neugier ist rein beruflich.«
Alban schluckte, wollte aber jedes Zeichen von Schwäche vermeiden.
»Kennen Sie den Film ›American Diner‹? Von Barry Levinson?«
»Non.«
»Da gibt es eine Szene, die geht so: Ellen Barkin ist mit diesem Typen verheiratet, der jedes Detail über seine Plattensammlung herunterleiern kann – und in der Ehe kriselt es schon ein wenig. Sie hat sich eine seiner Platten angehört und nicht an die dafür vorgesehene Stelle im Plattenschrank zurückgelegt. Die Platten sind nämlich alphabetisch geordnet, ferner noch nach Stilrichtungen: Jazz, Rhythm 'n' Blues, Rock 'n' Roll, et cetera. Also – der Typ wird über Ellens Nachlässigkeit ziemlich sauer und verlangt von ihr, daß, wenn sie schon seine Platten hört, sie sie wenigstens wieder systemgerecht einordnen soll. Der Typ ist ganz nett, hat

aber nicht besonders viel drauf – bis auf seine herausragende Fähigkeit, über die Musik, die er sammelt, alles, wirklich alles zu wissen; darauf ist er mächtig stolz – aber leider ist das Ellen, seiner Frau, völlig egal. Er erklärt ihr – relativ höflich – den Unterschied zwischen Motown und Rhythm 'n' Blues – sie macht sich nicht die geringste Mühe, ihm für seine Fähigkeit Anerkennung zu zollen, nein – sie heult, weil sie sich zu hart angegangen fühlt!«

»Einer der häufigsten Geschlechterkonflikte. Der maskuline Hang zur Spezialisierung, zur Sammelwut, zum Fanatismus – trifft auf weibliche Vielseitigkeit und Offenheit.«

»Wie auch immer... Das Publikum im Kino war in der Sache zu dem Zeitpunkt noch ziemlich gespalten, und ich war es auch... bis Ellen Barkin, heulend und häßlich, schreit: HERRGOTT, ES IST DOCH BLOSS MUSIK! Von da an konnt' ich Ellen lang nicht mehr leiden – und hinterher gab es heftige Diskussionen, denn die einen fanden Ellen völlig okay, und die anderen – zu denen gehörte ich – mokierten sich über jenen schrecklichen Satz. Ich meine, wenn sie schon so was Furchtbares denkt, muß sie das doch nicht auch noch rausposaunen! Ellen benahm sich hysterisch und grausam, verletzte die Gefühle des Typen bis ins Mark – und leitete aus dem Vorfall sogar noch das Recht ab, mit Mickey Rourke seitenzuspringen! Wozu es dann doch nicht gekommen ist...«

Nicole schürzte die Lippen.

»Sie haben den Film zusammen mit Ihrer Frau gesehen?«

»Ja...«

»Und ihr habt euch fürchterlich gestritten?«

»Hmmhm.«

»Sie hat – genau wie Ellen Barkin – nicht begriffen, daß Musik so wichtig sein kann?«

»Ja, verdammt.«

»Jetzt verstehe ich...«

»WAS VERSTEHEN SIE? WAS BEHAUPTEN SIE ZU VERSTEHN?« schrie Täubner, die Kinnlade drohend vorgereckt.

Eine peinliche Stille entstand.

VIII

Nietzsches etwas leichtfertige, unantike Antagonismen (»Das apollinische und das dionysische Prinzip«, aber: »Dionysos gegen den Gekreuzigten«) hat in der Forschung zu Orpheus als Präfiguration Christi terminologische Mißverständnisse heraufbeschworen.

Apoll und Dionysos vertrugen sich brüderlich; Dionysos könnte der Name gewesen sein, den Apoll verwendete, wenn er unterhalb des eigenen Bauchnabels unterwegs war.

Tatsächlich steht Jesus für den »kastrierten« Apoll, vermischt mit einer apollinischen Spielart, der Orpheusfigur. Eine durch und durch tragische Figur, deren Oberleib sich krankhaft überproportioniert, seit der Biß der (paradiesischen?) Schlange ihm Eurydike entführt hat. [...]

Am Ende entscheidet sich Orpheus für seine Menschlichkeit – auf dem Weg aus der Unterwelt dreht er sich um und erblickt seine Geliebte –, obwohl ihm gesagt worden ist, daß er sie dadurch verlieren würde. Er entscheidet sich für die Freiheit seiner Sehnsucht (welche Freiheit existiert sonst?) und damit für die menschliche Liebe.

Jesus nun aber ist das Plagiat eines mißverstandenen Orpheus, eines Orpheus, der scheinbar dazugelernt hat, der Maria Magdalena die Berührung verweigert mit dem Hinweis, er sei noch nicht aufgefahren. Orpheus, der Verirrte zwischen den Welten, verursacht durch die heroische Tat seines Umdrehens sowohl den eigenen Untergang wie die eigene Apotheose; er hat sich als wahrer Liebender bekannt, indem er die sichere Aussicht und sich selbst zerstört um eines – im wahrsten Sinne – Augenblickes willen. Jesus dagegen mutet wie der kindliche Versuch an, in die Sage einzugreifen und den Schluß zu ändern. Die ambivalente Orpheusfigur – mächtig als Phöbussohn und Sänger-Zauberer; ohnmächtig als Liebender –, in ihrer mythischen Komplexität unerreicht, wird amythisch verzerrt; der Untergang (mit nachfolgendem Aufstieg) wird zielgerichtet betrieben; Martyrium wird Onanie. Wo statt Eurydike (die »Eine«) die Menschheit steht, wird der orpheische Begriff der Liebe ins Satanische pervertiert.

Am klarsten hat Nietzsche den Tatbestand erkannt, gab ihn aber, was zu mancherlei Verwirrung führte, in einer mythischen Ersatzfigur wieder, der des Theseus. Theseus, der »sich selbst bewundernde Held«, dessen Nachen hinausfährt; der Ariadne (Nietzsches Pendant zu der als Menschheitssinnbild mißbrauchten Eurydike – diesen Lapsus gestattete er sich leider) verläßt, um sie Dionysos auszuliefern.

Indem Nietzsche zu Beginn seiner Umnachtung Ariadne mit Cosima Wagner identifiziert, geht er bewußt den umgekehrten, antichristlichen Weg, personifiziert die Menschheit (die plump zu »erlösen« ihm sein Wissen verbietet) in eine Frau hinein, vollzieht den Schritt des Galiläers rückwärts. Daß Cosima in dieser Sache nur als Symbolon dient, weil sie die Gattin (also Rivalin und Okkupantin) der einzigen Liebe seines Lebens – Richard »Minotaurus« Wagner – ist, dürfte klar sein.

Aus: Ramon Mendez, *Scheinsein in
zwei Teilen. Versuch über die
mythische Kehre* (Buenos Aires, 1990)

IX
Vita Pasqualini VII
1641–1646

Es ist keineswegs so, liebe Freunde, daß der Alltag orpheischer Prinzen aus Pomp und Erhabenheit besteht. O nein. Gerade darin spiegelt sich der eigentliche Zauber der Erleuchtung – daß er umrahmt bleibt vom Brodem der Ignoranz, des Neides, des Kleinmuts und der Schwäche. Gehet einmal hin und schaut euch irgendeinen Erwählten an, so ihr einen findet – ihr werdet sehen, sein Kleid ist grün von Speichel und Galle, zerrissen von den Krallen zu kurz Gekommener, die sich mit Händen und Füßen dagegen wehren, nur Statisten zu sein im Welttheater. Es ist wirklich entsetzlich – jede dieser lächerlichen Kanaillen *muß* irgend etwas darstellen, jeder hält sich für etwas Wertvolles, Einzigartiges – und sie liegen einem alle in den Ohren damit, klopfen sich auf die Brust, faseln von ihren Besonderheiten, von ihrem Talent, von ihrem Können, von der Macht ihres Geldes, ihrer edlen Geburt, ihrer Bildung, ihrer Beziehungen oder sonstwelcher Vorzüge, durch die sie sich abzuheben glauben aus der Masse. Kein Wunder, daß der Himmel die Nase voll hat von diesen Windbeuteln, deren perfider Geist Göttliches nur tot duldet. Für jeden Götterboten halten sie ein Kreuz bereit – haben sie ihn erst gekreuzigt, ja dann – eventuell – bequemen sie sich, ihn zu verehren, schadet es ihrem Selbstwertgefühl nicht mehr zu sehr, die hohlen Schädel zu beugen, dann läßt sich drüber reden, dann tut es allen leid. Ein widerwärtiges Spiel.

Ich kann euch sagen, der Alltag eines orpheischen Prinzen ist gleichermaßen traurig wie lustig – wenn man eine Portion schwarzen Humors besitzt. Drum, Freunde, erstarrt nicht in Ehrfurcht; ich fordere euch auf, ruhig einmal heftig zu lachen, es ist ja zum Lachen – ihr müßt euch keine Sorgen machen, meine Gefühle zu verletzen oder lästerlich zu handeln, keine Angst – das haben andere vor euch besorgt.

Wie ihr euch vielleicht erinnern könnt, war ich Mitglied dieses päpstlichen Chores – und hatte erst zehn meiner fünfundzwanzig Jahre hinter mich gebracht. Genoß ich auch Privilegien, leistete ich mir auch Frei- und Frechheiten zuhauf, konnte ich dem Zwang doch nicht restlos entgehen.

Habt ihr euch etwa vorgestellt, orpheische Prinzen schreiten lichtumkränzt über den Erdrücken, animieren den Äther und spenden Segen für und für? Habt ihr geglaubt, aus ihren Fingern schießen Strahlen, die Steine in Brot und Butterbrote in Edelsteine verwandeln? Sollte ich etwa, in Wolken gehüllt, über die Wasser spazieren oder durch Elendsviertel, um Lahme und Sieche zu betatschen? Hätte ich, wie der heilige Franziskus, den Tieren im Wald ein Konzert geben sollen, damit sie nicht mehr übereinander herfallen? Hätte ich Tote erwecken sollen, damit mich deren Erben verklagen?

Nein, diese Zeiten sind vorbei, keine Kindereien mehr.

Lathe biosas – lebe im verborgenen, hat Epikur gesagt – und meinte vor allem den Erwählten damit. Versteht ihr, Freunde? Die Anwesenheit des Himmlischen ist als Gegengewicht zur Anwesenheit des Höllischen zu sehen – um die Dinge in der Waage zu halten.

Meine Aufgabe bestand nicht in Wohltätigkeit und Wassertreten, vielmehr darin, einige üble Auswüchse und Entartungen zurechtzustutzen.

Wenn man aber im verborgenen *lebt,* heißt das, man stirbt in der Öffentlichkeit tausend Tode am Tag. Um ein Erwählter zu sein, muß man schon eine Menge Humor mitbringen, sonst wird man über Tücke und Banalität wahnsinnig.

Fragte mich doch zum Beispiel der Maestro di Cappella – das war damals Antonio Cipriani –, wo ich gestern gewesen sei. Ich sagte, es täte mir leid, gefehlt zu haben, aber ich hätte mit Kardinal Antonio auf die Jagd gehen müssen. Da trat Zampetti aus der Reihe und behauptete, ich würde lügen. Er schwärzte mich an, mich, seinen Chorkameraden, obwohl er überhaupt nicht wissen konnte, ob ich lüge! So eine Schweinerei. Die Sache wurde dann überprüft – zufällig war ich nicht mit dem Kardinal unterwegs gewesen – und mit zehn Scudi Strafe belegt.

Zampetti, diese Warze, dieser Flegel, dieser Verleumder, dieses Kameradenschwein!

Mit solchen Zecken in Menschengestalt muß man sich rumplagen. Es ist häßlich. Ich beschloß, Zampetti loszuwerden, irgendwie.

Ein andermal gingen schwere Wolkenbrüche über der Sixtina runter, die Lichtverhältnisse waren zu schlecht, der Chor konnte die Noten nicht lesen und ging unverrichteter Dinge nach Hause. Ich aber wurde bestraft, weil ich nicht anwesend war! Pure Gemeinheit. Als ich Beschwerde einlegte, fuhr Cipriani mich an wie einen Schuljungen, kanzelte mich ab vor versammelter Mannschaft. So sah der Alltag des orpheischen Prinzen aus.

Um noch ein Beispiel zu geben – als es im Januar '42 bitterkalt war, fing sich der alte Vittori eine Erkältung ein und hatte nichts Besseres zu tun, als zu mir zu kommen und mich anzuflegeln, weil ich während jenes Kälteeinbruchs im warmen Palazzo hockte. Mit anderen Worten – wenn er, der große Vittori, sich eine Erkältung holt, hätte ich mir gefälligst auch eine zu holen!

Unter Borstenvieh herrscht ein bösartiges Verständnis von Solidarität. Als ob es damit noch nicht genug wäre, erdreistete sich Cipriani, eine Eingabe beim Papst zu machen. Er beklagte sich, daß Geldstrafen in meinem Fall nicht fruchten würden, weil Kardinal Antonio seine Hand über mich halte; das zerstöre die Disziplin des Chors. In einem zwanzigseitigen Schreiben listete er meine »Verfehlungen« auf.

Liebe Freunde, soll ich euch, spaßeshalber, einen Einblick bieten in jenes furchterregende Kriminaldokument? Da hieß es, beispielsweise:

Signor Pasqualini ist ein Mensch von beißendem Sarkasmus, auch bei Gelegenheiten, wo es ganz und gar nicht schicklich ist. Jedes Pflichtgefühl geht ihm ab, und er zeigt nur allzu deutlich, was er von seiner Stellung in der Cappella hält. Er ist, sofern anwesend, ein dauernder Unruheherd; oft hat man den Eindruck, er begeht absichtlich Fehler; sein Verhalten grenzt an Insubordination. Geldstrafen nimmt er frech grinsend hin, ja er bezahlt sogar die Strafen anderer und wiegelt sie so zum Ungehorsam auf. Unser Strafsystem ist zu völliger Bedeutungslosigkeit verkommen. Signor Pasqualini versäumt regelmäßig Servizien, die außerhalb der Reihe stattfinden, so unter anderem das Requiem für unseren verehrten, kürzlich verstorbenen Kardinal Pio und sogar Obsequien für seine eigenen Chorkameraden. Wurde sein Betragen von jeher mit viel Toleranz aufgenommen, brachte er in der Karwoche das Faß endgültig zum Überlaufen. Am Palmsonntag weigerte er sich, seinen Palmzweig zu nehmen und berief sich darauf, daß er vergessen hatte, seine Tonsur zu schneiden. Am Karfreitag war er ebenfalls unangemessen bekleidet und weigerte sich, das Kreuz anzubeten. Am Ostersonntag erschien er zu spät zum Dienst, was allerdings schon nichts Ungewöhnliches mehr darstellt, erscheint er doch oft genug erst zum letzten Psalm, wenn überhaupt. Auffällig oft ist er durch Dienste beim Kardinal verhindert, wenn es darum geht, mit seinen Chorkameraden die Kommunion zu empfangen. Auch rühmte er sich kürzlich offen, den uneinholbaren Rekord an Strafpunkten innezuhaben. Mag uns Signor Pasqualinis dubioses Privatleben nichts angehen, können wir doch wenigstens erwarten, daß er das Funktionieren unseres Chors nicht behindert, und erheben bei Eurer Heiligkeit Einspruch gegen die übermäßige Protektion seitens Eures Neffen, des ehrwürdigen Kardinals Antonio.

Ecco! Da habt ihr eine Ahnung von den Ehrungen, die man orpheischen Prinzen angedeihen läßt. Mit was man sich alles abgeben muß – unglaublich. Die scheußlichen Blutegel, die sich einem überall anhängen, tagtäglich, stundstündlich; Christus hat nur einmal bluten müssen.

Natürlich hatte Cipriani im großen und ganzen recht, aber bitte – befand ich mich denn etwa freiwillig in seiner Truppe? Mich ekelte es eben, eine Tonsur zu tragen, meine hübschen schwarzen Locken durch solche Rodung zu entstellen. Außerdem konnte ich mir weit schönere Kleider leisten als jene eintönige Kapellenuniform – sollte ich freiwillig wie ein Lumpensammler herumlaufen? Auch kam es mir lächerlich vor, mit einem Palmzweig wedeln zu müssen; ich sah keinen Sinn in solchen Faxen, und ich bin sicher, der Herr dort oben legt auch keinen Wert darauf, daß wir ihm Frischluft zufächeln, bestimmt pfeift er auf solche Äußerlichkeiten. Und was Kommunion und Beichte betrifft – es wäre garantiert niemandem recht gewesen, hätte ich irgendeinem kleinen Pfaffen gegenüber von geheimen Funktionen geplaudert, nicht umsonst bekam ich meinen Generaldispens vom Papst persönlich.

Keineswegs verweigerte ich die Anbetung des Kreuzes – auch Jesus ist wohl eine Inkarnation des Orpheus gewesen und sicherlich verehrungswürdig; ich habe mich nie als Ketzer verstanden und achte jedermanns Glauben –, aber wenn man von mir verlangte, auf Knien durch die Straßen zu rutschen und ein überdimensionales Eichenkreuz auf dem Buckel zu schleppen, dann ging das doch etwas zu weit. Die Gelehrten streiten ja noch, von welcher Baumsorte das Kreuz Christi beschaffen gewesen sein mag; wie ich mir aber habe sagen lassen, sollen Eichen in der Gegend um Jerusalem äußerst selten sein.

Reden wir von erfreulicheren Dingen.

'42 gelang den Barberini ein spektakulärer Neueinkauf; sie spannten den Borghese ihren besten Komponisten, Luigi Rossi, aus und gaben ihm einen gut dotierten Vertrag als Familiaris. Die erste Oper, die er für seine neuen Auftraggeber schrieb, hieß »Il Palazzo incantato«, der Text stammte, wie so oft, von Rospigliosi.

Damals geschah es, daß ich mich das einzige Mal um eine Frauenrolle riß, die der Bradamante, einer kriegerischen Jungfrau. Denn in der Partitur jener ungewöhnlichen Oper tauchte das erste mir bekannte Liebesduett auf. Man kann sich heute gar nicht mehr vorstellen, daß das einmal etwas Besonderes war, aber tatsächlich entfachte jene Novität heftige Diskussionen. Kardinal Francesco nämlich hatte es sich in den Kopf gesetzt, das Duett von einem Mann und einer Frau singen zu lassen, gegen die Intention des Librettisten, des Komponisten und meines Sittenkomitees. Francesco fand das *natürlicher*. Tsss...

Ich wußte um die Bedeutung dieser Angelegenheit; das Exempel würde Schule machen, befürchtete ich, und setzte alle Hebel in Bewegung, Francesco von seinem unseligen Entschluß abzubringen. Rossi, Rospigliosi und ich redeten abwechselnd auf ihn ein, zum Glück gesellte sich Antonio als Verbündeter zu uns. Sein Argument, ein Liebesduett stelle an sich schon sittliches Wagnis und Neuerung genug dar, gab schließlich den Ausschlag.

Und so sangen jenes schöne Duett (»Dopo l'ombra, ecco il sereno«) der Tenor Bianchi und ich, und wir feierten einen fabelhaften Erfolg damit.

Künftig gab es kaum noch irgendeine Oper, die ohne Liebesduett auskam; im selben Jahr schrieb Monteverdi für sein genialstes Werk, »L'Incoronazione di Poppea« gleich *mehrere* Liebesduette. Venezianer müssen prompt alles übertreiben...

Heute, da ein Koloß wie Monteverdi nirgends in Sicht ist und allerorts fiebrige Süßlichkeit die Partituren verklebt, sehne ich mich manchmal nach der »lieblosen« Zeit zurück.

Die ausgebootete Sängerin (einer der Basiletöchter war der Bradamantepart zugedacht gewesen) wollte mich auf offener Straße in ein Gespräch verwickeln; fragte spitz, ob ich geschlechtlichen Genuß empfunden hätte, als ich ihr die Rolle stahl?

Ja, Madame, antwortete ich, es war ein Genuß – und was für einer! Ein noch größerer Genuß aber wäre, Ihnen einen Knebel ums Maul zu verpassen, bis Sie dran ersticken und niemand mehr Ihr dämliches Geschrei ertragen muß!

Was soll ich sagen, liebe Freunde? Ich empfand bei diesen Worten derartige Wonne und Befreiung, daß ich sie für mich selbst noch mehrmals an diesem Tag wiederholte und mir im Spiegel das verblüffte, entsetzte Gesicht des Weibsbilds in Erinnerung rief. Welch ein Spaß...

Hin und wieder muß man Galanterie und Gelassenheit eben vergessen können. Auch als unter Schweinen lebender Prinz, dem Blutegel am Fleisch kleben, genießt man zuzeiten Momente, die eine kurze Vision des Triumphes beinhalten – Momente wie ein Lichtbündel, das hereinbricht in den verkoteten Koben, eine Säule aus Erleuchtung, woran man sich festhalten und anlehnen kann; ein Moment in der Zeit, der ihre Möglichkeiten illuminiert. Ich hatte eine Kriegserklärung abgegeben – und sie machte schnell die Runde unter den Sängerinnen.

Das gemeinsame Ringen um die Besetzung der Bradamante kettete Rospigliosi und mich noch enger aneinander. Wir wurden gute Bekannte, beinah Freunde. »Beinah« sage ich, weil uns das Weltgeschehen bald für über ein Jahrzehnt auseinanderreißen sollte.

Die Barberini boten für »Il Palazzo Incantato« alle Sänger auf, die ihnen zur Verfügung standen. Es war ihre ehrgeizigste – und letzte große Opernproduktion.
 Eine Ära ging zu Ende. Irgendwie schien es so, als ahnten es alle, als läge über allem ein Hauch wehmütiger Abschiedsstimmung.
 Der Club löste sich stillschweigend auf – es gab nichts mehr zu tun für ihn. Im folgenden Jahre, '43, starben die beiden bedeutendsten Komponisten Italiens, Monteverdi und Frescobaldi – als ob es der Schnitter für nötig befunden hätte, das Ende der Ära mit wuchtigen Omen auszuschmücken.

Ich lebte Brennholztage ab, der Ahnung verhaftet, dem Wissen abgewandt. Aus dem Rauch der verfeuerten Zeit saugte die schwarze Wolke Nahrung. Man konnte nur abwarten; abwarten und hoffen, daß die unausweichlichen Veränderungen irgendwie unter Kontrolle blieben.
 Im Juli '44 starb Papst Urban.
 In einem Augenblick änderte sich alles.
 Der Pöbel strömte jubelnd auf die Straßen und feierte, wie noch selten zuvor ein Papsttod gefeiert worden war. Die Freudenexzesse erreichten orgiastische Ausmaße. Es war widerlich. Das hatte Urban nicht verdient. Die rasende Meute zündete Feuer an vor dem Palazzo, darum wurde getanzt, und Wein floß wie Blut in den Straßen. Es kam sogar zu Ausschreitungen gegen die Palastwache. Truppen mußten die Ordnung wieder herstellen.
 Der Plebs hatte den Papst gehaßt, weil er die Steuern erhöht und ein paar Feiertage gestrichen hatte – welch niedrige Motive! Erst Urban und seine Neffen haben Rom wieder zur Kulturmetropole

gemacht, der Stadt etwas ihres antiken Glanzes zurückgebracht; sie haben einen Prozeß vollendet, den Leo X. begonnen hatte.

Ich sang bei der Leichenfeier. Unter den Trauernden herrschte noch Hoffnung, alles würde weitergehen wie bisher – falls Francesco zum Papst gewählt werden sollte. Die Chancen dafür schienen gut, denn der große Verbündete der Barberini, Kardinal Mazarin, faktischer Herrscher Frankreichs, tat alles, um die Dinge in diesem Sinne zu beeinflussen.

Doch trotz seines heftigen Widerstandes ging aus dem Konklave Giambattista Pamfili als Sieger hervor, der den Namen Innozenz X. wählte.

Das war ein herber Schlag gegen die Barberini; der neue Papst galt als einer ihrer erbittertsten Gegner, und bald nach seinem Amtsantritt leitete er Untersuchungen ein, beschuldigte er Antonio, Francesco und den Rest der Sippe schwerster Veruntreuungen. Als die Lage den Barberini zu prekär wurde, zogen sie es vor, Rom zu verlassen und ins Exil zu gehen, zu ihrem Freund Mazarin nach Paris. Ich selbst verließ den Palast, um im Hause Allegris zu wohnen, das dieser sich von seinen Ersparnissen gebaut hatte.

Die Zustände waren chaotisch. Weil fast alle namhaften Musiker in irgendeiner Weise von den Barberini abhängig gewesen waren, kam das musikalische Leben fast völlig zum Erliegen, keinerlei Gelder wurden mehr gezahlt, ungeklärt blieben die Abhängigkeitsverhältnisse.

Antonio hatte vor seiner Flucht gesagt, wir sollten Ruhe bewahren, würden zu gegebener Zeit von ihm hören, entweder würde er dann nach Rom zurückkehren oder uns nach Paris nachholen.

Nebulöse Aussichten.

Ich war nun doch fast froh um meinen Posten in der Cappella, das sicherte mir wenigstens ein geregeltes Einkommen, außerdem verschaffte es mir eine gewisse Art von Immunität, denn die Cappella stand in Diensten des jeweiligen Papstes – und wer züchtigt ein Pferd, das zum eigenen Stall gehört? Allegri und ich mußten befürchten, unserer unsittlichen Verbindung wegen Schwierigkeiten zu bekommen – da schien es geboten, sich zu ducken und das Maul zu halten. Allegri hatte damit schon einige Erfahrung, ihn kümmerte kaum etwas von all dem Trubel, er lebte stur für sich, komponierte, ging zur Kapelle, lud bei mir seine Energien ab und verbrachte seine Freizeit, indem er sich hunderte Male pro Tag orpheische Melodien vorspielte, so wie ein Bienenzüchter sich mit seinen Waben und ein Gärtner mit seinen Beeten beschäftigt.

Wer einmal Velazquez' meisterhaftes Porträt gesehen hat, weiß um den Charakter Papst Innozenz' Bescheid.

Er trank und war auch sonst ein schwacher Mensch. Sein Vorgehen gegen die Barberini diente ihm dazu, sich Popularität zu verschaffen. Als sein erster Eifer abgeklungen war, huldigte der Greis einer noch üblicheren Form des Nepotismus als alle seine Vorgänger. Er geriet nämlich unter den totalen Einfluß der Witwe seines Bruders, der Donna Olympia Maidalchini, eines wirklich bösen Weibsstücks, das zur mächtigsten Person der Kurie aufstieg. Ohne ihren Rat unternahm Innozenz kaum etwas Wichtiges, sie beherrschte ihn vollständig, so daß Kardinäle und Fürsten sich bei ihr in Gunst zu setzen versuchten.

Mein Sittenkomitee wurde zwar nicht gleich verboten, aber als unerwünscht bezeichnet – was praktisch einem Verbot gleichkam.

Ich beriet mich mit Rospigliosi über die neue Lage – er war der einzige, der vom Wechsel der Macht profitierte; er wurde zum päpstlichen Nuntius bestellt und nach Spanien geschickt. Vor seiner Abreise wies er auf das hohe Alter Innozenz' hin und munterte mich auf, daß alles bald wieder anders aussehen könne.

Er sollte nicht recht behalten. Der greise Schwächling schleppte seinen Kadaver noch elf (!) Jahre durch die Gegend. Daß während seiner Regierungszeit die Mißstände an den Opernbühnen nicht überhand nahmen, lag nur daran, daß er der Musikkultur wenig Interesse zumaß und ein brachliegendes Feld keine verfaulten Früchte hervorbringt.

Um ehrlich zu sein – ich wußte nicht, wie von nun an zu operieren war. Ich beobachtete die Entwicklung der Dinge, um, sobald sich wieder feste Strukturen erkennen ließen, angemessen reagieren zu können. Der Zustand von Passivität machte mich ganz schwermütig. Mit einigen Mitgliedern des Sittenkomitees kam ich nach wie vor zusammen, privat; dann erörterten wir Pläne zur Durchsetzung unserer Ziele; ein loser Verbund aus fünf, sechs Leuten entstand so, von denen sich leider kaum jemand einer politisch bedeutenden Position rühmen konnte. Es schien, als wäre mein ganzes bisheriges Trachten vergebens gewesen. Umsonst bat ich den Himmel um Aufklärung; er blieb dunkel, kein Traum wurde mir gesandt, keine Vision. Ich beschwor den Geist des Großmeisters Orpheus, bat ihn um einen Wink – aber ich war in der Kunst der Nigromantie sehr unbeschlagen; auch glaube ich, daß der Himmel sich selten bequemt, mit den Irdischen zu korrespondieren; für die Seinen sorgt er schon – auch wenn sie es nicht merken.

Heute – in genügendem Abstand – stellt sich alles ganz logisch dar; und weise belächelt man die Zweifel, die man am Herzen tränkte. Die Welt bewegt sich fortwährend von selbst – es ist keinesfalls nötig, sie dauernd anzuschieben; es genügt, wenn man ihr an einigen, entscheidenden Stellen einen Stoß gibt, um ihre Bewegungsrichtung festzulegen. Das mußte ich alles erst noch lernen.

Die wichtigsten Komponisten waren nach dem Papstwechsel die Brüder Mazzochi geworden, weil Domenico Mazzochi schon seit '38 mit dem Hofstaat der Aldobrandini-Borghese-Pamfili verhandelt war.

Glücklicherweise besaßen sie eine hohe Meinung von mir, so daß mir sängerisch kaum Nachteile erwuchsen. Weil ich aus Paris nichts Neues hörte, gab ich meine Zusage, an einer Oper mitzuwirken, die Pompeo Colonna 1645 produzierte, »Il Ratto di Proserpina«.

Ich war einigermaßen gespannt ob der Reaktionen – es stand zu befürchten, daß mir, als Liebling der Barberini, Ressentiments ins Gesicht wehen würden. Dem war aber nicht so. »Proserpina« reihte sich brav in die Liste meiner Erfolge ein.

Noch in anderer Hinsicht zeigte die Verschiebung der Mächte positive Wirkung. Geronimo Zampettis »eigentümlicher« Intonationsstil – um es mal wohlwollend auszudrücken – verlor zusehends an Beliebtheit. Weder die Borghese noch die Colonna mochten ihn leiden. Ihm wurden in den folgenden beiden Jahren kaum größere Rollen angeboten. Da machte es gleich viel mehr Spaß, mit ihm in einem Chor zu singen und zuzusehen, wie er um Anerkennung strampelte, wie er in die Asche seines erloschenen Sterns blies und nicht begriff, warum man so abrupt das Interesse an ihm verloren hatte. Wen die Götter erniedrigen wollen, den erhöhen sie auf kurze Zeit.

Allegri war alt geworden, zwei- oder dreiundsechzig Herbste zählte er bereits, so genau weiß ich das nicht. Und je mehr Melodien er an mich abgab – inzwischen fünfzehn –, desto kauziger wurde er. Er hatte nicht mehr viele Melodien zu vergeben und fürchtete wohl, im Alter einsam zu werden. Hin und wieder besuchte ihn Kapsberger, ansonsten besaß er keine Freunde. Nie werde ich jenen Abend vergessen, als Allegri mit mir vor die Stadt spazierte. Es war ein heißer Sommerabend, die versengte Erde roch nach Terrakottaöfen, Getreide verdorrte auf den Feldern, und das Vieh brüllte nach Wasser, daß keine Minute Ruhe herrschte.

Wir setzten uns in das ausgetrocknete Bett eines Flusses und ritzten mit Ästen Symbole in den Boden, dort, wo er durch eine letzte Spur Schlamm noch weich war. Wir hatten, wie meist, über Musik geredet; plötzlich fragte Allegri, was ich dereinst mit den Melodien zu tun gedächte? Ich sagte, ich hätte versprochen, sie dem Himmel zurückzugeben. Das ist gut, meinte er und wünschte im selben Atemzug, ich solle mich doch bitte nicht mehr mit jenen fünf, sechs Verbliebenen aus dem Sittenkomitee treffen, es führe ja zu nichts und bringe nur Schwierigkeiten mit sich. Als ich widersprach, verbot er mir, sein Haus zu weiteren Treffen zu nutzen. Ich tat dann, als ob ich klein beigäbe, als ob der Sache keine gesteigerte Bedeutung zuzumessen wäre. Vielleicht traf ich nicht den richtigen Ton; er beschuldigte mich, ihn zum Narren zu halten, ihn anzulügen, er greinte fast. Dann redete er davon, wie fad das Leben doch sei, wenn man nichts zu verstecken habe, wie öde Nächte dahinkröchen, die nichts mehr vom Tage unterscheide. Man muß auf die Suche nach einer neuen Nacht gehen, formulierte er mysteriös, man muß auf die Suche nach einer neuen Nacht gehen... Bei diesen Worten zog er ein Kuvert aus der Rocktasche und offerierte mir ein weißes Pulver. Ob ich nicht Lust hätte, mit ihm die neue Nacht zu suchen? Wenn ich mich entschiede, ihn zu begleiten, so würde er keinen Moment den Aufbruch hinauszögern.

Mit andern Worten – er bot mir Gift an! Wollte mich zum Doppelselbstmord anstiften! Ich fragte, ob er wahnsinnig sei. Er fragte zurück, ob ich denn so sehr am Leben hinge, daß ich noch all die Jahre abzusitzen gedächte. Ob ich ihn denn nicht liebte? Ob ich ihn denn allein ziehen lassen wolle?

Gott... Sein Lebensüberdruß hing wohl mit den Potenzproblemen zusammen, die in den letzten Monaten aufgetreten waren. Er drückte sich an mich, wollte mir das Versprechen abpressen, ihm in den Tod nachzufolgen wie eine indische Witwe. Peinlich...

In aller Sachlichkeit setzte ich ihm auseinander, daß ich sehr am Leben hinge, mindestens ebensoviel wie an ihm, und wenn ich mich entscheiden müßte, dann doch sicher für ersteres, schon weil das Leben ein Geschenk sei, und Geschenke gebe man bekanntlich nicht zurück. Nur wer den Himmel leugne, könne das Leben nicht als Verpflichtung betrachten, und falls er, Allegri, den Himmel leugne, sei es pure Gemeinheit, mich vorzeitig ins Nichts zu schleifen.

Er antwortete, es stimme schon, Geschenke gebe man nicht zurück, man stelle sie unbenutzt weg, wenn sie nicht passen – ob darin nicht der viel größere Frevel liege?

Solch rabulistische Trickereien waren mir zu unerquicklich; ich nahm ihm kurzerhand das Pulver fort, verstreute es im Feld, rannte davon und zog gleich am nächsten Tage aus. Wenn einer mit dem Tod liebäugelt, mischt man sich besser nicht in seine Romanzen.

Ich fand ein schmuckes kleines Haus in der Nähe des Pantheons, mit einem doppelten Kellergeschoß, das gefiel mir sehr gut, und der Preis war auch nicht zu hoch. Was mich vor allem reizte, war, daß man den unteren der beiden Keller durch ein wenig Maurerarbeit so vom Rest des Hauses trennen konnte, daß kein Mensch dessen Existenz vermutete. Ich wußte noch nicht, zu welchem Zweck ich jenen zweiten Keller nutzen wollte, aber er schien mir ein Stück praktischen Epikureertums; Verborgenheit, in die man auch leiblich flüchten konnte, wenn nötig. So etwas im Haus zu haben, stärkt die Seele.

Allegri schrie Zeter und Mordio, aber er beruhigte sich wieder, als ich ihm erlaubte, mich jederzeit zu besuchen. Nur Essen und Trinken wollte ich nicht mehr mit ihm teilen, aus Furcht, er könne ein nachtsuchendes Pulver beigemischt haben.

Seine Morbidität stellte sich alsbald als Hitzeschwermut heraus, trotzdem – ein Zusammenleben kam für mich nicht mehr in Frage.

Der Erwerb des Hauses fraß meine Rücklagen auf; und eben, als ich es fertig eingerichtet hatte – kam Nachricht aus Paris.

Die Barberini hatten an eine Anzahl Musiker, Sänger und Komponisten Schreiben versandt, in denen diese aufgefordert wurden, ihnen nachzufolgen ins Exil – zu wirklich großzügigen Konditionen. Luigi Rossi packte auf der Stelle seinen Krempel und fragte mich, ob wir zusammen reisen wollten.

Selbstverständlich sagte ich sofort zu und traf die nötigen Vorbereitungen zur Abfahrt – ohne indes Allegri einkalkuliert zu haben. Er hatte von den Barberini kein Schreiben bekommen, tobte wie ein Irrer, riß mir die Kleider vom Leib und brüllte, ich dürfe nicht fortgehn, nicht jetzt. Da packte mich Zorn, und ich trat ihm mit aller Kraft in die kranke Leber, das warf ihn um.

Los wurde ich ihn dadurch allerdings nicht, im Gegenteil – er fuhr schwerere Geschütze auf. Er drohte, die gesamte Entstehungsgeschichte des Miserere, mit allen orpheischen Melodien, dem Papst Innozenz zu überbringen – und er machte den Eindruck, dies ernst zu meinen, so aufgelöst und verzweifelt rutschte er vor mir herum, verquollenen Gesichts, zuckender Muskeln; Leib gewordener Schrei aus Überlebtheit und Furcht. Ich hatte nie geahnt, daß er mir derart lästig fallen würde.

Mein erster Gedanke war, meinerseits ein Pülverchen zu besorgen, das ihm die Suche nach der neuen Nacht erleichtern könnte. Daraus wurde aber nichts; schlau gab er an, für alle Fälle ein aufschlußreiches Dokument hinterlegt zu haben, das bei einem unnatürlichen Tod schnurstracks in die Hände des Pamfilipapstes wandern würde.

Zähneknirschend gab ich die Reisepläne auf; wenigstens überschrieb mir Allegri zum Ausgleich ein Viertel seines Vermögens, womit ich meinen Lebensstandard einigermaßen halten konnte.

Ich werde Gregorio nie ganz verstehen. Da beschuldigte er mich dauernd, ihm nichts zu geben, ja, er hielt mich sogar für fähig, ihn zu ermorden – und doch war er mir hörig bis zum Wahnsinn.

Wenn er mit mir schlief – was wegen seiner zunehmenden Schlaffheit seltener und seltener vorkam –, strafte ich ihn durch absolute Untätigkeit und schweigende Verachtung – was ihn überhaupt nicht zu stören schien. Unser Verhältnis war zur grausamen Farce geworden. Beide verzweifelt, hingen wir aneinander fest, und wieder verweigerte mir der Himmel seine tieferen Gründe für solche Fessel.

Ich selbst war schon zweiunddreißig Jahre alt, auf der Höhe meiner Kraft und meines Könnens – und mußte elend versauern in selbstgeschmiedeten Ketten. Immer wenn man glaubt, alle Prüfungen durchlitten zu haben, hängen die Götter noch eine dran – und sie wissen genau, wofür. Denn mit dem Zorn und dem Haß staut sich auch Energie auf, die Kraft und der Wille, die ein fernes Ziel zu seiner Verwirklichung braucht. Jene Jahre scheinen mir heute wie ein Schlaf gewesen zu sein, ein langer, tiefer Schlaf, der sammelt und vorbereitet zum hohen Werk.

Mit dem Zustand der Ohnmacht einer geht Erinnerung, und Erinnerung mündet immer in das Bemühen, Erreichtes zu manifestieren. Der Ohnmacht nächster Verwandter ist der Trotz – eine oft unterschätzte Kraft. Trotzig gründete ich das Sittenkomitee neu, als Geheimorganisation, deren Versammlungsort mein Keller war.

Ich glaube fest daran, daß in der Haltung, die man gegenüber der Ohnmacht bewahrt, die Wurzel ihrer Überwindung liegt, unabhängig von den Wendungen des Tagesgeschehens. Ich glaube, unser Geist kann, indem er eine feste Position bezieht, jene Mächte herbeizwingen, die dann auch die physischen Dinge verändern. Der Geist, der unzweiflerisch und stolz bleibt in seiner Verweigerung, sendet unsichtbare Strahlen aus, gleich einem Leuchtturm in der Nacht, daran glaube ich. Unser Geist vermag Zeichen zu setzen, Signale zu senden dem spirituellen Äther, Kräfte zu sammeln, die, sobald anwesend, sich auf die schwächeren, empfänglicheren Geister der Umgebung niederschlagen.

Jener Versammlungsort, jener Keller, erhielt dadurch, daß wir innerhalb seiner Mauern ein Manifest unseres Wollens schufen, die Weihe eines heiligen Gefäßes. Die Statuten unseres Bundes zogen den Status des Kellers als Schutz- und Freiraum nach sich, als Hort des neuen Gesetzes, als Basis unseres In-die-Welt-Wirkens.

Ein Raum wird zum Tempel durch die veränderte Wirklichkeit, die in ihm herrscht, durch das veränderte Regelwerk also, welches er beschützt. So könnte im christlichen Idealstaate keine Kirche von sich behaupten, Tempel zu sein, da ja der Staat als solcher der Tempel ist. Zusammenkommen und das Höhere nach herrschenden Regeln feiern – das kann man überall, auch auf dem Acker und im Sumpf. Der Tempel dagegen ist Ausdruck der Verborgenheit, des Unterschiedenseins, des Geheimen. In ihm walten die Priester und pflegen die Geheimnisse – welche sie nicht einmal den Anhängern des eigenen Glaubens völlig offenlegen, sondern nur dem, der gewillt ist, weltunterschieden, nach geänderten Regeln zu leben.

Das Erstellen eines Regelwerkes birgt in sich die Entstehung einer neuen Welt und die Überwindung der Ohnmacht. Denn ist eine neue Welt, ein Freiraum, frei von alten Gesetzen, erst einmal entstanden, bietet er einem Macht, die mit der Freiheit wesensgleich ist. Dann ist die Ohnmacht erniedrigt zum Bettlergewand, welches man anzieht, um unerkannt in den Tag hinaus zu gehen. Die Ohnmacht wird Tarnung – und was uns schützt, das mögen wir gut leiden. Lebe im verborgenen heißt nichts anderes als – zeige dich ohnmächtig.

Unser Geheimbund – dessen Regeln mir übrigens verbieten, die Namen seiner Mitglieder preiszugeben, auch über deren Tod hinaus – war eine Vorstufe zum ONTU, ein ästhetisch-intellektuelles Spiel, eine Koketterie mit Sein und Schein, eine Spaltung von Ding und Name, ein kopflastiges, erbauliches Unternehmen, das dennoch seine Richtigkeit, Gültigkeit und Nützlichkeit besaß – gewöhnte es uns doch an die Distanz, die der Geist vom Regelgefüge der Welt erlangen muß, um unbeeindruckt seiner Vervollkommnung zuzustreben.

Oberstes Statut unseres Bundes war, Frauen nicht nur von den Bühnen, sondern überhaupt von jeder Kunst fernzuhalten. Zu diesem Zweck sollten Förderer gefunden und ein Bewußtsein für die Verrohung der Zustände geschaffen werden. Die Kunst sollte von niedrigen Elementen, die billiger Vergnügung dienten, gereinigt und die gesellschaftliche Position des Künstlers stark aufgewertet werden. Auch galt es, Entwicklungen entgegenzutreten, wie in Venedig, wo man Musiktheater als öffentliche Häuser baute. Für den Pöbel sollten Jahrmarktsmoritaten und Wanderkomödianten genügen – denn wo der Pöbel bezahlt, fordert er auch, was zwangsweise Abstriche an die Kunst nach sich zieht.

Jeder Bündner schwor, diesen Zielen zuzuarbeiten und andersgerichtete Projekte zu sabotieren, selbst wenn er dadurch finanzielle Nachteile zu erwarten hatte. (Ausnahmen waren möglich, falls das erwirtschaftete Geld dem Bund mehr nützte als die Sabotage.) Jedes Mitglied verpflichtete sich, einen gewissen Teil seiner Einkünfte in einen Fonds zu zahlen, damit der Bund nie mittellos war. Auch wurde eine Geheimschrift vereinbart für alle Aufzeichnungen, die den Bund betrafen. Dazu bedienten wir uns eines Systems des Trithemius von zweiundfünfzig Verschlüsselungen, die wöchentlich wechselten.

Vorerst war Orpheus nur eine Symbolfigur für uns, der Bund besaß noch keine religiöse Motivation, die Mehrzahl wollte nicht in die Nähe von Ketzern gerückt werden. Untereinander war unser Losungs- und Erkennungswort FIO. Das bedeutet lateinisch »ich entstehe«, italienisch »die Strafe«, tatsächlich bedeutete es »Fraternita in Orfeo« – Bruderschaft in Orpheus.

Mit derlei anmutigen Spielereien verfestigten wir unser Wollen, organisierten den Plan – und der Plan war gottgefällig, das stellte sich bald heraus.

Denn die Barberini sandten mir einen zweiten Brief, dessen Inhalt nichts anderes als ein Zeichen sein konnte.

Lieber, verehrter Map, hieß es darin, *es ist sehr bedauerlich, daß Du noch in Rom festgehalten wirst, und wir hoffen dringend, daß Du Dich alsbald freimachen und zu uns nach Paris reisen kannst, denn wir, zusammen mit Kardinal Mazarin, werden hier die neue Oper unseres gemeinsamen Freundes Luigi Rossi geben, sie wird »L'Orfeo« heißen, und wir sind versessen darauf, Dich dem Pariser Publikum als unser bestes römisches Schmuckstück zu präsentieren. Es wird ein großes Ereignis werden, zu dem Du nicht fehlen darfst; weshalb wir Dich nicht nur bitten, sondern Dir sogar befehlen wollen, schnellstmöglich anzureisen. Wir wissen nicht, ob unser Befehl noch Gewalt über Dich besitzt, oder ob Du in Diensten der Colonna stehst; auch möchten wir diesen »Befehl« nicht mißverstanden wissen. Es ist die gutgemeinte, dringende, herzliche Aufforderung Deiner Freunde*

Antonio und Francesco.

Mit dem Brief in der Hand rannte ich zu Allegris Haus, schmiß den Leberkranken aus dem Bett und hielt eine halbstündige Rede, nutzte alle Schattierungen der Deklamation, die gesamte Skala hinauf und hinunter, flüsterte süße Worte, gebrauchte grobe Flüche, beschwor jede Wolke des Himmels, jeden Felsen der Hölle, ich bat, ich flehte, schmeichelte, argumentierte, drohte, grub feinste Regungen aus dem Reservoir meines Empfindens, sprach von der heiligen Sache und meiner heillosen Verzweiflung, ich sprach sogar von einem Liebesbeweis, den Allegri mir schuldete.

Ich sollte DEN ORPHEUS SINGEN!

Das durfte er mir nicht verbieten, diesem Zeichen sich nicht entgegenstemmen, er mußte sich beugen unter das Signum der neuen Ära, der Transsubstantiation des Mysteriums auf der Bühne, mit mir als Fahnenträger, als Leib gewordenem Gedanken, als Stimme gewordenem Sternenlied! Wie ich knurrte und flötete, gellend schrie und schluchzte, predigte und meine Atemluft mit Funken füllte ...

Allegri, inzwischen noch impotenter als eifersüchtig, ließ sich nach langem, erbittertem Ringen zu einem Kompromiß herab. Ich dürfe nach Paris gehn und den Orfeo singen – müsse danach aber *sofort* zurückkehren. Sollte ich länger als sechs Monate ausbleiben, würde er das als Affront auffassen, der die härtesten denkbaren Konsequenzen nach sich zöge. Er gab mir deutlich zu verstehen, daß ihm nach Ablauf eines halben Jahres alles egal sein würde, inklusive seiner und meiner Person.

Wo es um die aberwitzige »Liebe« zu mir ging, verlor selbst der Großmeister und dessen Testament jede Heiligkeit für ihn.

Noch während der Dankesküsse, die ich ihm für sein großzügiges Einwilligen zukommen ließ, begann ich ihn zu hassen, wie ich ihn längst hätte hassen sollen, dieses geistlose Vieh. Wie gern hätt' ich ihm das Fleisch vom Gesicht gebissen und es vor seinen Augen zerkaut – statt dessen streichelte ich ihm dankbar die Stirn... Ich bin wirklich nie ehrlich mit ihm umgegangen, tut mir leid.

Zwei Tage später brach ich auf. Paris! Ich befand mich nicht allein auf dem Schiff, das Richtung Marseille ablegte. Mit mir ging die italienische Oper, um ihren Siegeszug in die ganze Welt anzutreten. Und ich war ihr Messias, ihr Herold! Ich schwelgte in Glück und Erwartung, schwebte und tanzte, und ich rief dem Lande Frankreich vom Meer aus zu, daß ich den Orpheus singen wollte, wie ich lange nicht mehr gesungen hatte, mit all meinem Können, meiner Inbrunst...

Der ins Elysische gesteigerten Stimmung kam die Nachricht zupaß, Geronimo Zampetti hätte seine Zukunftslosigkeit in Rom eingesehen, seinen Posten in der Cappella verkauft und den Dienst bei irgendeinem Provinzpotentaten angetreten. Hihi ...

X
Vita Pasqualini VIII
1647–1652

Paris! Die Stadt machte einen fabelhaften Eindruck auf mich. Monumental, verdreckt, elegant, syphilitisch. Hier vergoldet, dort verrußt; mal parfümiert, mal schmierig; facettenreich, wie es nur eine wahre Großstadt sein kann, wo sich die Finger des Himmels und der Hölle ineinander verschränken zu Straßennetzen; wo Extreme das Leben schärfen, jede Wahrnehmung unter dem Schleifstein steht. Wo sonst Weiß und Schwarz zu Grau in Grau vermischt sind, ordnen sich hier Kontraste zum Schachbrett, zur Kampfarena. Man geht durch Wechselbäder, die jedes Gefühl – ob gut oder schlecht – übersteigern. Selbst die Zeit gewinnt an Geschwindigkeit; das Quantum der Bilder verkürzt die Schwermut, stört die Idyllen. Stimmungen, welche andernorts Wochen dauern, werden von soviel neuen Reizen attackiert, daß sie sich innert Stunden zersetzen wie in Säure.

Als ich Kardinal Antonio umarmte, war ich noch federleicht vor Seligkeit. Wenige Sätze darauf krachte ich schwer durch den Boden und blieb benommen liegen.

Bei der Erinnerung beginnt mein Pferdchen zu lahmen, schleppt sich schäumig vorwärts. Gottverflucht! Ihr wollt wissen, Freunde, was passiert ist? Man hat dem Himmel erneut Tritte versetzt und seinen Prinzen verhohnepipelt; *das* ist passiert! Behandeln wir die Sache kurz. Also: Der »Orfeo«, den Luigi Rossi fabriziert hatte, war eine Tragicomedia – was bedeutet: bunter Mischmasch. Der Stoff war gestreckt durch niedere Nebenhandlungen, sogar plumpe Lacheinlagen fanden sich. Das Libretto (von Buti) war eine geschmackliche Katastrophe, ein Potpourri aus verschnittenen Gefühlen und wirr gestreuten Phrasen. Und die Bühne wimmelte von Weibern! Als Eurydike, Juno und Venus fungierten so berüchtigte Singschlampen wie Checca und Margerita Costa und Caterina Martini, von den Nebenrollen ganz abgesehen.

Ich befand mich in einem Serail! O weh... Und nun das Allerschlimmste: Die Rolle des Orpheus hatte man einem Tenor zugedacht, nicht mir – ich sollte den Aristeo singen, den Sohn des Bacchus, der in Eurydike verliebt ist und, auf Orpheus eifersüchtig geworden, gegen ihn intrigiert. Das mir! Unschön bis garstig war es auch, daß der einundzwanzigjährige Attilio Melani den Part des Orpheus übernahm. Er hatte bei mir in Rom seine Studien vollendet, war quasi als mein Schüler anzusehen – und einen Schüler setzt man nicht über seinen Lehrer, bloß weil er der Liebling des Kardinals Mazarin ist.

Das war ein starkes Stück; was man von der Oper hingegen nicht sagen kann. Vier Stunden Mittelmaß; während denen sich Rezitative und Arien kaum voneinander unterschieden. Die wenigen guten Stellen waren sämtlich aus früheren Werken entlehnt, das Spektakel war aufgepäppelt durch dauerndes Kulissengeschiebe, ausladende Bauten, dekorative Fülle. Alle Schönheit wurde ins Lächerliche und Protzige verzerrt.

Und dafür, für diesen dekadenten Saustall, hatte ich mich vor Gregorio erniedrigt, hatte Rom verlassen, mein Werk unterbrochen.

Kein Mysterium. Nicht der Hauch eines Mysteriums. Eine Satire, bestenfalls. Man hatte mich nach Paris geholt, damit meine Demütigung vollendet würde; damit ich das Gegenteil meiner selbst verkörperte und mein reines Wesen im Schlamm suhlte. Es war Karneval – o ja –, die Narrenzeit war ausgebrochen, das Unten war nach oben gekehrt, entlud seine Jauchegruben auf stumm Staunende, es gab kein Tabu mehr.

Ich konnte nicht einmal zurück – mußte doch Geld verdienen, hatte fest mit den Einnahmen gerechnet!

O ihr elenden Zwänge des Mammons, ihr nehmt uns jede Freiheit, wo wir nur ein bißchen in Würde leben wollen... Man kann nicht, wie Diogenes, in einer Tonne schlafen, wenn man eine empfindliche Stimme besitzt, die man wärmen und hegen muß. Lebe verborgen! Nun, dazu braucht es zuerst einen Keller. Keller ohne zugehöriges Haus sind selten anzutreffen. Man braucht Holz, das Haus im Winter zu heizen, braucht zu essen und zu trinken, und ein oder zwei Stück Gesinde, die das Haus sauber und frei von Ratten halten. Und schon diese mindeste Grundlage menschlicher Würde fordert einem horrende Summen Geldes ab. Dann hat man sich noch dieses oder jenes schöne Gewand gekauft, um den Großmeister angemessen zu repräsentieren, hat die Reisekosten ausgelegt, hat großzügige Trinkgelder gegeben im Glück – prompt findet man sich unters Joch gezwungen. Alle Güte, alle Gelassenheit und Galanterie nützen einem nichts mehr.

Um Irrsinn zu vermeiden, setzt man am besten Scheuklappen auf und geht da durch, wie ein Hungerkünstler durch die Not.

Die Premiere wurde im Palais Royal gegeben, war der Regentin, Anna von Österreich, gewidmet. Der neunjährige Kindkönig Louis (Quatorze) war zugegen, wenn auch nicht anwesend, da er fortwährend einschlief. Die königliche Bagage tat dagegen begeistert, selbst von mir, der ich nicht viel dazu beitrug. Ich stolperte und patzte mich so durch. Mein Gesang entsprach dem, was beim Sprechen das Nuscheln ist; um so beschämender tönten die mir entgegengebrachten Ovationen.

Es war der zweite März 1647, der Abend, an dem die italienische Oper zum Kulturgut Nummer eins der gebildeten Welt wurde.

Ich nahm die Gratulanten kaum zur Kenntnis, war todtraurig. Die Premierenfeier hat mich nie gesehen. Alles, was ich dachte, war, daß ich dieses *dämliche* Spektakel noch fünfmal auf mich nehmen mußte, bevor meine Gage fällig wurde und ich nach Hause fliehen konnte.

Ich beschloß, in gewollt schäbigem Aufzug durch das Lasterviertel zu ziehen und verschiedenen starken Getränken zuzusprechen.

Kalte Winde strichen über die Quais, die Seine trieb dickflüssig wie gestocktes Blut, ich suchte Lichter und Betäubung, die Hütten der Besinnungslosigkeit und des gemeinen Lärms. Es machte mir seltsam Freude, zu streunen und zu taumeln, einzutauchen in die

Gefilde der Roheit, in Kaschemmen, wo Räuber seßhaft geworden sind, wo sie Flußschiffern Erleichterung verscherbeln, Billigwärme, käufliches Fleisch.

Girlanden aus verschlagenen Augwinkeln, drüber schwitzt die Luft, und im Klang der scheppernden Krüge liegt etwas Bedrohliches. Karten knallen auf die Tische, Muskelkräfte vergleichen sich; es gibt auch Musikanten, die, wenn sie betrunken werden, ganz unerhörte Lieder zupfen. Das Milieu der Verwegenheit und Übertölpelung fesselt mitunter durch das Fehlen jedes Schnörkels, durch die brutale Ehrlichkeit des Nutzdenkens, durch die simplen Rituale, dank deren Systeme aus Schutzbündnissen entstehen. Es ist eine Kunst, sich auf eine gewisse Summe taxieren zu lassen, wegen der man geduldet und mit Respekt behandelt wird – die andererseits gewaltsame Plünderung nicht lohnt. Gregorio, der öfter unter solchem Gesindel verkehrte, hatte mir davon erzählt.

Ich betrank mich, still und gekrümmt, ohne Gesellschaft zu suchen.

In jenen Spelunken schlüpfen Hürchen von Gast zu Gast, bieten und schmiegen sich an. Eine junge Rothaarige legte mir besonders hartnäckig ihren Arm um; sie sah, daß ich traurig war, und sie behauptete, das beste Mittel gegen Traurigkeit zu haben. Ich sagte ihr gleich, Eurydike sei tot, aber das schien sie nicht zu stören. In mechanischer Verruchtheit plapperte sie auf mich ein, suchte mich zu überreden, doch mit ihr zu gehen, in ihre kleine Wohnung, zweihundert Meter sollte die nur entfernt liegen.

Ich war vom Alkohol recht albern aufgelegt und sagte: Grad saß ich noch im Palais Royal, hab' euren Kindskönig gesehn – und jetzt sitz' ich hier mit verseuchtem Abschaum und unterhalt' mich übers Wetter, ja, sag mal – wie war es denn heute? Hat es geregnet? Ich hab' keine Ahnung! Ooooh, du Angeber, rief sie, willst beim König gewesen sein und spendierst mir nix? Da spendierte ich ihr eben etwas, machte jedoch klar, daß sie mehr an mir nicht verdienen würde. Da schmollte sie und suchte nach einem anderen Opfer. Ich hatte ihrer bald vergessen, und als mein Bedürfnis nach Rausch gestillt war, wankte ich hinaus. Die Kälte ernüchterte mich so weit, daß ich die Schritte einigermaßen sicher setzen konnte.

Da kam sie mir zufällig entgegen, die junge Hure, zwischen den Kneipen pendelnd, sichtlich unzufrieden, noch keinen Freier aufgetan zu haben. Sie probierte es erneut, und als ich abwinkte, wurde sie pampig, mokierte sich über meine geringe Körpergröße und meine helle Stimme, nannte mich ein Kind, einen Geizhals und einen Waschlappen, kurzum: Sie ließ an mir ihre Wut über die verpatzte Nacht aus. Das war nicht sehr nett.

Na gut, lenkte ich ein, komm mit mir zum Ufer, ich geb' dir einen Louisdor, und wir sehen in den Fluß, wie er schwarz und träge treibt, dann darfst du mir auch ein wenig deiner Wärme abgeben, ja, komm, hier siehst du, da ist Geld, ich scherze nicht, bin jeher seriös zur Sache gegangen – du wolltest doch so vehement, kleines rothaariges Hürchen, leg dich hier ans Ufer, es ist gar nicht so kalt, du weißt ja noch nicht, was Kälte heißt. Da drüben noch Sterne, schau, ich liebe Sterne und dort das Morgenrot, siehst du's, Rothaarige, ich werde dich schon beglücken, zischte ich, und stieß ihr mein Messer in die Scham, bohrte drin herum in wildem Rhythmus, kreiste und wendete, fing ihre Zunge mit den Zähnen, besorgte es ihr auch von hinten und in allen andern Löchern. Oh, wie sie da aufstöhnte! Wie sie schrie vor Wollust! Ein Höhepunkt jagte den nächsten, selig zuckte sie, entrückt brach ihr Blick, und ihr Leib wurde ruhig, fand Frieden, war ganz und gar befriedigt. Um ihre Lippen spielte das tiefe Erlebnis der Lust, und auch ich hatte endlich erfahren, was das Wort eigentlich bedeutet. Dankbar bettete ich sie in den schwarzen, zähen Strom, die Ermattete – und segnete sie. Ich reinigte mein Messer vom Saft ihrer Erhitzung; es ging mir wieder gut. Welche Wonne, welche Befreiung ...

Ich nahm mir vor, öfter mit Frauen zu verkehren. Es entspannt.

Kehren wir Paris den Rücken, mit jenem schönen Moment vor Augen. Man muß nicht immer krakeelen, darf ruhig einmal das Angenehme herausfassen, es in Händen halten, im Lichte spiegeln, wie einen kleinen Diamanten, der unter dem Kohlehaufen verborgen lag.

Wie sich im nachhinein erwies, hatte meine Teilnahme an Rossis Oper doch auch ihr Sinnvolles. Europaweit berühmt geworden, kehrte ich gestärkt in die Cappella zurück. Da Zampetti das Weite gesucht hatte, fand ich meine Position zusätzlich aufgewertet. Man brachte mir fast so etwas wie Ehrerbietung dar und zur nächsten Saison, '48, wurde ich zum Puntatore gewählt, zum Strafengeber. Nunmehr führte ich selbst also das Buch der Verfehlungen und maß den Sündern Geldbußen zu. Ich bin gewiß ein milder Puntatore gewesen; während meiner Amtszeit mußten die Chormitglieder weniger blechen als alle Jahre zuvor, das förderte auch meine Beliebtheit.

Das musikalische Leben der Stadt hatte sich konsolidiert; andere Familien waren in die Bresche gesprungen, die durch die Flucht der Barberini entstanden war. Allerdings strebte ich weniger als früher den Bühnen zu, nahm kaum mehr große Opernrollen an; die Arbeit des Einstudierens und Probens, die damit verbunden ist, stand in keinem vernünftigen Verhältnis zum finanziellen Ertrag. Ich gab statt dessen Privatvorstellungen bei erlauchten Gesellschaften, da konnte ich mein liebstes Repertoire pflegen, war nicht auf längere Zeit gebunden, und es rentierte sich auch.

An der Cappella hatte ich mir inzwischen relative Freiheit erworben, weshalb es keinen vernünftigen Grund gab, sie zu verlassen. Drei Fünftel meiner Fronzeit hatte ich schon hinter mir, warum sollte ich da auf Pension und sonstige Vorteile verzichten, welche ehemaligen Kapellsängern gewährt werden? Außerdem hätte ich die Stadt verlassen müssen nach einer Kündigung – sonst wären Repressalien des Papstes zu befürchten gewesen. Ich hing aber an Rom, bin immer ein heimatverbundener Mensch gewesen. Und da gab es ja noch einen Grund, der mich band – ihr erinnert euch? Gregorio.

Seine verhärtete Leber machte ihm schwer zu schaffen, selten verließ er jetzt sein Haus, seltener betrat ich es.

Er bewegte sich auf die Siebzig zu und wurde ruhiger. Besonders in der Lendengegend rührte sich nun rein gar nichts mehr, und unsere Beziehung verlief viel weniger problematisch als befürchtet. Gab man ihm ein paar mitleidige Worte, schnappte er danach wie ein getretener Hund und leckte einem die Hand. Die Melodien befanden sich nun sämtlich in meinem Besitz, auch jene, die Palestrina unverschämterweise in seiner Missa für den Papst Marcellus verwendet hatte. Es stimmte also. Allein, wen schert's? Mich nicht.

Es war eine Zeit des Umbruchs. Meine Jugend ging allmählich zu Ende. Mit dem fünfunddreißigsten Jahre beginnt die Phase, da man seine Verhältnisse ordnet, das Erlebte sammelt, auswertet und wichtige Schlüsse zieht, bevor man den Gipfel der Reife erklimmt.

Fünf oder sechs waren um mich geschart. In Ruhe suchte und wählte ich; jedes Jahr schuf einen hinzu, bis die Zwölfzahl erreicht war. Von da ab hinderte ich den Kreis am Wachsen, um seiner Geschlossenheit Gewähr zu leisten.

Möge der Himmel bersten und klaffenden Wolken der Blitz entspringen, welcher den Weltenbrand entzündet – so es nicht wahr wäre, daß ich kein Ziel verfolgte, als der Schönheit zu dienen und den beleidigten Kosmos zu versöhnen. Alle maßgeblichen Instanzen werden einig mit mir sein.

Das Motto, das uns verband, *Orpheus numquam totus ultus (est)*, sicherte der Erhabenschaft Ewigkeit zu.

Ich war mir der Verantwortung, die mit der Gründung eines verschworenen Bundes einhergeht, wohl bewußt. Wie oft schleicht sich ein Judas in das Dutzend, der Dreizehnte am Tisch, durch dessen Verrat Mysterium Martyrium wird? Das wollte ich nicht dulden. So blieben wir lang hinter den Ansprüchen zurück, die ich an den ONTU zu legen gedachte, übten uns in Spiritualität, fern des Blutes. Derweil beobachtete ich die Bündner alle und entschied sorgfältig, wann der Grad unseres Weltwirkens zu steigern sei; konstatierte exakt, wer zu straucheln drohte, wem bange wurde – und wessen Herz kräftig genug war.

Wir reiften wie Wein in der Kelter.

Als Allegri endlich starb, am siebzehnten Februar '52, als kein hinterlassenes Dokument auftauchte und ich der alleinige Wissensträger des Großmeisters wurde, befriedigte ich vor Heiterkeit gleich zwei Frauen hintereinander.

Paris, 23. Juni 1943

[...] Masketta erzählte von einer skurrilen Sitzung, zu der sie einen ihrer Bekannten gelockt hatte, um sich auf seine Kosten zu belustigen. Dieser zeichnete sich außer durch seine Kleinheit durch eine ganz helle Stimme und ein papageienhaftes Gelächter aus. Man hatte sich deshalb verabredet, ihm Haschischkonfekt zuzuspielen, da diese Droge lange, krampfhafte Lachanfälle bewirken soll. Allein der Abend erwies sich als verfehlt. Wieviel von den vermischten Süßigkeiten man dem Kleinen auch aufnötigen und wie lange man in heimlicher Erwartung seiner Stimme lauschen mochte – er lachte nicht ein einziges Mal. Endlich verabschiedete er sich, und als er unten in sein Auto gestiegen war, hörte man, plötzlich losbrechend, als ob ein Wehr von lange aufgestauten Wassern fortgezogen würde, ein schrilles, gespenstisches Gelächter, das sich mit dem fortfahrenden Wagen verlor.

Ernst Jünger, *Strahlungen*
Erstfassung

XI

Dufrèssche Küche. Die Mächte haben leise auf den Schränken Platz genommen. Andächtig lauschen sie dem Vortrag. Der Zeiger der Küchenuhr zittert.

NICOLE: Es mag en vogue sein, Pasqualini als Opfer des Systems und der Gesellschaft zu sehen; so lautet ja die heute gängigste Rechtfertigung für das Faszinosum des Bösen. Dafür habe ich nichts übrig! Es gibt keine Entschuldigung, mag *Mann* sich auch noch so oft auf Pasqualinis Werdegang herausreden.
Durch die Kastration konzentrierten sich in ihm alle destruktiven Eigenschaften des männlichen Geschlechts – bis zu einer Dosis, gegen die jedes Gift harmlos genannt werden muß. In der Mischung mit einer gewissen Portion Intelligenz, Verwegenheit und Sendungsbewußtsein wird aus Bösartigkeit der personifizierte Tod. Wird Hitler!

ALBAN: Holla.

NICOLE: Trotz seiner Monstrosität war Pasqualini ein Kind seiner Zeit. Rom begann damals zu wimmeln von Geheimbünden, sie schossen aus, besser gesagt, *in* den Boden, und erstaunlich viele von ihnen besaßen eher kulturelle als politische Anliegen. Ihre Mitglieder nannten sich meist Poetae oder Musici; oft waren jene obskuren Sozietäten Teil eines Dachverbands wie einer Handwerksgilde oder Akademie ... Dennoch wurden fast alle nach und nach aufgespürt und verboten. Schlimmere Repressalien waren allerdings kaum zu befürchten, galt doch die Zugehörigkeit zu irgendeinem Geheimbund bald als ... ja, Sport unter den höheren Ständen.

Der Geheimbund ist eigentlich ein Medium der Revolte. Die Mitglieder jener Gruppen wollten aber gar nicht revoltieren, sie wollten nur *geheim* sein; das ist alles. Man könnte sagen, sie pflegten eine Art passiver Anarchie. Die Geheimbünde waren im Grunde kaum gefährlicher als Schrebergartenvereine, nur weniger effektiv. Sie waren mit ihrem Leben im verborgenen schon zufrieden; an der Oberfläche konnte ruhig alles bleiben, wie es war. Das Verborgensein war der Kitzel, nicht die Veränderung. Die Geheimbünde sind als Gegenpol zur Aufklärung zu sehen; als bewußte Elitebildung im Gegensatz zur Popularisierung des Wissens. Natürlich verhinderten sie nichts, setzten sich bloß ins Abseits und suchten ihre bald schwindende Anziehungskraft durch Skurrilität und Übersteigerung zu bewahren. Daß Pasqualini die Decke seines Kellers mit dem Mosaik eines Sternenhimmels schmücken ließ, erhellt seine kleinbürgerlich illusionistische Auffassung von Freiheit, die Schizophrenie seines Tag-Nacht-Daseins. Der ONTU bildete innerhalb der Geheimbünde immerhin einen Sonderfall – durch seine kriminelle Aktivität, seine reale Tätlichkeit gegenüber der Außenwelt. Koppelt man einen Feierabendverein aus harmlosen Spinnern mit einer charismatischen, energiegeladenen, tiefbösartigen Galeonsfigur, kann es geschehen, daß die Grenze zur Gemeingefährlichkeit überschritten wird. Dann findet praktische schwarze Magie statt – und wenn dann noch die Zeitumstände ungünstig liegen, erwächst daraus der schwarze Sturm.

DIE MÄCHTE: *Holla.*

XII
Vita Pasqualini IX
1653–1659

Frühlingsbeginn. Der Wind schleppt über Nacht die zehnfache Last an Gerüchen, jeder Sonnenstrahl fegt wie ein Besen durch den Bodensatz der Stadt. In allen Winkeln hockt Sinnlichkeit, gleich Bettlern, welche vom Kirchgänger Wegzoll fordern.

Die Lust ist eine untere Spielart des Außer-sich-Seins; dies Außen zieht einen hinter sich her wie am Strick; verfettete Luftgeister reiten im Nacken; man wird dann zum Wolf, der schnüffelnd, geduckt durch die weichen Straßen trabt. Weiblichkeit witternd, kneift man die Augen zusammen, bebt der Nasenrücken vom Duft der Begierde; man leckt auch die trockenen Lippen, bevor sie zu brennen beginnen. Jede Körpersehne trägt einen Pfeil, im Bauch wütet der Alb auf seiner Trommel. Unsre Stirn stülpt sich zur Schüssel, sammelt den Reizregen, spendet der Sehnsuchtsrose Feuchtigkeit, daß sie gezackte Blätter treibt und die Schädeldecke zu durchbohren droht. Wachträume buhlen um den Geist, überziehen die Haut mit einer Schicht aus empfindsamen, allzu empfindsamen Fühlern.

Da spaziert man nicht mehr – da schleicht man und sucht, folgt ausgestreuten Fährten, nimmt Witterung auf. Jede Muße wird erstickendes Phlegma. Unrast und Zwang heißen die Treiber des Wolfes; nichts auf der Welt gleicht dem Hunger seiner Augen.

Ich, der Prinz, hab' mich zum Menschsein immer bekannt.

Wo wir noch nicht hinübergegangen sind in reinere Gefilde, ist die Unterdrückung unsrer niederen Substanzen pharisäische Koketterie, mehr ungesund als gewinnbringend – solche Selbstfesselungen rechnet uns kein Gott als Verdienst an, dessen bin ich mir gewiß. Ich trachtete eher, den Erfordernissen rasch Genüge zu tun, Notwendiges hinter mich zu bringen wie das Entfernen eines wunden Zahns.

Mit dem Zustande des Außer-sich-Seins verknüpft ist ein geändertes Verhältnis zur Zeit. Man lebt parallel neben ihr her, betrachtet sie durch ein Vergrößerungsglas, reduziert ihren Belang ganz auf eine passende *Gelegenheit*. Erst im Moment des Fundes taucht man in sie zurück. Für mich war die Zeit immer ein anatomisch unerfaßtes Organ des Leibes. Zeit gedeiht nur im physischen Bereich; sie ist eine Schmarotzerpflanze, hilflos ohne den Wirt, der sie bedient. Man überschätzt ihre Bedeutung. Noah wurde an die tausend Jahre alt, weil er im Umgang mit der Zeit noch sehr unerfahren war. So ist das.

Die Lust dagegen ist schwerer zu verleugnen; sie kommt mir vor wie eine Klausel des alten Vertrages, den unsere Ahnen mit der Gäa geschlossen haben. Wenn man auf der *Suche* ist, erscheint jede Umgebung als krustige Oberfläche, wie die hornige, algenbewachsene Schale der Muschel. Man bemüht sich, tiefer zu dringen, zu den Bildern, die im Perlmuttschoße ruhen. Man sucht das *Vermächtnis* auf. (»Erb*sünde*« – dies Wort schafft mir Unbehagen.)

Es bedurfte einiger Expeditionen, bis ich wurde, was kapriziöse Frauen untereinander als »erfahrenen Freund« bezeichnen.

So viele Dinge müssen bedacht werden, obschon die Lust wenig Planung duldet – und der Instinkt mehr als der Intellekt herhalten muß. Ort, Person, Umstände, Vorgehensweise – das alles wirft gewaltige Probleme auf, wenn man sich nicht, wie ein Stumpfer, mit kärglichem Lustgewinn zufriedengibt und das Ritual auf die Schnelle abhandelt, ohne Respekt und Raffinesse.

Die Länge des Vorspiels richtig abzuwägen, bevor man zum großen Attacco übergeht, stellt allein schon delikate Forderungen an die Fähigkeit, über den eigenen Willen Kontrolle auszuüben. Sogar der Akt der Penetration kann diffizilste Formen annehmen; nur Landsknechte stoßen da einfach zu, gedankenlos und plump.

Allerdings mußte ich erst Routine erlangen, Selbstsicherheit gewinnen, bis mir ein Sinn erwuchs für stilistische Details, zum

Beispiel jene des Lustgeräts, und ich unter den vielen »Werkzeugen« eines wählte, das mir lieb wurde, mit dem mich etwas verband.

Es war dies ein beidseitig geschliffener Dolch, mit Amethysten und Chrysoprasen im Knauf, der Griff von Blattgold ummantelt, ein doppelköpfiger Adler in den Steg geschmiedet, die Klinge aus Toledo. Auch metallene, kalte Dinge teilen unsre Erfahrungen, werden dadurch insoweit belebt, daß man ihnen Vertrauen schenkt und bei ihrer Betrachtung Erinnerungen abruft, Erinnerungen an Augenblicke, da sie uns Zeugen und Kumpane waren. Sie erhalten durch die Chronik ihrer Benutzer eine Aura, sind keineswegs entseelt. Gerade was Klingen betrifft, dürfte meine Ansicht besonders einleuchten – auf den Schneiden bleibt immer etwas von demjenigen zurück, den sie besuchten; haben zu ihm ja ein sehr intimes Verhältnis gehabt.

Ich will euch von vielen Episoden dieser Lehrzeit nur eine, die wichtigste, erzählen.

Ich war hinausgeritten in den Süden, etwa 15 Meilen vor die Stadt, wo die Dörfer sich nicht mehr zum Ring reihen und Keile unbebauter Natur in die Peripherie ragen.

Dort, im Schattenkreis der Schirmföhren, spähte ich aus.

Die Julisonne war gelb wie Dotter, das Getreide stand schon hoch. Ich genoß bukolische Stille und suchte die unregelmäßige Geometrie der Pirschwege zu begreifen. Jagdgrund.

Mein Pferd, ein schwarzer Wallach mit Namen Gregorius, trottete von Gehöft zu Gehöft. Die Bauern, in Feld- und Holzarbeit begriffen, stützten sich auf ihre Gerätschaft, nutzten meinen Anblick zur Pause, wischten den gebutterten Staub von der Stirn. In ihre Gesichter zu sehen, hat mich von jeher mit Trauer erfüllt. Töten ist eine Gestalt unsres wandernden Trauerns...

Ich hielt, fern der Hütten und Äcker, an einem kleinen, kreisrunden, braunen Tümpel, stieg ab, schritt vorsichtig durch scharfes Schilfgras.

Die Stelle, wo Monate zuvor eins meiner Abenteuer den glücklichen Höhepunkt erreicht hatte, war leicht wiederzufinden anhand dreier Schlehdornbüsche, die sie ins Zentrum ihres Dreiecks spannten. Wenn man genau hinsah, wies die Erde noch auf Grabspuren hin.

Offensichtlich war niemandem eingefallen, nachzuhacken; die Gespielin lag unberührt. Ich befand mich demnach in Sicherheit, konnte mich auf eine neue Eroberung konzentrieren.

Wenn Menschen verschwinden, bedeutet das nichts. Es liegt kein Verbrechen vor. Sie sind nicht einmal gestorben. Um tot zu sein, bedarf es derer, die einen tot *wissen*.

Ich nahm Gregorius beim Zügel und ging zum Weg zurück, plazierte mich unter einen Feigenbaum, um auf den Abend zu warten. Vielleicht würde es sich ergeben, daß eine Magd, die mir gefiel, unbegleitet vorüberkam.

Nachdem ich meine ersten Lusthändel vorwiegend bei Huren erledigt hatte, war ich dazu übergegangen, nach weniger abgenutztem Fleisch zu forschen. Die ländliche Gegend drängte sich auf, ihre Weitläufigkeit bot mehr Schutz als alle Winkel der Nacht zur schwärzesten Stunde.

Bald zog die erste Gruppe von sieben, acht Feldarbeiterinnen vorbei, in leichter, weißer, lasziver Bekleidung, die kaum aus mehr als einem dünnen Hemdchen bestand. Leider war es eben eine Gruppe, damit war nichts anzufangen, außerdem waren die meisten schon zerknittert – und mit Verblühten hab' ich mich nie abgegeben.

Ich wandte den Kopf, kaute weiter am Grashalm und dachte nichts Böses – da blieb eine der Frauen plötzlich stehn, eine fette Alte, bückte sich, zeigte mit dem Finger auf mich und begann zu schreien: DER DA! DEN KENN' ICH! DER HAT SICH HIER HERUMGETRIEBEN AM TAG, ALS MEINE TOCHTER VERSCHWAND! DER IST'S GEWESEN! ICH KENN' IHN GENAU!

Mir rann es kalt den Buckel hinab, Freunde, das kann ich euch flüstern, wurde ich mir erst der entstandenen Situation bewußt.

Ich, Repräsentant des Orpheus, lag am Wegrand, vor mir eine Horde verschwitzter Weiber, mit Harken, Stöcken, Pflugeisen und anderem Utensil bewaffnet, das ihnen schon damals gedient hatte – als sie den Großmeister zerfetzten. O Gott!

War der Moment des Martyriums erreicht? Sollte sich mein Schicksal so früh erfüllen? Ich hatte damit nicht gerechnet.

Zum ersten Mal erfuhr ich, umzingelt, was Angst ernsthaft bedeutet. Vielleicht muß man zuvor die Lust erfahren haben; Angst ist ihr Pendant, scheint mir.

Die Vettel stürzte auf mich zu, ging mich brutal an, brüllte; es wehte mir übelriechenden Speichel ins Gesicht. Was ich mit ihrer Tochter angestellt hätte, herausgeben sollte ich sie! Dazwischen schnaubte sie immer wieder: DER WAR'S! DER WAR'S! und begann mich forsch zu prügeln, mit einem langen Stock, den man zur Kirschernte benutzt.

Apokalyptische Bilder erstiegen vor meinem geistigen Auge. Ich erinnerte mich genau der schönen, schlanken, sehnigen Gespielin, mit der ich, keinen Steinwurf entfernt, eine so erfüllende Stunde genossen hatte; verglich ihr traumverschleiertes Antlitz mit dem, das da auf mich einkrächzte. Orpheus numquam totus ultus, numquam totus ultus, et Eurydike mortuus est – murmelte ich vor mich hin, die Hände zum Zelt gespannt, die Prügel der Mutter empfangend. Die übrigen Weiber standen noch unschlüssig herum, griffen nicht ein, obwohl die Alte sie heftig aufforderte, mich totzuschlagen. Dieses Ungetüm einer Frau spreizte sich über mir auf wie der Moloch über verworfenen Städten. Ihre mütterlich bebende Kraft, verzerrtes Abbild der Urgewalt, durch Sorge und Wut vervielfacht, ventilierte sich in Raserei, in zuckenden Gebärden, Eruptionen, Fluchkaskaden, tierischen Lautmonstern. Sie drosch auf mich ein, bemüht um meine Vernichtung, dennoch – ich sah in ihrer geblähten Gestalt sekundenlang meine Mutter wieder, schimmernder Umriß in der wütenden Woge, die mich zu verschlingen drohte. Kann es sein, daß sie aus dem Schattenreich heraus zu Hilfe kam und sich der Wahnsinnigen bemächtigte?

Ich weiß es nicht. Die Alte fiel hin, von Schluchzern überwältigt, von Krämpfen geschüttelt.

Ich hatte nicht vorgehabt, mich arg zu wehren, hatte mich schon dareingefügt, ihrem Haß zuzufallen als Beutestück; betend, wie es das Los verlangt. Wirklich – ich hätte mich äußerst würdig benommen im Augenblick des Entsetzlichen.

Aber die Götter entschieden anders. Als sich nach einer Weile noch immer keine der Umstehenden dazu durchringen konnte, mich zu erschlagen, sprang ich hoch, schwang mich auf mein

Pferd und gab ihm die Sporen. Die Alte keuchte mir nach, suchte sich am Halfter festzukrallen, wurde von einem wirbelnden Huf getroffen und sank betäubt in den Staub. Die Mänaden heutiger Tage haben an Entschlußfreude stark eingebüßt. FIO, rief ich, die Faust gereckt, und als ich nach hartem Galopp Zeit fand, nachzudenken, wurde mir klar, daß die Sage sich nicht wiederholen sollte. Ich hatte die letzte, erhabenste Weihe des Prinzen abgelegt – war trotzdem lebendig, gestärkt aus dem Malstrom herausgegangen, gesegnet, das Werk voranzutreiben, die heilige Sühne für den Meister aller Meister.

Schreckliche Erlebnisse, wie jenes geschilderte, bergen ihre eigentliche Gefahr darin, daß sie uns die oberste Tugend vergessen lassen, welche ein schwieriges Unterfangen verlangt: Geduld.

Wie vieles gut Begonnene geht daran zugrunde, daß einer vorprescht, mit dem Schwert in der Hand in die Reihen des Feindes einfällt, drei oder vier erschlägt und doch im ganzen nichts anderes erreicht, als den Standort seines Heeres zu verraten.

Es fiel mir schwer, Ruhe zu bewahren.

Der ONTU war noch nicht über das Stadium einer gelehrten Feierabendrunde hinausgelangt, leider. Es brauchte Jahre, bis die Basis gegenseitigen Vertrauens wirklich tragfähig wurde.

Gemeinsam war uns die Liebe zur verschollenen Welt der Antike, zu den griechischen Idealen. Wir proklamierten eine Rückbesinnung auf die verlorenen Werte und überlegten, wie diese praktisch in die christliche Moderne übertragen werden konnten. Die Gegenwart orphisch zu verändern – jenes Thema warf Hunderte von Debatten auf.

Konvente des ONTU bestanden zuerst aus einem einfachen Mahl ohne fleischliche Kost – wie es die Uranhänger des Kultes gehalten hatten. Wem dies gegen die innere Überzeugung ging, ließ es sich wenigstens nicht anmerken, aus Respekt vor mir.

Danach genossen wir leichten Wein und trugen überlieferte, jahrtausendalte Gesänge vor. Wir unterrichteten uns im Griechischen und verfaßten eine Empfehlung an die Jugend – welche Autoren mit welchen Werken ihrer geistigen Entwicklung förderlich sein könnten. Man muß da ja streng unterscheiden – die Antike wurde auch von allerhand dekadenten Strömungen beschmutzt. Petron und Catull bilden nur den Gipfel der Ruchlosigkeit. Selbst der ehrwürdige Ovid sah sich veranlaßt, dem anrüchigen Geschmack seiner Zeitgenossen mit einem Buch wie der *Ars Amatoria* zu huldigen – das wird als ewiger Makel an seinem Namen haften.

Der Empfehlungskatalog wurde anonym an mehrere Bibliotheken gesandt und fand bald auch Eingang in gedruckte Werke, deren Verfasser ihn schamlos als eigene Arbeit ausgaben. Das war uns jedoch egal im Hinblick auf das Ziel.

Wir fertigten zudem Listen aller in Erscheinung tretenden Sängerinnen samt der Mäzene, die sie unterstützten; skizzierten so die Verflechtungen des Geschwürs. Das verschaffte uns den Überblick, den Ärzte benötigen, um die Wucherung an der richtigen Stelle anzugehen. An Stelle der großzügigen Operationen, deren es bedurft hätte, konnten wir aber nur kleinere Schnitte setzen, die im Endeffekt die Ausbreitung des Geschwürs höchstens verzögerten. Das Inbrandsetzen eines Requisitenlagers, das Kostüme und Kulissen für eine besonders frauendurchsetzte Oper enthielt, war schon die gewagteste Aktion. Alles andere – Kinkerlitzchen, das muß leider so gesagt werden. Man sollte zwar nicht die Erfolge beharrlicher Rhetorik unterschätzen, die Überzeugungsarbeit, die jeder von uns in Hunderten von Einzelgesprächen leistete, dennoch – eine entscheidende Wende zum Besseren konnte nicht erreicht werden, solange keiner der Brüder eine gesellschaftlich relevante Position einnahm.

Demnach blieb uns Zeit genug, in theoretischer Arbeit zu schwelgen. Wir erfanden eine eigene Zeitrechnung, einen eigenen Kalender, eigene Feiertage. Wir entfernten jeden Maßstab der Außenwelt von den Kellerwänden. Versucht wurde auch, einen Stammbaum zu fertigen, der alle Inkarnationen des Orpheus bis auf den heutigen Tag enthielt. Da gab es viel zu diskutieren. Lange hingen wir der Frage nach, ob beispielsweise Franziskus ein Orphiker gewesen sei oder nicht. Ebenso waren wir bei Aligheri unsicher und referierten über fremdländische Gestalten wie den englischen Merlin oder den deutschen Tannhäuser. Einigkeit herrschte nur über die gegenwärtige Inkarnation – mich. Die Brüder erkannten mich ausnahmslos als ihren Führer und Schlichter an. Wenn es einmal Streit gab, begann ich zu singen, schenkte den Tönen mein äußerstes Können. Ein oder zwei Melodien, darein gemischt, festigten meine Macht, bezauberten alle.

Das Geheimnis selbst gab ich nicht preis – geschickt streute ich das orpheische Liedgut in die rezitativische Deklamation, mit der jeder Konvent endete, wenn ich nämlich den *Tod des Orpheus* vortrug und die Herzen der Brüder in gerechten Zorn versetzte gegen das blutrünstige Weibsvolk.

Das Jahr '55.
Papst Innozenz läutete es ein mit seiner besten Tat: Er starb. Doch selbst sein Begräbnis geriet noch zur Posse. Olympia Maidalchini, jene Hexe, die in Wahrheit geherrscht und ihrem Schwager Hunderttausende Scudi abgesaugt hatte, weigerte sich, die Kosten der Bestattung zu übernehmen. Mit unnachahmlicher Zynik behauptete sie, eine arme Witwe zu sein. Da sich auch sonst kein Gönner fand, wurde Innozenz, der es nicht anders verdient hatte, in äußerster Armseligkeit beigesetzt, wie ein Bettler, ohne Musik, ohne großes Zeremoniell. Unter lautem Beifall verbannte Innozenz' Nachfolger die Donna Olympia aus der Stadt; ein böser Spuk war vorüber.

Das Jahr '55.
Neues Oberhaupt der Christenheit wurde, nach dreimonatigem Konklave, Fabio Chigi – Alexander VII. Ein weltfremder Mensch, der schöngeistigen Neigungen nachhing, einen Band lateinischer Gedichte veröffentlichte und den Umgang mit Gelehrten und Künstlern liebte. Bald nach Antritt seines Pontifikats zog er sich mehr und mehr ins Privatleben zurück und überließ die Regierungsgeschäfte der Congregazione di Stato. Seine bedeutendsten Taten waren erstens, den Baumeister Bernini mit Arbeit zu überhäufen; zweitens, den päpstlichen Nuntius Giulio Rospigliosi, inzwischen Kardinal, aus Spanien abzuberufen und als neuen Staatssekretär einzusetzen.

Unser Wiedersehen verlief sehr herzlich; trotz der langen Trennung redeten wir einander beim Vornamen an. Giulio fragte, was aus meinem Sittenkomitee geworden sei. Ob ich vorhätte, es zu reaktivieren? Wir führten eine lange Debatte über die Problematik der Zeit; ausführlich berichtete ich von den aktuellen Mißständen in der Kultur. Giulio, nun der faktisch einflußreichste Mann des Kirchenstaates, versicherte mich seines Wohlwollens, erklärte sich zu meinem Verehrer und Freund, und ich empfahl ihm einige Leute, die es verdient hätten, gefördert zu werden. Ohne es zu wissen, hielt er ein Mitgliedsverzeichnis des ONTU in Händen.

Das Jahr '55.

Die Bruderschaft wurde in bedeutendem Maße aufgewertet. Es ging voran, das Ziel rückte näher, die Zeit bekam Sinn. Der Kampf trat in eine neue Phase ein.

Es war beinah, als hätte der Gott wieder einmal Lust bekommen, im Tempel zu weilen, den ihm die Menschen auf Erden gebaut hatten. Gottes Wille hatte im Vatikan sein Lager aufgeschlagen, was meines Erachtens ja selten genug vorkommt.

Ist es nicht ein erwägenswerter Gedanke – zu fragen, ob Gott noch in den Kirchen wohnt? Nach soviel Schweinereien in seinem Namen kann er es dort nicht mehr ausgehalten haben, dessen bin ich gewiß.

Wenn Er aber nicht in den Kirchen wohnt – wer haust dort jetzt? Wer harret der Seelen? Wer wartet da, wer nimmt die Aufmärsche des Glaubens ab? Wer lauert? Wer erhört die Gebete und macht sich Notizen?

Derlei Meditationen geb' ich mich in jüngster Zeit andauernd hin; erschreckende Gesichte tun sich auf. Die Nacht wird des Feuers sein. Das allesverschlingende Feuer. Kein Hektar Dunkelheit wird bleiben zum Schutz. Morgenröte wird aus Blut gewoben sein. Die Tyrannis des Tages. Dürre. Wüste.

Ich mußte die Feder für eine halbe Stunde aus der Hand legen, starke Beklemmungen zwangen mich zu Bett. Für den Fall, daß ich meine Aufzeichnungen nicht mehr vollenden kann, xxxxxxxxx xxxxxxxxxxxxxxxxxxxxxxxxxxxxxxxxxxxxxxxxxxxxxxxxxxxx xxxxxxxxxxxxxxxxxxxxxxxxxxxxxxxxxxxxxxxxxxxxxxxxxxxxx*

---

* Der hier folgende Passus wurde bis zur völligen Unleserlichkeit durchgestrichen.

Das Jahr '55.

Ich hatte der Cappella nun seit fast fünfundzwanzig Jahren gedient und gedachte, meinen Abschied einzureichen. Daraufhin erfuhr ich, daß meine ersten vier Jahre als Supranumerarius (letzter Dreck) für die Pensionsberechtigung nicht zählten! Das war ein Faustschlag ins Gesicht! Ich beschwerte mich bei Rospigliosi, der in den Statuten nachsah und nur bestätigen konnte, daß mein *offizieller* Eintritt in die Kapelle erst im Juli '34 erfolgt sei. So ein Spitzbubenstück! Man rechnete mir nur die Jahre an, in denen ich für meine Schufterei *bezahlt* worden war! Das muß man sich einmal vorstellen! Unverschämtheit. Giulio wandte sich an die zuständigen Stellen und erreichte einen annehmbaren Vergleich. Ich sollte die fehlenden vier Jahre noch absingen, im Gegenzug wurde ich zum Kapellmeister gewählt.

Mundus est comoedia.

Der Kapellmeisterposten, Krönung jeder christlichen Sängerlaufbahn, bedeutete finanziell einen erwähnenswerten, repräsentativ einen enormen Aufstieg. Er brachte aber auch Nachteile mit sich. So konnte ich es mir kaum mehr leisten, häufig zu fehlen, wollte ich keinen Konfrontationskurs steuern. Das hieß: wieder warten, weniger Zeit für den ONTU haben, weniger Zeit für Landpartien, mürbe werden vom lästigen Tagestrott. Ich vergnügte mich damit, einige meiner selbstkomponierten Kantaten ins Repertoire aufzunehmen, um sie einmal zu hören – nicht übel, wirklich nicht übel. Ebenso bereitete es eine gewisse Zerstreuung, Einsicht in die Akten der Cappella nehmen zu dürfen, da fand sich manches Erheiternde zu meiner Person – wie die schon erwähnte Eingabe Ciprianis beim Papst.

Doch, liebe Freunde, sagt selbst: Vier Jahre sind schwerer totzuschlagen als vierzig Frauen. In den ONTU schlichen sich schon Spuren von Überdruß und Langeweile; wir waren an einem Punkt angelangt, wo es neue Grenzen zu überschreiten galt.

Meine Haut wurde mir zu eng. Man muß, werdet ihr ganz richtig einwenden, zu jedem Wagnis den Kopf frei haben, um die Gefahr richtig kalkulieren zu können. Andererseits – das wird jeder Schachspieler bestätigen – gibt es Momente, da die Stagnation unerträglich wird, da man sich zur unüberschaubaren Zugfolge entschließt und gerade das Risiko, die Möglichkeit des eigenen Scheiterns, einen ungeheuren Reiz birgt. Wozu spielt man, wenn nicht, um draus Erregung zu ziehen? So ist im höheren Sinne immer *der* Zug der richtige, der die größte Erregung schafft. Nur Kleingeister werden einen schalen, weil leicht errungenen Sieg dem Augenblick höchster Spannung vorziehen, in dem man sich ins Dunkel stürzt, Entscheidung sucht, dem Chaos nichts entgegenstellt als Intuition, Hoffnung und Willen.

Beim nächsten Konvent der Bruderschaft, Februar '57, tat ich den waghalsigen Schritt.

Nach einer erweiterten Lesung aus den *Metamorphosen*, welche die Stimmung weihen half und die Seelen kräftigte, trat ich vor meine Mitbrüder, beugte das Haupt und zwang sie in mein Geheimnis.

Zuerst erzählte ich von jenem unheilvollen Landausflug, da ich, träumend am Wegrand, von einer Schar waffenstrotzender Mänaden umringt worden war, die ihre Knüppel und Sensen schwangen über mir, die mich zu ermorden trachteten, denen ich, wie durch ein Wunder, mit knapper Not entkommen konnte.

Wer noch daran zweifle, daß die Mänaden sich allerorts zusammenrotteten und schändliche Anhängerschaft in jeder Art von Weibsvolk suchten – sähe sich nach diesem Vorfall wohl für immer belehrt! Entsetzte Seufzer. Murmelnde Zustimmung.

Ich hätte, fügte ich an, dem besudelten Kosmos daraufhin einige Opfer dargebracht, um die Ernsthaftigkeit meines Tuns zu unterstreichen, um die Versöhnung der entzweiten Welten zu erreichen, um Fanale zu setzen gegen die fortschreitende Spaltung des Himmels- und Erdgeistes. Sich *wehren,* nicht *faseln*! Jeder Kämpfende fühle sich ja aufgefordert, Zeugnis abzulegen – ob sein Kampf etwa nur Zeitvertreib sei, ob er, wenn es drauf ankäme, aus Bequemlichkeit zurückschrecke und seine Ideale im Kleiderschrank ablege, beim Sonntagsgewand.

Jene Opfertiere, die ich zu nächtlichen Altären schleppte, seien jedoch nur Symbole gewesen, Übungsobjekte, *Proben* im besten Sinn. Künftig wolle ich mich der eigentlichen Front nähern, wolle mich um jene lemurischen Wesen kümmern, die der Verwirklichung orpheischer Weltkultur am leibhaftigsten im Wege stünden – den Sängerinnen. Wer sich gegen mich stelle, solle jetzt den Keller verlassen und mich denunzieren. Wer aber bleibe, solle mich freundschaftlich umarmen, mir die Hand reichen zum vertieften Bund.

Heftiger Applaus erklang da, Sympathiebekundungen, Treueschwüre, Bravi! Sie hoben mich auf ihre Schultern, reckten die Faust, schwenkten die Fackel, jubilierten ob ihrer Mitwisserschaft. Der Funke war ins Stroh gebrochen. Ich hatte ihren Mars geweckt, der sich zuvor, in Träume verstrickt, nie aufzuwachen getraute. Sie waren Krieger geworden.

Sogleich begannen wir, notwendige Maßnahmen zu erörtern; allen stand Begeisterung auf der Stirn, die Konvente bekamen eine erfrischend neue Qualität.

XIII

Dufrèssche Küche. Der Vortrag geht weiter. Täubner schwankt auf seinem Stuhl hin und her; einige Mächte hocken ihm auf den Schultern; in sein Haar gekrallt, raunen sie unverständliche Sätze. Täubner reibt sich die entzündeten, tränenden Augen. Nebelschleier umwabern den Küchentisch.

NICOLE: Und wie damals mit der keimenden Aufklärung die Gegenbewegung der Geheimbünde heraufbeschworen wurde, herrscht heutzutage eine ähnliche Polarität. Der weltweiten Medienvernetzung, die uns laut McLuhan zum globalen Dorf macht und alle Kafkaschen Parabeln entwertet, setzt der Massengeist die esoterische Bewegung entgegen, der Höhensonne das Obskure, dem Obszönen das Über-Sinnliche; Distanz zur entblätterten Körperlichkeit. Ich habe von schwarzer Magie geredet, und wirklich war Pasqualini ein hybrider Typ des Schwarzmagiers – indem er nämlich die Tropoi benutzte zur spirituellen Weihe seiner Malefizien, zur Fanatisierung seiner Clubkumpane.
Und Musik ist nach wie vor eine – vielleicht die letzte – magische Disziplin.
EINE MACHT: *Dudai, dudai...*
NICOLE: Musikwissenschaft – weitenteils ein Paradoxon. Die Wirkung von Musik ist etwas mathematisch-physikalisch Unerforschliches. Die Wissenschaft, wo sie in den Banden des Materialismus verknäult ist, ignoriert das Wesenhafte der Melodie, weil es sich analytischer Näherung verweigert. So las ich neulich die ernstgemeinte Frage, warum beispielsweise Vivaldis »Vier Jahreszeiten« so überbeansprucht

werden, wo doch der Rest seiner vielen Concerti Grossi die gleiche Qualität besitzt. Aber ist dem denn so?

EINE MACHT: *Dudai dudai dei.*

NICOLE: Sicher, in den Formalismen, der Satztechnik, der instrumentatorischen Raffinesse, der Themenverarbeitung stimmt es. Doch welcher Wissenschaftler redet davon, daß die »Vier Jahreszeiten« eben zündende Melodien enthalten? Es ist nicht erklärbar, warum die eine Tonfolge zündet, die andere nasses Pulver bleibt und uns kalt läßt. Alle Theorien, die dieses Mysterium hinterleuchten wollten, waren im Ende unüberzeugend. Melodie ist für die Wissenschaft kein Kriterium, weil nur subjektiv erlebbar. Letztlich, und das ist für den Wissenschaftler äußerst beschämend, gibt der *Ohrwurm* den Ausschlag für die Langlebigkeit eines Musikstücks. Wissen Sie übrigens, über welche drei weltgeschichtlichen Personen die meisten Bücher geschrieben wurden? Christus, Napoleon und – Richard Wagner.

Die Küche transzendiert, die Mächte heißen die Zeit stillstehn und stecken die Köpfe zusammen. Die älteste Macht beugt sich zu Alban hinab und flüstert:

»*Wir sind die Spieler, und ihr seid die Steine. Du hast ganz recht, du bist der weiße Bauer auf e4, der weiße Tölpel, der reine Tölpel auf dem weißen Feld. Wir sind die Mythen in Person, Andrea – und der alten Varianten gelangweilt. Wir haben die skandinavische Eröffnung gewählt und gegen uns selbst den schwarzen Damenbauern nach d5 gezogen. Nun darfst du nicht schlagen – das hatten wir bereits, du würdest dann ebenfalls geschlagen werden, von der schwarzen Dame – und das soll nicht sein. Wir haben uns beraten und so entschieden. Zieh vorbei!*«

Mit jenem rätselvollen Ratschlag verschwinden die Mächte, die Uhr beginnt wieder zu ticken, Nicole knüpft nahtlos an ihren letzten Satz. Alban hört nur mehr mit einem Ohr hin, denkt krampfhaft nach. Die skandinavische Eröffnung – der Schwede? Vorbeiziehn... Wenn man 1. e2–e4 d7–d5 mit dem Vorbeiziehn 2. e4–e5 beantwortet, kann das Spiel nach 2. ... c7–c5 3. c2–c3 e7–e6 4. d2–d4 in die französische Verteidigung (Vorstoßvariante) übergehn. Alban folgert daraus, daß das Geheimnis in Nicole, der Französin verschlossen liegen muß. Aber wie vorstoßen – und wo? Blöde Orakel, denkt er, bin ich in Delphi? Aber es ist gewiß sehr schön in Delphi...

NICOLE: Übrigens waren die Kastraten tatsächlich besser als die Sängerinnen, das gestehe ich freimütig ein. Das lag aber weiß Gott nicht an ihren größeren Brustkästen, sondern an ihrer kirchenmusikalischen Praxis. Sie hatten eine siebenjährige, harte Ausbildung, gefolgt von einer dreißig- bis vierzigjährigen Sängerkarriere. Aufgrund dessen waren sie wesentlich leistungsfähiger als heutige Stimmen. Dank eines stark entwickelten Atemapparates und einer kleinen Kehle benötigten sie ein Minimum an Luft. Ein Sopranist war in der Lage, eine Kantilene problemlos fünfzig Sekunden lang auszuhalten, an- und abschwellen zu lassen und dabei noch zu verzieren. Heutzutage gälten zwanzig Sekunden schon als enorm! Den Frauen blieb ein solches Training verwehrt – die konnten froh sein, zweitklassige Privatlehrer zu finden.

ALBAN: Sicher, sicher... haben Sie 'nen Schluck Wein für mich übrig?

NICOLE: Die Mitgliederzahl von zwölf – oder, bei größeren Sozietäten, das Präsidium der Zwölf, ist signifikant für die Geheimbünde; ihre Hierarchie beruhte durchweg auf dem Duodezimalsystem. Die Zahl der Apostel – beziehungsweise der alten Götter – wurde als Trennstrich zwischen »wenigen« und »vielen« angesehen, galt als Grenze der Exklusivität. Meist hatten die Geheimbünde einen »Senior« zum Oberhaupt, dazu ein Spitzenkollegium aus zwölf »Merkern«. Der ONTU war mit seinen insgesamt nur zwölf Mitgliedern, Map eingeschlossen, relativ winzig; darin lag sein Erfolg, lange unentdeckt zu bleiben.

ALBAN: Ich fragte nach einem Schlückchen Wein...
NICOLE: Im Kühlschrank. Saufen Sie nur weiter, sehn eh schon reichlich krank aus!
ALBAN: Danke.
NICOLE: Der ONTU suchte vordergründig eine christenalterne geistige Grundlage – dabei geriet seine Weltanschauung doch so christenähnlich. Man vertauschte nur Figuren. Orpheus wurde zum Christus; die Juden, die ihn ans Kreuz genagelt hatten, wurden Frauen. Dabei, wie Jesus gläubiger Jude war, war Orpheus eine Frau...
ALBAN: Ach?
NICOLE: Ja, daran glaube ich. Er steckte nur in der Hülle eines Mannes fest.
ALBAN: Beim einen sind's Juden, beim anderen Frauen – bei Ihnen sind's Männer, nicht wahr?
NICOLE: Was haben Sie da gesagt?
ALBAN: Nichts. Machen wir weiter.
NICOLE: Nichts? Das steht Ihnen gut... Männer reden immer aus dem hohlen Bauch heraus – und von nichts kommt nichts.
ALBAN: Hm. Frauen als Bruthöhle... Ist das nicht sehr sexistisch?
NICOLE: Noch so ein Satz, und ich schmeiße Sie raus!
ALBAN: Mein Bauch fühlt sich wirklich hohl an. Hast du nicht irgendwas zu essen da?
NICOLE: Zum letzten Mal: Duzen Sie mich nicht!
ALBAN: Pah...

XIV
Vita Pasqualini X
1659–1666

Endlich, Juli '59, kam der lang ersehnte Tag, das Datum, das ich im Kalender des ONTU prompt als Feiertag vermerkte.

Etwas betrunken erschien ich in der Kapelle, um mein Jubiläum zu zelebrieren, trug ein gewagtes Gedicht aus Terzinen vor – über eine Faust, die man vor neunundzwanzig Jahren in meinen Mund gepreßt habe und die nun glücklich am Darmausgang angelangt sei – es heiße Abschied zu nehmen.

Der passend groteske Kontrapunkt folgte auf dem Fuß – war ich doch so ausgelassen fröhlich, daß mir bei der Rezitation des Gedichts ein Stotterer unterlief. Daraufhin diktierte mir der Puntatore allen Ernstes eine Strafe von zwei Scudi – und das bei meinem Jubiläum... Die Schinderwelt nutzte selbst die letzte Gelegenheit, mir ans Bein zu pinkeln.

Vor der Sixtina wartete schon Giulio mit einem Präsent, einem kostbaren, edelsteinbesetzten Sarazenerdolch, den er für viel Geld aus spanischen Beständen erworben hatte. Irgenwoher mußte er gehört haben, daß ich schon eine stattliche Sammlung von Messern, Dolchen, Kurzschwertern und ähnlichem besaß.

Trotz unserer herzlichen Freundschaft dachte ich aber keine Sekunde daran, ihn einzuweihen – dazu schien er mir ein zu schreckhafter, frömmelnder Mensch. Radikale Aktionen hätte er niemals gutgeheißen. Einig waren wir uns allerdings, daß bald etwas geschehen müsse. Die römische Bühnenkultur nahm immer dekadentere Formen an.

Er habe, erzählte Giulio, bei Papst Alexander vorgefühlt, ob der nicht erwäge, in der Frauenfrage weiterer Hybris einen Riegel vorzuschieben. Doch Alexander habe abgewinkt, das Problem heruntergespielt, habe persönlich auch nicht viel gegen Frauenstimmen einzuwenden und stehe dem Phänomen der Kastraten sogar suspekt gegenüber.

Unterdes tobte der Sängerkrieg zwischen Kastraten und Primadonnen recht munter. Die Oper war zur Arena, zur Kampfbahn geworden; und unter den Nobili hatten sich zwei Fraktionen herausgeschält – nicht zuletzt dank meines unermüdlichen Einwirkens an allen maßgeblichen Stellen.

Die Musiktheoretiker sprachen sich in ihren Schriften inzwischen zum größten Teil für die Überlegenheit der Kastraten aus. Das bildete einen wichtigen Schritt – und er wäre vielleicht nicht in dieser Deutlichkeit getan worden, hätte nicht jeder einzelne des ONTU in generalstabsmäßig geplanten Aktionen Einfluß genommen. Das ging von kleinen Geschenken, Freikonzerten, Empfehlungsschreiben, Vergiftungen (für Verräter ziemt sich nichts anderes) bis zu geschickt herbeiinszenierten Freundschaften. (Das tollste Stück lieferten wir mit Bozzi, den wir von gedungenen Schlägern verprügeln ließen, bevor wir, rein »zufällig«, des Weges kamen und die Schläger vertrieben.)

Giulios Amt als päpstlicher Staatssekretär hielt ihn übrigens nicht davon ab, weiterhin Opernlibretti zu verfassen – und recht gute. Das brachte einiges. Jene Opern, dessen konnte man sicher sein, waren frauenfrei.

Abends feierte ich mit meinen Confratres im Keller, der inzwischen sehr würdevoll eingerichtet war. Lange, burgunderrote Läufer zierten die Wände, Seidenkissen erleichterten das Sitzen; wir hatten auch einen Ofen samt Lüftungsrohr graben lassen, für kalte Nächte und kultische Angelegenheiten. Dieser Ofen besaß die Struktur eines alten Alchemistenutensils, eines Reverberatoriums – was meine Idee war. So ein Ding ist imstande, auf engem Raum mächtige Heizkraft zu entwickeln.

Zur Feier des Tages, zum Dank für überstandene neunundzwanzig Jahre Frondienst, hatte ich beschlossen, den Göttern wieder ein Opfer darzubringen, diesmal, dem Anlaß angemessen, ein ganz besonderes. All meine Brüder hatten bei der Vorbereitung geholfen.

Beim auserkorenen Opfertier handelte es sich um eine junge, lokal schon bekannte Sopranistin, die sich, glaube ich, eine große Karriere eingebildet hatte, bevor ich sie auf der Straße traf. Mit netten Worten lud ich sie zu mir ein, zu einem Gedankenaustausch, zu Nußlikör und Fachsimpelei.

Normalerweise würde sie das Haus eines alleinstehenden *Mannes* nicht betreten, sagte sie, fügte süffisant hinzu, in *meinem* Fall werde schon niemand Unzüchtiges vermuten...

Eben, eben, Madame, da können Sie ganz beruhigt sein, antwortete ich, schlug die Tür hinter ihr zu und stellte sie einigen Mitbrüdern vor.

Wir hatten in langen Sitzungen ein Ritual ersonnen, es bei verschiedenen Gelegenheiten praktisch erprobt, verfeinert und seinen Ablauf exerziert, bis wir wahre Meister wurden; mit starken Herzen, kontrolliertem Zeitgefühl, gesteigertem Bewußtsein.

Was den Verkehr mit Frauen betrifft, läßt sich *immer* dazulernen. Anfangs macht man die dümmsten Fehler, hält dennoch große Stücke auf sich, begreift nicht einmal, welche Peinlichkeiten man begangen hat.

Zwölfmal wurde die Falltür zum Keller geöffnet. FIO hieß der Wahlspruch. Die Brüderschaft trug Masken, um – obgleich wir einander Vertrauen schenkten – die Freiheit des einzelnen noch zu steigern.

Das brave Opfertier, geknebelt und gefesselt, wartete schon seit zwei Tagen auf die Feier – es wurde Zeit, den inoffiziellen Teil des Jubiläumsprogrammes einzuläuten und das Tier zu erlösen.

Liebe Freunde, ich will euch den Ritus schildern, so exakt ich kann; ihr sollt, wenigstens im Worte, teilhaben am Fest.

Wascht euch, entspannt euch, sinkt in weiche Sessel, schließt die Augen, nun stellt euch vor – den geschmückten Saal, von roten Kerzen rundum erleuchtet. Einzug der Priester, in schwarzsamtenem, wallendem Gewand und roter Maske. Stille. Ein Gebet. Meditatives Versinken in die Tiefe der eigenen Persönlichkeit.

Die Präliminarien. Ich erhob als erster meine Stimme, rezitierte laut und langsam aus dem *Tod des Orpheus*, kleidete die Worte in orpheische Noten – und mein Gesang beschwor die Nähe des Unvorstellbaren, wies alles Verwerfliche aus dem Saal, bannte die niederen Ströme, das kleinliche Denken. Feierlich schlug man die Fahne des ONTU auf – rotes FIO auf schwarzem Grund –, dazu wurde eine der zweitausend Jahre alten Hymnen intoniert, zur Konsekration des Raumes, zur Erfrischung der tagesgebeugten Sinne.

An jeder Wand wurden Fackeln entzündet und blaugefärbte Stoffe darumgespannt. Geheimnisvolles Licht webte durch den Saal. Im Ofen wurde ein erstes Feuer entfacht. Wir stellten Kübel bereit; dann banden wir das Opfertier, fast ganz entkleidet, auf den steinernen Tisch. Nun umschritten wir es, zwölfmal, sangen dazu in verschiedenen Tonlagen; ein imposantes akustisches Gemälde zertraubte im Saal. Je länger wir so schritten, desto mehr geriet uns das Schreiten zum Tanz, zum hohen Tanz – Puls und Rhythmus wurden eins.

Ein Gleiten war's, ein Taumeln; wie ein Jagdhund schnüffelt die Seele vorm Körper her und sucht nach Grenzen, nach Überschreitung, dem Incognita, dem Unbenannten; streift alle Fesseln ab.

Man entsagt Sorge und Angst, man ist bereit, die Pforte zum Unaussprechlichsten aufzutun, einzutreten in die Zwischenzonen der Sphäre. Der Zustand ist nur vergleichbar mit dem Moment, in welchem man genialste Musik *begreifend* hört und alles Bildliche aufgelöst scheint.

War sakrale Stimmung erreicht; hatten sich die Brüder an den Händen gefaßt und Bereitschaft bekundet, dem Großmeister zu dienen – so wurden die priesterlichen Werkzeuge gereinigt und besprochen, traten in den Stand der Weihe, verloren ihr Profanes.

Das Opfertier hatten wir unterdes mit ein paar Tropfen Opiumtinktur in Apathie versetzt, damit es durch Zerren und Grunzen die Zeremonie nicht zu sehr störte.

Grundschema des Ritus war, den einstigen Frevel rückgängig zu machen, indem das orphische Martyrium am Tier vollzogen wurde. Die Schande des Mordes sollte vom Körper des Meisters fortgenommen und auf das Tier übertragen sein, damit der Meister rein erstrahlen konnte über uns. Das Verbrechen aber, das so schlimm auf seinem Tode gelastet hatte, sollte verscharrt werden mit dem Tier.

In der kultischen Handlung obenan stand das Entfernen der bestialischen Stimmorgane, dank deren die Mänade einst die Ohren des Orpheus beleidigt und seinen herrlichen Gesang überbrüllt hatte. Hierbei kam zupaß, daß unter uns Brüdern ein Chirurgus weilte, der sich auf sein Fach trefflich verstand. So wurde großer Blutverlust vermieden – ansonsten wäre unser Opfertier allzu schnell und halbbeladen ins Schattenreich entflohn.

Jetzt, der Möglichkeit jeder Äußerung entledigt, mit durchtrennten Stimmbändern und gekappter Zunge, hatte das Tier auch das letzte Kleidungsstück – den Knebel – nicht mehr nötig und lag nackt vor den Göttern, in vollkommener Blöße. Da gab es nichts mehr zu verstecken, das gesamte Ausmaß ihres sündenbehafteten Leibes lag vor und schrie nach Reinigung.

Der nächste Schritt bestand darin, das arme Wesen von jenen schlechten, verstopften Ohrmuscheln, welche sich dem Zauber des Meisters nicht hatten öffnen wollen, zu befreien – auf daß seine Töne direkteren Zugang in ihren hohlen, hartschaligen Schädel fänden. Durch die Amputation machten wir ihren Kopf empfindlicher für die Vox aeterna, die ewige Stimme der Gnade im Kosmos. Wie große, rote Höhlen klafften die frischen Zugänge, und Fliegen krochen draus hervor.

Der Saal war in betäubende Wohlgerüche getaucht. Süße Parfüme aus Kalabrien, mysteriöse Essenzen aus Marseille – sie mischten sich mit jenem kostbaren Weihrauch, den Königin Christine von Schweden in ihrer römischen Privatkapelle verwendete; von dem sie mir nach einem Privatkonzert zwei Unzen abgetreten hatte. Dieses Geschling aus Duftstoffen band den Dampf des Blutes vorzüglich ins untere Spektrum der Palette ein; er bildete sozusagen den Duft*schatten,* entsprechend den Schatten, die einem Landschaftsgemälde erst Tiefenwirkung und Plastizität verleihen.

Bei früheren Sakrifizien hatten wir den Fehler begangen, den Opfertieren vor der Kulthandlung zu trinken zu geben. Diese hatten dann, vor lauter Angst und Unberrschtheit, ihre Blase entleert und die Luft mit Uringestank vergällt. Wir lernten daraus. Nur zwei Tage Durst, und die Tiere sind schon ziemlich trocken; das sind Feinheiten, die man allein durch Praxis herausbekommt.

Jetzt kamen die Finger an die Reihe, jeder einzeln nacheinander; dann, was von den Händen übrigblieb. Hände, die Ruchlosestes vollbracht hatten; Finger, die in den sanften Augen des Meisters rührten, ihm unter die Haut drangen, die noch Fetzen seiner irdischen Gestalt unter den Nägeln trugen. Ekelhaft. Fort damit, ins Feuer!

Nach einer Pause präsentierten wir die gesäuberten, vom Fleische befreiten Knochen dem Tier, hielten sie ihm vor Augen. Wer kommt schon einmal zu solcher Selbstschau?

Das war, was du bist. Du wirst sein, wie das ist. Anschaulicher wurde der Spruch nie belegt.

Jedem bösen Glied, jeder versündigten Extremität, von der man die Kreatur befreit hatte, zog man vor dem Feuergang die Haut ab; symbolischer Akt zur Verdeutlichung jener völligen Schutzlosigkeit, die der Meister damals erfahren mußte.

Ich, Prinz Pasqualini, sammelte die Haut und verbrannte sie in einem gesonderten Topf; sie sollte dem Meister nützen als neues Schutzgewand; dem gehäuteten, bis auf die Adern entblößten Meister. Fort mit den Füßen, die ihn getreten und zerstampft hatten; fort mit den Beinen, die vor der Rache fliehen wollten, fort damit, Stück für Stück. Fort mit den Brüsten, die neue Mänaden nährten, sie würden nie mehr Giftmilch spenden, fort!

Das Geschlecht, womit die Verbrecherin ihrem Trieb huldigte, dem Laster frönte bis zum Wahnsinn – es wurde vom Wulst des Kitzels befreit, dann ausgebrannt, vom Feuer verklebt, nie mehr zu benutzen, unverdächtig jeder Nachkommenschaft.

Die Kreatur war der Versöhnung nun schon näher. Ihr Frausein war ausgelöscht; ein engelsgleiches Wesen war entstanden.

Große Freude befiel uns; die Ekstase des Priesters, der bekehren konnte; die Ekstase, die von der Nähe der Götter kündet und ihrer umfassenden Gnade.

Es war jetzt soweit, das Tier auf die große Reise zu schicken, ihm die Erdenlast ganz abzunehmen. Erstaunlich, wie sehr sich ihre Augen noch festhielten am Hier, wie sie sahen und erfaßten, sich an die Schau der Dinge klammerten.

Zwei tiefe Stiche, bis zum Zentrum des Gehirns, lösten den Anker; das Seelenschiff trieb in die Ewigkeit des Alls davon, zu den

Sternen. Wir stimmten einen Rundgesang an und feierten des Tiers Erlösung; fühlten uns frei und doch schwer, tranken Wein mit einem Zehntel Blut darin.

Es sind ja die Orphiker gewesen, die zuerst vom Geheimnis der Erlösung wußten; das Christentum hat es nur, wie vieles von der Lehre, übernommen und über die Welt verbreitet. Wirklich – gibt es einen tieferen, schöneren Sinn des Lebens, als Erlösung zu erlangen – für sich selbst und die anderen? Es gibt keinen. O Freunde, in solchen Stunden begriff ich das Mysterium besser denn je. Orpheus numquam totus ultus. Numquam. Niemals.

Erlösung ist möglich, in alle Zukunft. Für jeden von euch.

Dem entseelten Tier trennten wir den Kopf ab und legten ihn ins Reverberatorium. Was übrigblieb vom Leib, der Rumpf, stand wie ein antikes Statuenfragment auf dem Tisch. In den eigenen Darm verschnürt, symbolisch zum Paket gebunden, übergaben wir auch dieses Bündel dem Ofen. Der Raum war von enormer Hitze erfüllt. Einige von uns tanzten noch; die Magie des Augenblicks glühte in ihnen; nun konnten auch die Masken gelüftet werden und die übervollen Herzen erleichtert. Wahrlich wurden wir Brüder, wie es brüderlichere nie gegeben hat, dessen bin ich sicher.

Das alles mußte geschehn während einer einzigen Nacht. Ihr versteht? Im Juli fällt es tagsüber doch auf, wenn Rauch aus dem Kamin quillt. Winterliche Zeremonien hätten vielleicht gedehnt werden können, ja – doch ist allem auf Erden ein Maß gegeben, auch dem Fest und gerade ihm. Man muß außerdem, trotz aller ärztlichen Kunst, bei der Zerstückelung zügig verfahren, damit das Tier nicht vor der Zeit entrückt.

War das Fleisch ganz heruntergebrannt, zermahlten wir die Knochenreste im Mörser zu Staub, füllten eine hölzerne Lade damit und segneten sie. Danach verließen wir, im Straßengewand, einer nach dem anderen mein Haus, uns am Tiber zu treffen.

Morgendämmer zog herauf, allen lag ein Summen im Mund, doch schwiegen wir. Das Schweigen gehört zur Musik wie der Mond zur Nacht.

Manche Musik braucht sehr viel Schweigen hinterher.

Jene Bilder sind die gewaltigsten, in denen jedes der vier Elemente am Menschen zehrt; an dem, was er war, ist und wird.

Das Feuer nahm seinen Teil, auch die Luft im Rauch; nun standen wir, schwerer geworden, am Ufer und streuten Asche in den Fluß. Die Erde war Zeuge, das Wasser Bote, die Flamme Zerstäuber, der Äther Verwahrung.

Wenn die Sonne aufging, kündete sie den Schlußpunkt des Rituals an. Wir griffen uns bei den Händen und flüsterten ein FIO in den Tag. Danach trennten wir uns, zerstreuten uns in alle Richtungen, gingen allein durch die noch leeren Straßen und ließen das Erlebte nachwirken.

Mir war viel daran gelegen, das einmal gefundene Ritual unumstößlich werden zu lassen wie Kirchendogmen.

Im Ritual, im ausgeübt Unveränderlichen, wird eine andere Zeitlichkeit erreicht. Das ist der Sinn jedes Brauchtums, jedes Zeremoniells – es verbürgt, daß es so und nicht anders schon lange vonstatten geht, daß der Zustand der Vergangenheit konserviert wird und nichts Unvorhersehbares den Ablauf gefährdet. Alles verläuft nach gesetzten Regeln; man weiß, was kommt, und wird im Wissen um das Wie und Weshalb des Kommenden zum Meister der rituellen Welt.

Was die Zeit normalerweise auszeichnet – die unergründliche Zukunft –, ist hier für Stunden außer Kraft gesetzt; quasi findet ein Verharren statt. Das Ritual ist durch Wiederholungen geprägt, tatsächlich bedeuten sie ein Wieder-Holen, ein Wiedererlangen alten Zaubers. Indem man aber einen Zauber beliebig reproduzieren kann, gewinnt man Macht. Jedes Ritual ist ein Abfeiern der eigenen Macht, Vergegenwärtigung eigener Möglichkeiten; eine Phase, die man aus der übergeordneten Zeit heraustrennt, die man ihrem Zugriff entzieht, die man unverändert, unangreifbar erhalten sehen will – ein geordnetes Fanal. Sobald auch nur die kleinste Regel verletzt wird, wankt das ganze Gebäude. Über jeder Art von rituell erlangter Macht hängt das Damoklesschwert der Neuerer.

So mußte ich oft meine gesamte Autorität aufbieten, um Ansätzen widernatürlicher Leidenschaft entgegenzutreten. Leider, muß ich zugeben, gab es unter meinen Brüdern einen oder zwei, die vielleicht nicht die richtige Einstellung zur kultischen Handlung besaßen; die vielleicht sogar aus fragwürdigen Motiven heraus in unsrer Mitte weilten.

So fiel mir einer auf, der kein Kastrat war, der über dem Opfer sein Wasser abschlagen wollte, was schon wegen des Gestanks nicht in Frage kam. Er begehrte die Gefesselte sogar zu *beschlafen*! Suchte niedrige Erbauung zu ziehen aus ihrer Wehrlosigkeit, kehrte seinen banalen Geschlechtstrieb zutage durch obszöne Reden und Gesten, vergriff sich an der Ehre ihrer Scham. Er war auch dagegen, daß die Lautorgane zuerst entfernt wurden, wollte sich länger am Geschrei ergötzen.

Ich habe immer darauf geachtet, die Opfertiere – im Rahmen ihrer Zwecksetzung – mit Würde zu behandeln. Was der Gottheit geweiht ist, hat sich Respekt verdient. Es ging nicht darum, zu erniedrigen, in den Schmutz zu ziehen, zu demütigen – eine Erhöhung sollte es ja sein, ein Treffen der irdischen und himmlischen Ebene. Ich habe das immer sehr ernst genommen, habe meine schützende Hand über die Opfer gehalten und sie vor despektierlichen Zudringlichkeiten bewahrt. Diejenigen, die auserkoren waren, als Versöhnungsopfer zu dienen, sollten niedriger Verachtung enthoben sein, darauf bestand ich.

Wir hatten unter uns einen, der äußerte einmal allen Ernstes den Wunsch, vom Fleisch der Opfergabe zu probieren. Diese Abartigkeit versetzte mich in Rage; ich wies ihn scharf zurecht, drohte ihm mit Ausschluß, worauf er sich herausredete, er habe nur einen Witz gemacht. Wehe ... Fleischfresser sind mir zuwider, selbst wenn es nur Frauen sind, die ihren Appetit wecken.

Solcherlei Vorkommnisse machten mich manchmal an der Erhabenheit unsres Bundes zweifeln. Mir war bange vor dem Tag, an dem das Amt des Zeremonienmeisters meinem Nachfolger in die Hand fiele – erfaßt doch jeden Bund, jedes Amt, jede Organisation, wie die Geschichte lehrt, Dekadenz. Der Fluch des Verändern-Wollens im menschlichen Streben – ihm läßt sich kaum entfliehen.

Das Verschwinden der Sängerin zog eine kleinere polizeiliche Untersuchung nach sich, in deren Verlauf auch an meine Tür gepocht wurde. Das hing damit zusammen, daß uns ein Zeuge zusammen auf der Straße gesehen hatte. Ich leugnete auch keineswegs ihren Besuch – ein charmanter Besuch, wir hätten uns prächtig unterhalten... Als mir die Fragerei auf die Nerven fiel, wandte ich mich an Giulio, der die Sache sehr bedauerte und den Polizeichef wissen ließ, er kenne mich als ehrenwerten Menschen von bestem Leumund, als Cavaliere galant-gelassenen Charakters. Er verfügte, man dürfe meine Zeit nicht überbeanspruchen; von weiteren Ermittlungen sei abzusehen.

Fortan hatte ich nie mehr Probleme mit der Polizei. Giulio erklärte mich zur Persona immunis; wie er überhaupt den Künstlern sehr wohlgesonnen war und dafür sorgte, daß ihnen die nötige Muße zuteil wurde.

Es war allerdings klar, daß wir uns ein derart exklusives Opfertier nur alle vier bis fünf Jahre leisten konnten. Dazwischen mußten wir leider auf minderwertigere Exemplare zurückgreifen, über deren Verschwinden nicht soviel Aufhebens gemacht wurde.

Es war, insgesamt gesehen, eine friedliche, geordnete Zeit. Man hatte zu tun, man hatte Hoffnung, Spaß, Pläne – und Freunde, mit denen man teilen konnte. Es ging aufwärts.

Ich würde jene Periode – um das fünfzigste Lebensjahr herum – als meine «Goldene» bezeichnen. Ich war noch gut bei Stimme und Gesundheit, besaß Geld, Ruhm, Protektion und Freiheit – und doch blieb immer etwas abzuwarten, auf etwas hinzuarbeiten. Um ehrlich zu sein – ich ahnte nicht, wie nah der Gipfel war.

XV

2. 11. 88, 16 Uhr 30

Scheint, ich habe mir gestern nacht was geholt beim Zeitentaumeln, chronomythisches Fieber, ein Schleudertrauma der vierten Dimension, irgend etwas Furchtbares, das ich nicht kenne. Mein durchgeschwitztes Zeug muffelt, wie peinlich, die Drüsen schuften und schuften, das Feuer macht klebrig. Ich möchte mir die Schulter abbeißen oder wenigstens mit der nassen Zunge lecken – aber die Zunge, wo ist sie? Im Wundbrand leuchtet das Feuer herüber aus ferner Zeit, ein Glutteppich auf der Haut. Das schwelt und platzt und stinkt.

Albans hypertrophe Gedanken verloren sich zwischen Gewürzbord und Spülbecken. Starker Kopfschmerz plagte ihn, rasendes Pochen in den Schläfen, krakeelender Grottenolm in den Nebenhöhlen. Nicole redete und redete... Alban konnte ihrem Vortrag kaum mehr folgen, alles klang wie rückwärtsgesprochenes Finnisch ohne Atempausen. Auch fühlte er eine Übelkeit kommen.

Die Mächte drücken ihm die Daumen. Eine wichtige Sache steht an, das liest er aus ihren erwartungsvollen Gesichtern. Er gibt das Okay-Zeichen, stellt sich grundsätzlich zur Verfügung.

»Was tun Sie da?« fragte Nicole irritiert.

»Ich hör' schon zu. Ich hör' schon zu«, murmelte er.

»Ich rede nicht gern umsonst!«

»Aber nein... Sie bekommen doch mein *Lamento*. Es ist eine teure Privatvorstellung. Map wußte, was sich lohnt. Können Sie eigentlich singen, Nicole?«

»Was soll das?«

Alles an ihr ist häßlich, konstatierte Alban, sie ist ein Ausbund an Haß.

Vor dem Fenster hängt eine Leuchtschrift: IDIOT! *Die Buchstaben fließen durch den schwarzen Himmel und bilden ein neues Wort:* NACHDENKEN!
Das täte not. Warum muß ich alles selber tun? Anscheinend können sie Hämmer schwingen, die Mächte – aber einen Nagel ins Holz zu treiben, dazu sind sie unfähig. So muß es sich verhalten. Ameisen beiderlei Geschlechts jucken mich im Arsch. Wenn Nicole mich nicht so anschauen würde, könnte ich mich kratzen. Man müßte sie wegtun.
Während Alban noch über einer Beurteilung der Lage brütet, tritt, gänzlich unvermutet, die Principessa Barberini aus der Wand. Da sie keinerlei Fleisch auf ihren entzückenden Knochen trägt, erkennt Alban sie nur anhand von Sense und Waage.
Selbstverständlich könnte es sich um eine Fälschung handeln. Seit er ihr gestern in der Gruft der Immacolata Concezione begegnet ist, verging doch einige Zeit – er könnte ihr Gebein nicht mit letzter Sicherheit identifizieren. Skelette, zumal von Kindern, sehen doch alle ziemlich ähnlich aus. Wegtun.
»Nicole – Sehn Sie das?«
»Was?«
»Die Principessa ... wie niedlich ...«
»Wo?«
»Da.«
Die Principessa tänzelt auf ihn zu, knickst, bietet ihm huldreich ihre Sense an. Alban macht eine abwehrende Handbewegung. Wozu sollte er eine Sense brauchen?
»Alban? Ist Ihnen nicht gut? Sie sind ja weiß wie Schnee ...«
»Ich bin der weiße Bauer. Haben Sie das vergessen?«
Die Principessa zuckt mit den Schulterblättern, stampft unwillig auf, dreht sich um und wackelt in die Wand zurück. Nichts ist mehr zu sehen als ein dunkler Schatten. Wegtun. IDIOT! *leuchtet's grellgelb durch die Wolken.*
»Ich habe die Principessa gesehn. Die so jammervoll sterben mußte. Sie hat geknickst und wollte mir ihre Sense schenken. Reizend, nicht?«
»Alban, hören Sie auf! Das ist kindisch!«
Aber in einer eigendynamischen Trotzreaktion begann alles

Wundersame aus Alban herauszusprudeln; er spürte das quälende Bedürfnis, endlich von seinen Gesichten zu erzählen, von den Mächten, vom Professor im langen schwarzen Mantel, vom zauberischen Moment in der Klinik – jede Episode breitete er aus vor der Französin. Gehetzte, hackende Sätze. Geständnisse.

In der darauf folgenden, ächzenden Stille wurde ihm bewußt, daß er einen Fehler begangen hatte. Wenn es sich um ein Spiel handelte – um das große Spiel –, gehörte Dufrès einer feindlichen Partei an. Dessen war er jetzt vollkommen sicher. Er hatte den Feind gewarnt.

Nicole schüttelte, halb verwirrt, halb amüsiert den Kopf.
»Das haben Sie wirklich alles halluziniert? Ach, kommen Sie, Sie wollen sich bloß wichtig machen ...«
»Gut. Vergessen Sie's! Wegtun.«
»Haben Sie Drogen genommen?«
»Vergessen Sie's. Geht mir schon besser.«
»Zusammenreimen ließe sich das alles schon ...«
»Wenn Sie meinen.«
»Ziemlich einfach sogar.«
Die Situation schien ihr Spaß zu bereiten. Sie verzögerte, inszenierte sich, lehnte lässig am Eisschrank, wippte mit dem Stuhl.
Die Ameisen hatten nach Hause gefunden und den Grottenolm als Geisel genommen. Täubner fühlte plötzlich eine bestechende Klarheit in sich, ein lichtes, mächtiges, kristallenes Strahlen.
»Was Sie brauchen, Alban, ist viel Schlaf und danach eine Therapie. In Ihnen herrscht gähnende Leere, und Sie fressen alles, was Ihnen über den Weg kullert. Sie identifizieren Krantz mit Castiglio – tatsächlich existiert ja eine gewisse physiognomische Ähnlichkeit –, und aufgrund eines Schuldgefühls ihm gegenüber identifizieren sie sich selbst mit Andrea. Ziemlich folgerichtig. Krantz muß Ihnen eine große Portion seiner mythosophischen Thesen verabreicht haben. Scheint, als hätten Sie da einiges mißverstanden ...«
»Sie sind so was von arrogant und selbstüberzeugt ...«
»Das konnte alles nur passieren, weil Sie *krank* sind. Ich nehme an, Ihr Zustand ist so labil, seit Ihre Frau weglief?«

»Nur weiter so...«

»Und die Tropoi faszinieren Sie deshalb, weil Sie Ihrer Frau beweisen wollen, wie wichtig Musik sein kann.«

»Hihi...«

»Sie sind destabilisiert! Total! Eine beinah religiöse Krise. Sie haben Ihren Glauben verloren; Ihr Glaube war eine Frau; nun taumeln Sie irr in der Weltgeschichte herum, suchen neue Theodizeen, suchen einen neuen Halt, eine neue Religion; mixen alles zusammen – ich würde Ihnen eine langfristige Therapie empfehlen, und zwar dringend!«

Alban grinste unbeeindruckt.

»Und die Mächte?«

»Die Mächte... Merde! Die erfinden Sie sich als Entschuldigung! Als Rechtfertigung dafür, daß Ihnen so wenig Kontrolle geblieben ist! Ihr verkorkstes Mannsein graust sich vor sich selbst! Sie wollen sich aus der Verantwortung stehlen! Kauern zwischen Ruinen, alors – quoi faire? Gleich erfindet sich der Geist irgendwelche obskuren Kräfte, die ihn hin und her schubsen; prompt kann er nichts mehr dafür, ist jeder Schuld enthoben, muß sich nicht mehr ins Gesicht sehen! Richten Sie Ihren ›Mächten‹ aus, daß sie Spiegelbilder eines Feiglings sind!«

»Würden Sie denen das bitte selber sagen?«

»Ich unterhalt' mich nicht mit Romantikern!«

»Verstehe. Die werden Ihnen das übelnehmen, fürchte ich.«

Nicole beugte sich über den Tisch, untermauerte ihren Ratschlag durch ostinates Klopfen: »Sie sollten sich in Behandlung begeben, das meine ich ernsthaft!«

»Es stimmt schon, ich habe mich ein wenig treiben lassen. Hatte immer schon Schwierigkeiten, etwas in die Hand zu nehmen. Meine Apathie... Das Feuer ist klebrig, o ja – und wer damit schmeißt, nun – ich hab' mich vor den Brandblasen gescheut. Jetzt ist mir kalt. Sie täuschen sich. Sie wollen auch mich täuschen. Es ist nicht einfach. Ich habe den Professor ja verraten, bin desertiert...«

»Mon Dieu...«

»Diese Küche ist so weiß! Das blendet. Schreit nach Farbe, finden Sie nicht? Weißheit, wohin man sieht. Eine mythische Küche. Es kann kein Zufall sein, daß ich hier bin. Nein. Es war von Anfang an geplant. Das wurde mir vorhin klar. Im August, da bin ich in Siena gewesen ... Hab' ich davon erzählt? Die kleine Kirche San Vincente? Dort hab' ich ins Feuer gesehn, ins Kerzenfeuer neben dem Altar – es ist eine ferne Erinnerung gewesen; der Scheiterhaufen, der herüberleuchtete. Sie sagten, Pasqualini hat die Kirche eingeweiht? Ja? Da sehen Sie selbst...«

»Typisch! Ein paar Zufälle werden zu Indizien aufgebauscht, um sich die eigene Schuldlosigkeit zu beweisen! Ihre Krankheit ist fortgeschrittener, als ich vermutet hätte. Aber lassen Sie mich damit in Ruhe! Ich will nichts damit zu tun haben. Lassen Sie mich da raus! Also, wollen Sie nun das Ende der Geschichte hören – oder mir auf die Nerven fallen?«

Sie hatte Angst bekommen. Alban schwankte langsam hin und her, mit staunend geöffnetem Mund, wie einer, der ständig tiefere Einsichten gewinnt, dem unzählige übersehene Einzelheiten nachträglich ihre Bedeutung preisgeben. Seine Stimme senkte sich zu einem verträumten Flüstern.

»Reden Sie nur ... Ich höre zu ...«

Doch während Nicole hastig über das Ende des ONTU referiert, zieht er eines der Kellerfotos hervor und sieht seine Ahnung bestätigt. Zwischen den Sternen, zwischen den gelben Sternen der Kellerdecke liegt schlafend die über alles Geliebte, im Sternbild... Heureka. Das muß es sein! Endlich, da kommen die Mächte, beglückwünschen ihn, stellen sich an zur Gratulation. Wurde aber Zeit, rufen sie – lag doch so klar auf der Hand. Oder nicht?

»He!«
»Ja?«
»Sie hören ja gar nicht zu! Dann gehen Sie doch!«
»Neinnein – ich hör' schon zu. Ich hör' schon zu ...«

Wir sind alle Schachfiguren und spielen die Partien der alten Meister nach, zum Ergötzen der Mächte. Schach mit lebenden Figuren. Ich bin der weiße Bauer und werde es immer sein. Aber wenn Krantz Castiglio darstellt, und ich Andrea – wer ist Nicole? Na los! rufen die Mächte durcheinander; sicher, sicher – wir hätten uns alles einfacher machen können – wär' aber doch viel weniger schön gewesen, was, Andrea? He? Ja...

Die Französin ausgenommen, lachten alle in der Küche Versammelten. Selige Heiterkeit erfaßte Alban, eine lockere Emphase, wie sie sich oft eingestellt hatte, wenn im Walkman der dritte Akt »FidelIO« gelaufen war, die Befreiungsgesänge... *Heil sei der Nacht, heil der Sekunde... Es grüßt der Bru...*

»He! Sie sind ja völlig weggetreten! Ich finde, Sie sollten jetzt gehen! Das bringt ja nichts mehr...«

»Halt dein verkommenes Maul!«

XVI
Vita Pasqualini XI
1667–1677

Ja, der Gipfel war schon 1667 erreicht. Das kam für uns alle überraschend. Papst Alexander verschied über seinen Gedichtbänden, und was wir nur in unseren kühnsten Träumen zu hoffen gewagt hatten, wurde wahr.

Mein lieber, treuer, verehrungswürdiger Freund Giulio Rospigliosi ging aus dem Konklave als klarer Sieger hervor, als Nachfolger Petri, als Herrscher über die Christenheit.

Der ONTU gab mehr als 3000 Scudi für Freudenfeuerwerke aus. Ich gehörte zu den ersten Gratulanten und stimmte ein Iubilate Deo an, in das alle einfielen, bis ein mächtiger Chor erklang. Als ich Giulios Ring küßte, habe ich geweint vor Ergriffenheit. Er hob mich auf, legte mir seine Hand auf die Schulter und dankte mir für die langen Jahre der Freundschaft.

Welch ein Künstler! rief er den versammelten Kardinälen zu.

Welch ein Mensch! rief ich zurück.

Wir gingen spät nachts durch die päpstlichen Gärten spazieren und besprachen die Innovationen, mit denen ein neues Saeculum der Musikgeschichte eingeläutet werden sollte. Unsre Herzen bebten. Der Himmel hatte, nach soviel Untätigkeit, endlich wieder ins irdische Geschehen eingegriffen, hatte uns das Zepter in die Hand gedrückt, um für Ordnung zu sorgen, die Dinge ins reine zu bringen. Es war wunderbar. Der Finger Gottes hatte uns berührt. Die Brüder vom ONTU lagen auf den Knien und beteten. Was unmöglich schien – der waghalsige, großsprecherische Schwur, den ich dreieinhalb Jahrzehnte zuvor geleistet hatte –, war erfüllt.

Zu Giulios (er hieß jetzt Clemens IX.) ersten Amtshandlungen gehörte, ein strenges, umfassendes Bühnenverbot für Frauen auszusprechen, welches Gültigkeit in allen katholischen Landen besitzt, heute und in alle Ewigkeit.

Ich möchte einen Absatz jenes Edikts wörtlich zitieren:

Keine Weibsperson bei hoher Strafe darf Musik aus Vorsatz lernen, um sich als Sängerin gebrauchen zu lassen; denn man wisse wohl, daß eine Schönheit, welche auf dem Theater singen und dennoch ihre Keuschheit bewahren wollte, nichts anderes tue, als wenn man in den Tiber springen und doch die Füße nicht naß machen wollte.

Ich darf mit einigem Stolz erwähnen, daß diese Passage im Wortlaut ziemlich genau meinem Traktat *Wider die Medusen* entnommen ist.

Der totale Triumph der Kastraten über die Mänaden.

Aufjauchzend rannte ich durch die Straßen, wie ein Verrückter, gebärdete mich toll, ließ meinem Glück freien Lauf. Ich fühlte Lust, mich zu Boden zu werfen, zu wälzen, mit den Beinen zu strampeln. Mein Schwur! Mein Sieg! Perfekt.

Der Mensch ist arm – sollte er auch Königreiche besitzen –, der das nie gefühlt hat. Ein solcher Augenblick wiegt babylonische Gefangenschaften auf. In grenzenloser Großzügigkeit ließ ich 5000 Liter Wein ausschenken für den Pöbel, verteilte auch Parolen: Weg mit den Kreischweibern! Für Sitte und Kunst!

Ach, Freunde, wo ihr auch seid und diese Zeilen lest – ich möchte euch umarmen und ans Herz drücken! Könnte ich euch nur ein Gran meiner Empfindungen übertragen...

Damals begehrte ich allein zu sein und ritt vor die Stadt, stieg vom Pferd und streckte mich auf einem Hügel aus, hielt Zwiesprache mit dem Himmel, riß Fetzen aus der weichen Erde und preßte sie in beiden Fäusten. Ich war bereit, sofort alles Meinige wegzugeben und zu sterben – so herrlich war die Ekstase, so leuchtend der Gipfel. Ich beschloß auch, daß es nun endlich Zeit war, die Melodien dem Himmel zurückzugeben – mehr konnte man nicht verlangen. Beinahe hätte ich auch all meinen Besitz von mir geschleudert, mein Haus, mein Geld und meine Kleider – um als Eremit, in einer stillen Klause, bei Brot und Wein, mit einem mild verklärten Lächeln auf den Lippen, meinen Sieg zu genießen und die Gerechtigkeit zu preisen, die verborgen hinter den Dingen waltet. Ich habe meinen Triumph gehabt. Ich habe ihn gehabt und die Sterne haben um mich getanzt, betrunkene Herrscher des Alls. Ich habe meinen Triumph gehabt, leuchtender als Feuerwerke, jubelnder als Engelschöre, warm und groß empfunden nach Eiseskälte.

Dort draußen in der Einsamkeit, wo die Nacht weich und samten war wie ein Mutterschoß; wo die Blütenkelche sich zu ungewohnter Stunde öffneten und meinem Triumphgesang lauschten – dort hab' ich das Knie demütig gebeugt vor IHM, dem großen Orpheus.

Ich, der Prinz, hatte meine Lehenspflicht erfüllt.

Meine Brüder, in ihrem groben Übermut, standen den aus Rom abreisenden »Primadonnen« Spalier, warfen ihnen gute Ratschläge, geharnischte Scherze und faule Früchte hinterher – ein wenig kindisch, ja, aber wer möchte ihnen das verdenken, in solch gnadenvoller Stunde, da die Gerechten der Welt einander kosen und Frieden schließen.

Es wurde mir immer bewußter, daß ich meinen Nachfolger wohl nicht kennenlernen würde. Der göttliche Strahl würde an einem andern Ort der Erde auftreffen. Es gab ja noch viel zu tun für den nächsten Prinzen. Denn eins war klar – all diese vertriebenen Sängerinnen flohen zu den Protestanten, um dort ihre Schweinerei weiter zu betreiben. Der nächste Prinz wird wohl einer anderen Kaste entstammen als ich; er wird die Christenheit einigen müssen und die lutheranischen Gebiete unterwerfen; das dürfte sich auf anderer Ebene abspielen als auf musikalischer. Obwohl man da nicht so sicher sein kann. Ich habe die Macht der Musik erfahren, weiß Gott!

In jenen triumphalen Tagen ging ich wieder einmal in die San Luigi, um in die »Vocazione« Caravaggios einzutauchen, in sein mysteriöses, ewigkeitsnahes Licht.

Eine Veränderung fand in mir statt. Ich trat in ein neues Lebensalter. Alle schroffen Kanten wurden weich, mein Sinn wurde milder; ich begann mich langsamer, eleganter, geschmeidiger zu bewegen. Von einer Stunde auf die nächste war ich alt geworden.

Es war dies eine begrüßenswerte Veränderung, die mein Einverständnis fand. Ich hatte eine große Lust, alt zu sein. Wenn man jung ist, kann man dem Alter nichts abgewinnen – nun wußte ich es besser. Das Alter ist, sofern frei von Krankheit, die behaglichste Lebenszeit. Man wählt die Worte sorgfältiger, spart mit schnellen Urteilen, vermeidet viel Ärger. Man hat Ruhe, das Erreichte zu überschauen, sich über manche Dinge klar zu werden; anderes in Ordnung zu bringen; ein tieferes, bewußteres Verhältnis zu finden zum eigenen Dasein, zum Leben wie zum Tode. Wirklich dachte ich, nun bald zu sterben.

Innerhalb einer Woche wurde meine Stimme brüchig.

Die Schnelligkeit ihres Verfalls war unerklärlich. Sicher, ich konnte mit Routine einiges auffangen und überspielen, hatte in der Öffentlichkeit ja sowieso nie das Letzte gegeben – dennoch deutete ich das Phänomen als Wink des Fährmanns und zog mich, um meinen Ruhm nicht sinnlos zu schmälern, ins Privatleben zurück.

Unter Giulios – Clemens' – Herrschaft nahm die Oper einen gewaltigen Aufschwung, den so niemand prophezeit hätte. Die Zahl der Inszenierungen verzehnfachte sich beinah, die Adelsfamilien wetteiferten wie nie, ein unerhörtes Opernfieber breitete sich über ganz Italien aus, auch über die Grenzen, es war unfaßbar. Nie zuvor trat eine Kunstform einen gewaltigeren, stürmischeren Eroberungszug an. In Venedig gab es inzwischen sogar schon ein Dutzend Opernhäuser, die um die Gunst der Zuschauer buhlten. Es kam zu finanziellen Exzessen – einige Familien gingen über der Ausstattung nur mäßig erfolgreicher Werke bankrott. Es war phantastisch.

Auch als mein lieber Giulio nach nur drei Jahren Amtszeit verstarb, nahm das dem Aufschwung nichts von seiner Wucht.

Ach, Giulio... Schade, daß er so früh abberufen wurde. Er hätte ein großer, ein wirklich großer Papst werden können. Als erster nach einer langen Reihe von Gierhälsen zeigte er Mäßigung, huldigte keiner Art von Nepotismus. In diesem Jahrhundert hat es keinen sittenreineren, christlicheren Mann auf dem Thron Petri gegeben. Bescheiden in eigenen Ansprüchen, den schönen Künsten zugewandt und doch von politischer Durchsetzungskraft; mit einem starken Willen und visionärem Weitblick ausgestattet, hätte aus ihm eine tragende Säule der Kirchengeschichte werden können. Das Volk trauerte um ihn, wenngleich nicht in dem Maß, wie es ihm zugestanden hätte.

Immerhin hatte er sein wichtigstes Vorhaben, seinen vordringlichsten Auftrag, in die Tat umgesetzt – das Bühnenverbot für Frauen.

Alles andere wird sich noch geben. Morgen ist auch eine Nacht. Die meisten Dinge haben Zeit. Es gibt aber welche, die sind wie bösartige Krankheiten, die müssen schnell beseitigt werden, sonst greifen sie den gesamten Organismus an, und es genügt nicht mehr, ein Glied zu amputieren; dann siecht der Körper zu Tode und kann nicht gerettet werden.

Über den Verlust meiner Stimme war ich doch etwas traurig. Für gute Sänger begann eine in Geldfragen atemberaubende Ära. Manche wurden in Monaten reich, in wenigen Jahren Millionäre – schön, bitte sehr. Ich bin nicht böse.

Ich besaß, was nötig war – meine Ruhe, meine Pension, meine Verborgenheit. Und meinen Triumph.

Ein Tropfen Bitterkeit lag allerdings im Opernrausch, den Europa durchlebte: Die Oper blieb keine Sache der höheren Stände. Unumkehrbar wurde sie Gemeingut breiter Schichten, was ich von jeher befürchtet hatte. 1671 öffnete auch in Rom ein öffentliches Theater. Ich ahne Unheil.

Aber man soll sich nicht beschweren; alles kann man eben nicht erreichen, kein Gott gönnt dir das.

Durch Giulios Tod ging ein immenses Stück Protektion verloren. Innerhalb der Bruderschaft wurde rege debattiert; meinetwegen hätte man die Opferungen einstellen können; unsere Aufgabe war ja erfüllt. Die Mehrzahl sah das anders, wollte auf liebgewordene Gewohnheiten nicht verzichten, verwies auf den Anspruch des Rituals – Gültigkeit in Ewigkeit.

Ich entgegnete, es gebe Zeiten des Krieges und des Friedens. In letzteren schließe man eben die Tempeltore des Janus; Friedensbräuche lösten die Blutkulte ab. Nichts sei der Sache abträglicher als Grausamkeit gegenüber besiegten Feinden.

Meine Haltung setzte sich nicht durch. Es war schlimm, zu erkennen, wie mit dem Verlust meiner Stimme ein Autoritätsschwund einherging; der Zwist nagte an meinem Stolz.

Schließlich erreichten wir einen Kompromiß, der vorsah, daß alljährlich *ein* Schlachtfest gefeiert werden sollte, pünktlich zum Jahrestag des Bühnenverbots, zur Erinnerung an unseren großen Sieg. Es waren dies profanere Festivitäten; auch sang ich nicht mehr; hatte die Melodien, wie versprochen, dem Himmel zurückgegeben.

Giulios Nachfolger, Clemens X., war ein alter Mann, der wenig Überblick besaß und die Zügel schleifen ließ. Als dann aber, 1676, die Regentschaft Innozenz' XI. begann, wurde es schwierig für den ONTU (der nur mehr neun Mitglieder verzeichnete – drei waren gestorben).

Innozenz krempelte den Beamtenapparat vollständig um; frische Leute kamen ans Ruder, von denen niemand je etwas gehört hatte. Über Jahrzehnte gepflegte Verbindungen waren plötzlich wertlos. Es bereitet mir keinen Spaß, darüber zu schreiben. Ein Gefühl von Auflösung befällt mich.

Innozenz übernahm einen finanziell zerrütteten Staat, verordnete von daher strikte Sparsamkeit, was sich vor allem auf die Kultur auswirkte. Es ist sein Verschulden, wenn Rom im Vergleich mit den anderen Opernzentren Italiens – Venedig und Neapel – ins Hintertreffen geriet. Warum muß immer die Kunst die Fehler der Politik ausbaden? Man hätte an anderer Stelle viel effektiver sparen können.

Innozenz war ein krämerischer Geist, er besaß den Ehrgeiz mancher Gutsherren, die ihren Erfolg darauf zurückführen, daß sie in jeder ihrer hundert Stallungen persönlich nach dem Rechten sehen.

Durch einen glücklichen Zufall erfuhr ich, daß bei der Geheimpolizei ein Dossier über mich und zwei meiner Brüder angelegt wurde. Aus welchem Grund, weiß ich nicht. Wir hatten meines

Wissens zu keinem Verdacht Anlaß gegeben. Ganz sicher kann man nie sein. Vielleicht hatte ein entschlafenes Mitglied des ONTU bei seiner letzten Beichte gewisse Andeutungen gemacht...

Gegen so etwas ist keiner gefeit; und auf das Beichtgeheimnis ist, unter uns gesagt, geschissen. Ich weiß das.

Wir stellten sofort jede Aktivität ein, begnügten uns, wie Veteranenvereine, mit der Beschwörung des Vergangenen.

Wir waren alle alt geworden.

XVII

2. 11. 88, 17 Uhr 01 und zwei Sekunden

Alban steht auf, dehnt sich, streckt sich, läßt die Fingerknöchel knacken. Rhythmisches Trommeln durchpulst seine Adern; die Frequenz des Lidflackerns steigt. Er geht auf Kollisionskurs.

ALBAN: Der Meister hat es mir gesagt: Ich muß auf den tiefsten Grund hinab, zu seinem ewigen Widersacher. Hier bin ich.
NICOLE: Verlassen Sie auf der Stelle meine Wohnung!
ALBAN: Es ist schon erstaunlich, wie lange man blind bleiben kann. Du hast mich sogar angestochen – trotzdem hab' ich nicht begreifen wollen. Gehst du noch immer auf die Jagd, mit dem Messer, in der Nacht?
NICOLE: Raus!
ALBAN: Raus? Ich hab's rausgekriegt? Das ist fein.
NICOLE: Nichts haben Sie! Ich dulde Ihren Irrsinn nicht mehr!

Auch die Französin ist nun aufgestanden. Beide umkreisen den Tisch; wobei niemand sagen könnte, wer hier wen verfolgt.

ALBAN: Irgendwann kommt alles einmal raus, nicht, Map?
NICOLE: O Sie widerlicher Dummkopf! Sie sind ein Typ, so schwach und lahm und elend! Zum Kotzen! Ich kenn' solche wie Sie! Wenn Ihnen einer auf die linke Arschbacke küßt, halten Sie ihm auch die rechte hin!
ALBAN: Es dauerte etwas...
NICOLE: Ist Ihnen egal, *wer* Sie da küßt; entschuldigen sich noch damit, daß Sie hinten ja keine Augen haben!
ALBAN: Bis bei mir der Groschen gefallen ist. Dabei legtest du Spuren genug; wolltest geradezu entdeckt werden!

NICOLE: Duzen Sie mich nicht!
ALBAN: Sagtest du nicht, du hättest mit einem Priester geschlafen? Hieß er zufällig Allegri? Komm, mir kannst du doch nichts mehr vormachen...
NICOLE: Ich sagte, duzen Sie mich nicht! Raus aus meiner Wohnung! Sie sind ja völlig übergeschnappt!
ALBAN: Oh, Map... hast dich kaum verändert über die Jahrhunderte. Heute mittag – als wir bei deinem Keller standen – es ist doch *dein* Keller gewesen, nicht? Man hat ein Stück deiner selbst eingeebnet. Du bist die schwarze Dame, nicht? Wartest darauf, mich zu schlagen. Wo hast du denn dein Stilett?
NICOLE: Sie sind wahnsinnig!
ALBAN: Leck mich, Map! Der Professor hat dich nicht haben wollen; seither verunstaltest du seine Melodien, sein Lebenswerk, pervertierst es, machst all seine Arbeit zunichte! Schluß, aus, Map! Wegtun. *Du* bist der ONTU! Du!
NICOLE: Ne me touchez pas!
ALBAN: Man hat mir gesagt, ich dürfe es kein zweites Mal verbocken. Man hat mir eine neue Chance gegeben. Ich kann alles wiedergutmachen.
NICOLE: NE ME TOUCHEZ PAS! LASSEN SIE MICH! RAUS!
ALBAN: Wegtun.

Seine Augen weiten sich. Auch ihre Augen weiten sich. Die Küche bricht auf zu endloser Weite. Man müßte dem Raum in seiner Weißheit ein bißchen Farbe verpassen. Die Akropolis war auch einmal bunt, wie wahr – und dort, in der Ecke, steht Nicole Pasqualini – ein Bottich voll roter Farbe – ungenutzt herum.
  Er öffnet den Küchenschrank, reißt eines der Opfermesser aus der Halterung. Map rennt. Andrea ist schneller, das Messer blinkt, Feuer spiegelt sich darin. Und das Feuer ist klebrig.
  Map schreit und schreit. Andrea wird übel vom vielen Geschrei.
  NE ME TOUCHEZ PAS!
  Und ich duze dich doch, kleine Drecksau, komm her, komm...

XVIII
Vita Pasqualini XII
1678–nunc

Der Tag des Triumphes fordert immer auch den Aufmarsch des Todes heraus. Zeit, welche nach dem großen Triumph noch bleibt, muß stets als geschenkt betrachtet werden. Eigentlich hat man ja seine Aufgabe erfüllt, ist abkömmlich geworden. Der Rest ist Genuß.

Ich vermochte meinen Sieg über zwanzig Jahre zu genießen. Zu lang vielleicht. Die Lust ging verloren, der Gegner ging verloren – und das Spiel – nein, es ging nicht verloren, es ging einfach nur *weg*. Ist das am Ende dasselbe?

Ich füllte den ONTU nicht auf, wenn Bündner verstarben.

Seit letztem Jahr – wir schreiben 1691 – bin ich allein noch übrig.

Mein Leben ist recht leer geworden.

Vor wenigen Monaten hat man mir eine hübsche kleine Feier bereitet, der ich lächeln konnte. Das war, als ich Dekan – ältestes lebendes Mitglied – der päpstlichen Kapelle wurde.

Wem, wozu diene ich noch? Wer weiß es? Blieb etwas übrig zu tun?

Im schwarzgerußten Traum habe ich eine phantastische Landschaft gesehen, hügelige Wüste im Wind, unter giftig grünem Vollmond. Das gesamte Land war eine Sanduhr; dort zog ein Totenheer, um Mitternacht, immer ist dort Mitternacht... Von Sehnsucht bewegt, knochig, vermummt und namenlos zog das Heer zu Gottes Tür, begierig nach dem Richterspruch. Ich, auf einer silbernen Düne sitzend, sah's vorübermarschieren, rief dem Schnitter, der voranschritt, zu: Holla, kennst du mich denn nicht?

Merkwürdig sah er mich an, begann zu grübeln, blätterte in seinem Buch.
Seither warte ich.

Durch eins der Armenviertel Roms fressen sich zur Zeit die Pokken. Angstlos ging ich gestern dort spazieren, kann sein, um dem Tod ein Treffen zu erleichtern. Seltsames geschah. Ich will davon berichten.
Der Leichenkarren rollte vollgefüllt über die Kotgassen, als wäre die Pest bei uns zu Gast. Beinah alle Fenster einer gewissen Straße waren verhangen. Der Knochenbau der Hütten war von einer mageren, ledernen Haut umspannt, zittrige Altweiberfassaden, deren Stummelzähne nicht mehr allzu fest in die Erde bissen. Über dem losen, jedem Rad gefährlich werdenden Pflaster hing jener feine Dunsthauch, der sich dem konzentrierten Auge zum Spinnennetz verdichtete. Viele Bewohner waren geflohen – aber wohin? Schien doch hier schon der letzte Platz der Erde zu sein.
Nachmittag; ich sah mich um, ohne besonderes Ziel. Aus plötzlicher Neigung heraus betrat ich eins der elendsten Quartiere, ich glaubte, dort müsse der Tod soeben getafelt haben. Es war ganz ruhig, kein Laut entkam der Schiefe.
Um so erstaunlicher, daß da, auf dem staubigen Tisch, im Halbdunkel, ein Mädchen saß, um die sieben Jahre alt, etwa so groß wie ich, mit schwarzem Haar, nur von einer schmutzigen Schürze bekleidet. Sie rieb im Mauerkalk, bevor sie mich bemerkte, lächelte dann und warf einen kleinen Stoffball nach mir. Ich hob den Ball auf, wog ihn prüfend, noch in fernen Meditationen begriffen. Sie klatschte in die Hände, forderte den Ball zurück, ich warf ihn ihr zu.
Sie fragte, wer ich sei.
Map.
Bist du ein guter Onkel?
Was war zu sagen als, jaja – ein guter Onkel...?
Ein Lichtbalken drang durch das Fensterloch, illuminierte ihre schrundigen Knie, sie wandte sich dem Licht zu und bohrte in der Nase, schien mich schon vergessen zu haben. Dann fragte sie:
Kommst du mich öfter besuchen?

Weiß nicht.

Laß uns rausgehn, Ball spielen, schlug sie vor.

Draußen sah ich es. Das Krankheitsbild war unverkennbar.

Wie der Finger das Aderngeäst eines Blattes nachfährt und, wenn er empfindsam ist, den Puls der Pflanze fühlt – erspähte ich Zeichen der Verwesung auf jener junger Stirn.

Wir beide standen ganz allein in der leeren, stillen Straße und warfen uns den Ball zu. Mir war eigenartig zumut.

Ein Wurf geriet zu weit, sie streckte sich und jauchzte – in die helle Stimme war der Beiklang des Todes besitzanzeigend dareingemischt.

Mitleid ergriff mich.

Warum spielt sonst keiner mit dir? fragte ich.

Sie strahlte mich an, antwortete vergnügt: Der Arzt hat gesagt, ich hab' die Pocken. Aber nur ein paar Pocken, das ist nicht so schlimm. Da ... schau ... und da ...

Das hat der Arzt wirklich gesagt?

Das Mädchen nickte, und ich vergaß, den Ball aufzufangen, so daß er mir ins Gesicht sprang. Das erheiterte sie sehr.

Ich wurde ungeheuer zornig auf den Tod, wurde fast besinnungslos vor Zorn, wünschte ihn herbei zum Duell, wünschte auch, ich könnte durch eine Umarmung die Krankheit des Mädchens auf mich – und von ihr nehmen.

Wir warfen den Ball hin und her. Hin und her.

Ich bin der Prinz, mußt du wissen.

Prinzen sind doch jung!

Im allgemeinen schon, gab ich zu.

Während sie mich mit großen Augen anstaunte wie einen Narren, war inmitten unsrer Blicke etwas Wunderbares, Versöhnliches, Weltfremdes, das mich schwanken machte, meine Sinne verwirrte.

Ich nahm das Mädchen bei der Hand und sang ihr etwas vor, eine der prächtigsten Orpheika. Meine altgewordene Stimme klang dabei wieder süß und geschmeidig wie dreißig Jahre zuvor.

Ich hätte das wohl nicht tun dürfen. Ich weiß auch nicht, ob es ihr geholfen hat, will nicht hingehn und nachsehn; Ungewißheit soll meine Beschwichtigungsgabe sein.

Der Keller ist nun zugemauert, keine Spur mehr zu entdecken von unserem Wirken. Man darf nicht eitel werden. Das Verdienst bleibt. Ich muß auf meinem Grab kein Denkmal haben. Auch der Ofen ist zerstört.

Orpheus numquam totus ultus, numquam totus ultus et Eurydike mortuus est, mortuus est.

Eurydike numquam totus mortuus.

Erlösung! Erlösung...

Spät genug, dies Schreiben zu beenden.

Eben hat ein Sturm seine Schwingen um mein Haus geschlungen, er hält es fest und zerrt an den Mauern. Meine Feder will zum Wind, tanzt im Gebraus, schlingert im Fall, mein Pferdchen Pegasus, mein liebes stolzes Pferdchen.

Mit der Aura Ertrunkener schlafwandeln die Stunden. Ich, ein sterbend gebeugter Mann, Segelhaut dem eisigen Atem, bin immer noch großäugig, wo Neues kommt. Ich warte, daß die Sekunde sich spreizt und mir ein Loch läßt, durch welches ich hinübergelangen kann.

Liebe Freunde – mein Geist, meine Wünsche werden mit euch sein. Wir kriechen alle gepeitscht über Wüsten, suchen ein Gramm Glück, das unsre schwere Speise würzt.

Meine Notizen sind ins Gästebuch der Geschichte geschrieben, den Nachgeborenen als Anregung, den dunklen Enkeln, die uns mit schwachem Licht beschmeißen... Sie werden über Schemen urteilen, die sich nicht mehr erklären können; werden aus unsrem Fußabdruck noch die Länge der Nase berechnen, die wir ihnen drehen.

Unsereins genießt einen Vorteil, da wir *waren*, wo sie *sind*.

Feststehend, vollendet, können wir uns begreifen.

Zum Traum wird hier die Zeit, beschleunigt jedes Gefühl zur Raserei.

Sucht die Ekstase in der Verborgenheit, Freunde, nur die Verborgenheit bietet Lebensraum; sie ist der Bewahrer aller Schönheit!

Mein Testament; morgen ist keine Nacht mehr für mich.

Schnell, bevor der Vogelschrei die Sonne kündet, noch einen Satz zwischen die Gestirne. Ich bin der Puntatore. Teile die Strafen aus, messe die Vergeltung zu.

Man denke sich: drei aufeinandergestapelte Himmel, blaßblau, ozeanblau und violett. Durch die Himmel gebohrt sind Silberfäden, an denen hängt ein Schrein aus Elfenbein und Gold. Darin ruhn die Reliquien der Zeit. Vor dem Schrein kniet ein Priester, die Arme ausgebreitet, in Andacht erstarrt zu Salz. Auf dem Schrein sitzt eine weiße Katze mit rubinroten Augen. Sie leckt sich die Pfote. Im ozeanblauen Himmel wurzeln drei Zedern, darin hocken Raubvögel. Die Stämme sind von Glimmlicht umflort, wühlen Nebelbänke auf.
    Dann: Der Garten der letzten Helligkeit. Dort tafeln die Prinzen. Feurige Rebensäfte warten in den Silberkelchen. Monstranzen aus Gold; Räucherbecken besetzt mit Amethysten und Chrysoprasen. Lavaglut wärmt die Höhe, doch kann man drübertanzen wie über Frühlingsblüten. Mit Zyperngold ziselierte Baldachine strahlen im ewigen Licht – und jedes Ding wird Hostie.
    Ich sehe jetzt auch den Drachen, dessen Flügel die Himmel sind, ich sehe, wie er Flammen speit, Feuer, in welchem alles Irdische sekundenschnell verbrennt.
    Dort – ein großer Redner – sucht nach würdigen Worten, bereitet große, ergreifende Reden vor – ihm bleibt nicht Zeit zu einem Furz, das Feuer schmeißt ihn zur Lohe wie ein Reis.
    Oben aber auf dem Drachen, vom Flügelschlag zu den Sternen gehoben, throne ich und sing' das Weltenlied. Da ich eine Stimme fand wie auf Erden keine sonst – bebt mein Wesen neuem Leben zu.

Ich bin die Ekstase und der Abgrund. In meinem kühlen Fleisch.
    Ich bin das Rachetier, auf dem Hügel unter dem Mond.
    Ich tanze allein, allein, und wenn ich sterbe, wird es hinausgeschleudert werden aus meinem eisigen Fleisch, hinaus.

ICH bin die Ekstase. Nicht Freude, Lust, Glück noch Erfüllung dürfen mir den Namen stehlen; Auswurf alles.

Ich bin die Ekstase. In meinem kühlen Fleisch.

Von den Hesperiden zum Mons Atlas, von Hyperboreern bis zum Equinox.

Ich bin die Strahlung des Mondes – wenn er die Flut an Land befiehlt. Bin, der zur Nacht die Wasser aus den Ufern hebt. Der alte Strom, um den Berg gewunden. Der Gletscher der Unnahbarkeit – wo Eis sich schützend schmiegt um den Fels; angerissener Ton zur Ader gefriert und Schwingung Wurzel schlägt.

Verästelt im Schnee, ruht diese Blume.

In meinem kühlen Fleisch.

Ich höre etwas. Etwas kommt da.

Möge mein Schatten einen Hauch Glanz bewahren. Liebe Freunde.

Ich höre etwas. Etwas kommt da.

Marc' Antonio Pasqualini starb am 3. Juli 1691; wie die Ärzte konstatierten, an einem Schlaganfall.
Das Bühnenverbot für Frauen wurde weit über hundert Jahre lang aufrechterhalten und zumindest im Kirchenstaat streng gehandhabt. Der letzte Kastrat der päpstlichen Kapelle starb erst 1921.

XIX

2. 11. 88, 17 Uhr 01 und noch was

Gleich wirkt die Küche um vieles wohnlicher. Rot, Farbe der Liebenden; sie hat sich festgesetzt in allen Ecken.

Sieh an, da steht Castiglio! Hat sich wieder als schwedischer Professor verkleidet. Lehnt im Türrahmen, zieht ein gravitätisches Gesicht. Nickt dann anerkennend.

»Endlich ist der Wicht krepiert. Höchste Zeit. Hast du gut gemacht, Andrea. Schön, daß ich mich diesmal auf dich verlassen konnte.«

»Danke, Meister!« *Alban taumelt selig.* »Hier ist Ihr Eigentum zurück!« *flüstert er, will ihm das Foto der Sternendecke überreichen.*

Castiglio wehrt ab. »Behalt es. Kannst es doch brauchen, nicht wahr?«

»Danke, Meister.«

Es ist dunkel geworden vor den Fenstern. Dennoch wächst ein gleißendes Licht den Raum hinauf, domgewaltig, transluzid, wie an der Kimmung des Meeres am Morgen.

Castiglio blickt lange über Rom hinweg. Die Nebelschwarte des Novemberhorizontes zieht sich wie ein Ring um den Quirinal. Die letzten Touristen müssen den Palazzo Barberini verlassen.

»Wenn einst das Gericht ansteht, werden leidenschaftliche Frauen die Besten von uns erlösen in trotziger Liebe. So wie Henkerstöchter unterm Galgen das Aufgebot bestellen, wird uns Gnade zuteil kurz vor der Vollstreckung – das ist ganz sicher...«

»Oh, fein!«

»Du darfst jetzt gehn, Andrea. Ich will noch hierbleiben. Ja. Will der Nacht noch eine Melodie singen. Morgen, wenn unendlich Mögliches die Wahl einer einzigen Wirklichkeit trifft, will ich *frech die Zeit verleugnen – will in der Schwebe halten Heutiges... Gestriges... Gewesenes...«*

»In ungeheurer Schönheit.«

»Ja. Du hast es begriffen.«

Alban schreitet, konfirmiert; über das Rot der Jahrhunderte, gleitet aus; weißstrahlende Engel tauchen herbei, greifen ihm stützend unter die Arme.

Unten, an der Straße, hockt Mendez, stirnrunzelnd, kopfschüttelnd. »Scharlatan!« murmelt er. »Unfaßbar. So ein Scharlatan...«

Einer der Engel beißt ihm den Kopf ab. Aus dem gelüfteten Hals schießt eine Blutfontäne, in Fragezeichenform. Mendez' Rumpf bildet den Punkt.

*Und wenn das alles so ist,
wie es am wahrscheinlichsten ist,
macht es auch nichts.*

                    Salvador Dali
                (Über das Jenseits)

EPILOG (WAHRSCHAFT)

Am 1. April 1989 kam im Block II an der Gütleinstraße, Nervenklinik Haar, ein Brief der Dufrès an. Die kraklige Schrift rang Täubner Stunden der Entzifferung ab. Wieder, wie damals in Siena, hatte sie einen rosafarbenen Umschlag und Büttenpapier benutzt. Unter anderem hieß es darin:

Möglicherweise habe ich Ihren Zusammenbruch unbewußt provoziert, weil ich den Ernst Ihrer Gemütsverfassung nicht erkannt hatte. Wenn dem so ist, tut es mir leid. Von meinem Kollegen Dr. Steinmann, bestimmt eine hervorragende Kraft, höre ich, Sie befänden sich auf dem Weg der Besserung; das ist schön. Vielleicht dient es Ihrer Rekonvaleszenz, wenn ich gestehe, daß ich gelogen, daß ich Sie zum Narren gehalten habe. Sobald in den nächsten Tagen mein Buch erscheint, erhalten Sie ein Freiexemplar – dort steht dann, wie es wirklich war. Ich bin nicht ganz korrekt gewesen, zugegeben – aber daß Sie beabsichtigten, mich mit Diebesgut zu entlohnen, fand ich moralisch auch nicht einwandfrei.
Halten Sie sich daran fest; sagen Sie sich immer: Von Nicole habe ich nur Lügen, bestenfalls Halbwahrheiten erfahren, von Jan-Hendrik leichtfüßige Spekulationen – und was von Mendez zu halten ist, braucht wohl nicht extra erwähnt zu werden. Stancu bekam einen Strafbefehl ins Haus, wegen Unterschlagung von Institutseigentum. Ich schätze, unter einem Jahr auf Bewährung und Wiedergutmachung des Schadens wird er nicht davonkommen.
Von Krantz soll ich Ihnen schöne Grüße bestellen. Nein, kein Witz – er ist wider Erwarten aus dem Koma erwacht und kann sogar sprechen, wenn auch noch mühsam. Er läßt Ihnen ausrichten, Sie seien der besterhaltene antike Narr, den er je treffen durfte. Das meint er nicht böse, denke ich.

Das Lamento mußte ich ihm natürlich zurückgeben.
Ach ja, beinah hätt' ich's vergessen – er hat mir für Sie einen Vers mitgegeben; er entstammt dem Agnus Dei einer Messe von Gasparo Alberti, Jahrgang 1480.

Nulla Albane tuum delebunt saecula nomen,
sed tibi magnanimo fama perennis erit.
Zu deutsch:
Alban, die Zeit wird niemals deinen Namen vernichten.
Du, Großherziger, sollst ewigen Ruhm besitzen.

Verblüffend, wie Jan-Hendrik solche Stellen immer auftreibt. Hier in Rom – wie sollte es anders sein – geht das Leben weiter. Obgleich unsere Begegnung zum größten Teil unerfreulich verlief, habe ich aus ihr doch einiges gelernt. Danke.

Mit allen Wünschen für Ihre baldige und komplette Genesung,

Dr. Nicole Dufrès,
Rom – Paris.

Alban zeigt den Brief seiner über alles in der Welt Geliebten; beide lachen herzlich darüber.
 Sie sitzt am Rand seines Bettes, streicht ihm durchs Haar, ist ihm geneigt wie nie zuvor. Zum hundertsten Mal will sie von ihm die Geschichte hören. Alban spielt auf dem batteriebetriebenen Casio eine Melodie dazu. Sogar die weißen Engel, allesamt Handlanger des grausamen Steinmannes, horchen gebannt im Hintergrund.

»Pasqualini hatte seinen Schwur schon gehalten – und die Tropoi dem Himmel zurückgegeben. Dem Himmel seines Kellers... Weißt du, ich sah mir das Foto an, vom Fragment des Sternenmosaiks, und ich überlegte, in welches Sternbild das passen könnte, aber es gab kein passendes. Dann wurde mir klar: Die großen Sterne bedeuteten ganze, die kleinen Sterne halbe Noten. Man mußte nur fünf Linien durchziehen, die Tonfolge, die so entstand, an der Mittellinie spiegeln, davon den Krebs nehmen – und eine großartige Melodie erklang...«

Er spielt sie noch einmal. Der Casio leiert ein wenig. Die Geliebte verspricht, beim nächsten Besuch neue Batterien mitzubringen. Alban küßt sie sanft auf die Stirn.

»Die Mythosophen, die Trottel... verstanden alle nicht das Geringste von Astronomie. Sehen zu wenig in die Sterne, die Leute... Alle Tropoi waren herabgefallen – bis auf den einen in der Mitte des Gewölbes. Ich weiß nicht, welche der Melodien das ist – aber die Mächte haben sie für mich übriggelassen. Ist das nicht wunderbar?«

Die über alles in der Welt Geliebte nickt.

Beide haben das Gefühl, am Beginn einer langen Geschichte zu stehen. Alban kann nicht sagen, ob jene Melodie das bewirkt hat – oder einfach der Umstand, daß er soviel zu erzählen gehabt hatte. Niemand wird das je wissen. Es ist auch egal. Wieder liegt sie bei ihm und horcht.

Letztlich bleibt nur das übrig und eines wichtig: Der Geliebten ein Ständchen zu singen. Nichts sonst. Ein Ständchen der Dinge. Gewesener, gegenwärtiger, zukünftiger. Wie es war und ist und wird. Fürderhin und immerdar.

Die Seligkeit der Zeitentaumler.

Ein weißer Engel betritt den Raum, den Traum, die Zeit; stupst die Geliebte an – betreten stockt die Zeit.

»Sie müssen jetzt gehen.«
  »Ja.«

ANMERKUNGEN

Erstes Buch
PROPOSITIONS

Seite 15 Piagnoni – »die Heuler«; Anhänger Savonarolas. Das Lied ist ein gutes Beispiel, wie stark die Religiosität der Zeit von magischen Elementen durchdrungen war; hier z.B. in Form einer alchemistischen Rezeptur.

KAPITEL II

Seite 21 Die »*Clavicula Salomonis*« gehören zu jenen Büchern, deren Zaubersprüche im Druck ihre Wirkung verlieren und die deshalb vom Magier eigenhändig kopiert werden müssen.

Seite 22 Eine polemische Behauptung Umbertos: Die Werke des *Albertus Magnus* wurden natürlich nicht verbrannt (die von Petrarca durchaus).

Seite 22 *Sol tibi luceat* – Die Sonne möge dir scheinen. Umberto gibt sich damit als Da Salò-Anhänger und Sonnenanbeter zu erkennen.

Seite 23 *Talamo* – ein kleiner Scheiterhaufen, nicht zur Personenbeförderung gedacht.

Seite 26 Die Episode aus dem *Mai 1478* ist dem florentinischen Tagebuch von Lucca Landucci (Jena 1812) entnommen und historisch verbürgt.

Seite 26 *Messer Jacopo giù per Arno ne se va* – Messer Jacopo spaziert unten im Arno davon.

KAPITEL III

Seite 30 *Karneol* – Aristoteles empfiehlt den Karneol gegen Zorn und Streit, was Salvini hier sehr frei als Zahnschmerzen auslegt.

Seite 31 *Magia naturalis* – »natürliche Magie«. Im Grunde ist damit nichts anderes als experimentelle Naturwissenschaft gemeint.

Seite 31 *Theurgisch* – weißmagisch (im Gegensatz zu goëtisch – schwarzmagisch).

KAPITEL V

Seite 35   *Mit einer bloßen Reueerklärung* – Da Salò kam tatsächlich so billig davon.

Seite 35   *Axiomantie* – Sehr verschiedenartig ausgeübte Wahrsagungspraxis aus den Bewegungen, die ein Beil beim Durchqueren von Wasser oder Luft vollführt.

KAPITEL VII

Seite 38   *Sicut meus est mos* – wie es meine Gewohnheit ist (Horaz).

Seite 39   *Der schwarze Hund* – Im »Faust« wurde der Setter zum Pudel; Goethe bezog überhaupt sehr viel aus Agrippas Vita, bis hin zum Vornamen Heinrich; der echte Faust hieß Johannes.

Seite 42   *Lucas Gauricus* – 1476–1558, erstaunlich treffsicherer Wahrsager; hatte Einfluß auf Nostradamus; wurde 1545 Bischof.

Seite 42   *Strappado* – Der Delinquent wird, die Hände auf dem Rücken gebunden, mit einem Flaschenzug in die Höhe gehievt, anschließend fallengelassen. Kurz vor dem Aufprall zieht man das Seil erneut ruckartig nach oben. Dabei werden die Schultergelenke ausgekugelt. Wird heutzutage gern von der chinesischen Polizei angewendet.

Seite 43   *Trithemius* (bzw. Tritheim) behält recht: Die »*Steganographie*« geht erst 1606 (Frankfurt am Main) in Druck; kommt 1609 auf den Index librorum prohibitorum.

Seite 43   *Jesser* ist eine Romanisierung; richtig muß es Jetzer heißen.

Seite 43   *Marienstreit* – Die Franziskaner (= Minoriten) gewannen. Die unbefleckte Empfängnis der Großmuttergottes wurde aber erst 1854, von Pius IX., zum Dogma erhoben.

Seite 45   *Der »Antipalus maleficorum«* – keine Codices, nur Empfehlungen, für den Markgrafen Joachim in Berlin; gedruckt 1555 (Ingolstadt).

Seite 48   *Innozenz* – gemeint ist Innozenz VIII., der die Hexenverfolgung 1484 sanktionierte.

Seite 50   *Universalrezept* – zu näherer Information über dieses Rezept siehe die »Pauli Scaligi satyrae«, Seiten 149 ff. Zuerst angegeben ist es in Frehers »Historica«.

Seite 50   *Petronisch* – hier im Sinne von derb, vulgär.

Seite 52   *Sol tibi luceat mihique luna* – Dir möge die Sonne scheinen und mir der Mond.

KAPITEL X

Seite 57 — *Der erste Franz...* – gemeint sind Franz I., König von Frankreich, Karl V., deutscher Kaiser, und Papst Clemens VII.

Seite 64 — *Nihil scire felicissima vita* – Nichts zu wissen (verheißt) das glücklichste Leben.

Seite 67 — »*De incertitudine et vanitate omnium scientiarum*« – Über die Ungewißheit und Eitelkeit aller Wissenschaften (Antwerpen 1531); »De occulta philosophia« wurde 1533 gedruckt.

Seite 69 — Der *Fluch Castiglios* verwendet eine spätere metrische Strophenform der rituellen Magie – vierhebige Daktylen, wechselnd mit dreihebigen Anapästen; meist für Wechselgesänge Ausrufer-Chor gebraucht.

KAPITEL XII

Seite 75 — (Gregorio) *Giraldi* – römischer Gelehrter. Die Druckerei wurde eingerichtet; es konnte in den folgenden Jahren aber nur ein einziges Werk erscheinen. Gianfrancesco Pico schrieb mehrere Bücher, darunter: »De Imaginatione«, »Strix sive de ludificatione daemonum«, »De auro libri tres« und eine »Vita Savonarola«.

Seite 76 — *Cortegiani* – Hofleute.

Seite 76 — *Levitation* – spirituelle Überwindung der Schwerkraft; also die Kunst, sich in die Luft zu erheben.

Seite 76 — *Nekro-, Nigromantie* – zwischen beiden Begriffen wurde meist streng unterschieden. Nekromantie ist die Beschwörung der Toten, Nigromantie die (schwarzmagische) Beschwörung der Dämonen. Später verwischt sich der Unterschied im allgemeinen Sprachgebrauch.

Seite 77 — *Apage Satanas* – Hebe dich hinweg, Satan! – priesterliche Exorzismusformel.

Seite 77 — *Sigilla* – Zeichen, Symbole.

Seite 79 — *Ingenia curiosa* – von Burckhardt mit »Grübler« übersetzt. Ein abwertender Begriff; »Weltfremde«, »von Neugier Besessene« oder »trotzig sich Hineinsteigernde« kreisen die Bedeutung enger ein.

Seite 79 — *Rote Tinktur* – Synonym zum Stein der Weisen (ebenso wie z. B. »roter Löwe«).

Seite 80 — »*Liber ludorum et imaginum*« – Buch der (Gaukler-)Spiele und (Trug-)Bilder; gilt als verschollen.

Seite 80 — *Parergon* – Nebenwerk; im alchemistischen Sinne: Abfallprodukt.

Seite 80 — *Kerzen aus Wolfstalg* – Da aus Wölfen naturgemäß sehr wenig

Talg zu gewinnen ist, müssen diese Kerzen ungemein teuer gewesen sein.

Seite 80 *Mirandola exkommuniziert* – Daß mit dem Herrscher die ganze Stadt exkommuniziert wurde, geschah des öfteren. Beachtlich war in diesem Fall die Dauer. Galeotto I. (1442–1499) blieb bis zu seinem Tod trotzig. Die Familiengeschichte der Pico ist derart kompliziert, daß hier unmöglich näher darauf eingegangen werden kann. Für Interessierte sei auf das Buch von Fabrizio Ferri, »Mirandola – Il regno dei Pico« (Modena 1974) verwiesen.

Seite 81 *Uomo letteratissimo* – höchst gebildeter Mensch; Titel ähnlich dem »poeta laureatus«.

Seite 81 »Wer in einem Disput viele Zitate verwendet, gebraucht mehr das Gedächtnis als den Geist« – Leonardo da Vinci.

Seite 81 *Materia prima* – roher Ausgangsstoff für den Stein der Weisen.

Seite 81 *Solution und Coagulation* (bzw. *Liquefactio* und *Fixatio*) – Lösung und Bindung; von »solve et coagula« – »löse auf und binde« (alchemistischer Grundsatz).

Seite 82 *Menstruum* – alchemistische, später allgemeine Bezeichnung für ein Lösungsmittel.

Seite 82 *Secretum permutationis* – Geheimnis der Verwandlung.

Seite 82 *Concordia, Quarantoli* – Nachbarorte, zum Bereich Mirandolas gehörend.

KAPITEL XIII

Seite 85 Das Wappen der beiden *Adler und Löwen* ist das der Familie Pico, nicht, wie Andrea behauptet, dasjenige Mirandolas.

Seite 85 *Andrea* – Von illegitimer Herkunft zu sein, war an sich kein schwerer gesellschaftlicher Nachteil, wie u. a. Durant behauptet. Allerdings – das wird meist vergessen – existierte eine deutliche Unterscheidung zwischen unehelichem und Hurensohn, zwischen Bastard und Bankert.

Seite 85 Des *Fürsten* Pico – Die Pico trugen seit 1432 den Titel eines Conte. Der Fürstentitel wurde ihnen erst 1596 verliehen. »Fürst« muß hier als gängige Anrede des Herrschers gesehen werden.

Seite 86 *Seccia* – acht Kilometer entfernter Fluß. Mirandola liegt nicht an einem fließenden Gewässer.

Seite 91 *Athanor* – Sandbadeofen der Alchemisten, der über lange Zeit gleichmäßige und milde Wärme lieferte. Dagegen: *Reverberatorium* – alchemistischer Feuerofen, für Prozesse in offener Flamme oder großer Hitze.

KAPITEL XV

Seite 94   *Von vieren ihrer Voraussagen*... bis ... *genannt wird:* Freie Zusammenstellung aus »Disputationes adversus astrologiam divinatricem« (Florenz 1496) von Giovanni Pico, der nur 32 Jahre alt wurde und, man muß es einfach erwähnen, von Savonarola zum strengen Christentum bekehrt wurde.

Seite 95   *Cacasangue* – blutige Scheiße! – Lieblingsfluch Macchiavellis.

Seite 95   *Die Alchemie* ... bis ... *niemandem gewährt:* frei zitiert aus Trithemius, »Annalium Hirsaugensium« (St. Gallen 1690).

Seite 96   *Euhemeros* – selten erwähnter Autor (um 300 v. Chr.), der die These vertrat, die »Götter« wären Menschen gewesen, die Göttlichkeit vortäuschten, um ihre Macht zu festigen.

Seite 96   *Rote und blaue Rauten* – Rot und blau sind *die* magischen Farben, die Farben der ewigen Gegensätze. In unserer lichteren Zeit ist davon z.B. noch das Hellblau – Rosa in der Kinderbekleidung geblieben und natürlich das sakrale Violett als Vereinigung der Antipoden.

Seite 98   Das *Jupiterquadrat* –

16	3	2	13
5	10	11	8
9	6	7	12
4	15	14	1

Dieses wirklich bezaubernde Quadrat zeigt in allen waag- und senkrechten Reihen, sowie in den Diagonalen, die Summe 34. Ferner ist die Summe der vier Eckzahlen 34, ebenso wie die Summe der vier Zentrumszahlen. Das Jupiterquadrat taucht u.a. in Dürers »Melancolia« auf; dort geben die mittleren Zahlen der unteren Reihe das Jahr der Bildausführung (1514) an.

Seite 101   *Frottola* – Scheinbar volkstümliche Liedform der aristokratischen und bürgerlichen Kreise, Ende 15. und Anfang 16. Jahrhundert; einfache Harmonik mit tonalen Kadenzen der Stufenfolge V–I oder I–IV–V–I.

KAPITEL XVII

Seite 104   Die aufgeführten *Evokationsformeln* (bis auf ein Gebet aus dem Arbatel) sind, ebenso wie die Technik der Kreiszeichnung, dem »Heptameron« des Petrus d'Abano (1257–1316) entnommen (gekürzt).

Seite 104 *Drei konzentrische Ringe* – Hier spätestens erklärt sich Castiglios Verwunderung in Kapitel III, als Salvini von den drei konzentrischen Tanzkreisen berichtet.

Seite 108 *Bartolo Cocle* – eigtl. Bartolomeo Cocle della Rocca (1476–1504), Magier, Metoposkop, Chiromantiker; wurde ermordet von Ermes Bentivoglio (nicht identisch mit Giovanni Bentivoglio aus Kapitel II). Durch die Koseform Bartolo deutet Castiglio hier eine fraglich scheinende Vertraulichkeit an.

KAPITEL XVIII

Seite 118 *Mythosophie* – Krantz bleibt auch im folgenden in der Abgrenzung der Mythosophie von der Mythologie/Mythenforschung sehr undeutlich. Der Autor schlägt vor, eine Synchronizität zur Theologie/Theosophie stark in Erwägung zu ziehen.

Seite 119 *Die Magie von Etzels Saal* – Bezieht sich auf Ernst Jünger, »Strahlungen«, 26. Dezember 1943, letzter Absatz. Gemeint ist der Rußlandfeldzug Hitlers.

Seite 121 *Archai* – (Plural von Arché) Mythologischer Terminus; wird von Prof. Dr. Kurt Hübner in »Die Wahrheit des Mythos« München 1985) so erläutert:
»Was entspricht mythisch der wissenschaftlichen Vorstellung von Naturgesetzen einerseits und von in Gesellschaft wie Geschichte wirkenden Regeln andererseits? Die Antwort lautet: Es ist der Begriff der Arché. Eine Arché ist eine Ursprungsgeschichte. Irgendeinmal hat ein numinoses Wesen zum ersten Mal eine bestimmte Handlung vollzogen, und seitdem wiederholt sich dieses Ereignis identisch immer wieder.«

Seite 124 *Ein gewisser Castiglio* – Der Familienname Castiglios ist bis heute unbekannt. Castiglio war von seinem Vater nicht legitimiert worden. Ob »Castiglio« sein echter Vor- oder nur ein Beiname war (wie z.B. El Greco) ist ebenfalls ungeklärt.
Es war zu jener Zeit üblich, den Vor- als Hauptnamen zu benutzen. So sprach man nicht von Luther, sondern vom Doctor Martinus. Gab es mehrere in Frage kommende Martini, wurde z.B. »aus Wittenberg« hinzugesetzt. Vorliegender Roman weicht von dieser Sitte oftmals ab, des leichteren Verständnisses wegen.

KAPITEL XIX

Seite 125 *Diarium temporis mirandolensis* – Tagebuch der Zeit in Mirandola

Seite 127 *Dein Großonkel behauptete sogar...* – Der Satz Giovanni Picos – »Nulla nomina [...] in magico opere virtutem habere non possunt [...] nisi sunt hebraica« (»Keine Wörter [...] können in einem magischen Werk Kraft besitzen [...] außer hebräischen«) – machte das Hebräische für Jahrhunderte zur magischen »Amtssprache« und trug einiges zur Dämonisierung des Judentums bei.

Seite 128 *Strega* – im ursprünglichen Sinne ein Kräuterweiblein, das mit Teufelsbeschwörung nichts am Hut hat.

Seite 128 *Philtren* – (Sing. Philtrum) Liebestränke; magisch wirkende Aphrodisiaka.

Seite 129 *Der dritten Kleopatra* – ägyptische Vorläuferin der Alchemie (160–101 v. Chr.)

Seite 129 *Moschopulos* – Mathematiker um 1400. Schrieb zwar über magische Quadrate, hat aber mit den ihm hier angedichteten Thesen nichts zu tun.

Seite 132 *Dämonensperma* – Die Gesichtspunkte zur Fertilität des Dämonenspermas, die Bemboni hier vorbringt, sind der im Text erwähnten Schrift des Pictorius (1525) entnommen.

Seite 132 *Der »Conciliator«* – »Conciliator differentiarum philosophorum et praecipue medicorum«, bedeutendstes Buch des Petrus de Abano.

Seite 134 *Die erste Hexendamnatio seit elf Jahren* – Die Zahl der Hexenverbrennungen auf italienischem Boden war, verglichen mit Deutschland, Frankreich oder England, sehr gering – und dabei im Süden Italiens noch seltener als im Norden.

Seite 136 *Kaptromantie* – In ein Wasserbecken wird, unter gewissen Zeremonien, ein Spiegel gelegt. In den läßt man einen unschuldigen Knaben oder eine schwangere Frau sehen. Diesen wird dann offenbart, was der Kaptromantiker zu wissen begehrt.

Seite 137 *Sprezzatura* – Kunst, die Kunst zu verbergen; also: Natürlichkeit, Leichtigkeit, Spontaneität, Unbemühtheit.

Seite 138 *666* – Die hier postulierte Theorie zur 666 ist, obwohl noch plausibler als manch anderer Unsinn, von Castiglio sicher als Veralberung Pietros gemeint. Man ist heute fast einig, daß die 666 gematrisch zu erklären ist, als Summe der Zahlenwerte eines Begriffes oder Namens.

KAPITEL XXI

Seite 141 *Emanation* – sehr unterschiedlich verwendeter Begriff; hier im Sinne von: Grad astraler Ausstrahlung, Erleuchtungsstadium, Bewußtwerdungsstufe.

Seite 142 *Morbus gallicus* – »die Franzosenkrankheit«; erstmals von Fracastro 1521 ›Syphilis‹ genannt.

Seite 144 *Fortschrittliche Okkultisten* – Manchmal liest man Sätze wie: »Selbst erlauchte Geister haben an Hexen geglaubt – z. B. Erasmus, Luther, Giovanni Pico, Leo X. etc.« Das ist sehr irreführend. Es gab damals fast niemanden, der nicht an Hexen glaubte, denn selbstverständlich gab es Hexen – und äußerst boshafte. Die Frage ist bloß, inwieweit deren Kräfte über Suggestion, Kräuterheilpraktiken, Giftmischung, Drogenherstellung und Abtreibungsmedizin hinausgingen. Unterschieden werden muß zwischen dem alten, harmlosen Typus der Strega, des »Kräuterweibleins«, und jenen Hexen (Unholdinnen), die erst durch die Verfolgungen im 15. Jahrhundert in ungeheurem Maß entstanden – Satanspriesterinnen, meist aus mangelnder Beschäftigung der Phantasie, sexueller Frustration, Lust an Verbotenem oder Sucht nach Bedeutung. Jenen lieferte die Inquisition ein mit Bedeutung überfrachtetes Gerüst aus Symbolen und Phantasmen, welches eine enorme Anziehungskraft ausübte.

Seite 144 *Von Hohenheim* – Theophrastus Bombastus v. Hohenheim; nannte sich selbst Philippus Aureolus Paracelsus.

Seite 145 *... ein paar Lutheraner in der Stadt zu dulden* – Ferrara und Mirandola wurden im folgenden die beiden Lutheranerbastionen auf italienischem Boden, wenn auch nur für wenige Jahrzehnte.

Seite 145 *»Picatrix«* – spanisch-arabische Sammlung von magischen und astrologischen Exzerpten (ca. 1230), einem Abul Kassim Maslama zugeschrieben. Gianfrancesco Pico referierte darüber in einem seiner Bücher.

Seite 145 *Axiomantie* – Daß Gianfrancesco Pico hiervon tatsächlich etwas verstand, läßt sich nachlesen bei Georg Pictorius »Von den Gattungen der zeremoniellen Magie, welche man Goëtie nennt« (Kap. 18).

Zweites Buch
GENESIS

KAPITEL I

Seite 151 *Ferri*, Gianluca (ca. 1480–1505) – kaum bekannter Dichter aus dem Da Salò-Kreis. Sein Werk ist so gut wie verloren, kann höchstens zeilenweise aus Erwähnungen und Zitaten rekonstruiert werden.

Seite 154 *Lieblingsbuch der »Lancelot«* – Der »Lancelot« ist tatsächlich nachweisbar jenes Buch, welches Gianfrancesco Pico am häufigsten aus der ferraresischen Bibliothek entliehen hat.

Seite 155 *Waldenser* – Im zwölften Jahrhundert entstandene Sekte, die sich streng auf den Bibeltext bezieht, jede Art von Klerus ablehnt und in Demut und Weltabgeschiedenheit lebt. Von der Kirche verketzert, überlebten sie in den Alpen – wo sie sozusagen aus der Welt waren.

Seite 156 *Zwei geringelte Schlangen, Äpfel fressend...* – Dieses in der magischen Ikonographie häufige Bild findet sich, leicht abgewandelt, noch in der Dichtung der Gegenwart, z. B. »Diosa oscura que muerde mancanas« (Neruda, Canto general X)

Seite 161 *Teufelsbeischlaf* – Bei der Schilderung desselben folgte der Autor vor allem den Theorien von Dr. Margaret Murray (»The God of the Witches«, New York 1960).

Seite 163 *schlimm durchgefickt* – »Das Wort, das du mir oft schon vorgehalten/kommt aus dem Florentinischen, allwo/die Scham des Weibes Fica heißt.« (Bertolt Brecht; »Das dreizehnte Sonett«)
Der Autor schloß sich hier kurzerhand der ziemlich gewagten etymologischen Deutung Brechts an.

KAPITEL III

Seite 169 *Weißdornbusch* – Der Sage nach wird der Zauberer Merlin von der Nymphe Viviane in einem Weißdornbusch gefangengehalten.

Seite 170 *Meisterweihe* – Die *zweimal* einundzwanzig Jahre sind eine Übertreibung Umbertos.

KAPITEL IV

Seite 179 *Smaragdtafeln des Hermes Trismegistos* – magischer Text, wurde angeblich in der Cheops-Pyramide gefunden. Von jenem Hermes T., dem dunklen Ahnherrn der Alchemie, ist das Adjektiv »hermetisch« abgeleitet.

KAPITEL V

Seite 182 *Tausend Dukaten ... kein allzugroßes Vermögen* – Die Medici gaben im Durchschnitt pro Jahr etwa 20000 Dukaten für Almosen aus. Natürlich hinkt der Vergleich.

Seite 185 *A der Schmerz, B die Furcht...* diese Alphabetdeutung der magischen Linguisten findet sich vollständig in »Fette Welt« (S. 253–256).

Seite 185 *Auch Cornelius Agrippa sagt* – Die folgenden, kursiv gesetzten Stellen sind allesamt der »Occulta Philosophia« (Zweites Buch, Kap. 24–26) entnommen.

Seite 186 *Von der Tarantel Gestochenen* – Die Tarantella ist bis heute ein populärer Tanz in Apulien und Sa...nien.

KAPITEL VI

Seite 194 *Das Seikilos-Epitaph* – Der Stein mit dem Seikilos-Epitaph wurde von Ramsey erst 1883 in Tralles (Kleinasien) entdeckt. Die Archäologen hinken den Magiern of weit hinterher.

KAPITEL VIII

Seite 203 *Suantrai* – Musik, so süß, daß die Zuhörer einschlafen, *gentrai* – Musik, so fröhlich, daß die Zuhörer lachen, *goltrai* – Musik, so traurig, daß die Zuhörer weinen müssen. Diese Begriffe bezeichnen die drei Klassen der irischen Instrumentalmusik zwischen ca. 800–1200.

Seite 203 *Großmaul Platon* – Die Verunglimpfungen Platons, damals nahezu eine Blasphemie, scheint den Mitgliedern des Da Salò-Kreises gemeinsames Merkmal zu sein; warum, bleibt unklar. Ein möglicher Grund könnte Platons Diffamierung und Verurteilung der Sophisten sein, deren Gedankengut der Da Salò-Kreis angeblich aufgeschlossen gegenüberstand.

Seite 205 *Melomane* – ein von Musik Besessener.

Seite 206 *Arithmomantische Versuche* – Arithmomantik ist eine Wahrsagungsart durch Zahlen, wird durch das pythagoreische Rad ausgeübt. Castiglio setzt offenbar statt der Zahlen Tonstufen ein.

Seite 207 *Die Anekdote aus dem Württembergischen Ow* – wurde zuerst überliefert von Marcus Crusi; enthalten u. a. im »Fränkischen tausendjährigen Weinkalender« von Conrad Caspar Häulen (Onolzbach, 1743). Die Anekdote »begab« sich 1531. Der Autor hat sie hier um ein Jahr vorverlegt; sie diente ihm zur Verdeutlichung des gynäkologischen Wissensstandes.

Seite 208 *Neugeborene ohne Ansprache* – tatsächlich durchgeführtes Experiment Kaiser Friedrichs II. (1194–1250).

Seite 208 *Am besten ist wohl, ... keinen Weg ...* – Hierzu ein Auszug aus Biedermann »Handlexikon der magischen Künste« (Graz 1968), Seite 224:
»Seltener wird in der Literatur der Typus des Magiers mit jenem des wissenschaftlichen Forschers verglichen. Beiden gemeinsam ist der Wunsch, die Umwelt zu beherrschen, zu ›manipulieren‹ und sie in seinen Dienst treten zu lassen. Verschieden sind jedoch die Methoden; der Magier folgt einem im Anfang vielleicht intuitiv gefundenen Ritual, das er nicht verändert. Der Forscher beobachtet und variiert die äußeren Umstände seiner rational zielgerichteten Handlungen systematisch.«
An dieser Stelle kann demnach festgehalten werden, daß Castiglio sich vom Magier zum Wissenschaftler wandelt.

KAPITEL IX

Seite 209 *Tropator* – (gr.) »Schöpfer von Melodien; Komponist«. Castiglio hat sich also endlich einen Beinamen gegeben.

Seite 214 *Presbyakusis* – (gr.) Altersschwerhörigkeit.

Seite 215 *Gesungene Triller* – Gemeint ist die Ursprungsform des Jodelns.

KAPITEL X

Seite 222 *Cornelius* – zweiter Vorname Agrippas.

KAPITEL XI

Seite 226 *Orpheus – Jesus* – In den Katakomben z. B. fanden sich Bilder von Orpheus als Christus und umgekehrt. Parallelen zwischen beiden zog als erster Clemens von Alexandria (150–220). Die griechischen bzw. aramäischen Hymnen wurden oft für christlichen oder gnostischen Gebrauch adaptiert, wobei zweifellos die zugehörige Musik erhalten blieb.

Seite 227 *Antonio Rota* – (?–1549).
Giovanni Maria Da Crema – (1470–1546).

Seite 228 *Tropos* – (gr.) Melodie, Tonfolge.

KAPITEL XII

Seite 232 *Juvenilie* – Jugendwerk.
Spurium – untergeschobenes Werk.

KAPITEL XIII

Seite 237 *Catullus bei Ipsitilla* – bezieht sich in Form einer Redewendung auf dasjenige Gedicht Catulls, dessen entscheidende Zeilen lauten:
»Bitte, süßeste Ipsitilla [...]
Befiehl mich zu dir zum Mittagsschlaf [...]
Damit wir's neunmal hintereinander treiben;
liegt dir was dran, so ruf mich schleunigst!
Gut gegessen hab' ich, lieg hier satt nun auf
dem Rücken und stoß schon durch die Hose.«

KAPITEL XIV

Seite 241 *Das war ein Mann ... bis ... sehr schlau* – ist, leicht gekürzt, der berühmten Novelle »Der Mützenmacher und der Zauberer« von Grazzini entnommen, welche die damals klischeehafteste, exemplarisch gültigste literarische Populärschilderung eines »Magiers« enthält. Die Novelle entstand um 1555 in Florenz.

KAPITEL XV

Seite 247 *Exterebro* – Ich zwing's herbei, ich bohr's heraus (magische Autosuggestionsformel).

Seite 252 *Nigra sum, sed formosa* – entstammt dem Hohenlied Salomos, wird herkömmlich mit »Schwarz(häutig) bin ich, aber lieblich« übersetzt, kann aber ebensogut, dem Kontext entrissen, in Castiglios Weise gedeutet werden. Eine Translationsspielerei.

KAPITEL XVII

Seite 264 *Guido d'Arezzo* – (ca. 995–1050) bereitete in Wahrheit in der Pomposa nur seinen »Prologus in Antiphoniam« vor, verließ das Kloster 1025 und wurde gegen Ende seines Lebens Kamaldulenser (auch »weiße Benediktiner« genannt.) Guido gebührt im übrigen nur die Wiederentdeckung der Notenschrift. Zuerst (?) erfunden in Mesopotamien, war die Möglichkeit der Tonfixierung zwischenzeitlich nur vergessen.

Seite 264 *Ut Re Mi Fa So La Si* – entstammt einem lateinischen Hymnus:
Ut queant laxis
*Re*sonare fibris
*Mi*ra gestorum
*Fa*muli tuorum
*So*lve polluti
*La*bi reatum
Sancte *Io*hanne.

Seite 268 *Gurdieff* – Krantz geht mit Fakten oft sehr lässig um. Tatsächlich ist diese Anekdote nur als Einzelfall bekannt, und Klavier gespielt hat dabei Gurdieffs Freund Hartmann.

Seite 269 *Vierzig Räuber* – Der Mord an Gianfrancesco Pico geschah am 15. Oktober 1533. Im Gegensatz zu seinem zehn Jahre alten Sohn Alberto wurde seine Frau Giovanna (geb. Carafa) am Leben gelassen. Einzelheiten siehe wiederum bei Fabrizio Ferri, »Il Regno dei Pico« (Modena 1974). Über das Schicksal Bembonis, Carafas und Pietros schreibt dieser allerdings nichts. Der Autor hat auch keine Ahnung, was aus ihnen wurde. Er nimmt an, daß sie irgendwann und irgendwie gestorben sind.

Drittes Buch
TROPOI

KAPITEL IX

Seite 316 *Vihuelaart* – Die Vihuela war eine sechssaitige Laute aus Spanien; in ganz Süd- und Mitteleuropa beliebt.

Seite 322 *Zuerst war nämlich der Fisch* – Fisch, griechisch Ichthys, dessen erste drei Buchstaben die Initialen *I*esu *CH*risti sind.

Seite 325 *Landplage* – Verwilderte Minoriten stellten wirklich ein arges Problem dar. Bei Massuccio heißt es z. B. »Sie rauben, betrügen und huren ...«

Seite 326 *Amens* – verrückt, von Sinnen (als theologisch-inquisitorischer Term: unzurechnungsfähig, nicht prozeßfähig).

KAPITEL XVII

Seite 368 *Delegatus Inquisitionis* – Inquisitionsabgeordneter. Es handelte sich also nicht um ein reines Inquisitionsgericht.

Seite 369 *Ob er die Geister nur beschworen...* – In der inquisitorischen Rechtsprechung galt seit Nicolas Eymeric (1320–1399) die Auffassung, wer von den bösen Geistern etwas fordere, mache sich weniger schuldig, als der, der sie um etwas bitte – denn das käme einer Anbetung gleich.

Seite 369 *Ob er auf dem Narrenschiff gefahren sei* – auf dem Narrenschiff fahren: ein unchristliches, ausschweifendes Leben führen.

Seite 379 *In all jenen Punkten ... nicht lastkräftig* – Es ist ein weitverbreiteter Irrglaube, die damalige Rechtsprechung hätte ein unter der Tortur erpreßtes Geständnis immer als vollwertig und zur Verurteilung ausreichend erachtet. Daß dies in gewissen Zeiten gängige Praxis war, verdeckt ein wenig die Tatsachen. Es gab sogar Fälle, in denen die Tortur wegen »übergroßer Empfindlichkeit des Delinquenten« als nicht sinnvoll erachtet wurde.

Seite 380 *Crimen laesae majestatis divinum* – Verbrechen der Verletzung des göttlichen Ansehens = Blasphemie, Gotteslästerung.

Seite 380 *Delictum exceptum* – das den Scheiterhaufen rechtfertigende Ausnahmeverbrechen (während ziviljuristische Todesurteile meist durch Beil, Galgen, Rad etc. vollstreckt wurden).

Viertes Buch
NAHRUNG

Seite 407 Rekonstruktion und Übersetzung des »*Lamento d'Andrea Cantore*« hat der Autor vorliegenden Buches besorgt. Ihm standen dazu folgende Fetzen zur Verfügung:

> Fiato..... vento stesso
> mio canzon porta la giu
> ..... gammi............
> quel io no............
> (des)idero suoni.........
> .... dolori...... a tu
> desider' anche... (sof)fiavi
> ...... alito..........
> ....
> .... n ... q ....

Kapitel V

Seite 423 *Heideggers Formel* wird von Krantz ungenau zitiert. Korrekt muß sie lauten: »Das Wesenhafte der Sprache ist die Sage als die Zeige.« (Entstammt einem Vortrag an der Akademie der schönen Künste; München 1959.)

Kapitel VII

Zu manchen Zitaten der *Carlo-Skizze* existiert von seiten H. v. Bardelebens keine Autorenangabe. Möglicherweise könnte es sich dabei um Ausschnitte aus dem sehr umfangreichen Briefœuvre des Fürsten selbst handeln.

Seite 468 *Arkebuse* ist ein schweres, in einen Gurt zu hängendes Gewehr, »Hakenbüchse«.

Kapitel XIII

Die beiden französischen Dialoge lauten deutsch:

Seite 538
– Wer sind Sie?
– Er ist einer meiner Studenten aus Deutschland.
– Ich kann für mich selbst sprechen.
– Ist das wahr?
– Ohne jeden Zweifel.

Seite 540
– Sag mir, Nicole – warst du das, die mir diesen Brief ins Hotel in Siena geschickt hat?
– Aber sicher. Ich hoffe, er hat dir gefallen?
– Meine Götter! Wenn du wüßtest, was du getan hast!
– Wir sind da.

Von nun an sind die meisten fremdsprachigen Dialoge synchronisiert wiedergegeben, ohne daß dies ausdrücklich angemerkt wäre.

Fünftes Buch
MORS SUPREMA

Seite 552   *Mors suprema* – die letzten Augenblicke.

Seite 621   *Della-Tiorba-Epitaph* – Die Inschrift wurde, deutsch, dem Grab um 1840 von unbekannter Hand hinzugefügt, und 1944 wieder entfernt. Nach jüngsten Vermutungen könnte eine von della Tiorbas Kompositionen, ein »Toccata e ballo«, Tropoimaterial enthalten. Della Tiorba (eigentlich Hieronymus Kapsberger) war einer der wenigen Freunde Allegris.

Kapitel X

Seite 635   *Als es einen knappen Meter vierzig von mir gab* – Hierbei ist zu bedenken, daß die Durchschnittsgröße eines italienischen Mannes im 17. Jahrhundert etwa bei 1,60 Meter lag. Map war also, relativ gesehen, nicht allzu kleinwüchsig.

Kapitel XIV

Seite 663   *Keinerlei Potenz einer gesteigerten Libido* – Zuwiderlautende Behauptungen, die ab und an herumspuken, Kastraten seien sehr wohl zum Beischlaf fähig und bei den Damen, ihrer Infertilität wegen, besonders beliebt gewesen, sind Unsinn.

Seite 671   *Monteverdi* äußerte sich über Pasqualinis Stimme präzise so: »Qualche giorgiette et qualche trillo, ma il tutto pronunciato con una certe voce alquanto ottusa« (zit. aus »C. Monteverdi«, in »Vierteljahresschrift für Musikwissenschaft 3«, 1897, veröffentlicht von E. Vogel).

Seite 671   *Mir waren jene Librettisten verhaßt...* In einem Text, der von Anspielungen und Querverweisen strotzt, treten leider oft auch solche auf, die beabsichtigt tun und es nicht sind. Meist macht das wenig und muß hingenommen werden; hier aber möchte der Autor ausdrücklich bemerken, daß Maps oben zitierter Satz keine Anspielung ist auf »Ein ganzer Akt ohne Weiberstimme – das geht nicht!« (Nietzsche, »Der Fall Wagner«).

Sechstes Buch
RENAISSANCE

Kapitel II

Seite 687 *Sünde der Philosophen* – Renaissance-Umschreibung für Homosexualität.

Seite 691 *Gloria deis in excelsis et profundis* – Ehre den Göttern in der Höhe und der Tiefe.
Das Liebäugeln mit dem Polytheismus, insbesondere dem der griechischen Götterwelt, ist eines der wesentlichsten Ergebnisse der Renaissance. Zuerst spielerisch (vor allem in der Kunst – Neun Musen, Apoll etc.) fand später tatsächlich eine Unterhöhlung des Christentums statt, eine Vermischung mit altheidnischen Kulturelementen; zuerst in den Geheimbünden; ausgeprägter dann bei den Freimaurern.

Seite 691 *Punctum saliens* – der springende Punkt; der im angebrüteten Ei zuerst entstehende Teil des werdenden Vogels, sein Herz; er erscheint als »blutroter Punkt, der hüpft und sich bewegt wie ein beseeltes Wesen« (Aristoteles, »Tierkunde«, VI, 3).

Kapitel IV

Seite 709 *Dienst am Schlüsselloch* – Als Künstler wurden die Kastraten bewundert, standen jedoch als Menschen zweiter Klasse außerhalb der bürgerlichen Gesellschaft; das machte sie nicht selten gefügig für Aufgaben, die kein Ehrenmann übernahm: die Spionage. So wurde zum Beispiel Attilio Melani – der in Luigi Rossis »Orfeo« die Titelrolle sang – von Kardinal Mazarin mit Spionageaufgaben betraut.

Seite 709 *Mulier taceat in ecclesia* – Dies ist nicht etwa eine freie Auslegung Pasqualinis. Papst Clemens VIII. ließ im Jahre 1592 verkünden: »Zum Lobe Gottes ist es den Eunuchi erlaubt, in der Kirche zu singen, nicht aber den Frauen.«

Seite 712 *Galilei* – Galileos Vater, Vincenzo Galilei, war ein sehr namhafter Komponist; ein Grund, weshalb Galileo mit viel Milde behandelt wurde.

Kapitel V

Seite 725 *Zwischenmotto* – Die Zitate aus Reisners »Vom Ursinn der Geschlechter« sind an dieser Stelle sehr aufschlußreich und nicht zu beanstanden. Das bedeutet aber nicht, daß jenes Buch in seiner Gesamtheit zur Lektüre empfohlen sei.

Kapitel VI

Seite 728 *Ovid* – Die beiden Auszüge aus den Metamorphosen wurden neu übersetzt vom Autor des vorliegenden Buches. Eine Prosafassung kam nicht in Frage, alle bisherigen metrischen Übertragungen konnten nicht gefallen. Durch die Möglichkeit, statt zweier Kürzen (außer im 5. Versfuß) eine unbetonte Länge zu setzen, ist der Hexameter ein recht bequemes Versmaß, verliert im Deutschen aber stark an rhythmischer Wirkung, wo eben genannte Möglichkeit zu oft ausgenutzt wird. Dem Autor ging es um eine Übertragung, die den besonderen Erfordernissen der Romanumgebung Genüge tut. Die Verse sollten archaisch, streng, hämmernd, rituell klingen, mit einem Höchstmaß an rhythmischer Prägnanz; also durchweg daktylisch:
−◡◡/−◡◡/−◡◡/−◡◡/−◡◡/−◡
An einigen wenigen Stellen, z. B. »und den Thyrsusstab schleudert /« hat der Autor eine im Deutschen naturgemäß lange Silbe wie »stab« als Kürze behandelt. Dies war ihm lieber als übliche Auswege der Übersetzer (z. B. »und der Thyrsus / flog nach dem tönenden Mund« – Voß). Es fällt hoffentlich nicht allzu störend ins Gewicht.

Seite 740 Die Episode um Ferrottis *Stichelei* ist nachzulesen im Diario 57 der Cappella Sistina (S. 39–49).

Kapitel VIII

Seite 751 *Orpheus, Orphik(er)* – »Die Orphik war eine Geheimlehre, wohl der Kult eines alten thrakischen Gottes Orpheus. [...] Die Lehre ist sehr alt; wohl nicht mit Unrecht hielt man im Altertum Orpheus oft für älter als den troischen Krieg. Sie breitete sich von Thrakien her schon früh in der griech. Welt aus. [...] Später wurde sie durch den jüngeren, ebenfalls thrakischen Dionysoskult umgestaltet; dabei wurde sie ungleich wilder und ekstatischer, gewann aber gerade dadurch sehr an werbender Kraft. Sie enthielt eine vollständige Lehre über die Entstehung

der Götter (Theogonie) und der Welt (Kosmogonie), über eine periodische Welterneuerung, vor allem eine Erlösungslehre. Eine feste Kultstätte gab es für die Orphik nicht; das begünstigte ihre Ausbreitung. Diese erklärt sich ferner aus der Anpassungsfähigkeit der Orphik an andere Lehren, die wiederum ihre lange Lebensdauer verständlich macht; uns freilich erschwert sie den Einblick in das Wesen des Systems, das schließlich, nach Aufnahme des verschiedenartigsten fremden Gutes, kein System mehr blieb, sondern zu einem Tohuwabohu wurde. Eine umfangreiche orphische Literatur gab es seit dem 6. Jahrhundert v. Chr. bis in das späteste Altertum; aus diesem, nach 300 n. Chr., stammt alles uns draus Erhaltene, z. B. ›Lithika‹, ein Gedicht über die magische Kraft der Steine (gr. lithoi; man sah Orpheus auch als Erfinder der Magie an). [...]
Platon und noch die späte griech. Philosophie sind von der Orphik stark abhängig, ebenso das Christentum; Orpheusdarstellungen finden sich in den Katakomben, und vor allem ist der ›Gute Hirte‹ orphisch. In der Sage wurde Orpheus zu einem berühmten Sänger, durch dessen Lieder selbst Bäume, Felsen und wilde Tiere bezaubert wurden. [...]«
Auszug aus »Wörterbuch der Antike«, Stuttgart, 1966, 7. Auflage.

Kapitel IX

Seite 755 Die hier aufgeführten Verfehlungen Maps sind nachzulesen in den Diarien 57–61 der Cappella Sistina.

Seite 757 *Erstes Liebesduett* – Diese Behauptung Maps hat nur dann Richtigkeit, wenn man »Liebesduett« als Begriff enger faßt – der entstehenden, flammenden Verliebtheit – und *eheliche* Liebesduette, wie z. B. in Monteverdis »Ulisse«, nicht gelten läßt.

Kapitel X

Seite 771 Maps Beurteilung des »*Orfeo*« ist sehr subjektiv; nach heutigem Empfinden ist Rossis Oper durchaus wiederaufführungswert. 1991 erschien eine Aufnahme der Arts Florissants unter William Christie.

Seite 776 Zu Map als *Puntatore* schreibt Dr. Margaret Murata in »Analecta Musicologica 19«: »Er muß dieses Amt in derselben lässigen Art ausgeübt haben wie seine Aufgaben im Chor. Manche Puntatori schrieben penibel genaue, sorgfältig begründete Protokolle über Anlässe, die die Chordisziplin beein-

trächtigten. Andere fertigten Handschriften in mehrfacher Ausfertigung an, mit detaillierten Listen von Daten, Sängern, Festivitäten und sogar vom (größtenteils von Palestrina dominierten) Repertoire. Pasqualini besaß die Kühnheit, geradeheraus zu erklären, daß sein Wesen, seine Physis und seine bescheidenen Talente ihm ausführliche Protokollbücher verböten: »Compatirà la lor gentilezza l'esiguità del mio Genio, quale situato in piccola persona, e encor breve nello stile, e professando in ogni talento bassezza, conclude che la Brevità piace a Moderni.«
(Cappella Sistina, Diario 67, »Libro di Punti dell'anno MDCXLVIII di MAP«, S. 51)

Kapitel XIV

Seite 799 *Und das bei meinem Jubiläum...* – Dies findet sich erwähnt im Diario 76 der Cappella Sistina: »Il Signor Pasqualini disse il Capitolo di Terza volendo chiudere il servitio di 25 anni fatto in Cappella del Papa. Lo disse con tanta allegrezza che sbagliò una parola et così viene puntato scudi 2.«

Seite 802 *zweitausend Jahre alte Hymnen* – Hier meint Map nicht etwa die Tropoi, noch Musik überhaupt, sondern vielmehr die griechischen Hymnentexte, zu denen keine Musik erhalten blieb.

EINE KLEINE NACHMUSIK

I. Der Roman entstand zwischen Dezember '90 und Juli '92. Im Text finden sich nur zwei wissentlich und wörtlich gebrauchte Zitate, die nicht als solche gekennzeichnet sind: Je ein kurzer Satz von Rilke und Flaubert.

II. Besonders erwähnt werden muß meine Lektorin Christine Popp, ohne deren Betreuung der Text sicher nie die vorliegende Gestalt erreicht hätte. Ich muß mich weiterhin bedanken bei: Michael und Susanne Farin, Glenn Watkins, Thomas Palzer, Josef Meier, Margaret Murata, Bernhard Wildegger, Gabriele Haefs, Karl Bruckmaier, Vera Appel, Günter Hess, Ernst Jünger, Colin Wilson... und vielen anderen.

III. *Rejoyce, ye dead, wher'er your spirits dwell,*
Rejoyce that yet on earth your fame is bright,
And that your names, remember'd day and night,
Live on the lips of those who'd love you well.

Aus: *Ode to Music*, Robert Bridges, 1895